蔡東藩

說中國史

17

清史演义

帝制时代的末世挽歌

上

蔡东藩 著

化学工业出版社·北京·

康熙皇帝便服画像

《十二月令图轴之十月》

徐扬《乾隆南巡图卷二》（局部）

恽寿平《花卉十开之一》（桃花石头图）

出版说明

蔡东藩（1877—1945），名郕，号东藩，著作署名亦作东帆或东飄，浙江萧山人，近现代著名演义小说作家、历史学家，被誉为“一代史家，千秋神笔”。

“历朝通俗演义”是蔡东藩先生历经十年创作的历史演义小说，始于1916年创作的《清史演义》，此后分别为《元史演义》(1920年)、《明史演义》(1920年)、《民国演义》(1921年)、《宋史演义》(1922年)、《唐史演义》(1922年)、《五代史演义》(1923年)、《南北史演义》(1924年)、《两晋演义》(1924年)、《前汉演义》(1925年)、《后汉演义》(1926年)。“历朝通俗演义”以演义小说形式再现了上起秦始皇，下讫民国（1920年）2166年间的中国历史，共11部1040回600多万字。

这11部小说初版由上海会文堂新记书局陆续出版，1926年9月才全部出齐，全套均为有光纸石印线装本。1935年新记书局将这套书进行改版，增加了许廑父续写的《民国演义》后40回，改为铅印，分装44册，总书名称为《古今通俗演义》。

此次我社出版的“蔡东藩说中国史”，就是以1935年新记书局的铅印本为底本，并做了细致的审校，订正了原书个别讹误。本着尽量保留著作原貌的宗旨，书中保留了作者全部注释、夹批、后评及用字和行文表述习惯。为方便读者阅读和理解，本书还在相应位置增加了部分人物的生平介绍。

由于作者受历史时代和传统观念的影响，书中对妇女地位、农民起义、民族关系、少数民族等问题的表述有一些局限性，对历史人物的评价仅是自己观点，我们相信，今天的读者阅读本书有自己的理解和评判，不必苛求前人。

序一

王学泰

大约在六十年前，读初中时我就记住了“蔡东藩”。那时正沉迷于武侠小说，为了了解武侠小说里大侠的生活背景，开始读历史演义小说。虽然蔡氏的书对于当时的我来说确实深了一些，但也能囫囵吞枣地读下来。蔡东藩恰恰又与我当时的班主任杨东藩先生同名，我才牢牢地记住了这个名字。

后来，我到“北图”查了蔡东藩的经历，原来蔡先生是鲁迅的同乡，他们都是浙江绍兴府人。鲁迅是绍兴会稽，蔡是绍兴萧山（清代萧山属于绍兴府），两人的乳名也很相近，鲁迅叫樟寿，蔡东藩叫椿寿。绍兴文人多笔力雄健，鲁迅人所共知，蔡东藩的史笔也不逊色，创作高峰也很相近。鲁迅创作高峰是1927年到1936年这十年，而蔡东藩也是从1916年到1926年十年写作了11部历史通俗演义，从前汉（附秦朝）、后汉（附三国）到民国九年，时间跨度2166年，总共600余万字。

讲了这么多鲁、蔡相同或相近之处，是不是说两者就是同一个营垒的写作者呢？当然不是。虽然蔡东藩只比鲁迅年长四岁，还比鲁迅晚去世九年，但二人却是两个时代的人。蔡是传统的文人，受的是旧式教育，读的书也是传统的“经、史、子、集”之类，在清朝还有过功名——秀才（14岁考中），还到北京参加过优贡考试（1905年废科举后对秀才安慰性的考试），并被分发为候补知县；而鲁迅一走出绍兴老家，进的就是新式学堂——江南水师学堂，后来到日本留学，先学医，后在东京研究文艺，开始创作，是中国第一代新型的知识分子。

经历了义和团运动和庚子事变（1900年），整个国家面临着被列强瓜分的危险，此时无论是忧国忧民的传统文人，还是追求新的思想意识、正在经历着蜕变的知识人都在关注与思考如何挽救危亡与救国救民问题。蔡东藩正是一位传统的忧国忧民之士，他思考的结果是用历史启发民众。清代的龚自珍曾说：“灭人之国，必先去其史。”（《龚自珍全集·古史钩沉论二》）中国自古重视自己的历史，自明代科举以“八股取士”以来，史学越来越不被世俗重视。像《儒林外史》中所写的中了进士的范进连“苏轼”是谁都不知道，这一点也不奇怪，因为史学与科举考试、特别是仕途没多大关系。

清廷自“废科举、兴学校”以来，新学独盛，史学更是雪上加霜。利用中国历代先贤救亡图存的事迹与精神，激发国民的爱国热情，从而拯救中华。这是一些传统文人的想法。著名谴责小说作家吴趼人曾“发大愿编写历史小说”，并撰写了《历史小说总序》和《两晋演义序》，用历史教育民众。可惜，时不我与，吴趼人不久因病去世，其计划自然便夭折了。他所遗留的“大愿”是与其思想意识接近的蔡东藩完成的。

蔡的第一部“历朝通俗演义”是《清史演义》，当时还没有一部完整的清史（《清史稿》印于1928年），这部书应该说是一部开创性的。写此书的直接动力，是他对清亡之后有些人仍然沉迷于帝制、甚至企图复辟帝制的不满，另外也有总结清王朝二百多年经验教训之意。

蔡东藩的这套“历朝通俗演义”基本上是从后往前写的，他从清史写起，其后是：元史、明史、民国史、宋史、唐史、五代史、南北史、两晋史、前汉史、后汉史，由上海会文堂新记书局陆续印行。时间是1916年7月到1926年9月。会文堂是用有光纸石印、线装，很廉价。20世纪五六十年代会文堂本还很多，充斥于旧书店、旧书摊。东藩之孙蔡福源用四五十个字概括了这套书的特色：“朝代多，人物众，篇幅长，跨度大，头绪繁，事情杂，史料实，详略当，连贯好，情意浓，趣味强，阅读易，引力足，印象深。”（《蔡东藩研究·我的祖父蔡东藩》）此书一出版，就风行全国，销售至“十万”。这在当时确实是个了不起的印数。普通书籍，每版也就印个两三千册。

蔡东藩这套书中所贯穿的思想主旨在传统文人群体中应该说是先进的。毛泽东曾说中国传统文化中既有“封建性的糟粕”，也有“民主性的精华”。精华之中最值得重视的应该是民本思想。这也就是孔子所说的“民惟邦本，本固邦宁”；孟子所说的“民为贵，社稷次之，君为轻”，“君之视臣如草芥，则臣视君如寇仇”。蔡东藩在“历朝通俗演义”中所竭力主张的正是孔孟所倡导的。他把儒家倡导的尧舜之治和仁政学说归纳为“开明专制”，他倡导“开明专制”摒弃“绝对专制”。

> 尧置谏鼓，立谤木，舜询四岳，咨十有二牧，禹拜昌言，汤改过不吝，周有询群臣询群吏询万民的制度，简策流传，至今勿替。可见古时的圣帝明王，虽然尊为天子，管辖九州，究竟也要集思广益，依从舆论，好民所好，恶民所恶，才能长治久安，做一位升平主子，贻谋永远，传及子孙。看官听说！这便是开明专制，不是绝对专制哩。
>
> （《前汉演义》第一回）

“开明”的核心就是“好民所好，恶民所恶”，为了保障实现这一点，关键是要建立能够听取不同意见的制度（“置谏鼓，立谤木”“询群臣、询群吏”等）。与此相对立的“绝对专制”是什么样子呢？

> 自从嬴政得国，专务君权，待遇百姓，好似牛马犬豕一般，凡所有督责抑勒的命令，严酷残暴的刑罚，无一不作，无一不行，也以为生杀予夺，惟我所为，百姓自然帖伏，不敢再逞，从此皇帝的位置，牢固不破，好教那子子孙孙，千代万代的遗传下去。那知专欲难成，众怒难犯，本身幸得速死，不致陨首，才及一传，宫廷里面，就闹得一塌糊涂，戍卒叫，函谷举，楚人一炬，可怜焦土。
>
> （同上）

绝对专制的特色是不把老百姓当人，“也以为生杀予夺，惟我所为，百姓自然帖伏，不敢再逞”。也就是说统治者可以任凭自己的意志去统治百姓，想怎么干，就怎么干。他们认为这样才能长治久安。没想到“专欲难成，众怒难犯”，秦朝统一天下才十几年的工夫，就被推翻了。这就是绝对专制的后果，“秦制”就是绝对专制。

对于继秦之后建立汉朝的刘邦，蔡东藩评价也不高，其原因就在于，他虽然取代了绝对专制的秦朝皇帝，但所执行的仍然是“秦制”：

> 史官说他豁达大度，确非凡夫，而且入关约法，尽除苛禁，能得百姓欢心，所以扫秦灭项，五年大成。但小子追溯汉家事迹，多半沿袭秦制，并没有一番大改革的事业。萧何原是刀笔吏，叔孙通又是绵蕞生，绵蕞系表位标准，绵是置设绵索，蕞是植茅地上，为肄习典礼之处，使知尊卑次序。所见所闻，无非是前秦故事，晓得什么体国经野的宏规，因此佐汉立法，仍旧是换汤不换药的手段，厉行专制政体，尊君抑民。
>
> （同上）

所谓“约法三章”是刘邦对关中百姓的许诺，《史记 · 高祖本纪》中记载：“汉元年（前206）十月，沛公（刘邦）兵遂先诸侯至霸上。……遂西入咸阳……还军霸上。召诸县父老豪杰曰：‘父老苦秦苛法久矣，诽谤者族，偶语者弃市。吾与诸侯约，先入关者王之，吾当王关中。与父老约，法三章耳：杀人者死，伤人及盗抵罪。余悉除去秦法。’”这话说得多贴心！

要把秦朝苛政只简化为三条：杀人偿命，伤人与偷盗按其行为给人造成的损失惩治。这三条简单，对于社会来说也是最基本的规范，“父老”们自然是竭诚拥护。其实这是个骗局，刘邦一进了秦宫殿，兴奋点都集中在做皇帝上，早把对老百姓的许诺抛到九霄云外，其所执行的仍是“尊君抑民”的“秦政”，“换汤不换药”。鲁迅也说过类似的意见。他在《而已集·小杂感》中说：

> 刘邦除秦苛暴，“与父老约，法三章耳。”而后来仍有族诛，仍禁挟书，还是秦法。法三章者，话一句耳。

除了《清史演义》《民国演义》综合各种野史稗官（包括清末民初的报刊）完成的以外，其他各朝史演义都是本着“以正史为经，务求确凿，以轶闻为纬，不尚虚诬”（蔡东藩《唐史演义·自序》）。“正史”叙事多重复，与人物活动无关的文字太多，如何删繁就简、增加历史人物之间的互动以及有趣的故事，这是颇费裁量的。

这套书虽名“演义”，但它还是与读者熟悉的《三国演义》《隋唐演义》《东西汉演义》等书不同。《三国演义》等作品更注重文学性，就文体来说，它们更接近“英雄传奇”；而蔡东藩的“演义”，虽然也有铺排、也有虚构，但其重点还在于叙述历史事实，它是历史读本。这一点自从它出版之后就被读者肯定了。当时江苏省立南京中学校长张海澄给会文堂新记书局写信说：“《历朝通俗演义》于中等学校学生文史知识，裨益匪浅。特采作课外补充读物。”

毛泽东也很喜爱这套“演义”，抗日战争时期，他就委托在敌后工作的李克农为他购买这套书。买来之后，他一直把这套书放在自己床头，作为常常翻阅的书籍。“文革”中出版业凋零，但还是出版了《民国通俗演义》（是否全套“历朝通俗演义”，因为我没看到，不能妄说。我只看到这一种，是大字本的，分订为八本。陈志根的《蔡东藩〈中国历代通俗演义〉版本源流述论》也没有提到蔡书的“文革”中印本）作为内部书，购买要凭一定级别的干部证件或介绍信。当时号召高级干部要“读点历史”，毛就向他们推荐蔡东藩的“演义”。

严谨的历史学家顾颉刚关注历史知识的普及。20世纪30年代，他就鼓励自己的学生撰写历史通俗读物（如陈稺常的《中国上古史演义》）。50年代出版历史通俗著作时，他推荐了“历朝通俗演义”，并为之作序：

> 一般历史通俗演义，在过去也曾出版过不少，可是似乎还很少能和蔡东藩先生这一部相提并论的。蔡先生对史料的运用与取舍，采取了相当认真的

态度。例如：他对正史中所引用的迷信部分，加以适当地批判，对于帝王自己为了要求在群众中建立威信而制造的神话，也都予以无情地讽刺。这证明了他作这部书并不想为封建统治阶级服务。……我认为，这部书的重新出版，不但可以作为一般人的读物，并且也可以作为爱好历史的人们的参考。因为一部《二十四史》，分量太多，就是历史专家也不容易把它完全熟记，倒不如这部演义，随意翻览一下，说不定会有提纲挈领的功效。

（顾颉刚《蔡东藩〈二十四史通俗演义〉（增订）序言》）

现在不是“熟记”不“熟记”，而是有多少有能力、有时间读“二十四史”了。因此，蔡东藩的“历朝通俗演义”就是学习中国历史的基本读物了。

蔡东藩的书中，自己还常常加批注，或作一些小考证，每回之末或有总评，以帮助读者辨明真伪与正误。例如《前汉演义》第十一回之末云：

本回叙刘季微贱时事，脱胎《高祖本纪》，旁采史汉各传，语语皆有来历，并非向壁虚造。惟史官语多忌讳，往往于刘季所为，舍瑕从善，经本回一一直叙，才得表明真相，不没本来。盖刘季本一酒色徒，其所由得成大业者，游荡之中，具有英雄气象，后来老成练达，知人善任，始能一举告成耳。若刘媪之感龙得孕，老妪之哭蛇被斩，不免为史家附会之词；然必谓竟无此事，亦不便下一断笔，有闻必录，抑亦述史者之应有事也。

刘媪之感龙得孕，老妪之哭蛇被斩这是正史中有的，作者不能回避，但在总评中加一些批评文字，已表明自己的态度。

蔡书自从问世后曾多次出版，就20世纪80年代以来，也有多家出版社重印，有人觉得印得太多了。记得四十年前曾与我的老师廖仲安先生讨论过什么书要多印的问题。他说，有的书就像大米白面，什么时候到粮店去买都要有，至于那些高级的粮食像西贡米、冰船面或北京人很少光顾的莜面、高粱面、小米面倒不一定时时要有（当时人们还在用粮票，对粮食的需求没有像现在这样多样化）。书籍也是这样。像“四书五经”《史记》《汉书》《三国志》《水浒传》《三国演义》“楚辞”“李白诗”“杜甫诗”“苏轼作品”《唐诗三百首》……这些就属于大米白面之类，什么时候去买都要有。从现在人们的精神需求来看蔡东藩的书，也将成为“大米白面”了，读者什么时候逛书店都能看到。

序二

杜君立

在世界所有国家中，中国的历史无疑是最为源远流长的。历史学家孟森先生说："中国有史之系统，严正完美，实超乎万国之上。"历史作为一种话语权，在数千年里经历了从民间到官方的转移和衍变，最后留下了一部皇皇巨著的"二十四史"。

"作史固难，读史亦难。"中国史籍浩如烟海，从二十四史、两通鉴、九通、五纪事本末，到其他各种别史、杂史和野史，一个人即使穷经皓首，也读不完这么多历史。仅"二十四史"就有三千二百五十九卷，除非像吕思勉这样的历史研究者（吕将"二十四史"通读了三遍），对一般读者来说，这样的正史难免会让人望而却步。

同时，这些高文典册的历史大多出自文人史官之手，并非为一般智识的普通民众而作，阅读难度可想而知。因此，便出现了大量的民间说史和写史，即"演义"小说的兴起。《三国志》属于正史，《三国演义》则将历史民间化和文学化了，就社会影响而言，前者根本无以望后者之项背。"罗贯中尝辑《三国演义》，风行海内，几乎家喻户晓，大有掩盖陈寿《三国志》的势力。若论他内容事迹，半涉子虚。一般社会能有几个读过正史？甚至正稗不分，误把罗氏《三国演义》当作《三国志》相看。"

对任何一个历史写作者来说，都希望自己的作品能够传播久远，所谓"藏诸名山，传之其人"，这其实牵扯到"文"与"史"的差异性。文史既相通又相异，历史小说不同于真正的历史，小说偏重于情节营造，历史偏重于真实性。"夫正史尚直笔，小说尚曲笔，体裁原是不同，而世人之厌阅正史，乐观小说，亦即于此处分之。"因真实性可疑，这种似驴非马的历史演义小说往往为学者所诟病，章学诚指责《三国演义》"创七分事实，三分虚构，以致观者往往为所惑乱"，"后世以讹传讹，将无作有，劝善不足，导欺有余"，"凭虚捏造，以诬古而欺今"。

一是乏人问津的所谓"正史"，一是真假难辨的各种"演义""戏说"，这在某种程度上导致中国历史始终陷于"贫困"，以至于鲁迅先生说："中国不但无正确之本国史，亦无世界史，妄人信口开河，青年莫名奇妙，知今知古，知外知内，都谈不到。"近代西风东渐，大学兴起，中国结束帝制，走向民主，历史才开始在中国重新复苏，梁启超提出"新历史"之说。在这场历史启蒙运动中掀起一股“历史热”，留下许多名篇巨作，其中影响最大的莫过于蔡东藩的“历朝通俗演义”。

蔡东藩（1877—1945）一生恰逢清末民初，既接受过完整的传统教育，又接触过许多现代新思想，精通经史诗文，这使他对历史、国家和民族有更现代、更深刻的认知。他坚持历史的真实根基，“以正史为经，务求确凿，以轶闻为纬，不尚虚诬”。在文字方面，他要求“文不尚虚，语惟以俗”，这或许是对同时期白话文运动的一种呼应。即使在今天看来，蔡东藩对写作的这种孜孜追求也不过时，即“理正词纯，明白晓畅，以发探新道德、新政治、新社会之精神”，“不求古奥，不阿时好，期于浅显切近”。

从1916年到1926年，从40岁到50岁，陋室孤灯，蔡东藩在浙江乡下写了整整10年。从《清史演义》始，先后写作了元史、明史、民国、宋史、唐史、五代史、南北朝、两晋、前汉和后汉等通俗演义。他以一人之力，竟然完成了这部长达600多万字的中国通史，从秦汉到民国，历史跨度长达2000多年。

在某种程度上，蔡东藩对中国历史写作的贡献足可与司马迁相媲美，说他是“现代司马迁”也不为过。作为中国第一部通史，50余万字的《史记》叙述了自黄帝到西汉的三千年中国史，蔡东藩的“历朝通俗演义”正好从前汉开始，这种衔接不仅是主题内容上的，也是历史精神的继承，即历史从官方到民间的回归，“究天人之际，通古今之变，成一家之言”。

与传统的历史通俗小说不同，蔡著采用的完全是专业历史写作的方法，重史轻文，注重真实和考据，无一事无来历，孤证不立。这需要大量的阅读和涉猎，更离不开洞隐烛微的思辨精神，写作《元史演义》时他就参考了大量中西史料，“是足以补中西史乘之缺，不得以小说目之”。这是史家才有的严谨，“语皆有本，不敢虚诬，笔愧如刀，但凭公理”。史论总被视为历史写作的点睛之笔，在“历朝通俗演义”中，除过一些历史知识的注释，还有大量的蔡氏史评作为批注。这自然会让人想到《史记》中的“太史公曰”。

今年恰逢蔡著《清史演义》（“历朝通俗演义”第一部）首次出版100周年，历经百年巨变，其光辉仍不可磨灭，正如替蔡续写《民国演义》后四十回的许廑父所言：“文笔之整饬，结构之精密，故成一完善之史学演义，出版后不胫而走遍天下。”事实上，“历朝通俗演义”自出版以来，便一直畅销不衰，但蔡氏本人却贫寒一生，仅以行医教书为生。这就是一个真正写作者的历史和命运。

（说明：文中所引用文字非特别注明者，均出自蔡东藩著作。）

自序

革命功成，私史杂出，排斥清廷无遗力；甚且摭拾宫闱事，横肆讥议，识者喟焉。夫使清室而果无失德也，则垂至亿万斯年可矣，何至鄂军一起，清社即墟？然苟如近时之燕书郢说，则罪且浮于秦政隋炀，秦隋不数载即亡，宁于满清而独永命，顾传至二百数十年之久欤？昔龙门司马氏作《史记》，蔚成一家言，其目光之卓越，见解之高超，为班范以下诸人所未及，而后世且以谤史讥之；乌有不问是非，不辨善恶，并置政教掌故于不谭，而徒采媟亵鄙俚诸琐词，羼杂成编，即诩诩然自称史笔乎？以此为史，微论其穿凿失真也，即果有文足征，有献可考，亦无当于大雅；劝善惩恶不足，鬻奸导淫有馀矣。

鄙人自问无史才，殊不敢妄论史事，但观夫私家杂录，流传市肆，窃不能无慊于心，憬然思有以矫之，又自愧未逮；握椠操觚者有日，始终不获一编。而孰知时事忽变，帝制复活，筹安请愿之声，不绝于耳，几为鄙人所不及料。顾亦安知非近人著述，不就其大者立论，胡人犬种，说本不经，卫女狐绥，言多无据；鉴清者但以为若翁华胄，夙无秽闻，南面称尊，非我莫属；而攀鳞附翼者，且麇集其旁，争欲借佐命之功，博封王之赏，几何不易君主为民主，而仍返前清旧辙也。

窃谓稗官小说，亦史之支流馀裔，得与述古者并列；而吾国社会，又多欢迎稗乘，取其易知易解，一目了然，无艰僻渊深之虑。书籍中得一良小说，功殆不在良史下。私心怦怦，爰始属稿而勉成之。自天命纪元起，至宣统退位止，凡二百九十七年间之事实，择其关系最大者，编为通俗演义，几经搜讨，几经考证，巨政固期核实，琐录亦必求真；至关于帝王专制之魔力，尤再三致意，悬为炯戒。成书四册，凡百回，都五六十万言，非敢妄拟史宬，以之供普通社会之眼光，或亦国家思想之一助云尔。稿甫就，会文堂迫于付印，未遑修饰，他日再版，容拟重订，阅者幸勿诮我疏略也。是为序。

中华民国五年七月古越蔡东藩自识于临江书舍

目录

清代世系图

❶ 清太祖爱新觉罗氏努尔哈赤［在位十一年］—— ❷ 太宗皇太极［在位十七年］—— ❸ 世祖福临［在位十八年］—— ❹ 圣祖玄烨［在位六十一年］

—— ❺ 世宗胤禛［在位十三年］—— ❻ 高宗弘历［在位六十年］—— ❼ 仁宗颙琰［在位二十五年］—— ❽ 宣宗旻宁［在位三十年］

—— ❾ 文宗奕詝［在位十一年］——
- ❿ 穆宗载淳［在位十三年］
- ⓫ 德宗载湉［在位三十四年］—— ⓬ 溥仪［在位三年］

第一回

溯往事慨谈身世
述前朝细叙源流

“帝德乾坤大，皇恩雨露深。”开场白若庄若谐，寓有深意，读者莫被瞒过。这联语是前清时代的官民，每年写上红笺，当作新春的门联，小子从小到大，已记得烂熟了。曾记小子生日，正是前清光绪初年间，当时清朝虽渐渐衰落，然全国二十余行省，还都是服从清室，不敢抗命；士读于庐，农耕于野，工居于肆，商贩于市，各安生业，共乐承平，仿佛是汪洋帝德，浩荡皇恩。比今日何如？到小子五六岁时，尝听父兄说道：“我国是清国，我辈便是清朝的百姓。”因此小子脑筋中，便印有清朝二字模样。嗣后父兄令小子入塾，读了赵钱孙李，念了天地元黄，渐渐把清朝二字，也都认识。至《学庸论孟》统共读过，认识的字，差不多有三五千了，塾师教小子道：“书中有数字，须要晓得避讳！”小子全然不懂，便问塾师以何等字样，应当避讳？塾师写出玄字，烨字，胤字，弘字，颙字，詝字，指示小子道：“此等字都应缺末笔。”又续写历字，宁字，淳字，随即于历字，宁字，淳字旁，添写一曆字，甯字，湻字，指示小子说道：“历字应以曆字恭代，寧字应以甯字恭代，淳字应以湻字恭代。”小子仍莫名其妙，直待塾师详细解释，方知玄字烨字是清康熙帝名字，胤字是清雍正帝名字，弘字、历字是清乾隆帝名字，颙字是清嘉庆帝名字，宁字、詝字、淳字是清道光咸丰同治帝的名字，人民不能乱写，所以要避讳的。这等塾师也算难得了。

后来入场考试，益觉功令森严，连恭代的字，都不敢写，方以为大清统一中原，余威震俗，千秋万岁，绵延不绝，可以与天同休了。虚写得妙。谁知世运靡常，兴衰无定，内地还称安静，海外的风潮，竟日甚一日。安南缅甸，是中国藩属，被英法两国夺去，且不必说。清朝原是慷慨得很。忽然日本国兴兵犯界，清朝遣将抵御，连战连败，没奈何低首求和，银子给他二百四十兆两，又将东南的台湾省、澎湖群岛，双手捧送，日本国方肯甘休。过了两三年，奉天省内的旅顺大连湾，被俄国租占了去，山东省内的胶州湾，被德国租占了去，胶州湾东北的威海卫，被英国租占了去，广东省内的广州湾，被法国租占了去，而且内地的矿山铁路，也被各国占去不少。这便叫作国耻。

嗣是清朝威势全失，外患未了，内忧又起，东伏革命党，西起革命军，扰乱十多年，清廷防不胜防；后来武昌发难，各省响应，竟把那二百六十八年的清室推翻了，二十二省的江山光复了。自此以后，人人说清朝政治不良，百般辱骂；甚至说他是犬羊贱种，豺虎心肠，又把那无中生有的事情，附会上去，好像清朝的皇帝，无一非昏淫暴虐，清朝的臣子，无一非卑鄙龌龊，这也未免言过其实呢。平心之论。我想中国的人心，实在是靠不住的，清朝存在的时候，个个吹牛拍马，说他帝德甚么大，皇恩甚么深，到了清室推翻，又个个批他一钱不值，这又何苦？帝王末路大都如是。小子无事时，曾把清朝史事，约略考究，有坏处，也有好处；有淫暴处，也有仁德处。若照时人所说，连两三年的帝位，都保不牢，如何能支撑到二百六十多年？是极是极。不过转到末代，主弱臣庸，朝政浊乱，所以民军一起，全局瓦解。现在清朝二字，已成过去的历史，中国河山，仍然照旧，要想易乱为治，须把清朝的兴亡，细细考察，择善而从，不善则改，古人说的“殷鉴不远”便是此意。揭出全书宗旨，何等正大光明，不比那寻常小说家，瞎三话四，乱造是非。

闲文少表，且说清朝开基的地方，是在山海关外沈阳东边，初起时，只一小小村落，聚群而居，垒土为城，地名鄂多哩，人种叫作通古斯族，他的远祖，相传是唐虞以前，便已居住此地，称为肃慎国，帝舜二十五年，肃慎国进贡弓箭，史册上曾见过的。传到后代，人口渐多，各分支派，大约每一部落，戴一首领，多生得骨格魁梧，膂力强壮，并且熟习骑射，百步穿杨；赵宋时代，金太祖阿骨打，是他族内第一个出色人物，开疆拓土，直到黄河两岸，宋朝被他搅扰的了不得。后来蒙古兴起，金邦渐衰，蒙古与南宋联兵，将他吞灭，还有未曾死亡的遗族，逃奔东北，伏处海滨，经过了二百多年，又产出一个大人物来；这个人物，说是天女所生，真正奇事！天女如何下降，不知与天孙织女作何称呼？小子尚不敢凭空捏造，是从史籍上翻阅得来：天女生在东北海滨长白山下，有姊妹三人，长名恩古伦，次名正古伦，幼名佛库伦，三人系出同胞，相亲相爱，只是塞外风俗，与内地不同，男子往来游牧，迁徙无常，女子亦性情活泼，最爱游玩。一日，姊妹三人，散步郊原，到了长白山东边，有一座布库里山，洞壑清幽，别有一种可人的景致；那时正是春风澹荡，春日迷离，黄鸟双飞，绿枝连理，暗藏春色。三人欢喜非常，便从山下蹀躞前行，约里许，但见一泓清水，澄碧如镜，两岸芳草茸茸，铺地成茵，真是一副好床褥。就假此小坐。佛库伦天真烂漫，春兴正浓，就约两姊妹解衣洗浴。浴未毕，忽闻鸟声嘎喈来，三人昂首上观，约有两三只灵鹊，仿佛像姊妹花一般。绝妙对偶。就中有一鹊吐下一物，不偏不倚，正坠在佛库伦衣上，佛库伦眼快手快，急忙拾取，视之，乃一可口的食物。是何物耶？试掩卷猜之！她也不辨名目，就衔在口内，两姊问她所拾何物，她已从口中囫囵咽下，模糊答道："是一颗红色的果子。"拾到便吃，真是一个半开化的女子。两姊也不及细问，遂各上岸，着好衣服，缓步同归。谁知佛库伦服了此药，肚子竟膨胀起来，她自己也不知所以。到十个月后，竟产出一男，不但状貌魁奇，并且语言清楚，佛库伦不忍抛弃，就在家中抚养。

光阴迅速，襁褓婴儿，竟作髫年童子，只是佛库伦无夫而孕，未免惹人议论，幸而穷荒草昧，人迹稀少，始得抚育成人。可见天女之说，本来荒诞。儿名叫作布库里雍顺，系是佛库伦所取，因她在布库里山下，食了朱果，以致孕育，所以特地将布库里三字，作为儿名，留一纪念。布库里雍顺，到了十多岁，颖悟非凡，自念有母无父，当属何族，遂问他母亲佛库伦。佛库伦命以爱新觉罗四字。爱新觉罗，是长白山下居民的土音。其后布库里雍顺遗裔建一满洲国，遂相传为满洲语，若作汉文解说，爱新与金字同音，觉罗即姓氏意义，布库里雍顺的族系，即此可以明白了解。佛库伦是否天女，小子也不消细说了，以不解解之。

且说布库里雍顺渐渐长大，也学些骑马射箭的技艺，闲暇时又在河边折柳编筏。看官！你道他折柳编筏，是何意思？他是具有大志，暗想穷居草莽，终究没有生色，若将柳条编成一筏，可以驾筏出游。果然天下无难事，总教有心人，柳条越编越多，越多越大，居然成了一叶扁舟，布库里雍顺喜不自禁，就轻轻在筏上坐住，顺着河流，飘扬而去。英雄冒险，胆大敢为，冥冥中亦像有风伯河神，当先引导，竟把那布库里雍顺送到一个安乐的地方。这是乘风破浪的模样。

原来长白山东南有一大野，名叫鄂谟辉，野中有一村落，约数十百家，这数十百家内，只分三姓，习成强悍，专喜械斗，因此自相残杀，连岁不休。近时中国内地村民，亦有好械斗者，岂亦为三姓遗风所传染耶？一笑。一日，有女子汲水，见一柳筏，随流漂至，其间有青年男子，端坐在内，顿时骇异非常，急忙回告父兄。那时父兄即临河眺望，果然岸傍有一少年，头角峥嵘，仪表英伟，不觉失声道："这是天生神人。"随即引之登陆，问从何来？布库里雍顺从容对答，说是天女所生，由长白山下至此。霎时间哄动乡闾，无论男女老幼，一齐出观，见了布库里雍顺，都道这个好郎君，真正难得。于是各邀布库里雍顺至家，仿佛一桃花源。东牵西扯，几至大家争论起来，还是布库里雍顺从旁劝解，说我初到此地，辱承待爱，自当次第谒候。又指汲流女子的父兄道："我与他相见最早，理应先到他家，问候起居。"众人见他举止谦恭，吐属风雅，便个个叹服，一无异言。布库里雍顺就随了汲流女子的父兄，直至家内。那家格外优待，饷以酒食；饮半酣，座上老人更详问氏族，布库里雍顺一一还答。老者又问以婚未？布库里雍顺答言未婚。老者即起身入室，半晌间引一少女出室来前。走近视之，虽是乡村弱质，倒也体态端方。未知亦是天女否？仔细端详，就是汲流女子。老者嘱女子对答行礼，布库里雍顺亦离座作答。礼毕，女子转身入室，老者便对布库里雍顺道："小女伯哩年将及笄，如蒙不弃，愿附姻好。"布库里雍顺不得不推逊一番。老者执意不允，布库里雍顺方与老者行翁婿礼。老者拟择日成婚，自是布库里雍顺就住在此家。暇时到村中各家问讯，村人见他彬彬有礼，无不欢迎。

到了吉日，一对小夫妻，谐了眷属，大众都到老者家贺喜。顿时高朋满座，佳客盈门，就中有一个白发朱颜的老丈，对主人道："好一个小郎君，被你家夺作女婿。"又向众人道："这是圣人出世，到吾村内，也算是阖村幸福。吾村连岁械斗，弄得家家不安，人人耽忧，现在不若奉此小郎君为主，一切听他指挥，倒可解怨息争，安居乐业，大众以为何如？"众人听这一席言语，个个鼓掌赞成，欢声如雷。也不待布库里雍顺允与不允，竟一齐请他上坐，奉他作为部长，呼为贝勒。布库里雍顺得此天假的奇缘，遂运用智谋，部勒村居人民，建设堡寨，创造鄂多哩城，成了一个爱新觉罗部，作满州开基的始祖。后人有诗赞道：

峨峨长白映无垠，朱果祥征佛库伦。

集庆星源三百载，觉罗禅亦衍云礽。

布库里雍顺后，传了数代，又出一个惊天动地的人物，比布库里雍顺似还强得多哩。看官！你道是谁？且少待片刻，容小子下回报名。

是回为全书总冒，将下文隐隐呼起；并将作书总旨，首先揭示。入后叙满洲源流。运实于虚，亦有弦外深意，确是开宗明义之笔。

成为帝王，败即寇贼，何神之有？我国史乘，于历代开国之初，必溯其如何祯祥？如何奇异？真是谬论。是回叙天女产子、朱果呈祥等事，皆隐隐指为荒诞，足以辟除世人一般迷信，不得以稗官小说目之。

第二回

丧二祖誓师复仇
合九部因骄致败

却说布库里雍顺所建的鄂多哩城，在今辽宁省勒福善河西岸，去宁古塔西南三百多里，此地背山面水，形势颇佳，究竟是小小部落，无甚威名。当时明朝统一中原，定都燕京，只在山海关附近设防，塞外荒地，视同化外；就是比鄂多哩城，阔大几倍，也不暇去理保，何况这一个小小土堡呢？谁知深山大泽，实生龙蛇，自布库里雍顺开基后，子子孙孙，相传不绝，其间虽迭有兴衰，到了明朝中叶，出了一个孟特穆，智略过人，把祖基格外恢拓，渐渐西略，移住赫图阿拉地。赫图阿拉在长白山脉北麓，后来改名兴京便是。

孟特穆四世孙名叫福满，福满有六子，第四子觉昌安，继承先业，居住赫图阿拉城，还有五子，亦各筑城堡，环卫赫图阿拉，统称宁古塔贝勒。觉昌安率领各贝勒，攻破邻近部落，拓地渐广，生了数子，四子名塔克世，娶喜塔喇氏为妇，这喜塔喇氏并非天女，呼应得妙。偏生出一个智勇双全、出类拔萃的儿子来。这人就是大清国第一代皇帝，清朝子孙，称为太祖，努尔哈赤是他英名。众儿郎喝一声彩。他出世时，祖、父俱存。他有一个堂姐，是觉昌安女孙，出嫁与古埒城阿太章京，已有数年。不料明朝遣总兵李成梁，驻守辽西，阴忌觉昌安，招诱图伦城主尼堪外兰，合兵围攻古埒城。这古埒城地方狭小，那里挡得住大军，连忙差人到觉罗部求救。觉昌安得报，恐女孙被陷，遂与塔克斯带领全部兵士，驰救古埒城，与敌兵接仗，不分胜负。阿太章京见救兵已到，开城迎入。城中得了一支生力军，人心少安。

觉昌安上城巡视，不分昼夜，每日指挥部众，极力防御。忽见城下一人，扣马而李成梁（1526—1615），字汝契，辽东铁岭卫（今辽宁铁岭）人，隆庆四年（1570年）以都督佥事为辽东总兵。在镇二十二年，封宁远伯。罢官十年后，再起镇辽，在职八载，加至太傅。

至，大呼开门，觉昌安从上俯视，其人非他，乃图伦城主尼堪外兰也。原来尼堪外兰，旧隶觉昌安部下，因此相识。便问汝来何意？答言闻主子到此，特来禀见。觉昌安见无随兵，即开门纳入。尼堪外兰既入城，至觉昌安前，即抱膝请安。觉昌安命之起坐，问何故联明攻城？尼堪外兰婉言谢罪，并云："前未知古埒城主，与主子有亲，故敢冒犯，今闻主子远道驰救，方识有婚姻关系；现已向明李总兵前，盛说主子威德及人，不宜与敌，李总兵已愿退兵，若主子再令古埒城主，向明廷岁献方物，李总兵且当上表明廷，请给主子封爵，管领建州。"明称长白山郡为建州卫。觉昌安道："汝言果真么？"尼堪外兰急得发誓道："如有狂言，愿死乱刀之下。"大诈似信。觉昌安大喜，令阿太章京设宴相待，席间叙谈。尼堪外兰极力趋承，越说得天花乱坠，甚么龙虎将军印，甚么建州卫都督敕书，不由觉昌安不信。喜人家拍马屁，总要吃亏。饮毕，辞去。次日城下各军，果然齐退。阿太章京见敌军退尽，拜谢觉昌安父子救援之恩，一面备办盛筵，款待觉昌安父子，一面烹羊宰猪，犒飨军士。大众饮得酩酊大醉，至晚各自鼾睡。醉死梦生。谁知蓦地里炮声大震，喊杀连天，众人从睡梦中惊醒，不识何处大兵，从天而下，身不及披衣，而头已断，手不及持刃，而臂已离，纷纷扰扰的一夜，城中的兵民，多半向鬼门关上挂号报到；觉昌安父子及阿太章京两夫妻，也亲亲热热，一淘儿归阴去了。趣语。古人说得好："福兮祸倚，乐极悲生。"只为觉昌安误信奸言，遂中了尼堪外兰的诡计。到此方说出原因。

清太祖（1559—1626），即"爱新觉罗·努尔哈赤"，后金创立者，满族。万历十一年（1583年）起兵，后逐步统一各部。在统一过程中，创建八旗制度，并命人用蒙古文字母创制满文。四十四年，在赫图阿拉（今辽宁新宾西老城）即汗位，国号金（史称"后金"），建元天命。天命三年（1618年）起兵反明。萨尔浒之战后迁都辽阳，后又迁都沈阳。次年进攻宁远（今辽宁兴城），被袁崇焕击败，受伤，不久病死。清建立后，被追尊为太祖。

是时努尔哈赤年方二十五岁，因祖父二人往援古埒城，常着人探听消息，先接到明军撤围的音信，颇自安心，嗣后续闻警耗，至祖父被害一节，不觉大叫一声，晕倒于地。颇有孝思。及众人救醒，放声大哭。连他伯叔兄弟，都各凄然。当下检查武库，只留遗甲十五副，一一携出，指示伯叔兄弟，提出复仇二字，哀恳臂助。那时伯叔兄弟，自然感愤得很，分着遗甲，一拥出城，向东而去。君父之仇，不共戴天，此举不谓无名。

且说尼堪外兰用诡计袭破古埒城，掳了些金银财宝，搬回图伦，终日流连酒色，任情取乐。想是活得不耐烦了。忽报努尔哈赤兵到，顿觉仓皇失措，勉强招集部众，出城对敌。努尔哈赤不待图伦兵列阵，即纵马直出。当先踹入敌阵中，部众乘势跟上，逢人便杀，见首辄斫，仿佛是生龙活虎一般，图伦兵从未见过这般厉害，霎时间纷纷退走。尼堪外兰见事不妙，忙拍转马头，落荒逃走。此时恰无计可施了。努尔哈赤追赶不及，收兵入图伦城，下令降者免死。城内外兵民，闻此号令，都投首乞降。休息一天，复发兵追寻尼堪外兰，终无下落。旋探知尼堪外兰已窜入明边，乃回赫图阿拉城，修书致明朝边吏，书中大意，是请归祖父丧，及拿交尼堪外兰。明边吏将此书上达明廷，此时正在明朝万历年间，老成凋谢，佞人用事，文武各官，多半是酒囊饭袋，误国该死。见了此书，就纷纷议论起来：有的说是万不能允的；有的说是允他一半。嗣经执掌朝纲的大员，以李成梁无故兴兵，亦属非是，但执送尼堪外兰，有损国威，不若归丧给爵，买他欢心为是。神宗皇帝准了此议，遂令差官奉敕三十道，马三十匹，建州卫都督册书一函，龙虎将军印一颗，并送还觉昌安父子的棺木。若此，努尔哈赤，也算是万分荣幸了。

明神宗（1563—1620），即“朱翊钧”，明穆宗第三子。隆庆六年（1572年），明穆宗驾崩，10岁的朱翊钧即位，年号万历。初年由张居正执政，清丈全国土地，推行一条鞭法，治理黄河，缓和了统治危机。成年亲政后不视朝三十余年，大事营建。晚年因立嗣造成党争。

差官到了赫图阿拉城，努尔哈赤以礼迎入，北向受封。是已有君臣之分了。只因尼堪外兰未曾拿交，仍央差官回请。差官去后，待至数月，毫无音响，努尔哈赤复仇心切，镇日里招兵买马，大修战具，分黄红蓝白四旗，编成队伍，旌旗变色，壁垒生新。一日升帐宣令，饬部下头目，排队出发，直指明边。众头目请道：“此去攻明，必须经过某某部落，须先向假道方可。”努尔哈赤道：“不必！有我当先开路，汝等紧随便是。”大众无言可说，便跟着努尔哈赤出城。车驰马骤，风掣电驰，所过各部落，毫无防备，由他进行；稍强横的部民，拦阻马头，不是被刀杀死，便是被箭射死。太不讲理！行了数日，距明境只三十里，努尔哈赤便命部众停住，扎好了营，令队长齐萨率壮士数十人，往明境叩关，索交尼堪外兰。是时明总兵李成梁，已由明廷谴责，说他无端启衅，褫职回籍。调了一个新总兵，懦弱无能，闻觉罗部遣众叩关，惊慌得了不得，不得已派一属弁，与军士百人，出城与齐萨会议。齐萨所说的，无非是索交尼堪外兰，否则兵戎相见，差弁无可辩驳，只得唯唯而还。也是尼堪外兰恶贯满盈，命数该绝，正在城中探听消息，踯躅前行，无巧不成话，偏与差弁相遇；差弁即将他骗入署中，禀明总兵，一声呼喝，将尼堪外兰反绑起来，推入囚车，遣两役舁出，像扛猪的扛了去，趣绝。扛到郊外，送交清营。当由垂辫的兵役数名，从囚车内一把抓出，拖入帐中，尼堪外兰已魂飞天外，但闻得一声惊堂木，接连有"你这骗贼，也有今日"两语，正思开目张望，可奈乱刃交下，血晕心迷，霎时间一道魂灵，归入地府，适应了前日誓言。一报还一报，骗子究竟做不得，假愿也是罚不得。

自是努尔哈赤与明朝和好，每岁输送方物，明廷亦岁给银八百两，蟒缎十五匹，并许彼此人民互市塞外。

这觉罗部渐渐富强，名为明朝藩属，实是明朝敌国；句中有眼。远近部落，又被他并吞不少。那时这雄心勃勃的努尔哈赤，乘着这如日方升的气象，想统一满洲，奠定国基，当命工匠兴起土木，建筑一所堂子，作为祭神的场所。工匠等忙碌未了，忽掘起一块大碑，上有六个大字，忙报知努尔哈赤。努尔哈赤不见犹可，见了碑文，暗觉惊诧异常。他却佯为镇定，仔细摩挲了一回，突然向工人道："这妖言不足信，快与我击断此碑！"确肖雄主口吻。看官！你道这碑文是如何说？乃是"灭建州者叶赫"六字。煞是可惊，隐为后文伏笔。此碑既由工人击断，努尔哈赤始退回帐中，心中却闷闷不乐。次日来了一个外使，说是奉叶赫贝勒命，来此下书。努尔哈赤暗想道："偌大这叶赫部，乃竟来与我作对么？"踌躇了一会，方唤来使入帐。来使呈上书信，努尔哈赤展视之，但见书上写着：

叶赫国大贝勒纳林布禄，致书满洲都督努尔哈赤麾下：尔处满洲，我处扈伦，言语相通，势同一国，今所有国土，尔多我寡，盍割地与我？

努尔哈赤看到此句，不由的怒气上冲，将来书扯得粉碎，掷还来使；并向来使说道："我国寸土寸金，就使汝主首级来换，也是不允。"说罢，命左右逐出来使。使者抱头鼠窜而去。努尔哈赤即于次日出城阅兵，严行部勒，详申军律，并命军士日夜操练，专待叶赫兵到，与他厮杀。有备无患。

且说叶赫国在满洲北方，与哈达、辉发、乌拉三部，互为联络，名扈伦四部，明朝称他为海西卫。又以哈达居南，叫作南关，叶赫居北，叫作北关。叶赫为扈伦大国，清灭叶赫，始及明境，故叙述较详。叶赫最强，又与明朝互通聘问，明朝亦略给金帛，令他防卫塞外。叶赫主纳林布禄闻努尔哈赤统一满洲，料他具有大志，宜趁势力未足的时候，翦灭了他，方无后虞，思想也自不错，可惜没有能力。只是无故不能发兵，遂想出下书的计策，借些因头，作为发兵的话柄。到了差人回国，将努尔哈赤的言语，一一传达，纳林布禄勃然道：“有这样大言，我明日便去灭除了他。”差人道：“主子不要轻觑满洲，他部下多是勇夫，不容易对仗呢！”纳林布禄道：“你休长他人志气，灭自己威风！看你爷明日踏平满洲哩。”越会说大话，越是没用。次日，便差各将弁四路下书，纠合远近各部，合攻满洲，事成当平分满洲土地。过了数日，哈达、辉发、乌拉三部，各率三千兵到叶赫；又过了数日，长白山下的珠舍哩、讷殷二部，已有复书，说已各发兵二千，在中途等候；又过了数日，蒙古的科尔沁、锡伯、卦勒察三部，或发兵一千，或发兵一千五百，也到叶赫境内。是时纳林布禄欢喜异常，忙把部下的兵卒，一齐发出，除老弱不计外，统计有一万多人，会合各部联军，祭旗出发。途中又会着长白山下二部兵士，共得三万多人，浩浩荡荡，杀奔满洲来。写得有声有色，以衬下文努尔哈赤之能。

惊报传到努尔哈赤耳中，即饬兵士驻守札喀城，阻住叶赫各部兵来路。纳林布禄到了札喀城，望见城上旗帜鲜明，刀枪森竖，料知有备，令军士退后三里，扎定营寨。次日，有探马来报，说满洲主努尔哈赤带领全部人马，扎住古埒山，纳林布禄全不在意。原来札喀城在赫图阿拉西北六十里，城右有古埒山，蜿蜿蜒蜒，包围大城。兵法云：“倚山为寨。”所以努尔哈赤在山下立营。纳林布禄不知占夺此山，已输了一着。又次日，纳林布禄正准备迎敌，闻报敌兵已到，即出帐上马，率军对仗。但见前面来的满洲军，只有百余骑，老少不一，带兵的头目，也没有十分骁勇。分明是诱敌的兵。他在马上大笑道：“这样小妮子，也想同我对仗，真是满洲的气数。”慢着！话未毕，旁闪出一将道：“人人说满洲强盛，看这等老弱残兵，教咱们一队兵士，已杀他片甲不留，各部将弁，都可休息，主子更不必劳动呢。”纳林布禄视之，乃是叶赫西城统领，名叫布塞，即大喜道：“你去罢！”布塞便率队上前，呐一声喊，直扑满洲军，满洲军不与交战，竟向后退去。其诈可知。布塞一马当先，乘势追赶，只见满洲军都退入山谷中，布塞也不管好歹，追入山谷。粗莽之至。忽喊声大起，一彪军从谷内拥出，截住布塞厮杀，正酣斗间，科尔沁部统领明安亦率部兵追至，他恐布塞得了首功，故急急赶来。满洲军见布塞得了援军，又纷纷退走。此路伏兵，还是诱敌。布塞仍策马前进，明安率兵紧随，转了一坡，又过一坡，越走越险，越险越窄。走入死路去了。刺斜里喊声又起，复来一彪军，将布塞、明安的兵，截作两段。前面的满洲军，也回转身来，夹攻布塞。布塞军顿时大乱，忽有一将持刀突入，到布塞马前，布塞措手不及，被他一刀劈于马下。部下军士，无处逃生，都做了刀头之鬼。真正片甲不留。明安知前军被截，急忙退走。确是胜不相让、败不相救的情形。不想满洲军已满山遍野的掩杀前来，明安只得纵马而逃，不顾山路上下，拼命奔走。忽闻扑搨一声，马被陷入淖中，明安急忙下马，轻轻的抓上山壁，已是拖泥带水的要不得，他便弃了鞍马，带爬带走的逃了去。

要想争功，便落到这般田地。

当时纳林布禄信了布塞的言语，回入帐中，满望捷报，忽听帐外喊声震地，急上马出视，正遇着一彪雄军，为首的一员大将，眉现杀气，眼露威棱，手中持一大刀，旋风般杀将来。看官！你道是谁？就是满洲主努尔哈赤。此处方现。纳林布禄忙拔刀对敌，战了三五回合，不是努尔哈赤的对手。正惶急间，旁边走过了布占泰，是乌拉部贝勒的兄弟，见纳林布禄刀法散乱，忙向前敌住，纳林布禄才一歇手，猛听得大喝一声，布占泰已被努尔哈赤活擒了去。这纳林布禄吓得魂不附体，忙转身向寨后逃走，各部兵见主寨已破，尚有何心再与抵敌，人人丧魄，个个逃生。正是：

一声鼙鼓喧天日，八面威风扫地时。

不知纳林布禄得逃脱与否，且待下回说明。

图伦城主尼堪外兰，与叶赫部主纳林布禄，名为满洲之仇敌，实皆满洲之功臣。自古英雄豪杰，不经心志之拂乱，未必能奋发有为，故敌国外患之来，实磨砺英豪之一块试金石也。本回上半截，叙努尔哈赤之勇，下半截，述努尔哈赤之智，智深勇沉，信不愧为开国主，然皆由激厉而成。古所谓生于忧患、死于安乐者，于此可见矣。文中运实于虚，写得英采动人，确是妙笔。

第三回

祭天坛雄主告七恨
战辽阳庸帅覆全军

却说纳林布禄从寨后逃走，直驰至数十里，不见满洲军，方教停住。少顷，喘息已定，各部兵亦逐渐趋集，约略检点，三停里少了一停，自己部下，且丧失一半。正在垂头丧气，忽见一人踉跄奔入，正是科尔沁部统领明安，尚未行礼，即大哭道："全部军士都败没了，贵统领布塞闻已战死了。"纳林布禄也忍不住垂泪道："可惜可恨！不想努尔哈赤有这般厉害。"晓得迟了。旋与各部统领，商量和战事宜，大众怵于前创，都是赞成和议。纳林布禄无计可施，只得遣使求和，彼此往来商议，约定和亲，叶赫主的侄女，拟嫁与努尔哈赤的代善，西城统领布塞的遗女，即献与努尔哈赤为妃，才算暂时了结。陪了夫人又折兵。

努尔哈赤得胜班师，尚恨长白山下二部，结连叶赫，趁势蚕食，把他灭亡。前时擒住的布占泰，因他降顺，给了他一个宗女，放他回国。嗣后布占泰复被叶赫主煽惑，服从叶赫，叶赫主又故意出攻哈达，令哈达向满洲借兵，唆使半路埋伏，歼灭满军。谁知努尔哈赤已瞧破机关，暗率部兵，绕道至哈达城，混入城中，活擒了哈达部长孟格布禄。叶赫主闻此计不成，遣使到明朝，令归还哈达部长，努尔哈赤因明使相请，将孟格布禄子武尔古岱放还，武尔古岱从此归服满洲，努尔哈赤又收服了辉发部，并乘势讨布占泰，攻入乌拉城。布占泰逃至叶赫，努尔哈赤接还宗女，差人向叶赫索布占泰。叶赫主不允，反把这许字满洲的侄女，另嫁蒙古。看官！你想这努尔哈赤，到此还肯忍耐吗？此段看似琐屑，却是不能不叙。只是努尔哈赤想攻叶赫，偏这明朝屡次出来帮护，努尔哈赤就背了明朝，自己做了满洲皇帝，比做建州卫都督，原强得多了，然不可谓非背明。筑造宫殿，建立年号，叫作天命元年，这正是明朝万历四十四年的事情。前数回不点年号，此处因满洲已建国称帝，故大书特书。自此以后，努尔哈赤就是清国太祖高皇帝，小子作书到此，也只得称他作满洲太祖，把努尔哈赤四字，暂时搁起。此后都说满洲太祖，为醒目计，非贡谀也。

清太宗（1592—1643），即“爱新觉罗·皇太极”，清代皇帝，努尔哈赤第八子。天命十一年（1626年）继位后金可汗。天聪十年（1636年）改后金为清，称皇帝，年号崇德。继续完成对今黑龙江和吉林东境女真各部的统一。曾屡次对明用兵。

太祖有十多个儿子，第八子皇太极最聪颖，太祖便立他为太子。还有二子，亦是非常骁勇，一名多尔衮，一名多铎，后来入关定鼎，全仗这二人做成，这且慢表。单说满洲太祖，自建国改元后，招兵添械，日事训故，除黄红蓝白四旗外，加了镶黄镶红镶白镶蓝四旗，共成八旗，分作左右两翼，准备了两年有余，锐意出发，他想不入虎穴，焉得虎子，欲灭叶赫，不如先攻明朝，遂于天命三年四月，择日誓师，决意攻明。命太子皇太极监国，自率二万劲旅，到天坛祭天。当由司礼各官，爇烛焚香，恭行三跪九叩首礼，读祝官遂朗诵祝文道：

满洲国主臣努尔哈赤谨昭告于皇天后土曰：“我之祖父，未尝损明边一草寸土，明无端起衅边陲，害我祖父，恨一也；明虽起衅，我尚修好，设碑立誓，凡满汉人等，无越疆圉，敢有越者，见即诛之，见而故纵，殃及纵者。讵明复渝誓言，逞兵越界，卫助叶赫，恨二也；明人于清河以南，江岸以北，每岁窃逾疆场，肆其攘夺，我遵誓行诛，明负前盟，责我擅杀，拘我广宁使臣纲古里方吉纳，胁取十人，杀之边境，恨三也；明越境以兵助叶赫，俾我已聘之女，改适蒙古，恨四也；柴河三岔抚安三路，我累世分守，疆土之众，耕田艺谷，明不容刈获，遣兵驱逐，恨五也；边外叶赫，获罪于天，明乃偏信其言，特遣使臣遗书诟詈，肆行凌侮，恨六也；昔哈达助叶赫二次来侵，我自报之，天既授我哈达之人矣，明又党之，胁我还其国，已而哈达之人，数被叶赫侵掠，夫列国之相征伐也，顺天心者胜而存，逆天意者败而亡，岂能使死于兵者更生，得其人者更还乎？天建大国之君，即为天下共主，何独构怨于我国也？初扈伦诸国，合兵侵我，天厌扈伦启衅，惟我是眷，今助天谴

多尔衮（1612—1650），清太祖第十四子。爱新觉罗氏。天聪九年（1635年）封和硕睿亲王。顺治元年（1644年）统兵入关，大败李自成农民军。进北京后，创建各项制度，对清朝后世统治起了决定性作用。五年晋封皇父摄政王。七年病死。

之叶赫，抗天意，倒置是非，妄为剖断，恨七也。欺凌实甚，情所难堪，因此七大恨之故，是以征之。谨告。”

诵毕，便望燎奠爵，外面已吹起角声，催师出发。太祖离了天坛，骑了骏马，御鞭一指，部众齐行，一队一队的向西进发。

师行数日，由前队报说，距明边抚顺城，只二三十里了。太祖便扎住营帐，正拟遣将攻城，忽有一书生求见，自称系明朝秀才；太祖唤入，见他状貌魁奇，已有三分羡慕。及与他谈论，语语中入心坎，不由的击节叹赏，就赐他旁坐，问及姓氏里居。秀才道：“仆姓范名文程，字宪斗，沈阳人氏。清朝得国，都是汉人引导进来，范文程就是首魁。太祖道：“我闻得中原宋朝，有个范文正公，名叫仲淹，是否秀才的远祖？”文程答道：“是。”太祖道：“我已到此，距抚顺城不远，抚顺的守将，姓甚名谁？”文程道：“姓李名永芳。”太祖问李永芳本领如何？文程道：“没甚本领。”太祖道：“这是一鼓可下了。”文程道：“以力服人，何如以德服人？确是书生口吻。明主且不必用兵，请先给他一封书信，劝他投降，他若顺从，何劳杀伐。”太祖喜道：“这却仗先生手笔。”文程应命作书，一挥而就。太祖大悦，便道：“我国正少一个文馆的主持，劳你任了此责，参赞军机。”文程叩首谢恩。次日，太祖即遣将到抚顺城下，射进书信，率队而退。这抚顺守将李永芳，本是个没用的人物，他闻满洲军入境攻城，已吓得没了主意，及见此信，召集文武各官，会议了一夜，竟商就了“惟命是从”四字。亏他大众想出。翌晨开城迎接，为首的跪在城下，恭递降册，就是为明守土的李永芳。太挖苦人。太祖命侍卫接了降册，策马入城，部军一齐随入。幸亏得范先生一言，城中的百姓，总算不遭杀戮，太祖便记范文程为首功，更命诸贝勒格外敬礼，称先生而不名，从此大家都呼文程为范先生。保全百姓之功，也不可没。

范文程（1597—1666），字宪斗，号辉嶽，辽东沈阳（今属辽宁）人，是清初一代重臣。万历四十六年（1618年）投努尔哈赤。后得皇太极宠信，参预军国机密。顺治元年（1644年）从清军入关，提出录用明官、废除三饷加派、开科取士等，为多尔衮采纳。前后历仕太祖、太宗、世祖、圣祖四代帝王，官至大学士、太傅兼太子太师。

满洲兵休息三日，忽报广宁总兵张承荫，领了三路兵马，来夺抚顺了。太祖问李永芳道：“张承荫系何等样人？”李永芳答言：“是一员勇将。”太祖道：“既是勇将，想必不肯投顺，不若先发制人为妙。”遂一面派兵守城，一面发兵迎敌。离城约十里，闻报明军已相去不远，太祖仍命部众前进。此时明总兵张承荫，正与左翼副将颇廷相，右翼参将蒲世芳，率军前来，两阵对圆，人人酣战。恰是棋逢敌手，将遇良材，张承荫也是不弱。自日中至傍晚，两边都余勇可贾，不肯退兵。忽然天色昏暗，一阵大风从西北吹来，猛扑明军，明军正支持不住，接连又是数阵狂飚，把明军的旗帜，刮去了好几面。岂非天乎？满洲军占住上风，格外精神抖擞，如泰山压顶般驱入明军，那时明军不由的退走，任你张承荫胆力过人，也自禁止不住。当下且战且退，适值路旁有山，正思觅径而入，为扼守计。忽山侧闪出一支满洲军，大叫道："满洲贝勒多铎在此，敌将何不下马受缚？"来得突兀。原来满洲太祖见战明军不下，特派多铎绕出后面，夹攻明军。承荫腹背受敌，无心恋战，只得杀开血路，领兵前走。可奈天色昏暮，不辨南北，满洲军又紧追不舍，惹起承荫血性，与颇、蒲二将道："战亦死，不战亦死，不如与他拼命，就使死了，也不失为大明忠臣。"可敬可佩。于是三将复转身抵敌，舍命冲突。满洲军恰不防他出此一着，前面的兵士，被他杀死无数。俄听一声鼓响，满洲军阵内万弩齐发，箭如飞蝗，可怜三员勇将见危致命，俱死于乱箭之下。死且不朽。

这败报传到明京，神宗大惊，召见群臣，问京外将帅，何人可御胡虏？大学士方从哲保荐了一个人材，姓杨名镐。神宗准奏，立即召见，授兵部尚书，赐他尚方宝剑，往任辽东经略。看官！你道这杨镐是甚么脚色？他是河南商邱县人，前任佥都御史，曾充朝鲜经略，万历二十五年的时候，倭寇犯朝鲜，杨镐奉朝命往援，打了一个败仗，诡词报捷；后来调抚辽东，又是乱杀边民，被御史奏参，革去官职；此时，复起任边防，难道他的谋略，能敌得过清太祖努尔哈赤么。堂堂一个大明帝国，偏用了这等欺君罔上的臣子，去做统兵的元帅，那得不破？那得不亡？极大议论。

杨镐既到辽东，闻报沈阳南面的清河堡，又被满洲军夺去，守将邹储贤、张旆两人，统已战死。副将陈大道、高炫逃回辽东，见了杨镐，杨镐却仗着声威，请出尚方宝剑，把二逃将斩首示众。逃将可诛，不当死于杨镐之手。每日檄令附近将士，赶紧援辽！自己却按兵不动。大学士方从哲，闻他逗留不进，常发红旗催他出战。杨镐没法，只得领兵出塞，好在四处已到了许多兵马。叶赫兵也来了二万名，朝鲜兵又来了二万名，杨镐便派作四路，分头前进。中路分左右两翼，左翼兵委山海关总兵杜松统带，从浑河出抚顺关。右翼兵委辽东总兵李如柏统带，从清河出鸦鹘关。又令开原总兵马林，合了叶赫兵，从开原出三岔口，叫作左翼北路军。辽阳总兵刘铤合了朝鲜兵，从辽阳出宽甸口，叫作右翼南路军。四路军共二十多万，他却虚张声势，说有四十七万，吓不倒努尔哈赤，奈何？满望仗此大兵，攻入满洲。预先与四路将官，定约于满洲国东边二道关会齐，进攻赫图阿拉，这正明万历四十七年二月间时事。这次战事，为明清兴亡关键，所以详叙时日。

先一月间，天空中出现一颗长星，光芒四射，天文家称作蚩尤星，说是主兵，又说是不祥之兆。小子未曾研究星学，只援据历史，人云亦云便了。说明得妙。到了二月，塞外一带，大雪飘飘，明军在途，受了无数辛苦，人马大半冰冻，只好缓缓前行。独有山海关总兵杜松，仗着膂力，想立首功，令军士冒雪西进。到了浑河，冰冻未开，杜松驱兵径渡，河中冰冻忽解，溺死军士多名。渡至对岸，有满洲军两三小队，上前拦截。怎禁得杜军一股锐气，乱杀乱斫，顿时纷纷退走。杜军争先追赶，约里许，见前面有座高山，满洲败军，统向山谷中退去。杜松恐山内设有埋伏，暂止不追，令军士堵住谷口。也自仔细，然作者因恐与前回重复，故作此活笔。一面饬役侦探，回报满洲兵聚集界藩城。杜松遂把军士分作两支，一支仍令堵住谷口，一支由自己亲领，直攻界藩城。

原来杜军屯留山谷，叫作萨尔浒山，此山距界藩城，约有数里。界藩城筑在铁背山上，系满洲要塞，满洲太祖正令兵役一万五千，运石添筑，此时闻杜军进攻，急遣长子代善，引二旗兵去防界藩城，自率六旗兵四万五千人，直攻萨尔浒明营。到了萨尔浒山正当日中，两军相遇，不及答话，便列阵开战，霎时天地晦冥，咫尺间不辨人影。明军点起火炬，与满洲军酣斗，谁知明军从明击暗，箭弹只射中柳林，满洲军由暗击明，箭弹都射着明军，这明军不知不觉的倒毙了无数。满洲军乘势驱杀过来，刀斩斧劈，好像削瓜切菜一般，眼见得明军七零八落了。

这时候的杜松正领兵到吉林崖，与铁背山相近，忽听后面喊声大起，满洲大贝勒代善，带了二旗兵杀来。杜松急命后军作前军，前军作后军，与满洲军混战。未分胜败，骤闻后军复纷纷大乱，界藩城的兵役，也一齐杀到。杜松忙命后军又作前军，迎截界藩城兵。杜松也算能手。正在你死我活的相拼，不料深林中又冲出一支人马，把杜军夹断。杜军已是腹背受敌，那里禁得三面夹攻？杜松方舍命突围，飕的来了一箭，正中心窝，坠马而死。众军见无主帅，逃的逃，死的死，弄得干干净净。完了一路。看官！你道深林中人马，从那里来的？这便是满洲太祖扫平萨尔浒明营，派来夹攻杜松的兵。至此叙明。

开原总兵马林方出三岔口，闻得杜军败没，一面飞报杨镐，一面倚山立营，停止前进。天色将晚，山上忽驰下满洲军，杀入营内，马军不及防备，自相溃乱。监军潘宗颜，还想整军前敌，不意向前数步，头颅已被削去了半个。马林急忙奔窜，还算逃出了一个性命。完了二路。

这个辽东总兵李如柏，最是没用，说将起来，益发可笑。百忙中着此闲笔。他是慢慢的出了清河，到了虎栏关，猛听得关外山上，吹起螺来，山谷响应，木叶震动，仿佛有千军万马，追杀前来。李如柏忙令退军，军士也道满洲兵杀到，各自逃生，互相践踏，恰死了一千多人。其实山上并没有甚么敌兵，只满洲军二十名，上山侦探，见明军出关，作鸣螺状，偏偏这个没用的李如柏上了他的当。完了三路。

独有辽阳总兵刘铤，曾经过数十百战，有万夫不当之勇，手持镔铁刀百二十斤，绰号叫作刘大刀，他已深入三百里，连攻下三个营寨，直入栋鄂路，望见前面有一山，山上有一军扎住，龙旗凤旆，护着銮驾，他想这不是满洲国王的扈军么？当即横刀跃马，跳上冈来，来杀满洲太祖。满洲太祖正由萨尔浒移兵至此，猛见刘铤上冈，急命军士下迎。刘铤舞起镔铁大刀，左右盘旋，确是有些凶勇，即满洲军抵死拦阻，只杀得一个平手。刘铤暗想仰面上攻，实是费力，不如退至冈下，与他鏖战，便将大刀一摆，率军士下冈。满洲军亦随下，自午至暮，杀得难解难分，两军都有些疲倦起来。惟刘铤越战越勇，全无惧怯。忽有一彪军杀到，万炬齐明，刘铤从火光中望将过去，但见大旗上书一杜字，不觉喜道："杜总兵到来助我，是天使我灭满洲了。"休作妄想！话未毕，一将已到马前，头戴金盔，身穿铁甲，正是一员明将，只面目恰不认识，刚思动问。那来将先问道："你莫非就是刘大刀？"刘铤应声未完，来将手起刀落，劈刘铤于马下。奇极怪极。众军急来相救，已是不及，只见杀入的杜军，随手乱杀，弄得明军茫无头绪，自相屠戮，一时间全军尽没。四路都完结了。小子凑了四句俚言，作为刘大刀的定论：

奉命西征胆气豪，大刀示勇姓名高。

臣心原是忠明者，可惜胸中欠六韬。

毕竟杀刘铤者是谁，看官不必滋疑，待小子下回道来。

满洲太祖以七恨誓师，未必无深文周内之言，然明之无端起衅，亦不得谓无咎。自满洲出兵以后，复用一庸驽之杨镐，经略辽东，委二十万军于辽塞，是非明之自取其亡耶？明之亡在此，满洲之兴亦即在此。是此回为明清兴亡关键，故作者亦叙述独详，不稍渗漏。

第四回

熊廷弼守辽树绩
王化贞弃塞入关

却说刘铤被杀，全军丧亡，大众入枉死城中，还是莫明其妙。实则夹入的杜军，统是满洲军假冒。满洲大贝勒代善，杀尽杜军，得了盔甲旗帜，教军士改装，扮作杜军模样，从界藩城来应太祖，巧巧碰着两军恶战，他便竖起杜字旗帜，蹦入刘铤军中。刘铤深入敌境，尚未悉杜军败耗，还道来的是真杜军，因此中计，猝被杀死。从此刘大刀已化作两段，明朝失去了一员勇将，防边愈觉无人。可为朱氏一哭。

那时经略杨镐，还因马林败报，飞速檄止刘铤、李如柏两军，过了数日，只有李如柏领军回来。还算是他。马林因逃还开原后，坚守不出；是年六月，满洲军乘胜进攻，马林颇效死抵御，其后内无粮草，外无救兵，终被满洲军攻破，马林巷战死节，开原失守，铁岭亦不保了。明廷御史交章劾奏杨镐，说他丧师误国，罪无可赦。杨镐固无可赦，而言官亦只能以成败论人，奈何？朝命拿杨镐入京，令兵部侍郎熊廷弼代任经略。

熊廷弼系湖北江夏人氏，身长七尺，素有胆略，至是奉命出京，途中闻开原失守消息，叹道："盈廷大臣，不知边事，一味主战，以致如此。"遂即缮就奏折，遣使赍京，折中略道：

臣闻辽左京师肩背，河东辽镇腹心，开原又河东根本，开原今已破，则北关难保，朝鲜亦不可恃，辽河亦何可守？乞速遣将备刍粮，修器械，毋窘臣用，毋缓臣期，毋中格以阻臣气，毋旁挠以掣臣肘，毋独遗臣以艰危，以致误臣误辽兼误国也。谨奏。

奏入，神宗报允，并赐尚方宝剑，令便宜行事。

廷弼出山海关，见难民纷纷逃来，停车细问，方知铁岭又失，沈阳吃紧，居民为避难计，因此西奔；遂用好言抚慰，令他随回辽阳，不必惊慌。难民乃随了前行。将到辽阳，遇着逃将数人，缚住正法；逃兵令回城赎罪。既入城，复劝告百姓一番。当即督率军士，造战车，备火器，修葺城池，招集流亡；复冒雪出巡，至沈阳修城阅兵，并自制一篇痛哭淋漓的祭文，亲祭阵亡将士。随祭的军士，都感激涕零。自有此一番振作，辽沈得以渐固。不愧将材。又请聚兵十八万，分守要地，任他智勇双全的满洲太祖，也没法摆布，这正是熊经略守辽的政绩。有此良将，不能长用，明之亡也无疑。

满洲太祖见辽沈无隙可乘，便移兵去攻叶赫。叶赫主纳林布禄已死，其弟金台石袭位，闻满洲军将到城下，忙集兵保守东城，并知照西城贝勒布扬古赶紧守御，互相援应。不几日满洲军已到，直逼东城，一攻一守，两不相下，满洲太祖固是能军，金台石颇也不弱。适西城遣军来援，被满洲太祖分兵杀败，追至城下，围住西城，东城守兵，望见满洲军已去了一半，略一宽懈，不防满洲军已缘梯而上，城上急掷矢石，已是不及，反被满洲军残杀多人，未死的守兵，统下城逃走。金台石闻城已被陷，登台死守，并纵火自焚屋宇。奈满洲军蜂拥前来，一齐杀入台中，金台石冒死突围，猛被一箭射倒，被满洲军擒拿而去。全城已破，满洲太祖入城升帐，由军士推上金台石。金台石怒气勃勃，语多不逊，恼得太祖性起，喝令枭首。但听金台石厉声道：“我生前不能抗满洲，我死后无知则已，死若有知，定不使叶赫绝种，将来无论传下一子一女，总要报此仇恨。”颇是好汉，且预为后文伏笔。语未竟而首已落。太祖即令多尔衮拾起金台石首级，挑在竿上，往西城招降。

西城贝勒布扬古，系布塞的儿子。布塞的女儿，曾献与满洲太祖为妃，上回已交代明白，此番闻东城已破，惶急的了不得，经多尔衮在城下招降，用了一片顾念亲谊的话儿，说动了布扬古的心，又把金台石的首级，示作榜样，威吓利诱，不怕布扬古不拜倒马前。布扬古降了妹丈，忘却父仇，有愧金台石多矣。西城一降，叶赫遂亡，满洲太祖心已快慰，把从前的碑文，撇在脑后，那里晓得二百年后，复生出一桩大祸祟呢？这且慢表，小子又要讲那熊廷弼了。

熊廷弼守辽三年，人民安堵，鸡犬不惊，偏偏神宗光宗，相继晏驾，嗣位的称号熹宗，用了一个太监魏忠贤，搅乱朝纲，暗中嫉忌熊廷弼，遣吏科给事中姚宗文，到辽沈阅兵。白面书生，何知军务？这分明是遣他需索。偏这熊廷弼抗傲性成，不但没有馈献，抑且不甚礼貌，姚宗文甚为恚恨，阳为阅兵，阴已定稿；回朝后，即结了一班狐群狗党，诬劾廷弼。廷弼闻知，大加叹息，便拜本辞职。朝旨允准，换了一个袁应泰来代廷弼。

应泰是进士出身，曾升任巡抚，为人颇是精敏，但不是用兵能手。既到辽东，见廷弼待下甚严，他却格外放宽，把旧制更张了好几条。适值蒙古大饥，部民多入塞乞食，应泰抚慰饥民，令在部下当兵，居住辽沈二城。小不忍则乱大谋，为此一大失着，辽沈人民，又要遭劫了。妇人之仁，安可为将？

这满洲太祖灭了叶赫，正愁没法图辽，得了这个消息，喜不自胜，即发兵进攻沈阳。沈阳总兵贺世贤，忙登陴守御，并着人飞报袁应泰。应泰刚想三路出师，规复清河、抚顺，得了此报，急调集诸军，拟援沈阳。忽一探马来报道："沈阳失守，贺总军殉节。"此处用虚写。应泰大惊，及问明细底，方知沈阳有蒙人内应，贺世贤为他所卖，以致与城俱亡；这都是应泰害他。当下顿足自悔，急饬亲兵搜查城内蒙民，果得了好几封通敌书信，当即一一正法，令军士沿城掘濠，沿濠环列火器，以便守御，自率总兵侯世禄、姜弼、梁仲善等，出城五里迎战。

满洲军前队已到，梁仲善不分皂白，拍马杀入，侯世禄、姜弼恐梁有失，即上前接应，不料敌兵放进梁仲善，截住侯世禄、姜弼。侯、姜二人，几次冲阵，都被敌阵中射回。霎时间一声呐喊，满洲军并力上前，突入明军阵内。明军支撑不住，望后退走，袁应泰手刃逃兵数人，仍不济事，用宽的坏处。只得退入城中。检点军士，已丧失三分之一，侯、姜二将，又身负重伤，梁仲善一去不还，想总是阵亡了。火焦鬼安得复生？

袁应泰还仗着城濠深广，分陴固守，谁知到了次日，满洲军已将城西大闸掘开，把濠中水一泄无余，军士竟渡濠攻城，分作左右两翼，左翼兵奋勇直上，时已日暮，应泰列炬拒战，自暮至旦，守城兵士，多半伤亡，兵官牛维曜高出等，不知去向，城中大乱。翌晨，右翼兵又陆续登城，应泰避入城北镇远楼，邀巡按御史张铨至，流涕道："我为经略，城亡俱亡。公文官无城守责，宜急去，退保河西，图后举。"张铨道："公知忠国，铨岂未知？"应泰无言，挂了剑印，悬梁毕命。还是忠臣。张铨见应泰已死，亦解带自缢。满洲军上镇远楼，见两人高悬梁上，就一齐解下，抬至满洲太祖前。太祖失声道："好两个忠臣！"语尚未已，但见张铨两眼活动，尚有生气，忙令军士用姜汤灌救。张铨徐徐醒来，望见上面坐着一位大头目，料是满洲主子，便道："何不杀我？"太祖劝他归降，张铨道："生作大明臣，死作大明鬼。"可敬！太祖道："忠臣忠臣，杀之何忍？"遂纵令还署。张铨既返署中，北向辞阙，西向辞父母，复自缢死。背主事仇者，对此曾知愧否？太祖命军士好好埋葬。

辽阳既下，辽东附近五十寨，及河东大小七十余城，皆望风投降。这信传到明廷，众明臣又记起熊廷弼来，熹宗亦有悔意，悔已迟了！命将姚宗文削职，仍召熊廷弼还朝，出任辽东经略。廷弼上三方布置策，以广宁一方为陆路界口，拟用马步军驻守，以天津、登莱二方为沿海要口，拟各用舟师驻守。熹宗准奏，仍赐尚方宝剑，且于五里外赐宴饯行。

廷弼谢恩出朝，即日就道，出山海关，到了广宁，文武各官，统出城迎接，辽东巡抚王化贞亦来相见，寒暄既毕，共商战守事宜。化贞拟分兵防河，廷弼欲固守广宁，言下未免争论起来。廷弼慨然道："今日之事，只有固守广宁一策，广宁能守，关内外自可无虞，若分兵防河，势单力弱，一营不支，诸营皆溃，尚能守么？"言之甚当。化贞终不以为然，怏怏而退。廷弼申奏朝廷，请实行三方分置策，化贞亦上沿河分守议。明廷依廷弼言，把化贞奏议搁起，化贞愈加不乐。廷弼又致书化贞，再言沿河分守之非，化贞不答。

歇了数天，辽阳都司毛文龙，有捷报到广宁说，已攻取镇江堡，化贞大喜，亟议乘胜进兵。廷弼不可，化贞径自出奏。大略谓："东江有毛文龙可作前锋，降敌之李永芳。今已知悔，愿作内应，蒙古兵可借助四十万，此时不规复辽沈，尚待何时？愿假臣六万精兵，一举荡平，与景延广十万横磨剑相似。惟请朝廷申谕熊廷弼毋得牵掣。"此奏一上，廷弼已探闻消息，遂由广宁回山海关。化负专待朝旨一下，指日进兵。不多日朝使已到，令化贞专力恢复，不必受熊廷弼节制。廷弼亦受朝命，令他进驻广宁，作化贞后援。化贞带了广宁十四万兵士，渡河西进，廷弼不得已，亦出驻右屯。此时廷弼兵只有五千，徒拥经略虚名，心中愤闷已极，遂抗奏道：

臣以东西南北所欲杀之人，适遘事机难处之会，诸臣能为封疆容，则容之，不能为门户容，则去之，何必内借阁部，外借抚道以自固！

奏上，明廷留中不发。廷弼连章数上，大旨谓："经抚不和，恃有言官；言官交攻，恃有枢部；枢部佐斗，恃有阁臣。今无望矣。"语语切直，激怒政府，正欲罢廷弼，专任化贞，不防化贞已经败回。看官！欲知化贞败回的缘故，待小子一一叙来：

化贞率领大兵渡河，满望得胜奏凯，第一次出兵，走了数十里，并不见敌，只得引回；第二三次，也是这般；直到五次，依旧不见一人。李永芳毫无信息，蒙古兵也没有到来，化贞却安安稳稳的过了一年。至熹宗二年正月，满洲军西渡辽河，进攻西平堡，守堡副将罗一贯飞报化贞，化贞亟遣游击孙得功、参将祖大寿、总兵祁秉忠，带兵往援。至半途遇总兵刘渠，奉廷弼命来援西平堡，四将会师前进，到平阳桥，闻报西平堡失守，副将罗一贯阵亡，得功欲走回广宁，刘渠、祁秉忠二人，却是血性男儿，不肯中止，且欲进复西平堡，得功勉强相随，陆续过桥。不数里，见前面尘头大起，满洲军已整队而至。刘渠、祁秉忠等，忙率兵前敌，独得功按兵不动。刘、祁二将，正与满洲军厮杀，忽闻梆子声响，敌军中万矢齐发，伤了明军数百名。明军方拟持盾蔽矢，后面大声叫道："兵已败了，为何不逃？难道兄弟们不要性命吗？"这声一发，好像楚歌四起，人人惊惶，霎时间逃去一半，刘渠、祁秉忠舍命遮拦，已是截留不住，眼见得兵残力竭，以死报国。人生自古谁无死？留取丹心照汗青。但是后面的大声，发自何人？诸君一猜，便晓得是狼心狗肺的孙得功。该骂。得功本是王化贞心腹，化贞倚作长城，谁料他见了满兵，吓得心胆俱落；又恨刘、祁二公，硬要争先杀敌，因此未败叫败，摇乱军心。他却早早逃回，扬言敌兵薄城，居民闻信惊惶，相率移徙出城。得功暗想，一不做，二不休，索性缚住了王化贞，作为贽仪，做个满洲的大员，也自威风，就在城内扎定了兵，专待满洲兵到，作为内应。化贞视他为心腹，他却要化贞的脑袋，险极奸极！

化贞尚全然不知，阖着署门，整理文牍，从容得很。忽有人排闼入道："事急矣，请公速行！"化贞仓皇失措，也不知为着何故？只是抖个不住。那人也不及细讲，竟拉住化贞上马，策鞭出城。行了数里，化贞方望后一看，随着的是总兵江朝栋，并仆役两人，他尚莫明其妙，只管自摸头颅。直到了大凌河，见有一支人马疾驱前来，为首的一员大帅，威风凛凛，正是辽东经略熊廷弼，写熊廷弼处，仍不减声色。化贞到此，方稍觉清楚，仔细一想，惭愧不得了，顿时下马大哭。是村妇丑态，不意得之王化贞。廷弼笑道："六万军一举荡平，今却如何？"快人快语，然却是廷弼短处。化贞闻了此言，益发号啕不止。廷弼道："哭亦何益？熊某只有五千兵，今尽付君，请君抵当追兵，护民入关。"化贞此时，进退两难，欲与廷弼回救广宁。廷弼道："迟了迟了。"语未毕，探马来报，孙得功已将广宁献与满洲，锦州、大小凌河、松山、杏山等城，都已失陷。廷弼急令化贞尽焚关外积聚，护难民十万人进山海关。败报达明京，给事中侯震旸、少卿冯从吾、董应举等，奏请并逮廷弼、化贞以伸国法。熹宗也不明功罪，即日降旨，将化贞、廷弼拿交刑部下狱。黑暗之至！

当日御史左光斗，推荐东阁大学士孙承宗，督理军务。熹宗准奏，遂命承宗为兵部尚书。承宗高阳人，素知兵，既受兵部职，即上表奏道：

迩年兵多不练，饷多不核，以将用兵，而以文官操练，以将临阵，而以文官指挥，以将备边，而日增置文官于幕，以边任经抚，而日问战守于朝，此极弊也。今当重将权，择沉雄有气略者，授之节钺，如唐任李郭，自辟置偏裨以下，边事小胜小败，皆不必问，要使守关无阑入，而徐为恢复之计。

熹宗览奏，深为嘉纳。喜怒不常，确肖庸主状态。是时王在晋继任辽东经略，请于山海关八里铺地方，添筑重关；并请岁给粮饷百万，招抚关外诸蒙部。朝议未决，承宗自请往视，由熹宗特许，出关相度形势，与在晋所见不合，回奏在晋不足恃，筑重关不如筑宁远城。原来宁远城为关外保障，宁远有失，山海关亦觉孤危，所以孙承宗主筑宁远，不筑重关。熹宗准奏，就令孙承宗督师蓟辽，照例赐尚方剑一口，由御跸亲送承宗启行。

承宗拜辞御驾，径至宁远，更定军制，申明职守，以马世龙为总兵官，令游击祖大寿守觉华岛，副将赵率教守前屯，遂于宁远附近，筑堡修城，练兵十一万，造铠仗数百万，开屯田五十顷，兵精粮足，壁垒森严。他在辽坐镇四年，关内外固若苞桑，不失一草一木。偏这妒功忌能的魏忠贤，又在皇帝老子前，阴行媒蘖。他起初尚想联络承宗，固结权势，暗中私馈无数物品，嗣经承宗尽行却还，反抗疏弹劾。此老别有肺肠。看官！你想这魏忠贤尚肯甘休么？第一着下手，先谗杀熊廷弼，传首九边；冤哉枉也。第二着就泣谮承宗，说他兵权太重，将有异图。自此承宗迭次奏陈，大半束诸高阁，一腔热血，无处可挥，自然不安于位。小子曾有绝句一首，以纪其事：

坐镇边疆见将材，四年安堵两无猜。
如何自把长城撤？甘使胡人牧马来。

欲知孙承宗后来情事，且待下回再说。

熊廷弼、孙承宗二人，为明季良将，令久于其位，何患乎满洲？廷弼可杀，承宗可罢，镇辽无人，满军自乘间而入。明之祸，满洲之福也。虽曰天命，宁非人事？本回章法，实是一篇熊、孙合传，而袁应泰、王化贞等，皆陪宾也。

第五回

猛参政用炮击敌
慈喇嘛偕使传书

却说孙承宗在辽，因朝中阉宦用事，刑赏倒置，心中懊怅异常。适届熹宗寿期，意欲借祝贺为名，入朝面劾阉竖。到了圣寿前一日，偕御史鹿善继，同到通州，忽兵部发来飞骑三道，止其入朝。承宗知计不成，急急回关，不意朝右阉党，已劾其擅离职守，交章论罪。承宗大愤，遂累疏求罢，熹宗便糊糊涂涂的许他免官，改任高第为经略。高第一到山海关，就把关外守具，尽行撤去。自弛守备，适启戎心，又请他满洲太祖出来了。人必自侮而后人侮之，国必自伐而后人伐之。

且说满洲太祖自闻孙承宗守辽，数载不敢犯，但派兵丁至沈阳营造城池，招募良匠，建筑宫殿，把沈阳城开了四门，中置大殿，名笃恭殿，前殿名崇政殿，后殿名清宁宫，东有翔凤楼，西有飞龙阁，楼台掩映，金碧辉煌，虽是塞外都城，不亚大明京阙。太祖定议移都，遂率六宫后妃，满朝文武，齐至沈阳，犒饮三日。后来改名盛京，便是此地。移都事毕，专着人探听明边消息，嗣闻孙承宗免职，改由高第继任，正思发兵犯边，旋接到守备尽撤的实信，顿时投袂而起，立宣号令，饬大小军官，召集兵队，出发沈阳。途中一无阻挡，渡过辽河，直达锦州，四望无营垒城堡，私幸关外可以横行，遂命军士倍道前进。到了宁远城，遥见城上旗帜鲜明，戈矛森列，中架大炮一具，更是罕见之物。太祖不觉惊异起来，命军士退五里下寨。

次日，太祖率部众攻城，将到城下，但听城楼上一声鼓角，竖起一面大旗，旗中绣着一个大大的袁字，点出袁字，已有声色。旗下立一员大将，金盔耀目，铁甲生光，面目间隐隐露着杀气，描写威容，不可逼视。太祖见了此人，却暗暗称赞。英雄识英雄。旁有一贝勒呼道："你是守城的主将么？"城上大将答道："我是东莞人袁崇焕，大名鼎鼎。逐节叙来，至此始现姓名，愈为崇焕生色。现任殿前参政，为国守城，不畏强敌。"二语雄壮。贝勒道："关外各城，已成平地，只有区区宁远，成甚么事？我劝你不如献了城池，降我满洲，到不失高官厚禄，否则督军围攻，立成齑粉。请你三思！"崇焕厉声道："尔满洲屡次兴兵侵我边界，无理已甚，吾奉天子命，来治此土，誓死守城，宁肯降你鞑子么？"语语成金石声。说毕，梆声一响，矢石雨下。太祖急率军队，一齐回寨。众贝勒请就此进攻，太祖道："我看这袁蛮子，不是好惹的，我等且休养一天，来日誓拔此城。"

是夕，袁崇焕与总兵满桂，会集军士，泣血立誓。军士见主将如此忠诚，莫不感愤。崇焕即与满桂分陴固守，坐待天明。鸡声初唱，东方渐白，百忙中叙此闲文，格外生采。遥听敌营中吹起画角，随发炮声，料知敌军将来攻城，越发抖擞精神，指麾军士。不多时，敌骑蔽野而来，将近城濠，城上的矢石，如飞蝗般射去，满军前队，伤亡多名，后军复一拥而上，又受一阵矢石，伤亡无数，只是抵死不退。刚相持间，忽见满军中拥出一队盾牌兵，把盾牌护住头颅，跃过城濠，城上射下的矢石，被盾牌隔住，不生效力。这盾牌兵便聚集城脚，架起云梯，攀援而上。崇焕急命军士缒下大石，杂以火器，把云梯拆毁殆尽。盾牌兵不能登城，复在城脚边用器凿穴。崇焕命开大炮。这大炮，是西洋人所造，初入中国，当时崇焕手下，只有闽卒罗立，颇能开放，闻崇焕命，随即燃炮，轰然一声，炮弹立发，把满洲前队的兵士，弹向空中，随弹飞舞。可怜这满洲鞑子，未曾遇着这等利器，霎时间烟雾蔽天，血肉遍地。太祖急挥众逃走，脚长的方逃了一半性命。奇语。众贝勒经此厉害，不愿再攻，各劝太祖返驾，再图后举。太祖无法，只得应允。到了沈阳，检点军士，丧失数千，不禁叹息道："我自二十五岁起兵，战无不胜，攻无不取，不料今日攻一小小宁远城，遇着这袁蛮子，偏吃了一场大亏，可恨可恼！"处顺境者，最忌逆风。众贝勒虽百般劝慰，无奈这满洲太祖好胜，终自纳闷。古语道："忧劳所以致疾。"满洲太祖又是六十多岁的老人，益发耐不起忧劳，因此遂恹恹成病。到天命十一年八月，一代雄主，竟尔长逝，传位于太子皇太极。

皇太极系太祖第八子，状貌奇伟，膂力过人，七岁时，已能赞理家政，素为乃父所钟爱。满俗立储，不论嫡庶长幼，因此遂得立为太子。家法未善，故卒有康、雍之变。大贝勒代善等，承父遗命，奉皇太极即位，改元天聪，清史上称他为太宗文皇帝。详清略明，所以标示清史也。太宗嗣位后，仍遵太祖遗志，把八旗兵队，格外简练，候命出发。一日，适与诸贝勒商议军务，忽报明宁远巡抚袁崇焕，遣李喇嘛等来吊丧，并贺即位。看官！你想明、清本是敌国，袁崇焕又是志士，为甚么遣使吊贺？这却有一段隐情，待小子叙明底细。原来袁崇焕自击退满军后，疏劾经略高第撤去守备、拥兵不救之罪，朝旨革高第职，命王之臣代为经略，升崇焕为辽东巡抚，仍驻宁远，又命总兵赵率教镇守关门。崇焕欲复孙承宗旧制，与赵率教巡视辽西，修城筑垒，屯兵垦田，正忙个不了，会闻满洲太祖已殁，遂思借吊贺的名目，窥探满洲虚实；又以满俗信喇嘛教，并召李喇嘛偕往。李喇嘛等既到满洲，由满洲太宗召入，相见后递上两道文书，与吊贺礼单。太宗披阅一周，见书中有释怨修和的意思，便向李喇嘛道："我国非不愿修好，只因七恨未忘，失和至今。今袁抚书中，虽欲敛兵息怨，尚恐未出至诚，请喇嘛归后，劝他以诚相见为是。"李喇嘛亦援述教旨，请太宗慈悲为念，免动兵戈。太宗乃令范文程修好答书，交与部下方吉纳，命率温塔石等，偕李喇嘛赴宁远，同见袁崇焕，当由方吉纳递上国书，崇焕展开读之，其书云：

> **大满洲国皇帝，致书于大明国袁巡抚：尔停息兵戈，遣李喇嘛等来吊丧，并贺新君即位，既以礼来，我亦当以礼往，故遣官致谢。至两国和好之事，前皇考至宁远时，曾致玺书，令尔转达，尚未见答。汝主如答前书，欲两国和好，当以诚信为先；尔亦无事文饰。**

崇焕读到此语，将书一掷，面带怒容，对方吉纳道："汝国遣汝等献书，为挑战么？为请和么？"方吉纳见他变色，只得答言请和。崇焕道："既愿请和，何故出言不逊？他且不论，就是书中格式，汝国欲与我朝并尊，谬误已甚。今着汝回国，借汝口传告汝汗，欲和宜修藩属礼，欲战即来。本抚宁畏汝等么？"闻其声，如见其人。说毕，起身入内。

方吉纳等怏怏退出，即日东渡，回报太宗。太宗即欲发兵，众贝勒上前进谏，说是："国方大丧，不宜动众，现不若阳与讲和，阴修战备，俟明边守兵懈怠，然后大举未迟。"话虽中听，其实是怕袁崇焕。太宗乃自草国书，命范文程修饰誊写，仍差方吉纳、温塔石等投递。方、温二人，迫于上命，硬着头皮，再至宁远，先访着李喇嘛，邀同进见袁崇焕，捧上国书。崇焕复展读道：

> **大满洲国皇帝，致书明袁巡抚：吾两国所以构兵者，因昔日尔辽东广宁臣高视尔皇帝，如在天上，自视其身，如在云汉，俾天生诸国之君，莫能自主，欺藐陵轹，难以容忍，用是昭告于天，兴师致讨。惟天不论国之大小，止论事之是非，我国循理而行，故仰蒙天佑。尔国违理之处，非止一端，可与尔言之：如癸未年，尔国无故兴兵，害我二祖，一也。癸巳年，叶赫哈达**

乌拉辉发与蒙古会兵侵我，尔国并未援我，后哈达复来侵我，尔国又未曾助我；己亥年，我出师报哈达，天以哈达畀我，尔国乃庇护哈达，逼我复还其人民，及已释还，复为叶赫掠去，尔国则置若罔闻；尔既称为中国，宜秉公持平，乃于我国则不援，于哈达则援之，于叶赫则听之，偏私至此，二也。尔国虽启衅，我犹欲修好，故于戊申年勒碑边界，刑白马乌牛，誓告天地，云："两国之人，毋越疆圉，违者殛之。"乃癸丑年，尔国以卫助叶赫，发兵出边，三也。又曾誓云："凡有越边境者，见而不杀，殃必及之。"后尔国之人，潜出边境，扰我疆域，我遵前誓杀之，尔乃谓我擅杀，缧系我使臣纲吉礼、方吉纳，索我十人，杀之边环，以逞报复，四也。尔以兵备助叶赫，俾我国已聘叶赫之女，改适蒙古，五也。尔又发兵焚我累世守边庐舍，扰我耕耨，不令收获，且移置界碑于沿边三十里外，夺我疆土，其间人参貂皮五谷财用产马，我民所赖以生者，攘而有之，六也。甲寅年，尔国听信叶赫之言，遣我遗书，种种恶言，肆我侮慢，七也。我之大恨，有此七端，至于小忿，何可悉数？陵逼已甚，用是兴师。今尔若以我为是，欲修两国之好，当以金十万两，银百万两，缎百万匹，布十万匹，为和好之礼。既和之后，两国往来通使，每岁我国以东珠十颗，貂皮千张，人参千斤馈尔；尔国以金十万两，银十万两，缎十万匹，布三十万匹报我。两国诚如约修好，则当誓诸天地，用矢勿渝。尔即以此言转奏尔皇帝，不然，是尔仍愿兵戈之事也。

崇焕览毕，不由的心中愈愤，转思辽西一带，守备尚未完固，现且将计就计，婉词答复，待一二年后，无懈可击，再决雌雄。笔法变换，然必如此互写，方显得有胆有谋。若说得一味粗莽，便不成为袁崇焕矣。遂命左右取过笔砚，伸纸疾书道：

辽东提督部院，致书于满洲国汗帐下：再辱书教，知汗渐息兵戈，休养部落，即此一念好生，天自鉴之，将来所以佑汗而昌大之者，尚无量也。往事七宗，抱为长恨者，不佞宁忍听之。但追思往事，穷究根因，我之边境细人，与汗家之部落，口舌争竞，致起祸端，今欲一一辨晰，恐难问之九原。不佞非但欲我皇上忘之，且欲汗并忘之也。然十年苦战，为此七宗，不佞可无一言乎？今南关北关安在？辽河东西，死者宁止十人？仳离者宁止一老女？辽沈界内之人民，已不能保，宁问田禾？是汗之怨已雪，而志得意满之日也，惟我天朝难消受耳。今若修好，城池地方，作何退出？官生男妇，作何送还？是在汗之仁明慈惠，敬天爱人耳。天道无私，人情忌满，是非曲

直，原自昭然。一念杀机，启世上无穷劫运，一念生机，保身后多少吉祥，不佞又愿汗图之也！若书中所开诸物，以中国财用广大，亦宁靳此，然往牒不载，多取违天，亦汗所当酌裁也。我皇上明见万里，仁育八荒，惟汗坚意修好，再通信使，则懔简书以料理边情，有边疆之臣在，汗勿忧美意不上闻也。汗更有以教我乎？为望！

写毕，视李喇嘛在旁，令他亦作一书，劝满洲永远息兵。两书一并封固，遣使杜明忠，偕方吉纳同去沈阳。

过了数日，去使未回，警信纷至：一角文书，是平辽总兵毛文龙来报，说满洲入犯东江，一角文书，是朝鲜国王李倧，因满军入境，向明乞援。崇焕一一阅毕，立命赵率教等，领了精兵，驻扎三岔河，复发水师往救东江。方调遣间，见杜明忠入帐，呈上满洲复书。崇焕约略一阅，大约分作三条：不叙原书，免与上文重复。第一条，是画定国界；山海关以内属明，辽河以东属满洲。第二条，是修正国书；满洲国主让明帝一格，明诸臣亦当让满洲主一格。第三条，是输纳岁币；满洲以东珠、参、貂为赠。明以金银、布缎为报。崇焕道："他犯我东江，并出兵朝鲜，一味蛮横，还有甚么和议可言？"遂置之不答，但饬水陆各军，赶紧出发。无奈朝鲜路远，一时不及驰救，崇焕至此，也觉焦急，眼见得朝鲜要被兵祸了。正是：

玉帛未修，杀机又促。
虽鞭之长，不及马腹。

毕竟朝鲜能抵挡满洲否？且看下回分解。

本回全为袁崇焕一人写照。崇焕善战善守，较诸熊廷弼、孙承宗，尤为出色。初为殿前参政，誓守宁远，继为辽东巡抚，遗书议和，非前勇而后怯，盖将藉和以懈满军，为修复辽西计也。读《明史·袁崇焕传》，曾奏称守为正著，战为奇着，和为旁着，可知崇焕之心，固非以议和为久计者。然清太宗亦一英雄，与崇焕不相上下，书牍往还，无非虚语，读其文，可以窥其心。

第六回

下朝鲜贝勒旋师
守宁远抚军奏捷

且说朝鲜国地滨东海，古时是殷箕子分封地，后来沿革不一，到了明朝，朝鲜国王李成桂，受明太祖册封，累年进贡，世为藩属。当杨镐四路出塞的时候，朝鲜曾出兵相助。应第四回。杨镐败还，朝鲜兵多被满洲擒获，满洲太祖释归朝鲜部将十数人，令他遗书国王，自审去就。此番太祖逝世，朝鲜国亦未尝差人吊问，太宗即位半年，方欲出兵报复，适值朝鲜人韩润、郑梅，得罪国王，逃入满洲，愿充向导。虎伥可恨！太宗遂命二贝勒阿敏为征韩大元帅，当日点齐军马，逐队出发。临行时，阿敏入辞太宗。太宗道："朝鲜得罪我国，出师声讨，名正言顺。只是明朝总兵毛文龙，蟠踞东江，遥应朝鲜，不可不虑！"阿敏道："依奴才愚见，须两路出师。"太宗道："这且不必。"就向阿敏耳边，授了密计，虚写。阿敏领命去了。

探子报到东江，说是满洲兵入犯，这东江是登莱海中的大岛，一名叫作皮岛，岛阔数百里，颇踞形势。自从明都司毛文龙，招集辽东逃民，随时教练，建寨设防，遂成了一个重镇。明朝封他为平辽总兵，他心中也自得意。有时出攻满洲，互有胜负，他却屡报胜仗。取死之由。此次闻满兵入犯，急忙发兵出防，一面向宁远告急。其实满兵此来，并非欲夺东江，不过是声东击西的计策。点明太宗密授之计。文龙只知固守东江，严防海口，不料满洲军已纷纷渡过鸭绿江，直攻朝鲜的义州。及袁崇焕调发水师，到了东江，满洲太宗恐明兵窥破虚实，就亲自出巡，到辽河左岸，扎了好几天的营寨，实在也是虚张声势，牵制宁远的援兵。太宗确是能手。

那时满洲军入攻朝鲜，势如破竹，初陷义州，府尹李莞被杀，判官崔明亮自尽；随后又攻破定州，占据汉山城，任情杀戮，到处抢劫，吓得朝鲜兵民，屁滚尿流。微词。这朝鲜国王李倧，一向靠着明朝的威势，偷安半岛，靠人终归无益。此次闻满军进攻，边要尽失，正惊慌得了不得，忽有一大臣来报，安州又失，满军已长驱到国都，急得李倧目瞪口呆，如死人一般。还是这位大臣有点主见，一请遣使求和，一请国王速奔江华岛。原来这江华岛在朝鲜内海中，四面环水，称作天险。李倧闻了此言，忙召集妃嫔，踉跄出走；随命大臣修好国书，遣使求和。朝鲜使到满营，被阿敏训斥一顿，不允和议。嗣经贝勒济尔哈朗等，与阿敏密商，以明与蒙古两路相伺，国兵不应久出，彼既乞和，不若就此修好，收兵回国。阿敏迫于众议，方语朝鲜使臣，令他谢罪订约。朝鲜使才应命而去。

阿敏又发令进攻都城，诸贝勒复入帐谏阻，阿敏不从。帐后来了李永芳，也抗言进谏，被阿敏拍案大骂，斥他降臣走狗，不配与议，该骂！说得永芳面红耳赤，哑口无言。良心发现了。当下将令如山，莫敢违拗，便拔寨前进，直指平山。看官！你道这阿敏执意进兵，是为何故？他自领兵攻入朝鲜，战无不克，沿途掳掠，得了许多子女玉帛，金银财宝，他想朝鲜都内，总还要繁华一点，趁此攻入，抢一个饱，岂不是大大的一桩利市么？画龙点睛。满军既到平山，离朝鲜国都不远，阿敏拟夤夜入城，忽报朝鲜国王，遣族弟李觉求见。阿敏召入，见李觉献上礼单，内开马百匹，虎豹皮百张，棉绸苧苎布四百匹，布万五千匹，不由的喜动眉睫，令军士检收。便遣副将刘兴祚，偕李觉同往，并嘱兴祚道："若要议和，总须待我入都。"念兹在兹。兴祚告辞出帐，帐外已立着贝勒济尔哈朗，与兴祚密谈许久。兴祚点头会意，遂随李觉赴江华岛去了。故作疑团，惹人索解。

且说阿敏自遣刘兴祚后，仍饬军士攻城，军士虽不敢不去，却只在城下鼓噪，并没有甚么大举动。接连好几日，仍未攻入，恼得阿敏性起，日夕詈骂不休。济尔哈朗等婉言解劝，没奈何耐住性子。一日，又拟亲督攻城，适值刘兴祚回来，先见了济尔哈朗，说明朝鲜已承认贡献，现偕李觉同来订约。济尔哈朗道："如此便好订盟。"兴祚道："须禀过元帅。"济尔哈朗说是不必。兴祚道："倘元帅诘责，奈何？"济尔哈朗微笑道："有我在，不妨。"胸有成竹。便召李觉进见，与他订定草约，随后入见阿敏，说已定盟。阿敏怒道："我为统帅，如何全未报知？"济尔哈朗道："朝鲜已承认贡献，理应许和，何苦久劳兵众？"阿敏道："你许和，我不许和。"铜气攻心。济尔哈朗仍是微笑。忽帐下来报道："圣旨到，请大帅迎接！"阿敏急令军士排好香案，率大小官员出帐跪迎。差官下马读诏，内称："朝鲜有意求和，应即与订盟约，克日班师，毋得骚扰。"阿敏无奈，起接圣旨，饯送差官毕，方把盟约签字。暗中却埋怨济尔哈朗，料知此番旨到，定是他秘密奏闻。从阿敏意中想出，以便回应上文。他要硬做名誉，钳制咱们，咱们偏要掳掠一回。就暗暗嘱咐亲信军队，四出抢夺，又得了无数子女玉帛，金银财宝，满载而归。只苦了朝鲜百姓。

李觉随了满兵入朝。满主太宗出城犒军，与阿敏行抱见礼，便赐阿敏御衣一袭，诸贝勒马一匹。李觉随即叩见，命他起坐，并赏他蟒衣一件，大开筵宴，封赏各官。过了数天，李觉回国去了。

太宗既征服朝鲜，遂一意攻明，传令御驾亲征，命贝勒杜度、阿巴泰居守，自己带领八旗，由贝勒德格类、济尔哈朗、阿济格、岳托、萨哈廉、豪格等作为前队，攻城诸将，携着云梯盾牌，并橐驼负着辎重，作为后队。前呼后拥，渡过辽河，向大小凌河进发。

是时辽东经略王之臣，与崇焕不睦，明廷召还之臣，命崇焕统领关内外各军。崇焕闻满兵又来犯边，急令赵率教率师往援。率教到了锦州，由探马报说："大凌河已陷。"率教急命军士濬濠掘堑，多运矢石上城；复遣人向宁远告急。次日，忽来明兵一二千人，在城下大叫开门。率教上城探视，问所自来？城下兵士，答称从大凌河逃至。率教见彼无狼狈情形，竟喝声道："养兵千日，用兵一时，难道叫汝等临阵逃走么？汝等既负了朝廷豢养之恩，还有何颜入城见我？"义正词严。说毕，城下兵士，尚哗噪不已。率教拈弓搭箭，射倒兵目一人，并厉声道："汝等再如此喧嚷，教你人人这般。"于是城下兵士，一哄而散。原来这等兵士，有一半是被满兵获住的明军，有一半是满兵伪服汉装，冒充明军来赚锦州，幸亏率教窥破，不中他计。写赵率教机智。率教下城，暗想："满主诡计，虽已瞧破，然明日必来猛攻，现在守兵不足，援师未至，倘有疏虞，如何是好。"踌躇良久，忽猛省道："有了。"当命亲卒请钦差纪用商议。

纪用本是明廷太监，因钻入魏阉门路，得了巡视锦州的差使，太监也预军事，实是明朝气数。不料满兵前来，一时不能出城，正在着急，闻率教相请，勉强出来应酬。率教与他耳语一番，纪用本来没用，只好答道："遵命！"率教大喜，遂修好文书，由纪用署名，差人赍往满营。满洲太宗阅毕，问道："尔是纪钦差遣来的么？"明使答道："是。"太宗道："纪钦差既欲求和，可出城面陈衷曲。尔边将平日欺我，正思与尔钦差言明，转奏尔主，就使攻破尔城，我亦不妄加杀害。纪钦差可自立记号，别居他所，免致误伤。"说罢，令差官回报。率教闻知，命差官再往满营，传说："明日当出城议和。"明日纪用不出。又次日，满营遗书诘责，率教令纪用优待来人，设词延约。接连三日，太宗未免动疑，夜睡时辗转不寐，忽心中猛悟，披衣起坐道："错了，错了！我中他计了！"到底聪明，然亦晚矣。原来率教令纪用求和，分明是缓兵之计，他要纪用出名，一面是阳为推崇，使纪用心欢，一面因太监署名求和，易使敌人相信，待至满洲太宗窥破兵谋，援师已到城下，这正是赵率教的机智。极力褒奖。

是夕，满洲太宗即传集军士，夤夜薄城，一声觱栗，三军齐动，直向锦州城扑来。迟了。赵率教也曾防着这一层，日夜留心，猛听得远远角声，料是满营出发，忙上城指麾守兵，四面防守。霎时间满军已到，急麾众齐掷矢石。满军受伤颇多，忽向城西聚集，抵死猛攻。城上守兵，亦分队来援，满兵少却。此时天色黎明，两造军士，都有倦容，蓦见满军后面，队伍自乱，隐约露出明军旗帜。率教见援军已到，一声号炮，开城出攻，满军前后受敌，只得突围而退，且战且走。明军趁势会合，并力追杀，约五里许，方鸣金收军而去。这一阵，杀得满军七零八落，幸亏太宗素有约束，不致全军溃散。语有分寸。

太宗见明军已退，扎住了营，遣人至沈阳调发军队，报恨泄忿。不多日，沈阳兵到，太宗令新军作了前锋，乘夜间寂静时候，偷越锦州，去袭宁远。也是妙计。此时正是仲夏天气，草木阴浓，虫声嘈杂，满军衔枚疾进，直达宁远城北冈。太宗先上冈瞭望，见城上旌旗不整，刁斗无声，便命军士倚冈下寨。众贝勒请速攻城，太宗道："这是袁蛮子驻守的城池，难道没有防备么？此中必有诡计。"也自精细。立营未定，忽西北来了一彪人马，挂着袁字旗号，疾驱而至。太宗命军士迎敌，两边混战起来。不一时，明军望后而退，太宗乘势追赶，将到城下，忽刺斜里杀出一员大帅，手执令旗，指挥杀敌。这人非别，正是统辖关内外的袁崇焕。此老又复出现。他自锦州开仗，便防着满军分袭宁远，是日由密探报知，便令城内掩旗息鼓，诱引满兵攻城，他却分兵两路，埋伏左右，俟满军一到，出来夹击。偏偏太宗倚冈立寨，逗军不进。崇焕见此计不中，就暗令左翼兵上前挑战，自己尚埋伏城右。此次太宗却上他的当，追赶前来，他就从右侧杀出，横截满军。被追的明军，又转身奋斗，太宗忙分兵抵御，可奈明军越战越勇，看看有些支持不住。猛见袁崇焕带领诸将，冲入中军，太宗急命阿济格、萨哈廉等，上前抵敌，阿、萨二人，正奉命出战，不防一矢前来，正中阿济格右肩，险些落下马来，幸亏萨哈廉猛力救护，阿济格方逃入军中。太宗见阿济格受伤，别令部将瓦克达，率精兵接应萨哈廉，一面令军士向后渐退。崇焕被萨、瓦二人牵制，不及追赶。太宗退军数里，检点军士，已丧失不少。只萨、瓦二人未回，待了好多时，始见二人身负重创，带着残兵，踉跄奔还。太宗咬牙切齿道："这个袁蛮子，真正厉害！怪不得先考在日，也吃一场大亏。此人不除，那里能夺得明朝江山？"为后文伏笔。当下令济尔哈朗断后，把败军徐退锦州。满军虽败，仍有节制，写太宗，亦是写袁崇焕。崇焕闻满军退去，料想太宗定有准备，也收兵不追。

太宗过了锦州，仍令后队猛攻一番，这是假作攻势，以进为退之计。自己却排齐队伍，一队一队的退归沈阳。话分两头，单说袁崇焕逐退满军，遣使告捷，满望明廷降旨叙功，不料朝旨下来，反斥他不救锦州之罪。真正发昏。崇焕接旨大愤，即上表乞休。圣旨准奏，仍命王之臣代崇焕。满洲太宗探得此信，方额手称庆，意图再举，只因兵士新败，不得不休养一年，拟至来岁出兵。到了冬季，探报明熹宗崩，皇五弟信王嗣位，魏忠贤伏诛，太宗尚不介意。至明崇祯元年四月，探报袁崇焕复督师蓟辽，太宗顿足道："我刚想发兵攻明，如何这袁蛮子又来了？"看官！你道袁崇焕如何再出督师？原来崇焕免官，都由魏忠贤暗中反对，至崇祯帝嗣位，开手便放戮魏阉，召用袁崇焕。崇焕陛见时，崇祯帝问他治辽方略，他却奏称假臣便宜，五年可复全辽。未免自夸。当时给事中许誉卿，已说他言过其实。崇焕复奏称五年以内，户部发军饷，工部给器械，吏部用人，兵部调兵遣将，须中外事事相应，方能济事。但恐一出国门，便成万里，忌能妒功的人，即不明掣臣肘，亦能暗乱臣谋云云。崇焕之言，虽确中时弊，然语近要挟，后来动帝之疑，实伏于此。崇祯帝为之动容，擢为兵部尚书，赐尚方剑，命他即日启行。

崇焕到了关上，复缮折奏称恢复之计，应以辽人守辽土，以辽土养辽人，守为正着，战为奇着，和为旁着，法在渐不在骄，在实不在虚，愿至尊任而勿贰，信而勿疑，毋偏听左右，毋堕敌反间等语。崇焕所虑在末二语，乃后文偏如所料，令人长叹！奏上，复由崇祯帝优诏褒答。崇焕方渐渐放心，遂将关内外紧要地方，修城增堡，置戍屯田，不到一年工夫，已有成效，正是一夫当关，万夫莫入。

那时满洲太宗闻了这信，不敢轻动，只自嗟叹不已。光阴易过，转眼间便是明崇祯二年，满洲国天聪三年，编年亦不可少。太宗无聊已甚，并恐军心懈怠，时常出猎校阅，既便消遣，又资搜讨。到了初秋，太宗正出猎回来，有亲卒报道："明朝来了两员将官，说是到我国投降，现有名单在此。"太宗接单一阅，写着孔有德、耿仲明二名。太宗迟疑一回，便召贝勒多尔衮，及内阁学士范文程入帐，将名单与他传阅，多尔衮道："恐是明朝奸细。"范文程道："闻他不带兵马，只有两个光身子，何必惧他？不如召他进来，一问便知。"太宗点头称善，即命手下召入。二人入见太宗，即伏地大哭。正是：

窥辽方虑名臣在，作伥偏逢降将来。

未知二人何故愿降，且看下回便知。

满洲太宗确系能手，观其声东击西，征服朝鲜，其兵谋不亚乃父。朝鲜一失，明之左臂已断，袁崇焕虽智，至此亦穷于应付，然满军出攻宁、锦，袁、赵二将，计却强敌，满洲太宗亦遭败衄，可见明有袁崇焕，辽西未易动也。是故国家不可无良将。至五年复辽之语，虽近虚夸，要不得为崇焕咎。满洲所畏者惟崇焕一人而已。本回写满洲太宗处，即是写袁崇焕处。

第七回

为敌作伥满主入边
因间信谗明帝中计

却说孔耿二明将，见了满洲太宗，伏地大哭。太宗问为何事？二人奏道：“臣等都是东江总兵毛文龙部将，因袁崇焕督师蓟辽，无故将我毛帅杀死，恳求大皇帝发兵攻明，替毛帅报仇，袁崇焕杀毛文龙事，从明朝二降将口中叙出，省却无数笔墨。臣等愿为前导，虽死无恨。”朝鲜有韩润、郑梅，明朝有孔有德、耿仲明、尚可喜，何虎伥之多也！原来毛文龙蟠踞东江，素性倔强，崇焕恐他跋扈难制，借阅兵为名，诱文龙往迎。文龙见了崇焕，语多傲慢。崇焕便赚文龙登出阅兵，帐下伏了军士，把文龙拿住，数他十二大罪，请出尚方剑，将文龙斩首。这孔、耿二人，统认文龙为义父，因文龙被杀，随即逃往满洲甘作虎伥。为私灭公，二人可诛。太宗道：“照汝等说来，是真心投降么？”二人便设誓道：“如有异心？神人殛之！”太宗道：“汝二人欲我报仇，也可代为出力，但山海关内外，有袁崇焕把守，不易进取，汝等可有良策否？”二人沉吟许久，耿仲明先开口道：关内外不易得手，何不绕道西北，从“龙井关攻入？”太宗道：“龙井关在何处？”孔有德接口道：“龙井关是明都东北的长城口，此去须经过蒙古，方可沿城入关。此关若入，便可向洪山、大安二口，分路进捣，直入遵化，遵化一下，明京便摇动了。”仿佛《三国演义》中，张松献益州地图。太宗喜形于色，便道：“汝等愿作向导么？”二人齐声称愿。旁闪出多尔衮道：“二将弃逆归顺，正是识时俊杰，但二将前来，曾被明廷察觉否？”二人齐声答道：“我等潜踪而来，不但明廷未知，连关上的袁崇焕，也未必晓得。”多尔衮道：“既如此，请尔等速还登州。”太宗道：“我要他作攻明的向导，你如何教他速还登州？”此事我亦要问。多尔衮道：“我军此次攻明，料非一二个月可以回国，若被袁崇焕闻知，从登莱调遣水师，潜入我境，岂不是顾彼失

袁崇焕（1584—1630），字元素，祖籍广东东莞。在抗击清军（后金）的战争中先后取得宁远大捷、宁锦大捷。皇太极实施反间计，谓他与后金密有成约，并纵所俘宦官逃归，告于思宗。思宗深信不疑。遂被冤杀。

此？好在二将前来，彼尚未晓，现仍回据登州，阳顺明朝，阴助我国，倘袁崇焕令他攻我，他可逗留勿进，若差了别将，他可预先报知，以便堵截，岂不是好？”太宗道：“好是好的，但无人导入龙井关，奈何？”多尔衮道：“蒙古喀尔沁部，已归顺我国，我军到了蒙古，择一熟路的作了向导，便可入龙井关。从前蒙古尝入贡明廷，岂无人熟识路径？”太宗大喜，便手指多尔衮，对孔、耿二人道：“这是皇弟多尔衮，足智多谋，计出万全，现请汝等依了他计，仍回登州，秘密行事，将来为我立功，不吝重赏。”孔、耿二人领命去讫。多尔衮此计，仍是未信孔、耿二人，意欲借此试二人虚实，用心更细，设计更险。《明史》崇祯四年，载登州游击孔有德叛事，此处尚是崇祯二年，故有此斡旋之笔。

是年十月，太宗亲率八旗劲旅，大举攻明，方欲启行，闻报蒙古喀尔沁部，遣台吉布尔噶图入贡。太宗接见，就问龙井关路径，曾否认识？布尔噶图道：“奴才数年前，曾去过一次，略识路程。”太宗即令他作为向导，顿时满城文武，除居守外，尽随驾出发。戈铤耀日，旌旗蔽天，一程行一程，一队过一队，回环曲折，越水穿林，在途中过了数天，方到喀尔沁部。喀尔沁亲王，迎宴犒劳，不待细说。

孔有德（约1602—1652），字瑞图，辽东盖州卫（今辽宁省盖县）人。崇祯六年（1633年）与耿仲明浮海降后金（清）。顺治三年（1646年）任平南大将军，九年，李定国破桂林，兵败自杀。

太宗即日抵龙井关，关上不过几百名守卒，见满洲军蜂拥而来，都吓得魂飞天外，四散逃去。满军整队而入，遂分两路进攻，一军攻大安口，由济尔哈朗、岳托为统领，共四旗；一军攻洪山口，太宗亲率四旗兵队，连夜进发。此时明军专防守山海关，把大安、洪山二口，视作没甚要紧的区处，空空洞洞，毫不设备，一任满军攻入，浩浩荡荡的杀奔遵化州。

明廷闻警，飞檄山海关调兵入援，总兵赵率教，奉檄出兵，星夜前进，到了遵化州东边，地名三屯营，望见前面密密层层的都是满军，把三屯营围得铁桶相似。率教自顾部众，不及他四分之一，眼见得不是对手，只是忠臣不怕死，有进尺，无退寸，当下激厉将士，分为数队，呐喊一声，竟向满军中冲入。满军见有援师，让他入阵，复将两面的兵合裹拢来，把率教困在垓心。率教全无惧怯，率众血战，见一个，杀一个，见两个，杀一双，自辰至午，也杀了满军多名。怎奈满军越来越众，率教只领着孤军，

耿仲明（1604—1649），字云台，辽东盖州（今属辽宁）人。崇祯六年（1633年）与孔有德浮海降后金（清），授总兵官。顺治六年（1649年）改封靖南王。旋因部将犯法，惧罪自缢。

越战越少，满望城中出兵相应，谁知寂无声响。又复死战多时，看看日光已暮，不由得愤急起来，索性拍马当先，杀开一条血路，直奔城下，大声叫道开城。城上乱下矢石，率教大叫道："我是山海关总兵，来援此城，请速放入！"但闻城上守兵答道："主将有令，不论敌兵、援兵，一概不得入城。"率教此时已身受重创，至此进退无路，视部下残兵，亦受伤过半，不能再战，便下马向西再拜道："臣力竭矣。"拔剑自刎而亡。可敬可悲。

那时满兵已逼到城下，把残兵扫得精光，不留一个，当即乘胜登城。城中守将朱国彦，只守着闭关的主见，不纳援军，害得赵率教自刎身亡，到了满军登城，他已无能抵御，忙回署穿好冠带，望阙叩头，与妻张氏并投缳毕命。愚不可及。

满军夺了三屯营，又攻遵化，巡抚王元雅昼夜巡守。满军竖起云梯，四面进攻，守兵措手不及，被满军一拥而上。王元雅以下文武各官，统同殉节。满洲太宗入城，命军士检埋元雅尸首，杀牛犒饮，庆赏一天。翌日即率师进发，所过皆墟。不到一月，蓟州、三河、顺义、通州等处，都被满军占踞，乘胜直到明都城下。明廷大震，幸亏关上满桂，带兵入援。满桂也是明朝有名的猛将，见满军大至，亟麾兵迎战。两军厮杀了半日，不分胜负。忽城上放了一声大炮，弹丸四迸，烟雾蔽天，满军霎时驰退，满桂军猝不及防，反被打伤了数百名。满桂也中了一弹。冤枉得很！

太宗收了兵马，就在城北土城关的东面，扎定了营，令明日奋力攻城。忽见贝勒豪格及额驸恩格德尔两人，匆匆走入道："袁崇焕又来了。"太宗惊道："袁蛮子当真又来么？"所留意者此人。原来明京自满军深入，飞诏各处迅速勤王，袁崇焕奉旨，立遣赵率教、满桂等率军入援，自己亦带领祖大寿、何可纲两总兵，随后启程。所过各城，都留兵驻守。及到明京，各道援师，亦渐渐云集。崇焕入见崇祯帝，帝大加慰劳，命他统率诸道援师，立营沙河门外，与满军对垒。满洲太宗闻崇焕又至，不觉惊叹失声。豪格及恩格德尔见太宗不悦，便仗着胆道："袁蛮子没有三头六臂，何故畏他？他现在率兵初到，未免劳苦，趁此机会，劫他营寨，何愁不胜？"太宗道："汝言虽是有理，但袁蛮子饶智有略，宁不预先防备？汝等既愿劫营，须处处防他埋伏。左右分军，互相策应，方是万全之策。"可谓小心。豪格等应命出兵。

这时满营在北，袁营在南，由北趋南，须经过两道隘口，恩格德尔自恃勇力，一到右隘，就带了本部人马，从隘口进去。卤莽可笑。豪格一想，彼从右入，我应从左进，但若两边都有埋伏，那时左右俱困，不及救应，岂不是两路失败么？现不若随入右隘，接应前军为是。亏此一想。便命军士随入右隘，起初还望见恩格德尔的后队，及转了几个湾头，前军都不见了。正惊疑间，猛听得一声号炮，木石齐下，把去路截断。豪格料知前面遇伏，忙令军士搬开木石，整队急进。幸喜山上没有伏兵下来，尚能疾行无阻。行未数里，见前面聚着无数明军，把恩格德尔围住，恩格德尔正冲突不出。当由豪格催动前骑，拼命杀入，方将明军渐渐杀退，保护恩格德尔出围。非写豪格，实写袁崇焕。随令恩格德尔前行，自己断后，徐徐回营。明军见有援应，也不追赶。

恩格德尔回见太宗，狼狈万状，禀太宗道："袁蛮子真是厉害，奴才中了他计，若非贝勒豪格相救，定然陷入阵中，不能生还。"太宗道："我自叫你格外小心，你如何这等莽撞？本应治罪，念你一点忠心，恕你一次。"恩格德尔叩首谢恩，又谢过了豪格。太宗道："袁蛮子在一日，我们忧愁一日，总要设法除他方好。"令军士分头出哨，严防袭击。

当夜无话，次日满洲探马，来报敌营竖立棚木，开濠掘沟，比昨日更守得严密了。太宗道："他是要与我久持，我军远道而来，粮饷不继，安能与他相持过去？"当即开军事会议，文武毕集，太宗令他们各抒所见。诸将纷纷献议，或主急攻，或主缓攻，或竟提出退师的意见。太宗都未惬意。旁立一位文质彬彬的大臣，一言不发，只是微笑。别有成算。太宗望着，乃是范文程，便问先生有何良策？文程道："有一策在，此刻不可泄漏，容臣秘密奏明。"太宗即命文武各官，尽行退出，独与文程秘密商议。帐外但听得太宗笑声，都摸不着头脑。是何妙计？看官试一猜之！好一歇，文程亦出帐而去。过了一天，传报明京德胜门外，及永定门外，遗有两封议和书，系是满洲太宗致袁崇焕的。疑案一。又过一天，满军捉住明太监二名，太宗不命审问，就令汉人高鸿中监守。疑案二。又过一天，满军退五里下寨。疑案三。又过一天，高鸿中报明太监脱逃，太宗也不去罪他。疑案四。又过一天，高鸿中面带喜色，入报明督师袁崇焕下狱，总兵祖大寿、何可纲奔出关外去了。疑案五。太宗道："范先生好似一个智多星，此番得除掉袁蛮子，真是我国一桩大幸事。"

看官！你道这位神出鬼没的范先生，究竟是何妙策？说将起来，乃是兵书上所说的反间计。原来明京两门外的议和书，都是范文程捏造情由，遣人密置。守门的兵目，得了此书，飞报崇祯帝，崇祯帝便命亲近太监，出城访查，不料途中伏着满兵，被他拿去两名。这两名太监，拿入满营，由高鸿中监守。高系汉人，

明思宗（1611—1644），即"朱由检"，明代皇帝。年号崇祯。即位后杀魏忠贤，罢黜阉党，励精图治，极想有为；但随即信任另一批宦官，冤杀抗击后金（清）的将领袁崇焕。刚愎自用，动辄更易将相。崇祯十七年（1644年）李自成攻破北京，于煤山自缢而死。清兵入关，谥怀宗，后改庄烈帝；南明谥思宗，后改毅宗。

与明太监言语相通，渐渐说得投机，非但不加刑具，并且好酒好肉的款待。是夕，鸿中与二太监酣饮，有一兵官模样，入会鸿中，见二太监在座，慌忙退出。鸿中假作酒醉，忙起座追出门外，与兵官密谈。二太监见无人在座，便掩到门后窃听，模模糊糊的，听得袁崇焕已经允议，明晨我兵退五里下寨。末后这一语，是休令明太监闻知。言毕，匆匆径去。二太监以目相视，忙即回座，鸿中亦入门再饮数巡，说是要摒挡行李，恕不陪饮。鸿中别去，二太监趁这时光，走出帐外，见帐外无人把守，便一溜烟的跑回明京，详禀崇祯帝。崇祯帝因崇焕擅杀毛文龙，已自不悦，及闻了私自议和的消息，便召见崇焕，责他种种专擅，立命锦衣卫缚置狱中。总兵祖大寿、何可纲，闻主帅无故下狱，顿时大愤，率兵驰回山海关。你想满洲太宗得了此信，有不格外喜欢么？陈平间范增，周瑜弄蒋干，都是这般计策，崇祯帝号称英明，应亦晓明史事，乃竟堕入敌计，自坏长城，真正可叹！

明军失了主帅，惊惶得了不得。偏这满洲太宗计中有计，不乘势攻打明京，反向固安、良乡一带，去游弋了一回。明廷还道是满兵退去，略略疏防，不料满兵复回转北京，直逼卢沟桥。此时守城大将，只有满桂一人，还靠得住，此外都是酒囊饭袋，全不中用。崇祯帝封满桂为武经略，屯西直、安定二门，统辖全军，一面命各官保荐人才。好好一个大将才，缚置狱中，还要人才何用。当由庶吉士、金声保荐两人，一个是游僧申甫，想是会念退兵咒。一个是翰苑出身刘之纶。崇祯帝立刻召见，适刘之纶未曾在京，应召的只有申甫一人。陛见时问他有何才具？申甫答称："能造战车。"当场试验，颇觉灵动，遂擢他为副总兵，令他招募新军，即日赴敌。急时抱佛脚，有何益处？申甫奉了上命，就在京中开局招兵，所来的无非市井游手，或是申甫素识的僧徒，全然不晓得临阵打仗的格式，冒冒失失的领了出城，战车在前，步兵在后，大喊一声，向满营冲将过去。满军守住营寨，全然不动，前面的战车，也在途中停住了。蓦闻满营中一声战鼓，把寨门一开，千军万马，拥杀过来，申甫还催战车急进，怎奈推车的人，早已不知去向。满军将战车尽行拨倒，提起大刀阔斧，杀入明军，好像削瓜切菜一般。这等游手僧徒，只恨爹娘少生两脚，没命的夺路乱跑。申甫也转身逃走，不到数步，被一满员赶到，刀起头落，把申甫一道魂灵，送到西方极乐世界去了。调侃得妙。

崇祯帝闻申甫败死，越加惶急，命满桂出城退敌。满桂奏言众寡悬殊，未可轻战。偏这明廷的太监，日日怂恿崇祯帝，催令速战。是满桂催命符。崇祯帝既诛魏阉，如何尚用奄寺？令人难解。满桂只得督领兵官孙祖寿等，出城三里，与满军搏战。这场厮杀，与申甫出战，全然不同，兵对兵、将对将，赌个你死我活，自早晨起，竟杀得天昏地黑。叙满桂处亦是不苟。满洲太宗见部队战明军不下，想了一计，令侍卫改作明装，就夜黑时混入明军队里。满桂不防，误作城内援兵，不料这伪明军专杀真明军，一阵骚扰，明军大乱。可怜这临阵惯战的满桂，竟死于乱军之中。满桂又死，明其危矣。满军大获胜仗，个个想踊跃登城，不意太宗竟下令退军，弄得众贝勒都疑惑起来。小子且停一停笔，先诌成一诗，以纪其事云：

大好京畿付劫灰，强胡饱掠马方回。

谁云明社非清覆，内讧都从外侮来。

毕竟满洲太宗何故退军，请到下回交代。

袁崇焕杀毛文龙，后人多议其专擅，愚意不然。将在外，君命有所不受，有利于国，专之可也。况崇祯帝固许其便宜行事乎！惟文龙被杀，部下多投奔满洲，甘为虎伥，绕道入塞，不得谓非崇焕疏忽之咎。然勤王诏下，即兼程前进，忠勇若此，而崇祯帝多疑好猜，竟信阉竖之谗，误堕敌人之计，崇焕下狱，满桂阵亡，明之不亡亦仅矣。读此回令人嗟叹不置。

第八回

明守将献城卖友
清太宗获玺称尊

却说满洲太宗下令退军，众贝勒都来谏阻，太宗把意见详述一番，说得众贝勒个个叹服。原来太宗的意思，恐师老日久，有前无继，转犯兵家之忌。就使乘胜攻城，应手而下，也是万不能守。一旦援军四集，反致进退两难，所以决意离京，把畿辅打扰一番，扰得他民穷财尽，激起内乱，方好乘隙而入，唾手夺那明室江山。这正是亟肆以敝的计策。确是妙算。当下率领全军，退至通州，是时已天聪四年了。点目。到通州后，复渡河东行，克香河，陷永平。将到遵化，忽见前面有明军拦住，历历落落的炮弹，向满军打来。太宗方令军士退后，猛听得豁喇一声，明军这边的大炮，无故炸开，弄得自己打自己。太宗趁这机会，再令军士向前猛进，此时明军已纷纷自乱，那里挡得住满军。只是这位统兵大员，偏不肯逃走，麾军士拼命拦截，自辰至酉，明军已矢尽力穷，这统兵大员，中了满兵两箭，坠马身亡。看官！你道这明将是谁？就是金声保荐的刘之纶。之纶平日颇研究武备，尝借贷百金，造成木质大炮。又造独轮车、偏箱车、兽车，都是轻便利用，因闻崇祯帝召见的信息，夤夜到京，入奏称旨，超擢兵部侍郎，协理京营戎政，闻得满营齐退，之纶誓师出追，到了通州，闻满军东去，料他必取道遵化，退出关外，遂约总兵马世龙、吴自勉二人，尾满军后，趋向永平，自己由间道到遵化，截满军归路，与马、吴两总兵前后夹攻。计亦甚善。谁知马、吴两人，违约不追，之纶只领了一支孤军，驻扎娘娘庙山。待满军到来，两边相较，已是众寡不敌。偏这大炮又炸，越加危急。左右请结阵徐退，之纶怒道："吾受天子厚恩，誓捐躯以报，战若不胜，愿死，敢言退者斩。"好汉子。到了矢尽力穷的时候，之纶见不可支，大呼道："死死！负天子恩！"急解佩印付给家人道："持此归报朝廷。”不一时，即被满军射倒。又死了一个忠臣。所剩残兵，霎时间一扫而空。

太宗复领兵攻陷迁安、滦州，进至昌黎，却由该县左应选，率兵民固守，连番进攻，都被击退。倒难为他。寻闻明廷复起用孙承宗，代袁崇焕守山海关，恐他遣将前来，截断归路，遂匆匆的收兵回国。既至国都，文武各官，都上表庆贺，惟太宗犹有忧色。众贝勒各来进问，太宗道："袁蛮子虽已下狱，终究未死，倘或赦罪出来，又要与我国做死对头，所以放心不下。待他死了，汝等贺我未迟。”过了数日，侦察明京大事的探子，密书驰报，略说："袁崇焕已经磔死，连家产亦被籍没。”太宗方欣然道："难得此公已死，咱们可长驱入明了。”自拆股肱，适以利敌。是时范文程在旁，太宗复顾着道："这是范先生第一功。”文程道："崇焕虽死，承宗尚在，山海关尚未易下。”太宗道："待来年再行图他。只是明兵惯用大炮，我国恰无此火器，须赶紧制造，方可攻明。”文程道："这正是最要紧的事情。”遂招募工匠，铸起红衣大炮，命军士沿习燃放。

转瞬间又是一年，众贝勒复请攻明，太宗约以秋高马肥，方可进兵。是时孙承宗督师关上，收复滦州、迁安、永平、遵化四城，复整缮关外旧地，军声大震。怎奈来了一个邱禾嘉，做了辽东巡抚，偏与承宗意见不合。狭路相逢，无非冤家。承宗议先筑大凌河城，以渐而进，禾嘉恰要同时筑右屯城。工程日久，两城都未曾完工，满军已进薄城下，这是天聪五年八月内的事情。

太宗带领精骑，到了大凌河，掘濠竖栅，四面合围，令贝勒阿济格等率兵往锦州，遮击山海关援兵。邱禾嘉闻满军已至，急率总兵吴襄、宋伟等，自宁远趋锦州，是时阿济格军尚在中途，锦州城下，未见敌人踪迹。禾嘉令吴襄、宋伟，率兵进发，到长山口，遇着满军，彼此交战，不分胜负。两边鸣金收军，各扎住营寨，准备明日厮杀。是夕，满洲太宗亦到阿济格营内，亲自督战。次日，天色微明，满兵已张开两翼，向明营扑来。明总兵宋伟，坚垒不动。满军连冲数次，都被宋伟的营兵，枪炮打回。宋伟亦能。太宗命转攻吴襄营，吴襄忙令营兵，齐放枪炮，满兵亦枪炮迭施。正轰击间，忽东北角上，刮起一阵狂风，顿时飞石扬沙，天昏如墨，襄军乘风举火，烈焰腾腾，扑入满军。满军正在着急，俄见大雨奔下，风随雨转，火势反向襄军扑回。襄军出其不意，霎时大乱，满军乘风猛攻，杀得襄军零零落落，吴襄忙率残兵逃走。岂真天意。满军复驰向宋伟营，此时伟军见襄军败走，已自胆怯，怎禁得满军踊跃前来？不消一个时辰，被满军冲入营内，宋伟左右阻拦，争奈支撑不住，也只得向后退下。满军随后赶来，两路残军，抱头疾走。约数里，忽前面来了一支人马，统是满洲服式，挡住去路，后面追兵又至，吴襄、宋伟只得拼了性命，向前冲突。等到杀出重围，已失去了监军张道春，副将祖大乐，将士伤亡，不计其数，疾忙趋回锦州。邱禾嘉见了败军，惊惶万状，弄得束手无策。自是大凌河城，虽连章告急，禾嘉装作痴聋一般，全不理睬了。这样无能，何苦与孙承宗反对。且说大凌城守将，便是祖大寿、何可纲二人。他们本是怨恨明帝，只因孙承宗面上，坚守此城。闻援兵已经败还，格外懊丧。只大寿有一兄弟名叫大弼，曾官副总兵，有万夫不当之勇，军中称为“万人敌”，又因他素性粗莽，不管死活，别号作“祖二疯子”。他仗着勇力，一意主战，夜率死士百二十人，易服辫发，缒城而下，来袭满营。此公颇有机智，不是一味疯癫。适值太宗未寝，在帐中阅视文书，大弼执着大刀，当先入帐，把大刀左右乱劈，斫倒满侍卫两员。太宗见大弼入帐行凶，忙拔腰下佩剑，挡住大弼的大刀。幸亏太宗有些武力。当下交战数合，太宗力不逮大弼，渐渐退后。大弼手下的死士，亦陆续入帐，太宗正在着忙，亏得阿济格等带领侍卫十员，赶来护驾。一场酣斗，满侍卫中，尚有一人被斫断半臂。极写大弼。至满军越来越众，大弼始呼啸一声，冲围而出，此时大寿始知大弼出城劫营，出兵接入城去。大弼检点党与，不折一人，只有数名负伤。甘宁百骑劫曹营，祖大弼可谓媲美。次晨，太宗遂下令急攻，大寿、可纲抵死击退。又过数日，满军运红衣大炮至，击坏城外数堡，复接连轰城。城上短堞，一半被毁，城中犹是固守。直到冬季，大凌粮尽，食牛马、牛马又尽，人自相食。大寿日盼援师，只是不至。惟满主招降书，屡射入城来，大寿未免动心，与可纲密议。可纲不从，大寿此时，也顾不得可纲了。卖国卖友，我恨大寿。夜间令部下亲兵，缒城至满营，投书愿降，即于次夕献城。可纲闻知，急来拦截，被大寿一箭射倒，由满军擒捉而去。城内兵士，非降即走。可纲见了太宗，劝降不允，从容就刑。算一个烈士。大弼不服兄意，早率同志出城去了。

大寿叩见太宗，太宗格外优待，命之起坐，亲赐御酒一樽。是夕，大寿仍宿大凌城，梦寐间只见何可纲索命。贼胆心虚。及至惊醒，自觉卖友求荣，于情理上很过不去。想是夜气发现。当时踌躇了一回，又忏悔了一回。翌晨，起见太宗，正值太宗升帐，会议进取锦州。大寿献计道：“取锦州不难。臣的家小，亦在锦州，现在锦州的守将，尚未知臣降顺天朝，若臣佯作溃奔状，归赚锦州，作为内应，陛下发兵为外合，取锦州如反掌。臣的家小，亦可藉此取来。”言甘心苦。太宗道：“你不要诳语！”大寿设誓允诺，太宗当即命出发。到了锦州，闻邱禾嘉已经被劾，调往南京。关上督师孙承宗亦被言官弹击，乞休回里。承宗又罢。大寿又把锦州缮城固守，诡报满洲太宗，说是：“心腹人甚少，各处客兵甚多，巡抚巡按，防守甚严，请缓发兵为是。”太宗乃班师而去。

是年冬，孔有德大闹登州，逐登莱巡抚孙元化，杀总兵张可大。越年，明兵四万攻登莱，有德等不能敌，驰书满洲告急。太宗以朝鲜已服，登莱无用，复书令有德等仍返满洲。有德遂偕耿仲明把子女玉帛载了数船，直到沈阳，应前回。见了太宗说：

“辽东旅顺，乃是要塞，现在守备空虚，可以袭取。”太宗遂发兵千名，偕孔、耿二人往袭旅顺。过了数日，军中报捷，说是旅顺已下，杀死明总兵黄龙，招降副将尚可喜。太宗大悦，即令孔、耿二人回国，留尚可喜居守旅顺。孔、耿奉命回国，孔受封为都元帅，耿受封为总兵官，嗣后可喜亦得封总兵。从此耿、尚、孔三将，居然做满洲开国功臣了。讥讽得妙。

话休叙烦，且说满洲太宗自大凌城班师，养精蓄锐，又历一年。一日，校阅军队毕，饬令随征察哈尔部，并征集各部蒙古兵，向辽河进发。这察哈尔部在满洲西北，源出蒙古，就是元朝末代顺帝的子孙。当满洲太祖起兵时候，察哈尔势颇强大，曾做内蒙古诸部的盟长。他的头目，叫作林丹汗。天命四年，尝遗书满洲，自称统领四十万众蒙古国主，致书水滨三万满洲国主。这便是自大的口吻。嗣后尝胁掠蒙古诸部，诸部受苦不堪，多来归服满洲，请满洲出兵讨伐。太宗趁兵马强壮，遂发兵渡了辽河，绕越兴安岭，向察哈尔背后攻入。林丹汗只防前面的境界，不料满军从后面扑来，蒙古本无大城，不过有几个小小的土阛，便算是头目所居的都城。满军扑到城下，林丹汗似梦初觉，仓猝不及抵敌，只得徒步飞逸。满军乘势追杀，直到了归化城，捉不住林丹汗，反把明朝边境的百姓，拿来出气。明民何辜？当下由太宗命分四路兵入明边：第一路从尚方堡进宣州，到山西省大同应州；第二路从龙门口进长城，到宣州与第一路会齐；第三路从独石口进长城，到应州；第四路从得胜堡进朔州。四路的兵，长驱直入，好像一群豺狼虎豹，钻入犬羊队里，乱咬乱嚼，随心所欲，明边的百姓，无缘无故的遭此大劫。语语含有深意。幸亏宣大总督张宗衡，总兵曹文诏、张全昌等，固守城池，击退满兵，城中的百姓，还算保全身家性命。满兵掳了人口牲畜七万六千，已是满意，遂即唱了得胜歌，出关而去。不料明廷反将张宗衡、曹文诏等，革职坐戍。功罪不明，刑赏倒置，眼见得明室不久了。

只这位满洲太宗两次入明，所得财帛，不计其数。又把内蒙古各部落，统已收服，正是府库日充、版图日廓的时候。一日，有察哈尔部遗族来降，太宗问明情由，方知林丹汗逃奔青海，一病身亡，其子额哲，势孤力竭，只得率领家属，向满洲乞降。当下开城纳入，行受降礼。额哲叩见毕，献上一颗无价的宝物。看官！你道是甚么宝贝？乃是元朝历代皇帝的传国玺。太宗得玺后，焚香告天，非常得意，于是大开朝贺。诸贝勒联名上表，请进尊号。边外诸国，亦都遣使奉书，愿为臣属。蒙古各部，且挑选几个有姿色的女子，献入满洲，甘作太宗的妾媵。吹牛拍马，一至于此。太宗遂创设三院：一名内国史院，一名内秘书院，一名内弘文院。国史院是编制实录，记注起居，秘书院是草拟敕书，收发章奏，弘文院是讨论古今政事得失，命范文程作为总监，汇集三院文员，恭定称尊典礼。复营建天庙天坛，添造宫室殿陛，不到数月，大礼已定，建筑告成，遂尊太宗为宽温仁圣皇帝，易国号为大清，改天聪十年为崇德元年。这是清室初造，所以叙述独详。择了吉日，祭告天地。当命在天坛东首，另筑一坛，排齐全副仪仗，簇拥御驾，登坛即真。适值天气晴和，晓风和煦，满洲文武百官，都随太宗至天坛，司礼各官，已鹄候两旁，焚起香烛。太宗下了御驾，龙行虎步的走近香案，对天行礼。拜跪毕，由司礼官读过祝文，于是诸贝勒拥着太宗，从中阶升上即真的坛上，到中间绣金团龙的大座椅前，徐徐坐下。但觉得万人屏息，八面威风。今而知皇帝之贵。诸贝勒大臣，及外藩各使，都恭恭敬敬的向上行三跪九叩礼。孔有德、耿仲明等降将，格外谨肃，遵礼趋跄，不敢稍错分毫。可愧可耻。宣诏大臣，捧了满、汉、蒙三体表文，站立坛东，布告大众，坛下军民人等，黑压压的跪了一地。等到宣诏官读完谕旨，一齐高呼万岁万岁的声音，远驰百里。确是威阔，怪不得人人想做皇帝。礼毕，太宗慢慢下坛，由众贝勒大臣扈跸还宫。次日，上列代帝祖尊号，谥努尔哈赤为承天广运圣德神功肇纪立极仁孝武皇帝，庙号太祖，追封功臣，配享太庙。名宫殿正门为大清门，东为东翊门，西为西翊门，大殿正殿，仍遵太祖时所定名目，惟后殿改名中宫，皇后居之。中宫两旁，添置四宫，东为关雎宫，西为麟趾宫，次东为衍庆宫，次西为永福宫，罗列妃嫔，作为藏娇的金屋。册封大贝勒代善为礼亲王，贝勒济尔哈朗为郑亲王，多尔衮为睿亲王，多铎为豫亲王，豪格为肃亲王，岳托为成亲王，阿济格为武英郡王。此外文武百官，都有封赏。拜范文程为大学士，作为宰相。孔有德、耿仲明、尚可喜三降将，亦因劝进有功，得了甚么恭顺王、怀顺王、智顺王的称号。看似铺叙，实则奚落。盈廷大喜，独太宗尚未尽惬意。看官！你道为何？当日称尊登极，外藩各使，统行跪拜礼，只有一国使臣，不肯照行，因此逆了太宗的意思，又想出一条以力服人的计策来了。正是：

南面称尊，居然天子。

西略东封，雄心莫止。

欲知何国得罪太宗，请向下回再阅。

满军攻明，起初是专攻辽西，迨得了向导，始由蒙古入塞，多一间道，从此左驰右突，飘忽无常。明兵则处处设防，以劳待逸，胜负之势，已可预决。至察哈尔折入满洲，长城以北，皆为满洲所有，明已防不胜防。虽无李闯之肇乱，而明亦不可为矣。若夫满洲太宗之获玺，论者谓天意攸归，故假手额哲以贲献之。夫玺之得不得，亦何关兴替？孙坚袁术，尝得汉家之传国玺矣，试问其果终为帝耶？然则满洲太宗之改号称尊，实为图明得志，借获玺之幸，而作成之耳。虽曰天命，宁非人事？惟清室二百数十年之国祚，由太宗之获玺称尊始。故书中特详述之，所以志始也。

第九回

朝鲜主称臣乞降
卢督师忠君殉节

却说清太宗登极之日，称清太宗自此始。有不愿跪拜的外使，并非别国，乃是天聪元年征服的朝鲜。朝鲜国王李倧，本与满洲约为兄弟，此次遣使来贺，因不肯行跪拜礼，即由太宗当日遣还，另命差官贻书诘责。过了一月，差官回国，报称朝鲜国王，接书不阅，仍命奴才带回。太宗即开军事会议，睿亲王多尔衮，与豫亲王多铎，请速发兵出征。太宗道："朝鲜贫弱，谅非我敌，他敢如此无礼，必近日复勾结明廷，乞了护符，我国欲东征朝鲜，应先出兵攻明，挫他锐气，免得出来阻挠。"仍是声东击西之计。多尔衮道："主上所虑甚是，奴才等即请旨攻明。"太宗道："汝二人当为东征的统帅，现在攻明，但搅扰他一番，便可回来，只令阿济格等前去便了。"是日即召阿济格入殿，封为征明先锋，带兵二万，驰入明畿，并授他方略，教他得手便回，阿济格即领命而去。不到一月，阿济格遣人奏捷，报称入喜峰口，由间道趋昌平州，大小数十战，统得胜仗，连克明畿十六城，获人畜十八万等语。太宗即复令阿济格班师，阿济格奏凯而回。此次清兵入明，不过威吓了事，明督师兵部尚书张凤翼，宣大总督梁廷栋，闻得清兵入边，把魂灵儿都吓得不知去向，一个不如一个，大明休矣！日服大黄药求死，听清兵自入自出。瘟官当道，百姓遭殃，实是说不尽的冤屈。

话分两头，且说清廷自阿济格班师后，即发大兵往讨朝鲜。时已隆冬，太宗祭告天地太庙，冒寒亲征，留郑亲王济尔哈朗居守，命武英郡王阿济格屯兵牛庄，防备明师，睿亲王多尔衮、豫亲王多铎，率领精骑作了冲锋的前队。太宗亲率礼亲王代善等，及蒙旗汉军，作为后应。这次东征，是改号清国后第一次出师，比前时又添了无数精采。清太宗穿着绣金龙团开气袍，外罩黄缎绣龙马褂，戴着红宝石顶的纬帽，披着黄缎斗篷，腰悬利剑，手执金鞭，脚下跨一匹千里嘶风马，左右随侍的，都是黄马褂宝石顶双眼翎亲王贝子，前后拥护的，都是雄纠纠气昂昂的满蒙汉军，画角一声，六军齐发，马队、步队、长枪队、短刀队、强弩队、藤牌队、炮队、辎重队，依次进行，差不多有十万雄师，长驱东指。描写军容，如火如荼。

到了沙河堡，太宗命多尔衮及豪格，分统左翼满蒙各兵，从宽甸入长山口，命多铎及岳托，统先锋军千五百名，径捣朝鲜国都城。这朝鲜国兵，向来是宽袍大袖，不经战阵，一闻清兵杀来，早已望风股栗，逃的逃，降的降，义州、定州、安州等地，都是朝鲜要塞，清兵逐路攻入，势如破竹，直杀到朝鲜都城。朝鲜国王李倧，急遣使迎劳清兵，奉书请罪，暗中恰把妻子徙往江华岛。那时朝鲜使臣，迎谒太宗，呈上国书。太宗怒责一番，把来书掷还，喝左右逐出来使。即以其人之道，还治其人之身。李倧闻了这个信息，魂不附体，早知今日，何必当初。亟率亲兵出城，渡过汉江，保守南汉山，清兵拥入朝鲜国都，都内居民，还未曾逃尽，只得迎降马前，献上子女玉帛，供清兵使用。覆巢之下，宁有完卵？幸亏太宗有心怀远，谕禁奸淫掳掠。假仁假义。入城三日，已是残腊，太宗就在朝鲜国都，大开筵宴，祝贺新年。好快活。

又过数天，复率大兵渡过汉江，拟攻南汉山。适朝鲜国内的全罗、忠清二道，各发援兵，到南汉城。太宗遂命军士停驻江东，负水立寨。先锋多铎，率兵迎击朝鲜援兵，约数合，朝鲜兵全不耐战，阵势已乱，多铎舞着大刀，左右扫荡，好像落叶迎风，飕飕几阵，对面的敌营，成了一片白地。造语新颖。李倧闻援兵又溃，再令阁臣洪某，到满营乞和。太宗命英俄尔岱、马福塔二人，赍敕往谕，令李倧出城亲觐，并缚献倡议败盟的罪魁。李倧答书称臣，乞免出城觐见，缚献罪魁两事。太宗不允，令大兵进围汉城。

是时多尔衮、豪格二人，领左翼军趋朝鲜，由长山口克昌州，败安黄、宁远等援兵，来会太宗。太宗命多尔衮督造小舟，往袭江华岛，一面令杜度回运红衣大炮，准备攻城。多尔衮即派兵伐木，督工制船，昼夜不停，约数日，造成数十号，率兵分渡。岛口虽有朝鲜兵船三十艘，闻得清兵到来，勉强出来拦阻，怎禁得清兵一股锐气，踊跃登舟。不多时，朝鲜兵船内，已遍悬大清旗帜，舟中原有的兵役，统不知去向。大约多赴龙王宫内当差。

清兵夺了朝鲜兵船，飞渡登岸，岸上又有鸟枪兵千余名，来阻清兵，被清兵一阵乱扫，逃得精光。清兵乘势前进，约里许，见前面有房屋数间，外面只围一短垣，高不逾丈。那时清兵一跃而入，大刀阔斧的劈将进去，但觉空空洞洞，寂无人影。多尔衮令军士搜寻，方搜出二百多人，大半是青年妇女，黄口幼儿，当由清兵抓出，个个似杀鸡般乱抖。多尔衮也觉不忍，婉言诘问，有王妃，有王子，有宗室，有群臣家口，还有仆役数十名，即命软禁别室，饬兵士好好看守，不叫妇女侍寝，算是多尔衮厚道，然即为下文埋根。一面差人到御营报捷。

是时杜度已运到大炮，向南汉城轰击。李倧危急万分，又接到清太宗来谕，略说："江华已克，尔家无恙，速遵前旨缚献罪魁，出城来见。"至是李倧已无别法，只得上表乞降，一一如命。清太宗又令献出明廷所给的诰封册印，及朝鲜二世子为质。此后应改奉大清正朔，所有三大节及庆吊等事，俱行贡献礼。此外如奉表受敕，与使臣相见礼，陪臣谒见礼，迎送馈使礼，统照事明的旧例，移作事清，若清兵攻明，或有调遣，应如期出兵，清兵回国，应献纳犒军礼物，惟日本贸易，仍听照旧云云。李倧到此，除俯首受教外，不能异议半字。当即在汉江东岸，筑坛张幄，约日朝见，届期率数骑出城，到南汉山相近，下马步行，可怜！行至坛前，但见旌旗灿烂，甲仗森严，坛上坐着一位雄主，威稜毕露，李倧又惊又惭，当时呆立不动。到此实难为李倧。只听坛前一声喝道："至尊在上，何不下拜！"慌得李倧连忙跪下，接连叩了九个响头。可叹！两边奏起乐来，鼓板声同磕头声，巧巧合拍。作书者偏要如此形容，未免太刻。乐阕，坛上复宣诏道："尔既归顺，此后毋擅筑城垣，毋擅收逃人，得步进步，又有两条苛令。每年朝贡一次，不得逾约。尔国三百年社稷，数千里封疆，当保尔无恙。"较诸今日之扶桑国，尚算仁厚。李倧唯唯连声。太宗方降座下坛，令李倧随至御营，命坐左侧，并即赐宴。是时多尔衮已知李倧乞降，带领朝鲜王妃王子，及宗室大臣家眷，到了御营。太宗便命送入汉城，留长子溰、次子淏为质。次日，太宗下令班师，李倧率群臣跪送十里外，又与二子话别，父子生离，惨同死别，不由的凄惶起来，无奈清军在前，不敢放声，相对之下，暗暗垂泪。太宗见了这般情形，也生怜惜，遂遣人传谕道："今明两年，准免贡物，后年秋季为始，照例入贡。"猫哭老鼠假慈悲。李倧复顿首谢恩。太宗御鞭一挥，向西而去。清军徐徐退尽，然后李倧亦垂头丧气的归去了。弱国固如是耳。

太宗振旅回国，复将朝鲜所获人畜牲马，分赐诸将。过了数日，朝鲜遣官解送三人至沈阳，这三人便是倡议败盟的罪魁，一姓洪，名翼溪，原任朝鲜台谏，一姓尹名集，原任朝鲜宏文馆校理，一姓吴名达济，原任朝鲜修撰，尝劝国王与明修好，休认满洲国王为帝，也是鲁仲连一流人物，可惜才识不及。此次被解至满洲，尚有何幸，自然身首异处了。清太宗既斩了朝鲜罪首，无东顾忧，遂专力攻明。适值明朝流寇四起，贼氛遍地，李闯张献忠十三家七十二营，分扰陕西、河南、四川等省，最号猖獗。明朝的将官，多调剿流贼，无暇顾边，太宗遂命孔有德、耿仲明、尚可喜三降将，攻入东边，明总兵金日观战死，复于崇德三年，授多尔衮为奉命大将军，统右翼兵，岳托为扬武大将军，统左翼兵，分道攻明，入长城青山口，到蓟州会齐。

这时明蓟辽总督吴阿衡，终日饮酒，不理政事，还有一个监守太监邓希诏，也与

孙承宗（1563—1638），字稚绳，保定高阳（今属河北）人。万历进士。天启二年（1622年）进兵部尚书兼东阁大学士，入阁参政。后为魏忠贤排挤去职。崇祯二年（1629年）后金（清）兵入大安口，明廷用他守通州，后移镇山海关，收复永平、迁安、滦州、遵化等地。崇祯四年，被夺官家居。十一年清军入侵，率领全家战死于高阳。

卢象升（1600—1639），字建斗，一字九台，明常州宜兴（今属江苏）人。天启进士。崇祯二年（1629年）募兵入卫京师（今北京）。后总理江北、河南等省军务。九年清兵入喜峰口，奉调入卫，改总督宣大、山西军务。十一年，清兵大举进攻，他奉命督师，后阵亡。

吴阿衡性情相似，真是一对酒肉朋友。至清兵直逼城下，他两人尚是沈醉不醒，等到兵士通报，阿衡模模糊糊的起来，召集兵将，冲将出去，正遇着清将豪格，冒冒失失的战了两三回合，即被豪格一刀，劈于马下。到冥乡再去饮酒，恰也快活。麾下兵霎时四散，清兵上前砍开城门，城中只有难民，并无守兵，原来监守太监邓希诏，见阿衡出城对敌，已收拾细软，潜开后门逃去，守兵闻希诏已逃，也索性逃个净尽。还是希诏见机，逃了性命，可惜美酒未曾挑去。清兵也不勾留，进行至牛栏山，山前本有一个军营，是明总监高起潜把守。高起潜也是一个奄竖，毫无军事知识，闻清兵杀来，三十六策，走为上策。崇祯帝惯用太监，安得不亡？清兵乘势杀入，从卢沟桥趋良乡，连拔四十八城，高阳县亦在其内。故督师孙承宗，时适家居，闻清兵入城，手无寸柄，如何拒敌？竟服毒自尽。子孙十数人，各执器械，愤愤赴敌，清兵出其不意，也被他杀了数十名，嗣因寡不敌众，陆续身亡。完了孙承宗，完了孙承宗全家。此外四十多城的官民，逃去的逃去，殉节的殉节。

清兵又从德州渡河，南下山东，山东州县，飞章告急，兵部尚书杨嗣昌，仓猝檄调，一面檄山东巡抚颜继祖，速往德州阻截，一面檄山西总督卢象昇，入卫京畿。继祖奉到檄文，忙率济南防兵，星夜北趋，到了德州，并不见清兵南来，方惊疑间，探马飞报清兵从临清州入济南，布政使张秉文等，统已阵亡，连德王爷亦被掳去。看官！你道德王爷是何人？原来是大明宗室，名叫由枢，与崇祯帝系兄弟行，向系受封济南，至此被掳，这统是杨嗣昌檄令移师，以致济南空虚，为敌所袭，害了德王，又害了济南人民。颜继祖闻报大惊，又急率兵回济南，到了济南，复是一个空城，清兵早已渡河北行。继祖叫苦不迭，只得据实禀报。杨嗣昌至此，惶急异常，密奏敌兵深入，胜负难料，不如随机讲和。崇祯帝不欲明允，暗令高起潜主持和议，适卢象昇奉调入京，一意主战，崇祯帝令与杨嗣昌、高起潜商议，象昇奉命，与二人会议了好几次，终与二人意见不合。未曾出兵，先争意见，已非佳兆。象昇愤甚，便道："公等主和，独不思城下之盟，春秋所耻。长安口舌如锋，宁不怕蹈袁崇焕覆辙么？"嗣昌闻言，不禁面赤，勉强答道："公毋以长安蜚语陷人。"象昇道："卢某自山西入京，途次已闻此说，到京后，闻高公已遣周元忠与敌讲和，象昇可欺，难道国人都可欺么？”是一个急性人物。随即怏怏告别。寻奏请与杨、高二人，各分兵权，不相节制。折上，由兵部复议，把宣大山西兵士属象昇，山海关宁远兵士属高起潜。崇祯帝准议，加象昇尚书衔，克日出师。

象昇麾下，兵不满二万名，只因奉命前驱，也不管好歹，竟向涿州进发。忠而近愚。途中闻清兵三路入犯，亦遣别将分路防堵，无如清兵风驰雨骤，驰防不及，列城多望风失守。嗣昌即奏削象昇尚书衔，又把军饷阻住不发。象昇由涿州至保定，与清兵相持数日，尚无胜败，奈军饷不继，催运无效，转瞬间军中绝食，各带菜色。象昇料是杨嗣昌作梗，自知必死，清晨出帐，对着将士四向拜道：“卢某与将士同受国恩，只患不得死，不患不得生。”众将士被他感动，不由的哭作一团。我看到此，亦自泪下。旋即收泪，愿随象昇出去杀敌。象昇出城至巨鹿，顾手下兵士，只剩五千名，参赞主事杨廷麟，禀象昇道：“此去离高总监大营只五十里，何不前去乞援？”象昇道：“他只恐我不死，安肯援我！”廷麟道：“且去一遭何如？”象昇不得已，令廷麟启行。临别时执着廷麟手，与他一诀，流涕道：“死西市，何如死疆场？吾以一死报国，犹为负负。”语带寒潮呜咽声。廷麟已去，象昇待了一日，望眼将穿，救兵不至。象昇道：“杨君不负我，负我者高太监，我死何妨，只要死在战场上面，杀几个敌人，偿我的命，方不徒死。”遂进至嵩水桥，正见清兵峰拥前来，胡哨一声，把象昇五千人围住。象昇将五千人分作三队，命总兵虎大威领左军，杨国柱领右军，自己领中军，与清兵死斗。清兵围合数次，被象昇杀开数次，十荡十决。清兵亦怕他厉害，渐渐退去。象昇收兵扎营。是夜三鼓，营外喊杀连天，炮声震地，象昇知清兵围攻，忙率大威、国柱等，奋力抵御，可奈清兵越来越多，把明营围得铁桶相似。两下相持，直到天明，明营内已炮尽矢竭，大威劝象昇突围出走。象昇道：“吾受命出师，早知必死。此处正我死地。诸君请突围而出，留此身以报国！卢某内不能除奸，外不能平敌，罢罢！从此与诸君长别。”此恨绵绵无尽期。遂手执佩剑，单骑冲入敌中，乱斫乱劈，把清兵杀死数十百名，自身也被四箭三刀，大叫一声，呕血而亡。如此忠臣，为权阉所陷没，可恨！

象昇自擢兵备，与流寇大小数十战，无一不胜，且三赐尚方剑，未曾戮一偏裨，爱才恤下，与士卒同甘苦，此次力竭捐躯，部下亲兵，都随了主帅殉难，大威、国柱，因象昇许他突围，方杀开血路而去。象昇既死，杨廷麟始徒手回来，到了战场，已空无一人，只见愁云如墨，暴骨成堆，二语可抵一篇吊古战场文。廷麟不禁泪下。检点遗尸，已是模糊难辨，忽见一尸首露出麻衣，仔细辨认，确是卢公象昇。原来象昇新遭父丧，请守制不许，无奈缞绖从戎。廷麟既得遗尸，痛哭下拜，我亦欲拜之。亲为殓埋，遂会同顺德知府于颖，联名奏闻。杨嗣昌无可隐讳，只说象昇轻战亡身，死不足惜。崇祯帝误信谗言，竟没有甚么恤典。

到了高起潜星夜遁回，廷臣始知起潜拥兵不救，交章弹劾。起潜下刑部狱，审问属实，有旨正法。这杨嗣昌仍安然如故，后来督师讨贼，连被贼败，始畏惧自杀。小子曾有一诗吊卢公象昇云：

慷慨誓师独奋戈，臣心未死耻言和。
可怜为国捐躯后，空使遗人雪涕多。

欲知后事如何，下回再行表明。

朝鲜之不敌满洲，固意中事，然亦由朝鲜漫无防备之故。乞盟城下，屈膝称臣，受种种胁迫之条约，真是可怜模样，然亦未始非其自取耳。若明廷统一中原，宁不足与满清敌？顾于熊廷弼、袁崇焕，则杀之磔之，于孙承宗则免职回里，任其殉节。独遗一善战之卢象昇，又为权阉所忌，迫死疆埸。谁为人主，而昏愦至死？故人谓亡明者熹宰，吾谓熹宗犹不足亡明，亡明者实崇祯帝。

第十回

失辎重全军败绩 迷美色大帅投诚

却说清兵屡次得胜，正拟进取，忽由太宗寄谕，命回本国。多尔衮、多铎等，因不敢违命，只得率领兵士，仍取道青山口而归。归国后，问太宗何故班师？太宗道："欲夺中原，必须先夺山海关，欲夺山海关，必须先夺宁、锦诸城。否则我兵深入中原，那关内外的明兵，把我后路塞断，兵饷不继，进退失据，岂不是自讨苦吃么？"多尔衮、多铎等，即奏请出攻宁、锦，太宗准奏，即令发兵，直抵锦州。锦州守将，还是祖大寿，多方抵御，屡却清兵，相持两年，仍屹然不动，反伤亡了清朝大将岳托。崇德五年，太宗亲征，攻锦州不下，遗书责大寿欺罔之罪，大寿不答。太宗把锦州城外四面的禾稼，尽行刈获，捆载而归。即是釜底抽薪之计。

六年，太宗大发兵攻锦州，大寿闻知，急向蓟辽总督处乞援。蓟辽总督洪承畴，巡抚邱民仰，带了王朴、唐通、曹变蛟、吴三桂、白广恩、马科、王廷臣、杨国柱八个总兵，统兵十三万，马四万匹，由蓟州东指，直到宁远，所带粮草，足支一年。探马飞报清太宗，太宗即令拔营，向松山进发，不多日已到松山。原来松山在锦州城南十八里，西南一座杏山，两峰相对，作为锦州城的犄角，向有明兵屯扎，保护锦州。太宗率范文程等，上山瞭望，见岗峦起伏，曲折盘旋，遥望杏山的形势，与松山也差不多，只有杏山后面，还有一层隐隐的峰峦。太宗把鞭遥指，问范文程道："杏山外面的峰峦，叫甚么山？"文程答道："便是塔山。"太宗望了许久，又俯瞰山麓，见远远的有旗帜飘扬，料是明军大营，便下山回帐，令全军摆成长蛇一般，自松山至杏山，接连扎寨，横截大道。明军见清营挡住去路，忙来冲突，被清兵一阵炮箭出退。次日，清兵亦去冲突明营，明军照例对敌，也将清兵射回。

是夜太宗复与范文程等商议军务，太宗道："我兵依山据险，立住营寨，尽可无虑，只是彼此相持，旷日持久，如何是好？"文程道"何不前去袭他辎重。"这一番把太宗提醒，便道："他的粮草，我想定在杏山后面，莫非就在塔山这边。"回应上文，方知上文不是闲笔。文程道："据臣所料，也是如此。"太宗道："此去塔山，未知有无间道？"文程把辽西地图，仔细审视，寻出一条僻径，乃是从杏山左首，曲折绕出，可通塔山，忙将地图呈阅。太宗阅过地图，见有间道，心下大喜，便召多尔衮、阿济格入帐，令率领步卒，夤夜去袭明军辎重，并将地图付给，嘱他按图觅路，不得有误。二人领命，急选健卒数千名，静悄悄的出营，靠着杏山左侧，盘旋过去。可巧星月双辉，如同白昼，疾走数十里，到了塔山，正交四鼓，昂头四望，并没有甚么粮草。故作一折。阿济格道："这都是老范主使出来，叫咱们白跑了许多路程。"多尔衮道：且待上山一望，再定行止。二人便令军士停驻山下，只带亲兵数十名，上山探视，见前面复有一冈，冈上林木蓊翳，辨不出有无辎重，只冈下有七个营盘扎住，寂静无声。多尔衮对阿济格道："我看前面七营，定是护着粮草的人马，正好乘他不备，杀将过去。"遂即下山把部兵分作两翼，阿济格率左，多尔衮率右，向明营扑入。这明营内军士，因有松山大营挡住敌兵，毫不防备，正是鼾声四起的时候，猛被清兵捣入，人不及甲，马不及鞍，连逃走都是无暇，那里还能抵敌？霎时间七座营盘，统已溃散，清兵驰至冈上，见有数百车辎重，立即搬运下山，从原路驰回。至洪承畴闻报，率兵追赶，已是不及，急得洪承畴面如土色。承畴之才，已可概见。

当承畴出师时，颇小心谨慎，不肯卤莽，既到宁远，又由祖大寿遣卒缒城，传语切勿浪战，只宜步步立营，逐渐出境。谁知兵部尚书，已换了陈新甲，屡遣人促承畴出战，承畴只得出师松山，把粮草运至笔架冈，留兵七营守护，此次闻被劫去，安得不恼？安得不悔？迟了。没奈何进逼清营，拟与清兵大战一场，分个胜负。清太宗料知明军前来，必舍命冲突，只饬部下坚壁不动。承畴率将士冲杀数次，毫不见效，想出一个偷营的法子，故意的退兵十里下寨。随令军士饱了夜餐，扎束停当，静待中军号令。是夕天色微黑，淡月无光，到了三鼓，传令王朴、唐通为第一队，白广恩、王廷臣为第二队，马科、杨国柱为第三队，曹变蛟、吴三桂为第四队，依次进发，后先相应，自己与巡抚邱民仰守住大营。也算持重。王朴、唐通，率兵到清营附近，先叙第一队。只见清营中裹着一股杀气，阴森逼人。王朴素来胆怯，向唐通道："我看清营有备，不如退归。"唐通道："奉命前来，有进无退，安可中道折回？"于是唐通在前，王朴在后，整队望清营扑入。猛听得一声号炮，骨辘辘的弹子，豁喇喇的箭杆，从清营齐射出来，把前队冲锋的明军，一半打倒。王朴、唐通，急令军士退回，行不数步，两边突出两支清兵，左系多尔衮，右系多铎，以两将对两将。将明军冲作两截。唐通、王朴忙夺路逃走，清兵随后赶来。正危急间，白广恩、王廷臣已到，明军第二队出现。放过唐通、王朴，把清军截住。两边酣斗起来，互有杀伤。忽刺斜里又杀到一支人马，为首的有三员大将，红顶花翎，乃是清降将孔有德、耿仲明、尚可喜。以明将攻明将，是清军二次接应。白广恩、王廷臣，见有清兵续至，无心恋战，遂且战且走，清兵不住的追赶，幸亏马科、杨国柱兵到，明军第三队出现。得了援应，方得走脱。

吴三桂（1612—1678），字长白，扬州高邮（今属江苏）人。崇祯末年为辽东总兵，镇守山海关。1644年降清，先后大败李自成、擒杀南明永历帝，被封为平西亲王。康熙十二年（1673年）举兵叛乱，自称周王。十七年在衡州（治今湖南衡阳市）称帝，国号大周，建元昭武。不久病死。

那时曹变蛟、吴三桂一军，本是明营内的后应兵，待三队兵马统行出发，方率兵出营。约里许，见唐通、王朴，率领残兵回来，两下晤谈，始知清营有备。第一队军已经败还，二将急策马前进，接应第二、三队人马。叙明军第四队，另换笔法。忽听后面鼓角声喧，炮声迭发，吴三桂回头一望，向曹变蛟道："莫非清兵攻我大营。"曹变蛟道："如何我们一路行来，并不见有清兵？"语尚未毕，忽一卒从背后赶到，气喘吁吁的报说大帅有令，请二将军速回。吴三桂问他情由，答说清兵闯入大营，所以调回二将军，速去救应。吴、曹二人，忙令军士转身驰归。到了大营相近，见有无数清兵，往来冲阵，洪承畴亲自督战，唐通、王朴等，亦协力抵御，左阻右拦，尚是招架不住。曹变蛟一马当先，杀入清兵队里，吴三桂率兵继入，与清兵驰战多时，清兵尚是气势蓬勃，不肯退回。待白、王、马、杨四将齐到，方并力将清兵杀退。这一场恶战，明军损伤多人，方识得清兵厉害，人人畏惧。

洪承畴（1593—1665），字彦演，号亨九，福建泉州南安人。万历年间进士。崇祯时任兵部尚书、蓟辽总督。崇祯十四年（1641年）与清军在松山（今辽宁锦州南）会战。次年，松山陷落，被清兵俘虏。顺治元年（1644年）随清军入关。十年，受命以太子太保、兵部尚书兼右副都御史等职。清圣祖即位后退职。

原来清太宗料明营未败而退，必有诈谋，令豪格、阿济格等，从间道绕出明军背后，袭击明营，一面令多尔衮、多铎，伏在寨外，孔有德、耿仲明、尚可喜接应两边，所以明军不能得手，反被清兵前后攻击，受了损失。迤逦写来，至此方一归宿。太宗又料明军经此一挫，势必退走，当令得胜诸将，于次夜抄出杏山、塔山，分路埋伏，并一一授以密计；自己却亲督大军，严阵以待。一朝易过，渐渐天昏，约值初更时候，探报明营已动，太宗即率军驰向明营，明洪承畴、邱民仰，率领曹变蛟、王廷臣两总兵，当即迎战。那时唐通、白广恩、马科、杨国柱、王朴、吴三桂六总兵，因营中饷绝，奉命退回宁远。六总兵更番断后，陆续退去，将到杏山，忽山侧冲出一彪清军，截住去路。明军因前次劫营，受了苦恼，至此复见清兵在前，都吓得毛发直竖，勉强上前冲突，方交战间，这胆小如鼷的王朴，已率部队扒过山头，逃入杏山城去了。剩下五个总兵，与清兵相持，但见清兵刀削剑剁，勇悍异常，不由的心惊胆战，争先逃走，当即旗靡辙乱，无复行列。蓦听山腰里鼓声如雷，驰出一支人马，高扯明军旗号，五总兵各自惊异，还疑是宁远救兵，前来接应，谁知到了面前，这支人马，不杀清兵，专杀明军，前授密计，至此始觉。弄得五总兵茫无头绪，叫苦不住。霎时间七零八落，眼见得不能驰回宁远，只得同王朴一般思想，奔入杏山城内。清兵见他们奔入杏山城，也不追赶，只将明兵所弃的甲胄炮械，搬运一空，向别处去了。不回清营，暗伏下文。

且说洪承畴邱民仰等，向清兵混战许久，清兵有增无减，明军有减无增，方思向西退走，谁知清兵厚集西面，无从杀出；营盘又站立不住，没奈何退入松山城，鳖入瓮中了。清兵将松山城围住。过了一日，从杏山回来的清兵，都到御营报功，说是杏山兵欲奔宁远，被我军杀得四散，由杏山到塔山，积尸无数，逼入海里的，也不可胜计。吴三桂、王朴等人，只带了几个残兵，落荒逃去。此处恰从虚写，免与上文重复。太宗大喜，命范文程一一记功，随道："此番洪承畴已中我计，恐插翅也难飞去，现请先生写一招降书，令他来降。"文程道："招降洪承畴，恐还没有这般容易，现只有多写数书，分致他部下各将，先扰惑他的军心，方可下手。"太宗称善，即连写招降书，逐日射进城去。城中只是坚守，毫不回答。太宗令军士猛攻，也未见效。这日，李永芳上帐献计道："城内有副将夏承德，与臣向系故交，不如臣去一书，饵他高官厚禄，令他献城。"太宗道："既有此人，速即修书为是。"永芳写就书信，呈上太宗。太宗欲召人射入城中，永芳道："这且不便，须要秘密行事方好。"太宗道："这是又费周折了。"范文程在旁道："这也不难。"太宗问他何计？文程道："臣料松山现已食尽，应想突围出走，只因我军四面围住，无隙可钻，所以闭城固守，现请暂开一面，令他出来突围，我即伏兵堵截，不许放出，他定然走回城中，趁此开城的机会，令干员假扮汉装，混入城内，便可致书夏承德，暗中行事。"太宗道："好好！依计而行。"立命豪格授计城西将士，令他遵办。

是夜，松山城西面围兵，撤去一角，果然曹变蛟开城出走，被伏兵截住，仍然回城。当时投书的干员，乘隙混入。次夜干员回营，报称与夏承德之子，缒城同来，当于明日夜间献城。太宗喜甚，命将承德子留住营内，专待明日破城。是时松山城内，粮食已尽，洪承畴等束手无策，只待一死，何不便死？是日上城巡阅一周，因清兵围攻略懈，到了傍晚，下城晚餐，到了黄昏时候，忽报清兵已经登城，承畴急命曹变蛟、王廷臣，率兵抵截。自己方思上马督战，蓦见军士来报道："王总兵阵亡。"承畴大惊。少顷，邱民仰又踉跄趋入，说是："曹变蛟亦已战死，公宜自行设法，邱某一死报君便了。”道言未绝，拔出佩刀自刎。可敬。承畴此时，亦拔剑向项，转思我死亦须保全尸首，不如投缳为是，要死就死，全尸何用？就解下腰带，挂在梁上。不防背后来了一人，将他一把抱住，旁边又转出数人，把承畴捆缚而去。这抱住承畴的人，便是夏承德，捆缚承畴的人，便是李永芳等。承畴知已身被擒，闭目无语，被夏承德等牵到清太宗前。太宗忙令范文程代为解缚，并劝令归降。承畴道：“不降！不降！”范文程即接口道：“洪先生既到此地，徒死无益，不如归顺清朝，图后半生的事业。”承畴道：“我知有死，不知有降。”此时恰是满怀忠义。旁边恼了多铎、豪格等，齐说道：“他既要死，赏他一刀就是，何必同他絮聒。”文程以目示意，多铎、豪格等全然不睬，想拔刀来杀承畴。太宗喝令出帐。即将承畴交与范文程，令他慢慢劝降。原来承畴颇有威望，素为孔、耿诸人所推重，禀明太宗，此次太宗费尽心机，方将承畴擒住，必欲降他以资臂助，所以把他交付文程。文程引承畴到自己营中，把甚么时务不时务，俊杰不俊杰，足足的谈了半夜。偏这洪老先生垂着头，屏着息，像死人一般，随你口吐莲花，他终不发一语。次日，仍自闭目危坐，饭也不吃，茶也不喝。范文程又变了一套言语，与他谈论许久，他总是一个没有回答，文程也不觉懊恼起来。惟御营内接连报捷，锦州下了，祖大寿投降了，数年倔强，又出此着。如何对得住何可纲？杏山塔山但已攻克了。太宗命拔营回国，范文程带了洪承畴，同到国都，又劝了承畴一回，只是不理，回报太宗，太宗也无可如何。但因得胜回来，文武百官，上朝称贺，原是照例的规矩，宫里各妃嫔，亦打扮得花枝招展，迎接太宗，一齐的贺喜请安。太宗最爱的，是永福宫庄妃，生得轻盈娥媚，聪明伶俐，她本是科尔沁部贝勒寨桑的女儿，姓博尔济吉特氏，大书特书。自献与清太宗后，列为西宫，生下一子，就是入关定鼎的世祖章皇帝福临。是夕，太宗便宿在永福宫。次日辰刻，太宗出宫视事，问范文程道：“洪承畴如何？”文程答道：“此老固执太甚，看来是无可晓谕了。”太宗道：“且慢慢再商。”忽报明朝遣职方司郎中马绍愉等，持书乞和，现在都城二十里外。太宗道：“明朝既来乞和，理应迎接。”便命李永芳、孔有德、祖大寿三人出城，迎接明使。李永芳等去讫，太宗亦退入便殿。才过午

孝庄文皇后（1613—1688），博尔济吉特氏，名布木布泰，蒙古科尔沁部人，清太宗皇后。后金天命十年（1625年）嫁皇太极。崇德元年（1636年）封永福宫庄妃。三年，生福临（世祖）。世祖即位，尊为皇太后；圣祖即位，尊为太皇太后。卒谥孝庄文皇后。

清世祖（1638—1661），即“爱新觉罗·福临”，清代皇帝，皇太极第九子，年号顺治。六岁登基，由多尔衮辅政。顺治元年（1644年）入关，击败李自成，迁都北京。多尔衮死后局势动荡，采取怀柔政策稳定了局势，并致力于休养生息、恢复生产的政策。二十四岁病死。

牌，有永福宫太监入见，跪报洪承畴已被娘娘说下了。太宗惊喜道："果有此事么？"连我也自惊异。

原来洪承畴人本刚正，只是有一桩好色的奇癖。这日正幽在别室，他是立意待死，毫无他念，到了巳牌，红日满窗，几明室净，正是看花时节。听门外叮咚一声，开去了锁，半扉渐辟，进来了一个青年美妇，袅袅婷婷的走近前来，顿觉一种异香，扑入鼻中。承畴不由的抬头一望，但见这美妇真是绝色，髻云高拥，鬟凤低垂，面如出水芙蕖，腰似迎风杨柳，更有一双纤纤玉手，丰若有余，柔若无骨，手中捧着一把玉壶，映着柔荑，格外洁白。妖耶仙耶。承畴暗讶不已，正在胡思乱想，那美妇樱口半开，瓠犀微启，轻轻的呼出将军二字。承畴欲答不可，不答又不忍，也轻轻的应了一声。这一声相应，引出那美妇问长道短，先把那承畴被掳的情形，问了一遍。承畴约略相告。随后美妇又问起承畴家眷，知承畴上有老母，下有妻妾子女，她却佯作凄惶的情状，一双俏眼，含泪两眶，亏她装得像。顿令承畴思家心动，不由的酸楚起来。那美妇又设词劝慰，随即提起玉壶，令承畴喝饮。承畴此时，已觉口渴，又被她美色所迷，便张开嘴喝了数口，把味一辨，乃是参汤。美妇知已入彀，索性与他畅说道："我是清朝皇帝的妃子，特怜将军而来。将军今日死，于国无益，于家有害。"承畴道："除死以外，尚有何法？难道真个降清不成？"其心已动。美妇道："实告将军，我家皇帝，并不是要明室江山，所以屡次投书，与明议和，怎奈明帝耽信邪言，屡与此地反对，因此常要打仗。今请将军暂时降顺，为我家皇帝主持和议，两下息争，一面请将军作一密书，报知明帝，说是身在满洲，心在本国。现在明朝内乱相寻，闻知将军为国调停，断不至与将军家属为难。那时家也保了，国也报了，将来两国议和，将军在此固可，回国亦可，岂不是两全之计么？"娓娓动人，真好口才。这一席话，说得承畴心悦诚服，不由的叹息道："语非不是，但不知汝家皇帝，肯容我这般举动否？"五体投地了。美妇道："这事包管在我身上。"言至此，复提起玉壶，与承畴喝了数口，令承畴说一允字，遂嫣然一笑，分花拂柳的出去。看官！你道这美妇是何人？便是那太宗最宠爱的庄妃。因闻承畴不肯投降，她竟在太宗前，作一自荐的毛生，不料她竟劝降承畴，立了一个大大的功劳。只小子恰有一诗讽洪承畴道：

浩气千秋别有真，杀身才算是成仁。

如何甘为娥眉劫，史传留遗号贰臣？

从此清太宗益宠爱庄妃，竟立她所生子福临为太子，以后遂添出清史上一段佳话。

诸君试看下回，便自分晓。

杨镐率二十余万人山塞，洪承畴率十三万人赴援，兵不可谓不众，乃一遇清军，统遭败衄。清军虽强，岂真无敌？咎在将帅之非材。且镐止丧师，洪且降清，洪之罪益浮于镐矣，读《贰臣传》，可知洪承畴之事迹，读此书，更见洪承畴之心术。

第十一回

清太宗宾天传幼主
多尔衮奉命略中原

前卷说到洪承畴降清，此回续述，系承畴降清后，参赞军机，与范文程差不多的位置；又蒙赐美女十人，给他使用，不由的感激万分。只因家眷在明，恐遭杀害，就依了吉特氏的训诲，自去施行。当时明朝的崇祯帝，还道承畴一定尽忠，大为痛悼，辍朝三日，赐祭十六坛；又命在都城外建立专祠，与巡抚邱民仰等一班忠臣，并列祠内。崇祯帝御制祭文，将入词亲奠，谁知洪承畴密书已到，略说："暂时降清，勉图后报，"崇祯帝长叹一声，始命罢祭。阅书中有勉图后报之言，遂不去拿究承畴家眷。崇祯帝也中了美人计。并因马绍愉等赴清议和，把松山失败的将官，一概不问。吴三桂等运气。

且说马绍愉等到了清都，由李永芳等迎接入城，承接上回。见了太宗，设宴相待，席间叙起和议，相率赞成，彼此酌定大略。及马绍愉等谢别，太宗赐他貂皮白金，仍命李永芳等送至五十里外。马绍愉等回国先将和议情形，密报兵部尚书陈新甲，新甲阅毕，搁置几上，被家僮误作塘报，发了抄，闹的通国皆知。朝上主战的人，统劾新甲主和卖国，那时崇祯帝严斥新甲，新甲倔强不服，竟被崇祯帝饬缚下狱。不数日，又将新甲正法。看官！你道这是何故？原来新甲因承畴兵败，与崇祯帝密商和议，崇祯帝依新甲言，只是要顾着面子，嘱守秘密，不可声张。若要不知，除非莫为。况中外修和，亦没有多少倒霉，真是何苦！所以马绍愉等出使，廷臣尚未闻知。及和议发抄，崇祯帝恨新甲不遵谕旨，又因他出言挺撞，激得恼羞成怒，竟冤冤枉枉的把他斩首。从此明清两国的和议，永远断绝了。

太宗得知消息，遂令贝勒阿巴泰等率师攻明，毁长城，入蓟州，转至山东，攻破八十八座坚城，掠子女三十七万，牲畜金银珠宝各五十多万。居守山东的鲁王以派，系明廷宗室，仰药自尽。此外殉难的官民，不可胜计。是时山海关内外设两总智，昌平、保定又设两总督，宁远、永平、顺天、保定、密云、天津六处，设六巡抚，宁远、山海、中协、西协、昌平、通州、天州、保定设八总兵，在明廷的意思，总道是节节设防，可以无虞，谁知设官太多，事权不一，个个观望不前，一任清兵横行。阿巴泰从北趋南，从南回北，简直是来去自由，毫无顾忌。

明廷乃惶急的了不得，拣出一个大学士周延儒，督师通州。周本是个龌龊人物，因结交奄寺，纳贿妃嫔，遂得了一个大学士头衔。当时明宫里面，传说延儒贡品，无奇不有，连田妃脚上的绣鞋，也都贡到。绣鞋上面用精工绣出“延儒恭进”四个细字，留作纪念。想入非非。这田妃是崇祯帝第一个宠妃，暗中帮他设法，竭力抬举。此次清兵入边，延儒想买崇祯帝欢心，自请督师，到了通州，只与幕客等饮酒娱乐，反日日诡报胜仗。这清将阿巴泰等抢劫已饱，不慌不忙的回去，明总兵唐通、白广恩、张登科、和应荐等，至螺山截击，反被他回杀一阵。张和二将，连忙退走，已着了好几箭，伤发身死，那清兵恰鸣鞭奏凯的回去了。清兵快活，明民晦气。

清太宗闻阿巴泰凯旋，照例的论功行赏，摆酒接风。宴飨毕，太宗回入永福宫，这位聪明伶俐的吉特氏，又陪了太宗，饮酒数巡。是夕，太宗竟发起寒热，头眩目晕。想亦爱色过度了。次日，宣召太医入宫诊视，一切朝政，命郑亲王济尔哈朗、睿亲王多尔衮暂行代理，倘有大事，令多尔衮到寝宫面奏。又数日，太宗病势越重，医药罔效，后妃人等，都不住的前来谒候。多尔衮手足关怀，每天也入宫问候几回。句中有眼。一夕，太宗自知病已不起，握住吉特氏手，气喘吁吁道：“我今年已五十二岁了，死不为夭。但不能亲统中原，与爱妃享福数年，未免恨恨。现在福临已立为太子，我死后，他应嗣位，可惜年幼无知，未能亲政，看来只好委托亲王了。”吉特氏闻言，呜咽不已。太宗命宣召济尔哈朗、多尔衮入宫。须臾，二人入内，到御榻前，太宗命他们旁坐。二人请过了安，坐在两旁。太宗道：“我已病入膏肓，将与二王长别，所虑太子年甫六龄，未能治事，一朝嗣位，还仗二王顾念本支，同心辅政。”二人齐声道：“奴才等敢不竭力。”太宗复命吉特氏挈了福临，走近床前，以手指示济尔哈朗道：“他母子两人，都托付二王，二王休得食言！”二人道：“如背圣谕，皇天不佑。”多尔衮说到皇天二字，已抬头偷瞧吉妃，但见她泪容满面，宛似一枝带雨梨花，不由的怜惜起来。偏这吉特氏一双流眼，也向多尔衮面上，觑了两次。心有灵犀一点通。多尔衮正在出神，忽听得一声娇喘道：“福哥儿过来，请王爷安！”那时多尔衮方俯视太子，将身立起，但见济尔哈朗早站立在旁，与小太子行礼了，自觉迟慢，急忙向前答礼。礼毕，与济尔哈朗同到御榻前告别，趋出内寝。回邸后，一夜的胡思乱想，不能安睡。寤寐求之，辗转反侧。

次晨，来了内宫太监，又宣召入宫。多尔衮奉命趋入，见太宗已奄奄一息，后妃人等拥列一堆，旁边坐着济尔哈朗，已握笔代草遗诏了。他挨至济尔哈朗旁，俟遗诏草毕，由济尔哈朗递与一瞧，即转呈太宗。太宗略略一阅，竟气喘痰涌，掷纸而逝。当时阖宫举哀，哀止，多尔衮偕济尔哈朗出宫，令大学士范文程等，先草红诏，后草哀诏。红诏是皇太子即皇帝位，郑亲王济尔哈朗、睿亲王多尔衮摄政。哀诏是大行皇帝，于某日宴驾字样。左满文，右汉文，满汉合璧，颁发出去，顿时万人缟素，全国哀号。未必。济尔哈朗、多尔衮一面率各亲王、郡王、贝勒、贝子，暨公主、格格、福晋、命妇等，齐集梓宫前哭临，一面命大学士范文程，率大小文武百官，齐集大清门外，序立哭临。接连数月，用一百零八人请出梓宫，奉安崇政殿，由部院诸臣，轮流齐宿，且不必细说。

单说太子福临，奉遗诏嗣位，行登极礼，六龄幼主，南面为君，倒也气度雍容，毫不胆怯。登极这一日，由摄政两亲王，率内外诸王、贝勒、贝子及文武群臣朝贺，行三跪九叩首各仪。当由阁臣宣诏，尊皇考为太宗文皇帝，嫡母生母并为皇太后，以明年为顺治元年。王大臣以下，各加一级。王大臣复叩首谢恩。新皇退殿还宫，王大臣各退班归第。自是皇太后吉特氏，因母以子贵，居然尊荣无比。但她是聪明绝顶的人，自念孤儿寡妇，终究未安，不得不另外画策。画甚么策？幸亏这多尔衮心心相印，无论大小事情，一律禀报，并且办理国事，比郑亲王尤为耐劳。正中太后心坎。过了数日，又由多尔衮举发阿达礼、硕托诸人，悖逆不道，暗劝摄政王自立为君，当经刑部讯实，立即正法，并罪及妻孥。吉特太后闻知，格外感激，竟特沛殊恩，传出懿旨，令摄政王多尔衮便宜行事，不必避嫌。叫他上钩。多尔衮出入禁中，从此无忌，有时就在大内住宿。宫内外办事人员，不谅皇太后、摄政王两人苦衷，就造出一种不尴不尬的言语来。连郑亲王济尔哈朗也有后言。正是多事。多尔衮奏明太后，令济尔哈朗出师攻明，此旨一发，济尔哈朗只得奉旨前去，涉辽河，抵宁远。适值明吴三桂为宁远守将，严行抵御，急切难下。济尔哈朗也不去猛攻，越过了宁远城，把前屯卫中前所中后所诸处，骚扰一番，匆匆的班师回国。

过了一年。便是大清国顺治元年，明崇祯帝十七年，是年为明亡清兴一大关键，故特叙明。元旦晴明，清顺治帝御殿，受朝贺礼，外藩各国，亦遣使入觐。“九天阊阖开宫殿，万国衣冠拜冕旒”，别有一种兴旺气象。过了一月，太宗梓宫奉安昭陵，辒辌首辙，辂仗庄严，旌旛亭盖，车马驼象，非常热闹。皇太后、皇帝，各亲王、郡王、贝子、贝勒，暨文武百官，以及公主、格格、福晋、命妇，都依次恭送。正是生荣死哀，备极隆仪。偏这摄政王多尔衮，格外小心服侍吉特太后，又见太后后面，有一位福晋，生得如花似玉，与太后芳容，恰是不相上下。多尔衮暗想道："我只道太后是个绝代佳人，不料无独有偶。满洲秀气，都钟毓在两人身上，又都是咱们自家骨肉，倘得两美相聚，共处一堂，正是人生极乐的境遇，还要甚么荣华富贵？可笑去年阿达礼、硕托等人，还要劝我做皇帝。咳！做了皇帝，还好胡行么？"看官！你道这位福晋是何人眷属？我亦正要问明。乃是肃亲王豪格的妻，摄政王多尔衮的侄妇。正名定分，暗伏下文。

小子且把多尔衮的痴念搁过一边，单说奉安礼毕，清廷无事，郑亲王济尔哈朗，仍令军士修整器械，储粮秣马，俟塞外草木蕃盛，大举攻明。时光易逝，又是暮春，济尔哈朗拟出师进发，多尔衮恰不甚愿意，因此师期尚未决定。这日，多尔衮在书斋中，批阅奏章，忽来了大学士范文程，向多尔衮请过了安，一旁坐下，随禀多尔衮道："明京已被李闯攻破，闻崇祯帝已自尽了。"多尔衮道："有这等事。"文程道："李闯已在明京称帝，国号大顺，改元永昌了。"多尔衮道："这个李闯，忽做中原皇帝，想是有点本领的。"文程道："李闯是个流寇的头目，闻他也没甚本领，只因明崇祯帝不善用人，把事情弄坏，所以李闯得长驱入京。现听得李闯非常暴虐，把城中子女玉帛，掳掠一空，又将明朝大臣，个个绑缚起来，勒令献出金银，甚至灼肉折胫，备诸惨毒。金银已尽，一一杀讫。明朝臣民，莫不切齿痛恨。若我国乘此出师，借着吊民伐罪的名目，布告中国，那时明朝臣民，必望风归附，驱流贼，定中原，正在此举。"明社之屋，借范文程口中叙出，免与本书夹杂。多尔衮听罢，沉吟半晌，方答道："且慢慢商量！"文程又竭力怂恿，说是此机万不可失。可奈多尔衮恰另有一番隐情，只是踌躇未决。所为何事？范文程怏怏告别，次日，复着人至睿亲王邸第，呈上一书，多尔衮拆书视之，只见上写道：

李自成（1606—1645），本名鸿基，在起义军中初号闯将，高迎祥死后，继号闯王。陕西米脂双泉里人。明末农民起义领袖。崇祯十三年（1640年）夏，中原灾荒严重，提出"均田免赋"等口号，获广大人民的欢迎。十七年建立大顺政权，年号永昌。不久攻克北京，推翻明王朝。明将吴三桂勾结满贵族入关，联合进攻农民军。他迎战失利，退出北京，兵败南下。1645年在湖北通山九宫山遭地主武装杀害。

大学士范文程敬启摄政王殿下：迺者有明流寇，踞于西土，水陆诸寇，环于南服，兵民煽乱于北陲，我师燮伐其东鄙，四面受敌，君臣安能相保？良由我先皇帝忧勤肇造，诸王大臣祗承先帝成业，夹辅冲主，忠孝格于苍

穹，上帝潜为启佑，此正欲我摄政王建功立业之会也。窃惟成丕业以垂休万祀者此时，失机会而贻悔将来者亦此时，盖明之劲敌，惟在我国，而流寇复蹂躏中原，我国虽与明争天下，实与流寇角也。为今日计，我当任贤抚众，使近悦远来。曩者弃遵化，屠永平，两经深入而返，彼地官民，必以为我无大志，纵来归附，未必抚恤，因怀携贰。是当严申纪律，秋毫勿犯，复宣谕以昔日守内地之由，及今进取中原之意，官仍其职，民仍其业，录其贤能，恤其无告，将大河以北，可传檄而定也。河北一定，可令各城官吏，移其妻子，避患于我军，因以为质；又拔其德誉素著者，置之班行。俾各朝夕献纳，以资辅翼。王于众论择善酌行，则闻见可广，而政事有时措之宜矣。此行或直趋燕京，或相机攻取，要于入边之后，山海关以西，择一坚城顿兵，以为门户，我师往来甚便，惟我摄政王察之！

多尔衮阅毕，叹道："这范老头儿的言语，确是不错，但我恰有一桩心事，不能与范老头儿说明，我且到夜间入宫，与太后商量再说。"

是夕，多尔衮入宫去见太后，便把范文程的言语，叙述一遍。太后吉特氏道："范老先生的才识，先皇在时，常佩服他的。他既主张出师，就请王爷照他行事。"多尔衮道："人生如朝露，但得与太后长享快乐，已自知足，何必出兵打仗，争这中原？"太后道："这却不是这样说，我国虽是统一满洲，总不及中国的繁华，倘能趁此机会，得了中国，我与你的快乐，还要加倍。况你不过三十多岁的人，多尔衮的年纪，就太后口中叙出，无怪太后特沛殊恩。来日正长，此时出去立场大功，何等光辉？何等荣耀？将来亲王以下，人人畏服，还有那个敢来饶舌？"此妇见识，毕竟胜人一筹。多尔衮尚是沉吟，太后见他不愿出师，便竖起柳眉，故作怒容道："王爷要甚么，我便依你甚么。今天要你出师攻明，你却不去，这是何意？"慌得多尔衮连忙陪罪，双膝请安道："太后不必动怒，奴才愿去！"太后便对多尔衮似笑非笑的瞅了一眼，多尔衮道："奴才出师以后，只有一事可虑。"太后问他何事？多尔衮道："只豪格那厮，很与我反对，屡造谣言，恐于嗣君不利。"太后道："这却凭你处置便是。"多尔衮应命出宫。便召固山额真何洛会，秘密商议了一回。次晨，何洛会即联络数人，共奏肃亲王豪格言词悖妄，恐致乱政。多尔衮即偕郑亲王等，公同审鞫。豪格不服，仍出词挺撞。多尔衮遂说他悖妄属实，废为庶人。无端遭黜，请阅者猜之。于是多尔衮奏请南征，由顺治帝祭告天地太庙，不日启行。启程这一日，范文程恭拟诏敕。便在笃恭殿中，颁给多尔衮大将军敕印，敕曰：

朕年冲幼，未能亲履戎行，特命尔摄政和硕睿亲王多尔衮代统大军，往定中原。特授奉命大将军印，一切赏罚，便宜行事。至攻取方略，尔王钦承皇考圣训，谅已素谙。其诸王贝勒贝子公大臣等，事大将军当如事朕，同心协力以图进取，庶祖考英灵，为之欣慰。钦此。

多尔衮叩首受印，随同豫亲王多铎、武英郡王阿济格、恭顺王孔有德、怀顺王耿仲明、智顺王尚可喜、贝子尼堪博洛、辅国公满达海等，率领八旗劲旅，蒙汉健儿，进图中原，陆续登程，向山海关去了。正是：

虽有智慧，不如乘势。
天道靡常，一兴一替。

欲知多尔衮出师后事，且待下回再详。

和战未定，尚非致亡之因，误在崇祯帝所用非人，卒致外患日迫，内讧乘之。甲申之变，谁谓非崇祯自召耶？若清则国势方盛，太宗晏驾，以六龄之幼主，安然即位，多尔衮等忠心辅幼，竟尔匕鬯无惊。至于明社已屋，又由多尔衮出师，唾手中原。后人谓多尔衮之肯出死力，皆孝庄后有以笼络之，然则孝庄后固一代尤物乎？明亡清继，成于一妇人之手，吾訾其德，吾服其才。

第十二回

失爱姬乞援外族
追流贼忍死双亲

且说山海关内外的守将，就是明总兵吴三桂，其时三桂已封平西伯，驻守宁远，因有廷旨促他入援，遂率众西行。到山海关，闻京师已陷，明帝殉国，遂令军士扎住营寨，徘徊不进。忽探马来报道："爵帅家属，尽被李闯拿去了。"三桂大怒，率兵入关。适李闯派降将唐通，赍白银五万两，并三桂父吴襄书札，来招降三桂，途次遇三桂军，便入帐进见。三桂问明来意，唐通取出吴襄书，交与三桂，三桂拆阅，大略说是："君逝父存，汝宜早降，不失通侯之赏，犹全孝子之名"云云。三桂迟疑未决，唐通又说道："崇祯已殁，明已无君，君不能使再生，父宁可以再死？不如归降为是。"三桂道："既如此，我为老父故，无奈投降，请君先行回复，我当入京来见新主。"唐通复索回书，三桂便潦潦草草写了几句，并加了封，交与唐通带回。来往书信，无关紧要，故略之。遂即召集众将，把降顺李闯的缘故，约略说明。部将冯鹏谏阻，三桂不从，即在关上守候交卸。不数日，李闯差来的守关将吏，已率兵赶到，三桂把关上事务，交与来将，遂带了数千精兵，望燕京进发。

到了滦州，有家人求见。三桂唤入，详问家中近状。家人便将吴襄被掳，家产被抄情形，详细告禀。三桂道："这倒无妨。我现到京，我父自然释放，家产也自然发还了。"家人道："现在京内是闹得不像样子，闯王入京，拷逼大臣，苛索财物，且不必说。宫内的皇后妃嫔，多半随崇祯帝殉节，还有未死的宫娥彩女，都被闯王收为妃妾，日夕奸淫。昨闻我家的姨太太，亦被这闯王选入后宫，不知死活哩。"三桂急问道："那个姨太太？"家人道："便是陈……"三桂便接口道："是否陈圆圆姑娘？"家人道："不是陈圆圆姑娘，还有谁人？"三桂不听犹可，听了此语，叫了一声爱姬，往后便倒。爱姬重于亲父。

小子要述陈圆圆历史，且把吴三桂生死，略搁一搁，请诸君先听我说这位圆圆姑娘。圆圆本太原故家，姓陈名沅，能诗能画，又善弹琴，因遭乱流落，鬻为玉峰歌伎，艳帜高张，缠头价重。吴三桂在京师时，曾与她有一面缘，彼此企慕。嗣后沅娘艳名，为藩府田畹所闻，千金购艳，充入下陈，遂改名圆圆。田畹系崇祯帝宠妃父亲，仗着皇亲势力，蓄有数百万家私，自得了陈圆圆，百般爱宠，怎奈老夫少妇终嫌非匹。“石崇有意，绿珠无情”，田畹亦无可如何。

陈圆圆（1624—约1683)，本姓邢，名沅，字畹芳，江苏武进（今常州）人，苏州名妓。吴三桂纳为妾。三桂出镇山海关，李自成农民起义军攻克北京，曾被俘。三桂降清，清军攻陷北京，仍归三桂，从至云南。晚年为女道士，改名寂静。三藩乱平后，自杀于云南。

适值李闯陷西安，秦王存枢被执，转陷太原，晋王求枢又被杀。秦、晋二邸，累代积蓄，都扫得干干净净。田畹暗暗着急，终日愁眉不展，圆圆窥破情景，便乘机进言，说是：“宁远总兵吴三桂部下都是精锐，国丈何不与他结交，作为护符？”已寓深意。田畹大喜，可巧吴三桂入京觐见，遂设宴相请。三桂正忆着陈圆圆，闻她身入田邸，苦难会面，一闻田畹相邀，忙即赴席。席间说起清兵强悍，与流寇猖獗的事情，田畹便把全家托他保护。三桂谦让一番，田畹恐他不允，格外殷勤，向后房叫出众歌姬，奏曲侑酒。三桂仔细一瞧，虽是个个妖艳，但不见那可人儿圆圆姑娘，便问田畹道：“前闻玉峰歌伎陈沅娘，曾入贵邸，如何众歌姬中，独无此人？”田畹听三桂提起圆圆，呆了半晌，只因有事相干，不得不召圆圆出来。少顷，圆圆应召而出，田畹令向三桂行礼。三桂举手相让，一面瞧那圆圆，宛似宝月祥云，别具神采，比当年初见时，虽稍清减，却越显出玉质娉婷。圆圆见三桂瞧她，恰嫣然一笑，低垂粉颈，另有一种娇羞态度。作书者亦另具一种笔墨。三桂便转眼看众歌姬，觉得蠢俗异常，仿佛嫫盐，便向田畹道：“西子在前，难为众艳，请国丈令众姬入室，免得多劳，吴某只请沅姬鼓琴一曲，静心领悟，便感国丈厚谊。”田畹即令众姬退出，命圆圆侧坐鼓琴。侍女抱琴与圆圆，圆圆便轻舒皓腕，默运慧心，弹了一曲湘妃怨。弦外寓音。三桂系将门之子，颇识琴心，料知圆圆自怨非偶，不由的自念道：“可惜可惜。”

田畹方欲启问，忽见家人呈进邸报，接过一瞧，不觉魂驰魄落。三桂从旁遥望，邸报上写着是：“代州失守，周遇吉阵亡”九个大字，便道："代州一失，京畿要戒严了。"田畹道："老夫风烛残年，偏要遭此丧乱，奈何？"三桂趁此机会，竟借着酒意，慨然答道："吴某蒙国丈雅爱，愿力护尊邸，但有一事相求，请国丈见赐！"田畹问他何事？三桂道："便是这位沅姬，若承国丈赐与吴某，吴某誓为国丈效死。"田畹听到此语，又是怒，又是悔，勉强答道："老夫也不惜一歌伎，但未知圆圆愿否？"此时圆圆琴已弹完，就禀告田畹道："妾随国丈数年，安忍轻离国丈，但贱妾事小，国丈事大，国丈有命，敢不敬从！"三桂大笑道："沅姬愿了，沅姬愿了。"忙起身向田畹谢赐，随命自己仆役，抬进暖轿，令陈圆圆拜别皇亲，押着圆圆上轿，出了藩府，自己上了马，扬鞭径去。这位田国丈，弄得目瞪口呆，既不忍割舍，又不好拦阻，只得眼睁睁的由他劫去。

那三桂劫娶圆圆回家，像活宝贝的看待。圆圆又素羡他是当世英雄，三生有幸，两意相同，真个是你贪我爱，说不尽的绸缪。不料明廷谕旨，饬三桂迅速出关。军中不能随带姬妾，三桂硬着头皮，别了爱姬，率兵赶到关上，心中恰时时思念这陈姑娘。儿女情长，英雄气短，自古皆然，不足为三桂责。但为一爱妾故，背了君父，将何以自解？此番得了家人的传报，知陈姑娘被李闯劫夺了去，顿时魂灵儿飞在九霄云外，立即晕倒。你要劫人妾，人亦劫你妾，天道循环，何必着急。幸亏家人相救，苏醒转来，便咬牙切齿，誓报此恨。妻妾之仇，也是不共戴天，《礼经》上须加入一条。当即率诸将驰回山海关，逐去关上的闯将，令军士为崇祯帝服丧，设座遥奠，啮血结盟，决志扫灭李闯，为明复仇。这消息传达燕京，李闯方在宫中取乐，三日不朝，想是得了陈圆圆，格外荒淫。及接到此报，不觉大惊，亟发兵二十万，下令亲征。又命降将唐通白广恩，率二万骑绕出关外，夹攻三桂。

三桂方整备抵御，忽报清国摄政王多尔衮，带领雄兵十万，将到宁远。三桂惶急道："内有闯贼，外有清兵，叫我如何对付？"转念道："与其把明室江山，送与闯贼，不若送与满洲人。闯贼闯贼！你要夺我爱姬，我也顾不得许多了。"本心已坏。遂修好一书，令副将杨坤、游击郭云龙，赴清军乞援。此时清摄政王多尔衮正领兵到了翁后，距宁远城只数里，闻报平西伯吴三桂遣使求见，乃传令入帐。由杨坤呈上书信，多尔衮即展阅道：

明平西伯山海关总兵吴三桂，谨上书于大清国摄政王殿下：三桂初蒙先帝拔擢，以蚊负之身，荷辽东总兵重任，弃宁远而镇山海者，正欲坚守东陲，而巩固京师也。不意流寇逆天犯阙，京城人心不固，奸党开门纳款，先帝不幸，九庙灰烬，贼首僭称尊号，掳掠妇女财帛，罪恶已极，天人共愤，众志已离，败可立待。我国积德累仁，讴思未泯，各省宗室，如晋文光武之中兴

者，容或有之。远近已起义兵，山左江北，密如星布，三桂受国厚恩，悯斯民之罹难，欲兴师以慰人心，奈京东地小，兵力未集，特泣血求助。我国与北朝通好二百余年，今无故而遭国难，北朝应恻然念之，夫除暴翦恶，大顺也。拯颠扶危，大义也。出民水火，大仁也。兴灭继绝，大名也。取威定霸，大功也。流贼所聚金帛子女，不可胜数，义兵一至，皆为王有，又大利也。王以盖世英雄，值此摧枯拉朽之会，诚难再得之时也。乞念亡国孤臣忠义之言，速选精兵，直入中协西协，三桂自率所部，合兵以抵都门，灭流寇于宫廷，示大义于中国，则我朝之报北朝者，岂惟财帛？将裂地以酬，不敢食言。

多尔衮阅毕，见范文程、洪承畴在旁，便将书递阅。两人阅过了书，范文程先开口道："王爷大喜，此番可手定中原了。"不枉前番苦劝。多尔衮道："这且仗先生等费心。"洪承畴道："此去中原，何患不灭李闯？但此番是为明讨贼的义师，与前次入塞不同，还请王爷发令，申谕将士，经过各府州县，毋屠人民，毋焚庐舍，毋掠财物。有敢违令，照军法从事。如此施行，中原人民，定当望风投诚，万里江山，唾手可下。求王爷明鉴！"多尔衮点点头，随道："吴三桂的来书，如何答复？"范文程道："请先招降三桂，令他与李闯交战，待他两边困乏，我却率领精锐，援应三桂，驱逐李闯，定卜大胜。"一鼓一吹，描尽虎伥。多尔衮道："好好！就请先生写了复书便是。"这位才学深通的范老先生，就濡墨拈毫，伸纸疾书道：

大清国摄政王，复书吴平西伯麾下：向欲与明修好，屡行致书，曾无一言相答，是以三次逃兵攻略，欲明国之君，熟筹而通好也。若今日则不复出此，惟有底定国家，与明休息而已。予闻流寇攻陷京师，明主惨亡，不胜发指，用是率仁义之师，沉舟破釜，誓必灭贼，出民水火。及伯遣使致书，深为喜悦，遂统兵前进。夫伯思报主恩，与流贼不共戴天，诚忠臣之义也。伯虽向与我为敌，今亦勿因前故怀疑。昔管仲射桓公中钩，后为仲父以成霸业。今伯若率众来归，必封以故土，晋为藩王，一则国仇得报，一则身家可保，世世子孙，长享富贵，当如带砺河山，永永无极！

文程写毕，呈与多尔衮。多尔衮看了一遍，命文程加封，交给来使去讫。多尔衮遂拔营进发，到了连山，遇明使复来，催清兵入关。多尔衮应允，遣回来使。

那时吴三桂日盼清兵到来，不料清兵未至，李闯先到，三桂急将关内的百姓，驱入营中，复挑选精锐，登关固守。正筹备间，猛听得一声大炮，如雷震耳，三桂向西瞭望，但见尘头起处，千军万马，向东而来，后面隐隐有一黄盖，簇拥着一个须眉如戟，鹰目鹳鼻的主帅。三桂料是李闯，恨不得一手抓来，把他碎尸万段，你的爱姬，倒被他受用久了。当即激厉将士，开关出战。李闯见三桂出来，驱众直上，把三桂困在垓心。三桂毫不惧怕，率着铁骑，左冲右突，顿时喊杀连天，山摇地动。从早晨杀到日暮，闯军尚是未退，三桂恐兵士疲乏，无奈冲开敌阵，率兵入关。李闯也不敢紧逼，令部下一齐下寨。

三桂入关，升堂检点军士，已伤亡多人，不禁号啕大哭。非哭军士，实哭爱姬。众将士亦皆感泣。忽报闯将唐通、白广恩，昔为明将，今为闯将，何无心肝乃尔？已带兵二万，从关外杀来，三桂大惊，即登陴遥望，果见东南角一军，悬着大顺旗号，旋风般的过来。三桂自语道："真个贼将又来了，内外受敌，奈何？"急煞！语未毕，听得东北角上，又炮声震天，一军复疾驰而至，旗帜飞扬，隐隐有红黄蓝白四色，三桂又自语道："莫非清兵已到么？"方在踌躇，见探子已上城飞报，说是清豫王多铎、英王阿济格，已率前队兵到此。三桂不禁转悲为喜，谢天谢地，为公乎？为私乎？便下关用过夜膳，命众将士道："清军已到，可以无虑。今夜请诸位一意守关，明日我当出见清军。"

是夕，各军都休息勿动。至翌晨，唐通、白广恩进兵攻关，三桂选了五百精兵，携着大炮，开关东出。关门甫辟，炮弹随发，冲开一条血路，直到清营，即下马求见，当由多尔衮遣将迎入。三桂既入帐，见上面坐着威风凛凛的多尔衮，即倒身下拜。为爱姬故，何妨屈膝。多尔衮出座相扶，请三桂起坐。三桂即哭诉李闯不道，残毁宫阙，故主自尽，全家被掳的情形。多尔衮道："说来也是可恨。我到此地，即为贵爵雪仇雪恨而来。"三桂忙接着道："王爷仗义兴师，为吴某报仇雪恨，某非木石，敢负鸿慈？"好入《贰臣传》了。多尔衮道："如天之福，得定中原，当以王爵相报。"三桂称谢，并请速发兵相救。多尔衮点头，命多铎、阿济格入帐，先与三桂相见，随即对二人道："你二人带兵五千，去杀退关外贼军！"二人奉命前去。多尔衮召进洪承畴、祖大寿等，与三桂共叙寒暄。承畴是三桂故帅，大寿是三桂母舅，至此谈及明室情形，各自叹息。叹息而已，何足道哉？

不多时，多铎、阿济格二人，入帐报捷，说贼将唐通、白广恩已逐走了。原来唐通、白广恩，自松山一战，早识清兵厉害，今见清兵来援山海关，早已望风生畏，鼠窜而去。关外未曾大战，正好虚写。三桂便请多尔衮入关，守关将士，由三桂点名参谒，复祭告天地，歃血为盟。当下多尔衮命分列坐次，会议军事。洪承畴道："现在闯贼率众东出，都城必然空虚，若潜军从关外绕道，逾入居庸，袭破京师，待贼回援，我在关之军蹙其后，在京之军扼其前，任他李闯非常凶悍，也要一鼓成擒，这却是万全的计策。”若从承畴之计，三桂家属，或犹可保。三桂听这番议论，暗暗着急，忙说道：“关内人民，望大军如望云霓，若潜师袭京，多费时日，转失民望，现不如乘着锐气，驱逐逆闯，况王爷以顺讨逆，正应用着堂堂正正的举动，义师所至，无人不服，何必用这秘谋？”三桂心中，只为那人入京，早一日好一日，所以闻承畴计，极力阻挠，然亦亏他说得圆到。多尔衮道：“闯贼的兵势如何？”三桂道：“贼兵虽多，统是乌合之众，三桂只有七千人马，尚能与他杀个平手，何况王爷带来大队，个个英雄，那有杀不过闯贼的道理？三桂不才，愿冲头阵。”多尔衮道：“既如此，明日与他决一胜负，再作计较。”

翌晨，多尔衮升帐，令吴三桂率领本部人马，攻贼右面，自己的兵马，攻贼左面，一声鼓号，开关出战。两边排着阵势，李闯的兵，约多一倍。多尔衮向吴三桂道：“贵爵愿冲头阵，请先攻入！”三桂得令，领着本部人马，向闯兵最多处，杀进去了。多尔衮恰领着英、豫二王，驰上东山，立马观战。洪承畴、祖大寿、孔有德、尚可喜等，也随着多尔衮上山，但见对面山上，李闯亦挟着明太子诸王等，指麾贼众，贼众张开两翼，把三桂军围了四五重。三桂军人人血战，冲荡数十回，呼杀声震动海峤。多尔衮道：“好厉害！好厉害！自我带兵以来，入塞也好几次，从没有经过这般恶斗。”对异族则怯，对同室则勇，明朝所以终亡。说时迟，那时快，海滨忽起了一阵怪风，把地土尘沙，卷入空中，顿觉天昏地暗，不辨彼此。多尔衮惊道：“不好了！吴三桂要陷没阵中了，快去救他！”多铎、阿济格应声而出，跃马下山，洪承畴、祖大寿、孔有德、尚可喜等亦随下，一声号召，万马奔腾，齐向敌阵冲入。

李闯正在山上督战，见大风过处，飞尘四散，霎时尘开见日，有无数辫发兵，横跃入阵，督兵的都是红顶花翎，不觉失声道：“这是满洲兵，如何到此？”急麾盖向山下退走。贼军不见主子，纷纷大乱，满汉各军，追赶四十里，斩首数万级，方收兵回关。

多尔衮令关内兵民，尽行剃发，吴三桂首先遵令，发可剃，爱姬不可失。剃发已毕，即请作前驱，多尔衮命率兵二万名，即日就道，星夜前进。李闯奔一城，三桂捣一城。李闯遣使求和，三桂只是不允。一逃一追，直抵燕京城下。李闯驰入京中，令部众扎在城外，分作十二寨，抵敌三桂。那禁得三桂当先踹营，无人可当，不到半日，十二寨已攻破八寨，余四寨亦绕城遁去。李闯又遣兵出城迎战，又被三桂一阵杀退，真是一夫拼命，万夫莫当。李闯大惧，复遣使求和，愿与三桂平分中原。三桂见了来使，也不令他开口，急喝令斩讫，当即命军士猛攻京城。忽听得城上一片哭声，由三桂抬头一望，乃是自己的亲父母，并妻子等三十多名，都是两手被缚，负带刑具，向城下哀告道："阖家性命，都在呼吸，你不如投降了罢！"三桂到此，愤气填胸，大呼不降。城上复答道："你莫非连爹娘都不管么？你身从何而来？今日为爹娘的，为你一人，要身死刀下，你心何忍！"惨不忍闻。三桂抗声道："父母深恩，儿非不知。但儿与闯贼誓不两立，今日有闯无儿，有儿无闯。若闯贼敢害我父母，儿誓把闯贼生擒活剥，偿我父母的命。"忍哉三桂！道言未绝，听城上扑的一声，掷下一颗血淋淋的首级，接连又是二三十颗。三桂令军士拾起一瞧，不由的从马上坠下。小子叙到此处，又有一诗咏吴三桂道：

秦庭痛哭亦忠臣，可奈将军为美人。
流贼未诛家已破，忍看城上戮双亲。

欲知三桂性命如何，请诸君再阅下回。

"恸哭三军皆缟素，冲冠一怒为红颜。"此系后人咏吴三桂诗。缟素句是宾，红颜句是主。不有红颜，何有缟素？是三桂之心，本不可问。且清师入关，不与定酬劳之约，竟尔臣事满清，甘心剃发，且愿为先导，拼命穷追，激成李闯之怒，戮其父母妻孥。不忠不孝，三桂一人实兼之。读本回如燃犀照奸，直穷其隐。

第十三回

闯王西走合浦还珠
清帝东来神京定鼎

却说吴三桂见城上掷下首级，拾起一看，正是他父母、妻子的首级，惊得面色如土，从马上坠下。当由军士扶起，不禁捶胸大哭。想是不见陈圆圆首级，故尚未曾晕倒。恰好清兵亦赶到城下，闻报三桂家属被害，多尔衮即下了马，劝三桂收泪，并安慰他一番。三桂谢毕，清兵乘着锐气，攻了一回都城，到晚休息。城内的李闯王，闻满洲兵也到城下，急得屁滚尿流，忙与部下商议了一夜，除逃走外无别法。遂命部下将所索金银，及宫中帑藏器皿，夤夜收拾，铸成银饼数万枚，载上骡车，用亲卒拖着，出后门先发，自率妻妾等开西门潜奔。临走时，放了一把火，将明室宫殿，及九门城楼，统行烧毁，这是何意？并把那明太子囚挟而去。

时已黎明，清兵方出寨攻城，忽见城内火光烛天，烈焰飞腾，城上的守兵，已不知去向；随即缘城而上，逾入城内，把城门洞开。吴三桂一马冲入，军士亦逐队进城。外城已拔，内城随下，皇城已开得洞穿。三桂率兵到宫前，只见颓垣败瓦，变成了一个火堆。三桂遂令军士扑灭余焰，自己恰急急忙忙的，到了家内。故庐尚在，人迹杳然。转了身，向各处搜寻一番，只有鸠形鹄面的愚夫愚妇，并没有这个心上人儿。我亦替他一急。他亦无心去迎多尔衮，竟领兵出了西门，风驰电掣般追赶李闯。到了庆都，见李闯后队不远，便愤愤的追杀过去。李闯急令部将左光先、谷大成等，回马迎战，不数合，已被三桂军杀败，勒马逃走。抛弃甲仗无数，拥积道旁，三桂军搬不胜搬，移不胜移。等到拨开走路，眼见得闯军已去远了。三桂尚欲前进，祖大寿、孔有德等，已从京城赶到，促令班师。三桂道：“逐寇如追逃，奈何中止？”大寿道：“这是范老先生意见，说是穷寇勿追，且回都再议。”三桂犹自迟疑，大寿言：“军令如山，不应违拗。”三桂无奈，偕大寿等回见多尔衮。多尔衮慰劳一番，三桂道：“闯贼害我故君，杀我父母，吴某恨不立诛此贼。只因军命难违，姑且从归，现请仍行往追！”口头原是忠孝。多尔衮道：“将军原不惮劳，军士已经疲乏，总须休养几天，方可再出。”三桂无言可答，只得辞别到家，仍密遣心腹将士，探听陈圆圆消息。念念不忘此人。接连两日，毫无音信，三桂短叹长吁，闷闷不乐。忽有一小民求见，三桂召入。那小民叩见毕，呈上一书，三桂即展读道：

贱妾陈沅谨上书于我夫主吴将军麾下：妾以陋姿，猥蒙宠爱，为欢三日，遽别征旌，妾虽留滞京门，魂梦实随左右。陌头之感，不律难宣。三月终旬，闯贼东来，神京失守，妾以隶于将军府下，遂遭险难，以国破君亡之际，即以身殉，夫亦何惜？第以未见将军，心迹莫明，不敢遽死。闯贼屡图相犯，妾以死拒。幸闯贼犹畏将军，未下毒手，令妾得以瓦全。妾之偷息以至于今者，皆将军之赐也。及闯贼举兵西走，妾得乘间脱逃，期一见将军之面，捐躯明志。乃闻将军复出追寇，不得已暂寓民家，留身以待。今幸将军凯旋，将别后情形，谨陈大略。伏维垂鉴，书不尽意，死待来命。

看官！这陈圆圆既被李闯掳去，如何李闯西奔，恰把圆圆撇下呢？前未提起，阅者早已怀疑。原来圆圆秉性聪明，闻三桂来追，李闯欲走，她思破镜重圆，故意的向李闯面前，说明三桂心迹。李闯以留住圆圆，可止追军，并因妻妾多与相嫉，阴阻其行，故圆圆犹得留京，流徙民家。

三桂得了圆圆书，不禁大喜，忙赏小民二百金，这小民恰得了一注横财。今兵役肩舆至民家，接回圆圆。不一时，圆圆已到，款步而入，三桂忙起身相迎。文姬归来，丰姿如旧。圆圆方欲行礼，三桂已将她一把掖住，拥入怀中，与她接了一回吻，真是活宝贝。才对圆圆道：“不料今日犹得见卿。”圆圆道：“妾今日得见将军，已如隔世，惟妾身虽幸保全，左右不无疑虑，请今日死在将军面前，聊明妾志。”说毕，已垂下珠泪数滴，把三桂双手一推，意图自尽。一哭一死，这是妇女惯技。三桂将她紧紧抱住，便道：“我为卿故，间关万里，日不停驰，今日幸得重会，卿乃欲舍我而死。卿死，我亦不愿再生。”比君父何如？圆圆呜咽道：“将军知妾，未必人人知妾。”三桂急忙截住道：“我不疑卿，谁敢疑卿！”圆圆道：“将军如此怜妾，妾不死，无以自白，妾死，又有负将军，正是生死两难了。”三桂着急道：“往事休提，今日是破镜重圆的日子，当与卿开樽畅饮，细诉离情。”于是命侍役安排酒肴，到了上房对酌，叙这数月的相思。妾貌似花，郎情如蜜，金缸影里，半辫云鬟，秋水波中，微含春色。既而夕阳西下，更鼓随催，携手入帐，重疔相如渴病，含羞荐枕，长令子建倾心。此时三桂的心中，全把君父忘却，未知这位陈圆圆，还记念李闯否？过了数日，少不得从宜从俗，替吴襄开丧受吊。白马素车，往来不绝。嗣闻多尔衮保奏为王，又是改吊为贺，小子也不愿细叙了。

且说清摄政王多尔衮入京后，一切布置，都由范文程、洪承畴酌定。特志两人，是《春秋》书法。范、洪二人，拟就两道告示，四处张贴。一道是揭出"除暴救民"四字，羁縻百姓，一道是为崇祯帝发丧，以礼改葬，笼络百姓。那时百姓因李闯入京，纵兵为虐，受他奸淫掳掠的苦楚，饮恨的了不得，一闻清兵入城，把闯贼赶出，已是转悲为喜。又因清兵不加杀戮，复为故帝发丧，真是感激涕零，达到极点，还有那个不服呢？小信小惠，已足服人。多尔衮见人心已靖，急召集民夫，修筑宫殿。武英殿先告竣工，多尔衮升殿入座，摆设前明銮驾，鸣钟奏乐，召见百官。故明大学士冯铨，及应袭恭顺侯吴维华，亦率文武群臣，上表称贺。富贵固无恙也。是日，即缮好奏折，令辅国公屯齐喀和托，及固山额真何洛会，到沈阳迎接两宫。

两大臣去讫，多尔衮退了殿，忽由部将呈上密报。多尔衮一瞧，即召入范文程、洪承畴递阅。二人阅毕，范文程道："福王朱由崧在南京监国，将来定与我为难，这事颇要费手。"洪承畴道："朱由崧是个酒色之徒，不足深虑，只是南京兵部尚书史可法，素具忠诚，未知他曾任要职否？"多尔衮道："洪先生谅识此人。"承畴道："他是祥符县人，素来就职南京，所以不甚熟识。惟他有一弟在京，日前已会晤过了。"多尔衮道："最好令伊弟招降了他。"承畴道："恐他未必肯降。但事在人谋，当先与商议便是。"多尔衮点头，二人随即退出。

史可法（1602—1645），字宪之，号道邻，明河南祥符人（今开封市）。崇祯十七年（1644年）李自成灭明朝，他在南京拥立福王朱由崧（弘光帝），加东阁大学士，入阁参政。督师扬州。清军南下，扬州城破后自杀未死，为清军所执，不屈被杀。有《史忠正公集》。

过了数日，迎銮大臣饬人回报，两宫准奏，择于九月内启銮。多尔衮遂派降臣金之俊为监工大臣，从京城至山海关，填筑大道，未竣工的宫殿，加紧筑造；又招集侍女太监，派往各宫承值，宫中需用的器具物件，特遣专员往各处采办。多尔衮当政务余闲的时候，亦亲去监察，吉特太后所居之宫，想必监察较周。一日，由探马报称明福王称帝南京，改元弘光，命史可法开府扬州，统辖淮扬凤庐四镇，江淮一带，都驻扎重兵了。多尔衮闻报，仍延这洪老先生密议邸中。此时这洪老先生，已托史可法兄弟寄书招降，又与多尔衮代作一书，寄与史公。此书曾载入史鉴，首末无非通套，中间恰说得委婉动人。其文云：

> **予向在沈阳，即知燕京物望，咸推司马。及入关破贼，与都人士相接，识介弟于清班，曾托其手书奉致衷绪，未知以何时得达。比闻道路纷纷，多谓金陵有自立者，夫君父之仇，不共戴天，《春秋》之义，有贼不讨，则故君不得书葬，新君不得书即位，所以防乱臣贼子，法至严也。闯贼李自成，称兵犯阙，手毒君亲，中国臣民，不闻加遗一矢。平西王吴三桂，介在东陲，独效包胥之哭，朝廷感其忠义，念累世之宿好，弃近日之小嫌，整貔貅，驱除狗鼠。入京之日，首崇怀宗帝后谥号，卜葬山陵，悉如典礼。亲郡王将军以下，一仍故封，不加改削。勋戚文武诸臣，咸在朝列，恩礼有加。耕市不惊，秋毫无扰。方拟秋高天爽，遣将西征，传檄江南，联兵河朔，陈师鞠旅，勠力同心，报乃君父之仇，彰我朝廷之德。岂意南州诸君子，苟安旦夕，弗审时机，聊慕虚名，顿忘实害，予甚惑之。国家抚定燕都，乃得之于闯贼，非取之于明朝也。贼毁明朝之庙主，辱及先人，我国家不惮征缮之劳，悉索蔽赋，代为雪耻，孝子仁人，当如何感恩图报？兹乃乘逆寇稽诛，王师暂息，遂欲雄踞江南，坐享渔人之利，揆诸情理，岂可谓平？将谓天堑不能飞渡，投鞭不足断流耶？夫闯贼为明朝祟，未尝得罪于我国家也，徒以薄海同仇，特申大义，今若拥号称尊，便是天有二日，俨为劲敌，予将简西行之锐，转旛东征，且拟释彼重诛，命为前导。夫以中华全力，受制潢池，而欲以江左一隅，兼支大国，胜负之数，无待蓍龟矣。予闻君子之爱人也以德，细人则以姑息，诸君子果识时知命，笃念故主，厚爱贤王，宜劝令削号归藩，永绥福禄，朝廷当待以虞宾，统承礼物，带砺山河，位在诸王侯上，庶不负朝廷仗义，兴灭继绝之初心。至南州群彦，翩然来仪，则尔公尔侯，有平西之典例在，惟执事实图利之！晚近士大夫，好高树名义，而不顾国家之急，每有大事，辄同筑舍。昔宋人议论未定，兵已渡河，可为殷鉴。先生领袖名流，主持至计，必能深维终始，宁忍随俗浮沉，取舍从违，应早审定，兵行在即，可西可东，南国安危，在此一举。愿诸君子同以讨贼为心，毋贪瞬息之荣，而重故国无穷之祸，为乱臣贼子所笑，予实有厚望焉。记有之：“惟善人能受尽言。”敬布腹心，伫闻明教。江天在望，延跂为劳，书不**

尽意。

书成，命故明副将韩拱薇，及参将陈万春，赍书去讫。多尔衮照常办事，除处理国务外，仍是监视工作，足足忙了两个多月，方报竣工。一日，接到沈阳谕旨，知两宫已经启銮，遂派阿济格、多铎等，率兵出城巡察。嗣是连接来报，圣驾已到某处某处了。多尔衮令于通州城外，先设行殿，命司设监去设帷幄御座，尚衣监去呈冠服，锦衣卫去监卤簿仪仗，旗手卫去陈金鼓旂帜，教坊司去备各种细乐。大致齐备，传闻御驾已入山海关，进次永平，即传集满汉王大臣，统穿着吉服，往行殿接驾。是日銮驾已到通州，龙旗焕采，鸾辂和铃，两旁侍卫拥着一位七龄天子，生得秀眉隆准，器宇非凡，七岁童子，入做中原皇帝，想必器宇非凡。后面便是两宫皇太后。这位吉特氏，华服雍容，端严之中，偏露出一种妩媚。想从多尔衮眼中看出。多尔衮忙率王大臣等，排班跪接。由太监传旨平身，始一齐起立，随銮驾进了行殿。七龄天子，升了御座，旁立鸿胪寺官，俟王大臣等依次排列，一一唱名，赞行五拜三叩首礼。礼毕，退殿少息，约两三小时，复命起銮，从永定门入大清门，王大臣等仍送迎如仪。是时城内的居民，早已奉到命令，家家门前，各设香案，烟云缭绕，气象升平。銮驾徐徐经过，入了紫禁城，王大臣等始起身而退，只多尔衮随驾而入。猛见那已革的肃亲王豪格，仍然翎顶辉煌，昂头进去，多尔衮满腹狐疑，当时不便明问，只好随驾入宫。肃亲王的福晋，想尚在后未到。

接连忙了数日，无非是安顿行装，排设器具，毋庸细说。到了十月朔，顺治帝亲诣南郊，祭告天地社稷，并将历代神主，奉安太庙，随即升武英殿，即中国皇帝位。满汉文武各官，拜跪趋跄，高呼华祝，正是说不尽的热闹。汉代衣冠一旦休。礼毕，遂颁诏天下，大旨为“国号大清，定都燕京，纪元顺治”等语。这是满清入主中原之始，故不惮详述。是日，即加封多尔衮为叔父摄政王，因他功迹最高，特命礼部建碑勒铭，并定摄政王冠服宫室各制。另定摄政王宫室制度，恐多尔衮尚未快意。又加封济尔哈朗为信义辅政叔王，名为加封，实是降级。晋封阿济格为武英亲王，复肃亲王豪格爵，赐吴三桂平西王册印。谕旨一下，多尔衮因豪格复爵，心中未免不乐，恰又不便拦阻，只好缓缓设法。是日亲王及各大臣家属，亦统同到京。前文未叙及肃王福晋，故特补叙一笔，非闲文也。畿内已定，复令直隶巡抚卫国允等，平定畿外，于是决议远略。闻李闯西奔入陕，遂授阿济格为靖远大将军，率同吴三桂、尚可喜等，由大同边外，会诸蒙古兵，入榆林延安，攻陕西的背后。多铎为定国大将军，率同孔有德等，由河南趋潼关，攻陕西的前面。两路进兵，都用汉将为前导，以汉攻汉，的是妙计。只可惜这平西王又要与爱姬话别了。两将军率兵去讫，多尔衮又遣豪格出师山东，语首特加多尔衮三字，阅者勿滑过。豪格不敢违慢，亦即奉令而去。

那时朝政始稍稍闲暇，多尔衮随时入宫，与吉特太后共叙离情。一日，正自大内回邸，忽由洪承畴入见，报称江南遣使左懋第、陈洪范、马绍愉等，携带白金十万两，绸缎数万匹，来此犒师。多尔衮道："何处的军士，要他犒赏？"承畴道："说来可笑。他说是犒我朝军士呢！还有史可法一封复书。"说至此，即袖出一书呈上，多尔衮拆开一阅，不禁惊叹起来。正是：

河山半壁留残局，简牍千秋表血诚。

毕竟书中如何说法，且看下回自知。

顺治帝之入关，人谓由多尔衮之力，吾不云然。不由多尔衮，将由吴三桂乎？应之曰唯唯否否。三桂初心，固未尝欲乞援满洲也，为一爱姬故，迫而出此。然则导清入关者，非陈圆圆而谁？圆圆一女子耳，乃转移国脉如此。夏有妺喜，商有妲己，周有褒姒，圆圆殆其流亚欤？若多尔衮之经略中原，入关定鼎，亦自吉特太后激厉而来，是又以一妇人之力，肇成大统者，孰功孰罪，阅此书者当于夹缝中求之。

第十四回

抗清廷丹忱报国
屠扬州碧血流芳

且说清摄政王多尔衮，展阅史可法复书，不禁惊叹，因史公来书，是洋洋二大篇，比原书字数还要加倍。当即交洪承畴朗诵，承畴遂徐声念道：

大明国督师、兵部尚书，兼东阁大学士史可法顿首，谨启大清国摄政王殿下：南中向接好音，法随遣使问讯吴大将军，未敢遽通左右，非委隆谊于草莽也，诚以大夫无私交，《春秋》之义。今倥偬之际，忽奉琬琰之章，真不啻从天而降也。循读再三，殷殷致意，若以逆贼尚稽天讨，烦贵国忧，法且感且愧。惧左右不察，谓南中臣民偷安江左，竟忘君父之怨，敬为贵国一详陈之：我大行皇帝敬天法祖，勤政爱民，真尧舜之主也。以庸臣误国，致有三月十九日之事，法待罪面枢，救援无及，师次淮上，凶问随来。地坼天崩，山枯海泣。嗟夫！人孰无君？虽肆法于市朝，以为泄泄者戒，亦奚足谢先皇帝于地下哉？尔时南中臣庶，哀恸如丧考妣，无不拊膺切齿，欲悉东南之甲，立剪凶仇；而二三老臣，谓国破君亡，宗社为重，相与迎立今上，以系中外之心。今上非他，神宗之孙，光宗犹子，而大行皇帝之兄也。名正言顺，天与人归。五月朔日，驾临南都，万姓夹道欢呼，声闻数里。群臣劝进，今上悲不自胜，让再让三，仅允监国，迨臣民伏驾屡请，始以十五日正位南都。从前凤集河清，瑞应非一，即告庙之日，紫云如盖，祝文升霄，万目共瞻，欣传盛事。大江涌出柟梓数十万章，助修宫殿，岂非天意哉？越

数日，遂命法视师江北，克日西征，忽传我大将军吴三桂，借兵贵国，破走逆成，为我先皇帝后发丧成礼，扫清宫阙，抚辑群黎，且罢剃发之命令，示不忘本朝，此等举动，震古铄今，凡为大明臣子，无不长跪北向，顶礼加额，岂但如明谕所云，感恩图报已乎？谨于八月薄治筐篚，辽使犒师，兼欲请命鸿裁，连师西讨，是以王师既发，复次江淮，乃辱明诲，引《春秋》大义，来相诘责，善哉言乎！然此为列国君薨，世子应立，有贼未讨，不忍死其君者立说耳。若夫天下共主，身殉社稷，青宫皇子，惨变非常，而犹拘牵不即位之文，坐昧大一统之义，中原鼎沸，仓卒出师，将何以维系人心？紫阳《纲目》，踵事《春秋》，其间特书如莽移汉鼎，光武中兴，丕废山阳，昭烈践祚，怀愍亡国，晋元嗣基。徽钦蒙尘，宋高嗣统，是皆于国仇未剪之日，亟正位号，纲目未尝斥为自立，率以正统予之。甚至如玄宗幸蜀，太子即位灵武，议者疵之，亦未尝不许以行权，幸其光复旧物也。本朝传世十六，正统相承，自治冠带之族，继绝存亡，仁恩遐被，贵国昔在先朝，夙膺封号，载在盟府，宁不闻乎？今痛心本朝之难，驱除乱逆，可谓大议复著于《春秋》矣。昔契丹和宋，止岁输以金缯，回纥助唐原非利其土地，况贵国笃念世好，兵以义动，万代瞻仰，在此一举。若乃乘我蒙难，弃好崇仇，规此幅员，为德不卒，是以义始而以利终，为贼人所窃笑也。贵国岂其然？往者先帝轸念潢池，不忍尽戮，剿抚互用，贻误至今，今上天纵英武，刻刻以复仇为念，庙堂之上，和衷体国，介胄之士，饮泣枕戈，忠义民兵，愿为国死，窃以为天亡逆闯，当不越于斯时矣。语曰："树德务滋，除恶务尽。"今逆贼未服天诛，谍知卷土西秦，方图报复，此不独本朝不共戴天之恨，抑亦贵国除恶未尽之忧。伏乞坚同仇之谊，全始终之德，合师进讨，问罪秦中，共枭逆贼之头，以泄敷天之恨，则贵国义闻，照耀千秋，本朝图报，惟力是视，从此两国世通盟好，传之无穷，不亦休乎？至于牛耳之盟，则本朝使臣，久已在道，不日抵燕，奉盘盂从事矣。法北望陵庙，无涕可挥，身陷大戮，罪应万死，所以不即从先帝者，实为社稷之故。《传》曰："竭股肱之力，继之以忠贞。"法处今日，鞠躬致命，克尽臣节，所以报也。惟殿下实昭鉴之！弘光甲申九月十五日。

洪承畴读毕，随道："据书中意思，史可法是不肯降顺我朝，但照陈洪范传说，现在明福王用了马士英、阮大铖等人，入阁办事，恐怕就要灭亡呢。"多尔衮问他何故。承畴道："马士英向来贪鄙，阮大铖是魏阉的干儿，这等人执掌朝纲，还有何幸？"多尔衮道："有史可法在。"承畴道："单靠这史老头儿，也不中用。"史老头儿不中用，洪老头儿恰很中用。多尔衮道："此外有无别说。"承畴道："来使左懋第恰有四件事要求我朝：第一件，是要在天寿山特立园陵，改葬崇祯帝；第二件，是要索还北京，只肯把山海关外，割畀我朝，每年赠我岁币，只有十万两；第三件，我朝与他国书，只许称可汗，不能称帝；第四件，来使聘问，要照故明会典，不肯屈膝。"多尔衮勃然道："左懋第何人？敢说这样话！"承畴道："闻他为兵部右侍郎，兼右佥都御史。左懋第系南朝忠臣，故特借承畴口中表明官职，这也是紫阳书法。多尔衮想了一回，便道："且令他三人暂居鸿胪寺中，再作计较。"

歇了几天，承畴因染病乞假，不去上朝，忽闻朝中已遣回南使，大吃一惊，忙来见多尔衮，问道："王爷把南使都遣回了么？"多尔衮道："两国相争，不斩来使，自然令他回去。"承畴道："老臣已与陈洪范密约，愿招降江南将士。洪范可去，左、马二人不应遣归。"多尔衮道："你日前未曾声明，今已遣归，奈何？"承畴道："请速派得力人员，追回左、马二人，只放陈洪范回南。"多尔衮点头，即令学士詹霸，带着禁军，飞骑南追，不到两三日工夫，即将左、马二人截回。

多尔衮正思遣将南下，忽接西征捷报，说西安已攻下了，不禁大喜。原来李闯率众入陕，攻陷长安，复令部众分扰四川、河南等省，寻闻清豫王多铎已下河南，急遣部将张有声守洛阳，张有曾守灵宝，不防清兵势大，二张具被击败，退回关中。李闯又命骁将刘宗敏，带着人马，出守潼关，与清兵战了数次，有败无胜。李闯复亲率铁骑到关，两下都是百战精兵，一攻一守，杀伤相当。这时候，清英王阿济格等，已向长城绕边入保德州，结筏渡河，入绥德，克延安，下鄜州，直趋西安。警报传至李闯，李闯又只得回援，途次正遇阿济格军，被他大杀一阵，急急的遁入城中。那时潼关也由多铎攻破，降了闯将马世耀，乘胜来会阿济格，李闯急上加急，仍如在京时放火而逃。始终是一强盗行径，如何能统中原？这一场，被清兵前截后追，杀得尸横遍野，血流成渠，是恶贯满盈之报。只剩了几十百个残卒，保着李闯，落荒逃走去了。李闯入陕，已如强弩之末，故书中叙述，亦约略及之。

阿济格既逐去李闯，与多铎相会，即联名报捷。多尔衮大喜过望，即奏请顺治帝御殿受贺。此时已是顺治二年春天了。受贺毕，由多尔衮等会议，令阿济格仍遵前旨，追剿李闯，多铎移师下江南。小子只有一支笔，不能并叙，且先述多铎下江南事。

且说南朝的福王，系明神宗孙，福恭王常洵长子，崇祯十六年袭封。因流寇四扰，偕从叔潞王常淓，避难淮安。崇祯帝殉国，凤阳总督马士英拟迎立福王，独南京兵部尚书史可法，以福王有七不可立，一贪，二淫，三酗酒，四不孝，五虐下，六不读书，七干预有司，一之为甚，其可七乎？拟迎立潞王常淓。偏这马士英硬要推戴，勾结总兵高杰、刘泽清、黄得功、刘良佐四人，备齐甲杖，护送福王到仪真。可法无奈，与百官迎入南京，先监国，继称尊，以次年为弘光元年。士英带兵入南京，与可法同为东阁大学士，两人心术不同，屡有龃龉。可法乃自请出镇淮扬，率总兵刘肇基、于永绥等，同到江北，建议分徐泗、淮海、滁和、凤寿为四镇，即命高杰、刘泽清、黄得功、刘良佐四总兵，分地驻扎。名目上归可法节制，其实统是士英羽翼，那个肯听可法号令？史阁部死矣！四总兵闻扬州华丽，争思居住，先到扬州城下，自杀一场。亏得可法驰往劝解，方各至泛地。自是史可法在扬州驻节，屡上书请经略中原，都被马士英搁留不报。这位弘光皇帝，偏信马士英，一切政务，全然不管，专在女色上用心。宫中不足，取诸外府。时命太监出城搜寻，见有姿色的女子，一把扯去。可怜母哭儿号，生离惨别，那弘光帝恰左拥右抱，非常快活。广罗春方服媚药，尽情取乐，无愁天子。谁知春宵不永，好事多磨，霓裳之曲未终，鼙鼓之声已起。北朝的豫亲王多铎，已分军南下了。

多铎自奉了移师的上谕，便别了阿济格，把军士分作三支，往河南进发。一出虎牢关，一出龙门关，一出南阳，约至归德府会齐。时河南尚为南朝属地，巡按御史陈潜夫，保奏汝宁宿将刘洪起，可为统领，令他号召两河义旅，阻截清兵。马士英不许，反召回陈潜夫。清兵长驱河上，如入无人之境。史可法闻警，亟令高杰出师徐州，沿河筑墙，专力防御。寻因清兵已下河南府，复促高杰进屯归德。高杰欲与睢州总兵许定国，互相联络，作为犄角，不意定国已纳款清兵，送二子渡河为质。高杰尚在梦中，领了数骑，从归德趋睢州，被定国赚入城内，设宴接风，召妓侑酒。灌得高杰烂醉如泥，连从骑也没人不醉，大家挟妓酣寝。一声鼓号，伏兵齐起，高杰从醉梦中惊醒，被四妓揿住，手足动弹不得，刀锋一下，身首两分。其余从骑，也一一被他杀死。一班风流鬼，都入森罗殿去了。牡丹花下死，做鬼亦风流。

定国即至多铎处报功，多铎随进取归德，三路兵陆续会集。适清都统准塔，随豪格至山东，因山东已平，奉朝命接应多铎，亦到归德来会多铎军。多铎令准塔率本部军出淮北，自率部队出淮南。又是二路。准塔到徐州，守将李成栋乞降，进攻宿迁，刘泽清率步兵四万，船千余，夹淮相拒。准塔令兵士放炮遥击，自己恰潜渡上游，绕出泽清背后。泽清不及防备，顿时骇退。准塔追至淮安，泽清遁入海。淮北一带，望风降清。多铎由归德趋泗州，明淮河守将李际遇，焚桥遁去。清兵遂安安稳稳的渡了淮河。

那时赤胆忠心的史可法，闻高杰被杀，流涕太息，忙令高杰甥李本身，往收部众，又立杰子元爵为世子，抚定军心。忽报清兵已渡淮河，急督师出御；行至半途，又报泗州紧急，复移师向泗州；行未数里，南京又飞檄召还，说是左良玉谋反，从九江入犯，赶即入卫。风鹤惊心，楚歌四面，可法因勤王事急，不得已舍了泗州，折回江南。史公可怜！

看官！你道这左良玉何故入犯？左良玉夙有战功，福王封他为宁南侯，驻守武昌，节制长江上游，作为南都屏障。这马士英偏暗中嫉忌，遇事裁抑，恼得良玉性起，索性借入清君侧为名，引兵东下，从汉口到蕲州，列舟三百多里。士英大惊，一面命阮大铖等，率兵至江上，会同黄得功防堵，一面飞召史可法、刘良佐等入援。可法方渡江抵燕子矶，又遇南京差官，传来谕旨，以黄得功已破良玉军，令可法速回淮扬。可法犹欲趋援泗州，探报泗州已失，急还扬州。好像磨盘心。谁知清兵已从天长、六合长驱而来，距扬州城只三十里。扬州守兵，多半逃窜，至可法入城，城中已无兵可守。飞檄各镇入援，只一总兵刘肇基，从白洋河趋赴，报称："军心多变，刘泽清已潜降清军。"弄得可法战无可战，只得决计死守。

左良玉（1599—1645），字昆山，山东临清人。初在辽东与清军作战，后封宁南伯，驻武昌。南明弘光政权成立，进侯爵。1645年病死。

当时有清室降将李世春，奉多铎命，入城劝降。看官！你想这效死勿贰的史督师，肯甘心降敌么？愧杀洪、吴诸人。世春尚未详说，已被可法叱逐出城。世春去后，可法急令总兵李栖凤监军，副使高岐凤扎营城外，作为援应，自率刘肇基登城巡阅。猛见清兵如江潮海浪一般，推涌前来，倒也不慌不忙，待清兵将临城下，一声号令，炮弹矢石，统向清兵打去。清兵前队，多半死伤，方略略退去。相持两昼夜，可法望见城外两营，杳无声响，只有虚幌幌两座营帐；隔了一宿，连营帐都没有了。凤兮凤兮，何德之衰？可法叹道："文官三只手，武官四只脚，奈何奈何？"刘肇基献策道："城内地高，城外地低，可决淮河之水，灌入敌军，不怕敌军不退！"可法道："民为贵，社稷次之。敌军未必丧亡，淮扬先成鱼鳖，于心何忍？"到了此时，还顾恋百姓，可谓仁人。遂不从肇基之言，专务固守。

多铎接连攻城，已是数日，兵士已被伤无数，顿时愤不可遏，督兵猛扑数次，都被守兵击退。可法检点守兵，亦已许多受伤，料知城孤援绝，终难持久，啮了指血，草定遗表，还劝这位弘光皇帝去谗远色，勉力图存。又作书寄与母妻，不及家事，但云我死当葬我高皇帝陵侧。精忠报国，如见其心，读此为之泫然。遂交与副将史德威，令他逸出城外驰报去讫。到了第七日，城内的炮弹矢石，所剩无几，可法正在着急，陡闻炮声突发，城堞随崩，凭你史督师忠心贯日，也是无法可施，只好拼着命与他血斗。两下激战许久，城内外尸如山积，清兵践尸入城，刘肇基率士民巷战，杀伤十余人而死。可法见清兵已入，肇基阵亡，忙拔剑自刎。忽来了参将张友福把剑夺去，拥可法出小东门。可法大呼道："我便是史督师。"此时城内外统是清兵，闻可法自呼，不问真伪，一阵乱剁，可怜柱石忠臣，已成碧血，从此精诚浩气，直上青云。逾年，家人以袍笏招魂，葬于扬州城外的梅花岭。明史上说他是文文山后身，小子曾有《梅花岭吊古诗》道：

休言史乘太荒唐，燕市扬州一样芳。

留得忠魂埋此土，岭梅万树益馨香。

多铎既得了扬州，下令屠杀十日，这般惨戮的情形，小子恰有些不忍说了。后人著有《扬州十日记》，看官可以参阅，小子且停一停笔，待下回再叙。

史阁部一书，义正词严，可夺故人之气，惜所主非人耳。向使明福王任贤勿贰，去邪勿疑，则正位南京，犹仍汉代衣冠之旧。吾正望其不亡，乃淫荒无度，黜正崇邪；马阮用事，援引奄党；中书随地有，都督满街走，监犯多如羊，职方贱如狗，相公只爱钱，皇帝但吃酒。胡儿南下，四镇抛戈，徒一憖遗之史阁部，怀才莫试，茹苦含辛，卒抗节扬州城下，岂不哀哉？本回全为史阁部写照，历表忠悃，令人不忍卒读。

第十五回

弃南都昏主被囚
捍孤城遗臣死义

却说扬州被清兵攻入，警报传至南京，与雪片相似。马士英急遣总兵郑鸿逵，副使杨文骢，率师堵截江上。这郑杨两人，统是马党，钻营奔去，得了一个高官，晓得甚么兵略，只把炮弹隔江乱放，诡报胜仗。偏这清兵故意趋避，到了炮弹声歇，他却乘着黑夜，渡江而来。待明营惊醒，清兵已经杀入，郑杨二人不知所措，只得率兵逃走。杨文骢逃至苏州，郑鸿逵越加胆小，直奔到杭州，好算是逃将军第一。清兵遂进陷镇江。那时弘光皇帝恰罗列美女，饮酒取乐，不让当年陈叔宝。至镇江失守的信息，报入宫中，他还拥着美人，不住的饮酒。亏他镇定。次日，又由太监入报，清兵自丹阳、句容，迤逦前来，至是弘光帝方有些着急，连唤奈何。太监道："现闻黄得功屯兵芜湖，请皇上赶紧前去，叫他保驾才好。"弘光帝忙收拾行装，挈了爱妃，潜开通济门出走。次晨，马士英入朝，闻弘光帝已经逃去，忙入宫中，见太后、皇后，正在着忙，哭得似泪人儿一般。太后都不管，弘光帝全无心肝。士英命侍卫备驾出宫，自与阮大铖率亲兵数千名，挟了太后、皇后等，匆匆逃去。

南京城内，人心惶惶，总督京营圻城伯赵之龙，束手无策，与大学士王铎等，密议了一条救急的妙法，倒也大家心安。过了两日，清兵始到城下，赵之龙即将议定的法子，施行出来，令属员写了降书一道，赍赴清营。多铎大喜，准其投降。赵之龙即率十七侯伯，开了城门，匍匐道旁，迎接清兵。衣冠扫地。多铎入城安民。因马到即降，破格宽宥，禁止部兵掳掠，所以南京还算安静。特别提出，想见其掳掠多矣。休息一天，即遣贝勒尼堪，贝子屯齐，进兵芜湖，追擒弘光帝。适明将刘良佐，奉檄入援，途次遇着清兵，并不抵御，当即迎降。尼堪令为前驱，直达芜湖江口。

是时江南四镇，高杰被杀，二刘降清，单剩了一个黄得功，他前时奉命去攻左良玉，良玉已死，其子梦庚败走，得功因回屯芜湖。忽见弘光帝狼狈奔到，大惊道："陛下何故轻身到此？"弘光帝流泪道："南京无一人可恃，惟卿秉性忠诚，所以冒死前来，仗卿保护。"何不叫马士英、阮大铖等保护？得功道："陛下死守京城，臣等尚可尽力，奈何轻身来此？且臣方对敌，何能扈驾？"弘光帝不禁大哭。得功无法，只得留住弘光帝，愿效死力。

不数日，清兵已到江口，得功戎装披挂，执了佩刀，坐下小舟，督部下渡江迎战。遥闻对岸有人大叫道："黄将军何不早降？"视之，乃刘良佐，不觉怒叱道："汝乃甘心降敌么？"言未毕，忽有一箭射来，正中喉间左偏，鲜血直喷，得功痛极，将佩刀掷去，拔去箭镞，大叫一声，晕绝舟中。总兵田雄，见得功已死，起了坏心，一手将弘光帝掖住，复令兵士缚住弘光爱妃，送至对岸，献入清营。尼堪命将弘光帝及爱妃，推入囚车，解至南京，多铎即遣使献俘。可怜这位风流天子，只享了一年艳福，到此身为俘虏，与爱妃同毕命燕京，长辞人世去了。与爱妃同死，冥中有伴了。

江南已定，范文程、洪承畴等，撰颂词，修贺表，又有一番忙碌。过了数日，又有两处捷报，一是英亲王阿济格，报称追逐李闯，无战不胜，闯贼遁至武昌，入九宫山，被村民斫毙，获住贼叔及妻妾，并死党左光先、刘宗敏等，俱审实正法了。了结李闯，即从阿济格奏报中叙明，以省笔墨。一是豫亲王多铎，报称安庆、宁国、常州、苏州、松江各府，统已降顺，别遣贝勒博洛，及新授援浙闽总督张存仁，南下杭州去了。此时佳音迭至，喜气盈廷，皇太后吉特氏，及摄政王多尔衮，统喜欢得了不得。偏提出他两人，笔亦尖刻。两人复私下商议，南征西讨诸将帅，在外多时，应召他回朝休养，再作后图，国家大事，偏称私议，句中有句。遂令英、豫两亲王，奏凯还朝。

是时英亲王阿济格，正由武昌顺流东下，略定江西，降左良玉子梦庚，得师十万，闻廷寄到来，仍自江西回湖北，规定全省，随即北还。豫亲王多铎，接到召还的谕旨，收拾金银财帛，并选了江南美妇数名，带同北返。那时美妇中有一个孀姝，姓刘名三季，后来做了豫王福晋，便是从这次挈去，稗史中曾称作孀姝奇遇，小子不得不略略说明：这个刘三季，系虞邑黄亮功的继妻。亮功病殁，三季守孀，被清军掠献多铎。多铎见她天然秀媚，不同凡艳，就要逼她侍寝。三季抵死不从，把头触柱，险些儿作了血污美人。幸亏婢媪众多，把她拦住。她尚大哭大踊，弄得乱头散发，别个妇女，到这般田地，也没甚可观，偏这三季发长委地，万缕香丝，光同黑漆，尤觉动人怜爱。多铎不敢相强，只令婢媪小心服侍，多方劝解。到了回京的时候，便带了三季同还，居以大厦，被以华縠，奉以珍馐，三季毫不转意，随后闻她有个爱女，名叫珍儿，流落江南，遂令清兵沿途访觅，竟被寻着，致书三季，三季始渐渐解忧。事有凑巧，豫邸福晋忽喇氏，一病身亡，多铎又令能说能话的婢媪，许她作为继室。毕竟妇女心肠，未免势利，不由的化刚为柔。妇女失贞，大都如此。多铎遂派良工制就凤冠命服，赐与三季，三季亲手收了。多铎喜极，就命侍女十余名，把三季换了穿戴，簇拥登堂，成就大礼。从此下邑孤孀，居然做极品命妇了。

当时英、豫二王还朝后，与摄政王多尔衮相见，俱蒙殷勤款待，独肃王豪格，自山东还京，见了摄政王，偏碰着许多钉子，竟不知所为何因。读者试猜之！摄政王平日，喜欢中亦带着三分愁闷，一班攀龙附凤的功臣，从旁窥测，无从捉摸。可巧贝勒博洛的捷音，又到北京，原来马士英自南京出走，奉了弘光帝母妃，南走杭州，适潞王常涝，流寓在杭，马士英就劝他监国。潞王尚未允洽，不意清贝勒博洛，已率兵抵余杭，马士英与总兵方国安，上前迎敌，连战连败，向西窜逸。清兵追至钱塘江，沿江立营，杭人料他潮至必没，谁知潮神也趋奉清兵，竟三日不至。清兵渡江攻城，潞王无兵无饷，那里还能固守？只好与巡抚张秉贞等，开门乞降罢了。摄政王看了捷报，也无甚得意，淡淡的搁过一边，他的心思，无非与豪格反对，苦于无法可除，正在踌躇。忽报故明兵部尚书张国维等，奉了鲁王朱以海，监国绍兴，故明礼部尚书黄道周等，奉了唐王朱聿键，称帝福建，多尔衮皱了一回眉，便召范文程、洪承畴等会议，并问："鲁唐二王，是否前明嫡派？"承畴答称："鲁王是明太祖十世孙，世封山东，唐王是明太祖九世孙，世封南阳。"多尔衮道："明朝的子孙，为何有这般多呢？一个弘光，方才除掉，偏偏又兴起两个来。"言未毕，复有警报传到，明给事中陈子龙，总督沈犹龙、吏部主事夏允彝，联合水师总兵黄蜚、吴志葵，起兵松江，明兵部尚书吴易、举人沈兆奎，起兵吴江，明行人卢象观，奉宗室子瑞昌王盛沥，起兵宜兴，明中书葛麟、主军王期昇，奉宗室子通城王盛澂，起兵太湖，明主事荆本彻、员外郎沈廷扬，起兵崇明，明副总兵王佐才，起兵昆山，明通政使侯峒曾、进士黄淳耀，起兵嘉定，明礼部尚书徐石麟，平湖总兵陈梧，起兵嘉兴，明典吏阎应元陈明遇，起兵江阴，明佥都御史金声，起兵徽州，有几个是通表唐王，遥受封拜，有几个是近受鲁王节制，还有明益王朱由本据建昌，永宁王朱慈

黄道周（1585—1646），字幼平，一作幼玄，号石斋。漳浦（今属福建）人。学者、书画家。天启进士，崇祯时任右中允。南明弘光帝时为礼部尚书。后又与郑芝龙等在福建拥立隆武帝。后被清兵杀于南京。

炎据抚州，明兵部侍郎杨应麟据赣州，各招五岭峒蛮，冒险自守等语。螳斧虽不足当车，然皆为故明宗室遗臣，不谓无志，故每条上皆系以明字。多尔衮惶然起立道："这么，这么！起兵的人，东数支，南数支，看来东南一带，是不容易到手了。"范文程道："爝火之光，何足以蔽日月？总教天戈一指，就可一概荡平。"多尔衮道："英豫二王，甫命还朝，不便再发，现在驱遣何人？"文程道："莫如洪老先生。他能文能武，请他督理南方军务，定能奏效。"承畴闻言，谦逊一番。多尔衮不允，承畴方唯唯听命。既作贰臣，何必强辞？拟令贝勒博洛，仍驻杭州，贝勒勒克德浑暨都统叶臣，出守江南。三人议定，便照例奏请，即于次日下旨。承畴以下，除博洛在杭外，各奉命去讫。

越宿复下一谕，令海内军民人等，剃发易服，违者立斩。原来清帝入关，政从宽大，剃发与否，暂听民便，此次谕下，怕死的人，那个敢以头易发？自然奉旨遵行。是时江南使臣左懋第，尚羁居北京太医院，他的随员艾大选，也遵旨剃发，被懋第杖死。多尔衮闻了此事，命懋第弟懋泰进去诘责。懋第正色道："汝乃满清降官，何得冒称吾弟？"叱出懋泰，懋泰回报多尔衮，多尔衮亲自提审，懋第直立不跪。多尔衮喝令跪下，懋第道："我乃天朝使臣，安肯屈膝番邦？"多尔衮道："汝国已亡，汝主已戮，尚有何朝可说？"懋第道："大明宗支，散处东南，一日不尽，一日不亡，就使绝灭，我是明臣，甘为明死，要杀就杀。"多尔衮道："汝已食清粟一年，还得自称明臣么？"懋第道："汝夺明粟，无理已甚，反说我食清粟，真是强横！"可杀不可劫，确是纯儒。多尔衮道："你何故杀你随员？"懋第道："我杀随员，与你何干！"多尔衮道："你为何不肯剃发？"懋第道："头可断，发不可断。"如闻其声。多尔衮道："好个倔强的男子！"颇识英雄。语未毕，左侧闪出一人道："懋第为崇祯帝来，可饶命，为福王来，不可饶命。"懋第怒目道："你是大明会元陈名夏，有何面目敢来插嘴？你怕死，我不怕死。"多尔衮道："你不怕死，就令你死。"命左右推出宣武门外处斩。懋第已死，多尔衮暗暗叹息道："明朝的臣子，如此忠义，恐怕中原是未能平定呢。"

不言多尔衮担忧，且说清贝勒勒克德浑率兵南下，沿途所经，多望风迎降。苏州巡抚王国宝、松江提督吴兆胜、吴淞总兵李成栋，统遣使奉书，愿效麾下。勒克德浑用以汉攻汉的计策，令降臣前驱，出兵略地。到了常州，击败松江水师黄蜚、吴志葵，进略昆山，战胜王佐才，旁陷崇明，又破了荆本彻，乘胜到嘉定，围攻数日。偏这侯峒曾、黄淳耀二人，激厉兵民，死守不下。那时为虎作伥的李成栋，运到大炮数尊，接连攻城，守兵犹随缺随修，毫不退怯。可奈天意偏不令固守，一阵阵的大雨，似倾盆的下来，雨过炮发，随处崩陷，成栋引着清兵，一拥入城。侯、黄二人，犹率死士巷战，自朝至暮，峒曾力竭，挈二子投水死。淳耀入僧舍自缢死。城中尚有未死的兵民，被成栋下令屠戮。今日屠，明日屠，后日又屠，接连三天，共死了数万人，遍地皆血肉了。成栋之肉，其足食乎？幸亏勒克德浑檄成栋攻松江，方才罢手，率兵离城。后人称为嘉定三日屠，便是这场惨剧。

成栋既离了嘉定，便与清将马喇希恩格图会合，进袭松江，松江系沈犹龙把守，成栋恰想出一条赚城计，令兵士伪作汉装，冒充黄蜚、吴志葵军，夤夜叩城。犹龙堕入狡谋，开城放入。成栋饬兵士乱杀乱斫，并一阵乱箭，射死了沈犹龙。松江既陷，成栋复出师攻江阴，正在发兵，忽有清兵入报，将黄蜚、吴志葵二人，由金山获到。看官！你道这吴、黄二人，如何被获呢？原来吴、黄二人，自常州退至松江，被马喇希恩格图，分兵追袭，连战连败，船既被焚，身亦遭擒。成栋恰视为奇货，竟带了二人至江阴。暗伏下文。江阴故典史阎应元，夙谙兵法，为城中士绅推举，一意抗清。清将军勒克德浑，曾遣降将刘良佐往攻。那城上的守具，一是毒矢，一是火砖，一是木铳，毒矢射人即死，火砖着人即燃，木铳中储火药，投下时，机发木裂，火药猛爆，所当立靡，这都是阎应元监工造成，用御敌军。良佐的部兵，围攻数日，多烧得焦头烂额。良佐想得一法，用牛皮帐遮蔽兵士，令之穴城，不意城上掷下巨石，牛皮洞穿。良佐复将牛皮帐作三层，用九梁八柱，架将起来，挡住巨石。那时城上恰用烧滚的桐油，泼将下去，帐篷又破。良佐正急得了不得，李成栋已到，率生力军去猛扑一番，也被守兵击退。成栋大怒，将黄蜚、吴志葵，推至城下，令他劝降。读至此，始知成栋用意。黄蜚缄口无言，还是吴志葵说了数语。应元答道："大明有降将军，无降典史。"降将军听着。良佐亦拍马向前，遥语应元道："区区江阴，宁能久守，若变计降清，爵位不在良佐下，请足下三思！"应元道："大明养士三百年，不料出汝等侯伯，毫无廉耻。应元犹有心肝，宁为义死，不为利生。"言毕，一声梆响，火箭齐发，慌得良佐连忙倒退，拍马而回。黄蜚、吴志葵已被火箭射伤，由军士牵回清营，未几病殁。会江宁运到大炮数十尊，马喇希恩格图，亦率兵赶到，四面夹攻，守兵死伤无数，仍是抵死勿动。奈老天又连日淫雨，把城堞冲坏数处，守兵防不胜防，竟被清兵攻入后门。应元血战一场，身中数箭，乃下马投入水中。清兵追至，将应元曳出，牵至刘良佐、李成栋前，应元骂不绝口，遂被杀。陈明遇举家自焚，满城男妇，无一降者。李成栋又倡议屠城，将城内外居民，一一杀讫，尸如山积，共计城内死九万七千余名，城外死七万五千余名。后来江阴遗民，只有五十三人，躲避寺观塔上，方得保全。自从清兵南下，杀戮最惨的地方，扬州、嘉定以外，要算江阴。坚强不屈的好男儿，要算故典史阎应元。大书特书。小子曾记江阴城楼，有阎典史绝笔一联云：

八十日带发效忠，表太祖十七朝人物。

十万人同心死守，留大明三百里江山。

欲知以后情事，且看下回分解。

弘光帝之死不足惜。四镇中有黄得功，使臣中有左懋第，临难捐躯，足为南朝官吏留一气节。至鲁王监国，唐王称帝，故明遗老，多投袂而起，力图规复，事虽不成，志实可嘉。阎典史以区区微官，死守孤城八十日，尤见忠诚。本回直叙事实，而详略不同，亦费斟酌。

第十六回

南下麾兵明藩覆国
西征奏凯清将蒙诬

却说江阴被陷，明遗臣已亡了一半，只有宜兴、太湖、吴江、徽州等处，尚有抗清的明臣。至是势孤力危，眼见得要保不住了。宜兴的瑞昌王盛沥，是由卢象观拥戴，象观谋潜袭南京，密约城内同党，作为内应。适洪承畴到江南，搜出奸细，设伏城外，待象观率兵到来，伏兵四起，把象观的兵，杀得七零八落，连瑞昌王也遭擒戮。只象观夺路乱窜，奔投葛麟、王期昇，象观方到太湖，清降将吴兆胜，已奉洪承畴命令，率兵踵至。两下打了一仗，葛麟、王期昇的兵舰，统被清兵火箭射入，随风延烧，葛王等跃岸逃去。通城王盛澂，已随了火德星君，归位去了。又亡了两个明宗室。

吴兆胜又进攻吴江，途中遇着吴易伏兵，杀得大败亏输，失去兵船二十艘。当贝勒博洛，自杭州北还，击败徐石麟于嘉兴，逐走陈梧于平湖，沿途略地，直至吴江，遇着吴兆胜败军，与之联合，再攻吴易。吴易总道兆胜败走，不复防备，谁知清兵四面分攻，炮击火燃，将吴易军舰，烧得一只不留。

江南民兵，至此已尽，洪承畴遂遣都统叶臣、总兵张天璜，进攻徽州。故明佥都御史金声，方招募义勇，分驻要塞，联络故巡抚邱祖德、职方郎中尹民兴、推官温璜吴应箕等，互为援应，并遣使通表福州。是时唐王在福州称帝，年号隆武，接阅金声奏牍，喜不自胜，命他为右都御史，兼兵部右侍郎，总督诸道兵马。金声亦感激图报，取旌德，拔宁国，声威颇振。怎奈人心未死，天意难违，节守忠操，行不让乎孤竹，志图规复，事更棘于崖山。清兵从间道入丛山关，直趋绩溪，绕出金声背后，金声急麾兵回援，正与清兵相持。忽来了贼心贼肝的黄澍，口口声声，说要恢复大明。金声道他是故明臣子，可共患难，不意他竟暗通清将，乘夜开城，放入清兵。一班遗老，被杀被擒，只逃脱一个尹民兴。内中有个江天一，系金声高足弟子，同时被清兵擒住，见了承畴，说承畴是个死人，竟将崇祯帝祭承畴文，朗诵起来。身虽临危，语总快意。承畴听得面红耳赤，不禁恼羞成怒，将擒住的人，一一斩讫。

此时建昌抚州，已被清降将金声桓，率兵攻克。益王朱由本、永宁王朱慈炎俱窜死。长江上下游略定，捷报纷纷到京，提心吊胆的摄政王，又稍稍称快。只鲁、唐二王，尚踞浙闽，不得不再行进攻。意欲遣豪格前去，适流贼张献忠，盘踞四川，任情屠掠，难民流徙他处，纷纷泣吁清廷。多尔衮遂趁这机会，命豪格为靖远大将军，不如加他绿头巾。令偕平西王吴三桂等，西略四川。浙闽的军事，仍令博洛前行，封他为征南大将军，偕都统图赖，贝子屯齐，南下杭州。

小子不能并叙，只好先叙博洛南下事。博洛奉命南下，仍到杭州，闻鲁、唐二王，自相水火，不觉大喜。看官！你道这鲁、唐二王，何故相仇呢？唐王是叔，鲁王是侄，唐王欲鲁王退就藩属，尝遣使赍饷银十万两，犒劳浙东军士，鲁王不纳。这饷银却被方国安劫去，强盗行为，何知礼义？浙、闽遂成仇敌。博洛闻此消息，正好乘隙进攻，渔人来了。率兵渡钱塘江。涉江将半，东南风起，来了一只乘风鼓浪的大舰，舰首立着一位盔甲鲜明的主将，正是故明兵部尚书张国维。特为表暴。两下麾众抟战，不一时，博洛的坐船，被明军击了一个大窟窿，惊驶回岸，清兵亦相率奔回，登岸返城。国维乘胜至城下，竭力攻打，忽报方国安拥了鲁王已至东岸，国维只得退回迎驾，暂时休息。可巧马士英、阮大铖二人，亦奔到国安营，国安与他臭味相投，便在鲁王面前，力为保荐，又要这两贼来送浙东了。又请调国维守义乌。国维一去，清兵遂运舟载炮，大举渡江。国安不敢力拒，亟挟鲁王遁回绍兴。清兵渡江而进，国安大恐，马、阮二人，遂劝他降清，且嗾执鲁王以献。幸亏鲁王察觉，单身走脱，至石浦，遇着故定西侯张名振，航海东去。方国安竟率马士英、阮大铖等，赴清营投降。

大铖复导清兵进攻金华，金华城守未坚，被清兵用炮轰入，杀戮甚惨，故明大学士朱大典阖门殉节。转攻义乌，张国维抵死守御，无如势孤力弱，饷匮兵虚，相持数日，渐渐支撑不住。国维知不可为，遥望江北，拜别明陵，作了绝命诗三章，投水而死。浩气千秋。清兵遂入义乌，进拔衢州，明知府伍经正等皆死节。浙东已定，博洛遂下令移师福建，眼见得唐王也保不住了。唇亡齿寒。

且说唐王据守福建，颇思振作，不似弘光帝的昏庸，宫内也没有甚么嬖宠，只有王妃曾氏，知书达礼，好算一位贤内助。当时长江下游的民兵，统已沦亡，只杨廷麟尚固守赣州，受唐王封为兵部尚书，又有故湖广总督何腾蛟，收降李闯余众，与湖南巡抚堵胤锡，上书唐王，力谋恢复。唐王封腾蛟为定兴伯，兼东阁大学士，胤锡为兵部右侍郎，兼右佥都御史。

腾蛟请唐王移都湖南，被郑芝龙等所阻。芝龙系海盗出身，崇祯初，始投降明朝，代平海寇，明朝擢封为南安伯。他仗着拥戴功劳，握了重权，挟制唐王。唐王无奈，命大学士黄道周出关募兵，为扈卫计。道周手无寸铁，只带着幕客数员，间关跋涉，直抵婺源。偏这洪承畴侦悉行踪，竟遣兵袭击中途，将他截获。那时忠诚贯日的黄道周，怎肯做承畴第二？迫降不允，但从容赋诗，书绝命词于衣带间。临刑这一日，过东华门，立住不走，向监斩官道："此处与高皇帝陵寝相近，便是道周死地，不必他去。"监斩官怜他忠烈，就在东华门外行刑，幕下士赖雍、蔡绍谨、赵士超等皆从死。

唐王闻道周殉难，痛哭一场，决意冒险赴湘，自福州出发，直至延平。其时杨廷麟亦遣使迎驾，怎奈郑芝龙嗾使军民，劫王留闽，自愿出关拒敌。唐王行推毂礼，送他出关。他一到关前，适洪承畴遣使招降，许他侯爵，他遂假托海寇入犯，须往备御，拜疏即行。何不叫唐王再行推毂礼。守关将士，多随了芝龙前去，仙霞岭二百余里，空无一人。清贝勒博洛遂自衢州出发，率兵过岭，长驱入关。方国立、马士英、阮大铖三人，引导入金衢，未得褒赏，怏怏失望，有不愿随行的意思。清兵迫令速行，大铖稍为迟慢，被清兵推入崖下，脑裂身死。该死久了。国安、士英，随至建宁，密议通闽，被博洛搜出私书，将二人双双斩首。好为崇祯、弘光出气。

博洛既陷了建宁，直指延平，唐王闻报大惊，急召左右商议，延平知府王士和，请唐王速奔汀州，唐王欲士和扈跸，士和道："臣有守城责，当与城存亡，只求圣驾无恙，臣死亦瞑目了。"于是唐王急挈了曾妃，并拥十余麓残书，仓皇出走。是梁湘东一流人物。士和闻清兵将到，亦麾众出避，自己退入内署，整冠自缢。清兵入城后，复西追唐王。唐王奔至汀州，从骑已多半溃散，只有故总兵姜正希，率兵来卫，方得入城守御。清前锋统令努山，阅七日始抵汀州城下，正希出战不利，退回城中。忽报城西有明军数百名，竖帜前来，正希只道是遗老入卫，开城相应，谁料来者都是敌兵，急忙挥众抵敌，已是不及。那时清兵蜂拥入城，霎时间已将唐王、曾妃等掳去。正希还思截夺，可奈箭如飞蝗，不能上前，部兵多被射伤，只得遁走。清兵掳了唐王等，东渡九泷江，渡将半，忽听得一声呜咽道："陛下宜殉国，妾先去了。"清兵忙各注视，见曾妃已跃入水中，捞救无及，只落了汪汪碧水，渺渺贞魂。贤哉曾氏，不愧知书达礼。曾妃已死，清兵监守愈严，唐王屡思自尽，苦无觅死地，遂想了一个绝粒的法子，沿途不食半菽。连寻死也要用计，可怜可叹。既到福州，城内外已统是清兵扎驻，贝勒博洛早袭占福州了。努山牵唐王见博洛，博洛也不细问，令幽系别室。这唐王已槁饿数日，奄奄垂尽，是夕便滴下血泪几许，长叹一声，瞑目而逝。福唐桂三王中，还算唐王死得明白。博洛分兵下漳泉诸郡，闽地尽为清有。郑芝龙即奉表降清，独芝龙的儿子成功，前蒙唐王赐姓，封为御营中军都督，受明厚恩，不肯携贰，竟约了郑鸿逵、郑彩，出奔海岛去讫。犁牛之子骍且角。博洛在闽休养数天，尚想发兵下赣，嗣接到洪承畴咨文，说已遣降将金声桓，攻拔吉安及赣州，明守将杨廷麟投水自尽，江西郡县已次第肃清了。杨廷麟殉节事，于此处叙明。博洛遂拜本告捷，静待后命。

话分两头，且说清肃亲王豪格偕平西王吴三桂，发兵西行，到了陕西，适明旧将孙守法、王光恩、武大定、贺珍等，起兵兴安、汉中，进踞西安。豪格令总督孟乔芳和洛辉，率兵攻破西安，连下兴安、汉中，孙守法等遁走，遂留贝子满达等，搜陕西余孽。自与吴三桂进军四川，此时四川人民，已被张献忠杀死大半。献忠自得四川后，僭号大西国王，无一日不杀人民，将卒以杀人多少论功，小孩多被蒸食，妇女被掳，令部众轮流奸淫，并割下弓足，聚成一大堆，号称莲峰。缠足妇女其听之！伪府中养獒数千，部下朝会，必纵獒使嗅，被嗅者立斩，叫作天杀。又立出一种剥皮刑，皮未剥尽，其人已死，就将司刑的人，剥皮抵罪。伪都督张君用、王明等数十人，杀人最少，即加剥皮刑，并屠全家。自古以来，无此残贼。因此兵民交愤，常欲暗杀献忠。献忠闻知，不问谁何，一意屠戮；复尽毁成都宫室，拆去城墙，自率部众出川北，欲尽杀川北守兵。伪将刘进忠遁入陕西，到汉中遇着清兵，下马乞降，愿为向导。豪格遂令进忠前行，部兵后随，日夕催趱，直达四川西充县界，扎下营盘，饬前哨往探。回报献忠正在西充屠城，豪格立命拔营，到了凤凰山，正值漫天大雾，晓色迷蒙，遂即逾山前进。适献忠屠尽西充，麾众出城，两下相遇，被清兵冲杀过去，一阵乱劈，献忠不知清兵多少，还拿着杀人的手段，左抵右挡。霎时间日光微逗，大雾渐开，献忠左右四顾，手下所剩无几，连义子孙可望、刘文秀、李定国等人都不知去向，此时方着急起来，大吼一声，杀开血路，望西而走。献忠嗜杀人粗莽可知，故作者又另具一种叙法。清章京雅布兰见献忠脱逃，忙抽弓搭箭，觑住献忠头颅，射了过去，一声喝着，献忠已翻身落马。雅布兰即纵马上前，拔刀去杀献忠，清兵踊跃随上，刀斩枪戳，把这穷凶极恶的剧贼，葅为肉酱。不足偿川民之命。豪格遂分兵四剿，计破贼营百有三十，四川略定。

张献忠（1606—1647），字秉吾，陕西延安柳树涧（在今陕西定边东）人，明末农民起义领袖。崇祯三年（1630年）起义。崇祯十六年，取武昌，称大西王。次年在成都建立大西政权，即帝位，年号大顺。大顺三年末（1647年初）清兵南下，他引兵拒战，在西充凤凰山中箭死。

吴三桂忙向豪格贺喜，偏这豪格闷闷不乐。三桂问故？豪格只是不答，反滴下几点泪来。三桂越加动疑，只是呆看豪格。迟了半晌，方见豪格答道："兔死狗烹，也是常事，但我又不在此例。"三桂惊异道："莫非功高招忌么？"豪格叹道："并非功高招忌，乃是色上有刀。"说至此，又复停住。三桂已是猛悟，不敢再提此事，另说拜本奏捷等情。豪格道："劳你嘱咐文稿员，办一奏折便了。"写尽豪格牢骚。三桂应声退出，饬缮奏疏，与豪格联衔报捷。

过了一月，谕旨已下，命豪格还朝，留吴三桂镇守汉中，特简总兵李国英为四川巡抚，豪格就把一切政务，交与李国英，自偕吴三桂回至汉中，复与三桂话别。临别时握三桂的手道："汝宜保重！咱们恐不复相见了。"断头语。三桂劝慰一番，并托豪格寄书家中，择日迁移家眷。沅姬有福，豪格可怜。豪格应允，就带了本旗人马，回京复命。

顺治帝御殿慰劳，赐宴回邸。征夫远归，陌头宜慰，谁知香衾未稳，缇骑忽来，蓦地将豪格牵入宗人府，缚置囹圄，说他克扣军饷，浮领兵费。豪格欲上书辩诬，偏偏被上峰阻抑，好似哑子吃黄连，说不尽的苦恼。又闻得福晋博尔济锦氏，竟日夜留住摄政王府中，原来为此。那时羞愤交并，免不得恹恹成病。不到一月，把生龙活虎的英雄，变作了骨瘦形枯的病鬼。

是时郑亲王济尔哈朗、英亲王阿济格，统纷论摄政王的过失，连他兄弟多铎，也有后言。弟偎红，兄亦倚翠，何庸后言？不意贝子屯齐，竟讦告郑亲王罪状，有旨革去亲王爵，降为郡王，罚银五千两。英亲王张盖午门，又犯大不敬的罪名，亦降为郡王。豫亲王把黄纱衣一袭，赠与吴三桂子应熊，复说他私馈礼物，罚银二千两，这几个豪贵勋戚，为了细故，或贬或罚，还有何人敢忤摄政王？自然人人吹牛，个个拍马，今日一本奏疏，说是摄政王如何大功，宜免跪拜礼，明日又上一本奏疏，说是摄政王视帝如子，帝亦当视王如父。此时顺治帝不过十余龄，外事统由摄政王主持，内事都由太后吉特氏处置，这数本奏折呈入太后眼中，不由的满怀欢喜，就降下两道懿旨，一道是说摄政王勋劳无比，不应跪拜，着永远停止；一道是说叔父古称犹父。此后皇上宜尊摄政王为皇父。名足副实。从此摄政王多尔衮，毫无拘忌，凡宫中什物，及府库财帛，随意挪移，太后尚赐他禁脔，遑论什物财帛。日间在宫与太后叙旧，夜间在邸，与肃王福晋取乐，好算是清皇亲内第一个福星了。小子曾有一诗为豪格呼冤云：

欲加之罪岂无辞，缧绁横施不自知。

为语人休贪艳福，由来祸水出娥眉。

欲知后事如何，且待下回续叙。

南中义旅，屡仆屡兴，其弊在散而无纪，涣而不群。唐、鲁二王，以叔侄之亲，亦自相水火，独不思辅车相依，唇亡齿寒。曩令勠力同心，共图兴复，则清将虽勇，亦多属酒色之徒，岂必不可敌者，乃满盘散沙，不值一扫，鲁王遁，唐王俘，东南遗老，大半沦亡，宁不可恫？若张献忠之残虐，自古罕匹，史称川中人民，被杀亦万万有奇，天道好生，胡不早为诛殛，而必假手于清军耶？清豪格为明诛马阮，复为川民戮献忠，系清帅中之最得人心者，乃偏令其衅起帷房，不得其死，天耶人耶？帝阍何处，欲问无从，读本回，令人感叹不置。

第十七回

立宗支粤西存残局
殉偏疆岩下表双忠

且说明唐王败没后，其弟聿𨮁，逃至广州，故明大学士苏观生等，倡议兄终弟及，奉聿𨮁为帝，改年绍武，招海上，徐、马、郑、石四姓盗魁，授为总兵，又去招安海盗，太属不鉴覆辙。冠服不及裁制，就假诸优伶，暂时服用。正是一班优孟，可笑！同时肇庆恰拥立桂王由榔。桂王系明神宗孙，世封梧州，由故明兵部尚书丁魁楚，及兵部侍郎瞿式耜，迎驾劝进，改年永历，颁诏湖南云贵等省。湖广总督何腾蛟，与湖南巡抚堵胤锡，奉诏称臣，愿为拥护。那时桂王恰遣给事中彭燿，主事陈嘉谟，敕谕广州，令聿𨮁退就藩王礼，并与苏观生争叙伦次，龂龂抗辩，恼得观生性起，将彭、陈二人杀讫，即日发兵攻肇庆，令番禺人陈际泰督师。桂王亦遣兵部林嘉鼎，率兵赴三水拒敌。比闽、浙情形，又降一等。这陈际泰用了诱敌计，杀败林嘉鼎，乘势薄肇庆，亏得瞿式耜督兵至峡口，力御际泰，肇庆方安。

观生得了捷报，不由的意气扬扬，大作威福。小胜即骄，何足成事？忽闻清降将李成栋，奉贝勒博洛命，由闽趋粤，连下潮州、惠州，观生尚毫不在意。过了数日，城外炮声四起，始出署探望，蓦见清兵已拥进东门，急忙召兵持战。仓猝调遣，那里还来得及？就使来了几个兵卒，也统做了无头之鬼。观生没法，逃至给事中梁鍙家，邀鍙同死。鍙佯为应诺，分室投缳，观生已直挺挺地悬在梁上，梁鍙恰慢腾腾地踱出房中，妙对。当即解下观生尸首，献与清军，复导清军追擒聿𨮁。观生以此等人为友，安得不死？聿𨮁用此等人为臣，安得不亡？聿𨮁被获，清卒仍照常馈食。聿𨮁道："我若饮汝一勺水，何以见先人于地下？"挥去食具，夜间乘守卒不备，即解带自缢。与乃兄聿键相似，可谓难兄难弟。

成栋既得广州，分兵攻高雷各州，自督军进攻肇庆。此时瞿式耜尚在峡口，即奏请增兵，决一死战。偏偏桂王左右，有个司礼监王坤，只劝桂王西走。丁魁楚也附和王坤，遂不从式耜言，连夜出奔。式耜闻信，急回军挽驾。到了肇庆，闻桂王已西去数日；驰至梧州，又闻桂王已奔平乐；及抵平乐见桂王，那时肇庆梧州，统已失陷。复由王坤倡议，转走桂林。式耜想出言劝阻，转思桂林通道湖广，可与何腾蛟相倚，亦非无策，乃扈驾前行。

独丁魁楚迟迟不发，密遣人至成栋处求降，比王坤且不如。数日未得回音，只得收拾财帛，挈领妻妾子女出城。城外雇了四十号船，装载眷属及行李，一帆风顺，直达岑溪，巧与成栋船相遇，魁楚便投刺请谒，总道成栋以礼相待，既过了成栋船，但见成栋端坐不动，忽一声拍案道："左右与我拿下这匹夫！"魁楚尚欲有言，可奈两手已被反缚。又见有数十人绑缚过来，仔细一望，不是别人，正是自己的娇妻美妾，宠子爱女，不由的心如刀割，忙即跪下，哀求饶命。晚矣晚矣！成栋道："你的主子，那里去了？"魁楚道："已去桂林。"成栋道："你为何不随去？"魁楚道："闻得将军到此，特来投诚。"成栋道："我处却不容你贪诈的贼子。"魁楚道："魁楚并没有甚么贪诈？"成栋笑道："你不贪诈，那里有许多金帛？你今不必狡赖，吃我一刀便了。"魁楚哭道："愿尽献船中所有，赎我老命！"早知命重财轻，何必贪财坏命？成栋道："你的金帛，已在我处，还劳你献甚么？"魁楚大哭道："愿乞一子活命！"成栋不由分说，喝令左右，将魁楚子斩讫，接连又将他妻女斩讫，妾四人斩了两个，留了两个。以两妾代一子，总算成栋有情，然被人受用，何如尽付刀下？魁楚吓得魂飞天外，跌倒船中，砉然一声，化为两段。可为贪诈者鉴。

成栋既杀了魁楚，即入据平乐，越宿复进攻桂林。桂王闻报大恐，适武冈镇将刘承胤，奉何腾蛟命，率兵到全州。王坤复请桂王往投，式耜苦谏不从，自愿留守桂林，桂王乃命麾下焦琏为总兵，助式耜守城，当偕王坤等走全州。不二日，清兵已到桂林城下，总督朱盛浓，巡按御史辜延泰，皆杳如黄鹤，只式耜仗着一片忠心，激厉将士，由焦琏带领出城，与清兵连战两昼夜。式耜亦出城督阵，再接再厉，连却清兵。及回城后，苦乏库帑，将夫人邵氏的簪珥，尽行取出，充作军饷。守兵感激涕零，誓杀退清兵。是夕，即捣入清营，人自为战，把清兵杀得落花流水，弃甲而逃，当即追赶数十里而回。越是拼命，越是得生。

式耜又命焦琏收复平乐、梧州，遣人至桂王处报捷。时桂王已至全州，镇将刘承胤开城出迎，起初尚未尽礼，后来渐渐跋扈，自称安国公，党羽爪牙，统封伯爵，将司礼监王坤，逐出永州，王坤该逐，只是桂王吃苦。且扬言清兵将至，瞿式耜已降清，迫桂王徙武冈州。既到武冈，承胤愈加专恣，桂王不堪胁迫，密遣人求救于何腾蛟。是时清廷正命孔有德为平南大将军，偕耿仲明、尚可喜等，进兵湖南，所向皆克。腾蛟麾下的镇将，或遁或亡，连腾蛟也不能抵御，自长沙走衡州，堵胤锡亦出走永定卫。清兵连拔长沙、湘阴，进薄衡州，腾蛟又自衡奔永，寻又被清兵追逼，直走白牙市。途次接桂王密函，匆匆走谒。桂王与他密议良久，怎奈腾蛟只赤手空拳，没有能力可除承胤。适赵印选、胡一青两将从赣州到武冈，桂王乃命二将隶属腾蛟，密令后图。腾蛟领命，辞还白牙，途次被承胤党羽围住，亏得赵、胡两人，前护后拥，杀出重围。既还白牙市，闻瞿式耜战胜桂林，并规复广西全省，遂徒步往依。到了桂林，与式耜相见，情投意合，稍稍安心。寻闻刘承胤已降清兵，武冈被陷，免不得一番惊惶，式耜愈加着急。嗣探得桂王已潜走象州，乃联名奏请还驾。至桂王已回桂林，即开了一番会议，命湘粤诸将分路出守，互相接应，诸将领命去讫。

这清将军孔有德，降了武冈，进拔梧州，正拟入攻桂林，忽闻金声桓、李成栋统已附明，江西、广东两省，复为明有，不觉大惊，忙引兵趋还湖南。途中已接到促归的上谕，别命尚可喜、耿仲明移师救江西，他乐得半途歇舵，匆匆北上去了。

单说金声桓本左良玉部将，清师南下，声桓自九江趋降，清廷授声桓为总兵，令取江西全省。江西已定，声桓自恃功高，欲升巡抚，不意清廷却简任章于天抚赣，一场大功，化作流水，免不得怏怏失望，密与党羽王得仁，拟通款永历。事尚未发，被巡按御史董学成察悉，告知章于天。声桓得此消息，索性一不做，二不休，令王得仁闯入抚署，杀了学成，缚住于天，迎在籍故明大学士姜曰广入城，号召全省，通表桂王，又做那故明臣子。反复小人，不足道也。

此事传到广东，广东提督李成栋，与声桓的境遇，大略相似。成栋本高杰部将，以徐州降清，奔走东南，屡作功狗，自桂林败退后，又击死明遗臣陈邦彦、张家彦、陈子壮等，还扎广州，未沐重赏，总督佟养甲，复遇事抑制，忿懑的了不得。一日，接到金声桓密函，约他反正，他尚踌躇未定。是夕，入爱妾珠圆室，闷闷不乐。这珠圆是云间歌伎，被成栋掳掠得来，宠号专房，一双慧眼，煞是厉害，窥破成栋情形，即喁喁细问。成栋将声桓密函，递与一阅。珠圆阅毕，便问成栋道："据将军看来，反正的事情，应该不应该？"成栋沉吟不语。珠圆道："清朝是满族，我辈是汉人，为甚么帮了满清，自戕同种？妾看反正事情，极是正当办法。况将军曾为明臣，如何甘降异族？妾实难解。"这妇人大有见识，与陈圆圆判若天渊。成栋不觉起立道："看你不出，你却有这番议论，我非无意反正，但恐反正后，清兵到来，胜负难料，万一战败，如卿玉质娉婷，也恐殃及。"珠圆也起立一旁，柳眉微蹙道："将军为妾故，甘心遗臭，这反是妾累将军，妾请即死，以成将军之志。"言毕，将成栋身上的佩剑拔出，刺入颈中。成栋连忙拦阻，已是血溅蛸蛴，遗蜕委地，遂抱尸大哭一场，随说道："女子，女子，是了是了！”煞是可佩！遂取了前明冠服，对着珠圆的尸首，拜了四拜，该拜。命即入殓。

次晨，令部兵齐集教场，声言索饷，佟养甲出城抚辑，成栋劫养甲叛清，一面传檄远近，一面上表桂王。此报一传，四方骚动，蜀中故将李占春，及义勇杨大展等起兵，分据川南、川东，张献忠余党孙可望、李定国等，率众据云南，山西大同镇将姜壤据山陕，皆上表桂王，愿为臣属。何腾蛟复自桂林出发，乘湖南空虚，攻克衡、永各州，联络湖南诸镇将。鲁王以海，亦遣张名振等进略闽、浙海滨。风云变色，斥骑满郊，弄得清廷遣将调兵，非常忙碌。

当由摄政王多尔衮，大开军事会议，以汉将多不可恃，应派亲贵重臣，分地征剿。遂命都统谭泰为征南大将军，同着都统和洛辉，自江宁赴九江，会了耿仲明、尚可喜，专攻江西、广东，复济尔哈朗亲王原爵，封勒克德浑为顺承郡王，会了孔有德，专攻湖南、广西，连孔、耿、尚三王，亦差亲贵监守，真是严密得很！进博洛为端重郡王，尼堪为敬谨郡王，令攻大同，吴三桂、李国翰等，分征川陕，洪承畴仍留镇江宁，经略沿海各地。大兵四出，昼夜不停。

谭泰等到了江西，连拔九江、南康、饶州诸府，直达南昌省城。金声桓方攻赣州，闻报急返，谭泰令精兵四伏，另率羸卒诱敌，遇着声桓前队，一战便走。声桓驱兵前进，到了七里街，伏兵尽起，四面放箭，将声桓射下马来。清兵正上前来杀声桓，忽闪出一员丑将，面目漆黑，发具五色，手执一柄大刀，盘旋左右，把清兵吓得个个倒退。眼见得声桓被救，走入城中。这丑将尚与清兵酣斗一场，从容回城。清兵探得丑将姓名，就是王得仁，因呼他为王杂毛。谭泰命军士用锁围法，掘壕载版，遍筑土垒，为久攻计。声桓大窘。王得仁请出袭九江，断敌饷道，声桓不从，只遣人缒出城外，向李成栋处求救。谁知待了月余，杳无音信，城中粮食又将告尽，不由的紧急万分。

这王杂毛日夕巡城，始终不懈，清兵怕他厉害，不敢猛攻。可巧城东武都司署内，有一年轻女子，身容窕窈，楚楚动人，被王杂毛窥见，即到都司署求为继室，不由武都司不肯，巧凤随鸦，难为都司女。克日成婚，大开筵宴。自金声桓以下，都去贺喜，不是贺喜，直是贺死。各尽欢而散。居围城中，有何欢喜？大约都是祈死。三更将尽，城外炮声大震，声桓亟登陴探视，见清兵群集得胜门，忙率众抵御。不料有清兵一队，暗从进贤门缘梯而上，城遂陷。声桓率众巷战，身中两箭，旧时的箭疮复发，遂投水死。姜曰广亦赴水自尽，清兵即搜剿余众，到了王杂毛署内，还是闭门高卧。此时王杂毛想尚在研究箭法。当即斩门而入，猛见王杂毛裸体出来，清兵晓得厉害，一阵乱箭，把杂毛身上，插成刺猬一般，可怜这武都司女，亦死于乱军之中。箭尚不怕，可惜开刀。原来清兵已侦得王杂毛娶妇消息，先数日故意缓攻，到了杂毛娶妇这一夕，始下令攻城，却又佯攻得胜门，暗令奇兵从进贤门入，遂得了南昌城。

南昌既下，进趋赣州，赣州守将王进库，本未归明，前时金声桓攻赣，进库伪称愿降，只是诱约不出。后来声桓向粤乞援，李成栋亦越岭来攻，进库仍用老法子，去赚成栋。成栋还军岭上，嗣因进库背约，复大举攻赣。进库乘其初至，突出精骑拒战，击退成栋。成栋走信丰，清兵由赣州南追，警报达成栋左右，佥议拔营归广州。成栋不允，部下大半亡去。那时成栋进退两难，只命左右进酒痛饮。饮尽数斗，醺然大醉，左右挽他上马，到了河边，不辨水陆，策马径渡，渡至中流，人马俱沉，明时遗臣，多亡于成栋之手，一死不足赎罪，但是有负珠圆。部兵四散，清兵遂进陷广州。

是时清郑亲王济尔哈朗亦率兵下湖南，湖南诸镇将，望风奔溃。何腾蛟闻警，亟自衡州趋长沙，到了湘潭，探悉清兵将到，遂入湘潭城居守。城内虚若无人，正想招集溃兵，忽有旧部将徐勇求见，腾蛟开城延入。徐勇带数骑入城，见了腾蛟，低头便拜。拜毕，劝腾蛟降清。腾蛟道："你已降清么？"徐勇才答一"是"字。腾蛟已拔剑出鞘，欲杀徐勇，勇跃起，夺去腾蛟手中剑，招呼从骑，拥腾蛟出城，直达清营。腾蛟不语亦不食，至七日而死。湘、粤诸将，闻腾蛟凶信，多半逃入桂林。桂王复欲南奔，式耜力谏不听，遂走南宁。一味逃走，真不济事。

会清恭顺王孔有德，已转战南下，克衡、永各州，进逼桂林。式耜檄诸将出战，皆不应，再下檄催促，相率遁去。桂林城中，至无一兵，只有明兵部张同敞，自灵州来见。式耜道："我为留守，理应死难，尔无城守责，何不他去？"同敞正色道："昔人耻独为君子，公乃不许同敞共死么？"可谓视死如归。式耜遂呼酒与饮，饮将酣，式耜取出佩印，召中军徐高入，令赍送桂王。是夕，两人仍对酌。至天明，清兵已入城，有清将进式耜室，式耜从容道："我两人待死已久，汝等既来，正好同去。"倒也有趣。便与偕行。至清营，危坐地上。孔有德对他拱手道："那位是瞿阁部先生？"式耜道："即我便是，要杀就杀。"有德道："崇祯殉难，大清国为明复仇，葬祭成礼，人事如此，天意可知。阁部毋再固执。我掌兵马，阁部掌粮饷，与前朝一辙，何如？"式耜道："我是明朝大臣，焉肯与你供职？"有德道："我本先圣后裔，时势所迫，以致于此。"同敞接口大骂道："你不过毛文龙家走狗，递手本，倒夜壶。安得冒托先圣后裔？"骂得痛快，读至此应浮一大白。有德大愤，自起批同敞颊，并喝左右刀杖交下。式耜叱道："这位是张司马，也是明朝大臣，死则同死，何得无礼？"有德乃止，复道："我知公等孤忠，实不忍杀公等，公等何苦，今日降清，明日即封王拜爵，与我同似，还请三思。"式耜抗声道："你是一个男子汉，既不能尽忠本朝，复不能自起逐鹿，靦颜事虏，作人鹰犬，还得自夸荣耀么？本阁部累受国恩，位至三公，夙愿殚精竭力，扫清中原，今大志不就，自伤负国，虽死已晚，尚复何言。"语语琳琅。有德知不可屈，馆诸别室，供帐饮食，备极丰盛。臬司王三元，苍梧道彭扩，百端劝说，只是不从，令剃发为僧，亦不应，每日惟赋诗唱和，作为消遣。过了四十余日，求死不得，故意写了几张檄文，置诸案上，被清降臣魏元翼携去，献诸有德。有德命牵出两人就刑。式耜道：“不必牵缚，待我等自行。”至独秀岩，式耜道：“我生平颇爱山水，愿死于此。”遂正了衣冠，南面拜讫。同敞在怀中取出白网巾，罩于身上，自语道：“服此以见先帝，庶不失礼。”遵同就义。同敞直立不仆，首既坠地，犹猛跃三下。时方隆冬，空中亦霹雳三声。浩气格天。式耜长孙昌文，逃入山中，被清降将王陈策搜获，魏元翼劝有德杀昌文，言未毕，忽仆地作吴语道：“汝不忠不孝，还欲害我长孙么？”须臾，七窍流血死，但闻一片铁索声。有德大惊，忙伏地请罪，愿始终保全昌文。也只有这点胆量。一日，有德至城隍庙拈香，忽见同敞南面坐，懔懔可畏，有德奔还，命立双忠庙于独秀岩下。瞿张二人唱和诗，不下数十章，小子记不清楚，只记得瞿公绝命诗一首道：

从容待死与城亡，千古忠臣自主张。

三百年来恩泽久，头丝犹带满天香。

式耜一死，自此桂王无柱石臣，眼见得灭亡不远了，容待下回再叙。

何腾蛟、瞿式耜二公，拥立桂王，号召四方，不辞困苦，以视苏观生之所为，相去远矣。梁鍙、丁魁楚、刘承胤辈，吾无讥焉。然何、瞿二公，历尽劳瘁，至其后势孤援绝，至左右无一将士，殆所谓忠荩有余，才识未足者。至若金声桓、李成栋二人，虽曰反正，要之反复阴险，毫不足取，即使战胜，亦岂遂为桂王利？是亦梁鍙、丁魁楚、刘承胤等之流亚也。本回为何、瞿二公合传，附以张司马同敞，余皆随事叙入，为借宾定主之一法，看似夹杂，实则自有线索，非徒铺叙已也。

第十八回

创新仪太后联婚
报宿怨中宫易位

却说清郑亲王济尔哈朗，及都统谭泰两军，俱已奏捷清廷，郑亲王且奉旨还朝，独博洛、尼堪，出征大同，尚与姜瓖相持不下，且四处接到警耗，统是死灰复燃的明故官，招集数百人，或千人，东驰西突，响应姜瓖。博洛不得不分兵堵御，一面遣人飞报北京，请速添兵。摄政王多尔衮，竟率英王阿济格等，自出居庸关，拔去浑源州，直薄大同，多时不出风头，想是心中又痒了。与博洛相会。攻扑数日，城坚难下。适京中赍来急报，因豫王多铎出痘，病势甚重，促多尔衮班师。多尔衮得了此信，遣人招姜瓖投降，瓖答以阖城誓死，乃留阿济格帮助博洛，自率军退还。到了居庸关，闻多铎已殁，忙入京临丧。刘三季仍要守孀，大约是个孤鸾命。越日，肃亲王豪格亦毙狱中，多尔衮许豪格福晋，往狱殓葬。侄妇葬夫，必由其叔允许，想是满清特别法。又数日，孝端皇太后崩，孝端太后，系顺治帝嫡母，她生平不预政治，所以宫内大权，统由吉特氏主张，此次崩逝，宫廷内应有一番忙碌。惟吉特太后，前时虽握大权，总不免有些顾忌，到此始毫无障碍，可以从心所欲了。伏笔。

多尔衮因太后崩逝，召阿济格还，令贝子吴达海往代。过了月余，始接到大同军报，略称各处叛兵，多半平定，只大同仍然未下。多尔衮未免焦急，再遣阿济格西行。阿济格一到大同，城内已经食尽，守将杨振威，刺杀姜瓖，开城降清。阿济格入城，恨城内兵民固守，杀戮无数，并铲去城墙五尺，当即上书奏捷。朝旨令诛杨振威，即日班师。阿济格奉旨，将杨振威绑出正法，该杀。随将政务交与地方官，奏凯还朝。

摄政王多尔衮，既接山陕捷音，心中自然舒畅，在邸无事，正好与肃王福晋，朝欢暮乐。偏这摄政王元妃，屡与摄政王反目。醋瓶倒翻了。摄政王看她似眼中钉，气得元妃终日发抖，酿成一种鼓胀病。心病还须心药治，心药难求，心病日重，到了临危时候，欲与摄政王诀别。怎奈贵人善忘，待久不至，那元妃越发气闷，霎时间痰涌而逝。死不瞑目。当时大小官员，得此消息，忙去吊丧。太后亦赠了许多赙仪。两白旗牛录章京以上各官，及官员妻妾，都为服孝，其余六旗统去红缨。发靷这一日，车马仪仗，不亚梓宫。送葬的大员，拟了敬、孝、忠、恭四字，作为元妃的谥法。想又是范老先生手笔。摄政王也无心推究，遂将这四字封赠元妃，算是饰终的道礼。以后继室的问题，不言可知，总轮着这位袅袅婷婷的侄妇了。

丧事已毕，摄政王拟择定吉日，与肃王福晋成婚，成就了正式夫妇。忽来了宫监二人，说是奉太后命，召王爷入宫。摄政王不敢违慢，即随了宫监入见太后。太后屏去宫女，与摄政王密谈半日，摄政王方出宫回邸。是何大事？既到邸中，即着人去请范老先生，又令邀同内院大学士刚林，及礼部尚书金之俊议事。三人应召而至，摄政王格外谦恭，将三人邀入内厅，命左右进酒共饮。饮到半酣，摄政王令左右至外厢伺候，自与范老先生耳语良久。说话时，摄政王面目微赪，范老先生也觉皱眉。刻画尽致，令人费解。语毕，由范老先生转告刚林、金之俊。毕竟金之俊职掌礼部，熟谙仪注，说是这么办，这么办，便好成功。愈叙愈迷。摄政王闻言大喜，即向三人拱手道："全仗诸位费心！"三人齐声道："敢不效力。"次日即由金之俊主稿，推范老先生为首，递上那从古未有的奏议。看官！你道奏说甚么话？小子尚记大略。内称皇父摄政王新赋悼亡，皇太后又独居寡偶，秋宫寂寂，非我皇上以孝治天下之道。依臣等愚见，宜请皇父皇母，合宫同居，以尽皇上孝思。伏维皇上圣鉴云云，原来为此，真是从古未有。此本一上，奉批王大臣等议复。郑亲王济尔哈朗等，向知多尔衮厉害，不敢不随声附和。复命礼部查明典礼，由金之俊独奏一本，援引比附，说得尽善尽美。如何援引，如何比附，惜著书人未曾录明。当于顺治六年冬月，由内阁颁发一道上谕，略云：

> **朕以冲龄践祚，抚有华夷，内赖皇母皇太后之教育，外赖皇父摄政王之扶持，仰承大统，幸免失坠。今皇母皇太后独居无偶，寂寂寡欢，皇父摄政王又赋悼亡，朕躬实深歉从。诸王大臣合词吁请，佥谓父母不宜异居，宜同宫以便定省，斟情酌理，具合朕心。爰择于本年某月某日，恭行皇父母大婚典礼，谨请合宫同居，着礼部恪恭将事，毋负朕以孝治天下之意！钦此。**

上谕即颁，太后宫内及礼部衙门，忙碌了好几天。到了皇父母大婚这一日，文武百官，一律朝贺，内阁复特颁恩诏，大赦天下。各省风化案，不惟宜赦，还应加赏，金之俊何见不及此？京内外各官加级，免各省钱粮一年。

太后与摄政王倍加恩爱，不必细说，只是摄政王尚忆念侄妇，未免偷寒送暖，嗣经太后盘诘，无可隐讳，不知摄政王如何恳求，始由太后特恩，许为侧福晋。顺治七年春月，摄政王多尔衮复立肃王福晋博尔济锦氏为妃，百官仍相率趋贺。后人曾有数句俚词道："汉经学，晋清谈，唐乌龟，宋鼻涕，清邋遢，"即指此事，惟《东华录》上，只载摄政王纳豪格福晋事，不及太后大婚，闻由乾隆时纪昀所删。

闲文少叙，单说摄政王多尔衮，既娶了太后，又娶了肃王福晋，真是一箭双雕，非常快乐。此外妃嫔，虽尚有一二十人，多尔衮都视同嫫母，不去亲幸。旁人各自艳羡，无如好色的人，有一种癖病，得了这一个，又想那一个，得了那一个，又想把天下美人，都收将拢来，藏在一室。销金帐里，夜夜试新，软玉屏中，时时换旧，方觉得心满意足。俗语说得好："痴心女子负心汉。"多尔衮也未免要作负心人了。偷汉者其听之！

一日，朝鲜国王李淏，遣使进贡，并呈一奏折，内称："倭人犯境，欲筑城垣，因恐负崇德二年之约，故特吁请，俾免残破之患"等语。多尔衮览了一遍，猛触起一件情绪来，即命朝鲜来使，暂住使馆，候旨定夺。又宣召内大臣何洛会入府，授了密语，到使馆中，与朝鲜使臣相见。两下商议多时，朝使唯唯听命，别饬随员驰禀国王。这国王李淏，前曾入质清朝，因其父李倧殁后，得归国嗣位，深感多尔衮厚恩，此时不得不唯命是从，立命返报。当由何洛会禀知多尔衮，次日即发下朝鲜国奏牍，批了"准其筑城钦此"六字。使臣即奉命而回。著书人又故作秘密，令阅者猜疑。

过了月余，摄政王府内，竟发出命令，率诸王大臣出猎山海关。王大臣奉命齐集，等候出发。越宿，摄政王出府，装束得异样精采，由仆从拥上龙驹，一鞭就道，万马相随，不多日，已到关外。此时正是暮春天气，日丽风和，草青水绿，一路都是野花香味，四面蜂蝶翩翩，好像欢迎使者一般。语带双关，非寻常稗官家笔墨。经过了无数高山，无数森林，并不闻下令驻扎，到了宁远，方入城休息。一住三日，亦没有围猎命令。醉翁之意不在酒。诸王大臣纷纷议论，统是莫明其妙。只何洛会出入禀报，与摄政王很是投机。王大臣向他诘问，也探不出甚么消息。何洛会捣鬼，著书人亦捣鬼。次日，又下令往连山驿，诸王大臣一齐随行。到了连山，何洛会已经先到，带了驿丞，恭迎摄政王入驿。但见驿馆内铺设一新，五光十色，烂其盈门，把王大臣弄得越发惊疑。我亦越疑。摄政王直入内室，何洛会也随了进去。歇了片刻，始见何洛会出来，招呼诸王大臣略谈原委，王大臣俱相视而笑，阅者尚在梦中，无从笑起。随即偕何洛会同赴河口，迤逦前行。淡光映目，但见岸侧有一大船，岸上有两乘彩舆，舆旁有朝鲜大臣站立，见王大臣至，请了安，便请舱中两女子登陆上舆。两女子都服宫装，高绾髻云，低垂鬟凤，年纪统将及笄，仿佛一对姊妹花。当由何洛会及诸王大臣，导引入驿，下了舆，与摄政王交拜，成就婚礼。诸王大臣照例恭贺，便在驿中开起高宴。这一夕间，巫峡层云，高唐双雨，说不尽的欢娱。

但这两女究系何人？恐阅者已性急待问，待小子从头叙来。这两女子系朝鲜公主，崇德年间，多尔衮随太宗征朝鲜，攻克江华岛，将朝鲜国王家眷，一一拿住，当面检验，曾见有幼女二人，年仅垂髫，颇生得丰姿楚楚。多尔衮映入眼波，料知长成以后，定是绝色。及朝鲜乞盟，发还家属，多尔衮亦搁过不提。此次朝鲜国奏请筑城，陡将十年前事，兜上心来，遂遣何洛会索娶二女，作为允许筑城的交换品。朝鲜国此番筑城，应称作公主城。朝鲜国王无可奈何，只得饬使臣送妹前来。多尔衮恐太后闻知，所以秘密行事，假出猎为名，成就了一箭双雕的乐事。一箭双雕四字，格外确切。住驿月余，方挈了朝鲜两公主入京。此时对了肃王福晋，未免薄幸，多尔衮也管不得许多，由她怨骂一番，便可了事。只太后这边，不便令知，当暗嘱宫监等替他瞒住。

自是多尔衮时常出猎，临行时，定要朝鲜两公主相随。不耐福晋怨骂，所以挈艳出猎，可惜瞒不住阎罗奈何？青春易过，暑往寒来，多尔衮一表仪容，渐渐清减，旦旦而伐之，可以为美乎？只出猎的兴趣，尚是未衰。是年十一月，往喀喇城围猎，忽得了一种喀血症，起初还是勉强支持，与朝鲜两公主，研究箭法，后来精神恍惚，竟至上床闭着眼，只见元妃忽喇氏，开了眼，乃是朝鲜两公主。多尔衮自知不起，但对了如花似玉的两公主，怎忍说到死字？可奈冥王不肯容情，厉鬼竟来索命，临危时，只对着两公主垂泪，模模糊糊地说了“误你误你”四字。半年恩爱，即成死别，确是误人不少。

多尔衮已殁，讣至北京，顺治帝辍朝震悼。越数日，摄政王柩车发回，帝率诸王大臣缟服出迎。太后未知在列否？奠爵举哀，命照帝制丧葬。帝还宫，令议政诸王，会议睿亲王承袭事。是时已值残腊，王大臣照例封印，暂从搁置。至顺治八年正月，始议定睿亲王袭爵，归长子多尔博承受。只是人在势在，人亡势亡，当多尔衮在日，势焰熏天，免不得有饮恨的王大臣，此次正思乘间报复，适值顺治帝亲政，下诏求言。王大臣遂上折探试，隐隐干涉摄政王故事。惟皇太后尚念摄政王旧情，从中调护，折多留中不发。王大臣探悉此情，复贿通宫监，令将多尔衮私纳朝鲜公主禀白太后。太后方悟多尔衮时常出猎，就是借题取巧，竟发恨道：“如此说来，他死已迟了。”王大臣得了此句纶音，便放胆做去，先劾内大臣何洛会，党附睿亲王，其弟胡锡，知其兄逆谋，不自举首，应加极刑。得旨，何洛会及弟胡锡，着即凌迟处死。要捣媒酱了。

原来顺治帝已十五龄，窥破宫中暧昧，亦怀隐恨，方欲于亲政后加罪泄愤，巧值王大臣攻讦何洛会，便下旨如议。王大臣得了此旨，已知顺治帝隐衷，索性推郑亲王列了首衔，追劾睿亲王多尔衮罪状。虽是多尔衮自取，然亦可见炎凉世态。大略说他种种骄僭，种种悖逆，并将他逼死豪格，诱纳侄妇等事，一一列入。又贿嘱他旧属苏克萨哈、詹岱、穆济伦，出首伊主私制帝服，藏匿御用珠宝等情，顺治帝不见犹可。见了这样奏章，就大发雷霆，赫然下谕道：

> **据郑亲王济尔哈朗等奏，朕随命在朝大臣，详细会议，众论佥同，谓宜追治多尔衮罪，而伊属下苏克萨哈詹岱穆济伦，又首伊主在日，私制帝服，藏匿御用珠宝，曾向何洛会吴拜苏拜罗什博尔惠密议，欲带伊两旗，移驻永平府，又首言何洛会曾遇肃亲王诸子，肆行骂詈，**不述肃王福晋事，想系为吉特太后遮羞。**朕闻之，即令诸王大臣详鞫皆实，除将何洛会正法外，多尔衮逆谋果真，神人共愤，谨告天地太庙社稷，将伊母子并妻，所得封典，悉行追夺。布告天下，咸使闻知。**

此谕下后，复诏雪肃亲王豪格冤，封豪格子富寿为显亲王。郑亲王富尔敦，亦受封为世子。又将刚林、祁充裕二人，下刑部狱，讯明罪状，着即正法。大学士范文程，也有应得之罪，命郑亲王等审议。吓得这位范老头儿，坐立不安，幸亏他素来圆滑，与郑亲王不甚结怨，始议定了一个革职留任的罪名。范老头儿免不得向各处道谢，总算是万分侥幸。

话休叙烦，且说顺治帝尚未立后，由睿亲王在日，指定科尔沁卓礼克图亲王吴克善女为后。是年二月，卓礼亲王吴克善送女到京，暂住行馆，当由巽亲王满达海等，请举行大婚典礼。顺治帝不许。明明迁怒。延至秋季，仍没有大婚消息。这位科尔沁亲王在京，已六七月，未免烦躁起来，只得运动亲王，托他禀命太后，由太后降下懿旨，令皇帝举行大婚礼。顺治帝迫于母命，不好遽违，只得命礼部尚书准备大典，即于八月内钦派满、汉大学士尚书各二员，迎皇后博尔济锦氏于行辕。龙旌凤辇，倍极辉煌，宫娥内监侍卫执事人等，分队排行，簇拥皇后入宫，至丹墀降舆。这时候天子临轩，百官侍立，诸王贝勒六部九卿，没有一个不到，正是清室入关后第一次立后盛举。大书特书。宫女搀扶皇后，徐步上殿，那皇后穿着黄服绣帔，满身都是金凤盘绕，珍翠盈头，珠光耀目，当即面北而立，由礼部尚书捧读玉册，鸿胪寺正卿赞礼，导皇后跪伏听命。册读毕，鸿胪寺导皇后起立，文华殿大学士，捧上皇后宝玺，武英殿大学士，捧上玺绶，由坤宁宫总监跪接，转授宫眷，佩在皇后身上。皇后再向帝前俯伏，口称臣妾博尔济锦氏，谨谢圣恩。谢讫，帝退朝，皇后正位，群臣朝贺。礼毕入宫，笙箫迭奏，仙乐悠扬，随与皇帝行合卺礼。次日，帝率后到慈宁宫请安，遂加上皇太后尊号，称为昭圣慈寿恭简皇太后。叙立后事，以见大礼齐备，不应无端废立。只是顺治帝终究不乐，隔了两年，竟将皇后降为静妃，改居侧宫。大学士冯铨等，奏请“深思详虑，慎重举动，万世瞻仰，将在今日。”帝不省，反严旨申饬。礼部尚书胡世安等复交章力谏，奉旨“皇后博尔济锦氏，系睿王于朕幼冲时，因亲定婚，册立之始，即与朕意志不协，宫闱参商。该大臣等所陈，未悉朕意，着诸王大臣再议。”郑亲王济尔哈朗复奏圣旨甚明，无庸再议。全是私意。于是改册科尔沁镇国公绰尔济女为后，从前的正宫博尔济锦氏，竟自此不见天日，幽郁而死。

小子曾有诗咏顺治帝废后事云：

国风开始咏雎鸠，王化由来本好逑。

为怨故王甘黜后，伦常缺憾已先留。

清宫事暂且按下，小子又要叙那明桂王了。诸君少安，请看下回。

本回全叙多尔衮事，纳肃王福晋，与娶朝鲜二女，《东华录》纪载甚明，固非著书人凭空捏造。至如母后下嫁事，乾隆以前，闻亦载诸《东华录》。胡人妻嫂，不以为怪，嗣闻为纪昀删去。此事既作为疑案，然证以张苍水诗，有“春官昨进新仪注，大礼恭逢太后婚”二语，明明指母后下嫁事，是固无可讳言者也。多尔衮好色乱伦，罪状确凿，但身殁以后，诸王弹劾，竟为其暗蓄逆谋，此则罗织成文，未足深信。以手握大权之多尔衮，捽孤儿如反掌，何所顾忌而不为乎？彼投阱下石之徒，诬陷成案，吾转为多尔衮慨矣。若顺治帝为隐怨故，至废其后博尔济锦氏，尤失人君之道。观其敕谕礼臣，谓后办睿王所主议，册立之始，即与朕意志未协，是则后固明明无罪者，特嫉睿王而迁怒于后耳。迁怒于后而废之，谓非冤诬得乎？冤诬臣子且不可，况夫妇乎？本回历历表明，于睿王之功过，顺治帝之得失，已跃然纸上。

第十九回

李定国竭忠扈驾
郑成功仗义兴师

却说明桂王自窜奔南宁后，湖广各省，已为清有，清封孔有德为定南王，镇守广西，耿仲明为靖南王，尚可喜为平南王，镇守广东。为后三藩伏根。旋耿仲明死，其子继茂袭爵，镇守如旧。桂王势日穷蹙，不得已求救于孙可望。这可望系张献忠党羽，认献忠为义父，本是个杀人不眨眼的魔星，献忠伏诛，他即窜入云南。云南本故明黔国公镇守地，被土官沙定洲所逐，夫人焦氏自焚死，可望伪称焦夫人兄弟，助天波复仇，击退定洲，乘势蟠踞。其党李定国、刘文秀、艾能奇、白文选、冯双礼等，推可望为部长。可望遣定国追杀定洲，定洲死，云南全省，统归可望，可望遂僭称为王，国号后明，以干支纪年，铸兴国通宝钱，居然称孤道寡起来。南面王人人想做，何怪可望？只是李定国与可望同等，可望称尊，定国不乐，可望借阅武为名，到了操场，专寻定国隙头，将定国杖了五十，定国愤恨不已。可望恐人心离散，思借名服众，遂备黄金三十两、琥珀四块、马四匹，遣使至桂王处求封。桂王命可望为景国公，定国、文秀等封列侯。可望不受，自称秦王，竟派兵袭黔东，陷川南，把故明的镇将，杀逐得干干净净。强盗管甚么忠义。桂王穷窜南宁，朝不及夕，没奈何再遣钦使，封可望为冀王，可望仍不受。又加封真秦王，乃令部将到南宁迎驾。一面派李定国、冯双礼等，率步骑八万，由全州攻桂林，一面派刘文秀、王复臣、张光璧等，率步骑六万，分道出叙州重庆，直攻成都。

这李定国一支兵，锋利无前，所到之处，无人敢当。沅靖、武岗、全州，统被定国攻破，孔有德忙檄部将沈永忠，出去抵截，不值定国一扫。永忠退至桂林，定国亦接踵追至。桂林兵少，有几个守陴将士，瞧见定国兵到，都静悄悄的溜脱。有德不能守御，奔入府中，偕其妻痛哭一场，双双自缢。可偿瞿式耜等性命。百姓献了城，定国飞章告捷，使者回来，报称永历帝已移驾安隆，封主帅为西宁郡王，定国倒也心喜。忽报清亲王尼堪，率队至湘，清经略洪承畴，又自江宁至长沙，湖南危急。定国立率步骑往救，到了辰州，阵斩清降将徐勇，可偿何腾蛟性命。进至衡州，遇着清尼堪大兵。两下对仗，定国佯败，诱清兵追至丛林，一声号炮，推出无数伟象，张牙舞爪，向清兵乱扑。这清兵向来没有见过，顿吓得魂胆飞扬，逃命都来不及，还管甚么主帅？尼堪正想拍马回奔，突遇一象冲到，将马推翻，把尼堪掀倒地下，这象便从尼堪身上腾过，霎时皮破血流，死于非命。极写定国，为后文扈驾张本。

定国得了胜仗，暂驻武岗，方思进攻衡州，忽报秦王有使命到来，请至沅州议事。定国欲行，右军都督王之邦，出帐谏阻。定国问他缘由，之邦道："近闻秦王劫了永历帝，居安隆所，阳为尊奉，实是禁锢，每日肴馔，很是恶劣，他早已有心篡逆，只怕你王爷一人，此番请至沅州，有何好意？倘或前去，必遭毒手。"定国道："我若不去，孙可望必定追来，衡州尚有清兵，两面夹攻，如何对待？"之邦道："不如退回广西，再作后图。"定国点头，谢绝来使，竟引本部向广西退去，冯双礼自回。

孙可望得去使回信，不由的心中愤怒，亲率人马追赶。途次遇着刘文秀败还，方知入川各军，已被吴三桂杀败，复臣中箭身亡，川中打仗，用虚写实，为李定国抬高身份。惊愕之余，越加懊恼，没奈何带了文秀，向宝庆进发。中道又会着冯双礼一同进行。到了宝庆，巧与清兵相遇。这清兵就是尼堪部众，由贝勒屯齐接领，南徇衡永，望见可望军中的龙旗，随风飘舞，屯齐即拔箭在手，搭在弓上，飕的一箭，射倒龙旗，立率精骑冲入敌阵。可望部下，不见帅旗，已自慌张，又经清兵捣入，锐不可当，便拥着可望逃走。文秀双礼，本是不得已相随，至此亦一齐退去。可望吃了一场大亏，遁至贵州，搜获故明宗室，一律杀死，贼性复发。遂自率内阁六部等官，立太庙，定朝仪，改印文为八叠，尽易旧制。一心思想做皇帝。

桂王在安隆闻报，料知可望心变，与中官张福禄，阁老吴贞毓等密商，遣林青阳至广西，召李定国前来扈驾。青阳出发，托词乞假归葬，一去不还。桂王等得不耐烦，又差翰林院孔目周官前往催促，不料被马吉翔得知消息。马本孙可望心腹，自然暗报可望，可望立派部将郑国至安隆，迫桂王交出首谋，曹操、司马懿尚亲自逼宫，可望只令部将进逼，可谓每况愈下。桂王战栗不能答。还亏中官福禄自出承认，明末总算这个中官。与吴贞毓等同受械系，由郑国严刑拷讯，共得通谋十八人，即将福禄凌迟，吴贞毓处绞，其余斩首。冤冤相凑，林青阳回来复命，亦被郑国杀死。郑国回报可望，可望即遣白文选至安隆劫驾。桂王闻文选到来，吓得魂不附体，只是呜呜哭泣。活像一儿女子状态，安得成中兴事业？文选进宫，见桂王神色惨沮，也觉黯然，遂跪奏道："孙可望遣臣迎驾，原来不怀好意。臣闻西宁王将到，令他护驾，尚可无虑。”桂王扶起文选道：“得卿如此，不愧忠臣。但可望势力浩大，奈何？”文选道：“可望蓄谋不轨，部下都说他不是，刘文秀已通款西宁了。他逆我顺，何必畏他？”桂王才放了心。

过了数日，果闻定国兵到，即开城延入。定国恰恭恭敬敬的行了臣礼，桂王喜出望外，亲书诏敕，封定国为晋王。定国即请桂王驾幸云南，并言刘文秀在云南待驾，可以无虞。桂王恨不得立刻脱险，即令定国文选等扈跸，克日出发，安安稳稳的到了云南。刘文秀果不爽旧约，排队迎入，进了城，把可望府第改作行宫。文秀受封为蜀王，文选受封为巩昌王。部署甫定，警报遥传，孙可望兴兵犯阙，桂王命文选驰谕可望，与他议和。可望将文选拘住，伪上奏章，请归妻孥。桂王即派人送还可望妻子。可望因妻子还黔，遂大起兵马，入犯云南。可望部将马进忠等，多不直可望，与文选定了密计，进说可望道：“文选威名服众，欲要攻滇，非令他为将不可。”可望道：“他与李定国勾通，如何可使为将？”马进忠道：“闻他现已悔过，愿为大王效力。”可望遂命进忠引入文选，文选佯作恭顺状态，一味趋承，喜得可望手舞足蹈，立命文选为大元帅，马进忠为先锋，发兵十四万先行。留冯双礼守贵州，自率精兵为后应。

警报飞达滇中，桂王下旨削可望封爵，命晋王李定国、蜀王刘文秀，发兵讨贼。定国文秀，不过带了万人，甲仗又不甚完全，到了三岔河，望见敌军已扎住对岸，众寡相去，不啻数倍。定国与文秀商议，文秀拟借交趾地界，作战败退处地，定国慨然道：“永历孤危，全仗你我两人，协力御敌，若未战先怯，是自丧锐气，何以行军？现在只有拚命与战，决一雌雄。我想孙贼部下，多半离心，未必定是他胜我败。”定国、文秀的心术，可见一斑。计议已定，即于翌晨渡河前进。那对岸的敌军，却退后数里，一任定国兵上岸。定国望将过去，见敌阵中悬有龙旗，龙旗又来了。料知可望亦到，遂率兵径捣中坚。此冲彼阻，才交得三五合，定国部将李本高身中两箭，跌毙马下。定国大惊失色，方欲退兵，忽见可望阵后纷纷大乱。左有马进忠，右有白文选，旗帜鲜明，从可望军内自行杀出，招呼定国挥兵大进。弄得可望神志昏乱，忙拍马而逃。定国驱杀至十里外，方与白文选、马进忠两人，并辔而回。看官！你想这次打仗，不是白文选等暗中用计，那肯容定国渡河，战胜可望呢？

可望奔回贵州，遥望城门紧闭，城上竖着的旗帜，大书明庆阳王冯字样，不觉惊讶起来，正思呼城上人答话，猛见冯双礼上城俯视道：“我已归顺永历帝了，永历帝封我为庆阳王，命守此城，与你无涉。”这数语气得可望发昏，回顾手下残骑，所剩无多，不能再战，且妻子统在城中，若与他争闹起来，定是性命难保，不得已忍气吞声，求双礼还他妻子。老贼也有今日。双礼乃开了半扉，就门隙中放出数人，可望一瞧，妻孥如故，财物荡然，禁不住垂下泪来。他的妻子更不必说。半生抢劫，一旦全休。可望痴立一回，方挈着妻子径奔长沙，投降清经略洪承畴去了。

这事且搁过一边，小子要叙出一个海外英雄来。看官！你道海外英雄，姓甚名谁？就是郑芝龙的儿子郑成功。应第十六回。芝龙降清，成功独航海赴厦门，募兵兴义，仍奉隆武正朔。至隆武帝殉国，永历帝正位，复遣使奉表永历，受封为延平郡公。成功竟大举攻闽，连陷漳浦、海澄等县，进围长泰。清闽浙总督陈锦，自舟山移师赴援，一场海战，被成功杀得大败亏输，不但长泰被陷，连平和、诏安、南靖等处，统被成功夺去。陈锦惶急万状，急向清廷求援，清封芝龙为同安侯，令作书劝成功归降。成功接阅文书，看到"父既归清，儿亦宜剃发投诚"等语，不禁愤愤道："今来一剃发国，当即剃发，倘来一穿心国，我亦将遵命穿心么？"快人快语。即拒绝来使，下令进攻漳州，并悬赏购陈锦首。

歇了几天，忽来了两个闽人，献上陈锦首级。成功问两人姓名职务，一个是陈锦记室李进忠，一个是陈锦仆人库成栋。成功又问是谁杀陈锦，成栋应声是我，说声未绝，两手已被成功亲卒反缚，由成功喝令处斩，怪极！吓得成栋跪求饶命，连进忠亦跪倒叩头。成功指成栋道："你与陈锦有主仆之谊，如何忍心害主，把他首级来献？我原是悬赏购陈锦首，但你不应杀他，所以我特罪你。"复问进忠道："这罪奴有妻子否？"进忠道："有的，现亦随来。"成功道："好好。他妻子到来，应照赏格发给，教他死亦瞑目。"赏罚确得当，是英雄作用。便命左右推出成栋斩讫，随将赏银付与进忠，令他转交成栋妻子。进忠领了赏银，不敢多说，就退出帐外去了。保全性命，还算幸事。忽厦门又来使人，报称鲁王以海，自舟山逃到厦门，应否接待？成功道："鲁、唐叔侄，自相鱼肉，太属可恨。"应该责备。使人说："鲁王已奉表永历，削去监国名号了。"成功道："既如此，应照明宗室例优待便是。"看官！你道鲁王何故到厦门，他自窜身海外，随身只有张名振一人，应十六回。很是萧条，幸浙中遗臣张肯堂等，渡海奔赴，约得十余人，遂把南澳作了根据地。嗣后袭踞舟山，约故行人张煌言，共图恢复。不料清总督陈锦、都统金砺、提督田雄等，驾着大舰，来攻舟山。鲁王也遣张名振、张煌言等，率兵迎敌。开了几仗，倒也没甚胜负，怎奈天不容明，海面上陡起大雾，罩住舟山。清兵乘雾攻入，守兵措手不及，相率溃散。名振、煌言，亟奉鲁王出走。名振弟名扬，阖室自焚。张肯堂自缢死。鲁王的妃子张氏，及礼部尚书吴钟峦、兵部尚书李向中等，皆殉难。清兵复分追鲁王，鲁王穷蹙无归，不得已走依成功。成功遣使人回厦门，自督军围攻漳州，适清都统率兵至璋，与城中守兵夹攻成功。成功腹背受敌，只得退保海澄。金砺追至城下，被成功一阵击退，乃留兵守海澄，自回厦门见鲁王，复与张名振、张煌言晤谈。两下各述己志，二张是始终为鲁，成功是始终为唐，彼此不便节制，商定了一个分地驻扎、互相援应的计策。二张奉鲁王移驻金门，煌言复招集遗众，进窥南京，到了吴淞口，袭夺清舰数十艘，进破崇明，转趋丹阳，谒明太祖陵，激厉军士，直指南京进发。忽闻鲁王逝世，只得折回吴淞，寻又闻名振病亟，驰回金门。到金门后，名振已死，仅留遗书一函，劝他勉图恢复。主丧友殁，日暮途穷，煌言至此，不禁涕泪交并。天实为之，谓之何哉？没奈何为主发丧，为友营葬，把出兵的念头，暂时搁置。

这且慢表，且说郑成功驻节厦门，改称厦门为思明州，分所部为七十二镇，设立储贤馆、储才馆、察言司、宾客司、印局、军器局等，井井有条。厅间供永历帝位，有所封拜，必向座奏闻。部下感他忠义，无不敬服。当张煌言带兵入江，正拟出师策应，嗣闻鲁王名振相继谢世，煌言退回金门，也自叹息一番，专使吊唁，暂休兵不动。一日，清廷派了两位钦差，赍敕来厦，封成功为海澄公。成功道："我只知奉明帝敕，不知有清帝敕。"将来使遣回。隔了一月，成功弟渡，随了清使三人，又到厦门。成功与清使相见于报恩寺中，清使令成功跪受诏书，成功道："成功系大明臣子，不受清诏。"直截了当。清使阿山道："今日奉皇上圣旨，赐汝福、兴、泉、漳四府地，皇恩不可谓不重，汝宜受诏，薙发投诚。"成功正色道："四府本是明地，何劳尔国赏赐？尔国旧封，只建州一区，如今踞我中原，太属无理，成功愧不能为明恢复，还说要我剃发降敌么？海不枯，石不烂，成功不降清。"言毕，拱手自回。光明磊落。是晚，郑渡入见成功，出其父芝龙书，并略说"兄若不降，父命难保。"成功阅父书毕，慨然道："忠孝不能两全，为禀老父，乞谅愚忠。"郑渡再三相劝，成功只是不从，郑渡痛哭而出。次日，清使挈郑渡北去，成功忙写了复书，遣郑说追上郑渡，将书交讫，郑说自回。郑渡随清使归报芝龙，呈上复书。芝龙拆书瞧阅，上写道：

郑成功（1624—1662），字大木，福建南安人，明清之际收复台湾的名将。隆武二年（1646年）起兵抗清。永历十五年（1661年）围攻荷兰总督所在地赤嵌城（今台南市西安平），经过8个月的战斗，康熙元年（1662年）二月一日荷兰总督揆一投降，台湾重回祖国怀抱。五个月后病逝。

儿以孤身僻居海隅，尝欲效秀夫之节，修包胥之忠，藉报故国，聊达素志。不意清廷海澄公之命，突然而至，儿不得已按兵以示信，继而四府之命又至，儿又不得已按兵以示信；谈席未终，敕使乃哓哓以剃发为请。嗟嗟！今中国土地数万里，亦已沦陷，人民数万万，亦已

效顺，官吏亦已受命，衣冠礼乐，制度文物，亦已更易，所仅留为残明故迹者，儿头上数根发耳。今而去之，一旦形绝身死，其何以见先帝于地下哉？且自古英雄豪杰，未有可以威力胁者，今乃啧啧以剃发为词，天下岂有未称臣而轻自去发者乎？天下岂有彼不以实许，而我乃以实应者乎？天下岂有不相示以信而遽请剃发者乎？天下岂有事体未明，而遂欲糊涂了事者乎？父试思之！儿一剃发，将使诸将尽剃发耶？又将使数十万兵士皆剃发耶？中国衣冠相传数千年，此方人性质，又皆不乐与满夷居。一旦尽变其形，势且激变，尔时横流所激，不可抑遏，儿又窃窃为满夷危也。昔吾父见贝勒时，甘言厚币，父今日岂尽忘之？父之尚有今日，天之赐也，非满夷之所赐也。儿志已决，不可挽矣。倘有不讳，儿只缟素复仇，以结忠孝之局。儿成功百拜。

芝龙阅毕，蹙着眉道："我的老命，看来要断送在他手中了。"随将原书呈奏顺治帝。顺治帝本封芝龙为同安侯，至是将他削职圈禁。一面命沿海督抚，固守泛界；一面饬郑亲王世子济度为定远大将军，率师防闽。济度出京，闻成功已连扰闽、浙海滨，进据舟山，遂兼程南下。到闽后，与成功连战数次，一些儿没有便宜，反失了战舰几艘，丧了战将几员。成功连获胜仗，遂大治兵马，锐意规复。从征甲士，选定十五万,五万习水战，五万习骑射，五万习步击，另外挑选万人，来往策应。适自滇中来使，封成功为延平郡王，招讨大将军，金门张煌言亦率兵来会，成功大喜，遂竖起奉旨招讨的大旗，命中军提督甘辉为先锋，总兵马信万礼为第二队，亲统大军为后援，请张煌言前导。扬旍鼓棹，陆续前进，行到羊山，忽遇着数阵飓风，撞沉巨舰数十艘，漂没士卒数千名，不祥之兆。于是只好停泊舟山，修理舟楫。

忽接到数处警报，海澄守将黄梧及旧部将施琅，俱背郑降清，清兵三路攻滇，成功不觉大愤，忙将舟楫修竣，扬帆再出。张煌言统领前部，由崇明入江，至金、焦二山，但见江中横截铁索，舟不能前。煌言令人泅水，暗把铁索斫断，遂乘着风潮，联樯而进。到了瓜洲，与清提督管效忠相遇。两下酣斗，郑军奋勇齐上，效忠寡不敌众，凫水而逃，被郑军水师统领罗蕴章，入水追擒，推出斩首。当下扫清瓜洲敌舰，直逼镇江，炮声隆隆，震惊天地，城外北固山上，驻有清兵，下山来救，由郑军一阵乱斫，杀得马仰人翻，濠平尸积。败兵逃入城中，门未及闭，郑军一拥而入，城遂陷。镇江属邑，望风迎降。成功命直捣南京，帐下一人大叫道："不可，不可！"正是：

斗力不如斗智，用兵先在用谋。

未知此人是谁，待下回再行交代。

有孙可望之跋扈，适形李定国之忠，有郑芝龙之卑鄙，益见郑成功之义，一则扈跸滇中，一则兴师海外，虽其后赍志以终，卒鲜成效，然忠义固有足多者。成功心迹光明，尤加定国一等，故叙述亦格外生色。张煌言、张名振二人夹写在内，即为明捐躯诸遗老，亦并叙姓名，作者风世之心，可概见矣。文字之不苟作如此。

第二十回

日暮途穷投身异域
水流花谢撒手尘寰

却说郑成功欲进攻南京，帐内有部将谏阻，这部将便是中军提督甘辉，当下献计道：“我军深入南京，清廷必发兵来救，前有守兵，后有援兵，我军孤处其间，岂非陷入重围？现不如将我军分作两路，一路取扬州，堵住山东来军，一路据京口，截断两浙漕运，严扼咽喉，号召各郡，南畿不战自困，那时可以唾手而得了。”甘辉之说，未始非策，然必须云贵未破，方用得着，否则能保清军不自江而下耶？成功道：“此计未免太迂。据我看来，南京清兵，多已调往云贵，现在不乘胜攻取，更待何时？况清提督马进宝，已自松江遣人通款，南京城虚援绝，还有多大本领，敢与我对敌？自然是马到成功了。”遂不听甘辉之言，命水军泝江而上，直至南京。先向孝陵前率军祭奠，随后作了一篇檄文，传布远近；令张煌言别率所部，由芜湖进取徽、宁各路，自率兵攻南京。

两江总督郎廷佐闻郑军已至，急遣将分守要害。成功围攻不下，惟接连得煌言捷报，说是太平、宁国、徽州、池州等府，都已攻克，成功不胜欣喜，料想南京一城，不日可拔。成功之心已骄矣。忽报郎廷佐遣人下书，成功传见，把来书阅看，乃是愿献城池，惟城内人心不一，须要慢慢劝导，限期半月，方可献纳。成功喜甚，即批回照准。其实郎廷佐的书信，乃是缓兵之计，他已闻得云、贵获胜，桂王远遁，清兵可自西返东，来援南京，因此托词献城，宽延时日。成功不知是诈，竟堕入他计中，按兵不攻了。

小子且把云、贵获胜的事情，插叙数行：自孙可望降了洪承畴，具述桂王庸弱的情形，承畴遂上表清廷，请乘机大举。清政府本无心西略，欲弃云、贵两省，给与桂王偏安，及得了承畴奏疏，承畴为灭永历之魁。遂定议西征，命贝子洛讬为宁南靖寇大将军，会同经略洪承畴，从湖南进发；命平西王吴三桂为平西大将军，偕都统墨尔根李国翰，从汉中四川进发；命都统卓布泰为征南大将军，率提督钱国安，向广西进发。三路兵马，拟至贵州会齐，同入云南。洛讬、承畴一军，出靖沅、镇远，至贵阳，击走守将马进忠，遂入据贵阳城。三桂一军，由重庆至遵义，击退守将刘镇国，获粮三万石，降兵五千，遂入占遵义城。卓布泰一军，亦连陷南丹、那地、独山诸州，至贵阳来会。三路连章告捷，清廷复授豫王子信郡王铎尼为安远大将军，率禁旅至贵州，总统三路兵马。铎尼令洛讬、承畴，略屯贵阳，办理粮饷，自督诸军三路入滇。每路兵五万，各带着半月粮草，浩荡前进。

是时，桂王部下刘文秀已死，军政统归李定国执掌。定国闻贵州已陷，亟遣白文选至七星关，抵住西路，冯双礼至鸡公背，抵住中路，张光璧至黄草坝，抵住东路，自守北盘江铁索桥，居中策应。清兵三路，明兵亦三路。七星关系滇、蜀交界的要险，峭岸阻江，山同壁立，三桂到了关外，见关内已有人守住，料难攻入，他却佯作攻状，别遣部将绕出苗疆，拊击背后。文选只防前面进攻，不料后面复有清兵出现，顿时惊溃，窜入沾益州。明军一路已败。黄草坝在南盘江右岸，由张光璧率师扼守，将江中各船，一概击沉，阻住清军渡江。卓布泰到了左岸，无船可济，便在岸上扎营。两边隔江发炮，未曾接仗，适有泗城土司岑继禄，到卓布泰前献策，教他绕道下游，渡过对岸。卓布泰从土司言，遂于夜间分兵，直走下游，用人泅水，把凿沉各船，扛至岸侧，塞好漏洞，乘夜潜渡。张光璧尚呆守南盘江，谁知清兵已至北盘江。李定国闻清兵过河，急率兵三万，堵住双河口。清兵杀奔前来，定国挥军死战，击退清兵。到了次日，清兵复至，乘风纵火，火随风卷，野燎烛天，定国抵挡不住，只得退走。明军二路俱败。到了北盘江见冯双礼亦狼狈奔回，报称清兵势大，不胜抵御，鸡公背已被夺去。明军三路俱败。定国惊惧，将江内铁索桥烧断，与双礼走回云南，清兵追至北盘江，见对岸已无明军，便搭造浮桥，逾江而进。

明桂王闻定国败还，拟连夜出奔，行人任国玺独请死守，尚在未决，只见定国进来，泣奏一切，桂王便与议去守情形。定国道："行人议是，但前途尚宽，今暂移跸，卷土重来，犹为未迟。"桂王听了此语，遂决意出走永昌，命定国断后。行未数里，白文选自沾益追至，定国遂把殿后军，付与文选，自率精骑扈驾前去。清兵三路会齐，直入云南城，洪承畴亦自贵阳趋云南。铎尼令诸军进追桂王至玉龙关，遇着白文选军，乘势猛扑。文选部下，只有数千人马，那里禁得住三路大军？苦战多时，人马将尽，便拍转马头，率领残卒，逃出右甸去了。

警报传至永昌，桂王复匆匆逃走。定国令总兵靳统武，带兵四千扈驾，自率精兵六千，据住磨盘山，专待清兵。磨盘山在永昌城东，一名高黎贡山，为西南第一穹岭，山路崎岖，仅通一骑，定国料清兵穷追，必从此山经过，遂把六千兵分作三支，令部将窦名望，率兵二千伏住山口，高文贵率兵二千伏住山腰，王玺率兵二千伏住山后。自己高坐山巅，管着号炮。遥望清兵迤逦前来，正是漫山遍野，不辨多少，他却自言自语道："任你无数人马，到了此地，恐怕虎落槛阱，无能为力了。"慢着！

歇了半晌，见清兵已从山口进来，因山口狭隘，将横队变作直队，鱼贯而进，不禁大喜。约历一二时，清兵入山，还不过一万多名，猛听得一声炮响，清兵个个下马，停住不进。接连又是无数炮声，霎时烟雾迷蒙，只觉得鼓角声、喊杀声、兵器碰撞声，合着天上的风声、山谷的回声，闹成一片，正自惊疑不定，突然来了一个飞炮，向空坠下，不偏不倚的，在定国头上滚将下来，故作惊人之笔。吓得定国心头乱跳，急忙把头一偏，那飞炮恰恰在定国身边擦过，坠落脚边。前面尘土，被这飞炮一激，扬起空中，任你定国智勇深沉，也自镇定不住，忙回身逃落山下，向西急走。到了半路，始见高文贵踉跄奔来，手下残兵，只剩一千多人，报称："清兵迭放巨炮，烟火满山，我军无从暗伏，不得已出来对仗，可奈清兵势大，窦、王二将，已经阵亡，六千人已失四千，某只得冲围前来。"定国道："可恨可恨，不知谁人泄漏消息。"随即合兵而去。

原来清兵自云南出发，渡过路江，沿途经过，不遇一敌，他即仗着锐气，越岭进行，适有故明大理寺卿卢桂生，热心富贵，竟至铎尼军前，报说山上有伏。桂生可恶。铎尼急令前队，舍骑而步，以炮发伏。伏兵齐起，与清兵鏖斗一场，杀死清都统以下十余员，精兵数千。窦名望、王玺亦战死。此次若非桂生泄计，就使不能杀尽清兵，也要大大吃亏，只是天已亡明，不容定国成功，所以清兵得转败为胜。可为长太息者此也。

那时桂王西走腾越，为从官李国泰、马吉翔所阻，转走南甸，顺着江流前去。到一大河，四望无际，招问土人，答称此河名囊木河，过河即是缅甸国界。靳统武请走还腾越，李国泰、马吉翔不从。桂王恐清兵追来，亦不愿退回，巧值故黔国沐天波前来扈驾，说与缅人相识，遂决议渡河。惟靳统武不愿，仍奔觅定国去了。

桂王至缅甸境，缅人令从官尽去兵器，方许前行。桂王无奈，命从官抛弃兵械，雇了车马，进蛮暮，缅人具四舟来迎。行三日，至缅都，不令桂王登岸。又五日，至赭硁停舟，方导桂王上陆，引入草屋中。屋外编竹为城，左右都是缅妇贸易。缅人多短衣赤足，桂王从官，亦忘却本来面目，杂入缅妇贸易场中，坐地喧笑，呼奴纵酒，正是孱君无志，徒成失国之寓公，从吏贪生，甘作穷途之丐卒，这且按下慢提。

且说清信郡王铎尼，因桂王已奔缅甸，奏捷北京，得旨令大军回朝，留吴三桂镇守云南，封三桂妻为福晋，命其子应熊在京供职，妻以太宗第十四女和硕公主，清降将中，要算是第一优待了。顺治帝以荡平云、贵，方拟郊迎功臣，饮至策赏，不期江南警报，纷纷递到。顺治帝大惊，忙召满廷文武，商议退敌，便道：“朕即位十数年，南征北讨，没有一日安息，现闻云、贵已捷，明宗垂尽，朕道是舆图一统，得享承平，不料这个郑成功，又来作祟，江南四府三州二十二县，都报失守，南京危在旦夕，看来还不能安枕。朕想做皇帝很没趣味，倒不如做个和尚，像西藏的达赖、班禅，安闲也安闲，尊荣也尊荣，岂不快活自在么？”顺治帝自知苦趣，颇已悟道，奈何后人偏喜做皇帝？当时文武百官都跪奏道：“天子英武圣明，古今无两，区区小丑，不日敉平，何庸过劳圣虑。”确肖马屁朋友的口吻。顺治帝道：“朕拟简率六师，自去亲征，除绝那厮逆众，然后脱卸万几，择个安静地方，去享清福。明日各王大臣，随朕至南苑阅师，不得有误！”文武百官，齐声遵旨而出。次日，各官都先集南苑，恭候御驾，到了辰牌时候，御驾已至，两旁文武站立，俟顺治帝登座，个个请过了安，遂命满汉健儿，八旗劲旅，整整地操练了一天。操毕，御驾回宫，次晨升殿，拟择日出师。适兵部尚书呈递驿奏，系是江南总督郎廷佐拜发，内称崇明总兵梁化凤，击退郑逆，阵斩贼将甘辉等，镇江、瓜州俱已克复。世祖大喜，命梁化凤为江南提督，先图形进呈，并授内大臣达素为安南将军，会同闽浙总督李率泰进击厦门，务绝根株。旨下，文武百官，又皆叩贺，随即退朝不表。

惟这梁化凤如何击退郑成功？应由小子表明。上文说到郑成功进薄南京，中了郎廷佐的缓兵计，按兵不攻，这是成功第一失着。郎廷佐恰飞檄调兵，梁化凤即奉檄往援，两边相持数日，化凤登高望敌，遥见敌营不整，樵苏四出，军士都在后湖嬉游，郑军如此怠玩，安得不败？然亦由骄盈而致。便入署禀明廷佐，夤夜袭营。是夕，化凤带了劲骑五百，潜出神策门，先捣白土山，出郑军不意，冲入前锋余新寨内。余新从睡梦中惊醒，仓卒起来，不及持械，被化凤活擒而去。成功闻报，忙率军相救，化凤已自入城，无从夺回余新。次晨，成功因廷佐失信，令甘辉守营，自出江上调发水师，夹攻南京。不料成功去后，清兵倾城出来，杀入郑营，甘辉上前拦阻，两下酣战，胜负未分。突闻营后射入铳炮，后队不战先乱。甘辉前后受敌，只自死战不退，无奈部将多已逃走，仅剩数百残兵，东冲西突，那里还支持得住？清兵执着长枪，四面攒聚，甘辉尚竭力招架，无如马已被搠，蹶倒前蹄，眼见得甘辉坠地，不得生存了。

此时成功适在江上，见败军陆续奔来，方知大营已破，长叹一声，命残兵次第下船，自己亦匆匆下舱。未曾坐定，梁化凤已率水师追到，把火箭火球抛掷过来。成功无心恋战，急饬军舰东走，驶到崇明，已丧失了好几艘。遂扬帆出海，逃回厦门。张煌言尚在徽宁，闻报郑军败退，刚在惊疑，忽长江上游，来了一支清兵，乃是从贵州凯旋，还援江南。煌言挥兵奋击，打沉敌舰数艘，余舰退去。谁知夜间炮声震天，煌言登舟四望，前后左右，都是敌舰，连忙换坐小船，偷出重围。回头一瞧，自己的舰队，尽由祝融氏替他收拾，也无暇顾惜，只命水手驶入小港，舍舟登陆，逾山过岭，绕出浙省，仍渡钱塘江出海。到了海外，闻郑成功去夺台湾，顿足浩叹，遂贻书成功，略说道：

> **中原板荡，明社为墟，仅存思明州一块土，为四海所属望，遗民所依归。殿下奈何弃此十万生灵，而与红毛夷争海岛乎？且苟安一隅，将来金、厦两门，亦不可守。古人云："宁进一寸死，毋退一尺生。"惟殿下实图利之！**

原来闽海中有一大岛，名叫台湾，直长二千五百里，横阔五百里，倒是一个海外桃源。成功父芝龙为海盗时，曾恃此岛为出没地，芝龙入降，此岛为荷兰人所据。荷兰向称红毛夷，在岛中寄泊市舶，并筑土城数十处，屯住侨民。成功自江南败归，以进取无成，谋夺台湾为窟穴，适清靖南王耿继茂，自广东移镇闽地，与将军达素、总督李率泰，分出漳州、同安，合攻厦门，被成功一鼓击退。回应前文。成功遂移师至台湾，巧值潮涨风顺，麾舰进鹿耳门，荷人仓卒难支，遂与成功议和，愿即迁让。荷人已去，成功遂入居台湾，与金、厦作为犄角。独这张煌言恐他无志恢复，因作书相劝，待了多日，不见回音，乃浮海至台州，到南田岛停泊，入居岛中，暂且慢表。

再说吴三桂留守云南，本没有甚么大事，可以安稳度日，他偏欲翦灭明宗，上了一本奏章，这奏叫作"三患二难疏"。他说："李定国、白文选等，托名拥戴，引着溃众，肆扰边境，患在门户；土司易被煽惑，偏地蜂起，患在肘腋；投诚将士，或系念故明，边闻有警，携贰乘机，患在腠理；这便叫作三患。"又说："滇中米粮腾踊，输挽络绎，在在需资，养兵难，安民亦难；这便叫作二难。"总结是："当及时进剿，净尽根株，方得一劳永逸。"等语。顺治帝因中原混一，已存一厌世心，不欲再劳兵众，清不欲除永历，偏这三桂硬要出头，真正可杀！览了此奏，犹在迟疑。朝上一班大臣，都赞成三桂议论，乃命内大臣爱星阿为定西将军，赴滇会剿。爱星阿到滇后，与三桂进兵木邦，擒住白文选，直入缅境。一面传谕缅酋，索献桂王，一面飞报捷音。

顺治帝得此捷奏，料知大功告成，已在旦夕，悠然远念，有心高蹈。只是宫中有位董鄂妃，乃是南中汉人，被虏北去，没入宫内，顺治帝见她身材窈窕，秀外慧中，竟把她格外宠幸，封为贵妃。"回头一笑百媚生，六宫粉黛无颜色。"少年天子，未免多情，为此一缕丝牵，未忍遽辞尘网。这老天偏要成全顺治帝初志，竟降了二竖下来，陪着董妃左右，从此董妃日渐瘦弱，一病不起，膏肓成痼，药石无灵，可怜一朵娇花，竟与流水同逝。顺治帝十分悲痛，辍朝五日，特谕礼部，略称："皇贵氏董鄂妃薨逝，奉圣母皇太后懿旨，宜追封为皇后，以示褒崇。朕仰承慈谕，用特追封，加以谥号，谥曰孝献庄和至德宣仁端敬皇后。”顺治帝颇称英武，只废后宠妃两大案，为一生缺憾。礼部奉旨，办理丧葬事宜，自必格外从丰，无庸细说。这是顺治十七年仲秋事。梧桐叶落，翡翠衾寒，转眼间霜雪连天，益增怮怛。顺治帝经此惨事，益看破世情，遂于次年正月，脱离尘世，只留重诏一纸，传出宫中。诏曰：

太祖太宗创垂基业，所关至重，元良储嗣，不可久虚。朕子玄烨，佟氏所生，八岁岐嶷颖慧，克承宗祧，兹立为皇太子；即遵典制，持服二十七日，释服即皇帝位，特命内大臣索尼、苏克萨哈、遏必隆、鳌拜为辅臣。伊等皆勋旧重臣，朕以腹心寄托，其勉矢忠荩，保翊冲主，佐理政务，布告中外，咸使闻知。

此诏一传，各王大臣非常惊疑，都说昨日早朝，皇上康健如恒，怎么今日会晏起驾来？且遗诏上面，亦并没有说起病源，正是奇怪得很。当下照例哭临，辅政四大臣及信郡王铎尼，大学士洪承畴等，奉了八龄的新主，即帝位于太和殿，这便是皇三子玄烨嗣位。拟定年号叫康熙，次年改元，尊为清圣祖仁皇帝。后人有清凉山赞佛诗，相传是咏清世祖事，其诗道：

双成明靓影徘徊，玉作屏风璧作台。
薤露雕残千里草，清凉山下六龙来。

诗中有双成及千里草字样，是暗指董鄂妃，清凉山是五台山上一峰，是暗指世祖出家，小子也不能辨别真假，只好作为疑案。顺治朝事已终，下回开篇，要说康熙朝了。

翦灭明宗之策，尸之者洪承畴，成之者吴三桂。二人旧为明臣，何无香火情乃尔？清世祖颇称知足，本欲留片土以存明祀，而洪、吴二臣，先后怂恿，箭在弦上，不得不发，其初心固堪共谅也。厥后中原大定，敝履尊荣，借过眼之昙花，证前途之觉果，斯正所谓大解脱者。明眼人浏览本章，应知所褒贬矣。

第二十一回

弑故主悍师徼功
除大憝冲人定计

却说康熙帝即位，由四位辅政大臣，尽心佐理，首拟肃清宫禁，将内官十三衙门，尽行革去。甚么叫作十三衙门？即司礼监、尚方司、御用监、御马监、内官监、尚衣监、尚膳监、尚宝监、司设监、兵仗局、惜薪司、钟鼓司、织染局便是。这十三衙门中，所用的都是太监，顺治帝在日，曾立内十三衙门铁牌，严禁太监预政，只因衙门未撤，终不免鬼鬼祟祟，暗里藏奸。康熙帝即位，就裁撤十三衙门，宫廷内外，恭读上谕，已自称颂不置。清圣祖为一代令主，所以开场叙事即表明德政。到了元年三月，平西王吴三桂，定西将军爱星阿，先书三桂，特标首恶。奏称："奉命征缅，两路进兵，缅酋震惧，执伪永历帝朱由榔献军前，滇局告平。"此奏一上，特降殊旨，进封三桂为亲王，镇守如故，命爱星阿即日班师。原来桂王寄居缅甸，本已困辱万分。李定国时在景线，连上三十余疏，迎驾往彼，都被缅人阻住。定国复出军攻缅城，缅人固守不下，忽闻清兵亦来攻缅，只得引还景线。适缅酋巴哇喇达姆摩弑兄自立，欲借清朝的势力，压服缅人，遂阴使通款清兵，愿执献桂王。三桂应允，限期索献。缅酋遂发兵三千，围住桂王住所，托名诅盟，令从官出饮咒水。马吉翔先出，开了头刀，李国泰作了吉翔第二，接连是走出一个，杀死一个，共死四十二人。惟沐天波与将军魏豹，格死缅人数名，自刎而亡。马、李等死有余辜，惟沐天波似觉可惜。桂王自知不免，含泪修书，遣人投递清营，交与吴三桂，其辞非常沉痛，详录如下：

将军新朝之勋臣，亦旧朝之重镇也。世膺爵秩，封藩外疆，烈皇帝之于将

军，可谓厚矣。国家不造，闯贼肆恶，覆我京城，灭我社稷，逼我先帝，戮我人民，将军志兴楚国，饮泣秦庭，缟素誓师，提兵问罪，当日之初衷，固未泯也。奈何遂凭大国，狐假虎威，外施复仇之名，阴作新朝之佐？逆贼既诛，而南方土宇，非复先朝有矣。诸臣不忍宗社之颠覆，迎立南阳，枕席未安，干戈猝至，弘光北狩，隆武被弑，仆于此时，几不欲生，犹暇为社稷计乎？诸臣强之再三，谬承先绪，自是以来，楚地失，粤东亡，惊窜流离，不可胜数。犹赖李定国迎我贵州，接我南安，自谓与人无患，与世无争矣。而将军忘君父之大德，图开创之丰功，提师入滇，覆我巢穴，由是仆渡荒漠，聊借缅人以固我圉，山遥水长，言笑谁欢，只益悲矣。既失山河，苟全微息，亦自息矣。乃将军不避阻险，请命远来，提数十万之众，穷追逆旅，何以视天下之不广哉？岂天覆地载之中，犹不容仆一人乎？抑封王赐爵之后，犹欲歼仆以徼功乎？既毁我室，又取我子，读鸱鸮之章，能不惨然心恻乎？将军犹是世禄之裔，即不为仆怜，独不念先帝乎？即不念先帝，独不念列祖列宗乎？即不念列祖列宗，独不念己之祖若父乎？不知大清何恩何德于将军，仆又何仇何怨于将军也？将军自以为智，适成其愚，自以为厚，适成其薄，千载而下，史有传，书有载，当以将军为何如也？仆今日兵衰力弱，茕茕之命，悬于将军之手矣，如必欲仆首领，则虽粉骨碎身，所不敢辞；若其转祸为福，或以遐方寸土，仍存三恪，更非敢望，苟得与太平草木，同沾雨露于新朝，纵有亿万之众，亦当付于将军矣。惟将军命之！

这封书信，若到别人手中，也要存点恻隐，为桂王顾恤三分，偏这忍心害理的吴三桂，毫不动心，仍檄催缅酋速献桂王。桂王方等三桂复书，忽见缅兵七八十名，蜂拥而入，不问情由，把桂王连人带座，抬了就走。还有桂王眷属二十五人，号哭相随。桂王此时精神恍惚，由他抬着，经过了若干路程，满望是荆蔓葛藤，无情一碧。正是荆天棘地。到了缅都城外，见有大营数座，旗帜分悬，右首是平西大将军字样，左首是定西大将军字样，缅兵从平西大将军营内进去，放下桂王，出营自去。这里自有营兵接住，桂王问此处是那里？营兵道："是清平西大将军吴王爷大营。"桂王道："是否平西王吴三桂。"营兵应了一个"是"字，桂王叹了数声。又见眷属多蓬头赤足，被缅兵押令入营，到桂王前，个个放声大哭。营内走出一员部将，大喝道："王爷出来，休得胡闹！"狐假虎威。眷属被他一吓，噤住哭声。

少顷，一位雄纠纠气昂昂的大员，带了数名护卫，缓步出来，对了桂王，一个长揖。桂王见他头戴宝石顶，身穿黄马褂，早料着是大将军模样，恰故意问是谁人？答称“清平西王吴，……”说到吴字，停住。桂王道：“你便是大明平西伯吴三桂么？”偏要提出大明二字，桂王也算辣口。三桂闻得“大明”二字，好像天雷劈顶一般，顿时毛骨俱悚，不由的双膝跪下，颤声道：“是。”天良终自难泯。桂王道：“好一个平西伯，果然能干！可惜是忘本了。但事到如今，也不必说，朕正思北去，一谒祖宗十二陵寝，你能替朕办到，朕死亦瞑目了。”三桂仍颤声道：“是。”桂王命他起来。三桂即辞归营内，对众将道：“我自从军以来，大小经过数百战，并没有甚么恐惧，不意今日见这末代皇帝，偏令我踽踏难安，真正不解，真正不解。”有何难解？随令部将护着桂王及桂王家眷，簇拥前行，自己邀同爱星阿，拔营归滇。不几日到了云南省城，将桂王拘禁别室，与爱星阿商议处置桂王的法子。爱星阿拟献俘北京，听朝廷发落。吴三桂道：“倘中途被劫，奈何？据我愚见，不如奏请就地处决为是。”爱星阿系满人，尚不欲死永历，何物三桂，悍忍至此？爱星阿不便抗议，照三桂意拜发奏折。到了四月十四日，奉了清圣祖谕旨：“前明桂王朱由榔，恩免献俘，着即传旨赐死。钦此。”志明月日，作为明宗绝灭一大纪念。三桂立即升帐，传齐马、步各军，将桂王及眷属二十余人，都拥到篦子坡法场，令即绞决。桂王也不多说。只有桂王储嗣，年只十二龄，大骂三桂道：“三桂黠贼！我朝何负于汝？我父子何仇于汝？乃竟置我死地。天道有知，必不令黠贼善终！”是日，天昏地暗，风霾交作，滇人无不悲悼，改唤篦子坡为迫死坡。福、唐、桂三藩事，至此结局。

时李定国方联结暹罗、古剌诸国，拟大举攻缅，索还桂王，忽闻缅人已把桂王献与吴三桂，急引兵追截。途次，又闻桂王被弑，望北大哭，呕血数升。兵士见主帅已病，请即退还。回到猛猎，病势日重一日，临危时，尚三呼永历帝，悠然而逝。还算是他。

定国已死，西陲无遗患，独东南尚有张煌言、郑成功。煌言隐居南田岛，随从只有数人，明知大势已去，无能为力，只是忠心未泯，还与台湾常通音问，屡促成功进兵。不料成功一病身亡，煌言闻讣大哭道：“延平一殁，还有何望？”从此深岛屏居，谢绝一切，暇时或著书遣闷，借酒消愁。一日，方在门外闲眺山水，见有数人着了明装，走到煌言面前，瞧了又瞧。煌言方自惊诧，但听来人道：“君非张煌言先生么？”煌言不便道出姓名，却转问来人。来人道：“我等皆故明遗民，因闻先生居此，特来拜谒。先生何必隐匿名姓，难道疑我等为奸细么？”煌言便邀到窟穴，彼此各道姓字，无非是张三、李四一流人物。坐谈之顷，满口思明，声声忠义，与煌言说得非常投机，并云：“岛口有来舟数号，舟中同志，约数百人，一成一旅，也可中兴，请先生出去一会，订定盟约，共图恢复便是。”煌言热心复明，便随了来人，步至岛口，果见口外泊船数艘，将要上船，舟中突起数人，都是辫发的清兵，煌言始知中他诡计。清兵提起铁索来缚煌言，煌言厉声道：“士可杀不可辱！”道言未绝，岸上引诱煌言的来人，即摇手阻住。当下偕煌言上船，乘着风势，到了宁波，复由宁波转达杭州，由清兵上岸，雇了肩舆，抬煌言入署。巡抚赵廷臣下阶迎接，请他上坐，便唠唠叨叨的劝他降清。煌言道：“如公厚谊，非不足感，但煌言义不事清，有死无二。任他辩如秦、仪，不能摇动方寸，还是早日就死，完我贞心。”廷臣见无可说，便从他志愿，送出清波门，令他就义，把遗骸送入凤凰山中。迄今凤凰山有张苍水先生墓，就是煌言遗冢。

施琅（1621—1696），字尊侯，号琢公，福建省晋江（今泉州）人。顺治初降清，隶汉军镶黄旗。1683年率军攻灭台湾郑氏政权，并建议在台湾驻兵屯守，为清政府所采纳。封靖海侯。著有《靖海纪事》。

这时候，镇守闽地的耿继茂，复与闽督李率泰，水师提督施琅，借了荷兰国夹板船数艘，攻克金、厦二岛，复名思明州为厦门。郑军退保台湾，由成功子经据守台地，仍奉永历正朔，效节海外。清廷将郑芝龙正法，并其子郑成恩、世恩、世荫等，亦一律斩首。芝龙临刑时，长叹道：“早知如此，何必投降。”悔已迟了。郑经闻芝龙受刑，痛乃祖之被戮，悲厥考之无成，抢地呼天，枕戈饮血，可奈逋地徒成孤立，衔石不足填波，只得遵晦养时，再作计较。

那时八龄天子，坐享承平，归马放牛，修文偃武，太常纪绩，颁世禄以报功，胜国搜贤，予隆谥以表节。光阴荏苒，已是四年，天子大婚，册内大臣噶布喇女赫舍里氏为皇后，龙凤双辉，满廷庆贺。太皇太后与皇太后，各上徽号，虽是照例应有的事情，免不得锦上添花，愈加热闹。只范文程、洪承畴等一班勋臣，先后逝世，朝纲国计，统归辅政四大臣管理。这四大臣中，索尼是四朝元老，资格最优，人品亦颇公正。遏必隆、苏克萨哈勋望较卑，凡事俱听索尼主裁。独这鳌拜随征四方，自恃功高，横行无忌，连索尼都不在眼中，他想把索尼诸人，一一除掉，趁着皇帝冲幼，独揽大权，因此暗中设法，先从苏克萨哈下手。苏克萨哈系正白旗人，鳌拜乃镶黄旗人，顺治初年，睿亲王多尔衮曾把镶黄旗应得地，给与正白旗，别给镶黄旗右翼地，旗民安居乐业，已二十多年。鳌拜倡议，欲将原地各归原旗，明明是借题生衅。宗人府会议照准，遂命直隶总督朱昌祚、巡抚王登联，会同国史馆大学士苏纳海，经理易地事宜。俗语说道：“多一事不如少一事。”这安居乐业的旗民，无缘无故要他迁徙，不免要多费财力。况且原地

鳌拜（?—1669），清满洲镶黄旗人，瓜尔佳氏。以战功擢领侍卫内大臣，封公爵。顺治十八年（1661年）康熙帝即位，与索尼等为辅政大臣。当国后植党营私，专横擅权。康熙八年（1669年）康熙帝亲政后被逮捕禁锢，不久病死。

易还，屯庄亦须互换，彼此各有损失，各有困难，自然而然的怨恨起来。苏纳海、朱昌祚、王登联等，俯顺舆情，奏请停止，康熙帝召见四大臣，将原奏交阅。鳌拜怒道："苏纳海拨地迟误，朱昌祚阻挠国事，统是目无君上，照例应一律处斩。"这是鳌拜自创的律例。康熙帝问索尼等人道："卿等以为何如？"遏必隆连忙答道："应照辅臣鳌拜议。"索尼亦随即接口道："臣意也是如此。"口吻略有不同，然都是敲顺风锣。只苏克萨哈俯首无言。鳌拜怒目而视，恨不将苏克萨哈吞入肚中，转向康熙帝道："臣等所见皆同，请皇上发落！"康熙帝犹在迟疑，鳌拜即向御座前，检出片纸，提起御用的朱笔，写着："苏纳海、朱昌祚、王登联，不遵上命，着即处斩"十七个大字，匆匆径出。索尼等亦随了出来。鳌拜就将矫旨付与刑部，刑部安敢怠慢，即提到苏纳海、朱昌祚、王登联三人，绑出市曹，一概枭首。暗无天日。

康熙帝见鳌拜这副情形，遂有意亲政，阴令给事中张维赤等联衔奏请。贝勒王大臣同声赞成，独鳌拜不发一词。康熙帝又延了年月，直到康熙六年秋季，始御乾清门听政。隔了数日，索尼病逝，鳌拜欲加专恣，苏克萨哈恐不能免祸，遂呈上奏折，略云：

臣以菲材，蒙先皇帝不次之擢，厕入辅臣之列，七载以来，毫无报称，罪状实多。兹遇皇上躬亲大政，伏祈令臣往守先皇帝陵寝，如线余息，得以生全，则臣仰报皇上豢育之恩，亦得稍尽。谨此奏闻。

清圣祖（1654—1722），即"爱新觉罗·玄烨"，清代皇帝，世祖第三子，年号康熙。在位期间逮捕鳌拜，平定三藩之乱、收复了台湾郑氏政权，驱逐盘踞黑龙江流域雅克萨的沙俄侵略军，后签订《中俄尼布楚条约》，确定了中俄东段边界。三次派兵平准噶尔叛乱。重视农业生产。开博学鸿词科，编纂《全唐诗》等。提倡程朱理学。曾兴文字狱，加强思想统治。

帝览奏，即用另纸写就朱谕道：

尔辅政大臣等，奉皇考遗诏，辅朕七载，朕正欲酬尔等勤劳。兹苏克萨哈奏请守陵，如线余息，得以生全，不识有何逼迫之处？在此何以不得生？守陵何以得生？着议政王贝勒大臣会议具奏。

此谕一下，鳌拜已经闻知，遂至议政王处运动。这时候，议政王中，要算康亲王杰书，位望较高，然见了鳌拜，亦非常畏惧。鳌拜便授意杰书，教他如此如此，杰书唯唯听命，遂照鳌拜意奏复。康熙帝见了复陈，不觉惊异起来。看官！你道他复奏中是甚么说话？他说："苏克萨哈系辅政大臣，不知仰体遗诏，竭尽忠诚，反饰词欺藐主上，怀抱奸诈，存蓄异心，本朝从无犯此等罪名，应将苏克萨哈官职，尽行革去，即凌迟处死，所有子孙，俱着正法"云云。查清朝律例，凌迟处死，乃是大逆不道的处分，苏克萨哈请守陵寝，不过语言激烈一点，如何可加他凌迟，并且还要灭族？康熙帝幼年岐嶷，那有不惊异之理，便召康亲王杰书等，及遏必隆、鳌拜二人入内，说他复奏谬误。鳌拜即上前辨驳，康熙帝道："你与苏克萨哈，不知有甚么仇隙，定要斩草除根，朕意恰是不准。"总算圣明。鳌拜道："臣与苏克萨哈并无嫌隙，只是秉公处断。"康熙帝道："恐怕未必。"鳌拜道："若不如此办法，将来臣下都要欺君罔上了。"康熙帝道："欺君罔上的人，眼前何曾没有？朕看苏克萨哈倒还是有些规矩。"鳌拜仍是力请，康熙帝坚执不允。鳌拜不禁大怒，攘臂直前，欲以老拳相向。康熙帝究属少年，吓得惶恐失色，便支吾道："就要办他，亦不应凌迟处死。"鳌拜抗声道："即不凌迟，也应斩首。"鳌拜真穷凶极恶。康熙帝战栗不答，还是杰书同遏必隆，参了末议，定了绞决。亏他调停。鳌拜方无言而出。可怜苏克萨哈七载勤劳，竟被权奸构陷，惨死法场。专制之世，其惨如此。

康熙帝经此一激，到慈宁宫内去见太后，泣述鳌拜不法情状。太后女流，无计可施，只用好言抚慰。究竟圣明天子，别有心思，他向各王邸中，选了百名亲王子弟，年纪多与康熙帝仿佛，一班儿练习武艺，研究拳术。将门之子，骨种不同，不到一年，都学得拳术精通，武艺高强，连康熙帝也得了一点本领。于是康熙帝不动声色，先封鳌拜为一等公，歇了数日，单召鳌拜入内议事。鳌拜欣然前往，到了内延，见康熙帝端坐上面，两旁站立的，便是一班少年的贵胄。鳌拜昂着头，走至康熙帝前。死在目前，还是这般桀傲。说道："皇上召臣何事！"康熙帝竖起龙目，怒向鳌拜道："你知罪么？"劈头劈脑的一句。鳌拜毫不畏惧，直答道："臣有何罪？"康熙帝道："你结党树私，妨功害能，罪不胜举，还说无罪！"鳌拜听了此语，恼着性子，忍耐不住，仍旧发作攘臂故态。原是要你如此。康熙帝索性激他一激，便道："左右与我拿下！"鳌拜厉声道："那个敢来拿我！"言未毕，一少年应声而出，走近鳌拜，鳌拜即拍面一拳，那少年不慌不忙，把鳌拜拳头接住，喝一声道："走。"鳌拜站立不住，倒退数步。众少年趁这机会，拥住鳌拜，你一拳，我一脚，鳌拜不防这童子军，竟有如许能力，方想极力招架，谁知已被众少年擎翻，打得皮破血流，奄奄一息。康熙帝便召杰书、遏必隆入内，痛骂一顿。两人连忙下跪，捣头如蒜。康熙帝便命两人拖出鳌拜，叫他们据实讯鞫，不得徇私。这两人魂胆消扬，自然遵旨勘实，奏复鳌拜罪状共三十款。末后有鳌拜为勋旧大臣，正法与否，出自皇上圣裁等语。还想回护这贼子。正是：

当道豺狼遭失势，满城狐鼠亦寒心。

未知鳌拜性命如何，且看下回分解。

吴三桂率军南下，严檄缅人，令献永历帝自効，此实三桂之一失计，若稍有远识，谁肯悍然不顾，冒大不韪之名？迨缅人献出永历，复手自加弑，彼以为可免清帝之嫌。不知愈中清帝之忌。康熙帝固英断有余。观其不动声色，立除鳌拜，鳌拜能除，宁不能除三桂耶？篇中虽依次叙事，然钩心头角处，隐具匣剑帷灯之妙。微而显，明而晦，吾于是书亦云。

第二十二回

蓄逆谋滇中生变
撤藩镇朝右用兵

却说清康亲王杰书等，既审问鳌拜，明白复奏，不日，由内阁传下谕旨。其词道：

鳌拜系勋旧大臣，受国厚恩，奉皇考遗诏，辅佐政务，理宜精白乃心，尽忠报国。不意鳌拜结党专权，紊乱国政，纷更成宪，罔上行私，凡用人行政，鳌拜欺藐朕躬，恣意妄为。文武官员，欲令尽出其门。内外要路，俱伊之奸党。班布尔善、穆里玛、塞本得、阿思哈、噶褚哈、讷莫、泰壁图等，结为党与，凡事先于私家商定乃行；与伊交好者，多方引用，不合者即行排陷，种种奸恶，难以枚举。朕久已悉知，但以鳌拜身系大臣，受累朝宠眷甚厚，犹望其改行从善，克保功名以全始终。乃近观其罪恶日多，上负皇考付托之重，暴虐肆行，致失天下之望。遏必隆知其恶，缄默不言，意在容身，亦负委任。朕以罪状昭著，将其事款命诸王大臣公同究审，俱已得实，以其情罪重大，皆拟正法。本当依议处分，但念鳌拜效力多年，且皇考曾经倚任，朕不忍加诛，姑从宽免死，着革职籍没，仍行拘禁。遏必隆无结党事，免其重罪，削去太师职衔，及后加公爵。班布尔善、穆里玛、阿思哈、噶褚哈、塞本得、泰壁图、讷谟，或系部院大臣，或系左右侍卫，乃皆阿附权势，结党行私，表里为奸，擅作威福，罪在不赦，概令正法。其余皆系微末之人，一时苟图侥幸，朕不忍尽加诛戮，宽宥免死，从轻治罪。至于内外文武官员，或有畏其权势而倚附者，或有身图幸进而依附者，本当察处，姑从

宽免。自后务须洗心涤虑，痛改前非，遵守法度，恪共职业，以期副朕整饬纪纲、爱养百姓之至意。钦此。

刑部奉到谕旨，即遵照办理，自是文武百官，方晓得康熙帝英明，不敢肆无忌惮。这事传到外省，别人倒还不甚介意，只有那两朝柱石功高望重的吴三桂，偏觉心中不安起来。事有凑巧，广东镇守平南王尚可喜，因其子之信酗酒暴虐，不服父训，恐怕弄出大祸，遂用了食客金光计，奏请归老辽东，留子镇粤，他的意思，无非望皇上召还，得以面陈一切，免致延累。适值康熙帝除了鳌拜，痛恨权臣，见了此奏，即令吏部议复。吏部堂官，早窥透康熙的意思，议定藩王现存，儿子不得承袭，尚可喜既请归老，不如撤藩回籍等语。康熙帝遂照议下逾。

吴三桂在云南，日日探听朝廷消息，他的儿子吴应熊曾招为驸马，在京供职，所有国事，朝夕飞报。尚可喜还未接谕，吴三桂早已闻知，当下写了密函，寄到福建。此时靖南王耿继茂已死，由其子靖忠袭封，仍镇守福建地方，得了三桂密书，就照书中行事，上了折子，奏请撤藩。折奏到了北京，吴三桂奏折亦到，大致与靖忠相同。如此恭顺，殊出意料。及看到后文，始知吴、耿命意。康熙帝召集廷臣会议，各大员多胆小如鼷，主张勿撤；又命议政王及各贝勒议决，也是模棱两可。康熙帝道："朕阅前史，藩镇久握重兵，总不免闯出祸来，朕意还是早撤。况吴三桂子应熊，耿精忠弟昭忠、聚忠等，都在京师供职，趁此撤藩，彼等投鼠忌器，尚不至有变动。"独具见解。兵部尚书明珠，户部尚书米思翰，刑部尚书莫洛，听到此语，就随声附和起来，不是说圣意高深，就是说圣明烛照。极力谄媚。康熙帝遂准奏撤藩，差了侍郎哲尔旨，学士博达礼往云南，户部尚书梁清标往广东，吏部左侍郎陈一炳往福建，经理各藩撤兵起行事宜。

三桂闻了此信，大吃一惊，暗想道："我去奏请撤藩，乃是客气说话，不料他竟当起真来。"遂密与部下夏国相、马宝计议。马宝道："这乃调虎离山之计，王爷若愿弃甲归田，也不必说，否则当速谋自立，毋再迟疑。"夏国相道："马公之言甚是。但现在且练兵要紧，等待朝使一到，激动军心，便好行事。"一吹一唱，吴氏香火，要被他断送了。三桂便于次日升帐，传齐藩标各将，往校场操演。各部将遵着号令，不敢懈怠。以后日日如此，除夏国相、马宝及三桂两婿郭壮图、胡国柱外，统是莫明其妙。

一日，传报钦使到来，三桂照常接诏，一面留心腹部员款待两使，一面部署士卒，检点库款，宛似办理交卸的样子。整顿已毕，便召众将士齐到府堂，令家人抬出许多箱笼，开了箱盖，搬出金银珠宝、绸缎衣服各类，摆列案前，随向将士说道："诸位随本藩数十年，南征北讨，经过无数辛苦，现今大局渐平，方想与诸位同享安乐，不期朝廷来了两使，叫本藩移镇山海关，此去未知凶吉，看来是要与诸位长别了。"并不要他就死，如何说是长别？众将士道："某等随王爷出生入死，始有今日，不知朝廷何故下旨撤藩？"三桂道："朝旨也不便揣测，大约总是'鸟尽弓藏，兔死狗烹'的意思。本藩深悔当年失策，辅清灭明，今日奉旨戍边，不知死所，这也是本藩自作自受。确是自作自受。只可怜我许多老弟兄，汗马功劳，一旦化为乌有。"说到此处，恰装出一种凄惶的形状，并把手指向案前道："这是本藩历年积蓄，今日与诸位长别，各应分取一点，留个纪念。他日本藩或有不测，诸位见了此种什物，就如见了本藩。罢罢罢，请诸位上来，由我分给！"众将士都下泪道："某等受王爷厚恩，愿生死相随，不敢再受赏赐。"三桂见众将士已被煽动，随即说道："钦使已限定行期，不日即当起程，诸位还要这般谦逊，反使本藩越加不安。"众将士方欲再辞，忽从大众中闪出两人，抗声道："甚么钦使不钦使？我等只知有王爷，不知有钦使。王爷若不愿移镇，难道钦使可强逼么？"三桂视之，乃是马宝、夏国相，却假作怒容道："钦使奉圣旨前来，统宜格外恭敬，你两人如何说出这等言语，真是瞎闹！"马宝、夏国相齐声道："清朝的天下，没有王爷，那里能够到手？这语是极。今日他已非常快乐，反使王爷跋涉东西，再尝苦味，这明明是不知报德。王爷愿受清命，某等恰心中不服！"三桂道："休得乱言！俗语说道：'君要臣死，不得不死。'只我前半生是明朝臣子，为了闯贼作乱，借兵清朝，报了君父大仇。你尚知有君父么？本藩因清朝颇有义气，故尔归清，至永历帝到云南时，本藩也有意保全，无如清廷硬要他死，不能违拗，只得令他全尸而亡，亏他饰词。把他好好安葬。现在远徙关外，应向永历帝陵前祭奠一回，算作告别，诸位可愿随去么？"众将士个个答应。

三桂入内更衣，少顷，即出。众将士见他蟒袍玉带，竟浑身换了明朝打扮，所谓反复小人。又都惊异起来。三桂令家人扛了牛羊三牲，带同将士，到永历帝坟前酬酒献爵，伏地大哭。这副急泪，如何预备？众将士见他哭得悲伤，也一齐下泪，正在悲切之际，不料两钦差又遣使催行。三桂背后跃出胡国柱，拔了佩刀，把来人砍翻。三桂大哭道："你如何这般卤莽？叫我如何见钦使？军士快与我捆了国柱，到钦使前请罪！"众将士呆立不动，三桂催令速捆。马宝上前道："王爷如要捆绑国柱，不如将某等一齐捆去。"三桂道："你们如此刁难，难道钦使不要动气么？"马宝道："两个京差，怕他甚么！"三桂道："钦使不怕，还有抚台，你可怕么？"胡国柱道："不怕不怕，我就去杀他！"众将士道："我等同去！"三桂连忙拦阻，只拦得一半，一半随着国柱忿忿前去。不消多少工夫，胡国柱提着血淋淋的人头，向地下一掷。三桂拾起一看，正是巡抚朱国治的首级，复恸哭道："朱中丞！朱中丞！本藩并不要害你，九泉之下，休怨本藩！"分明叫国柱去杀朱抚，还说不要害他，那个相信？复对众将士道："你等无法无天，叫我如何办理？"众将士同声道："请王爷做了主子，杀往北京便了。"满盘做作，都为这两句说话。三桂收泪道："当真么？当真可做此事么？"众将士道："王爷系明朝旧臣，复明灭清，乃堂堂正正的事情，如何不可？"此语乃三桂所厌闻。三桂道："北兵到来，奈何？"众将士道："火来水淹，将来兵挡，有甚么害怕？"三桂道："你等陷我至此，肯为我尽力么？"大家统大呼道："愿尽死力！"这一声，仿佛像雷声一般，震惊百里。三桂率兵回府，急命手下将哲、博两钦差捉住，拘禁狱中，写了旗帜，竖起府前。旗上写的是"天下都招讨兵马大元帅吴"十一字。一面赶撰檄文，其文道：

> **本镇深叨明朝世爵，统镇山海关，一时李逆倡乱，聚众百万，横行天下，旋寇京师，痛哉毅皇烈后之崩摧，痛矣东宫定藩之颠跌。文武瓦解，六宫纷乱，宗庙邱墟，生灵涂炭，臣民侧目，莫敢谁何，普天之下，竟无仗义兴师。本镇独居关外，矢尽兵穷，泪血有干，心痛无声。不得已许虏藩封，暂借夷兵十万，身为前驱，斩将入关，李贼遁逃，誓必亲擒贼帅，斩首以谢先帝之灵，复不共戴天之仇。幸而渠魁授首，方欲择立嗣君，更承宗社，不意狡虏再逆天背盟，乘我内虚，雄踞燕京，窃我先朝神器，变我中国冠裳，方知拒虎进狼之非，追悔无及。将欲反戈北逐，适值先皇太子幼孩，故隐忍未敢轻举，避居穷壤，艰晦待时，盖三十年矣。彼夷君无道，奸邪高位，道义之士，悉处下僚，斗筲之辈，咸居显爵。君昏臣暗，彗星流陨，天怨于上，山岳崩裂，地怒于下。本镇仰观俯察，正当伐暴救民，顺天听人之日也。爰率文武共谋义举，卜甲寅正月元旦，推奉三太子，水陆兵并发，各宜懔遵诰诫！**

上首署衔，就是大旗上面的十一字，只是檄文中有推奉三太子一语，他是凭空捏造，说是崇祯帝三太子，留在周皇亲家，当迎他为主，自己权称元帅以便号召。遂以甲寅年为周元年，甲寅年乃康熙十三年。令军民蓄发易服，改张白帜，择日祭旗出兵。

三桂处置已毕，时已夜深，退入内寝，甫抵寝门，忽一妇人号啕前来，扯住三桂袍袖道："你要杀我儿子了。"三桂一看，乃是继室张氏。原来三桂元配，被李闯所杀，三桂即继配张氏为妻，应熊即张氏所出。后来重得陈圆圆，不甚宠爱继室。三桂瞋目道："死一儿子何妨，叫我不死便好。"君父尚且不管，管甚么儿子？把袖一扯，摔倒张氏，张氏放声大哭。这时陈圆圆早到云南，正在内室，闻得门外吵闹，急移步出来，两面劝解，一面扶起张氏，劝慰一番，令侍女送回正寝，一面迎三桂入卧室，问明原委。三桂将当日情形，叙述一遍，圆圆俯首长叹。三桂问道："爱妃亦以此举为未然否？"圆圆道："妾自出世以来，起初遭家不造，鬻为歌伎，辗转流离，得侍王爷。每忆当年留住京师，为寇所掠，心中尚时常震恐，到了今日，安荣已极。妾闻知足不辱，知止不殆，长此奢华，恐遭天忌，愿王爷赐一净室，俾妾茹素修斋，得终天年，实为万幸！”三桂道：“我正思创立帝业，册你为后，你却欲净室修斋，令我不解。”圆圆道：“自古到今，都为了争帝争王，扰得人民不宁，实在是做了皇帝，一日万几，也是没甚趣味。妾少年时，自顾姿容，亦颇不陋，常有非分的妄想，目今身为王妃，安享荣华，反觉尘俗难耐。为王爷计，倒不如自卸兵权，偕隐林下，做个范大夫泛舟五湖，宁不快乐？何苦争城夺地，再费心力，再扰生灵？”陈圆圆颇已了解，可惜三桂不醒。三桂默然不答。圆圆复再三相劝，怎奈三桂已势成骑虎，不能再下，喟然道：“不能流芳百世，亦当遗臭万年。”为此一念，误尽人心。圆圆知无可挽回，便于次晨起来，向三桂前求一僻室静居。三桂此时心乱如麻，便即应允。当下圆圆即出游城外，见城北一带地方空敞，枕水倚山，中间有一沐氏废园，甚为幽雅，便入园布置，令奴仆等就地整刷，作为净修的居室。一住数年，三桂也不去缠扰，别选美人，充了下陈。圆圆毕竟有福，到三桂将败时，一病身逝，三桂命葬在商山寺旁。绝代尤物，倒安安稳稳的与世长辞了。

这也不在话下，单说三桂既叛了清朝，号召远近，贵州巡抚曹申吉、提督李本深、云南提督张国柱，亦起兵相应。独云贵总督甘文焜，得了此信，仓猝出贵阳府，带了一子及十余从骑，兼程赶至镇远，调兵守城。偏这兵士不从号令，反把甘文焜围住。文焜先将儿子杀死，然后自刎。兵部郎中党务礼、户部员外郎萨穆哈，正在贵州办差，迎接三桂眷属至京，一闻警信，吓得魂不附体，忙坐上快马，疾忙加鞭，星夜趱行，一口气跑到北京，下了马，闯入午内。守门侍卫，拦阻不住。他二人直到殿下，大声报道：“不好了！不好了！吴三桂反！”说到反字，已神昏气厥，扑倒阶前。适值早朝未罢，殿上百官下阶俯视，回奏是党务礼、萨穆哈二人，康熙帝即命侍卫将二人抹入。二人尚是神昏颠倒，歇了半晌，方渐渐醒转，开眼一看，乃在殿上。这二人官微职卑，从没有上殿启奏的故例，到了此时，悚惶万状，急忙跪伏丹墀，口称：“奴才万死，奴才万死。”康熙帝传旨，叫他们据实奏来！二人把三桂造反，抚臣朱国治、督臣甘文焜被杀事，详奏一遍。复称：“奴才昼夜疾驰，一路到京，已十二日，只望奏渎天听，不意神魂不定，闯入殿前，自知谬戾，求皇上处重！”康熙帝道：“尔等闻警驰报，星夜前来，倒也忠实可嘉。只是欠镇定一点，以致如此。朕特赦尔罪，下次须谨饬方好！”两人忙谢恩趋出。

康熙帝问王大臣道：“这事应如何办理？”大学士索额图奏道：“奴才前日曾虑撤藩太速，致生急变，现在事已如此，只好安抚三桂，令世守云南，当可了事。”康熙帝道：“三桂已反，难道尚肯听命么？”索额图道：“三桂若不肯听命，请将主张撤藩的人，从重治罪，这也是釜底抽薪的一法。”米思翰、明珠、莫洛三人，亦在殿上，听到治罪一语，不觉面如土色。既要谄媚，何必畏缩？康熙帝道：“胡说！徙藩是朕的本意，难道朕先自己治罪，谢这叛贼？”索额图连忙跪伏，自称不知忌讳，该死该死。康熙帝叱退索额图，立命兵部尚书明珠，在殿前恭录上谕，命都统巴尔布，率满洲精骑三千，由荆州驰守常德，都统珠满率兵三千，由武昌驰守岳州，都督尼雅翰、赫叶、席布根特、穆占、修国瑶等，分驰西安、汉中、安庆、兖州、郧阳、汝宁、南昌诸要地，听候调遣。写到此处，外面又递到湖广总督蔡毓荣，加紧急报，也是奏闻云南变事。康熙帝旁顾顺承郡王勒尔锦道：“劳你一行，就封你为宁南靖寇大将军，统师前敌！”勒尔锦遵旨谢恩。又顾莫洛道：“命你为经略大臣，督理陕西军务！”莫洛亦遵旨谢恩。康熙帝复命明珠，录写三桂罪状，削除官爵，宣布中外；并令锦衣卫拿逮额驸吴应熊下狱。明珠恭录圣旨毕，即奏道：“闽、粤两藩，如何处置，应乞圣旨明示！”康熙帝道：“暂令勿撤可好么？”明珠奉命续录，随即退朝。自是羽檄飞驰，劲旅四出，周太尉发兵泗上，乘传前来，裴节度进擒蔡州，轻车夜至，这一场有分教：

明珠（1635—1708），字端范，满洲正黄旗人。康熙十一年（1672年）任兵部尚书，累官至武英殿大学士。二十七年，被革去大学士，仍用为内大臣。后从圣祖征噶尔丹，督西路军饷。

荡荡中原开杀运，隆隆方镇挫强权。

欲知战事如何，请诸君续看下回。

自古藩镇，鲜有不生变者。撤亦反，不撤亦反；与其迟撤而养祸益深，不若早撤而除患较易。清圣祖力主撤藩，正英断有为之主。洎乎仓卒告警，举朝震动，圣祖独从容遣将，镇定如恒，且不允索额图之请，自损主威，圣祖诚可谓大过人者。或谓满汉相猜，由圣祖始，不知满人入关，汉人实为之伥，罪在汉人，不在满人。吴三桂为汉贼之魁，天道有知，断不令其长享安荣也。本回叙三桂狡诈，及圣祖英明，非颂圣祖，实病三桂，插入陈圆圆一段，尤足令三桂愧死。

第二十三回

驰伪檄四方响应
失勇将三桂回军

却说吴三桂既据了云贵，遂遣部将王屏藩攻四川，马宝等自贵州出湖南，陷了沅州。三桂闻湖南得胜，复令夏国相、张国柱等，引兵继进。湖南守将，已十多年不见兵革，弓马战阵，统已生疏，此番遇着吴军，个个望风奔窜。吴军直逼长沙，巡抚卢震，即调提督桑额入援，谁知桑额早已逃去。卢震仓皇无措，也只得弃了长沙，奔往他方。清都统巴尔布、珠满等，奉命出师，行至途次，闻报吴军已得长沙，惊慌得了不得，遂扎住营寨，逗留不进。满员多是没用。于是常德、岳州、衡州、澧州一带，先后失陷，四川巡抚罗森，因王屏藩攻入境内，急就近向湖广乞救，寻闻湖南已经失守，清兵不敢前进，他暗想吴军势大，清兵不能救湖南，那里能救四川？遂召提督郑蛟麟，总兵谭洪、吴之茂等商议。郑蛟麟已受三桂密札，方想动手，到了巡抚署内，遂怂恿降吴，罗森正中下怀，命通款吴军，联络王屏藩，背叛清朝。眼见得四川全省，又为三桂所有了。

耿精忠镇守福建，本与三桂通同一气，至是闻三桂已得湘、蜀，欲起兵遥应，是时福建总督范承谟，系三朝元老文程之子，与精忠谊关亲戚，精忠也管不得许多，把他拘禁起来；易了汉装，三路出兵，派总兵曾养性出东路，攻打浙江省内的温州、台州，白显忠出西路，攻打江西省内的广信、建昌、饶州，又令都统马九玉出中路，攻打浙江省内的金华、衢州。滇、闽、粤三藩中，已是两路构变，独尚可喜始终事清，毫无叛志。三桂通书招诱可喜，可喜将来使拘住，把来书呈奏清廷。三桂闻使人被拘，大怒，急密函致耿精忠，令攻击广东。精忠遂勾通潮州总兵刘进忠，差他进兵图粤，复约台湾郑经，夹攻粤海。中原大震，各地告急本章，像雪片般传达清廷。康熙帝复令贝勒尚善为安远靖寇大将军，出助顺承郡王勒尔锦，由鄂攻湘，贝勒洞鄂为定西大将军，出助经略大臣莫洛，由陕攻蜀，这两路是协攻吴三桂。又命安亲王岳乐为定远平寇大将军，出师江西，康亲王杰书为奉命大将军，贝子傅喇塔为宁海将军，出师浙江，这两路是攻耿精忠。另授简亲王喇布为扬威大将军，镇守江南。这一路是策应四路。

耿精忠（?—1682），清汉军正黄旗。耿仲明之孙、肃亲王豪格之婿。康熙十年（1671 年）袭父继茂爵，为靖南王。十三年，在福建响应吴三桂叛乱，两年后又降清。十九年，被召入京，三藩叛乱平定后被处死。

诏旨甫下，忽报广西将军孙延龄戕杀巡抚，降顺三桂，康熙帝叹气道："不料孙延龄也是这般。"原来延龄系故定南王孔有德女婿，有德殉难广西，阖门死事，仅遗一女，名四贞，留养宫中，视郡主食俸，及长，嫁与延龄为妻。夫以妻贵，因命他镇守广西，管辖南藩，禄位与滇、闽、粤三王，相去无几。只是这位孔郡主，仗着自己势力，常要挟制延龄，延龄屡与他反目。三桂起事，密使相招，延龄想背了清朝，免受闺房压制，为了河东狮，甘从滇南狼，延龄殊不值得。因此降顺三桂。康熙帝还道是待他厚恩，无端背义，谁知他却是为厚恩所迫，生了异心。

闲文少表，单说康熙帝闻延龄附逆，急封尚可喜为亲王，授可喜子之孝为平南大将军，之信为讨寇将军，会同广西总督金光祖，进讨延龄。四面八方，派遣停当，满望旗开得胜，马到成功，不料湖南、四川、江西、浙江、广西诸省，还没有克复消息，陕西的警报，又纷达北京了。

尚可喜（1604—1676），字元吉，号震阳，辽东海州卫（今辽宁海城）。1634 年降后金（清），授总兵官。1649 年，改封为平南王。击破广东地区明军，驻守广州，为清初三藩之一。吴三桂叛乱时，其子之信响应，他忧急而死。

先是清经略大臣莫洛入陕西境，提督王辅臣、总兵王怀忠，先去迎接。莫洛自以为身任经略，节制全省，要摆点威风出来，镇压军心，见了王辅臣、王杯忠两人，并不用好言抚慰，反责他观望迁延，不即赴敌。速死之兆。辅臣等怏怏退出。莫洛到了西安，西安将军瓦尔喀与莫洛同是满人，两下会叙，颇觉亲热。莫洛发议，欲把提督以下，尽易满员，还亏瓦尔喀谏阻，说是"用兵之际，难易生手"。因此辅臣、怀忠，官职如旧，但心中已未免怀恨了。

莫洛令瓦尔喀出师汉中，自己留守西安。瓦尔喀带了辅臣、怀忠，兼程前进，到汉中，尚无敌踪，遂一路进至保宁。忽有探马来报，敌将王屏藩已出略阳，分扼栈道了。瓦尔喀大惊，与王辅臣等商议行止。辅臣道："略阳一断，水运阻塞，栈道一断，陆运阻绝。我军无饷可运，不战亦困，看来只好急退广元，向经略处催饷，免致意外疏虞。”瓦尔喀依了辅臣的计议，退至广元驻扎，遣人到西安催饷。西安饷道亦断，那里还发得出？分明是辅臣狡谋。待了月余，毫无音响。军中你言我语，互相怨望。瓦尔喀令王怀忠出去劝谕，兵士反哗噪起来，都说没有粮饷，如何打仗？怀忠制服不住，只得回禀瓦尔喀。又令王辅臣出帐抚慰，辅臣甫出帐外，外面顿时大闹，喧声四起，吓得瓦尔喀惊魂不定，身子都发抖起来。幸王怀忠犹有良心，一手扯住瓦尔喀，从帐后逃走。还是保全官职的好处。外面的兵士，随辅臣入帐，见瓦尔喀不知去向，也不喧哗了。显见是辅臣授意。

辅臣向兵士道：“将军已逃，将来劾奏一本，我等都要受罪，奈何？”兵士道：“闻得平西王优礼将士，到处传檄，现在不如前去通款，免得受死。”辅臣道：“汝等既有此心，我可为汝等成全。吾初意欲事一而终，今事已至此，只得与汝等共生死了。”道言未绝，帐外递进驿报，乃是莫经略出发西安，将到宁羌州。辅臣道：“莫洛前来，如何是好？”兵士道：“大家上前抵御，杀死这混帐经略，便可了事。”辅臣道：“既如此，快随我前行。”兵士都踊跃愿从，星夜赶到宁羌，分头埋伏；又在大路中立了虚营，竖着大清旗帜，专等莫洛到来。

莫洛因清廷屡次催战，又遣贝子洞鄂来陕，他想洞鄂一到，我若仍在西安，显是逗留不进，没奈何带兵出城，一步懒一步，一日缓一日。辅臣等得不耐烦，着人催逼，只说是：“保宁兵变，急求援应。”莫洛方催兵趱程。这日正到宁羌，已近日暮，宁羌四面皆山，径路崎岖，树木丛杂。莫洛上冈瞭望，见山下有清营驻扎，料是辅臣遣来接应，忙令部队向前接进。猛听得一声号炮，伏兵四起，箭弹齐发，统向莫洛军中射来。莫洛茫无头绪，只是率兵前进。不向后退，偏往前进，想是责人观望，所以如此。他想过了此地，便好与辅臣合军，就使伤折几个人马，也没甚要紧。原来为此。行出山口，巧遇辅臣前来，莫洛大喜，不防一弹射中咽喉，翻身落马。死得爽快。辅臣杀了莫洛，便大叫道：“降者免死！”莫洛部兵，见无路可逃，只得投降。

贝子洞鄂，方到西安，适瓦尔喀逃回，已知保宁兵变；旋又闻莫洛被戕，那里还敢出来？都是一班饭桶。忙饬八百里加紧驿报，飞递入京。

辅臣即与王屏藩会合，乘势攻陷各郡。三桂闻陕南得手，发银二十万，犒赏辅臣部下，命与王屏藩分扰秦陇，自率大兵出发云南，赴常澧督战。临行时，其妻张氏复要向三桂索还儿子，三桂乃放出哲、博二钦使，浼他回京复奏，愿与清廷议和，清廷如肯裂土分封，不杀应熊，当即罢兵。哲、博二使唯唯连声，回京去讫。算是明哲保身。三桂又通使西藏，请达赖喇嘛代为奏陈，大约不外息事罢兵数语。康熙帝连接警报，也焦灼万分；又因哲、博二使复奏，及达赖喇嘛疏陈，越加忐忑不定，复开军事会议。

此时明珠已升任协办大学士，上前奏道："三桂不除，朝廷断没有安枕日子，乞皇上始终用兵，勿为摇动。"康熙帝道："朕意亦是如此，可惜各路将士，都不肯用力。"明珠道："各路将士，受了国恩，亦未必个个无良；但将士固应效劳，军械亦贵精利，奴才闻得西洋人南怀仁，善造火炮，比我国红衣大炮厉害得多，并且非常轻便，可以越山渡水。若令他多制此炮，运到军前，不怕三桂不败。"康熙帝道："南怀仁么？是否现任钦天监副官？"明珠应了声是。康熙帝忙谕兵部传旨，户部发银，叫南怀仁招募西人，赶紧制炮。明珠又奏道："三桂子应熊，现已监禁，应即处死，俾各路将帅，晓得天威震赫，不敢观望。就是西藏达赖，亦应严旨申斥方好。"康熙帝便命将吴应熊处绞，及应熊子世霖，亦俱绞死。一面传旨严斥达赖，复向明珠道："陕西兵变，辅臣附逆，莫洛闻已被戕，恐怕洞鄂亦靠不住。"明珠道："辅臣子继贞，前曾举发逆札，驰奏来朝，怎么今朝甘心附逆？"康熙帝道："莫非与莫洛有隙么？"明珠道："继贞尚在京中，请召他一问便知。"康熙帝即令侍卫召入继贞，继贞只道是为父受罪，跪在阶下，身子乱抖。驸马且要处绞，怪不得继贞发抖。康熙帝见他觳觫情形，反怜恤起来，随问道："你父与莫洛，是否有隙？"继贞战声道："是。"康熙帝道："你父果与莫洛有隙，朕意还可恕他。"继贞仍答称："是是。"康熙帝又道："朕命你持敕招抚，叫你父速即归诚。"继贞不说别话，只接连说了好几个"是"字。多说"是"，少说话，是清吏秘诀。明珠向继贞道："何不谢恩？"继贞被明珠提醒，方磕头道："谢万万岁隆恩！"康熙帝命他急速动身，继贞还是俯伏谢恩。外面呈进驿奏，乃是甘肃提督张勇，奏称："斩了伪使，附缴伪札。"康熙帝即命张勇为靖逆将军，便宜行事，交来使领诏回去。康熙帝退朝，王大臣散班，只有王继贞在阶下，还像犬儿一般的伏着；确是犬儿。幸得太监通知，方起身趋出，向内阁领了诏敕，匆匆奔回。脚膝倒还不痛吗？

且说三桂既到湖南，夏国相等连请渡江北犯，三桂不从，他只望清廷允他要求，划江为国。嗣闻其子应熊被戮，勃然大愤，遂留兵七万，守住岳澧诸水口，又分兵七万，守住长沙及湘、赣交界，亲率精骑赴湖北松滋县，遥应西北，拟从陕西绕攻京畿。是时王辅臣已由陕入陇，攻陷平凉、巩昌、秦州一带，烽火四彻。甘肃提督张勇，偕总兵王进宝，急至巩昌阻遏敌军，两边相持不下，忽闻宁夏提督陈福，为标兵所戕，急向清廷告急。清廷遣天津总兵赵良栋，驰赴宁夏，并命大学士都统图海为抚远大将军，任西征事，节制洞鄂以下诸军。图海颇谙兵略，为满大臣中翘楚。因闻王辅臣占据平凉，当即向平凉进发，一面约张勇夹攻。到了平凉，张勇亦率王进宝来会，图海道："王辅臣在平凉，王屏藩在汉中，两人隐为犄角，我军围攻平凉，王屏藩必来相救，现请两将军轻骑入陕，截住屏藩，此处待老夫督兵围攻，不患不胜。"张勇、王进宝奉命去讫。

图海扎住了营，自去相度形势，回帐召集部将，各授密计。是夜严装以待，到了二更时候，闻城内隐隐有号炮声，随率部将出营。不多时，王辅臣开城潜出，率兵到清营前一声喊杀，突入清寨。不料寨中毫无人影，只有灯光数点，辅臣知是中计，急率军退出，见寨外已布满清兵，好像天罗地网一般。辅臣一马当先，提起大刀，左斫右劈，把清兵冲开两边，剩出一条血路，率军逃走。奔至城下，见有一军前来接应，辅臣一看，乃是虎山墩守兵，忙道："谁叫汝等前来？"守兵答道："适有一卒来报，据言主帅劫营被困，所以特来援应。"辅臣顿足道："吾中图海诡计，看来此城难保了。"部将问明情由，辅臣道："此城保障，全在虎山墩，我故用精兵扼守，不料清兵冒充我卒，调兵离山，他却不费气力，占住此墩，居高望下，城内虚实，都被瞧见，如何能守？"图海密计，从辅臣口中叙出。部将道："某等前去夺回便好。"辅臣道："他用心占住此墩，还肯被我夺回么？"部将执意要去，辅臣乃派兵五千，前去夺墩，自率兵入城防守。不到数时，果然五千兵只剩一半，踉跄逃回。辅臣忙差人去汉中乞援，数日不见回音，复派兵出城冲突数次，都被清兵杀退。图海分兵断敌饷道，城中益加惶恐。又闻炮声隆隆，溜弹飞入城中，守兵多被打伤。辅臣恐兵心溃变，没奈何上城弹压，昼夜不懈。

这日正在巡城，见城下来一清将，叫开城门，辅臣开城延入，通问姓名，乃是参议道周昌，奉抚远大将军命，前来招抚。辅臣踌躇未决，周昌道："将军困守孤城，身处绝地，此时不亟图反正，尚待何时？况圣恩高厚，前曾遣令郎特敕抚慰，格外体恤，将军当早接洽。趁此自返，朝廷决不加罪，将军仍可完名，岂不甚善？"辅臣道："犬子继贞，曾持敕到来，某亦尝具疏谢罪，但至今未蒙赦诏，恐怕一旦归降，仍遭不测。"继贞持敕事，即从两人口中补叙。周昌道："将军如虑及此事，尽可放心。现在抚远大将军，因前日一战，将军能杀出重围，格外爱重，曾嘱某致意将军，倘虑天威不测，愿力为担保，誓不相负。"周昌也算能言。辅臣道："既如此，请阁下先回！某当遣部将前来订约。"

周昌随出城回营，禀报图海。图海道："现已接得固原捷报，张勇等将王屏藩击退，辅臣内乏粮草，外无救兵，不怕他不降。"到了次日，果然来了谢天恩，由辅臣遣至乞降。图海召入天恩，呈上辅臣书，内称如蒙保全，即愿投诚。图海当即批回。辅臣即开城迎入清兵。图海入城，表闻清廷，并请特颁赦诏，康熙帝自然应允，这也不在话下。

时三桂已到松滋，方遣降将杨来嘉等进略陨阳，命与王辅臣、王屏藩联络进兵。忽传到王屏藩败报，接连又闻平凉失守，辅臣降清，三桂面色骤变。正惊疑间，有一将匆匆奔入，递上急报，三桂连忙拆阅，乃是留守长沙夏国相乞援，即问道：“常澧并没有警信，如何长沙告起急来？”我亦要疑。来将道：“现因江西军大至，运到西洋大炮数十尊，我军不能抵挡，所以前来告急。”三桂道：“江西的耿军，已被清兵杀退么？”来将道：“耿军没有甚么确实消息，大约总是败仗。现闻江西的清兵，乃是甚么安亲王岳乐统带，来攻湖南的。”三桂道：“军情如此，看来只好回援湖南，再作计较。”于是拔营回湘，先令胡国柱、马宝火急前进，去守长沙，自率水师顺流而下。途次，闻勒尔锦出虎渡口，尚善入洞庭湖，江湖险要，多被清兵占去，不觉大惊。忙令舟子扬帆飞驶，到了虎渡口，见岸上已无清兵，略略放心。转入洞庭湖，亦没有甚么尚善，越加宽慰。原来勒尔锦、尚善等，闻三桂回军援湘，早已遁去，因此三桂由江入湖，毫无阻挡。到了长沙，马宝已扎营城外，四围浚掘重濠，布满铁蒺藜。三桂见守法严密，大加奖励。入城见胡国柱，方知夏国相往醴陵御敌，遂命部将高大节，带领精骑四千，往助夏国相。高大节骁勇善战，乃是三桂部下最得用的大将，此番出赴醴陵，又有一番恶战。正是：

彼思逐鹿，此愿从龙。

不有天甲，谁戢元凶。

未知高大节能得胜否，请向下回再阅。

本回以吴三桂为主脑，耿精忠、孙延龄、王辅臣等，皆旁枝也。然叙辅臣事独详，盖三桂既得湖南，非不欲涉江北上，只因清兵云集荆襄，不得已按兵常澧，待衅而动。王辅臣兵变之日，正有衅可乘之时，若使通道秦晋，潜袭燕京，则荆襄重兵，几成虚设，勒尔锦、尚善辈，又皆庸懦无能，未必能返旆回援。是知辅臣之叛降，实三桂成败之关键。叙辅臣，即所以叙三桂也。阅本回，方见详略之间，自费斟酌。

第二十四回

两亲王因败为功
诸强藩束手听命

却说高大节到了醴陵，来助夏国相，相见毕，国相道：“前时我军已入江西，夺了萍乡县，方思与耿军会合，直攻南昌，不料清安亲王岳乐，杀败耿军，把广信、建昌、饶州等处，都占了去，他又从袁州来攻长沙。我领军至江西阻御，因他有西洋大炮数十尊，很为厉害，所以敌他不过，退回醴陵。”高大节道：“岳乐前来，江西必然空虚，末将不才，愿带本部兵四千，绕出岳乐背后，公击其前，我掩其后，必获全胜。”夏国相道：“此计甚妙！但将军只有四千部兵，恐怕不够，须就我处拨添兵马方好。”大节道：“兵在精不在多，从前岳飞只有嵬兵五百，能破金人数万。况部下的兵，已有四千，那里还不够用？”的是将才。国相大喜，即令大节去讫。

且说清安亲王岳乐，奉命南征，到了建昌，适值闽藩总兵白显忠，攻陷城池，岳乐督攻不下。嗣从北京运到西洋大炮，接连轰城，显忠大恐，弃城遁去，岳乐乘胜克复广信、饶州。会清廷命他进攻湖南，遂从袁州进发，遇着夏国相前锋，一阵炮弹，把他击退，乃在袁州休息三日，进攻湖南，一面咨请简亲王喇布，移镇江兵至南昌，在后策应，也算精细。自是放心大胆，督兵前进。将至醴陵，忽闻流星马来报，敌将高大节已率兵数万，从间道去攻袁州了。岳乐惊道：“袁州是吾后路，若被占领，大有不便，这却如何是好？”部将伊坦布道：“看来只好催简王爷进守袁州，我军方可前进。若不如此，恐要腹背受敌哩。”岳乐依议，扎住营寨，差人飞咨简亲王。不防前面又有探子前来，报称夏国相从醴陵来了。岳乐急传令回军，霎时大营齐拔，卷旆还辕，约行百余里，天色已晚，见前面有一大山，岳乐便命倚山扎营，待明日再行。这时候军心已懈，巴不得扎营留宿，部署已毕，埋锅造饭，饱餐一顿，正欲就寝，突闻山下炮声响亮，全营大惊。岳乐急命侦骑探望，回报这山名螺子山，山形如螺，树木蓊翳，也不知敌兵多少，只是偏插伪周旗号，岳乐道："山势既如此峭峻，我军不宜上山，速发大炮向山轰击。"营兵得令，就扛着西洋大炮出营。岳乐亲自督放，对着山上，扑通扑通的放着无数弹子。等到烟雾飞散，遥望过去，大周旗帜，仍然如旧。岳乐再命放炮，又是扑通扑通的一阵，山上旗帜，虽打倒了数十面，还有多半竖在那里。岳乐道："不好了，我中了敌计了。"伊坦布惊问缘由，岳乐道："这分明是疑兵，你听山下并没影响，反使我军失却无数弹子。"晓得迟了，炮弹已放完了。便止住兵士放炮，命将大炮抬还营内。甫入营，忽山上鼓声乱鸣，矢石齐发。岳乐复出营观望，见山上有一队敌兵驰下，当先一骑，大叫道："岳乐休走！"此时岳乐魂胆飞扬，急上马逃走。营兵见统帅已逃，还有那个敢去截阵，自然没命的乱跑了。一阵乱窜，自相践踏，竟死了无数人马，连伊坦布也不知下落，西洋大炮，更不必说。

岳乐既逃过了螺子山，天已黎明，惊魂渐定，遂收拾残兵，奔回袁州，满望简亲王喇布，在袁州接应，不料袁州城上，已插了大周旗帜。周帜又见，能不惊心。岳乐正在惊疑，又听城东北角有一片喊杀声音，岳乐忙登高遥望，正是周兵追杀清兵。岳乐捏了一把汗，暗想："此时不上前救应，我军亦没有站足地了。"遂下山部勒队伍，绕城驰救。周兵见后面有清军杀到，只得回马来敌岳乐。岳乐驱兵掩杀，怎奈周兵队里的大将，一支枪神出鬼没，竟把清兵刺倒无数。岳乐知不能取胜，领兵杀出，望东北而去。那将也不追赶，收兵入袁州城。原来那将正是高大节，他从间道绕出袁州，把袁州城夺下，当下遣了百骑，埋伏螺子山，作为疑兵。他料岳乐回军，必从此山经过，见了旗帜，定要放炮，炮弹已尽，那时回到袁州，可以截击。适值清简亲王喇布，来应岳乐，到了大觉寺，大节即出兵对仗，杀得喇布大败而逃。总算岳乐去挡了一阵，大节方才退回。只是大节部兵，仅有四千，为甚么探马报称恰有数万？这叫作兵不厌诈，大节欲恐吓清军，所以有此诈语。

语休叙烦，这一句是说部常套，实则上文数语，乃是要言，若非如此表明，阅者都要不明不白。且说岳乐迤逦奔回，喇布等还道是敌军追赶，后来见了清帜，方把部兵扎住，与岳乐相会。两下细叙，岳乐始知高大节厉害，叹道："此人若在江西，非朝廷福。"言未毕，探报吉安亦已失守。岳乐与喇布道："看来我等只好暂回南昌，再图进取。"喇布已经丧胆，自然依了岳乐，同到南昌去了。

那边高大节既得了全胜，复分兵占据吉安，飞遣人至醴陵、长沙告捷。此时吴三桂已移师衡州，只留胡国柱居守。国柱得了捷报，也自欢喜。不意国柱部下，有副将韩大任素与大节不睦，入见国柱道："大节确是勇将，但恐不能保全始终。"国柱道："你何以见得？"大任道："平凉的王辅臣，非一员勇将么？援此进谗，不怕国柱不信。为甚么转降清朝？”国柱道：“他前时本是清臣，所以仍旧降清。”大任道：“清臣且不怕再降，何况大节？前闻大节在王爷下，常自谓智勇无敌，才力出王爷上，若使清廷遣人招致，封他高爵，那有不变心之理，”谗人之口，偏是格外中听。国柱道：“据你说来，如何而可？”大任献了调回的计策，国柱道：“调回大节，何人去代？”大任又做了自荐的毛遂。国柱遂令大任去代大节，大节不服，大任也不与争论，遣人飞报国柱，说他拥兵抗命。四字足矣。国柱大怒，飞檄召回，大节无奈，把军事交与大任，出城叹道：“周家气运，看来要断送在他们手中了。”随即怏怏而回。既到长沙，又被国柱痛斥一番。大节愤无可泄，遂致得疾。临危时，函报夏国相，请他注意袁州，末署“大节绝笔”四字。也是伤心，可惜事非其主。

国相接读来函，大为叹息，急向长沙添兵，拟再进江西略地。忽接江西警信，袁州已失，韩大任退守吉安，不禁顿足道：“大节若在，何至于此？”正欲发兵赴援，适长沙遣马宝、王绪带兵九千来到，国相遂命两人去救吉安。两人行了数日，已抵洋溪下游，隔溪便是吉安城，遥见城下统扎清营，布得层层密密，城上虽有守兵，恰不十分严整。马宝向王绪道：“我看清兵很多，城中应危急万分，为甚么城上守兵，不甚起劲？”王绪道：“我们且先开炮，遥报城中。若城中有炮相应，我军方可渡河。”马宝点了点头，便命兵士开炮，接连数响，城中恰寂然无声。马宝道：“这正奇怪！莫非韩大任已降清兵么？”王绪道：“大任害死大节，刁狡可知，难保今日不投降清兵？”马宝道：“他若已经降清，我等不宜深入，还须想个善全的法子。”言未毕，见清营已动，忙道：“不好了！清兵要过河来了。”忙令后军作了前军，前军作了后军。马宝与王绪亲自断后，徐徐引退。行未数里，后面喊声大起，清兵已经追到。马宝令军士各挟强弩，等到清兵相近，一声号令，箭如雨发，清兵只得站住。马宝能军。马宝复退数里，清兵又追将过来，马宝仍用老法子射住清兵。此法用了数回，清兵仍依依不舍，马宝恼了性子，大喝一声，领兵回马厮杀。这边清兵，系简亲王喇布统带，喇布本是个没用人物，因见敌军退走，想趁此占些便宜，立点功劳，不防马宝回身酣斗，眼见得敌他不过，即拍马驰回，军士都跟了退去，反被马宝杀了一阵，夺了许多甲仗，从容归去。

喇布仍退到吉安城下，也不敢急攻。城内的韩大任，并未曾投降清兵，只因隔河鸣炮，还疑是清兵诱他出来，所以寂然不动，嗣闻清兵追击马宝，已自懊悔不及，遂于昏夜间开城逃去。喇布还道大任出来劫营，只令部兵守住营寨，由他渡河去讫。康熙帝用了这等庸将，反能逐去敌军，一来是康熙帝洪福齐天，二来是吴三桂恶贯满盈，天道不容，所以转败为胜。

江西略定，浙江亦迭报胜仗，康亲王杰书等，起初到了浙江，亦没有甚么得利，幸亏总督李之芳，扼守浙西，连败曾养性、马九玉等军，敌势少衰。无如马九玉固守衢州，之芳累攻不下，曾养性固守温州，杰书等亦围攻无效，清廷屡次诘责，杰书焦急异常，还亏贝子傅喇塔，请移师衢州，与之芳并力合攻，免得兵分力弱。杰书依议，便舍了温州，连夜赶到衢州，与之芳合军攻打。时马九玉拥兵数万，占住衢河南岸的九龙山，保护城池，又分兵万人屯扎大溪滩，保护饷道。傅喇塔复献了截击敌饷的计策，带了精骑，冲破大溪滩敌营。九玉闻饷道被截，急下山来救，巧遇杰书、李之芳两军，渡河过来，九玉欲乘流邀击，偏这清兵连放西洋大炮，伤了九玉兵数百,九玉立足不住，引兵退还。杰书、之芳渡河追杀，九玉急收兵回营，可奈山下密布木桩，前时想阻住清兵，到此反把自己阻住，须要鱼贯而入，不能骤进。清兵又接连放炮，可怜九玉部下的兵，不是折胆，便是断臂。之芳复令兵士纵火，烈烈腾腾的烧将起来，大小木桩，一概燃着，顿时飞焰扑叠，焚去营帐无算。九龙山变作火焰山。九玉见势不支，忙领了步骑数百，从山后逃下。冤冤相凑，碰着傅喇塔回军接应，数百残兵，不值喇塔一扫，九玉没命地乱跑，走了数里，见喇塔不来追赶，方才停住。检点手下，只剩了三十骑，长叹一声，逃回福建去了。

杰书等立拔衢州，令李之芳回军攻击曾养性，自偕傅喇塔南下，转西攻仙霞关。这时候的耿精忠，方联络郑经，去攻广东，陷潮州、惠州二郡，平南亲王尚可喜，急命其子之孝，趋惠州拦截耿军，不料广西提督马雄，与孙延龄通同一气，来攻高、雷二州，总兵祖泽清，又望风迎降。可喜东西受敌，一面向江西乞援，一面促其子之信拒敌。之信本不服父训，至是已隐受三桂伪札，运动部兵，把可喜幽禁起来，可喜忠清不忠明，故受逆子之信之报应。也自易帜改服，叛了清朝。可喜气愤已极，呕血身亡。

之信越加猖獗，江西将军舒恕，及都统莽依图，率兵援广州，反被之信用炮击退。总督金光祖及巡抚佟养巨，亦与之信相连，通款三桂。三桂封之信辅德亲王，命他助款充饷，又遣董重民来代金光祖，冯苏来代佟养巨。这信传到之信耳中，暗想三桂索饷遣款，分明是来箝制，忙与金光祖商议，仍旧背周降清。等了董重民等到粤，把他拘住，率军民剃发反正，西出兵拒马雄，东出兵拒耿精忠。

精忠方拟对敌，闻报清兵已破马九玉，攻入仙霞关，急回军福建，途次，又闻曾养性、白显忠二将，统已降清，不觉魂飞天外。原来李之芳回军浙东，适遇白显忠自江西败回，声言将由浙趋闽，断绝康亲王后路，之芳颇觉惊恐。随营委员陆孔昭入帐禀道："某与白显忠二裨将，素来相识，请前去说降，教他擒献白显忠。"之芳大喜，立命前去。隔了数日，果然把白显忠擒来。之芳召入，当由陆孔昭引二将进来，代为绍介。一姓范名时荣，一姓王名镐，之芳奖慰一番，随后将白显忠推入。之芳下座，亲解其缚，劝他悔过投诚，显忠便即依允。之芳与显忠同到温州，又命显忠入城劝降。曾养性势孤力蹙，那有不愿降之理。看官！你想耿精忠三路出兵，至此尽归乌有，能不进退维谷吗？赶到福州，又闻清兵将到，精忠忙檄令各处总兵严守。檄差回报，建宁、延平等郡，已投降清军，漳州、泉州、汀州等郡，已献降郑经，精忠经此一吓，晕绝于地。左右用姜汤灌醒，下泪道：“这遭休了！”

坐定后，见府外递进文书，精忠拆阅，乃清康亲王前来劝降。精忠一想，欲要不降，如何抵敌清军？欲要降清，总督范承谟尚在，定要陈他逆迹，将来仍难保全。左思右想，毫无计策，忽想了一条两头烧通之计。一面遣他儿子显祚，赴延平去接清兵，并献出伪总统印，一面将范承谟绞死，省得将逆迹表扬。到了此时，还要杀害范承谟，煞是凶狡过人，然亦是速死之道。康亲王杰书，遂进据福州，耿精忠率文武百官属出城迎降，愿随大兵立功赎罪。杰书当将实迹奏闻，同时尚之信亦遣人赴江西，到清简亲王喇布军前乞降，喇布亦据实上奏。康熙帝因三桂未除，不便声罪，仍留耿尚爵位，命他立功抵罪。

于是浙江、福建、广东三省，次第略定，只广西尚在未靖，孙延龄降周叛清时，受临江王封爵，曾瞒住郡主孔四贞。后来被四贞闻知，劝他反正，他却不从。适故庆阳知府傅宏烈，旧被三桂攻讦，谪戍苍梧，此时独招集民夫，力图恢复。莽依图复出师广东，去会宏烈，延龄闻了此信，未免悔恨，又因闽、粤二藩，统已降清，越加着急。踌躇再四，只有请教娘子军一法，当下入见四贞，四贞却满脸怒容，不去理睬。延龄挨至四贞面前，轻轻的叫了几声郡主。四贞道：“你叫我甚么？”延龄道：“我从前不听你言，弄错主意，目下危急万分，求郡主怜念夫妇恩情，为我解围。”四贞含嗔道：“像你的负恩忘义，还念甚么夫妻？我从前再三相劝，叫你不要叛清，你不但一句不听，反从此不入我室，离开了我，去做甚么王爷。好好！你去做王爷去！我是没福的人，不要再来惹我！”说毕，将身子扭转一边。惟妙惟肖。延龄到了此时，也顾不得甚么气节，只得向郡主脚边，跪了下去，做一出梳妆跪地。一面扯着郡主衣衫，千姊姊万姊姊的哀告。从来妇女的性情，容易发恼，亦容易转软，又况延龄丰姿俊美，与四贞本是一对璧人，两美并头，卿卿我我，只因意见微异，渐致乖离，此次经延龄一番温柔，自然回过心来，便道：“你悔已迟了，叫我如何解围？”延龄道：“我已仍愿降清，但恐皇上罪我，求郡主入京去见太后，暗中转圜，免我受罪，我死亦感激你了。”无端说一死字，亦是谶语。四贞闻延龄说一死字，顿时泪下，毕竟还是夫妇。便道：“你是好好儿活着，为甚么自己咒死，你既然要我赴京，事不宜迟，我就明日动身。”延龄喜极，忙与郡主料理行装。是夕，就在郡主前极力报效一宵，只此一宵欢聚，嗣后无相见期了。次日，即送孔郡主北上。

事有凑巧，傅宏烈亦致书相劝，邀他共迓清军。延龄答书：“请宏烈先至广东，导达悔意，此外一律遵命。”这等事情，传达湖南，三桂急调胡国柱、马宝二将，速出广东，复嘱从孙吴世琮密计，驰赴广西。世琮倍道前进，径至桂林，仍用给临江王文书，教他前来领饷。就是密计。延龄正缺饷项，还道三桂未悉彼情，乐得取些饷银，聊救眉急，当即开城出迎。世琮诱他入营，暗中却已布满伏兵，等到延龄入帐，世琮方数他背叛的罪状。延龄即欲退出，被伏兵一阵乱剁，砍为肉泥。我为孔四贞一哭。世琮入据桂林，复进占平乐。

时清将莽依图，正由广东赴广西，闻胡国柱、马宝奉三桂命，来夺广东，亟回军赴援，适遇于韶州城下，与战不利，退入韶州固守。胡国柱等极力攻扑，莽依图巡视城北，见城堞未坚，令部卒筑起一层土墙，两重守护。果然胡国柱兵，登高发炮，把城堞毁去，惟土墙无恙，城得不陷。莽依图正在焦灼，突闻城东鼓角喧天，回头一望，遥见清兵如飞而至，前面的大纛，绣着“江宁将军”四大字。莽依图趁这机缘，领兵杀出，内外互应，将胡国柱等杀退，追斩无算，遂接江宁兵入城。江宁将军，叫作额楚，奉廷命来援广东，巧与莽依图合军，并力杀退胡、马二人，遂留额楚守韶州，莽依图赴广西去讫。

胡国柱、马宝两人，奔回湖南，三桂大惊，又闻清廷命将军穆占，来助岳乐，连拔永兴、茶陵、攸县、酃县、安仁、兴宁、郴州、宜章、临武、蓝山、嘉禾、桂东、桂阳十三城，益自震恐。他却在恐惧的时候，发生一个痴念，竟想做起皇帝来了。不做皇帝死不休。小子又发了诗兴，凑成七绝一首，咏吴三桂道：

燕北甘招强虏入，滇南又执故皇还。

君亲陷尽思为帝，可惜皤皤两须斑。

这时候，三桂已六十七岁了。他想势力日蹙，年纪又衰，得做了一番皇帝，就使不能传世，也算英雄收场。遂令军士在衡山筑坛，居然郊天即位，小子暂停一回笔，俟下回再行细表。

陕西入清，三桂已失攻势，至江西复为清有，断湖南之右臂，三桂且不能守湖南，遑言攻耶？闽、粤二藩，更不足论。延龄辈尤出闽、粤下，小胜即喜，小挫即惧，安能为三桂臂助？三桂既失陕西、闽、粤诸奥援，其领地自云、贵以外，只存四川、湖南，及广西之一部，反欲南面称帝，岂以一称帝号，遂足笼络人心，令诸将乐为之用乎？皇帝皇帝！误尽天下英雄，害尽世间百姓，吾愿自今以后，永远不复闻此二字。本回叙江西事，是记三桂之失势，叙闽、粤及广西事，是记三桂之失援，末以称帝作总写，尽三桂一生魔障，炎炎者灭，隆隆者绝，世人可以醒矣。

第二十五回

僭帝号遘疾伏冥诛
集军威破城歼叛孽

却说吴三桂起事以来，已历五年，康熙十三年创建国号，假称迎立明裔，其实称周不称明，早已存了帝制自为的思想。所以争战五年，并没见有甚么三太子。到了康熙十七年，竟在衡州筑坛，祭告天地，自称皇帝，改元昭武，称衡州为定天府，置百官，封诸将，造新历，举云贵川湖乡试，号召远近。殿瓦不及易黄，就用黄漆涂染，搭起芦舍数百间，作了朝房。这日正遇三月朔，本是艳阳天气，淑景宜人，不料狂风骤起，怒雨疾奔，把朝房吹倒一半，瓦上的黄漆，亦被大雨淋坏，莫谓天道无知。三桂未免懊恼，只得潦草成礼，算已做了大周皇帝。黄袍已经穿过，可谓心满意足。当下调夏国相回衡州，命他为相，令胡国柱、马宝为元帅，出御清兵。

是时清安亲王岳乐，由江西入湖南，前锋统领硕岱，已攻克永兴。永兴县系衡州门户，距衡州只百余里，胡国柱、马宝等，奋勇杀来，清兵出城抵敌。两下混战一场，清兵不能取胜，仍退入城中。歇了数日，清兵又出城掩击，复被胡国柱等杀回。接连数战，总是周军得胜。原来清前锋统领硕岱，也是满族中一员骁将，只因永兴是周军必争的地方，永兴一失，衡州亦保不住，所以胡国柱等冒死力争，硕岱虽勇，总不能敌，只得入城固守，静待援兵。岳乐闻周军猛攻永兴，即遣都统伊里布，副都统哈克山，前来援应，就在城外扎营，作为犄角。不防马宝分军来攻，个个是踊跃争先，上前拼命，伊里布、哈克山，本没有甚么勇力，遇了周军，好像泰山压顶一般，连逃走都来不及。一阵厮杀，两人都战殁阵中。硕岱出城接应，又被胡国柱截住，没奈何退入城内。将军穆占，自郴州发兵来援，因闻伊里布等战殁，不敢前进，只远远的立住营寨。胡国柱三面环攻，止留出城东一角，因有河相阻，不便合围。还亏硕岱振刷精神，昼夜督守，城坏即补，且筑且战。胡国柱又与马宝分军，马宝截住援兵，不能并力攻城，清营虽是远立，倒也还算有力。因此城尚不陷。

康熙帝恐师老日久，屡欲亲征，议政王大臣纷纷谏阻，有的说是："京师重地，不宜远离。"有的说是："贼势日蹙，无劳远出。"于是令诸将专力湖南，暂罢亲征的计策。惟这三桂因即位的时候，冒了一点风寒，时常发寒发热，由夏及秋，没有爽适的日子。好汉只怕病来磨，又况三桂年近古稀，生了几个月的病，如何支持得起？到了八月初旬，痰喘交作，咯血频频，有时神昏颠倒，谵语终宵。夏国相领了文武各员，日日进内请安。

这日，国相又复入内，到卧榻前，见三桂双目紧闭，只是一片呻吟声。国相向诸将道："永兴未下，军事紧急，皇上反病势日重，如何是好？"诸将尚未回答，忽见三桂睁开双目，瞪视国相多时，失声道："阿哟！不好了！永历皇帝到了！"寻复闭目惨呼，大叫"皇上饶命！皇上饶命！"国相等闻此惨声，都吓得毛发森竖，只得到三桂耳边，轻轻叫道："陛下醒来！"连叫数声，三桂方有些醒悟，又开眼四顾，见了夏国相等人，忍不住流泪道："卿等都系患难至交，朕还没有甚么酬劳，偏这……"说到"这"字，触动中气，喘作一团。国相道："陛下福寿正长，不致有甚么不测，还请善保龙体为是。"三桂把头略点一点。国相复请太医入内，诊了一回脉，退与国相耳语道："皇上脉象欠佳，看来只有一日可过了。"国相把眉一皱，也不言语。三桂气喘略平，又向国相道："朕非不欲生，但这冤鬼都集眼前，恐要与卿等长别，未识目前军事如何？"国相道："永兴已屡报胜仗，谅不日可以攻下，请陛下宽心！"三桂道："陕西、广西，有警信否？"国相等答道："没有。"三桂道："卿等且退！容朕细思，到晚间再商。"国相等奉命退出，将到二更，复一同入宫，但觉宫门里面，阴风惨惨，鬼气森森，作者素乏迷信，因三桂作恶多端，理应有此果报。国相等助桀为虐，贼胆心虚，当亦因虚生幻，因幻成真。甫入宫门，见众侍妾团聚一旁，不住的发颤。猛闻三桂作哀鸣状，一声是"皇上恕罪"，一声是"父亲救我"，大书君父。又模模糊糊的说了数语，仿佛是不忠不孝不仁不义八字。就三桂口中自述，笔愈透辟。国相等听了半晌，心头都突突乱跳。大家站了一回，三桂似又清醒起来，咳嗽了好几声，侍儿撩起床帐，捧过痰盂，接了三桂好几口血。三桂见帐外有许多官员，命侍儿悬起半帐，国相等复上前请安。三桂道："卿等少坐，待朕细嘱。"国相等告了坐，三桂一丝半气的说道："朕神气恍惚，时患昏晕，自思生平行事，大半舛错，今日悔已无及。人之将死，其言也善。长子应熊，也是为朕所害，目下只一孙世璠，留居云南，可惜年幼，朕死后，劳卿等同心辅助！"国相等齐声应命。三桂歇了一歇，又道："湘、滇遥隔，朕当亲书遗嘱。"命侍儿取笔墨过来，自己欲令侍儿扶起，可奈浑身疼痛，片刻难支，复睡下呻吟一回。国相便请道："陛下不必过劳，臣可恭录圣谕。"三桂点头，国相便展笺握管，待了许久，三桂一言不发，仔细一看，已自晕了过去。国相即命众侍妾上前调护，自率百官出了宫门。好一歇，复偕太医同入宫中，但听宫内已动了哭声。国相忙对大众摇手，大家方把哭声止住。国相复目示太医，令太医临榻诊视，诊毕，太医道："皇上此时，不过稍稍痰塞，还未宴驾，大家切勿再哭！"痰塞不死，这是话里有话。言毕，即匆匆退出。国相命侍儿放下御帐，朝夕守护，只是大忌哭声。众侍妾莫明其妙，只得唯命是从。

国相退出宫外，忙令人召回胡国柱、马宝。胡、马二人，自永兴急归，由国相延入，屏去左右，密语二人道："主上已宴驾了。"胡、马二人，大吃一惊，问道："何时宴驾？"国相道："就在昨夜。主上命太孙世璠嗣立，我已夤夜令人去迎，阅此方知上文出去一歇的事情。并命宫中秘不发丧。主上遗嘱，要我等同心辅助，还请两公遵旨。"胡、马二人，自然答应。国相又道："我前时劝先帝疾行渡江，全师北向，先帝不从，今日敌兵四合，较前日尤觉困难，依我愚见，只好仍行前计，越是拼命，越不会死，越是退守，越不得生。这四语却是名言。不但云南、贵州可以弃去，连湖南也可不管，目前只有北向以争天下。陆军应出荆襄，会合四川兵马，直趋河南，水军顺下武昌，掠夺敌舰，据住上游。那时冒险进去，或可侥幸成功，二公以为何如？"马宝道："这且不可！先帝经过百战，患难余生，尚不肯轻弃滇、黔，自失根本，目下先帝又崩，时事日非，那里还可冒险轻举？况滇、黔山路崎岖，进可战，退可守，万一为敌所败，还可退据一方。"国相不待马宝说毕，便叹道："我能往，寇亦能往，恐怕敌兵云集，就是重谷深岩，也是保守不住。"马宝还欲争辩，胡国柱道："现在且暂主保守，俟有机会，再图进取。"国相见识颇高，但此时清兵四合，北上亦非善策。国相默然。

过了数日，世璠已到衡州，就在衡州即位，国相率百官叩贺，议定明年为洪化元年，随发哀诏，颁布国丧。胡国柱等因新帝尚幼，不宜久居衡州，仍令随员郭壮图、谭延祚等，迎丧扈驾，还处云南。郭壮图等挈了世璠，回滇而去。

清兵闻三桂已死，人人思奋，个个图功，安亲王岳乐、简亲王喇布，统率大兵入湖南，克复岳州、常德，顺承郡王勒尔锦，驻扎荆州，已好几年，此时亦胆大起来，渡过长江，攻取长沙。千军万马，直逼衡州，任你夏国相足智多谋，胡国柱、马宝冲锋敢战，也只得弃城遁走。广西巡抚傅宏烈，与将军莽依图，又攻破平乐，进复桂林，吴世琮败死陕西。大将军图海，偕提督王进宝、赵良栋等，攻破汉中，连拔保宁，王屏藩穷蹙自杀，王进宝、赵良栋复乘胜入川。川地自归三桂后，只担任周军粮饷，未见兵革，忽闻王、赵二将，率军杀来，逃的逃，降的降，成都一复，川西川南，势如破竹，迎刃而下。于是吴世璠所有的地方，只剩得云、贵两省了。兔起鹘落，是一手好笔仗。

康熙帝迭接捷报，把亲征的议论，原是搁起不谈，且因康亲王杰书、安亲王岳乐在外久劳，召还京师，复逮回顺承郡王勒尔锦、简亲王喇布、贝子洞鄂、贝勒尚善、都统巴尔布珠满、将军舒恕等，说他劳师糜饷，误国病民，一律治罪。另命贝子彰泰为定远平寇大将军，代岳乐后任，自湖南趋云、贵。又以云、贵多山，当令步兵绿营居前，满骑居后，特授湖广总督蔡毓荣为绥远将军，节制汉兵先进。另授赵良栋为云、贵总督，统川师进捣，贝子赖塔为平南将军，统闽、粤兵进攻。三路大兵，浩浩荡荡，统向云、贵进发。彰泰既到湖南，与蔡毓荣相会，督兵进攻枫木岭，击死守将吴国贵，进攻辰龙关。径狭箐密，只容一骑，夏国相等自衡州败还，留胡国柱守住隘口，一夫当关，万夫莫入。相持数月，彰泰焦急起来，悬了重赏，招募敢死士卒，潜逾峻岭，绕入关后，袭破国柱营寨。国柱败走，退至贵阳，这枫木岭与辰龙关，系是由湘通黔的要隘，二隘既破，清兵由险入夷，勇往直前。忽又接到清廷诏旨，略道：

> **军兴数载，供亿浩繁，朕恐累民，不忍加派科敛，因允诸臣条奏，凡裁节浮费，改折漕贡，量增盐课杂税，稽查隐漏田赋，核减军需报销，皆用兵不得已之意，事平自有裁酌。至满洲、蒙古汉军，久劳于外，械朽马毙，朕深悉其苦，其迅奏肤功，凯旋之日，所有借贷，无论数百万，俱令户部发币代还。朕不食言，昭如日月，其宣示中外，咸使闻知。**

此诏一下，军士格外效命，遂自平越趋责阳。胡国柱出战不利，退守数日。清兵用西洋巨炮，连日轰放，城陷数丈，清兵一鼓而上，国柱又弃城遁去。蔡毓荣率兵径进，彰泰暂屯贵阳，分兵复遵义、安顺、石阡、都匀、思南等府。别命提督桑格，进攻盘江。盘江守将李本深，毁去铁索桥，向后退走。桑格招土官速搭浮桥，允给重资。土司齐集江边，争来搭造，众擎易举，一夕便成。钱可通灵。桑格率兵渡过对岸，急追李本深，本深还是慢慢退去，只道清兵筑桥，断没有这等迅速，谁知清兵已经追到，吓得本深心胆俱碎，忙下了马，匍匐乞降，总算蒙桑格收受了。

这时候，蔡毓荣进兵黔西，直指平远，夏国相自云南调集劲旅，练成象阵，与王会、高起隆同至平远城抵御。平远西南多山，国相令部兵依山扎营，掩住象阵，专候毓荣到来。毓荣仗着战胜的锐气，驱兵大进，路上毫不停留，既到平远，见山下敌营林立，便上前冲突，国相令营兵坚壁勿动。待清兵冲突数次，锐气少懈，然后发了密令，把营兵分开左右，推出象阵。毓荣急令兵士发炮，怎奈兵士已心慌意骇，脚忙手乱，炮未燃着，象已冲来，那时只顾保全性命，还有何心放炮？兵士逃得快，象愈赶得快，顷刻间倒毙无数，尸如山积，毓荣也没命地逃去，直退了三十里，方收拾残兵，扎住了寨。

隔了两日，复进军十里立营。又次日，复进军十里。兵士都怕象阵厉害，未敢前进，只因军令如山，不得不硬着头皮，勉强上前。是夕，毓荣升帐，召诸将听令。将士还道又要出战，个个胆战心惊，到了帐下，但见毓荣向诸将道："云南多产野象，从前敬谨亲王尼堪，为象阵所迫，身殁阵中，应前二十八回事。我前次失记，中了敌计，为他所败，部下多遭惨死，今已有计破他象阵，众将应同心敌忾，为我弟兄们复仇。"诸将听得有破敌的谋划，又复鼓舞起来，一齐喊声得令。毓荣又道："野象非人力可敌，当用火攻的计策，今夜先在营外密布火种，待明日前去诱敌，引了敌兵至此，纵火烧他，象必返奔，转为我用，乘此追杀，必得全胜。"诸将遵令自去，分头布置。

次晨，毓荣手执红旗，督兵进战，国相等开营接仗，约战数合，又把营兵两旁分开，毓荣即掉转红旗，望后急走。国相又驱出象阵，猛力追赶，毓荣佯作惊慌之状，令兵士四散奔窜。敌军恃有象阵，只望前追，约行十里，不防火种骤发，势成燎原，那些野象，已有好几只跌入火坑，余象都向后返奔，反冲动敌军本队。国相知是中计，忙令军士分列两旁，让各象奔过，勒兵再战，怎奈军心已经恐慌，队伍不免错乱，这边蔡毓荣又合兵杀来，顿时全军溃窜，国相无法阻住，令王会、高起隆率军先走，自领精骑断后。一边且战且走，一边且追且击。毓荣又传令穷追，把国相逐出贵州境界，方才收军。从此吴世璠又失贵州了。叙次明白。

且说贝子赖塔，自广西攻云南，令傅宏烈在后策应。是时马雄已死，其子马承荫降清，留守南宁，部下多桀骜不驯，仍有变志。宏烈奏请马军随征，免为内地患，未接复旨，不料为承荫所闻，邀宏烈亲往部勒。宏烈即行，部将多说承荫狡悍，不如勿去。宏烈道："承荫已降，奈何疑他？"径领数十骑往南宁。承荫率众出迎，格外恭顺。宏烈偕承荫入城，城门陡阖，伏兵齐起，竟将宏烈拿下囚送云南。吴世璠劝宏烈降，宏烈大骂道："尔祖未叛时，我即劾奏，早知尔家必要造反，我恨不早灭尔家，难道还肯从你么？"世璠命左右将宏烈处斩，宏烈骂不绝口而死。此信传到赖塔军中，赖塔急檄莽依图攻南宁，承荫也率象阵迎敌。亏得莽依图已闻蔡军消息，也照毓荣计策，击败承荫。承荫入城拒守，莽依图围攻数日，总督金光祖亦率兵前来，两下合军攻破南宁。活擒承荫，解京磔死。

广西已定，赖塔遂一意进攻，与蔡毓荣军相遇，直趋云南。贝子彰泰继进，沿途相率迎降。各军至归化寺，距云南只三十里，世璠惶急万状，方拟遣夏国相等再出拒敌，忽报赵良栋由川赴滇，乃令夏国相、胡国柱、马宝等，移阻赵军，别命郭壮图领步骑数万迎战三十里外。郭壮图向守云南，未尝御敌，至是亦驱野象数百头，列为前军。部将武安时谏道："夏国相曾用象阵，为敌所败，驸马何故复循覆辙？"郭壮图道："夏国相贪功追敌，是以致败，吾不过令象冲锋，并非靠象追敌，有何不可。"谁知不然。于是直趋归化寺，与清兵接仗。清贝子彰泰在左，赖塔在右，两路夹攻，郭壮图率军死战，自卯至午，五却五进，蔡毓荣见不能取胜，忽生一计，纵火焚林，林中烈焰上腾，吓得众象纷纷乱窜。彰泰、赖塔，乘势掩击，郭壮图只得败走。三用象阵，都被击退，可谓至死不悟。

清兵遂进逼云南省城，世璠复调夏国相等回救，赵良栋又尾追而来。孤城片影，四面楚歌，吴世璠保守五华山，饬健卒乞师西藏，又被赵良栋查获，眼见得围城援绝，指日灭亡。夏国相、马宝、胡国柱、郭壮图等，明知灭亡不远，只因身受遗命，以死自誓，两边复血肉相薄，延续数月。到康熙二十年十月中，城中粮尽，军心遂变，南门守将方志球，阴与蔡毓荣相通，放蔡军入城，由是诸军齐进。胡国柱急来拦阻，一炮飞来，正中面颊，立即毙命。夏国相、马宝犹督兵巷战，被清兵围裹，大叫："降者免死。"部兵遂倒戈相向，把夏国相、马宝都戳下马来，擒献清军。蔡毓荣即驰上五华山，守将郭壮图自杀，余兵统已溃散，当即冲入世璠住所，见世璠已悬梁自尽，侍女等一齐下跪，哀乞饶命。毓荣约略一顾，忽觉侍女中间，有两人生得非常美丽，泪容满面，犹自倾城。毓荣仔细询问，方知是三桂遗下的宠姬，便命军士好生保护，不得有违。正嘱咐间，将军穆占亦率兵进来，听见毓荣嘱咐的言语，忙道："蔡将军不要独得，须留一个与我。"这样东西，原来人人欢喜。毓荣无法，遂将一美姬分与穆占，一美姬带出自用。随后诸军齐到，争取子女玉帛，只赵良栋严禁部下掳掠，仅取藩府簿籍，留献京师。捷报传达清廷，下旨析三桂骸骨，颁示海内。世璠首级及夏国相等，解送北京。后来夏国相、马宝等，尽被凌迟处死，吴氏遂亡。小子又有一诗道：

滇南一破籍长沦，天定由来竟胜人。
假使吴宗能永古，人生何必重君亲。

滇藩已灭，还有闽、粤二藩，尚在未撤，究竟作何处置，且俟下回再说。

三桂称帝之日，天大风雨，虽属适逢其会，要不可谓非天怒之兆。称帝以后，未几遘疾，曩昔冤厉，丛集而来，此亦作者烘托笔墨，然固一神道设教之苦心也。三桂已死，大局瓦解，作者故作简笔，一一收束，愈见灭亡之速。三寸不律，缭绕烟云，忽如万岫迷濛，忽如长空迅扫，不可谓非神且奇云。

第二十六回

台湾岛战败降清室
尼布楚订约屈俄臣

却说诸清将歼灭滇藩，陆续班师，到了北京，闻尚之信、耿精忠，亦已逮到治罪。原来尚之信归命后，清廷屡促出师，他只逗留不进，及三桂已死，始从征广西，驻军宣武，会之信弟之孝，谋袭藩位，遣藩下人张士选赴京告密。清京遂遣侍郎宜昌阿等，驰往按问，当由都统王国栋出证罪状。之信闻知，自广西驰归，袭杀国栋。宜昌阿便檄粤军，擒归之信，有旨赐死。之孝亦坐罪革职。尚藩完了。耿精忠亦为诸弟所劾，召至京师，交部议罪。大学士明珠首言精忠应加极刑，遂把精忠磔死。耿藩又了。惟孙延龄妻孔四贞，为太后义女，且劝夫反正，先至京师声明，有旨实封郡主，禄赡终身。于是大赦天下，诏户部发帑代偿宿负，并减免用兵各省赋税，特下一道明谕道：

当滇逆初变时，多谓撤藩所致，欲诛建议之人以谢过者。朕自少时，见三藩势焰日炽，不可不撤，岂因三桂背叛，遂诿过于人？今大逆削平，疮痍未复，其恤兵养民，与天下休息。

三藩已平，中国本部十八省，及关东三省，都属大清版图，真成了浩荡乾坤，升平世界。独有台湾郑经，抗志海外，偏不受清朝命令。海外田横。先是精忠叛清时，与经同攻广东，精忠归闽降清，汀州、泉州、漳州等郡，皆为经所据。精忠与清亲王杰书，合军攻经，收复各郡。经退守厦门，嗣复令部将刘国轩等，分路入犯，攻陷海澄，围攻漳泉。巡抚吴兴祚与将军赖塔，出兵泉州，总督姚启圣与提督杨捷，出兵漳州，郑军始退。只海澄仍为国轩所据，湖南水师万正色，督率战舰二百艘，由海赴闽，与兴祚、启圣等，水陆夹攻，遂复海澄，并夺回金、厦二岛。郑经及国轩，仍退据台湾。将军赖塔意欲招抚郑经，省得再来缠扰，遂着人致书郑经道：

自海上用兵以来，朝廷屡下招抚之令，而议终不成，皆由封疆诸臣，执泥削发登岸，彼此龃龉。台湾本非中国版籍，足下父子，自辟荆榛，且眷怀胜国，未尝如吴三桂之僭妄。本朝亦何惜海外一弹丸地，不听田横壮士，逍遥其间乎？今三藩殄灭，中外一家，豪杰失时，必不复思嘘已灰之焰，毒疮痍之民。若能保境息民，则从此不必登岸，不必剃发，不必易衣冠，称臣入贡可也。不称臣，不入贡，亦可也。以台湾为箕子之朝鲜，为徐福之日本，与世无患，与人无争，而沿海生灵，永息涂炭，惟足下图之！

郑经得书，复请如约，只要把海澄县作为互市公所。赖塔倒也有意允许，不意总督姚启圣，偏说出许多后患，坚持不可。偏是汉人作梗。一场和议，化作飞灰。

郑经有子数人，长子克壓，最贤，颇知礼贤下士，经连年出外，一切国事，都交克壓管理，并不闻有甚么失政。只克壓乃是乳婢所生，并非嫡出，家人统看他不起，不过郑经爱宠克壓，又无过可摘，只得大家隐忍。嗣郑经连为清军所败，退归台湾，郁郁不得志，乃效战国时信陵君故事，日近醇酒妇人，借消愁闷，那里晓得酒能伐性，色足戕身，警世名言。天下没有流连酒色的人，能延年益寿，不到一二年，酿成一种头昏目眩的病症，心肾两亏。日渐加重，竟致不起。遗言命克壓嗣位，奈家人素来轻视克壓，群小又惮他明察，合力构谋，不怕克壓不死。侍卫冯锡范甘作祸首，勾通内外。此时成功妻董氏尚存，听了左右谗言，平白地将克壓鸩死，拥立郑经次子克塽为主，袭爵延平郡王。克塽幼弱，不能理事，诸事统由冯锡范决断。锡范骄横不法，大失人心。台湾要保不牢了。谍报传入内地，闽督姚启圣非常得意，想乘此吞灭台湾了。

姚启圣系浙江会稽人，证明汉族。少年时已胆大敢为，后来从征有功，康亲王杰书竭力保奏，竟擢为福建总督。福建迭遭兵燹，十室九空，康亲王收服耿藩，驱逐郑氏，表面看是平靖，内容实是撩乱。当时闽中住着一王、一贝子、一公、一伯，及将军、都统各员，都带着皇室禁旅、满洲健儿。这班兵士，吃了百姓的粮米，占了百姓的房屋，还要百姓的子弟，给他当差，百姓的妻女，畀他侍寝，可怜这等小百姓，敢怒而不敢言。到了康亲王奉旨班师，兵士们掳去金帛，不可胜计，还有眉清目秀一班俊仆，娇娇滴滴的一班妇女，兵士不肯舍去，也要把他们带回。姚启圣假义行仁，面请康亲王下令禁止，暗地里设法偿还，计捐金二十万两，拔还难民二万多人，这不可谓非姚氏功德。因此闽人感激异常，多摆着长生禄位，供奉这位总督姚公。人人说乱世时难以做官，吾谓乱世时做官反易，如若不信，请看姚启圣。启圣暗想，人民已受笼络，功劳还是寻常，总要做一件大大的事业，方不愧为清家柱石。适值台湾内乱，立即奏了一本，说是台湾主少国危，时不可失。康熙帝便令王大臣会议，内阁学士李光地请即照准，康熙帝遂降旨准奏。启圣复力保降将施琅，材可大用，得旨授施琅为福建水师提督，加太子太保衔。武将加文衔，也是清朝创举。

施琅本郑氏旧将，习知海上险要，到任后，日夕督操，练成水师军二万，分载战船三百艘，指日攻打台湾。会彗星出现，尚书梁清标，及给事中孙蕙，疏陈天象告警，不宜用兵，有诏暂停进剿。施琅力主出师，朝议又迁延数月。到康熙二十二年，因施琅屡次上奏，遂如所请。又是一个卖主求荣。台湾在福建东北，姚启圣欲候北风进取台湾，施琅独请乘南风先取澎湖。且言："澎湖不破，台湾无取理，澎湖失，台湾不战自溃。"遂疏请力任讨贼，留督臣在厦门济饷。康熙帝又言听计从，于是施琅遂进兵澎湖。守将刘国轩四面筑垣，环列火器，把澎湖守得格外严密。施琅遣游击蓝理为先锋，乘潮进薄，自乘楼船继进。国轩令守兵连放火炮，间以矢石，自昼至夜，相持不下。忽然飓风大起，波如山立，战船随流簸荡，支撑不住。国轩驾船而出，直冲楼船，施琅急督兵迎敌，猛被一箭射来，正中琅目，琅不禁失声，几乎跌倒。幸亏总兵吴英，见主帅受伤，一面令亲卒保护施琅，一面率军士力战，炮矢齐发，射退国轩，大风亦渐渐平息，两边鸣金收兵。

次晨，施琅定计分攻，力惩前创，命总兵陈蟒，率五十艘攻鸡笼屿，总兵魏明，率五十艘攻牛心湾，自督五十六艘分作八队，直捣中坚，仍用蓝理为先锋，另具八十艘为后应。国轩见清军继出，正拟坚守，仰见东南角上，微云渐合，立命发兵。部长曾遂道："施琅再来，必惩前辙，我军不如固守为是。"国轩道："今日必有大风，正可一鼓歼敌，何为不出？"曾遂问道："主帅何以知有大风？"国轩以手指东南角，示曾遂道："汝在海上多年，难道不知海上气候，云合风生，雷鸣风止么？"曾遂喜跃而出，率领战舰，先来迎敌。适遇一清舰驶至，舟上大书蓝理二字，曾遂知清军前锋已到，喝令水兵接仗。此时正值盛暑，蓝理裸着半体，立在船头，两手执着双刀，先把敌兵劈下了数十个，敌兵见蓝理凶猛，各执长枪刺来，蓝理将双刀乱削，削断枪杆无数，又砍了好几个敌兵。自身也着了十多枪。谁叫你裸体？陡遇一弹飞来，掠过蓝理肚腹，蓝理向后而倒。那边曾遂大呼道："蓝理死了！"突见蓝理跃起，持刀大吼道："蓝理尚在，曾遂死了。"应对有趣。复连呼："杀贼，杀贼！"震声如雷。施琅闻蓝理被伤，急率军舰上前，见蓝理腹破肠出，鲜血淋漓，忙令蓝理弟蓝瑗、蓝珠，翼蓝理下了小舟，掬肠入腹，裹好创处，载回营中。

说时迟，那时快，国轩已联樯而来，接应曾遂，奋力相扑。施琅命各队分列，人自为战，枪戟并举，箭弹互施，真杀得天日无光，风云变色。突然间天空中一声霹雳，响彻海滨，国轩不胜骇愕，曾遂以下诸将士，都相顾失色，军心一乱，那里还愿抵敌？眼见得败阵退还。清军乘势掩杀，焚毁敌舰百余艘，毙敌兵万余名，国轩仓卒退至牛心湾，遇清将魏明杀来，不敢抵挡，另走鸡笼屿，又遇着清将陈蟒，前后左右，统是清兵，没奈何逃奔台湾去了。

施琅乘胜至台湾，舟泊鹿耳门，胶浅被搁，敌舰复来攻击。施琅连忙对仗，火箭火弹，互掷一阵，怎奈敌兵如蚁而来，施琅舟不能动，被他四面围住。正紧急间，蓝理摇舟来救。敌大惊，相率披靡。蓝理左手执盾，右手执刀，跃上敌船，连斩巨魁十余人，敌兵凫水遁去。乃请施琅易舟，琅执理手，并问创疾。蓝理笑道："主帅有急，就使创裂至死，亦顾不得许多。"副将义务，理应如此。遂与施琅轰击郑军，郑军退去。

次晨，海上大雾迷濛，潮高丈余，施琅、蓝理等鼓舟而入，国轩方在岛上督守，见清军随潮进来，推案起立，叹道："闻先王得台湾，鹿耳门潮涨，今又这般，岂非天数么？"遂遣使迎降，缴出延平郡王招讨大将军印，献出台湾版籍。自顺治十八年，成功据台湾独立，二十三年而亡。

施琅遣人由海道告捷，七日至京，康熙帝大喜，封施琅为靖海侯，命克塽等入都，授克塽海澄公，刘国轩、冯锡范亦封伯爵。克塽以下，皆得受封，康熙帝算是厚道，然冯锡范亦得伯爵，未免赏罚不当。遂于台湾辟地垦荒，设一府三县，隶属福建省。自是清朝威力，远达海外，琉球、暹罗、安南诸国都，遣使朝贡，连欧洲的意大利、荷兰等国，亦通使修好，请开海禁，求互市。廷议准海滨通商，设粤海、闽海、浙海、江海四关，置吏榷税，这就是沿海通商的基础，小子且按下慢表。

且说中国北方，有个俄罗斯国，元朝时，已被蒙古兵灭掉大半，到了元朝衰微，俄罗斯又渐渐强盛起来，把蒙人尽行驱逐，独霸一方。满清初兴，遣兵略黑龙江，俄罗斯亦发远征军，越外兴安岭，到黑龙江北岸。会清兵入关，无暇远略，俄将喀巴罗领了几百个俄兵，将黑龙江北岸的雅克萨地占据了去，用土筑城，屯兵把守，复分兵下黑龙江，被清都统明安达礼及沙尔呼达，先后击退，只是雅克萨城占据如故。

康熙二十一年，三藩削平，海内无事，康熙帝想驱除俄人，略定东北，先差副都统郎坦，托名出猎，渡过黑龙江，侦探雅克萨城形势。郎坦回奏俄兵稀少，容易扫除，康熙帝乃决意征俄，预命户部尚书伊桑阿，赴宁古塔督造大船，并筑造墨尔根、齐齐哈尔两城，添置十驿，以便水陆通饷。又遣萨布素为黑龙江将军，筹划战备，令蒙古车臣汗，断绝俄人贸易。二十二年，俄将模里尼克率可萨克兵六十多人，自雅克萨城出发，直到黑龙江下流。适遇清船巡弋，一鼓而起，把六十多个可萨克兵，尽行拿住。模里尼克没有飞毛腿，自然一并捉来，送到齐齐哈尔拘禁。

二十三年，清兵至雅克萨城劝降，俄兵不从。

二十四年，清都统彭春率水陆两军北征，陆军约万人，随带巨炮二百门，水军五千人，战舰百艘，从松花江出黑龙江，齐集雅克萨城下。俄将图尔布青严行拒守，部下兵只四百多名，彭春令他把城退让，引兵归国，图尔布青恃着骁勇，不肯听命，清兵始用巨炮轰城，图尔布青开城接战，以一抵十，以十抵百，倒也一番鏖斗，确是一员勇将。怎奈众寡悬殊，究不相敌，只得弃了土城，退至尼布楚。彭春令军士将土城毁去，率兵凯旋，谁知到了次年，图尔布青偕了陆军大佐伯伊顿，又到雅克萨地，不怕死的硬头皮。筑起土垒，驻兵守御。彭春复引兵八千，运大炮四百门进攻，图尔布青令伯伊顿守住土垒，自率部兵抵死拒战。他手下不过四百多人，前次伤亡了数十名，只剩得三百多人，他独能与八千清兵往来冲突，清兵围住了这边，他冲到那边，围住了那边，复冲到这边。清初劲旅，尚难把三百俄兵，一鼓歼灭，可见俄兵强悍情形。彭春焦躁起来，督令开炮。图尔布青还不管死活，来夺炮具。轰的一声，图尔布青中弹倒毙，俄兵方逃入垒中。

伯伊顿部下，亦只一二百名，同了图尔布青部下遗兵，死守不去。清兵放炮轰垒，他却掘了地洞，令部兵穴居避弹，弹来躲入，弹止钻出，垒有残缺，随时修补，弄得清兵没法。适荷兰贡使在都，自称与俄罗斯毗邻，愿作居间调人。康熙帝遂命荷兰使臣，遗书俄国，责他无故寇边。旋得俄皇大彼道复书，略言："中俄文字，两不相通，因致冲突。现已知边人构衅，当遣使臣诣边定界，请先释雅克萨围兵。"康熙帝因穷兵徼外，未免过劳，遂允与议和，饬彭春解围暂退。于是俄遣全权公使费耀多罗，到外蒙古土谢图汗边境，遣人至北京，请派官与议。康熙帝命内大臣索额图等往会，途次闻土谢图与准噶尔构兵，不便交通，复折回京师，再遣从官绕道出境，通信俄使，议定以尼布楚为会场。索额图又奉使至尼布楚，带领西洋教士张诚、徐日升作为译官，另备精兵万余人，水陆并进，直达尼布楚城外。俄使费耀多罗，亦率千人到尼布楚，见清使兵卫甚盛，颇有惧色。外交全恃兵力。次日在城外张幕开会，两国公使及从人毕集，护兵各二百余人，手执兵刃，侍立两旁。俄使开议，语言辀磔，索额图全然不懂，经张诚翻译，始知俄使要求，以黑龙江南岸归清，北岸界俄。索额图道："那有此理？今日俄欲议和，须东起雅克萨，西至尼布楚，凡俄领黑龙江及后贝加尔湖殖民地，一律归我方可。"以尼布楚归中国，足阻俄人东来之锋，索额图初议，很是有理。俄使费耀多罗也不懂索额图的说话，复由张诚译出，交与俄使。俄使阅毕，只是摇头。索额图见和议不谐，径自回营。翌日复会，索额图稍稍退让，拟把尼布楚地，作为两国分界。俄使亦不允，索额图又盛气回营。张诚等往来调停，复由索额图少让，北以格尔必齐河及外兴安岭为界，南以额尔古纳河为界，俄人所有额尔古纳河南堡寨，当尽移河北。俄使尚坚执不从，索额图遂召水陆两军，会齐城下，拟即攻城。俄使不得已照允。遂于康熙二十八年订约互换，约凡六条，大旨如下：

一　自黑龙江支流格尔必齐河，沿外兴安岭以至于海，凡岭南诸川，注入黑龙江者，属中国，岭北属俄。

二　西以额尔古纳河为界，河南属中国，河北属俄。

三　毁雅克萨城，雅克萨居民及物用，听迁往俄境。

四　两国猎户人等，不得擅越国界，违者送所司惩办。

五　两国彼此不得容留逃人。

六　行旅有官给文票，得贸易不禁。

约成，勒碑格尔必齐河东及额尔古纳河南，作为界标，用满、汉、蒙古、拉丁及俄罗斯五体文字，这叫作中俄《尼布楚条约》。正是：

外交开始成和约，后盾坚强怵外人。

自是中俄修好，百余年不兴兵革。蒙古以北，已断轇轕，只蒙古尚未平靖，且待下回再说平定蒙古的方略。

台湾孤悬海外，向未入中国版图，郑成功占踞二十余年，至其孙克塽降清，台湾始为清有，风止潮涨，一战成功，岂真天意使然？亦强弱不敌之一证也。至若尼布楚议和，清史上称为最荣誉之条约，实则俄兵远来，势孤而弱，清军近发，势盛而强。此约之成，宁非强弱不同之再证乎？然彭春再出，穷年累月，不能破一雅克萨土垒。索额图原议不谐，终至让步，俄之强已可知已。文中一鳞一爪，莫非叙述，亦莫非眉目，在善读者默会可耳。

第二十七回

三部内哄祸起萧墙
数次亲征荡平朔漠

上回说到索额图赴会时，本自蒙古通道，因土谢图与准噶尔构兵，中道被阻，以致折回。索额图与俄订约，已于上回叙毕，只准噶尔构兵一事，还未说明，本回正要续说下去。却说中国长城外，就是蒙古地方，分作三大部：一部与长城相近，叫作漠南蒙古，亦称内蒙古；内蒙古的北境，又有一部，叫作漠北喀尔喀蒙古，亦称外蒙古，这两部统是元太祖成吉思汗的后裔；还有一部在西边，叫作厄鲁特蒙古，乃是元太师脱欢，及瓦剌汗也先的后裔。漠南蒙古，内分六盟，清太宗时已先后归附，独喀尔喀、厄鲁特两大部，尚未帖服。喀尔喀还遣使乞盟，厄鲁特从未通使，清朝亦视同化外，不去过问。只厄鲁特自分四部，一名和硕特部，一名准噶尔部，一名杜尔伯特部，一名土尔扈特部。准噶尔部最强，顺治年间，准噶尔部长巴图尔浑台吉，并吞附近部落，势力渐盛。康熙初，浑台吉死，其子僧格嗣立。僧格死，其子索诺木阿拉布坦嗣立。僧格弟噶尔丹，把侄儿杀死，篡了汗位（外人称头目为汗），并将和硕特、杜尔伯特、土尔扈特等部，尽行霸据；于是向东略地，欲夺喀尔喀蒙古。

喀尔喀蒙古，旧分土谢图、札萨克、车臣三部，土谢图与札萨克相连，札萨克汗，娶了一妾，人人说她是西施转世，天女化身，此女又来作祟。艳名传到土谢图部，土谢图汗，竟成了一个单相思病，他却想出了一个计策，阳称到札萨克部贺喜，令部下包裹军械，分载橐驼身上，假说是贺喜的送礼，随带了部役数百名，向札萨克部进发。这蒙古地方，本没有甚么宫室城郭，就使是头目住所，也不过立个木栅，叠些土垒，便算了事。土谢图汗既到，就有札萨克部役接着，通报头目。札萨克汗出来迎入，席地而坐。土谢图汗便道："闻得贵汗新纳宠姬，特来道贺！"札萨克汗答道："不敢当，不敢当！小妾已娶得多日了。”土谢图汗道：“敝处与贵部，虽系近邻，有时也消息不通，直到近日方知，特备薄礼相遗，尚祈笑纳。”札萨克汗道：“这是更不敢拜领了。”土谢图汗道：“这也何必客气！只是贵姬艳名远噪，叨在邻谊，可否一容相见？”札萨克汗道：“这又何妨。”说罢，便召爱姬出室，与土谢图汗行相见礼。土谢图汗见她颀长白皙，楚楚可人，不觉心旌摇曳，魂魄飞扬，即定一定神，召部役解囊入内，喝声道：“何不动手？”札萨克汗茫无头绪，但见土谢图汗的部役，从橐中取出物件，光芒闪闪，都是腰刀。好一分贺礼。札萨克汗也管不得爱姬，转身就逃。那位爱姬，正想随走，怎奈两脚如钉住一般，不能前行，被土谢图汗拦腰抱住，出外就跑。喜可知也。这等部役一声吆喝，赶了橐驼，都回去了。

札萨克汗既失爱姬，顿时大怒，召齐部役，来攻土谢图部。土谢图汗知札萨克汗不肯甘休，急遣人联络车臣汗与札萨克汗对敌。札萨克汗不能抵当，率众败走。三部相哄，遂惹出一个大祸祟来。祸首非别，就是准噶尔部大头目噶尔丹。其实祸首不是噶尔丹，乃是札萨克的美姬。噶尔丹闻了此信，差人到札萨克部，愿与调停。札萨克汗大喜，便叫原使到土谢图部，索还爱妾。覆水难收，索还何用？原使应命至土谢图，坐索札萨克汗的爱姬。看官！你想土谢图汗费了好些心机，把这个美人儿，抱回取乐，那里肯原璧归赵？已非全璧。偏这使人恶言辱骂，恼了土谢图汗，将使人杀死。噶尔丹借此报复，扬言借俄罗斯兵，来攻土谢图。土谢图汗大惧，忙整守备，待了数月，毫无影响，到边界窥探，亦没有俄兵入境，只有几个外来喇嘛，四处游牧。蒙俗向以游牧为生，邻境往来，也是常事，土谢图汗毫不在意。镇日里与抢来的美人调情饮酒。不防噶尔丹领了三万劲骑，道出札萨克部，越过杭爱山，直入土谢图境，与游牧喇嘛会合，使为前导，引至土谢图汗住所。时正夜静，土谢图汗拥着美人，酣卧帐中，忽觉得火焰飙起，呼声震天，宛如千军万马，排山倒海而来，他也不辨是何处人马，忙从帐后窜去。噶尔丹杀入帐中，不见一人，到处搜寻，只剩得一个美人儿，睡在床上，缩做一团。噶尔丹也不去惊她，命部骑在帐外驻扎，自回内室，做了札萨克汗第三，慢慢的抱住娇娃，

噶尔丹（1644—1697），绰罗斯氏，准噶尔部首领，巴图尔珲台吉第六子。1696年昭莫多（今蒙古国肯特山南）之战，噶尔丹主力军被清军击溃，侄儿策妄阿拉布坦也背叛他。1697年，康熙帝第三次征讨噶尔丹时，兵败自杀（一说病死）。

享受个中滋味。一夕换得二郎君，毕竟美人有福。到了次日，复分兵为两路，一路东出，袭破车臣部，一路西出，袭破札萨克部。假虞伐虢，噶尔丹颇有狡谋。他便踞着喀尔喀王庭，募集兵士数十万，声势大张。

这喀尔喀三部人民，穷蹇无归，只得投入漠南，到中国乞降。康熙帝命尚书阿尔尼发粟赈赡，且借科尔沁水草地，暂畀游牧。噶尔丹也遣使入贡，康熙帝便令阿尔尼劝谕噶尔丹，要他率众西归，尽还喀尔喀侵地。噶尔丹拒绝清命，反日夕练兵，竟于康熙二十九年，借追喀尔喀部众为名，选锐东犯，侵入内蒙古。尚书阿尔尼急率蒙古兵截击。噶尔丹佯败，沿途抛弃牲畜帐幞。蒙古兵贪利争取，队伍错乱，噶尔丹返身来攻，阿尔尼不及整队，被他一阵掩击，杀得大败亏输，鼠窜而遁。

康熙帝得了败报，定议亲征，先命裕亲王福全为抚远大将军，率同皇子允禔，出长城古北口，恭亲王常宁为安北大将军，率同简亲王雅布，出长城喜峰口，并命阿尔尼率旧部，会裕亲王军，听裕亲王节制。又别调盛京、吉林及科尔沁兵助战。车驾拟亲幸边外，调度各路大兵。是年七月，康熙帝启銮出巡，方出长城，忽得探报，恭亲王军在喜峰口九百里外，被噶尔丹杀败回来，康熙帝命诸军急进。途次，又闻噶尔丹前锋，已到乌兰布通，距京师只七百里，康熙帝倒也惊愕起来，飞诏征调裕亲王军，到乌兰布通，会截敌兵。旋得裕亲王军报，已至乌兰布通驻扎，帝心少安。

且说噶尔丹乘胜南趋，到乌兰布通，遇着清营阻住，遂遣使入见裕亲王，略言追喀尔喀仇人，阑入内地，非敢妄思尺土，但教执畀土谢图汗，即当班师。裕亲王福全，把来使叱回。次日，两军对仗，噶尔丹用了驼城，依山为阵。甚么叫作驼城？他用橐驼万余，缚足卧地，背加箱垛，蒙盖湿毡，环列如栅，作为前蔽，所以名叫驼城。前有象阵，后有驼城，倒是极妙巧对。清军隔河立阵，前面纯立火炮，遥轰中坚，自午至暮，驼皆倒毙，驼城中断。清军分作两翼，越河陷阵，遂破敌叠，噶尔丹乘夜遁去。次日，遣喇嘛至清营乞和。福全飞报行在，有诏“速即进兵，毋中他缓兵之计”，于是福全急发兵追赶，已自不及。噶尔丹奔回厄鲁特，遗失器械牲畜无算，复遣人赍书谢罪，誓不再来犯边，康熙帝偶有不适，遂谕来使回报噶尔丹，嗣后不得犯喀尔喀一人一畜，来使唯唯而去，遂诏诸王班师。第一次亲征，第一次班师。

三十年，康熙帝以喀尔喀新附部众数十万，应用法令部勒，且准部寇边，由土谢图汗启衅，不能不严加训斥，乃议出塞大阅，先檄内外蒙古各率部众，豫屯多伦泊百里外，静候上命。过了数日，车驾出张家口，至多伦泊，盛设兵卫，首召土谢图汗，责他夺妾开衅。土谢图汗顿首谢罪，帝乃加恩特赦，留他汗号。复谕车臣、札萨克二汗，约束本部，永远归清，二汗亦即首谢恩。于是编外蒙古为三十七旗，令与内蒙古四十九旗同例，又因蒙俗素信佛教，命在多伦泊附近，设立汇宗寺，居住喇嘛，仍听蒙人游牧近边，自此外蒙归命。

隔了两年，拟遣三汗各归旧牧，谁知噶尔丹又来寻衅，屡奉书索土谢图汗，并阴诱内蒙古叛清归已，科尔沁亲王据实奏闻，康熙帝令科尔沁亲王，复书噶尔丹，伪许内应，诱令深入。噶尔丹果选骑兵三万名，沿克鲁伦河南下。克鲁伦河在外蒙古东境，他到了河边，竟停住不进。康熙帝又令科尔沁致书催促，去使还报，噶尔丹声言借俄罗斯鸟枪兵六万，等待借到，立刻进兵。真是乖刁。科尔沁复驰奏北京。康熙帝道："这都是捏造谣言，他道是前次败走，因火器不敌我军的缘故，所以佯言借兵，恐吓我朝，朕岂由他恐吓的？"料敌颇明。遂召王大臣会议，再决亲征。

康熙三十五年，命将军萨布素，率东三省军出东路，遏敌前锋。大将军费扬古、振武将军孙思克等，率陕、甘兵出宁夏西路，断敌归道。自率禁旅出中路，由独石口趋外藏古，约至克鲁伦河会齐，三路夹攻。是年三月，中路军已入外蒙古境，与敌相近，东西两军，道阻不至，帝援兵以待。讹言俄兵将到，大学士伊桑阿惧甚，力请回銮。康熙帝怒道："朕祭告天地宗庙，出师北征，若不见一贼，便即回去，如何对得住天下？况大军一退，贼必尽攻西路，西路军不要危殆么？"叱退伊桑阿，不愧英主。命禁旅疾趋克鲁伦河，手绘阵图，指示方略。从行王大臣，还是议论纷纷，各执一见，帝独遣使噶尔丹促他进战。噶尔丹登高遥望，见河南驻扎御营，黄幄龙纛，内环军幔，外布网城，护卫兵统是勇猛异常，不由的心惊脚痒，拔营宵遁。狡黠的人，往往胆小。翌日，大军至河，北岸已无人迹，急忙渡河前追，到拖诺山，仍不见有敌踪，乃命回军。独命内大臣明珠，把中路的粮草，分运西路，接济费扬古军。

是时噶尔丹奔驰五昼夜，已到昭莫多，地势平旷，林箐丛杂，喝尔丹防有伏兵，格外仔细，步步留心。俄闻林中炮声突发，拥出一彪兵来，统是步行，约不过四百多名，噶尔丹手下尚有万余人，统是百战剧寇，遇着这厮小小埋伏，全不在意。大众争先驰突，清兵不敢抵抗，且战且走，约行五六里，两旁小山夹道，清兵从山右趋入。噶尔丹勒马，遥见小山顶上，露出旗帜一角，大书大将军费字样，便率众上山来争。清兵据险俯击，矢铳迭发，敌兵毫不惧怯，前队倒毙，后队继进，幸亏清兵阵前，设列拒马木，阻住敌骑。噶尔丹乃止住东崖，依崖作蔽，一面令部兵举铳上击，声震天地，自辰至午，死战不退。忽山左绕出清兵千名，袭击噶尔丹后队。后队统是驼畜妇女，只有一员女将，身披铜甲，腰佩弓矢，手中握着双刀，脚下骑着异兽，似驼非驼，见清兵掩杀过来，她竟柳眉直竖，杀气腾腾，领着好几百悍贼，截杀清兵。清兵从没有与女将对仗，到了此时，也觉惊异，便与女将战了数十回合，只杀得一个平手。不料噶尔丹竟败下山来，冲动后队，山上清兵，从高临下，把子母炮接连轰放。山脚下烟雾迷漫，但见尘沙陡起，血肉纷飞，敌骑抱头乱窜，约有两三个时辰。山上山下，只留清兵，不留敌骑。清兵停放铳炮，天地开朗，准部兵倒地无数，连穿铜甲的这位女将，也头破血流，死于地下。红颜委地，吊古战场文中，却未曾载入。看官！你道这员女将是那一个？就是噶尔丹妃阿奴娘子，准部呼她为可敦。此时札萨克汗的爱姬，未知尚生存否？若尚存在，倒可升作可敦了。可敦善战，力能抵住清兵，只因噶尔丹闻后队被袭，返顾却退，清兵乘势杀下，敌兵大乱，自相凌藉，遂至可敦战殁，只逃去了噶尔丹。

费扬古止诸将穷追，收兵回营，当即置酒高会，与诸将道："今日战胜，都是殷总兵化行之力，殷总兵劝我如此设伏，方得一鼓破敌，还请殷总兵多饮数杯，聊申本帅敬意。"说毕，亲自酌酒，递与殷化行。化行双手捧杯，一饮而尽，接连又是两杯，化行统共饮干，离座道谢。化行是宁夏总兵，上文曾叙说费扬古率陕、甘兵出宁夏西路，化行随征献计，得此胜仗，所以费扬古特别奖劳。当时清营中欢声雷动，由费扬古飞报捷音。康熙帝大悦，慰劳有加，仍命费扬古留防漠北，遣陕、甘军凯旋，自率禁旅还京。第二次亲征，第二次班师。

噶尔丹复奔回厄鲁特，途中闻报僧格子策妄阿布坦，为兄报仇，占据准噶尔旧疆，拒绝噶尔丹。噶尔丹欲归无所，窜居阿尔泰山东麓。康熙帝闻噶尔丹穷蹙，召使归降，噶尔丹仍倔强不至。越年，康熙帝复亲征，渡过黄河，到了宁夏，命内大臣马思哈，将军萨布素，会费扬古大军深入，并檄策妄阿布坦助剿。噶尔丹闻大军又出，急遣子塞卜腾巴珠，到回部借粮。回部在天山南路，当噶尔丹强盛时，亦归服噶尔丹，至是回人将其子拘住，囚献清军。噶尔丹待粮无着，不知所为，左右亲信，又相率逃去，或反投入清营，愿为清兵向导。噶尔丹连接警信，有的说："清兵将到。"有的说："策妄阿布坦亦领部众来攻。"有的说："回部亦助清进兵。"好像打落水狗。一夕数惊，徬徨达旦。噶尔丹自言自语道："中国皇帝，真是神圣，我自己不识厉害，冒昧入犯，弄得精锐丧亡，妻死子虏，目今进退无路，看来只好自尽罢了。"遂即服毒而死。

帐下只遗一女，他的族人丹吉喇，便挈了他的女儿，随带噶尔丹骸骨，拟至清营乞降，札萨克汗爱姬不知下落，想已被噶尔丹弄死了。不想中途被策妄阿布坦截住，将丹吉喇等捆绑起来，送交行在。康熙帝颁诏特赦，命丹吉喇为散秩大臣，噶尔丹子塞卜腾巴珠，也得了一等侍卫，俱安插张家口外，编入察哈尔旗。土谢图、车臣、札萨克三汗，遣归旧牧。此时土谢图汗与札萨克汗相遇，不知应作何状。辟喀尔喀西境千余里，增编部属为五十五旗，朔漠悉定，康熙帝铭功狼居胥山而还。第三次亲征，第三次班师。既至京师，大飨士卒，俘得老胡人数名，能弹筝，善作歌，帝赏以酒，各使奏技。中有一人能作汉语，笳歌凄楚，音调悲壮，但听他呜呜咽咽的唱道：

雪花如血扑战袍，夺取黄河为马槽。灭我名王兮，虏我使歌，我欲走兮无骆

驼，呜呼黄河以北奈若何！呜呼北斗以南奈若何！

康熙帝闻歌大笑，并赏他金银数两，橐驼一匹。小子读这歌词，又技痒起来，随作诗一首道：

绝北亲征耀六师，往还三次始平夷。

镌碑勒石夸奇绩，算是清朝全盛时。

看官欲知后事，请至下回再阅。

天生尤物，必倾人国，既亡札萨克，复亡土谢图，至车臣部亦遭累及，甚至噶尔丹亦因此兴师，因此覆灭。是可知妹喜祸夏，妲己祸商，褒姒祸周，史册垂戒，非无因也。康熙帝为有清一代英主，三次亲征，卒平朔漠，挞伐之功，未始不盛；但必镌碑纪绩，沾沾自喜，毋乃骄乎！秦始皇琅琊刻石，窦车骑燕然勒铭，殊不足训。以康熙帝之明，胡为效此？假故事以警世，揭心迹以垂讯。作者之用意深矣。

第二十八回

争储位冢嗣被黜
罹文网名士沉冤

却说康熙帝聪明英武，算作绝顶，即位以后，灭明裔，扫叛王，降台湾，和俄罗斯，服喀尔喀，平准噶尔，他的圣德神功，小子已叙述大略。他还巡幸五台山，共计五次，南巡又六次。巡幸五台的缘故，有人说他是出去省亲，因顺治皇帝即位十八年，看破红尘，到五台山削发为僧，康熙帝屡去探视，每到五台，必令从骑停住寺外，单身进谒，直至顺治帝已死，方才不去。这件事只可付作疑案，小子未曾目见，不敢信为实事。若讲到巡幸东南，《东华录》上，明明说为治河的缘故，其实康熙帝意思，亦并不是单为治河，当时治河能手，有于成龙、靳辅等人，专管河务，都是考究地理，熟悉水性，难道康熙帝真是生而知之的圣人，略略巡阅，便能将河道大势，了然目中，格外筹画得精密么？他的深意，无非是昭示威德，笼络人心，所以禅山谒陵，蠲租免税，凡经过的地方，威德并用。东南的小百姓，从此怕他的威严，感他的德惠，把前明撇在脑后，个个爱戴清朝，清朝二百多年的基业，就此造成。若呆读《东华录》上文字，不加体会，便是笨伯，那里晓得康熙帝的作用？小说中有这般大议论，可谓得未曾有。但本书于叙述间，亦常夹有微议，我请将原文略换数字，指示阅者云，若呆读此书的文字，不加体会，便是笨伯，那里晓得著书人的作用。只是康熙帝恰有一大失着，晚年来弄得懊丧异常，到去世的时候，反致不明不白，待小子细细道来。康熙帝有二十多个儿子，长子名叫允禔，就是初征噶尔丹时，作裕亲王福全的副手。古语道："立嫡以长"，论起年纪来，允禔应作太子，但他乃妃嫔所生，不由皇后产出。皇后何舍里氏，只生一子允礽，允礽生下，皇后便殁，康熙帝夫妇情深，未免心伤，且因允礽是个嫡长，宜为皇储，就于允礽二岁时，先立为皇太子。二岁立储，未免太早。后来重立皇后，妃嫔亦逐渐增加，一年一年的生出许多儿子，内中有四皇子胤祯，秉性阴沉，八皇子允禩，九皇子允禟，更生得异常乖巧，康熙帝格外爱宠一点。但既立允礽为太子，自然没有掉换的心思。允礽渐长，就令大学士张英为太子师傅，教他诗书礼乐，又命儒臣陪讲性理，南巡北幸时，亦尝带了允礽出去游历，总算是多方诱导。至亲征噶尔丹，又要太子监国，宫廷中也没有生出事来。

噶尔丹既平，东西南北，都已平靖，万民乐业，四海澄清，康熙帝春秋渐高，也想享点太平弘福，有时读书，有时习算，有时把酒吟诗，选了几个博学宏词老先生，陪侍左右，与他评论评论。这老先生辈，总是极力揄扬，交口称颂。康熙帝又叫他纂修几种书籍，甚么《佩文韵府》，甚么《渊鉴类函》，甚么《数理精蕴》，甚么《历象考成》，甚么《韵府拾遗》，甚么《骈字类编》，还有《分类字锦》《子史精华》《皇舆全览》等书，就是人人购买的《康熙字典》，也是这时候编成的。开了书橱，一律搬出。每种书籍，统有御制序文，究竟是皇帝亲笔，也不知是儒臣捉刀，涉笔成趣。小子无从深考。但日间与儒臣研究书理，夜间总与后妃共叙欢情，枕边衾里，免不得有阴谋夺嫡、媒孽允礽的言语。起初康熙帝拿定主意，不听妇言，后来诸皇子亦私结党羽，构造蜚语，吹入康熙帝耳中，渐渐动了疑心。宫中后妃人等，越发摇唇鼓舌，播弄是非，你唆一句，我挑一语，简直说到允礽蓄谋不轨，窥伺乘舆，可笑这个英武绝伦的圣祖仁皇帝，竟被他内外蛊惑，把允礽当作逆子看待。怪不得周幽、晋献。康熙四十七年七月，竟降了一道上谕，废皇太子允礽，并将他幽禁咸安宫，令皇长子允禔及皇四子胤祯看守。于是这个储君的位置，诸皇子都想补入。皇八子允禩，模样儿生得最俊，性情亦格外乖刁，在父皇面前，越自殷勤讨好，暗中却想害死允礽，绝了后患。

事有凑巧，有一个相面先生，叫作张明德，在都中卖艺骗钱，哄动一时。贝子贝勒等，统去请教，明德满口趋奉，统说他是甚么富，甚么贵。看官！试想社会中人，有几个不喜欢奉承？因此都说这明德知人休咎，仿佛神仙一般。允禩怀着鬼胎，暗想自己相貌，究竟配不配做皇帝，遂换了衣装，去试明德。谁知明德一边，早已有人知风通报，等到允禩进去，明德即向地跪伏，口称万岁。允禩连忙摇手，明德见风使帆，导允禩入内室，细谈一番，一面说允禩定当大贵，一面又俯伏称臣。允禩喜甚，不但露出真面，反与明德密定逆谋。明德伪称有好友十余人，都能飞檐走壁，他日有用，都可招致出来效劳。允禩遂与他定了密约，辞别回宫。甫入禁门，遇着大阿哥允禔，被他扯住，邀至邸中，原来允禔曾封直郡王，另立府邸，当时屏去左右，向允禩道："八阿哥从那里来？"满俗向称皇子为阿哥，所以允禔沿习俗语，叫允禩为八阿哥。允禩道："我不过在外边闲游，没有到甚么地方去？"允禔笑道："你休瞒我！张明德叫你万岁呢。"允禩惊问道："大阿哥如何晓得？"允禔道："我是个顺风耳，自然听见。"

允禩道："你既晓得，须要为我瞒过父皇。"允禔道："这个自然，只可惜允礽不死，昨日闻有消息，父皇欲仍立允礽为太子。"允禩顿足道："这恰如何是好？"允禔道："我恰有一个妙法，但不知你做皇帝，甚么谢我？"允禩道："我若得了帝位，当封大阿哥为并肩皇帝。"允禔道："不好不好，世上没有并肩皇帝。况我仍要受你的封，不如勿做为是。"急得允禩连忙打恭，恳求妙策。允禔道："你既要我设法，现在牧马厂中，有个蒙古喇嘛，精巫蛊术，能咒人生死，若叫他害死允礽，岂不是好？"允禔非真心待弟，观下文便知。允禩喜甚，便托允禔即日照行，揖别而去。想做皇帝，便要弄杀阿哥，帝位之害人甚矣。

允禔即去与蒙古喇嘛商议，蒙古喇嘛，名叫巴汉格隆，与允禔为莫逆交，至是允禔与商，便取出镇压物十多件，交与允禔。允禔携归，想去通知允禩，转念道："我明明是皇长子，太子既废，我宜代立，为甚么去助允禩？"当下踌躇一会，忽跃起道："照这样办法，好一网打尽了。"葫芦中卖甚么药？遂匆匆入宫，见了康熙帝，把允禩与张明德勾通事，密奏一遍。康熙帝即令侍卫捉拿张明德，霎时间，明德拿到，立召内大臣问过口供，绑出宫门，凌迟处死。张明德面貌中，定要犯凌迟罪，但明德自会相面，何不趋吉避凶？一面饬宗人府将允禩锁禁，允禩一想，这事只有大阿哥得知，我叫他瞒住父皇，他莫非转去密奏么？他要我死，我亦要他死，一班犬子，奈何奈何？遂对宗人府正道："愿见父皇一面！"宗人府落得容情，便带入宫内。

康熙帝见了允禩，勃然大怒，把他批颊两下。允禩泣道："儿臣不敢妄为。都是大阿哥教儿臣行的。"康熙帝怒道："胡说！他教你行，还肯告诉我么？"允禩道："父皇如若不信，可去拿问牧马厂内的蒙古喇嘛。"康熙帝又命侍卫将蒙古喇嘛拿到，严刑拷讯，得供是实，随差侍卫至直郡王府，不由允禔分说，竟入内搜索，连地板尽行掘起，果然有好几木人头儿，埋在土内。侍卫取出，回宫奏复，康熙帝震怒得了不得，拔出佩刀，叫侍卫去杀允禔。侍卫至此，也不敢径行奉命，跪伏帝前，代允禔求恕。此时早有宫监报知惠妃，惠妃系允禔生母，得了此信，三脚两步的趋入，跪在地下，膝行而前，连磕了几个响头，口称求皇上开恩开恩。康熙帝见此情状，不由的心软起来，便道："爱妃且起！"惠妃谢过了恩，起立一旁，粉面中珠泪莹莹，额角上已突起两块青肿。美人几乎急杀，天子未免有情，遂将佩刀收入，命侍卫起来，带出允禩拘禁。又对惠妃道："看你情面，饶了允禔，但我看他总不是个好人，须派人看管方好。"惠妃不敢再言，谢恩回宫。康熙帝即亲书硃谕，将允禔革去王爵，即在本府内幽禁，领班侍卫，奉旨去讫。

康熙帝经此一怒，便激出病来，是晚遂不食夜膳，次日，微发寒热，便令御医诊治。诸皇子亲视汤药，皇四子胤祯晨夕请安，且从中婉说废皇太子的冤枉，深惬帝意，于是释放废太子，亦令入宫侍疾。越数日，帝疾渐愈，乃令废皇太子及诸皇子近前，并宣召诸王入内，随即申谕道："朕暇时披览史册，古来太子既废，往往不得生存，过后人君又莫不追悔。朕自拘禁允礽后，日日挂念。近日有病，只皇四子默体朕心，屡保奏废皇太子允礽，劝朕召见。朕召见一次，愉快一次，嗣命在朕前守视汤药，举止颇有规则，不似从前的疏狂，想从前为允禔镇魇，所以如此迷惑，现在既已改过，须要从此洗心。古时太甲被放，终成令主，有过何妨改之。即是今日诸臣齐集，或为内大臣，或为部院大臣，统是朕所简用，允礽应亲近伊等，令他左右辅导。崇进德业，方不负朕厚望。四皇子胤禛，幼年时微觉喜怒不定，目下能曲体朕意，殷勤恳切，可谓诚孝。五皇子允祺，七皇子允祐，为人淳厚，蔼然可亲，允礽亦应格外亲热。自此以后，朕不再记前愆，但教允礽日新又新，朕躬何憾！尔王大臣等须为我教导允礽，毋致再蹈覆辙！"诸王大臣未曾答复，只见皇四子跪奏道："儿臣奉皇父谕旨，说儿臣屡保奏废皇太子，儿臣实无其事。蒙皇父褒嘉，儿臣不敢承受。"故意推辞，所谓秉性阴沉。康熙帝微哂道："尔在朕前，屡为允礽保奏，尔以为没有证据，所以当众强辩。尔果不欲居功，尔衷尚堪共谅；尔如畏允禔、允禩，故意图赖，便非正直，转大失朕意了。"知子莫若父。皇四子叩首称谢，又奏道："十年前侍奉皇父，因儿臣喜怒不定，时蒙训诫，近十来年，皇父未曾申饬，儿臣省改微诚，已荷皇父洞鉴，今儿臣年逾三十，大概已定，喜怒不定四字，关系儿臣身上，仰恳皇父于谕旨内，恩免记载，儿臣深感鸿慈。"康熙帝便对王大臣道："近十年来，四阿哥确已改过，不见有忽喜忽怒形状，朕今不过偶然谕及，令他勉励，不必尽行记载便了。"喜怒不定四字，都要争辩，显见阴鸷。不知《东华录》已俱登出，争辩何益？

诸王大臣遵旨退出，私自议论，都料废太子又要重立，果然到了次年，复立允礽为皇太子，颁诏天下，遣官祭告天地宗庙社稷，并封皇三子允祉为诚亲王，皇四子胤禛为雍亲王，皇五子允祺为恒亲王，皇七子允祐为淳郡王，皇十子允䄉为敦郡王，皇九子允禟、皇十二子允祹、皇十四子允禵俱为固山贝子。又追究魇魅事，将蒙古喇嘛巴汉格隆，处以磔刑，人家不怕他魇死，他却被人剐死了。这事暂算了结。不料翰林院编修戴名世，作了一部《南山集》，又兴起大狱来了。

先是康熙初年，浙江湖州府庄廷鑨，素习儒业，平时颇留心史籍，一日，到市上闲游，见有一爿旧书坊，他却踱将进去，随手翻阅，旧书内中有一抄本夹入，视之，乃是明故相朱国桢的稿本。稿中记录明朝史事，自洪武至天启，都有编述，他即将此稿买回。招了几个好朋友，互览一番，友人统未曾见过，个个说是秘本。文人常态，专喜续貂，就各搜集崇祯年间事情，补入卷末，并将自己姓名，及友人姓名，一一附记，算是生平得意之作。廷鑨死后，家人将此书刊行，适故归安县令吴之荣，失业家居，见了此书，读到崇祯朝，有毁谤满人等语。之荣遂上书告讦，清廷即令浙江大吏，按书中姓名，一一搜捕。已死的开棺戮尸，未死的下狱正法。廷鑨是个首犯，开棺戮尸，不消说得，还把他兄弟骈戮，家产籍没，真是可怜。吴之荣复职升官，为了此事，士人多钳口结舌，不敢妄谈。偏这戴名世身居翰苑，清闲无事，著了一部《南山集》出来，集中采录明桂王事，乃抄袭桐城人方孝标遗书，并不是名世创造的。都察院御史赵申乔，竟指他是诽谤朝廷，拜疏奏发。又是一个拍马屁的官吏。康熙帝准了奏章。即饬拿名世下狱，命六部九卿会审。名世供词抄录方孝标《滇黔纪闻》是实。当由六部九卿议奏，内说戴名世有心抄录，作大不敬论，应置极刑，方孝标亦应戮尸，方、戴族人，俱应坐死。此奏一上，自然照准，可怜名世为这文字因缘，身被寸磔，戴氏族中，与名世五服相连，统皆斩首。进士方苞，因是方孝标同宗，亦系狱论死。幸亏大学士李光地极力洗释，方苞得以出狱。方氏族人，除孝标子弟外，也总算矜全了几个。这是康熙五十年间事。自此体制愈严，蒙蔽愈重。康熙帝年已六旬，精神亦渐渐衰退，比不得壮年时候，事事明察。到了五十一年，皇太子允礽，又不知为着甚么事，触怒了康熙帝，又把允礽废黜，禁锢起来。小子但闻有御笔硃谕一道，略云：

> **前因允礽行事乖戾，曾经禁锢，继而朕躬抱疾，念父子之恩，从宽免宥。朕在众前，曾言其似能悛改，伊在皇太后众妃诸王大臣前，亦曾坚持盟誓，想伊自应痛改前非，昼夜警惕。乃自释放之日，乖戾之心，即行显露，数年以来，狂易之疾，仍然未除，是非莫辨，大失人心。朕今年已六旬，知后日有几，天下乃太祖、太宗、世祖所创之业，传至朕躬，非朕所创立，恃先圣垂贻景福，守成五十余载，朝乾夕惕，耗尽心血，竭蹶从事，尚不能详尽，如此狂易成疾，不得众心之人，岂可付托乎？故将允礽仍行废黜禁锢，为此特谕。**

允礽再废后，康熙帝立定主意，不再言立太子事。诸皇子个个窥测，探不出甚么消息，便浼王大臣上书奏请。谁知上一次书，受一次训责，甚且还要治罪。诸王大臣方在疑虑，忽西域来了警信，报称策妄阿布坦杀进西藏去了。正是：

大内未曾蠲宿衅，极边又已启兵争。

西藏系清朝藩属，遇着外侮，又要劳动清兵了。诸君试看下回，便自分晓。

冢嗣被黜，名士沉冤，皆专制之焰使然。惟专制故，天下始羡皇帝之尊严。官民受皇帝之压制，不敢妄想，独众皇子济济比肩，皆有世袭之望，于是勾通内外，觊觎储位，虽以清圣祖之英明，不能免巫蛊咒诅之祸。惟专制故，天下始怨皇帝之刻毒，一语失检，罪及妻孥，祸延宗族，生固难免，死且戮尸，当时畏其威而不敢动，后世必有起而报复者，虽以清圣祖之德惠，不能逃千秋万世之讥。本回为清圣祖病，抑且为清圣祖惜。且隐悬一专制影子，留戒后世，是文字有关国体者，可谓稗官中上乘文字。

第二十九回

闻寇警发兵平藏卫
苦苛政倡乱据台湾

却说中国西偏，有最高的大山一座，名叫喜马拉雅。喜马拉雅山北，有一种图伯特人，聚族而居，号为西藏，古时与中国不相通，唐朝时部众渐盛，入侵中华，唐史上称它为吐蕃国。唐太宗李世民，因它屡次寇边，没有安靖的日子，不得已将宗女文成公主，嫁他国王噶木布，算是两国和亲，干戈得以少息。这文成公主素信佛教，在西藏设立佛寺，供奉释迦牟尼佛像，自此西藏臣民，个个皈依，变成了一个佛教国。传到元朝时候，元世祖南下吐蕃，邀请吐蕃拔思巴为帝师，册封大宝法王，令他管领藏地，总握政教两大权。他的子孙，取名萨迦胡土克图。萨迦就是释迦的转音，胡土克图乃是再世的意义。服饰尚红，得娶妻生子，世人称为红教。传到明朝，红教徒渐渐不法，信用日衰，甘肃西宁卫中，出了一个宗喀巴，入大雪山修行得道，别立一派，禁娶妻生子，衣饰尚黄，称作黄教。蕃众大加敬信，势力不亚法王。宗喀巴死，有两大弟子，一名达赖，一名班禅，统居前藏拉萨地。他因教中严禁娶妻，不得生子，遂另创一嗣续法，说是达赖、班禅两喇嘛，喇嘛即高僧之意。世世转生，达赖死后，第一世转生，是敦根珠巴，第二世转生，是根敦坚错。传到第三世转生，是锁南坚错，较有高行，蒙古诸部，入藏欢迎，邀他至漠南说教，黄教遂流传蒙古。第四世转生，是云丹坚错，势力越加扩张，漠北蒙古，因居地荒僻，不得亲承教旨，另奉宗喀巴第三弟子哲卜尊丹巴后身，为大胡土克图，总理外蒙古教务，居住库伦。第五世达赖转生，叫作罗卜藏坚错，用他近亲桑结为第巴。甚么叫作第巴？便是中国所称管理政务的官员。达赖喇嘛，只理教务，不管政事，自第二世达赖起，已另置第巴等官，代理国政。是时红教未绝，后藏地方护法教主，叫作藏巴汗，藏巴汗反对黄教，桑结欲除灭了他，省得出来作梗，遂联络厄鲁特蒙古，遣和硕特部长固始汗，引兵入后藏，袭杀藏巴，另奉班禅喇嘛移驻后藏。从此藏地分前后二部，前藏属达赖管辖，后藏属班禅管辖。叙述详明。

固始汗本居青海，曾受清太宗册封，康熙三十七年，固始汗第十子达什巴图尔，来京朝贡，康熙帝又封他为亲王。固始汗得清廷援助，声势颇强，至是有功黄教，复得了前藏东部喀木地，命子达责镇守，渐渐干涉前藏事情。桑结一想，杀了一个藏巴汗，又来了一个达延汗，未免引狼入室，自取祸殃。适值噶尔丹威振西域，桑结复阴与连结，叫他出兵青海，袭破和硕特部。桑结初意，颇高于吴三桂等，但仍不能脱离外人，终非善策。达赉势力，亦因此一挫。未几达赖五世殁，桑结秘不发丧，伪传达赖命令，任意妄行。噶尔丹入寇中国，桑结亦阴为怂恿，至噶尔丹败走，乃遣使入贡，诈称奉达赖命，求赐桑结封爵。清廷未察真伪，封桑结为图伯特国王，到了噶尔丹走死后，丹吉喇等来降，方报桑结矫伪情状，康熙帝赐书切责，桑结还诈称部属未靖，不敢遽泄达赖丧事，今当另立达赖，择日发丧。康熙帝因道途辽远，不便细查，且由他将错便错的过去。桑结又欲去毒杀拉藏汗，事泄无成。拉藏汗即和硕部达赉侄儿。达赉死，拉藏汗嗣，闻桑结有意害他，遂集众潜入拉萨，将桑结捉来，一刀两段。刁狡的人，总归速死。复把桑结所立的达赖，指为赝鼎，擒献清廷，另立新达赖伊西坚错为第六世。

康熙帝嘉他恭顺，封拉藏为翼法恭顺汗。偏这青海诸蒙古，不信伊西坚错为真达赖，另立了一个噶尔藏坚错，在青海坐床，请清廷速赐册印。自是达赖变了两个，谁真谁假，不能辨悉，倒象一出双包案。两下争论，遂引出策妄阿布坦的兵祸来了。策妄截献噶尔丹骸骨，奉表清廷，非常逊顺，康熙帝命画阿尔泰山西麓至天山北路一带，给彼游牧。策妄得此广土，竟想做第二个噶尔丹，并吞诸部。第一着下手，是娶了土尔扈特部阿玉奇汗女，做了妻室，复诱他妻弟背了阿玉奇，将父逐出俄罗斯。他假称发兵帮助，竟把土尔扈特部占据起来。土尔扈特部势本衰弱，自然也服了他。第二着下手，又是依样画葫芦，拉藏汗有一姊，年近花信，不知经策妄如何运动，复许嫁了他。我怪拉藏汗的阿姊，何故甘心做小老婆？想是策妄定有媚内手段，一笑。策妄娶了拉藏姊，又把那元配生的女儿，许与拉藏汗子丹衷，令他入赘伊犁，不即放归。亲上加亲，外面似非常亲热，谁知他满怀鬼蜮，诡计多端，丹衷离国日久，欲挈妇偕回，策妄许他归国，发兵护送。行了好几个月，方入藏境，拉藏汗闻子妇回来，率领次子苏尔札，到达穆阿附近，一面迎接新妇，一面犒赏护送军。两下相遇，丹衷夫妇，谒见已毕，拉藏汗便命在行帐开筵，令护送军一律与宴。拉藏汗素性嗜酒，至此因子妇回国，格外畅饮，一杯未了又一杯，接连是十百千杯，饮得酩酊大醉，酣卧床上。这边的护送军，饮毕出外，就在拉藏汗行帐外扎好了营。

是夜准部将官大策零又至，部下有六千兵马，会合护送军，杀入拉藏帐内。拉藏汗手下卫兵，本是不多，况又大家吃得沉醉，还有何人抵挡？准部兵一拥而入，杀死了拉藏汗，把他次子苏尔札捆绑起来，余外不是被杀，便是被捆，只剩了一对新夫妇，一个是策妄娇婿，一个是策妄娇儿，总算用些情面，不去缚他。丹衷还算运气。随即潜到拉萨，骗入拉萨城，把个半真半假的新达赖拘入暗室，做个坐关和尚。妙语解颐。

这信传到清廷，康熙帝本已遣靖逆将军富宁安，率兵驻扎巴里坤，防备西域，至是急命傅尔丹为振武将军，祁里德为协理将军，出阿尔泰山，会合富宁安军，严备准噶尔入寇，另遣西安将军额鲁特，督兵入藏，侍卫色棱为后应，康熙五十七年，两军次第渡木鲁乌苏河，分道深入。大策零分军迎战，只数合便退。明是诱敌。额鲁特率兵追入，色棱继进，到喀喇乌苏河岸，大策零留有伏兵，顿时四起，截住清兵。额鲁特等料知陷入重地，率兵猛扑，怎奈这番敌军，纯是精锐，与前时接仗，大不相同。额鲁特不能前进，只得退后，不料后面流星马又到，报称准兵绕出后路，把军饷截夺去了。清兵闻军饷被劫，不战自乱，额鲁特、色棱两人，极力弹压，勉强镇定。过了数日，粮尽矢穷，准兵四面聚集，好似天罗地网一般，一阵攻击，清兵全营覆没，都做了沙场之鬼。虽是战死，幸而死在西方，免得童男童女接引。

康熙帝接了败报，再命皇十四子允禵为抚远大将军，驻节西宁，升任四川总督年羹尧，备兵成都，拟分道进发。敕封噶尔藏坚错为达赖六世，檄蒙古兵扈从达赖，随大军直入西藏，于是蒙古各汗王贝勒，各率部兵至青海，恭候清兵出塞。康熙五十九年春，诏移允禵移驻木鲁乌苏河治饷，令将西宁军付都统延信出青海，年羹尧仍坐镇四川，令将川军付护军统领噶尔弼出打箭炉，分趋藏境。大策零闻清兵分出，自拒青海军，另遣部兵三千余人，抵当噶尔弼。噶尔弼副将岳钟琪，素有胆略，领亲兵六百名，首先开路，至三巴桥，系入藏第一险要。岳钟琪招募番众，许他重赏，令诈降守桥兵，里应外合，竟把三巴桥占住。噶尔弼率军来会，忽闻准部兵来夺三巴桥，头目叫作黑喇玛，有万夫不当之勇，噶尔弼颇惊慌起来。岳钟琪道："有钟琪在，就使来了红喇玛，也不怕他，待明日

岳钟琪（1686—1754），字东美，四川成都人。清大将。官至川陕总督，任宁远大将军。雍正六年（1728年），曾静使学生张熙劝其反清，被他告发。十年，以"误国负恩"罪免官。乾隆时再起，参与大金川之战。著有《薑园诗集》。

擒他便是。”是夕，岳钟琪率兵出营，潜掘陷坑，上用青草盖住，令兵士带了钩索，伏在陷坑里面。部署已定，然后回营。次晨，黑喇玛仗着勇力，飞奔前来，岳钟琪出兵对敌，诱黑喇玛至陷坑旁。黑喇玛有勇无谋，但知上前追杀，不料脚下有坑，一脚蹈空，坠入坑内，任你黑喇玛膂力过人，至此被伏兵钩住，急切不能展身。伏兵紧紧捆缚，扛入清寨。黑喇玛受擒，余众不战自降，方拟鼓行入藏，忽来了大将军檄文，令待青海军并进。噶尔弼踌躇未决，岳钟琪道：“我兵只赍两月粮饷，从川西到此，已过了四十多日，若再待青海军，粮饷食尽，如何入藏？现不如乘机疾进，沿途招抚番众，用番攻番，约十日可抵拉萨，出其不意，容易荡平。”噶尔弼欲集众议决，钟琪道：“事在必行，何须多议！钟琪不才，愿喷此一腔热血，仰报朝廷，请于明晨即行。”钟琪系岳武穆王二十一世孙，武穆仇金，钟琪忠清，似不能善绳祖武，惟为清攻藏，恰有可原。噶尔弼也不多言。

次晨，岳钟琪即用皮船渡河，直趋西藏，途中遇土司公布，用好言抚慰，公布很为感激，遂代为招集番兵七千，引钟琪入拉萨。钟琪观番兵可恃。遂分部兵三千名，绕截大策零饷道，自领番众趋拉萨城。拉萨城内，只有几个准兵，见岳军大至，尽行逃散。钟琪长驱入城，号召大小第巴，宣示威德，除助逆喇嘛的，杀了五人，并幽禁九十多人，其余一概赦免。那时僧俗都顶礼膜拜，感谢再生。

这时候，青海军统领延信，正与大策零相持，连败大策零数阵。策零欲退回拉萨，又被岳军截住，进退两难，遂扒山过岭，遁回伊犁，途中崎岖冻馁，死了大半。延信遂送新达赖入藏登座，令拉藏汗旧臣康济鼐，掌前藏政务，颇罗鼐掌后藏政务，留蒙古兵二千驻守，奉诏班师，各回原地镇守，西藏暂归平靖。康熙帝又要咬文嚼字，亲制一篇平定西藏碑文，命勒石大招寺中，小子也不暇细录。

只是康熙帝安乐一次，总有一次忧愁，相逼而来。忧乐相循，祸福相倚，是颠扑不破的事理。入藏军已报凯旋，台湾忽报大乱。说来可笑，台湾乱首，乃是一个贩鸭营生的小百姓，名叫一贵，他的姓恰与大明太祖皇帝相同。尝见人家婚丧事，排列仪仗，每借同姓的头衔，书入头行牌，以示烜赫。一贵虽是贩鸭，然与明祖同姓，亦自足夸。自施琅收服台湾后，台民虽稍有蠢动，事发即平，至康熙晚年，用了一个贪淫暴虐的王珍，实授台湾知府，没有税的要加税，没有粮的要征粮，百姓不服，就要拿来打屁股，或枷号几个月，还有一切诉讼事件，有钱即赢，无钱即输，因此台民怨愤异常。官逼民反。这个朱一贵，虽是贩鸭为生，他却有几个酒肉朋友，一叫黄殿，一叫李勇，一叫吴外，这三人素不安分，与朱一贵恰很是莫逆，一日，到了酒楼，一面吃酒，一面谈论平日事情，黄殿问一贵道：“近日朱大哥生意可好？”一贵摇头道：“不好不好！现在这个混帐知府，棺材里伸手，死要铜钱，连我贩卖几只鸭，也要加捐。我此番贩鸭一千只，反蚀了好几千本钱，看来只好罢休哩。”小本经营，不应加重捐，观此便知。李勇、吴外齐声道："这般狗官，总要杀掉他方好。"该杀！一贵道："只有我等几个小百姓，那里能杀知府？"黄殿道："要杀这个混帐知府，也是不难，只此处非讲事堂，兄弟们不要多嘴。"黄殿乖。言毕，以目示意。大家饮完了酒，由一贵付了酒钞，遂同至一贵家内，彼此坐定，黄殿道："朱大哥你道是贩鸭好，是做皇帝好？"一贵醉醺醺的笑道："黄二弟真吃醉了，贩鸭的人，怎么好同皇帝去比？"黄殿道："朱大哥想做皇帝否？"一贵大笑道："像我的人，只能贩鸭，那里会做皇帝？"黄殿道："明太祖朱元璋曾充庙祝，后来一统江山，好端端的做了皇帝。大哥也是姓朱，贩鸭虽贱，比庙祝要略胜三分，水无斗量，人无貌相，要做皇帝，何难之有？"一贵听了此言，不觉手舞足蹈起来，便道："我就做皇帝，黄二弟等须要帮助我。"黄殿道："总教大哥不要惊慌，明日就请大哥南面为王。"一贵乘着醉意，便道："我果有一日为王，就使千刀万剐，亦是甘心。"赌甚么气？罚甚么咒？天道昭彰，不容妄说。黄殿道："一言为定，不要图赖。"一贵道："自然不赖。"黄殿便邀同李勇、吴外，告别而去。

到了次日，黄殿复同李勇、吴外，带了一二百个流氓，抬了箱笼，匆匆到一贵家来。一贵不知何故，慌忙问道："黄二弟！你同这许多人，到我家何干？"黄殿道："请你即日做皇帝。"一贵此时，已把昨日的酒话，统共忘记，至此始恍惚记忆起来，便笑道："昨日乃是酒后狂言，如何作准？"黄殿道："不能，不能！昨日你已认实，今朝不能图赖。就使你要不做，也不容你不做。"说毕，就命手下开了箱衣，取出黄冠黄袍，把朱一贵改扮起来。一贵道："你等太会戏弄我了。"黄殿道："那个来戏你？"顿时七手八脚，将朱一贵旧服扯去，穿了黄冠黄服，一个贩鸭的小民，居然要他坐在南面，做起强盗大王来了。看官！你道这套黄冠黄袍，是那里来的？他是从戏子那里借来，暂时一穿，还有一套蟒袍宫裙，续行取出。黄殿趋入内室，扶出一个黄脸婆子，教她改装。可怜这黄脸婆子，吓得发抖，那里敢穿这衣服？黄殿也顾不得甚么嫌疑，竟将蟒袍披在黄脸婆子身上，引她至一贵左侧坐下。不与她系宫裙，黄殿未算周到。于是大众取出衣服，一律改扮，穿红着绿，挤作一堆，向朱一贵夫妇叩起头来。煞是好看。弄得朱一贵夫妇受也不是，不受也不是，索性像木偶一般。大家拜毕，竟去外边劫掠，掳些金银财帛，做起旗帐，造了军器，占了民房数十间，就揭竿起事。

一夫作俑，万人响应，不到十日，竟招集了数千人。台湾总兵欧阳凯，急议发兵往剿，游击刘得紫素称知兵，至是请行。欧阳凯不许，偏遣一个庞大无能的周应龙，领兵前去。敌寨距府城只三十里，周应龙沿途停止，三十里路，走了三日，敌众依山拒守，应龙也不去攻击，反纵兵焚掠近村。村民大愤，相率从贼。南路奸民杜君英，亦乘此作乱，与朱一贵连合，袭杀凤山参将苗景龙，府城大震。欧阳凯带了刘得紫，及副将许云，率兵一千五百，亲剿一贵，黄殿、李勇、吴外等，出寨迎敌，许云跃马陷阵，贼皆辟易，黄殿等都逃入山中。会水师游击游崇功，亦自鹿耳门入援，欧阳凯大喜，只道是敌众胆落，毫不设备。过了两日，朱一贵、杜君英合军大至，遥见尘头起处，约有数万人马，迤逦前来。清兵先已胆寒，面面相觑。欧阳凯急出抵御，正接仗间，把总杨泰立在欧阳凯背后，忽然跃起，将欧阳凯刺落马下。刘得紫急忙趋救，不防杨泰又一枪刺来，得紫急闪，坐骑已中了一枪，那马负痛踣地，把得紫掀落地上，也被叛兵擒住。霎时官军大乱，许云、游崇功拦阻不住，贼军又围裹拢来，只得拼命血战。到了日中，矢炮俱尽，各手刃数十人，自刎而亡。

于是水师游击张贤、王鼎等，率兵千余，战舰数十艘，逃出澎湖。台湾道梁文煊，知府王珍等，尽驱港内商舶渔艇，逃出鹿耳门。周应龙逃得更快，竟遁入内地。朱一贵进陷台湾府，大掠仓库，复得郑氏旧贮炮械、硝、磺、铅、铁等，非常欢喜。北路奸民赖池、张岳，亦同日陷诸罗县，击杀参将罗万仓，凡七日而全台陷。朱一贵大会部众，犒宴三日，自称中兴王，国号永和，封黄殿为辅国公，兼衔太师，李勇、吴外等为侯，以下封了许多将军总兵。袍服不及裁制，戴了一顶明朝冠，便算了事。里面掳了无数妇女，充作妃嫔。一贵左拥右抱，说不尽的快活。比黄脸婆子何如？台湾百姓，编出一种歌谣道：

头戴明朝冠，身衣清朝衣。

五月称永和，六月还康熙。

看了这种谣传，朱一贵的王位，恐怕是不稳固了。究竟朱一贵做了几日台湾王，下回再行详叙。

达赖转生，明是佛教欺人之说，狡黠诸徒，利用之以揽权势，于是真伪达赖之问题生。内哄未休，外侮已至，卒至全藏大乱，欺人者适以自欺，亦何益乎？清圣祖既遣将平藏，何不于此时设置贤吏，昌明政教，有以移其风而易其俗？乃复送一无知无识之达赖，入藏坐床，平一时之乱或有余，平一世之乱则不足，此所谓敷衍目前之计，无怪其旋平旋乱也。若台湾收入版图，已数十年，芟荆棘，夷溪洞，用夏变夷，推行风教，吾知数十年内，亦可收功。乃所用非人，徒知殃民，不知化民，一贩鸭徒揭竿作乱，仅七日而全台俱陷，何扰乱之速耶？有清一代，惟圣祖最号英明，而于绝域政教，不甚厝意，遑问自郐以下乎？阅本回，应令人叹惜。

第三十回

畅春园圣祖宾天
乾清宫世宗立嗣

却说朱一贵既陷台湾，逃官难民，尽至澎湖，澎湖守将，仓猝不知所为，亦尽室登舟，将渡厦门，百姓惊惶得了不得。独守备林亮决计固守，驰赴海滨，拦住官民家眷，不准内渡，人心稍稍镇定。水师提督施世骠，自厦门至澎湖，南澳总兵蓝廷珍，奉闽督檄令，亦至澎湖来会。于是命守备林亮、千总董芳为先锋，率领舰队八千人，直捣鹿耳门。适朱一贵与杜君英争长，自相残杀，确是强盗行为。乡民愤一贵暴掠，又各结民团，保护村落。清兵闻一贵内乱，百姓不附，顿时勇气百倍，到了鹿耳门，岸上大炮迭发，林亮、董芳，冒死直进，遥望岸上炮台，火药累积，林亮饬水兵用炮还击，注射火药，炮声过处，火药上冲，震得海水陡立，天地为昏。那时岸上的守兵，统弹得不知去向。林亮、董芳，即舍舟登岸，率兵直入。施世骠、蓝廷珍，亦带领大军随进，节节进攻，随剿随抚。看官！你想这等朱一贵、杜君英的混帐东西，那里敌得住几员虎将？连战连败，连败连走，清兵乘势追杀，直薄台湾城下，东西南北，布满兵队，大炮的声音，镇日不息。朱一贵束手无策，只躲在伪宫内，对了一班王妃王妾，哭泣不止。此时究竟是贩鸭好？是做皇帝好？还是外面的军师黄殿，想了一个劫营的计策，于夜间潜开城门，突击清营，谁知早被蓝廷珍料着，摆了一个空营计，待李勇、吴外等杀入，伏兵一齐掩击，像砍瓜切菜一般。林亮斩了李勇，董芳刺死吴外，只剩了后队的黄殿，急忙逃回，转身一望，城门已闭，城上立着一员大将，不是别人，乃是清游击刘得紫。突如其来。原来刘得紫被杨泰擒去，献与一贵，一贵颇重得紫名，不去杀他，把他禁住学宫。得紫不食三日，情愿饿死。诸生林皋、刘化鲤，密劝得紫受食，徐图恢复，得紫乃饮食如常，此次黄殿出城劫营，把城中部众，尽行拔出，林、刘二生，遂邀集良民，拥得紫出学宫，闭了城门，请得紫上城拒守。黄殿进退无路，投濠自尽。施世骠下令，降者免死，于是叛众尽降。刘得紫开城迎入，把前情叙说一遍，世骠即令导入伪宫，擒出朱一贵，审问属实，推入囚笼。室内的伪妃伪嫔，统教民间自认，令他带去。做了数日妃嫔，滋味如何？统计清兵攻入鹿耳门，进复台湾府城，也是七日。世骠复分兵搜剿南北两路，擒到杜君英等，与朱一贵槛送北京，一概凌迟处死。千刀万剐之言验了，一贵自思，甘心不甘心？复将弃台逃走的道府厅县，尽行治罪。只王珍已惧罪自尽，命即剖棺枭示。王珍是个首恶，可惜不把他凌迟。施世骠等各邀奖叙，也不必细说了。

且说康熙帝因台湾再平，八荒无事，自己又年将七旬，明知风烛草霜，衰年易迈，索性开了一个盛会，凡满、汉在职官员，及告老还乡，得罪被谴的旧吏，年纪六十五以上的人，统召入乾清宫，一一赐宴。这时候，正是康熙六十一年春间，天气晴和，不寒不暖，一班老头儿，团坐两旁，差不多有一千个，围住这个老皇帝，饮起酒来，皇帝又特别加恩，叫他们不要拘谨，大众奉谕，开怀畅饮。酒兴半酣，老皇帝动了诗兴，做成七律诗一首，命与宴诸臣，按律恭和。这班老头儿，把诗文一道，多半束诸高阁，满员是简直未曾用过工夫，至此要他个个吟诗，几乎变成一种虐政，幸亏这班老人有些乖刁，预料这老皇帝召他饮酒，免不得咬文嚼字，因此早打好通关，先与几个能诗作赋的老朋友，商量妥当，请他作了抢替，一面复贿通宫监，托令传递，所以当场都吟成一诗，恭呈御览，虽是好歹不一，总算不至献丑。诗中大意，千首一律，无非是歌功颂德一套烂语。等到诗已做成，日近黄昏，大众散席，谢了圣恩，出宫而去。这场盛宴，叫作千叟宴，康熙帝倒也非常得意。太监得了银子，还要得意。可奈盛筵不再，好景难留，转瞬间已是冬月，大学士九卿等，方拟次年圣寿七旬，预备大庆典礼，谁料天有不测风云，人有旦夕祸福，康熙帝竟生起病来。这场病非同小可，竟是浑身火热，气急异常，太医院内几个医官，轮流入内诊脉，忙个不了。服药数剂，稍稍减退，身子渐觉爽快，气喘也少觉平顺，只是精神衰迈，一时未能回复，所以未便起床。诸皇子朝夕问安，皇四子胤祯，此次侍奉，却不见十分殷勤，每遇夜间，总要到理藩院尚书府内，密谈一回。有何大事。这理藩院尚书名叫隆科多，乃是皇四子的母舅。句中有眼。过了数日，康熙帝病体，又好了一些，因卧床多日，未免烦躁，要出去闲逛一番。皇四子胤祯入奏，父皇要出去散心，不如至畅春园内，地方宽敞，又是近便，最好静养。康熙帝道："这也是好，只冬至郊天期已近了，朕躬不能亲往，命你恭代，须预先斋戒为是。"皇四子胤祯闻了此谕，未免踌躇。为甚么事踌躇？康熙帝见他情形，便问道："你敢是不愿去？"胤祯即跪奏道："儿臣安敢违旨，但圣体未安，理应侍奉左右，所以奉命之下，不觉迟疑。"康熙帝道："你的兄弟很多，那个不能侍奉？你只管出宿斋所，虔诚一点便好。”胤祯无奈，遵旨退出。是夜，又与这个母舅隆科多，密议了一夕大事。

次日，康熙帝到畅春园，诸皇子随驾前往，隆科多本是皇亲，也随同帮护。独皇四子胤祯已去斋所，不在其中。有隆科多作代表，已经够了。又过了数天，康熙帝病症复重，御医复轮流诊治，服了药全然无效，反加气喘痰涌，有时或不省人事，诸皇子都着了忙，只隆科多说是不甚要紧。是夜，康熙帝召隆科多入内，命他传旨，召回皇十四子，只是舌头蹇涩，说到十字，停住一回，方说出四子二字。隆科多出来，即遣宫监去召皇四子胤祯，翌晨，胤祯至畅春园，先见了隆科多，与隆科多略谈数语，即入内请安。康熙帝见他回来，痰又上涌，格外喘急。诸皇子急忙环侍，但见康熙帝指着胤祯说道：“好！好！”只此两字，别无他嘱，竟两眼一翻，归天去了。诸皇子齐声号哭，皇四子胤祯，大加哀恸，比诸皇子尤觉凄惨。真耶假耶？

隆科多向诸皇子道：“诸阿哥且暂收泪，听读遗诏！”此时诸皇子中，惟允禵远出未归，允禔仍被拘禁，未能擅出奔丧，允禩先已释放，一同在内，听得遗诏二字，先嚷道：“皇父已有遗诏么？”隆科多道：“自然有遗诏，请诸阿哥恭听！”便即开读道：“皇四子人品贵重，深肖朕躬，必能仰承大统，着继朕登基，即皇帝位。”允禩、允禟齐声道：“遗诏是真么？”隆科多正色道：“谁人有几个头颅，敢捏造遗诏？”于是嗣位已定，皇四子趋至御榻前，复抚足大恸，亲为大行皇帝更衣，可谓诚孝。随即恭奉大行皇帝还入大内，安居乾清宫。丧事大典，悉遵旧章，不必细表。后人有满清宫词一首，纪此事道：

新月如钩夜色阑，太医直罢药炉寒。
斧声烛影皆疑案，是是非非付史官。

统计康熙帝在位六十一年，守成之中，兼寓创业，南征北讨的事情，上文已经详叙，若讲到内外各大吏，也算是清正的多，贪污的少。自鳌拜伏罪后，后来只有大学士明珠，佐命有功，得

朱彝尊（1629—1709），字锡鬯，秀水（今浙江嘉兴）人，清代文学家、学者。博通经史，曾参加纂修《明史》。诗与王士禛称“南朱北王”。为浙西词派的创始者。有《经义考》《日下旧闻》等。

康熙帝信任，未免露出骄恣情状，然总不如鳌拜的专横。此外名臣如魏裔介、魏象枢、李光地、汤斌等，都通理学，于成龙、张伯行、熊赐履、张鹏翮、陆陇其等，都守清操，彭孙遹、高士奇、朱彝尊、方苞等，虽没有甚么功业，也要算治世文臣，有的通经，有的能文，肚子中含有学问，与一班酒囊饭袋，究竟两样。康熙帝也好学不倦，上自天象地舆音乐法律兵事，下至骑射医药，蒙古西域拉丁文书字母，无乎不窥，无乎不晓。兼且自奉勤俭，待民宽惠，六十年间，蠲租减赋的谕旨，时有所闻，所以全国百姓，统是畏服。满族中得此奇人，总要算出乎其类，拔乎其萃了。评论确当。

清世宗（1678—1735），即“爱新觉罗·胤禛”，清代皇帝，圣祖第四子，年号雍正。即位后用高压手段对付参与争位的诸弟。屡兴文字狱。于雍正七年（1729年）建立军机房（后改军机处），加强中央集权。设置驻藏大臣，加强对西藏的管辖。对外，与沙俄订立《中俄布连斯奇界约》《中俄恰克图界约》划定中俄中段边界。

可惜晚年来储位未定，遂致宴驾后，出了一桩疑案。这位秉性阴沉的四阿哥，竟登了大宝，拟定年号是雍正两字，以次年为雍正元年，是为世宗宪皇帝。第一道谕旨，便封八阿哥允禩、十三阿哥允祥为亲王，令与大学士马齐，舅舅隆科多，总理内外事务。第二道谕旨，命抚远大将军允禵，回京奔丧，一切军务，由四川总督年羹尧接续办理。两谕俱有深意，休作闲文看过。

过了残腊，就是雍正元年元日。雍正皇帝升殿，受朝贺礼毕，连下谕旨十一道，训饬督抚提镇以下文武各官，大致意思是：“守法奉公，整躬率物，倘有不法情事，难逃朕衷明察，毋贻后悔！”次日复视朝，百官俱至，雍正帝问百官道：“昨日元旦，卿等在家，作何消遣？”众官员次第回答，或说饮酒，或说围棋，或说是闲着无事；只有一个侍郎，脸色微赧，听众人俱已答毕，不能再推，只得老老实实的说道：“微臣知罪，昨晚与妻妾们玩了一回牌。”雍正帝笑道：“玩牌原干例禁，昨日乃是元旦，你又只与家中人消遣，不得为罪。朕念你秉性诚实，毫无欺言，特赏你一物，你持回去，与妻妾并看罢！”说毕，掷下小纸包一个。侍郎拾在手中，谢恩而退。回到家中，遵着上谕，取出御赐的物件，叫妻妾同看。当即拆开纸包，大家一瞧，个个吓得伸舌，复将昨日玩过的纸牌，仔细一检，恰恰少一张。看官试掩卷一猜！应知这纸包中，不是别物，定是昨日所失的一张纸牌儿。那时有一位姨太太道：“昨日的纸牌，是我收藏，当时也不及细检，不知如何被皇帝拿去一张？难道当今的圣上，是长手佛转世么？”侍郎道：“不要多嘴，以后大家留意便是。”这位姨太太偏要细问，侍郎走出户外，四周围瞧了一番，方入户闭门，对妻妾道：“我今日还算大幸，圣上问我昨日的事，我晓得这个圣上，不比那大行皇帝，连忙老实说了，圣上方恕我的罪，赐我这张纸牌。若少许欺骗，不是杀头，便是革职哩！”众妻妾又都伸舌道：“有这么厉害！”侍郎道：“当今皇上做皇子时，曾结交无数好汉，替他当差办事，这班人藏有一种杀人的利器，名叫血滴子。”说到此处，忽听檐上一声微响，侍郎大惊失色，连忙把头抱住。疑心生暗鬼。众妻妾不知何故，有几个胆小的，忙躲入桌下。歇了半晌，一物从窗中纵入，侍郎越加胆怯，勉强一顾，乃是一只狸斑猫。侍郎至此，不觉失笑，随令众妻妾各归内室。众妻妾经此一吓，也不敢再问这血滴子。

小子恐看官尚未明白，只好补说数语，再入正传。这血滴子是甚么东西？外面用革为囊，里面却藏着好几把小刀，遇着仇人，把革囊罩他头上，用机一拨，头便断入囊中，再用化骨药水一弹，立成血水，因此叫做血滴子。这乃雍正皇帝同几位绿林豪客，用尽心机想出来的。

这班绿林豪客的首领，便是四川总督年羹尧，羹尧系富家之子，幼时脾气乖张，专喜耍枪弄棍，他的父亲年遐龄，请了好几个教书先生，教他读书，都被羹尧逐去。后来得了一个名师，能文能武，把羹尧压服，方才学得一身本领。这名师临别赠言，只有“就才敛范”四字。羹尧起初倒也谨佩师训，嗣后与皇四子胤祯结交，受他重托，招罗几个好汉，结拜异姓兄弟，帮助这位皇四子。皇四子就保荐年羹尧，说他材可大用。康熙帝召见，果然是一个虎头燕颔，威风凛凛的人物，遂连次超擢，从百总、千总起，直升至四川总督。皇四子外恃年羹尧，内仗隆科多，竟得了冠冕堂皇的帝位。他恐人心不服，有人害他，遂用了这班豪客，飞檐走壁，刺探人家隐情。抚远大将军允禵，督理西陲军务，是雍正帝第一个对头，不但怕他带兵，还要防他探悉隐情。因此借奔丧为名，立刻调回，令年羹尧继任。上文第二道谕旨，已自表明。至允禵回京后，免不得有点风声闻知，且允禩、允禟辈，又要同他细叙前情，语言之间，总带了三分怨望，谁知早已有人密奏，雍正帝即调往盛京，令他督造皇陵。允禵已去，又降了一道上谕，命总理王大臣道：

> **贝子允禵，原属无知狂悖，气傲心高，朕屡加训诲，望其改悔，以便加恩，但恐伊终不知改，而朕必欲俟其自悔，则终身不得加恩矣。朕惟欲慰我皇妣皇太后之心，着晋封允禵为郡王，伊从此若知改悔，朕自叠沛恩施，若怙终不悛，则国法具在，朕不得不治其罪。允禵来时，尔等将此旨传谕知之！**

这道上谕，真正离奇，既要封他为郡王，又说他甚么无知，甚么不悛，这是何意？古人说得好：“将欲取之，必姑与之。”雍正帝登位，先封允禩为亲王，也是这个用意。不过允禩本得罪先帝，人人晓得他的罪孽，所以加他封爵，绝不多谈。上文第一道谕旨，更自表明。独这允禵，乃先帝爱宠的骄子，前时并没有甚么处分，只可先把他无影无踪的罪名，加在身上，一面假作慈悲，封为郡王，令臣民无从推测，然后好慢慢摆布。

过了数月，又想出一个新奇法子，召集总理王大臣及满汉文武官员，齐集乾清宫。大众不知有甚么大事，都捏着一把汗。雍正威权，已见一斑。到了宫内，但见雍正皇上，南面高坐，谕众官道：“皇考在日，曾立二阿哥为太子，后来废而又立，立而又废。皇考晚年，常闷闷不乐，朕想立储系国家大计，不立不可，明立亦不可。尔等有何妙策？”王大臣齐声道：“臣等愚昧，凭圣衷定夺便是！”雍正帝道：“据朕想来，建立太子，与一切政治不同。一切政治，须劳大众参酌，立太子的事情，做主子的理应独断。譬如朕有几个皇子，倘必经大众议过，方可立储，恐怕这个王大臣，说是这个阿哥好，那个王大臣，说是那个阿哥好，岂不是筑室道旁，三年不成么？既如此说，何必召王大臣会议？只是明立太子，又未免兄弟争夺，惹出祸端，朕再三筹划，想出一种变通的法子，将拟定皇储的诏旨，亲写密封，藏在匣内。”说到此处，把头向上面一望，手向上面一指，随即道：“便安放在这块正大光明匾额后面，可好么？”诸王大臣等，自然异口同声，都说思虑周详，臣下岂有异议？雍正帝遂命诸臣退出，只留总理事务王大臣在内，自己密书太子名字，封藏匣内，令侍卫缘梯而上，把这锦匣安放匾额后面，总算储位已定。这方匾额，悬在乾清宫正中，正大光明四字，乃是雍正帝御笔亲书，这也不在话下。

总理事务王大臣，只看见这匣子，不晓得里面的名字，究竟是那一位阿哥，后来雍正帝晏驾，方将此匣取下，开了匣子，才识密旨中写着皇四子弘历，正大光明，恐未必是这样讲法。这弘历是皇后钮祜禄氏所出，相传钮祜禄氏，起初为雍亲王妃，实生女孩，与海宁陈阁老的儿子，是同年同月同日生的。钮祜禄氏恐生了女孩，不能得雍亲王欢心，佯言生男，贿嘱家人，将陈氏男孩儿抱入邸中，把自己生的女孩子，换了出去。陈氏不敢违拗，又不敢声张，只得将错便错，就算罢休。后人也有一首宫词，隐咏这事道：

果然富贵亦神仙，内使传呼敞御筵。

不辨吕嬴与牛马，上方新赐洗儿钱。

立储事已毕，忽接到川督年羹尧八百里紧报，“青海造反”，为这四字，又要劳动兵戈了。看官少憩，待小子续编下回。

本回起首二十行，只结束台湾乱事，不足评论。接续下去，便是清圣祖晏驾事，后人互相推测，议论甚多。或且目世宗为杨广，年羹尧、隆科多为杨素、张衡，事鲜左证，语不忍闻，作书人所以不敢附和也。惟圣祖欲立皇十四子允禵，皇四子窜改御书，将十字改为于字，此则故事父老皆能言之，似不为无因。但证诸史录，亦不尽相符。作者折衷文献，语有分寸。至世宗嗣位，开手即鬼鬼祟祟，绘出一种秘密情状，立储，大事也，乃亦以秘密闻，然则天下事亦何在不容秘密耶？司马温公云：“事无不可对人言。”清之世宗，事无一可对人言，以视乃父之宽仁，盖相去远矣。

第三十一回

平青海驱除叛酋
颁朱谕惨戮同胞

却说青海在西藏东北，本和硕特部固始汗所居地，固始汗受清朝册封，第十子达什巴图尔，又受清封为和硕亲王，前文已经表过。应二十九回。达什死，子罗卜藏丹津袭爵。罗卜藏丹津阴谋独立，欲脱清廷羁绊，遂于雍正元年，召集附近诸部，在察罕罗陀海会盟，令各复汗号，不得再遵清廷封册，自己叫作达赖浑台吉，统率诸部。又暗约策妄阿布坦为后援，拟大举入寇。偏是丹津的同族额尔德尼，及察罕丹津两人，不愿叛清，被丹津用兵胁迫，两人竟挈众内奔。是时清兵部侍郎常寿，适驻西宁，管理青海事务，因额尔德尼来奔，奏闻清廷。雍正帝尚未探悉隐情，只道是青海内哄，即遣常寿往青海调停，常寿到了青海，丹津不由分说，竟将常寿拘禁起来。川督年羹尧，飞草奏报，奉命授年羹尧为抚远大将军，进驻西宁，四川提督岳钟琪，任奋威将军，参赞军务。年羹尧分兵两路，北路守疏勒河，防丹津内犯，南路守巴塘里塘，阻丹津入藏，又檄巴里坤镇守将军富宁安等，见上第二十九回。出屯吐鲁番，截住策妄援兵。丹津三路援绝，只号召远近喇嘛二十万众，专寇西宁。岳钟琪自四川出发，沿途剿抚，解散丹津党羽，西陲一带，统已廓清，乘势至西宁，遥见西北郭隆寺旁，聚集番僧无数，钟琪即令兵士前进，驱杀番僧。那时番僧并没有十分勇略，不过一点劫掠的伎俩，忽见大军纷至，势甚凶猛，那里还敢抵敌？呼啸一声，四散奔逃，被岳军追过三条峻岭，焚去十七寨及庐舍七千余，斩首六千级，余众都窜还青海，丹津闻败大惊，送归常寿，奉表请罪。原来是银样镴枪头。清廷不许，益促年羹尧进兵。

羹尧拟集兵四万余名，由西宁松潘甘州疏勒河，四面进攻，约于雍正二年四月内出发。岳钟琪请道："青海地方寥阔，寇众不下十万，我军四路会攻，彼若亦四散诱我，击彼失此，击此失彼，恐要四面受敌哩。愚见不如先期发兵，乘春草未生时，捣其不备，方为上策。”羹尧迟疑未决，钟琪飞驿上奏，并愿率精兵四千，自去杀贼。颇有胆略。雍正帝准奏，把西征事专任钟琪。钟琪遂于二月出师，途次见野兽奔逸，料知前面定有间谍，严阵前行，果遇敌骑数百,四面兜围，杀得一个不剩。复连夜进兵，沿路歼敌数千，于是敌无哨探，钟琪令部兵蓐食衔枚，宵行百六十里，直抵丹津帐外，拔栅而入。这时丹津正抱着两三个番妇，并头睡熟，不料清兵扑至，仓猝之中，扯了一件番妇衣，披在身上，从帐后逃出，骑了白驼，向西北逃去。男装女扮，倒也好看。钟琪一阵追剿，杀毙无数，真个是尸横遍野，血流成渠，一面扫穴犁庭，搜出丹津的弟妹，及敌党头目数十人，头目杀讫，弟妹押解京师，招降男女数万，夺得驼马牛羊器械甲仗无算。自出师至破敌，凡十五日，往返两月，好算奇捷。诏封年羹尧一等公，岳钟琪三等公，勒碑太学，如康熙时征准部例。岳钟琪又进剿余党，以次荡平，先后拔青海地千余里，分其地赐各蒙古，分二十九旗，设办事大臣于西宁，改西宁卫为府城。青海始定。

年羹尧（1679—1726），字亮工，清汉军镶黄旗。康熙四十八年（1709年），任四川巡抚。五十七年，授总督。世宗即位，代贝子允禵为抚远大将军。因素为世宗心腹，恃势骄纵，遭世宗猜忌，于雍正三年末（1726年初）下狱赐死。

雍正帝既平外寇，复一意防着内讧，这日召舅舅隆科多入内议事，议了许久，隆科多始自大内退出。众王大臣闻这消息，料知雍正帝必有举动。到了次日，降旨派固山贝子允禟往西宁犒师，王大臣亦看不出甚么异事。过了两日，又命郡王允䄉巡阅张家口，王大臣也没有甚么议论。只是廉亲王允禩未免闷闷不乐。调虎离山，其兆已见。又过了十余日。兵部参奏，“允䄉奉使口外，不肯前往，捏称有旨令其进口，竟在张家口居住”云云。有旨:“着廉亲王允禩议奏。”恶！允禩复陈，应由兵部速即行文，仍令允䄉前往，并将不行谏阻的长史额尔金，交部议处。有旨:“允䄉既不肯奉差，何必再令前往，额尔金无关轻重，何必治罪，着允禩再议具奏。”专寻着允禩，其意何居？允禩无法，只得再奏:“允䄉不肯前往，捏旨进口，应革去郡王，逮回交宗人府禁锢。”于是雍正帝批交诸王贝勒贝子，及议政大臣，速议具奏。诸王大臣已俱知圣意，不得不火上添油，井中投石，把一个郡王，逮回圈禁宗人府去了。拿了一个。允䄉罪状已定，不料宗人府又上一本，弹章内称:“贝

隆科多（?—1728)，满洲镶黄旗人，清圣祖孝懿仁皇后之弟，清朝大臣。世宗即位，被任为总理事务的四大臣之一，官至吏部尚书、加太保。因自恃拥戴之功，骄恣揽权，遭世宗猜忌，于雍正五年（1727年）被处永远禁锢，次年死于禁所。

子允禟，差往西宁，擅自遣人往河州买草，踏看牧地，抗违军法，横行边鄙，请将允禟革去贝子，以示惩儆。”当即奉旨：“允禟革去贝子，安置西宁。”拿下两个。

是年冬月，废太子允礽，忽在咸安宫感冒时症，雍正帝连忙着太医诊治，复派舅舅隆科多，前往探问。废太子见了隆科多愈加气恼，病势日增，服药无效。雍正帝又许他入内侍奉，不到十天，废太子竟死了。雍正帝立即下旨，追封允礽为和硕理密亲王，又封弘晰母为理亲王侧妃，命弘晰尽心孝养。理亲王侍妾曾有子女者，俱令禄赡终身。又亲往祭奠，大哭一场。并封弘晰为郡王。一班拍马屁的王大臣，都说圣上仁至义尽，就是雍正帝自说：“二阿哥得罪皇考，并非得罪朕躬，兄弟至情，不能自已，并非为邀誉起见。”吾谁欺，欺天乎？只郡王弘晰奉了遗命，在京西郑家庄辟一所私第，奉母宁居，不闻朝事，总算一个明哲保身的贵胄。

雍正三年春，廉亲王允禩、怡亲王允祥、大学士马齐、舅舅隆科多，奏辞总理事务职任，得旨照允，惟廉亲王允禩怀挟私心，遇事阻挠，不得议叙。看官！试想人非木石，那有不知恩怨的道理？这雍正帝对待兄弟，这般寡恩，这般树怨，自然那兄弟们满怀忿恨，也想报复，偏这雍正帝刻刻防备，凡允禩、允禟、允䄉、允禵的秘密行为，令随带血滴子的豪客，格外留心侦察。一日，西宁探客来报，说：“九阿哥允禟在西宁，用西洋人穆经远为谋主，编了密码，与允禩往来通递，大约是蓄谋不轨，请圣上密防！”随呈上一封密函，乃是九阿哥与八阿哥的书信，被探客窃取得来。雍正帝反复观看，任你聪明伶俐，恰是一句不懂，当即收藏匣中，令探客再去细察。又一日，盛京探客亦到，报称：“十四阿哥允禵，督守陵寝，有奸民蔡怀玺，到院投书，称允禵为真主，允禵并不罪他，反将书上要紧字样，裁去涂抹，所以特来报闻。”雍正帝夸奖一番，打发去讫。这个探客已去，那个探客又来，据言，“八阿哥允禩，日夜诅咒，求皇上速死。”雍正帝勃然大怒，诏大学士等撰文，告祭奉先殿，削允禩王爵，幽禁宗人府，移允禟禁保定，逮回允禵治罪。复阴令廷臣上本参奏，不到数天，参劾允禩、允禟、允禵的奏章，差不多有数十本。隆科多等尤为着力，胪陈罪状，允禵四十大罪，允禟二十八大罪，允禵十四大罪，俱乞明正典刑。雍正帝恰令诸王大臣，再三复议。诸王大臣再三力请，尧曰宥之三，皋陶曰杀之三，本出苏东坡论说，想雍正帝定是读过，所以作此情状。方才下旨，把允禩、允禟削去宗籍，允禵拘禁，改允禩名为阿其那，允禟名为塞思黑。“阿其那”“塞思黑”等语，乃是满洲人俗话，“阿其那”三字，译作汉文，就是猪。“塞思黑”三字，译作汉文，就是狗。还有数道长篇大论的朱谕，小子录不胜录，只好将着末这一道，录供众览如下：

我皇考聪明首出，文武圣神，临御六十余年，功德隆盛，如征三藩，平朔

漠，皆不动声色，而措置帖然。凡属凶顽，无不革面洗心，望风响化。而独是诸子中，有阿其那、塞思黑、允禵者，奸邪成性，包藏祸心，私结党援，妄希大位，如鬼如蜮，变幻千端，皇考曲加矜全宽宥之恩，伊等并无感激悔过之意，以致皇考震怒，屡降严旨切责，忿激之语，凡为臣子者，不忍听闻。圣躬因此数人，每忧愤感伤，时为不豫，朕侍奉左右，安慰圣怀，十数年来，费尽苦心，委曲调剂，此诸兄弟内廷人等所共知者。及朕即位，以阿其那实为匪党倡首之人，伊若感恩，改过自新，则群邪无所比暱，党与自然解散，是以格外优礼，晋封王爵，推心任用。且知其素务虚名，故特奖以诚孝二字，鼓舞劝勉之。盖朕心实望其迁善改过也。乃伊办理事务，怀私挟诈，过犯甚多，朕俱一一宽免，未罚伊一人之俸，未治伊家下一人之罪，亦始终望其迁善改过耳。迄今三年有余，而悖逆妄乱，日益加甚，时以蛊惑人心，扰乱国政，烦朕心激朕怒为事。而公廷之上，诸王大臣之前，竟至指誓天日，诅咒不道，不臣之罪，人人发指。朕思此等凶顽之人，不知德之可感，或知法之可畏，故将伊革去王爵，拘禁宗人府，而阿其那反向人云："拘禁之后，我每饭加餐，若全尸以殁，我心断断不肯。"似此悖逆之言，实意想所不到，古今所罕有也。总之伊自知从前所为之事，久为朕心洞悉，且为天地所必诛，扪心自问，殊无可赦之理，遂以伊毒忍之性度朕，故为种种桀骜狂肆之行，以激朕怒，但欲朕置伊于法，使天下不明大义之人，或生议论，致朕之声名，有损万一，以快其不臣之心，遂其怨望之意。朕受皇考付托之重，统御寰区，一民一物，无不欲其得所，以共享皇考久道化成之福，岂于兄弟手足，而反忍有伤残之念乎？且朕昔在藩邸时，光明正大，诸兄弟才识，实不及朕，待朕悉皆恭敬尽礼，不但不敢侮慢，并无一语争竞，亦无一事猜嫌，此历来内外皆知者，不待朕今日粉饰过言也。今登大位，岂忽有藏怒匿怨之事，而欲修报复乎？无奈朕昆弟中，有此等大奸大恶之徒，而朕于家庭之间，实有万难万苦之处，不可以德化，不可以威服，不可以诚感，不可以理喻，朕展转反复，无可如何，含泪呼天，我皇考及列祖在天之灵，定垂昭鉴。阿其那与塞思黑、允禵、允䄉、允禟结为死党，而阿其那阴险诡谲，实为罪魁；塞思黑之恶，亦与相等；允禵等狂悖糊涂，受其笼络，听其指挥，遂至胶固而不解。总之此数人者，希冀非分，密设邪谋，贿结内外朋党，煽惑众心，行险徼幸之辈，皆乐为之用，私相推戴，而忘君臣之大义。此风渐积，已二十余年，惟朕知之最详最确。若此时不将朕所深知灼见者，分晰宣谕，晓示天下，垂训后人，将来朕之子孙，欲明晰此逆党之事，恐年岁久远，或有怀挟私心之辈，借端牵引，反致无罪之人，枉被冤抑。况朕之所深知者，在廷诸臣，未必能尽知之，三年以来，朕遇便则备悉训示，明指伊等居心行事之奸险；今在廷诸臣，虽知之矣，而天下之人，未必能知之。此是非邪正，所关甚大，朕所以不得不反复周详，剖悉晓谕也。诸王大臣胪列阿其那、塞思黑、允禵各款，合词纠参，请正典刑以彰国法，参劾之条，事事皆系实迹，而奏章中所不能尽者，尚有多端，难以悉数。今诸王大臣以邪党不翦，奸宄不除，恐为宗社之忧，数次力引大义灭亲之请者，固为得理，但朕受皇考付托之重，而手足之内，遭遇此等逆乱顽邪，百计保全而不得，实痛于衷，不忍于情。然使姑息养奸，优柔贻患，存大不公之私心，怀小不忍之浅见，而不筹及国家宗社之长计，则朕又为列祖列宗之大罪人矣。允禔、允祉、允禵，虽属狂悖乖张，尚非首恶，已皆拘禁，冀伊等感发天良，悔改过恶。至阿其那、塞思黑治罪之处，朕不能即断，俟再加详细熟思，颁发谕旨，可将诸王大臣等所奏，及朕此旨颁示中外，使咸知朕万难之苦衷，天下臣工，自必谅朕为久安长治之计，实有不得已之处也。特谕。

这谕下后，不到数日，顺承郡王锡保入奏，阿其那死了。雍正帝故作惊讶道："阿其那有甚么重病，竟致身死？看守官也太不小心，既见阿其那有病，为何不先报知？"锡保道："据看守官说，昨日晚餐，阿其那还好好儿吃饭，不料到了夜间，暴疾而亡。"雍正帝顿足道："朕想他改过迁善，所以把他拘禁，不忍加诛，谁知他竟病死了。"正嗟叹间，宗人府又来报道："塞思黑在保定禁所，亦暴疾身死。"雍正帝叹道："想是皇考有灵，不是皇考乃是血滴子，把二人伏了冥诛，若使不然，他二人年尚未老，为甚么一同去世呢？"次日，诸王大臣合词奏请，阿其那、塞思黑逆天大罪，应戮尸示众，其妻子应一律正法。同党允禵、允祉亦应斩决。允禩、允禟等即果不法，究是雍正帝兄弟，允禩、允禟已死，允禵、允禟不过残喘苟延，诸王大臣还要奏请斩决，连妻子都要正法，若非暗中唆使，那有这般大胆？奉旨："阿其那、塞思黑已伏冥诛，应毋庸议！其妻子从宽免诛，逐回母家，严加禁锢。允禔、允祉，尚非首恶，暂缓正法，后再定夺。"王大臣等见了此旨，方不再奏。后人有诗咏此事道：

阿其那与塞思黑，煎豆燃萁苦不容。

玄武门前双折翼，泰陵毕竟胜唐宗。

允禩、允禟死后，雍正帝已除内患，复想出一种很毒的手段，连年羹尧、隆科多一班人物，也要除灭了他，这真算是辣手。下回表明一切，请看官往后续阅！

荡平青海，功由岳钟琪，年羹尧第拱手受成而已，封为一等公，酬庸何厚？且闻其父年遐龄，亦晋公爵，其长子斌列子爵，次子富列男爵，赏浮于功，宁非别有深意耶？后人谓世宗之立，内恃隆科多，外恃年羹尧，不为无因。作者既于前回表明，本回第据事直叙，两两对勘，已见隐情。若允禩、允禟等，不过于圣祖在日，潜谋夺嫡而已，世宗以计得立，即视之若眼中钉，始则虚与委蛇，继则屡加呵责，匪惟斥之，且拘禁之；匪惟禁之，且暗杀之。改其名曰阿其那，曰塞思黑，曾亦思阿其那、塞思黑为何人之子孙？自己又为何人之子孙乎？辱其兄弟，与辱己何异，与辱及祖考又何异。虽利口喋喋，多见其忍心害理而已。作者仅录朱谕一道，已如见肺肝，王大臣辈无讥焉。

第三十二回

兔死狗烹功臣骈戮 鸿罹鱼网族姓株连

却说抚远大将军年羹尧，本是雍正帝的心腹臣子，青海一役，受封一等公；其父遐龄，亦封一等公爵，加太傅衔，赐缎九十匹；长子斌封子爵；次子富亦封一等男。古人说得好："位不期骄，禄不期侈"，年羹尧得此宠遇，未免骄侈起来。况他又是雍正帝少年朋友，并有拥戴大功，自思有这个靠山，断不至有意外情事，因此愈加骄纵。平时待兵役仆隶，非常严峻，稍一违忤，立即斩首。他请了一个西席先生，姓王字涵春，教幼子念书，令厨子馆僮，侍奉维谨。一日，饭中有谷数粒，被羹尧察出，立即处斩。又有一个馆僮，捧水入书房，一个失手，把水倒翻，巧巧泼在先生衣上，又被羹尧看出，立拔佩刀，割去馆僮双臂。吓得这位王先生，日夜不安，一心只想辞馆，怎奈见了羹尧，又把话儿噤住，恐怕触忤东翁，也似厨子、馆僮一般，战战兢兢，过了三年，方得东翁命令，叫幼子送师归家。这位王先生，离开这阎罗王，好像得了恩赦，匆匆回家。到了家门，蓬荜变成巨厦，陋室竟作华堂，他的妻子，出来相迎，领着一群丫头使女，竟是珠围翠绕，玉软香温，弄得这位王先生，茫无头绪，如在梦中。后经妻子说明，方知这场繁华，统是东家年大将军，背地里替他办好，真是感激不尽。那位年少公子，奉了父命，送师至家，王先生知他家法森严，不敢叫他中道折回。到了家中，年公子呈上父书，经先生拆阅，乃是以子相托，叫幼子居住师门，不必回家。先生越发奇怪，转想年大将军既防不测，何不预先辞职，归隐山林？这真不解！其实羹尧总难免一死，即使归隐，亦恐雍正不肯放过。当时亦不便多嘴，便将来书交年公子自阅。公子阅毕，自然遵了父命，留住不归。先生也自然格外优待，且不必说。

只年将军总是这般脾气，喜怒无常，杀戮任性，起居饮食，与大内无二，督抚提镇，视同走狗。在西宁时，见蒙古贝勒七信的女儿，姿色可人，遂不由分说，着兵役抬回取乐，一面令提督吹角守夜，提督军门，总道他得了娇娃，无暇巡察，差了一个参将，权代守夜。谁知这位年大将军，精神正好，上了一次舞台，又起身出营巡逻，见守夜的乃是参将，并不是提督，遂即回营，把提督参将，一齐传到，喝令斩决示众。但他既残忍异常，如何军心这般畏服？他杀人原是厉害，他的赏赐，也比众不同，一赐千万，毫不吝惜，所以兵士绝不谋变。惟这赏钱从那里得来？未免纳贿营私，冒销滥报。雍正帝未除允禩、允禟等人，虽闻他种种不法，还是隐忍涵容，等到允禩、允禟，已经拘禁，他索性把同与秘谋的人，也一律处罪，免得日后泄漏。手段真辣。一日下谕，调年羹尧为杭州将军，王大臣默窥上意，料知雍正帝要收拾羹尧，便合词劾奏。雍正帝大怒，连降羹尧十八级，罚他看守城门。他在城门里面，守得格外严密，任你王孙公子，丝毫不肯容情，因此挟怨的人，愈沿愈多。王大臣把他前后行为，一一参劾，有几条是真凭实据，有几条是周内深文，共成九十二大罪，请即凌迟处死。还是雍正帝记念前劳，只令自尽，父子等俱革职了事。惟年富本不安本分，着即处斩，所有家产，抄没入官。

年羹尧已经伏法，还有隆科多未死，雍正帝又要处治他了。都察院先上书纠劾隆科多，说他庇护年羹尧，例应革职。得旨："削去太保衔，职任照旧。"嗣刑部又复上奏，劾他挟势婪赃，私受年羹尧等金八百两、银四万二千二百两，应即斩决。有旨："隆科多才尚可用，恰是有才。免其死罪，革去尚书，令往理阿尔泰边界事务。"隆科多去后，议政王大臣等，复奏隆科多私钞玉牒，存贮家中，应拿问治罪。奉旨准奏，即着缇骑逮回隆科多，饬顺承郡王锡保密审，锡保遵旨审讯，提出罪案，质问隆科多。隆科多道："这等罪案，还是小事，我的罪实不止此。只我乃是从犯，不是首犯。"锡保道："首犯是那一个？"隆科多道："就是当今皇上。"锡保道："胡说！"隆科多道："你去问他，那一件不是他叫我做的。他已做了皇帝，我等自然该死。"仿佛隋朝的张衡。锡保不敢再问，便令将隆科多拘住，一面锻炼成狱，说他大不敬罪五件，欺罔罪四件，紊乱朝政罪三件，奸党罪六件，不法罪七件，贪婪罪十七件，应拟斩立决，妻子为奴，财产入官。雍正帝特别加恩，特下谕旨道：

> **隆科多所犯四十款重罪，实不容诛，但皇考升遐之日，召朕之诸兄弟，及隆科多入见，面降谕旨，以大统付朕。是大臣之内，承旨者惟隆科多一人，**不啻自认。**今因罪诛戮，虽于国法允当，而朕心实有所不忍。隆科多忍负皇考及朕高厚之恩，肆行不法，朕既误加信任于初，又不曾严行禁约于继，惟有朕身引过而已。在隆科多负恩狂悖，以致臣民共愤，此伊自作之孽，皇考**

在天之灵，必昭鉴而默诛之。何不用血滴子。**隆科多免其正法，于畅春园外，附近空地，造屋三间，永远禁锢。伊之家产，何必入官，其妻子亦免为奴。伊子岳兴阿着革职，玉桂着发往黑龙江当差。钦此。**

雍正帝本是个刻薄寡恩的主子，喜怒不时，刑赏不测，他于年羹尧、隆科多二人，一令自尽，一饬永禁，惟家眷都不甚株累，分明是纪念前功，格外矜全的意思。只前回说这年大将军，系血滴子的首领，此次年将军得罪，难道这种侠客，不要替他复仇么？据故老传说：雍正帝既灭了允禩、允禟一班兄弟，复除了年羹尧、隆科多一班功臣，他想内外无事，血滴子统已没用，索性将这班豪客，诱入一室，阳说饮酒慰劳，暗中放下毒药，一古脑儿把他鸩死，绝了后患，所以血滴子至今失传。这种遗闻，毕竟是真是假，小子无从证实，姑遵了先圣先师的遗训，多闻阙疑便了。

只是年羹尧案中，还牵连文字狱两案：浙人江景祺，作《西征随笔》，语涉讥讪，年羹尧不先奏闻，目为大逆罪，把汪景祺立即斩决，妻子发往黑龙江为奴。还有侍讲钱名世，作诗投赠年羹尧，颂扬平藏功德，谄媚奸恶，罪在不赦，革去职衔，发回原籍。榜书“名教罪人。”悬挂钱名世居宅，总算是格外宽典。此外文字狱，亦有数种：江西正考官查嗣庭，出了一个试题，系大学内“维民所止”一语，经廷臣参奏，说他有意影射，作大逆不道论。小子起初也莫名其妙，后来觅得原奏，方知道他的罪证，原奏中说“维”字“止”字，乃“雍”字“正”字下身，是明明将“雍正”二字，截去首领，显是悖逆。可怜这正考官查嗣庭未曾试毕，立命拿解进京，将他下狱，他有冤莫诉，气愤而亡。还要把他戮尸枭示，长子坐死，家属充军。欲加之罪，何患无辞！又有故御史谢济世，在家无事，注释《大学》，不料被言官闻知，指他毁谤程、朱，怨望朝廷。顺承郡王锡保参了一本，即令发往军台效力。这个谢济世竟病死军台，不得生还。秦皇焚书坑儒，亦是此意。相传雍正年间，文武官员，一日无事，使相庆贺，官场如此，百姓可知，这真叫法网森严呢。

另有一种案子，比上文所说的，更是重大，待小子详细叙来：浙江有个吕留良，表字晚村，他生平专讲种族主义，隐居不仕。大吏闻他博学，屡次保荐，他却誓死不去。家居无事，专务著作，到了死后，遗书倒也不少，无非论点夷夏之防，及古时井田封建等语。当时文网严密，吕氏遗书，不便刊行，只其徒严鸿逵、沈在宽等，抄录成编，作为秘本。湖南人曾静，与严、沈两人，往来投契，得见吕氏遗著，击节叹赏。寻闻雍正帝内诛骨肉，外戮功臣，清宫里面，也有不干不净的谣传。他竟发生痴想，存了一个尊攘的念头。中了书毒。他有个得意门生，姓张名熙，颇有胆气，曾静与他密议。张熙道：“先生之志则大矣，先生之号则不可。”曾静道：“《春秋》大义，内夏外夷，若把这宗旨提倡，那有不感动人心？你如何说是不可？”张熙道：“滔滔者，天下皆是也，靠我师生两个，安能成事？”曾静道：“居！吾语汝！”满口经书，确是两个书癫子。遂与张熙耳语良久。张熙仍是摇头，曾静道：“他是大宋岳忠武王后裔，难道数典忘祖么？况满廷很加疑忌，他亦昼夜不安，若有人前往游说，得他反正，何愁大业不成？”张熙道：“照这样说来，倒有一半意思，但是何人可去？”曾静道：“明日我即前往。”张熙道：“先生若去，吉凶难卜，还是弟子效劳为是。”有事弟子服其劳，张熙颇不愧真传。曾静随写好书信，交与张熙，并向张熙作了两个长揖，张熙连忙退避。次日，张熙整顿行装，到业师处辞行。曾静送出境外，复吩咐道：“此行关系圣教，须格外郑重！”迂极。张熙答应，别了曾静，径往陕西大道而去。

这时川陕总督正是岳钟琪，张熙昼行夜宿，奔到陕西，问明总督衙门，即去求见。门上兵役，把他拦住，张熙道：“我有机密事来报制军，敢烦通报。”便取出名帖，递与兵役。由兵弁递进名帖，钟琪一看，是湖南靖州生员张熙八个小字，随向兵弁道：“他是个湖南人氏，又是一个秀才，来此做甚么？不如回绝了他！”兵弁道：“据他说有机密事报闻，所以特地前来。”钟琪道：“既如此，且召他进来！”兵弁出去一会，就带了张熙入内。张熙见了岳钟琪只打三拱，钟琪也不与他计较，便问道：“你来此何干？”张熙取出书信，双手捧呈。钟琪拆阅一周，顿时面色改变，喝令左右将张熙拿下。左右不知何故，只遵了总督命令，把张熙两手反绑。张熙倒也不甚惊惧，钟琪便出坐花厅，审问张熙。两旁兵弁差役，齐声呼喝，当将张熙带进，令他跪下。钟琪道：“你这混帐东西，敢到本部堂处献书，劝本部堂从逆，正是不法已极，只我看你一个书生，那有这般大胆，究竟是被何人所愚，叫你投递逆书？你须从实招来，免受刑罚！”张熙微笑道：“制军系大宋忠武王后裔，独不闻令先祖故事么？忠武王始终仇金，晓明攘夷大义，虽被贼臣构陷，究竟千古流芳。公乃背祖事仇，宁非大误，还请亟早变计，上承祖德，下正民望，做一番烈烈轰轰的事业，方不负我公一生抱负。”钟琪大喝道：“休得胡说！我朝深恩厚泽，浃髓沦肌，那个不心悦诚服？独你这个逆贼，敢来妄言。如今别话不必多说，但须供出何人指使，何处巢穴。”张熙道：“扬州十日，嘉定三日，这是人人晓得的故事，我公视作深恩厚泽，真正奇闻。我自读书以来，颇明大义，内夏外夷，乃是孔圣先师的遗训，如要问我何人指使，便是孔夫子，何处巢穴，便是山东省曲阜地方，所供是实。”诙谐得妙。钟琪道：“你不受刑，安肯实供？”喝左右用刑。早走上三四个兵役，把张熙撳翻，取过刑杖，连挞臀上，一五一十的报了无数，连臀血都浇了出来。张熙只连叫孔夫子，孔老先生，终没有一句实供。钟琪复命左右加上夹棍，这一夹，比刑杖利害得多，真是痛心彻肺，莫可言状。张熙大声道：“招了，招了。”兵役把夹棍放宽，张熙道：“不是孔夫子指使，乃是宋忠武王岳飞指使的。”妙语。钟琪连拍惊堂木，喝声快夹。兵役复将夹棍收紧，张熙哼了一声，晕绝地上。兵役忙把冷水喷醒，钟琪喝问实供不实供？张熙道：“投书的是张熙，指使的亦是张熙，你要杀就杀，要剐就剐。哼、哼、哼！我张熙倒要流芳百世，恐怕你岳钟琪恰遗臭万年。”钟琪暗想道：“我越用刑，他越倔强，这个蠢汉，不是刑罚可以逼供的。”当命退堂，令将张熙拘入密室。

过了两夕，忽有一个湖南口音，走入张熙囚室内，问守卒道：“那个是张先生？”守卒便替他指引，与张熙照面。张熙毫不认识，便是那人开口道：“张兄久违了！”张熙不觉惊异起来。那人道：“小弟与张兄乃是同乡，只与张兄会过一次，所以不大相识。”张熙问他姓名。那人道：“此处非讲话之所。惟闻张兄创伤，特延伤科前来医治，待张兄伤愈，再好细谈。”说毕，便引进医生，替他诊治，外敷内补，日渐痊可。那人复日夕问候，张熙感他厚谊，一面道谢，一面问他来历。那人自说现充督署幕宾，张熙越加惊疑。那人并说延医诊治，亦是奉制军差遣，张熙道：“制军与我为仇，何故医我创伤？”那人起身四瞧，见左右无人，便与张熙附耳道：“前日制军退堂，召我入内，私对我说道：‘你们湖南人，颇是好汉。’我当时还道制军不怀好意，疑我与张兄同乡，特来窥探，我便答道：‘这种人心怀不轨，有甚么好处？’制军恰正色道：‘他的言语，倒是天经地义，万古不易，只他未免冒失，那里有堂堂皇皇，来投密书，我只得把他刑讯，瞒住别人耳目，方好与他密议。’随央我延医诊治。我虽答应下来，心里终不相信，所以次日未来此处。处处反说，不怕张熙不入彀中。不意到了夜间，制军复私问延医消息，并询及张兄伤痕轻重如何？我又答道：‘此事请制军三思，他日倘传将出去，恐怕未便，况当今密探甚多，总宜谨慎为是。’制军怅然道：‘我道你与他同乡，不论国防，也须顾点乡谊，你却如此胆小，圣言微义，从此湮没了。’随又取出张兄所投的密书，与我瞧阅，说着：‘书中语语金玉，不可轻视。’我把书信阅毕，缴还制军，随答道：‘据书中意思，无非请制军发难，恐怕未易成功。’这一句话，恼了制军性子，顿时怒容满面道：‘我与你数年交情，也应知我一二，为甚么左推右阻？’我又答道：‘据制军意见，究属如何？’制军道：‘我是屡想发难，只惜无人帮助，独木不成林，所以隐忍未发，若得写书的人，邀作臂助，不患不成。你且将张某医好，待我前去谢罪，询出写书人姓字，前去聘他方好。’又叫我严守秘密，我见制军诚意，并因张兄同乡，所以前来问候。”张熙听他一派鬼话，似信非信，便道：“制军如果有此心，我虽死亦还值得。但恐制军口是心非。”那人便接口道：“现今皇上也很疑忌制军，或者制军确有隐衷，也未可知。”故作腾挪之笔，可谓善话。说毕辞去。

隔了一宿，那人竟与岳制军同至密室。岳制军谦恭得了不得，声声说是恕罪。又袖出人参二支，给他调养，并说道：“本拟设席压惊，只恐耳目太多，不便张皇，还请先生原谅！”叙了许久，也不问起写书人姓字，作别而去。嗣后或是那人自来，或是制军同至，披肝露胆，竭尽真诚。张熙被他笼住，不知不觉的把曾静姓名，流露出来。岳钟琪当即飞奏，并移咨湖南巡抚王国栋，拿问曾静。雍正帝立派刑部侍郎杭弈禄、正白旗副都统海兰，到湖南会同审讯。曾静供称生长山僻，素无师友，因历试州城，得见吕留良评论时文，及留良日记，因此倾信。又供出严鸿逵、沈在宽等，往来投契等情。杭弈禄等据供上闻，雍正帝复飞饬浙江总督李卫，速拿吕留良家属，及严鸿逵、沈在宽一干人犯，并曾静、张熙，一并押解到京，命内阁九卿谳成罪案。留良戮尸，遗书尽毁。其子毅中处斩，鸿逵已病殁狱中，亦令枭首。在宽凌迟处死。罪犯家属，发往黑龙江充军。曾静、张熙，因被惑讹言，加恩释放。惟将前后罪犯口供，一一汇录刊布，冠以圣谕，取名《大义觉迷录》，颁行海内，留示学宫。可怜吕留良等家眷，被这虎狼衙役，牵的牵，扯的扯，从浙江到黑龙江，遥遥万里，备极惨楚，单有一个吕四娘，乃留良女儿，她却学成一身好本领，奉着老母，先日远飏去了。小子凑成七绝一首道：

文字原为祸患媒，不情惨酷尽堪哀。
独留侠女高飞去，他日应燃死后灰。

雍正帝既惩了一干人犯，复洋洋洒洒的下了几条谕旨，小子不暇遍录，下回另叙别情。

年羹尧、隆科多二人，与谋夺嫡，罪有攸归，独对于世宗，不为无功。世宗杀之，此其所以为忍也。且功成以后，不加裁抑，纵使骄恣，酿成罪恶，然后刑戮有名，斯所谓处心积虑成于杀者。读禁隆科多谕旨，不啻自供实迹。言为心声，欲盖弥彰，矫饰亦奚益乎？文狱之惨，亦莫过于世宗时，一狱辄株连数十百人，男子充戍，妇女为奴，何其酷耶？本回于雍正帝事，仅叙其大者，此外犹从阙略，然已见专制淫威，普及臣民，作法于凉，必致无后。吕嬴牛马，亶其然乎？

第三十三回

畏虎将准部乞修和
望龙髯苗疆留遗恨

却说罗卜藏丹津远窜后，投奔准噶尔部，依策妄阿布坦。清廷遣使索献，策妄不奉命。是时西北两路清军，已经撤回，惟巴里坤屯兵，仍旧驻扎。雍正五年，策妄死，子噶尔丹策零立，狡黠好兵，不亚乃父。雍正帝拟兴师追讨，大学士朱轼、都御史沈近思，都说时机未至，暂缓用兵，独大学士张廷玉，与上意相合。乃命傅尔丹为靖远大将军，屯阿尔泰山，自北路进，岳钟琪为宁远大将军，屯巴里坤，自西路进，约明年会攻伊犁。雍正帝亲告太庙堂子，随升太和殿，行授钺礼，并亲视大将军等上马启行。是日天本晴朗，忽然阴云四合，大雨倾盆，旌纛不扬，征袍皆湿。不祥之兆。沿途露餐风宿，到了泛地，驻扎数月。会罗卜藏丹津，与族属舍楞，谋杀噶尔丹策零，夺据准部。事泄，丹津被执。身作寓公，还想吞灭主人翁，真正该死！噶尔丹策零遣使特磊到京，愿执丹津来献。于是有旨令两大将军暂缓出师，回京面授方略。令提督纪成斌，副将军巴赛，分摄两路军事。不料噶尔丹策零闻将军召还，竟遣兵二万，入袭巴里坤南境科舍图牧场，抢夺牲畜。纪成斌仓卒无备，不及赴援，幸亏总兵樊廷、副将冶大雄，急率二千兵驰救。总兵张元佐亦领兵来会。力战七昼夜，方杀退敌众，夺回牲畜大半。诏奖樊廷、张元佐等，降纪成斌为副将，仍令傅尔丹、岳钟琪各赴军营。

傅尔丹容貌修伟，颇有雄纠气象，无如徒勇寡谋，外强中干。一个绣花枕头。先是与岳钟琪同时出师，沿途扎营，两旁必列刀槊，钟琪问他何用？傅尔丹道："这种刀槊，统是我的家伙，摆立两旁，所以励众。"钟琪微笑，出了营，语自己的将佐道："将在谋不在勇，徒靠这个军器，恐不中用。这位傅大将军，未免要临阵蹉跌呢！"

此次奉命再出，亟至科尔多，策零遣大小策零敦多布，率兵三万，进至科尔多西边博克托岭。傅尔丹闻报，命部将往探，捉住番兵数名回来，由傅尔丹讯问。番兵答道：“我军前队千余人，已至博克托岭，带有驼马二万只，后队现尚未到。”傅尔丹道：“你等愿降否？”番兵道：“既已被捉，如何不降？”傅尔丹大喜，令为前导，即发兵万人随袭敌营。忽有数人入谏道：“降兵之言不可信，大帅宜慎重方好！”傅尔丹视之，乃是副都统定寿、永国、海寿等人，便道：“你等何故阻挠？”开口便说他阻挠，活肖卤莽形状。定寿道：“行军之道，精锐在先，辎重在后，断没有先后倒置的道理，况据降兵报称，敌兵前队，只千余名，驼马恰有二万头，这等言语，显是不情不实，请大帅拷讯降卒，自得真供。”已经道破，人人可晓，偏这傅尔丹不信。傅尔丹叱道：“他已愿降，如何还要拷讯？就使言语不实，他总有兵马扎住岭上，我去驱杀一阵，逐退贼兵，亦是好的。”总是恃勇轻敌。便令副将军巴赛，率兵万人先进，自率大兵接应。巴赛挑选精骑四千，跟降卒前行，作为先锋，三千为中军，三千为后劲，勒马衔枚，疾趋博克托岭。去寻死了。到了岭下，望见岭上果有驼马数十头，番兵数十名，巴赛忙驱兵登岭，番兵立刻逃尽，剩下驼马，被清兵获住。是钓鱼的红曲蟺。复向岭中杀入，山谷间略有几头驼马，四散吃草，仍是诱敌。前锋不愿劫夺，大抵嫌少。只管疾行。后队见有驼马，争前牵勒。猛听得胡笳远作，番兵漫山而来。巴赛亟想整队迎敌，各兵已自哗乱，霎时毡裘四合，把清兵前后隔断，前锋到和通泊陷入重围，只望后队援应，后队的巴赛又往前队回援，两不相顾，大众乱窜。番兵趁这机会，万矢齐射，清兵前锋四千名陷没和通泊，巴赛身中数箭，倒毙谷中。六千人不值番兵一扫，荡得干干净净。

这时候，傅尔丹已到岭下，暂把大兵扎住，拟窥探前军情形，再定进止。忽见番兵乘高而下，呼声震天，傅尔丹亟命索伦蒙古兵抵御，科尔沁蒙古兵，悬着红旗，土默特蒙古兵，悬着白旗，白旗兵争先陷阵，红旗兵往后遁走。索伦兵惊呼道：“白旗兵陷没，红旗兵退走了。”各军队闻了此语，吓得心惊胆战，你也逃，我也走，只恨爹娘少生两条腿子，拼命乱跑。傅尔丹惊惶失措，也只得且战且走。勇在那里？番兵长驱掩杀，击毙清兵无数，伤亡清将十余员，只傅尔丹手下亲兵二千名，保住傅尔丹逃回科尔多。番兵俘得清兵，用绳穿胫，盛入皮囊内，系在马后，高唱胡歌而去。清兵都做了入网之鱼。

败报传到北京，雍正帝急命顺承郡王锡保代为大将军，降傅尔丹职。别遣大学士马尔赛，率兵赴归化城，扼守后路。那边大小策零，既败傅尔丹，遂乘胜进窥喀尔喀，绕道至外蒙古鄂登楚勒河，惹出一个大对头来。这个大对头，名叫策凌，他是元朝十八世孙图蒙肯的后裔，幼时曾居北京，侍内廷，尚公主，后来带了家眷，还居外蒙古塔米尔河。他的祖宗蒙肯，尊奉黄教，达赖喇嘛给他一个三音诺颜的美号。藏俗叫善人为三音，蒙古俗叫官长为诺颜，蒙藏合词，译作汉文，就是好官长的意义。策凌袭了祖宗的徽号，隶入土谢图汗下，他因喀尔喀与准部毗连，预练士卒，防备准寇，适值小策零绕道来攻，策凌先遣六百骑挑战，诱他追来，自率精骑，跃马冲入。敌将喀喇巴图鲁，勇悍善战，持刀来迎，被策凌大喝一声，立劈喀喇巴图鲁于马下。小策零部众，见喀喇被杀，无不股栗，当即退走。策凌追出境外，俘馘数千名，方令退兵。驰书奏捷，奉旨晋封亲王，命他独立，不复隶土谢图。自是喀尔喀蒙古内，特增三音诺颜部，与土谢图、札萨克、车臣三汗，比肩而立了。

小策零败还后，屯兵喀喇沙尔城，至雍正十年六月，纠众三万，偷过科尔多大营，复图北犯。顺承郡王锡保，急檄策凌截击，策凌兼程前进，将至本博图山，忽接塔米尔河警信，准兵从间道突入本帐，把子女牲畜，尽行掠去。策凌愤极，对天断发，誓歼敌军，一面返旆驰救，一面告急锡保，请师夹攻。策凌部下，有一个脱克浑，绰号飞毛腿，一昼夜能行千里，他浑身穿着黑衣，外罩黑氅，每登高峰，探敌虚实，用两手张开黑氅，好像老鹰一般，敌兵就使望见亦疑是塞外巨鹰，不去防备，他却把敌兵情势，望得明明白白，来报策凌。活似戏子中一个开口跳。策凌至杭爱山西麓，得脱克浑报知，敌兵就在山后，便令部兵略略休息，到夜间逾山而下，如风如雨，杀入敌营。这等番兵得胜而归，饱餐熟睡，迨至惊觉，摸刀的不得刀，摸枪的不得枪，也有钻出头而头已落，也有伸出脚而脚已断，也有掣出刀，却杀了自己头目，点起铳，却打了自己部兵，只有脚生得比人长的，耳生得比人灵的，先行疾走，方得逃出。策凌奋力追赶，杀到天明，追至鄂尔昆河，左阻山，右逼水，中间横亘一大喇嘛庙，叫作额尔德尼寺，敌无去路，仍冒死回扑。策凌跃出阵前，也不顾死活，恶狠狠的与敌相搏。究竟敌兵已败，未免胆怯，蒙兵方胜，来得势盛，两下拼命，也有分别。这一场恶战，敌兵一半被杀，一半挤入水中，不但掠去的子女牲畜，尽被策凌夺回，就是小策零带来的辎重甲杖，亦统行丢弃。小策零率领残骑，扒山遁去。策凌满望锡保出兵邀击，谁知锡保所遣的丹津多尔济，观望却避，竟被小策零生还。马尔赛已奉命移守拜达里克城，亦约束诸将，闭门不出。小策零沿城西走，城内将士，请马尔赛发令追袭，马尔赛仍是不允。将士大愤，自出追敌，怎奈敌已走尽，只得了少许敌械，回入城中。策凌一一奏闻，诏斩马尔赛，革锡保郡王爵，封策凌为超勇亲王，授平郡王福彭为定边大将军，代锡保职，用策凌为副手，守住北路。

时西路将军岳钟琪，驻守巴里坤，按兵不动，只檄将军石云倬等，赴南山口截准兵归路。石云倬迁延不进，纵令溃兵远飏。岳钟琪劾奏治罪，大学士鄂尔泰并劾岳钟琪拥兵数万，纵投网送死之贼，来去自如，坐失机会，罪无可贷。遂诏削岳钟琪大将军号，降为三等侯，寻复召还京师，命鄂尔泰督巡陕甘，经略军务，并令副将军张广泗，护宁远大将军印。广泗奏言准夷专靠骑兵，岳钟琪独用车营，不能制敌，反为敌制，因此日久无功。雍正帝复夺钟琪职，交兵部拘禁。

张广泗受任后，壁垒一新，无懈可击，准酋噶尔丹策零，亦遣使请和。雍正帝召王大臣会议，或主剿，或主抚，还是雍正帝乾纲独断，对王大臣道："朕前奉皇考密谕，准夷辽远，不便进剿，只有诱他入犯，前后邀截，方为上策。现经上年大创，他已远徙，不敢深入，我两路大兵，暴露已久，不如暂时主抚，再作远图。"这谕一下，诸王大臣同声赞成，乃降旨罢征，遣侍郎傅鼐，及学士阿克敦，往准部宣抚。准酋欲得阿尔泰山故地，超勇亲王策凌，坚持不可，往复争论，直到乾隆二年，始议定阿尔泰山为界，准部游牧，不得过界东，蒙人游牧，不得过界西，总算勉就和平，这且按下慢表。

且说中国西南，有一种苗民，很是野蛮，相传轩辕黄帝以前，中国地方，本是苗民居住，后来轩辕黄帝，与苗族头目蚩尤，战了一场，蚩尤战败被杀，余众窜入南方，后复逐渐退避，伏处南岭，名目遂分作几种：在四川的叫作僰；在两广的叫作獞；在湖南贵州的叫作猺；在云南的叫作猓。这数省中的苗民，要算云、贵最多，官长管不得许多，向来令他自治。地方自治制，要算由苗民发起。他族中有几个头目，总算归官长约束，号为土司。吴三桂叛乱时，云、贵土司颇为所用，事平后，清廷也无暇追究，苗民不服王化，专讲劫掠，边境良民，被他骚扰得了不得。雍正皇帝用了一个镶黄旗人鄂尔泰，做了云、贵总督，他见苗民横行无忌，竟独出心裁，上了一本奏折，内说："苗民负险不服，隐为边患，要想一劳永逸，总须改土为流，所有土司，应勒令献土纳贡，违者议剿。"这奏一上，盈廷王大臣，统吓得瞠目伸舌，这也是寻常计策，王大臣等诧为奇议，可见满廷多是饭桶，毫无远见。只雍正帝服他远识，极力嘉奖道："奇臣，奇臣！这是天赐与朕呢。"因饬铸滇、黔、桂三省总督印，颁给鄂尔泰，令他便宜行事。鄂尔泰剿抚并用，擒了乌蒙土司禄万钟，及威远土目札铁匠，镇远叛首刁如珍，降了镇雄土司陇庆侯，及广西土府岑映震，新平土目李百叠。于是云、贵生苗二千余寨，一律归命，愿遵约束。自从雍正四年，到了九年，这五年内，鄂尔泰费尽苦心，开辟苗疆二三千里，麾下文武，如张广泗、哈元生、元展成、韩勋、董芳等，统因平苗升官，鄂尔泰亦受封伯爵。雍正帝连下批札，有"朕实感谢"等语。这位鄂伯爵的功劳，真正是独一无二了。功劳恰也不小。

雍正十年，召鄂尔泰还朝，授保和殿大学士，旋因准部内侵，命督巡陕、甘，经略军务。张广泗又早调任西北，护理宁远大将军事，自是苗疆又生变端，雍正十三年春，贵州台拱九股苗复叛，屯兵被围，营中樵汲，都被断绝。军士掘草为食，凿泉以

鄂尔泰（1677—1745），西林觉罗氏，字毅庵，清满洲镶蓝旗人。举人出身。为雍亲王（即世宗）的心腹。雍正时任云贵总督。雍正十年（1732年）任保和殿大学士兼兵部尚书、军机大臣。世宗死，受遗命与张廷玉等辅政。乾隆十年（1745年）以病解职。

张廷玉（1672—1755），字衡臣，号研斋。清安徽桐城人。张英之子。康熙进士。官至保和殿大学士、军机大臣，加太保。雍正时设军机处，规制均出其手。前后历三朝，居官五十年。《明史》即在他任总裁时告成。有《传经堂集》。

饮，死守经月，方得提督哈元生援兵，突围出走。哈元生拟大举进剿，怎奈巡抚元展成，轻视苗事，与哈元生意见不合，只遣副将宋朝相，带兵五千，进攻台拱，甫至半途，遇苗民倾寨而来，众寡不敌，相率溃退。苗民遂迭陷贵州诸州县，有旨发滇、蜀、楚、粤六省兵会剿，特授哈元生为扬威将军，副以湖广提督董芳，嗣又命刑部尚书张照为抚苗大臣，熟筹剿抚事宜。

哈元生沿途剿苗，迭复名城，颇称得手，不想副将冯茂，诱杀降苗六百余名，暨头目三十余人，余苗逃归传告，纠众诅盟，先把妻女杀死，誓抗官兵，遍地蔓延，不可收拾。张照到了镇远，还是腐气腾腾的密奏改流非计，不如议抚。哈元生、董芳，亦因政见不同，互相龃龉。寻议分地分兵，滇、黔兵隶哈元生，楚、粤兵隶董芳，彼此不相顾应，一任苗民东冲西突，没法弭平。朝上这班王大臣，争说鄂尔泰无端改流，酿成大祸，专事咎入，实属可恨！鄂尔泰时已还朝，迫于时论，亦上表请罪，力辞伯爵。雍正帝允如所请，只仍命鄂尔泰直宿禁中，商议平苗的政策。

张广泗闻鄂尔泰被贬，心中也自不安，奏请愿即革职，效力军前，雍正帝尚在未决。一日，正与庄亲王允禄，果亲王允礼，大学士鄂尔泰、张廷玉，在大内议事，自未至申，差不多有两个时辰，方命退班。鄂尔泰因苗族未平，格外掂念，回到宅中，无情无绪的吃了一顿晚餐。忧心君国，是爱新觉罗氏忠臣。忽见宫监奔入，气喘吁吁，报称："皇上暴病，请大人立刻进宫！"鄂尔泰连忙起身，马不及鞍，只见门外有一煤羸，跨上疾走，驰入宫前，下了马，疾趋入内，但见御榻旁人数无多，只皇后已至，满面泪容。鄂尔泰揭开御帐，不瞧犹可，略略一瞧，不觉哎哟一声，自口而出。正在惊讶，庄亲王、果亲王亦到，近瞩御容，都吓了一大跳。庄亲王道："快把御帐放下，好图后事。"一面并请皇后安，皇后呜咽道："好端端一个人，为甚么立刻暴亡？须把宫中侍女内监，先行拷讯，有究原因方好。"还是鄂尔泰顾全大局，随道："侍女宫监，未必有此大胆，此事且作缓图，现在最要紧的是续立嗣君。"庄亲王接口道："这话很是，乾清宫正大光明匾额后，留有锦匣，内藏密谕，应即祗遵。"随督率总管太监，到乾清宫取下秘匣，当即开读，乃"皇四子弘历为皇太子，继朕即皇帝位。”二语。是时皇子弘历等，已入宫奔丧，随即奉了遗诏，命庄亲王允禄，果亲王允礼，大学士鄂尔泰、张廷玉辅政。经四大臣商酌，议定明年改元乾隆。乾隆即位，就是清高宗纯皇帝。但雍正帝暴崩的缘故，当时讳莫如深，不能详考。只雍正以后，妃嫔侍寝，须脱去衵衣，外罩长袍，由宫监负入，复将外罩除去，裸体入御。据清宫人传说，这不是专图肉欲，乃是防备行刺、惩前毖后的缘故。小子不敢深信，雍正帝能侦探内外官吏，宁独不能制驭妃嫔？惟后人有诗一首道。

清高宗（1711—1799），即“爱新觉罗·弘历”，清代皇帝，雍正第四子，年号乾隆。即位后继续平定西北、西南叛乱。乾隆四十八年（1783年）编成《四库全书》。屡兴文字狱。统治期间，六次南巡，浪费无度。自称“十全老人”。后期任用和珅，大长贪污之风，政治更加腐败。清王朝由盛而衰。嘉庆元年（1796年）初禅位给皇太子（仁宗），自称太上皇帝。

重重寒气逼楼台，深锁宫门唤不开。

宝剑革囊红线女，禁城一啸御风来。

据这首诗深意，系是专指女侠，难道是上文所说的吕四娘为父报仇么？是真是假，一俟公论。下回要说乾隆帝事情了。

惟战而后能和，惟剿而后可抚。对待外人之策，不外乎此。准部入犯，非战不可，清世宗决意主剿，善矣。乃误任一有貌无才之傅尔丹，致有和通泊之败，若非策凌获胜，不几殆甚。至苗疆之变，罪不在鄂尔泰，张照、董芳辈实尸其咎。不能剿，安能抚？此将才之所以万不可少也。世宗自矜明察，而所用未必皆材，且反以明察亡身，蒲留仙《聊斋志异》载有《侠女》一则、或说即吕四娘轶事，信如斯言，精明之中，须含浑厚，毋徒效世宗之察察为也。

第三十四回

分八路进平苗穴
祝千秋暗促华龄

却说乾隆帝即位后，朝政颇尚宽大，凡宗室人等，旧被圈禁，至是一律释放。封允䄉、允禵公爵，复阿其那、塞思黑红带，收入玉牒。自己的兄弟骨肉亦均封为亲王。已故弟兄，各追封赐谥。尊母钮祜禄氏为皇太后。册立元妃富察氏为皇后。母族后族，都另眼相看。又把岳钟琪、陈泰等释出狱中。赦汪景祺、查嗣庭家属罪，命他回籍。因此宗室觉罗、勋戚故旧、官吏人民，没一个不颂扬仁德。确能干蛊。只云、贵叛苗，未曾平靖，乾隆帝初次用兵，不得不稍示威严，特逮回张照、哈元生、董芳治罪，哈元生似属可免。别授张广泗为七省经略，节制各路人马。广泗本是治苗的熟手，到了贵州，统盘筹算，想了一个暂抚熟苗、力剿生苗的计策，握定宗旨，自易下手。随即上奏道：

> **臣到任后，巡阅大势，默观夫叛苗之所以蔓延，张照等之所以无功者，由分战兵守兵为二，而合生苗熟苗为一也。兵本少而复分之使单，寇本众而复殴之使合，其谬可知。且各路首逆，咸聚于上下九股、清江、丹江、高坡诸处，皆以一大寨，领数十百寨，雄长号召，声势犄角，我兵攻一方，则各方援应，彼众我寡，故贼日张，兵日挫。为今日计，若不直捣巢穴，歼渠魁，溃心腹，断不能涣其党羽。惟暂抚熟苗，责令缴凶献械，以分生苗之势，而大兵四出，同捣生苗逆巢，使彼此不能相救，则我力专而彼力分，以整击散，一举可灭，而后再惩从逆各熟苗，以期一劳永逸，庶南人不复反矣。伏乞圣鉴！**

乾隆帝览毕，命他照奏办事。张广泗遂调集贵州兵马，齐屯镇远，扼守云、贵通衢，特选精兵万余人，用四千兵攻上九股，四千兵攻下九股，自统五千余名，攻清江下流各寨。号令严明，所向克捷。

乾隆元年春，复檄调各省援兵，分作八路，一齐发动，如潮前进。那时苗民虽奋死抗拒，究竟一隅草寇，不敌七省大兵，风飘雨扫，瓦解土崩，所有未死的逆苗，都逃入宿巢去了。广泗会集大军，进攻巢穴，行了数日，遥见一座大山，挡住去路，危崖如削，峻岭横空，四围又都是小山攒住，蜿蜿蜒蜒的约有数百里。好称山国。广泗扎住了营，召进熟苗数名，问道："这个地方叫作甚么？"熟苗道："这名牛皮大箐，广阔得了不得，北通丹江，南达古州，西拒都匀八寨，东至清江台拱，差不多有五百里方圆，向系生苗老巢。幽密得很，就是近地苗蛮，亦没有晓得底细。"广泗道："据你说来，简直是无人可入的，本经略却是不怕，偏要进去。"不入虎穴，焉得虎子？便令熟苗退出。

次日，召集部将，令攻牛皮大箐，将士统有难色，广泗拍案道："养兵千日，用兵一时，国家费了无数军饷，所为何事？难道叫你坐食不成？本经略受国厚恩，图报正在今日，如得一战成功，好与你等同膺巨赏，万一失败，本经略亦不忍独生，愿与大众同死此地。天下事不患不成，但患不为，果使勠力同心，生死与共，何怕这牛皮大箐？何惮这待死苗民？"慷慨激昂。将士见主帅发怒，自然唯唯从命。广泗又道："据熟苗言这牛皮大箐内，险恶异常，本经略岂肯冒昧从事，叫你前去寻死？但我来彼入，我去彼出，旷日持久，何时得了，好在各处已无叛苗，我军粮饷尚足，正应设法搜掘，谋个一劳永逸的善策。现在令各军分守箐口，先截叛苗出路，他向来不知耕作，料想箐内，决无良田，不出一月，他自坐困，我们却节节进攻，步步合围，何愁不济？"将士听了此言，方个个欢喜起来，争愿效力。是所谓好谋而成。

广泗遂传令诸军，密堵箐口，又在箐外四布伏兵，严防逋逸，围了半月，始渐渐进逼，得步进步，得尺进尺，叛苗无处觅食，多在箐中饿毙。起初还有几个强悍的，出来驰突，统被围军斩捕，后来不见苗踪。广泗遂驱军大进，行入箐内，但见丛莽塞径，老樾蔽天，雾雨冥冥，瘴烟幂幂，极大的蛇虺，极恶的野兽，出没其间。广泗令军士纵火焚林，霎时间火势腾上，满山满野，统是浓烟，动植各物，无不烧死。就是这等叛苗，也躲无可躲，窜出峒外，一半被杀，一半被捉，还有这种苗妻苗女，苗子苗孙，都已饿得骨瘦如柴，跪在峒旁，抱着头惨呼饶命。官兵也无暇分辨，乱砍乱戳，覆巢下无完卵，游釜中无生鱼，幸亏广泗下令禁止惨戮，还算保存了几个。红顶子都由人血染成。

大箐已破，又搜剿附逆熟苗，分首恶、次恶、胁从三等，首恶立诛，次恶严办，胁从肆赦。约历数月，先后扫荡，共毁除一千二百二十四寨，赦免三百八十八寨，阵斩苗民一万七千余名，俘二万五千有零，获铳炮四万六千五百具，刀矛弓弩标甲，多至十四万八千件。宥其半俘，收其叛产，设九卫屯田，养兵驻守。乾隆帝闻报大喜，命广泗总督贵州，兼管巡抚事，赐轻车都尉世职，并豁免苗疆钱粮，永不征收。苗民诉讼，仍从苗俗习惯，不拘律例。自是云、贵边境，才算平靖。

苗疆已定，海内承平，乾隆帝乃偃武修文，命大学士等订定礼乐，鄂尔泰、张廷玉两大臣，悉心斟酌，规据三礼，考正八音，把朝仪定得格外严密，乐章采得格外整齐。又复连年五谷丰登，八方朝贡，真个是全盛气象，备极荣华。此时做个皇帝，方称踌躇满志。乾隆帝记起世宗遗旨，令在京三品以上，及各省督抚学政，保荐博学鸿词，嗣因世宗晏驾，不及举行，至此正好缵成先志，开试文科。遂命各省文士，一律进京，计得一百七十六员，在保和殿考试。吟风弄月，摛藻扬华，篇篇是锦绣文章，个个是鼓吹盛世。当由大总裁等评定甲乙，恭呈御览。乾隆帝拔取隽才十五员，遵照康熙年例，一等五人，授翰林院编修，二等十人，授翰林院检讨及庶吉士。各员谢恩任职，也不在话下。

只这乾隆帝坐享太平，垂裳而治，未免要想出这欢娱的事情来。禁城里面的花园，算是畅春园最大，前明时懿戚徐伟作为别墅，园内花木参差，亭台轩敞，别具一番风景。圣祖在日，曾赐名畅春，复命于园内北隅，筑屋数间，赐名圆明，令皇子在此读书。世宗未登位时，最喜在圆明园饮酒吟诗，登位后，大兴建筑，楼台亭榭，添了无数。畅春园附近，又有一长春仙馆，比畅春园规模略小，馆中倒也异样精致，乾隆帝钟事增华，令把三处并为一处，发出库中存款，命工部督工改造。这一场建筑，比世宗时阔大得多。东造琳宫，西增复殿，南筑崇台，北构杰阁，说不尽的巍峨华丽。又经这班文人学士，良工巧匠，费了无数心血，某处凿池，某处叠石，某处栽林，某处莳花，繁丽之中，点缀景致，不论春秋冬夏，都觉相宜。又责成各省地方官，搜罗珍禽异卉，古鼎文彝，把中外九万里的奇珍，上下五千年的宝物，一齐陈列园中，作为皇帝家常的供玩。略略数语，金银已不知费得多少了。从前秦始皇筑阿房宫，陈后主起临春、结绮、望仙三阁，隋炀帝营显仁宫、芳华苑，料想也不过如此。以秦始皇、陈后主、隋炀帝相比，价值何如？这年园工告成，乾隆帝奉了皇太后，到园游览，并下特旨，自后妃以下，凡公主福晋，宗室命妇，以及椒房眷属，概令入园玩赏，于是大家遵旨入园。是日，春光蔼蔼，晓色融融，乾隆帝护着皇太后銮驾，到了园内，后妃公主等，一律相随，两旁迎驾的人，统已站着。乾隆帝龙目一瞧，一半是风鬟雾鬓，素口弯腰，此时也不暇评艳。直至行宫里面，下了舆，随太后步入，大众向两宫磕头，除老年妇人外，都装扮得天仙相似。独有一位命妇，眉似春山，眼如秋水，面不脂而桃花飞，腰不弯而杨柳舞，真个是闭月羞花，沈鱼落雁。乾隆帝顾了这个丽人，暗想道："这人很有些面善，未识是谁家眷属？"只是当众人前，不好细问，便呆呆地坐着。众人又转向皇后处，请过了安，但见皇后起立，与那丽人握手道："嫂嫂来得好早！"丽人却娇滴滴道："应该恭候！"乾隆帝听了两人问答，方记起这位丽人，乃是皇后的亲嫂子，内务府大臣傅恒的夫人。当由太后传下懿旨道："今日来此游览，大家不必拘礼。"众人都又谢恩。太后又谕道："游览不如徐步，坐了舆，反没甚趣味。"乾隆帝恰不听见，心不在焉，听而不闻。还是皇后答了"恐劳圣体"四字。太后道："我虽年老，徐步数里，想亦不至吃力。"乾隆帝方禀道："圣母既要步行，叫辇驾跟着便是。要徐步，便徐步，要乘舆，便乘舆。"太后道："这倒很好。"宫监献茶，太后以下，统已饮毕，遂出来四处闲游。皇帝皇后紧紧地跟着太后。皇后后面，便是傅夫人。皇帝频频回顾，傅夫人颇有些觉得，也有意无意，瞻仰御容。到一处，小憩一处。日中在离宫午餐，直到傍晚，太后方兴尽回宫，皇帝皇后，亦一同随返。皇后与傅夫人，又是握手叙别，皇帝更恋恋不舍，临别时还回顾数次。傅夫人站立了好一歇，等到两宫不见，方坐轿回去。一缕情丝，已经牵住。

乾隆帝自此日起，常掂念着傅夫人，整日里无情无绪，连皇后也不晓得他的心思，请问数次，不见回答。一日，遇着皇后千秋节，由太后预颁懿旨，令妃嫔开筵祝寿。乾隆帝竟开心起来，忙至慈宁宫谢恩，皇后更不必说。乾隆帝回到坤宁宫，对皇后道："明日是你生辰，何不去召你嫂子入宫，畅饮一天？"皇后道："她明日自应到来，何必去召？"乾隆帝道："总是去召她稳当。前日去逛圆明园，我见你两人很是亲热，此番进来，好留她盘桓数日，与你解闷。"恐要增闷。皇后嘿然。乾隆帝即传宫监，叫他奉皇后命，明晨召傅夫人入宫宴赏。宫监去了一回，复奏傅夫人正预备祝千秋节，明日遵旨入宫。是夕，乾隆帝便宿在皇后宫内。次日早起视朝，不见有甚么大事，当即辍朝入宫。文武百官，随驾至宫门外，祝皇后千秋。祝毕，大众散去。乾隆帝到坤宁宫，见众妃嫔及公主福晋等，齐集宫中，傅夫人亦已在内。此时乾隆帝目中，只见有傅夫人。因御驾进来，个个站立，按照仪注行礼。乾隆帝忙道："一切蠲免。今日为皇后生辰，奉皇太后懿旨赐宴，大家好欢饮一天。若仍要拘牵礼节，倒反自寻苦恼，朕却不愿吃这苦头。"随令大家卸了礼服，一概赐坐。偏是傅夫人换了常服，越加妖艳，头上梳就旗式的髻子，发光可鉴，珠彩横生；身上穿一件桃红洒花京缎长袄，衬着这杏脸桃腮，娇滴滴越显红白；袄下露出蓝缎镶边的裤子，一双天足，穿着满帮绣花的京式旗圆。乾隆帝目不转睛地瞧着了她，她却嫣然一笑道："寿礼未呈，先蒙赐宴，这都是皇太后皇上的厚恩，臣妾感激不尽。"理应以身报德。乾隆帝道："姑嫂一体，何用客气。"嫂可代姑，原是一体。当下传旨摆宴，乾隆帝请傅夫人上坐。傅夫人道："那有冠履倒置的道理？”于是皇帝坐首席，皇后坐次席，第三席应属傅夫人。傅夫人又谦让一番，各位公主福晋等因傅夫人系皇后亲嫂，自然格外尊崇，定要傅夫人坐第三席，傅夫人仍坚执不肯。乾隆帝道：“此处不是大廷上面，须按品列次，嫂子就坐了罢！”傅夫人无奈遵旨。比座位重大的事情，亦应遵旨，但只一坐何妨。公主福晋等依次坐下，众妃嫔亦侍坐两旁。这次寿筵，正是异常丰盛，说不尽的山珍海味。饮到半酣，大众都带着酒意，脱略形迹，乾隆帝发了诗兴，要大家即事联诗。公主福晋等嚷道：“这个旨意，须要会吟诗的方可遵从，若不会吟诗，只得违旨。就是皇上要治罪，也是无可奈何了。”乾隆帝道：“不会吟诗，罚饮三杯，只皇后与嫂嫂，却不在此例。”大众方各无言。当由乾隆帝起句道：“坤闱设帨庆良辰。”皇后即续下道：“奉命开筵宴众宾。”乾隆帝闻皇后吟毕，便道：“第三句请嫂嫂联吟！”傅夫人道：“这却不能，情愿遵旨罚饮三杯。”乾隆帝道：“前说过嫂嫂不在此例，就使不会吟诗，也要硬吟的。况且姑姑能诗，嫂嫂没有不能的道理。”这是从姑嫂一体语推阐出来，傅夫人只得想了一想，便吟道：“臣妾也叨恩泽逮。”乾隆帝道：“我接罢，‘两家并作一家春’，这句好不好？”恰是妙句。傅夫人极口赞扬。此心已许君皇了。乾隆帝又命众人拇战一回，钗声钏声，及一片呼三喝四的娇声，挤成一番热闹。傅夫人连饮了几杯，酡颜半晕，星眼微饧，一片春意。乾隆帝见她已醉，命宫女扶至别宫暂寝，复令大家闲散一番，乾隆帝也出宫而去。

隔了一小时，大家重复入席，饮酒数巡，时已未刻，皇后令宫女去视傅夫人，宫女去了，好一歇，未见回报。等到大家用过了膳，宫女始含笑而来，报称傅娘娘卧室紧闭，不便入内。皇后道：“皇上呢？”宫女道：“皇上么？”说了两声皇上，停住后文。皇后已微觉一半，不问下去。隐忍得妙。大家散了宴，少坐片刻，日影西沉，宫中统已上灯，便各谢宴退出。是晚只傅夫人不胜酒力，留住宫中。不胜酒力，却胜人力。次晨，乾隆帝仍出视朝，不愧英主。傅夫人方至坤宁宫告辞，皇后对她一瞧，云鬟半亸，犹带睡容，昨宵的况味如何？便微哂道：“嫂子恭喜！”已含醋意。这一语，说得这位傅夫人，不知不觉，面上一阵一阵地热起来了，当即匆匆辞去。

自此皇后见了乾隆帝，不似前日的温柔，乾隆帝也觉暗暗抱愧，少往坤宁宫。昭阳殿里，私恨绵绵，谁知祸不单行，皇后亲生子永琏，竟于乾隆三年，一病不起，医药无灵。这位琏哥儿，本已由乾隆帝遵照家法，密立皇储，至此溘逝，这皇后恨上加恨，痛上加痛，哭得死去活来。乾隆帝趁这时机，打叠起温柔功夫，百般劝解，再三引咎，允她再生嫡子，定当续立为储，并谥永琏为端慧皇太子，赐奠数次，皇后方才回心转来，过了数年，又生下一子，赐名永琮，总道他长命长寿，克承大统，怎奈生了两年，陡出天花，又致夭折。看官！你想这富察皇后，此时还有趣味么？乾隆帝想了一法，借东巡为名，奉皇太后率皇后启銮，暗中实为皇后忧闷，借此消遣。伉俪情也算从重。谒了孔陵，祭了岱岳，凡山东名胜的地方，统去游览，奈这皇后悲悼亡儿，无刻去怀，外边虽强自排遣，内里不知怎样难过。沿途山明水秀，林静花香，别人看了，都觉襟怀爽适，入她眼中，独成惨绿愁红。又复冒了一些风寒，遂在舟中大发寒热。乾隆帝即令随带医官，诊脉进药，服了下去，好似饮水一般，复征召山东名医，尽心诊治，亦是没效，连忙下旨回銮，甫到德州，皇后已晕了数次，乾隆帝随时慰问，也没有一言相答。到皇太后来视，方模模糊糊的说了“谢恩”二字。临终时，对着乾隆帝，只滴了数点红泪。后人有诗惋叹道：

星霓苍龙失国储，巫阳忽又叫苍舒。

长秋从此伤尽落，云黯纤阿返桂舆。

皇后已崩，乾隆帝念自结褵以来，与皇后非常恩爱，只为了傅夫人，稍稍乖离，后来又复和协，不想中道沦亡，失了一位贤后，正是可痛，遂对棺大恸一场。皇太后闻知，忙令乾隆帝先归，自已与庄亲王允禄、和亲王弘昼，缓程回京。乾隆帝遵了母训，带同大行皇后梓宫，兼程回去。欲知后事，下回再讲。

苗疆未平，清高宗无此愉快，皇后千秋节，亦无此闹热，虢姨不来，内蛊何从而起？皇后富察氏之犹得永年，未可知也。本回叙平苗事，写得声威震叠，叙祝寿事，写得喜气汪洋，而最后尾声，则又写得哀痛动人。欢容变作啼容，好景无非幻景，读此可以悟往复平陂之理。

第三十五回

征金川两帅受严刑
降蛮酋二公膺懋赏

却说乾隆帝自德州回京，途次感伤，不消细说。到京后，命履亲王允祹等，总理丧事，奉安皇后梓宫于长寿宫，诸王大臣，免不得照例哭临。宫中妃嫔及福晋命妇，统为皇后服丧。傅夫人系皇后亲嫂子，自然格外尽礼。乾隆帝见她淡装素服，别具丰神，未免起了李代桃僵的思想，可惜罗敷有夫，不能强夺，只得背地里做个襄王，重证高唐旧梦。好在傅夫人每日伴灵，在宫内留宿，不是伴死，却是伴生。柳暗抱桥，花欹近岸，费长房暂缩相思地，女娲氏勉补离恨天，这位乾隆帝，方渐渐解了悼亡的忧痛。嗣因皇太后还宫，恐乾隆帝悲伤过甚，要替他续立皇后，乾隆帝以小祥为期，太后也不便勉强。因此坤宁宫中，尚是虚左以待，只册谥大行皇后为孝贤皇后，并把大行皇后母家，格外恩遇，晋封后兄富文公爵。余外不是封侯，就是封伯，共得爵位十四人，并升任傅恒为保和殿大学士，兼户部尚书。一大半为了令正。“外家恩泽古无伦”，这句满清宫词，就是为此而作。

内丧粗了，外衅复起，大金川土司莎罗奔，忽又侵入川边来了。这个金川土司，是四川省西边土司中的一部，本系吐蕃领地，明朝时，部酋哈伊拉本内附，因他信奉喇嘛教，封为演化禅师。嗣后分为二部，一部居大金川，一部居小金川。顺治七年，小金川酋卜儿吉细，与川吏往来，由川吏保为土司，康熙五年，复授大金川酋嘉勒巴演化禅师印。嘉勒巴孙莎罗奔，从清将军岳钟琪征藏，颇有功，清廷又升他为金川安抚司。乾隆初，莎罗奔势渐强盛，令旧土司泽旺，管辖小金川部，又把他爱女阿扣，嫁与泽旺为妻。阿扣貌美性悍，憎泽旺粗鄙，不甚和睦，泽旺事事依从，她总闷闷不乐。只泽旺弟良尔吉，生得姿容壮伟，阿扣见了，未免动心。良尔吉正在青年，那有不知风月的勾当？与阿扣眉来眼去，非止一日，奈因泽旺在旁，不便下手，这日应该有事，泽旺拟出外游猎，良尔吉托病不从，等到泽旺已去，他即闯入内寝，想与阿扣调情。色胆天来大。阿扣正手托香腮，呆坐出神，见良尔吉进来，便起身相迎。良尔吉久蓄邪念，管甚么叔嫂嫌疑，竟似饿鹰一般，将阿扣搂住求欢。阿扣假作推开，急得良尔吉下跪道："我的娘！今日须救我一救！"阿扣道："我不是观世音菩萨，如何救你？"良尔吉道："阿嫂正是救苦救难的观世音。"阿扣瞅了良尔吉一眼，便道："好一个急色儿，起来罢！"良尔吉站起身来，不由分说，竟将阿扣抱入帐中，你半推半就，我又惊又爱，小子若再描绘情状，要变作诲淫导奸，只说一句良尔吉盗嫂便了。到了步武陈平地步。

泽旺游猎回来，那时叔嫂二人，早已云收雨散，内外分居。但天下事若要不知，除非莫为，闺房中暧昧事情，免不得要传到泽旺耳中，泽旺不得不少加管束。阿扣及良尔吉，不能常续旧欢，心中未免懊恼，会闻莎罗奔侵略打箭炉土司，颇得胜仗，良尔吉乘间与阿扣商量，拟请莎罗奔调泽旺从军，省得阻拦好事。阿扣大喜，佯托归宁，密禀她老子莎罗奔，献了调遣泽旺的计策。莎罗奔遂着人征调泽旺，泽旺向来懦弱，不愿与别部土司启衅，当即辞却。来人回报莎罗奔，莎罗奔大怒，饬部众去拿泽旺。阿扣忙出帐请道："要拿泽旺，何须兴动部众，只叫着数人，随女儿前去，包管泽旺拿到。"回去续欢，也是要紧。莎罗奔遂依他女儿的计策，挑选头目二人，率健婢数十名，送女回小金川。泽旺接着，只得款待来使，犒饮已毕，来使辞归，由泽旺送出帐外。忽来使变了脸，命手下健卒擒住泽旺，泽旺大叫我有何罪。来使道："你奉调不至，所以特来请你。"泽旺部下，攘臂而起，方想夺回泽旺，当由良尔吉拦阻道："我兄系大金川女婿，此去当不至受辱，若一动兵戈，大家伤了和气，反不得了。"小金川部众，闻了此语，遂束手不动，由大金川来使，劫了泽旺而去。

良尔吉回入帐中，忙至内寝，但见阿扣含笑道："我的计策好不好？"良尔吉道："今日当竭力报效。"阿扣啐了一声，便整顿酒肴，对酌起来。饮酣兴至，两人又宽衣解带，做那鸳鸯勾当。从此名为叔嫂，暗实夫妇。

清廷闻莎罗奔内侵，遂命张广泗移督四川，相机勦治。广泗入川后，率兵至小金川驻扎，忽报良尔吉求见，当由广泗召入。良尔吉跪在地下，假作大哭道："莎罗奔不道，将长兄泽旺擒去，现在生死未卜，恳大帅急速发兵，攻破大金川，夺回长兄，恩同再造。"张广泗不知是诈，便叫他起来，劝慰一番，令作前军响导，往讨莎罗奔。

这大金川本是天险，西滨河，东阻大山，莎罗奔居勒乌围，令他兄子郎卡，居噶尔厓。勒乌围、噶尔厓两处，非常险峻，四川巡抚纪山，曾遣副将马良柱等，率兵进勦，未得深入。张广泗奏调兵三万，分作两路，一由川西入攻河东，一由川南入攻河西。河东又分四路，两路攻勒乌围，两路攻噶尔厓，以半年为期，决意荡平。怎奈河东战碉林立，易守难攻。甚么叫作战碉？土人用石筑垒，高约三四丈，仿佛塔形，里面用人守住。四面开窗，可放矢石，每夺一碉，须费若干时日，还要伤死数百人。这碉虽毁，那碉复立，攻不胜攻，转眼间已是半年，毫无寸效。张广泗急得没法，牛皮大箐不足畏，遇着战碉，反致没法，军事之难可知。命良尔吉另寻间道。良尔吉道："此处无间道可入，只有从昔岭进攻，方可直入噶尔厓，但昔岭上面，恐已有人固守，进攻亦是难事。"张广泗道："从前贵州的苗巢，何等艰险，本制军还一鼓荡平，何怕这区区昔岭呢？倘若畏险不攻，何时得平大金川？"遂命部将宋宗璋、张应虎，及张兴、孟臣等，分路捣入，仍用良尔吉作为前导，谁知这良尔吉早已密报莎罗奔，令他赶紧防御。等到清兵四至，番众鼓噪而下，把清兵杀得四分五裂。张兴、孟臣战死，宋宗璋、张应虎逃回。广泗还道良尔吉预言难攻，格外信用。良尔吉两面讨好，莎罗奔竟将爱女充赏，令与良尔吉为夫妇。良尔吉快活异常，只瞒住张广泗一人，日间到了清营，虚与周旋，夜间回入本寨，偕阿扣通宵行乐。乐固乐矣，如天道难容何？广泗毫不觉察，惟仍用以碉逼碉的老法子，自乾隆十二年夏月攻起，到十三年春间，只攻下一二十个战碉，此外无功可报。

会闻故将军岳钟琪到来，广泗出营迎接，因他老成望重，虽起自废籍，倒也不敢轻视。钟琪入广泗营，两下会议，广泗愿与钟琪分军进攻。钟琪攻勒乌围，广泗攻噶尔厓，方在议决，忽报大学士讷亲，奉命经略，前来视师。张、岳两人，又至十里外远迎，但见讷亲昂然而至，威严得了不得，见了两帅，并不下马。两帅上前打拱，他只把头略点一点。该死的东西。既到战地，扎住大营，广泗等又入营议事，讷亲把广泗饬责一番，广泗大不谓然，负气而出。讷亲遂调齐诸将，下令限三日取噶尔厓，总兵任举，参将贾国良，最号骁勇，奉讷亲命，领兵急进。此时良尔吉得了此信，忙遣心腹到噶尔厓，报知郎卡，教他小心抵御。郎卡遂挑选劲卒，埋伏昔岭两旁，自率精骑下噶尔厓，专待清兵厮杀。任举、贾国良驱军直入，如风驰电掣一般，到了昔岭，山路崎岖，令军士下马前行，任举在前，贾国良在后，任举兵已逾岭而进，贾国良兵尚在岭中，忽两边突出两路番兵，把清兵冲断。任举令前军排齐队伍，与番兵角斗，互有杀伤，只贾国良的后军，截留岭内，无可施展，番兵用箭乱射，任你贾国良武艺绝伦，也被无情的箭镞，攒集身中，伤重而亡，这边任举还不知国良战死，抖擞精神，驱杀番兵，不想郎卡又到，一支生力军杀入，任举不能支持，奈前后无路，自知不能生还，便拼了命，杀死番兵数十名，大叫一声，呕出狂血无数。番兵围将拢来，复格死数人，方才晕绝，兵士亦大半做了刀头之鬼。

讷亲闻了败报，方识大金川厉害，亟召张广泗等商议，随向广泗道："任举、贾国良，两员骁将，统已阵亡，我不料区区金川，有这般厉害。还请制军等别图良策！”广泗道：“公爷智深勇沉，定能指日灭贼，如广泗辈碌碌无能，老师糜饷，自知有罪，此后但凭公爷裁处，广泗奉命而行便了。”这番言语，分明是讥讽讷亲。这亦是广泗短处。讷亲暗觉惭愧，勉强道：“凡事总须和衷办理，制军不应推诿，亦不可别生意见。”广泗道：“据愚见想来，只有用碉逼碉一法，待战碉一律削平，勒乌围、噶尔厓等处，便容易攻入了。”俟河之清，人寿几何？广泗未免呆气。岳钟琪接口道：“据大金川地图看来，勒乌围在内，噶尔厓在外，若从昔岭进攻，就使得了噶尔厓，距贼巢还有数百里，道迂且长，不如改寻别路为是。”广泗道：“昔岭东边，尚有卡撤一路，亦可进兵。”钟琪道：“从卡撤进兵，中间仍隔噶尔厓，与昔岭也差不多。愚见不如另攻党坝，党坝一入，距勒乌围只五六十里，山坡较宽，水道亦通，破了外隘，便可进攻内穴，敢请公爷与制军斟酌！”讷亲茫无头绪，不发一言。广泗复道：“党坝一方，已着万人往攻，但亦不能得手。且泽旺弟良尔吉等，都说取道党坝，不如从昔岭、卡撤，两路进兵便当。良尔吉是此地土人，应熟悉地理，况又有志救兄，谅不致误。”钟琪微笑道：“制军休再信良尔吉，良尔吉与他嫂子，暗里通奸，土人多已知晓，制军不可不防！”广泗道：“良尔吉与嫂子犯奸，不过是个人败德，于军事没甚关系。”广泗不致这般呆，大约受了马屁的滋味。钟琪道：“嫂可盗，要甚么兄长，难道还肯真心助我么？”广泗道：“如此说来，都是我广泗不好，嗣后广泗不来参与军情，那时定可成功呢。”说毕，起身别去。钟琪亦辞了讷亲，回到营中，暗想广泗这般负气，将来恐累及自己，遂修了一本奏折，劾广泗信用汉奸，防生他变。讷亲亦奏劾广泗老师糜饷各事。乾隆帝览奏大怒，立命逮广泗回京，又因讷亲旷久无功，另遣傅恒代任经略，亲赐御酒饯行，并命皇子及大学士，送至良乡。内嫂子已叠受厚恩，内兄自应加礼。

张广泗（?—1749），清汉军镶红旗人。康熙末年以监生的身份被授为知府。1728年，任职贵州巡抚。乾隆初年，任云贵总督，镇压贵州苗民起义。乾隆十三年，因失误军机，被处死。

傅恒（?—1770），号春和，满洲镶黄旗人，清高宗皇后之弟。官至保和殿大学士兼军机大臣。在军机处二十余年，为高宗所倚重。曾督师指挥大金川之战，并参与筹划平定准噶尔部的战争。

傅恒去后，张广泗已逮解到京，先由军机大臣审问。广泗把许多错误，都推在讷亲身上。乾隆帝亲自复讯，广泗仍照前复对。乾隆帝怒道：“你果好好布置，克日奏功，朕亦不令讷亲到川，你既失误军机，还要诿过别人，显是负恩误国。朕若赦你，将来如何御将？”便问军机大臣道：“张广泗应如何处罪？”军机大臣道：“按律应斩。”乾隆帝即命德保勒尔森为监刑官，把广泗绑出午门斩讫。负气的人，终归自苦。随传旨令讷亲明白复奏。

过了月余，复奏已到，也是一派诿过的话头，乾隆帝又恼了性子，将原奏掷地，饬侍卫至讷亲家，取出讷亲祖父遏必隆的遗剑，发往军前，令讷亲自裁。川内三大帅，只剩岳钟琪一人，还算保全，将士们都吓得胆战心惊。

傅恒至军，由岳钟琪密禀良尔吉罪状，遂召良尔吉入帐。良尔吉从容进见，傅恒喝左右拿下。良尔吉忙道：“大帅何故拿我？”傅恒喝道：“你蔑兄奸嫂，漏泄军机，本经略已探闻的确，今日叫你瞑目受死。”良尔吉还想抗辩，傅恒喝左右斩讫报来。霎时间献上首级，傅恒令悬竿示众，一面摆队出营，入小金川寨中，令军士擒出阿扣，比良尔吉拥抱时趣味何如？责她背夫淫叔的罪名。阿扣哀乞饶命，恁你如何长舌，已不中用。傅恒道：“万恶淫妇，还想求生么？”责人固明，责己若何？亦喝左右斩讫。可怜一对露水夫妻，双双毕命。是淫恶的果报。

敌间已除，军容复整，傅恒又定了直捣中坚的计策，随即上表奏道：

臣经略大学士傅恒跪奏。金川之事，自臣到军以来，始知本末。当纪山进讨之始，惟马良柱转战直前，其锋甚锐，斯时张广泗若速济师策应，乘贼守备未周，殄灭尚易，乃坐失机会，宋宗璋逗留于杂谷，张应虎失机于的郊，致贼将尽据险要，增碉备御，七路十路之兵，无一路得进。及讷亲至军，未察情形，惟严切催战，任举败没，锐挫气索，晏起偷安，将士不得一见，不听人言，不恤士卒，军无斗志，一以军务委张广泗，广泗又听奸人所为，惟恃以卡偪卡，以碉逼碉之法。无如贼碉林立，得不偿失，先后杀伤数千人，尚匿不实奏。臣查攻碉最为下策，枪弹惟及坚壁，于贼无伤，而贼不过数人，从暗击明，枪不虚发，是我惟攻石，而贼实攻人，且于碉外开濠，兵不能越，而贼得伏其中，自上击下，又战碉锐立，高于中土之塔，建造甚巧，数日可成，随缺随补，顷刻立就。且人心坚固，至死不移，碉尽碎而不去，炮方过而又起。客主劳佚，形势迥殊，攻一碉难于克一城。即臣所驻卡撒左右山顶，即有三百余碉，计半月旬日得一碉，非数年不能尽，且得一碉辄伤数十百人，较唐人之攻石锋堡，尤为得不偿失。如此旷日持久，老师糜饷之策，而讷亲、张广泗尚以为得计，臣不解其何心也。兵法：“攻坚则瑕者坚，攻瑕则坚者瑕”，惟有使贼失其所恃，而我兵乃得展其所长。臣拟俟

大兵齐集，同时大举，分地奋攻，而别选锐师，旁探间道，裹粮直入，逾碉勿攻，绕出其后，即以围碉之兵，作为护饷之兵，番众无多，外备既密，内守必虚，我兵即从捷径捣入，则守碉之番，各怀内顾，人无斗志，均可不攻自溃。卡撒为攻噶尔厓正道，岭高沟窄，臣既身为经略，当亲任其难。至党坝一路，岳钟琪虽称山坡较宽，可以水陆并进，兼有卡里等隘，可以间道长驱，但臣按图咨访，隘险亦几同卡撤，且泸河两岸，贼已阻截，舟难径达，惟可酌益新兵，两路并进，以分贼势，使其面面受敌，不能兼顾，虽有深沟高垒，汉奸不能为之谋，逆酋无所恃其险矣。至于奋勇固仗满兵，而向导必用土兵，土兵中小金川尤骁勇。今良尔吉之奸谍已诛，驱策用之，自可得力。前此讷亲、张广泗，每得一碉，即拨兵防守，致兵力日分，即使毁除，而贼又于其地立卡，藏身以伤我卒，是守碉毁碉，均为无益。近日贼闻臣至，每日各处增碉，犹以为官兵狃于旧习，彼得恃其所长，不知臣决计深入，不与争碉，惟俟大兵齐集，四面布置，出其不意，直捣巢穴，取其渠魁，约四月间当可奏捷矣。谨此上奏。

这篇大文，乃是乾隆十四年正月奏闻，乾隆帝留中不发。过了数日，反促傅恒班师回朝。傅恒复奏:“贼势已衰，我兵且战且前，已得险要数处，功在垂成，弃之可惜。若不扫穴擒渠，臣亦无颜回京”等语。乾隆帝复颁寄谕旨，反复数千言，且说:“蕞尔土司，即扫穴犁庭，不足示武。”看官！你道乾隆帝是何命意？他因兴师以后，已经二年，杀了两个大臣，又失了任举良将，未免懊悔，因此屡促班师。

此时大金川酋莎罗奔，已断内应，并因连年抵御，部众亦死了不少，遂释归泽旺，遣师至清营谢罪。傅恒叱退来使，与岳钟琪分军深入，连克碉卡，军声大震。莎罗奔又遣人至岳钟琪营，愿缴械乞降，钟琪因前征西藏，莎罗奔旧隶麾下，本来熟识，遂轻骑往抵勒乌围。莎罗奔闻钟琪亲至，遂率领部众，出寨恭迎，罗拜马前。钟琪责他背恩负义，莎罗奔叩首悔过，愿遵约束，随遣番人至大营前，辟地筑坛，预设行幄。坛成，莎罗奔父子，从钟琪坐皮船出峒，及到坛前，清经略大学士傅恒已高坐坛上，莎罗奔等俯伏坛下，由傅恒训责一番，令返土司侵地，献凶酋，纳兵械，归俘虏，供徭役。莎罗奔一一听命，乃宣诏赦罪。诸番焚香作乐，献上金佛一尊，首顶佛经，誓不复反。傅恒始下坛归营，莎罗奔率众退去。讷亲，张广泗连战无功，傅恒独一鼓平蛮，想系傅夫人的帮夫运。捷报奏达京师，乾隆帝大悦，优诏褒奖，比傅恒为平蛮的诸葛武侯，盟回纥的郭汾阳，遂封他为一等忠勇公，何不封他元绪公。岳钟琪为三等威信公，立召凯旋，命皇长子及诸王大臣郊劳。既入禁城，乾隆帝御紫光阁，行饮至礼，赐经略大学士忠勇公傅恒，及随征将士宴于丰泽园，复赏他御制诗章。中有一联云：

两阶干羽钦虞典，大律官商奏采薇。

傅恒既归，傅夫人不能时常进宫，乾隆帝要继立皇后了。继后为谁？容待下回叙明。

讷亲、张广泗二人，处罪从同，而罪状不同。广泗信汉奸，比匪人，轻视讷亲，积不相容，固有难逭之罪，然金川艰险，战碉林立，非广泗之出兵捣毁，则傅恒分路深入之计，恐亦未能骤行。且广泗逮还，高宗亲讯，以其抗辩而杀之，尤为失当。广泗有罪，理屈词穷，杀之可也，乃广泗尚有可辨之处，而高宗不问曲直，立置重刑，刑戮任情，得毋太过！况广泗有平苗之大功，尤应曲为赦宥乎？傅恒一出，叛酋乞降，虽由间谍之被诛，然其时金川精锐，已皆伤亡于张广泗之手，广泗不幸而冲其坚，傅恒特幸而乘其敝耳。莎罗奔旧隶岳钟琪麾下，至此亦由钟琪轻骑往抚，始悔罪投诚，是则金川之平，功亦多出岳钟琪，傅恒因人成事，得沐荣封，兼邀诸葛、汾阳之誉，宁能无愧？意者其殆由虢姨承宠，特别贻恩欤？本回叙金川战事，实隐指高宗刑赏之失宜。至良尔吉蔑兄盗嫂，阿扣背夫淫叔，不过作为渲染词料，然其后授首军前，揭竿示众，亦可见天道祸淫之报，于世道人心，不无裨益云。

第三十六回

御驾南巡名园驻跸
王师西讨叛酋遭擒

却说孝贤后崩逝后，已是小祥，乾隆帝至梓宫前亲奠一回。奠毕，慈宁宫传到懿旨，宣召乾隆帝进宫。到太后前请过了安，太后道：“现在皇后去世，已满一年，六宫不可无主，须选立一人方好。”乾隆帝嘿然不答。其将谁语？太后道：“宫内妃嫔，那一个最称你意？”乾隆帝道：“妃嫔虽多，没一个能及富察，奈何？”富察二字，含糊得妙。太后道：“我看娴贵妃那拉氏，人颇端淑，不妨升她为后。”乾隆帝沉吟半晌，便道：“但凭圣母主裁！”太后道：“这也要你自己愿意。”乾隆帝平日颇尽孝道，至此也不欲违逆母命，没奈何答了一个“愿”字。退出慈宁宫，又辗转思想了一番，想甚么？乃于次日下旨，册封娴妃那拉氏为皇贵妃，摄六宫事。那拉氏不即立后，乾隆帝之意可知。直到孝贤皇后二周年，尚未册立正宫，经太后再三催促，方立那拉氏为皇后。参商之兆，已萌于此。此时鄂尔泰已死，张廷玉亦因老乞归，鄂、张二人，本受世宗遗旨，身后俱得配享太庙，嗣因鄂、张各存党见，朝官依附门户，互相攻讦，事为乾隆帝所闻，心滋不悦。廷玉乞归时，又坚请身后配享，触忤龙颜，严旨诘责，追缴恩赐物件，革去伯爵，并不令配享。硬要做满族奴才，致触主怒，何苦何苦！廷玉惊慌得了不得，后来一病身亡，总算乾隆帝优待老成，仍令配享太庙，廷玉好瞑目了。这是后话。

乾隆帝因宫廷中事，都未惬意，不免烦恼，便想到别处闲游，借作排遣。十五年春季，奉了皇太后，巡幸五台山，秋季又奉皇太后临幸嵩岳，两处游玩，仍不见有甚么消遣的地方。他想外省的景致，还不及一圆明园，就时常到圆明园散闷，这日，在园中闲逛，起初是天气阴沉，不甚觉得炎热，到了午后，云开见日，遍地阳光，掌盖的忘携御盖，被乾隆帝大加申斥，忽随从中有人说道：“典守者不得辞其责。”乾隆帝

和珅（1750—1799），字致斋，满洲正红旗人，钮钴禄氏。乾隆时执政二十余年，累官至文华殿大学士。高宗晚年，对他倚任极专。任职期间，植党营私，招权纳贿。仁宗恨其专横，一俟高宗死，即下令逮治，宣布罪状二十款，责令自杀，抄没家产，为数极多，时有“和珅跌倒，嘉庆吃饱”之语。

便问道：“谁人说话？”那人便跪倒磕头。乾隆帝见他唇红齿白，是一个美貌的少年，随问道：“你是何人？”那人禀道：“奴才名和珅，是满洲官学生，现蒙恩充当銮仪卫差役，恭奉御舆。”乾隆帝道：“你是官学生，充这舁舆的差使，未免委屈，朕拔你充个别样差使，可好么？”和珅感激的了不得，便磕了九声响头，朗声道：“谢万岁万万岁天恩！”和珅初蒙主知，已极意贡谀，望而知为妄臣。乾隆帝便令他跟住身后，有问必答，句句称旨，引得龙心大开，回到宫中，竟命他作宫中总管。这和珅骤膺宠眷，打叠精神，伺候颜色，乾隆帝想着甚么，不待圣旨下颁，他已暗中觉察，十成中总管八九成，因此愈加宠任，乾隆帝竟日夜少他不得，后人说他是弥子瑕一流人物，小子无从搜得确据，不敢妄说。

只乾隆帝素爱冶游，得了和珅以后，越加先意承志，说起南边风景，很是繁华。乾隆帝道：“朕亦想去游幸一次，只虑南北迢遥，要劳动官民，花费许多金钱，所以未决。”和珅道：“圣祖皇帝六次南巡，臣民并没有多少怨咨，反都称颂圣祖功德。古来圣君，莫如尧舜。《尚书·舜典》上，也说五载一巡狩，可见巡幸是古今盛典，先圣后圣，道本同揆，难道当今万岁，反行不得么？况且国库充盈，海内殷富，就使费了些金银，亦属何妨。”乾隆帝生平，最喜仿效圣祖，又最喜学着尧舜，听了和珅一番言语，正中下怀，自来英主多愿爱民，后来亦多被小人导坏，汉武、唐玄与清高宗皆此类也。便道：“你真是朕的知己！”遂降旨预备南巡。和珅讨差，督造龙舟，建得穷工奇巧，备极奢华，把康、雍两朝省下的库储，任情挥霍，好像用水一般；和珅从中得了数十万好处，乾隆帝还奖他办事干练，升他做了侍郎。这叫做升官发财。和珅复飞咨各省督抚，赶修行宫，督抚连忙募工修筑，又把水陆各道，一律疏通，准备巡幸。乾隆十六年春正月，乾隆帝奉皇太后启銮，宫中挑选了几个妃嫔，作为陪侍，皇后独没福随游，伉俪之情可想。外面除留守人等，尽令扈从，仪仗车马，说不胜说，数不胜数。开路先锋，便是新任侍郎和珅，御驾所经，督抚以下，尽行跪接，一切供奉，统由和珅监视。和珅说好，乾隆帝定也说好，和珅说不好，乾隆帝定也说不好。督抚大员，都乞和珅代为周旋，因此私下馈遗，以千万计。

两宫舍陆登舟，驾着龙船，沿运河南下，由直隶到山东，从前已经游历，没甚可玩，只在济宁州耽搁一日。由山东到江苏，六朝金粉，本是有名，乾隆帝为此而来，自然要多留几天。扬州住了好几日，苏州又住了好几日，所有名胜的地方，无不游览。苏杭水道最便，复自苏州直达杭州，浙省督抚，料知乾隆帝性爱山水，在西湖建筑行宫，格外轩敞。两宫到了此地，游遍六桥三竺，果觉得湖山秀美，逾越寻常。乾隆帝非常喜悦，不是题诗，就是写碑。有时脑筋笨滞，命左右词臣捉刀，并召试诸生谢墉等，赏给举人，授内阁中书。又亲祭钱塘江，渡江祭禹陵，复回至观潮楼阅兵。

忽报海宁陈阁老，遣子接驾，乾隆帝奇异起来，还是太后叫他临幸一番，太后应已觉着了。遂自杭州至海宁。此时陈阁老闻御驾将到，把安澜园内，装潢得华丽万分，陈府外面的大道，整治得平坦如镜，随率领族中有职男子，到埠头恭候。隔了数时，遥见龙舟徐徐驶至，拍了岸，便排班跪接，奉旨叫免。陈阁老等候两宫上岸登舆，方谢恩而起，恭引至家。陈老夫人，亦带了命妇，在大门外跪迎，两宫又传旨叫免，乃起导两宫入安澜园，下舆升坐。接驾的一班男妇，复先后按次叩首。两宫命陈阁老夫妇，列坐两旁，陈阁老夫妇又是谢恩。余外男妇等奉旨退出。于是献茶的献茶，奉酒的奉酒，把陈家忙个不了。幸亏随从的人，有一半扈跸入园，有一半仍留住舟中，所以园内不致拥挤，两宫命陈阁老夫妇侍宴，随从的文武百官，宫娥彩女，亦分高下内外，列席饮酒，大约有一二百席，山南海北的珍味，没一样不采列，并有戏班女乐侑宴，这一番款待，不知费了多少金钱。只乾隆帝御容，很有点像陈阁老，陈老太太有时恰偷觑御容，似乎有些惊疑的样子，究竟乾隆帝天亶聪明，口中虽是不言，心中恰是诧异，酒阑席散，奉了太后，与陈阁老夫妇，到园中游玩一周，回入正厅。乾隆帝谕陈阁老夫妇道："这园颇觉精致，朕奉太后到此，拟在此驻跸数天。但你们两位老人家，年力将衰，不必拘礼，否则朕反过意不去，只好立刻启行了。"陈阁老忙回道："两宫圣驾，不嫌亵陋，肯在此驻跸数日，那是格外加恩，臣谨遵旨！"皇帝到了家里，陈阁老以为光宠，我说实是晦气。太后亦谕道："此处伺候的人很多，你两老夫妇，可以随便疏散，不必时时候着。"阁老夫妇谢恩暂退。

是夕，乾隆帝召和珅密议，说起席间情况，嘱和珅密察。和珅奉旨，屏去左右，独自一人在园间踱来踱去，假作步月赏花的情形。更深夜静，四无人声，和珅不知不觉，走到园门相近，仍不闻有甚么消息，正想转身回至寝室，忽见园角门房内，露出灯光一点，里面还有唧唧哝哝的声音，便轻轻的掩至门外，只听里面有人说道："皇上的御容，很像我们的老爷，真是奇怪。"接连又有一人道："你们年纪轻轻，那里晓得这种故事？"前时说话的人又问道："你老人家既晓得故事，何不说与我们一听。"和珅侧着耳朵，要听他对答，不料下文竟尔停住，只有一阵咳嗽声，咯痰声，不肯直叙，这是文中波澜。不免等得焦躁起来。亏得里面又在催问，那时又闻得答语道："我跟老爷已数十年，前在北京时，太太生了一位哥儿，被现今皇太后得知，要抱去瞧瞧，我们老爷只得应允，谁料抱了出来，变男为女，太太不依，要老爷立去掉转，老爷硬说不便，将错就错的过去。现在这个皇上，恐怕就是掉换的哥儿呢。"这两句话，送入和珅耳中，暗把头点了数点。忽听里面又有人说道："你这老总管亦太粗莽，恐怕外面有人窃听。"和珅不待听毕，已三脚两步地走了。路中碰着巡夜的侍卫，错疑和珅是贼，的确是个民贼。细认乃是和大人，想上前问安，和珅连忙摇手，匆匆地趋回寝室。睡了一觉，已是天明，急起身至两宫处请安。乾隆帝忙问道："有消息么？"和珅道："略有一点消息，但恐未必确实。"乾隆帝道："无论确与不确，且说与朕听！"和珅道："这个消息，奴才不敢奏闻。"乾隆帝问他缘故，和珅答称："关系甚大，倘或妄奏，罪至凌迟。"乾隆帝道："朕恕你罪，你可说了。"和珅终不敢说，乾隆帝懊恼起来，便道："你若不说，难道朕不能叫你死么？"和珅跪下道："圣上恕奴才万死，奴才应即奏闻，但求圣上包涵方好！"乾隆帝点了点头，和珅便将老园丁的言语，述了一遍。乾隆帝吃了一惊，慢慢道："这种无稽之言，不足为凭。"聪明人语。和珅道："奴才原说未确，所以求圣上恕罪！"乾隆帝道："算了，不必再说了。"忽报陈阁老进来请安，乾隆帝忙叫免礼，并传旨今日启銮，还是陈阁老恳请驻跸数天，因再住了三日，奉太后回銮，陈阁老等遵礼恭送，不消细说。

两宫仍回到苏州，复至江宁，登钟山，祭孝陵，泛秦淮河，登阅江楼，又召试诸生蒋雍等五人，并进士孙梦逵，同授内阁中书。驻跸月余，方取道山东，仍还京师。回京后，乾隆帝欲改易汉装，被太后闻知，传入慈宁宫，问道："你欲改汉装么？"乾隆帝不答，太后道："你如果要改汉装，便是不忠不孝，不仁不义，我亦要让你了。"乾隆帝连称不敢，方才罢议。冕旒汉制终难复，徒向安澜驻翠葆。

日月如梭，忽忽间又过三年，理藩院奏称准噶尔台吉达瓦齐，遣使入贡，乾隆帝问军机大臣道："准部长噶尔丹策零，数年前身死，嗣后立了那木札尔，又立了喇嘛达尔札，扰乱数年，朕因他子孙相袭，道途又远，所以不去细问。甚么今日，换了个达瓦齐？"军机大臣道："那木札尔，系噶尔丹策零次子，策零死，那木札尔立，后来因昏庸无道，被他女儿的丈夫弑掉了，另立策零庶长子喇嘛达尔札，现在喇嘛达尔札，又被部众弑掉，改立达瓦齐，这达瓦齐闻是准部贵族大策零子孙呢。"乾隆帝道："照这般说，达瓦齐系策零仆属，胆敢篡立，实是可恨，朕拟兴师问罪，免他轻视天朝。"正商议间，又接边臣奏折，内称："辉特部台吉阿睦撤纳，为达瓦齐所败，愿率众内附"等语。乾隆帝即命阿睦撤纳来京陛见，并却还达瓦齐贡使。阿睦撤纳奉了上谕，当即到京求见，由理藩院尚书带入。阿睦撤纳叩首毕，乾隆帝问道："你便是辉特部台吉么？"

阿睦撒纳答道："是。"乾隆帝又问道："你如何与达瓦齐开战？"阿睦撒纳道："达瓦齐篡了准部，还想蚕食他方，臣本与他画疆自守，毫无干涉，他无端侵入臣境，臣与他战了一场，被他杀败，因此叩关内附，仰乞大皇帝俯赐矜全！"乾隆帝见他身材雄伟，言语爽畅，不觉喜悦，便道："朕正想发兵讨达瓦齐，你来得很好。"阿睦撒纳道："大皇帝果发义师，臣愿作为前导。"乾隆帝道："你肯为朕尽忠，朕却不吝重赏。"阿睦撒纳谢恩而出。乾隆帝即召集王大臣，会议发兵计划，并言荡平准部，就在阿睦撒纳身上。军机大臣舒赫德奏道："臣看阿睦撒纳相貌狰狞，必非善类，请圣上不要信他！"乾隆帝怫然不悦，便厉声道："据你说来，达瓦齐是不应讨么？"舒赫德道："达瓦齐非不应讨，但阿睦撒纳，乞皇上不可重用！"乾隆帝复厉声道："阿睦撒纳是生长彼地，地理人情，都应熟悉，朕若不去用他，难道用你不成！"舒赫德素性刚直，还要接口道："圣上要用这阿睦撒纳，请将他部下余众，徙入关内，免得后患。"乾隆帝怒道："你这般胆小，如何好做军机大臣？"叱侍卫逐出舒赫德。舒赫德叹息而去。忠言逆耳，令人呜咽。傅恒见乾隆帝发怒，忙上前道："圣上明烛万里，此时正好出征准部，戡定西陲。"这等拍马屁的伎俩，想是从闺训得来。乾隆帝怒容渐霁，徐答道："究竟是你有些智谋。但还是今年出兵，明年出兵？"傅恒道："据臣愚见，今年且先筹备起来，待明年出兵未迟。"乾隆帝准奏，遂下旨饬八旗将士先行操练，并封阿睦撒纳为亲王。

看官！你道这阿睦撒纳，究竟是何等样人？他的言语，究竟可靠不可靠？小子须要补述一番方好。阿睦撒纳是丹衷的遗腹子，丹衷系策妄女婿，策妄借结婚政策，灭了丹衷的父亲拉藏汗，应第二十九回。丹衷穷无所归，寄食准部，免不得怨恨策妄，策妄又把丹衷害死，将自己的女儿，改醮辉特部酋，只五六月生了一个男孩子，就是阿睦撒纳。阿睦撒纳长大起来，继了后父的位置，见准部内乱，蓄志并吞，先帮助达瓦齐，杀了喇嘛达尔札，自己迁至额尔齐斯河，胁服杜尔伯特部。达瓦齐也阴怀疑忌，大举攻阿睦撒纳，阿睦撒纳乃托名内附，想借清朝兵力，灭掉达瓦齐，自己好占据准噶尔。巧遇乾隆帝好大喜功，听了阿睦撒纳的言语，决计用兵。会准部小策零属下萨拉尔，及达瓦齐部将玛木特，先后降清，阿睦撒纳又促请出师。于是乾隆二十二年春，命尚书班第为定北将军，出北路。陕甘总督永常为定西将军，出西路。北路用阿睦撒纳为前导，授他做定边左副将军。西路用萨拉尔为前导，授他做定边右副将军。玛木特做了北路参赞，西路参赞，用了内大臣鄂容安。两副将军各领前锋先进，将军、参赞等次第进行。浩浩荡荡，直达准部。沿途经过的部落，望见两副将军大纛，多识是前时故帅，望风崩角，拜谒马前。到了夏间，两路大军并至博罗塔拉河，距伊犁只三百里。达瓦齐闻报，慌做一团，仓猝征兵，已来不及，只带了亲兵万人，向西北出奔，走入格登山去了。清军长驱追袭，将到格登山，夜遣降将阿玉锡等，率领二十余骑，往探路程。阿玉锡想夺头功，竟乘夜突入敌营，拍马横矛，威风凛凛，达瓦齐部众，还道是清军齐到，四散奔逃。真不济事。达瓦齐也落荒窜去，扒过大山，投入回疆。他想平日要好的回酋，只有乌什城主霍吉斯，一口气奔到乌什城。霍吉斯也出城迎接，谁知进了城门，一声胡哨，伏兵尽发，把达瓦齐拿住。达瓦齐向霍吉斯道："我与你一向至交，如何缚我？"霍吉斯也不与多说，取出清帅檄文，与他细瞧。达瓦齐道："好好！你总算卖友求荣了。"该骂！当下被霍吉斯推入囚车，解送清营。清两帅回到伊犁，这时候，罗卜藏丹津还絷在伊犁狱中，遂一并擒出，与达瓦齐槛送京师。

乾隆帝得了红旗捷报，召两军凯旋，亲御午门，行献俘礼。达瓦齐及罗卜藏丹津，觳觫万状，捣头如蒜。隆乾帝大笑道："这样人物，也想造反，正是夜郎自大，不识汉威哩。"遂传旨赦他死罪。一面大封功臣，首奖大学士傅恒襄赞有功，再加封一等公。马屁又被他拍着了。定北将军班第封一等诚勇公，副将军萨拉尔，封一等超勇公，副将军阿睦撒纳，晋封双亲王，食亲王双俸，参赞玛木特封为信勇公，铭功勒石，说不尽的夸耀。永常鄂容安等未沐荣封，不识何故。又拟复额鲁特四部遗封，封噶尔藏为绰罗斯汗，巴雅特为辉特汗，沙克都为和硕特汗，还有杜尔伯特部，就封了阿睦撒纳。乾隆帝的意思，无非是犬牙相错、互生箝制的道理，谁知阿睦撒纳雄心勃勃，竟想雄长四部，渐渐的跋扈起来。正是：

非我族类，其心必异；

过严则怨，过宽则肆。

不数月，留守伊犁大臣，奏报阿睦撒纳造反了，乾隆帝闻报大惊，究竟阿睦撒纳如何谋反，且看下回分解。

此回叙陈阁老事，非传陈阁老，传高宗也。叙阿睦撒纳事，非传阿睦撒纳，亦传高宗也。高宗第一次南巡，便觉挥霍不赀，厥后南巡复数次，劳民费财，可想而知。陈阁老事，尚是本回之宾，不过假故老遗传，作为渲染耳。南巡以后，复议西征，写出高宗好大喜功气象，阿睦撒纳来降，乃是适逢其会，是阿睦撒纳亦一宾也，达瓦齐则成为宾中宾矣。阅者当如此体会，方见作书人本旨。

第三十七回

灭准部余孽就歼 荡回疆贞妃殉节

却说达瓦齐就俘后，清师奉旨凯旋，只留班第、鄂容安二人，带了随兵五百名，与阿睦撒纳，办理伊犁善后事宜。阿睦撒纳移檄邻部，讳言降清，阳称清廷命他统领各番，来平此地，又暗嘱党羽四布流言，欲安准部，必须立阿睦撒纳为大汗。班第、鄂容安遣使密奏，乾隆帝亦付他密旨，令诱诛阿睦撒纳。看官！你想阿睦撒纳率众西行，已似大鱼纵壑，那里还肯来入网呢？况班第、鄂容安，手下只有五百名随兵，也不好冒昧举事。接了朝旨，按住不发，惟促阿睦撒纳入朝。阿睦撒纳竟号召徒众，来攻班第、鄂容安。班第、鄂容安且战且走，驰了三百余里，死的死，逃的逃，只剩了数十骑，番兵却有数千追来，班第料不能脱，拔刀自刎，鄂容安也只得步他后尘了。这是乾隆帝害他。

是时定西将军永常，已奉朝旨出驻木垒，闻报番兵大至，退兵巴里坤，移粮哈密，因此阿睦撒纳，声焰愈盛。清廷逮回永常，命公爵策楞前代，玉保、富德、达尔党阿为参赞，出巴里坤进剿。玉保分军先进，忽有番卒来报，阿睦撒纳已由他部下诺尔布擒献，玉保大喜，即向策楞处报捷。策楞也不辨真伪，飞章奏闻，不想过了数日，毫无影响。将军参赞，先后驰至伊犁，阿睦撒纳，已远飏至哈萨克了。原来阿睦撒纳闻大兵前进，恐不能敌，特差了番卒，驰到清营，假称被擒，他却望西遁去。策楞、玉保中了他的缓兵计，到了伊犁，你怨我，我怨你，怨个不了，总归无益。策楞、玉保统是没用人物，还亏阿睦撒纳不用诱敌计，只用援兵计，尚得安抵伊犁。

乾隆帝闻知消息，复将策楞、玉保革职。令达尔党阿为将军，飞速追剿，又命巴里坤办事大臣兆惠，为定边右副将军，出兵赴援，满望旗开得胜，马到成功。谁知达尔党阿，到哈萨克边界，又被阿睦撒纳骗了一回，佯称哈萨克汗愿擒献阿酋。往返驰使，仍无要领，额鲁特三部新封台吉，反一律谋变，与阿睦撒纳通同一气。阿睦撒纳间道驰还，大会诸部。这达尔党阿还在哈萨克边境，檄索罪人，正是可笑。只定边右副将军兆惠，率兵千五百人，已至伊犁，探得额尔特诸部，已皆叛乱，自知孤军陷敌，不能久驻，忙领兵驰回。沿途一带，统是敌垒，兆惠拼命冲突，走一路，杀一路，杀到乌鲁木齐，刀也缺了，弹也完了，粮也尽了，可怜这等兵士，身无全衣，足无全袜，每日又没有全餐，只宰些瘦驼疲马，勉强充饥，正苦得了不得。老天又起风下雪，非常严冷，兆惠想遣人乞援，也不知何处有清兵，驿传声息，到处隔断。忽闻番兵又踊跃前来，把乌鲁木齐围得铁桶相似，兆惠泣向军士道："事已至此，看来我辈是不得活了。但死亦要死得合算，狠狠的杀它一场，方值得死哩。"军士道："大帅吩咐，安敢不从！但粮尽马疲，奈何？"正在危急，忽东北角鼓声喧天，有一支兵马到来，兆惠登高一望，遥见清军旗帜，不禁大喜，谢天谢地。番兵见援兵已到，不知有多少大兵，一声吆喝，解围而去。番众实是无能。兆惠出寨迎接，乃是侍卫图伦楚，因兆惠久无音信，率兵二千来探信息，无意中救了兆惠。兆惠与他握手进营，住了一日，便同回巴里坤。当下飞书告急。

乾隆帝命逮达尔党阿回京，授超勇亲王策凌子成衮扎布，为定边左副将军，出北路，仍令兆惠出西路往剿。此次兆惠惩鉴前辙，挑选精骑，带足粮草，誓师进发，决平叛寇。巧值绰罗斯部噶尔藏汗，被兄子噶尔布篡弑，噶尔布又被部下达瓦杀死。辉特和硕特两部中，痘疫盛行，多半死亡，兆惠趁这机会，杀将过去，好像摧枯拉朽一般。番众战一阵，败一阵，诸部酋长先后败死，阿睦撒纳又弄得仓皇失措，急急如丧家犬，漏网鱼，仍窜至哈萨克。兆惠率兵穷追，到哈萨克界，哈萨克汗阿布赉，遣使至军，愿擒献阿睦撒纳。兆惠对来使道："你主愿擒献阿逆，须于三日内缴到，过了三日，本将军恰是不依，驱兵进攻，玉石俱焚，那时不要后悔！"来使唯唯而去。越二日，哈萨克又遣使到军，报称："阿睦撒纳，狡黠万状，我国正欲擒献，不料被他走脱，逃入俄罗斯去了。现奉汗命，前来请罪，并贡献方物，仰求大帅赦宥！"兆惠见他惶迫情状，料知语言无欺，只得略加训斥，命他回去。一面即飞奏清廷，由理藩院行文俄国，索交叛酋。后来俄国饬人搜捕，阿睦撒纳已患痘身亡，只把尸首送交清吏。于是命成衮扎布归镇乌里雅苏台，留兆惠搜剿余孽。自乾隆二十二年至二十五年，清兵先后追剿，自山谷僻壤及川河流域，没一处不寻到，没一处不搜灭，统计额鲁特二十余万户，出痘死的约四成，窜走俄罗斯哈萨克等处约二成，被清兵剿灭的约三成，还有一成编入蒙古籍，不过二万户，而且妇女充赏，丁壮为奴，额鲁特遗民，自此寥落了。阿睦撒纳料是绝大的扫帚星转世。

准部既平，清廷乃划疆分土，设官筑城，驻防用满兵，屯粮用旗兵，特简任伊犁将军，作了一个统辖的元帅。天山北路，方入清室版图，免不得镌碑勒石，旌德表功，费了几个儒臣笔墨，成了几篇煌煌大文，这也不消细说。

但乾隆帝得陇望蜀，平了准部，又想南服回疆。这回疆就在天山南路，与准部只隔一山，起初系元太祖次子察哈台领土，传了数世，回教祖摩诃末子孙，由西而东，争至天山南路，生齿渐蕃，喧客夺主，察哈台的后裔，反弄到没有主权。因此天山南路，变作回疆。康熙时，噶尔丹强盛，举兵南侵，把元裔诸汗，迁到伊犁，并将回教头目阿布都实特，亦拘去幽禁。噶尔丹败死，阿布都实特脱身归清，圣祖赏他衣冠银币，遣官送到哈密，令还故地。阿布都实特死，其子玛罕木特，想自立一部，不受准噶尔约束。策妄又遣兵入境，将玛罕木特及他两个儿子，统拿至伊犁，幽禁起来。及清将军班第等到伊犁后，玛罕木特已死，长子那布敦，次子霍集占，尚被拘縶。班第奏闻清廷，得旨释那布敦归叶尔羌，令他统辖旧部，留霍集占居住伊犁，职掌教务。不到数月，阿睦撒纳谋反，准部复乱，霍集占反率众助逆，等到清副将军兆惠，攻入伊犁，阿睦撒纳西走，霍集占亦遁入回疆。兆惠剿平准部，奏遣副都统阿敏图，南往招抚。

这个那布敦胆子颇小，愿遵清朝指挥，偏偏胞弟霍集占，自北路遁归，谏那布敦道：“我远祖摩诃末，声灵赫濯，天下闻名，传到我辈子孙，反受人家压制，真是惶愧万分。现在准部已亡，强邻消灭，不谋独立，更待何时？”语颇不错，可惜不度德，不量力。那布敦道：“清兵来攻，如何抵挡？”霍集占道：“清军新得准部，大势未定，料他无暇进兵，就使率军南来，我也可据险拒守，等他兵疲粮绝，逃去都来不及，怕他甚么？”那布敦尚在迟疑，霍集占又道：“哥哥若要降清，恐怕从今以后，世世要做奴仆过去，他要我的金钱，我只得将金银奉去，他要我的妻子，我只得将妻子送去，他要我的头颅，我也只得把头颅献去。我们兄弟两人，还有安静的日子么？”我亦要问霍集占道，你不降清，金银管得住么？妻子守得牢么？头颅保得定么？这叫做自去寻死。那布敦被他说得动心，遂依了阿弟的计划，错了，完了。便召集回众，自立为巴图尔汗，传檄各城，戒严以待。

回户数十万众，向来迷信宗教，因那布敦兄弟，的是摩诃末后裔，称他为大小和卓木，和卓木三字，乃是回语，译作汉文，便是圣裔的意义，至此得了圣裔的檄文，自然望风响应。只库车城主鄂对，恐怕强弱不敌，率了党羽，拟奔伊犁，途次与阿敏图相遇，仍令回转库车，同去招抚。不料霍集占闻鄂对出走，已遣部下阿布都驰到库车，把鄂对亲族一一杀死，登陴固守。鄂对闻报，大哭一场，嗣与阿敏图商议，请亟归伊犁，添兵复仇。阿敏图道："我是奉命招抚，今不见叛众，便想回去，叫我如何对将军？"鄂对再三谏阻，阿敏图只是不从，也是一个不识时务。且令鄂对先回伊犁。他只带了百余骑，驰到库车，阿布都诱他入城，一阵乱剁，凭你阿敏图如何忠诚，也入阎罗宝殿去了。清廷因兆惠剿抚准部，尚未竣事，别命都统雅尔哈善为靖逆将军，率兵征回。雅尔哈善自吐鲁番进攻库车，大小和卓木引军数千，越大戈壁来援，与清兵战了两次，都被打得落花流水，大小和卓木，退入城中。清兵乘势围攻，城坚难拔，提督马得胜，募敢死兵六百名，暗掘地道，昼夜不息，将及城中，守兵闻地下隐有响声，料是穿穴，便循途按索，到了城脚边，掘下一洞，适通地道守兵，把草塞住，用火燃着，烟焰冲入穴中，可怜六百个清兵，不能进，不能退，都被烧得乌焦巴弓。好像竹管里煨泥鳅。雅尔哈善经此大创，不敢力攻，大小和卓木乘机遁还，阿布都也率众逃去。

清兵只得了一个空城，乾隆帝闻知大怒，饬将雅尔哈善、马得胜等，尽行正法，仍命兆惠移师南征。兆惠檄调各路兵，尚未到齐，因朝旨催促，即率步骑四千余先进，过了天山，收复沙雅尔、阿克苏、乌什等城，住阿克苏城数日。后兵未至，兆惠性急如火，留副将军富德驻阿克苏，等待后军，他竟带了二三千人，冒险前行。途中侦知大和卓木那布敦，在叶尔羌，小和卓木霍集占在喀什噶尔，乃再分兵八百名，使副都统爱隆阿，遏住喀什噶尔援路，自率千余骑，径趋叶尔羌。叶尔羌城东有河，叫作叶尔羌河，亦称黑水，兆惠兵少，不能进攻，便倚水立营。遥见叶尔羌城南驼马往来，是个阔大的牧场，兆惠欲夺作军用，径命兵士渡河，河上本有木桥，清兵跨桥而过，桥未折断，诱敌可知。方过了四百骑，谁知桥下暗有伏兵，铙钩齐起，将木桥钩断，城中出回兵五千骑，前来邀击。隔河清兵，不能相救，河西四百骑，那里当得住回兵？急忙弃了马匹，凫水逃回。贪小失大。回兵复搭好了桥，逾桥东来，后面又添了步兵万人，张着两翼，来围清兵。兆惠左右冲突，马中枪，再毙再易，总兵高天喜战殁，参赞明瑞亦受伤，虽杀了番兵千名，究竟众寡悬殊，支持不住，只得退入营中，赶紧筑垒，准备固守。番兵亦筑起长围，四面攻打，枪炮如雨，幸亏清营靠着丛林，枪弹多飞入林中，清兵伐树，得了铅弹数万枚，还击回兵，又复掘井得水，掘窖得粟，赖以不困。

兆惠遣了五卒，分路赴阿克苏告急，又檄爱隆阿还军阿克苏，催援军同至。爱隆阿未到阿克苏，富德已接警报，忙率军三千，冒雪赴援，到了呼拉玛，距叶尔羌尚三百余里，忽遇喀什噶尔回兵，截住去路，转战四昼夜，回兵越来越多，将富德军围住，接连数日，杳无援兵，富德急得了不得，一日，天气昏黑，入夜尤甚，回兵各燃着火把，轮流进扑，富德连忙抵御，拼命鏖斗，突闻一片喊声，自东而至，回兵纷纷倒退。富德乘势杀出，火光中来了一员清将，乃是爱隆阿，富德大喜，即与爱隆阿合兵。爱隆阿道："巴里坤参赞阿公，亦到。"富德忙拍马去会阿大臣，这位阿大臣，名叫阿里衮，他奉了廷旨，领兵六百名，解马二千匹，驼一千头，至阿克苏，适值爱隆阿去催援军，遂合军前来，解了富德的围。回兵在夜间不辨多少，四散溃遁。富德、爱隆阿，与阿里衮两下相见，欣喜过望，也不及休息，同趋叶尔羌。兆惠日望援军，遥闻炮声大作，料知援军已至，即勒兵突围，内外夹攻，杀敌千余，毁了敌垒，同还阿克苏。

过了冬，已是乾隆二十四年。阿克苏已集清兵新旧军凡三万人，分道进行，兆惠由乌什攻喀什噶尔，富德由和阗攻叶尔羌，每路兵各万五千。大小和卓木闻清兵大至，不敢迎敌，带了妻孥仆从，并携辎重，逾葱岭西遁，清兵奋勇追赶，到阿尔楚山，前面见有回众，大半是老弱残兵，富德料是诱敌，令明瑞、阿桂为左翼，阿里衮、巴禄为右翼，先据了左右二峰，然后富德领着中军，从山口进去。进了山口，果然伏兵四起，那时清兵左右两翼，从上杀下，把伏兵一齐杀退，追攻二十余里，戮回兵无数，并斩他骁将阿布都。大小和卓木逃至巴达克山，大和卓木那布敦，挈了家眷先走，小和卓木霍集占，手下还有万人，倚山为阵，率众死战。富德又分军两路，左右夹攻，用了大炮，向敌轰击，霍集占不能支，逾山而遁，谁知前面山路逼促，又有辎重塞住，一时急走不脱，后面又被清军追上，进退两难。富德令降人鄂对等，竖起回纛，大呼招降，回众情愿投顺，蔽山而下，声如奔雷，霍集占忙夺路逃脱，偕那布敦急入巴达克山。巴达克山部酋，闻大小和卓木，拥众而至，遣使探问。霍集占见了来使，命回报酋长，立刻亲迎。来使出语不逊，霍集占拔出佩刀，把他斩首。穷蹙至此，还要妄为，真正该死。于是巴达克山部酋，兴兵拒战，和卓木兄弟，连妻孥旧仆，只有三四百人，被巴达克兵围住，上天无路，入地无门，都束手就缚，个个被他擒去。巴达克部酋，为使臣报仇，将大小和卓木，一齐枭首，还想将他家属，统行处死，适清使持到檄文，索献罪犯，他乐得卖个人情，把大小和卓木的头颅，及他家眷等，尽行缴出。金银也丢了，妻子也抛了，头颅也断送了。富德命军士押着回酋家属，驰归大营，与兆惠联衔奏捷。乾隆帝命陕甘总督杨应琚，筹办回疆善后事宜，兆惠等俱召还京师，遂

阿桂（1717—1797），章佳氏，字广廷，一字云岩，清满洲正白旗人。历任伊犁将军、兵部尚书、吏部尚书，累官至武英殿大学士兼军机大臣。曾参与平定准噶尔部和天山南路小和卓木的叛乱。后屡任统帅，用兵大小金川，镇压西北回民起义。

封兆惠为一等公，加赏宗室公品级鞍辔，富德封一等侯，并赏戴双眼翎，参赞大臣阿里衮、明瑞等，俱赏戴双眼翎，又记起从前舒赫德的忠直，还他原职，其余在事各官员，俱交部议叙。又做了几篇平定回部的碑文，内外勒石，称颂功德。

到次年二月，兆惠等奏凯还朝，乾隆帝亲至良乡，举行郊劳典礼。兆惠、富德等领队到坛，格外严肃。乾隆帝下坛迎接，兆惠以下，都下马见驾，叩首谢恩。乾隆帝亲自扶起，说了许多慰劳话儿，遂一同登坛。乾隆帝升了御幄，当由军士将大小和卓木家眷，推到坛前。这时乾隆帝龙目俯瞧，见有一位绝色妇女，也是两手反绑，列入罪犯队里，乾隆帝不禁怜惜起来，便问道："这是叛回的家眷么？"兆惠应了声"是。"乾隆帝道："妇女无知，也遭此缧绁，瞧她情状，很是可怜，朕拟一律赦宥。"兆惠忙道："罪人不孥，乃是圣主仁政，皇上恩赦了她，她定然感激不浅。"拍马屁的又到了。乾隆帝传旨释缚，众回家眷，叩首谢恩，独这绝色女子，虽是随班俯伏，她口中恰绝不道谢。比众不同。

郊劳礼毕，御驾还宫，立召和珅入见，和珅进内请安毕，乾隆帝问道："朕见叛回眷属中，有个绝色妇人，未知是谁？"和珅道："待奴才探问的确，再来奏闻！"说毕，趋出，不一时又入大内，奏称绝色妇人，乃是小和卓木霍集占的妃子，回人叫她香妃，因她身上有一种奇香，天然生成，所以有此佳号。"乾隆帝叹道："朕做了天朝皇帝，不及那回部逆酋。"和珅道："逆酋已死，这个佳人，被我军拿来，圣上要如何处置，便作如何处置。据奴才想来，回酋的幸福，究竟不及我天朝皇帝哩。"乾隆帝道："朕想把她叫入宫中，但恐外人谈论，奈何？"和珅道："罪妇为奴，本是我朝成例，今将香妃没入掖廷，有何不可？"小人最喜逢君之恶。乾隆帝大喜，便命宫监四名，随和珅去取香妃，好一歇，这三字乃从乾隆帝心中勘出。和珅已到，宫监导入香妃，玉容未近，芳气先来，既不是花香，又不是粉香，别有一种奇芬异馥，沁人心脾。走近御座前，乾隆帝见她柳眉微蹙，杏脸含颦，益发动人怜爱。宫监叫她行礼，她却全然不睬，只是泪眼莹莹。乾隆帝道："她生长外域，未识中朝礼制，不必多事苛求。"便命宫监引入西苑，收拾一所寝宫，令她居住，并命宫监小心伺候。宫监已去，和珅亦退。次日，乾隆帝视朝毕，又召和珅入内，和珅见乾隆帝面带愁容，暗暗惊异，只听乾隆帝谕道："香妃不从，如何是好？"和珅道："她蒙恩特赦，又承圣上格外抬举，如何不从？"乾隆帝道："她口中说的回语，朕却不能尽懂，幸宫中有个番女，颇谙回文，朕命她翻译出来，据言：'国破君亡，情愿一死。'朕亦不好强逼，你可有甚么计策？"和珅想了一会，便道："从前豫亲王多铎，得了刘三季，起初也很是倔强，后来好好儿做了豫王福晋，和睦得了不得。应二十二回。妇人家大都如此，总教待得她好，她自然回心转意。"乾隆帝道："恐不容易。"和珅道："她是做过回妃，一切饮食起居，统是回部格式，现若令她吃回式的菜蔬，穿回式的衣服，居回式的房屋，另择回部老妇，伺候了她，不怕她不渐渐服从。”乾隆帝依了和珅的计策，凡香妃服食，概募回教徒供奉，又在西苑造起回式房屋，并筑回教礼拜堂，选了数名老回妇，导香妃出入游览。怎奈香妃情钟故主，泪洒深宫，一片贞心，始终不改。乾隆帝百计劝诱，她却寂然漠然。有一日，被宫女苦劝不过，她竟取出一柄匕首来，刀光闪闪，冷气逼人，宫女都吓得倒躲。这事传到慈宁宫，太后恐乾隆帝被害，趁着乾隆帝郊天，住宿斋所，竟传旨宣召香妃，问她志趣。她只说了一个“死”字，太后遂勒令殉节。后人有诗咏香妃事道：

雏鬟生长大苑西，钿合无情宝剑携。

帝子不来花已落，红颜黄土玉钩迷。

香妃已死，乾隆帝尚未闻知，后来得了音耗，究竟伤感与否，容小子下回表明。

阿睦撤纳及大小和卓木，统不过胁惑徒众，盗弄潢池，故卒为兆惠所歼灭耳。不然，兆惠一卤莽武夫，只知猛进，动辄被围，得一智勇兼全之敌帅，吾恐兆惠将为塞外鬼，安能生还玉门，昂然为座上公乎？惟香妃以一被虏之妇人，临以天子之尊威，始终不为所辱，凛节捐躯，临难不苟，番邦中有是妇，愧煞世人多矣。作者亟为表扬，可作彤史一则。

第三十八回

游江南中宫截发
征缅甸大将丧躯

却说乾隆帝郊天礼毕，回至宫中，闻报香妃已死，这一惊非同小可，忙走入香妃寝室，但见室迩人远，凄寂异常。便把侍过香妃的宫监，传来问话，宫监就将太后赐香妃自尽事，说了一遍。乾隆帝道："可曾入殓么？"宫监道："早经入殓，且已埋葬得两日了，"乾隆帝道："为甚么不来报知？"宫监道："奉太后娘娘命，因圣上郊天，不准通报。"乾隆帝顿足道："这件事情，太后也太辣手了，"宫监道："太后娘娘，恐香妃不怀好意，所以把她赐死。"乾隆帝道："香妃死时，形状如何？"宫监道："香妃虽死，面色如生，全不见有惨死形状。"乾隆帝道："可敬，可敬，毕竟是朕没福消受。"乾隆帝得了香妃，未尝强暴，嗣闻太后赐香妃自尽，也不与太后呕气，这等举动，尚是难得。当下凭吊了一回，洒了几点惜花的眼泪。

自此闷闷不乐，几乎激成一种急病，还亏御医早日调治，方能渐渐平安。只是悲怀未释，无从排解，偏偏皇十四子永璐、皇三子永琪，又接连病逝。正是花凄月冷，方深埋玉之悲，芝折兰摧，又抱丧明之痛，未免有情，谁能遣此？傅恒、和珅等百计替他解闷，总不能得乾隆帝欢心，还是和珅知心着意，想出重幸江南的计议来，乾隆帝颇也愿意，到慈宁宫禀知太后，太后正因皇帝过伤，没法劝慰，闻了此语，便道："我也想出去散闷。俗语说得好：'上有天堂，下有苏杭，'这苏杭地方的风景，很是可玩。只前次南巡，皇后未曾随去，她已正位数年，也应叫她去玩耍一番，你意何如？"乾隆帝不敢违命，只得答道："圣母命她随去，谨当遵旨！"

当下定了日子，启跸南巡，一切仪仗，仍照前时南巡成制，不过多备了皇后凤辇一乘，龙舟等略加修饰，水陆起程，概如上年旧例。各省督抚，接驾当差，格外勤谨，只山东济宁州颜希深，下乡赈饥，擅令开仓发粟，把供奉皇差的事情，反一律搁起。两宫到了济宁州，御道上并没有甚么供张，也不见知州迎驾。和珅道：“那个混帐知州，敢如此藐法么？”便令役从立传知州颜希深，回报颜希深下乡赈饥去了。和珅大怒，方想饬拿知州家属，适山东巡抚前来接驾，和珅向他发怒道：“你的属官，为甚么这般糊涂？想你前时忘记下劄的缘故。”山东巡抚道：“卑职于月前下劄，早饬他恭迓銮舆，那里敢忘记一点？”和珅道：“他下乡赈饥，应有公文申详，你既叫他办差，那里还有工夫赈饥？这件事显见得老兄糊涂了。”山东巡抚道：“卑职也没有允他赈饥，他亦没有公事上来，真正不解。”和珅微笑道：“一点点知州官儿，不奉抚台札饬，擅敢发仓赈饥，自来也没有的。老兄欺我，我去欺谁，你自己去奏明皇上罢！”写出和珅威势。这句话，吓得山东巡抚屁滚尿流，一面令仆役去拿颜希深，一面下了龙舟，跪在两宫面前，只是磕头，口称奴才该死，奴才该死。奴膝婢颜，无逾于此。两宫倒惊疑起来，问他何故？这时和珅已踱了进来，代奏道：“济宁知州颜希深，目无皇上，既不来供差，又不来迎驾，奴才正问这山东抚臣哩。”乾隆帝道：“颜希深到那里去了？”和珅答道：“闻说颜希深下乡赈饥，抚臣糊涂，佯作不知，求圣上明察！”寥寥数语，比上十款还要厉害。乾隆帝正想亲鞫山东抚臣，遥听岸上隐隐有哭泣声，便问和珅道：“岸上何人哭泣？”和珅出外探望，回奏：“颜希深的老母，由山东抚役拘到，是以哭泣。”乾隆帝怒道：“令她进来！”一声诏谕，外面即推进一个白发老妪，眼泪汪汪，向前跪下，口称臣妾何氏叩头。太后见她老态龙钟，暗加怜恤，急开口问何氏道：“你是济宁知州的母亲么？”何氏微应道：“是。”太后又问道：“你儿子到那里去？”老妪道：“前日河工出了险，地方绅士，环请急赈，臣妾儿子颜希深，因预备恭迓圣驾，不敢离身，怎奈难民纷纷来署，哀吁不休。臣妾见他凄惨万状，令儿子希深发粟赈饥，希深因未奉省饬，不敢擅行，臣妾素仰圣母仁慈，圣上宽惠，一时愚见，竟把仓粟开发，嘱子希深下乡施赈，快去快回。不料希深今尚未到，将供差接驾的大礼，竟致延误，臣妾自知万死，伏乞慈鉴！”老妇颇善口才。太后见她应对称旨，不禁喜形于色道：“你倒是一片婆心。古语说道：‘国无民，何有君？’就使礼节少亏，亦应赦宥。”说到这句，便顾乾隆帝道：“赦了她罢！”不愧孝圣二字。乾隆帝尚未回答，和珅却见风使帆，忙道：“圣母仁恩，古今罕有。”忽而作威，忽而贡谀，这种人最是可恨。乾隆帝至此，自然也说出“遵旨”二字。太后便令何氏起来，何氏谢恩起立。这时山东巡抚，还是俯伏一旁，仿佛犬儿一般，太后也命他退出。山东巡抚，真是蒙着皇恩大赦，连磕数头，起身退出。外面又禀报济宁知州颜希深，恭请圣安，太后问道：“颜希深来了么？”便传旨着令进见。希深膝行而进，匍匐近前，急得“微臣该死”四字，都说不清楚。太后却笑起来道：“你不要这般惊慌！皇上已加恩赦你。本来巡幸到此，亦没有这般迅速，巧巧遇着顺风，所以先到一二天，想你总道是来得及的，因此贻误。”好太后。颜希深闻已恩赦，便放下了心，慢慢的奏道：“微臣下乡赈饥，总道事已速了，不意饥民很多，误了日子，微臣因胥吏放赈，恐致乾没，不敢不亲自监察，今日返署，敬闻圣驾已巡幸到此，不及恭迎，罪当万死。幸蒙恩赦，感激莫名！”太后道：“你的母亲，亦已在此，你起来罢！”颜希深谢过了恩，慢慢起身，方见老母也站立一旁。太后复赐何氏旁坐，问了年龄子女等情，由何氏一一奏明。太后复道：“你回署去，须常教你儿子爱国爱民，方不失为贤母。”何氏连声遵旨。太后又命宫监两名，扶他上船，令颜希深随母回署。后来颜希深历级上升，做到河南巡抚，且不必细表。

单说两宫自济宁启行，一路上看山玩水，颇觉爽适，乾隆帝命先幸江宁，一面向和珅道：“江宁是个名胜的地方，前次南巡，只留驻了几日，闻得秦淮灯舫，传播一时，究竟不知如何？”和珅道：“此次皇上可多留数天，奴才谨当探察。”到了江宁，文武各官，照例迎驾，不消细说。和珅见了江宁总督，密令他饬办秦淮画舫，预备游览。是日两宫登陆，驻跸江宁，隔了一宵，和珅借观风问俗的名目，导皇上微行。乾隆帝早已会意，不带随员，只命和珅扈从前往，行到秦淮河岸边，早泊有绝大画舫一艘，和珅引乾隆帝登舟，舟中都是花枝招展的美人儿，一拥上前，磕头请安。乾隆帝与和珅，虽不道出真相，假名假姓的说了一番。那班美人儿，统是有名的妓女，见多识广，料知不是俗客，况经地方官饬他当差，定然是扈跸南巡的著名人物，还差一着。便格外殷勤，奉了乾隆帝上坐，大家四围簇拥。乾隆帝龙目四瞧，这一个绰约芳姿，那一个窈窕丽质，默默的品评了一回，随向和珅道：“北地胭脂，究不及南朝金粉，你道如何？”和珅应了声：“是。”当下摆好酒席，乾隆帝面南而坐，和珅面北而坐，君臣礼总算不乱。东西两旁，统是美人儿挨次坐下。席间备极丰腆，浅斟缓酌，微逗轻颦，已而酒热耳红，兴高采烈，一面令舟子划入江心，一面令众妓齐唱艳曲，娇声婉转，响遏行云，耳鬓撕磨，魂消新雨。迨至夕阳西下，已近黄昏，万点灯光，荡漾水面，仿佛此身已入仙宫，别具一番乐境。此时乾隆帝已自醺然，免不得色迷心醉，左拥右抱，玉软香温，和珅亦趁这机会，分尝数脔。好一个篾片。到了次日，尚恋恋不舍，仍在舟中饮酒言欢，忽闻外面一片闹声，送入耳中，和珅即到后舱探望，见外面有一来船，船中有数人与舟夫争闹。和珅忙探头舱外，向邻船摇手，邻船中人，见是和珅，方欲开口，和珅忙道：“知道了，你等去罢！”原来邻船不是别人，乃是两个侍卫及太监数名，奉太后命，来寻皇帝。和珅早已猜着，不便与他细说，所以含糊回答。邻船得了消息，自然回去。和珅入舱，与乾隆帝附耳数语，便命舟夫摇船拢岸，饮完了酒，起岸而返。

太后见皇帝已回，也不暇细究，便命起銮至杭，乾隆帝遂传旨明日启跸，次晨即自江宁启行，直达杭州。途次为了秦淮河事，与皇后反目起来。皇后自正位后，没有甚么恩遇，心中早已郁闷，此次秦淮河事，被宫监泄漏，忍耐不住，便与乾隆帝斗口。乾隆帝本不爱这皇后，自然没有好话，皇后气愤不过，竟把万缕青丝，一齐剪下。这也未免过甚。满俗最忌剪发，发已剪去，连仁爱的太后，也不便回护。乾隆帝大加忿怒，竟命宫监数名，将皇后送回京师。两宫到杭，又游览数日。乾隆帝因皇后挺撞，余怒未息，也不愿久留在外，便奉太后匆匆回京。自此与皇后恩断义绝，皇后忧愤成疾，延了一载，泪尽血枯。临危时候，乾隆帝反奉皇太后，到木兰秋狝去了。皇后闻知此信，痰喘交作，霎时气绝。当由留京王大臣奏闻行在，乾隆帝下谕道：

据留京办事王大臣奏：皇后于本月十四日未时薨逝。皇后自册立以来，尚无失德，去年春，朕恭奉皇太后巡幸江浙，正承欢洽庆之时，皇后性忽改常，于皇太后前，不能恪尽孝道；比至杭州，则举动尤乖正理，迹类疯迷，因令先程回京，在宫调摄。经今一载余，病势日剧，遂尔奄逝。此实皇后福分浅薄，不能仰承圣母恩眷，长受朕恩礼所致，若论其行事乖违，即予以废黜，亦理所当然，朕仍存其名号，已为格外优容，但饰终典礼，不必复循孝贤皇后大事办理，所有丧仪，止可照皇贵妃例行，交内务府大臣承办，着将此宣谕中外知之！

这是乾隆二十九年八月内的谕旨。乾隆帝罢猎回京，满大臣力争后仪，只是留中不报，自是乾隆帝竟不立后，到乾隆六十年，禅位嘉庆帝，其时嘉庆帝生母魏佳氏，已经病殁，乃追封为孝仪皇后。这且慢表。

且说中国南徼的缅甸国，自执献永历后，与中国毫无往来，不臣不贡。至乾隆十八年，云南石屏州民吴尚贤，赴缅东卡瓦部开矿，立了一个茂隆银厂。尚贤运动部酋，请将矿税入贡。中国复劝缅王莽达喇上表称藩，缅王遂遣使进贡，呈上驯象数匹，涂金塔一座，乾隆帝也颇加赏赉。不料云南大吏，诱尚贤回国，说他中饱厂课，拘入狱中。尚贤一片爱国心，被疆吏无端诬陷，有冤莫诉，愤极而亡。滇吏可杀。茂隆银厂，当即闭歇。嗣后缅甸内乱，木疏地方的土司，名叫雍藉牙，率众入缅，杀平乱党，自立为缅甸王，称新缅甸国，缅都无人反对，只桂家、木邦两土司，不肯服他，联兵进攻。雍藉牙命子莽纪瑞率兵迎战，把桂家、木邦部众，尽行杀败。木邦土司罕底莽被杀，桂家土司宫里雁，窜入滇边。桂家本明桂王官属后裔，尝设波龙银厂，很有资财，云南总督吴达善，闻他巨富，令他倾囊以献。贪官可杀。宫里雁不允，吴达善命边吏驱逐出境。宫里雁没法，走入孟连土司。这孟连土司刁派春，素与吴达善交通，闻知宫里雁入境，潜率部众，邀击宫里雁。宫里雁不及防备，被他擒住，并将宫里雁妻孥金银，一并拿去。

刁派春将宫里雁缚献云南，复将宫里雁的金银，一半分送吴达善，一半留作自用。只宫里雁妻囊占，颇有三分姿色，他却不忍割爱，想她做小老婆，不愧姓刁。遂于夜间召囊占入室，逼她同寝。囊占不从，他竟想用强暴手段，急得囊占路绝计生，佯言愿侍巾栉，但须释放仆役，并择吉行礼，方好从命。刁派春中了她计，遂将仆役放出，令仍侍囊占，又命大设筵宴，与囊占成婚。囊占装出柔媚态度，侍刁派春饮酒。刁派春乐的要不得，由囊占接连代斟，灌得酩酊大醉。囊占召齐故仆，将刁派春剁作几段，刁派春算刁，谁知别人比他更刁。遂命故仆引导，启户窜去。此时孟连部众，因吃了喜酒，都已睡熟，那个去管他这种闲帐。到了次日，始知头目被杀，急忙去追囊占。谁知她早已逃入孟艮土司去了。

囊占到了孟艮，探闻丈夫已被吴达善杀死，哭得死去活来；好一个智女，好一个烈女。既怨缅甸，复怨中国，遂吁请孟艮土司，要他入犯滇边，为夫报仇。孟艮部酋，见她悲惨，也不论甚么强弱，便入侵滇边。总督吴达善只知搜括金银，此外毫无本领，闻报滇边不靖，忙遣人到京运动调任。俗语道："钱可通神。"用了几万金银，便奉旨调任川陕，令湖北巡抚刘藻，往督云南。

刘藻到任，令总兵刘得成，参将何琼诏，游击明洪等，三路防剿，没有一路不败。刘藻束手无策，朝旨严行诘责，并命大学士杨应琚往滇督师。杨应琚到云南，刘藻恐他前来查办，忧惧交并，自刎而死。这是乾隆三十年间事。

会滇边瘴疠大作，孟艮士兵退去，杨应琚乘间派兵进攻孟艮，孟艮兵多半病死，不能抵御，一半逃去，一半迎降。应琚见事机顺手，欲进取缅甸，腾越副将赵宏榜且言："缅酋新立，木邦蛮莫诸土司，统愿内附，应乘胜急进。"应琚即上疏奏闻，极陈缅甸可取状。一面移檄缅甸，号称天兵五十万，大炮千门，将深入缅境，如该酋畏威知惧，速即投降，免致涂炭。大言何益？一面分遣译人到孟密、木邦、蛮莫景线各土司，诱使献土纳贡，并为具表代陈。其时缅酋雍藉牙早死，再传至次子孟驳，他见了应琚檄文，毫不畏惧，反率众略边。各土司又首鼠两端，并不是诚心内附，于是赵宏榜领兵五百，由腾越出铁壁关，袭据蛮莫土司的新街。新街系中缅交通要道，缅兵不肯甘休，水陆并进。陆兵攻陷木邦、景线，水军进攻新街，赵宏榜闻缅兵突至，急抛了器械，烧了辎重，走还铁壁关。惯说大话的人，最是没用。缅兵尾追宏榜，直至关外。

应琚得了败耗，又惊又悔，顿时痰喘交作，飞章告病。清廷急令两广总督杨廷璋赴滇襄办，又遣侍卫傅灵安，带了御医，往视应琚疾，并察军事。杨廷璋驰入滇境，遣云南提督李时升，率兵万四千人，进防铁壁关，时升又分道出兵，遣总兵乌尔登额出木邦，朱仑出新街。缅酋闻清兵分出，率众佯退，遣使乞和。时升信为真情，停止两路进兵，与缅人议款。杨应琚闻了议和消息，喜欢起来，病也渐愈，遂与时升联衔奏捷。又要做假戏文了。杨廷璋知缅事难了，乐得退职，遂奏言应琚病痊，臣谨归粤，得旨召还京师。应琚也巴不得廷璋离滇，省得窥破隐情。廷璋去后，忽闻缅兵绕入万仞关，纵掠腾越边境，应琚又惶急万分，飞檄乌尔登额，及总兵刘得成赴援。缅兵见有援军，向铁壁关退走，铁壁关本由李时升等把守，不敢截击，由他杀出，应琚反匿不上闻。会傅灵安密奏赵宏榜、朱仑失地退守，李时升临敌畏避，未亲行阵，于是清廷始悉军情，严旨诘责应琚。应琚反尽推到乌尔登额、刘得成身上，得旨一并逮问，令伊犁将军明瑞，移督云、贵，明瑞未至时，由巡抚鄂宁代理。鄂宁奏称应琚贪功启衅，掩败为胜，欺君罔上各情形，乾隆帝大怒，立逮应琚到京，迫他自尽。此时杨应琚不知作何状。

及明瑞到滇，先后调满洲兵三千，云、贵、四川兵二万余名，大举征缅，令参赞额尔景额，及提督谭五格，率兵九千名出北路，由新街进行，自率兵万余人，由木邦南下，约会于缅都阿瓦。启行时，连旬淫雨，泥泞难行，明瑞只得缓缓前进，自夏至冬，始至木邦。木邦守兵，闻风早遁，明瑞留兵五千驻守，使通饷道，自率军渡锡箔江，进攻蛮结，连破缅兵十二垒，军威大振。乾隆帝闻报捷音，封明瑞诚勇嘉毅公。明瑞越加感奋，向缅都进发，途次险峻异常，马乏草，牛踣途，缅人又坚壁清野，无粮可掠。走入绝路。将士请结营驻守，俟北路军有消息，再定进止，明瑞不允，仍督兵前趋。这时向导乏人，屡次迷路，旋绕了好几日，方到象孔，部兵疲惫已极，北路军仍无音信。象孔距缅都尚有七十里，明瑞因兵劳食尽，料知难达，乃回兵至猛笼，得了敌粮少许，留驻数日，待北路军。北路军仍旧不至，乃拟由原路退归，不防缅酋率众来追，声势浩大，明瑞且战且行，令部将观音保、哈国兴等，更番殿后，步步为营，每日只行三十里。缅兵虽不敢围攻，奈总尾追不舍，每晨听清军吹角起行，他也起身追逐。行至蛮化，山路丛杂，明瑞令部兵扎营山顶，缅兵亦扎营山腰。明瑞传集诸将道："敌兵藐我太甚，须杀他一阵方好。"观音保、哈国兴等，唯唯听命。当下明瑞令观音保等分头埋伏，次日五鼓，命兵士接连吹角，呜呜之声，震彻山谷。缅兵只道清兵启行，争上山追逐，忽遇伏兵突出，万枪齐发，那时连忙奔逃，走得快的，失足陨崖，走得慢的，中枪倒毙，趾顶相藉，坑谷皆满。小胜不足喜。自是缅兵不敢近逼，每夜必遥屯二十里外。明瑞饬将士休息数日，徐徐退回。到了小猛育，已与木邦相近，猛听得胡哨齐起，四面敌兵蝟集，约有好几万人，明瑞大惊道："罢了！罢了！"正是：

瓦罐不离井上破，将军难免阵中亡。

未知明瑞性命如何，请看下回分解。

高宗南巡，皇后截发，当时史官讳恶，只载迹类疯迷之谕，实则伏有原因，中宫固非无端疯迷也。著书人把赏花饮酒诸事，显为揭橥，虽或言之过甚，然亦出自故老传闻，未尝凭空蜮射。且多归罪和珅，和珅固导帝微行者，不得谓事无左证也。下半回叙征缅事，与上文不相关涉，乃是从编年体裁，接连叙下。吴达善、刘藻、杨应琚等，无一胜任，赇帅当道，蠹吏盈边，清室盖中衰矣。明瑞猛将，孤军征缅，徒自丧躯，可为太息。高宗不悟，犹以好大喜功为事，其亦可以已乎。

第三十九回

傅经略暂平南服
阿将军再定金川

却说明瑞到小猛育，见缅兵四集，不觉大惊，急忙扎住了营，召诸将会议。将士自象孔退回，途中已行了六十日，这六十日内，昼夜防备追兵，没有一刻安闲，此时四面皆敌，眼见得不能抵挡，当下会议迎敌诸将，面面相觑。明瑞道："敌已知我力竭，所以倾寨前来，但不知北路军情，究竟如何？难道是统已覆没么？我现在只决一死战，明知不能脱身，然到援绝势孤的时候，还没有一人不尽力，没有一人不致死，将来敌人亦知难而退，我死后，继任的人，当容易办理了。诸将以为何如？"观音保道："大帅且不怕死，何况我辈？惟我辈死在沙场，内地还没人知晓，这到可虑。"明瑞道："我拟乘夜突围，令兵士前行，我愿断后，那时敌兵追来，我好死挡一阵，前面的兵士，总可逃脱几个，通报内地，叫他严守边疆，奏调别帅，岂不是好？"倒是赤胆忠心。当下议决，人人已知必死，倒也没有甚么伤感。

转瞬间已是黄昏，鼓角不鸣，拔寨齐出，哈国兴率领前队，观音保率领中队，明瑞与侍卫数十人，率领亲兵数百名断后。哈国兴一马当先，冲杀出来，缅兵不及措手，竟被他冲开血路，杀出重围。及观音保继进，缅兵已四面包围，把观音保围住，明瑞见中队被围，急率后军援应，舍命相争，人自为战，以一当十，以十当百，怎奈缅兵密密层层，旋绕上来，明瑞、观音保等，冲破一重，又被第二重截住，冲破第二重，又被第三重截住。从黄昏杀到天明，四面一望，仍旧是铜墙铁壁一般，手下将士，已伤亡过半，再接再厉，酣斗了两小时。观音保中枪倒毙，明瑞带领的侍卫，丧失殆尽。明瑞亦着了枪弹数粒，大吼一声而死。这场死战，只哈国兴带兵数百名逃归，余都覆没，真是可痛。

但北路的额尔景额一军，究竟到那里去呢？原来额尔景额从新街南行，进次老官屯，被缅兵阻住，相持月余，额尔景额病死，他的阿弟额尔登额代统全军，屡战屡败，退至旱塔。缅兵由间道袭击木邦，木邦兵守五千人，出战不利，飞书至滇中告急。总督鄂宁，七檄额尔登额往援。额尔登额不应，反迂道回铁壁关，再从明瑞出师的路程，往救木邦。古语说道："救兵如救火。"他却不走近路，转回关内，远绕而出，那时木邦早已陷没。留守参赞珠鲁讷等，早已阵亡。缅兵从木邦回到小猛育，适值明瑞退到彼处，遂乘机邀击。后面追赶明瑞的缅兵，又乘势追上，还有老官屯及旱塔诸处的缅众，也一并趋至，四面楚歌，遂把明瑞逼入鬼箓。补叙得明明白白。总督鄂宁，飞报败耗，乾隆帝大怒，立命鄂宁押解额尔登额及谭五格到京治罪，另授傅恒为经略大臣，阿里衮、阿桂为副将军，舒赫德为参赞大臣，迅速赴滇，再议大举。傅恒等遵旨起程，额尔登额、谭五格已解到，有旨将额尔登额凌迟处死，谭五格立斩决，罪犯亲族，一律充戍。

旋因鄂宁不亲援明瑞，降补福建巡抚，戴罪自效。云、贵总督，著阿桂补授。阿桂先至云南，闻缅甸与西邻暹罗国开衅，拟约暹罗夹攻缅甸，旋因交通不便，复至罢议。乾隆三十四年四月，经略傅恒至云南边境，拟分兵三路，水陆并进，调满汉精锐五六万名，骡马六万余匹，凡京城之神机火器，河南之火箭，四川之九节铜炮，湖南之铁鹿子，及在滇制造的军装药械，靡不齐备。直到新秋，经略祭纛启行，渡过金沙江上游的戛鸠江，由西而南，孟拱孟养各土司，献象献牛，还算效顺。无如南方炎热未退，暑雨熏蒸，士马已多僵病，又未识道路，愈难深入。傅恒无可如何，退归蛮莫。

先是阿桂在蛮莫造舟，及是舟成，得战舰百艘，闽粤水师，陆续趋集，遂由蛮莫江出伊腊瓦底河，遥望缅兵，舣舟对岸，并有陆兵驻扎沙滩。阿桂、阿里衮率步兵登岸，专攻敌营，副将哈国兴、侍卫海兰察，率舟师专攻敌舟。缅兵出营截击，阿桂令步兵齐放矢铳，复用劲骑左右冲入，缅兵抵敌不住，哗然溃散。哈国兴亦乘上风进攻敌舟，正欲迎敌，被风簸荡，自相撞击，覆溺数千，江水为赤。阿里衮经此一役，积劳成病，傅恒亦病不能兴，虑深入非计，令转攻老官屯敌垒。

老官屯本额尔登额屯兵处，敌垒甚坚，编竖木栅，栅外掘濠，濠外又横卧大树，锐枝外向，清兵用大炮轰击，弹丸都被树枝隔住，不得奏效。再伐箐中数百丈老藤，系以巨钩，夜往钩栅，又被敌人斫断。复用盾牌兵持了油柴，沿栅纵火，适值反风，栅不能爇，反烧了自己的盾牌，只得却下。阿桂百计绸缪，想不出破敌法子，最后用了穴地埋药的计策，药线一燃，药性猛发，敌栅突起丈余。清兵鼓噪而前，总道这次可以破栅，谁知栅忽平落，俄顷栅复突起，旋又平落，如是三次，栅不复动。仍旧无效。缅兵也颇危惧，阿桂又遣战舰越过木栅，阻截西岸敌援，于是缅兵有乞和意，老官屯非敌根据地，傅恒出了全力去攻老官屯，已非胜算，况又不能攻入乎？强弩之末，难穿鲁缟，信然。遣使议款。傅恒令进表纳贡，返土司侵地。缅使欲归他木邦、蛮莫、孟拱、孟养诸土司。议未协，缅使竟去。会阿里衮病殁，傅恒病亦加重，乃遣哈国兴单骑入栅，与缅帅议定和约：缅甸对中国行表贡礼，归俘虏，返土司侵地，中国将木邦、蛮莫、孟拱、孟养诸部人口，还付缅甸。傅恒逐焚舟熔炮，匆匆班师。

这番出征，先后糜饷数千万，明瑞战死，傅恒阿桂等，虽称胜敌，其实也不算有功。所订和议，两边仍未尝实行，缅人索还土司，清廷征他入贡，双方仍然龃龉。傅恒回京后，忧恚而亡。夫人尚在否。乾隆帝令阿桂备边，酌出偏师，略缅边境，阿桂探闻缅酋孟骏，破灭暹罗，气势张甚，奏言："偏师不足济事，不如休息数年，复图大举。"乾隆帝因他忤旨，将阿桂召还，遣尚书温福往代。

缅事未了，两金川警报复至。自大金川酋莎罗奔乞降后，川边平静了十多年，莎罗奔老病，兄子郎卡主土司事，渐渐桀骜，侵扰邻境，不受四川总督的命令。乾隆帝命川督阿尔泰，檄川边九土司，环攻郎卡。九土司中，惟小金川与绰斯甲，还算强大，其余如松冈、梭磨、卓克基、沃日、革布什咱、党坝、巴旺七土司，统是弱小，不是大金川敌手。阿尔泰虽奉了上谕，他意中只想苟且息事，命郎卡释怨修和。郎卡遂与绰斯甲联婚，并以女嫁小金川酋僧格桑。僧格桑即泽旺子，泽旺昏耄，由僧格桑代主土司。未几，郎卡病死。郎卡子索诺木，与僧格桑为郎舅亲，订立攻守同盟的条约。番人专恃结婚政策，为并吞邻部计，两金川以和亲故，独结攻守同盟，知识程度，颇出准部诸酋上，但其不利清室则一也。索诺木诱杀革布什咱土司，僧格桑亦屡攻沃日，阿尔泰因沃日被侵，发兵往援，僧格桑竟与川军开仗，川军退还。乾隆帝闻报，责阿尔泰养痈贻患，罢职召回，寻即赐死。另调滇督温福，自云南赴四川督师征讨，又命侍郎桂林为川督，襄赞军事。

温福、桂林，先后到川，温福由汶川出西路，桂林由打箭炉出南路，夹攻小金川。南路副将薛琮，恃勇轻进，入黑龙沟，被番兵围住。薛琮向桂林处求救。桂林逗留不进，薛琮战死，全军陷没，桂林还隐匿不报。旋由温福奏闻，乃授阿桂为参赞大臣，代桂林职。阿桂至军，督兵渡小金川，连夺险要，直抵美诺。美诺系小金川巢穴，僧格桑出战不利，遂带了妻妾数人，逃入大金川，只留老父泽旺，病卧床中。宁可无父，不可无妻妾。阿桂入帐，把泽旺缚献京师，另檄索诺木缴出僧格桑。索诺木不奉命，当由温福、阿桂，请旨清廷。廷命温福为定边将军，阿桂为副将军，移师讨大金川，仍分两路进发。

大金川地本险恶，从前讷亲、张广泗，屡遭失败，至此温福进兵，也被番众阻住。温福令提督董天弼，还守小金川，自率军驻扎木果木地方。番众照昔年故事，遍筑碉卡，抗拒清兵。温福也徒知攻碉，得不偿失。两边正相持不下，忽有探马飞报："番众入小金川，董军门兵溃散了。”温福令他再探，忽又报道：“粮台被劫了。”温福仍饬令再探，粮已被劫，还探甚么？他却视若无事，仍不设备。如此从容，不念退兵咒，定念往生咒。俄闻枪声四起，番众如潮涌至，先夺炮局，继断汲道，清营内运粮夫役，纷纷避入。温福令营兵闭住垒门，一概不准入营。于是内外鼓噪，军心大震。番众乘势突进，枪如雨发，温福茫无头绪，一弹飞来，适中要害，当即晕毙。营兵见主将已死，霎时四散，被番众兜杀一阵。幸亏海兰察闻警往援，救出溃兵万数千名，且战且退。

此时阿桂方出河东，闻报小金川复陷，忙整军驰回，出屯翁古尔垄，奏报温福阵亡情形，得旨命阿桂为定西将军，丰伸额、明亮为副将军，调发键锐火器营二千名，至川助剿。阿桂再与明亮等，分攻小金川，转战五昼夜，仍抵美诺，驱出番兵，再复小金川地，仍奏请力攻大金川。乾隆帝以土司恃险反复，重劳用兵，非大举深入不可，遂先将泽旺磔死，阿扣待久了。随饬阿桂等扫穴犁庭，方许蒇事。阿桂誓师进讨，复分三路进行：一军由东路入，阿桂自为统帅，一军攻大金川西南，一军攻大金川西北，由丰伸额、明亮各为统领，三道并进，如火如荼。怎奈大金川里面，重重筑垒，层层设隘，自乾隆三十九年正月，阿桂出师，奋力杀入，节节进攻，击破敌垒无数，大小数百战，直到七月，始至勒乌围附近。勒乌围前面皆山，番兵据险扼守，第一重名博瓦山，第二重名那穆山，最是险峻，阿桂令海兰察、额森特、海禄三路绕攻博瓦山后，福康安、成德、特成额三路仰攻博瓦山前。猛搏三昼夜，方杀上博瓦山，占了第一重门户。休息二日，复进攻那穆山。这山地势尤险，防守越严。阿桂仍令前后分攻，数日无效。适西北路统领明亮亦已杀到，会集阿桂军，并力攻扑，仍是不下，海兰察向称骁勇，至是大愤，遥望那穆山上，守兵布得密密层层，只西边最高峰上，虽有两个大战碉，碉里恰空若无人，他独带领死士六百名，乘昏夜时候，猱升而上，趾顶相接，直到黎明，六百人都登了高峰，捣入碉中。每碉不过数十名番兵，一阵狂扫，立刻歼除。余外守山的番众，总道是绝壁峭立，没人可上，谁料上面插起大清旗号，错疑是飞将军从天而下，顿时人心大乱，被山下的清兵，杀上山腰，番众除逃窜外，概被杀死。第二重门户又破，勒尔围已无可守，索诺木没法，鸩杀僧格桑，并将僧格桑家属，一并献出，请停止攻击。阿桂讯验僧格桑的尸首，的确是真，只僧格桑的家属内，只有僧格桑的妾，没有僧格桑的妻，索诺木颇有手足情。怒斥来人，勒兵再入。索诺木无从乞和，命部下极力防守。

这时已是秋末冬初，天气阴寒，雨雪霏霏，恁你阿桂奋厉无前，也不能直捣敌穴。过了年，又过了春季，渐渐冰雪消融，路上方可行动。阿桂等转战而前，只一二十里地面，却攻了三四个月，方到乌勒围。丰伸额军亦至，三路会攻，又足足一月，方破入乌勒围。可谓艰险。索诺木已与从祖莎罗奔，先期走噶尔厓，清兵整队复进，番兵又分道拒战，接连又是数月，始抵噶尔厓城下。阿桂自启行以来，至此已历两年，途中几经艰苦，恨不得立平噶尔厓，稍泄胸中忿气，奈攻了三五日，毫不见效，又攻了一二十日，虽轰坏城堞数处，仍被敌兵补好。直至乾隆四十一年二月，城中食尽，索诺木始与莎罗奔，挈家族二千余人出降，阿桂立饬人献俘京师，乾隆帝御午门受俘，因索诺木、莎罗奔等罪大恶极，着凌迟处死。其余家族人等，或斩或绞，或永远监禁，或充发为奴。封阿桂为一等诚谋英勇公，丰伸额本袭公爵，加赏继勇字号，明亮封一等襄勇伯，海兰察摧坚夺隘，格外超擢，封为一等超勇侯，额森特、福康安等，均各封赏有差，留明亮为四川将军，改大金川为阿尔吉厅，小金川为美诺厅，直隶四川省，令明亮镇守。阿桂等一律凯旋，郊劳饮至，如傅恒例。

越数月，再令阿桂赴云南，与总督李侍尧，勘定边界，严守战备，拟再图缅甸。缅酋孟炮，闻风知惧，原奉表入贡，献还俘虏，惟求开关互市。阿桂令先将俘虏释放，他只放出了一半，阿桂不允，仍移檄诘责。偏这孟炮病殁，嗣子赘角牙继立，国内大乱，叛臣孟鲁，弑了赘角牙，孟鲁又被国人杀死，迎立雍藉牙少子孟云。西邻暹罗，因缅甸内讧，背缅独立，推戴侨民郑昭为国王，规复旧土，驱逐缅甸守兵，移都盘谷，复兴兵攻缅甸，报复旧怨，并遣使航海入贡中国。郑昭殁，子华嗣，清封郑华为暹罗国王。孟云恐清廷联络暹罗，夹攻缅甸，乃由木邦赍金塔一、驯象八，及宝石、番毯等，款关来贡，并将俘虏一并送还。清廷乃敕赐册印，封孟云为缅甸国王，并谕暹罗缅甸，不得继续用兵。自是暹罗、缅甸，统服属清朝，小子曾有七绝一首云:

连番降旨命征诛，一将功成万骨枯。

为问紫光遗像在，可曾顶上血模糊?

俚句中有紫光二字，乃是指紫光阁故事。乾隆帝命绘功臣列像于紫光阁，前傅恒，后阿桂，是乾隆朝最智勇的大将。紫光阁上，后先辉映。方在纪实铭勋，忽接台湾警报，土豪林爽文作乱。一波才平，一波又起，欲知台湾肇乱情形，请诸君续阅下回。

傅恒、阿桂系乾隆朝名将，亦乾隆朝福将。有明瑞之丧师小猛育，而后傅恒乃慎重将事，有温福之战死木果木，而后阿桂乃坚忍成功。天下事经一度失败，始增一番惩创，明瑞、温福之不幸，即所以成傅、阿二人之幸耳。傅、阿二人殁，嗣后有名将，少福将，故乾隆朝为清室极盛时代，亦即清室中衰时代。此回传傅、阿二人事，实隐伏清史关键云。

第四十回

平海岛一将含冤
定外藩两邦慑服

却说台湾自朱一贵乱后，清廷因地方辽阔，添设彰化县及北淡水同知，政府意思，总道多设几个官吏，可以勤求民隐，那里晓得多一个官，只多一分剥削，与百姓这方面，反有损无益呢？乾隆五十一年，台湾土豪林爽文乱起，这林爽文本没有甚么势力，只因台民半是土著，半是客籍，彼此不睦，时常械斗，地方官不去弹压，爽文假和解为名，结了几个党羽，设起一个天地会来，起初入会的人，不过数十名，后来越结越多，连官署的差役，也都入会。官吏虽有些风闻，终究得过且过，不愿查究，因循坐误，是官吏老手段。因此天地会竟横行了数十年。适值总兵官柴大纪，受职到台，闻知天地会横行无忌，遂令台湾知府孙景燧，彰化知县俞峻、副将赫生额、游击耿世文，带兵缉捕。这孙景燧等统是酒囊饭袋，那里敢去缉捕会匪？奈因上峰督饬，没奈何前去搜查。

林爽文本住彰化县的大理杙，地方很是险僻，孙景燧等不敢深入，只在五里外扎营，无缘无故，将五里外的村落，纵火焚毁，兵役乘势抢掳，劫夺一空。村中的百姓，并非天地会党羽，无罪遭祸，铤而走险，都逃入大理杙中，哭报爽文，哀求保护。又是一场官逼民反。爽文乃纠众出来，夤夜攻营，孙景燧等连忙逃走，带去的兵士，多被杀死，爽文遂进陷彰化，破诸罗，扰淡水，贪官污吏，死的死，逃的逃。柴大纪忙令兵备道永福，固守府城，自率兵出城五十里，到盐埕桥，遇着爽文前锋，奋力杀退，府城总算保全。大纪派人到福建告急，水师提督黄仕简、陆路提督任承恩、副将徐鼎士，陆续带兵渡海，来援台湾。大纪接着，由黄仕简分派将士，督令恢复诸城，不想福建的援兵，统是没用，都被爽文杀败。任承恩亲攻敌巢，见了路途险僻，也畏惧不前；只柴大纪收复诸罗，浚濠增垒，力任守御。

清廷因黄任无功，严旨召还，命提督常青为靖逆将军，往台湾督师；又命署浙闽总督李侍尧，调粤兵四千，浙兵三千，驻防满兵一千，赴台助剿。且因江南提督蓝元枚，系蓝廷珍子，素习台事，调赴军前，与福州将军恒瑞，同为参赞，各将吏次第进行。蓝元枚到台病卒。常青、恒瑞率兵数千，至府城相近，与林爽文相遇，望将过去，旗戟隐隐，队伍层层，不知有多少人马，吓得常青、恒瑞拍马而逃，走入城中。林爽文料他没用，不去攻城，只蚕食村落，胁令入会，旬日得十余万众，围攻诸罗。

诸罗当南北要冲，为府城屏蔽，爽文因大纪扼守，最称勇悍，誓要破灭此城，免他作梗，因此把诸罗城团团围住，并分了一支党羽，截他饷道。大纪率守兵四千，昼夜防御，看了敌势少懈，复引兵突出，夺他辎重。城中粮饷，赖以不绝。爽文想截人饷道，谁知自己的饷，反被人夺去，所谓乌合之众，不敌纪律之师。爽文遣人诈降，又贿通内应，都被大纪察出，一一斩首。

福康安（1754—1796），富察氏，字瑶林，号敬斋，满洲镶黄旗人，大学士傅恒之子。乾隆时以勋戚由侍卫授户部尚书、军机大臣。历任云贵、四川、闽浙、两广总督，官至武英殿大学士，封贝子。在军奢侈无度，靡费极多。病死军中。

这时候，常青也遣总兵魏大斌、参将张万魁、游击田蓝玉、副将蔡攀龙等，往援诸罗，三次进兵，三次败退。恒瑞督兵进援，亦因敌势浩大，在途中扎住。清廷屡次催问，常青、恒瑞只请添兵，乾隆帝又将他革职，命福康安代常青，海兰察代恒瑞，升柴大纪为陆路提督参赞大臣，密令大纪卫民出城，再图进取。大纪奏言“诸罗为府城北障，诸罗失陷，府城亦危，且半年来深沟高垒，守御甚固，一朝弃去，难以克复。城箱内外的百姓，不下四万，也不忍一概抛弃，任贼蹂躏，只有死守待援”等语。好总兵，好提督，好参赞大臣。乾隆帝览了奏章，眼泪都熬不住，一点一滴，湿透奏本，真耶假耶！随即传旨到台湾，嘉奖大纪，封大纪为义勇伯，改诸罗县为嘉义县，俟克复台湾，与福康安同来瞻觐云云。

福康安是傅恒的儿子，乾隆帝非常眷爱，未知是否龙种？他随阿桂出征有功，曾封三等嘉勇男，嗣复出定回疆，平了几个小小回匪，晋封侯爵。福康安往援台湾，途次闻爽文势盛，也奏请增兵，奉旨严饬。亏得海兰察愿当前敌，飞速进兵，仗着顺风，越海抵港，帆樯列数里，各村民见大兵云集，望风解散，争为乡导。海兰察扬言攻大理杙，暗中拟直趋嘉义城。爽文恐大理杙有失，分兵回救，海兰察遂进兵嘉义，沿途遇着几处埋伏，统由海兰察冲散，怒马直入，所向披靡。到嘉义城下，奋战一场，杀退敌围。福康安闻前锋得胜，自然胆大起来，也领兵到嘉义城，柴大纪出城相迎，只向福康安请安，不行跪拜礼，福康安心中已是不悦，佯为谦逊，叫大纪并马入城。大纪也不推辞，跨马导入，照清朝军制，下属迎接上司，须要身执櫜鞬，不能并马入城，柴大纪屡受褒封，身膺伯爵，自思与福康安也差不多，少许失礼，料亦不妨。岂知这福康安度量浅狭，挟恨怀仇，柴大纪的性命，要断送在福康安手中了。

福康安入城后，休息一昼夜，仍命海兰察先进，自率兵为后应，往捣大理杙巢穴。到了大理杙，时已昏暮，大理杙中，冲出一支人马，烈炬迎战。海兰察分兵千余，暗伏沟塍间，候敌近来，铳矢齐发。从暗击明，发无不中，敌众连忙灭火，鸣鼓来攻。海兰察复命军士按声冲击，毙敌无数，敌众倒也抵死不退。海兰察跃马入阵，冲出敌背，竟赴大理杙。部众想回马去追，福康安兵已到，此时敌众仓皇失措，霎时溃散。海兰察入大理杙，林爽文拦截不住，携家属走集埔，大理杙巢穴，一鼓荡平。只林爽文遁入集埔间，依险窜伏，叠石为垒，回环数里，海兰察偕侍卫数十名，易服缉捕，寻至集埔，已得敌踪，遂暗伐箐中老藤，扳垒而上，林爽文不及防备，被他擒住，爽文家属，没一个走脱，献至京师，尽行磔死。

福康安、海兰察，俱晋封公爵，独柴大纪偏革职拿问。读至此语，令人吃惊。自福康安入嘉义城后，已着人驰递密奏，说大纪诡谲取巧，奏报不实，乾隆帝倒也圣明，料知大纪屡蒙褒奖，稍涉自满，对福康安失礼，因被参劾，遂将这种旨意，批发出来，福康安受了几句申饬。看官！你道福康安肯就此罢手么？接连又是几本弹章，复运动那奉旨查办的德成，复奏："大纪如何贪黩，如何宽纵，"乾隆帝尚在未信，命浙、闽总督李侍尧查奏。李侍尧畏福康安威势，自然随声附和，乾隆帝又将任承恩、恒瑞等逮回亲讯，任承恩、恒瑞等一干人犯，都说大纪酿成祸乱，暗中掣肘，恁你乾隆帝甚么英明，柴大纪甚么义勇，至此昏蔽诬蔑，就降了革职拿问的圣旨。

柴大纪自念无辜，到京被讯，宁有凭空自诬的道理，自然呼冤不置。乾隆帝亲加复讯，大纪仍微诉枉曲，龙颜动怒，竟命正法，可怜一片忠心的柴大纪，无罪遭刑，横尸燕市。比杀张广泗还要冤枉，可见做皇帝的人，多是没良心。任承恩、恒瑞等，反得保全性命，还有这位谄媚取容的和珅，前已屡次超升，授职大学士，至此说他办理军机，勤劳懋著，封他为三等伯，赏用紫缰。悬空夹入。

乾隆帝又命将功臣图像，方亲制功臣像赞，镇日里咬文嚼字，忽接两广总督孙士毅奏报，略称："安南内乱，国王黎维祁出亡，遗臣阮辉宿，奉王族二百多人，叩关乞援"等语。这安南国在暹罗东边，明时尝服属中国，嗣分为大越、广南二部，黎氏主大越，阮氏主广南。清顺治末年，吴三桂等定云南，大越王黎维禚，曾遣使劳军。康熙五年，嗣王黎维禧，又奉表入贡，受清册封。后来黎氏渐衰，摄政郑栋，阴图篡立，恐广南王干涉，乃阴嗾广南土酋阮文岳，举兵作乱，自为外援。文岳与弟文惠、文虑，乘此发难，转战十数年，竟将广南王攻灭，分北部三州与郑栋。文惠自称泰德王，郑栋也自称郑靖王。隔了几年，郑栋死了，栋子二人，一名宗，一名幹，争夺父位。文惠引文岳趋入，阳称排解，诱杀宗幹兄弟，遂进至大越。大越王黎维禚，惊慌的了不得，忙与他议和，给他两郡，又把娇娇滴滴的爱女，送与文惠，畀他受用。文惠总算罢休，在大越称臣拜相。越年，黎维禚卒，嗣孙黎维祁立，文惠载了许多珍宝，及驯象百头，还归广南，留郑氏遗臣贡整，镇守都城。贡整想扶黎抗阮，夺回象五十头，文惠大怒，发广南兵攻大越，贡整战死，维祁出走。文惠攻入黎京，尽毁王宫，把宫内妃嫔及金银财宝，搜括而去。一个爱女尚且不足，又添了许多妃嫔，许多金帛，大越总算晦气。

高平府督阮辉宿，挈了黎氏宗族二百口，遁至广西求救。乾隆帝览了孙士毅奏章，暗想黎氏守藩奉贡，理应保护，遂命孙士毅安抚黎氏家属，发兵代黎氏复仇。这旨一下，孙士毅立即调兵，与提督许世亨出镇南关，至谅山分路而进，沿途得土民欢迎，进薄富良江。阮文惠派兵扼住南岸，据险列炮，阻截清军。许世亨见江势缭曲，望不及远，遂令军士佯运竹木，筑桥待渡，他自己率兵二千，恰绕道潜渡。南岸守卒，只防对岸的清兵，用炮轰击，不料世亨绕出背后，乘高大呼，声震山谷。是夕，天色黑暗，广南兵陡闻喊声，只道清兵大至，霎时溃退。黎明，清兵毕济，整队至大越国都，城中百姓，都来迎接，跪伏道旁。孙士毅、许世亨入城宣慰，见宫室拆毁殆尽，已平成瓦砾场，不便留驻，仍出城还营。黎维祁避匿民村，到夜间方敢出来，诣营见孙士毅，九顿首谢援。

先是乾隆帝因安南道远，奏报需时，特豫撰册封，邮寄军前，令孙士毅便宜从事。士毅遂宣诏封维祁为安南国王，且驰报广西，归黎家属。捷奏到京，乾隆帝促令班师，士毅以阮氏未俘，还想深入广南，执渠立功。贪心不足。阮文惠暗筹军备，阳言乞降，士毅信以为真，悬军黎城，专待降人。痴心妄想。乾隆五十四年元旦，士毅令军士饮酒张乐，庆祝新年，大帅逍遥，万人醺醉，自旦至暮，筵席始散。众人正要就寝，营外炮声震天，阮兵蜂拥而至。士毅即率军出营，火光中见前面排着象阵，蹀躞而来，士毅知是厉害，急令军士退走。黑夜间不辨彼此，自相践踏，当下抛戈弃甲，奔至富良江。士毅一马当先，逾桥径渡，随着的兵士，三停中只过一停，士毅回顾，对岸追兵，奋勇杀来，忙命军士将桥拆去。是时许世亨等尚未逾桥，弄得进退无路，那边追兵上前围攻，许世亨等都战死。官兵夫役万余人，一半被杀，一半落水。逃还镇南关的残兵，只剩了三千名。士毅上疏自劾，你要保全性命，还装出甚么矫情？乾隆帝恰说他变出意外，罪有可原，这正是特别殊恩，令人莫测。

福康安时适督闽，奉旨调任两广，代孙士毅，福康安方到任，阮文惠已遣兄子光显，奉表请降，他的降表上改名光平，略言："世守广南，与安南乃是敌国，并没有君臣名分。文惠曾在大越摄政，尚得谓非君臣么？且只蛮触自争，非敢抗衡上国，请来年亲觐京师，并愿立庙国中，祀中国死绥将士。"福康安得了降表，遂奏请阮光平恭顺输诚，不必用兵。乾隆帝准奏，只责他两件事情：第一件，因次年八旬万寿，饬光平来京祝嘏；第二件，饬他在安南地方，为许世亨等立祠。他已自己情愿，何用复饬？光平一一应允。遂赐光平敕印，封安南国王，黎维祁的家属，光平算不去灭他，由他投入广西。乾隆帝以天厌黎民，不堪扶植，天何言哉？命他挈属来京，编入汉军旗籍。

次年，乾隆帝八旬万寿，举行庆典，礼部定出祝嘏仪注，比从前万寿圣节，格外繁华，格外郑重。届了诞辰，阮光平遵旨入觐，先行到京，暹罗、缅甸、朝鲜、琉球及西藏两喇嘛，蒙古各盟旗，西域各部落，俱遣使表祝。乾隆帝御太和殿，受庆贺礼。八荒环叩，万众嵩呼，礼毕入宫，皇子、皇孙、皇曾孙、皇玄孙，依次舞彩，称祝如仪。宫廷内外，大宴三日，特旨普免天下钱粮，表示普天同庆的意思。真是千载一时，可惜极盛难继。

只西藏虽遣使祝釐，境内恰非常扰乱，驻藏大臣保泰，专务蒙蔽，经藏使来京详陈，始悉藏境情状。西藏自康熙晚年，服属中国，不侵不叛，雍正初，复设驻藏大臣，监察政治，达赖、班禅两喇嘛，不能自由行动，因此安静了数十年。乾隆帝七旬万寿时，第六世班禅喇嘛，曾至京祝寿，内廷赏赐，及王公大臣布施，约数十万金，还有许多珍品宝物。班禅欣喜过望，方拟西还，忽病痘而死。随从僧侣，奉骸骨归藏，所有遗资，统行带回。班禅兄仲巴胡土克图，向为班禅管理内库，得了这种竟外财帛，一古脑儿收入私囊，不但没有布施寺院，分给将士，连自己的阿弟，也分文不与。知利己不知利人，世人皆然，无怪仲巴。他的阿弟玛尔巴，愤懑得了不得，遂南入廓尔喀，诱使入寇。阿兄原是无情，阿弟也是不义。廓尔喀在喜马拉雅山南麓，与藏境毗连，向系蛮民杂居，分叶楞布颜库木三部，嗣为西境酋长布拉吞并，合作一国，称廓尔喀。廓酋因玛尔巴的诉请，遂兴兵犯藏边，驻藏大臣保泰，檄问廓酋起衅的缘故，他却借商税增额，食盐糅土等事，作为话柄。保泰尚未奏闻，只欲与廓人议和，会藏使在京祝嘏，奏陈一切，乾隆帝始命保泰据实陈奏，一面令侍卫巴忠，将军鄂辉、成德等，援藏征廓。去了数月，巴忠等奏称廓人畏罪投诚，愿入贡乞封。乾隆帝览奏，疑是真话，召还巴忠，留鄂辉为四川总督，成德为四川将军。

次年，廓人又大举入藏，保泰奏称敌势浩大，请移班禅至前藏。班禅亦飞章告急，略说：仲巴胡土克图，已挈资遁去。后藏被廓人骚扰，有“日夕待援”等语。是时乾隆帝在热河行围，连接警报，大加惊疑，适巴忠正在扈驾，忙召入讯问，巴忠言语支吾，只说前时办理不善，愿驰赴藏地，效力赎罪。乾隆帝严加申斥，巴忠即投水寻死。乾隆帝越加怀疑，飞饬鄂辉、成德，明白复奏。鄂辉、成德不敢隐瞒，始将前时办理隐情，和盘托出，惟只称于己无与，都推在死人巴忠身上。原来巴忠、鄂辉、成德三人，前时到藏，按兵不战，只与廓人调停贿和，阳嘱廓人奉表入贺，阴令西藏许给岁币五千金，廓人乃退。达赖、班禅尚在梦里，后来廓人索交岁币，杳无回音，因再举深入，大掠后藏。乾隆帝既悉此情，方知鄂辉、成德，也是靠不住的人物，遂命嘉勇公福康安为将军，超勇公海兰察为参赞，调索伦满兵，及屯练士兵进讨。

乾隆五十七年二月，福康安等由青海入后藏，廓人已饱掠财帛，陆续运回，只留千余人驻守，探得清兵入剿，退至铁索桥，断桥相拒。福康安与敌相持，海兰察潜由上游结筏，渡河登山，绕出敌营后面，廓兵见前后受敌，自然窜去。福康安等直入廓境，廓酋遣使乞和，福康安不许，三路进兵，六战六捷，逾大山二重，先后杀敌数千，入敌境七百多里。将近廓尔喀都城，两面皆山，中隔一河，廓兵分扎山上，互为犄角，福康安采悉南岸山后，即廓尔喀国都，拟渡河直攻南山。海兰察请扼河立营，阻住北岸廓兵，福康安仗着锐气，渡过南岸，冒雨登山。山上木石雨下，隔河隔山的敌兵，又三路来犯，福康安不能支，且战且却。亏得海兰察率着后队，未曾前进，当即奋力杀敌，救还福康安。福康安的功劳，纯是海兰察帮他造成，富察氏实有天幸。

廓人赴印度乞援，印度已为英吉利属国，设有总督，允他出兵，无如待久不至，廓人恐清军复攻，再遣使卑词请和。福康安乃与订和议，令献还所掠财宝，定五年一贡例，随即班师回藏，留番兵三千名，汉、蒙兵一千名，驻守藏境，余师凯旋。乾隆帝复赏福康安世袭一等轻车都尉，海兰察旧系二等公爵，晋封为一等公，随征将士，交部议叙。又因达赖、班禅的嗣续法，积久生弊，兄弟子姓，相继擅权，弄出仲巴兄弟，慢藏诲盗的祸祟来，此时惩前毖后，立了一个掣签的法子，将藏俗所称达赖、班禅的化身，书名签上，插入瓶中。等到前绝后继，掣签为定。这瓶供在西藏大昭寺，叫作金奔巴瓶，无非是神道设教，笼络藏民的政策。乾隆帝遂自称十全老人，御制十全记，用满、汉、蒙、藏四种文字，刊碑立石，留作乾隆朝的大纪念。甚么叫作十全？小子有杜撰的歌词道：

清高宗，六十年，为了准噶尔，两次征边。

定回疆，再定金川，靖台湾，服安南缅甸，紫光阁上竟凌烟。

又有那廓尔喀，先后乞怜，功也全，福也全，这才算十样完全。

一年一年的过去，乾隆帝已六十年了。乾隆帝年已八十五岁，想出一个内禅的计议来，欲知内禅情事，请俟下回披露。

本回为福康安立传，平台湾，曰福康安之功，平安南，曰福康安之功，平廓尔喀，曰福康安之功，其实福康安亦安得谓有功者，台湾一役，赖海兰察奋勇争先，一战破敌，即日解诸罗围，叛党夺气，大乱以平。至若廓尔喀之战，福康安冒险轻进，微海兰察在后援应，彼且无生还之望，遑能平敌耶？最可恨者，柴大纪忠勇绝伦，第以不执櫜鞬礼，必欲置诸死地，良将风度，断不若是。高宗极加宠眷，无怪后世以龙种疑之。读本回，可以知福康安之为人，可以知清高宗之驭将。

第四十一回

太和殿受禅承帝统
白莲教倡乱酿兵灾

却说乾隆帝在位六十年，多福多寿多男子，把人生荣华富贵的际遇，没一事不做到，没一件不享到。他的武功，上文已经略叙，他的文字亦非常讲究。即位的第一年，就开博学鸿词科；第二年又令未曾预考各生，一律补试。十四年，特旨命大学士九卿督抚保举经儒，授任国子监司业；南巡数次，经过的地方，尝召诸生试诗赋，举人、进士、中书等头衔，赏了不少，又编造巨籍，上自经注史乘，下至音乐方术语学，约有数十种，比康熙时还要加倍。三十六年，开五库全书馆，把古今已刊未刊的书籍，统行编校，汇刻一部，命河间才子纪昀，做了总裁。

纪昀字晓岚，博古通今，能言善辩，乾隆帝特别眷遇，别样事情，讲不胜讲，只据"老头子"三字的解释，便见纪昀的辩才。他身子很是肥硕，生平最畏暑热，做总裁时，在馆内校书，适值盛夏，炎酷异常，他便赤着膊圈了辫，危坐观书。巧逢乾隆帝踱入馆门，他不及披衣，忙钻入案下，用帷自蔽，不料已被乾隆帝瞧见，传旨馆中人照常办事，不必离座，馆中人一齐遵旨。乾隆帝便踱到纪昀座旁，静悄悄地坐着。纪昀伏了许久，汗流浃背，未免焦躁起来，听听馆中人寂静无声，就展开了帷，伸首问众人道："老头子已去么？"语方脱口，转眼一瞧，座旁正坐着这位首出当阳的乾隆帝，这一惊正是不小。向着他道："纪昀不得无礼。"纪昀此时只得出来穿好了衣，俯伏请罪。乾隆帝道："别的罪总可原谅，你何故叫我老头子？有说可生，无说即死。"众人听见这句上谕，都为纪昀捏一把汗。谁知纪昀却不慌不忙，从容奏道："老头子三字，乃京中人对着皇帝的统称，并非臣敢臆造，容臣详奏。皇帝称万岁，岂不是老？皇帝居兆民之上，岂不是头？皇帝便是天子，所以称子。这'老头子'三字，从此流

纪昀（1724—1805），字晓岚，一字春帆，号石云、观弈道人，献县（今属河北）人。清学者、文学家，乾隆进士，官至礼部尚书、协办大学士。学问博深而通达，曾以总纂官主撰《四库全书》，主持编撰《四库全书总目提要》。工诗文，也能作小说。著有《纪文达公遗集》《阅微草堂笔记》等。

传了。”聪明绝顶。乾隆帝拈须笑道：“你真是个淳于髡后身，朕便赦你起来罢。”纪昀谢恩而起。自此乾隆帝越加优待，等《四库全书》告竣，连番擢用，任总宪三次，长礼部亦三次。此外如沈德潜、彭元瑞诸人，也蒙乾隆帝恩遇，然总不及纪昀的信任。

只是乾隆帝虽优礼文士，心中恰也时常防备：内阁学士胡中藻，著《坚磨生诗》集，内中有触犯忌讳等语，遂把他枭首；鄂尔泰侄儿鄂昌，做了一篇《塞上》吟，称蒙古为胡儿，也说他暗斥满人，将他赐死；沈归愚录有《黑牡丹》诗，身后被讦，追夺官阶；江西举人王锡侯，删改《康熙字典》，别著《字贯》，又饬逮下狱；浙江举人徐述夔，著一《柱楼》诗，不知如何吹毛索瘢，指他悖逆，他已经病死，还要把他戮尸。乾隆朝的文字狱，比雍正朝也差不多。

总之专制时代，皇帝是神圣无比，做臣子的能阿谀谄媚，多是好的，若是主文谲谏，便说他甚么诋毁，甚么叛逆，不是斩首，就是灭族，所以揣摩迎合的佞臣，日多一日。到乾隆晚年，佥壬之徒，贿赂公行，乾隆帝只道是安富尊荣，威福无比，谁知暗地里已伏着许多狐群狗党，这狐群狗党的首领，系是谁人？就是大学士和珅。

无论皇亲国戚，功臣文士，没有一个及得来和珅的尊宠。乾隆帝竟一日不能离他，又把第十个公主，嫁他儿子丰绅殷德。未嫁时候，乾隆帝最爱惜十公主，幼时女扮男装，常随乾隆帝微行，乾隆帝又常带着和珅扈驾。十公主见着和珅，叫他丈人，和珅格外趋奉。十公主要甚么，和珅便献甚么。一日，同行市中，见衣铺中挂着红氅衣一件，十公主说了一声好，和珅便向铺中买来，费了二十八金，双手捧与十公主。乾隆帝微笑，对着公主道：“你又要丈人破钞。”十公主原是欢喜，和珅却比十公主还要得意。这件故事，都人传为趣谈，其实常人家的用人，也多是趋奉东家儿女，不足为和珅责。后来十公主长成，就配了丰珅殷德，丰珅殷德比男妾差不多。和珅与乾隆帝竟作了儿女亲家。一个抬轿夫，宠荣至此，可谓古今罕闻。因此和珅肆行无忌，内外官僚，多是和珅党羽，把揽政柄三十年，家内的私蓄，乾隆帝还不及他。他的美妾娈童，艳婢俊仆，不计其数。还有一班走狗，仗着和珅威势，在京城里面，横冲直撞，很是厉害。御史曹锡宝，为了他家奴刘全，借势招摇，家资丰厚，劾奏一本。乾隆帝令廷臣查勘，廷臣并不细查，只说锡宝风闻无据，反加他妄言的罪名。一个家奴，都参他不倒，何况和珅呢？

一日，乾隆帝召诸王大臣入内，拟把帝位传与太子，自己称太上皇。诸王大臣，倒也没甚惊疑，不过表面上总称圣上康颐，内禅事还可从缓。独和珅吃了一大惊，他想嗣王登位，未免失却尊宠，急忙启奏道："内禅的大礼，前史上虽是常闻，然也没有多少荣誉。惟尧传舜，舜传禹，总算是旷古盛典。但帝尧传位，已做了七十三载的皇帝；帝舜三十征庸，三十在位，又三十余载，始行受禅。当时尧舜的年纪，都已到一百岁左右，皇上精神矍铄，将来比尧舜还要长寿，再在位一二十年，传与太子，亦不算迟，况四海以内，仰皇上若父母，皇上多在位一日，百姓也多感戴一日，奴才等近沐恩慈，尤愿皇上永远庇护；犬马尚知恋主，难道奴才不如犬马么？"情现乎词。这番言语，说得面面圆到。从前的时候，和珅如何说，乾隆帝便如何行，偏这次恰是不从，也是和珅数到。只听乾隆帝下谕道："你等只知其一，不知其二。朕二十五岁即位，曾对天发誓，若得在位六十年，就当传位嗣子，不敢上同皇祖六十有零的年数。今蒙天佑，甲子已周，初愿正偿，何敢再生奢望？皇子永琏，不幸早世，惟皇十五子颙琰，克肖朕躬，朕已遵守家法，书名密缄，藏在正大光明匾额后面，现即立颙琰为皇太子，命他嗣位；若恐他初登大宝，或致丛脞，此时朕躬尚在，自应随时训政，不劳你等忧虑。"和珅无词可说，只得随王大臣等一同退出，暗中复运动和硕礼亲王永恩等，联名汇券，请乾隆帝暂缓归政。乾隆帝仍把对天发誓的大意，申说一番，并拟定明年为嘉庆元年，即饬礼部恭定典礼。

于是内禅已决，礼部因内禅制度，乃是创例，清朝未曾行过，须要参酌古制，揆合时宜，定得冠冕堂皇，方餍乾隆帝的心目。巧于迎合。足足忙碌了一个月，才把内禅大典，录奏圣裁。乾隆帝见得体制尊崇，立批照行。先册立颙琰为皇太子，追封皇太子生母令懿皇贵妃为孝仪皇后，位居孝贤皇后之次。候嘉庆元年元旦，举行归政典礼。和珅知事无可挽，忙到皇太子处贺喜，说了无数恭维的话。偏这皇太子不甚喜欢，只淡淡的对答数语。和珅随即辞退。马屁拍错了。皇太子传进长史官，命嗣后和珅来见，不必进报，和珅颇为惊惧。还亏乾隆帝虽拟归政，仍是大权在手，乾隆帝活一日，和珅也活一日，因此和珅早夜祝祷，但愿乾隆帝永远活着，免生意外的危险。

话休叙烦，且说湖南贵州交界的地方，有一大山，绵亘数百里，叫作苗岭，统是苗民居住。康、雍、乾三朝，次第招徕，苗民多改土归流，与汉民往来交接，汉民亦渐渐移居苗地，嗣后喧宾夺主，不免与苗民涉讼。地方官单论财势，不讲曲直，苗民多半吃亏，心很不悦。适贵州铜仁府悍苗石柳邓，素称桀黠，倡议逐客民，复故地。苗众同声附和，遂揭竿叛清。湖南永绥苗石三保，镇筸苗吴陇登，吴半生，乾州苗吴八月，各聚众响应，四出劫掠，骚扰川、湖、贵三省边境。于是湖南提督刘君辅，驰保镇筸，湖广总督福宁，亦调集两湖诸军，援应刘君辅，云贵总督、大学士福康安，又督云、贵兵进铜仁府，四川总督和琳，复统川兵至贵州，与福康安会攻石柳邓，柳邓败走，苗寨四十余被毁，贵州苗略定。福康安遣总兵花连布，率兵二千人攻永绥，刘君辅亦自永绥转战而至，两军相会，攻破石三保，解了永绥的围。只乾州已由吴八月等陷没，各军分道进攻，多被苗民截住，只刘君辅因乾州险阻，绕出西北，得了两三回胜仗，怎奈兵单饷寡，一时未能规复。旋经福康安迭破要塞，逐走石三保，生擒吴半生，永绥镇筸的悍苗，稍稍平定，一意规复乾州。不料石三保、石柳邓等，都窜依吴八月，吴八月复进据平陇，居然称起吴王来了。吴八月也要发赚。

清廷方定期内禅，急望福康安等剿平叛苗，首封福康安贝子、和琳一等伯，加赐从征兵丁一月饷银，限期荡平。福康安亦悬赏招抚，添兵会剿，吴陇登虽已愿降，并诱擒吴八月，奈吴八月的儿子廷礼、廷义，后与陇登等仇杀不休，福康安手下将士，又触冒瘴雨，病的病，死的死，弄得剿抚两穷。海兰察已死，福康安何能为。

清仁宗（1760—1820），即“爱新觉罗·颙琰”，清代皇帝，高宗第十五子，年号嘉庆。嘉庆四年（1799年）亲政后，诛杀权臣和珅。统治期间，吏治腐败，武备废弛，土地高度集中，农民起义接连不断。清政权日趋衰落。

转眼间已是残冬，过了除夕，便是嘉庆元年第一日。乾隆帝御太和殿，举行内禅大典，亲授皇太子御宝。皇太子敬谨跪受，率诸王大臣先恭贺太上皇，贺毕，太上皇还宫，皇太子遂登帝位，受群臣朝贺，随颁行太上皇传位诏书，普免全国钱粮，并下大赦诏。是日的繁华热闹，不消细说。授受成礼，内外开宴，欢呼之声，遍达宫廷。越数日，奉太上皇帝命，册立嫡妃喜塔腊氏为皇后。又越数日，侍太上皇帝御宁寿宫开千叟宴。正在兴高采烈的时候，外面递进湖北督抚的奏折，内说枝江、宜都二县，白莲教徒聂杰人、刘盛鸣等，纠众滋事，请派兵迅剿等语。嘉庆帝总道是区区教匪，有甚么伎俩？即饬湖北巡抚惠龄，专办剿匪事宜，谁知警报接续传来，林之华发难当阳县，姚之富发难襄阳县，齐林妻王氏发难保康县，郧阳、宜昌、施南、荆门、来凤、酉阳、竹山、邓州、新野、归州、巴东、安陆、京山、随州、孝感、汉阳、惠临、龙山数十州县，同时扰乱。教徒的声势，几遍及湖北了。

嘉庆帝大惊，忙禀知太上皇，与太上皇商议妥当，即传旨命西安将军恒瑞，率兵趋湖北当阳县，剿林之华，都统永保，侍卫舒亮、鄂辉，剿姚之富及齐王氏，枝江教匪，专饬鄂督毕沅及惠龄剿办。诸军奉诏并进，自正月至四月，先后奏报，杀贼数万，其实多是虚张功绩。只枝江教徒聂杰人，总算被总兵富志那擒住，余外的教徒，反越加鸱张。

看官！你道这等教徒，为甚么这般厉害呢？白莲教的起源，也不知始自何时，小子参考史策，元末有韩林儿，明季有徐鸿儒，相传是白莲教中人，后来统归剿灭，追溯源流，方是历史小说。但总没有搜除净尽。已死的灰，尚且复燃，何况是未尽死呢？

乾隆年间，有一个安徽人，姓刘名松，他是白莲教首领，在河南鹿邑县传教，借持斋治病的名目，伪造经咒，诳骗钱财，即是黄巾贼一流人物。官吏因他妖言惑众，把他捕着，问成重罪，充发甘肃。他的徒众刘之协、宋之清等，未曾被获，仍分投川、陕、湖北一带，传播邪教，呆头呆脑的百姓，受他欺骗不少。到乾隆晚年，教徒竟多至三百万人。刘之协复捏造谣言，遣徒四播，传说劫运将至，清朝又要变作明朝，百姓若要免祸，须亟求真命天子保护。可怜这种呆百姓，闻了此言，统求刘之协指出真命天子，刘之协遂奉了鹿邑同党王姓的孩子，本名发生，冒充朱明后裔，作为真命天子。煽动流俗，择日竖旗。忽被官吏探悉，将王发生一干人犯，统同擒住，刘之协亦提拿在内，由吏役押至半途，得了刘之协重贿，将之协放走，只解到了王发生。年犹乳臭，乾隆帝格外开恩，把他充军了事，还有几个叛徒，尽行斩首。另下旨大索刘之协。河南、湖北、安徽三省的官吏，得了圣旨，遂命一班狼心狗肺的差役，骂得很是。下乡搜缉，挨户索诈，有钱的百姓，还好用钱买命，无钱的百姓，被差役指作叛徒，下狱受苦。武昌同知常丹葵，更糊涂得了不得，不怕罪人多，只怕罪人少，索性将无辜百姓，捉了数千人，罗织成罪，因此百姓大加怨愤。适值贵州、湖南、四川等处，兴师征苗，沿途不无骚扰，贩盐铸钱的愚民，又因朝旨严禁私盐私铸，穷困失业，遂仇官思乱，把“官逼民反”四字，作了话柄，趁着教民四起，一律往投；从此向入教的，原是结党成群，向未入教的，也是甘心从逆。

这班统兵剿匪的大员，又都变作和珅党羽，总教和珅处恭送金银，就使如何贻误军事，也属不妨。豺狼当道，安问狐狸。嘉庆帝略有所闻，因太上皇宠爱和珅，不好就用辣手，只得责成统兵各官，分地任事。保康的教徒，归永保、恒瑞剿办，当阳的教徒，归毕沅、舒亮剿办，枝江、宜都的教徒，归惠龄、富志那剿办，襄阳的教徒，归鄂辉剿办。

永保奏言教匪现集襄阳，异常猖獗，姚之富、齐王氏俱在此处，刘之协亦在其中，为各路教匪领袖，应调集诸军，合力并攻等语。嘉庆帝览奏，复命直隶提督庆成、山西总兵德龄，各率兵二千往会。无如官多令杂，彼此推诿，姚之富狡悍异常，且不必说，独这齐林妻王氏，虽是一个妇人，她却比男子还要厉害。

齐林本是教徒，起事的时候，还未曾死，经了一回小小的战仗，便中了弹子，把性命送脱。齐王氏守了寡，却继着先夫遗志，组织一大队，由襄阳府冲出安陆府，直向武昌，头上带着雉尾，身中围着铁甲，脚下穿着小蛮靴，跨了一匹骏马，仿佛是戏中装扮的一员女将军。她的脸面颇也俊俏，性情颇也贞烈，手中一对绣鸾刀，颇也有数十人敌得住，可惜迷信邪教，弄错了一个念头，徒然作了叛众的女头目。若使不然，那南宋的梁夫人，晚明的秦良玉，恐怕不能专美呢。平心之论。只是官兵遇着了她，往往望风遁走，究竟是怕她的娇力，抑不知是惧她的色艺，幸亏天公连日大雨，洪水暴发，阻住她的行踪，不令进薄武昌，湖北省城还算平静。清廷屡加诘责，命永保总统湘北诸军，打了几个胜仗，方把姚之富、齐王氏驱回西北。当阳、枝江等处，亦屡破教徒，陕、甘总督宜绵，又奉旨助剿，略定郧阳一带。湖北境内，只襄阳及宜昌二府，尚有余寇未靖，其余已统报肃清了。谁知四川达州民徐天德，与太平县民王三槐、冷天禄等，又纠众作乱，告急奏章，又似雪片一般，飞达京师。正是：

日中则昃，月盈则蚀。

乱机一发，不可收拾。

未知嘉庆帝如何处置，且待下回表明。

清高宗决意内禅，自谓不敢拟圣祖，此是矫饰之论。高宗好大喜功，达于极点，十全备绩，五世同堂，谕旨中屡有此语。但尊不嫌至，贵不厌极，因发生一内禅计议，举帝位传与仁宗，自尊为太上皇，大权依然独揽，名位格外优崇，高宗之愿，于是偿矣。岂知累朝元气，已被和珅一人，斫丧殆尽，才一内禅，才一改嘉庆年号，白莲教徒，即骚然四起，岂仁宗之福，果不逮高宗？若酿之也久，则发之也烈，谁为之？孰令致之？吾则曰惟和珅，吾又曰惟清高宗。本回处处指斥和珅，即处处揭橥高宗。用人不慎，一至于此，固后世之殷鉴也。

第四十二回

误军机屡易统帅
平妖妇独著芳名

却说四川的乱事，也是从搜捕教徒而起。先是金川一役，温福阵亡，官兵溃散，一班游勇，欲归无所，与失业夫役，无赖悍民，互相勾结，四处剽掠。官吏闻警往捕，遂收入白莲教会，冀他援应。适达州知州戴如煌，老昏颠倒，饬胥吏搜缉教徒，把富户拘了无数，乘势勒索。徐天德也被拘去，费了些钱财，方得释放。戴如煌仿佛常丹葵，徐天德仿佛刘之协，可谓无独有偶。天德本达州土豪，平日与教徒隐通声气，至是越加愤激，乘襄阳教徒窜入川东，遂结连举事。王三槐、冷天禄等，亦是天德要好朋友，天德倡乱，他亦闻风而起。四川总督英善、成都将军勒礼善，出兵防剿，毫无功效。徐天德等反由川入陕，大掠兴安，陕督宜绵闻警，急回军至陕，与教徒相遇，大战于兴安城外，教徒败走，陕边虽已略靖，川省仍然糜烂。警信达至北京，嘉庆帝正急得没法，幸湖南、贵州的叛苗，已由内大臣额勒登保、将军明亮等，先后剿平，乃命额勒登保移赴湖北，明亮移赴达州。

但前回说的征苗大员，乃是云贵总督福康安，暨四川总督和琳，此次忽变作额勒登保等人，小子须要交代明白。嘉庆元年五月，福康安始擒住苗酋石三保。吴八月子廷礼亦病死，官兵遂进逼乾州。城将破，福康安竟卒于军中。和琳代福康安任，攻陷乾州，乃遣内大臣额勒登保等，专攻平隆。隔了两月，和琳又殁，额勒登保复奉旨继任。湖北将军明亮，亦接清廷命令，往会额勒登保，助攻平陇，到了冬天，才把平陇攻破，将吴氏庐舍，尽行焚毁。又擒斩石柳邓父子及吴廷义等，苗乱算已肃清。嘉庆帝封额勒登保为威勇侯，明亮为襄勇伯，移剿教匪。

额勒登保驰赴湖北，明亮驰赴达州，是时湖北方面，由永保剿办襄阳教徒，惠龄剿办宜昌教徒。永保部兵最多，本可兜围叛众，一鼓歼敌，奈永保专知尾追，不知迎击，教徒忽东忽西，横躏无忌，嘉庆帝怒他纵敌，逮京治罪，命惠龄总统军务。惠龄至襄阳，拟圈地聚剿，飞檄河南巡抚景安，发兵截击。景安系和珅族孙，仗着和珅势力；升任抚台，得了惠龄檄文，率兵四千出屯南阳，表面上算是发兵，其实逍遥河上，无非喝酒打牌。部下的弁兵，不见有甚么军令，乐得坐酒肆，嫖妓女，消遣时日。有几个狡黠的，还要去奸淫掳掠，畅所欲为，景安也不过问。因此教徒分作三队，直趋河南，姚之富、齐王氏出中路，李全出西路，王廷诏出北路，到处掳胁。不整队，不迎战，不走平原，只数百为群，忽分忽合，忽南忽北，牵制官兵。此之谓流寇。景安反避匿城中，闭门不出。湖北追兵，也是随意逗留，由他冲突。一班糊涂虫。嘉庆帝随下旨切责诸将道：

去岁邪教起长阳，未几及襄郧，未几及巴东归州，未几四川达州继起。至襄阳一贼，始则由湖北扰河南，继且由河南入陕西，若不亟行扫荡，非但老师糜饷，且多一日蹂躏，即多一日疮痍。各将军督抚大臣，身在行间，何忍贸无区画？若谓事权不一，则原以襄阳一路责惠龄，达州一路责宜绵，长阳一路责额勒登保，若言兵饷不敷，已先后调禁旅及邻省兵数万，且拨解军饷及部帑，不下二千余万。昔明季流寇横行，皆由阉宦朋党，文恬武嬉，横征暴敛，厉民酿患；今则纪纲肃清，勤求民隐，每遇水旱，不惜多方赈恤，且普免天下钱粮五次，普免漕粮三次，蠲免积逋，不下亿万万。此次邪匪诱煽，不过乌合乱民，若不指日肃清，何以奠九寓而服四夷？其令宜绵、惠龄、额勒登保等，各奏用兵方略，及刻期何日平贼，并贼氛所及州县若干，难民归复若干，疮痍轻重，共十分之几，善筹恤以闻。钦此。

这诏一下，各路统兵将帅，未免有些注意起来。彼议分剿，此议合攻，忙乱了一会子，仍旧没有结果。

只将军明亮，及都统德楞泰，引征苗军赴达州，连败徐天德、王三槐等。四川乡勇罗思举，亦助清兵奋击，先后毙教徒数万名。徐、王、冷三人，止剩残众一二千，势少衰。忽河南教徒，将三队并为一队，趋入陕西，复由陕西渡过汉水，仍分道入川，徐天德等得了这路援兵，又猖獗起来。嘉庆帝复责惠龄、恒瑞等，追贼不力，防汉不严，尽夺从前封赏，令戴罪效力。改命宜绵总统川陕军务，惠龄以下，悉听节制。连易三帅，统是没用。

宜绵既任了统帅，仍立定合围掩群的计议，想把教徒逼至川北，一古脑儿杀个净尽，偏这齐王氏、姚之富等人，也会使刁，只怕清帅行这一策，他自突入川北，见路径崎岖，人烟稀少，掠无可掠，夺无可夺，便急急忙忙的想窜回陕西。不料川陕交界地方，清兵密密层层，截住去路。齐王氏、姚之富、王廷诏、李全等，当下会议，拟仍走湖北，独李全仍欲留川。于是齐王氏、姚之富作了头队，王廷诏作了后队，纠众东走，与李全相别。两队各带万余人，出夔州，趋巴东，破兴山，再分路疾趋。齐王氏、姚之富由东北行，出保漳南康，直向襄阳，王廷诏由东南行，出远安当阳，直窥荆州。叙述处笔颇豪壮。清帅宜绵，急檄明亮、德楞泰等，带了精兵健马，兼程追蹑，留惠龄、恒瑞等，在川中防御李全。明亮、德楞泰，遂追入湖北，沿途转战而前，倒也歼敌数千名。恐怕齐王氏等仍还据老巢，遂分作水陆两路，紧紧赶上，德楞泰自水路径趋荆州，明亮自陆路径赴宜昌。

适朝旨发吉林、黑龙江索伦兵三千，察哈尔马八千匹，令侍卫惠伦、都统阿哈保，带至河南湖北。阿哈保至宜昌，刚与明亮接着，忽报王廷诏已到宜城东北，明亮令阿哈保为后应，自率兵先去邀击，两下相遇，兵对兵，枪对枪，酣战一场。自辰至午，不分胜败，阿哈保怒马而来，随着东三省劲旅，冲入敌阵，左荡右决，所向无敌。王廷诏乃败窜入山，由官兵追奔二十里，杀得尸横遍野，血流成渠，德楞泰至荆州，亦杀败齐王氏、姚之富等，令村民沿江树栅，筑堡自固。因此齐王氏、姚之富回到湖北，不比前次在荆襄时候，可以沿途焚掠，只得折回西走。

适留川教徒李全，与川中王三槐，互有龃龉，亦欲由陕还楚，沿汉水东行，到了兴安南岸，齐王氏、姚之富亦到，王廷诏又复窜至湖北，教徒复合为一。清将明亮、德楞泰，从东边追到西边，惠龄、恒瑞，从西边追到东边，两路大军，云集兴安，齐王氏、姚之富等，尚欲渡汉北扰，因被清军截住，不能前进，当由齐王氏定了一计，佯折军南回，暗遣党羽高均德，从间道绕出宁羌州，偷渡汉水。

明亮、惠龄等，正追赶齐王氏，忽接到宜绵札子，调恒瑞回川。恒瑞去后，又接陕西警报，闻高均德渡汉。明亮大惊道："这番中了贼计了。"齐王氏智略，确是过人，可惜误入歧途。急与德楞泰等商议。明亮道：论起贼情，要算齐王氏首逆，但高均德已渡过汉水，陕西又要遭殃。不但陕西又危，就是河南、湖北，亦随在可虑。看来我军只得先入陕西，截住高均德，再作计较。德楞泰等各无异议，遂引大兵驰入汉中。

齐王氏亦由南返北，督马步二万，分道踵渡汉水，复密令高均德，引清兵向东北追去，自与姚之富、李全、王廷诏，大掠鄠县盩厔县等处，将乘势进薄西安。亏得清总兵王文雄，带了兵勇三千名，奋力击退。齐王氏等复折回东南，从山阳趋湖北。明亮、德楞泰闻报，复引兵急追，到郧西界上，飞檄郧阳乡勇，扼住敌兵前面，并悬重赏募齐王氏首。一妇人头，须重赏悬募，这个妇人，也是特钟戾气。

适四川东乡县人罗思举、桂涵，赴营投效，受扎令斩齐王氏首级。罗思举智谋出众，胆略过人，尝率乡勇数十名，劫破丰城王三槐巢穴，教徒称为罗家将。桂涵曾为大盗，能飞檐走壁，两足尝裹铁沙数十斤，行千里外，闻官募义勇，因愿效力。至是受了清帅的扎子，易服而往，探得齐王氏屯大寺内，遂到寺前后伏着，等到夜半，越墙进去，展使绝技，寻着内室。室外有数十人守护，都执着明晃晃的刀，料室内定是齐王氏卧处，二人轻轻的纵上屋檐，翻瓦一瞧，室内红烛高烧，中垂纱帐，帐外有一足露出，不过三寸有余。令人销魂。两人因室外有人，不敢径入，等了好一歇，室外人仍然未去，两人不耐久待，破檐下去，趋到床前，从帐隙窥入，海棠春睡，芍药烟笼，两语用在此处，尤觉艳丽。两人暗想道："这样齐整的妇人，也会造反，今日命合休了。"便各执巨斧，劈入帐内，突见帐中一足飞出，亏得桂涵眼明手快，一边将头让过，一边用斧劈去，削下莲钩一只，只听帐中啊唷一声。两人恐外人入救，拾了莲钩，纵上了屋，三脚两步的走了。回到清营，已交五鼓，明亮、德楞泰，尚在帐中等候，二人入帐禀见，献上莲钩一只，视之，不过三四寸左右，但已是血肉模糊，未便细辨。明亮令二人出外候赏，一面立传号令，命诸军速攻敌寨。

此时齐王氏将死未死，昏晕床上，部众正惊惶得了不得，陡闻帐外一片喊声，料知清兵已来攻营，急忙舁了齐王氏，由姚之富开路，杀出寨外。清兵围攻一阵，击毙敌众数千，尚有八九千悍敌，走据山中。明亮、德楞泰大呼道："今日不要再失机会，将士须一齐努力，杀净贼众方好！"诸军闻了此语，正是人人效命，个个争先，追入山内，遥见敌众分据左右两峰，矢石齐下。明亮与德楞泰道："首逆齐王氏等，不知在左在右，我等还是分攻还是并力一处？"德楞泰道："适有一贼目获住，尚未处斩，现不如饬他遥望，指定首逆处向，并力合攻，免他逃脱。"明亮点头称善。德楞泰遂饬军士推倒贼目，问他姓名，叫作王如美，并把好言劝诱，令他探明首逆处向。王如美仔细探瞧，回报现驻左山，德楞泰拍马上冈，诸将顺势随上，只留后队在山下，防备右山敌众。那时左山的教徒，已知身陷重围，拼命拦阻。德楞泰亲冒矢石，左手执着藤牌，右手握着短刀，连步直上。这班兵士，藤牌队在前，枪炮队在后，以次毕登，仿佛明朝常遇春破鸡头山一般，涉笔成趣。把教徒逼得无路可走，乱向峻崖窜下。这峻崖本是削壁，窜将下去，不是头破，就是脚断，有几个还跌得一团糟。齐王氏已成独脚仙，一跌便死，姚之富跳到崖下，辗转晕毙。霎时间，左山上面，杀死的一半，坠崖的一半，落得干干净净，回顾右山上面的敌众，已逃得不知去向。明亮、德楞泰令军士缒崖下去，检点尸首，只有齐王氏、姚之富，是著名首逆，军士将两尸首级割下，又把他尸身支解，直一刀，横一刀，不计其数，就使三十六刀鱼鳞剐，也没有这般惨酷。还有齐王氏莲钩一只，如何不取来成对？传首三省，争说渠魁就戮，可以指日荡平。

谁知死了一个头目，又出了两个头目，死了两个头目，又出了四个头目。湖北一方，稍稍安静，四川教徒，偏日盛一日。川督宜绵，自明亮、德楞泰、惠龄、恒瑞等，先后东去，势成孤立，部下兵又不敷调遣，王三槐、徐天德等，乘间驰突，骚扰川东，又有罗其清、冉天俦等，复蜂起川北。州县十余处乞援，宜绵即檄调恒瑞回川，又咨调额勒登保等，自湖北入川会剿，并奏请别简大臣，总统军务，自己愿专任一方讨贼事宜。嘉庆帝以宜绵不善办理，回督陕甘，改命威勤侯勒保督师，兼四川总督，调度诸军。

这勒保系满洲人氏，是永保的胞兄，本没有甚么韬略。他的侯爵，是一个蛮寨佳人帮他造成的。这个蛮寨佳人，乃是黔中土司龙跃的妹子，小名么妹，清史上不甚提起，小子倒要替她表扬。阐幽扬隐，是稗官本分。原来苗疆自额勒登保平定后，善后事宜，无暇办理，即移师湖北。当时洞洒寨苗妇王囊仙，与当丈寨苗目韦七绺须勾通，号召徒众，扰乱南笼。清廷命勒保驰往剿捕，及到南笼后，闻得王囊仙挟有妖术，不敢急进，妖术二字，就吓住勒保，显见无能。只檄黔中各土司助剿。龙跃的曾祖，是有名的苗长，康熙初，曾帮辅清军，剿平滇乱，圣祖封他为总兵官，传到龙跃，世职递降，只剩了一个千总职衔。他的妹子龙么妹，颇生得才貌兼全，能文能武，此次接到勒保檄文，偏值龙跃生病不能充役，龙么妹便代兄当差，竟跨了骏马，带了数十苗女，及数百苗兵，赴清营听调。巧值王囊仙、韦七绺须，至南笼与清军对仗，两路夹攻，把勒保围住，龙么妹飞骑陷阵，杀退王韦，救出勒保，是晚便作为向导，引勒保兵袭洞洒寨。寨主王囊仙，因出兵得胜，留住韦七绺须筵宴，正乘着酒兴，裸体讲经，肉身说法，应妖术。不防龙么妹引着清兵，突入寨中，王、韦二人，连穿衣都来不及，韦七绺须赤身接战，王囊仙只着了一件小衫，也来助阵。龙么妹匹马当先，巧与王囊仙遇着，两下厮杀，颇是一对敌手。么妹亦防她有妖术，把手中宝剑，绕住王囊仙不放，囊仙不觉着急，只得拼命相扑。王囊仙对着韦七绺须，或有笼络的幻术，偏偏遇了龙么妹，以女对女，那里还使得出幻术来？此时韦七绺须，已被清兵围住，不能脱逃，你一枪，我一刀，双拳不敌四手，被清兵活捉了去。囊仙见七绺须遭擒，心中着忙，刀法散乱，么妹一手舞着宝剑，隔开囊仙的刀，一手把囊仙腰下的丝绦用力一扯，囊仙支持不住，跌倒地上。么妹手下的苗女，一拥上前，将她捆缚停当，扛抬去了。洞洒寨已破，当丈寨自然随陷，勒保修本报捷，只说是自己的功劳，并不提起么妹。九重深远，那里知晓？只命将王囊仙、韦七绺须，就地正法，封勒保为威勤侯。么妹的官绩，都付诸流水而去。后人陈云伯留有长歌一阕，赞龙么妹道：

罗旗金翠翻空绿，鬟云小队弓腰束。
乐府重歌花木兰，锦袍再见秦良玉。
甲帐香浓丽九华，玉颜龙女出龙家。
白围燕玉天机锦，红压蛮云鬼国花。
小姑独处春寒重，正峡云间不成梦。
唤到芳名只自怜，前身应是洞花凤。
一卷龙韬荐褥薰，登坛媿婳自成军。
金阶台榭森兵气，玉寨阑干起阵云。
昔年叛将滇池起，金马无声碧鸡死。
水落昆池战血班，多少降旛尽南指。
铜鼓无声夜渡河，独从大师挽天戈。
百年宣慰家声在，铁券声名定不磨。
起家身袭千夫长，阿兄意气凌云上。
改土归流近百年，传家犹赛龙台丈。
雪点桃花走玉骢，李波小妹更英雄。
星驰蓬水鱼婆剑，月抱罗洋凤女弓。
白莲花压黔云黑，九驿龙场堠烽逼。
一纸飞书起段功，督帅羽檄催军急。
阿兄卧病未从征，阿妹从容代请缨。
元女兵符亲教战，拿龙小部尽媌娙。
红玉春营三百骑，美人虹起鸦军避。
战血红销蛱蜨裙，军符花蹔鸳鸯字。
秋夜谈兵绣裍凉，白头老将愧红妆。
围香共指花鬟市，趯骑争看云辫娘。
敌中妖女金蚕蛊，甲仗弥空胜白羽。
金虎宵传罗鬘力，红罗夜演天魔舞。

八队云旂夜踏空，擒渠争向月明中。

晋阳扫净无传箭，都让肃娘第一功。

春山雪满桃花路，铸铜定有铭勋处。

八百明驼阿槛归，三千铜弩兰珠去。

当年有客赋从戎，亲见傜仙玉帐中。

珠髻翠毹天人样，艳夺胭脂一角红。

军书更有簪花格，蛮笺小幅珍金碧。

谁傍相思寨畔居，钤名红军芙蓉石。

功成归去定何如，跳月姻缘梦有无?

惆怅金钟花落夜，丹青谁写美人图。

南笼已平，清廷总道勒保很有智略，就调任四川，命他督师。究竟勒保的战略如何，容待下回分解。

川楚变起，宿将凋零，初任永保为统帅，而永保无功，继以惠龄，而惠龄无功，代以宜绵，而宜绵仍无功。此由和珅当道，专阃者多系庸将，第知迎合，未娴韬略，以至于此。勒保平一区区苗寨，犹仗龙么妹之力，始得成功。么妹战绩，不获上闻，赖陈云伯先生作歌赞美，始知蛮寨中有此奇女子。可见天下不患无才，一蛮女且足千秋，何况丈夫?弊在上下蒙蔽，妒功忌能，庸驽进，骐骥退，衰世之兆成矣。君子闻鼓鼙声，则思将帅之臣。读此回，应为太息，不第阐幽索隐已也。

第四十三回

抚贼寨首领遭擒
整朝纲权相伏法

却说勒保驰驿入川，川中教徒，势甚猖獗，勒保率兵进剿王三槐，擒杀几个无名小卒，便虚张功绩，连章奏捷。嘉庆帝下旨嘉奖，说他入川第一功，专令搜捕王三槐。这时候湖北教徒，因齐、姚已死，谋与川北教徒联络，悉众南趋，李全、高均德一股，由陕入川，还有张汉潮刘成栋一股，也是齐、姚余党，由楚入川。朝旨以陕楚各贼，均逼入川境，四川满汉官兵，不下五万，勒保宜会同诸将，齐心蹙贼，毋致窜逸。其令额勒登保、明亮，专剿张汉潮、刘成栋，德楞泰专剿高均德、李全，并会同惠龄、恒瑞，夹剿罗其清、冉天俦，宜绵专守陕境，毋使川寇入陕，景安专守楚境，毋使川寇入楚，勒保于专剿王三槐、徐天德外，仍兼侦各路敌情，相机布置，务期荡平等语。勒保接了此旨，自思身任统帅，总要擒住一二首逆，方好立功扬名，初意恰是不错。遂接连发兵先攻王三槐。怎奈三槐据守东乡县的安乐坪，地势很险，手下党羽又多，官兵不能进去，反被他出来攻击，伤毙不少。勒保还是一味谎奏，今天杀贼数百，明天杀贼数千，不想嘉庆帝有些觉察，竟下谕责他徒杀胁从，不及首逆，官兵阵亡，以多报少，杀贼乃以少报多，无非妄冀恩赏，有意欺上，此后不得再行尝试。这数语正中勒保心病，勒保见了，吓得浑身是汗。

想了一日，又定出一个妙计，广募乡勇，令冲头阵，绿营兵，八旗兵，吉林，索伦兵，以次列后，再教他去攻三槐。他的意思，是乡勇送死，不必上报，免得朝廷有官兵阵亡，以多报少的责罚。好主见！起初如罗思举、桂涵等人，颇也为他尽力，杀败敌兵一二阵，后来闻知自己的功劳，统被别人冒去了，也未免懊恼起来。自此乡勇同官兵，互相推诿，索性由教徒自由来往。勒保的妙策，又遭失败。朝旨复严责勒保老师养贼，勒保忧闷已极，左思右想，毫无计策。勒公也智尽能索了。无奈与几个心腹人员，私下密议，各人都蹙了一回眉头，无词可对。

忽有一个办文案的老夫子，起立道："晚生倒有一条计策，未知可行不可行？"勒保喜形于色，便拱手问计。那人道："朝廷的谕旨，是要大帅专剿王三槐，若得擒住了他，便可复命。"勒保道："这个自然。"那人道："现任建昌道刘清，前做南充知县时，曾奉宜制军命，招抚王三槐、三槐尝随他至营，嗣因宜制军放他回去，他复横行无忌，现在不如仍命刘清前往招抚，诱他前来，槛送京师，那时岂不是大大的功劳？"勒保大喜，随命他办好文书，传刘道台速即来营。

刘清是四川第一个清官，百姓呼他为刘青天，王三槐、罗其清等，也素尝敬服，若使四川官员，个个似刘青天，就使叫他造反，也是不愿。无如贪污的多，清廉的少，所以激成大祸。此次刘清奉了统帅的文书，遂带了文牍员贡生刘星渠，星夜赶来，到大营禀见。勒保立即召入，见面之下，格外谦恭。刘清便问何事辱召。勒保便把招抚王三槐计策，叙说一遍。刘清道："三槐那厮，很是刁蛮，卑职前次曾去招抚，他明允投降，后来又是变卦，这人恐不便招抚，还是用兵剿灭他才好。"勒保道："朝廷用兵，已近三年，人马已失掉不少，军饷已用掉不少，仍然不能成功。若能招抚几个贼目，免得劳动兵戈，也是权宜的计策。老兄大名鼎鼎，贼人曾佩服得很，现请替我去走一趟！三槐如肯投顺，我总不亏待他。贼目一降，贼众或望风归附，也未可知，岂非川省的幸福么？"口是心非，奈何？刘清无可推诿，只得应允，当下即起身欲行。勒保令派都司一员，随同前往。

三人到了安乐坪，通报王三槐。三槐闻刘青天又到，出寨迎接，非以德服人者不能。请刘清入寨，奉他上坐。刘清就反复劝导，叫他束手归诚，朝廷决不问罪。三槐道："青天大老爷的说话，小民安敢不遵？但前次曾随青天大老爷，到宜大人营里，宜大人并没有真心相待，所以小民不敢投顺。现在换了一个勒大人，小民未曾见过，不知他是否真意？倘将我骗去斩首，还当了得。"颇肖强盗口吻。刘清道："这却不用忧虑。勒大帅已经承认，决不亏待。"三槐尚是迟疑，刘清心直口快，便道："你既有意外的疑虑，就请你同了我的随员，往见勒大帅，我便坐在此处，做个抵押，可好么？"三槐道："这却不敢，我愿随青天大老爷同往，如青天大老爷，肯将随员留在此处，已是万分感激。"刘清应诺。

三槐即随了刘清，动身出寨，安乐坪内的徒党，素知刘青天威信，也不劝阻三槐，于是刘清在前，三槐在后，直到勒保大营。先由刘清入帐禀到，勒保即传集将士，站立两旁，摆出一副威严的体统，好看不中用。传王三槐入帐。三槐才入军门，勒保就喝声拿下，两旁军士，应命趋出，如狼如虎，将王三槐捆住。刘清忙禀道："王三槐已愿投降，请大帅不必用刑！”谁知这位勒大帅，竖起双眉，张开两目，向着刘清道：“呸！他是大逆不道的白莲教首，还说是不必用刑么？”刘清道：“大帅麾下的都司，卑职属下的文案生，统留在安乐坪中，若使将王三槐用刑，他两人亦不能保全性命，还求大帅成全方好。”勒保转怒为笑道：“你道我就将他正法么？他是朝廷严旨拿捕，自然解送京师，由朝廷发落。朝旨要赦便赦，要杀便杀，不但老兄不能作主，连本帅也不敢作主呢。若为了一个都司官，一个文案生，就把他释放，将来，朝旨诘责下来，那个敢来担任？”总教自己官职保牢，别人的性命都又不管。刘清道：“卑职愿担此责。”到底不弱。勒保哈哈大笑道：“今朝捕到匪首，也是老兄功劳。本帅那里好抹煞老兄，请你放心！”以小人之心，度君子之腹。刘清道：“功劳是小事，信实是大事。今朝王三槐来降，若将他槛送京师，将来贼众都要疑阻，不敢投诚，那时恐要多费兵力，总求大帅三思！”勒保道：“这恰待日后再说，且管目前要紧。”随令军士将三槐监禁，自己退入后帐，命这位定计诱贼的老夫子，修折奏捷去了。

刘清叹息而退，待了一日，文牍员刘星渠逃回，刘清问他如何得脱？答称：“贼众因三槐未归，欲将贡生及都司偿命，贡生无法，只得哄称勒公要重用三槐，自当暂时留住。贼众因贡生是刘青天属员，半疑半信，贡生就与他说代探消息，溜了出来。都司也欲同回，被众贼留住。如果勒公变计，恐怕都司的性命，是不保了。”刘清道：“勒公无信，我亦上他的当，将来办理军务，必较前为难。我们且回任去罢！”随即写了辞行的禀单，饬役夫投递大营，自己带了刘星渠，匆匆去讫。

过了数日，上谕已下，内称据勒保奏攻克安乐坪贼巢，生擒贼首王三槐，朕心深为喜悦，着晋封勒保为威勤公，伊弟永保，前因剿匪不力，革职逮京，交刑部监禁，现并加恩释放，以示权衡功罪，推恩曲宥至意。接连又是一道上谕，晋封军机大臣大学士和珅公爵，户部尚书福长安侯爵，这个旨意，显见是太上皇诰敕，嘉庆帝难违父命，方有这道谕旨。勒保遂令部将把王三槐解送京师，一面再攻安乐坪。其时安乐坪余党，闻王三槐押解进京，将都司杀死，另奉冷天禄为头目，抗拒官兵。官兵昼夜围攻敌寨，盐粮将尽，冷天禄诈请投降，夜间却偷袭清营，官兵不及防备，顿时败退。

徐天德亦屡攻川东州县，骚扰不休，勒保再想招抚，奈教徒防着王三槐覆辙，个个拼出性命，不来上钩，反比从前越加刁悍。人而无信不知其可。只川北的罗其清，被额勒登保擒获，冉其俦被德楞泰、惠龄击毙，川北巨酋，总算授首。此外如陕督宜绵，专在教匪不到的地方，安营立寨，终年未曾一战。他倒享福。景安越加无事，寇至则避，寇去则出，军中号他迎送伯。肇锡嘉名。

悠悠忽忽，已是嘉庆四年了。四年以前，外间军事，日日吃紧，宫廷里面，没甚大事，只皇后喜塔腊氏病逝，改册皇贵妃钮祜禄氏为皇后，未免忙碌了一回，四年正月，太上皇生起病来，嘉庆帝侍疾养心殿。吁天祈祷，倍切虔诚。无如寿数已终，帝阍梦梦，太上皇的病，陡然沉重，名医都束手没法，竟尔“呜呼哀哉”。嘉庆帝擗踊大恸，颇尽孝思，越四日，即命军机大臣拟了一道谕旨，颁给四川湖北陕西诸将帅道：

我皇考临御六十年，四征不庭，凡穷荒绝徼，无不指日奏凯，从未有劳师数年，糜饷数千万，尚未蒇事者。自末年用兵以来，皇考宵旰勤劳，大渐之前，犹时望捷音，迨至弥留，亲执朕手，频望西南，似有遗憾。若教匪一日不平，朕即一日负不孝之疚，内而军机大臣，外而领兵诸将，同为不忠之臣，迩年皇考春秋日高，从事宽厚，即如贻误军事之永保，严交刑部治罪，仍旋邀宽宥。其实各路纵贼，何止永保一人，奏报粉饰，掩败为功，其在京谙达侍卫章京，无不营求赴军，其归自军中者，无不营置田产，顿成殷富，故将吏日以玩兵养寇为事。其宣谕各路领兵大小诸臣，勠力同心，刻期灭贼，有仍欺玩者，朕惟以军法从事。

这旨一下，内外大臣，已觉得嘉庆亲政第一道上谕，便已严厉异常，不同前日，暗料数日以内，必有一番大大的黜陟。不防嘉庆帝格外迅速，过了两日，便令侍卫锁拿大学士公和珅、户部尚书侯爵福长安下狱。

自太上皇崩后，和珅原是栗栗危惧，不过想不到这般辣手，这日正与姬妾们谈论后事，忽有十数个侍卫，直入府中。豪仆还不知死活，上前喝阻。众侍卫大声道：“有圣旨到来，请你相爷接读！”豪仆闻圣旨二字，方个个伸舌，入内通报。和珅此时，心里已七上八下，勉强出来接旨。当由宣诏官站在上面，和珅跪在下边，但听宣诏官朗诵上谕道：“和珅欺罔擅专，情罪重大，着即革职，锁交刑部严讯！钦此。”和珅不听犹可，听了数句上谕，魂灵儿飞入九霄，正在没法摆布，那侍卫铁面无情，将他牵曳而去。还有好几个侍卫，留管前后门，准备查抄。早知今日何必当初。里面的老太太、姨太太、驸马爷、少公子、少奶奶等，都哭哭啼啼，急得没法，只得请出乾隆帝的十公主来，一班儿跪在地上，向他磕头求救。额驸丰绅殷德，且抢上几步，也顾不得夫妻名义，忙向公主绣鞋边跪下，捣头如蒜，床下踏板想亦跪惯，此次也不算奇怪。弄得公主难以为情，忙叫大众从长商议。大家方才起来，统是泪容满面，万分凄惶。公主也不禁流泪，情愿入宫转圜，当即带了侍女四名，乘舆出门。侍卫见了公主，不便拦阻，由她去讫。

谁想过了两日，又有数行谕旨道：

和珅受大行太上皇帝特恩，由侍卫拔擢至大学士。在军机处行走多年，叨沐殊施，无有其比。朕亲承付托之重，猝遭大故，苦块之中，每思三年无改之义，皇考简用重臣，断不肯轻为变易。今和珅情罪重大，并经科道诸臣，列款参奏，实有难以刻贷者。是以朕于恭颁遗诏日，即将和珅革职拿问，胪列罪状，特谕众知，除交在京王公大臣会审定拟外，着通谕各督抚，将指出和珅各款，应如何议罪？并此外有何款迹？各据实复奏。

王念孙（1744—1832），字怀祖，江苏高邮人。清音韵训诂学家。乾隆进士，官永定河道。嘉庆时，首劾权奸和珅。探究古书文义，从声音以通训诂。撰《广雅疏证》《读书杂志》等。

原来嘉庆帝素恨和珅，因太上皇在日，不好显斥，廷臣也不敢参奏。到太上皇已崩，御史广兴，给事中广泰、王念孙等，窥破嘉庆帝意旨，一个说和珅偷改硃谕，一个说和珅擅取宫女，一个说和珅私藏禁物，一个说和珅漏泄机密，此外如遇事把持，贪赃不法，勾结党羽，残害贤良等款，不计其数。共列成二十大罪，惹得嘉庆帝怒气勃勃，立欲将和珅治罪。适值十公主入宫面请，嘉庆帝越加懊恼。嗣经公主再三哀求，只准饶了和珅家属，不饶和珅，因此遂下了这道谕旨。公主倒脸。和珅家内，还道公主不肯着力，其实公主到嘉庆帝前，也似丰绅殷德一般，下跪磕头，无如皇帝不允，公主也没奈何。嘉庆帝遂令刑部严讯，二十款大罪中，和珅虽赖了一半，有一半寻出证据，无可抵赖，只得招认。当下就着钦差查抄，钦差到和珅宅内，便将前堂后厅，内室寝房，统行查阅。但见和珅的房屋，统用楠木造成，体剩仿佛宁寿宫，华丽仿佛圆明园，陈列的古玩奇珍，却比大内还多一二倍，顿时由侍卫带同番役，一一抄出。计开：

赤金首饰共三千六百五十七件，东珠八百九十四粒，珍珠一百七十九挂，散珠五斛，红宝石顶子七十三个，祖母绿翎管十一个，翡翠翎管八百三十五个，奇楠香朝珠六百九十八挂，赤金大碗五十对，玉碗十对，金壶四对，金瓶两对，金匙四百八十个，金盆一对，金盂一对，水晶缸五对，珊瑚树二十四株，玉马一只，银杯四千八百个，珊瑚筷四千八百副，镶金象箸四千八百

副，银壶八百个，翡翠西瓜一个，猞猁狲皮八十张，貂皮二百六十张，青狐皮三十八张，黑狐皮一百二十张，玄狐皮统十件，白狐皮统十件，洋灰皮三百张，灰狐腿皮一百八十张，海虎皮三十张，海豹皮十六张，西藏獭皮五十张，绌缎四千七百三十卷，纱绫五千一百卷，绣蟒缎八十三卷，猩红洋呢三十匹，哔叽三十匹，各色布四十九捆，葛布三十捆，各色皮衣一千三百件，绵夹单纱绢衣三千二百件，御用纬帽二顶，织龙黄马褂二件，酱色缎四开褉袍二件，白玉玩器六十四件，西洋钟表七十八件，玻璃衣镜十架，小镜三十八架。铜锡等物七千三百余件，纹银一百零七万五千两，赤金八万三千七百两，钱六千吊，房屋一千五百三十间，花园一所，房地契文五箱，借票二箱，杂物不计。

统共一百零九号，除金银铜钱外，有二十六号，当时估起价来，已值银二万二千三百八十九万余两。另外八十三号，还未曾估价。若照样计算，差不多有八九万万两。自古以来，无论王崇石恺，不及和珅十分之一，就是中外的皇帝，也没有这种大家私。嘉庆帝见了查抄的数目，也不觉暗暗惊异，下旨赐和珅自尽。福长安事事阿奉和珅，着收监，候秋后处决。和珅弟和琳，追革公爵，只额驸丰绅殷德，因顾着十公主脸面，曲加体恤，免他罪名，叫他在家安住，不许出外滋事。和珅次子丰绅殷绵等，概革去封爵，回本旗当闲散差。大学士苏凌阿，系和琳姻亲，和珅引他入相，年逾八十，老迈龙钟，勒令休致。侍郎吴省兰、李潢，太仆寺卿李光云等，统系和珅引用，黜革有差。此旨一下，眼见得和珅休了。贪刻一生，徒归泡影。丰绅殷德，亏是娶了一个公主，还好安耽度日。应该补磕几个响头。就是和珅的妻妾家眷，也都是公主暗中保全。小子有诗咏和珅道：

权奸贪冒古来无，一死何曾足蔽辜？

毕竟犹留郎舅谊，九重特旨赦妻孥。

和珅伏法后，嘉庆帝振刷精神，又有一番作为，姑俟下回再详。

王三槐无端起乱，假邪教以惑民，川中生灵，因之涂炭，律以应得之罪，固无可贷。但既诱之来降，不宜再行槛送，兵不厌诈，此事恰不宜诈也。勒保急功近利，但顾目前，不顾日后，当时封为上公，固觉显赫，然勒保所恃者，惟和珅，勒保封公，和珅亦封公，内外蒙蔽，不问可知，和珅败而勒保亦无幸矣。和珅为相二十余年，家中私蓄，几乎不可胜算。乾隆时，清政府岁入，止七千万，和珅家产，适当清廷二十年岁入之一半而强，然卒之全归籍没，贪官污吏之结局如此。后之身为公仆者，亦何不奉为殷鉴耶？炎炎者灭，隆隆者绝，况为贪官？况为污吏？读此回，可为居官鉴。

第四十四回

布德扬威连番下诏
擒渠献馘逐载报功

却说和珅伏诛之日，正王三槐押解到京之时。嘉庆帝命军机大臣等，审问三槐，供称“官逼民反”四字。嗣经嘉庆帝亲讯，三槐仍咬定原供。嘉庆帝道：“四川的官吏，难道都是不法么？”三槐道：“只有刘青天一人。”三槐被刘清诱擒，仍然不怨，供出刘青天行状，可见良心未泯，公论自存，贪官污吏，不如盗贼远甚。嘉庆帝道：“那个刘青天？”三槐道：“现任建昌道刘清。”嘉庆帝又道：“只有一个刘青天么？”三槐道：“刘青天外，要算巴县老爷赵华，渠县老爷吴桂，虽不及刘青天，还算是个好官，另外是没有了。”嘉庆帝听了此言，不由的感慨起来，随命将三槐下狱，暂缓行刑。又下谕道：

国家深仁厚泽百余年，百姓生长太平，使非迫于万不得已，安肯不顾身家，铤而走险？皆由州县官吏朘小民以奉上司，而上司以馈结和珅。今大憝已去，纲纪肃清。下情无不上达，自当大法小廉，不致复为民累。惟是教匪迫胁良民，及遇官兵，又驱为前行以膺锋镝，甚至剪发刺面，以防其逃遁，小民进退皆死，朕日夜痛之。自古惟闻用兵于敌国，不闻用兵于吾民，其宣谕各路贼中被胁之人，有能缚献贼首者，不惟宥罪，并可邀恩；否则临阵投出，或自行逃出，亦必释回乡里，俾安生业。百姓困极思安，劳久思息，谅必一见恩旨，翕然来归。其王三槐所供川省良吏，自刘清外，尚有知巴县赵华，知渠县吴桂，其量予优擢以从民望。至达州知州戴如煌，老病贪劣，胥役五千，借查邪教为名，遍拘富户，而首逆徐天德、王学礼等，反皆贿纵，

民怨沸腾，及武昌府同知常獒，奉檄查缉，株连无辜数千，惨刑勒索，致聂人杰拒捕起事，其皆逮京治罪。难民无田庐可归者，勒保即督同刘清，熟筹安置，或仿明项忠原杰，招抚荆襄流民之法，相度经理。遍谕川楚陕豫地方，使咸知朕意。

自此谕下后，内外官吏，方知嘉庆帝平日实是留心外事，并非没有知觉。且谕旨中含有慈祥恻怛意思，颇不愧庙号仁宗的仁字。仁宗二字，就此补出。但当时统兵的将帅，一时不能全换，嘉庆帝逐渐改易，另有数道谕旨，并录于后。

和珅压阁军报，欺罔擅专，致各路领兵大臣，恃有和珅蒙庇，虚冒功级，坐糜军饷，多不以实入奏。姑念更易将帅，一时乏人，勒保仍以总统授为经略大臣，其川陕湖北河南督抚，及领兵各大将咸受节制，以一事权。明亮额勒登保，均以副都统授为参赞大臣，别领官军，各当一路，有不遵军令者，指名参奏。川楚军需，三载经费，至逾七千余万，为从来所未有，皆由诸臣内恃和珅护庇，外踵福康安和琳积习，在军惟笙歌酒肉自娱，以国帑供其浮冒，而各路官兵乡勇，饷迟不发，致枵腹无裈，牛皮裹足，跣行山谷。此弊始于毕沅在湖北，而宜绵英善在川，相沿为例。今其严行察核，毋得再蹈前愆，致干重咎！

宜绵前后奏报，皆屯驻无贼之处，从未与贼交锋，且已老病，令解任来京。惠龄旷久无功，为贼所轻，着即回京守制。景安本和珅族孙，平日趋奉阿附，每于奏事之便，禀承指使，恃为奥援，剿堵皆不尽力，驻军南阳，任楚贼犯豫，直出武关，惟尾追，不迎截，致有迎送伯之号。甚至民裹粮请军，拒而不纳，武员跪求击贼，不发一兵，为参将广福面诮，反挟愤诬劾，其获封伯爵，亦攘道员完颜岱捕浙川邪教功，张皇入奏，欺君罔上，误国病民，着即拿解来京，照律惩办！

数道上谕，真似雷厉风行，统兵各官，不寒而栗。勒保也只得打叠精神，悉心筹划，令额勒登保、德楞泰，剿徐天德、冷天禄，明亮剿张汉潮，自己驻扎梁山，居中调度。自嘉庆四年正月至六月，只额勒登保一军，斩了冷天禄，德楞泰一军，与徐天德相持，追入郧阳，明亮一军，徒奔走陕西境内，未得胜仗。勒保虽有所顾忌，不敢全行欺诈，然江山可改，本性难移，终究是见敌生畏，多方诿饰。新任湖广总督倭什布，据实参奏，嘉庆帝复下谕道：

勒保经略半载，莫展一筹，惟汇报各路情形，按旬入告。近据倭什布奏，川贼接踵入楚，不下二万，有北趋荆襄之势，既不堵截，又不追剿，是勒保竟择一无贼之处，驻营株守，罪一；且屡奏均言不必增兵，而附奏又请拨饷五百万，若迫不及待，自相矛盾，意图浮冒，罪二；各路奏报，多王三槐余党，勒保止将首逆诱擒，而置余匪于不问，罪三；军营报奏，大半亲随之人，而兵勇钱粮，并不按期给发，以致枵腹跣行，冻馁山谷，几同乞丐，士马何由饱腾，罪四。勒保上负两朝委任之恩，下贻万民倒悬之苦，着即令尚书魁伦，副都御史广兴，赴川逮问治罪！其经略事务，暂由明亮代理。钦此。

勒保逮回京师，永保偏出署陕抚，这也奇怪。因明亮剿办张汉潮，迟延无功，陕西未能肃清，于自己方面，大有不便，因劾明亮观望，明亮亦劾永保推诿，双方互讼，嘉庆帝命陕督松筠密查。松筠上疏，大略言：“经略明亮素号知兵，所言似合机宜，究无实效。将军恒瑞前在湖北，战迹称最，但年近六旬，精力大减，恐不胜任。提督庆成，身先士卒，颇有胆量，奈中无主见，只能带领偏师，不能出谋发虑。署陕抚永保无谋无勇，专图利己，过辄归人，独额勒登保英勇出群，其次惟德楞泰，若要平贼，非用此二人不可。”松公颇有知人之识。于是朝旨命尚书那彦成，佩钦差大臣关印，赴陕监明亮军，兼会同松筠勘问。那彦成到陕后，细探情实，两人俱有不合，遂与松筠联衔奏参。明亮、永保褫职逮问，连庆成也在其内。适明亮追斩张汉潮，朝旨以挟嫌偾事，功不蔽罪，仍令逮解至京，命额勒登保代任经略。

额勒登保系满洲正黄旗人，旧肃海兰察麾下，讨台湾，征廓尔喀，尝随海公建功立业，每战必策马当冲，争先陷阵。海公曾对他道：“你真是个将材，可惜不识汉字。我有一册兵书，叫你熟读，他日自然会成名将。”额勒登保得了赠书，遂日夕揣摩，居然熟练，能出奇制胜。看官！你道这兵书是甚么典籍？原来是一册《三国演义》，由汉文译作满文，海公也曾作为枕中秘本，赠了额勒登保，无非是传授衣钵的意思。仿佛范仲淹授狄青《左氏春秋》。额勒登保手下，且有汉将两员，统是姓杨，一名遇春，四川崇庆州人，一名芳，贵州松桃厅人。遇春梦神授黑旗，故以黑旗率众，敌望见即知为杨家军。杨芳好读书，通经史大义，应试不售，乃出充行伍，为遇春所拔识。阵斩冷天禄，实出二杨的功势。额勒登保为经略时，遇春已授任总兵，杨芳尚只一都司官，额公特保举遇春为提督，杨芳为副将。二人得额公知遇，尤为出力。就是罗思举、桂涵两乡勇，亦因额公做了统帅，有功必赏，愿效驱驰。可见为将不难，总在知人善任呢。

话休叙烦，单说额勒登保受了经略的印信，大权在手，不患掣肘，便统筹全局，令文案员修好奏折，独自上疏道：

> **臣数载以来，止领一路偏师，今蒙简任经略，当通筹全局，教匪本内地编氓，原当招抚以散其众，然必能剿而后可抚，且必能堵而后可剿。从前湖北教匪多，胁从少，四川教匪少，胁从多，今楚贼尽逼入川，其余川东巫山大宁接壤者，有界岭之险可扼，是湖北重在堵而不在剿；至川陕交界，自广元至太平千余里，随处可通，陕攻急则折入川，川攻急则窜入陕，是汉江南北，剿堵并重；川东川北，有嘉陵江以阻其西南，余皆崇山峻岭，居民大半依山傍水，向无村落，惩贼焚掠，近俱扼险筑寨，大者数千人，小亦数百名，团练守御，而川北形势，更便于川东，若能驱各路之贼，逼归川北，必可聚而歼旃，是四川重在剿而不在堵；虽贼匪未必肯逼归一处，但使所至俱有堡寨，星罗棋布，而官兵鼓行随其后，遇贼即迎截夹击，所谓以堵为剿，宁不事半功倍？此则三省所同。臣已行知陕楚，晓谕修筑，并定赏格，以期兵民同心蹙贼。至从征官兵，每日遄征百十里，旬月尚可耐劳，若阅四五年之久，无冬无夏，即骡马尚且踣毙，何况于人？而续调新募之兵，不习劳苦，更不如旧兵之得力，臣之一军所以尚能得力者，实以兵士所到之处，亦臣所到之处；兵士不得食息，臣亦不得食息。自阖营将弁，无不一心一力，而各路不能尽然。近日不得已将臣所领之兵，与各提镇互相更调，以期人人精锐，足以歼敌。恐劳圣虑，特此奏闻。**

据这奏牍看来，确是老成谋画，不比凡庸，自是军务方有起色。

会德楞泰追逐徐天德，转战陕境，与高均德等相遇，德楞泰乘着大雾，袭击高均德，把他擒住，有旨授德楞泰为参赞大臣。高均德死后，不料复有冉天元，收集均德残众，与徐天德合，非常厉害。额勒登保亲自督剿，令杨遇春领左翼，穆克登布领右翼，穆克登布也是一员骁将，但与杨遇春不甚相合。遇春因天元善战，非他贼比，须先用全力相搏，杀败了他，方好分队追击。额公亦赞成此议，独穆克登布意不为然。到了苍溪，闻与冉天元相近，穆克登布竟恃勇先进，绕出冉天元前面，忽伏兵齐起，前后夹攻，将穆克登布围住。穆克登布猛力冲突，不能出围，幸亏山寨乡勇，出垒救应，始拔出穆克登布，将士伤了不少。穆克登布经此大创，别人料他总要小心，谁知他依然如故，仍力追冉天元，驰至老虎垩，旁有大山，穆克登布跃马径上，直据山巅。杨遇春据山腰，天元正伏山中，先出攻杨遇春军。遇春坚壁不动，天元无可奈何。转身攻穆克登布，冒死突上，山巅促狭，恁你穆克登布如何骁勇，也施展不出甚么伎俩。天元进一步，穆克登布退一步，愈逼愈紧，穆克登布的营帐，自山巅坠下，顿时军中大乱，陷死副将十余名，兵士不能悉计。

右翼军败溃，天元再攻左翼军，乘高下压，遇春抵死力战。自傍晚杀到天明，天元始退。遇春部下，也伤亡了若干名。师克在和，不和必败。额勒登保大愤，檄德楞泰来击冉天元，不防川北的王廷诏一股，竟由川北入汉中，西窥甘肃，额勒登保闻报，又引军星夜赴援，并令德楞泰随后策应。冉天元复东渡嘉陵江，分犯潼川锦州龙安，将北合甘肃诸寇。川陕甘一带，同时告警。清廷不得已，再用明亮为领队大臣，赴湖北，赦勒保罪，授任四川提督，赴四川，屡黜屡陟，清廷可谓无人。并诏德楞泰回截冉天元，命为成都将军。

德楞泰奉命回南，探得冉天元在江油县，急由间道邀击。天元层层设伏，德楞泰步步为营，十荡十决，连夺险隘，转战马蹄冈。时已薄暮，德楞泰见伏兵渐稀，正思下马稍憩，偶见东北角上，赤的的一支支号火腾起，直上云霄，德楞泰惊道："我兵已陷入伏中了。"一急。话言未绝，西北角上，又见起了两支号火，再急。德楞泰忙令众兵排开队伍，分头迎敌。转身一望，西南角及东南角上，都是闪闪火光，冲天四起，马声杂乱，人声鼎沸。三急。德楞泰料知伏兵不止一、二路，亟分作四路抵御，布置才毕，敌兵已由远及近，差不多有七、八路。四急。德楞泰传令齐放矢铳，放了一阵，敌兵毫不退怯，反围裹拢来。德楞泰见敌兵各持竹竿，竿上缠绕湿絮，矢中的箭镞，铳中的弹丸，多射在湿絮上，不甚伤敌，所以敌仍前进，于是传令人自为战。五急。官兵知身入重围，也不想甚么生还，恶狠狠的与他鏖斗，血战一夜，天色黎明，敌兵仍是不退。六急。再战一日，方渐渐杀退敌兵。官兵埋锅造饭，蓐食一餐，餐毕，四面喊声又起，忙一齐上马，再行厮杀，又是一日一夜。七急。是日官兵又只吃了一顿饭，夜间仍是对敌。八急。德楞泰暗想道："敌兵更番迭进，我乒尚无援应，若再同他终日厮杀，必至全军覆没呢。"遂下令且战且走。

官兵阵势一动，冉天元料是败却，麾众直进，行得稍慢的，多被悍目自行杀死，此时敌众不得不舍命穷追。官兵战了三日三夜，气力已尽，肚子又饥，没奈何纷纷溃散。九急。德楞泰亦觉得人困马乏，便带了亲兵数十名，跃上山巅，下马喘息，自叹道："我自从军以来，从没有遇着这等悍贼，看来此番要死在此地了。"正自言自语间，猛听得一声大叫道："德楞泰那里走？"这一句响彻山谷。德楞泰忙上马瞭望，见山下一人，挥着鞭，舞着刀，冲上山来。这人为谁？正是冉天元。十急。德楞泰胸中已横着一死字，倒也没甚惊恐，且因走上山来，只有一冉天元，越发胆壮，便也大呼道："冉贼！你来送死么？"一面说话，一面拈弓搭箭，飕的一声，正中冉天元的马。那马负着痛，一俯一仰，把冉天元掀落背后，骨碌碌滚下山去。德楞泰拍马下山，亲兵亦紧随而下，见冉天元正搁住断崖藤上。德楞泰忙从亲兵手中，取了钩头枪，将冉天元钩来，掷在地上，亲兵即将他缚住。山下的兵，正上山接应冉天元，见天元被擒，拼命来夺，德楞泰复与交战，忽山后又有一支人马，逾山而至，从山顶冲下。又为德楞泰一急。德楞泰连忙细瞧，认得是山后的乡勇，德楞泰大喜。此中真是天幸。敌兵见乡勇驰到，转身复走。德楞泰偕乡勇下山招集余兵，逐北二十里。这一场恶战，自古罕有，德将军三字惊破敌胆，另外带兵官，多冒德将军旗帜，教徒不辨真假，一见辄逃。川西肃清，川东北虽有余孽，不足为患。适勒保至川，遂将肃清余党事，交付勒保，自赴额勒登保军。

额勒登保追王廷诏，沿途屡有斩获，王廷诏复自甘返陕，那彦成堵剿不力，有旨严谴，会河南布政使马慧裕，缉获教主刘之协于叶县，槛送京师，立正典刑。并谕军机大臣道：

> **前据马慧裕奏宝丰郏县地方，有匪徒焚掠之事，旋据叶县禀，缉获首犯刘之协，本日马慧裕驰奏，已收宝丰等处，白莲教匪徒千余名，悉数歼除，并提到眼目，认明刘之协属实，刘之协为教匪首逆，勾连蔓延，荼毒生灵，乃该犯仍敢在豫省纠结，潜谋起事，并欲为陕楚教匪接应，实堪痛恨。仰赖昊穹垂慈，皇考默佑，俾豫省新起教匪一千余人，立时剿捕净尽，擒获首逆，明正刑诛，可见教匪劫数已尽，从此各路大兵，定可刻期蒇事。朕于欣慰之余，转觉恻然不忍，盖教匪本属良民，只因刘之协首先簧鼓，附从日众，征兵剿办，已阅数年，无论百姓无辜，横遭杀戮，被胁多人，迫于不得已，即真正白莲教，皆我大清赤子，只因一时愚昧，致罹重罪。至各股贼首，先后就诛者，无不身受极刑，全家被戮，虽孽由自作，亦系听从刘之协倡教而起。白莲教获罪于天，自取灭亡，其顽梗可恶，其愚蠢可怜。朕仰体上天好生之仁，于万无可贷中，宽其一线，着经略额勒登保，参赞德楞泰，及各路带兵大员，与各督抚等，将刘之协擒获一事，广为宣传，并传谕贼营，伊等教首，已就诛戮，无可附从。至于裹胁之人，本系良善百姓，何苦为贼所累，自破身家，如能幡然悔悟，不但免诛，并当妥为安置。即实系同教，畏罪乞命，弃械归诚，亦必贷其一死。若经此番晓谕之后，仍复怙恶不悛，则是伊等甘就骈诛，大兵所到，诛戮无遗，亦气数使然，不能复加矜贷。额勒**

登保等鼓励将士，务期迅归贼氛，奠安黎庶，同膺懋赏，将此通谕知之。

嘉庆帝又亲制一篇《邪教说》，有“但治从逆，不治从教”的意旨。自是教徒失所倚靠，逐渐变计，化作良民。此时剧寇，只有王廷诏在陕西、徐天德在湖北，德楞泰由川赴陕，与额勒登保合军，追袭王廷诏。杨遇春为先锋，至龙池场，分兵埋伏，诱廷诏追来，一鼓擒住，并获散头目十数人，余众走湖北，由德楞泰引兵追剿，与明亮夹击、圈逼徐天德、樊人杰于均州。天德、人杰，先后投水溺死。川楚陕三省的悍目，斩俘殆尽，不过还有余孽未靖了。此时已是嘉庆六年的夏季。

正是:

万丈狂澜争一霎，七年征伐病三军。

诸君欲知后事，且待下回再阅。

仁宗初政，颇有黜佞崇忠扶衰起敝之象。和珅一诛，而军务已有起色，勒保一黜，而寇氛以次肃清，可见立国之道，全恃元首，元首明则庶事康，元首丛脞则万事隳，彼额勒登保德楞泰之得建奇功，莫非元首知人之效，然七年劳役，万众遭殃，不待洪杨之变，而清室衰兆见矣。故善读满史者，皆以高宗之末为清室盛衰关键云。

第四十五回

抚叛兵良将蒙冤
剿海寇统帅奏捷

却说川楚陕三省的教徒，头目虽多归擒戮，余孽尚是不少。额勒登保德楞泰，又往来搜剿，直到嘉庆七年冬季，始报大功戡定。嘉庆帝祭告裕陵，高宗陵。宣示中外，封额勒登保一等威勇侯，德楞泰一等继勇侯，均世袭罔替，并加太子太保，授御前大臣。勒保封一等伯，明亮封一等男，碌碌因人。杨遇春以下诸将，爵秩有差。

自此以后，裁汰营兵，遣散乡勇，兵勇或无家可归，或归家不敷食用，又经发放恩饷各官吏，层层克剥，七折八扣，煞是可恨。因此游兵冗勇，又纠众戕官，出没为患。复经额、德两将帅，东剿西抚，忙了一年，事始大定。自教徒肇乱，劳师九载，所用兵费，竟至二万万两，杀伤的教徒不下数十万，清兵乡勇的阵亡，五省良民的被难，且算不胜算，无从查考。和珅之肉，其足食乎？只这位嘉庆帝，当军事紧急时，很是审虑周详，励精图治，到西北平定，内外官吏，又是歌功颂德，极力铺张，嘉庆帝也道是功德及民，渐渐的骄侈起来。逸豫忘身，中主多半如此。庆赏万寿，下嫁公主，挑选妃嫔，仪注都非常繁备，金银也用了许多。

还有一桩赏罚倒置的事情：川楚陕平靖后，因地势阻奥，增设营汛，陕西省中添了一个宁陕镇，就用杨芳做了镇台。宁陕的地方，地险粮贵，当时创议的人，因例饷不足兵用，酌定每月加给盐米银，每人五钱，三年递减，次年届期应减一钱。布政使朱勋，以未奉部文，并四钱也都停发，兵士大哗。会陕西提督杨遇春，方奉旨入觐，宁陕总兵杨芳调署提督，副将杨之震护宁陕镇，将哗噪的兵士，不问曲直，统拿来笞杖一顿，一味蛮做。兵士愈加怨愤。内有两个小头目，都是姓陈，一名达顺，一名先伦，居然纠众抗命，杀死副将游击，劫了库中的银两，放出狱中的罪犯，趁势大乱。时杨遇春尚未出境，朝旨即命他回剿，另简成都将军德楞泰为钦差大臣，赴陕督师，遇春到方柴关，叛兵设伏以待，推蒲大芳为首领。大芳骁桀善战，竟将遇春围住，官兵叛卒，互相认识，竟不肯听遇春号令，纷纷四散。遇春止率亲兵数十名，登山断后，见大芳策马而来，大声叱道："你何故造反？"大芳见是遇春，就下马遥跪，哭诉营官克饷的情形。遇春道："营官克饷，你可上诉，何苦做此大逆不道的勾当。"大芳道："现在已处骑虎之势，不能再下，须求大帅谅我！"言毕，起身径去。还亏遇春平日恩信及人，不至被迫。

是时杨芳亦驰来相救，遇春与他商议。杨芳道："叛兵都经过百战，并非一时乌合，若要除灭了他，很不容易。况官兵九载勤劳，疮痍未复，又前时与叛兵多系同功一体，以兵攻兵，终无斗志。闻叛首蒲大芳见了大帅，尚下马遥跪，卑镇家属，亦由大芳送至石泉。可见大芳虽叛，还有旧部情谊。卑镇愿亲自出抚，若得大芳归降，便可迎刃而解。"遇春喜甚，即命杨芳去抚大芳。到了大芳营前，敌矛林立，军垒森严，杨芳的背后，有随员数名，都吓得战战兢兢，请杨芳折回。杨芳道："天佑苍生，我必不死。且为国息兵，虽死何恨。汝等若果畏惧，不妨退还。让我一人前去便了。"遂扬鞭独进，直入大芳营。大芳忙出来迎见，杨芳向着大芳，恸哭失声道："我与汝等勠力数年，同患难，共生死，仿佛如家人骨肉一般，今朝两下对垒，反同仇敌，我不忍见汝等身陨族灭，所以单骑前来，请你等先杀了我，免得见你惨祸。"蒲大芳等听了这番言语，不由的不感激，便道："我等小兵，安敢冒犯镇台大人？大人真心相待，大芳也有天良，宁不知感。只朝廷未必肯赦前罪，奈何？"杨芳道："你果诚心悔过，我当于钦差大人前，极力保免，要生同生，要死同死，要犯罪同犯罪，不使你等独受灾殃。"沉痛语，亦刻挚语，安得不令大芳敬服？大芳到此，不禁涕零，即声随泪下道："镇台大人，真是我的生身父母。我若再自逆命，恐怕皇天也不容我呢。"已五体投地了。当下对众人道："大芳今日已悔前过，情愿听这位杨镇台大人，杨镇台令我活，我就活，杨镇台要我死，我亦甘死，若兄弟们不以为然，一概听便。"大众齐声道："愿随杨大人。"杨芳见叛兵都愿就降，便道："众位都愿相随，乃是很好的了。但倡乱的人，曾在此处么？"大芳道："不在此处。"杨芳道："这却不便赦他。他戕了官，劫了库，破了狱，无法无天，若不照律究办，还要甚么政府？"先宽后紧，可谓善于操纵。大芳道："这都在大芳身上，请大人放心！"杨芳随即回营。

过了两日，大芳果诱缚陈先伦、陈达顺二人，献至清营，束手归命。这次乱事，若非杨芳单骑招抚，以诚服人，眼见得叛兵四出，如火燎原，比川楚陕三省的教徒，还要厉害几倍呢。德楞泰将二陈磔死，其余依了杨芳的议论，尽行赦宥，释归原伍。

只奏折上却说是叛卒穷蹙乞命，把杨芳招抚事，搁起不提。

讵料嘉庆帝忽下严旨，说德楞泰宽纵专擅，竟要将他严谴。德楞泰急得没法，又上了一篇奏章，推在杨芳一人身上。德公尚且不德，何况别将。嘉庆帝遂将杨芳革职充戍，蒲大芳二百余人，亦命随杨芳发充伊犁，又密令伊犁将军松筠，将蒲大芳等诱诛。杨遇春亦坐罪降为总兵，德楞泰处罚罪轻，总算革职留任。后德楞泰调任陕西，剿平西乡叛兵，赏还原职。德公也天良发现，密奏杨芳功，方将杨芳赦回，然已受侮不少了。忠而被谤，最堪愤惋。西北一带，经数次痛剿，已算无事，偏偏东南的海寇，又兴起波，掀起浪来。海洋开禁，自康熙年间起头，康熙帝尝任用客卿，如西洋人汤若望、南怀仁等，俱命司历务，外洋商船，得了内援，便在中国海滨互市，往来江、浙、闽、粤间。乾隆末年，安南阮光平父子，窃位据国，国库中很是缺乏，他却想了一个盗贼政策，招集沿海无赖，给他兵船，封他官爵，叫他在海中劫掠商船，充作国用，这种政策，倒是特色。于是海寇日盛一日。嘉庆五年，海寇驾艇百余艘，聚逼台州，居然想上岸劫夺，浙江定海镇总兵李长庚，生长闽海，素识海中险要，且忠勇得了不得，是日闻警，带领三镇水师，出口抵御。巧值飓风陡起，雷雨大作，寇艇多半撞溺，有几百个海寇，避风上岸，被长庚捉得一个不剩，当场审讯，内中有四个头目，系是安南总兵，佩有安南王敕印。长庚大怒，把四人磔死，并行文安南，将敕印掷还。

会安南又有内乱，广南王后裔阮福映，自暹罗入国，得暹人援助，恢复旧土，灭了新阮，方思联络清朝，遂一面声明纵寇诲盗，系阮光平父子所为，与己无涉，一面奉表入贡，求清册封，乞仍以越南名国。嘉庆帝封他为越南国王，令严杜海寇，阮福映遵敕照办。怎奈海寇已是不少，虽失了安南政府的保护，终究野心未戢，仍然出没海上。就中有两个悍头目，叫着蔡牵、朱渍，兼并群盗，号令一方。蔡牵有百数十艇，朱渍也有百艇，把闽海作了根据，无论何国的商船，一出海洋，须要缴通行税四百圆，进港加倍，就是买路钱的别名。因此他二人竟做了海上富豪。又交通陆地会匪，使阴济兵械，饷械充足，猖獗万分，官兵都奈何他不得。

只一智勇深沉的李长庚，还好与他酣战几场，但长庚单知忠国，不善逢迎，不如是，不足为忠臣。往往为上司所忌。可恨可叹！嘉庆帝因长庚有功，擢他为福建提督，闽督玉德，偏与长庚反对，奏称长庚籍隶福建，须要回避，似乎名正言顺。朝旨乃调任浙江。浙江巡抚阮元，系江苏仪征县人，素擅文名，兼通武略，见了李长庚，谈了一回剿寇事宜，甚为合意，遂大加赏识。惺惺惜惺惺。长庚献造船制炮两大策，阮抚台一律采用，即为筹款十余万两，交与长庚。天下无难事，总教现银子，长庚得了这项巨款，就放着胆子，造起大船三十艘，名叫霆船，铸就大炮四百尊，就各船配搭，乘风破浪，所向披靡，连败蔡牵于岐头东霍等洋，擒住贼目张如茂等，兵威大振。嘉庆八年，蔡牵至定海，到普陀山进香，长庚探悉，将霆船一齐放出，四面掩击。蔡牵不及防备，忙跳下小船，单舸逃去。余外大艇，多被长庚一阵炮弹，打得篷穿桅折，并传令舟师追赶。

此时的蔡牵，正如丧家犬，漏网之鱼，逃至闽洋，又见霆船追至，据着上风，不能冲突，他连忙取了数万银子，遣人至闽督玉德处乞降。玉德见了银子，好似苍蝇见血，叮住不放，为了此物，误尽天下官吏。还管甚么真假，立饬兴泉道庆徕，赴海口招抚。蔡牵与庆徕约，如果许降，须令李长庚退兵回港，勿得穷追。庆徕飞报玉德，玉德飞饬李长庚回兵。长庚明知蔡牵诈降，无如提督的位置，要受督抚节制，总督有命，不得违拗，未免落了几点英雄泪，带兵回港。

蔡牵恰慢慢儿修好樯械，备好糇粮，扬帆遁去。暗地里恰贿通奸商，替他制造巨舰，比霆船还要高大，只说载货出洋。一出了口，便交与蔡牵。蔡牵得此巨舰，又纵横海上，劫得台湾米数千担，接济朱渍，与渍合势，再犯温州。温州总兵胡振声，仓皇失措，领了一班不整不齐的水师，出去截击，不值牵、渍两人一扫，非但全军覆没，连胡振声亦溺毙水中。牵、渍连艅八十余，返驰入闽，闽中没有一人敢上前抵敌。

嘉庆帝闻悉情形，命长庚总统闽浙水师。长庚感恩图报，令温州海坛二镇为左右翼，日夕操练，于嘉庆九年仲秋，向马迹洋出发。净海无波，水天一色，正好行军时候。兵行数十里，遥见前面有一海岛，左右两翼，泊着敌船，帆樯矗立，簇隐如林，差不多一二百艘。长庚把令旗一挥，大小战舰，并行而进，看看敌船将近，令各舰队齐放巨炮。蔡牵、朱渍也将战船驶开，一字儿的排着，用炮还击。霎时间烟雾迷濛，波飞浪立。长庚仔细一瞧，右边是蔡牵战船，左边是朱渍战船。他却把自己坐船，直冲中心，轰的一炮，把敌阵中间的船篷，打落半边，那船向后倒退。长庚乘势突入，将敌阵冲作两段。朱渍见阵势已乱，率舰逃走。蔡牵势成孤立，也转舵前奔。长庚扯满风篷，追杀过去，击沉敌船二艘，并将蔡牵的坐船篷索，亦都击断。亏得蔡牵的船身高大，船篷虽坏，尚能驰驶，拼命逃了出去。长庚方传令收兵。

是年冬，败朱渍于甲子洋。次年夏，又败蔡牵于青龙港，蔡牵屡败屡奋，索性聚船百余艘，东犯台湾，攻入鹿耳门，沉舟塞港，截阻官兵援应，并结连土匪万余人，围攻府城，自称镇海王。全台大震。闽督玉德，飞报清廷。嘉庆帝忙饬成都将军德楞泰，佩钦差大臣关防，调四川兵三千赴剿，将军赛冲阿为副，令速出兵。

两将军尚未出境，李长庚已到台湾，总是他捷足。他见鹿耳门已被塞住，寻出一条小港来，这港名叫安平港，可以直入府城，于是令总兵许松年、王得禄，驾了小舟，率兵潜入，自己守住南汕北汕两口，堵住蔡牵出路。蔡牵只道鹿耳门已经塞住，尽可向前进攻，谁料许松年、王得禄，已从间道攻入。蔡牵急分兵抵御，五战都败，失了三十多号小战船，并党羽千余人。蔡牵料台湾难下，急从北汕港遁走，将要出口，见口外有大舰数艘堵住，最高的舰上，立着一位大帅，手执令旗，威风凛凛，望将过去，不是别人，正是生平最怕的李长庚。蔡牵想上前冲突，后面的追兵又至，前后都用大炮轰击，蔡牵管了前，不能管后，管了后，又不能管前，急得叫苦连天，投身无路。长庚下令道："今日不擒蔡逆，更待何时，诸将士宜乘此努力。"这令一下，诸将士奋力前攻，巴不得立擒蔡牵。

怎奈将士固已齐心，老天偏不做美，一阵怪风，从海中掀起，波涛怒立，战舰飘摇，官兵急切不能自主，被蔡牵夺路逃走。一出海外，辽廓无垠，长庚只率兵三千，那里阻截得住？仅夺了十多号战船。嘉庆帝还说他任贼远飏，夺去翎顶，皇帝总没良心。德楞泰等一律截回，长庚愤极，复率兵力剿，退至福宁，岸上无一卒夹击，蔡牵、朱濆，复连合来攻。长庚猛力杀退，蔡牵又与朱濆分兵，窜入浙海。只台州到定海，长庚尾追不舍，专击牵舟，牵受创又遁、有旨赏还翎顶。长庚愤怒少舒。

不防浙抚阮公，丁忧去任，长庚慨然太息，与三镇总兵商议道："我自统领水师以来，全仗阮公帮助，稍得舒展。今阮公又去，知我无人，看来是难望成功呢？"三镇总兵道："浙抚已去，闽督尚在，统帅何必忧虑。"长庚道："不要提起这位闽督玉公，我要造船，他说无银；我要调军，他说无兵。台湾一役，我与诸君尽力截住蔡逆，虽是天公不公，起了飓风，被他走脱，然使玉公出兵相助，这蔡逆已被我杀败，狼狈万状，何患不能追擒？就令玉公不愿出兵，却肯预先给发银两，畀我造成大船，那时船身高大，究竟抵得住风潮，不妨冲风追袭。你看蔡逆的坐船，比我的坐船，要高五六尺，他在惊风骇浪中，尚能驾驶自如，我却不能，睁着眼由他逃去，真正可恨！"良将无功，多被上峰掣肘之故，不独李公为然。三总兵听到此语，也不禁忿恨起来，便一齐道："统帅既要造船，某等愿捐廉相助。"长庚道："诸君美意，煞是可敬。但我亦早有此意，还恐玉帅不允。"三总兵道："且禀报玉帅，再作计较。"长庚修好禀单，饬呈闽督，得了回批，果然说造船需时，朝廷有旨速剿，不便久待，毋得濡滞干咎。妒功忌能，莫逾于此。长庚忙召三总兵，将回批与他瞧阅，三总兵愤愤道："统帅本可专折奏陈，何不详报皇上呢？"长庚叹道："我辈统是汉人，汉人十句话，不及满人一句。朝廷总是信玉帅，不信长庚，如何是好？"满汉界限，区画早分。三总兵道："今上圣明，或不至此，统帅总是奏陈为是。"长庚不得已，便将平日情形，据实列奏。嘉庆帝果真圣明，把闽督玉德革职拿问，另命阿林保继任闽督。

阿林保到任，长庚免不得到闽贺喜，阿林保置酒款待，席间叙起剿寇事。这位新总督阿公，拈着几根鼠须，沉吟一回，已露奸象。随笑嘻嘻地向长庚道："大海捕鱼，何时入网？我兄弟恰有一策，不知可用得否？”长庚道：“敢不请教。”我亦要请教。阿林保道：“海外辽阔，事无左证，李总统但斩了一酋，即说是蔡牵首级，报至我兄弟衙门，我兄弟便可飞章报捷，余外的贼子，统归善后办理。照这样处置，你受上赏，我亦得邀次功，比穷年累月的跋涉鲸波，侥幸万一，岂不是较好么？”原来如此！长庚不禁勃然道：“大帅叫长庚杀贼，长庚恰不怕死，久视海舶如庐舍，若照这样捏诈虚报的办法，长庚不敢闻命。”阿林保道：“我也无非为你打算，你定要擒真蔡牵，兄弟也不便多管。”长庚道：“长庚誓与贼同死，不与贼同生。”阿林保不待长庚言毕，便道：“算了！好好一个人，如何情愿求死？要死何难，要死不难。”长庚至此，不能不死。长庚满腹愤怒，只是不好发泄，勉强饮了几杯，谢宴趋出。阿林保即密劾长庚，不到一月，弹章三上，不是说长庚恃才，就是说长庚怯战，一心想置长庚于死地，小子叙说到此，也满怀愤激，吟成一绝句道：

岳王功败遭秦桧，道济名高嫉义康。
自古忠奸不两立，但凭人主慎端详。

未知嘉庆帝如何发落，且待下回再叙。

康熙以后，已乏练达之满员，而满汉畛域，反日甚一日。盖满员渐成无用，内而政务，外而边事，多仗汉人赞助，相形之下，未免见绌，由愧生妒，由妒生忌，于是汉员立功，往往为满员所侧目，不加残害不止。张广泗、柴大纪等事，见于乾隆朝，杨芳充戍，李长庚殉难，见于嘉庆朝，后人或目为专制之毒，实则不仅专制而已。汉人十语，不及满人一语，即为本回中眼目。德楞泰已负杨芳，后且求如德楞泰者，尚不可得，此汉满之所以终成水火也。

第四十六回

两军门复仇慰英魄
八卦教煽乱闹皇城

却说嘉庆帝连得阿林保密疏，也未免疑惑起来，只因前时阮元等人，都极力保荐李长庚，且海上战功，亦惟长庚居多，半信半疑，暂且留中不发，密令浙抚清安泰查复。清安泰虽不及阮元，恰不是阿林保的糊涂，但看他复奏一本的文词，已略见一斑了。大旨说道：

长庚熟海岛形势，风云沙线，每战自持柁，老于操舟者不能及；且忘身殉国，两载在外，过门不入，以捐造船械，倾其家资，所俘获尽以赏功，故士争效死；且身先士卒，屡冒危险，八月中剿贼渔山，围攻蔡逆，火器雨下，身受多创，将士亦伤百有四十人，鏖战不退，故贼中有"不畏千万兵，只畏李长庚"之语。惟海艘越二三旬，即须燂洗，否则苔粘蛎结，驾驶不灵，其收港并非逗留。且海中剿贼，全凭风力，风势不顺，虽隔数十里，旬日尚不能到也，是故海上之兵，无风不战，大风不战，大雨不战，逆风逆潮不战，阴雨濛雾不战，日晚夜黑不战，飓期将至，沙路不熟，贼众我寡，前无泊地，皆不战。及其战也，勇力无所施，全以大炮相轰击，船身簸荡，中者几何？我顺风而逐，贼亦顺风而逃，无伏可设，无险可扼，必以钩镰去其皮网，以大炮坏其舵牙篷胎，使船伤行迟，我师环而攻之，贼穷投海，然后获其一二船，而余船已飘而远矣。贼往来三省，数千里皆沿海内洋，其外洋灏瀚，则无船可掠，无岙可依，从不敢往。惟遇剿急时，始间以为逋逃之

地，倘日色西沉，贼直窜外洋，我师冒险无益，势必回帆收港，而贼又逭诛矣。且船在大海中，浪起如升天，落如坠地，一物不固，即有覆溺之忧。每遇大风，一舟折桅，全军失色。虽贼在垂获，亦必舍而收泊，易桅竣工，贼已远遁；数日追及，桅坏复然，故尝累月不获一贼。夫船者，官兵之城郭营垒车马也。船诚得力，以战则勇，以守则固，以追则速，以冲则坚。今浙省兵船，皆长庚督造，颇能如式。惟兵船有定制，而闽省商船无定制，一报被劫，则商船即为敌船。愈高大，多炮多粮，则愈足赍寇。近日长庚剿贼，使诸镇之兵，隔断贼党之船，但以隔断为功，不以擒获为功；而长庚自以已兵专注，蔡逆坐船围攻，贼行与行，贼止与止；无如贼船愈大，炮愈多，是以兵士明知盗船货财充足，而不能为擒贼擒王之计。且水陆兵饷，例止发三月，海洋路远，往返稽时，而事机之来，间不容发，迟之一日，虽劳费经年，不足追其前效，此皆已往之积弊也。非尽矫从前之失，不能收将来之效；非使贼尽失其所长，亦无由攻其所短，则岸奸济贼之禁，尤宜两省合力，乃可期效。谨奏。

这篇奏牍，说得剀切真挚，把李长庚一生经济，及海上交战情形，统包括在内。确是前清奏牍中罕见之作。嘉庆帝览了此奏，方悉阿林保妒功情状，下旨切责。略说："阿林保甫莅任旬月，专以去长庚为事，倘联误听谗言，岂非自杀良将？嗣后剿贼事宜，责成长庚一人，阿林保不得掣肘！若再忌功诬劾，玉德就是前车之鉴。"谕旨也算严切，无如巨奸未去，忠臣总无安日。并饬造大梭船三十艘，未成以前，先雇大商船助剿。阿林保见弹劾无效，反遭诘责，气得暴跳如雷，独自一人乱叫道："有我无长庚，有长庚无我，我总要他死。他死了，方出我胸中的气。"遂飞檄催战。

李长庚（1751—1808），字超人、西岩，清福建同安（今厦门市同安区）人。乾隆武进士。嘉庆间任定海镇总兵，擢福建水师提督。1808年在黑水洋与蔡牵作战，中炮死。著有《水战纪略》。

原来清廷定例，总督多兼兵部尚书职衔，全省水陆各军，统归节制。长庚虽总统水师，不能不受阿林保命令。长庚方思修理船只，整备军械，为大举出洋的计划，那阿林保的催战文书，三日一道，五日两道，长庚休战，不到一月，他恰下了十数道檄文。秦桧用十二金牌，促岳武穆班帅，阿林保恰用十数道檄文，促李忠毅出战，行迹不同，用心则一。长庚叹道：“我不死在海贼手里，也难逃奸臣计中，看来不如与贼同死罢！”遂召集诸将克日出师，一面修好家书，寄与夫人吴氏，内说：“以身许国，不能顾家。”并将落齿数枚，一同缄固，着人送回家中。这次出发，凭着一股怒气，驶船出港。敌船见长庚出来，望风趋避，都逃至粤海中。长庚追至竿塘，方寻着敌船数只，接连放炮，击坏敌船两艘，活擒盗目一名，系是蔡牵侄儿，名叫天来。蔡牵因长庚至粤，复北航至浙，长庚也追到浙江，到温州海面，把他击败。他又自浙窜粤，自粤窜闽，盘旋海上，长庚只是不舍。遇着了他，便首先冲阵，不管死活，与他争战，弄得蔡牵走头无路，连败数次。

嘉庆十二年，命总兵许松年等击朱渍，自率精兵专剿蔡牵。朱渍被许松年击败，势已穷蹙，长庚亦连败蔡牵数阵，蔡牵只剩得海船三艘，长庚拟一鼓歼敌，檄福建水师提督张见升一同穷追。蔡牵逃至黑水洋，长庚率水师追及，蔡牵逃无可逃，与长庚决一死战。长庚亲自擂鼓，督众围攻，约战了两个时辰，牵船上的风帆，触着弹子，霎时破裂，长庚令兵士乘势纵火，直逼牵船后艄。火势炎炎，燔及牵船，兵士各握着兵器，想随着火势，扑将过去。猛听得蔡牵船后，一声炮发，弹丸穿入长庚船中，兵士向后一顾，见统帅长庚，已跌倒在船板上，连忙施救，咽喉中已鲜血直流，无可救药。阿林保闻报，谅必得意非凡。军中失了主帅，自然慌乱。本来张见升跟着后面，不妨过船代督士卒，少持半日，即可歼贼，谁知他是阿林保心腹，不愁蔡牵生，但愿长庚死，当下便引船径退，众兵船亦相率退驶。蔡牵带了残船三艘，竟遁安南。这信传达京师，嘉庆帝大为震悼，何益？特旨追封壮烈伯，赐谥忠毅，饬地方官妥为保护，送柩回籍，俾立专祠。已经死了，特恩何用？随命长庚裨将王得禄、邱良功二人，升任提督，分率长庚旧部，叫他同心敌忾，为长庚报仇。

是时蔡牵、朱渍，俱已势衰力竭，闽督又改任方维甸，浙抚又重任阮元，军机大臣复换了戴衢亨，将相协力，内外一心，歼除这垂亡小丑，自然容易得很。许松年在闽海击毙朱渍，渍弟朱渥，率众乞降。王、邱二提督，闻松年已立大功，自己恐落人后，随慷慨誓师，决擒蔡牵。蔡牵已招集残众，再入闽浙海面，直到定海的渔山，二提督蹑踪追剿，乘着上风，奋呼轰击，转战至绿水洋，天已昏黑，纵火烧贼舟，不想风浪大起，蔡牵复乘浪脱走。二提督愤极，当晚商议，邱良功对王得禄道：“前日临行时，抚帅阮公，曾教我等分船隔攻，专注蔡逆，明日要擒蔡牵，须用此策。”王得禄道：“此计甚好。”次晨复出师穷追，蔡牵一见即逃，驶出黑水洋，邱良功赶忙追上，令舰队各自分堵，自己坐的船，与蔡牵坐船并列，专攻蔡牵。王得禄坐船亦至，与邱良功船并列，接应邱良功。两下里誓死猛扑，烟硝蔽天，忽良功坐船上的风篷，与蔡牵坐船上的风篷，结成一块，蔡众持着长矛，将良功的风篷扯毁，复用椗札住良功坐船。良功大喝一声，执了雪亮的宝刀，去劈敌椗，说时迟，那时快，敌众的长矛，已刺入良功脚上，血流如注。良功部下，见主帅受伤，毁椗脱出。蔡牵正思逃走，王得禄又挥众直上，弹如贯珠，蔡牵仍誓死抵拒，战至日暮，牵船中弹丸已尽，待别舟相援，又被闽浙二军隔住，自顾不暇。王得禄料敌势已蹙，纵火焚牵船尾楼，忽身上中了数颗炮弹，虽觉得疼痛，却没有弹丸的猛烈。仔细一瞧，并不是弹丸，那是外洋通用的银圆。得禄大呼道："贼船内弹药已完，打过来统是银圆，不能伤人。军士替我尽力向前，擒渠受赏。"军士一看，果见船板上面，银圆爆入不少，顿时胆子愈壮，气力愈大，一面放火，一面用枪矛钩断牵船篷桅。牵知无救，遂首尾举炮，将坐船自裂，连人连船，沉落海中。积年逋寇，逃入龙王宫里去躲避，余党大半乞降。王得禄、邱良功收兵而回，忙用红旗报捷。诏封王得禄二等子，邱良功二等男，于是闽浙二洋，巨盗皆灭。若叙首功，当推李长庚第一，阮元为次。粤洋尚存几个艇盗，被粤督百龄严断接济，饬兵搜剿，弄得个个穷蹙，情愿投诚乞命，粤盗亦平。

嘉庆帝内惩教匪，外惩海盗，遂下旨严禁西洋人刻书传教。适粤民陈若望，私代西洋人德天赐，递送书信地图，事发被拿，下刑部讯鞫，究出传教习教多人，遂把德天赐充发热河，幽禁额鲁特营房，陈若望充发伊犁，给额鲁特人为奴，传教习教一干人犯，亦照例充配。过了数年，西洋人兰月旺，又潜入湖北传教，被耒阳县查悉，将他获住，解入省中，报闻刑部，又照律治罪，处以绞决。教案萌芽。

这时候，英吉利人屡乞通商，亦奉旨批斥，忽广东沿海的澳门岛外，来英舰十三艘，舰长叫作度路利，投书粤督，声明愿协剿海寇，只求通商为报。粤督吴熊光，以海寇渐平，抗词拒绝，英舰仍逗留未去，反入澳门登岸，分据各炮台。熊光据事奏闻，有旨责熊光办理迟延，革职留任。并说："英舰如再抗延，当出兵剿办。"熊光通知英将，英将乃起椗回国。五口通商之朕兆。

已而英国复遣使臣墨尔斯，直入京师，与政府直接交涉，愿结通商条约，清廷迫他行跪拜礼，他恰不从，当即驱逐回国。英人未识内情，暂时罢手，清廷还道是威震五洲，莫余敢侮。夜郎自大。嘉庆帝方西幸五台，北狩木兰，消遣这千金难买的岁月，到嘉庆十六年，彗星现西北方，钦天监奏言星象主兵，应预先防备，嘉庆帝复问星象应在何时？经钦天监细细查核，应在十八年闰八月中，应将十八年闰八月，移改作十九年闰二月，或可消弭星变。天道远，人道迩，徒将闰月移改，难道便可弭变么？嘉庆帝准奏，又诏百官修省，百官为重，君为轻，也是当时创例。这等百官，多是麻木不仁的人物，今朝一慌，明朝没事，就罢了。

忽忽间已是二年，嘉庆帝也忘了前事。七月下旬，秋狩木兰，启銮而去，不想宫廷里面，竟闹出一件大祸祟来。原来南京一带，有一种亡命之徒，立起一个教会，叫作天理教，亦名八卦教，大略与白莲教相似，号召党羽，遍布直隶、河南、山东、山西各省，内中有两个教首：一个是林清，传教直隶；一个是李文成，传教河南。他两人内外勾结，一心思想谋富贵，做皇帝，眼目。闻得钦天监有星象主兵，移改闰月的事情，便议乘间起事，捏造了两句谶语，说是："二八中秋，黄花落地。清朝最怕闰八月，天数难逃，移改也是无益。"这几句话儿，哄动愚民，很是容易。又兼直隶省适遇旱灾，流民杂沓，聚啸成群，林清就势召集，并费了几万银子，买通内监刘金、高广福、阎进喜等作为内应，京中发难，比外省尤为厉害，我为嘉庆帝捏一把汗。一面密召李文成作为外援。

文成到京两次，约定九月十五日起事，就是钦天监原定嘉庆十八年闰八月十五日。但天下事若要不知，除非不为，林、李两人密干的谋画，只道人不知，鬼不觉，谁料到滑县知县强克捷，竟探闻这种消息，飞速遣人密集巡抚高杞、卫辉知府郎锦麒，请速发兵掩捕。那高抚台与郎知府，疑他轻事重报，搁过一边。克捷急得了不得，申详两回，只是不应。

克捷暗想："李文成是本县人氏，他蓄谋不轨，将来发泄，朝廷总说我不先防备。抚台府宪，今朝不肯发兵，事到临头，也必将我问罪，那个肯把我的详文宣布出来?我迟早终是一死，还是先发制人为妙。就使死了，也是为国而死，死了一个我，保全国家百姓不少。"好一个知县官。主见已定，待到天晚，密传衙役人众，齐集县署听差。衙役等闻命，当即赶到县衙，强克捷已经坐堂，见衙役禀到，便吩咐道："本官要出衙办事，你等须随我前去，巡夜的灯笼，拿人的家伙，统要备齐，不得迟误！"衙役不敢怠慢，当即取出铁索脚镣等件，伺候强克捷上轿出衙。

克捷禁他吆喝，静悄悄的前行，走东转西，都由强克捷亲自指点。行到一个僻静地方，见有房屋一所，克捷叫轿夫停住，轿夫遵命停下。克捷出了轿，分一半衙役，守住前后门，衙役莫名其妙，只得照行。有两三个与李文成素通声气，也不敢多嘴。还有一半衙役，由克捷带领，敲门而入。李文成正在内室，夜餐方毕，闻报县官亲到，也疑是风声泄漏，不敢出来。克捷直入内室，文成一时不能逃避，反俨然装出没事模样。强克捷原是精细，李文成恰也了得。克捷喝声拿住，衙役提起铁链，套入文成颈上，拖曳回衙。

克捷即坐堂审问，文成笑道："老爷要拿人，也须有些证据，我文成并不犯法，如何平空被拿？"克捷拍案道："你私结教会，谋为不轨，本县已访得确确凿凿，你还敢抵赖么？好好实招，免受重刑！"文成道："叫我招甚么？"克捷道："你敢胆大妄为，不用刑，想也不肯吐实。"便喝令衙役用刑。衙役应声，把夹棍砸的掷在地上，拖倒文成，脱去鞋袜，套上夹棍，恁你 收一紧，文成只咬定牙关，连半个字都不说。强克捷道："不招再收。"文成仍是不招。克捷道："好一个大盗，你在本县手中，休想活命！"吩咐衙役收夹加敲，连敲几下，刮的一声，把文成脚胫爆断。文成晕了过去，当由衙役禀知。克捷令将冷水喷醒，钉镣收禁。

克捷总道他脚胫已断，急切不能逃走，待慢慢儿的设法讯供，怎奈文成的党羽，约有数千人，闻得首领被捉，便想出劫狱戕官的法子。于九月初七日，聚众三千，直入滑城。滑城县署，只有几个快班皂役，并没有精兵健将，这三千人一拥到署，衙役都逃得精光，只剩强克捷一门家小，无处投奔，被三千人一阵乱剁，血肉模糊，都归冥府。是清宫内的替死鬼。乱众已将县官杀死，忙破了狱，救出李文成。文成道："直隶的林首领，约我于十五日到京援应，今番闹了起来，前途必有官兵阻拦，一时不能前进，定然误了林大哥原约，奈何奈何？"众党羽道："我等闻兄长被捉，赶紧来救，没有工夫计及后事，如今想来，确是太卤了。"文成道："这也难怪兄弟们，可恨这个强克捷误我大事，我的脚胫，又被他敲断，不能行动，现在只有劳兄弟们，分头干事，若要入都，恐怕来不及了。林大哥！我负了你呢。"当下众教徒议分路入犯，一路攻山东，一路攻直隶，留文成守滑养病。

嘉庆帝在木兰闻警，用六百里加紧谕旨，命直隶总督温承惠、山东巡抚同兴，河南巡抚高杞，迅速合剿；并饬沿河诸将弁，严密防堵。这旨一下，眼见得李文成党羽，不能越过黄河，只山东的曹州、定陶、金乡二县，直隶的东垣、长明二县，从前只散布教徒，先后响应，戕官据城，余外防守严密，不能下手。京内的林清，恰眼巴巴望文成入援，等到九月十四日，尚无音信，不知是甚么缘故？焦急万分。他的拜盟弟兄曹福昌道："李首领今日不到，已是误期，我辈势孤援绝，不便举动。好在嘉庆帝将要回来，闻这班混帐王大臣，统要出去迎驾，这时朝内空虚，李首领也可到京，内外夹攻，定可成功。"林清道："嘉庆回京，应在何日？"曹福昌道："我已探听明白，一班王大臣，于十七日出去接驾。"林清道："二八中秋，已有定约，怎好改期？"曹福昌道："这是杜撰的谣言，那里能够作准？"林清道："无论准与不准，我总不能食言，大家果齐心干去，自然会成功的。"强盗也讲信实。他口中虽这般说，心中倒也有些怕惧，先差他党羽二百人，藏好兵器，于次日混入内城，自己恰在黄村暂住，静听成败。

这二百个教徒，混入城内，便在紫禁城外面的酒店中，饮酒吃饭，专等内应。坐到傍晚，见有两人进来，与众人打了一个暗号，众人一瞧，乃是太监刘金、高广福，不觉喜形于色，就起身跟了出去，到店外分头行走。一百人跟了刘金，攻东华门，一百人跟了高广福，攻西华门，大家统是白布包头，鼓噪而入。东华门的护军侍卫，见有匪徒入内，忙即格拒，把匪徒驱出门外，关好了门。西华门不及防御，竟被教徒冲进。反关拒绝军禁，一路趋入，曲折盘旋，不辨东西南北，巧值阎进喜出来接应，叫他认定西边，杀入大内，并用手指定方向，引了几步。进喜本是贼胆心虚，匆匆自去。这班教徒向西急进，满望立入宫中，杀个爽快，夺个净尽，奈途中多是层楼杰阁，挡住去路，免不得左右旋绕，两转三转，又迷住去路。遥见前面有一所房屋，高大的很，疑是大内，遂一齐扑上，斩关进去，里面没有甚么人物，只有书架几百箱，教徒忙即退出，用火把向门上一望，扁额乃是文颖馆，复从右首攻进，仍然寂静无声，也是列箱数百具，一律锁好，用刀劈开，箱中统是衣服。又转身出来，再看门上的扁额，乃是尚衣监，写出昏瞶形状，真是绝妙好辞。不由的焦躁起来，索性分头乱闯。有几个闯到隆宗门，门已关得紧闭，有几个闯到养心门，门亦关好。内中有一头目道："这般乱撞，何时得入大内？看我爬墙进去，你等随后进来，这墙内定是皇宫呢。"言毕，即手执一面大白旗，猱升而上，正要爬上墙头，墙内爆出弹丸，正中这人咽喉，哎的一声，坠落墙下去了。正是：

顺天者存，逆天者亡。

天不亡清，宁令猖狂？

毕竟墙内的弹丸是何人放的？待小子下回表明。

海寇剿平，未几即有天理教之变，内乱相寻，清其衰矣。要之皆内外酣嬉，用人未慎之故。闽有玉德阿林保，于是蔡牵朱渍，扰攘海上数年，良将如李长庚，被迫而死。迨疆吏得人，内廷易相，王邱二提督，即以荡平海寇闻。迨教徒隐伏直豫，温承惠高杞等，又皆漫无觉察，尸位素餐；强克捷既已密详，高杞尚不之应，微克捷之首拘李文成，则届期发难，内外勾通，清宫尚有幸乎？然克捷被戕，高杞蒙赏，死者有知，宁能瞑目？以视李长庚事，不平尤甚。且煌煌宫禁，一任奄竖之受贿通匪，直至斩关而进，尚未识叛党之由来，吾不识满廷大吏，所司何事？嘉庆帝西巡北幸，方自鸣得意，而抑知变患生于肘腋，干戈伏于萧墙，一经爆发，几至倾家亡国，其祸固若是其酷也。展卷读之，令人感慨不置。

第四十七回

闻警回銮下诏罪己
护丧嗣统边报惊心

却说教徒中弹坠下，放弹的人，是皇次子绵宁。皇次子时在上书房，忽闻外面喊声紧急，忙问何事？内侍也未识请由，出外探视，方知有匪徒攻入禁城，三脚两步的回报。皇次子道："这还了得！快取撒袋、鸟铳、腰刀来！"内侍忙取出呈上。皇次子佩了撒袋，挂了腰刀，手执鸟铳，带了内侍到养心门。贝勒绵志，亦随着后面，皇次子命内侍布好梯子，联步上梯，把头向外一瞧，正值匪徒爬墙上来，皇次子将弹药装入铳内，随手一捺，弹药爆出，把这执旗爬墙的人，打落地上，眼见得不能活了。一个坠下，又有两个想爬上来，皇次子再发一铳，打死一个，贝勒绵志，也开了一铳，打死一个。余众方不敢爬墙，只在墙外乱噪，打死一两个人，便见辟易，这等教徒，实是没用。齐声道："快放火！快放火！"大家走到隆宗门前，放起火来。皇次子颇觉着急，忽见电光一闪，雷声隆隆，大雨随声而下，把火一齐扑灭。有几个匪徒，想转身逃去，天色昏黑，不辨高低，失足跌入御河。当时内传来报，说是天雷击死，皇次子方才放心。

此时留守王大臣，已带兵入卫，一阵搜剿，擒住六、七十名，当场讯问，供称由内监刘金、高广福、阎进喜等引入。随命兵士将三人拿到，起初供词狡展，经教徒对质，无可报赖，始供称该死。皇次子一面飞报行在，一面入宫请安，宫中自后妃以下，都已吓得发抖，及闻贼已净尽，始改涕为欢。嘉庆帝接到皇次子禀报，立封皇次子为智亲王，每年加给俸银一万二千两，绵志加封郡王衔，每年加给俸银一千两，并下罪己诏道：

朕以凉德，仰承皇考付托，兢兢业业，十有八年，不敢暇豫。即位之初，白

莲教煽乱四省，黎民遭劫，惨不忍言，命将出师，八年始定。方期与我赤子，永乐升平。忽于九月初六日，河南滑县，又起天理教匪，由直隶长垣，至山东曹县，亟命总督温承惠率兵剿办，然此事究在千里之外；猝于九月十五日，变生肘腋，祸起萧墙，天理教匪七十余众，犯禁门，入大内，有执旗上墙三贼，欲入养心门，朕之皇次子亲执鸟枪，连毙二贼，贝勒绵志，续击一贼，始行退下，大内平定，实皇次子之力也。隆宗门外诸王大臣，督率鸟枪兵，竭二日一夜之力，剿捕搜拿净尽矣。我大清国一百七十年以来，定鼎燕京，列祖列宗，深仁厚泽，爱民如子，圣德仁心，奚能缕述？朕虽未能仰绍爱民之实政，亦无害民之虐事，突遭此变，实不可解。总缘德凉愆积，惟自责耳。然变起一时，祸积有日，当今大弊，在"因循怠玩"四字，实中外之所同，朕虽再三告诫，奈诸臣未能领会，悠忽为政，以致酿成汉唐宋明未有之事。较之明季梃击一案，何啻倍蓰？言念及此，不忍再言。予惟返躬修省，改过正心，上答天慈，下释民怨。诸臣若愿为大清国之忠良，则当赤心为国，竭力尽心，匡朕之咎，移民之俗；若自甘卑鄙，则当挂冠致仕，了此残生，切勿尸禄保位，益增朕罪。笔随泪洒，通谕知之。

这次禁城平乱，除皇次子及贝勒绵志外，要算仪亲王永璇、成亲王永瑆，最为出力。两亲王都是嘉庆帝的阿哥，嘉庆帝对待兄弟，颇称和睦，不像那先祖的薄情，所以平日仪成两邸，很有点势力。此次留守禁城，督剿教匪，又蒙嘉奖，将所有未经开复的处分，一概豁免。革步军统领吉纶，及左翼总兵玉麟职，命尚书托津、英和回京，查办余逆，饬陕西总督那彦成为钦差大臣，督兵飞剿河南，然后从白涧回銮。

托津、英和到了黄村，闻教首林清，已经擒住，赶即进京。自九月十五日起，至十九日，雷电不绝，风霾交作，镇日里尘雾蔽天，昼夜差不多的光景，因此京城里面，人心恐慌，谣言四起，亏得托津、英和等，已经到京，方晓得銮舆无恙，到嘉庆帝回宫，遂渐渐镇定。都是巡幸的滋味。二十三日，嘉庆帝亲御瀛台，讯明教首林清，及通匪诸太监，证供属实，均令凌迟处死，传首畿内。

是时李文成胫疾未愈，不能远出，众教徒又为官兵所阻，只聚集道口镇，钦差大臣那彦成，偕提督杨遇春，率兵至卫辉府。遇春向来英勇，即日带亲兵数十名，由运河西进，直至道口，遇着教徒一队，约有数千人，当即大呼突击，策马先驱。教徒见他黑旗远扬，知是杨家军，先已惊慌得很，纷纷渡河遁回。遇春追过了河，擒斩教徒二百多名，方拟回营，检点亲兵，尚少二人，复冲入敌队，夺还二尸，始暂归北岸，待那彦成到来，一齐进兵。

不想等了两日，那钦差竟不见到，原来那彦成到了卫辉，本想即日进兵，因接高抚台来文，内说教徒势大，未免也有些胆怯，高杞自己胆怯，还要去吓别人。拟俟调山西甘肃吉林索伦兵来助，然后进战。遇春是个参赞，拗不过大帅，只得日日等着，亏得嘉庆帝闻知消息，严促那彦成进兵，方不敢违慢，驰至军营。

杨遇春进攻道口镇，教徒出营探望，瞧见杨家军又至，齐声叫道："不好了！不好了！髯将军又来了！"遇春年已将老，颏下多髯，因此教徒称他作髯将军。髯将军一到，教徒弃营而遁，一边逃，一边追，那钦差又渡河策应，克复桃源进围滑城。

忽探马来报，尚书托津，已平定直隶教匪，所带的索伦兵，已奉旨来助剿滑城了。接连又有人报道："山东的教匪，也被盐运使刘清，剿杀净尽。"那彦成向杨遇春道："直隶山东统归平靖，只河南未平，滑县又是古滑州旧治，城坚土厚，一时不能攻下，奈何？"遇春道："刘清文吏，尚建奇功，参赞受国厚恩，誓破此城，擒这贼首。"那彦成道："刘清向称刘青天，不特能文，兼且能武，真不愧本朝名臣。老兄亦是本朝人杰，成功应在目前，不必着急。"这且颇得激将之法。

正谈论间，索伦兵已到，由那彦成召入，命随杨遇春攻城。遇春督兵开炮，弹丸迭发，打破城墙外面，中间恰是不动，反把弹丸颗颗裹住。经遇春仔细察看，方知墙土裹沙，炮遇土则入，遇沙则止，所以不能洞穿。遇春连攻数日，总不能破，又用了掘隧灌水的计策，亦被守兵察觉，统归无效。是时杨芳仍任总兵，也在营中，便献计道："这城坚固难下，若要攻入，必须多费时日，愚意不如三面围攻，留出北门，待他出走，掩杀过去，方可得手。"遇春依计，便将北门留出不攻。果然这日黄昏，桃源贼首刘国明，从北门潜入，护李文成出城，将西走太行山，为流寇计。杨芳连忙追击，文成走入辉县山，据住司寨，经杨芳奋勇杀入，正在乱剁乱斫的时候，猛见里面火光冲起，直透云霄，教徒统已四散。由杨芳驰入寨中，扑灭了火，拨出文成尸首，已是乌焦巴弓，当下收兵回到滑城。滑城尚未攻入，杨芳佯向北门筑栅，似乎要四面兜围，守兵专力攻御，他却到西南角上，暗掘旧隧，装满火药，等到夜半，令官兵退下三里，甲骑以待，自率亲卒燃着药线，引入地道，药性暴发，宛似天崩地陷，把城墙轰坍二十多丈，砖石上腾，尸骸飞掷，官兵争先夺城，蚁附而入。守城首领牛亮臣、徐安国等，巷战许久，都就擒获，槛献京师磔死。滑县平定，天理教徒，悉数殄灭，那彦成得晋封三等子，授太子太保，杨遇春三等男，杨芳刘清等，赏赉有差。强克捷首发逆谋，为贼所害，赐谥忠烈，世袭轻车都尉，饬于滑县及原籍韩城，建立专祠。

那彦成拟请入觐，朝旨命移剿陕西三才峡贼。三才峡贼，多是木商夫役，岁饥停工掠食，地方官下令捕缉，他即推了万二为首领，纠众抗命。巡抚朱勋，张皇入告，托词教匪作乱，因此朝命那彦成迅速赴剿。及那彦成到陕，这个万二的小丑，已由总兵祝廷彪、吴廷刚两人破灭掉了。此后各地乱民，亦时思蠢动：江西百姓胡秉辉，买得残书一本，内有阵图及俚语，假称天书，拥朱毛俚为首领，居然设立国号，叫作后明，适阮元调任赣抚，率兵密捕，把朱毛俚、胡秉辉等，一齐捉住，首犯凌迟，从犯斩决。安徽百姓方荣升，伪造匿名揭帖，上印九龙木戳，散布大江南北，江督百龄，多方侦探，竟得首从主名，拿到百数十人，先后正法。云南边外夷民高罗衣，聚众万人，劫掠江外土司，自称窝泥王，被滇督百龄击破，罗衣走死；从子高老五，又袭称王号。渡江攻临安府，又由百龄派兵擒获，立即正法。虽是癣疥之疾，总非承平之兆。

到嘉庆二十五年，嘉庆帝闲着无事，循例秋狩木兰，亲王贝勒，免不得出去扈驾。不意嘉庆帝到木兰后，驻跸避暑山庄，竟生了一种头痛发热的病症。起初总道偶冒暑气，不足为患，仍然照常治事，嗣后日日加重，竟尔大渐。召御前大臣赛冲阿、索特那木多布齐，军机大臣托津、戴均元，庐荫溥、文孚，内务府大臣禧恩和世泰，恭拟遗诏。嘉庆帝回光返照，心中尚是清楚，传示诸大臣，说于嘉庆四年，已遵守家法，密立次子绵宁为皇太子，现在随跸至此，着即传位于皇太子绵宁，即皇帝位。未几驾崩，皇次子智亲王，稽颡大恸，擗踊无算，当命御前侍卫吉伦，驰驿回哀，请母后安，尊母后钮钴禄氏为皇太后，封弟惇郡王绵恺为惇亲王，绵愉为惠郡王，绵忻已封瑞亲王，无从加封，仍从旧称。皇太后懿旨，传谕留京王大臣驰寄皇次子，即正大位，皇次子因梓宫未回，命即起程，奉梓宫回京，方行即位礼。八月中旬，梓宫至京师，奉安乾清宫，皇次子始即帝位于太和殿，颁诏天下，以明年为道光元年，是为宣宗，尊谥大行皇帝为仁宗睿皇帝，卜葬昌陵。

道光帝即位数日，想起自己的名字，上一字与兄弟相同，若要避讳，未免不便，遂改“绵”为“旻，”叫作旻宁。旻宁二字，饬臣民不得妄写，绵字不讳。专从小节上着想，道光帝行谊可知。他又念着乾隆、嘉庆两朝，东征西讨，南巡北幸，把库款用尽，只好格外俭省，把宫中需用的银两，省而又省，自己服食一切，也比从前的皇帝，减下若干；后妃以下，统教屏去繁华，概从朴实；宫娥彩女，又放了许多出宫。且命亲王、贝勒等，务从节俭，不得广纳姬妾，任意挥霍。用意颇善，可惜不知大体。朝上一班王大臣，揣摩迎合，上朝的时候，格外装出节俭的样子，朝冠朝服，多半敝旧，道光帝瞧着，颇也喜欢，谁知他退朝回府，仍旧是锦衣美食，居移气，养移体呢?

还有一个豫亲王裕兴，酗酒渔色，竟闹出一桩风化案来。豫邸中有一使女，名叫寅格，年方二八，楚楚动人。裕兴看上了她，时常向她调戏，她却怀着玉洁冰清的烈志，始终不肯顺从。落花有意，流水无情，惹得裕兴懊恼，情急计生，趁着大行皇帝几筵前行大祭礼，亲王贝勒及福晋命妇，统去磕头，他也不能不去按班排列；轮着了他，匆匆忙忙的行过了礼，赶即乘车先回。别人还道他染着急病，谁知他的病证，不是甚么受寒冒暑，乃是一种单思病。到了邸中，不叫别人，只叫那心上人儿寅格。寅格不知何故，忙即趋入，裕兴哄她跟入内室，将门关住。寅格方慌张起来，裕兴道："你也不必慌张，今日不由你不从。"随手去扯寅格。急得寅格脸色通红，只说"王爷动不得"五字。裕兴见她红生两颊，愈觉可爱，色胆如天，还管甚么主仆名义，竟将她推倒炕上，不由分说，乱褫下衣。寅格极力撑拒，怎奈窈窕女儿，不敌裕兴的蛮力，霎时间，被裕兴剥得一丝不挂，恣意轻薄，约过了一个时辰，方才歇手。既要磕老头，又要磕小头，裕兴此日也忙极了。寅格负着气，忍着痛，开门走出，回入自己房中，越想越羞，越羞越恨，哭了一会，闻得外面一片喧声，料是福晋等归来，急忙解带悬梁，自缢而死。身虽被污，心实无愧。这时福晋等不见寅格，正饬婢媪使唤，一呼不应，两呼三呼又不应，撬开房门，向内一瞧，吓得乱跑，顿时满屋鼎沸，通报裕兴，别人都甚惊异，独裕兴视作平常。经众人留心探视，才晓得强奸情由，一传十，十传百，被宗人府得知，据实参奏。道光帝大怒，欲将裕兴赐死，还是惇、瑞两亲王，替他挽回，从轻发落，革裕兴王爵，交宗人府圈禁三年，期满释放。强奸逼死，照清朝律例，应置大辟，裕兴从轻发落，总未免顾全面子，只难为了寅格。

道光帝余怒未消，回疆又来警报。据说回酋张格尔，纠众滋事，屡寇边界，道光帝即召集王大臣问道："回疆已安静多年，为甚么又会作乱？莫非参赞大臣斌静，昏庸失德，不能安治回民么？"王大臣道："圣上明见，洞烛万里，大约总是斌静不好，惹出这个张格尔来。现在且令伊犁将军就近查勘，再定剿抚事宜。"道光帝准奏，即令伊犁将军庆祥，往勘回疆。

庆祥奉旨，即日出发，一到回疆，回民争来控诉，不是贪虐，就是奸淫，又是一个闯祸的祖宗。当即据实奏闻。原来回疆自大小和卓木死后，各城统设办事领队大臣，独喀什噶尔，设一参赞大臣，统辖各城官吏。参赞大臣的上司，就是伊犁将军，每年征收贡赋，十分中取他一分，以前时准部的苛求，两和卓的骚扰，宽得许多。清廷又尝慎选边吏，或是由满员保举，或是由大吏左迁，抚驭得法，回民赖以休息，视朝使如天人。到嘉庆晚年，保举不行，派往回疆各官，多用内廷侍卫，及口外驻防，这班人员，偏把回疆作了利薮，与所属司员章京，任情剥削，一切服食日用，统向回城伯克征索。伯克系回城土官的名目，他与清吏狼狈为奸，借着供官的话柄，敛派回户，需索百端，回疆通用赤铜普尔钱，钱形椭圆，中无孔，每一枚当内地制钱五文，大约如近今通用的铜圆。喀什噶尔每年征收普尔钱八九千缗，叶尔羌征收万余缗，和阗征收四五千缗，还有各种土产，如毡裘金玉缎布等类，统要随时奉献，只嫌少，不嫌多。伯克得四成，章京得四成，办事大臣得二成，大家作福作威，肆行无忌；甚且选有姿色的回女，入置署中，要陪酒，就陪酒，要侍寝，就侍寝。这位参赞大臣斌静，乐得同他混做一淘，司员章京及各城伯克，又向参赞大臣处竭力讨好，采了上等的子女玉帛，供奉进去。回女本没甚廉耻，见了参赞大臣，仿佛如天上神仙，斌静又是个色中饿鬼，多多益善，竟至白昼宣淫，裸体相逐。好做参赞大臣肉屏风。只是回女的父兄丈夫，既受了层层克剥，还要把家中女眷，由他糟塌，正是痛上加痛，气上加气。适值大和卓木孙子张格尔，随父萨木克，遁居浩罕国边境，诵经祈福，传食部落，闻知参赞斌静荒淫失众，遂思报复祖仇，声言替回民雪愤，纠众寇边。头目苏兰奇忙来通报，章京绥善，反说他无风生浪，叱逐出去。苏兰奇大愤，出寨从贼，反做了张格尔的向导。当时领队大臣色普征额，领兵防御，打了一回胜仗，将张格尔驱逐出境，擒了百余人，回入喀城，与斌静同赏中秋节。斌静先将擒住各人，一概斩首，然后肆筵设席，坐花赏月。司员把盏，回妇侑歌，正高兴得了不得。讵料庆将军暗查密访，把他平日所做的事情，和盘托出，奉旨将斌静革职逮问，派永芹代任，正是：

昨日酣歌方得意，今朝铁链竟加头。

嗣后永芹接任，能安抚回民与否，且看下回分解。

木兰秋狩，本清代祖制，所以示农隙讲武之意。但观兵第为末务，耀德乃是本原，仁宗连番北狩，一变而乱兴宫禁，再变而驾返鼎湖，可见讲武之举，不足为训。及宣宗嗣位，力自撙节，清帝中之以俭德闻者，莫宣宗若。然亦徒齐其末，未揣其本，省衣减膳之为，治家有余，治国不足。内如裕兴，外如斌静，荒淫失德，宁知体黼座深衷，随时返省乎？读此回，可以知人君务末之非计。

第四十八回

愚庆祥败死回疆
智杨芳诱擒首逆

却说永芹到了回疆，也是没有摆布，虽不比斌静荒淫，无如庸庸碌碌，总不能立平匪乱。张格尔却外集党羽，内通回户，屡次骚掠近边，清兵出塞，他即远遁；又或诡词乞降，变端百出，弄得永芹束手无策，因循迁延，直达三年。道光五年夏季，边报张格尔大举入寇，领队大臣巴彦图，自恃勇力，率兵二百人，出塞掩捕，走了四百里，并没有张格尔踪迹，他竟勃然大愤，行到布鲁特地方，见有回众游牧，率妻挈子，约有二、三百人，遂纵兵杀将过去。回众吓得四散，只有青年妇女，黄口儿童，一时不能急走，被他见一个，杀一个，可怜这班无罪无辜的妇孺，都做了身首异处的尸骸。大约命中注定，要被巴彦图杀死。巴彦图愤已少洩，当下回军，逾山越岭而还，无复行列。谁知逃走的回民，因妇子被杀，哭诉回酋汰列克，汰列克大怒，领部众二千名前来追袭，把巴彦图围住，十个杀一个，霎时间把清兵扫光，随即与张格尔联合进兵，势甚猖獗。永芹无可隐讳，慌忙拜本乞援。道光帝召还永芹，令伊犁将军庆祥往代。又命大学士长龄往代庆祥。

庆祥到喀什噶尔，召集司员章京，及各城伯克会议。伯克中有个阿布都拉，自称详悉回务，庆祥便把张格尔情形，详细问他。他却说张格尔乃是假名，冒充和卓木后裔，前时乃是阿奇木王努斯谎报，遂至哄动一时，为丛敺爵。参赞大人现到此处，不必劳动兵戈，只教声明张格尔不是回裔，那时回众自不去从他，乱事便可消灭了。庆祥信以为真，一面出示晓谕回民，一面奏劾阿奇木王努斯谎报的罪状。纯是呓语。张格尔得了此信，也恐众心离散，带了五百多人，突入回城，拜奠他先祖和卓木坟墓。回徒叫和卓坟为玛杂，非常敬信。玛杂在喀城外，距喀城约八十多里，乾隆时，大小和卓木被诛，所有喀城外旧存和卓等墓，仍奉旨令回户看守，毋得樵采污秽，下此谕时，实是为了香妃。张格尔欲借祭祖为名，固结众心，因有这番举动，协办大臣舒尔哈善、领队大臣乌凌阿，忙入报庆祥。庆祥急召阿布都拉，阿布都拉已不知去向，想也去拜莫和卓墓了。顿时仓皇失措，还是舒乌两人禀道："张格尔深入喀境，非发兵驱逐不可。"庆祥点头，命二人带兵千余名，去攻张格尔。朝发夕至，仗着锐气，击杀回众四百人。张格尔退入大玛杂内，倚着三重墙垣，誓死固守，复遣人出布谣言，说清军要铲除圣墓，屠尽回族子孙。回民闻言大恐，遂聚集数千人，去救张格尔。舒乌两大臣，正围攻玛杂，忽见回众如潮涌至，急分兵抵御，不防张格尔也乘势杀出，内外夹攻，把清兵杀得七零八落。舒大臣阵亡，乌大臣踉跄奔回，入见庆祥。庆祥急调各营卡兵，尽集喀什噶尔，保守喀城。

张格尔倒还不敢进逼，饬人往浩罕国乞援。浩罕王摩诃末阿利，新即位，知人善任，威服附近哈萨克诸部，当时有百回兵不如一安集延的传闻。安集延就是浩罕东城。张格尔联约浩罕，俟得回疆西四城后，子女玉帛，情愿公分，还许割让喀城，作为酬劳。浩罕王大喜，即允发兵，令去使先回。张格尔知有后援，遂率军大进，前哨到了浑河，探得喀域外面，只有三座清营，报知张格尔，张格尔道："这么说来，天山北路的清军，尚未南下，我等赶紧前进方好。"遂下令渡河。

忽报浩罕王率兵亲到，不由的惊疑道："浩罕兵来得这般迅速，真出意外，我初意总道清兵大集，所以通使浩罕，乞师相助，现在喀城守兵甚少，旦夕可下，还要浩罕兵何用？"就想抵赖。随遣使赴浩罕军前，叫他不必前进。浩罕王愤怒，竟率军渡河，围攻喀城。张格尔却止住不行，暗中密布兵队，阻截浩罕王归路。太觉阴险。浩罕王攻城数日，急切难下，又探知张格尔不怀好意，恐腹背受敌，乘夜遁回。才渡过浑河对岸，树林中杀出一班回众，大叫浩罕王休走，吃我一刀。浩罕王不瞧犹可，瞧了一瞧，正是张格尔，气得无名火高起三丈，麾兵接战，黑夜里不辨回众多少，越杀越多，只觉得四面八方，统是回子旗帜，凭尔安集延兵马精锐，到此也心慌胆怯，败阵而逃。浩罕王夺路走脱，还有安集延兵二三千名，被张格尔围住，无可投奔，没奈何缴械乞降。

张格尔收为亲兵，进攻喀城，此时喀城外面的清营，抵御安集延兵，已是数日，累得人疲马倦，药尽刀残，那里禁得起张格尔这支生力军，又复杀到，领队大臣乌凌阿、穆克登布，统同战殁。庆祥坐守孤城，左思右想，无能为计，只认定了一个死字，投缳自尽。还算忠臣。喀城无主，即被张格尔攻破，张格尔又分据英吉沙尔、叶尔羌、和阗三城。回疆西四城俱陷。

清廷连接警信，遣兵调将，忙个不了。圣旨下来，命署陕甘总督杨遇春为钦差大臣，统陕甘兵五千，驰赴回疆，会诸军进剿。署陕西巡抚卢坤，赴肃州理饷。这旨方下，又接到伊犁将军长龄急奏，内称“逆酋已踞巢穴，全局蠢动，喀城距阿克苏二千里，四面回村，中多戈壁，断非伊犁乌鲁木齐六千援兵，所能克复，恳请速发大兵四万，以一万五千分护粮台，以二万五千进战”等语。道光帝览奏毕，即硃批授长龄为扬威将军，颁给印信，军营大小官员，悉听节制，伊犁将军职务，暂由德英阿代理。又命山东巡抚武隆阿，率吉林黑龙江三千骑，出嘉峪关，与陕甘总督杨遇春，同为参赞大臣，进剿逆回。

统计回疆分八城，西四城已俱失陷，还有东四城未失，一名喀喇沙尔，一名库车，一名乌什，一名阿克苏。阿克苏为东方屏蔽，张格尔遣兵入犯，直至浑巴什河，距阿克苏只四十里，城中兵不盈千，人心惶惶，亏得办事大臣长清，遣参将王鸿仪，领兵六百，扼住河岸，再战再胜，回众始却。会援兵亦云集阿克苏，东四城方得保全。

道光帝又饬长龄查办历任回疆各吏，长龄复奏斌静、色普徵额、巴彦图、绥善各人情状，有旨拘斌静、色普徵额下狱，拟斩监候，绥善充发黑龙江，巴彦图滥杀偾事，不得因阵亡例，列入恤典。又诏令办理粮饷大臣，定则例，绘图说，核实开销，不准妄费。并开回疆铜山，铸普尔钱，拨乌里雅苏台及伊犁各牧厂中牛马橐驼，接济军用。自是回疆军务，渐有起色。

道光七年，扬威将军长龄，率步骑二万二千名，由阿克苏出发，一路进行，未见敌踪。至洋阿巴特沙漠，时已半月，粮且食尽，方惶急间，忽探报五六里外，有敌营数座。长龄下令道：“我兵自阿克苏到此，粮食将尽，现闻敌营已在前面，不乘此杀贼囤粮，尚待何时！”将士得了此令，个个摩拳擦掌，踊跃愿往。长龄分军士为三队，自与杨遇春督率中军，武隆阿领左翼，杨芳领右翼，三路进攻。回众据冈迎敌，由高临下，声势颇锐。清兵夺粮心急，不顾矢石，拼命杀上，回众不能抵抗，纷纷溃窜，遗下牲畜糗粮，尽被清兵搬回。清兵得食，勇气百倍，追至沙布都特，地多苇湖，回徒四处分扎，决水成沮，阻住清兵去路。长龄命步卒冒险越渠，用短兵接战，复麾骑兵绕左右浅渠，横截入阵。回营见清兵骤至，忙开铳迎击，不料贮药失火，把自己营帐燃着，那时救火都来不及，还有何心接仗。清兵趁势杀入，射死回徒头目，夺了回徒旗鼓，回众又复四窜，追北数十里，擒馘万计。回众实是没用。

清兵复进至阿瓦巴特，见有侦骑数百，遇清兵，慌忙反走。长龄恐有埋伏，饬兵止追，夜遣吉林劲骑，从左右间道绕出敌后，次日方拔营齐进，用枪炮兵为前列，藤牌兵为后劲，沿途果遇埋伏，两下酣斗，枪炮迭施，回众也冒死撑拒。藤牌兵自清阵内驱出，个个穿着虎衣，跃入敌阵，回众尚是死战，怎奈回马疑虎至，向后倒退，顿时辙乱旗靡。吉林劲骑，又从后面杀到，回众大溃。安集延二帅，亦被清兵杀死。

清兵再进至浑河北岸，张格尔亲率众十余万，阻河列阵，横亘二十余里，筑垒为蔽，凿穴列铳，鼓角震天。长龄望见敌势浩大，未免心怯，上文逐层叙来，长龄颇有韬略，此次见敌势浩大，便自心怯，所谓一鼓作气，再衰三竭者欤？忙与杨遇春商议。遇春道：“贼势果然浩大，但我兵且坚垒不动，夜遣死士分扰敌营，不要杀入，只叫他扰乱贼心，使他自眩，便好相机进攻。”长龄依计而行，遂遣死士数百人，乘筏夜渡，鼓噪河中。张格尔屡出巡哨，喧嚣达旦。次夜，长龄拟仍用疑兵，忽西南风起，撼木扬沙，天昏如墨，不辨南北，长龄急令退营。杨遇春入帐道：“大帅退营何故？”长龄道：“贼据形势，逼近咫尺，且彼众我寡，恐不相敌，倘因天昏地黑，渡河而来，四面蹙我，岂不要全军覆没么？所以我拟退营十余里，俟明晨天霁，再进未迟。”总不脱一怯字。遇春道：“大帅所虑虽是，据愚见想来，乃是天助我兵的时候，要擒张格尔，就在今夜。”有胆有识。长龄不觉起立，便道：“参赞有何妙计？”遇春道：“贼军虽众，只知并作一队，依垒自固，兵略疏浅，可想而知。我兵远来，利在速战，若与他隔河相持，今日不战，明朝不攻，师老粮竭，那时不能进，不能退，反中了深沟高垒的贼计。现在天适昏暗，贼不防我急渡，我竟渡河过去，出其不意，攻其无备，不怕张格尔不败。看杨某仗剑为大帅杀贼哩！”写得精彩。长龄道：“参赞此言，也是有识，但我军渡河，倘被他半渡邀击，如何是好？”遇春道：“这也不难，大帅可遣索伦兵千骑，绕趋下游，牵制贼势，遇春愿自率亲兵，向上游急渡，据住上风，两路得手，大帅自可从容过河了。”长龄尚在踌躇，遇春道：“寇不可玩，时不可失，请大帅急速准行！”于是长龄把退营的军令，改作进兵的军令，照遇春计划，先从上下游潜渡，乘风破浪，直达彼岸。遇春令前队扛着巨炮，直薄敌营。张格尔尚在梦里，被炮声震醒，忙起床督战。这时候，炮声与风沙声相杂，宛似数十万大兵，摧压垒门，弄得人人丧胆，个个惊心。到了天明，索伦兵从下游趋至，长龄亦亲督大兵，逾河前来，风止雾霁，乘势冲入敌垒，张格尔率众窜去。回俗统着高履，履后无跟，行走时许多不便，且各裹糗粮，负载累重，至此为逃命要紧，抛了重负，弃去高履，遍地统是橐舄。清军遂进薄喀什噶尔城下，一鼓登城，擒住张格尔甥侄，及安集延两伪帅，并从逆伯克等，杀敌无算，活擒回徒四千多名。

长龄即将克复喀城情形，由六百里加紧驰奏，满望朝廷论功行赏，不想朝旨批回，略说：“命将出师，期歼元恶，今乃临巢兔脱，弃前功，留后患，罪无可辞，长龄夺紫缰，杨遇春夺去太子太保衔，武隆阿夺去太子少保衔，仍着勒限捕获！”这谕旨也出人意外。长龄未免怏怏，杨遇春倒不在意，仍率师攻克英吉沙尔及叶尔羌，又使杨芳复和阗。西四城都已规复，乃出塞觅捕张格尔。二杨各率兵四千，分道西进，遇春屯色勒库，芳屯阿赖，南北相去十余站。阿赖系葱岭山脊，乃回疆通浩罕要道，浩罕留兵驻守，闻清兵骤至，据险阻截。杨芳当先突阵，浩罕兵且战且退，才行一二里，岭路越险，伏兵遽发，鏖战一昼夜，清兵损失甚众，还亏杨芳素有节制，步步为营，严阵出险，方得生还。长龄复据事陈奏，有旨责："诸将孤军深入，劳师糜饷，不如罢兵。姑留官兵八千防喀城，余兵九千，即随杨遇春出关，杨芳代为参赞，与长龄、武隆阿筹画善后事宜，明白奏闻！"这旨下后，遇春自然遵旨东还，长龄与两参赞筹议一番，武隆阿议将西四城仍归回徒，长龄意见亦同，杨芳因新任参赞，不便力争，由长龄、武隆阿分上奏折，驿呈清廷。道光帝见有二奏本，先展开长龄的奏折，把官衔等不去细瞧，单瞧那善后的筹画道：

愚回崇信和卓，犹西番崇信达赖喇嘛，已成不可移之锢习，即使张逆就擒，尚有其兄弟之子在浩罕，终留后患，势难以八千留防之兵，制百万犬羊之众。若分封伯克，令其自守，则如伊萨克玉素普等，助顺官兵，均非白回所心服之人，惟有赦故回酋那布敦之子阿布都里，乾隆中羁在京师者，令归总辖西四城，庶可以服内夷，制外患。

道光帝览到此处，大怒道："长龄想是老昏颠倒了。高宗纯皇帝，费了无数心力，方将逆酋那布敦除灭，逆裔阿布都里囚解进京，给功臣家为奴，朕即位时，照例恩赦，畀脱奴籍。此番因张逆作乱，照亲属缘坐例，正应将他治罪，长龄反要朕释归阿布都里，不是老昏颠倒，那里有这种谬论？但不知武隆阿什么计法，想总说长龄的不是呢。"随即将武隆阿奏折，续行展开，大略瞧道：

善后之策，留兵少则不敷战守，留兵多则难继度支。前次大兵进剿，贼即有外袭乌什，内由和阗直驱阿克苏之谋，幸克捷迅速，奸谋始息。臣以为西四城各塞，环逼外夷，处处受敌，地不足守，人不足臣，非如东四城为中路必不可少之保障，与其縻有用兵饷于无用之地，不若归并东四城，不须西四城兵费之半，即巩若金瓯，似无需更守西四城漏卮。

道光帝不待览毕，将两奏折统行掷下，随召军机大臣入内道："长龄昏谬，欲归逆裔阿布都里，使长旧部，武隆阿趋奉长龄，亦是这样说话。你去拟旨，将他二人革职，暂时留任，另授直隶总督那彦成为钦差大臣，速赴回疆，代筹善后，方不误事。"军机大臣当即照面谕拟定，由道光帝阅过，始行颁发。道光帝又道："阿布都里须发往边省监禁，你可咨文刑部，立即发配。"军机大臣唯唯而退。

长龄接到革职消息，大吃一惊，不由的坐立不安，谁叫你想出纵虎归山之策？忙请杨参赞商议。杨参赞想了一回，说出了一个反间的计策，长龄方喜形于色。忽忧忽喜，患得患失。看官！你道杨参赞的反间计，从何处入手？原来回徒向分两派，一派叫做白山党，一派叫做黑山党。张格尔是白山党首领，据喀城时，尝滥用威权，虐杀黑山党，黑山党大愤，多阴通清营，长龄奏折中所说的伊萨克玉素普等，统是黑山党徒，与白山党互有嫌隙。解释上文白回二字，笔不渗漏。杨芳遂就此生计，密遣黑山党出卡造谣，扬言官兵全撤，喀城空虚，诸回统望和卓转来。这语传入张格尔耳中，顿时喜出望外，遂纠合残众，复来窥边。先令侦骑入探，果不见官兵踪迹，遂潜入阿尔古回城。时近岁暮，张格尔拟待除夕日，袭喀什噶尔，昼夜整备军械，忙个不了。是夕，张格尔亲出巡城，遥见东北角上，隐隐有人马行动，不觉失声道："不好了！不好了！清兵来了！"急忙开城出走。后面已报清军杀到，为首大将，正是杨芳。张格尔无心恋战，拼命奔逃，杨芳也拼命追赶，至喀尔铁盖山，回徒奔散殆尽，只剩张格尔三十余骑，弃马登山。杨芳忙令副将胡超、都司段永福，绕出山后，堵住去路，自率亲卒从前面登山，兜拿张格尔。张格尔扒过山头，向山后乱跑，猛听得有人叫道："张贼快来受死！"张格尔心中一急，脚下一绊，向后便倒。正是：

准备铁笼擒虎豹，安排陷阱絷豺狼。

未知张格尔果否遭擒，容至下回叙明。

张格尔之倡乱，与大小和卓木不同。大和卓木有管辖回部之权，张格尔无之；小和卓木有主持回教之权，张格尔又无之。彼从扶唪经祈福之伎俩，传食部落，势不能偏惑愚民，捽而去之，本易事耳。乃斌静以后，继以永芹，永芹以后，继以庆祥，不能平乱，反致酿乱，数百回徒，直入玛杂，响应者以数万计。回疆西四城，接续被陷，何其速耶？庆祥死事，长龄继任，转战而前，连败回众，张格尔之无能可知。然浑河一役，长龄又欲折回，幸赖杨遇春之定计渡河，驱逐回酋，以次规复西四城，是长龄亦不过一庆祥之流亚，微杨忠武，吾知其亦无功也。厥后捐西守东之议，尤属悖谬，西四城为东四城之屏蔽，无西四城，尚可有东四城乎？宣宗严词诘责，迫令歼敌，而掩捕之功，复出杨芳，满员无材，事事仗汉将为之，而清廷犹以右满左汉为得计，亦安怪乱世之相寻不已耶。本回宗旨，实为二杨合传，以满员相较，尤见二杨功绩。二杨固人杰矣哉！

第四十九回

征浩罕王师再出
剿叛猺钦使报功

曹振镛（1755—1835），字俪笙，清安徽歙县人。盐商家庭出身。乾隆进士。在乾隆、嘉庆、道光三朝，历任学政大学士、军机大臣。曾数请罢不急工程，以省靡费。在军机处十余年，小心谨慎，遇事持重，受清廷倚任。

却说张格尔失足坠地，就被清将捆缚而去，清将不是别人，就是杨芳所遣的副将胡超、都司段永福。当下红旗报捷，道光帝大喜，立封大学士长龄为二等威勇公，陕西固原提督杨芳，为三等果勇侯，命长龄率师凯旋，留杨芳驻扎回疆，与那彦成筹办善后事宜。乾隆中叶以来，久不行献俘礼，此次擒获张格尔，道光帝思绳祖武，踵行盛举，遣官告祭太庙社稷，亲御午门楼受俘，仪仗森严，不消细说。受俘后，廷讯张格尔罪状，着即寸磔枭示。又命庆祥子文辉、乌凌阿子忠泰，随监刑官同往市曹，看视行刑，并把张格尔心肺取出，交与文辉、忠泰，到该父墓前致祭，用慰忠魂。威武极了。杨遇春、武隆阿等，亦传旨嘉奖，自长龄以下，得有功将士四十人，一律绘图紫光阁。并因军机大臣曹振镛、王鼎、玉麟诸人，办事勤劳，亦许附入紫光阁列像。

满廷官员，歌功颂德，合词请加上尊号，道光帝已渐骄盈，怎禁得这班饭桶又来拍马。奉旨："以康熙乾隆年间，尚未允行，势难俯准，惟念铭功偃武，皆由圣母福庇，国有大庆，允宜祗循令典，备极显扬，朕谨当躬率王大臣等，加上皇太后徽号，共伸贺悃，所有应行典礼，饬所司敬谨详议"等语。于是礼部又有一番忙碌，自夏至冬，筹备了好几月，方得举行恭上皇太后徽号，称作恭慈康豫安成皇太后。礼成颁诏天下，覃恩有差。越年，又亲制碑文，勒石大成殿外，比康熙、乾隆两朝，尤觉得踵事增华，备极夸耀。共计出师至献俘，用去帑银约数千万两，节省多年不够一掷。正热闹间，那彦成奏本到京，略说："张逆就擒后，曾檄谕浩罕布哈尔等国，缚献逆裔家属，今浩罕遣使来贺，只言俘虏可返，和卓子孙不可献，究应如何处置？仰求圣训，以便遵行。"道光帝便提起朱笔，批在折后，其词道：

逆孥幺么，无关边患，那彦成杨芳等，只应严守卡伦，禁其贸易，俟夷计穷蹙，自将缚献求市，毋须檄索！

看这数句批示，便可见道光帝心思了。那彦成窥破意旨，先后奏善后章程数十条，甚么安内策，甚么制外策，说得津津有味，其实多是纸上谈兵，空中楼阁。纸糊中国。道光帝闻内外安静，遂召那彦成杨芳二大臣还朝。

二大臣于道光九年回京，安集延即于道光十年入寇。当时那彦成的制外策中，把浩罕留居内地的侨民，一概驱逐，且并他财产收没。倒是理财妙策，惜似盗贼行为。侨民愤甚，探知大兵已归，即一面禀报浩罕王摩诃末阿利，一面至布哈尔，迎奉张格尔兄摩诃末玉素普为和卓，纠众入边。浩罕王又遣将哈库库尔，及勒西克尔等，率兵策应。警报传到回疆，回郡王伊萨克，飞报参赞大臣札隆阿。札隆阿是个终日不醒的酒鬼，斌静第二。接到警报，恰糊糊涂涂道："张逆家属，统已授首，还有甚么阿哥？这都是伊萨克贪功妄报，在本大臣手里，休使这般伎俩，"遂叱回来使，并恐伊萨克先行驰奏，也修好奏章，略言："南路如果有事，惟臣是问。"该死！过了数日，边城的告急文书，陆续递到，札隆阿被他吓醒，方命帮办大臣塔新哈、副将赖永贵，分路迎击。二将去讫，札隆阿复安然饮酒，昏昏沉沉的过了数天。忽外面又递到紧急公文，札隆阿恰有意无意的，取过一瞧，但见上面写着帮办大臣塔新哈、副将赖永贵，误中贼计，遇伏阵亡，顿时面如土色，把一张关公脸，变做了温元帅脸，趣语。好一歇儿不说话。外面又递进叶尔羌禀报，更觉惶急万分，展开一阅，乃是叶尔羌办事大臣璧昌，驰报胜仗，不禁失声道："还好还好。"于是督兵守城，方有一些兴会起来。

是时那彦成子容安，为伊犁参赞大臣，奉旨统伊犁兵四千，驰赴阿克苏督剿，闻敌兵势盛，拟俟乌鲁木齐兵至，然后进军。统是畏生怕死。叶尔羌又复被攻，幸亏璧昌决河灌敌，出城痛击，敌兵始不敢近城，只是沿途掳掠，转入喀什噶尔。见城上守兵，颇还严整，也无意进攻，专劫城外回庄，把子女玉帛，搜掠殆尽。札隆阿忙向阿克苏乞援，容安拥重兵八九千，反绕道乌什，趋向敌兵不到的和阗去屯驻了。会寻快活。清廷闻容安逗兵不进，下旨革职，命哈丰阿继任，又遣大学士公长龄、陕甘总督杨遇春、固原提督杨芳、参赞大臣哈朗阿，调兵赴援。哈丰阿先至喀什噶尔，敌兵解围而去，饱飏出塞。迨杨芳、哈朗阿等到喀城，已无一敌。

札隆阿恐朝廷问罪，与幕中老夫子商量一条诿过的法子，只说伊萨克通贼，潜袭南路，所以前此未曾闻知，有南路无事的奏报。及见了杨芳、哈朗阿，仍把这样话儿，搪塞过去。杨、哈两人，被他蒙混，他代札隆阿上奏洗刷。札隆阿钻营之力，颇也不小。会大学士长龄，行至叶尔羌，接读上谕，令与伊犁将军玉麟，会审札隆阿伊萨克案，乃折回阿克苏。玉麟亦奉命而至，当下会谳，究出主谋草奏的幕友，得坐实札隆阿罪状，奏达清廷。部拟札隆阿斩监候，令先枷示阿克苏两月。长龄依议办法，把札隆阿枷出署门，连这位谋画刁狡的老夫子，也一律枷示。都赏他吃独桌，依旧是主宾相陪。调授璧昌为喀什噶尔参赞大臣。

长龄拟由伊犁、乌什、喀城三路，出讨浩罕，浩罕王慌张起来，亟通贡俄罗斯，乞兵相助。俄人拒绝去使，不许入境。浩罕王无奈，乃遣使臣三人到喀城，备述七十余年通商纳贡的旧好，及五年来闭关绝市的苦累，请修好如旧。长龄提出和议两条，第一条缚献叛酋，第二条放还被虏兵民。浩罕使臣，因未奉汗命，俟还报后，方与订约。长龄将来使留住一人，遣还二使，并命伯克霍尔敦同往。等了两月，霍尔敦始回，报言被虏兵民，可以释还，惟缚献回酋，回经所无，只可代为监守，惟要求通商免税，及给还侨民资产二事。长龄即上奏道：

臣闻安边之策，振威为上，羁縻次之。浩罕与布喀尔达尔丸斯喀拉提锦诸部落，犬牙相错，所属塔什及安集延等七处，均无城池，其临战皆以骑贼冲阵，然不能于马上施铳，倘遇连环鸟枪，则骑贼先奔。又卡外布鲁特哈萨克，皆受其欺凌，争求内徙。而卡内回众，亦俱恨其掳掠，遂欲声罪致讨，但选精锐三四万人，整旅而出，并于伊犁乌什边境，声称三路并进，先期檄谕布哈尔等部，同时进攻，则不待直捣巢穴，而其附近伪部，已群起乘衅，四面受敌，可一举扫荡。惟是一出塞后，主客殊形，自喀浪圭卡伦，至浩罕千六百余里，中有铁列克岭，为浩罕布鲁克交界，两山夹河，仅容单骑，两日方能出山，此路最险，不值劳师远涉。拟遣还所留来使一人，令伯克霍尔敦寄信开导，为相机羁縻之计，如此，则师不劳而浩罕亦就范矣。谨奏。

道光帝准奏，命长龄从浩罕要请，定了和约。浩罕大喜过望，又遣使至喀城，抱经立盟，通商纳贡，西城事总算了结。后来喀什噶尔参赞大臣，移至叶尔羌，驻满汉兵六千，居中控驭，别留伊犁骑兵三千，陕甘步兵四千，分驻各城。回疆的防御，方渐渐稠密了。

偏偏国家多难，湖南永州猺目赵金龙，又纠众作乱。先是永州有一种奸民，结起一个天地会，强劫猺寨牛谷，猺民向官厅控诉，奈官署中的胥吏，统与天地会连结，不但状词不准，反加他诬告罪名。胥吏不杀，天下无治日。气得猺民发昏，个个去请教赵金龙。金龙倡言复仇，差他同党赵福才，招集广东散猺三百余人，湖南九冲猺四百余人，焚掠两河口，杀死会党二十多名。江华知县林光梁、永州镇左营游击王俊，率兵役往捕，被猺众击退。总兵鲍友智调兵七百，偕永州知府李铭绅、桂阳知州王元凤等，分头夹击，乘风纵火，毁坏猺巢，毙猺三百名。赵金龙收拾残众，窜往蓝山，所至虏胁，竟得二三千人。蓝山官吏，向省中告急，巡抚吴荣光，飞檄提督海凌阿往援，海凌阿点了五百名将士，风驰雨骤的赶援蓝山，见前面有去路两条，一是大路，一是小路。副将马韬等，请从大路进兵。海凌道："救兵如救火，大路总是迂回，不如由小路进去，较为直截。"正议论间，路旁有役夫数名，被海凌阿瞧见，传至军前，问大路通蓝山，与小路有无远近？役夫答称小路近十多里，海凌阿遂由小路进发，并令役夫前导。谁知役夫乃是猺民假扮，引海凌阿走入绝路，才走数里，两旁统是仄径，天又下起雨来，满路泥泞，狼狈不堪，只路旁役夫，却是很多，都愿替官兵代舁枪械，官兵乐得快活，弯弯曲曲，行将过去。好称作酆都城。一步狭一步，一路险一路，忽然山顶吹起胡哨，有无数猺匪，乘高冲下，官兵赤手空拳，如何对敌？忙教役夫转来。那班役夫，携着官兵枪械，反转身来杀官兵，官兵上天无路，入地无门，只好伸了头颈，一个个由他开刀。海凌阿以下，统被杀死。

赵金龙既得胜仗，声势张甚，桂阳常宁诸土猺，都来归附，号称数万。清廷急命湖广总督卢坤、湖北提督罗思举，督师往讨，又移贵州提督余步云助剿。增调常德水师，及荆州满骑数千，归卢坤节制。卢坤偕罗思举至永州，闻报赵金龙率八排猺，及江华锦田各寨猺为一路，赵福才率常宁桂阳猺为一路，还有赵文凤率新田宁远蓝山谷猺为一路，三路都出没南岭，互为犄角。罗思举遂献策道："猺皆山贼，倚山为窟，我兵与他山战，他长我短，定难取胜，看来只好诱入平原，逼归一路，令他技无可施，方可歼灭。"卢坤鼓掌称善，且道："照这样说，常德水师，荆州满骑，统是没用，不如改调镇筸苗疆兵，前来助剿方好。"罗思举道："大帅明见极是。但此处未设粮台，输运不便，现应派兵勇护送粮饷，步步为营，一面坚壁清野，檄将弁分路防堵。贼无可掠，自然散入平原，容易中计。"卢坤道："老兄谋略，本宪很是佩服，就请照行便了。"从善如流，可称良帅。当下奏罢常德、荆州调兵，另调苗疆兵助剿，又将罗思举计议，统行列入，末说思举定能灭贼，不致有负委任等语。思举格外感激，卢坤且叫他便宜行事。将帅乘和，帅必有大功。

于是思举分兵进逼，将西南各路扼住，免他窜入两粤，单留东面一路，由他出来。当时三路猺四五千人，及虏胁妇女三四千，都被官兵驱逼出山，东窜常宁县属的洋泉镇。这镇为常宁水口，有溪通舟，市长数里，墙垣坚厚，叛猺把市民逐出，拥众占守。思举从后追至，笑道："虎落平原，虾遭浅水，不怕他不绝灭了。"忙檄各守隘兵，速来合围。适镇筸兵已调到，思举亲自督阵，率镇筸兵猛扑敌垣。镇筸兵素称趫捷，跳跃如飞，有数十名跃上墙头，乱砍叛猺，叛猺倒也了得，与镇筸兵相持，始终不退。镇筸兵前队伤堕，后队继登，毙猺数百，猺众兀自守住；争杀两日，各守隘兵统已到齐，猺众登墙，大呼乞降。思举不允，督攻益力。诸将道："叛猺已降，何必再攻？"思举道："这是明明诈计，他不缴军械，不献首逆，但凭一声呼降，便好允他么？我欲允他，他仍窜入山中，那时前功尽弃，还当了得。"诸将个个敬服，遂奉思举命令，合力进攻。毁墙巷战，叛猺虽是呼降，仍然死斗。究竟寡不敌众，被清兵击毙六千，只散猺八九百，拒守市内大宅。思举料宅内定匿匪首，禁用大炮，定要活擒该逆。将士冒死攻入，搜寻宅内。只获头目数十名，妇女数十名，单不见赵金龙。经思举当场讯问，方知赵金龙已中枪身死，急忙饬军士寻金龙尸首，一面饬人至卢坤处报捷。

卢坤忙即奏闻，过了三日，帐外报钦差大人到来，由卢坤出营相迎，钦差不是别个，乃是户部尚书宗室禧恩、盛京将军瑚松额。卢坤先请过圣安，随接钦差入营，寒暄已毕，禧恩先开口道："兄弟奉命视师，到此已闻大捷，真是可贺。"卢坤道："不敢不敢，这都仗皇上洪福，将士勤劳，所以一举成功呢。"禧恩道："现在逆首赵金龙，想已擒住。"卢坤道："这却尚未。据提督罗思举来报，已讯过赵逆妻子，说是中枪身死了。"禧恩道："罗思举太也糊涂，未曾擒住赵金龙，如何报捷？老兄现已出奏否？"卢坤道："坤已照思举来文，于三日前出奏。"禧恩道："倘将来赵逆未死，反变了欺君罔上，兄弟定要得了真犯，方可复旨。"说现成话，最是容易。卢坤道："现闻思举已搜访逆尸，不患不得确据。"瑚松额插嘴道："卢制军亦太相信属将了。逆首未得，如何奏捷？"一吹一唱，无非妒功。卢坤默然不答。忽报罗思举回营求见，卢坤命即传入，思举入帐，向钦差前请了安。禧恩便问道："你就是提督罗思举么？"思举答了一个"是"字，转对卢坤行礼。卢坤起立还礼，命他旁坐。思举未曾坐定，禧恩复问赵逆已拿住否？思举道："赵逆已死，只有遗尸。"禧恩摇头道："尸首那里靠得住？"总要寻隙。思举道："现已得了真尸，身上尚佩剑印，请钦差大人验明。"赖有此耳。禧恩便同瑚松额出帐验尸，并验剑印是实，再命俘虏细认，都说无讹。禧恩还想驳诘，只一时想不出话。

忽蓝山又来急报，由卢坤接过一瞧，捧交禧恩，禧恩阅毕，笑道：“赵金龙算是真死，赵仔青又来了。我说叛猺还没有净尽呢。”卢坤道：“幸逢大人到此，就请大人出令，坤亦愿效前驱。”禧恩道：“大家同去可好。”当下同至衡州，由禧恩命，仍令罗思举为前锋，余步云为后应，往剿蓝山。两人方领命前去，京中诏旨已到，卢坤、罗思举平猺有功，赏戴双眼花翎，并世袭一等轻车都尉。禧恩见了此诏，免不得称贺一番。隔了几天，罗思举捷音已至，说是生擒赵仔青，禧恩便向卢坤道：“罗提督确是一员良将，不枉老兄青眼。”越是小人，越会转风。卢坤道：“这也全仗大人栽培！”自是置酒高会，朝夕谈心，与卢坤格外莫逆，卢坤也只得虚与周旋。及罗思举回到衡州，禧恩、瑚松额，都出来相迎，非常客气。思举道：“赖钦差大人威灵，得活擒赵逆仔青。”禧恩道：“这是罗提督的功劳，何必谦逊。”前后大不相同。当下推出赵仔青，讯明确实，命即磔死。

忽京中又来诏旨，命禧恩、瑚松额率余步云，赴广东剿连州八排猺。禧恩、瑚松额不敢不去，只得与卢坤相别，移师广东。原来八排猺的作乱，也是为奸民衙役激迫而起。八排猺向有黄瓜寨，被奸民衙役劫夺，因到官厅起诉，连州同知蔡天培，断民役偿猺千二百金，民役不偿，寨猺遂出掠报复。天培即向粤督处告变，粤督李鸿宾，令提督刘荣庆、署按察使庆林，率兵二千堵御。荣庆主抚，庆林主剿，意见不合。会新任广东按察使杨振麟到省，闻楚师告捷，将士同膺懋赏，遂也起了贪利徼功的思想，怂恿李鸿宾出师。鸿宾遂偕提督率兵进剿，八排猺首八人，出山跪迎，愿将黄瓜寨逆猺献出，请即回师。鸿宾佯为应允，至逆猺缚献到军，一律斩讫，兵仍不退，反奏称：“杀贼七百名。”猺众大愤，负嵎死拒，官兵进攻，峒险箐密，接连遇伏，自相惊溃。三路皆败，游击、都司等官，死了数十。兵士死了千数。清廷因褫李鸿宾、刘荣庆职，命禧恩、瑚松额移师往剿。

禧恩等到粤，初意也想奋力进攻，嗣后探得猺峒奇险，不易深入，只是虚报捷音，所奏杀贼，皆数百计，其实按兵不动，并未尝经过一仗。专会说人，要自己去做，却如此搪塞。会闻卢坤移督广东，计程将至，心中未免焦灼起来。他在湖南时诘责卢坤，未获首逆，此次恐卢坤要来报复，你也要慌了，然何不效阿林保的计策。忙令杨振麟赴猺寨招抚。猺众惩八人故事，不肯出来，官兵又惩李刘前败，不敢进去，旬日不见一猺，禧恩愈加着急，只催振麟克日招降，迟则严参。一派官话。振麟无法，只得把库内银子取来乱用，出示布告叛猺，如肯投诚，当有重赏。猺众还疑是诳言，振麟又令熟猺赴寨，作了抵质，猺众方有一二人出来尝试，果得银洋盐布，领受而归。于是猺众贪利踵至，十日间得数百人。并缚黄瓜寨附近猺，三人出献，算作首逆。禧恩遂奏报肃清，不欺君者如是，不罔上者如是，令人可笑可恨。俟卢坤一到，交印即行。可称狡猾。

南北睽违，道光帝自称明察，终究被他瞒过，加封禧恩为不入八分辅国公，赏戴三眼孔雀翎，瑚松额、余步云，均世袭一等轻车都尉。王大臣等，又上表庆贺，还有宫内的全妃钮祜禄氏，用了七巧板儿，排出“六合同春”四大字，献呈御览。道光帝大喜，即封钮祜禄氏为皇贵妃。后人有宫词一首道：

蕙质兰心并世无，垂髫曾记住姑苏。谱成“六合同春”字，绝胜璇玑织锦图。

全贵妃得此宠遇，未知后来如何，下回再行续叙。

中国大患所在，第一项是个欺字。夸诞锢蔽，皆由自欺而致。宣宗一平西域，即铺张扬厉，行受俘礼，绘功臣像，上母后尊号，勒石大成殿外，夸耀达于极点，要之一欺人而已。上欲欺下，下亦欺上，札隆阿容安禧恩瑚松额等，无在非欺，即那彦成长龄诸人，当时称为功首，亦曷尝实事求是乎？幸而浩罕小国不足道，土猓乌合尤不足道，苟且即可了事，敷衍尚能塞责。宫廷上下，且以为河清海宴，可以坐享承平，庸讵知大患之隐伏其间耶？回猺平，宣宗愈骄，朝臣愈佞，上下愈以欺饰为务，而中国始多难，本回固一束上起下之转捩文也。

第五十回

饮鸩毒姑妇成疑案
焚鸦片中外起兵端

却说皇贵妃钮祜禄氏，系侍卫颐龄的女儿，幼时尝随官至苏州。苏州女子，多年慧秀，通行七巧板拼字，作为兰闺清玩。钮祜禄氏随俗演习，后来熟能生巧，发明新制，斫了木片若干方，随字可以拼凑，人人羡她聪明，称她灵敏，且生就第一等姿色，模样与天仙相似，天仙的容色如何？我欲一问作者。艳名慧质，传诵一时。道光时亲选秀女，颐龄便把女儿送入，这样如花似玉的芬容，那得不中了圣意？当下选入宫中，就沐恩幸。美人承宠，天子多情，立即封为贵人。这钮祜禄氏，本是伶俐得很，侍侧承欢，善窥意旨，道光帝越瞧越爱，越爱越宠，不一年就升为嫔，再一年复升为妃，因她才貌双全，特赐一个“全”字的封号。偏老天亦怜爱佳人，特地下一个龙种，于道光十一年六月初九日，生了一子，取名奕詝，就是后来嗣位的咸丰帝。而且事有凑巧，皇后佟佳氏，竟尔病故，全妃钮祜禄氏，既封为皇贵妃，与皇后只差一级，皇后崩逝，自然由全妃补缺。

道光十三年，大行皇后百日服满，皇贵妃钮祜禄氏，奉皇太后懿旨，总摄六宫事务，越一年册为皇后，追封皇后父故乾清门二等侍卫，世袭二等男，颐龄为一等承恩侯，谥荣禧，由其孙瑚图哩袭爵，册后典礼，一律照旧。只道光帝心中恰比第一次册后时，尤为欣慰。

又过一年，皇太后六旬万寿，命礼部恭稽祝典，格外准备。届期这一日，道光帝率王公大臣，诣寿康宫行庆贺礼，皇后钮祜禄氏，亦率六宫妃嫔，诣太后前祝嘏，奉皇太后命，宫廷内外，一概赐宴。

道光帝素知孝养，见皇太后康健逾恒，倍加喜悦，亲制皇太后六旬寿颁十章。皇后钮祜禄氏，向来冰雪聪明，诗词歌赋，无一不能。这会因御制皇太后寿颂，她也技痒起来，恭和御诗十章，献上太后，道光帝越加快意。

独这皇太后别寓深衷，当时虽不露声色，后来恰与道光帝闲谈，说起皇后敏慧过人，未免有些惋惜模样。道光帝甚为惊异，细问太后。太后恰道出缘由。略说："妇女以德为重，德厚乃能载福，若仗着一点材艺，恐非福相。"太后未免迂腐，然也不无见识。这句话，亦不过一时评论，没甚介意，偏偏传到皇后耳中，竟不以为然。她想："本身已做国母，又生了一个皇子奕詝，虽是排行第四，然皇长子皇次子皇三子等，统已夭殇，将来欲立太子，总轮着自生的皇儿，皇儿嗣位，自己若是在世，便也挨到太后的位置，难道还算没福么？"为此一念，遂不知不觉的，与太后成了嫌隙。

胸中有了三分芥蒂，面上总要流露出来，每日遵着宫制，到太后前请安，说长道短的时候，不免含着讥刺。看官！你想太后是个帝母，又是钮祜禄氏的亲姑，岂肯受这恶气？有时当面训斥，有时或责道光帝不善教化。帝后两人，素来恩爱，道光帝得了懿旨，免不得通知皇后。那时皇后越加懊恼，见了皇太后，也越加挺撞。妇人多半固执，观此益信。两宫嫔监，又播弄是非，摇唇鼓舌，无风尚是生浪，况明明婆媳不和呢？

蹉跎数载，诽语流言，布满宫闱，到道光十九年腊月，皇后偶患寒热，皇太后亲自临视，详问疾苦，颇也殷勤。过了年已是元旦，皇后病已少瘥，起至太后前叩头贺喜。过了二日，太后特派太监，赐皇后一瓶旨酒，皇后谢过了恩，把酒酌饮，很是甘美，竟一饮而尽，到夜间不知怎么竟崩逝了。毕竟红颜薄命。当时宫中传出上谕道：

> **皇后正位中宫，先后事朕多年，恭俭柔嘉，壶仪足式，窃冀侍奉慈帏，藉资内佐，遽尔长逝，痛何可言！着派惠亲王绵愉，总管内务府大臣裕诚，礼部尚书奎照，工部尚书廖鸿荃，总理丧仪。钦此。**

相传道光帝遇了后丧，非常痛悼，心中也很自动疑，但因家法森严，不便异论；且素性颇知孝顺，只好隐忍过去，皇太后却去亲奠三次。猫哭老鼠假慈悲。道光帝命皇四子奕詝守着苫块大礼，居侍梓宫。是年冬，封静贵妃博尔济锦氏为皇贵妃，就将皇四子交代了她，命她小心抚字。静贵妃奉了上命，自不敢违，又兼皇后在日，曾蒙皇后另眼相看，至此皇四子年甫十龄，一切俱宜照顾，便提起精神，朝夕抚养。只这位道光帝伉俪情深，时常哀戚，特谥大行皇后为孝全皇后，嗣后不另立中宫，暗报多年情谊。并拟立皇四子为皇太子，这是后话。后人却有宫词记孝全皇后事，其诗列后：

如意多因少小怜，蝗杯鸩毒兆当旋。温成贵宠伤盘水，天语亲褒有孝全。

丧事才了，忽东南疆吏报称西洋的英吉利国，发兵入寇，为此一场兵祸，遂弄得海氛迭起，贻毒百年。堂堂华夏，竟被外人窥破，把我五千年来的古国，看做一钱不值呢。言之痛心。这英吉利是欧罗巴洲中的岛国，平时政策，专讲通商。本国内的交通，固不必说，他因环国皆水，造起许多商船，驶出外洋，这边买卖，那边贩运，得了利息，运回本国，遂渐渐富强起来。

明末清初的时候，欧洲的葡萄牙国、荷兰国、西班牙国、法兰西国、美利坚国，多来中国海面互市，英吉利人，也扬帆载货，随到中国，适值亚洲西南的印度国，为了英人通商，互生嫌隙，两边开仗，印度屡败，英人屡胜，印度没法，竟降顺英国。印度的孟加拉及孟买地方，专产鸦片，英人遂把这物运到中国，昂价兜销。

这物含有毒质，常人吸了，容易上瘾，起初吸着，精神陡长，气力倍生，就使昼夜干事，也不疲倦。及至吸上了瘾，精神一天乏一天，气力一日少一日，往往骨瘦如柴，变成饿鬼一般，此时欲要不吸，倒又不能。半日不吸这物，眼泪鼻涕，一齐迸出，比死还要难过。因此上瘾的人，只会进步，不会退步，从前明朝晚年，已有此物运入，神宗曾吸上了瘾，呼为福寿膏，晏起晚朝，把国事无心办理。但输入不多，百姓还轮不着吸，到英国得了印度，遍地种植，专销别国，他自己的百姓，不准吸食，单去贻害外人。外洋的国度，晓得此物利害，无人过问，独我中国的愚夫愚妇，把它作常食品，你也吸，我也吸，吸得身子瘦弱，财产精光。既剥我财，又弱我种，英人真是妙算。嘉庆时，英国遣使至京，乞请通商，因不肯行跪拜礼，当即驱逐，通商事毫无头绪，应四十六回。只鸦片竟管进来。道光帝即位，首申鸦片烟禁，洋艘至粤，先由粤东行商，出具所进货船，并无鸦片甘结，方准开舱验货，如有欺隐，查出加等治罪。随又饬海关监督，有无收受鸦片烟重税，应据实奏闻；又申谕海口各关津，严拿夹带鸦片烟；又定失察鸦片罪名。三令五申，也算严厉得很，无如沿海奸民，专为作弊，包揽私贩，仍然不绝。且因清廷申禁，那包卖的窑口，反私受英人贿赂，于中取利，大发其财。自道光初年到了中叶，禁令无岁不有，鸦片烟的输入，无岁不增，每岁漏银约数千万两，于是御史朱成烈，鸿胪寺卿黄爵滋，先后奏请严塞漏卮，培固国脉。道光帝令各省将军督抚，各议章程具奏，当时没有一人不主张严禁。湖广总督林则徐，说得尤为剀切，大略言：“烟不禁绝，国度日贫，百姓日弱，数十年后，不惟饷无可筹，并且兵无可用。”道光帝览奏动容，下旨吸烟贩烟，都要斩绞，并召林则徐入京，面授方略，给钦差大臣关防，令赴广东查办。

这位林公系福建侯官县人，素性刚直，办事认真，自翰林院庶吉士，历级升官，做到总督，无论何任，他总实心实力的办去，一点没有欺骗。实是难得。此番奉旨赴粤，自然执着雷厉风行的政策，恨不把鸦片烟毒，立刻扫除。两广总督邓廷桢，也是个正直无私的好官，与林则徐相见，性情相似，脾气相投，遂觉得非常莫逆。则徐问起鸦片事件，廷桢答称已奉廷旨，吸烟罪绞，贩烟罪斩，现在已拿得无数烟犯，禁住监中，专待钦使大人发落。则徐道：“徒拿烟犯，也不济事，总要把鸦片趸船，一概除尽，绝他来源，方是一劳永逸呢。”廷桢道：“讲到治本政策，原是要这般办理，但恐洋人不允，奈何？”则徐道：“鸦片趸船，现有多少艘数？”廷桢道：“闻有二十二艘，寄泊零丁洋中。”则徐道：“零丁洋虽是外海，终究与内海相近。他不过是暂时趋避，将来总要把鸦片烟设法贩卖。据兄弟意见，先令在洋趸船，把鸦片悉数缴销，方准开舱买卖。”廷桢闻言，踌躇半晌，方答道：“照这么办，非用兵力不可。”则徐道：“这也何消说得。鄙见先令沿海水师分路扼守，然后与他交涉便了。”两人计议已定，随传令水师提督，派兵扼守港口。林则徐本有节制水师的全权，下了几个劄子，提镇以下，唯唯听命，顿时调集兵船，分布口门内外。

广东向有十三家洋行，贩运外洋货物，则徐把洋行司事，统同传到，叫他传谕洋商，限三日内尽缴出趸船内的鸦片。各司事领了谕帖，只得转递英商，英商忙禀知英领事义律，义律毫不着急，反到澳门出逛去了。狡猾。各英商观望迁延，你推我诿，只道中国官吏，都是虎头蛇尾，没甚要紧，谁料这个林钦差，言出法随，到三日期满，见英商没有复音，便移咨粤海关监督，封闭各商舶货物，停止贸易，又将洋人雇用的买办，拿捕下狱。此事沿海商船，不止一国，为了英人违禁，把别国也都停止，免不得埋怨英人，英领事义律，无可避匿，勉强来省，入洋馆中，照会中国，愿缴出鸦片烟一千零三十七箱。则徐又把义律来文，持与邓廷桢察阅，廷桢道：“鸦片趸船有二十多艘，那里止一千多箱。”则徐道：“每艘趸船，约装若干？”廷桢道：“每艘装载，差不多有一千箱。”则徐不禁愤怒起来，便道：“英领事太觉可恶！取了二十分中的一分，想来搪塞，林某不比别人，难道任他戏弄？”遂发陆军千名，围住洋馆，又令水师出发，截住趸船饷道，恁他狡黠万端的义律，到此亦束手无法，愿将鸦片二万零二百八十三箱，一概缴出。林则徐遂会同邓廷桢，及粤抚怡良，赴虎门验收。零丁洋内的趸船，计二十二艘，陆续驶至虎门，缴出烟箱，每箱偿茶叶五斤，复传集外洋各商，令他具永不售卖鸦片甘结，如再营私贩卖，人即正法，货船入官。

则徐遂与邓、怡两督抚，联衔入奏。将先后查办鸦片烟情事，据实陈明，并请将鸦片送京销毁。道光帝召集王大臣商酌，王大臣等，多说广东距京甚远，途中恐有偷漏抽换的弊端，不如就粤销毁为便。道光帝准奏，遂传谕道：

奏悉！所缴鸦片烟土，饬即在虎门外销毁完案，无庸解送来京，俾沿海居民，及在粤夷人，共见共闻，咸知震詟。该大臣等惟当仰体朕意，核实稽查，毋致稍滋弊混！钦此。

林则徐等奉到此旨，就令在虎门海岸，把鸦片二万零二百八十三箱，统共堆积，下令焚毁。这焚毁的法儿，并不是真用一把火，将鸦片一箱一箱的烧掉，他就虎门海岸，凿起两个方塘，直十五丈，横十五丈，前设涵洞，后通水沟，先将食盐投入，引水成卤，再加石灰，使水腾沸，方把鸦片一一投下，烟随灰燃。自然溶化，开了涵洞，令随潮出海，连烟灰都荡灭无踪了。海龙大王，未知爱吸鸦片否？若爱吸这福寿膏，这个机会，很是难得。

这次焚毁鸦片，沿海居民，统来瞧看，人潮人海，拥挤不堪，内中拍手称快的，倒有一大半；只上了烟瘾的愚夫愚妇，一时没得吸，未免难过；还有运售的洋商，私贩的奸民，心中更加怏怏。英领事义律，因英国商民，无端失此大利，痛恨得了不得。则徐布告各国商人，如愿通商，须具甘结，这甘结内，便是“此后如夹带鸦片，船货没官，人即正法”数语。别国统愿照约，惟义律不愿，由广州退出，航赴澳门，请则徐至澳门会议。则徐不许，禁绝薪蔬食物入澳，义律挈妻子及流寓英人五十七家，聚居尖沙嘴商船，潜招英国兵船数艘，借名索食，突攻九龙岛。被清参将赖恩爵用炮击沈一艘兵船，义律倒也有些惊慌。葡萄牙浼人出来转圜，愿遵清国新律，惟请削“人即正法”一语。则徐飞奏清廷，道光帝批回奏折云：

既有此番举动，若再示柔弱，则大不可。朕不虑卿等孟浪，但诫卿等不可畏葸，先威后德，控制之良法也，特此手谕。

林则徐接此谕后，回绝英领事义律。义律再派兵船，寄泊口外，拦住遵结各船，不准入口。则徐闻报，令水师提督关天培，率领兵船五艘，出洋查办。英船见中国兵船出口，先开炮轰击，天培发炮还应，击坏英船柁楼，死了好几个水手。英船转入官涌，由天培尾追，一阵击退。天培乘胜追至尖沙嘴，把英船逐出老万山外洋。清廷连闻胜仗，王大臣遂多半主战，大理寺卿曾望颜，且请封关禁海，尽停各国贸易。全然不知世事。道光帝令则徐议奏，则徐复陈英国违禁，与他国无与，现只有禁英通商，不便一例峻拒等语。道光帝乃只停英人贸易，谕旨如下：

英吉利夷人，自议禁烟后，反复无常，若准其通商，殊属不成事体，至区区关税，何足计较。我朝抚绥外国，恩泽极厚，英夷不知感戴，反肆鸱张，我直彼曲，中外咸知。自外生成，尚何足惜？其即将英吉利国贸易停止！钦此。

中英两国，自此绝交，义律报达英国政府，请速发兵。英国政体，是君主立宪，向设上下两议院，当时即开议院会议，有几个力持正道的人，颇说鸦片贸易，殊不正当，若为此事开战，有损英吉利名誉。英政府因此踌躇三日，怎奈议员宗旨不一，彼此投票解决，主战派多占九票，遂下令印度总督，调集屯兵万五千人，令加至义律统陆军，伯麦统海军，直向中国进发。正是：

过柔则弱，过刚必折。
滚滚海氛，一发莫遏。

欲知后来胜负，待小子停一停笔，下回再行录叙。

鸩毒一案，千古传疑。不敢信其必有，亦不敢谓其必无。但钮祜禄氏挟才自恃，因宠生骄，姑妇之间，总不免有勃谿之隐，所以暴崩之后，遂生出种种疑议。宫中之疑团未释，而海外之战衅又开。宣宗始终自大，卒至海氛一发，不可收拾。古人有言：“刑于寡妻，至于兄弟，以御于家邦。”刑于之化未端，无怪家邦之多事也。本回前后叙事，截然不同，而从夹缝中窥入隐微，实足互勘对证，宣宗之为君可知矣。

蔡東藩說中國史

18

清史演义

帝制时代的末世挽歌

下

蔡东藩 著

化学工业出版社·北京·

《校军场图》(局部)

平则门

《天津机器局战斗之图》（局部）

《沙俄军队保护李鸿章回到北京城图》

醇亲王奕譞在天津检阅水师

目录

第五十一回

林制军慷慨视师
琦中堂昏庸误国

却说英国发兵的警报，传到中国，清廷知战衅已开，命林则徐任两广总督，责成守御；调邓廷桢督闽，防扼闽海。则徐留心洋务，每日购阅外洋新闻纸，阴探西事，闻英政府已决定主战，急备战船六十艘、火舟二十只、小舟百余只、募壮丁五千，演习海战。自己又亲赴狮子洋，校阅水师，军容颇盛。能文能武，是个将相材。道光二十五年五月，特书年月，志国耻之缘起。英军舰十五艘、汽船四艘、运送船二十五艘，舳舻相接，旌旗蔽空，驶至澳门口外，则徐已派火舟堵塞海口，乘着风潮出洋，遇着英船，放起一把火来。英船急忙退避，已被毁去杉板船两只。

英将伯麦，贿募汉奸多名，令侦察广东海口，何处空虚，可以袭入。无奈去一个，死一个，去两个，死一对。最后有几个汉奸，死里逃生，回报伯麦，说海口布得密密层层，连渔船蜑户，统为林制台效力，不但兵船不能进去，就使光身子一个人，要想入口，也要被他搜查明白，若有一些形迹可疑，休想活着。看来广东有这林制台，是万万不能进兵呢。伯麦道："我兵跋涉重洋，来到此地，难道罢手不成？"汉奸道："中国海面，很是延长，林制台只能管一广东，不能带管别省，别省的督抚，那里个个像这位林公，此省有备，好攻那省，总有破绽可寻；而且中国的京师，是直隶，直隶也是沿海省份，若能攻入直隶海口，比别省好得多哩。"为虎作伥，煞是可恨！伯麦闻言大喜，遂率舰队三十一艘，向北进驶。

则徐探悉英舰北去，飞咨闽、浙各省，严行防守。闽督邓廷桢，早已布置妥帖。预募水勇，在洋巡逻，见英船驶近厦门，水勇便扮做商民模样，乘夜袭击，行近英舰，突用火罐喷筒，向英舰内放入，攻坏英舰舵帆，焚毙英兵数十。英兵茫无头绪，还道是海盗偷袭，连忙抵敌，那水勇却荡着划桨，飞报内港去了。伯麦修好舵帆，复进攻厦门。金厦兵备道刘曜春，早接水勇禀报，固守炮台，囊沙叠垣，敌炮不能洞穿，那炮台还击的弹力，很是厉害，响了数声，把敌舰轰坏好几艘。伯麦料厦门也不易入，复趁着东北风，直犯浙海。

浙海第一重门户，便是舟山，四面皆海，无险可扼。浙省官吏，又把舟山群岛，看作不甚要紧的样子。英舰已经驶至，还疑外国商舶，毫不防备。当沿海戒严时，就使是外国商舶，亦须稽查，况明明是兵舰乎？英人经粤、闽二次惩创，还不敢陡然登岸，只在海面游弋。过了两三天，并没有兵船出来袭击，遂从群岛中驶入，进薄定海。定海就是舟山故地，因置有县治，别名定海，后来遂把定海、舟山，分作两地名目。定海设有总兵，姓张名朝发，平时倒也怀着忠心，只谋略却欠缺一点，褒贬无私。不去袭击外洋，专知把守海口。英舰二十六艘，连樯而进，朝发方下令防御。中军游击罗建功，还说外洋炮火，利水不利陆，请专守城池，不必注重海口。越是愚夫，越说呆话。朝发道："守城非我责任，我专领水师，但知扼住海口，不令敌兵登岸，便算尽职。"随督师出港口。

清宣宗（1782—1850），即"爱新觉罗·旻宁"，清代皇帝，年号道光，满族。1820—1850年在位。1838年为维护清朝统治，派林则徐往广州查禁鸦片。鸦片战争爆发后，举棋不定，时战时后，最后求和。1842年8月签订《南京条约》，1844年与美国签订《望厦条约》，与法国签订《黄埔条约》。太平天国爆发前病死。

英将遣师投函，略说："本国志在通商，并非有意激战，只因广东林、邓二督，烧我鸦片烟万余箱，所以前来索偿。若赔我烟价，许我通商，自应麾兵回国"等语。朝发叱回，令军士开炮轰击，英舰暂退。翌晨，英舰复齐至港口，把大炮架起桅樯上面，接连轰入，势甚凶猛。港内守兵，抵挡不住，船多被毁。朝发尚冒死督战，左股上忽中一弹，向后晕倒，亲兵赶即救回，于是纷纷溃退。英兵乘胜登岸，直薄定海城下。定海城内无兵。知县姚怀祥，遣典史金福，招募乡勇数百，甫至即溃。怀祥独坐南城上，见英兵缘梯上城，奔赴北门，解印交仆送府，自刎死。朝发回至镇海，亦创重而亡。

败报到京，道光帝即命两江总督伊里布，赴浙视师。伊里布尚未抵浙，英将伯麦，复遗书浙抚，浙抚乌尔恭额，料知书中，没甚好话，不愿拆阅，竟将原书发还。伯麦方拟进攻，适领事义律至军，请分兵直趋天津。伯麦依言，遂与义律率军舰八艘，向天津进发。

道光帝因定海失守，未免忧虑，常召王大臣会议。军机大臣穆彰阿以谄谀道宠，平时与林则徐等，本不相和协，至是遂奏林则徐办理不善，轻开战衅，宜一面惩办林则徐，一面再定和战事宜。又是一个和珅。道光帝尚在未决，忽由直隶总督琦善，递上封奏一本，内称："英国兵船，驶至天津海口，意欲求抚。我朝以大字小，不如俯顺外情，罢兵息事为是。此等言语，最足荧惑主听。且粤督林则徐，办理禁烟，亦太操切，伏乞皇上恩威并济，执两用中"等语。道光帝览了奏牍，又去召穆彰阿商量。穆彰阿与琦善，本是臭味相投的朋友，穆彰阿要害林则徐，琦善自然竭力帮忙。况且这班奸臣，屈害忠良，是第一能手，欲要他去抵御外人，他却很是怕死，一些儿没能耐。

林则徐（1785—1850），字元抚，一字少穆，福建侯官（今福州）人，清末政治家。为禁烟派代表人物。1838年受命为钦差大臣，前往广东查禁鸦片。与总督邓廷桢协力查办，严令英、美烟贩缴出鸦片二百三十七万多斤，在虎门海滩当众销毁。1840年任两广总督。10月被革职。不久充军新疆，在新疆兴办水利，开辟屯田。后起用为陕西巡抚，擢云贵总督，因病辞职回籍。1850年受任钦差大臣，往广西镇压农民起义，途中病逝于广东普宁。

相传义律到津，直至总督衙门求见，琦善闻英领事来署，当即迎入。义律取出英议会致中国宰相书，交与琦善。琦善本由大学士出督直隶，展开细瞧，半字不识，随令通事译读。首数句无非说东粤烧烟，起自林、邓二人，春间索偿，被他诟逐，所以越境入浙，由浙到津。琦善听了，尚不在意。后来通事又译出要约六条，随译随报。看官！你道他要求的是甚么款子？小子一一开录如下：

第一条　赔偿货价。

第二条　开放广州、福建、厦门、定海、上海为商埠。

第三条　两国交际，用平等礼。

第四条　索赔兵费。

第五条　不得以英船夹带鸦片累及居留英商。

第六条　尽裁洋商（经手华商）浮费。

琦善听毕，沉吟了好一会，方向义律道："汝国既有意修和，那时总可商议。明日请贵兵官来署宴叙便了。"义律别去，次日，琦善令厨役备好筵宴，专待客到。约至巳牌时候，英国水师将弁二十余人，统是直挺挺雄纠纠的走入署中。琦替接入，见他威武非凡，不由的心头乱跳。见了二十多人，便已畏惧，若多至十倍百倍，定然向他下拜了。英兵官虽不能直接与他谈论，然已瞧透他畏怯情状，便箕踞上坐，命随来的通事传说，“本国已发大兵若干万，炮船若干艘，即日可到中国。若中国不允要求，请毋后悔！”这番言语，吓得琦善面色如土，忙央通事说情，愿为转奏。英将弁眉飞色舞，乐得大嚼一回，吃他个饱。席散后，琦善便据事奏陈，当由穆彰阿一力推荐，道光帝便命琦善赴粤查办。琦善闻命，即与英领事义律，约定赴粤议款。义律等徐返舟出，琦善入京听训，造膝密陈，廷臣多未及闻知。迨琦善出京，部中接山东巡抚托浑布奏报，略称：“义律等自津回南，路过山东，接见时很是恭顺。大约为自己写照。今因琦中堂赴粤招抚，彼亦返粤听命”云云。嗣又接到伊里布奏本，据说：“与英人订休战约，愿还我定海。”等语。部臣方识琦善、伊里布，统是一班和事老。有几个见识稍高，已料到后来危局，然内有穆彰阿，外有琦善、伊里布，内外朋比，说亦无益，还是得过且过，做个仗马寒蝉。这也难免误国之罪。

这且慢表，且说林则徐方加意海防，严缉私贩，每月获到贩烟人犯，总有数起，则徐一一奏闻。起初接到廷寄，多是奖勉的话头，一日，传到京抄，上载大学士琦善奉旨赴粤查办，则徐不禁浩叹。正扼腕间，又接批发奏折的硃谕道：

外而断绝通商，并未断绝；内而查拿犯法，亦不能净尽。无非空言搪塞，不但终无实济，反生出许多波澜。思之曷胜愤懑，看汝又以何词对朕也。特谕。

则徐览毕无语。幕友在旁瞧着，不禁气愤，随道：“大帅这般尽力，反得这般批谕，令人不解。”则徐叹道：“信而见疑，忠而被谤，古今来多出一辙。林某自恨不能去邪，所以遭此疑谤。现既奉谕申斥，不得不自去请罪。”随即磨墨濡毫，草拟请罪折子，并加附片，愿戴罪赴浙，投营效力，当下交给幕友誊清，即日拜发。甫发奏折，又来严旨一道：

前因鸦片烟流毒海内，特派林则徐驰往广东海口，会同邓廷桢查办。原期肃清内地，断绝来源，随地随时，妥为办理。乃自查办以来，内而奸民犯法，不能净尽；外而私贩来源，并未断绝。本年福建、浙江、江苏、山东、直隶、盛京等省，纷纷征调，糜饷劳师。此旨林则徐办理不善之所致。林则

徐、邓廷桢着交部分别严加议处。两广总督，着琦善署理，未到任以前，着怡良暂行护理。钦此。

越数日，大学士署理两广总督琦善到任，此时粤督印信，已由林则徐交与怡良，怡良复交与琦善。琦善接印在手，别样事不暇施行，先查刺林则徐罪状，怎奈遍阅文书，无瑕可摘。随召水师提督关天培、总兵李廷钰等入见，责他首先开衅，此后须要格外谨慎，方可免咎。关、李等气愤填胸，只因总督系顶头上司，不好出言辩驳，勉强答应而退。琦善摆着钦差架子，也不出送。

忽巡捕传进英领事义律来文，琦善忙即展阅，阅罢，急下令将沿海兵防，尽行撤退并旧募之水勇渔艇，一律解散。还是怡良闻着此信，赶到督署探问，琦善把义律来书，交与怡良瞧阅，口中却说道："兄弟并不是趋奉洋人，只圣上已经主抚，不得不从圆一点。照英领事的书中，要我退兵，我只得把兵撤退，推诚相与，方好成全抚议。"明明是畏敌如虎，反说得与己无涉。怡良道："夷情叵测，不可不防，还求中堂明察！"琦善拈须笑道："兄弟在直隶时，已与义律面约休战，还怕甚么？"小骗碰着大骗。怡良无可再说，随即告别。

琦善方欣欣得意，专等义律来署议款。等了数日，毫无消息，只有属员来报，或说是获住汉奸，或说是捕到私贩，或说是英舰出入海口，侦探虚实。惹得琦善性起，大怒道："好好一个中国，都被这等混帐东西，闹成这种模样。是自己说自己。此后若再来尝试，定不姑贷！"属员碰着这个顶子，大家都回到衙中，吃着睡着，乐得安逸，不管闲帐。

琦善又招了一个粤人鲍鹏，作为翻译官，差他往来传信。鲍鹏曾在西商处，充过买办，为义律所奴视，琦中堂偏当他作奇才看待，言无不听，计无不从，因此义律越知琦善无能，日夜增船橹，造攻具，招纳叛亡，准备角战。琦善却一些儿不防，一些儿不备，只叫鲍鹏催促义律复音。

这日，鲍鹏带来复文一角，琦善即命鲍鹏译出，内说："前索六款，统求准议，还请割让香港一岛，畀英国兵商寄居，是否限三日答复！"这封书，便是外人所说哀的美敦书，是挑战的意思。琦善顿足道："这都是林则徐闯出来的祸祟，他既要我准他六款，还要甚么香港一岛，如何是好？"鲍鹏道："香港是海口荒岛，就使允给了他，也没甚要紧。"分明是个汉奸。琦善道："这个却未便照准。"鲍鹏道："书中限期，只有三日，三日不复，他便要率兵进港来了。"琦善道："你却去对英领事说，叫他静心伺候，待我出奏，再行答复。"鲍鹏应命而去。琦善却令幕宾修了一个模糊影响的奏折，拜发出去。

隔了两宿，鲍鹏回报义律不肯遵命，说是：“且开了仗，再好议和。”琦善大惊，正在慌张，沙角炮台将陈连升，赍文请援，琦善不愿发兵，仍遣鲍鹏赴英舰议和。鲍鹏阳虽应命，暗中却往别处耽搁了好几天，琦善还道他磋磨和议，不加着急，忽由飞骑来报：“陈副将连升，与英兵开战，轰毙英兵四百多人，后因火药倾尽，力竭身亡，连升子举鹏与千总张清鹤，统已阵殁。沙角炮台，已失陷了。”琦善道：“有这么事！”竟像作梦。接连又报：“大角炮台，亦被英人陷没，千总黎志安，受伤出走。”琦善皱眉道：“我已着鲍鹏去止英兵，甚么鲍鹏不来，英兵只管进攻。”

语未毕，署外传进手本，乃总兵李廷钰求见。琦善道：“我没有传他回省，他来做甚么？”真心昏蛋。传递手本的巡捕，答称李镇台说有紧急事情，因此进省禀见。琦善方命传入，相见毕，廷钰禀道：“沙角、大角两炮台，俱已陷落，英兵已进攻虎门，请大帅急速发兵，由卑镇带去把守！”琦善道：“我奉旨前来议抚，并不是与英开战，怎好添兵寻衅？”梦人说梦话。廷钰道：“英兵不愿就抚，奈何？”琦善道：“我已着鲍鹏前去相商，谅无不成，明后日便可没事，老兄不必过虑！”廷钰道：“大帅不要过信鲍鹏，鲍鹏前曾私贩烟土，犯过罪案，倘再被他通洋舞弊，恐怕祸患不浅。”琦善闭着目，只是摇头。廷钰下泪道：“虎门系粤东门户，虎门一失，省城万不能保。廷钰等死不足惜，大帅恐亦未便。”说到这一句，琦善方张目道：“据你说来，是必要添兵的。现调兵二百名，给你带去，可好么？”廷钰道：“二百名不够分布。”琦善道：“再添三百，凑成五百，想总够了。”好像买卖人论价，可笑之至。廷钰方起身告辞，琦善又道：“老兄带了五百兵出去，只可黑夜中潜渡，若被英人得知，责我添兵，那时万不肯就抚了。”廷钰又气又笑，告别出外，急赴虎门守威远炮台去了。

琦善正遣发廷钰出署，见鲍鹏进来，好像得了宝贝，忙问抚议如何？鲍鹏答称义律必欲照约，方许退兵。琦善道：“你如何今日才来？”鲍鹏道：“卑职前日奉命前去，义律只是不见，守候数日，方得见他，磋商许久，仍无成议。只是请大帅允准要约，非但把炮台归还，连定海亦即交付。”琦善道：“你再去与他商议，前六款中，烟价偿他若干，广州可以开放，香港亦可婉商，余事待后再谈。”鲍鹏去了一会，又回报：“义律已经首肯，请大帅出订和约。”琦善道：“话虽如此，但我尚未奏准，如何与他订约？”鲍鹏道：“可去订一草约，然后奏准未迟。”琦善从鲍鹏言，借查阅炮位为名，与义律会于莲花城，愿偿烟价七百万圆，并许开放广州，割让香港。义律亦许归还定海，及沙角、大角两炮台。双方议定草约，琦善还署，即咨伊里布接收定海，一面即据义律来文，说出不得不抚情形，奏达清廷。

道光帝未经大创，安肯遽允？即命御前大臣奕山为靖逆将军，提督杨芳、尚书隆文为参赞大臣，赴粤剿办，并降旨道：

览奏，曷胜愤懑。不料琦善怯懦无能，一至于此！该夷两次在浙江、粤东肆逆，攻占县城炮台，伤我镇将大员，荼毒生民，惊扰郡邑，大逆不道，覆载难容。无论缴还定海，献出炮台之语，不足深信。即使真能退地，亦只复我疆土，其被戕之官兵，罹害之民人，切齿同仇，神人共愤；若不痛加剿洗，何以伸天讨而示国威？奕山、隆文兼程前进，迅即驰赴广东，整我兵旅，歼兹丑类！务将首从各犯，通夷汉奸，槛送京师，尽法处治。至琦善身膺重寄，不能声明大义，拒绝要求，竟甘受其欺侮，已出情理之外；且屡奉谕旨，不准收受夷书，胆敢附折呈递，代为恳求，是何居心？且据称同城之将军、都统、巡抚、学政及司道府县，均经会商，何以折内阿精阿、怡良等，并未会衔？所奏显有不实，琦善着革去大学士，拔去花翎，仍交部严加议处！钦此。

琦善接旨，不由的身子发抖，又闻伊里布亦奉饬回任，料知朝廷变了和议，将来如何答复英人？惶急了数天，忽又接到京中家报，说是家产都要籍没了，心中一急，昏晕倒地，不省人事。家不可忘，国恰可卖。正是：

内家而外国，义本同休戚。
误国即误家，身败名亦裂。

未知琦善性命如何，请看下回分解。

焚烟之举，虽未免过激，然使省省有林、邓，则善战善守，英何能为？且但患畏葸，不患孟浪，本出自宣宗之口，林、邓二公，不过奉上而为之耳。何物穆彰阿，敢行炀蔽，妨贤病国，纵敌殃民，弛一日之大防，酿百年之遗毒。不知者谓鸦片之祸，起自林文忠，其知者则固谓在彼不在此也。琦善奸党，右穆左林，隳车实，长寇仇，莫此为甚。读此回，令人惋惜，又令人愤激；虽本事实之不平，亦由抑扬之得体。

第五十二回

关提督粤中殉难
奕将军城下乞盟

却说琦善闻家产籍没，顿时昏绝，经家人竭力施救，方渐渐苏醒，垂着泪道：“早知英人这样厉害，朝局这样反复，穆中堂这样坐视，我也不出来了。”悔已无及。于是再召鲍鹏密议。鲍鹏道：“大人不必着急！总叫得英人欢心，不与大人为难。后事归后人处置，大人即可脱然无累了。”琦善思前想后，亦没有救急法子，只得搜罗歌女，摆列盛筵，时常请英使享宴，迁延时日，这英领事义律，及英将伯麦等抱着始终不让的宗旨，外面却与琦善周旋，大饮大吃，酒酣耳热，还抱着歌女取乐。广东咸水妹，想是从此而起。正在花天酒地时候，朝旨已下，琦善接读朝旨，方悉家产籍没的原因，实是怡良一奏而起。小子先录登当时的上谕道：

香港地方紧要，前经琦善奏明，如或给与，必致屯兵聚粮，建台设炮，久之觊觎广东，流弊不可胜言；旋又奏请准其在广东通商，并给与香港泊舟寄住。前后自相矛盾，已出情理之外；况此时并未奉旨允行，何以该督即令其公然占踞。览怡良所奏，曷胜愤懑！朕君临天下，尺土一民，莫非国家所有，琦善擅予香港，擅准通商，胆敢乞朕格外施恩，且伊被人恐吓，奏报粤省情形，妄称地理无要可扼，军器无利可恃，兵力不坚，民心不固，摘举数端，危言要挟，不知是何肺腑？如此辜恩误国，实属丧尽天良。琦善着即革职拿问，所有家产，即行查抄入官！钦此。

琦善读毕，眼泪复如泉水涌下，随道："我与怡良，无仇无隙，如何把我参奏？且他的奏稿中，不知说的甚么说话，真是可恨！"责人不责己。当下着人到抚署中，抄出怡良奏稿，回报琦善，由琦善接瞧道：

琦善（约1790—1854），字静庵，博尔济吉特氏，满洲正黄旗人，清朝大臣。官至文渊阁大学士。1841年因《穿鼻草约》事，被革职拿问。1853年初授钦差大臣，在扬州建立江北大营，堵击太平军，病死军中。

自琦善到粤以后，如何办理，未经知会到臣，忽外间传说："义律已在香港出有伪示，逼令彼处民人，归顺彼国"等语。方谓传闻未确，蛊惑人心，随据水师提督转据副将禀抄伪示前来，臣不胜骇异。惟大西洋自前明寄居香山县属之澳门，相沿已久，均归中国之同知县丞管辖，而议者犹以为非计，今该夷竟敢胁天朝士民，占踞全岛，该处去虎门甚近，片帆可到，沿海各州县，势必刻刻防闲，且此后内地犯法之徒，必以此为藏纳之薮，是地方既因之不靖，而法律亦有所不行；更恐犬羊之性，反复无常，一有要求不遂，必仍非礼相向，虽欲追悔从前，其何可及？伏思圣虑周详，无远不照，何待臣鳃鳃过计。但海疆要地，外夷公然主掌，并敢以天朝百姓，称为英国之民，臣实不胜愤懑！第一切驾驭机宜，臣无从悉其颠末，惟于上年十二月二十八日，钦奉谕旨，调集兵丁，预备进剿，并令琦善同林则徐、邓廷桢妥为办理，均经宣示。臣等晤见时，亦请添募兵勇，以壮声威，固守虎门炮台，防堵入省要隘。今英夷窥伺多端，实有措手莫及之势。现既见有夷文伪示，不敢缄默，谨照录以闻。

关天培（1781—1841），字仲因，江苏山阳（今淮安市楚州区）人，清末将领。1834年任广东水师提督。1841年2月英军进攻虎门，在靖远炮台率孤军奋战，英勇战死，有《筹海初集》。

琦善瞧完，又气又惧，急得手足冰冷。忽有水师提督关天培，递来急报，说："英舰复来攻虎门，请派兵速援！"琦善此时，已如死人一般，还有甚么心思去顾虎门？随把急报搁起，一概不管。

原来英领事义律，已闻清廷主战消息，与伯麦定议续攻，趁奕山、杨芳、隆文等未曾到粤，即调齐兵舰，高扯红旗，向虎门进发。水师提督关天培，正守靖远炮台，一面飞速请援，一面督军防御。遥见英舰如飞而至，天培督令军士开炮，炮声数响，倒也击着英舰数艘，可恨未中要害，只把铁甲上面，打破了几个窟窿。英舰冒险冲入，两下里炮声震天，轰个不住。天培手下，多中炮倒毙，只望援军前来接应，谁知相持多时，毫无援音。英舰得步进步，所发炮弹，越加接近，宛如雨点雷声，没处躲避，蓦然间一颗飞弹，从天培头上落来，天培把头一偏，那弹正中左臂，接连又是数颗弹丸，把天培身边几个亲兵，大半击倒。兵士便哗乱起来，你逃我走，个个要管自已的性命。天培左臂受伤，已忍痛不住，又见兵士纷纷溃败，大呼道："英人可恶，琦善可恨！天培从此殉国了。"一恨千古。就将手中的剑，向颈上一抹，一道魂灵，直升天府。

英人乘胜登岸，占据了靖远炮台，转攻威远、横档两炮台。两炮台上的守兵，已自闻风奔溃，总兵李廷钰，副将刘大忠，禁止不住，也只得退走。眼见得两炮台尽陷，虎门失守，英人将虎门各隘，所列大炮三百余门，及上年林则徐购得西洋炮二百余门，统行夺去。并且长驱直入，进薄乌涌。乌涌距省城只六十里，镇守员是总兵祥福，率同游击沈占鳌，守备洪连科，竭力拒战。杀了一两日，寡不敌众，弹药又尽，祥总兵及麾下二将，临敌捐躯，同时毕命，大帅怕死，裨将虽死无益。省城大震。幸亏参赞大臣杨芳，率湖南兵数千至城内，杨参赞素有威名，人心赖以少安。

是时畏懦无能的琦善，已由副都统英隆，奉旨押解进京，只怡良尚任巡抚，即与杨芳相见。当下谈起琦中堂议抚事情，怡良道："琦中堂在任时，单信任汉奸鲍鹏，堕了英领事义律诡计，一切措置，力反林制台所为。林制台处处筹防，琦中堂偏处处撤防，所以英人长驱直入。现在虎门险要，已经失去，乌涌地方，又复陷落，省城危急异常。幸逢参赞驰至，还好仗着英威，极力补救。"杨芳道："琦中堂太觉糊涂，抚议未成，如何就自撤藩篱？现在门户已撤，叫杨某如何剿办？看来只好以堵为剿，再作计较。"怡良道："英兵已入乌涌，海面不必讲了，现只有堵塞省河的办法。"杨芳道："省河有几处要隘？"怡良道："陆路的要隘，叫作东胜寺；水路的要隘，叫作凤凰冈。"杨芳道："这两处要隘，有无重兵防守？"怡良道："向来设有重兵，被琦中堂层层撤掉，琦中堂被逮，兄弟方筹议防守。但陆兵尚敷调遣，水师各船，被英人毁夺殆尽，弄到无舰可调，无炮可运，兄弟正在焦急哩。"杨芳道："舰队已经丧失，且扼守河岸要紧。"遂派总兵段永福，率千兵扼东胜寺；总兵长春，率千兵扼凤凰冈。两将才率师前去，探马已飞报英舰闯入省河。杨芳拟自去视师，遂起身与怡良告别，带了亲兵数百名，亲到河岸督战。行近凤凰冈，遥闻炮声不绝，知已与英兵开仗，忙拍马前进到凤凰冈前，见总兵长春，正在岸上耀武扬威，督兵痛击，英舰已向南退去。杨芳一到，长春方前来迎接，由杨芳下马慰劳一番，再偕长春沿河巡视，远望南岸河身稍狭，颇觉险要，便向长春道："那边却是天然要口，为甚么不见守兵？"长春答道：

“河身稍狭的区处，便是腊德及二沙尾，闻林制军督师时，曾处处驻兵，后来都由琦中堂撤去，一任英使出入，所以空空荡荡，不见一兵。”杨芳刚在叹息，忽见南风大起，潮水陡涨，忙道：“不好！不好！”急传令守兵，一齐整队，排列岸上。杨果勇，不愧将材，可惜大势已去。长春问是何意？杨芳向南一指，便道：“英舰又乘潮来也。”长春望将过去，果见一大队轮船，隐隐驶入，比前次更多一二倍，连忙令军士摆好炮位，灌足火药，准备迎击。

顷刻间，英舰已在眼前，即令开炮出去，扑通扑通的声音，接连不断，河中烟雾迷蒙，弹丸跳掷。那英舰仗着坚厚，只管冲烟前进，还击的飞炮火箭，亦很猛烈。杨芳、长春两人，左右督战，不许兵士少懈。两边轰击许久，潮亦渐退，英舰方随潮出去。杨芳道：“真好利害！外人这般强悍，中国从此无安日了。”知几之言。是夜，即在凤凰冈营内暂宿。

次晨，美国领事，到营求见，由兵弁入报。杨芳道：“美领事有甚么事情，要来见我？”迟了半晌，方命兵弁请美领事入营。两下相见，分宾主坐定，各由通事传话。美领事先请进埔开舱。杨芳道：“我朝与贵国，本没有失好意见，上谕原准贵国通商，只是英人猖獗异常，与我寻衅，所以连累贵国。这是英人不好，并非我国无情。”美领事道：“闻英人亦不欲多事，只因天朝不准通商，两边误会，才有此战。窃想通商一事，乃天朝二百年来恩例，何妨一例通融，仍循旧制。”杨芳道：“我朝原许各国通商，宁独使英人向隅？奈英人私卖违禁的鸦片，不得不与他交涉。且英人很是刁狡，今朝乞抚，明朝挑战，如何可以通融？”美领事道：“这倒不妨。英领事义律，已有笔据呈交呢。”随取出义律笔据，交与杨芳。杨芳瞧着，乃是几行汉文，有“不讨别情，惟求照常贸易，如带违禁货物，愿将船货入官”等语，便道：“照这笔据，似还可以商量，但英商再有贩运违禁货物，那便怎么处置？”美领事道：“英国商人，并未随同兹事，若准他通商，货船便即入口，就使英兵要战，英商也是不肯，反可制服兵船，岂不是敛兵息争的好事么？”杨芳道：“贵领事既与他说情，本大臣就替他奏请便是。只英舰不得无故闯入，须等上谕下来，或和或战，再行答复。”美领事应诺而去。

杨芳回省与怡良商议，彼此意见相同，遂联衔会奏，大旨以敌入堂奥，守具皆乏，现由美领事为英缓颊，姑借此羁縻，为退敌收险之计。此奏很是。这奏一上，总道廷旨允从，失之东隅，还可收之桑榆。谁知道光帝偏偏不依，真正气数。竟下旨严斥道：

览奏，愤懑之至！现在各路征调兵丁一万六千有余，陆续抵粤，杨芳乃迁延观望，有意阻挠，汲汲以通商为请，是复蹈琦善故辙，变其文而情则一，殊

不可解。若如此了结，又何必命将出师，征调官兵。且提镇大员，及阵亡将弁，此等忠魂，何以克慰？杨芳、怡良等，只知迁就完事，不顾国家大体，殊失朕望，着先行交部严议。奕山、隆文经朕面谕一切，必能仰体朕意，现已到粤，兵多粮足，自当协力同心，为国宣劳，以膺懋赏，断不准提及通商二字，坐失机宜，此次批折，着发给阅看。钦此。

是时靖逆将军奕山，及参赞隆文，还有总督祁𡎴，俱已到粤，杨芳接见，便与叙起战事利害，及奏请羁縻缘由。奕山道："皇上的意思是决计主剿，所以参赞出奏，致遭严斥。兄弟亦知粤东空虚，但难违上命，奈何？"祁𡎴道："闻得前时林制军，办理的很是严密，何妨请他一议！"奕山点头称善，当由祁𡎴取出名刺，去请林则徐。

原来林则徐虽已被谴，尚未离粤，闻祁𡎴相邀，随即入见。祁𡎴引他见了奕山，奕山便问防剿事宜。则徐道："现在寇入堂奥，剿堵两难。省城又是卑薄得很，无险可扼，欲要挽回大局，很不容易。只有暂时设法羁縻，计诱英舰，退至猎德二沙尾外面，连夜下桩沉船，用重兵大炮把守，令他无从闯入。一俟风潮皆顺，苇筏齐备，再议乘势火攻，方出万全。"奕山默然不答。意中还不以为然，想总要吃个败仗，方觉爽快。祁𡎴道："闻省河一带，都有英船出没，如何诱他出去？"则徐道："那总有法可想。"祁𡎴道："这却还仗大力。"则徐道："林某在粤待罪，恨不将英人立刻驱逐，奈因琦中堂处处反对，无能为力，负罪愈深。今日得公等垂青，林某敢不效死。"忠忱贯日。言未毕，外面报圣旨下来，要林公出接。则徐忙出去接旨，系授则徐四品京堂，驰赴浙江会办军务。则徐束装即行，粤东失了臂助。

义律待了多日，未见杨芳复音，复来催索烟价。奕山叱回，即欲发兵出战。杨芳谏道："兵船未备，水勇未集，此时不宜浪战，还请固守为是！"奕山道："各省兵士，已调集一万七千名，粤兵亦有数万，若再顿兵不战，上头亦要诘责，只好与他拼一死战便了。"若能与他拼一死战，也不失为忠臣，只怕是空说大话。于是令提督张必禄，屯西炮台，出中路，杨芳由泥城出右路，隆文屯东炮台，出左路；并遣四川客兵，及祁𡎴所募水勇三百名，驾着小舟，携火箭喷筒，驶出省河，突攻英船。英船不及防备，被焚桅船二只，杉舨船二只，小船五只，英兵亦毙了数百名，并误伤美人数十。又开罪美国了。奕山闻报，正欣喜过望，慢着！忽递到败耗，说是英兵来打回覆阵，把我兵轮三艘毁去，我兵败退，英舰已闯入十三洋行面前，奕山又忧虑起来。忽喜忽忧，活绘出一个庸帅。次日，探马又飞报英兵大至，天字炮台守将段永福败走，炮台被陷，炮台上面的八千斤大炮，都被英人夺去；接着又报泥城炮台守将岱昌及刘大忠，亦已败退。奕山搓手道："不得了！不得了！"何不出去死战？忙檄两参赞及张必禄回守省城。自己不敢出战，到也罢了，还要调回别人保护自己，真是没用的东西！

公文才发，又接到紧急军报，据称："港内筏材油薪船，并水师船六十多艘，统被英兵及汉奸烧尽。现在英兵已进攻四方炮台了。"奕山此时，好像兜头浇下冷水，一盆又一盆。身子都冷了半截，免不得上城了望。目中遥见火光烛天，耳中隐闻炮声震地，他在城上踱来踱去，急得愁肠百结。突见东南角上有旗号展出，后面随着许多人马，不觉大惊，险些儿跌下城来。仔细一瞧，乃是自己兵队，方略定了一定神。等到兵马已到城下，后队乃是两参赞押着，忙即下城，开门延入。杨芳道："四方炮台，据省城后山，为全城保障，现闻英兵进攻，参赞等正思驰援，因奉调回来，不敢违命。好在城中尚无要事，待杨某出去救应。"奕山道："不，不必。昨日闽中到有水勇，已由祁督遣调往援，此刻城中吃紧，全仗诸公保护，千万不要离城。"

正议论间，探报四方炮台，又被英人夺去。杨芳着急道："怎么如此迅速！杨芳都着急起来，我知这位奕将军，恐怕连话都说不出了。四方炮台一失，敌兵据高临下，全城军民，如坐穽中，奈何奈何？"奕山道："这这这，全仗杨杨果勇侯，出出力保全。"杨芳不暇答应，急率军士登城固守，布置才毕，城北的火箭炮弹，已陆续射来。杨芳亲至城北督防，兀坐危楼，当着箭弹，终日不退。老天恰也怜他忠心，镇日里大雨倾盆，把英人射来的火器，沾湿不燃。城中人心，稍稍镇定。

看官！你道英人何故这么强？粤兵何故这么弱？小子细查中外掌故，方知英领事义律，虽是求抚，暗中却屡向本国调兵。水军统帅伯麦，早到中国，经过好几次战仗，上文统已叙明。陆军统帅加至义律，亦到粤多日。这时候复来了陆军司令官卧乌古，带了好几千雄兵，来粤助阵，所以英兵越来得利害。这边粤中将弁，因海口已失，心中早已惶惧，奕山又是个纸糊将军，名目新鲜。并不敢出去督战。大帅安坐省城，将弁还肯尽力么？因此英兵进一步，粤兵退一步；英兵越进得猛，粤兵越退得远。炮台失了好几个，兵船军械，夺去无数，将弁恰是一个不伤。应为将弁贺喜。奕山住在围城中，既不敢战，又不敢逃，只好虚心下气，向属员问计。苦极！还是广州知府余保纯，献了一个救急的妙法子，无非是"议和讲款"四字。当由余保纯出去议款，经了无数口舌，复由美利坚商人，居中调停，定了四条款子，开列如下：

第一条　广东允于烟价外，先偿英国兵费六百万圆，限五日内付清。

第二条　将军及外省兵，退屯城外六十里。

第三条　割让香港问题，待后再商。

第四条　英舰退出虎门。

余保纯回报奕山，奕山唯唯听命。遂搜括藩运两库，得了四百万圆，还不够二百万圆，由粤海关凑足缴付英人。一面又下令出城，退屯六十里外的小金山。杨芳敢怒而不敢言，只请留城弹压，奕山也没有工夫管他，径自出去。隆文随着出城，心中也愤恚万分。到了小金山，隆文生起病来，竟尔逝世。小子叙到此处，也叹息不置，随笔成一七绝道：

主和主战两无谋，庸帅何能建远猷？

城下乞盟太自馁，西江难濯粤中羞。

和议已定，英人曾否退兵？且待下回再详。

去了一个琦善，又来了一个奕山。清宣宗专信满人，以致专阃诸帅，多属庸驽，虽以老成历炼之杨芳，屡建奇绩，洊膺侯爵，至此发言建议，犹不能邀宣宗之信用；彼关天培辈，宁尚值宸衷一顾？忠愤者徒自捐躯，狡黠者专图幸免，边事之坏，自在意中。观琦善之被逮，为之一快；继任者为一奕山，又为之一叹。关天培等之殉难，为之一恸；杨芳、怡良会奏之被斥，尤为之一惜。至城下乞盟，愿允四款，更不禁涕泪交垂矣。书中自成波澜，阅者心目中，应亦辘轳不置。

第五十三回

效尸谏宰相轻生
失重镇将帅殉节

却说英国兵舰，自收到兵费后，总算拔椗出口，慢慢儿的退去，从佛山镇取道泥城，经萧关三元里。三元里里民，因英人沿途肆掠，愤愤不平，遂纠众拦截，竖起平英团旗帜，把英兵围住。英兵终日冲突，不能出围，统帅伯麦亦受伤。义律亟遣汉奸混出围场，遣书余保纯求救。保纯亟率兵往解，翼义律等出围，始得脱去。奕山不敢实奏，捏称："焚击英船，大挫凶锋，义律穷蹙乞抚，只求照旧通商，永不售卖鸦片，惟追交商欠六百万圆。当由臣等与他议约，令他退出虎门外面。"道光帝高居九重，只道奕山是亲信老臣，不致捏饰，当下准奏，谁知他是一片鬼话。杨芳奏请抚议，并不要六百万偿银，反加申斥；奕山饰词上告，将赔偿兵费之款，捏称追交商欠，虽改重从轻，而偿银总是确实，乃反准奏不驳，谓非重满轻汉而何？

朝中只恼了一个大学士王鼎，上了一道奏章，说："抚议万不可恃，将军奕山，其偿银媚外罪，较琦善尤重。"这篇奏牍，好似朝阳鸣凤，曲高和寡，那里能回动圣听？况王鼎是山西蒲城人氏，并非皇帝老子戚族，凭你口吐莲花，总是不肯相信。当时留中不发，后来细问内监，方知道光帝览了奏牍，倒也有点动容，经权相穆彰阿袒护奕山，不说奕山有罪，反说奕山有功，因此把奏章搁起不提。王中堂得此消息，已自愤恨，适廷议追论林则徐罪状，谪戍伊犁，协办大学士汤金钊，因保荐林则徐材可重用，亦遭严谴，连降四级。王中堂料是穆彰阿暗中唆使，气得满腹膨胀，随即嘱咐家人，愿效史鱼尸谏，草了遗疏数千言，历述穆彰阿欺君误国，不亟治罪，大局无安日，海疆无宁岁。结尾有"臣请先死以谢穆彰阿"等语。遗疏写毕，读了一遍，便叹道："奸贼若除，我死亦瞑目了。"当下将遗疏恭陈案上，并用另纸一条，留嘱家人，饬他明日拜发。随望北谢恩，悬梁自尽。其迹似迂，其心无愧。

这一死传到王大臣耳中，很是惊异。穆彰阿是个多心人，料得王中堂无病而逝，必有缘故，然而凭空悬想，总不能摸着头脑，搔头挖耳的想了一会，暗道："有了，有了！"忙饬家仆去召一个谋士。谋士非别，乃是户部主事军机章京聂澐。聂澐一到，穆彰阿嘱他探听王中堂死事。聂澐与王中堂儿子王伉，向来熟识，此番受穆彰阿嘱托，遂借吊丧为名，当夜前去侦察。行过吊礼，由王家仆役引入客厅。聂澐遂私问王中堂死状，王仆遂一五一十，告诉聂澐，并说出遗疏大略。聂澐道："我与你家大少爷，素来莫逆，你去取出遗疏，令我一瞧！"王仆道："现在少爷忙得很，不便通报。"聂澐道："你不必通报少爷，你私下去取了出来，我一瞧过，便好归还。"王仆尚是为难，聂澐允给他千金。俗语说的好："重赏之下，必有勇夫，"况不过盗取一张文牍，稍费手脚，坐得千金，那里有做不到的道理？王仆去了片刻，即将遗疏取来。聂澐一瞧，吓得瞠目伸舌，便向王仆道："这篇遗疏，亏得未上，若上了这疏，贵东人要惹大祸了。"王仆知识有限，也吃了一惊。聂澐道："我既允你千金，快随我去取！这遗疏由我取去，另换一张方好。"当下不及告辞，匆匆径去。王仆随到聂寓，由聂澐取出笔墨，另写数行，假作王鼎遗疏，付与王仆，复检出银票千两，作为赠资。王仆称谢而去。

聂澐忙把遗疏，转呈穆彰阿。穆彰阿瞧了一遍，说道："险极，险极！这事幸亏有你，你是拔贡出身，还好应试，将来我总设法谢你一个状元。"双手瞒天，无事不可为，区区状元，值得甚么。聂澐欢喜异常，把千金都不提起，直到后来为穆彰阿所闻，方照数给还。待至礼部试期，穆彰阿不忘前言，替他暗通关节。总算信实。偏同考官中有个山西人，本充御史，得了聂澐试卷，竟藏好箧中，上了锁，绝不提起。到填榜时候，主司房考，不得聂卷，相顾错愕。还是御史自说："某夕阅卷，不戒于火，有一卷为火所烬，想来便是聂卷。榜发后，当自议请处了。"好好一个状元，被这侍御送掉，应为聂澐扼腕。嗣后御史自请处分，解职回籍，这位权势赫弈的穆中堂，到也没法害他，只一手提拔聂澐，历任至太常侍卿，这是后话慢表。

且说奕山与英人议和，单就广东一省，议定休兵息战，此外全不相关。清廷只道是和议已定，可以没事，令江、浙各省裁兵节饷。不意英人仍不肯罢兵，一面率军舰退出虎门，经营香港，规复广东贸易，一面复思借战胜余威，率军北进。适伯麦调印度战舰至粤，遂与义律等决议北犯，途次遇着飓风，撞破坐船。奕山、祁墳等，张皇入告，说："英舰漂没无数，浮尸蔽海。"道光帝还疑是海神有灵，饬颁藏香，令祁墳敬谢祷天。可笑！

英政府令大使璞鼎查，代义律职，海军少将巴尔克，代伯麦职，义律、伯麦回国。

璞鼎查、巴尔克，会同卧乌古，带领军舰九艘，汽船四艘，运送船二十三艘，于道光二十一年七月，游弋闽海，进犯厦门。此时邓廷桢已得罪革职，与林则徐同戍伊犁，闽浙总督换了颜伯焘。这位颜制台，颇热心拒外，到任后方督修战备，奈朝旨反令他裁兵节饷，只好缓缓布置。忽闻英兵入犯，急驰至厦门防御。甫到厦门，英舰已闯入鼓浪屿口。颜制台急饬兵开炮，接连炮响，轰沉英国火轮船五艘。英舰反蜂拥齐进，弹丸如雨点般打来。他的炮弹，不是望空乱发，只并力攻一炮台。一台破，再攻一台。厦门口岸，本有炮台三座，起初颜制台防他分攻，也派兵分守，谁知他却一座一座的攻打，这座被毁，那座早已震动。兼且炮台统用砖石砌成，未叠沙垣，弹丸飞至，不是击坍，便是击破。自辰至酉，炮台多半毁坏。英兵用小船驳到岸边，分路登岸，官军不能抵御，水陆皆溃。金门镇总兵江继芸，身中炮弹，落水溺死。副将凌志，署淮口都司王世俊，水师把总纪国庆，杨肇基，季启明等，各力战而亡。英兵据了炮台，反将炮台上面的大炮，移转向北，对着厦门官署轰击，房屋七洞八穿，兴泉永道刘曜春，同知顾效忠，皆遁走。颜制台也只得退守同安。

英兵乘势劫掠，厦民大愤，推陈姓为首，聚集五百人，抗英五千众。英兵用大炮，厦民用抬枪，打了一仗，英兵死了百人，厦民只死三人，因此英兵不敢久驻，仍退泊鼓浪屿。越数日，又进攻厦门，副将林大椿、游击王定国，又被击毙。还亏提督普陀保，总兵那丹珠，督兵力御，击沉英舰一艘，方扬长而去。颜制台初奏厦门失守，旋即报称收复，奉旨责他先事疏防，降三品顶戴留任。

闽海少安，英舰转入浙海。适两江总督裕谦，继伊里布后任，至浙视师。裕钦差任事刚锐，可惜未娴武备。先是调林则徐到浙，亦系由他密荐，则徐方感他知遇，竭力筹防，怎奈遣戍命下，不能逗遛。两下相别，彼此洒了几点热泪。裕谦虽非将才，然存心很是忠诚，著书人秉公褒贬，并不以满人少之。会裁兵节饷的上谕，颁到浙江，裕钦差心中，大不谓然，时常遣人侦探英舰动静。忽报英兵在粤，新增战舰，声言将移兵入浙，连忙写好奏本，请清廷转饬奕山，问明英人何故有入浙传言？该英人是否诚心乞抚，抑仍是得步进步故智？谁料廷旨批回，反说："英人赴浙，出自风闻，不足为据，着裕谦仍遵前皆，酌量撤兵，不必为浮言所惑，以至糜饷劳师。"这位裕钦差，看到此语，不禁叹气道："敌常增兵，我反撤兵，两不抖头，可笑可恨！想来总是穆中堂主见。穆彰阿穆彰阿！你要误尽国家了！"

随赴镇海阅防。途中接厦门失陷消息，飞檄定海镇总兵葛云飞，处州镇总兵郑国鸿，安徽寿春镇总兵王锡朋，统兵五千，严守定海。这三位总兵，统是忠肝义胆，葛公云飞，尤智勇双全。云飞系浙江山阴人氏，是武进士出身，超擢至定海镇总兵；道光十九年，丁父忧回籍；二十年，海疆事棘，夺情起用。他因定海先尝陷落，收复后，守备空虚。云飞到任，请三面筑城，环列巨炮，堵住竹山门深港，使不复通舟；且增筑南路土城，与五奎山诸岛相犄角。裕钦差到浙时，颇有心采用，奈朝廷叫他裁兵，嘱他节饷，他若还要筑城增垒，岂不是违拗圣旨？因此把筑城事中止。这时三总兵同到定海，手下兵只有五千。三总兵阅视形势，议扼要驻守。王锡朋愿守晓峰岭，郑国鸿愿守竹山门，道头街一带，归葛云飞扼守。惟晓峰岭背面负海，有间道可入，三镇兵只三千名，不敷分派，且炮火亦不够用。由王、葛二公商议，请增派兵船及大炮，堵住间道。

当下飞详镇海，裕谦接到详文，邀浙江提督余步云，共议添兵事宜。步云道："浙江要口，第一重是定海，第二重是镇海，镇海比定海，尤为要紧。现在镇海防兵，亦只数千，自顾不暇，还有甚么兵马炮火，可以调遣？"王葛两总兵，亦有详文到步云处，步云已戒他死守，毋望援兵。三总兵死了。裕谦道："这么一个要紧海口，只有几千兵马！"余步云道："上年恰不止此数，因朝旨屡促裁兵，所以减去三分之一，现在只四千名营兵了。"裕谦道："这正没法可想，只得听天由命。天若不亡浙江，定海应保得住，镇海也可无虑。本大臣以身许国，到危急时，拼死报君便了。"忠有余而智不足，即此可知。

步云退出，战信已到，英兵已来攻定海，驶进竹山门，被我军奋勇迎击，轰断英船大桅杆，英兵已退去了。裕谦稍稍放心。过了两日，又报英兵绕出吉祥门，入攻东港浦，被我炮击却，现英人改由竹山嘴登岸。郑镇台正在截击哩。接连又到紧急文书两角：一角是王总兵锡朋详文，一个是葛总兵云飞详文。裕谦展开一瞧，统是请大营济师，便道："怎么处？怎么处？定海兵尚有五千，此处兵恰只四千，难道三总兵未曾知悉么？若我亲去督战，恐怕镇海没人把守，我看这余军门步云，事事推诿，很是刁猾，恐怕也靠不住呢。现在没处调兵，奈何，奈何？"就将详文搁过一边，只自一人愁眉兀坐。

适值天气沉阴，连日霪雨，弄得越加愁闷，遂出了营，上东城眺望。突见城外招宝山，悬着白旗，不由的慌张起来，便下城去召总兵谢朝恩。朝恩未至，警信又到，乃是晓峰岭失陷，王总兵锡朋，中枪阵亡，寿春营溃散。裕谦正在惊愕，朝恩已踉跄进来，报称竹山门失守，郑总兵亦战殁了。裕谦道："莫非讹传。把王总兵误作郑总兵。"郑王二姓，百家姓上本是联接，王已先死，郑何能免？道言未绝，外面已递进败耗，确是郑国鸿又死。裕谦道："三总兵已死二人，单剩一个葛云飞，想总支持不住。好！好！三总兵不要怨我不救，看来我也是难保了。"说毕，泪如雨下。朝恩见主帅伤心，也陪了两三点泪珠，一面恰勉强劝慰。裕谦道："我恰不是怕死，若怕死也不来督师了。只可惜三员大将，一朝俱尽，国家从此乏材。还有一桩可疑的事情，招宝山上，如何竖起白旗来？”朝恩道：“招宝山上，乃是余提督军营，为甚么竖起白旗？卑镇倒也不解。”裕谦道：“开战挂红旗，乞和挂白旗，这是外洋各国通例。现在本帅并不要乞和，英兵还未到镇海，那余军门偏先悬白旗，情迹可知。我朝养士二百年，反养出这般卖国的大员来，越叫人痛惜三总兵。”朝恩道：“待卑镇去问明提台，再作区处。”朝恩趋出，外面又传报葛总兵云飞阵亡。统用虚写，比实写尤觉凄惨。裕谦此时又悲又恼，悲的是三总兵阵殁，恼的是余步云异心。踌躇一夜，想出一个盟神誓众的法儿。儿戏何益？

待到天明，忽见巡捕进来，呈上手本，说是义勇徐保求见。裕谦问徐保隶何人部下？巡捕答称是葛镇台部下。裕谦遂传令入见。徐保入帐，请过了安，便禀道：“葛镇台阵殁，现由小兵舁尸内渡，已到此处。”裕谦问葛镇台阵殁情状，徐保答道：“英人从晓峰岭间道攻入，先破晓峰岭，次陷竹山门，王、郑二镇台，先后阵亡。葛镇台扼住道头街，孤军激战，镇台手掇四千斤大炮，轰击英兵，英兵冒死不退。镇台持刀步斗，阵斩英酋安突得，无如英兵来得越多，我镇台拼命督战，刀都斫缺三柄，英兵少却。镇台拟抢救竹山门，方仰登时，突来两三员敌将，夹攻镇台，镇台被他劈去半面，鲜血淋漓，尚且前进，不防后面又飞来一弹，洞穿胸前，遂致殒命。小兵到夜间寻尸，见我镇台直立崖石下，两手还握刀不放。左边一目，睒睒如生，小兵欲负尸归来，那尸身兀立不动，不能挪移。随由小兵拜祝一番，请归见太夫人，然后尸身方容背负，驾着小船，潜渡至此。”裕谦叹道：“好葛公！好葛公！”当下命随员偕了徐保，往去祭奠，并檄大吏护丧还葬，一面飞章出奏。

料理已毕，遂召集部将，设着神位，饬同宣誓，总兵以下，统共到来，独余步云不到。裕谦正思启问，谢朝恩已近前禀道：“余军门已差武弁伺候。”裕谦冷笑道：“想是本帅不曾亲邀，所以不到。”那边提辕武弁，闻了此语，急忙上前请安，禀称军门现患足疾，特来请假。裕谦摇头道：“敌兵到来，那足自然会好了。”既晓得步云异心，如何不先为撤换？叱退武弁，随至神位前祭告。此时牲醴早陈，香烛齐爇，当由裕钦差行跪叩礼，众将官亦随同跪叩。裕钦差亲读誓文，无非劝勉属下文武，同仇敌忾，倘有异心，神人共殛等语。不求己而求神，简直是捣鬼。方才读罢，猛听得隐隐炮声，自远至近，不由的惊讶起来，便即起身誓众道：“本帅的誓文，想大家都已听明，不日间英兵到来，须靠大家同心抵御，有功立赏，有罪立刑。”总兵谢朝恩，先应了声“得令”，众将士也随声附和。裕谦方命军士们撤了神位祭礼，正思向谢朝恩追问招宝山白旗缘故，探马忽报英兵来了。谢朝恩即抽身告辞，裕谦执着朝恩手道：“这城屏障，便是招宝山及金鸡岭两处。老兄驻守金鸡岭，本帅很是放心，只有招宝山放心不下。”朝恩道：“这要看朝廷洪福，卑镇愿以死报。”当下由裕谦亲送出营，朝恩匆匆别去。

裕谦遂登陴守城，城下忽来了余步云，由兵士将弁，启门放入。步云径上城来见裕谦，裕谦便道：“军门足疾已愈么？”步云道：“足疾尚未痊可，因敌兵入境，不得不前来请教。”裕谦道：“誓死对敌，此外没有甚么法子。”步云道：“敌兵很是厉害，万一挫失，全城要糜烂了。”裕谦道：“这也没法。依你怎么处？”步云道：“据步云愚见，只可暂事羁縻。外委陈志刚人颇能干，不如叫他前去议抚。”裕谦笑道：“我道军门有甚么妙策，城下乞盟的事件，本帅却不愿闻。”步云道：“大帅既不愿议抚，此处恐守不住，只好退守宁波。”裕谦正色道：“敌到镇海，便退宁波，敌到宁波，将退何处？我与军门都受朝廷重任，难道叫我逃走么？”步云碰了一个钉子，下城自去。

约过两三个时辰，遥见招宝山上，已换了英国旗号，裕谦大惊道：“不好了！余步云卖去招宝山了。”果然探马报来，招宝山被陷，余军门不知下落。接着，又报：“英兵攻金鸡岭，谢朝恩击死英兵数百，因招宝山失守，军士惊溃，谢镇台身中数创，也即殉难，金鸡岭又被英人夺去了。”裕谦道：“罢罢罢！”言未毕，英兵已到城下。城外守兵，逃避一空。裕谦下城，解下城防，交副将丰伸泰送与浙抚，自己投奔学宫前，跳入泮池。经家人捞救，已剩得奄奄一息。文武官员，闻裕谦投水，都弃城逃走。只有县丞李向南，冠带自缢。临死时，还有两首绝命诗。其诗道：

有山难撼海难防，匝地奔驰尽犬羊。

整肃衣冠频北拜，与城生死一睢阳。

孤城欲守已仓皇，无计留兵只自伤。

此去若能呼帝座，寸心端不听城亡。

英兵遂乘胜入城，踞了镇海。欲知后事，且看下回。

本回以王相国鼎及裕钦差谦为主脑，两人皆清室忠臣，惜乎其为愚忠。王鼎尸谏，无论其遗疏未上，为奸党用贿取去，即使不然，穆彰阿方沐君宠，能一击即倒乎？古人有为国除奸者矣，宁必尸谏？裕谦明知余步云之奸，不能立申军法，如穰苴之斩庄贾，已成大错；且定海孤悬海外，与其万不可守，曷若内捍镇海，自固堂奥，乃以三镇敢死之将，置诸必不可守之城，以两端怀异之人，授以险要必争之地。用隋侯珠，弹千仞雀，卒至两城诛陷，力竭躯捐，虽曰见危授命，于国事究何补焉？故忠固足悯，忠而愚，盖不能无疵云。

第五十四回

奕统帅因间致败
陈军门中炮归仁

却说英兵入镇海城，悬赏购缉裕谦，因裕谦在日，尝将英人剥皮处死，且掘焚英人尸首，所以英人非常忿恨。其时裕谦经家人救出，舁奔宁波，闻到这个信息，又由宁波奔余姚，裕谦一息余生，至此方才瞑目。进至萧山县的西兴坝，浙抚刘韵珂差来探弁，接着裕钦差尸船，替他买棺入殓。当由刘韵珂据事入奏，奏中并叙及余步云心怀两端等情。看官！你道这余步云究往何处去呢？步云自入城见裕谦后，回到招宝山，见英兵正向山后攀登，他竟不许士卒开炮，即弃炮台西走，先到宁波，继走上虞。生了三只脚，还假称有病。英兵攻入宁波，复犯慈溪，还恐内地有备，焚掠一回，出城而去。

清廷闻警，特旨授奕经为扬威将军，侍郎文蔚，都统特依顺为参赞，驰赴浙江防剿；粤抚怡良为钦差大臣，移驻福建，调河南巡抚牛鉴，总督两江，分任南北沿海的守御。奕经奏调川、陕、河南新兵六千，募集山东、河南、江淮间义勇，及沿海亡命徒数万。下手便错。以道光二十二年元旦至杭州，大小官员，出城迎接，不消细说。奕经格外起劲，留参赞特依顺驻守杭州，自己偕参赞文蔚，督兵渡江，进次绍兴。沿途颇也留意招徕，故福建水师提督王得禄，愿至军前投效，奕经嫌他年老，劝他回籍。前泗州知州张应云，入营献计，奕经虚心下问。应云道：“英人深入内地，都由汉奸替他导引，其实汉奸所为，不过贪图贿赂，并没有甚么恩义相结。现闻宁波绅民，统延颈盼望大军，那班汉奸，又都是本地百姓，若大帅亦悬重赏招抚，汉奸可变作洋谍，大军出剿，使他作为内应，定卜成功。这便是兵法上所说的‘因间’二字，敢乞大帅明鉴！”张应云因间之计，并非全然纰谬，但亦视乎善用不善用耳。奕经道：“这策恰是很妙，但叫谁人去招呢？”应云道：“卑职不才，愿当此任。”奕经大喜，遂议定进兵方略：

令参赞文蔚率兵二千，出屯慈溪城北的长溪岭；副将朱贵，参将刘天保，率兵二千，出屯慈溪城西的大宝山，专图镇海；总兵段永福率兵勇四千，偕张应云出袭宁波；故总兵郑国鸿子鼎臣，统率水勇东渡，规复定海；海州知州王用宾，出驻乍浦，雇渔舟渡岱山，策应鼎臣；奕经自率兵勇三千，驻扎绍兴东关镇，接运粮饷，调度兵马。

计划已定，各路同时出发，只望旗开得胜，马到成功。谁知郑鼎臣航海东去，遇着大风颠簸，先荡得七零八落，没奈何收兵回来，帆樯已损破不少，总算数千名水勇，还幸生全。王用宾出渡岱山，因鼎臣遇风回航，反致孤军深入。到定海附近，被英人侦悉，放炮的放炮，纵火的纵火，连忙逃回，渔船已一半被毁了。一路完结。

段永福与张应云居然招集许多义勇，又收买汉奸，令为内应，先由段永福伏兵城外，约期正月晦日攻城。偏这汉奸反复无常，阳与张应云联络，暗中却把师期通报英将。两面赚钱，不愧汉奸二字。英将巴尔克，忙与濮鼎查商议。濮鼎查是英国有名的谋士，便定了一个将计就计的法子，先期佯开城门，诱段永福入城。亏得永福刁猾，只令前队五百人进去，一入城中，两旁火弹雨下，英兵左右杀出，段军转身就逃。脚长的人，逃出了一半性命，还有一半，统做了宁波城中的炮灰。永福、应云，不敢再战，先后奔回东关。两路完结。

还有出屯慈溪的两将，素称骁勇，刘天保欲立首功，先自发兵，甫至镇海城外，就大声呼噪。英兵闻警登城，接三连四的开放大炮，招宝山上的英兵，又发炮相应，凭你刘天保如何勇力，究竟血肉身子，敌不过两边炮弹，只得退回大宝山。朱贵接着埋怨他不先通知，以致败退，刘天保尚倔强不服。不想英兵反水陆并进，来攻大宝山。刘天保扎营山左，朱贵率长子昭南，扎营山右。英兵自右攻入，朱贵麾兵迎击，前队用抬炮数十，更迭激射，击毙英兵三四百名，英兵前仆后继，只是不退。朱贵父子，亦拼命相搏，从辰时战到申时，朱军饥渴交加，单望天保军相救，天保军竟镇日不到。忽来了一支人马，冲阵而入，朱贵还道是天保军至，谁知他一入阵中，倒戈相向，才识是洋人卖通的乡勇，前来抗拒官军。朱贵怒极，下令搜杀，奈队伍已被冲乱，洋人乘间抄袭，后面导引水师登岸，巨炮火筒，射烧营帐，烟焰蔽天。这时候，天保军亦受冲击，反从山左窜到山右，弄得朱军越乱。朱贵见势不支，犹誓死格斗，把手中所执大旗，插在地上，抢着一柄大刀，拍马驰赴敌阵，见一个，杀一个，大约杀了几十个英人，身上亦着了数创，马亦受伤。朱贵被马掀下，英兵统用着长矛，来戳朱贵，不防朱贵突然跃起，把敌矛夺住两杆，左右冲荡，吓得英兵纷纷倒退。英将见战朱贵不下，暗中携着手枪，乘朱贵杀入，陡发一弹，可怜盖世英雄，倒毙沙场上面。长子昭南，见父已倒地，忙冲出父尸前，猛力抗拒，意中想保护父尸。怎奈英兵攒聚，双拳不敌四手，虽格杀英兵数名，已是身无完肤，大叫一声而亡。父忠子孝，朱氏有光。

手下亲兵二百五十人，没一个不殉难。还有知县颜履敬，在后面督粮，距大宝山二里，闻报朱军鏖斗，登高观战，遥见朱军危急，奋然道："我与朱协台交好多年，理应出去帮助。"忙脱了外衣，拔出佩刀，下山驰赴。仆从上前谏阻，履敬道："我此去明知一死，但能上报君恩，下全友谊，死亦甘心，何足惧哉？"仆从见主子不允，也只得随着，驰入阵中，死斗一场，统中炮身死。死友义仆，足垂千古。

刘天保奔回长溪岭，促文蔚往援朱贵，文蔚不允，部下亦代为力请，始许发兵二百。时已薄暮，传报朱军覆没，慌得面如土色，急令截回二百兵，夤夜逃走。我不解道光帝何故专用这等人物，想总由平时会拍马屁。到了东关，那位扬威将军奕经，早已接得败耗，遁到杭州去了。

先是两江总督伊里布，奉旨回任，因家人张喜往来英船，事涉通番，被逮入都，按律遣戍。浙抚刘韵珂，与伊里布素有感情，上了一道奏章，说他因公得罪，心实无他。英人向来器重伊里布，就是伊仆张喜，亦素得洋人倾服，倘令伊里布来浙效力，该英人不复内犯，亦未可定，伏望俯赐采纳等语。保荐伊里布，无非叫他议和。道光帝竟言听计从，赦伊里布罪，赏他七品顶戴，令赴浙营效力。并授宗室尚书耆英署杭州将军，连宗室都任命出来，道光帝之心如揭。与参赞齐慎，一同赴浙。又密谕奕经，叫他注意防堵，暂勿出战，静俟机会。英将见浙省不敢发兵，遂欲转略长江，断绝南北交通，威吓中国，先勒索宁波绅士，犒军银一百二十万圆，才许退兵。绅士无奈，东凑西借，方得如数交去。英舰乃退，只留兵千余名，轮船四艘，驻守定海。

奕经忙奏陈收复宁波，刘韵珂亦照样驰奏。奏折才发，乍浦的警报又到。乍浦系浙西海口，向属嘉兴府管辖，驻有汉兵六千三百人，满兵千七百人，副都统长喜，及同知韦逢甲，率兵抵御，遥见英舰列阵而来，好像山阜一般，满汉兵先已气索，弄得脚忙手乱。英舰尚未近岸，他却乱放枪炮，一颗儿都没有放着。等到英舰拢岸，弹药已经用尽。那边英兵，蓬蓬勃勃，炮弹如雨点般打来，岸上的官兵，赤手空拳，焉能抵挡？自然败北而逃。长喜、韦逢甲禁喝不住，也只得退回城中。英兵登陆进攻，猛扑东门，城上炮石齐发，击伤英兵多名，英兵绕攻南门，长喜亦由东至南，奋力督守。忽见城中火起，烟尘抖乱，长喜料知汉奸内应，欲下城搜捕，那时英兵已缘梯登城，长喜左拦右阻，致受重伤，遂下城投水。经亲兵救出，隔宿乃亡。韦逢甲力战多时，炮伤左胁，亦即毙命。佐领隆福额特赫、翼领英登布、骁骑校该杭阿等，统同殉难。佐领果仁布妻塔塔拉氏，惧城陷被辱，与二女投井死。生员刘樾被虏，由英人逼写告示，不从被杀。佣工陆贵，遇着英兵，叫他抬炮，他反大骂，被英兵一枪戳死。木工徐元业，也被英人执住，令他引搜妇女，他却自刎而尽。还有庠生刘东藩女，年二十二，尚未出嫁，英兵见她生有姿色，用刀胁刘，令女受污，女不从，也投入井中。刘进女凤姑，年十九，出城避难，遇英兵尾追，不能急走，反回身痛詈，甘心受刃。余外殉难的人，多不知名姓，无从记载，相传共七百多人。扬忠表节，是好稗官。自从英人犯浙，别处城邑百姓，多望风先避，独乍浦猝遭失陷，趋避不及，罹祸最酷。上自官弁，下至工役妇女，宁为玉碎，毋为瓦全，也算是历史上光荣呢。古道犹存，今亡矣夫。

适值伊里布至浙，巡抚刘韵珂，亟令赴英舰议款，英将巴尔克未许。还是家人张喜下船一谈，巴尔克只索还俘虏十数名，扬帆退去。张喜有这般能力，真也奇怪。当由刘韵珂一一奏明，伊里布遂由七品衔，升至副都统了。承蒙家人抬举。英舰自乍浦退出，转入江苏，驶至吴淞口，江南提督陈化成，夙具将略，本系福建同安县人，清廷鉴他忠勇，特破回避本乡的故例，超擢厦门提督。嗣因江防紧急，调任江南。方才到任，即迭接定海、镇海败耗。江、浙是毗连省分，浙省遇警，江南应该戒严。吴淞又是长江南面的要口，向设东西两炮台，互为犄角，化成督兵把守，三阅寒暑，与士卒同甘苦，就使风霜雨雪，他也同将弁们，在营住宿，军中感他惠爱，呼他作为陈佛，及英兵进逼吴淞，总督牛鉴，也到宝山县督防。牛鉴胆气很小，忙召化成熟商。宝山距吴淞只六里，一召便到，牛鉴见了，别事不闻提起，单问保全生命的法儿。化成道："大帅不要惊慌！吴淞口向设炮台，用炮扼险，可决胜仗。只叫大帅坐镇宝山，不可轻出轻入！那时化成自能退敌。"牛鉴道："可靠得住么？"化成道："兵家胜负，虽是不能预料，但一夫拼命，万夫莫当。总叫上下将弁，勠力同心，何愁不胜？"牛鉴道："全仗！全仗！"化成告退，仍回吴淞。参将周世荣接着，问制军有无对敌方略？化成微笑道："老哥别问！只我与你的福气，统是不薄。"世荣不觉惊讶，化成道："明日与英人开战，得了胜仗，我与你同受上赏；万一战败，死且不朽，非福而何？"当夜，遣别将守东炮台，自与周世荣守西炮台。

次日，化成手执红旗，登台挥战。英舰先发炮射来，化成亦发炮出去。一边仰攻，一边俯击，两下里喊杀震天，烟雾蔽日。相持多时，化成走到最大的炮门后面，亲自动手，望准英舰，放将出去，不偏不歪，正中英舰的烟囱，一声炸裂，沉下海底去了。台上的官兵，齐声欢呼。化成又开第二炮，这一炮，却没有前时的准，只击断了英舰的桅杆，放到第三炮，仍不过击断船桅；第五六回放炮，却是射不着；接连打了数十回，虽击死英兵数百名，终不能打沉英船。化成性急起来，把住锚头，仔细窥着，适有一舰鼓轮驶入，化成连击两炮，一炮击着敌舰的汽锅，一炮击着敌舰的轮叶，那舰向下一沉，又望上一跃。一跃一沉，钻入水底，只剩了桅杆的头梢，微露海面。笔笔曲折，真好笔仗。这边台上鼓噪如雷，比第一炮越发欢跃。化成亦欣喜非常。

这位牛大帅，闻知官兵得胜，也想到军前扬威，跨上宝马，驰出南门。不要他轻出，他偏轻出。徐州兵亦随着前来，由总兵王志元押阵。牛大帅意气扬扬，只道英舰已退出口外，他来虚张声势，托词策应。纵着马上了海塘，见两边正在酣战，你一炮，我一枪的轰击，他已惊得目瞪口呆；突然面前落下一颗流弹，险些儿把灵魂飞去，转身就跑。这一跑，跑出大祸祟来了。不要他轻入，他偏轻入。原来台上兵弁，闻制台亲来督战，正格外奋勇，忽见牛制台奔回，徐州兵统同骇散，海塘上杳无人迹，还道后面伏着英兵，不禁慌乱。心中一慌，手中渐渐疏懈。这时英兵攻西炮台不下，方转攻东炮台，东炮台守兵，闻西炮台炮声渐稀，错疑西炮台已经失守。又经牛大帅一逃，不由的魂销魄丧，弃台而走。

英兵乘势登岸，踞了东炮台，复来夹攻西炮台。化成前后受敌，危急万分，周世荣请化成退兵，化成拔剑叱道："庸奴，庸奴！我误识汝。"世荣易服潜逃。这位陈提台化成，尚竭力支撑，手燃巨炮，猛击英兵，怎奈顾前不能顾后，后面的炮弹，接连打来，化成受了数弹，喷下几口狂血，舍生取义去了。守备韦印福，千总钱金玉、许林、许攀桂，外委徐大华、姚雁字等，见提台阵亡，感他平时的恩惠，情愿随死，乃与英兵鏖战许久，究竟众寡不敌，先后战殁。武进士刘国标，趁这血战的时候，夺出陈化成尸身，背负而出，藏在芦苇里面，嗣经嘉定县令练廷璜，遣人舁至关帝庙殡殓。百姓多扶老携幼，争来哭奠，生荣死哀，陈提台也好瞑目。只牛制军奔回宝山，未曾喘息，忽报东西两炮台，统已失陷，提督以下，多半殉难，英兵已来攻宝山了。牛鉴不待听毕，忙带亲兵若干，拼命出走。英兵势如破竹，直入宝山，转陷上海，又扬帆入长江口，去追这位牛大帅。江浙有几句童谣道：

一战甬江口，制台死，提台走。

再战吴淞口，提台死，制台走。

死的死，走的走，沿海码头多失守。

究竟牛鉴能逃得性命否，容待下回再表。

奕经、牛鉴，平时本无功绩可言，乃用以作折冲之选，其致败也宜矣。朱贵父子，及陈提台化成，皆骁勇善战，一误于文蔚之不救，一误于牛鉴之猝逃，奕经于无可诿之中，犹可强诿，牛鉴则胆小如鼷，闻炮惊走，坐乱军心，徒委陈化成于敌手，为国家失一良将，其罪殆不可胜诛矣。本回于朱、陈战状，极力形容，即所以甚奕经、牛鉴之罪。旁及死事诸将弁，及殉节诸工役妇女，尤足愧煞庸奴。

第五十五回

江宁城万姓被兵
静海寺三帅定约

却说牛鉴自宝山逃走，沿路不暇歇脚，一直奔回江宁。英兵即溯江直入，径攻松江。松江守将姓尤名渤，乃是寿春镇总兵，从寿春调守松江城。他闻英兵入境，带着寿春兵二千，到江口待着。英兵见岸上官军，一队一队的排列，严肃得很，他也不在心上，仗着屡胜的威势，架起巨炮，向岸上注射。尤总兵见敌炮放来，令兵士一齐伏倒，待炮弹飞过，又饬兵士尽起，发炮还击。这二千寿春兵，是经尤总兵亲手练成，坐作进退，灵敏异常，俄而起，俄而伏，由尤总兵随手指挥，无不如意。英兵放来的炮弹，多落空中，官兵放去的炮弹，却有一大半击着。相持两日，英兵不得便宜，转舵就走，分扰崇明、靖江、江阴境内，都被乡民逐出。

当下英将巴尔克、卧乌古，及大使濮鼎查，密图进兵的计策。卧乌古的意思，因长江一带，水势浅深，沙线曲折，统未知晓，不敢冒昧深入，还是濮鼎查想了一个妙计。看官！你道他的妙计是怎样？他无非用了银钱，买通沿江渔船，引导轮船驶入。中国人多是贪财，所以一败涂地。沿途进去，测量的测量，绘图的绘图，查得明明白白，并探得左右无伏，遂决意内犯。

镇江绅士，得此消息，忙禀知常镇通海道周项。周项同绅士巡阅江防，绅士指陈形势，详告堵截守御事宜。周项笑道："诸君何必过虑！长江向称天堑，不易飞渡，江流又甚狭隘，水底多伏暗礁，我料英兵必不敢深入。他若进来，必要搁浅。等他搁浅的时候，发兵夹击，便可一举成功，何必预先筹备，多费这数万银钱呢？"敌已在前，他还从容不迫，也是可哂。遂别了绅士，径自回署。谁知英舰竟乘潮直入，追薄瓜洲，城中兵民，已经逃尽，无人抵敌。英兵转窥镇江，望见城外有数营驻扎，就开炮轰将过去。这镇江城外的营兵，乃是参赞齐慎，及提督刘允孝统带，闻得敌炮震耳，没奈何出来对敌，战了一场。敌炮很是厉害，觉得支持不住，还是退让的好，一溜风跑到新丰镇去。又是两个不耐战。

城内只有驻防兵千名，绿营兵六百，老弱的多，强壮的少，军械又不甚齐备，副部统海龄，恰是个不怕死的硬汉，率兵登城，昼夜守御，英兵进薄城下，攻了两日，不能取胜。又是卧乌古等想出声东击西的诡计，佯攻北门，潜师西南，用火箭射入城中，延烧房屋。海龄正在北门抵御，回望西南一带，火光冲天，英兵已经上城，料知独力难支，忙下城回署，将妻妾儿女，一古脑儿，锁入内室，放起火来，霎时间阖门一炬，尽作飞灰。海龄在大堂上，投缳殉节。英兵入城，把余火扑灭，搜捕官吏，已经一个不留。沿江上下的盐船估舶，或被英兵炮毁，或被枭匪焚掠，一片烟焰，遮满长江。扬州盐商，个个惊恐，想不出避兵法儿，只得备了五十万金的厚礼，恭送英兵，才蒙饶恕。英舰直指江宁，东南大震。

牛制台奔回江宁，总道是离敌已远，可以无恐，城中张贴告示，略称："长江险隘，轮船汽船，不能直入，商民人等，尽可照常办事，毋庸惊惶！"这班百姓见了文告，统说制台的言语，总可相信。那时电报火车，一些儿都没有，但叫官场如何说，百姓亦如何做，到了镇江失守，南京略有谣传，牛制军心里虽慌，外面还装出镇定模样，兵也不调，城也不守。简直是个木偶。忽然江宁北门外，烽火连天，照彻城中，城内外的居民，纷纷逃避。牛制军遣人探听，回报英兵舰八十多艘，连樯而来，已至下关。牛制军被这一吓，比在宝山海塘上这一炮，尤觉利害。

呆了好一歇，忽报伊里布由浙到来，方把灵魂送回，才会开口，好一个救星。道了"快请"二字。伊里布入见，牛鉴忙与他行礼，献茶请坐，处处殷勤。便道："阁下此来，定有见教。"伊里布道："伊某奉诏到此，特来议抚。"牛鉴道："好极，好极！中英开衅，百姓扰得苦极了，得公议抚，福国利民，还有何说？"伊里布道："将军耆英，亦不日可到，议抚一切，朝旨统归他办理。伊某不过先来商议，免得临时着忙。"牛鉴听罢，便道："耆将军尚未到来，英兵已抵城下，这且如何是好？"伊里布道："小价张喜，与英人多是相识，现不如写一照会，差他前去投递，便可令英人缓攻。"牛鉴道："照会中如何写法？"伊里布道："照会中的写法，无非说钦差大臣耆英，已奉谕旨，允定和好，请他不必进兵。再令小价张喜，与他委婉说明，包管英人罢兵。"牛鉴喜极，随令文牍员写好照会，即挽伊里布叫入张喜，亲自嘱托，即刻令投送英船。张喜唯唯而去。老家人又出风头。去了半日，才来回报，牛鉴不待开口，忙问道："抚议如何？"张喜道："据英使濮鼎查说，和议总可商量，但耆将军到此无期，旷日持久，兵不能待，须就食城中方可。”牛鉴闻他和议可商，已觉放心；及听他就食城中的要约，又着急起来，便道：“据这句话，明明是要来攻城，这却如何使得？”张喜道：“家人亦这样说，同他辩驳多时，他说要我兵不入城，须先办三百万银子送我，作了兵饷，方好静候耆将军。”大敲竹杠。牛鉴道：“这也是个难题目。银子要三百万，那里去办？”

道言未绝，外面报副将陈平川禀见，牛鉴传入。平川请过了安，向牛鉴道：“寿春镇的援兵，已到城下，求大帅钧示，何日开战？”牛鉴道：“要开战么？这事非同儿戏，倘一失败，南京难保，长江上游，处处危急，岂不是可怕么？”平川道：“不能战，只好固守，请下令闭城，督兵登陴方好。”牛鉴道：“你又来了。前日将军德珠布，闻英兵已到，饬十三城门统行关锁。你想朝廷现主抚议，如何可闭城固守，得罪英人？我与伊都统费尽口舌，才争得‘已启申闭’四字。德将军掌管全城锁钥，我没奈何去恳求他，你如何也说出这等话来？”平川道：“耆将军尚在未到，抚议尚无头绪，倘英人登岸攻城，城中没有防备，如何抵敌？”牛鉴不禁变色道：“英将并不来攻城，你却祝他攻城，真正奇怪！本帅自有办法，不劳你们费心！”当下怒气勃勃，拂衣起座，返身入内。不愧姓牛。平川只得退出。

牛鉴到了内厅，亲写了一封急信，叫干役两名，把信付他，令他加紧驰驿，去催耆钦使。一面又命张喜，再赴英舰，与他附耳谈了数语。甚么秘计，诸君试一猜之！张喜领命又去。

看官！你道这个家人张喜，真能够与英帅面谈么。原来英舰中有个末弁，叫作马利逊，能作汉语，张喜与马利逊认识，数次往返，统由马利逊介绍。此次仍由马利逊引见濮鼎查，两边言语，也由马利逊传译。濮鼎查就问三百万兵饷，可曾备齐么？张喜道：“耆将军即日可到，和事就可开议。牛大帅恐贵使性急，特遣张某前来相告。贵国初意，无非为了通商的事情，现我朝愿允许通商，贵国当可罢兵了。”濮鼎查道：“要我罢兵，也是容易，但须依我几件事情。第一件须赔偿烟价，要一千二百万圆。”张喜道：“广东已给过六百万圆，如何今日还要倍索？”濮鼎查道：“那是兵费，不是烟价。现在我兵由粤到此，饷项又用去数千万，亦须照例赔偿。”张喜不禁伸舌，便道：“还要赔兵费么？”濮鼎查道：“烟价、兵费外，香港是要割让的。香港以外，还要把广州、福州、厦门、宁波、上海五港口，开埠通商。”张喜道：“款子有这么多！”濮鼎查道：“还有，还有。讲和以后，俘虏是要放还。将来两国通使，应用平等款式。此外如我国的商民，损失颇多，也应酌量赔偿。烦你去通报贵国公使，如肯照允，当即退兵。”濮鼎查真是泼辣。张喜不敢辩论，便辞别了濮鼎查，当由马利逊送他登岸。张喜向马利逊道：“议和的条件，这般厉害，恐怕是不易办到。”马利逊道：“我与你向来熟识，不妨对你直言。这是我国所索，并非中国所许。此次我国兴兵，通商为主，不在银钱，但得两三港贸易，已能如愿，余事由中国裁酌便了。”张喜点头告别。相传马利逊本是中国人，因在英领事处，服役多年，投入英籍。英领事嘉他勤慎，所以拔他作了英官。马利逊这番言语，也算是暗地关会，格外有情。

张喜据实回报，牛鉴不好遽复，又延挨了两三天，忽闻钦差大臣耆英到了，牛鉴忙出城迎接。耆英入城，谈起和战事宜，与牛鉴很是投机。也是牛类。刚拟去拜会英帅，英帅的照会已到，大略照前时所说的款子。耆英按照各款，稍稍驳诘，即行咨复。不料英使濮鼎查，定要件件依他，方许讲和，否则明日开战。这个照会答复过来，急得耆英、牛鉴、伊里布，没法摆布。忽报英舰高悬红旗，声势汹汹，准备开仗。耆英不得已，复遣张喜赴英船，与约翌朝会商。濮鼎查却翻着脸道：“还要商议甚么？允与不允，一言可决。闻汝大帅还添调寿春兵，与我接仗，我却不怕，明日同你交锋便了。”张喜忙说：“没有这事。”濮鼎查不信，还是马利逊从旁缓颊，方说：“明日辰刻，如再不允，我兵一齐登岸，运炮至钟山顶上，轰碎你的全城，休要后悔！”分明恫吓。张喜还报。

翌晨，耆英遣侍卫咸龄、藩司黄恩彤、宁绍台道鹿泽长，往英舰会商。两边磋议了一回，由濮鼎查定出数款：第一款，是清、英两国，将来当维持平和。这一条是面子上语，无关得失。第二款，是清国须给英兵费洋一千二百万圆，商欠三百万圆，赔偿鸦片烟六百万圆，共二千一百万圆，限三年缴清。第三款，是开广州、厦门、福州、宁波、上海五港，为通商口岸，许英人往来居住。第四款，是割让香港。第五款，是放还英俘。第六款，是交战时为英兵服役的华人，一律免罪。第七款，是将来两国往复文书，概用平行款式。第八款，是条约上须由清帝钤印。咸龄等见了此款，明知利害得很，但是耆将军等一意主和，不好再行申驳，只说：即日照奏，请俟政府批回，即可定约。”濮鼎查道：“须要赶紧，迟则不便。”咸龄等唯唯趋出，急报知耆英等，将条约草案呈上。耆英也不待瞧明，即与牛、伊二人会衔，饬文牍员写好奏章，由八百里加紧驿使，驰奏北京。

道光帝览奏，未免懊恼，立召军机大臣会议。军机大臣不敢多嘴，只大学士穆彰阿道：“兵兴三载，糜饷劳师，一些儿没有功效，现在只有靖难息民的办法。等到元气渐苏，再图规复不迟。惟钤用御宝一条，关系国体，不便允准，应饬耆英等改用该大臣关防，便好了案。”见小失大，忽近图远，真好相才。道光帝迟疑一会，才道：“照你办罢！”当由军机处拟旨，饬耆、牛、伊三人遵行。

耆、牛、伊三人，奉到上谕，见各款都已照准，只有钤用御宝，须改易三大臣关防，暗想这是最后一款，谅来英使总可转圜，遂令张喜至英舰知会，约期相见。马利逊先问张喜道："议和各款，已批准么？"张喜道："件件批准，只钤用御宝事不允。"马利逊道："我国最重钤印，这事不允，各议款都无效了。"张喜突然一惊，半晌道："且待三帅等会过英使，再作计较。"马利逊道："我国礼节，与中国不同，钦使制府，必欲来会，请用我国的平行礼。"张喜道："是否免冠鞠躬？"马利逊道；"免冠鞠躬，仍是平时的礼节，军礼只举手加额便是。"张喜道："简便得很，我去禀明便了。"

两人别后，转瞬届期，耆、牛、伊三帅，带领侍卫司道，径往英舟。濮鼎查出来相见，两下用了平行礼，分宾主坐定，订定盟约，倒也欢洽异常。耆、牛、伊回城后，又想了一桩拍马屁的法子，备好牛酒，于次日亲去犒师，到了英舟，濮鼎查忽辞不见。真会做作。三人驰回，急令张喜去问马利逊，一时回报，据英使意见，日前议定各款，一字不能改易，如或一字不从，只好兵戎相见，毋烦犒劳！耆英道："他如何知我消息？我昨日与英使相会，因初次见面，不好骤提易印二字，今日是借了犒师的名目，去议这件款子。偏偏他先知觉，不识有那个预报详情？"张喜在旁，垂头不答。牛鉴道："为了这事仍要用兵，殊不值得，想圣上英明得很，且再行申奏，仰乞天恩俯准，当无不可。"耆英道："如何说法？"伊里布道："奏中大意，只叫说钤用御宝，乃是彼此交换的信用。我国用御宝，彼国君主，亦应照办，讲到平行款式，尚属可行。这么说来，想皇上亦不至再行申斥。况内有穆中堂作主，我们备一密函，先去疏通，自然容易照准了。"耆英依言照办，奏折上去，果然降旨依议。耆英等再赴英舰，与濮鼎查申明允议，约定仪凤门外的静海寺中，两下换约。届期免不得有一番手续，小子不欲再详，只好大书道光二十二年七月二十四日，即西历一千八百四十二年八月二十九日，清英结《南京条约》，和议告成，便算完案。第一次国耻。但英舰尚未退去，兵弁多上岸游览，江南华丽，远胜他省，青年妇女，妆扮得百般妖艳，英兵不懂中国禁忌，就上前去握手相亲，吓得妇女们大叫救命，恼了许多男子汉，说他怎么无礼，将英兵围住，手打脚踢，着实的敲了一顿。这一场瞎闹，几乎又惹起大交涉来。英将要下令赴斗，耆、牛、伊三人，亟遣黄藩司前去道歉。那英将不肯甘休，定欲按问，没奈何将闹事的百姓，拿了几个，枷号示众。不愿作元绪公，恰要他吃独桌。并出示晓谕军民，只说："外洋重女轻男，握手所以示敬，居民不要误会，致启嫌隙！"若比握手更亲一层，便是相敬如宾了。众百姓似信非信，因内外交相胁迫，只得忍气吞声罢了。

到八月终旬，英兵先得六百万圆偿金，方退出江宁，还屯舟山。长江一带无英兵，惟舟山及鼓浪屿，英兵尚不肯撤退，须俟偿款交清，方行撤去。清廷无可奈何，只好一期一期的解他赔款。道光帝痛定思痛，想惩办一二庸帅，遮盖自己脸面。廷臣窥伺意旨，参本弹章，陆续投呈，于是道光帝连下谕旨，牛鉴革职逮问，命耆英代任江督，奕山、奕经、文蔚，亦仿牛鉴例逮治，余步云正法。独伊里布特沐重恩，升任钦差大臣，赴粤议互市章程，这是议和的功绩，清廷原特别优待他的。

转瞬间又是一年，春王正月，诏闽督怡良谳台湾狱。革台湾总兵达洪阿，兵备道姚莹职，海内哗然。这件案情，也是从英兵入境而起。英舰入犯的时候，曾遣偏师窥台湾，达洪阿、姚莹督率参将邱镇功，守御鸡笼口，见英舰驶入，开炮抵敌，轰退英兵。当下捷报到京，道光帝下旨嘉奖。嗣后英兵又窥大安港，达洪阿、姚莹，预设埋伏，诱敌进口，英舰鼓轮直入，巧巧触着暗礁，霎时间伏兵齐起，奋勇上船，擒住白人二十四名，黑人一百六十五名，炮二十门，及英兵所得浙军器械，约数百件。捷报再上，道光帝亲书硃谕，赏达洪阿太子少保衔，加姚莹二品顶戴。达、姚二人，将英俘监住，请旨正法，有旨批准。达洪阿等也算谨慎，把黑人一百六十四名斩首，留白人不杀。到了江宁议和，两国当交还俘虏，台湾只交出白人。英使濮鼎查，寻了闲隙，遍诉江、浙、闽粤诸大吏，略说："台中两次俘获，均系遭风难民。镇台达洪阿、道台姚莹，垂危邀功，请会奏惩处！"这位和事老耆英，连忙上奏，洋奴，洋奴！达洪阿闻这消息，也具奏声明原委，最后的一篇奏牍，恰是自请开缺，候钦派大臣查办。道光帝遂饬怡制台渡台讯究，一面将达、姚二人撤任。正是：

功罪不明先受谴，忠奸未辨已蒙冤。

毕竟怡制台讯究后，达、姚二人得罪与否，请看下回分解。

中英开衅，为禁烟而起，屡战屡败，直至江宁受困，情见势绌，不得已而乞和。种种条款，令人难堪，耆、牛、伊三大臣，唯唯诺诺，不敢少违。英人始愿，且不及此，何其怯欤？顾后人以此为五口通商之始，目为耆、牛、伊罪案，吾谓通商尚不足病，重洋洞辟，万国交通，中国宁能长此闭关乎？但战事为禁烟而起，至和议成后，于禁烟二字，绝不提及，是真可怪。英人未尝不允禁烟，我既事事如约，则禁烟二字，应不难乘此提议，数十百年之积毒，不至长遗，尚足为万一之补救。乃议和诸臣，见不及此，清宣宗亦屡败而惧，含糊了事。虎头蛇尾，能毋为外人窥破耶？本回写牛鉴，写伊里布，写耆英，暗中实写宣宗。语重心长，隐含无数感慨。

第五十六回

怡制军巧结台湾狱
徐总督力捍广州城

却说闽浙总督怡良，本是达、姚二人的顶头上司，只因军务倥偬，朝廷许他专折奏事，达、姚遂把始末战事，直接政府，闽督中不过照例申详，多未与议，因此怡良亦心存芥蒂。此次奉旨查办，大权在手，乐得发些虎威，聊泄前恨。外不能御侮，内却偏要摆威，令人可恼！到了台湾，驺从杂沓，仪仗森严，台中百姓，闻得怡制台为办案而来，料与达镇台、姚道台一方面，有些委屈，途中先拦舆鼓噪，争说达、姚二官员的好处，制台大人，不必查究。达洪阿得了此信，连忙亲往驰谕，百姓们才渐渐解散。

怡制台一入行辕，门外又有一片闹声，经巡捕来报，外面的百姓，每人各执香一炷，闯入行辕来了。怡良问为何事？巡捕答称，百姓口中，无非为达镇台、姚道台伸冤。此时达、姚二人，见过怡制台，已自回署，怡良忙着人传见。不一时，达、姚俱到，百姓分开两旁，让两人入辕。怡良此时，只得装出谦恭模样，起身相迎，与两人行过了礼，随说："两位统是好官，所以百姓这般爱戴。现仍劳两位劝慰百姓，禁止喧闹，兄弟自然与二位伸冤。"达、姚二人忙禀道："大帅公事公办，卑职等自知无状，难道为了百姓，便失朝廷赏罚么？"正答议间，外面的喧声，越加闹热。怡良忙道："二位且出去劝解百姓，再好商量。"达、姚二人，只好奉命出来，婉言抚慰。众百姓道："制台大人，既已到此，何不出来坐堂，小百姓等好亲上呈诉。"达、姚二人，乃再请怡制台坐出堂去，晓谕百姓。怡良没法，亲自出堂，见外面有无数百姓，执着香，黑压压的跪了一地。前列的首顶呈词，由巡捕携去，呈与怡良。怡良大略一瞧，便道："本宪此来，原是与达镇、姚道伸冤，汝等百姓，好好静候，千万不要喧哗。"众百姓尚是不信，又经达、姚二人，再三劝慰，百姓方才出去。

怡良又邀达、姚二人入内，便道：“二位的政声，兄弟统已知悉，但上意恐有误抚议，所以遣兄弟前来。”一面取出密旨，交与二人阅看，内有“此案如稍有隐饰，致朕赏罚不公，必误抚局，将来朕别经察出，试问怡良当得何罪”等语。炀灶蔽聪，前后多自相矛盾。两人阅过上谕，便道：“卑职等的隐情，已蒙大帅明察，甚是感德不忘，现只请大帅钧示便了！”怡良道：“现在英人索交俘虏，台中擒住的英人，已多半杀却，那里还交付得出？兄弟前时曾有公文寄达两位，叫两位不要杀戮洋人，两位竟将他杀死一大半，所以今日有这种交涉。”达洪阿道：“这是奉旨照办，并非卑镇敢违钧命。”怡良道：“君要臣死，不得不死。专制时代的谰语。现在抚议已成，为了索交俘虏一事，弄得皇上为难，做臣子们也过意不去。为两位计，只好自己请罪，供称：‘两次洋船破损，一系遭风击碎，一系被风搁沉，实无兵勇接仗等事。前次交出白人数十名，乃是台中救起的难民，此外已尽逐波臣，无处寻觅。”照此说来，政府可以藉词答复，免得交涉棘手了。”计策恰好，只难为了达、姚。达洪阿不禁气忿道：“据大帅钧意，饬卑镇等无故认罪，事到其间，卑镇等也不妨曲认。但一经认实，岂非将前次奏报战仗，反成谎语？欺君罔上，罪很重大，这却怎么处？”怡良道：“这倒不妨，兄弟当为二位转圜。”遂提笔写道：“此事在未经就抚以前，各视其力所能为。该镇、道志切同仇，理直气壮，即办理过当，尚属激于义愤。”写到此处，又停了笔，指示两人道：“照这般说，两位便不致犯成大罪，就使稍受委屈，将来再由兄弟替你洗刷，仍好复原。这是为皇上解围，外面不得不把二位加罪，暗中却自有转圜余地。兄弟准作保人，请两位放心！”如此做作，可谓苦心孤诣。达、姚二人，没奈何照办。

怡良就将写好数语，委文牍员添了首尾，并附入达、姚供状，驰驿奏闻。道光帝一并瞧阅，见怡良奏中，末数语，乃是：“一意铺张，致为借口指摘，咎有应得”三语。总不肯放过。遂密逮达、姚二人入都，交刑部会同军机大臣审讯。隐瞒百姓，阳谢英人，苦极苦极！道光帝自己思想，无故将好人加罪，究竟过意不去，刑部等的定谳，也是不甚加重，遂由道光帝降旨道：

> **该革员等呈递亲供，朕详加披阅，达洪阿等原奏，仅据各属文武士民禀报，并未亲自访查，率行入奏，有应得之罪。姑念在台有年，于该处南北两路匪徒，叠次滋扰，均迅速蒇事，不烦内地兵丁，尚有微劳足录。达洪阿、姚莹，着加恩免其治罪！业已革职，应毋庸议！钦此。**

台湾的交涉，经这么一办，英人算无异言。这是怡制台的功劳。奈自洋人得势后，气焰日盛一日，法、美各国，先时尝愿作调人，江宁和约，不得与闻，免不得从旁讥议；况且中国的败象，已见一斑，自然乘势染指。是时钦差大臣伊里布赴粤，与英使濮鼎查，开议通商章程，尚未告成，伊已病殁。清廷命两江总督耆英，继了后任，订定通商章程十五条。自此英人知会各国，须就彼挂号，方可进出商船，输纳货税。法、美各商，以本国素未英属，不肯仰英人鼻息，遂直接遣使至粤，请援例通商。耆英不能拒，奏请许法、美互市，朝旨批准，随于道光二十四年，与美使柯身，协定中美商约三十四款，又与法使拉萼尼，协定中法商约三十五款，大旨仿照英例。惟约中有"利益均沾"四字，最关紧要。耆英莫名其妙，竟令他四字加入，添了后来无数纠葛，又上法、美的当。这且待后再详。

只江宁条约，五口通商，广州是排在第一个口岸，英人欲援约入城，粤民不肯，合词请耆英申禁。耆英不肯，众百姓遂创办团练，按户抽丁，除老弱残废，及单丁不计外，每户三丁抽一,百人为一甲，八甲为一总，八总为一社，八社为一大总，悬灯设旗，自行抵制英人，不受官厅约束。会英使濮鼎查，自香港回国，英政府命达维斯接办各事。达维斯到粤，请入见耆英。耆英晓得百姓厉害，即遣广州知府刘浔，先赴英舰，要他略缓数日，等待晓谕居民，方可入城相见。

知照后打道回衙，适有一乡民挑了油担，在市中卖油，冲了刘本府马头，被衙役拿住，不由分说，揿倒地上，剥了下衣，露出黑臀，接连敲了数十百板。市民顿时哗闹，统说官府去迎洋鬼子入城，我们百姓的产业，将来要让与洋人，应该打死。这句话，一传两，两传十，恼得众人性起，趁势啸聚，跟了刘本府，噪入署中。刘本府下了舆，想去劝慰百姓，百姓都是恶狠狠一副面孔，张开臂膀，恨不得奉敬千拳。吓得刘本府转身就逃，躲入内宅。百姓追了进去，署中衙役，那里阻拦得住？此时闯入内宅的人，差不多有四五千。幸亏刘本府手长脚快，扒过后墙，逃出性命，剩得太太、姨太太、小姐、少奶奶等，慌做一团，杀鸡似的乱抖。百姓也不去理他，只将他箱笼敲开，搬出朝衣朝冠等件，摆列堂上。内中有一个赳赳武夫，指手画脚的说道："强盗知府，已经投了洋人，还要这朝衣、朝冠何用？我们不如烧掉了他，叫他好做洋装服色哩！"众人齐声赞成。当下七手八脚，将朝衣、朝冠等，移到堂下，简直一把火，烧得都变黑灰。倒是爽快，但也未免野蛮。又四处搜寻刘本府，毫无踪迹。只得罢手，一排一排的出署。

到了署外，督抚已遣衙役张贴告示，叫百姓亟速解散，如违重究。众百姓道："官府贴告示，难道我们不好贴告示么？"奇闻。当由念过书的人，写了几行似通非通的文字，贴在告示旁边，略说："某日要焚劫十三洋行，官府不得干预，如违重究！"趣极。这信传到达维斯耳内，也不敢入城，退到香港去了。百姓越发高兴，常在城外寻觅洋人，洋人登岸，不是着打，就是被逐。英使愤甚，迭贻书耆英，责他背约。耆英辩无可辩，不得已招请绅士，求他约束百姓，休抗外人。绅士多说众怒难犯，有几个且说："百姓多愿从戎，不愿从抚，若将军督抚下令杀敌，某虽不武，倒也愿效前驱。"越说越远！耆英听了，越加懊恨，当即掇茶谢客。返入内宅，眉头一皱，计上心来，展毫磨墨，拂笺写信，下笔数行，折成方胜，用官封粘固，差了一个得力家人，付了这信，并发给路费，叫他星夜进京，到穆相府内投递。家人去讫，过了月余，回报穆相已经应允，将来总有好音。耆英心中甚喜，只英使屡促遵约，耆英又想了一个救急的法儿，答复英使，限期二年如约。于是耆英又安安稳稳的过了一年。

道光二十七年春月，特召耆英入京，另授徐广缙为两广总督、叶名琛为广东巡抚。这旨一下，耆英额手称庆，暗中深感穆相的大德，前信中所托之事，读此方知。日日盼望徐、叶二人到来。等了数月，徐、叶已到，耆英接见，忙把公事交卸，匆匆的回京去了。撒了一泡澜屎。

光阴如箭，倏忽间又是一年。英政府改任文翰为香港总督，申请二年入城的契约，旧事重提，新官不答。广东绅士，已闻知消息，忙入督署求见，由徐广缙延入。绅士便开口道："英人要求无厌，我粤万不能事事允行。粤民憾英已久，大公祖投袂一舍，负杖入保的人，立刻趋集，何虑不胜？"广缙道："诸君既同心御侮，正是粤省之福，兄弟自然要借重大力。"

绅士辞去，忽由英使递来照会，说要入城与总督议事。广缙忙即照复，请他不必入城，若要会议，本督当亲至虎门，上船相见。过了两日，广缙召集吏役，排好仪仗，出城至虎门口外，会晤英使文翰。相见之下，文翰无非要求入城通商，广缙婉言谢却。当即回入城中，与巡抚叶名琛，商议战守事宜。名琛是个信仙好佛的人，一切事情，多不注意；况有总督在上，战守的大计划，应由总督作主。此时广缙如何说，名琛即如何答。城中绅士，又都来探问，争说："义勇可立集十万，若要开仗，都能效力，现正伫候钧命！"广缙道："英人志期入城，我若执意不许，他必挟兵相迫，我当预先筹备。等他发作，然后应敌，那时便彼曲我直了。"绅士连声称妙。

不想隔了一宿，英船已闯入省河，连樯相接，轮烟蔽天，阖城人民，统要出去堵截。广缙道："且慢！待我先去劝导，叫他退去。他若不退，兴兵未迟。"随即出城，单舸往谕。文翰见广缙只身前来，想劫住了他，以便要求入城。两下方各执一词，忽闻两边岸上，呼声动地，遂往舱外一望，几乎吓倒。原来城内义勇，统已出来，站立两岸，好像攒蚁一般，枪械森列，旗帜鲜明，眼睁睁的望着英船，口内不住的喝逐洋人。文翰一想，众寡情形，迥不相同，万一决裂，恐各船尽成齑粉，于是换了一副面庞，对着徐制台虚心下气，情愿罢兵修好，不复言入城事。中国百姓，能时时如此，何患洋人？广缙亦温言抚慰。劝他休犯众怒，方好在广州海口，开舱互市。文翰应允，就送广缙回船，下令将英船一律退去。

广缙遂与名琛合奏，道光帝览奏大悦，即手谕道：

洋务之兴，将十年矣。沿海扰累，糜饷劳师。近年虽累臻静谧，而驭之之法，刚柔不得其平，流弊以渐而出。朕深恐沿海居民蹂躏，故一切隐忍待之，盖小屈必有大伸，理固然也。昨因英使复申粤东入城之请，督臣徐广缙等，迭次奏报，办理悉合机宜。本日又由驿驰奏，该处商民，深明大义，捐资御侮，绅士实力匡勷。入城之议已寝。该英人照旧通商，中外绥靖，不折一兵，不发一矢，该督抚安内抚外，处处皆抉摘根源，令外人驯服，无丝毫勉强，可以历久相安。朕嘉悦之忱，难以尽述，允宜懋赏以奖殊勋。徐广缙着加恩赏给子爵，准其世袭，并赏戴双眼花翎。叶名琛着加恩赏给男爵，准其世袭，并赏戴花翎以昭优眷。发去花翎二枝，着即分别祇领！穆特恩、乌兰泰等，合力同心，各尽厥职，均着加恩照军功例，交部从优议叙。候补道许祥光，候补郎中伍崇曜，着加恩以道员尽先选用；并赏给三品顶戴。至我粤东百姓，素称骁勇，乃近年深明大义，有勇知方，固由化导之神，亦其天性之厚；难得十万之众，利不夺而势不移。朕念其翊戴之功，能无恻然有动于中乎？着徐广缙、叶名琛宣布朕言，俾家喻户晓，益励急公亲上之心，共享乐业安居之福。其应如何奖励，及给予扁额之处，着该督抚奖其劳勩，锡以光荣，毋稍屯恩膏以慰朕意。余均着照所议办理！钦此。

这道上谕，已是道光二十九年四月内的事情。道光帝以英人就范，从此可以无患，所以有小屈大伸的谕旨。谁知英人死不肯放，今年不能如愿，待到明年；明年又不能如愿，待到后年；总要达到目的，方肯罢手。外人的长处，便在于此。这且慢表。

且说道光帝即位以来，克勤克俭，颇思振刷精神，及身致治，无如国家多难，将相乏才，内满外汉的意见，横着胸中，因此中英开衅，林则徐、邓廷桢、杨芳等，几个能员，不加信任，或反贬黜。琦善、奕山、奕经、文蔚、耆英、伊里布等，庸弱昏昧，反将更迭任用。琦善、奕山、奕经、文蔚四人，虽因措置乖方，革职逮问，嗣后又复起用。御史陈庆镛，直言抗奏，竟说是刑赏失措，未足服民。道光帝也嘉他敢言，复夺琦善等职。怎奈贵人善忘，不到二年，又赏奕经二等侍卫，授为叶尔羌参赞大臣，奕山二等侍卫，授为和阗办事大臣，琦善二等侍卫，授为驻藏大臣，后竟升琦善四川总督，并授协办大学士，奕山也调擢伊犁将军。林、邓二人，未始不蒙恩起复，林督云贵，邓抚陕西，然后究贤愚杂出，邪正混淆，又有权相穆彰阿，仿佛乾隆年间的和珅，妒功忌能，贪赃聚敛，弄得外侮内讧，相逼而来。道光帝未免悒悒。俗语说得好："忧劳足以致疾。"道光帝已年近古稀，到此安能不病？天下事往往祸不单行，皇太后竟一病长逝，道光帝素性纯孝，悲伤过度。皇四子福晋萨克达氏，又复病殁。种种不如意事，丛集皇家，道光帝痛上加痛，忧上加忧，遂也病上加病了。总括一段，抑扬得体。正是：

天有不测风云，人有旦夕祸福。

究竟道光帝的病体，能否痊愈，待至下回续叙。

道光晚年，为民气勃发之时。台湾谳案，达洪阿、姚莹，几含不白之冤，闽督怡良，又思借端报复，微台民之合词诉枉，达、姚必遭冤戮。虽复奏案情，仍有"一意铺张，致遭指摘"等语，然上文恰谕其志切同仇，激于义愤，于谴责之中，曲寓保全之意，皆台民一争之效也。至若广州通商，为江宁条约所特许，英人入城，粤民拒之，以约文言，似为彼直我曲之举，然通商以海口为限，并非兼及城中，立约诸臣，当时不为指出界限，含糊其词曰广州，固有应得之咎，而于粤民无与。耆英诱约而去，徐广缙衔命而来，微粤民之同心御侮，广缙且被劫盟，以此知吾国民气，非真不可用也。但无教育以继其后，则民气只可暂用，而不可常用。本回于台、粤民气，写得十分充足，实为后文反击张本。满必招损，骄且致败，作者已寓有微词矣。

第五十七回

清文宗嗣统除奸
洪秀全纠众发难

却说道光帝身体违和，起初尚勉强支持，日间临朝办事，夜间居圆明园慎德堂苫次。孝思维则。延至三十年正月，病势加重，自知不起，乃召宗人府宗令载铨，御前大臣载垣、端华、僧格林沁，军机大臣穆彰阿，赛尚阿，何汝霖，陈孚恩，季芝昌，内务府大臣文庆，入圆明园苫次，谕令诸大员到正大光明殿额后，取下秘匣，宣示御书，乃是“皇四子奕詝”五字，遂立皇四子奕詝为太子。道光帝时已弥留，遂下顾命道：“尔王大臣等，多年效力，何待朕言。此后夹辅嗣君，总须注重国计民生，他非所计。”诸臣唯唯听命。一息残喘，延到日中，竟尔宾天去了。皇四子遂率内外族戚，及文武官员，哭临视殓，奉安入宫，不烦细叙。

这皇四子奕詝，本是孝全皇后所出，前文已经叙过。道光帝早欲立为皇储，嗣后又钟爱皇六子奕䜣，渐改初意，不过孝全崩逝，疑案未明，道光帝始终悲悼，倘若不把皇四子立为太子，总有些过意不去，因此逡巡未决。是时滨州人侍读学士杜受田，在上书房行走，授皇子读书，他与皇四子感情最深，满拟皇四子入承宗社，将来稳稳是个傅相。旋因道光帝意有别属，未免替皇四子捏一把汗。一日，皇四子到上书房请假，适值左右无人，只一位杜老先生，兀坐斋中，皇四子便向他长揖，并说请假一日。杜老先生问他何事？皇四子答称奉父皇命，赴南苑校猎。杜老先生便走至皇四子前，与他耳语道：“四阿哥至围场中，但坐观他人驰射，万勿可发一枪一矢；并当约束从人，不得捕一生物。”皇四子道：“照这么说，如何复命？”杜老先生道：“复命时，四阿哥须如此如此，定能上邀圣眷。这是一生荣枯关头，须要切记！”笔下半现半隐，令人耐读。皇四子答应而去。行到围场，诸皇子兴高采烈，争先驰逐，独他一人呆呆坐着，诸从人亦垂手侍立。诸皇子各来问道：“今日校猎，阿哥为甚么不出手？”皇四子只说是身子未快，所以不敢驰逐。猎了一日，各回宫覆命，诸皇子统有所得，皇六子奕䜣，猎得禽兽，比别人更多，入报时，尚露出一种得意模样。偏偏皇四子两手空空，没有一物。道光帝不禁怒道：“你去驰猎一镇日，为何一物没有？”皇四子从容禀道：“子臣虽是不肖，若驰猎一日，当不至一物没有。但时当春和，鸟兽方在孕育，子臣不忍伤害生命，致干天和；且很不愿就一日弓马，与诸弟争胜。”道光帝听到此语，不觉转怒为喜道：“好！好！看汝不出有这么大度，将来可以君人。我方放心得下哩。”于是遂密书皇四子名，缄藏金匣。

道光帝崩，皇四子为皇太子，即皇帝位，以明年为咸丰元年，是谓文宗。即位后，尊谥道光帝为宣宗成皇帝。又因生母孝全皇后，早已崩逝，咸丰帝素受静皇贵妃抚养，至此尊为康慈皇贵太妃，奉居寿康宫，后尊为太后，奉居绮春园，就是宣宗颐养太后的住所。以七阿哥奕譞生母琳贵妃，温良贤淑，亦尊为琳贵太妃，奉居寿安居西所，统格外敬礼，一体孝养。随封弟奕誴为惇亲王，奕䜣为恭亲王，奕譞为醇郡王，奕詥为钟郡王，奕譓为孚郡王；且追念杜师傅的拥戴大功，立擢为协办大学士。知恩报恩，确不愧君人之度。杜师傅更力图报称，所有政务，时常造膝密陈，因此求贤旌直的诏旨，连篇迭下。起擢故云贵总督林则徐，漕督周天爵、总兵达洪阿、道员姚莹等，多是杜协揆暗中保荐，中外翕然称颂。还有一种最得人心的上谕，由小子录述如下：

清文宗（1831—1861），即“爱新觉罗·奕詝”，清代皇帝，年号咸丰，满族。1851年派兵镇压太平天国起义。1856年英、法发动第二次鸦片战争，1858年与俄、美、英、法分别签订《天津天约》。1860年英法联军进攻北京，逃往热河（今河北承德），命恭亲王奕䜣议和，同英、法、俄分别签订了屈辱的《北京条约》。1861年8月病死于热河行宫。

> **任贤去邪，诚人君之首务。去邪不断，则任贤不专。方今天下因循废坠，可谓极矣。吏治日坏，人心日浇，是朕之过。然献替可否，匡朕不逮，则二三大臣之职也。穆彰阿身任大学士，受累朝知遇之恩，不思其难其慎，同德同心，乃保位贪荣，妨贤病国；小忠小信，阴柔以济奸回，伪学伪才，揣摩以逢主意。从前戎务之兴，穆彰阿倾排异己，深堪痛恨。如达洪阿、姚莹之尽忠宣力，有碍于己，必欲陷之。耆英之无耻丧良，同恶相济，尽力全之。似此之固宠窃权者，不可枚举。我**

皇考大公至正，惟知以诚心待人，穆彰阿得以肆行无忌，若使圣明早烛其奸，则必立寘重典，断不姑容。穆彰阿恃恩益纵，始终不悛，自本年正月，朕亲政之初，遇事模棱，缄口不言。迨数月后，则渐施其伎俩，如英船至天津，伊犹欲引耆英为腹心，以遂其谋，欲使天下群黎，复遭涂炭。其心阴险，实不可问。潘世恩等保林则徐，伊屡言林则徐柔弱病躯，不堪录用；及朕派林则徐驰往粤西，剿办土匪，穆彰阿又屡言林则徐未知能去否。伪言荧惑，使朕不知外事，其罪即在于此。至若耆英之自外生成，畏葸无能，殊堪诧异。伊前在广东时，惟抑民以媚外，罔顾国家。如进城之说，非明验乎？上乖天道，下逆人情，几至变生不测。赖我皇考洞悉其伪，速令来京，然不即予罢斥，亦必有待也。今年耆英于召对时，数言及如何可畏，如何必应事周旋，欺朕不知其奸，欲常保禄位，是其丧尽天良，愈辩愈彰，直同狂吠，尤不足惜。穆彰阿暗而难知，耆英显而易著，然贻害国家，厥罪维钧。若不立申国法，何以肃纲纪而正人心？又何以使朕不负皇考付托之重欤？第念穆彰阿系三朝旧臣，若一旦竟寘之重法，朕心实有不忍，着从宽革职，永不叙用。耆英虽无能已极，然究属迫于时势，亦着从宽降为五品顶戴，以六部员外郎候补。至伊二人行私罔上，乃天下所共见者，朕不为已甚，姑不深问。办理此事，朕熟思审度，计之久矣，实不得已之苦衷，尔诸臣其共谅之！嗣后京外大小文武各官，务当激发天良，公忠体国，俾平素因循取巧之积习，一旦悚然改悔，毋畏难，毋苟安，凡有益于国计民生诸大端者，直陈勿隐，毋得仍顾师生之谊，援引之恩，守正不阿，靖共尔位，朕实有厚望焉。布告中外，咸使知朕意，钦此。

原来咸丰帝即位时，天津口外，突来英船两艘，只说是赴京吊丧。直隶总督据事奏闻，咸丰帝召问穆彰阿及耆英两人，统答称英人请助执绋，无非为修好诚意，不如命他入京。独咸丰帝心中不以为然，随命直隶总督婉言谢却。英船亦起椗退去。于是咸丰帝因英人恭顺，回忆前次海疆肇衅，实由议抚诸臣，未战先怯，酿成种种失败的结果，遂追论前罪，将穆、耆二人，分别谴责。穆、耆二人，罪无可逭，但为英人吊丧起见，亦未免近于周内，两国通好，吊贺固宜，乃以却之使去，即目为恭顺，因追论疆事失败之罪，揆情度理，殊嫌失当。穆、耆二人，虽因新主当阳，未免有些寒心。然一年还没有过得，就使上头变脸，也不至这般迅速。谁料迅雷不及掩耳，革职夺级的上谕，陡然下来，穆彰阿欲想挽回，已经没法，只得除下了红宝石顶子，脱下了一品仙鹤补服，没情没绪的领了一班妻妾子妇，回入自己的旗籍去了。还算运气。耆英做过大学士，一落千丈，降到五品顶戴，自想也没有脸面在朝打诨，也谢职而去。这且不必细表。

但咸丰帝谕旨中，有派林则徐驰赴粤西，剿办土匪等语，小子叙到这事，竟要大大的费一番笔墨了。先是道光二十八年，两广岁饥，盗贼蜂起，广西的东南一带，做了强盗窠，变成一个强梁世界。庆远府有张家福、钟亚春，柳州府有陈亚葵、陈东兴，浔州府有谢江殿，象州有区振祖，武宣县有刘官生、梁亚九，统是著名的盗魁，四处劫掠，横行乡里。巡抚郑祖琛年老多病，很是怕事，偏偏这强盗东驰西突，没有一日安静，百姓苦的了不得，到各处地方官禀报。地方官差了几个衙役，下乡查缉，捕风捉影，简直是一个没有拿到。还有一班猾吏，与强盗多是同党，外面似奉命缉盗，暗里实坐地分赃，百姓越加焦急，又推了就地绅士，向抚院呈诉。这位吃饭不管事的老抚台，见了数起呈文，都是详报盗案，免不得叫出几位老夫子，令他写好了几角公文，饬府州县严行捕盗。公文发出，郑老抚台又退入内室，吃着睡着，享那自在的闲福。笔笔成趣。这班府州县各官，早知郑抚台没甚严峻，也学那郑抚台模样，糊糊涂涂的过去，凭他甚么申饬，仍旧毫不在意。百姓没法，不得已自办团练，守望相助。从此百姓自百姓，官吏自官吏，官吏不去过问百姓，百姓也不去倚靠官吏。自郑老抚台以下各官，乐得在署中安享荣华，拥着娇妻美妾，吸尽民膏民脂。不意桂平县金田村中，起了一个天空霹雳，直把那四万万方里的中国，震得荡摇不定，闹到十五六年，方才平靖，这也是清朝的大关煞，中国的大劫数。叙入洪杨乱事，应具这副如椽大笔。

金田村内，有个大首领，姓洪名秀全，本系广东花县人氏，生于嘉庆十七年。早丧父母，年七岁，到乡塾中读书，念了几本四书五经，学了几句八股试帖，想去取些科名，做个举人进士，便也满愿，怎奈应试数场，被斥数场。文字无灵，主司白眼。他家中本没有甚么遗产，为了读书赶考，更弄得两手空空，没奈何想出救急的法子，卖卜为生，往来两粤。把洪氏历史，叙得格外明白，就可定实洪氏一生行谊。忽闻有位朱九涛先生，创设上帝教，劝人行道，自言平日尝铸铁香炉，铸成后就可驾炉航海。秀全疑信参半，就邀了同邑人冯云山，去访九涛。见面胜于闻名，便拜九涛为师，诚心皈依。九涛旋死，铁香炉曾铸成否？秀全继承师说，仍旧布教。适值五口通商，西人陆续来华，盛传基督教义，基督教推耶稣为教主，也尊崇上帝，有甚么《马太福音》，及《耶稣救世记》等书。秀全购了一二部，暇时瞧阅，与自己所传的教旨，有些相像，他就把西教中要义，采了数条，羼入己意，汇成一本不伦不类的经文。谬称上帝好生，在一千八百年前，见世人所为不善，因降生了耶稣，传教救世。现在人心又复浇薄，往往作恶多端，上帝又降生了我，入世救人。上帝名叫耶和华，就是天父，耶稣乃上帝长子，就是天兄。异想天开。这派说话，已是戛戛独造了。

后来与云山赴广西，居桂平、武宣二县间的鹏化山中，借教惑民，结会设社，会名叫作三点会，取洪字偏旁三点水的意义。桂平人杨秀清，韦昌辉，贵县人石达开、秦日纲，武宣人萧朝贵，争相依附。秀全与萧朝贵，最称莫逆，就把妹子许嫁了他。洪妹名叫宣娇，倒有三分色艺，朝贵很是畏服，为此一段姻缘，越发鞠躬尽瘁，帮助秀全。秀全得亲这几个党羽，遂差他分投各邑，辗转招集，运动了桂平富翁曾玉珩，入会输资，信教受业。秀全趁这机会，开起教堂，更立会章，不论男女，皆可入会传教，更不论尊卑老幼，凡是男人，统称兄弟，凡是妇女，统称姊妹。越是混帐。每人须纳香镫银五两，作为会费。这桩是第一要紧。起初被诱的人，尚是寥寥，秀全与冯云山、萧朝贵等，密议了一个计策，装成假死。外面不知是假，听说洪先生已死，都来吊唁。萧朝贵因是妹婿，做了丧主，受吊开丧。秀全便直挺挺的仰卧在灵床上，但见灵帏以外，有几个上来拜奠，有几个焚化纸钱，有几个会中妇女，还对着灵帏，娇滴滴的发作哀声，你也哭声洪哥哥，我也哭声洪哥哥，这位洪哥哥，听到此处，暗中笑个不了，勉强忍住了数日。倒也亏他。日间装作死尸模样，夜间与几个知己，仍是饮酒谈心。过了七天，突把灵帏撤去，灵床抬出外面焚掉。当下惊动无数乡民，都来探问。萧朝贵答称洪先生复生，因此人人传为异事。

洪秀全（1814—1864），原名仁坤，广东花县（今广州市花都区）人，太平天国领袖。1843年创立拜上帝会，1851年在广西桂平金田村发动起义，建国号太平天国，称天王。1853年定都南京，称天京。颁布《天朝田亩制度》。后发生杨韦事变，次年石达开被迫出走，给太平天国造成严重损失。后提拔陈玉成、李秀成等，任洪仁玕总理朝政。第二次鸦片战争后，清政府勾结外国侵略者，加紧镇压，天京被围，他困守孤城。1864年6月病逝。

洪先生复遍发传单，说要讲述死时情状，叫乡民都来观听。看官！你道这等愚夫愚妇，能够不堕他术中么？当下就在堂中设起讲坛，摆列桌椅，专等乡民听讲。到开讲这一日，远近趋集，齐入教堂，比看戏还要闹热。只见上面坐着一位道冠道服，气宇轩昂，口中叨叨说法，这个不是别人，就是已死复生的洪秀全。但听秀全说道："我死了七日，走遍三十三天，阅了好几部天书，遇了无数天神天将，并朝见天父，拜会天兄，真是忙得了不得。世间一年，天上只有一日，列位试想这七日内，天上能有多少时候？我见天上的仙阙琼宫，正是羡煞，巴不得在天父殿下，充个小差使，做个逍遥自在的仙人。怎奈天父说我尘限未满，仍要回到凡间，劝化全国人民，救出全国灾厄，方准超凡归仙。余外还有无数训辞，都是未来的世事。天机不可泄漏，我所以不便详告。最要紧的数句，不能不与列位说明：清朝气数将尽，人畜都要灭绝，只有敬拜天父，尊信天兄，方可免灾度厄。我前时设会传教，还是凭着理想，今到天上见过天父天兄，才信得真有此事。列位如愿入会忏悔，定能趋吉避凶，我可与列位做个保人，不要错过机会。”说到此处，即由冯云山、萧朝贵等，取出一本名簿，走到坛下，朗声呼道：“列位如愿入会，赶紧前来报名。”于是听讲的人，统愿报名入会，只愁会费没有带来，与冯、萧诸人商量暂欠。冯云山道：“暂欠数日不妨，但已经报过了名，会费总当缴纳，限期七日一律缴清，如或延宕，要把姓名除没，将来灾难万不能逃呢。”那班愚民齐声答应，一一报名，登录会簿，随退出堂外。有钱的即刻去缴，没有钱的就典衣鬻物，凑足五两数目，赶至堂内缴讫。愚民可怜。

秀全开讲数日，入会的人，累千盈万。党徒也多了，银子也够了，留住广西。秀全遂蓄着异谋，想乘机发难，遂令冯云山募集同志，自己返到广东，招徕几个故乡朋友，共图起事。秀全已去，云山且招兵买马，日夕筹备，渐被地方官吏察觉，出其不意，将云山拿去。云山入狱，富翁曾玉珩等，费了无数银钱，上下纳贿，减轻罪名，递解回籍。此时秀全已招了好几个朋友，方想再赴广西，巧遇云山回来，仍好同行。转入广西省平南县，遇着土豪胡以晃，意气相投，又联作臂助，各人在以晃家一住数日。杨秀清、韦昌辉、石达开、秦日纲诸人，聚居金田村，日俟秀全到来，望眼将穿。旋探得秀全寄居在以晃家内，忙率众迎至金田。秀全见金田寨内，多了几个新来的豪客，互通姓名，一个系贵县人林凤祥，一个系揭阳县人罗大纲，一个系衡山县人洪大全，谈吐风流，性情豪爽，喜得洪秀全心花怒开，倾肝披胆的讲了一会，当下杀牛宰豕，歃血结盟，誓做异姓弟兄，大有桃园结义、梁山泊拜盟的气象。当下第一把椅子，就推了洪秀全，第二把椅子，推了杨秀清。洪、杨慨然不辞，竟自承诺，随令众人蓄发易服，托词兴汉灭胡，竟就金田村内，竖起大元帅洪的旗帜来了。小子记得石达开有一诗云：

大盗亦有道，诗书所不屑。

黄金似粪土，肝胆硬如铁。

策马度悬崖，弯弓射胡月。

人头作酒杯，饮尽仇雠血。

这一首诗中，已写尽这班人物粗莽豪雄的状态。但推那洪秀全作为首领，也未免择错主子，小子不欲细评，且至下回叙述洪杨起事的战史。

高宗用一和珅，酿成川、楚、陕之乱凡九年。清宣宗用一穆彰阿，酿成洪杨之乱凡十五年。养奸之祸，若是其甚欤！曰：一奸人进，群奸亦连类而升，内而公卿庶尹百执事，外而督抚道府州县，皆奸党也。无在非奸党，即无在非乱源，掊克聚敛，激成民怨，伏处草泽者，乘间而起，天下无宁日矣。迨至奸谋败露，灾害已至，虽诛夺元凶，亦觉其晚。齐王氏一妇人耳，犹能扰攘四五省，洪秀全传会西教，诈死惑民，一发而不可收拾。非跳梁者之果有异能，殆权奸当道，小民铤走之所由致也。本回可与五十一回参看，而用笔则详略褒贬，具见苦心。

第五十八回

钦使迭亡太平建国
悍徒狡脱都统丧躯

却说洪秀全杨秀清等，蟠踞了金田村，气焰日盛，桂平知县差了几十皂班快班，前往缉捕，不是被杀，就是被逐；而且风声日紧，有戕官据城的谣传。桂平县官，连忙申详府道，府道又申详巡抚。郑抚台祖琛，杜门不出，方喜盗案渐稀，清闲度日，忽接桂平警报，内说洪杨蓄谋不轨，与寻常盗贼不同，他不禁忧虑起来，搔头挖耳的思想。想了半日，尚无妙策，就邀了几位幕宾，同议剿匪事宜。三个缝皮匠，比个诸葛亮，竟想出一个奏报北京迅派大员的计策。当由幕友修好奏折，即日拜发。咸丰帝览奏之下，便召杜协揆受田入议，受田力保故云贵总督林则徐，及故提督向荣。于是朝旨特下，派林则徐为钦差大臣，向荣为广西提督，迅赴粤西剿办；一面令郑祖琛出省督师。郑抚台接到此旨，一喜一惧：喜的是有人接替，可以少卸肩子；惧的是钦使未到，仍要出省剿匪。左思右想，无可奈何，只得带了绿营兵数千，出了省城，慢慢的南下，行至平乐府，竟就此屯驻了。原来平乐府西南，就是浔州府，桂平是浔州首县，郑老抚台明哲保身，暗想平乐府尚是安靖，若再南行，便要近着盗窠，倘或被围，恐怕老命都要送脱。因此半途中止，裹足不前。这个妙策，想也是幕友教他。

会提督向荣驰到桂林，闻巡抚已出省督师，料想金田一面，由抚台亲自督剿，当不致蔓延四出，自己不如向柳州、庆远一带，先剿土匪，翦灭洪杨羽翼，然后夹攻金田，较易荡平。主见一定，遂饬弁飞陈郑抚台。郑抚台不置可否，令他便宜行事。于是向荣遂出柳州、庆远，转入思恩、南宁，沿途杀逐无数盗贼，颇有摧枯拉朽的威势。

怎奈郑抚台安驻平乐，洪杨等也暂不出发，只是蓄粮备械，从容布置，方思克日大举，忽探得钦差大臣林则徐，奉旨前来，秀全大惊道："罢了罢了！林公一到，我辈休了。"石达开在旁道："大哥何胆怯至此？难道不闻水来土掩，将到兵迎么？"秀全道："并非愚兄胆怯。这林公智勇双全，英人尚敌他不过，何况我辈？"石达开道："弟亦晓得林公厉害，但我军饷械充足，总可支撑数月。倘果不能支撑，兄弟们尚可航海逃命，且待林公到来，再图进止！"秀全听说，略略放心，只差人窥探林钦差行程。

过了一二天，探报林钦差已到潮州普宁县，广西巡抚郑祖琛，革职遣戍，由林钦差兼任巡抚事。秀全愈加惶急，正踌躇间，见洪大全趋入，笑容满面道："大哥恭喜！林钦差死了。"秀全不觉跃起，便问道："可真么？"大全道："自然真的。现闻满清政府，已命前两江总督李星沅，继任钦差大臣，广西藩司劳崇光，署理巡抚了。"秀全道："这全仗上帝保佑，上帝偏偏保佑他们，想是中国百姓，该遭大劫。但不识李星沅是何等人物？"大全道："想总不及林钦差能耐。鄙意不若乘他未到，赶速发兵。"秀全道："很好很好。"忙召杨秀清等定议出发。石达开道："若要出兵，预先做张檄文，声明贪官污吏的罪孽，才算得师出有名呢。"秀全道："这须劳老弟大笔！"石达开道："论起文字一道，还要让大全兄。"秀全随令大全草檄，不到一时，草成檄文道：

奉承天道吊民伐罪大元帅洪谨以大义布告天下：窃以朝右奸臣，甚于盗贼；署中酷吏，无异豺狼，利己殃民，剥闾阎以充囊橐，卖官鬻爵，进谄佞而抑贤才；以致上下交征，生民涂炭。富贵者稔恶不究，贫穷者含愤莫伸，言者痛心，闻者裂眦。即以钱漕一事而论，近加数倍，三十年之税，免而复征，重财失信，挖肉敲脂，民财竭矣。剧盗四起，嗷鸿走鹿，置若罔闻，外敌交攻，割地赔钱，视为常事，民命穷矣。朝廷恒舞酣歌，讳乱世而作太平之宴，官吏残良害善，掩毒焰而陈人寿之书，萑苻布满江湖，荆棘遍从道路，民也何罪？遭此鞠凶！我等志士仁人，伤心恻目，用是劝人为善。设教牖蒙，乃当道斥为莠民，诬为匪类，欲逞残民之焰，遽操同室之戈。我等环顾同胞，义难袖手，因之鼓励同志，出讨巨奸。凡我百姓兄弟，不必惊惶！商贾农工，各安生业！富者助饷，贫者效力，智者协谋，勇者仗义，共襄盛举，再造升平，则虎狼戢而天日清，蟊贼除而苗禾殖矣。倘有愚民助桀为虐，怙恶不悛，天兵所到，必予诛夷，凛之慎之！檄到如律令。

檄文一发，便制定旗帜，取炎汉以火德旺的意义，全用红色，更令人人用红布包头，扎束妥当，各执军械，排齐队伍，从金田村出发，进屯大黄江，遂分攻桂平、武宣、贵县、平南等县，前锋直到象州。清廷再授周天爵署广西巡抚，加总督衔，迅赴广西办理军务。既遣李星沅，复遣周天爵，初次着手，已嫌骈枝。复命两广总督徐广缙，派兵夹剿。广缙遣副都统乌兰泰，赴广西佐理军事，与向提督荣，分统二军，进剿洪杨。又是歧出。

向荣兵至马鹿岭。马鹿岭在大黄江对面，由秀全遣兵堵守。向荣一鼓而上，驱散洪军，追至武宣，又与洪军酣战。洪军败走，入紫荆山。此时乌兰泰军亦到，分头攻截，又因李星沅已驰抵柳州，周天爵亦驰抵桂林，俱派兵协剿。无如李、周二人，意见未合，李星沅素重向荣名，所遣各军，统令归向荣节制。周天爵兼任督务，以权出向荣上，派遣将弁，暗中授意，令直接抚辕管辖，不受提辕干涉。乌兰泰又为广东总督所派遣，更与向荣各竖一帜，各分门户。向荣迭遭牵掣，自然要向李钦使处哓哓申诉。李钦使飞咨周署抚，又遭周署抚辩驳，李钦使也未免愤激，疏请简派统帅，一面进次武宣，忧心内焚，遂致病作。星沅系湖南湘阴人氏，秉性忠孝，叠任封疆大员，累建政绩。道光帝晏驾，他自江南入京，哭临尽礼。咸丰帝即位，召对大廷，语多称旨，并因母老乞归。咸丰帝鉴他诚挚，允他暂归省亲。适林则徐病殁普宁，乃复下旨令为钦差大臣。星沅入告母陈太夫人，即驰赴粤西，至是病日增剧，竟致不起。遗疏言："贼不能平，不忠；养不能终，不孝；殓用常服，以彰臣咎。"咸丰帝见他遗疏，也不禁垂泪，推重李星沅，便阴贬周天爵。一面优旨嘉愍，赐予祭葬；一面令大学士赛尚阿，率都统巴清德，副都统达洪阿，督京师精兵四千人，赴粤视师。周天爵闻星沅病故，遂劾奏向荣不遵节制。咸丰帝因星沅疏中有隐怨天爵等语，遂罢天爵督师，褫总督衔，改用邹鸣鹤为广西巡抚。

赛尚阿至军，即饬各路进攻紫荆山。紫荆山前面，叫作新墟，后面叫作双髻山，猪仔峡，统是异常险隘。当下达洪阿攻西南，乌兰泰攻西北，总兵李能臣经文岱攻东南，巴清德会集向荣军，自紫荆山后路攻入，直登猪仔峡，据住要口。洪杨等拼命抵敌，究因要口已失，不能支持，遂率众倒退。向荣等步步紧逼，进夺双髻山要隘。洪军乃弃了紫荆山，分水陆两路，窜入永安州。赛尚阿即驰疏奏捷，得旨嘉奖。当时总道巢穴已破，可以指日肃清。不想永安失守的警信，又报入清营。原来永安本乏守备，洪杨等窥他空虚，竟率众攻入守城，官吏早逃得不知去向。秀全既得了永安城，遂与会党拟定国号，叫作太平天国。国名亦不伦不类。自称天王，封杨秀清为东王，萧朝贵为西王，冯云山为南王，韦昌辉为北王，石达开为翼王，洪大全为天德王，秦日纲、胡以晃等四十余，各称丞相、军师，居然要与大清国抗衡了。纯是皇帝思想，安知援救同胞？清军因他蓄发易服，称为发逆，亦叫他作长毛贼。他却呼清军为妖。

赛尚阿闻洪杨已入永安，急移屯阳朔县，督诸军追剿。诸军统领，总要算向荣、

杨秀清（约1820—1856），广西桂平人，太平天国领导人。1846年加入拜上帝会。1851年参加领导金田起义，同年12月被封为东王。建都天京（今南京）后，居功自傲，独揽大权，挟制天王。1856年9月被韦昌辉所杀。

乌兰泰最勇，追至永安城下，立营数十。向荣统北路，乌兰泰统南路，旗帜鲜明，刀枪密布，险些儿要踏破城池。怎奈两将素不相容，你要速，我要缓；你要合，我要分；一连数月不下。失机在此。乌兰泰麾下，有故秀水知县江忠源，素为知兵，至是往返调停，总未能解嫌释怨。会都统巴清德病殁，兵士亦多触暑瘴，锐气渐衰。江忠源夜出巡逻，见永安城北角独阙围兵，忙入营禀乌兰泰道："现在长毛都聚集城内，全靠今日合围，悉敌歼除，方免后患。卑职巡绕四周，见城北独留出不围，倘被他窜逸，将来四出为殃，大为可虑。"乌兰泰道："城北归向军门督攻，我却不便干涉。"忠源道："这事关系甚大，还请大人与向军门熟商。"乌兰泰默然不答。忠源道："大人若不便与商，待卑职自去见向军门，只请大人命下便是。"热诚可敬。乌兰泰道："这却不妨听便。"忠源奉命，径至向营求见，由向军门召入，行过了礼，便献上合围的计议。向荣道："古人说得好：'困兽犹斗。'若将这城四面围住，贼众无路可走，定然誓死固守。现已攻了两三个月，未能破入，兄弟所以撤去一隅，诱他出来，以便截击。一则得城较易，二则亦不怕他遁去，岂非两全之策么？"忠源道："大人明见，未始不能破贼，但我现有三万多人，贼众不过万余，我众彼寡，尽可合围。若恐血肉相搏，所失亦多，何不断他樵采，绝他水道，使他自乱？不出十日，包可攻入了。"向荣仍是不依，忠源退出，自叹道："此计不用，我辈难逃大劫了。"遂回报乌兰泰，歇了数天，托病自去。可惜！

洪秀全见城北无兵，便有意溃围，自己带领杨秀清、冯云山、石达开出北门，令洪大全、秦日纲等出东门，萧朝贵、韦昌辉等出南门，林凤祥、罗大纲出西门，乘着黑夜，一声呐喊，便向四门杀出。清军虽也日夜防备，怎奈全城悍党，猛扑出来，好像饿虎饥鹰一般，这边围住，那边被他冲出，那边围住，这边被他冲出。乌兰泰适在东门，望见洪大全等出来，忙率兵抵敌，大全亦转寻乌兰泰角斗，两下酣战，毕竟乌兰泰勇力过人，奋战数合，将洪大全活捉过去。天德王要归天了。秦日纲忙来抢救，已是不及，复恶狠狠的与乌兰泰相扑。乌兰泰麾军四逼，把秦日纲困在垓心。日纲正在危急，巧逢萧朝贵、韦昌辉两路杀入，救出日纲，清总兵长瑞、长寿二人，忙去拦阻，怎禁得萧韦一军，大刀阔斧，逢人便砍，二总兵措手不及，都丧掉了性命。萧朝贵、韦昌辉、秦日纲等，合众东走，乌兰泰尚不肯舍，只饬人押解洪大全入京，自率兵尾追而去。

是时北门无兵，由洪杨等拍马驱出，行了一二里，突遇清兵拦住，为首大将，正是向荣。当下火光如炬，枪声如雷，两军混战多时，杀得地惨天愁，尘昏月暗。秀全部下，统是异常精锐，凭你向军门如何能耐，不过杀了一个平手。不防林凤祥、罗大纲等，又从西边杀到，秀全得了这军，格外抖擞精神，与向军死战。向荣尚拼命拦截，谁知老天又偏偏下起雨来，弄得官兵拖水带泥，有力难使。总兵董先甲、邵鹤龄，又先后战殁，眼见得这位洪天王，要被他窜去了。向荣收兵入城，检点队伍，已伤亡不少，慨然道："悔不听江忠源计策，相持数月，只得了一座空城，目下贼众北窜，定去窥伺省会，省会一失，广西全省统难保了。"前策已失，此策亦只得了一半。随即整顿兵队，出了永安城，从间道驰赴桂林去讫。

这边乌兰泰尾敌东追，遥望萧韦各军，绕山北走，料知敌众将犯省垣，遂命军士竭力赶上，将到六塘墟，敌众已不知去向，当下扎住了营，令侦骑四探，回报贼兵已踞住墟中。乌兰泰升帐，传集将弁，便道："本都统受国厚恩，愿与贼同生死，现闻贼众已踞六塘墟，想必是休养数日，出犯省城，不乘此奋力邀击，省城定要遭殃。"说到此处，令部下取过一盂，突拔佩刀，向臂上刺入，顿时血洒盂中，复令搅入清水，陈于案上，向将弁道："诸君如热忱报国，请饮此血！"将弁等不敢违慢，便个个向前，各呷一口。饮毕，拔营北进，直指六塘墟，急如电掣，疾若星驰。勇有余而智不足。行入墟口，夕阳已是西下，但见树木丛杂，路径纷歧。副将金玉贵上前禀请，拟就此暂驻，待明晨进兵。乌兰泰道："行军全靠锐气，若待至明日，气便衰了。本都统定要今日歼贼，虽死不辞。"谶语。金玉贵不敢多言，即随乌兰泰前进。愈入愈险，愈险愈暗，一声鼓响，长毛从暗中杀出。左有秦日纲，右有韦昌辉，乌兰泰全然不惧，列炬开战。你一刀，我一枪，争个你死我活。相搏多时，韦、秦二人率众退去，乌兰泰仍驱军穷追。直到将军桥，日纲、昌辉逾桥过去，乌兰泰亦怒马当先，跑过了桥，官兵逐队随上，甫过一半，豁喇一声，桥梁中断，坠水的人，不计其数。恼得乌兰泰怒气冲天，索性向前，不顾后面，忽见前面来了一大队长毛，打着东王、南王旗号，让过韦秦，截住乌兰泰。乌兰泰不管死活，上前冲突。此时天尚未明，猛听得一阵炮响，弹子如飞蝗般射来，乌兰泰身先士卒，毫无遮护，身中竟着了三弹，跌下马来。部将田学韬，疾忙趋救，巧巧一弹飞到面前，躲闪不及，正中脑袋，脑浆迸出，死于非命。乌兰泰亦狂喷鲜血，大叫一声而亡。可为勇者鉴。霎时间乌军前队，统被长毛杀毙，只后队还在桥南，由金玉贵带着，正思渡水接应，见长毛兵已回杀前来，料知主将陷没，忙令部兵整阵而退。自己独怒目横矛，立于桥侧，大呼道："长发贼敢过来斗三百合否？"长毛见他单骑直立，不觉惊异，便去禀报杨秀清。秀清拍马趋出，在桥北遥望，见玉贵身穿白袍，威风凛凛，不由的暗暗惊叹，随道："这位白袍将，好像唐朝薛仁贵，我等不要惹他，让他去罢！"长毛思想，不过尔尔。当下麾兵退去。玉贵亦舒徐不迫，回呼部兵，改道趋桂林。

原来洪秀全出永安时，相约北趋，至此会合韦秦各军，得了胜仗，遂直犯桂林，进逼城下。抬头一望，守城兵统已严列，防备的非常周到。秀全对众人道："这个邹妖，倒很有点来历。你看他防兵密布，好严肃得很哩。"话尚未毕，城上的枪炮，已一齐射来，秀全转身就走，退五里下寨。次日，复遣石达开、韦昌辉等，率众进攻，又被守兵击退。回报妖将向荣，亦在城中，秀全道："怪不得！怪不得！我道邹妖那有这般厉害！"又接连攻了数日，一些儿不得便宜，俄报东岸鸬鹚洲又有妖兵来了，秀全忙令冯云山前去迎敌。云山去讫，石达开献计道："广西僻处偏隅，无足轻重，我军不如悉锐北上，道出两湖，据江为守，相机以争中原，方为上策。"秀全鼓掌道："好计，好计！"遂下令拔寨都起，东出鸬鹚洲想去接应冯云山。忽接前哨来报，南王追妖兵至蓑衣渡，中炮身亡。秀全不听犹可，听了云山死信，魂灵儿都飞入九霄云外。接连又报天德王被解入京，惨遭极刑。秀全大叫道："痛哉，痛哉！"一语出口，两眼直视，竟向前扑倒。真耶假耶？正是：

揭竿才托中兴号，闻耗先惊死党亡。

洪秀全倒地后，若果身死，到也风平浪静了。但秀全是个乱世魔王，人叫他死，天偏叫他不死，这正没法，容小子下回接叙。

洪杨发难金田，尚是幺魔小丑，林公不亡，洪杨徒航海出走，与波臣为伍已耳。林公即亡，继起者果同心协力，合图扑灭，则聚而歼之，尚为易事。乃李、周相嫉，乌、向不睦，坐使入网之鱼，终致漏网；陷阱之兽，又复脱阱。虽曰天数，宁非人事？本回叙洪杨四出之原因，以见将帅不和之大弊，语曰："和气致祥，乖气致戾。"观此益信。

第五十九回

骆中丞固守长沙城
钱东平献取江南策

却说洪秀全晕厥过去，经众人七手八脚，扶起灌救，半晌才渐渐醒来，不禁长叹道："出师未捷，先伤两将，使我如失左右手，真是可痛可恨！"众人极力解劝。秀全又问道："那个妖将，伤我兄弟云山？"探弁答称是"江忠源。"看官！你道这江忠源何故又来？他自托病告归后，料得长毛必逸出永安，北犯桂林，桂林有失，必入湖南。湖南系忠源原籍，为保全桑梓起见，不得不募勇赴援。适有同里刘长佑，与忠源意气相投，忠源遂邀为臂助，招集乡勇千人，出援桂林，甫到鸬鹚洲，已被冯云山截住。忠源佯退，诱云山至蓑衣渡，千枪并发，将云山击死。秀全闻到江忠源姓名，还不晓得他的智略，便道："甚么江妖，敢伤我南王？兄弟们替我前去，除灭江妖，报复大仇。"众人齐声得令，个个摩拳擦掌，向蓑衣渡杀去。

只见江军扎在蓑衣渡对岸，部下甚是寥寥。秀全命部众劫夺民船，渡将过去，才到中流，这船竟停住不动。对岸开了一炮，四面八方，小船齐集，统用火枪火箭，向长毛船上掷去。秀全仗着多人，冒火死斗。不想南风陡起，火势愈猛，一船被焚，那船又燃；要想回船逃生，恁你划桨摇橹，总是窒碍难行。秀全不信，令死党泅水窥探，回报："船底统是大树，七桠八杈，把船只牵住，所以不便行动。"从悍党口中述出，才识江忠源妙计。秀全急弃掉大船，改乘小船，驶到岸旁，登陆东窜。这一仗，烧死了许多长毛兵，乃是洪秀全出兵以来，未曾受过的大亏。不过长毛可以随处掳胁，沿途经过，村落为墟，战败时只剩残兵疲卒，转眼间又是士饱马腾。行为如此，还称他作义兵，谁其信之？

江忠源闻长毛东走，飞禀钦差大臣赛尚阿，出师拦截。这赛大臣的行踪，小子久不提起，只好从此处补叙。原来赛大臣无他谋略，专工趋避，自长毛逸出永安后，他已从阳朔潜返桂林。嗣闻桂林又要被兵，复从桂州退至永州。永州系湖南门户，此番长毛东走，正望永州进发，所以江忠源飞请出师。忠源着急万分，那赛大臣却雍容坐镇，视作没事模样，因此洪秀全掠地攻城，势如破竹。提督余万清，驻守道州，闻长毛将至，弃城遁去，秀全等从容入城。占踞月余，复分兵破江华、永明、嘉禾、蓝山等县，转入桂阳州郴州。

警报直达长沙。长沙是湖南省城，巡抚骆秉章，与秀全本是同乡，幼时又与秀全同学，尝在暑夜同浴鱼池。秀全出了一课，要秉章属对。秀全的出句，是"夜浴鱼池，摇动满天星斗"，秉章的对句，是"早登麟阁，挽回三代乾坤"。两人志趣，少小时已见一斑。两人各自惊叹。此次成为仇敌，秀全未免畏惧三分，遂在郴州逗留不进。萧朝贵上帐请道："大哥何不去夺长沙？留在此地做甚么？"秀全道："长沙有骆秉章守住，非可轻敌，只好慢慢进兵。"朝贵道："一日过一日，等到妖兵四集，我们要坐困了，还是赶紧进兵为是。"秀全尚在迟疑，被朝贵催逼不过，只得移攻永兴。永兴城内的县官，闻敌先溃，秀全复长驱直入。朝贵仍请进攻长沙，秀全道："妹夫！你不要性急，骆秉章非同小可，不应冒昧进攻。"朝贵道："大哥休长他人锐气，灭自己威风！我兵从广西到湖南，只蓑衣渡吃了场亏，此外战无不胜，攻无不取，简直是不曾费力。骆妖系湖南巡抚，湖南一省，统归他管辖，为甚么不派重兵分守？据我看来，毫不中用。大哥怕他，朝贵却不怕他呢。"言未毕，探马来报，骆秉章已罢官了，现在继任的巡抚，叫作张亮基。朝贵便起身道："大哥所怕的骆妖，已经罢职，这是天意叫我去取长沙，小弟愿去走一遭。"秀全道："你既要去，须多带人马。"朝贵道："不必，不必，小弟部下有锐卒千人，已经敷用，包管可得长沙。"秀全应允。朝贵入内，别了洪宣娇，宣娇嘱他小心，朝贵道："区区长沙城，有何难取？若不取得，誓不回军。"你道还想生还么？随与宣娇作别，竟带了千名死士，出永兴城，向东北进发。

这萧朝贵果然厉害，一经出兵，好似风驰雨骤的过去，破安仁县，转陷攸县，及醴陵县，进薄长沙城下。湖南新任巡抚张亮基，尚未到省，旧抚骆秉章，因总督程矞采出驻衡州，无从交卸，所以还在城中，突闻长毛已来攻城，忙率提督鲍起豹，登陴守御，并飞檄各镇入援。城内兵民，不道长毛来得这般迅速，统惊慌的了不得，幸亏骆秉章昼夜巡查，随时抚慰，鲍起豹留心防堵，甚至向城隍庙中，舁出神像，置诸城楼，与他对坐，藉安民心。想入非非。朝贵攻了数日，没有效果，气得暴跳如雷，喝令部兵猛扑。城上守兵，险些儿抵挡不住，忽见清总兵和春、常禄、李瑞、德亮等，率军驰至，朝贵才停住勿攻，固垒自守。和春等见朝贵壁垒森严，军械环列，倒也不敢惹他，只在城外扎住了营，相持又数日。

会清廷因长毛围急，赛尚阿、程矞采二人坐驻衡永，畏缩不前，严旨把他革职，调徐广缙驰督两湖，并促广西提督向荣，速援湖南。向荣尝轻视赛尚阿，不愿受他节制，所以桂林围解，他便托病安居，不肯前敌，至赛已革职，方才启行。向荣未抵长沙，江忠源已倍道驰至，两人相较，优劣自见。遥望朝贵兵分据城外天心阁，立栅甚坚。忠源道："阁上地势甚高，贼众据此，长沙危了。"急领兵争夺天心阁，一场恶战，方把朝贵兵杀退。朝贵愤极，仍督众攻南门，手执令旗，当先跃登。不防城上飞下一弹，对准朝贵头上，扑的一声，把头颅轰破，坠地而死。西王应归西天。

死信传至永兴，秀全大吃一惊，与秀清道："我说骆秉章有些才智，不可轻敌，偏这萧妹夫硬要前去，被他击毙，宁不痛心！"秀清未答，洪宣娇已号哭入帐，问阿哥来讨丈夫，弄得秀全无言可答。还是秀清从旁劝解，并许率众复仇，宣娇方肯止哭，于是率众北行，飞扑长沙。宣娇亦领了一班大脚妇女，自成一队，跟随军后。不愧强盗婆。其时张亮基及向荣，统到长沙城内，援军大集，数近五万。秀全屡攻无效，复广募矿夫，屡凿地道。地雷两发，俱被向荣麾下邓绍良、瞿腾龙等，抢险堵塞，反伤毙长毛数百名。秀全没法，潜令解围。宣娇尚不肯从，秀全许他另置男妾，方随同西去。

江忠源率兵驰逐，途遇秀全断后军，鏖战被刺，伤腓坠马，逃免回营。入城见新抚亮基，力陈河西一带，兵备空虚，请调兵扼堵，亮基也依计调遣。奈河西诸将，都畏长毛声势，作壁上观。秀全遂从容走宁乡，破益阳，出湘阴，渡洞庭，直达岳州。岳州文武各官，自提督博勒恭武以下，统已逃去。秀全整队而入，得了武库一所，启门细瞧，甲仗炮械，不计其数，乃是吴三桂遗物。秀全喜出望外，传令进攻汉阳，先向江口劫夺商船五千余艘，驾载部众，舳舻蔽江，旌旗耀日，顺流而下，直抵汉阳。知府董振铎，死守三日，救兵不至，城被陷，振铎率家丁巷战而死。知县刘宏庚自缢。秀全转向汉口焚掠五昼夜，百货为空。

时值隆冬，江水已涸，中涨巨洲，秀全令部众连舟为梁，环贯铁索，从汉阳接到武昌，环城设垒。巡抚常大淳，督兵数百拒守。向荣自湖南驰救，至洪山下寨。洪山在武昌城东，向荣因汉口已失，不欲并守孤城，所以在洪山立营，与城中遥为犄角。驻扎才定，杨秀清率众来攻，见向营坚壁勿动，几回冲突，统被击退。是夕月色无光，秀清总道向军初到，不敢袭击，便安心睡着。谁料到了夜半，寨外人马喧天，鼓声震地，秀清从梦中惊觉，忙起来抵敌，见向军如潮涌入，一将跃马入营，舞着大刀，左右乱砍，秀清不见犹可，见了这人，大喝道："好个背义负盟的张嘉祥，来！来！来！我与你拼三百合罢。"随拍马向前，持刀力战，约十数合，耳边但听得一片呼声，都道："快捉杨贼！"秀清心怯，转身便逃。怎奈向军紧追不舍，部众已被他杀得七颠八倒，正在危急，幸石达开、林凤祥前来救应，与向军恶斗一场，还杀不过向军，又来了陈坤书、部云官等一支新兵，方才战退向军。这番败仗，长毛兵死了不少，被毁营垒十几座，失去枪炮二千有余。秀清咬牙切齿，恨煞张嘉祥，连石达开等，亦愤愤不已。这是张国梁第一次立功。

看官！你道张嘉祥是何等样人？他本是广东高要县的大盗，洪杨倡乱，召张入党。初次与向荣对垒，秀清令嘉祥率二百人，至向营诈降，向荣探知来意，留住二百人，另易二百壮士，从嘉祥出战，大败贼众。秀清遂将嘉祥妻子，一并杀讫。嘉祥不能转去，遂投顺向荣，改名国梁，向荣亦格外优待。只秀清还不晓得他改名，所以曾叫他为嘉祥。

向荣得此大胜，正思进兵援城，忽天雨如注，朔风凛冽，兵士不能前进，只好缓待数天。经这一雨，武昌城被地雷轰破，常大淳以下藩臬各官，统同殉难。清廷闻警，因徐广缙逗留湘潭，延不到任，以致寇势日炽，遂革职逮问。授向荣为钦差大臣；起故大学士琦善，选兵驻河南。此老又现。调张亮基署湖广总督；潘铎署湖南巡抚；截住骆秉章回京，令署抚湖北。原来骆秉章前次罢官，实被赛尚阿劾奏。赛尚阿奉命督师，道出湖南，供张独薄，遂劾他吏治废弛，因此夺职。补足上文，且贬赛尚阿。嗣因赛尚阿得罪，朝旨乃仍令抚楚。这时候，已是咸丰二年十二月了。

秀全便在武昌度岁，居然御朝受贺，大开盛宴。适外面来报，有一书生求见，递上名刺，秀全一瞧，乃是浙江归安人钱江，便道："白面书生，何知大事。"已露骄态。言下有拒绝意。还是石达开上前说："现时正要延揽人才，不宜谢客。"因命召入。钱江进内，长揖不拜。秀全见他气度雍容，到也有些器重，便令钱江旁坐，问他来历。钱江答道："钱某前时曾充林则徐幕宾，林公罢职，英兵入境，钱某集众明伦堂，鼓励绅民，方思联合上下，出去抵敌，乃混帐官府，主张和议，反说钱某无端滋事，饬知县梁星源，捕某下狱，后被押解回籍，郁郁久居。今闻大王起义，是以不远千里，前来求见。"明珠暗投，也是可惜。秀全道："你既来此，有何见教？"钱江道："大王欲手定中原，此处非久居之所，还应亟图进取，方可得志。"秀全道："我亦作这般想。但闻满廷怕我北伐，已遣甚么琦善，率大兵阻截河南。看来河南非急切可攻，只好暂住武昌，相机行事。"钱江道："武昌居四战之地，万难长守。况向荣现逼城下，设或清兵再集，那时四面受困，如何是好？"秀全道："进兵四川可好么？"钱江道："也是不好。为大王计，第一着是取江南，第二着是取河南，第三着是取山东。从前明太祖破灭胡元，也是从这三路进发，大王现欲破灭满清，何不仿行此策？"计画未尝不是，马屁也算会拍了。秀全闻到此言，不禁眉飞色舞，便道："先生真是异才！今日正在开宴，请先生畅饮三杯，再当领教。"钱江也不推辞，只与几位头目，行过相见礼，便在洪天王侧侍宴。天王便问他表字，叫作东平。饮至半酣，议论风生，乐得秀全手舞足蹈，仿佛如刘备遇孔明，苻坚遇王猛一般。兴尽席散，钱江乘夜做了一篇好文字，于次日入呈秀全，秀全展阅道：

> **草莽臣钱江上言：伏维天王起义之初，笄发易服，欲变中国二百年胡虏之制，筹谋远大，创业非常，知不以武昌为止足也明矣。今日之举，有进无退，区区武昌，守亦亡，不守亦亡；与其坐以待亡，孰若进而冀其不亡？不乘此时长驱北上，徒苟安目前，懈怠军心，甚无谓也。或谓武昌襟带长江，控汴梁而引湘鄂，据险自固，然后间道出奇。以一军出秦川，定长安，或以一军趋夔州，取成都。不知秦陇四塞，地错边鄙，人悍物啬，粮食艰难。且重关叠险，纵我攻必克，必大费兵力，劳而无成，固贻后悔。得不偿失，亦弃前功，况削其支爪，究不若动其腹心之为愈也。至于四川一局，今昔异形。其在蜀汉之时，先以诸葛之贤，继以姜维之志，六出九伐，不得中原寸土，赖吴据长江之险以为唇齿，尚难得志，况今日哉？方今天下财库，大半聚于东南，当此逐鹿于宁谧之时，欲以四川一隅敌天下，江知无能为也。以江愚昧，不如舍西而东，金陵建业，皆帝王建都之所。淮泗汴梁，实真人龙起之方。宜先取金陵，以为基本，次取开封以为犄角，终出济南以图进取。握齐鲁之运河，可以坐困通仓之食，截南北之邮传，可以牵制勤王之师。如此而有不成功者，江未信也。故为今日计，莫若急趋江南。南京底定，招集流亡，秣厉兵马，扼要南堵，挥军北上。左出则趋江北以进战，急则可调淮扬之军以继之；右出则据黄河以拒敌，急则可调开归之军以应之。再发锐卒以图西略，徇行河内州县，直抵燕翼无返旆；更遣偏师以收南服，戡定浙东郡邑，闲窥闽粤无轻举。兵不止于一路，计必出于万全。外和诸戎，内抚百姓，秦蜀一带，自可传檄而定，此千载一时之机会也。自汉迄明，天下之变故多矣。分合代兴，原无定局。晋乱于胡，宋亡于元，类皆恃彼强横，赚盟中夏，然皆不数十年而奔还旧部，从未有毁灭礼义之冠裳，削弃父母之毛血，如今之甚且久者。帝王自有真，天意果谁属？复我文物，扫彼腥膻，阵堂旗正，不必秘诈，军行令肃，所至如归。彼纵有满洲蒙古殚精竭虑之臣，吉林索伦精骑善射之将，虽欲不望风投顺，我百姓其许之乎？更有期者，草茅崛起，缔造艰难，必先有包括之心，寓乎宇宙，而后有旋乾转坤之力。知民之为贵，得民则兴；知贤之为宝，求贤则治。如汉高祖之恢廓大度，如明太祖之夙夜精勤。一旦天人应合，不期自至。否则分兵而西，武昌固不能久守，且我之势力一涣，即彼之势力复充。久而久之，大势一去，不能复振，噬脐**

之悔，诚非江所忍言者矣。篑见所及，不敢自隐，伏乞采择施行！

秀全阅毕，便道："奇才，奇才！"钱江开口称臣，已中秀全之意，故极口奖赏。遂封钱江为军师，即于咸丰三年正月元旦，连舟万余，载资粮军火财帛，及所掠男妇五十万，弃武昌东下。沿江守卒，望风披靡，只寿春总兵恩长，奉江督陆建瀛命，在中流截击，麾下只松江兵二千名，不值长毛一扫，恩长战死，舟师尽溃。陆建瀛方率兵数千，移舟上驶，才到九江，接到恩长死耗，从兵恟惧，霎时溃散。建瀛手下，只有十七人，驾着二舟，踉跄走江宁。真不济事。秀全遂于正月初九日破九江，十七日陷安庆，安徽巡抚蒋文庆自尽。秀全留安庆三日，得藩库银三十余万两，漕米四十余万石，又掠得子女玉帛无数。驱运入舟，乘胜东指，连破太平、芜湖等县，击毙福山总兵陈胜元，至正月二十九日，已到江宁城下。连营二十四座，列舟自大胜关达七里洲，水陆兵号称百万，昼夜兼攻，凭南京城如何坚固，也要被他踏平了。小子有诗记事道：

天昏地黯鬼神愁，百万强徒出石头。
想是东南应遇劫，欃枪一现碎金瓯。

究竟江宁被陷否，下回再行分解。

本回前半截是传骆秉章，后半截是传钱东平。骆秉章系清室名臣，长沙一役，骆已罢职，犹督兵固守，始终保全。洪秀全解围西去，虽渡洞庭，陷武汉，而后路卒为所握。湖南不下，湘北宁能长有乎？且其后洪氏之灭，多出湘勇力，假使当时无骆秉章，则长沙已去，即有曾、罗诸人，何所恃而募勇？何所据而练军？以此知长沙之幸存，实为保障大江之锁钥。清有骆公，清之幸也。钱东平掉三寸舌，献取江南之计，不得谓其非策。明太祖尝建都金陵矣，安得谓江南之不必取耶？惟弃武昌而不守，殊为失算。武昌据长江下游，可南可北，可东可西，洪氏有兵百万，何不分兵东下，一守武昌，一取江南，联络长江上下以固根本，而顾劝其舍西取东也，奚为乎？助洪氏者，东平也，误洪氏者，亦东平。东平固不足道哉！

第六十回

陷江南洪氏定制
攻河北林酋挫威

却说江宁被困，总督陆建瀛率绿营兵守外城。将军祥厚，副都统霍隆武，率驻防兵守内城。城外商民，亦自募义勇队出击，守陴官兵发炮助战。义勇兵系临时召募，究竟不谙战阵，被长毛杀败，转身逃回，城上的炮声，还是不绝，一阵弹子，把义勇打死无数，余众骇溃。长毛兵乘势扑城，陆制台本是个文吏出身，不善督兵，勉强守了七八日，外援不至，弹丸又尽，长毛在仪凤门外，暗穴地道，埋藏地雷，一声爆发，城崩数丈。守门兵连忙抢筑，连驻守别门的将弁，也闻声赶集，专堵一隅。不防长毛别队，偏从三山门越城而入，外城遂陷。陆制台自杀，秀全等进了外城，复攻内城，祥厚、霍隆武，又拼命防御，阅两昼夜，力竭身亡，内城亦破。长毛不问好歹，不管亲仇，见财便夺，逢人便砍，遇有姿色的妇女，拖的拖，拉的拉，奸淫强暴，无所不至。岂是兴汉人物？城中官绅及兵民死难，多至四万余人，时咸丰三年四月十日也。从洪氏东下以来，连书月日，一以见各城之易失，一以志洪氏之极盛。

秀全出所获赀财，大犒将士，部众都称他万岁，他亦居然称朕，称部下头目为卿。皇帝想到手了。随召集东王杨秀清、北王韦昌辉、翼王石达开等，及军师钱江会议。钱江复上兴王策，大旨在注重北伐，此外如设官开科，抽厘助饷，通商睦邻，垦荒开矿诸条，一一申明。秀全道："先生的奏议，统是因时制宜的良策，朕自当次第施行。但金陵系王气所钟，朕即欲建都定鼎，可好么？"钱江尚未回答，东王杨秀清道："弟意本欲进攻河朔，昨闻老舟子言，河南水少无粮，地平无险，倘战被困，四面受敌。此处以长江为天堑，城高池深，民富食足，正是建都的地方，何必异议！"钱江因东王势大，不好多言，只说："东王计画，很是有理，只镇江、扬州一带，亟宜攻取，方可隔断南北清军，巩固金陵根本。”秀清道：“这着原是要紧。”遂不待秀全下令，竟向大众道：“何人敢去取镇江、扬州？”丞相林凤祥应声愿往。秀清道：“林丞相胆略过人，此去必定获胜。但一人却是不足，还须数人同去方好。”当下罗大纲、李开芳、曾立昌等，都愿随凤祥前行。秀清道：“甚好，甚好！”遂请秀全发令，命众人率众去讫。

秀全复道：“朕既在此地建都，难道仍称为南京么？”秀清道：“我朝既名天国，何不就称为天京？”长毛口吻。秀全大喜，就把总督衙门，改为王宫，拣择故家大宅，作为诸王府，募集工匠，大兴土木，修筑得非常华丽。于是定官制，立朝仪，订法律官制，以王位为最大，统辖一切政务，次为丞相，有天官、地官、春官、夏官、秋官、冬官等名目，兼理文武。行军则专属武职，叫作天将，有三十六检点，及七十二指挥。又设立女官，分充宫府中女簿书，算是男女平等。朝仪设君臣座位，免去一切拜跪仪文。会议时依次坐定，言者起立，方许发言。法律如蓄妾有禁，卖娼有禁，缠足有禁，鬻奴有禁，吸鸦片有禁，略似西国的摩西十诫，号为天条，犯者立诛。以三百六十六日为一年，有闰日，无闰月。每七日一礼拜，赞美上帝。另建说教台，高数丈，演说宗教，常作天父附身的模样。总之是不古不今不中不西的一般制度。确评！宫殿既成，正殿叫作龙凤殿，匾额是“龙凤朝阳”四字，旁有两联，一联是：“虎贲三千，直扫幽燕之地；龙飞九五，重开尧舜之天。”一联是：“拨妖雾而见青天，重整大明新气象；扫蛮氛以光祖国，挽回汉室旧江山。”这两联，大约是钱军师手笔。秀全把掠取女子，选择好几十名，充作妃嫔，遂诹吉行升御礼，戴紫金冕，前后垂三十六旒，穿黄龙袍，浑身统用绣金盘成，当下升了御座，受文武百官朝贺。总算如愿。礼毕，就在殿中大飨群臣。

忽报清钦差大臣向荣，统率大兵数万，已到城东孝陵卫扎营了。秀全大惊道：“这个向妖，怎么惯与我作对？总要设法除灭了他，方可安心。”道言未绝，又报清钦差大臣琦善，统率直隶、陕西、黑龙江马步各军，与直隶提督陈金绶，内阁学士胜保，已自河南出发，来攻天京了。秀全道：“怎么好？怎么好？”钱江起座道：“陛下不必着急！扬州一带，已由老将林凤祥等出去攻略，当能截住北军。况琦善那厮，前在粤时，很是没用，这路兵不足为虑。只向荣很是耐战，又有张国梁为助，声势浩大，须要派遣重兵，屯驻城外，才可无虞。”正议论间，镇江、扬州的捷音，络绎前来，并接林凤祥奏议，略说：“二月二十一日，拔镇江，二十三日，陷扬州，一路进行，毫无阻碍。现得金银若干，子女若干，赍送天京，伏祈赏收。惟满廷遣琦善到此，统率各妖，约有数万，臣观他营伍不整，攻城不力，毫不足惧，但留臣指挥曾立昌，防守扬州，已足堵御，臣愿率兵北伐”等语。秀全向钱江道：“果不出军师所料。”钱江道：“林丞相虽是雄才，惟孤军深入，未免疏虞，应请添派大兵，作为后应方好。”秀清道：“就派吉丞相文元前去。”钱江道：“吉丞相么？”言下有不足意。秀清道：“吉文元系北王亲戚，当不致有异心。”钱江道：“并非防他有异心，但为北伐计，非计出万全不可。”秀清道：“方今满清精锐，已聚南方，北省地面，料必空虚，有林、吉二人前去，何虑不胜？”钱江不便再争，遂由秀清派吉文元去讫。原来吉文元妹子，嫁与北王韦昌辉，韦为北王，杨为东王，两人势力相当，杨欲独揽大权，恐韦从旁牵掣，因此先把吉文元调开，削他羽翼，以便将来篡立。钱江窥破此意，只因洪杨为患难交，疏不间亲，只得嘿然。韦杨内哄张本。

石达开（1831—1863），广西贵县（今贵港）客家人。1851年封为翼王。1857年因洪秀全猜忌，率军出走安徽，给太平军带来严重损失。1863年在四川大渡河边失败，被诱至清营，旋解往成都杀害。

秀全便道：“江北妖营，已不足虑，江南妖营，如何抵御？”钱江道：“第一着是添派重兵，分堵要口，只叫坚守得住，不必与他开仗；待他旷日持久，兵心懈弛，自有破敌之策。第二着是分扰安徽、江西，截他后路，断他饷道，凭他如何骁勇，不能耐久，将来总是难逃吾手。”秀全亟称妙计。秀清道：“安徽、江西，系江南上流，关系甚大。看来安徽一带，须劳翼王，江西一带，须劳北王，我愿与天王共守此城。现在我军部下，如李秀成、陈玉成等，统是后起英雄，叫他分堵江南，何怕向、张二妖。”仍是私意。秀全道：“好！好！”遂命北王韦昌辉出兵江西，翼王石达开出兵安徽。诸王统已调开，秀清可横行无忌了。两王各带天将数十人，长毛数万众，分路而去。

秀清又遣派部下各将，分堵雨花台、天保城、秣陵关各要口，密布得铜墙铁壁相似，遂一味骄淫奢佚，恢拓府第至周围四五里，服食起居，概与秀全相等。搜取城内美女三十六人，充作妾媵，号为王娘，统是破瓜年纪，绰约丰神；又与天妹洪宣娇私相来往，亦未免有苟合勾当。每一出门，前后拥护数千人，金鼓旌旄等类数十件，又有洋绉五色巨龙一大条，长约百丈，高亦丈余，行不见人，随着音乐，大吹大打的过去；然后继以大轿，轿夫五十六人，轿内左右，立着一对男女，右系娈童，左系娇妾，一捧茗瓯，一执蝇拂，仿佛神仙相似。每晨高坐府中，官属先以次进见，随后去朝洪天王。这位天王，亦耽情酒色，镇日里在后宫取乐，十日中只有一二日视朝，军事文报，刑赏黜陟，一任秀清所为。秀清又是个色中饿鬼，渐渐弄得形神尪弱，还要怂恿天王，速开男女各科，由秀清主试，钱江为副。男状元取了池州人程文相，女状元取了金陵人傅善祥。男状元乃是陪宾，秀清注意在女状元。男科题为

李秀成（1823—1864），广西藤县人，太平天国将领。出身农民家庭，1851年参加太平军。1857年被封为忠王。1864年天京陷落后被曾国藩擒杀。

《蓄发》檄，程文相文中有云：“发肤受父母之遗，无翦无伐；须眉乃丈夫之气，全受全归。忍看辫发胡奴，衣冠长玷，从此簪缨华胄，髦弁重新。”由钱江拔为男状元。女科题为《北争》檄，傅善祥文中有云：“问汉官仪何在？燕云十六州之父老，已呜咽百年；执左单于来庭，辽卫八百载之建胡，当放归九甸。今也天心悔祸，汉道方隆，直扫北庭，痛饮黄龙之酒；雪仇南渡，并摧北伐之巢。”由钱江拔为女状元。秀清本不甚通文，统归钱江取录，只看中这女状元，才貌俱全，便叫她充东王府女簿书，日司文牍，夜共枕席。女状元感恩图效，格外婉媚恭顺，太无廉耻。秀清非常合意。不料积宠生娇，批判㦤牍，信口诋骂，屡言首事诸酋，狗矢满中，甚至秀清亦被她批得一文不值。秀清愤怒起来，竟说她嗜吸黄烟，枷号女馆。状元二字扫地了。红颜女子，受了这般凌辱，免不得恹恹成病。病中上书秀清。内称：“素蒙厚恩，无以报称，代阅文书，自尽心力，缘欲夜遣睡魔，致干禁令，偶吸烟草，又荷不加死罪，原冀恩释有期，再图后效，讵意染病三旬，瘦骨柴立，似此奄奄待毙，想不能复睹慈颜，谨将某日承赐之金条脱一，金指圈二，随表纳还，藉申微意。”秀清阅毕，又动了怜惜之意，忙令释放，并令闲散养疴，许她游行无禁。原来长毛定制，除诸王丞相及大小官吏外，男归男馆，女归女馆，不得夹杂；就使本是夫妇，也不得同宿，违犯天条，双双斩首。傅善祥得任意游行，乃是秀清特令，后来善祥竟不知去向，大索不得，颇称狡狯，可惜失身于贼。这是后话。

且说林凤祥带领二十一军出滁州，据临淮关，进破凤阳，兵锋锐甚。吉文元又由浦口攻亳州，与凤祥合军，北趋河南。江北清营，亟令胜保分兵追蹑，那林、吉两人，率着悍党，兼程前进，好似狂风骤雨，片刻不停。胜保未入河南，林、吉已陷归德，河南巡抚陆应穀，督兵出城，向归德防剿，谁料警报到来，长毛已由间道趋开封。开封系河南省会，陆抚台安能不急？飞檄藩司沈兆云等，登陴固守。沈兆云才接抚劄，整备守城，林凤祥前队，已扑到城下。城中守兵，仓猝聚集，正在惊惶，亏得新任江宁将军托明阿，方督三镇兵过河南，乘便入援，与城兵内外夹击，足足战了两昼夜，才把长毛兵杀退。林、吉小挫。

林凤祥因开封难下，直趋河北，分兵围郑州荥阳县，牵制南岸的清兵，自己却与吉文元潜收煤艇，夤夜渡河，进捣怀庆府城。清廷已授直隶总督讷尔经额为钦差大臣，与尚书恩华，率精兵数千，驰赴河南。到了怀庆，正与林、吉相遇，林凤祥方穴隧攻城，见援军已至，只得分兵抵截。城中闻有援兵，知府以下，个个胆壮，格外奋力，坚守不懈。凭他如何设法，总被城中堵住。隔了数日，郑州荥阳的长毛，亦败窜过河，托明阿尾追而到。李开芳谏林凤祥道：“顿兵城下，兵家所忌，我军不如转旆东趋，从大名进逼天津，攻心扼吭，方为上策。”凤祥道：“怀庆扼黄河要害，怀庆不下，转向东行，倘若腹背受敌，如何是好？”遂不听李开芳言，一面饬人至江宁乞援，一面竖栅为城，一面深沟高垒，为自固计。两下相持复十日，胜保又到，开芳仍请变计，凤祥只是不从。失计在此。先后与清兵血战，计十数次，凤祥总不能稍占便宜。驹光如驶，竟逾月余，清廷下旨严责各军，讷尔经额与恩华、托明阿、胜保三人，不免焦灼，遂督励将士，誓破长毛。当下分兵三路，夺攻敌栅，那边开炮，这边纵火，霎时间烟焰蔽空，积成红光一片。林凤祥等固守不住，只得弃栅出来，抵死相扑。那官军亦拼命拦截，飞炮流弹，简直在各兵头下乱滚。吉文元躲避不及，中弹倒毙。长毛见伤了一个主将，只杀得一条血路，拥着林凤祥北走。林、吉大挫。

这一战，凤祥麾下的精锐，几已死尽。讷尔经额凯旋直隶，托明阿南赴江宁，单由胜保追击凤祥。凤祥后无退路，竟窜入山西。

山西巡抚哈芳，一些儿都没有预备，边境空虚得很。凤祥又乘虚突入，从垣曲县出曲沃县，连拔平阳府城，进至洪洞县，适江宁援兵二万人，由曾立昌、许宗扬等统带，自东而来，与凤祥相会。凤祥大喜，再合军东趋，寻出潞城、黎城两县间的小路，卷旗掩鼓，疾驱至临洺关。临洺关在直隶邯郸县北，系直隶省要隘。讷尔经额率军凯旋，方在关内驻扎，忽有探马来报，说西南角上有一大队人马，悬着大清旗号，向关上赶来。讷钦差茫无头绪，便道："这枝兵从何而至？难道是胜保的兵么？"饬令再探！探马才出，那支兵已蜂拥而至，不管三七二十一，竟冲入关中，讷军摸不着头脑，有几个上前拦阻，不料来军一齐动手，把拦阻的官军杀得一个不剩。讷尔经额尚在营内，闻外面一片喊杀声，出来探望，才叫得一声苦。原来冲入关内的人马，前队服着清装，后面统是红布包头的长毛，当时失声叫道："长毛到了！长毛到了！"兵士闻着"长毛"两字，不由得胆战心摇，三十六着，走为上着，统抱头窜去。讷尔经额也是逃命要紧，跨马疾走。这一大队长毛，正是林凤祥用了诡计，掩袭讷军，凤祥也算聪明，无如天不容他。当下乘势追杀，把清兵击死多人，一径驰到深州。深州各官，早已遁去，无阻无碍，听长毛入城。

深州距京师只六百里，警报递入清廷，与雪片相似。咸丰帝亟命惠亲王绵愉为大将军，科尔沁郡王僧格林沁为参赞大臣，督京旗及察哈尔精兵，星夜驰剿。时胜保已收复山西平阳府，自山西趋入直隶，亦奉旨代讷尔经额后任，与惠亲王、僧郡王等，夹攻长毛。这位僧郡王有万夫不当之勇，是蒙旗第一个人物，手下的亲兵，也似生龙活虎一般，这番奉命视师，仗着一股锐气，连破敌营十数座，击毙长毛七八百人，杀得林凤祥不能住足，弃了深州，东走天津，又被胜保夹击一阵，凤祥不敢攻天津城，退据静海，渐渐穷蹙了。三次大挫，不死何待？

北方稍静，南方偏骚扰异常。安徽省城安庆府，被石达开再陷，江西省城南昌府，又被韦昌辉围攻。杨秀清又遣豫王胡以晃，丞相赖汉英、石祥贞等，分头接应。皖赣两省，糜烂不堪，几无一人与长毛对手。只有升任按察使江忠源，奉命赴江南大营帮办，行次九江，闻南昌围急，倍道往援，才算得了一回胜仗，入南昌城助守。不意吉安又起了土匪，联络长毛，围困府城，江忠源飞书至湖南告急，为这一书，激出一位清室中兴的大功臣来。看官！你道大功臣是谁？就是湖南湘乡人曾国藩。

国藩字伯涵，号涤生。他降生的时候，家人梦见巨蟒入室，鳞甲灿然，尝相传为异事。道光十八年中进士，至道光末年，已升至礼部右侍郎。咸丰元年，诏求直言，国藩应诏，有详陈圣德三端，预防流弊一折，语语切直，几干罪谴。还亏大学士祁隽藻，及国藩会试时房师季芝昌，极力解救，方得免罪。二年丁母忧回籍，适洪杨四扰，烽火弥天，有旨令他帮助巡抚张亮基，督办团练，搜查土匪。他本是理学名家，拟请守制终丧，不欲与闻军事，适友人郭嵩焘，劝他墨绖从戎，不违古礼，于是投袂而起，募农夫为义勇，用书生为营官，仿明朝戚继光束伍成法，逐日操练，遂创成团练数营。湘军发轫。已而张亮基移督湖北，骆秉章回抚湖南，国藩与秉章很是投契，练勇亦愈集愈多，是时得忠源乞援书，遂入见骆抚道："江岷樵系戡乱才，不可不救。"原来江忠源表字岷樵，国藩在京时，江适会试，谒见国藩，谈了一会方去。国藩曾说他后必立名抗节，至此与骆抚议妥，遂遣湘勇千二百、楚勇二千、营兵六百，属编修郭嵩焘，及道员夏廷樾、知县朱孙诒，带领赴援。忠源弟忠济，暨诸生罗泽南，亦各率子弟乡人，随同前去。湘军出境剿敌，好算破题儿第一遭了。看官记着。正是：

建州一脉延王气，衡岳三湘出辅臣。

湘军出境以后，胜败如何，当于下回交代。

洪氏之不终也宜哉！定都江宁，尚无关得失，乃安居纵乐，荒淫无度，军国大事，尽归杨秀清掌握，秀清专权自恣，淫佚与洪氏同，而骄纵且倍之。君相若是，宁能成功乎？林凤祥等率众北犯，本系洪氏胜算，越淮入汴，所向无前，可谓锐矣。然不乘清军未集之时，驰入齐鲁，进窥燕都，而乃西趋怀庆，迂道力争，复从山西间道，绕入直隶，师劳力竭，安能不败？宁待深州大挫，始知其无成耶？然观洪杨之皮相西法，屠毒同胞，即使北犯而胜，亦无救于亡。故本回为洪杨惜，亦为洪杨病。林凤祥、吉文元辈，犹为本回之宾。项庄舞剑，意在汉王，阅者当于言外求之。

第六十一回

创水师衡阳发轫 发援卒岳州鏖兵

却说湘军出援江西，到了南昌，长毛即上前抵敌，两下酣战起来。究竟湘军是初次出山，敌不过百战余生的悍卒。罗泽南等又统是文质彬彬的书生，凭他如何奋勇，受着这厉害的枪弹，不是倒毙，就是受伤，亏得江忠源引兵杀出，才接应湘军入城。检点兵士，湘楚军及营兵，已丧失一二百名，罗泽南的朋友，亦死了七人。当下与江忠源商议，忠源道："钢非炼不成，剑非磨不锐，湘楚各勇，仗义而来，很是可敬，但未经磨炼，不能与悍党争锋。目下不如出击土匪，先求经验，若能把土匪剿平，也可翦长毛羽翼。那时长毛少了援应，解围而去，亦未可知。"老成远见。众人齐声赞成。于是夏廷樾出攻樟树镇，罗泽南出攻安福县，江忠济及刘长佑，出攻泰和县，留郭嵩焘、朱孙诒两人，偕江忠源守城。不到半月，各路土匪统已平靖，各军亦陆续归来。忠源遂会集将士，督率出城，与长毛恶斗一场，竟将长毛杀退，追至十数里外乃回。湘楚军始有喜色。

郭嵩焘道："这城虽已解围，无如贼势飚忽，来往无定。且东南各省，多半阻水，江中统是贼舟，一日遇风，可行数百里，解了这边的围，就向那边围住，我若驰救那边，他又到这边来了。他由水路，我由陆路；他用舟楫，我用营垒；他逸我劳，何能平贼？现在须亟办长江水师，沿江剿堵，方能取胜。"忠源鼓掌称善，遂令嵩焘回湖南，请国藩代为奏请。国藩具疏详陈，主张造船购炮，募兵习操，洋洋洒洒数千言，无非是肃清江面的大计画。朝旨准奏，即命国藩照奏施行。国藩奉命，自长沙移至衡州，赶造战船，创办水师，经过无数手续，问过无数熟手，才造成战船三种：一种叫作快蟹，船式最大，用桨工二十八人，橹八人；一种叫作长龙，比快蟹略小，用桨工十六人，橹四人；一种叫作三板，船最小，用桨工十人。每船各置舱长一名，炮手三名，头工二名，柁工一名，副柁二名。快蟹系营官坐船，长龙作为正哨，三板作为副哨，募集水师五千人，日夕操练，共成十营。六营兵自衡州募来，即令成名标、诸殿元、杨载福、彭玉麟、邹汉章、龙献琛六人，作为营官。四营兵由湘潭募来，即令褚汝航、夏銮、胡嘉垣、胡作霖四人，作为营官。褚汝航曾任粤省同知，颇谙水师情形，遂兼任水师总统。又增募陆师五千人，分为十三营，派周凤山、储玫躬、林源恩、邹世琦、邹寿璋、杨名声及国藩季弟国葆等，分营统带。并特保举游击塔齐布为副将，充作先锋。极力叙写，为殄灭长毛张本。水陆共得万余人，由国藩总辖，一俟船炮办齐，粮械完备，即拟沿湘而下，与长毛决一雌雄。

忽报长毛攻陷九江，分股窜湖北。署湖广总督张亮基，兵溃田家镇，江忠源赴援，亦被杀败，长毛已进趋武昌了。国藩道："前阅京报，湖广总督，已由吴老先生补授，张署督已调抚山东，为甚么出兵打仗，还是张署督主持呢？"过了数日，接到湖广总督紧急公函，拆开一瞧，乃是新督吴文熔乞援手书。原来吴文熔系国藩座师，闻武汉危急，乃驰抵武昌，张亮基才得交卸。此时长毛兵已连破黄州、汉阳，武昌吃紧万分，因向国藩处求救。国藩苦炮械未齐，一时不能出发，奈朝旨亦来催促，上奉君命，下顾师恩，不得不酌遣数营，赴鄂救急。正在派遣，又递进吴督文书，总道是二次促援，及展阅后，方知长毛已经击退，并说衡湘水师，关系全局，宜加意训练，毋轻赴敌。国藩才放下了心，停军不发。

谁知安徽的警信，又日紧一日。自石达开攻破安庆，安徽文武大吏，皆避至庐州，权作省治。奈长毛酋秦日纲又至，连陷舒、桐二城，在籍侍郎吕贤基殉难，日纲直趋庐州。朝旨授江忠源巡抚安徽，且饬国藩出兵，与忠源同援庐州。国藩拟部署大定，始行出发，而忠源已由鄂赴皖，冒雨前进，到六安州，将士多病，忠源亦疲惫不堪。六安吏民，遮道乞留。忠源不可，留总兵音德布统千人入守，自率数百人，力疾至庐州。庐州城内的官吏，已多半逃去，粮械一无所有，只有千余名营兵，及千余名团勇，连忠源带去亲卒数百，统得三千人，忙督率登陴，誓死守城。才隔一宵，秦日纲已薄城下，忠源仗着一片热诚，激厉将士，日夜捍御，日纲倒也无法可施，方思撤围东去，忽胡以晃自安庆驰至，步骑约十余万，来助日纲，密结城中知府胡元炜，作为内应，从水西门掘了地道，埋药爇火，轰陷城墙十多丈。忠源犹拚死堵塞，且战且筑，不想胡元炜已潜开南门，放长毛入城，霎时间火势燎原，阖城鼎沸。忠源知不可为，掣佩刀自刎。手下一仆，从后面抽去佩刀，背忠源出走。忠源啮仆耳，血流及肩，仆不堪痛苦，将忠源委地。长毛亦已追及，忠源复徒手搏战，格杀长毛数人，身中七枪，投水自尽。果不出国藩所料。败报传至衡州，国藩叹息不已，正悲悼间，黄州又来警耗，报称湖北总督吴文熔阵亡，国藩大惊。原来吴文熔初到武昌，巡抚崇纶，拟移营城外，阴谋脱逃，文熔即至抚署，约与死守，崇纶不以为然。文熔愤甚，拔出佩刀，掷诸案上，厉声道："城存与存，城亡与亡，司道以下敢言出城者，污吾刀！"于是崇纶不敢异议。至武昌围解，崇纶虑不相容，私念不如先发制人，遂奏劾文熔闭城坐守。朝廷信崇纶言，信汉人，总不如信满人。促文熔出省剿贼，文熔方调贵州道员胡林翼，率黔勇六百人会剿。林翼未至，朝命已到，不得已带了七千人，出赴黄州，适值残腊雨雪，满途军士，相率僵毙，崇纶又遇事掣肘，军械辎粮，不肯接应。文熔叹道："吾年过六十，何惜一死？可惜死得不明不白。"随进薄黄州，休息数日，已是咸丰四年正月中。文熔探得长毛张灯高会，遂发兵袭击，不料反堕敌计，中途遇伏，官军哗溃。文熔率都司刘富成，往来冲突，手刃长毛数十名，究因军心懈散，寡不敌众，竟下马叩辞北阙，投河而亡。国藩闻座师凶信，复探悉崇纶倾陷状，便切齿道："可恨崇纶，我若得志，必诛此人。"

胡林翼（1812—1861），字贶生，号润芝，湖南益阳人。道光进士，1856年破武昌，授湖北巡抚，全力支持曾国藩。后在鄂东、赣、皖作战。1860年陷太湖、潜山，助曾国荃围攻安庆。1861年在武昌呕血身亡。与曾国藩并称"曾胡"，是镇压太平天国的主要人物之一。

忽又有朝旨到营，令速率炮船兵勇，出援武昌。国藩乃传集水陆兵马，从衡州起程，到长沙取齐。水师沿湘而下，陆师分道而前，这一队击楫中流，那一队扬鞭大道，正有如火如荼的声势。表扬处具有深意。途次闻长毛兵已陷岳州，破湘阴，入宁乡，不禁失声道："了不得！了不得！"遂命水师趋湘阴，陆师趋宁乡。褚汝航率数船先进，湘阴城内的长毛，望风退去。国藩闻前队得利，督战船继进，才到洞庭湖口，十八姨忽然作怪，狂飚陡作，白浪滔天。这班战船内舱长柁工，连忙下帆抛锚，尚且支撑不住。一阵乱荡，两船相撞，慌乱了许多时辰，方有些风平浪静。检点船只，已损失好几十号，勇丁亦溺毙了数百名。国藩令收入内港，暂缓出师。

忽接陆军详报宁乡得胜，长毛遁去，国藩道："这是还好。"言未毕，又有兵目来报，储统领玫躬逐北阵亡，国藩连叫可惜。接连又有人报称："邹统领寿璋，杨统领名声等，杀败长毛，追至岳州，不料王统领鑫，自羊楼司溃回，冲动我军，长毛又乘势杀来，我军亦被杀败了。"国藩道："王璞山专喜大言，我前时曾劝他敛抑，他竟不信，反与我别张一帜，今朝失败，咎由自取，可惜我军亦被牵动，应亟去接应方好。”遂令褚汝航率领水师三营，赴岳州援应陆师，汝航甫去，警信又来，长毛复杀入湘江，踞住靖港，别遣一队绕袭湘潭，占住长沙上游，顿时触动了国藩的忠愤，口口声声埋怨王璞山。小子前次叙述水陆各将，未曾说起王璞山，不得不补叙明白。璞山即王鑫表字，与国藩同里，国藩治团练时，尝相助为理。嗣因王鑫负才恃气，与国藩意见不合，遂自募乡勇二千多人，别为一军，至此闻长毛窜入湖南，独率乡勇阻截，才抵羊楼司，遇着长毛大队扑来，乡勇胆怯，不战自溃。国藩既与他微有嫌隙，又因邹杨各军，被他牵扰，长毛乘胜长驱，掩入上游，心中遂越加懊恨，于是檄塔齐布回援湘潭，自督舟师迎击靖港。

曾国藩（1811—1872），字伯涵，湖南湘乡白杨坪（今属双峰）人，清末洋务派和湘军首领。1853年初（咸丰二年底）为对抗太平天国，在湖南办团练，旋扩编为湘军。1864年7月攻陷天京。次年奉命督办直隶（今河北）、山东、河南三省军务。封一等毅勇侯。

方才出发，贵州道胡林翼到来。林翼字贶生，号润芝，湖南益阳县人氏，也是个进士出身，素有韬略。吴文熔初督云贵，正值林翼需次贵州，相见之下，大加赏识。及文熔移督湖广，因调林翼为助。曾、胡齐名，叙述所以独详。林翼到湖南，闻吴督已经战殁，途中又被长毛阻隔，只得来见曾国藩。国藩延入，抵掌高谈，吐弃一切，说得国藩非常倾心，当下令林翼率了黔勇，偕塔齐布同往湘潭。塔齐布系旗籍中翘楚，胡林翼系汉员中巨擘，一个膂力过人，一个智谋出众。两将直至湘潭，打一仗，胜一仗，长毛头目，没有一个是他敌手。

只曾国藩出师靖港，遇着西南风，水势湍急，被长毛乘风杀来，战船停留不住，纷纷奔溃。国藩愤极，猝投水中，亏得左右赶紧捞救，总算不死。两次出湖，第一次遭风漂没，第二次遇敌溃散，可见治事甚不容易。随退驻省城南门外妙高峰寺，定了一回神，便召众将弁商议道：“靖港一败，北面受困，倘或湘潭失守，南面又要吃紧，岂不要前后受敌么？”杨载福起身道：“今日的时势，只有添兵去救湘潭，湘潭得胜，后路无虞，方可并力驱逐敌船。载福不才，愿带水师一营，去助塔副将。”国藩尚在踌躇，彭玉麟道：“杨君之计甚是，此处且坚守勿动，待湘潭收复，水陆夹攻，不怕长毛不败。彭某也愿同去一走！”国藩见彭、杨二人，主见相同，便即依从。彭、杨遂整集船舶，扯起风帆，命柁工水手向南速驶。

到了湘潭附近，遥听岸上一片战鼓声，震得波摇浪动，料知此时定在开战，令更加樯急进，直薄湘潭城下，见长毛水陆两路，夹攻湘军，塔齐布、胡林翼两人，分头抵敌，正是血肉相薄的时候，杨载福出立船头，当先冲入，彭玉麟继进。长毛不意水师猝至，相顾愕眙，刚思回船相扑，不防火弹火药，飞入船中，烟焰冒空直上，船内的长毛，脚忙手乱，这边未曾救灭，那边又被烧着。长毛见不是路，多半弃船登岸，剩得小船数艘，划桨飞奔，也被彭、杨手下追及，开炮轰沉。逃上岸的长毛，碰着塔、胡两军，正在截杀，杨载福、彭玉麟已烧尽敌船，也摆船近岸，跃登岸上，用刀一招，水师陆续随上，杀得长毛遍地是血，死了四五千人。长毛知湘潭难保，一溜风逃得精光。塔、胡、彭、杨四营官，收复湘潭城，差专弁至长沙报捷。

国藩日盼消息，接到捷书，乃奏陈靖港、湘潭胜负各情，并自请交部议罪。奉旨："靖港败衄，不为无咎，姑念湘潭全胜，加恩免罪，赶紧杀贼自赎。湖南提督鲍起豹，未闻带兵出省，仅知株守，有负委任，着即革职，所有提督印信事务，暂由塔齐布署理"等语。国藩接旨，即檄塔齐布回省。塔齐布入见，国藩就告知恩眷，并慰劳一番。塔齐布亦深为感谢。国藩复将水陆各军，汰弱留强，重整规模，指日进剿。

适值广西知府李孟群，率水勇千名，广东副将陈辉龙，率战舰数艘，同到长沙，都向曾营内投递手本，由国藩同时接见。国藩本是虚心下气，延揽人材的主帅，无论何人进谒，总叫他不要拘束，随便自陈。这是曾公第一好处。两人纵谈了一回，统是意气自豪，不可一世，辉龙尤睥睨一切。国藩暗暗嗟叹，只嘱咐他小心两字。暗伏二人结果。

辞出后，军弁来报，华容、常德、龙阳各县城，统被贼陷。国藩道："贼势至此，我军不能再缓了。"言未已，澧州、安乡等城，又报失守，接连来了一枝湖北败兵，保着湖北巡抚青麟，逃至长沙。国藩道："巡抚有守城的责任，为甚么逃至此地？莫非武昌已失守么？"看官记着湖北巡抚，本是崇纶，崇纶丁艰去职，由学政青麟摄篆，总督乃是台涌，接吴文熔职任。台涌出省剿贼，长毛偏溯江而上，连破安陆府、荆门州，直逼荆襄。幸亏荆州将军官文，遣游击王国才，率兵勇千七百人，击退长毛，长毛重复下窜，转攻武昌。青麟未谙军旅，又因城中饷匮，不能固守，只得弃了城奔到长沙。武昌再陷。青麟投刺曾营，国藩拒不见面，入城去见骆巡抚，骆秉章亦不甚款待，遂绕道奔赴荆州，途次奉旨正法，台涌亦革职，并命曾国藩迅速进剿。于是国藩分水师为三路，褚汝航、夏銮等为第一路，陈辉龙、何镇邦、诸殿元等为第二路，国藩自率杨载福、彭玉麟等为第三路。陆师亦分三路，中路属塔齐布，西路属胡林翼，东路属江忠淑、林源恩。六路大兵，一齐出发。

早有细作通报长毛，长毛倒也惊慌，退出常澧，专守岳州。褚汝航、夏銮，鼓棹直前，驶至南津，长毛出港迎战，正杀得难解难分，陈辉龙、何镇邦、诸殿元复到，两路夹攻，长毛渐却。杨载福、彭玉麟，又督战船驶入，把长毛的战船，冲作四五截，眼见得长毛大败，弃掉战船十数艘，拼命的逃去了。水师乘胜驱至岳州，守城的长毛，还想抵御，谁知塔齐布亦自陆驰到，与水师夹击岳州城，一阵鼓噪，把长毛赶得无影无踪。随即迎曾帅入城。安民已毕，当令前哨侦探敌踪，回报长毛水军在城陵矶，陆军在擂鼓台。国藩道："这两处离城不远，仍旧在岳州门口，还当了得。"急命水师攻城陵矶，陆师攻擂鼓台，各将都奉命出发。只国藩在城留守，眼望旌旗，耳听消息。第一次军报，城陵矶水师大胜，获战船七十六艘，毙长毛千余，生擒一百三十名；第二次军报，陆师已薄擂鼓台，战败贼酋曾天养。国藩自语道："这次可直达湖北了。"过了一日，接到第三次军报，水师追长毛至螺矶，途遇南风，为敌所乘，褚汝航、夏銮、陈辉龙、何镇邦、诸殿元等，先后战殁，国藩大惊失色，正是：

胜败靡常，傥得傥失。

军情变幻，不可预测。

欲知后来胜负情形，试看下回分解。

曾国藩始练湘勇，继办水师，沿湖出江，为剿平洪杨之基础，后人目为汉贼，以其辅满灭汉故。平心而论，洪杨之乱，毒痡海内，不特于汉族无益，反大有害于汉族，是洪杨假名光复，阴张凶焰，实为汉族之一大罪人。曾氏不出，洪杨其能治国乎？多见其残民自逞而已。故洪杨可原也而实可恨，曾氏可恨也而实可原。著书人秉公褒贬，无私无枉，笔致曲折淋漓，犹其余事。

第六十二回

湘军屡捷水陆扬威
畿辅复安林李授首

却说褚汝航等进兵螺矶，遇着逆风，被长毛顺风纵火，烧掉了三十多艘战船，褚汝航等不肯退走，硬要与长毛拼命。陈辉龙越加气愤，从火中跳进跃出，指挥部下，究竟水火无情，一众英雄，陆续毕命。这信传达岳州，试想这再接再厉的曾大帅，能不惊心动魄么？亏得杨、彭二将，又差军弁飞速进见，报称退守陵矶，扼住要口，长毛已经退去，国藩稍稍放心，只想褚汝航等患难至交，到此尽行战殁，未免痛心；随令同知俞晟代汝航，令他收拾余烬，再图大举。愈失败，愈激厉，遗大投艰，端恃此举。

正布置间，军报又到，塔军门大破擂鼓台，阵斩贼目曾天养。国藩一想，陆师得此大胜，正好抄至城陵矶，会合水师，进攻长毛，只恐塔齐布势孤，不敷调遣。方在踌躇，忽报周凤山、罗泽南自长沙到来，国藩大喜，立即延入。周、罗二人行礼毕，便道：“骆中丞闻水师新挫，特遣某等前来听差。”原来二人本留守长沙，奉骆抚命来助国藩，国藩遂令周凤山赴擂鼓台，罗泽南赴城陵矶。二人甫去，李孟群又到。孟群父卿穀，曾官湖北按察使，武昌再陷，卿穀殉难，孟群得此凶信，日夜泣血，禀请骆抚，愿前敌报仇。当下入见曾帅，号淘大哭。国藩也陪了数点眼泪，随即温言劝慰，令他驶至城陵矶，帮助水师。

自是水陆两军，齐集城陵矶。城陵矶附近有高桥，长毛扎下营寨，作为城陵矶犄角。塔军门奉国藩檄，匹马单刀，直趋高桥，长毛率众来扑，塔军门把刀一招，后面的罗、李各军，统赶上来杀长毛。长毛斗不过，败奔城陵矶。湘军乘势追上，城陵矶的长毛，约有二万余名，倾巢出来，恶狠狠的来敌湘军。塔军门一马当先，冲入长毛队里，打长毛时，满人中之最得力者，只一塔齐布，可谓硕果仅存。湘军随后杀入。适天雨如注，东南风大作，湘军乘风猛扑，人人拼命，个个争先，拔去竹签数丈，跃过濠沟两重，杀声与风雨声相应，震动天地，吓得长毛步步倒退。湘军越发奋勇，连毁敌垒十余坐，水师亦击沉敌船数十艘，从城陵矶杀到螺山，从螺山杀到金口，简直是没有歇手，任他长毛凶悍，总是敌不住湘军。战了两三日，把东岸的旋湖港，芭蕉湖，道林矶，鸭栏矶，又西岸的观音洲，白螺矶，阳林矶，各处地方的敌垒，一扫而空。从此由岳入湘的门户，方稳固无虞了。保全湖南，亏此一战。

国藩接着捷报，就从岳州出发，进驻螺山，拜疏奏捷。有旨赏给三品顶戴。国藩上疏力辞，并附陈李孟群忠勇奋发，思报父仇，现在服尚未阕，请从权统领水师，借专责成。朝旨擢孟群为道员，不准国藩辞赏。国藩复出驻金口，饬水陆两军，乘胜穷迫，声势撼天，所向无敌。适荆州将军官文，亦遣将魁玉、杨昌泗等，率五千人来会，军容愈盛，遂复蒲圻、嘉鱼等县，直入武汉境内。是时湖北总督，换了杨霈，亦收复蕲水、罗田，及黄州府属各城，北路亦渐次肃清。

国藩遂召集诸将，商取武昌。罗泽南袖出一图，指示诸将道："欲攻武昌，须出洪山、花园两路，花园濒江环城，闻悍贼悉众死守，洪山贼势少减，然亦屯有重兵。罗某愿攻洪山。"塔齐布微笑道："罗山先生，避难就易，未免不公。"原来罗泽南字罗山，素讲理学，湘乡人多执贽为弟子。罗山从军，弟子亦多半相随，军中多称为罗山先生。只罗山向来持重，不轻出战，塔齐布屡次挑激，此次因花园一路，要塔往攻，所以出言诮让。国藩忙道："罗山亦并非胆怯，只虑部下不足，现加派兵二千，令罗山弟子李迪庵，统带接应，罗山便好往攻花园了。"代为解围，真好主帅。泽南应允，随率兵去讫。

塔齐布去攻洪山，泽南自为前锋，令弟子李续宾为后应。续宾即迪庵名，与泽南同隶湘乡县籍，身长七尺，膂力过人，至此始独率一军，随泽南进行。泽南将到花园，长毛已出来迎截，两造正鏖战不下，忽北岸火光烛天，大炮声陆续不绝。长毛恐江面失败，无心恋战，慌忙退入垒中。原来花园北濒大江，内枕青林湖，长毛南北列营，置炮累累，向北者阻清水师，向南者阻清陆军。国藩既遣去泽南，复令杨载福、俞晟、彭玉麟、李孟群、周凤山等，率水师前后进击，纵火焚敌船，火炮火球，飞掷如雨，敌船被毁几尽。长毛的尸首，浮满江滨。泽南趁势攻敌垒，垒有九，四面立栅，上列巨炮，泽南令军士携着手枪，俯伏而进。长毛开枪轰击，军士毫不畏惧，执枪滚入，近垒始起。前列奋登，后队继上，自辰至酉，连克八垒，还有一垒，是长毛大营，悉众来争。泽南手下，已觉疲乏，几乎不能支持，巧值李续宾到来，一支生力军，横厉无前，将长毛一阵击退。长毛尚据营自固，适俞晟、杨载福等，已自江登陆，夹攻长毛大营。长毛至此，已势穷力竭，只得弃营逃走。极写花园之不易攻入。泽南进薄武昌，塔齐布亦攻克洪山，随后踵至，城内长毛宵遁，遂复武昌。隔岸的汉阳城，由荆州军统领杨昌泗，奉曾公命，渡江收复，相距只一小时。还有黄州府城，亦由知府许赓藻，率团勇攻克，侥幸生存的长毛，四散窜去。

国藩驰至武昌，奏报武昌、武汉的情形，由咸丰帝下谕道：

览奏，感慰实深。获此大胜，殊非意料所及。朕惟兢业自持，叩天速救民劫也。钦此。

隔了一日，又有谕旨一道，寄至武昌。其辞云：

此次克复两城，三日之内，焚舟千余，踢平贼垒净尽，运筹决策，甚合机宜。尤宜立沛恩施，以彰劳功。曾国藩着赏给二品顶戴，署理湖北巡抚，并加恩赏戴花翎，塔齐布着赏穿黄马褂。钦此。

国藩奉诏后，疏称母丧未除，不应就官，坚辞巡抚职任。奉旨照允，仍赏给兵部侍郎衔，另授陶恩培为湖北巡抚，饬曾国藩顺流进剿。国藩遂统领水陆各军，沿江东行，下大冶，拔兴国，破蕲州，直达田家镇。田家镇系著名险隘，东面有半壁山，孤峰峻峙，俯瞰大江，一夫为守，万夫莫开。长毛复从半壁山起，置横江铁锁四道，栏以木簰，遍列枪炮，另置战船数千艘，环为大城，好像一座巨岛，岸上又有敌垒二十余座。湘军自蕲黄东下，陆师先至，塔、罗二将为统领，与田家镇长毛，开了一仗，虽擒斩了数千名，尚不能越雷池一步。

至杨载福、彭玉麟等踵至，定议分水师为四队：第一队用洪炉大斧，熔凿铁锁；第二队挟炮进攻，专护头队；第三队俟铁锁开后，驶至下游，乘风纵火；第四队守营各勇，依令并举。四队排齐，杨载福率副将孙昌凯，作为第一队先导，熔斩铁锁，驶舟骤下，余三队陆续继进。开炮的开炮，放火的放火，逼得长毛上天无路，入地无门。那时岸上的塔、罗二军，望见水师已经得手，亦各宣军令，急攻敌垒，先进者赏，退后者斩。各军士拚命向前，刀削枪截，尚不济事，也顺风纵起火来。于是江中纵火，岸上亦纵火，烧了一日一夜，就使铜墙铁壁，也变成了一片焦炭。不亚当年赤壁情景。可怜红巾长发，死于水，死于火，死于刀兵枪弹，都向鬼门关上报到。还有一小半长毛，不该死在此地，统纷纷逃命。这次乃是湘军同长毛第一次恶战，岸上的长毛营二十三座，江中的长毛船五六千艘，被祝融氏收得精光，遂拔田家镇。自是湘军威名震天下。

长毛首领陈玉成，窜至广济，联合秦日纲、罗大纲等，分守各要隘，怎禁得塔、罗二军，乘胜前来，步步逼人，节节进剿，连趋避都来不及，还有何心抵当？广济不能守，转走黄梅。黄梅乃湖北、江西、安徽三省总汇的地方，陈、秦、罗三个头目，并力死拒，挑选悍卒数万名，驻扎城西的大河埔，分遣万余名守小池口，万余名扼城北，数千名游弋水陆，互为援应。塔军才至双城驿，距大河埔十里，尚未立营，玉成已率众杀来，亏得塔军素有纪律，奋登山冈，立住脚跟，养足锐气，冲杀而下。正酣斗间，杨、彭等已攻进小池口，不由玉成不走。湘军水陆齐进，立毁大河埔敌营，城北的长毛，已望风遁去。塔齐布猛扑城头，首受石伤，裹创再攻，长毛不能支，缒城窜去，遂复黄梅。

僧格林沁（1811—1865），博尔济吉特氏，蒙古科尔沁左翼后旗（今属内蒙古）人，清末将领。1825年（道光五年）袭封郡王。1853年（咸丰三年）受命为参赞大臣。1865年在山东曹州（今菏泽）高楼寨（今高庄镇）被捻军围歼，逃至吴家店（今菏泽市西北吴店）被杀。

国藩进驻田家镇，连日奏捷，又附陈吴文熔被陷状，应前回。奉旨令崇纶自尽，并优奖国藩。国藩因湖北略平，遂督军顺流东下，直攻九江。湖北下窜的长毛，纠合安庆新到的长毛，固守九江城，急切不能攻下。那时河北的长毛，恰有肃清的消息，小子只好将九江战事，暂搁一搁，别叙那河北情形。笔似分水犀。

长毛丞相林凤祥，自深州败走，返据静海，分兵屯独流及杨柳青二镇，作为犄角。清将胜保，进攻不能下，且被长毛杀败一阵。咸丰四年正月，清郡王僧格林沁，亦率军趋至，会合胜军，先攻独流镇。独流镇的长毛，最是犷悍，固垒抗拒，清军连冲数次，都被击退，恼了有进无退的僧郡王，严申军法，留胜保军堵住杨柳青，自率精骑踹入敌营。长毛更番堵御，奈见了僧王虎威，都已心惊胆栗，且战且走。这边僧军更抖擞精神，上前奋杀，不一时已将敌营踏破。僧军转旆攻杨柳青，见胜军已经杀入，接踵而进，立刻荡平。二镇已破，静海的长毛，自然立脚不住，由凤祥挈领南窜，入踞阜城。

阜城县外，有堆村、连村、林家场三处，俱占要害，凤祥就分兵屯驻，连寨以待。僧王一到，相度地势，立派副都统郭什讷、达洪阿、副将史荣椿、侍卫达崇阿等，分头纵火。东延西燃，把三村房屋，烧得一间不留，逃得慢的长毛，都做了火烧鬼，逃得快的，还算走入城中。僧王正围攻阜城，满拟指日克复，忽报安徽长毛，由金陵遣至山东，偷渡黄河，攻陷金乡县，于是急遣将军善禄等，分兵驰援。

过了一日，廷寄复下，令胜保速赴山东，堵剿匪目曾立昌、许宗扬。原来曾立昌、许宗扬二人，由凤祥派遣，暗使往会山东长毛，攻扰临清州，冀解阜城的围困，凤祥确是多智，奈势已穷蹙何？所以清廷有此谕旨。胜保到了山东，临清州闻已失陷，山东巡抚张亮基，奉旨革职遣戍，连胜保、善禄等，亦遭褫革，戴罪自效。胜保气的了不得，偕善禄驰攻临清，日夜轰击。城内的长毛，颇有能耐，一味坚守，胜保大愤，督军士三面猛攻，单剩南面一隅，放走长毛。长毛因有隙可逃，渐渐松懈，被清兵一拥登城，城立拔，长毛纷纷南奔。

胜保不及安民，即出城追赶，到了冠县，一蓬火，烧死长毛头目陈世保。曾立昌、许宗扬等，落荒而逃，遁至曹县，四面筑起木城，为固守计。胜保追至曹县，与善禄密议道："曾、许两贼，已是穷蹙，定不能固守此城。但彼窜我追，何时方能住手？必须想一斩草除根的计策，方便收军。"善禄踌躇一会，也无良法，只请胜保周视地形。胜保留善禄攻城，自率轻骑数十名，往各处巡阅一天。是晚回营，即与善禄附耳数语，令善禄分兵去讫。

到了夜半，胜保传军士各执火具，往焚木栅，霎时间烟焰蔽天，吓得长毛四散奔逃，胜保恰趁这黑雾迷漫的时候，麾众上城。曾、许二人，知不可守，即弃城出窜。胜军恰紧紧追赶。时已黎明，曾、许两人，逃至漫口，见前面水色微茫，料无去路，正思沿河窜逸，忽河侧有一支兵杀到，视之，乃系清将军善禄所领的马兵。善禄于此处出现，上文附耳数语，即此可见。曾、许急忙回头，胜保又率步兵追到，马步夹攻，就使曾、许两人有三头六臂，也是抵挡不住，"咽咚咽咚"数声响，曾立昌、许宗扬，都投入水中，眼见得两道灵魂，随河伯当差去了。差使不断，尚是幸事，恐怕河伯要带去问罪，奈何？其余的长毛，不是赴水，定是身死刀下，悉数殄除，无一漏网。

东境业已肃清，胜保整军而回，途次闻林凤祥，已窜入连州。看官！你道林凤祥何故入连州呢？他闻曾、许已攻入临清，拟乘此还军，联络曾、许，遂弃了阜城，南窜连州，占踞连镇。僧王率众南追，胜保也移师会剿，总道林凤祥已成瓮鳖，不日可平。谁知凤祥真来得厉害，自知无生还望，索性拼着老命，坚持到底。僧王攻一日，凤祥守一日，僧王攻一月，凤祥守一月，僧王方焦躁的了不得，忽有长毛自南门杀出，势甚凶悍，僧王急麾兵拦阻，已是不及，被他突围而去。这突围的长毛统领，乃是李开芳。原来凤祥尚未知山东败耗，特遣开芳南走，接应曾、许，合军来援。开芳到了山东，曾、许已溺毙多日，无处求救，疯狗噬人，不管好歹，窥见高唐州守备空虚，竟一鼓陷入，杀死知州魏文翰。他尚思分踞村庄，陡闻城外鼓角喧天，清将胜保，已率军追至城下，没奈何登陴死守。自是胜保围高唐，僧格林沁围连镇，此攻彼守，足足相持了半年。

僧王本是个骁悍人物，到此也无可奈何，看看冬季将尽，两湖的捷报，连日传来，僧王恨不得立破敌垒，昼攻夜扑，一息不停，方将连镇踏平了一半。连镇系东西二砦，联络而成，所以叫作连镇，僧王费了无数气力，才将西镇攻破。凤祥收拾余烬，坚守东镇，直至咸丰五年正月，粮尽力穷，方被僧军猛力攻入。凤祥尚是死战，可奈前后左右，统是僧军，此牵彼扯，活活的被他擒住，槛送京师。僧王再移军攻高唐，高唐自胜保围攻，也是半年有奇，李开芳的坚忍，不亚凤祥，僧王仗着初到的锐气，攻扑一番，仍然无效。他却想了一计，令全军一律退去。是时城内闻僧军到来，到也惊惶，及见城外的清兵，尽行退去，不得不乘机出窜。讵料行未数里，清兵竟漫山蔽野的掩杀过来，开芳知不能敌，回头狂奔，直到茌平县属的冯官屯，入村踞守。那时开芳手下的长毛，只有五百多人，尚与僧、胜两军，坚持了两个月。僧王决河灌敌，开芳始无路可走，终被僧军擒去，解往京师，与凤祥并受凌迟罪。河北肃清，洪天王的兵力，从此只限于南方，不能展足了。林、李一死，已定洪氏兴亡之局。小子又有俚句一首，咏林凤祥、李开芳道：

北上鏖兵固善谋，孤军转战死方休。

如何所事偏非主，空把明珠作暗投。

僧王凯旋，清廷行凯旋典体，免不得有一番热闹。那时咸丰帝喜慰非常，遂酿出一场大公案来，小子且至下回叙明。

本回为洪氏兴亡之关键，自曾国藩战胜江湖，而湘军遂横厉无前；自僧格林沁肃清燕鲁，而京畿乃完全无缺。南有曾帅，北有僧王，是实太平军之劲敌，而清祚之所赖以保存者也。林凤祥、李开芳二人，为太平军之佼佼者，转战河北，至死方休。令洪氏子一入金陵，用以攻北，即亲率全军为后应，则河北之筹备未足，江南之牵掣无多，一鼓直上，天下事殆未可料。不此之图，徒令林、李两头目，孤军图河，至京畿被困，已挽救无方，林、李死而洪氏已亡其半矣。读此回已见洪氏子之必亡。

第六十三回

那拉氏初次承恩
圆明园四春争宠

且说咸丰帝迭闻捷报，心中欣慰。少年天子，蕴藉风流，只因长毛蔓延，烽烟未靖，不免宵旰勤劳，连那六宫妃嫔，都无心召幸。这番河北肃清，江南复连报胜仗，自然把忧国忧民的思想，稍稍消释。大凡一个人，遇着安逸时候，容易生出淫乐的念头，况咸丰帝身居九五，年方弱冠，那里能抛除肉欲？若抑若扬，绝妙好辞。即位二年，曾册立贵妃钮祜禄氏为皇后。皇后幽娴静淑，举止行动，端方得很，咸丰帝只是敬她，不甚爱她。此外妃嫔，虽也不少，都不能悉如上意。只有一位那拉贵人，芙蓉为面，杨柳为眉，模样儿原是齐整，性情儿更是乖巧；兼且通满汉文，识经史义，能书能画，能文能诗，满清二百多年宫闱里面，第一个能干人物，要算这位那拉氏。就使顺治皇帝的母亲，相传是色艺无双，恐怕还不能比拟呢。回应孝庄后。

这位那拉氏籍贯，说将起来，恰要令人一吓，她就是被清太祖灭掉的叶赫国后裔。回应第二回。太祖因掘出古碑，上有“灭建州者叶赫”六字，所以除灭叶赫。只因太祖皇后，本是叶赫国女儿，为了一线姻亲，特令苟延宗祀，但不过阴戒子孙，以后休与结婚。顺治后颇谨遵祖训，传到咸丰时候，已是年深月久，把祖训渐渐忘怀。且因那拉氏的祖宗，并非勋戚出身，入宫时只充一个侍女，后来渐遭宠幸，封为贵人。清制：皇后以下，一妃二嫔，贵人列在第三级，与皇后尚差四等，本来是不甚注意，谁知后来竟作了无上贵妇。命耶数耶！

那拉氏幼名兰儿，父亲叫作惠征，是安徽候补道员，穷苦得不可言状，遗下一妻二女，回京乏资，亏了个清江知县吴棠，送他赙仪三百两，方得发丧还京。看官！你道这吴知县何故送他厚赙？吴宰清江时，曾有副将奔丧回籍，与吴有同僚旧谊，因副将舟过清江，乃遣使送给厚仪，不意去使误送邻船。这邻船就是那拉氏姊妹北归，正虑川资不继，忽来了这项白镪，喜从天降。那是吴县官得知误送，几欲索还，旋闻系惠征丧船，从前也有一面缘，就将错便错的过去，不过把去使训斥了一顿。谁知后来的高官厚禄，都是这三百两银子的报酬。失之东隅，收之桑榆，也是吴县官运气。兰儿曾语妹道："他日吾姊妹两人，有一得志，休要忘吴大令厚德。"志颇不小。

回京后，过了一二年，正值咸丰改元，挑选秀女，入宫备使。兰儿奉旨应选，秀骨姗姗，别具一种丰韵。咸丰帝年少爱花，自然中意，当即选入宫中，服侍巾栉。兰儿素好修饰，到此越装得秀媚。蛾眉不肯让人，狐媚偏能惑主。用讨武曌檄中语，已寓深意。只因咸丰帝政躬无暇，兰儿的佳运，尚未轮着，所以暂屈辕下。到了咸丰四年，这兰儿命入红鸾，缘来福辏，竟居然得邀天宠了。一日，咸丰帝退朝入宫，面上颇有喜色，适值皇后奉太后召，赴慈宁宫。宫嫔竞上前请安，兰儿也在后面随着跪下，被咸丰帝瞧见，不由的惹起情肠，当下令宫嫔各回原室，独留兰儿问话。兰儿一寸芳心，七上八下，也不知是祸是福，遂向咸丰帝重行叩见。咸丰帝温颜悦色道："你且起来，立在一旁！"兰儿复叩首道："谢万岁爷天恩。"这六个字从兰儿口中吐出，仿佛似雏燕声，黄莺语，清脆得了不得。待兰儿遵谕起侍，由咸丰帝仔细端详，身材体格恰到好处，真个是增之太长，减之太短，亭亭玉立，无一不韵。那满头的万缕青丝，尤比别人格外润泽，玄妻鬒发，不过尔尔；还有一双慧眼，俏丽动人，格外可爱。情人眼里出西施，况兰儿确是可人。顿时把这位少年天子，目不转瞬的注着兰儿。兰儿不觉俯首，粉脸上晕起桃红，含着三分春意，愈觉秀色可餐。咸丰帝瞧了一回饱，方问她年岁姓名。兰儿一一婉答，咸丰帝猛然记忆道："不错不错，你入宫已一两年了。朕被这长毛闹得心慌，将你失记，屈居宫婢，倒难为你了。"这数语传入兰儿耳膜，感激得五体投地，又叩谢温语优奖的天恩。咸丰帝见她秀外慧中，越加怜爱，恨不得立命承御，适值皇后回宫，不得不遣发出去。看官记着！这一夕，咸丰帝就在别宫，召进兰儿，特沛恩膏。兰儿初承雨露，弱不胜娇，输万转之柔肠，了三生之夙孽。绮丽中带讥讽语。一宵恩爱，曲尽绸缪，把咸丰帝引入彀中，翌日，即封她为贵人。她从此仗着色艺，竭力趋承，不到一两年工夫，竟由圣天子龙马精神，铸造出一个小皇帝来。

这且慢表，单说清宫挑选秀女，不限年例。咸丰帝因宠幸那拉贵人，免不得续添宫娥，准备服役，遂又下旨重选秀女。满蒙各族女孩儿，年在十四岁以上，二十岁以下，一概报名听选。只有财有势的旗员，不忍抛儿别女，方贿赂宫中总监，替他瞒住，余外不能隐蔽。一日，正是皇上亲视秀女期限，一班旗下的女子，都与父母哭别，随了太监，往坤宁宫门外，排班候驾。自辰至未，车驾不至，诸女来自民间，骤睹宫卫森严，已是心中忐忑；兼且站立多时，饥肠辘辘，未免怨恨起来。嗟叹声，呜咽声，杂沓并作。总监怒喝道："圣驾将至，汝等倘再哭泣，触动天威，恐加鞭责，那时追悔无及。"诸女被他一喝，越发慌张，战栗无人色。

忽有一女排众直前，朗声道："我等离父母，绝骨肉，入宫听选，统是圣旨难违，家贫莫赎，没奈何到此。就使蒙恩当选，也是幽闭终身，与罪犯囚奴相似。人孰无情，试想父母鞠育深恩，无以为报，生离甚于死别，宁不可惨？况现在东南一带，长毛遍地，今日称王，明日称帝，天下事已去大半，我皇上不知下诏求贤，慎选将帅，保住大清江山，还要恋情女色，强攫良家女，幽闭宫禁中，令她终身不见天日，一任皇上行乐，历朝以来的英主，果如是么？我死且不怕，鞭扑何惧？"满清一代的奏议，多是婞阿取容惶悚感激的套话，铺写满纸，不意有此女丈夫，真正难得。这一番话，说得宫监们个个伸舌。事有凑巧，咸丰帝御驾适到，太监料已听见，忙将这女子缚住，牵至咸丰帝前请罪，叫她下跪。她偏不跪，仍抗言道："奴一女子，粗知大义，不比你们龌龊小人，专知逢君之恶。今日特来请死，何跪之有？"咸丰帝龙目一瞧，见她庄容正色，英气逼人，不禁心折，便令太监替她释缚，温言谕道："你前番的说话，朕在途中，只听得一半，你再与朕道来！"那女子照前复述，毫无嗫嚅情状。咸丰帝道："你真不怕死么？"那女子道："圣上赐奴死，奴死了，千秋万古，颇识奴名，但不知圣上将自居何等？"说到此句，便欲把头触柱。王鼎尸谏，不及此女。咸丰帝忙令太监拦住，便极口赞道："奇女，奇女！朕命宫监送你回家便了。"并召诸秀女上前，问愿入选否？诸女皆不敢答。咸丰帝道："汝等都没有答应，想是不愿入选，宫监可一一送还，不准无礼！"咸丰帝之不亡，赖有此耳。于是直言的女子，领了众女俯伏谢恩，随众太监出去。

咸丰帝回宫，尚记念这奇女子，等到太监复旨，便问此女何人？太监奏称："此女出身寒微，他父是个骁骑校官职，是小得很哩。"咸丰帝道："你不要轻视此女，此女若不识文字，断不能为此言。"太监道："万岁爷真是圣明。闻女家甚贫，全靠这女课童度日，得资养亲哩。"咸丰帝道："忠孝两全，确是奇女，不意我

慈禧太后（1835—1908），亦称"西太后""那拉太后"，清咸丰帝妃。满族，叶赫那拉氏，1861 年咸丰驾崩后，其子载淳六岁即位，年号祺祥，被尊为太后，徽号"慈禧"。与恭亲王奕䜣发动政变，与慈安太后垂帘听政。改年号为同治。1875 年立侄载湉为帝，年号光绪，仍垂帘听政。期间镇压太平天国、捻军等起义；采用洋务派政策，开办军事工业，创建近代海军。1898 年发动政变，幽禁光绪帝，杀害谭嗣同等六人。1900 年，八国联军入京后，逃往西安，签订《辛丑条约》。1901 年，以"实行新政"和"预备立宪"抵制资产阶级革命。

旗人中，恰有这般闺秀，朕倒要设法玉成，保全她一世方好。”自是咸丰帝时常留意，嗣因某亲王丧偶，遂代为指婚。小子并非杜撰，可惜这女子姓氏，一时无从搜考，只好待他时查出，再行补叙。

且说咸丰帝闻了旗女直言，颇思励精图治，日夕听政，连那拉贵人都无心召幸。一日朝罢，接阅兵部侍郎曾国藩奏报："水陆各军，合攻九江城，贼坚守不能下，臣督水师三板船驶入鄱阳湖，毁去贼船数千艘，追贼至大姑塘，被贼抄袭后路，将内湖外江隔断，贼复夜袭臣船，仓猝抵御，竟致败衄，臣座船陷没，案卷荡然。臣自知失算，愧对圣上，愿驰敌死难，经臣罗泽南劝臣自赎，臣是以待死候旨，伏乞交部严加议处！臣虽死，且感恩不朽"云云。咸丰帝瞧了又瞧，不禁长叹，便召军机大臣入内，将奏报递阅。内中有个满军机文庆，阅奏毕，便道："曾国藩确是忠臣，即如此次败仗，毫不隐讳，据实自劾，已见他存心不欺。现在东南一带，如国藩的忠诚，实无几人，皇上果加恩宽宥，他必愈加感激，时思报称。奴才愚见，欲灭发逆，总在这国藩身上呢。"文庆颇独具真鉴。咸丰帝沉吟半晌，方道："你说亦是，你去拟旨罢！"文庆便草拟上谕，略说："曾国藩自出岳州后，与塔齐布等协力同心，扫除群丑，此时偶有小挫，尚于大局无损。曾国藩自请严议之处，着加恩宽免"等语。拟毕，由咸丰帝瞧过，随即颁发。

只咸丰帝心中，未免怏怏，有几个先意承志的宫监，便导咸丰帝去逛圆明园。这圆明园是全国著名的灵园，园中一切布置，没有一件不玲珑精巧，豁目赏心。所有楼台殿阁，不计其数；昔人所谓五步一楼，十步一阁，也差不多的景象。作者惯将亡国殷鉴作为比拟，可为善讽。此外如青松翠柏，瑶草琪花，碧涧清溪，假山幻嶂，更觉得密密层层，迷离心目。咸丰帝朝罢余闲，尝去游玩。这日到了园中，正值隆冬天气，花木多半萧疏，不免闹中带寂，咸丰帝转弯抹角，向各处逛了一周，终觉得无情无绪。行一步，叹一声。宫监知龙心未悦，只得曲意奉承，多方凑趣。有一慧且黠的某总管，竟启口禀奏道："这园内的花草，得邀宸盼，也算是修来幸福。可惜经冬凋谢，不能四时皆春，现应续选名花入园，令它颜色常新，方不负圣躬宠眷。"咸丰帝闻言微笑道："世上没有不凋的花草，任它万紫千红，一遇风霜，便成憔悴，除非是有美人儿，或者还可代得。"某总管道："本年挑选秀女，万岁爷圣德如天，叫她们个个回家。倘若不然，令群女入值园内，岂不是众美毕具了？"咸丰帝道："一班都是旗女，也不见甚么好处。"总管道："万岁爷贵为天子，富有天下，只叫一道圣旨，令各省选女入侍，就使西子太真，亦可立致。"历代主子，统由此辈教坏。咸丰帝道："祖制不准采选汉女，那里可由朕作俑？"总管又道："宫里应遵祖制，园内想亦无妨。"硬要逢君之恶，殊属可恨！咸丰帝想了一回，便道："这也须秘密办理，不宜声张。"某总管说声遵旨，俟咸丰帝游毕，即随驾回宫。

不到半年，南中已献入汉女数十名，供值圆明园，分居亭馆，个个是纤秾合度，修短得中。更有那裙下双弯，不盈三寸，为此金莲瘦削，越觉体态轻盈。咸丰帝得了许多美人，每日在园中游赏，巧遇艳阳天气，春色争妍，悦目的是鬓光钗影，扑鼻的是粉馥脂芳。酒不醉人人自醉，花不迷人人自迷。香国蜂王，任情恣采，今夕是这个当御，明夕是那个侍寝，内中最得宠幸的，计有四人，咸丰帝赐她们芳名，叫作牡丹春，杏花春，武林春，海棠春。

牡丹春住在圆明园东偏，宫院名牡丹台，嗣改名镂月开云；杏花春住在圆明园西室，宫院名杏花村馆；武林春住在圆明园南池，池上建起一座寝宫，天然佳妙，池名武林春色，宫院亦就池出名；海棠春住在圆明园北面，宫院恰不是海棠名号，偏叫作绮吟堂。在咸丰帝的意思，乃是将四春佳丽，分居四隅，绾住那一年春色，自己作为护花使者。乐将极矣。无如雨露虽是宏施，膏泽总难遍及，重门寂寂，夜漏迟迟，听隔院之笙歌，恼人情绪，看陌头之杨柳，倍触愁肠。由悲生怨，由怨生妒，酸风醋雾，迷漫全园。谁意四春夺宠之时，正值太后弥留之日，咸丰帝入侍慈躬，好几日不到园内，羊车望幸，愈觉无期。接连又是太后崩逝，哭临奉安的手续，忙了两三个月。咸丰帝颇尽孝思，百日以内，未尝入园。至易夏为秋，时日已多，哀思渐杀，方再入园中游幸。当时四春娘娘，都已料圣驾将临，眼巴巴的在园探望。偏这杏花春慧心独运，捷足先登，数日前已遍赂值园宫监，叫他留意迎驾。那宫监得了好处，自然格外献功，咸丰帝未入园门，狡太监已先探报。杏花春即带领宫眷等，至要路迎迓，遥见御驾徐徐过来，早已轻折柳腰，俯伏在地。是时因太后丧期，妃嫔等都遵制服孝，杏花春浅妆淡抹，越显得云鬟鬒黑，玉骨清芬。咸丰帝瞧将过去，好似鹤立鸡群，分外夺目，多日不见，益令人醉。忙龙行虎步的走将拢来，令她起立。杏花春珠喉婉转，先禀称臣妾迎驾，继禀称臣妾谢恩，然后站起娇躯，让咸丰帝先行，自率宫眷等后随。到了寝宫，又复叩首请安。咸丰帝叫她不必多礼，并赐旁坐。这时候的杏花春自然提足精神，殷勤献媚，把这咸丰帝笼住不放。留连至晚，即留宿在杏花村馆。翌日，复由咸丰帝特旨，开群芳宴，传谕各宫妃子贵人，都到杏花村馆领宴。那时六院三宫，接奉圣谕，就使心中未惬，也只好联翩前来。园内的牡丹春、武林春、海棠春，满肚子含着醋意，终究不敢不到。只有钮祜禄后，领袖宫闱，天子不能妄召，所以未尝与宴。还有一位那拉贵人，奉了命，竟叫宫监回奏，称病不赴。咸丰帝圣度汪洋，总道她身怀六甲，无暇责备，谁知入宫见嫉，她已别有心肠。那拉氏之心术，已露一斑。是日，杏花村馆，大集群芳，“花为帐幄酒为友，云作屏风玉作堆，”说不尽的旖旎风光，描不完的温柔情态。咸丰帝至此，乐得不可言喻。恐怕此时的欢乐，只有咸丰帝一人，杏花春或尚得其半，此外则阳作欢娱，阴怀妒忌，未必尽如帝意也。但天下无不散的筵席，圆则易缺，满则易倾，咸丰帝一生，也只有这场韵事，算作极乐的境遇了。后人曾有诗咏道：

纤步金莲上玉墀，四春颜色斗芳时。
圆明劫后宫人在，头白谁吟湘绮词？

咸丰帝罢宴后，次日早朝，忽接到六百里加紧奏章，忙拆开一阅，乃是荆州将军官文，奏称武昌复失，巡抚陶恩培以下，大半殉难，不禁大惊。看官！要知武昌失守情形，待小子下回说明！

酒色财气四字，为人生最大之魔障，而色之一关，尤为难破，其酿祸亦最甚。士大夫之家无论已，试观历朝以来，亡国之朕，大半由于女色。若仅仅酗酒，仅仅嗜财，仅仅使气，虽不能无弊，国尚不至于亡。咸丰帝颇号英明，当时称为小尧舜，观其闻选女之谠言，不加以罪，反褒奖之，其器识已可见一斑，然卒未能屏除肉欲，幸那拉，嬖四春，为主德累，四春尚未足亡清，而那拉实为亡清之张本，夫岂真遗碑成谶，非人力可以挽回者？主德可以格天，主不德，天数始不能逃也。本回专载清宫事，于咸丰帝之明昧，或抑或扬，隐寓劝惩之义，而于前后各回历述战事外，列此一回，尤足令人醒目。

第六十四回

罗先生临阵伤躯
沈夫人佐夫抗敌

却说湖北巡抚陶恩培，莅任两月，因省城初复，元气中枵，兵民寥落，守备空虚，陶抚方赶紧筹防，不料长毛大至，连破汉口、汉阳，直达武昌。小子于六十二回中，曾叙武昌克复事，由曾国藩苦心孤诣，塔齐布以下将弁，效死前驱，方得杀败长毛，夺回武汉，为甚么长毛又得达武昌呢？看官不必动疑，小子即要详叙。自曾国藩战败鄱阳，内湖外江，水师隔绝，长毛复分军趋长江上游。湖北总督杨霈，本有兵勇二万名，驻扎广济，适值咸丰四年除夕，营中置酒高会，总道长毛麕集九江，一时不致复来，且安安稳稳的过了残腊，再作计较。失之毫厘，谬以千里。正在欢饮酣呼的时候，营外忽然火起，急忙出营了望，那火势已经燎原，火光中跃出无数红巾，个个是执着大刀，横着长枪，向营内扑来。营兵醉眼模糊，错疑是祝融肆虐，带来的火兵火卒，涉语成趣。其实是长毛掩袭，纵火攻营，等得营兵回报，还有何人敢去抵敌？杨霈仓皇失措，吓得魂不附体，连逃走都来不及，幸亏将官李士林，效死抗敌，截住营前，杨霈方得向营后走脱。士林本是个长毛出身，经杨霈招降，恩礼相待，所以得他保护，逃了性命。亏此一着。奔到汉口，暗料长毛必进薄武汉，不如择个僻静处，将就安身，遂借防敌北窜的名目，一溜风趋至德安府，才住了脚。

这时长毛泝江而上，如风驰电掣一般，陷汉口，破汉阳，竟到武昌省城。巡抚陶恩培麾下，只有兵勇二千，连守城尚且不足，那里能出城堵截？等到长毛已逼城下，勉率司道等登陴固守，一面遣人至江西求援。曾国藩正被长毛截入鄱阳，不能展足，至此闻武昌危急，只得飞檄外江水师统领俞晟，带了几艘战船，去援武昌；又保荐胡林翼为湖北臬司，付他陆军六千名，从间道赴武昌。水陆两军，星夜前进，至小河口、鹦鹉洲、白沙洲等处，被长毛阻住。开了数仗，小小获胜，谁知长毛另股，复由兴国上窜，径扑省城。陶抚台已困守多日，怎禁得长毛麕集，一时迫不及防，竟被长毛攻入。陶抚以下，如知府多山，游击陶德焘等，皆力战阵亡。武昌三陷。胡林翼等驰救无及，只得扼守金口，收集溃卒，再图恢复。

廷旨擢林翼为湖北巡抚，更饬曾国藩分军赴援。国藩想弃了江西，转援湖北，一时不能解决，乃召幕宾会议。湘乡生员刘蓉，向与国藩友善，国藩许他为卧龙，至是适襄戎幕，遂起座道："江西形势，上下受敌，我军孤悬此地，如在瓮中，决非万全计策。但今欲往援湖北，坐弃江西，亦属非计。我军一去，九江贼众，必内破南昌，上走鄂岳，乃是越不得了。看来眼前只可整缮水师，接应陆师，务期攻克九江，才得西援东剿。"国藩点头称善，遂檄塔军门，仍围九江，不可轻动，自己驰抵南昌，添置船炮。

忽报饶州、广信两府城，接连失陷，国藩颇为惊惶，罗泽南时正在营，投袂而起，愿往一剿。国藩遂拨他高弟李续宾军，一同去讫。可见为主帅者，不可无良将为辅。去了数日，得广信捷音，报称："罗李两军，连克大水桥、陈家山，乘胜追剿，击毙长毛首领，立复广信府城"等语，国藩稍稍心安。

杨载福、彭玉麟，因船炮尚未备齐，暂时乞假回湖南，国藩应允。杨、彭二人甫去，九江陆师，又来了一封烧角文书，报称塔军门病殁了。又是一惊。这位塔军门齐布，由侍卫拣发外任，从都司荐擢提督，所向有功。鄱阳湖一战，水师陷入湖中，四面皆敌，几乎全军覆没，亏得他带领陆军，截住岸上长毛，血战获胜，遥为声援。那时鄱阳湖内的长毛，多自去救应陆兵，于是杨、彭诸将，方得收拾残师，退扼上游。前回叙鄱阳战事，只录曾国藩奏报中数语，未曾详明，故此处复补入事迹。这回围攻九江，计已多日，愤激的了不得，致患心病，半日即剧，死于军中。国藩闻信，不暇哀悼，忙出城下船，率领水师出发九江。途中遇敌船来扑，由国藩一声号令，纷纷杀出。长毛见他来势凶猛，也即退让。国藩无心追赶，竟至九江陆师营内，哭奠一番。并闻塔军门部曲童添云，先日阵亡，免不得也去祭奠。随令几员将士，拥护丧车回籍；并命周凤山暂代塔任，用好言抚慰部众，叫他继述塔公遗志。塔军门待下有恩，与士卒同甘苦，因此塔虽病殁，军心不变。满人中得此良将，也算奇特。

国藩复遣水师攻湖口，初次得胜，继复失利，退扎青山，又由国藩驰抚。部署已定，回驻南康。途次闻义宁县失陷消息，又拟调兵往救；嗣复接到罗泽南来书，知已由广信驰还，收复义宁。书中复陈述厉害，称："东南大势在武昌，得武昌乃可控制江皖，江西亦得屏蔽。若株守江西，徒与贼搏战，无益大局，请自率所部，径出湖北，规复武昌，再引军东下，取登高建瓴局势，会合水陆各军，合力攻湖口，截住敌船上下，方可肃清江西。”国藩服他议论，但因江西三面皆敌，塔军门已死，杨、彭尚未到来，一旦有急，无人可使，所以迟迟未答。

泽南等待数日，未见复音，遂单骑至南康，面陈机宜，国藩允准派五千精卒为助。刘蓉进见道：“大帅麾下，惟恃塔、罗两君，塔公已亡，罗公又令他远行，将来缓急谁恃？”国藩道：“我也晓得这个苦况，但为东南大局计，不得不然。倘罗军能迅复武昌，自可回救江西。我是虽困犹荣了。”刘蓉道：“照此说来，原是不能不去，刘某不才，愿随罗公一行，或可少资臂助。”援湖北即是救江西，刘霞轩毕竟不弱。说着，罗泽南已来辞行，国藩即遣刘蓉同去。泽南道：“得刘君为助，还有何说！但九江一带的陆师，只宜坚守，不宜屡攻，愿明公转饬诸将。”国藩道：“敬听忠告。”于是泽南启程，经国藩送出城外，握手依依，犹有留连不舍之状，曾、罗二人，自此永诀。国藩道：“罗山此去，为国立功，不负大丈夫壮志。后会有期，谨从此别！”泽南道：“不复武昌，誓不见公。”壮士一去不复还，大有易水悲歌气象。国藩闻言，神经为之怅触，但号令已出，不好收回，便叹息而别。郭嵩焘又送了一程，至柴桑村，泽南请嵩焘回去，嵩焘道：“曾帅坐困江西，君去必不能支，如何是好？”泽南道：“曾公所治水师，幸能自立，但教曾公常在，便无他患。俗语说得好：‘谋事在人，成事在天。’天苟不亡清朝，此老断不至死。”确论。随与嵩焘揖别，至义宁领了部卒，向西进发。

沿途叠接探报，杨载福，彭玉麟二将，已由湘抚骆秉章遣募水师，赴鄂助剿，鄂署抚胡林翼，已自金口进薄武昌。泽南颇为喜慰，遂分军为三，自领中营，李续宾领左营，刘蓉领右营，风驰雨骤的赶入湖北，一战克通城，再战克崇阳，进拔蒲圻，并复咸宁。适胡林翼军，自汉阳败退，渡江而南，与泽南相会。林翼道：“长毛真厉害得很，我屡攻武昌不下，转攻汉阳，几陷贼中，幸鲍都司春霆，划船相救，方得免祸，看来长毛还不易除灭哩。”泽南道：“鲍都司非即鲍超么？他系四川奉节县人氏，曾隶塔军门部下，后由曾帅拔充哨官，随战洞庭，异常骁勇，确是一员猛将，将来必立奇功。”鲍超历史，从泽南口中叙出，笔法善变。林翼道：“罗山兄所见，与弟相同。”泽南道：“现在德安一路，消息如何？”林翼道：“从前杨制军回屯德安，欲遣我驻扎汉川，截贼北走。罗山兄！试想武汉为长江咽喉，武汉不复，贼将四出，那里还能堵截？我便具疏力争，亏得圣明在上，俯从愚见，所以在此相持。不意杨制军弃了德安，直走枣阳，真是畏缩得很。现在改任荆州将军官文为湖广总督，西凌阿为钦差大臣，进攻德安，比从前稍有起色了。”借此数语，了结杨霈。正谈论间，忽报伪翼王石达开，率众数万，将到蒲圻城下了。泽南起身道：“蒲圻新复，又来悍寇，真个了不得。罗某且去杀他一阵再说。”林翼道：“君为前驱，我为后应，能够杀退此贼，还好合攻武汉。”于是泽南在前，林翼在后，两军趋至蒲圻，正遇石达开前锋。泽南鼓勇而前，英风锐气，辟易千人。长毛前队散去，后队继上。胡军队亦到，接应罗军。两下酣斗，直杀到天昏地暗，鬼哭神愁，石达开才麾众退去。罗、胡收军入城，次日出探，石达开已驰入江西去了。泽南道："贼去江西，曾帅越加危急，看来我军只可急攻武昌，必待武昌克复，方得返援江西。"林翼亦以为然，遂合军直趋武昌，分屯城东洪山，及城南五里墩。

是时钦差大臣西凌阿，攻德安不克，有旨革职，令官文代任督师。官文连破德安、汉川，进薄汉阳。长毛坚守武汉，屡攻不下，江西警报，日甚一日，泽南愤极，誓死攻城。长毛亦不甘退让，每夜遣悍卒出城袭营。泽南设伏数处，诱敌进来，伏兵陡起，将长毛围住。长毛拼命杀出，已有四百个头颅，向地上滚去。妙语。自咸丰六年正月至二月，大小百数十战，罗军虽胜多败少，总不能扑入城中。

三月朔，忽有大星陨落西北。晨起，大雾漫天，长毛蜂拥出城，与罗军决一死战。这番对仗，不比往日，那长毛都是舍了命，前来猛扑，险些儿把罗军杀退。罗军多是乡里子弟，夙负气谊，不肯相弃，总算还抵挡得住。泽南执旗指挥，凭他枪林弹雨，总是不退一步。怎奈枪弹无情，射中左额，血下沾衣，泽南忍痛收军，长毛亦退入城去。

胡林翼闻泽南受伤，忙来视病，起初见泽南还可支持，到三月八日，病不能起，汗出如沈，林翼入视，不禁流涕。泽南张目，见林翼在侧，握住林翼手，便道："武汉未克，江西复危，不能两顾，正是可恨。我死不足惜，弟子迪庵，可承我志，愿公提挈，期灭此贼。"林翼点头，泽南遂瞑目而逝。泽南已受布政使职衔，至此出缺，由林翼疏奏，优旨照巡抚阵亡例抚恤，并赐祭葬，予谥忠节。罗山是兴清功臣，且以书生赴大敌，其志可嘉，故叙述独详。

林翼遂令李续宾代统罗军，仍扎洪山，林翼亦仍驻五里墩。会江西乞师文书，星夜投递，林翼不得已，派兵四千往援。援师未至，江西省已大半糜烂。先是太平国翼王石达开，攻入安徽省城，颇知联结民心，张榜安民，斟定赋税，百姓颇有些畏服。既而秦日纲又至，攻破庐州，击毙江忠源，安徽全省，几尽入长毛手。达开遂率众旁出，驰至湖北，被胡、罗二军击退，转入江西，连破义宁、新昌、瑞州、临江各城。广东土寇，复逃出湖南，侵入江西边境，陷安福、分宜、万载等县，联络长毛，合趋袁州，南昌戒严。

国藩飞檄周凤山军，解九江围，回驻樟树镇，屏蔽省会。此时江西陆师，只有周凤山一支人马，水师统将，如杨、彭等，又皆在湖北助剿。国藩危急万分，惟驰檄两湖，乞济援师，奈远水难救近火，一时总盼望不到。忽有一人敝衣草履，跨着大步，走入曾营。营弁欲去通报，他迫不及待，径入内见曾国藩。国藩一瞧，乃是彭玉麟，不觉大喜，便道："雪琴来得真好。"雪琴系玉麟表字，呼字不呼名，系朋友通例。玉麟答称："因江西紧急，徒步来此，七百里路，走得两日半，今日才到。"国藩道："你真是我的好友！"遂派领水师，赴临江县扼剿。

正在调遣，周凤山败报已到，乃是兵溃樟树镇。国藩忙自南康趋南昌，助巡抚文俊守城，奈吉安府、抚州府等，又陆续失守，江西七府一州五十余县，统被陷没。只南昌、广信、饶州、赣州、南安五郡，尚为清属。广信府在抚州东，长毛酋杨辅清，由抚州进攻，亏得一员女将军，佐夫守城，激厉兵民，才将府城保住。这位女将军是谁？乃是林文忠公则徐女，署广信知府沈葆桢妻。大书特书。

沈葆桢自御史出任知府，原任是九江，未到任，九江已陷，乃改署广信。此时正在河口办粮，城中吏民，闻长毛将至，逃避一空。及葆桢闻信，驰归署中，只剩了一个夫人。外而幕僚，内而仆婢，统已星散。葆桢问道："你何故独留？"林氏道："妾为妇人，义当随夫。君为臣子，义当守城。君舍城安往？妾舍夫安适？"大义凛然，不愧林公令爱。葆桢道："区区孤城，如何能守？"林氏道："内署尚有金帛，妾已检出，准备犒军。大堂上已设巨锅一只，可以炊爨，准备饷军。现在且令军民暂时守城，再作计较。"葆桢道："幕友已去，仆婢已散，何人办理文书？何人充当厨役？"林氏道："这个不难，妾都可以代劳。"

于是葆桢召兵民入署，取出内署金帛及簪珥等属，指示兵民道："长毛将到，这城恐不可守，汝等可取此出走，作为途中盘费。我食君禄，只能与城存亡，从此与汝等长别。"遣将不如激将，葆桢也有智谋。兵民齐声答道："我等愿随大老爷同守此城，长毛若来，杀他几个，亦是好的。就使杀他不过，也愿与城同尽。"葆桢道："汝等有此忠诚，应受本府一拜。"随即起座，恭恭敬敬的向兵民一揖。兵民连忙跪下，都道："小的那里敢当！总凭大老爷使唤便是。"葆桢令兵民起立，遂将金帛等分给，兵民不肯受赐。葆桢执意不允，兵民遂各受少许，一一拜谢。

当下林夫人出堂，荆布钗裙，左手携米，右手汲水，到大锅前司炊。兵民望见，便道："太太如何执爨？"林夫人道："汝等为我守城，我应为汝造饭。"兵民道："城是国家的城，并非老爷太太应该守城，小人们不必守城；老爷太太这般恩待，小人们如何过意得去？"林夫人道："但得诸位尽力，我与老爷已感激多了。少许劳苦，何足挂齿？"随即造好了饭，令兵民饱食一餐。兵民各执了军械，踊跃登城，葆桢自去巡视一周，返入署内，与夫人林氏道："兵民等虽已感我恩义，情愿死守，但寡不敌众，奈何？"林氏道："此去至玉山，约九十里，有浙江总兵饶廷选驻守，他系先父旧部，当可乞援。"葆桢道："如此甚好，待我修起书来。"林氏道："君是巡城要紧，文牍一切，由妾代理。”随即入内修书，修好后，出交葆桢。葆桢取来一瞧，字字作淡红色，既不是墨，又不是硃，忙看下款，乃是林氏血书四字，即张着目呆看林氏。林氏道：“君毋过虑！这是指血书成，不甚要紧。”葆桢闻言，也为堕泪。

此书一发，那总兵饶廷选，自然兼程驰到。饶廷选入城，长毛才薄城下，遥见城上旌旗严整，已自惊心，不想城中复杀出一员饶镇台，手下将士，统似生龙活虎一般，一当十,十当百，杀得长毛大败亏输，退五里下寨。次日，饶镇台又来攻营，后面是沈本府押队，带来兵勇越多，呼声震动天地，长毛先已胆怯，战了几个回合，便即逃去。这番胜仗，传入曾国藩耳中，自然将夫妇共守事，奏达清廷，廷旨擢葆桢为兵备道，后且升任江西巡抚。文肃公自此成名，夫人城并垂不朽。士民感颂慈荫，至今不绝。

这且慢表，且说江西警报，遍达两湖，经湖北巡抚胡林翼，遣兵四千，驰至湖南，巡抚骆秉章，亦派刘长佑、萧启江，分道赴援。国藩弟国华，又募兵数千，转战而东，连克新昌、上高各城，直抵瑞州。国藩乃再遣李元度、刘于浔、黄虎臣等，分头接应。自是江西与两湖，渐渐通道，军务方有起色。谁知江南大营，竟于咸丰六年五月间败溃，向荣忧死，洪天王气焰骤涨一倍，正是：

貔虎合群方逞勇，鲸鲵得势又扬訾。

欲知大营溃败情形，且至下回再表。

塔、罗二人，为曾氏麾下之最著名者。但塔本武夫，从军是其天职，罗为文士，独能组成一旅，亲当大敌，亦古今来之罕见者也。且以理学名家，具兵学知识，尤为难能可贵。或者犹以反抗洪氏少之，抑知洪氏盗也，生平行事，无一足取。试问明火执仗，杀人越货诸徒，为民间害，设处圣明之世，其有不立杀无赦乎？周公诛管蔡，犹不失为圣人，盖乱贼必诛，无论亲疏，不得恕罪。执是以论，于罗山何病？若沈夫人以一妇女身，具伟丈夫胆略，是殆所谓巾帼而须眉者非耶？林公家法，可于其女见之。是回为名士杰女合传，可以作士气，可以当女箴。

第六十五回

瓜镇丧师向营失陷
韦杨毙命洪酋中衰

却说江南大营，系是钦差大臣向荣统辖，张国梁为辅，自咸丰三年起，驻扎南京城外孝陵卫，与江北大营相犄角。江北大营统帅琦善，本是个没用人物，围攻扬州几一年，兵饷用得不少。左副都御史雷以諴，正奉命巡阅河防，闻琦善师久无功，请旨剿贼，捐资募勇，自成一军，扎营扬州城东面，与琦善大营作为犄角。又复仿江都仙女镇抽厘章程，创设板厘活厘的名目，收充军需。板厘是取诸坐贾，按月征收，活厘是取诸行商，设卡征收，看货物的贵贱，作为等差。大约每百文中，取他两三文，商贾尚不致病累，军饷恰赖是接济，当时称他为妙法，都照样循行。此特一时权宜之策，乃军兴以后，相沿未绝，至今益厉，商民交怨，不得谓非雷氏之作俑。琦善大营，自然照办，不必细说。

当下士饱马腾，正期一鼓歼敌，朝旨又责成琦善，叫他克日破城，歼除务尽，毋使旁突滋扰。会洪秀全遣丞相赖汉英援扬，为副都统萨炳阿等所败，琦善因胜而骄，自谓无恐，那知赖汉英竟赴瓜洲，杀退参将冯景尼，师长镳及盐大使张翊国。扬州长毛，得知瓜洲道通，遂率全股冲出扬城，会合赖汉英，占据瓜洲，琦善徒得了一个空城，有旨责琦善不力，革职留效，冯景尼正法，师长镳等遣戍。琦善惶急异常，令总兵瞿腾龙进剿瓜洲，腾龙阵亡。警报传至扬州，急得琦善成病，不数月而逝。江宁将军托明阿，奉旨代琦善任。托明阿的才识，与琦善也差不多，只浦口一战，稍获胜仗，然亦亏向荣派员夹攻，方得此胜。嗣后拥兵自固，毫无进取，因此江北大营，远不及江南大营的威望。但向荣、张国梁，虽是有些智勇，誓复金陵，究竟金陵城大而坚，洪杨又作为根据地，悉锐固守，被围两三年，仍旧负嵎抗拒；兼且遣众四扰，牵动官兵，向荣又不能坐视不救，只得分兵援应。以故转战频年，迄无成效。褒贬处煞有分寸。

会上海一带，土匪蜂起，占住县城，与长毛勾通。江苏巡抚吉尔杭阿，督总兵虎嵩林，参将富安，守备向奎等，水陆进攻，足足攻了好几个月，始由江宁府知府刘存厚，挖地成穴，埋入地雷，轰蹋城垣二十多丈，方得克复上海县。上海既复，进攻镇江，镇江已由提督余万青，奉向大臣檄，率兵万余，攻打数月。吉抚领兵八九千人，到镇江城下，与余提督分营对立，仍用了老法儿，开隧种火，轰去了一小段城墙角。正拟督兵入城，不料城中长毛，已探悉轰城的计策，遣悍卒潜出，绕至吉营背后，鼓噪而入，幸亏吉营尚有纪律，一时不致溃乱，当下返身拒敌，鏖斗一场，方将长毛杀退。回望城头，轰陷的城隙，已由长毛用土塞住。料知进攻无益，只得退休，白费了掘地埋药的工夫，蹉跎蹉跎，又是一年。镇江的长毛，与瓜洲的长毛，不但蟠踞如故，并且双方联络，气焰越盛。

金、焦两山，虽有总兵周士法、陈国泰两部，率舰分泊，怎奈逍遥坐视，一任长毛往来。长毛窥视已久，一面把两处勾结，暗袭扬州，一面遣人知会南京，请发兵接应。扬州知府世琨，安坐城中，总道瓜洲、镇江，都已围住，长毛虽插翅不能飞来，忽闻城外喊杀连天，忙上城探望，已是满地红巾，仓猝调兵，应者寥寥；只有参将祥林，领了数百个羸兵弱卒，前来听令。世琨令他登陴守御，不到一日，已被长毛攻陷。祥林巷战许久，力竭身亡。世太守也算殉城毕命。善善从长，不掩其美。这位托大臣得知此信，遣了几员将官，来救扬州。扬州城已于前日失守，援军初到城下，尚未住脚，长毛忽自城内冲出，汹汹的杀将过来。一阵乱扫，把援军扫得四散。

隔了几天，诏书特下，革托明阿及陈金绶、雷以諴职，令都统德兴阿代任。德兴阿骤遭宠遇，格外效力，亲督兵至扬州城西北隅，猛扑城头，一当十，十当百，任你长毛如何凶悍，也只得缩着手，抱着头，弃城出走。可见用兵全在冒死。扬州算是再克，镇江、瓜洲，仍然不下。苏抚吉尔杭阿，颇具血诚，默念城下顿兵，何日方了，踌躇再四，想出了一条釜底抽薪的计策，竟欲截断长毛的粮道。当下与知府刘存厚商议道："野战不如扼要，攻坚不若断粮，这是军法上最要秘诀。我闻发贼运粮，全恃高资为通道，高资一断，贼技自穷，非但镇江、瓜洲，可以立复，即金陵逆首，亦只能束手受擒。老兄以为何如？"存厚道："抚帅所言，确是制贼的妙策，卑职很是赞成。"吉抚道："我欲截彼粮道，彼岂不防此一着，必须有坚忍能耐的干员，方能当此重任。"存厚慨然起立道："卑职愿去。"吉抚道："老兄肯去最好。万一有急，兄弟定来救应。"存厚即辞了吉抚，带领知县松寿，盐大使张翊国，飞驰而去。

看官！这粮道是全军的性命，长毛闻存厚前往，那有不出兵力争之理？存厚既到高资，就烟墩山倚冈为寨，扎了品字式三个营盘。过了一天，已来了镇江长毛数千名，前来扑营，被存厚一阵击退。又过了两日，复来了无数长毛，乃是金陵遣来的精锐，如蝇逐臭，如蚁附膻，争向烟墩山扑来。刘存厚到了此时，明知众寡悬殊，不是对手，只因奉命到此，早把生死置诸度外。长毛拼命攻扑，存厚拼命抵御，炮声震地，烟雾迷天，战了两三个时辰，忽报松寿、张国翊，均已阵亡，三营中失去二营，不由不令存厚心惊，只得收兵入寨，守住孤营，专待援应。极写刘存厚。

这消息传到吉抚军中，吉抚立率兵前往，将到高资，遥见黄旗红巾，满坑满山，连刘营都望不清楚，诸将都已失色。吉抚即欲杀入，有一偏将拦马禀道："贼为护粮而来，生死所关，安肯轻去？我军不过万人，主客情形，相去悬绝，看来不如退守为是。"吉抚忾然道："我以一部郎，不数年任开府，仗节麾，受恩深重，何敢贪生？今若一战而胜，贼粮可断，逆穴可平，上纾天子的忧思，下解生民的疾苦。万一失败，愿捐躯报知遇恩。况我与刘知府曾面约往援，岂可失信？"怀忠履信，吉抚可谓完人。言毕，即当先冲入，众将亦不得不随往，前驰后骤，竟将长毛冲倒数百名，劈开一条血路，直入刘存厚营。长毛见吉抚入内，霎时四合，百炮齐鸣，千弹并发，吉抚闻这声耗，登高四望，正觑那长毛的隙处，意欲舍坚攻瑕，俄闻蚩的一声，忙睁睛瞧着，忽有滚圆的一粒炮子飞将前来，撞着脑袋，如石击卵，顿时鲜血直流，痛极而仆。众军见主帅晕毙，统是惊骇异常，长毛即一拥前进，杀的杀，劈的劈，军士见不可敌，大家是逃命要紧。有几百名随着刘存厚左右冲突，欲翼吉抚尸身出围，可奈长毛围绕得紧，杀一重，又一重，存厚力竭气喘，大吼一声而亡。这是一场血战，故叙述较详。吉、刘两人，都已殉难，围攻镇江的余万青，也立脚不定，自然撤围，长毛遂四出纷扰。

钦差大臣向荣亟命张国梁驰剿。国梁系江南大营的栋柱，自围攻金陵后，转战无虚日，金陵悍酋屡次出犯，都由国梁杀退。各处闻警，得国梁驰救，亦无不克复。此时正收复江浦，渡江回营，接向大臣命令，不及休息，率兵即行，至丁卯桥遇着长毛，一鼓荡平；进至五峰口，又杀掉了数百名长毛；再进至九华山，见长毛驻扎较多，他却偃旗息鼓，佯为退走；至夜间挥兵前往，把敌营踏平好几座。这一股英风锐气，正足辟易千人。

长毛战不过国梁，都窜回金陵。国梁正尾追西归，遥见大营火起，营内的兵勇，狼狈奔来，料知营中遇变，加鞭疾行。到了孝陵卫不见大营，只见遍地是火，长毛正杀得高兴，仗火肆威，当下不知向公下落，只拣着长毛多处，挥刀直入，左冲右荡，尚寻不着向大帅。忽见东南角上，火光荧荧，尚现出向字旗帜，忙奋勇杀将过去。那长毛如蜂如蚁，裹将拢来，他恰不管利害，仗着一柄大刀，东劈西削，无不披靡。杀了好一歇，方逼近向字旗边，见向帅正危急万分，急呼道："国梁在此，保大帅出围！"向荣闻国梁兵到，气为一振，即众将士亦变怯为勇，拼着命随了国梁，突出重围。长毛亦不敢追赶，由国梁保着向公，自淳化镇退保丹阳。为张国梁写生，故江南大营失陷，仍写得烨烨有光。这次大营失陷，是由向大臣分兵四出，麾下兵寡将单，镇江长毛，与金陵长毛，窥破向营情形，互约夹攻，前后纵火，向军腹背受敌，以致大溃。这是顿兵坚城的坏处。

向荣至丹阳后，婴城固守，长毛分途逼围，重营叠垒，势甚鸱张。向荣忧愤成疾，由国梁收集散卒，激厉将士，开城再战，连破长毛营寨，斩首数千级，丹阳方转危为安。无如向荣病终不起，临危时，以军事付国梁，并嘱咐道："汝才足办贼，我死何憾！"国梁垂泪受命，忽向荣自床上跃起道："终负朝廷恩。"言毕而仆，遂殒。江南提督和春，奉旨代向荣督师，国梁以提督衔帮办军务，人心稍固。

独这位洪天王秀全，闻江南大营，都被击退，向荣又死，遂自以为强盛无匹，越加骄淫。杨秀清手握大权，至此益妄作妄行，每日掠夺佳丽，轮班入侍，可怜三吴好女子，被这杨贼糟蹋无数。有崇拜洪杨者，心中所慕，亦是为此，不然，何以有杨梅都督，花界大王。奈秀清最宠的是傅善祥，善祥逸去，秀清大索不得，怅望异常，恰巧扬州献一个美人儿，姓朱名九妹，年十九，能诗文，才貌与善祥相似。秀清是欢喜极了，即令入值东王府，代善祥职，夜间即要她侍寝。九妹不从，娉婷弱质，不敌混世魔王，卒被他强暴胁迫，恣意淫污。九妹恨甚，阳作欢笑容，暗中誓不与俱生，趁着秀清饮酒，偷放砒毒。不料被秀清察破，迫她自饮，毒发而毙。又有江宁李氏女，选入东王宫，亦遭淫辱，她在髻内藏小刀寸许，伺秀清醉酒酣睡，直刺其喉。秀清适转身，误中左肩，秀清大怒，立呼左右用点天灯刑。甚么叫作点天灯？系用布帛将人束住，渍油使透，倒绑杆上，烧将起来。看官！你道惨不惨呢？又有一个赵碧娘，丰姿秀美，年仅十五六，初被掳充绣馆女工，碧娘本是一手好针绣，制了二冠，呈诸东王。秀清见她精致绝伦，称赏不置。不意被同馆所妒，说她内衬秽布，裂视果然。即令馆监先加杖责，讯是何人指使？碧娘矢口自承，遂令于明晨点天灯示众。时碧娘已经昏晕，弃桂树下，夜半始醒，醒即自缢，才免惨焚。秀清怒无所泄，竟杀守者，及知情不举的数十人。看官！你道惨不惨呢。再加一语，益令人发指，崇拜洪杨者其听之！

秀清一想，民女多是靠不住，只有天妹洪宣娇，素与交好，不如娶她过来，巧值秀清妻死，便娶天妹作了继室，天妹倒也愿意成亲。这日是个伏天，秀清饬制大凉床，穷工极巧，四面玻璃，就中注水，养大金鱼百数，荇藻交横，微风习习，秀清、宣娇裸体交欢，一对淫夫淫妇，只嫌夜短，不虑昼长。但秀清本有许多姬妾，自从宣娇娶入，都成了有夫的寡妇，长夜绵绵，令人难耐。适有东府承宣陈宗扬，生得一表人材，面如冠玉，惹得这班王娘，统愿屈体俯就，要宗扬来替秀清。宗扬没有分身法儿，久之久之，自然闹出事来。淫恶之报。

秀清下令，斩了宗扬。宗扬是韦昌辉妻弟，昌辉时在江西，得了此信，暗暗怀恨。正值秀清恶贯已满，由秀全降下密旨，召昌辉回南京。昌辉率众回来，秀清不许入城，由昌辉再三恳请，愿留部下在城外，只带随从数十名进来，乃为秀清所许，入见秀全。秀全佯怒道："现在天国军权，归东王执掌，你岂不知？东王不要你回来，你何得擅回？快去东王府请罪！东王若肯赦你，你宜速赴泛地。"言毕，恰暗暗垂泪。昌辉觑见，料知天王见迫，不便明告，随往东王府请谒求赦。秀清立即延入，昌辉央恳向天王前缓颊。秀清道："弟事自当代请，但我将以八月生日，进称万岁，弟知之否？"昌辉道："四兄勋高望重，巍巍无比，早宜明正位号。不过弟在外征妖，未敢明请哩。"当即跪下，叩称万岁，并令随从各员，亦跪称万岁，秀清大喜，命即赐宴，昌辉以下，一律犒饮。昌辉入席，起初还是极力趋承，瞓见秀清微醉，便起立道："天王有命，秀清谋逆不轨，着即加诛！"秀清闻言欲避，昌辉从员，已一拥而上，将他砍死。想做皇帝，谁料遭此结果。拥入内室，把他子女侍媵，一一斩首，只剩了天妹洪宣娇，由昌辉搂抱而去。返入北王府内，先与宣娇合欢，然后报知天王。

不意东王余党，集众攻北王府。昌辉复开城召入部众，与东王党互斗，你杀我，我杀你，两下相杀，城河为赤。忽翼王石达开，自江西驰回，燕王秦日纲，亦自安徽趋至，两人俱奉天王密旨，入靖内乱。既入城，闻秀清已被昌辉杀死，两党鏖战不休，遂相与调停。昌辉不服，定要杀尽东王余党，当下恼了石达开，便大声道："你既杀了东王，也好罢手，为甚么灭他家族？你灭他家族，还嫌不足，定要除他余党，我天国不为东王而亡，恐要为你而亡了。"昌辉不答，达开愤愤而出。是夜翼王、燕王两府，统被昌辉手下围住，秦日纲出问被杀，翼王府内，竟是全家被害。独达开不知如何察觉，竟缒城出走，将纠合部众入犯。昌辉去报秀全，秀全不觉失声道："汝不听达开言，倒也罢了，今将他全家杀死，莫怪他不肯甘休。昌辉嘿然，竟自趋出，反戈围天王府。天王兄弟仁发、仁达，暗与东王党讲和，同攻昌辉。昌辉败走，东王党趁势入北王府，见一个，杀一个，不特昌辉妻妾，统做了刀头之鬼，就是宣娇玉骨，也被大众剁成肉泥。想被天父召去了。昌辉出城，手下只剩数十人，渡江至清江浦，适遇前使在外的东王党，将他擒住，押送江宁。秀全命即磔死，将首级送与达开，温词召达开回来。

达开怨愤少泄，返入江宁，大家推他辅政，如秀清故事。怎奈秀全心怀疑忌，只恐达开如韦、杨一般，仁发、仁达，又与达开意见不合，达开就辞别天王，出城径去。这次秀全谋除秀清，密召韦、石诸人，还是钱军师代他决策，后见韦、杨内哄，他竟不知去向。从此秀全失了一个参谋，内外政事，都由仁发、仁达主持，越加棼乱。了结诸王，并了结钱江。

是时曾国藩在江西，得两湖援军，攻克南康，曾国华等亦收复瑞州，李元度、刘于淳诸将，复取宜黄、崇仁、新淦等县，江西军务，渐有起色。会官文拔汉阳城，击毙长毛军的钟丞相，刘指挥；胡林翼拔武昌城，生擒长毛检点古文新等十四人，武汉三失三复。湘军遂乘胜收黄州、兴国、蕲州、蕲水、广济等处，仅十日间，肃清湖北。于是杨载福率领水师四百余艘，李续宾率领陆师八千余人，沿江东下，连战皆克，直达九江。国藩在南昌闻报，亲赴九江劳师，途次闻萧启江、刘长佑二军，已夺得袁州；其弟国荃，亦组成一部吉字军，由萍乡入会周凤山，攻取安福。喜信迭来，精神益爽。到了九江，但见水陆两军，声势甚盛，杨、李两统领，都来迎谒。那时这位奔走仓皇的曾大帅，不禁喜逐颜开，携了杨、李两将手，慰劳一番，并传见水陆将弁，一一慰谕，又出饷银分犒兵士。三湘豪杰，七泽健儿，个个欢腾，人人效命，立思踏平九江城。怎奈攻了月余，仍未见效。转瞬已是咸丰七年，国藩在营中度岁，过了正月，拟移节瑞州，忽由湘乡发来讣闻，乃是国藩父竹亭封翁寿终。国藩大恸一回，立即奔丧。瑞州的曾国华，吉安的曾国荃，亦先后驰归，到家中守制去了。正是：

出则尽忠，入则尽孝。

吁嗟曾公，无忝名教。

国藩既归，朝议令他墨绖从戎，由国藩固请终制，此是正理。乃诏令总兵杨载福，道员彭玉麟，就近统领兵勇，并命两湖巡抚，酌派陆军赴江西助剿。这回已可作结束，待小子休息一刻，再叙下回。

琦善之不逮向荣，人尽知之。顾向荣顿兵三年，师老日久，亦犯兵家之忌。行军之要素有二：一仗气势，二仗纪律。三年无功，气势馁矣，纪律亦安望常严？即非分兵四出，亦安保其不倾覆者？或谓苏抚吉尔杭阿，不攻高资，则镇江不致撤围，城内之太平军，无自纠合金陵，夹攻向营，向营即可以不覆，是说似是而实非。高资既为敌军运粮之处，则向荣早宜设法要截，宁必待吉抚乎？吉抚之不成，众寡不敌致之也。就令吉抚不死，向营宁能长保乎？惟金陵韦、杨二酋，一胜即骄，自相残杀，此可以见盗贼之必亡。不然，金陵之围已解，向荣殁，曾国藩被困南昌，洪氏正可乘势而逞，天下事，未可知也。本回前半截叙向营之被陷，有以见专阃之非才，后半截叙韦、杨之自残，有以见剧盗之必灭。

第六十六回

智统领出奇制胜
愚制军轻敌遭擒

却说湖北巡抚胡林翼，奉旨派兵援赣，即遣李续宾赴瑞州，文翼赴吉安。湖南巡抚骆秉章，亦遣江忠义、王鑫赴临江。是时吉安、临江两处，尚在长毛手中。临江方面，由刘长佑、萧启江进攻，相持不下；吉安方面，自曾国荃去后，诸将各存意见，积不相容。适江西巡抚文俊罢职，代以耆龄，耆龄恐临江失守，遂一面调王鑫至吉安，一面奏起曾国荃，仍统吉安军。王鑫既到吉安，长毛酋石达开前锋正到，两下交战一场，互有胜负。这位王鑫颇有才名，他亦以安邦定国自命，至此与长毛另股，相搏数日，一些儿没有便宜，反伤失军士数百名，未免心中怏怏；其言之不怍，则为之也难。自是忧愤成病，终日在床上呻吟。忽报石达开自至，军中大愕，急禀知王鑫，急得王鑫冷汗交流，霎时间口吐白沫，竟到阎罗殿去报到。暗寓讥刺。亏得国荃驰至，军心方定。

国荃即率军击石达开，达开是长毛中一个黑煞星，至是因韦、杨内哄，孤军出走，悲愤得了不得，还有何心恋战？既到吉安，见国荃军容甚整，他竟不战而去。先到的长毛，因后队无故退回，自然一哄随行，走得稍慢的长毛，反被国荃追至，杀毙了好几百名。嗣因长毛去远，仍回军围攻吉安。

这时杨、彭二将围九江，已将一年，守城悍酋林启荣，屡出兵相扑，都被杨、彭击败，他却一意固守，始终不懈，杨、彭二将，倒也无法可施。且因外江内湖的水师，被阻三年，仍然不能沟通。杨、彭商议多日，由玉麟建议，力攻石钟山。这石钟山是江湖的要口，长毛布得密密层层，作九江城的保障，所以湘军内外隔绝。杨、彭二人，悬军九江城下，左首要防着九江，右首要防着石钟山，两面兼顾，为碍甚多，于是决意攻石钟山，密遣人暗约内湖水师，里应外合，又与陆军统领李续宾，商定秘谋，令他照行。此处用暗写，以免平衍。

发兵这一日，内湖水师，先冒死冲出湖口，依山列阵，长毛无日不防他出来，自然率众堵御。但长毛内也有能人，一则恐杨、彭夹攻，二则恐李续宾也舍陆登舟，前来接应，故写长毛防备，以显杨、彭妙策。旋探知李续宾已先日拔营，往宿太等地方去了，长毛遂专力御两面水师。杨、彭二将，闻内湖水师已出湖口，遂将战船分作两翼，鼓棹疾进。那时山上山下的长毛，已分头抵敌，这里方击楫渡江，那边已投鞭断水，两军接仗，都是把性命丢在云外，恶狠狠的搏战，自午至暮，足足斗了四五个时辰，喊杀之声，尚然未绝。两下列炬如星，再接再厉，你不让，我不走，直杀到天愁地惨，鬼哭神号。猛然见山上火起，照彻江中，映着水波，好像火龙一条，夭矫出没，顷刻间烟焰迷腾，满江皆赤。长毛都惊愕不知所措，回望山顶，恍如一座火焰山，矗起江面，凭他浑身是胆，到此也不寒而栗。一夫骇走，万夫却行，湘军趁这机会，把长毛杀得四分五裂，如摧枯，如拉朽，未及天明，已夺得战舰八十九艘，炮千二百尊，杀毙长毛万余人。外江内湖的水师，并合为一。这一场恶战，若非李续宾佯赴宿太，乘夜渡江，绕出石钟山后，登山纵火，尚未见水师定获大胜。叙明前次秘谋，可谓兵不厌诈。杨、彭至天明收军，检点部下，十分中亦死了两分，伤了三分，正是由性命换了出来。后来由曾国藩奏闻，就石钟山上建昭忠祠，便是因伤亡太多，借祠立祭，妥侑忠魂，这且慢表。

且说湖口既克，下游六十里，就是彭泽县。彭泽县南有小孤山，也是挺立江中，长毛据高为垒，就南北两岸，修筑石城，环以深濠，密排桩木，藉此守彭泽县，作为九江声援。长毛酋赖汉英，踞城扼守，已历四年，杨载福合军进取，到彭泽县南岸，饬兵士登陆，佯修营垒，作长围状。长毛出城猛扑，筑营的兵士，都纷纷逃走。那时长毛争先追赶，直到急水沟，只听得一声号炮，万马奔腾，杨载福亲统大军，于长毛背后杀到。长毛知势不妙，连忙回军，已是不及，没奈何与杨军接战，无如后面又有兵至，把长毛冲作数截。长毛心慌意乱，只得人人自顾性命，各寻生路，奔回城中。这长毛后面的敌兵，看官不必细问，就可晓得是筑营佯败的兵士了。杨载福率众掩杀，擒斩无算，立即围住彭泽城，四面攻打了一日。次日撤去两隅，单从西南两面猛攻，赖长毛汉英，亦令长毛并力抵御，自辰至暮，两造军士，都有些困乏起来。攻城的兵士，渐渐懈手，守城的兵士，亦渐渐放松。赖酋也总道无虞，不防城东突有清军登陴，拔去赖字的长毛旗，换了李字的清军旗，吓得赖酋手足失措，只好招呼部众，开了北门，一齐逃走。看官记着！杨军单攻西南，已是明明有意，留出东北两面，一面约李续宾夜袭，一面放赖汉英出逃，这有勇无谋的赖长毛，正中了杨提督的妙计。名为汉英，实是汉愚，不败何待？赖汉英出了彭泽城，拟逃往小孤山，到了江边，张目一望，只叫得一声苦，正思拍马回走，沿江已有清兵杀来，一片喊杀的声音，震动江流，不知有多少清兵。幸汉英忙中有智，急脱去军装，除下红巾，一溜烟的逃脱，所遗部众，被清兵杀得一个不留。阅至此处，方知杨载福放走赖酋，亦自有计，只赖酋尚不该死耳。后人有诗咏这事道："彭郎夺得小姑回。"小孤山亦称小姑山，彭郎就指玉麟。

杨载福攻城时，彭玉麟已分兵攻小孤山，夺山破城，可巧是同一日，只相隔了几小时。赖酋逃至江岸，上山下水，已统悬彭字大旗，此时除微服潜逃外，还有何法？杨、彭、李既连拔要害，扫清九江上下游敌垒，遂专力攻九江。

这时候，和春、张国梁自丹阳合兵，复进攻江宁属县，攻克句容、溧水等城，仍逼镇江。镇江是金陵犄角，前次余、吉二人，围久无功，都因金陵屡次出援，所以失利。这番张国梁来攻镇江，仍用吉尔杭阿旧法，自率兵营高资，扼敌粮道，长毛屡次来争，国梁竭力抵拒。长毛战一仗，败一仗，连败四次，方不敢来敌国梁，只扼守运河北岸，筑垒相拒。可见吉抚之计，未尝不是，但兵力不逮国梁，故成败异势。国梁亦不去硬夺，但蓄养了数天，密约总兵虎嵩林、刘季三、余万青、李若珠等，合力攻城。镇江长毛，狃于前胜，不甚措意，至四总兵杀到，如狂风骤雨一般，震撼城垣，气腾貔虎，锋剸蛇虺，草木皆兵，风云变色，长毛见了这般军容，不觉大惊，急率众堵御，开炮掷石，忙个不了。怎奈顾了东管不到西，顾了西管不到东，方在走投无路，那赫赫威灵的张军门大旗，亦乘风飘到。长毛望见旗号，越加股栗，城外的清兵，偏格外起劲，城墙也似骇他的威望，竟一块一块的坠将下来。清兵即溃垣而入，破了城，搜杀数千人，只寻不着长毛酋吴知孝，追到江边，也没有踪迹，料是逸围而去。

国梁收复镇江城，德兴阿也克复瓜洲。原来德兴阿驻节扬州，闻镇江长毛，与清军相持，料知江南的长毛，无暇兼顾江北，遂益勒兵攻瓜洲，四面兜裹，突将土城攻破；长毛无路可逃，多被清兵杀毙。有几十百个长毛窜出城外，又由清水师截击，溺毙无遗。叙德兴阿克瓜洲，与张国梁事，简略不同，已可见两人之优劣。

南北捷书相望，和春、张国梁仍进规江宁，又组成一个江南大营。事有凑巧，江西的临江府，也由湖南遣来的援军，一鼓攻入，刘长佑积劳成病，乞假暂归，代以知府刘坤一，与萧启江军同向抚州，江西已大半平定，眼见得九江一带，亦不日可平了。暂作一束。

谁想内乱方有转机，外患又复相逼，广东省中，又闹出极大的风波来。广东的祸胎，始自和事老耆英。英商入城一案，经粤督徐广缙单舸退敌，英使文翰，才不复言入城事，接五十六回。广东安静了几年。长毛倡乱，广东亦不被兵革，只徐广缙调任湖广后，巡抚叶名琛，就升为总督，会英政府召回文翰，改派包冷来华。包冷复请英商入城，名琛不许，包冷屡次相嬲，名琛竟不答复。有时连咨请别事，他也束诸高阁，清廷因广东数年无事，总道他坐镇雍容，定有绝大才略，授他体仁阁大学士，留任广东，名琛益大言自负。咸丰六年，英政府复遣巴夏礼为广东领事，巴夏礼又来请入城，名琛仍用老法子，一字不答。巴夏礼素性负气，竟日夜寻衅，谋攻广东。适值东莞县会党作乱，按察使沈棣辉，督官绅兵勇，把会党击退，棣辉列保兵勇战功，请名琛疏荐，名琛也搁置不提，兵勇自是懈体，一任党匪逃去。党首关巨、梁楫等，遁居海岛，投入英籍，献议巴复礼，请攻广东。名琛原是糊涂，党匪亦太丧心。巴复礼遂训练水手，待时发作。

冤冤相凑，海外来了一只洋船，悬挂英国旗帜，船内却统是中国人。巡河水师，疑是汉奸托英保护，登船大索，将英国旗帜拔弃，并将舟子十三人，一概锁住，械系入省，以获匪报。名琛也不辨真假，交给首县收禁。忽由巴夏礼发来照会一角，名琛有意无意的，接来一瞧，内称贵省水师，无故搜我亚罗船，殊属无理。舟子非中国逃犯，即使得罪中国，亦应由华官行文移取，不得擅执。至毁弃我国国旗，有污我国名誉，更出意外等语。当下名琛瞧毕，便道："我道有甚么大事，他无非为索还水手，唠唠叨叨的说了许多，那个有这般空工夫，与他计较？"随召入巡捕，叫他知照首县，发放舟子十三人，送还英领事衙门。不意到了次晨，首县禀见，报称："昨日着典史送还英船水手，英领事匿不见面，只由通事传说，事关水师，不便接受。"名琛道："听他便是，你且仍把水手监禁，不必理他。"首县唯唯而退。

不到三日，水师统领，遣人飞报英舰已入攻黄埔炮台。名琛道："我并不与英人开衅，为甚么攻我炮台？"好像做梦。正惊讶间，雷州府知府蒋音印，到省求见，由名琛传入。名琛也不及问他到省缘故，便与他讲英领事瞎闹情形。蒋知府道："据卑府意见，还是向英领事处，问明起衅情由，再行对付。"名琛道："老兄所见甚是，便烦老兄去走一遭。"蒋知府不好推辞，就去拜会英领事，相见之下，英水师提督亦在座。蒋知府传总督命，问他何故寻衅？两人同答道："传言误听，屡失两国和好，请知府归语总督，一切事情，须入城面谈。"蒋知府回报名琛，名琛道："前督徐制军，已与英使定约，洋人不得入城，这事如何通融？"蒋知府不敢多言，当即退出。巴夏礼又请相见期，名琛以入城不便，谢绝来使。巴复礼再请入城相见，名琛简直不答。于是巴夏礼召集英兵，由水师提督统带，入攻省城，只听一片炮声，震天动地。名琛并不调兵守城，口中只念着吕祖真言宝训。巡抚柏贵，藩司江国霖，急忙进见，共问退敌的计策。名琛道："不要紧！洋人入城，我可据约力争，怕他怎么？"柏贵道："恐怕洋人不讲道理。”名琛道：“洋人共有多少？”柏贵道：“闻说有千名左右。”名琛微笑道：“千数洋人，成甚么事！现在城内兵民，差不多有几十万，十个抵一个，还是我们兵民多。中丞不闻单舸赴盟的徐制军么？英使文翰，见两岸有数万兵民，便知难而退，况城内有数十万兵民，他若入城，亦自然退去。”道言未绝，猛听得一声怪响，接连又是无数声音，柏、江两人，吓得甚么相似，外面有军弁奔入，报称城墙被轰坍数丈，柏贵等起身欲走，名琛仍兀坐不动。镇定工夫要算独步。柏贵忍不住，便道：“城墙被轰坍数丈，洋兵要入城了，如何是好？”名琛假作不闻，柏江随即退出。是夜洋人有数名入城，到督抚衙门求见，统被谢绝，洋人也出城而去。名琛闻洋人退出，甚为欣慰，忽报城外火光烛天，照耀百里。名琛道：“城外失火，与城内何干？”歇了半日，柏巡抚又到督辕，说：“城外兵勇暴动，把洋人商馆及十三家洋行，统行毁去，将来恐更多交涉。”名琛道：“好粤兵！好粤兵！驱除洋人，就在这兵民身上。”柏抚道：“闻得法兰西、美利坚商馆，亦被烧在内。”名琛道：“统是洋鬼子，辨甚么法不法，美不美？”柏抚台又撞了一鼻子灰，只得退出。柏贵比叶名琛虽稍明白，然亦是个没用人物。

是时已值咸丰六年冬季，倏忽间已是残腊，各署照例封印，名琛闲着，去请柏、江二人谈天。二人即到，名琛延入，分宾主坐下。名琛开口道：“光阴似箭，又是一年，闻得长江一带，长毛声势少衰，但百姓已是困苦得很，只我广东，还算平安，就是洋人乱了一回，亦没甚损失，当时两位都着急得很，兄弟却晓得是不要紧呢。”柏抚道：“中堂真有先见之明。”名琛掀髯微笑道：“不瞒二位，我家数代信奉吕祖，现在署内仍供奉灵像，兄弟当日，即乞吕祖飞乩示兆，乩语洋人即退，所以兄弟有此镇定呢。”原来如此。柏抚道：“吕祖真灵显得很。”名琛道：“这是皇上洪福，百神效灵。闻得本年新生皇子，系西宫懿嫔所出，现懿嫔已晋封懿妃，懿妃夙称明敏，有其母，生其子，将来定亦不弱。看来我朝正是中兴气象，区区内乱外患，殊不足虑。”随即谈了一会属员的事情，何人应仍旧，何人应离任，足足有两个时辰，方才辞客。看官！你道名琛所说的懿妃，是甚么人？便是上回叙过的那拉氏。那拉氏受封贵人后，深得咸丰帝欢心，情天做美，暗孕珠胎，先开花，后结果，第一次分娩，生了一个女孩儿，第二次分娩，竟产下一位皇儿，取名载淳。咸丰帝时尚乏嗣，得此儿后，自然喜出望外，接连加封，初封懿嫔，晋封懿妃，比皇后只差一级了。此咸丰六年事，所以夹叙在内。

这且慢表，且说英领事巴夏礼，因入攻广州，仍不得志，遂驰书本国政府，请派兵决战。英国复开上下议院，解决此事。英相巴米顿力主用兵，独下议院不从。嗣经两院磋商定议，先遣特使至中国重定盟约，要索赔款，如中国不允，然后兴兵。于是遣伯爵额尔金来华，继以大轮兵船，分泊澳门、香港；又遣人约法兰西连兵，法人因商馆被毁，正思索偿，随即听命。额尔金到香港，待法兵未至，逗遛数月，至咸丰七年九月，方贻书名琛。名琛方安安稳稳的在署诵经，忽接英人照会，展开一瞧，乃是汉文，字字认识，其词道：

> **查中英旧约，凡领事官得与中国官相见，将以联气谊，释嫌疑。自广东禁外人入城后，浮言互煽，彼此壅阏，致有今日之衅。粤民毁我洋行，群商何辜，丧其资斧？拟约期会议偿款，重立约章，则两国和好如初，否则以兵戎相见，毋贻后悔，西历一千八百五十七年十月日。大英国二等伯爵额尔金署印。**

名琛阅毕，自语道："混帐洋人，又来与我滋扰了。"接连递到法、美领事照会，无非因毁屋失货，要求赔款，只后文独有"英使已决意攻城，愿居间排解"二语。名琛又道："一国不足，复添两国，别人怕他，独我不怕。"有吕祖保护，原可不怕。遂将各照会统同搁起，仍咿咿唔唔的诵经去了。到了十一月，法兵已至，会合额尔金，直抵广州，致名琛哀的美敦书，限四十八小时内，答复偿款换约二事，否则攻城。名琛仍看作没事一般。将军穆克德讷，巡抚柏贵，藩司江国霖，闻着此信，都来督署商战守事。名琛道："洋人虚声恫吓，不必理他。"穆将军道："闻英、法已经同盟，势甚猖獗，不可不防！"名琛道："不必不必。"穆将军道："中堂究有甚么高见，可令弟等一闻否？"名琛道："将军有所不知。兄弟素信奉吕祖，去岁洋兵到来，兄弟曾向吕祖前扶乩，乩语洋兵即退，后来果然。前日接到洋人照会，兄弟又去扶乩，乩语是十五日，听消息，事已定，毋着急。祖师必不欺我，现已是十二日了，再过三四日，便可无事。"将军等见无可说，只得告退。

是日英兵六千人登陆，次日，据海珠炮台，千总邓安邦，率粤勇千人死战，杀伤相当，奈城内并无援兵，到底不能久持，竟致败退。又越日，英、法兵四面攻城，炮弹四射，火焰冲霄，城内房屋，触着流弹，不是延烧，就是摧陷，总督衙门也被击得七洞八穿。名琛此时颇着急起来，捏了吕祖像，逃入左都统署中。吕祖不来救驾，奈何？柏巡抚知事不妙，忙令绅士伍崇曜出城议和，一面去寻名琛，等到寻着，与他讲议和事宜，名琛还说"不准洋人入城"六字。倔强可笑。柏抚不别而行，回到自己署中，伍崇曜已经候着，报称洋人要入城后，方许开议。柏抚急的了不得，正欲去见将军，俄报城上已竖白旗，洋兵入城，放出水手，搜索督署去了。柏抚正在没法，只见洋兵入署，迫柏抚出去会议。柏抚身不由主，任他拥上观音山。将军、都统、藩司等，陆续被洋人劫来。英领事巴夏礼亦到，迫他出示安民，要与英、法诸官一同列衔。此时的将军、巡抚，好似猢狲上锁，要他这么便这么。安民已毕，仍导军抚都统回署，署中先有洋将占着，竟是反客为主。柏抚尚记念名琛，私问仆役，报称被洋将拥出城外去了。于是军抚联衔，劾奏名琛，奉旨将名琛革职，总督令柏抚署理，这是后话。

且说名琛匿在都统署，被洋人搜着，也不去难为他，还是吕祖暗中保佑。仍令他坐轿出城。下了兵轮，从官以手指河，教他赴水自尽，名琛佯作不觉，只默诵吕祖经。先被英人掳到香港，嗣又被解至印度，幽禁在镇海楼上。名琛却怡然自得，诵经以外，还日日作画吟诗，自称海上苏武。他的诗不止一首两首，小子曾记得二律道：

镇海楼头月色寒，将星翻怕客星单。
纵云一范军中有，争奈诸军壁上观。
向戍何心求免死，苏卿无恙劝加餐。
任他日把丹青绘，恨态愁容下笔难。
零丁飘泊叹无家，雁札犹传节度衙。
门外难寻高士米，斗边远泛使臣槎。
心惊跃虎笳声急，望断慈乌日影斜。
惟有春光依旧返，隔墙红遍木棉花。

名琛在印度幽禁，不久即死。英人用铁棺松椰，收殓名琛尸，送回广东。广东成为清英法三国公共地，英人犹不肯甘休，决议北行。法、美二使，亦赞成，连俄罗斯亦牵入在内，当下各率舰队，离了广州，向北鼓轮去了。欲知后事、请阅下回。

行军之道，固全恃一智字，即坐镇全城，对待邻国，亦曷尝可不用智。杨载福之屡获胜仗，迭据要害，虽非尽出一人之力，然同寅协恭，和衷共济，卒能出奇制敌，非智者不及此。若叶名琛之种种颟顸，种种迁延，误粤东，并误中国，不特清室受累，即相沿至今，亦为彼贻误不少。列强环伺，连鸡并栖，皆自名琛启之。误中国者名琛，名琛之所以自误者，一愚字而已。且一智者在前，则众智毕集，彭、李诸人之为杨辅是也。一愚者在上，则众愚亦俱至，穆、柏诸人之为叶辅是也。此回前后分叙，一智一愚，不辨自明。

第六十七回

四国耀威津门胁约
两江喋血战地埋魂

却说英法俄美四国舰队，自广东驶至上海，各遣员赍书赴苏州，见江苏巡抚赵德辙。德辙把来书瞧阅，乃是致满大学士裕诚书，当即与洋员说明，愿将来书投递北京，叫他在上海候复，洋员答应自去。赵德辙即咨送江督何桂清，何桂清时驻常州，接德辙咨文，并四国来书，遂飞驿驰奏。咸丰帝立召大学士裕诚，及军机大臣会议。议了半日，方定计简放黄宗汉为钦差，赴粤办理交涉，一面由裕诚署名，答复英法两国，是令他速赴广东，与黄宗汉会商；并说本大臣参谋内政，未预外事，不便直接。复美使书，也是令他赴粤，不过有要他排解的意思。复俄使书，略说中俄原约，只在黑龙江互市，如有相争事件，可速赴黑龙江，自有办事大臣接商，无庸与本大臣交涉。这等复书，仍饬江督何桂清转交。偏这英使额尔金，法使噶罗，不肯照行，仍牵率俄美两使，向天津进发。

咸丰八年三月，四国军舰，云集白河口，投书直督谭廷襄，仍请转达首相。廷襄是照例奏闻，诏令户部侍郎崇礼，内阁学士乌尔焜泰，驰赴天津，会同直督，照会各国使臣，约期开纶。不意英法两使，复称钦差非中国首相，不便和议，决词拒绝。外人得步进步，原是狡狯，然亦由中国自召。只俄美两使，算是接见，相与往来，但不过是空言敷衍，毫无效果。这位谭制台，恰格外巴结，差了武弁，驾着小船，引导洋人进出。洋人本未识大沽险要，至此往来窥测，探悉路径，又见大沽防务疏忽得很，突于四月初八日，驶入小轮船数艘，悬起英法两国红旗，开炮击大沽炮台。守台官游击沙春元、陈毅等，仓猝迎战，卒以众寡不敌，次第殉难，前路炮台陷。副都统富勒登太，守住后路，猝闻前军失守，逃得不知去向，后路炮台又陷。这一仗战争，提督张殿元，总兵达年，副将德奎，在大沽附近，吃粮不管事，由他捣入。咸丰帝闻警大怒，把提督、总兵、副将各人，革职拿问，特命亲王僧格林沁，带兵赴天津防守；又命亲王绵愉，总管京师团防事务，严行巡逻。

僧亲王抵天津后，俄美二使，愿居间排解，只乞改派相臣议款。僧亲王复据实陈奏，咸丰帝不得已，命大学士桂良，吏部尚书花沙纳，再赴津议款。这时候，清廷大臣，如惠亲王绵愉、尚书端华、大学士彭蕴章等，关心和议，记起这位和事老耆大臣来，当即联衔保奏。要送他老命了。咸丰帝立命陛见，和事老耆英，挺然出来，造膝密陈，似乎有绝大经济，不由咸丰帝不信，叫他自展谋猷，不必附合拘泥，随赏给侍郎衔，饬至天津商办。耆英抵津，坐着绿呢轿，径去拜会英使，投刺进去。等候了好一歇，由翻译出来，说声挡驾。耆英私问翻译，为甚么不见？翻译道："耆大人想忘记广东的事情了。原约许英人二年入城，甚么到了四五年，尚未践约。耆大人！你还是回去的好，免得多劳往返。"讥讽之言，不堪入耳。耆英回见桂良，便将此事说明，挽桂良奏请召回。桂良随即出奏，耆英即收拾行李，驰还通州。忽有廷寄颁到，令他仍留天津，自行酌办。耆英回京心急，仍自启行；到了京师，巧遇巡防大臣绵愉，问他未奉谕旨，如何回来？耆英便说英使怀恨，不便在津，是以急回。绵愉恐坐保举失察罪，即上本参劾。咸丰帝本不悦耆英，接阅此奏，便降旨诘责，说他离差罪小，诿过罪大，有负委任，赐令自尽。可怜这位和事老，白发苍颜，还不得善终，这也是甘心误国的报应。外交官听着！

谁知耆英虽死，衣钵恰传出不少，桂良、花沙纳，统是得着耆英的秘诀。英人要约五十六条，法人要约四十二条，都一一照奏。小子于英法要求各条款，也记不胜记，只最关紧要的，约有数条：第一是各派公使驻京；第二是准洋人持照至内地游历通商；第三是增开牛庄、登州、台湾、潮州、琼州等处为商埠；第四是长江一带，自汉口至海滨，由外人选择三口，以便往来通货；第五是洋人得挈眷属在京居住；第六是偿英国商耗银二百万两，军费亦二百万两，法国减半。奏折一上，廷臣鼓噪，都主张驳斥。你一本，我一本，大半痛哭陈辞，赛过贾长沙、陈同甫一流人物，其实统是纸上空谈，无裨实用。还是咸丰帝晓明大局，料知无人能战，无地可守，没奈何忍痛许和。

俄使公普、美使列卫廉，据利益均沾的通例，亦要求订约，桂良、花沙纳，仍行奏请。咸丰帝无话可说，只传旨准奏，钦此，便算了事。四国使臣，与清国两钦差，各订约签押，因要钤用国宝，须费一番手续，定期来年互换，于是各国舰队，次第退出，这叫作天津和约。

是年，江南军事，亦胜败不一。九江城为林启荣所据，坚忍能军，十易寒暑，固守如故。杨、彭、李会集水陆各军，浚濠环攻，连番猛扑，终不能下；复开地道数处，迭毁东南二门，登城者再，卒被击退。李续宾痛励将士，再行掘隧，曾国华亦自长沙趋至，助续宾连夜掘穴，地道又成。乃饰水陆军十六营，四门进攻，攻至夜半，由地道举火，地雷骤发，砖石飞腾，迤东而南的城垣，轰坍一百多丈。湘军痛两次伤亡的惨剧，誓死复仇，人人思奋，踊跃先登，呼声动天地，冲锋掩杀，约两三时，击毙长毛一万七千多名，积尸如山，流血成渠。凭启荣怎么强悍，双手不敌四拳，终被他剁为肉泥。还有悍酋李兴隆，也随了启荣，为洪天王殉节，九江乃平。李续宾因功邀赏，得加巡抚衔，专折奏事。曾国华亦得同知衔。

抚州、建昌，同时肃清，只吉安长毛，尚是死守，曾国荃屡攻未克，回湘添募营勇，大举进攻。也是吉安长毛，该当数尽。先是守城的长毛首领，计有二人，一为先锋李雅凤，一为丞相翟明海。李、翟连番出城，冲击曾营，屡被杀败，翟明海败仗尤多。两人互相埋怨，恼了李雅凤，竟将明海杀死。明海的部下，开城窜去。李雅凤势孤力弱，由国荃乘间攻入，巷战许久，将雅凤擒住，解省正法。自相鱼肉，断没有好结果，大则韦杨，小则翟李，可为前鉴。

江西已平，于是朝旨令李续宾军图安徽，再起曾国藩督师。国藩至江西，闻长毛分窜浙、闽，督师往援，途次闻浙西一带，长毛不多，尚无大碍，只闽省浦城、崇安、建阳、松溪、政和各县，窜入红巾，烽火相寻。国藩令萧启江、张运兰赴闽剿办，兵甫出发，忽有大股长毛，回扑江西抚州、建昌，两府戒严。亏得刘长佑出来督军，截住新城，把长毛击退，长毛仍还入闽境，萧、张两路兵马，分道趋闽，因天雨连绵，岭路泥泞，军士又复遇疫，中道折回。

天下不如意事，十常八九，闽中未闻报捷，皖中先已丧师。山龙过脉，自成一线。自洪天王建都江宁，恃安徽为门户，兵粮军械，全杖安徽接济，所以安徽境内的长毛，个个是几经挑选，方许驻守。督率守兵的头目，起初是翼王石达开，素称骁将，嗣后是英王陈玉成，骁勇几出达开上。玉成眼下有双疤，官军叫他四眼狗。这四眼狗，确是利害，清将闻他悍名，个个吐舌，偏这不怕死的李续宾，硬要与他反对。与狗作死对头，殊不值得。续宾沿江入皖，仗着勇气，倍道而前，平太湖，拔潜山，下桐城、舒城，千百个小长毛，都抱头窜去。忽闻四眼狗攻扑庐州，遂麾军急进，一意赴援。部将谏道：“现在安庆未克，若进攻庐州，恐怕安庆长毛，要截我后路，不如在桐城休养数日，相机而行。”续宾道：“安庆方面，已有都将军马队进攻，长毛必并力守城，无暇与我为难，我军正可进攻庐州。”原来荆州将军都兴阿，方奉旨图皖，接应续宾，前锋为鲍超、多隆阿，正进趋集贤关，所以续宾有此计议。部将道：“都将军既至安庆，我军正好与他联络，先把安庆克复，再图庐州未迟。”续宾瞋目道：“救急如救火，庐州危急万分，安能不救？倘庐州一陷，狗贼回援安庆，连都将军也站立不住，我军在此何为？”部将又道：“我军不过数千人，前无导，后无继，孤军直入，万一遇险，奈何？”续宾道：“这可发书湖北，请兵援应便是。”当下写了一书，遣人驰送，另派兵驻守舒、桐各城，简了精锐，星夜前驰，直抵三河镇。这镇系宁皖交通的要道，距庐州只五十里，长毛环筑大城，厚屯兵马，防守得非常严密，诸将又请续宾择地驻营，等待援兵。续宾才驻扎了一天，到了次日，湖北杳无援音。原来此时的胡林翼，已丁忧去位，总督官文，得续宾书，不以为意，简直是一兵不发。毕竟是个满员。续宾又待了一日，不觉焦躁起来，复麾军欲出。诸将又再三劝阻，续宾愤愤道：“我自用兵以来，只知向前，不知退后。就使死敌，也是我辈带兵的本分。明日定要破他坚垒，除死方休！”可以死，可以无死，死伤勇。诸将始不敢多言。

翌晨，即下令进逼敌垒，续宾执旗当先，将士紧紧随着，不管他枪弹飞来，总是冒死冲入。自昼至夜，连平长毛九座营盘，检点部下，死了参将萧意文、都司胡在位，及兵勇千余人。忽后面战鼓喧天，喊声大震，长毛如墙而至，遥望旗号，乃是太平天国英王陈、太平天国侍王李。续宾道：“四眼狗到了。甚么还有侍王李？想是李世贤的狗头。”随即列好阵脚，专待敌军。说时迟，那时快，四眼狗前锋已到，与续宾部下，血战起来。长毛兵有十多万，续宾兵只有四五千人，眼见得长毛陆续趋上，把续宾军围住，围了一重，又是一重。重重围住，直围到数十重。续宾还拼命冲突，怎奈四面如铜墙铁壁，有力也没处使，将士又逐渐倒毙。续宾叹道：“今日败了，是我殉节之日了。”回顾诸将，令各自逃生。诸将道：“公不负国，我等岂可负公？”续宾乃传令见月出走。未几月出，续宾争先陷阵，长毛丛集，那怕续宾三头六臂，到此也不能脱免。参将彭友胜，游击胡廷槐、饶万福、邹玉堂、杜延光，守备赵国梁，先后战死。续宾亦力竭身亡。续宾一死，军心大乱，越要急走，越是先死。同知曾国华，及知府王忠骏，知州王揆一，同知董容方、知县杨德闾等，皆殉难。道员孙守信、同知丁锐义，坚守中右营三日，弹药水火都尽，营破死之。次第叙来，可见续宾之死，亦由刚愎之咎。桐、舒、潜、太四邑，复被陷没。都兴阿也撤安庆围，退屯宿松，皖楚大震。

湖广总督官文，湖南巡抚骆秉章，飞章入告，请调曾国藩移师援皖。朝旨令国藩统筹全局，斟酌具奏。国藩乃具疏上陈，最要紧的数语，录述如下：

就数省军务而论，安徽最重，江西次之，福建又次之。计惟大口南岸，各置重兵，水陆三路，鼓行东下。剿皖南则可以分金陵之贼势，剿皖北则可以分庐州之贼势。北岸须添足马步三万人，都兴阿、李续宜、鲍超等任之；南岸须添足马步二万人，臣率萧启江、张运兰任之；中流水师万余人，杨载福、彭玉麟任之。至江西军务，亦分两路，臣与抚臣耆龄任之，臣任北路，耆龄

任南路，闽省兵力，足以自了，尚可无虑。

奉旨准议。惟起复胡林翼，仍任湖北巡抚。林翼受任，出驻黄州，拊循士卒，严防长毛入犯。长毛果欲泝江而上，被多隆阿、鲍超击退。国藩正拟出图皖南，忽报长毛大酋石达开，率众趋江西，攻陷南安县城。国藩急檄萧启江等往援。才到南安，达开已弃城出走。捷书方至，国藩幕下，接连又闻庐州失守，李孟群殉难。孟群自战胜湘鄂，即由朝旨令他援皖，独当一面，以累功擢安徽布政使，兼署安徽巡抚事。其实孟群的才识，也没甚么过人，闻他的妹子素贞，恰是熟谙兵法，饶有胆力。孟群出军，素姑必戎装相从。一日，孟群被围，别将都不敢往援，独素姑怒马跃入，手斩数十人，护孟群归，甲裳都赤，军中惊为天神，连长毛亦怕她雌威。比洪宣娇何如？嗣是孟群格外敬服，有所讨伐，必令素姑相随。至官、胡两军攻汉阳，孟群兄妹偕往，一场血战，素姑阵亡，年才二十岁。清廷重男不重女，到武汉克复后，把素姑的血战功，也并加在孟群身上，所以孟群由知县出身，迭次超擢，竟至方面。表扬闺阃，独显幽光。惟孟群自丧妹后，失去一个臂助，惘惘的到了安徽，正值连天烽火，遍地寇氛。到了庐州，适四眼狗纠众大至，连战数日，卒因众寡不敌，败退官亭，扎了数营，挡住庐州的西面的长毛。至李续宾战死三河，都兴阿撤围安庆，四面无援，只剩孟群一军，孑然孤立，那里还支持得住？不到数日，庐州失守，长毛大股，都来扑孟群营，副将邓清、知县李孟政两营，先被攻破，纷纷溃散。长毛并力攻中营，从早起战到晚间，中营复陷。孟群持矛屹立，厉声骂贼，长毛一拥而上，尚被孟群刺死三名，未几遇害。千总沈国泰觅获遗骸，始得归葬。国藩闻这凶耗，悲他父子殉节，格外伤心。谁知还有一妹。

左宗棠（1812—1885），字季高，湖南湘阴人，洋务派和湘军首领。1860年率湘军与太平军作战。1881年，任军机大臣、调两江总督兼南洋通商大臣。中法战争时督办福建军务，病死于福州。有《左文襄公全集》。

寻又报石达开窜入湖南，湖南系国藩故里，桑梓攸关，急个不了。忙咨湘抚骆秉章，令他赶紧堵御。秉章正在筹防，为这一场匪警，又引出一个大人物来。为人最要立点事业，看后世稗官家，要叙一出色人物。下笔且是不苟。这位大人物是谁？乃是湘阴县人左宗棠。闻名久矣。宗棠字季高，少年倜傥不羁，常以王佐才自许，骆抚曾招致幕下，待以上宾礼。属僚有事禀白，都付他裁决。名高致谤，权重招忌，几乎把宗棠性命，断送在骆抚手中。可为有才者叹。永州总兵樊燮，刚愎自用，骆抚劾他骄倨，有旨革职，不意樊燮运动都察院，奏称无罪。廷旨令湖广总督官文查办，官文隐袒樊燮，密查骆抚弹章，出宗棠手，竟召宗棠对簿武昌，拟他重辟。骆抚疏争不得，亟函致在京编修郭嵩涛，令他向军机大臣肃顺处说情。嵩涛与宗棠同乡，自然暗中关说，并挽南书房行走潘祖荫，疏救宗棠；接连又是曾、胡二公，上疏荐宗棠才可大用。内外设法，始得将宗棠保全，脱罪回籍。险哉宗棠！至达开窜入湖南，击败总兵刘培元、彭定泰等，陷桂阳及兴宁、宜章等县，骆抚夙重宗棠，再请出山，委以军事。宗棠亟檄刘长佑、江忠义、田兴恕等还援，一月内成军四万人，泽隘设守。官、胡二督抚，复飞咨都兴阿将军，调拨吉林、黑龙江马队回鄂，驰赴湘南，并派知府肃翰庆，率水师炮船三十二只，克期会长沙。

时石达开沿途裹胁，挟众二三十万，意欲踞险自雄，与洪天王另张一帜。大约仍是帝王思想。初攻武冈祁阳，城坚不能拔，转攻宝庆，连营百余里。刘长佑、田兴恕各援军，先后踵至，与石达开血战数次，杀伤相当。胡抚以宝庆重地，不可无良将为统帅，乃遣李续宜统五千人往，所有援军，悉归节制。达开颇惮续宜威名，闻他前来，亟挑选精悍，裹三日粮，誓破宝庆。续宜兼程而至，与刘长佑会商军务，为避实击虚计，从北路进攻，遂渡资水而西，击达开背后。达开正誓死攻城，不防续宜从后掩入，或横截，或包抄，或旁敲，或侧击，弄得达开茫无头绪，只得且战且走。清军已经得势，如旋风一般的追将过去。达开又回战几仗，总是当不住兵锋。战一回，伤亡几千长毛。战两回，又伤亡几千长毛。看看已毙了二万多人，料难住足，不得已呼啸一声，向西南逃窜去了。达开亦如强弩之末。

湖南解严，续宜还鄂，曾国藩闻桑梓无恙，方才安心。忽朝旨促他入川，令他堵截达开，国藩不敢违慢，急率兵泝江而上。及到湖北，探闻无达开入蜀消息。看官！你道达开到那里去？他已经窜入广西，都是这位官制军，闻风虚报，奏调曾军，弄得这位曾侍郎奔波不息，官制军恰暗里笑着呢。官文人品，如是如是。

国藩行抵黄州，与林翼会叙，握手道故，非常亲昵。国藩道：“官制军的脾气，煞是可怪。不知吾兄如何对付？”林翼道：“为了一位官制军，左季高几丧了性命。此次石逆入湘，若非季高尚在，兄弟倒措手不及了。”国藩道：“季高得生，闻仗肃军机暗中挽回，肃公颇还知人。”林翼道：“这也是季高不该死。肃军机那里靠得住？不然，本年顺天乡试，正考官柏中堂，如何被他葬死呢？”国藩叹息道：“明珠、和珅，闹得如此利害，未罹重辟，柏葰究是一个大学士，偏为了科场舞弊，竟致身首两分，天下事原有幸有不幸哩！”林翼道：“科场中的弊端，闻柏中堂并未预知，榜发后查勘原卷，说是朱墨不符，误中了一个唱戏的平龄。究竟平龄是否唱戏？是否冒名？是否柏中堂家人，暗中掉卷？兄弟不在朝中，无从确查。论起理来，不过一个失察的处分，偏这肃尚书顺，定议按律处斩，与同考官程炳采同死市曹，若是一位满大员，断不至此。”柏葰处斩，是咸丰九年间事，曾胡二公口中叙明，以省笔墨，是简略得当处。国藩道：“议亲议贵，古今一辙，恰也莫怪。但吾兄与官制军同处，颇称莫逆，此中必有良法，倒要请教。”林翼道：“说来可笑。那日官制军的姨太太，做三十岁生辰，分柬请客，司道等都不愿往贺，我为时局计，不得不例外通融，赴贺督辕。司道们见我前往，也不好不去，乐得官制军喜笑颜开，要与我约为兄弟。次日，他的姨太太亲来谢步，拜我母亲为义女，从此以后，遇着军国大事，总算承他协力同心。涤公！你想可笑不可笑么？”毕竟胡公有才。国藩道：“这是枉尺直寻的办法，我也要照样一学，到武昌去走一遭。”林翼道：“涤公！你去做甚么？”国藩道：“我现在决计图皖，恐怕官制军同我作对，几句奏语，又要我忙着。”林翼闻言，不禁失笑。国藩道：“安徽长毛，利害得很，我若往剿，兄须助我。”林翼道：“这个不劳嘱咐，同为朝廷办事，可以相助，无不尽力。”国藩告别，径趋武昌，与官文谈论皖事，格外谦恭。官文亦格外敬礼。自是国藩不虑牵掣，由湖北还趋宿松去了。平勃交欢，即是此意。小子曾有诗道：

满人当道汉人轻，汉满由来是不平。

毕竟通儒才识广，好从权变立功名。

国藩去后，林翼亦移驻英山，协图安徽，将来总有一番战仗，小子下回表明。

本回叙事，看似丛杂，实则上半回是叙战将之不力，以致大沽失守，迫允要求，下半回是叙战将之尽忠，因之两江屡败，仍未退缩。至其关键处，则仍注重将相。桂良、花沙纳无外交才，唯唯诺诺以外，无他技也，若曾、胡二公，文足安邦，武能御侮，清之不亡，赖有此耳。肃顺官文，吾亦拟诸自郐以下。

第六十八回

战皖北诸将立功 退丹阳大营又溃

却说胡巡抚林翼，移驻英山，即命多隆阿总统诸军，用鲍超为前锋，蒋凝学为后援，浩浩荡荡，杀奔太湖。四眼狗陈玉成，闻清军大集，急纠合捻匪首领龚瞎子、张洛型等，由庐州上攻，有众十多万。捻匪是甚么人物？相传捻字是捏聚的意义，无赖亡命，捏聚成群，肆行劫掠，因此叫他捻匪；或又因他明火劫人，捻纸捻脂，叫作捻匪。这种匪徒，起自山东，康熙年间，已是四伏，但当清朝兴盛，官吏严行缉捕，所以随聚随散，未敢称乱。延到洪杨发难，骚扰东南，捻匪亦乘机起事。首领龚瞎子、张洛型等，占据安徽蒙城县雉河集，恣意出没。清廷曾命太仆寺卿袁甲三，率军剿办。但捻匪性质，与长毛不同，长毛有争城夺地的思想，专从险要上着手，所踞城池，总派人防守，捻匪以雉河集为根据，称作老巢，老巢以外，不去占据，有时四出掳掠，所得金银财宝，统是搬归老巢。当出发时，先传令整顿行具，名曰整旗，临行则用马前驱，叫作边马。边马在先，大股在后，遇着官兵，可战便战，不可战，就四散走开，不留人影。独老巢恰四面固守，依险负嵎，就使有千军万马，一时也攻不进去。所以这位袁太仆，剿办了好几年，仍旧不见平静。袁太仆也是没用。此次陈玉成欲犯江淮，暗中勾结龚、张两捻首，同敌清军。捻匪出现。多隆阿正到太湖，接这警信，忙令鲍超回军小池驿，阻住发捻，适与陈玉成相遇。鲍超兵只有数千，玉成兵恰有数万，那时狗性狂发，又似三河围李续宾一般，把小池驿团团围住。鲍超本是一员猛将，竭力搏战，总不能杀出重围，飞书至多隆阿处告急。多隆阿撤去太湖的围师，星夜赶援，仍被敌军隔断，不能前进。鲍超被围数日，不见援军，急得眼中出火，鼻窍生烟，忙取出两纸，各随便写了几笔，差几个得力将弁，赶至曾、胡二处乞援。

国藩时在建昌，正拟探听各军消息，忽由外面递进告急书，不瞧犹可，瞧着时，便道：“鲍春霆危急极了！”急传令调发营军，火速进援。后来幕府阅鲍超来书，乃是一个斗大的包字，包字外一个大圈，大圈外面，又有无数小圈，都是莫名其妙。还是曾公替他解释，讲明包字即鲍字右旁，外加大圈小圈，乃是被敌重重围住的意思。春霆若非危急异常，断不出此，所以赶派援军救应。嗣闻胡抚亦发兵驰援，便道：“胡润芝毕竟聪明，也晓得春霆用意。”润芝系胡抚林翼表字，春霆就是鲍总兵超。亏有曾、胡二公，方识鲍超书意，否则鲍其休矣！鲍超得了援军，遂出兵大战，两边抖擞精神，打了一日一夜，不分胜败。巧值东南风大起，清军适当上风，放起火来，风猛火烈，熊熊焰焰，扑入敌垒。长毛捻众，顿时大乱。四眼狗陈玉成，拥着黄盖羽葆，尚是兀立指挥，鲍超杀得性起，驰马直前，大呼道：“四眼狗快来受死！”刀随声下，望玉成脑袋上劈下，亏得玉成眼明手快，忙用刀架住。战了数合，见长毛已经溃散，玉成也虚掩一刀，落荒败走。龚瞎子、张洛型等，也都遁去。敌垒七十余座，成为焦土。四眼狗数年积蓄，统被祝融氏收去，狗威才渐渐落风了。

太湖城内的长毛，闻玉成败耗，弃城夜遁，窜入潜山。多隆阿等督兵进剿，距城数里，长毛已悉众扑来。多隆阿治军有律，见长毛大至，令部众严阵以待。长毛冲突数次，只受了无数枪弹，不动清兵分毫。蓦然间鼓角齐鸣，清军分两翼杀出，勇壮的了不得，尘埃滚滚，杀气腾腾，此时长毛锐气已衰，那里还能抵敌？三脚两步的向北而逃。将到城下，见前面排着马队，悬着清军旗号，一铡齐的立着，吓得长毛胆战心摇，不敢入城，只好从斜刺里逃将过去。清军马步合队，向后尾追，直至青草塥，连人带草的乱刈，把长毛的头颅，砍落无数，有几个脚生得长，命不该绝，才得漏脱。

看官阅此，方知多隆阿严阵不动的时候，已暗遣马队截敌归路，瘟长毛管前不管后，自然中计。长毛已死得许多，还要说他是瘟，冤哉！于是太湖、潜山二县，都由多隆阿收复。接连克凤阳，复建德，拔太平、石埭及泾县，各路捷书，先后纷驰。老成练达的曾国藩，遂决议率部军攻安庆。适四弟国荃，复自湖南募勇驰至，国藩即分部众与国荃，令他出集贤关，规复安庆去了。

忽报江南大营又溃，张国梁战死，和春退走常州，亦伤重身亡，国藩不禁叹息。原来和春、张国梁，自组成大营，直指江宁后，第一仗，攻克秣陵关，第二仗，大破长毛于七瓮桥、雨花台等处。洪天王汹惧异常，令在安徽的长毛，占踞来安县城，作大江南北的声援。偏这和大臣派了总兵成明，协领博奇等，潜师夜袭，竟将来安城克复，江宁愈形危蹙。复遣沿江驻扎的长毛，出兵四扰。怎奈清水师已随处密布，总兵李德麟、吴全美等，分头截击，又杀毙长毛二千多名。洪天王愤恚已极，饬众出太平、神策两门，分犯大营。副将张玉良、冯子材等，踊跃入阵，夺得长毛大纛，竟将悍目的头颅，借了数颗。趣语。长毛虽称强悍，也是怕死，没奈何退回城中。和春又定了一计，令军士沟濠筑垣，把江宁周城百余里，都用短垣围住，然后将部下八万人，星罗棋布，环绕四周。江中复用舢舨联络，成一水营，水陆兼顾，内外相维，竟把一座江宁城，围得水泄不通。故作反笔。

俗语起得好:“狗急跳墙”，这洪秀全做了十几年天王，难道竟没有一点主见吗?况且手下有一班党羽，三个缝皮匠，比个诸葛亮，到了无可奈何的时候，穷思极想，毕竟也有一条救急的方法出来。说得入情入理。当下由李秀成献议，仍用多方误敌的计策，对付江南的大营。秀成乃是长毛中后起人杰，虽然是仍抄老文章，但欲解江宁的围困，舍此更无别法。洪天王信用了他，就命江西、安徽的长毛，分扰浙闽，牵制江南大营，总教江宁解围，不各重偿。江西长毛酋应命，遂出兵犯浙江。果然浙中大吏，向江南大营乞援，和春只好分兵南下，派周天受援浙，忽闻长毛又窜入闽省，浙闽是毗连的行省，既援浙，不得不援闽，复派周天培赴援。孤军转战，往往累月不归。又蹈向荣复辙。

会四眼狗陈玉成自皖东败走，回攻浦口，德兴阿猝不及防，竟被四眼狗捣入，全营溃退，走入扬州。江浦、天长、仪征等县，次第失陷。四眼狗余威尚在，竟长驱至扬州，攻西北门，这时候的德兴阿，恰在江口水师舟中，安安稳稳的坐着，一任扬州受敌。扬州没有一定的主帅，见长毛围攻西北，便由营总富明阿、守备詹启纶，分率马步各军，出北门对敌，守备张德彪出西门迎战。两边正酣斗不下，那四眼狗刁滑得很，窥南门守御空虚，竟分兵逾城而入。城既被破，富、詹等人，自然不敢恋战，夺路而逃。德兴阿闻这消息，倒也惊惶起来，惊惶何用。急走邵伯湖，收集溃卒，扎营万福桥，扼守东北，一面向江南大营乞师。你的江北大营何处去了？和春不得已，遣张国梁渡江而北，会集江北军，攻扬州城。突有长毛开城出敌，由国梁飞马迎击，单刀直上，勇不可当。长毛狂奔回城，城尚未闭，国梁已一马跃入，麾兵前进，立复扬州。移攻仪征县，亦随手而下。只六合县在江宁北面，一介孤城，独当劲敌，自县令温绍原募勇居守，已历六年，这六年间，大小百战，屡歼红巾，至德兴阿退驻邵伯，扬州叠陷，六合益危。这次张国梁已克扬州，自然统兵往援。到陈板桥，距城尚十余里，长毛知张军且至，分锐出阻，一面穴隧轰城。国梁方与长毛接仗，六合城已被轰坍，绍原投水死，妻孥亦殉节。这信传至张军，恼了这位张军门，恨不把长毛立刻荡平。无如长毛来得很多，一队杀退，一队又来，杀败了数十队，方没有挡路的长毛，正思进攻六合。忽由大营传檄，令他速援溧水，军令如山，不得不南辕前往。至溧水，城早被陷，总兵张玉良，已奉调进攻。国梁巡视形势，见城西有高古山，冈峦环抱，仿佛画屏，遂依山立营，踞住要害，姑把围城的事情，责成玉良。看似国梁推诿，实则让首功于玉良，看官不要错过！玉良遂着副将冯子材、陈朝宗等，竖梯登城。城上矢石如飞，由冯、陈二将，裹创力战，卒将守陴兵杀退，率兵入城。是时正有大股长毛，来救溧水，到高古山，由张国梁带兵杀出，左冲右突，如入无人之境。长毛阵中，有个黄衣头目，不知死活，执刀来斗，战未数合，被国梁手起刀落，劈于马下。头目已毙，部众立即溃散。国梁击退援军，令玉良得复县城，可见国梁之功，亦是不小。当由两张合军穷追，各处兜截，生擒了几个长毛酋，甚么洪国宗，甚么铜天侯，都就军前正法，叫他到天父天兄处，销差去了。妙语解颐。

怎奈江南得捷，皖北丧师，正值李续宾战死三河，四眼狗异常猖獗，皖南的告急文书，又叠至江南大营。和春复派总兵江长贵往都门青阳，总兵戴文英，副将朱承先赴宁国，营内的兵士，又分去了万人。长毛复从九洑洲率众而来，那时仍劳动这位张军门，躬率大队，前去横扫了一阵。和春因屡次告捷，未免骄盈，遂劾奏德兴阿师久无功，清廷谏行言听，竟夺德兴阿职，令和春兼辖大江南北，自是辖地益广，军事益繁。德兴阿固是当劾，但和春立营江南，也只靠了张国梁，算不得甚么大才。和春既受了兼辖的重任，不得不出些风头，当下令总兵李若珠攻六合，偏偏不如所愿，若珠败还，长毛乘胜至浦口，列营皆溃。前时援闽的周天培，正回军驻扎浦口，力战身亡，余军退保江浦。此时的长毛军，气焰越张，东伺扬仪，西逼江浦，南窥溧水，亏得张国梁渡江督剿，三战三捷，击走江浦长毛，下浦口，破沿江敌垒八大座，纵火焚九洑洲，把长毛老巢，烧得乌焦巴弓。

国梁回江南，与和春定议招降，解散贼党，申明大义，谕令去逆就顺，有七里洲守营长毛谢茂廷，寿德洲守营长毛秦礼国，俱暗约投诚，愿为内应。这寿德洲系江宁上关的屏蔽，七里洲系江宁下关的藩篱，两洲内溃，待张军门国梁一到，外杀进，里杀出，弄得长毛不知头路，只好弃了关，逃命要紧。不到一昼夜，连克重关，平长毛营垒数十，获大炮百余，战船六十，拔难民男妇五千余人。自这场战胜长毛，金陵城外的犄角，削除殆尽。和春以下诸将士，满意攻克金陵，易如反手。谁知天有不测风云，人有旦夕祸福，为山九仞，功亏一篑，竟令一座威耀无比的大营，倏忽间化作子虚乌有的幻境。见道名言。

闲话休表，单说洪天王秀全，闻上下关接连失守，焦急万分，就近饬皖南军，陷泾县、旌德县，并破广德州，由广德州窜入浙湖安吉县境，道出武康，直扑浙江省城。浙抚罗遵殿，分路乞援，待久未至。长毛在清波门外，暗掘地道，轰塌城垣三十余丈，罗抚麾兵抵敌，可奈众寡悬殊，战了半日，只落得忠魂千古，阖属捐躯。独有杭州将军瑞昌，与副都统来存，勒兵坚守满城，鏖战六昼夜，尚未被陷。适值张玉良奉和春命，到了杭城，长毛本无意据杭，不过为江宁撤围计，牵掣江南大营，使他分兵四顾，免注全力，所以闻玉良援浙，即开城出走，向余杭上窜，连陷长兴、建平、溧阳等县。至清军尾追痛击，他又随取随舍，把占据的县城，一概弃去。明明是亟肆以疲，多方以误之计。和春既兼辖南北，复奉旨遥督浙江军，正是趾高气扬的时候，况迭接浙江捷音，自谓无敌不摧，无战不克，麾下将士，亦逐渐骄蹇，营规日弛，防守日懈；又因饷运艰难，每四十五日，只发一月的粮饷，俟大功成后，一律补给，兵勇满怀不服，未免退有后言。咸丰十年闰三月七日，皖浙的长毛，分道并进，纷扑大营。张国梁昼夜拒战，一些儿没有休息，接连八日八夜，长毛越来越多。究竟人生只有一副血肉，一副精神，要这般的打仗，凭你无上的好汉，也闹得筋疲力衰，支持不住。十四日天大雷雨，至夜奇寒，国梁尚统兵搏战，忽营中无故火起，一刹那间，遍及各营。国梁知军心已变，急翼和春出营，退守丹阳。长毛并力追来，破了溧阳，据了宜兴，进攻丹阳城。当时尚惮国梁威名，不敢逼近，遍筑土垒，步步为营。嗣后令死士潜入清营，伺国梁出战，从后狙击，中国梁腰，国梁回刺死士，背上又中了数枪，受创甚深。尚握着刀连斫数人，冲开一条血路，至丹阳滨，下了马，向北再拜，一跃入水。水波一动，这烈烈轰轰的张军门，已漩沉水底，与世长辞了。可惜！

国梁已死，偌大的丹阳城，眼见得保守不住，当由众将士保着和春，突围出走。将抵常州，回顾后面的长毛，尚是紧追不舍。和春返身迎战，突来一粒枪弹，不偏不倚，正中胸前，当即拍马回走，退至浒墅关，狂血直喷，顿时身死。营务处湖北提督王俊，寿春总兵熊天喜，俱阵亡。独江督河桂清，率司道逃至苏州，被苏抚徐有壬所拒，桂清走上海。长毛夺了常州，进攻苏州，苏州兵不满四千，还是老弱居多，不习战事。徐抚激厉拊循，勉强支持了数日，终被长毛攻入，徐抚死之。小子有诗寄慨道：

红巾四扰太披猖，百战将军饮血亡。
怪底后人偏不谅，诬称汉贼实荒唐。

警耗传至京师，朝旨把死事诸臣，一一抚恤，独将何桂清革职拿问，另简大臣为江督。朝右纷议未决，这次倒是军机大臣肃顺，保着了一个大才，后来果如所言。欲知此人是谁？看官且猜一猜，待小子下回说明。

江皖相依，隐为唇齿。皖不复，江宁必不克。曾胡二公，决议图皖，不以三河之覆辙为惧者，攻其所必救，兵法固然，无能避也。和春顿兵城下，蹈向荣覆辙，而骄蹇且过之。师劳必惰，将骄必败，大营之溃，固意中事，所惜者亡一良将耳。读是回，可知行军之得失。

第六十九回

开外衅失律丧师
缔和约偿款割地

却说清廷拟简放江督，廷臣多推胡林翼，独肃顺奏称林翼未可轻动，不如任用曾国藩。肃顺以骄恣闻，推重楚贤，是其特识。咸丰帝从肃顺言，遂命国藩任两江总督，督办江南军务。国藩奉旨，即具奏道：

> **目下安庆一军，已薄城下，为克复金陵张本，不可遽撤。臣奉恩命权制两江，驻扎南岸，以固吴会之人心，而壮徽宁之声援。臣亟商官文、林翼，酌拨万人，先带起程，仍分遣员弁回湘募勇，赶赴行营，以资分拨。至于粮糈军械，必以江西、湖南为根本，臣咨商两省抚臣，竭两省之力，办江楚三省之防，布置渐定，然后可以言剿矣。是否有当？伏乞圣鉴！**

奏上，奉谕照所拟办理。并因胡林翼奏保左宗棠，特给四品京堂，襄办国藩军务。国藩复与胡林翼会商，调鲍超部下六千人，及朱品隆、唐义训等所领三千人，渡江而南，驻扎徽州祁门县。

秀全闻曾国藩出驻皖南，料知东图江宁，遂封李秀成为忠王，带同古隆贤、赖裕新等，率长毛数万，直入安徽。时左宗棠、鲍超各军，尚未到皖，李秀成已由广德州趋宁国府，守将周天受战死，宁国被陷，徽州戒严，国藩即遣李元度接办徽防。元度甫至徽州，长毛酋侍王李世贤，率大股长毛又至，元度不能支，退保开花。世贤破徽州府城，进逼祁门，国藩惶急万分，幸亏鲍超率军到来，张运兰亦闻警驰援。于是遣鲍超出守洹亭，张运兰出守黟县。正在难解难分之际，忽由北京递来八百里加紧排单，促国藩带兵勤王。突如其来，令人莫测。小子只有一枝笔，不能双方并叙，只好把祁门军事，暂搁一歇，先将那北京紧急军情，叙述一番。

上回说的天津和约，须至次年互换，次年便是咸丰九年，各国舰队，驶赴天津，遵例换约。适值僧格林沁，在大沽口经营防务，修筑炮台，丛植木桩，遥见洋舰飞驶前来，忙遣员荡舟出口，往晤各国使臣，告以大沽设防，请改由北塘驶入。使臣多半听命，独英舰长卜鲁士，系额尔金兄弟，抗不遵行，竟驶入大沽，把截住港口的铁链，用炮炸裂，卜鲁士坐船当先，随后有英、俄、法小轮船十三艘，鱼贯而进，居然竖起红旗，要与中国开战。外人论力不论理，可为一叹。僧王也传下军令，俟外人逼近炮台，方开炮轰击。卜鲁士竟将港内的铁锁木桩，一概毁掉，进攻炮台。守兵开炮还击，把英舰轰沉数艘，余船亦中炮不能行动，只有一艘逸去。英兵死了数百，炮台上面的武弁，亦伤亡数人。只美使华若翰遵约，改道行走，才得换约。

清廷狃于小胜，方私相庆贺，不料英人暗图报复，在广东修造船只，招募潮勇，再图入犯。咸丰十年六月，英使额尔金，法使噶罗，复率舰队，北犯天津，僧格林沁料洋人必取道大沽，或由北塘袭入大沽后路，遂派重兵守住大沽南岸，一面在北塘密埋地雷。英将额尔金狡猾异常，先将各船在口外游弋，一步儿不敢放入，暗中却派遣汉奸，入口侦探。岸上守兵，总道英舰未曾拢岸，没甚要紧，谁知里面的虚实，早已被汉奸窥去。英人用了杉板小船，乘夜入北塘口，挖去地雷，长驱而进。副都统德兴阿驻守北塘里面的新河，率兵拒战，连吃败仗，英法联兵万八千人，追入内港。适潮水退出，舟被胶住，额尔金、噶罗颇惊慌起来，连忙竖起白旗，佯称请款，僧格林沁还道他有意议和，不敢邀击。大误。谁知潮水一涨，英法各舰，鼓棹直前，僧王尚不在意，等他傍岸登陆，方麾劲骑堵御，英法联兵，排成一大队，各执精利火器，专俟清军过来，一声号令，众枪競发，发无不中，清兵都从马上坠下，霎时间三千铁骑，如墙齐陨，只剩七人逃回。僧格林沁始悔失策，然已不可救药了。

英法联兵，遂自后面攻北岸炮台。提督乐善，忙上前迎敌，英兵连掷开花弹，飞入火药库，訇然一声，好似天崩地裂，不但守台兵弁，向空飞去，连那炮台都坍陷一半。此时的乐提台，也不知冲至何处，连尸首都不见了。僧格林沁尚兀守南炮台，朝旨飞促退还，僧王不敢违旨，遂退军张家湾。遇着大学士瑞麟，统京旗兵九千出防，僧王道："我守南岸炮台，还好保护津门，不知上头听了何人，令我退守。我退一步，敌进一步，如何是好？"僧王之言，亦未必由衷。瑞相道："现在顺亲王端华，尚书肃顺，都主张抚议，所以上头召王爷退守，且已令侍郎文俊，前粤海关监督恒祺，往天津议款去了。"正议论间，探报天津被陷，僧格林沁顿足不已。这是自悔失计，并非怨及召还，看官莫被瞒过！忽又报文俊、恒祺，被洋人拒回，朝旨已改派桂良前往。僧王道："此时议和，恐怕没有这般容易。"随与瑞麟同驻通州，静待后命。

桂良抵津与英人开议抚事，英使额尔金，及参赞巴夏礼，提出要求条款：一是要增军费，二是要天津通商，三是要各国公使，酌带洋兵数十名，入京换约。桂良以闻，咸丰帝严旨拒绝，饬僧格林沁、瑞麟，严防外人内犯。京师亦饬令戒严。英使见和议不就，复从天津派兵北上，扰及河西务，京城里面，一日数惊。端华、肃顺，想了一个避难的法儿，请咸丰帝驾幸木兰。这语一传，廷臣大哗，十个人中到有六七个不赞成。咸丰帝踌躇未决，因召南军入援。

副都统胜保，时在河南，接旨最早，急会同贝子绵勋，调九旂禁兵万人，驰赴通州助剿。且闻咸丰帝有北狩信息，上疏谏阻，力请咸丰帝坐镇京师，不可为一二奸佞所误。咸丰帝优诏褒答。胜保正拟出师，英法兵已逼张家湾，胜保未曾与外人交战，还道外人没有能耐，遂上马驰去，不意洋人一见面，就扑通扑通的枪声，放将过来。胜保起初倒也不怕，麾军上前，往来督战。英法领队官，望见胜保戴着红顶子，穿着黄马褂，料知是督兵大帅，命军士丛枪注击，胜保防不胜防，一粒弹子，飞到面前，适中右颊，胜保忍不住痛，颠落马下。亏得亲军救起，上马逃走。主帅一逃，将士自然溃散。僧、瑞二营，不战先怯，也从通州退还北京，驻扎城外。

咸丰帝闻报，一面遣怡亲王载垣，再赴通州议和，一面收拾行李，出驻圆明园。载垣驰至通州，由桂良接着，议好照会，请英法两使入城议和。英法两使，答于次日相见。越日，载垣、桂良等，在通州城内天岳庙，预备筵宴，恭候英法使臣。约至巳牌，始报英法使臣到来。载垣等慌忙迎接，但见一排儿洋兵，护着两乘绿呢大轿，直入庙中。轿子歇下，跨出两人，一个是法使噶罗，一个不是英国正使，乃是参赞巴夏礼。英使额尔金，真会摆架子。两下相见毕，载垣便命开宴，两下分宾主坐定，酒至数巡，载垣方谈到和议。法使噶罗，倒还和颜悦色，口中说是情愿修和，独巴夏礼攘袂起道："今日的事情，须面见中国皇帝，方可定约。"载垣、桂良两人，面面相觑，不能回答。巴夏礼又道："我等远居欧洲，久欲观光上国，现拟每国各带千人入京觐见。但两国礼节不同，此番请用军礼罢了。"舌剑唇枪，巴夏礼真英国能臣。载垣沉吟半晌，想出了"请旨定夺"四字，回答巴夏礼。巴夏礼露出不悦情状，宴毕，傲然径出。法使噶罗，总算还欢然道别。适值僧王带兵进来，探听和议消息，载垣与他谈起巴复礼情形，僧王跃起道："待我去拿住了他再说。"当即跳上马鞍，一鞭径去。活写卤莽。桂良恐干和议，忙上马随了出来，行未数里，遥见僧王已将英法二使截住，急加鞭赶到。僧王正把巴夏礼捆缚停当，并要去缚法使噶罗。桂良连忙遥手，向僧王道："法使恭顺，不可缚他。"僧王道："桂中堂替他恳情，就饶他去罢！"噶罗才得脱身，由桂良送了一程，道歉告别。

英使额尔金，闻参赞被擒，不由的愤怒起来，便率洋兵长驱而北。警报递入圆明园，雪片相似，端华、肃顺一班大臣，惊惶万状，惟怂恿咸丰帝北狩。于是咸丰帝命端华入宫，密挈后妃等出幸。此时康慈王太后，早已去世，补笔不漏。只由皇后钮祜禄氏，皇贵妃那拉氏以下，统随端华至圆明园，约有一百多人，皇长子载淳亦在其内。咸丰帝又令四春娘娘，也收拾完备，于咸丰十年八月八日，启銮北狩，后妃以下，皆随驾同行。端华、肃顺及军机大臣穆荫、匡源、杜翰等，一律扈跸。途次始传旨到京，命恭亲王奕䜣为全权大臣，留守京师，僧格林沁、瑞麟、胜保各军，仍驻城外防剿。

此时京内居民，闻皇帝出走，纷纷迁避。禁旅多奉调扈驾，剩下几个老弱残兵，也渐渐逃散。连僧、瑞等麾下兵弁，亦都解体。偏这英法兵不肯罢手，扬旗鸣炮，直逼京城。恭王忙召在京王大臣商议，王大臣主见不一，惟大学士周祖培，尚书陈孚恩等，仍拟主抚。恭王没法，也只有讲和的计策。忽由桂良递入英照会，索交巴夏礼，恭王再与王大臣会商，许久不决。恭王道："巴夏礼于前日解到，我曾谓僧、怡二王，未免卤莽，现在不放不可，欲放又不能，恰是为难得很。"恒祺此时在京，便禀恭王道："巴夏礼不放，抚议断无成日。且两国相争，不斩来使，本是我国古礼，现在不如放他回去，借他的口，去报英使额尔金，速来换约。"恭王道："照你说来，也是有理，就着你去办罢。"到此地步，实是为难，无怪恭王多疑少决。恒祺去了半日，回报巴夏礼已放出城外，叫他去问抚议了。恭王稍稍放心。又阅半日，突闻外面人声马嘶，闹成一片，接连是隆隆的炮声，拍拍的枪声，不绝于耳。正欲派人出探，忽一内监踉跄奔入，报道："不好了！洋兵攻入内城了。"恭王道："僧王、瑞相、胜副都统等，到那里去了？"内监道："这也不知底细。但闻城外各军，见了洋兵，统已逃去，剩得僧王爷、瑞中堂、胜大人三个，赤手空拳，无可迎敌，只得由洋人入城了。"恭王大惊失色，忽见恒祺又趋入道："洋人纵火烧圆明园。"恭王顿足道："怎么好？"恒祺道："现在只好向洋人说情，叫他不要纵火。"恭王道："劳你前去一说便是。"恒祺不敢违慢，跨着马驰到圆明园，园外统是洋兵守住，恒祺会说几句英语，说是前来请和，洋兵始放他进去。一入园门，见祝融氏正在肆威，兰宫桂殿，凤阁龙楼，已被毁去数座。恒祺向没火处走入，劈面正碰着巴夏礼同一个洋装的中国人，巴夏礼佯作不见，还与那人指手画脚，导引放火。刁恶。恒祺忍着一股气，先与那洋装的中国人，搭讪起来，问他姓名籍贯。他却大声道："谁人不晓得我龚孝拱，还劳你来细问！"看官！你道龚孝拱是何人？他是晚清文人龚定庵长子，他的学问，不亚乃父，旅居上海多年，各国语言文字，统知一二，只性情怪僻得很，不屑与人谈话，巧遇了英人威妥玛，在上海开招贤馆，延为秘书，月致千金。孝拱得了脩脯，便去孝敬歌妓，父母妻子，一概不管，只纳了一个妓女为妾，颇称眷爱，时人叫他龚半伦，他亦以半伦自号。半伦的意义，说他生平不知五伦，只宠爱一个小老婆，算作半伦。此人可杀。这次英人北犯，他恰跟了入京，烧圆明园，实是他唆使。巴夏礼是外人，恃强逞威，尚不足怪，半伦何物，乃敢出此？恒祺见不是路，乃与巴夏礼扳谈，巴夏礼才脱帽行礼。阎王好见，小鬼难当。恒祺便道："现在我国与贵国议和，何故在此纵火？"巴夏礼道："你们中国人，专会放刁，今日议和，明日又议和，终究没有结果，还要把我去监禁数日，你想天下有无此理？所以我在此纵火泄忿。"恒祺再向他谢罪，巴夏礼道："如中国果真心议和，限你三日开紫禁城，迎我入议。再我被执的时候，还有几个从员，也被拿去，现应立刻放还，方可议和。"恒祺唯唯从命，但请他不再放火。巴夏礼也含糊答应。恒祺忙回报恭王，恭王再命恒祺释放英俘，不想到了狱中，已有英人数名倒毙。恒祺这一急，真急得手足冰冷，也不暇去问狱卒，转身就飞报恭王。恭王又呆得木偶一般，还是恒祺想了一法，照会巴夏礼，说是待和议成后，一律释放。偏这巴夏礼耳朵很长，已探悉英人监毙数名，索性大烧圆明园，把这一二百年的建筑，几千百间的殿阁，连那点缀的亭台花木，摆设的器皿什物，烧了三日三夜，变成了一堆瓦砾场。只有珍奇古玩，由龚半伦带领洋兵，搜取净尽。半伦得了百分之一，运到上海变卖，作为嫖费，嫖光吃光，发狂而死，这是后话。

且说巴夏礼既毁圆明园，复声言要攻紫禁城。恭王又召入恒祺，商量救急的法儿。恒祺想了一会，方道："法使噶罗，倒还和平，若去请他排解，或可转圜。"恭王闻言，又欲令恒祺往会法使。恒祺道："这个差使，还是请桂中堂去罢。桂中堂与法使有些投机，可以去得。"于是恭王遂遣桂良去见法使，法使颇肯居间调停。这是礼送法使的好处。桂良先回，随后法使的照会亦到，内说英使额尔金，索抚恤监毙英人银五十万两，须立即付过，方可莅盟修好。恭王不得已，大加搜括，凑足五十万两银子，解至英营，并约于礼部衙门内恭候议和。

九月九日，与英使议约，免不得又要设宴。恭王太苦，遭此重阳。是日黎明，恭王弈䜣，率同大学士贾桢、周祖培，尚书赵光、陈孚恩，侍郎潘曾莹、宋晋等，具了仪卫甲仗，先至礼部衙门等候。好一歇，才见英使额尔金，参赞巴夏礼，乘舆而至。恭王率众官迎入，行过了礼，分东西坐定。额尔金提议换约，除八年原议五十六条外，还要加添数条，赔偿兵费，增开口岸，派驻领事。经恭王再四磋磨，通事往返传命，议定偿他兵费一千二百万两，增辟天津为商港，各口许驻英国领事。总不外谨遵台命四字。双方允妥，彼此入席，酒酣兴尽而散。翌日，复请法使噶罗，至礼部共商和议。法使算是有情，只索兵费六百万两。恭王一口应承，也照英使例盛筵相待，迎送如仪。

十一日与英使换约，恭王据实奏闻。咸丰帝已至热河，览奏未免叹息，但木已成舟，不能再变，只好降旨允准。独俄使伊格那替业幅，圆滑得很，所得权利，比英法要加数倍，他表面还非常和平，暗中却厚索利益。中俄通商，向止恰克图一处，咸丰三年，始行文中国，假勘界为名，阴图占地，清政府征剿长毛，且来不及，还有何心对付外人，自然把此事搁起。俄人竟自由行动，直入黑龙江，通过爱珲。黑龙江将军弈山，派员禁阻，俄人不听，乃奏闻清廷。政府命弈山与他交涉，俄人索龙江北岸地，弈山竟唯唯从命，订了《爱珲条约》。后来英法兴兵，俄使也率领舰队，随在后面，大沽一战，英法各舰，多遭损失，退还广东，独俄使入京，于咸丰十年五月，另订专约十二条，大致是两国往来，平等相待，海口通商，照英法例。还要派遣领事，随带兵船，这叫作《天津专约》。到了英法联军入京，硬要入城开议，恭王胆小，不敢照允，俄使伊氏，趁这机会，入劝恭王叫他在礼部衙门会议，可以无患。原来礼部衙门，与俄使馆相近，所以担任保护。恭王才放着胆，与英法使臣相见。和议成后，俄使便来索酬，再订《北京条约》，举乌苏里河东岸地，统划归俄人。看官！你道这俄使乖不乖？巧不巧？正是：

鹬蚌相争，渔翁得利。

哀我中华，蹙国万里。

外患稍平，有旨阻南军入援，于是太平天国气数将尽了。小子且停一歇笔，再叙详情。

本回专叙外交事情，为国耻上增一纪念，即为交涉上广一见闻。当时内乱方亟，外患复来，为清廷计，万无可战之理。秉国诸公，早应审时度势，认定方针，天津之创，已昭覆辙，彼来换约，只好以礼相迎，不宜再开战衅。虽劝令改道，名正言顺，英使不从，曲固在英，然我果善为调停，则必不致有后此之结果。乃忽战忽和，忽和忽战，小胜即喜，小败即怯，我之伎俩，早为所窥，犹且首鼠两端，茫无定见，至于京师陷没，海椗被焚，始俯首乞盟，偿款不足，则益之，商埠不足，则增之，增之益之而又不足，则割地以畀之。谁秉国政，辨不早辨耶？长沙尚在，当不致痛哭流涕长太息而已。

第七十回

闻国丧长悲国士
护慈驾转忤慈颜

却说曾国藩驻节祁门，接到勤王诏命，与胡林翼往复驰书，筹商北援的计策。怎奈安徽军务，正在吃紧，一时不能脱身。且长毛目的，专注祁门，分三路来攻：一出祁门西边，陷景德镇，一出祁门东边，陷婺源县，一出祁门北边，逾羊栈岭，直趋国藩大营。国藩麾下，只有鲍超、张运兰二军，还是得用，奈已调发出去，弄得孤营独立，危急万状。国藩不得已自去抵敌，行至途次，闻长毛数万到来，军心大恐，霎时溃退，只得回转祁门。国藩能将将，不能将兵，所以屡出屡败。亏得左宗棠驰至婺源，六战六胜，把长毛驱逐出境，东路始通。鲍超、张运兰，复破长毛于羊栈岭，长毛亦即遁走，北路方才安靖，国藩心中稍慰。廷寄亦于此时到来，阻住入援。自是国藩益加意防剿。到咸丰十一年春季，左宗棠与鲍超合军，克复景德镇，军威大振。左宗棠得赏三品京堂，鲍超得赏珍物。已而张运兰攻克徽州，左宗棠收复建德，祁门解严。

国藩移驻东流县，檄鲍超助攻安庆。安庆为长江重镇，自曾国荃进攻，长毛遂各处窜扰，冀国荃撤围自救。偏这国荃不肯撤围，日夜攻扑，就是当祁门紧急时，国藩受困，他也无心顾及，硬要攻破此城。长毛恨极，遂集众十万，由陈玉成统带，来援安庆。国荃趁他初到，分军围城，自己却督率精锐，出其不意，冲入敌营。长毛自远道会集，方在劳乏的时候，勉强抵敌，心志未定，没有不败的道理。当被国荃一阵杀退，玉成尚思整队再战，忽报胡林翼移营太湖，遣多隆阿、李续宜等前来安庆，玉成料是不佳，改图上攻，从间道绕出霍山，一鼓攻入，接连破了英山，直趋湖北，拔了黄州，分兵取德安、随州。四眼狗倒底不弱。胡林翼急檄李续宜回援，玉成留党羽守德安，自率众三万复回安庆，扑攻国荃营数日。国荃凭濠堵御，好似长城一般，玉成不能克。鲍超自南岸进攻，多隆阿自东岸进攻，玉成走踞集贤关，忙调集杨辅清等，再至安庆，筑起十九垒，援应城中。留悍酋刘玱林，屯驻关内，作为后应。国藩檄鲍超攻集贤关；杨载福率炮船水师助国荃，守住营濠；多隆阿移驻桐城，截剿长毛后援。自四月至七月，相持不下。胡林翼复遣成大吉助鲍超，两军夹攻，猛扑七昼夜，方得攻入，擒住悍酋刘玱林，解京正法。集贤关已下，陈、杨两酋，断了后应，曾国荃气焰越张，会合杨载福炮船，水陆攻击，连毁敌垒十九座，陈玉成、杨辅清等遁去。安庆城内的长毛，至是始孤立无助。到七月下旬，粮又告绝，守城悍酋叶芸来，悉锐突围，被国荃截住，无路可钻，只得退回。国荃逼城筑垒，掘隧埋药，于八月朔日，地雷暴发，轰坍城墙，国荃率军杀入，城内长毛，没有一个逃避，大家冒死巷战。等到筋疲力尽，枪折刀残，方个个毕命。自叶芸来以下，共死一万六千人。安庆被长毛占据，已历九年，国荃得此雄都，戡定东南的基础，才得立定。

国藩闻捷，驰至安庆受俘，当下飞章奏告。奏折甫发，忽接到一角咨文，乃是从热河发来，拆开一瞧，顿时大哭。原来七月十七日，咸丰帝驾崩热河，国藩深感知遇，悲动五中，怪不得涕泪俱下。只咸丰帝年方及壮，如何就会宴驾？待小子细细叙来。咸丰帝即位初年，颇思励精图治，振饬一新，无如国步艰难，臣工玩愒，内而长毛，外而洋人，摇动江山，日劳睿虑。咸丰帝日坐愁城，免不得寻些乐趣，借以排闷。那拉贵妃，四春娘娘，就因此得宠。但蛾眉是伐性的斧头，日日相近，容易斫丧精神。况且联军入京，乘舆出走，朝受风霜，暮惊烽火，到这个时候，就使身体强壮的人，也要急出病来。褒贬得当。至和议告成，恭王遣载垣奏报行在，并请回銮日期，咸丰帝详问京中情形，载垣便据实复陈，圆明园烧了三日三夜，内外库款，搜括净尽，你想咸丰帝得此消息，心中难过不难过呢？咸丰帝心灰意懒，自然不愿回銮，便说天气渐寒，朕拟暂缓回京，待明春再定行止。载垣也不规谏，反极口赞成，便令随行的军机大臣，录了上谕，颁发到京。载垣留住行在，算是扈驾，他与郑亲王端华，协办大学士户部尚书肃顺，本是要好得很，至此遂同揽政权，巩固权势。这三人中，肃顺最有智谋，载垣、端华的谋画，都仗肃顺主持。景寿、穆荫、匡源、杜翰、焦祐瀛五个军机，随驾北行，便是肃尚书一力保举，作为走狗。肃顺所最忌的有两人，一个是皇贵妃那拉氏，一个是恭亲王奕䜣。那拉贵妃，是个士女班头，宫中一切事务，多由那拉指使，咸丰帝非常宠任，皇后素性温厚，不去预闻。恭王系咸丰帝介弟，权出怡、郑二王上，所以肃顺时常忌他。北狩的主见，也是肃顺主张，他想离开恭王，叫他去办抚议。办得好，原不必说；办得不好，可以加罪。且恭王在京，距热河很远，内中只有一个那拉贵妃，究系女流，不怕她挟持皇帝，因此在京王大臣，陆续奏请回銮。肃顺与怡、郑二王，总设法阻止。冬季说是太寒，夏季说是太热，春秋二季，无词可藉，只说是京中被了兵燹，凄惨得很。咸丰帝得过且过，一挨两挨，挨到十一年六月，竟生成一场不起的病症。二竖相煎，便成绝症，况三竖乎。病已大渐，即召载垣、端华、肃顺、景寿、穆荫、匡源、杜翰、焦祐瀛八人，入受顾命，立皇子载淳为皇太子；并因太子年幼，淳淳嘱咐，要他尽心竭力，夹辅幼君。八人奉命而出，过了一日，咸丰帝竟崩于避暑山庄行殿寝宫，享年三十一岁。载垣、端华、肃顺等，即扶六岁的皇太子，在柩前即了尊位，便是穆宗毅皇帝。当下尊皇后钮祜禄氏，及生母皇贵妃那拉氏，都为皇太后。拟定新皇年号，是祺祥二字。后来尊谥大行皇帝为文宗显皇帝，并上皇太后徽号，叫作慈安皇太后，生母皇太后徽号，叫作慈禧皇太后。后人呼她们为东太后、西太后。这且慢表。

单说载垣、端华、肃顺等，扶新皇帝嗣位，自称为参赞政务王大臣，先颁喜诏，后颁哀诏。在京王大臣，多至恭王府议事。恭王奕䜣道："现在皇上大行，嗣主年幼，一切政权，想总在怡、郑二王，及尚书肃顺了。"言至此，叹了数声。王大臣等多与肃顺不合，且见恭王有不足意，便齐声道："王爷系大行皇帝胞弟，论起我朝祖制，新皇幼冲，应由王爷辅政，轮不到怡、郑二王身上，肃尚书更不必说呢。"恭王虽没有回答，头已点了数点。

正筹议间，忽报宫监安得海自热河到来。安得海系那拉太后宠监，恭王料有机密事件，便辞退王大臣，独召安太监进府。安太监请过了安，恭王引入秘室，与他讲了一日，别人无从听见，小子也不敢虚撰。安太监于次晨匆匆别去，恭王即发指日奔丧的折子。这折子递到热河，怡、郑二王，先去展阅，阅毕，递与肃顺。肃顺大略一瞧，便道："恭王借口奔丧，突来夺我等政权，须阻住他方好。"怡亲王道："他是大行皇帝胞弟，来此奔丧，名正言顺，如何可以阻他？"肃顺道："这有何难？即说京师重地，留守要紧，况梓宫不日回京，更无庸来此奔丧。照这样说，难道不名正言顺么？"肃顺的机谋，恰也不劣，无如别人还要比他聪明，奈何？怡亲王大喜，便令肃顺批好原折，颁发出去。

这事方布置妥帖，忽御史董元醇，遽上一折，请两宫皇太后垂帘训政。怡亲王一瞧，便道："放屁！我朝自开国以来，并没有太后垂帘的故例，那个混帐御史，敢倡此议？"肃顺道："这是明明有人指使，应严加驳斥，免得别人再来尝试。"于是再由肃顺加批，把祖制两字，抬了出来，将原折驳得一文不值。末后有"如再莠言乱政，当按律加罪"等语。批发以后，三人总道没有后患，那里晓得这等批语，统是没效！咸丰帝临终时，这世传受命的御宝，早被西太后取去，肃顺虽是聪敏，这件事恰先输了一着。一着走错，满盘是输，所以终为西太后所制。西太后见怡亲王等独断独行，批谕一切，并未入禀，遂去与慈安太后商议。慈安太后，本无意垂帘，被西太后说得异常危急，到也心动起来，便道：“怡、郑诸王，怀着这么鬼胎，如何是好？”西太后道：“除密召恭王奕䜣外，没有别法。”慈安太后点头，遂由西太后拟定懿旨，请慈安太后用印。慈安太后道：“前日先皇所赐的玉玺，可用得么？”西太后道：“正好用得。”随取玉玺钤印，乃是篆文的同道堂印四字，仍遣安得海星夜趱程，去召恭王。

约越一旬，恭王奕䜣，竟兼程驰至。肃顺留意侦探，闻恭王到来，忙报知怡、郑二王。怡、郑二王，大吃一惊，正想设法对付，忽报恭王奕䜣来见。三人只得出迎，接入后，先由载垣开口，问：“六王爷何故到此？”奕䜣道：“特来叩谒梓宫，并慰问太后。”载垣道：“前已有旨，令六王爷不必到来，难道六王爷未曾瞧过？”弈䜣说是未曾接到，并问何时颁发？载垣屈指一算道：“差不多有十多天了。”奕䜣道：“这且怪不得，兄弟出京，已七八天了。”这是诡语。肃顺即插口道：“六王爷未经奉召，竟自离京，京城里面，何人负责？”弈䜣道：“这且不妨。在京王大臣，多得很哩。现在京内安静如常，还怕甚么？况兄弟此来，一则是亲来哭临，稍尽臣子的道理；二则是来请两宫太后安，明后日即拟回京。这里的事情，有诸公在此，是最好的了。兄弟年轻望浅，还仗诸位指教。”肃顺尚未回答，忽从载垣背后，走出一人，朗声道：“叩谒梓宫原是应该的，若要入觐太后，恐怕未便。”奕䜣瞧将过去，乃是军机大臣杜翰，便道：“为何不便？”杜翰道：“两宫太后，与六王爷有叔嫂的名义，叔嫂须避嫌疑，所以不应入觐。”奕䜣不觉奇异，正想辩驳，奈载垣、端华、肃顺三人，都随声附和，好似杜翰的言语，当作圣经贤传。恭王一想，彼众我寡，不便与他争执，还是另外设法为是。随道：“诸位的说法，却也不错，拜托诸位代为请安便了。”这是恭王深沉处。

当下辞出，回到寓所，巧值安得海已在寓守候，弈䜣又与他密议一番，安得海颇有小智，竟想出一个妙法，与弈䜣附耳低言。弈䜣眉头一皱，似乎有不便照行的意思。复经安得海细说数语，弈䜣方才应允。安得海辞去，是日傍晚，夕阳西下，暮色沉沉，避暑山庄寝门外，来了一乘车子，车中坐着的，仿佛是个宫娥，守门侍卫，正欲启问，安太监已自内出来，走到车前，搴动帘帷，搀着一位宫装的妇人下来。侍卫瞧着，确是妇女，由她随安太监进去。次日黎明，宫门一开，这位宫装的妇人，仍由安太监引导出门，乘舆径去。约到辰牌时候，恭王奕䜣，又复出现，赴梓宫前哭临。次日，即至怡、郑两王处辞行。看官！你想恭王奕䜣，奉太后密召而来，难道不见太后，便匆匆回去么？上文说的宫装的妇人，来去突兀，想来总是恭王巧扮，由安得海引他出入，暗中定计，瞒过侍卫的眼珠。若是明眼人窥着，自能瞧破机关，那班侍卫，虽是怡、郑二王的爪牙，毕竟没甚智识，总道是个妇人，也不去通报怡、郑二王，所以竟中了宫内外的秘计。叙述清楚。

恭王去后，两宫太后便传懿旨，准即日奉梓宫回京。载垣、端华、肃顺三人，又开密议。载垣意思，迟一日，好一日，肃顺道：“我们且入宫去见太后，再行定议。”三人遂一同入宫，对着两位太后，请了安，两旁站定。西太后便谕道：“梓宫回京的日子，已拟定么？”载垣道：“闻得京城情形，尚未安静，依奴才愚见，不如展缓为是。”西太后道：“先皇帝在日，早思回銮，因京城屡有不靖的谣言，以致迁延岁月，赍恨以终。现若再事逗留，奉安无期，岂不是我等的罪孽？你们统是宗室大臣，亲受先皇帝顾命，也该替先皇帝着想，早些奉安方好。”三人默然不答。西太后瞧着慈安太后道：“我们两人，统系女流，诸事要靠着赞襄王大臣，前日董御史奏请训政，赞襄王大臣，也未与我辈商量，骤加驳斥，我也不去怪他。但既自命赞襄，为甚么将梓宫奉安，都不提起？自己问自己，恐也对不起先皇帝呢。”慈安太后也不多说，只答了一个“是”字。肃顺此时忍耐不住，便道：“母后训政，乃是我朝祖制，未曾有过，就使太后有旨垂帘，奴才等也不敢奉旨。”西太后道：“我等并不欲违犯祖制，只因嗣王幼冲，事事不能自主，全仗别人辅助，所以董元醇一折，也不无可采处。你等果肯竭诚赞襄，乃是很好的事，何必我辈训政！但现在梓宫奉安，嗣主回京的两桩大事，尚且未曾办就。哼！哼！于赞襄二字上，恐有些说不过去。”载垣听了此语，心中很不自在，不觉发言道：“奴才等赞襄皇上，不能事事听命太后，这也要求太后原谅。”西太后变色道：“我也叫你赞襄皇上，并不要你赞襄我们，你既晓得‘赞襄皇上’四个字，我等便感你不浅。你想皇上是天下共主，一日不回京，人心便一日不安，皇上也是一日不安，所以命你等检定回京日子，劳你等奉丧扈驾，早日到京，乃就是赞襄尽职了。”端华也开口道：“梓宫奉安，及太后同皇上回銮，原是要紧的事情，奴才等何敢阻难。不过恐京城未安，稍费踌躇呢。”西太后道：“京中闻已安静，不必多虑，总是早日回去的好。”三人随退即出。

肃顺气的要不得，又与怡、郑二王，回寓会商，定了一计，拟派怡亲王侍卫兵丁，护送后妃，在途中刺杀西太后，聊以泄忿。就拟定九月二十三日，皇太后皇上，奉梓宫回京。到了启行这一日，由怡、郑二王扈从皇太后皇上，肃顺、穆荫等护送梓宫。照清室礼节，大行皇帝灵榇启行，皇帝及后妃等，都行礼奠酒，礼毕，立即先行，以便在京恭迎，此次自然照例办理，銮舆在前，梓宫在后。载垣等预定的密计，拟至古北口下手，偏这西太后机警得很，密令侍卫荣禄，带兵一队，沿途保护。那拉后才具确是不小。荣禄系西太后亲戚，有人说西太后幼时，曾与荣禄订婚，后因选入宫中，遂罢婚约，这话未免虚诬。但荣禄生平，忠事西太后，西太后得此人保驾，恁你载垣、端华，如何乖巧，竟不敢下手。及至古北口，大雨滂沱，荣禄振起精神，护卫两宫，自晨至夕，不离两宫左右，一切供奉，统由荣禄亲自检视。载垣、端华二人，只有瞪着两目，由他过去。

九月二十九日，皇太后皇上，安抵京城西北门，恭王奕䜣，率同王大臣等，出城迎接，跪伏道旁。当由安太监传旨，令恭王起来。恭王谢恩起身，随銮舆入城，载垣、端华，左右四顾，见城外统是军营驻扎，两宫经过时，都俯伏行礼，不由的心中忐忑。只因梓宫尚未到京，想一时没有变动，便各回原邸安宿一宵。翌晨起来，刚思入朝办事，忽见恭王奕䜣，大学士桂良、周祖培，带了侍卫数十名，大着步进来。载垣接着便问何事？弈䜣道："有旨请怡王解任。"载垣道："我奉大行皇帝遗命，赞襄皇上，那个令我解任？"奕䜣道："这是皇太后皇上谕旨，你如何不从？"正在争论，端华亦走入厅来，约载垣同去入朝，见了奕䜣、载垣两人相争，还不知是何故，只见奕䜣对着他道："郑王已到，真正凑巧，免得本邸往返。现奉谕旨，着怡、郑二王解任！"端华嗤的一笑，随道："上谕须要我辈拟定，你的谕旨，从那里来的？"奕䜣取出谕旨，令二人瞧阅。二人不暇读旨，先去瞧那钤印。但见上面钤着御宝，末后是"同道堂印"四字。载垣问此印何来？奕䜣道："这是大行皇帝弥留时，亲给两宫皇太后的。"载垣、端华齐声道："两位太后，不能令我等解任。皇帝冲幼，更不必说。解任不解任，由我等自便，不劳你费心！"奕䜣勃然大愤道："两位果不愿接旨么？"两人连说："无旨可接。"弈䜣道："御宝不算，有先皇帝遗传的'同道堂印'，也好不算么？"奕䜣此时，也只知太后了。喝令侍卫将两人拿下。后人有诗咏同道堂玺印道：

北狩经年跸路长，鼎湖弓剑望滦阳。
两宫夜半披封事，玉玺亲钤同道堂。

毕竟两人被拿后，如何处置，且至下回续叙。

以国士待我，当以国士报之，曾公之意，殆亦犹是。若载垣、端华、肃顺辈，以宗室懿亲，不务安邦，但思擅政，何其跋扈不臣若此？无莽操才，而有莽操之志，卒之弄巧成拙，反受制于妇人之手，宁非可媿？惟慈禧心性之敏，口给之长，计虑之深，手段之辣，于本回中已崭然毕露。吴道子摹孔子像，道貌如生，作者殆亦具吴道子之腕力矣乎？

第七十一回

罪辅臣连番下诏
剿剧寇数路进兵

却说载垣、端华两人，被奕䜣饬侍卫拿下，载垣端华道：“我两人无故被谴，究系如何罪名？”奕䜣道：“你听着！待我宣旨。”遂捧着谕旨朗读道：

上年海疆不靖，京师戒严，总由在事之王大臣等，筹画乖方所致。载垣等复不能尽心和议，徒诱获英国使臣，以塞己责，致失信于各国，淀园被扰，我皇考巡幸热河，实圣心万不得已之苦衷也。嗣经总理各国事务衙门王大臣等，将各国应办事宜，妥为经理，都城内外安谧如常，皇考屡召王大臣议回銮之旨，而载垣、端华、肃顺，朋比为奸，总以外国情形反覆，力排众论。皇考宵旰焦劳，更兼口外严寒，以致圣体违和，竟于本年七月十七日，龙驭上宾，朕抢地呼天，五内如焚，追思载垣等从前蒙蔽之罪，非朕一人痛恨，实天下臣民所痛恨者也。朕御极之初，即欲重治其罪，惟思伊等系顾命之臣，故暂行宽免，以观后效。孰意八月十一日，朕召见载垣等八人，因御史董元醇敬陈管见一折，内称请皇太后暂时权理朝政，俟数年后，朕能亲裁庶务，再行归政；又请于亲王中简派一二人，令其辅弼；又请在大臣中，简派一二人，充朕师傅之任。以上三端，深合朕意。虽我朝向无皇太后垂帘之仪，朕受皇考大行皇帝付托之重，惟以国计民生为念，岂能拘守常例？此所谓事贵从权，特面谕载垣等着照所请传旨。该王大臣等哓哓置辨，已无人臣之礼；拟旨时又阳奉阴违，擅自改写，作为朕旨颁行，是诚何心？且载垣

等每以不敢专擅为词，此非专擅之实迹乎？纵因朕冲龄，皇太后不能深悉国政，任伊等欺蒙，能尽欺天下乎？此皆伊等辜负皇考深恩，若再事姑容，何以仰对在天之灵？又何以服天下公论？载垣、端华、肃顺，着即解任！景寿、穆荫、匡源、杜翰、焦祐瀛，着退出军机处！派恭亲王会同大学士六部九卿翰詹科道，将伊等应得之咎，分别轻重，按律秉公具奏！至皇太后应如何垂帘之仪，一并会议具奏！钦此。

载垣、端华听毕，便道："恭王！你是西后的心腹，总算是亡清的功臣。灭清朝者叶赫，这句话要应验了。罢！罢！罢！我等与你同去。"句中有眼。当下恭王奕䜣，令侍卫等牵出载垣、端华，到宗人府署，交宗令看管，即入宫复旨。西太后毕竟辣手，就命将载垣、端华、肃顺，革去爵职，着宗人府会同大学士九卿等，严行议罪。一面派睿亲王仁寿，醇郡王奕譞，迅将肃顺拿问。

睿、醇两王，奉了懿旨，遂带领侍卫番役百名，出了京城，两人在途中密商，托词迎接梓宫，以便诱擒肃顺。计画已定，行了百余里，正与梓宫相遇，扈送梓宫的第一大员，趾高气扬，正是御前大臣肃顺。两王下了马，与肃顺拱手，肃顺亦下马相迎，随即由肃顺导至梓宫前，行过了礼。两王复对了肃顺，好言慰劳，肃顺正欲探銮舆消息，便问两宫皇太后及皇上安。睿亲王仁寿，说了一个"安"字，醇郡王奕譞，独说是到了驿站，再好细谈。三人同行了一程，已至梓宫停歇的地点，大众停住。仁寿、奕譞便在站中吃了晚餐，餐毕，又历数小时，各人都要安寝，惟肃顺尚与二王闲谈。奕譞不觉起立道："有旨拿革员肃顺！"肃顺大惊，但见侍卫、番役等，已一齐进来，将肃顺按住，上了锁。肃顺喧嚷道："我犯何罪？"奕譞道："你的罪多得很，且至宗人府再说。"肃顺道："那个叫你来拿我？"奕譞道："奉上谕拿你"，肃顺道："六岁小儿，何知拿人？无非是里面的那拉氏，同我作对。你等都是那拉氏走狗，她要这么，你便这么！吕雉、武曌出世，我等老臣，原是该死。"从肃顺口中讥刺慈禧，用笔便灵。奕譞也不与多辩，便命侍卫带着肃顺，夤夜进京。次日巳牌，便降旨道：

前因肃顺跋扈不臣，招权纳贿，种种悖谬，当经降旨将肃顺革职，派令睿亲王仁寿，醇郡王奕譞，即将该革员拿交宗人府议罪。乃该革员接奉谕旨后，咆哮狂肆，目无君上，悖逆情形，实堪发指。且该员恭送梓宫，由热河回京，辄敢私带眷属行走，尤为法纪所不容。所有肃顺家产，除热河私寓，令春佑严密查抄外，其在京家产，着即派西拉布前往查抄，毋令稍有隐匿！钦此。

是日即授恭王奕䜣为议政王，在军机处行走。何不派他西后处行走？越二日，梓宫已抵得胜门，两宫皇太后及皇上，出得胜门跪迎，奉梓宫入紫禁城，停乾清宫。于是大学士贾桢、副都统胜保等，亟请太后训政。大学士周祖培，奏改建元年号，因原拟祺祥二字，意义重复，应请更正。一班拍马屁朋友，都应时出来。当由两宫下谕，命议政王、军机大臣等，改拟新皇年号。议政王等默窥慈怀，恭拟同治二字进呈。西太后瞧这两字，暗寓两宫同治的意义，私心窃慰，遂命以明年为同治元年，颁告天下。翌日复降旨一道，其辞云：

载垣、端华、肃顺，于七月十七日皇考升遐，即以赞襄政务王大臣自居，实则我皇考弥留之际，但面谕载垣等，立朕为皇太子，并无令其赞襄政务之谕。载垣等乃造作赞襄名目，诸事并不请旨，擅自主持，即两宫皇太后面谕之事，亦敢违阻不行。御史董元醇条奏皇太后垂帘事宜，载垣等独擅改谕旨，并于召对时，有伊等系赞襄朕躬，不能听命于皇太后，伊等请皇太后看折，亦系多余之语，当面咆哮，目无君上情形，不一而足。且每言亲王等不可召见，意存离间，此载垣、端华、肃顺之罪状也。肃顺擅坐御位，于进内廷时，当差时，出入自由，目无法纪，擅用行宫内御用器物，于传取应用物件，抗违不遵，并请两宫皇太后应分居召对，词气之间，互有抑扬，意在构衅，此又肃顺之罪状也。一切罪状，均经母后皇太后，圣母皇太后，面谕议政王、军机大臣，逐款开列，传知会议王大臣等知悉，兹据该王大臣等，按律拟罪，请将载垣、端华、肃顺凌迟处死，当即召见议政王奕䜣，军机大臣户部左侍郎文祥，右侍郎宝鋆，鸿胪寺少卿曹毓瑛，惇亲王奕誴，醇郡王奕譞，钟郡王奕詥，孚郡王奕譓，睿亲王仁寿，大学士贾桢、周祖培，刑部尚书绵森，面询以载垣等罪名，有无一线可原？据该王大臣等，佥称载垣、端华、肃顺，跋扈不臣，均属罪大恶极，于国法无可宽宥。朕念载垣等均属宗人，遽以身罹重罪，悉应弃市，能无泪下？惟载垣等前后一切专擅跋扈情形，实属谋危社稷，是皆列祖列宗之罪人，非独欺凌朕躬，为有罪也。在载垣等未尝不自恃为顾命大臣，纵使作恶多端，定邀宽宥，岂知赞襄政务，皇考并无此谕？若不重治其罪，何以仰副皇考付托之重？亦何以饬法纪而示万世？即照该王大臣所拟，均即凌迟处死，实属情真罪当。惟国家本有议亲议贵之条，尚可量从末减，姑于万无可贷之中，免其肆市。载垣、端华，均着加恩赐令自尽！肃顺悖逆狂谬，较载垣等尤甚，本应凌迟处死，现着加恩改为斩立决。至景寿身为国戚，缄默不言，穆荫、匡源、杜翰、焦祐瀛，于载

垣等窃权政柄，不能力争，均属辜恩溺职。穆荫在军机大臣上行走最久，班次在前，情节尤重。该王大臣等，拟请将景寿、穆荫、匡源、杜翰、焦祐瀛革职，发往新疆，效力赎罪，均属咎有应得。惟以载垣等凶焰方张，受其钳制，均有难于争衡之势，其不能振作，尚有可原。御前大臣景寿，着即革职，加恩仍留公爵，并额驸品级，免其发遣。兵部尚书穆荫，着即革职，加恩改为发往军台效力赎罪。吏部左侍朗匡源，署礼部右侍郎杜翰，太仆寺卿焦祐瀛，均着即行革职，加恩免其发遣。钦此。

爱新觉罗·奕䜣（1833—1898），清末洋务派首领。道光帝弟六子。1851 年封为恭亲王。1860 年英法联军攻陷北京，被任为全权大臣，负责与英、法、俄分别签订了《北京条约》。1861 年，咸丰帝驾崩，与慈禧太后联合发动祺祥政变，任议政主，总揽朝政。后受慈禧太后猜忌，两度解职。1894 年中日甲午战争中，复出主持政局。戊戌变法初病死。

是旨一下，即派肃亲王华丰，刑部尚书绵森，往宗人府逼令载垣、端华二人自杀。又派睿亲王仁寿、刑部右侍郎载龄，至宗人府拿出肃顺，至午门监斩。三人临死时，都痛骂西太后及恭王奕䜣。肃顺越骂得厉害，索性连西太后历史，背了一遍，方才就刑。自己失策，骂亦何益？三人已死，盈廷大吏，那个还敢违忤母后？遂于十月甲子日，六龄幼主，在太和殿重行即位礼，受王大臣等朝贺。十一月朔日，奉两宫皇太后，在养心殿垂帘听政。同治元年二月十二日，皇帝在弘德殿入学读书，特简礼部尚书前大学士祁隽藻，管理工部事务前大学士翁心存，工部尚书倭仁，并翰林院编修李鸿藻授读。嗣是清廷政治，都由两宫太后主张，慈安后本无意训政，垂帘后不过挂个名目，万事都是慈禧专断，慈安坐受其成。慈禧后煞是英明，用人行政，多有特识。东南军务，专责成两江总督曾国藩，令他统辖江苏、安徽、江西三省，并浙江全省军务，所有四省巡抚提镇以下，悉归节制。这般重大的责任，自清朝开国以来，连皇亲国戚，都没有受此异数。国藩是个汉员，独邀朝廷重眷，岂不是慈禧太后的慧眼么？

是时湖北巡抚胡林翼，自太湖还援湖北，收复黄州、德安等处，积劳成疾，得咯血症，竟病殁武昌，遗疏荐李续宜为代。朝旨即命续宜为湖北巡抚。曾国藩以辖地太大，恐怕疏忽，特荐左宗棠督办浙江军务，奉旨令左宗棠赴浙剿贼，浙省提镇以下，均归左宗棠调遣，岂不是慈禧后的从谏如流么？

只安徽知府吴棠，经慈禧垂帘后，累次超擢，不几年竟授四川总督，这是未免私意。然古来漂母一饭，韩信犹报千金，慈禧幼年，受过吴公的大德，知恩报恩，乃是慈禧后的厚道，不足为怪。圆明园内四春娘娘，后来竟不知下落，或说是发放出宫，或说是被慈禧处死。大约处死一说，不足为据。汉朝人彘，唐室醉妪，言者惨鼻，独清宫恰未闻有此惨剧，也总算是慈禧的好处。

话休烦絮，这一段是叙西太后初政时行谊。且说曾国荃克复安庆，满拟沿江而下，直捣江宁，只滨江两岸各要隘，驻扎的长毛，尚是不少，国荃会同杨载福水师，节节进剿，连克敌垒。长毛酋忠王李秀成，侍王李世贤，窜入江西，复陷瑞州。国藩飞檄鲍超赴援。鲍超兼程驰去，前面悬红绫丈余，中间大书一“鲍”字，沿途经过，长毛望见“鲍”字旗帜，即纷纷逃去。秀成、世贤，还想与他对敌，无如部众胆落，一战即溃，被鲍超连破七十余营，驱逐出境。江西又报肃清。强弩之末，难穿鲁缟。

国荃闻江西已平，上游安靖，遂与国藩会商，进攻江宁。国藩恐兵勇不足，令国荃回至湖南，添募乡勇。奉旨赏国荃头品顶戴，任浙江按察使，授鲍超浙江提督，恰是令他援浙的意思。浙江自张玉良收复后，长毛仍四扰不休，且因和春兵溃，苏、常相继沦陷，江浙交界的嘉兴县，至此也遭殃及。玉良率兵往援，连战不利，退入杭城，属县多失守。李秀成、李世贤，又自江西入浙境，攻陷严州。玉良复自省城出剿，总算将严州克复。秀成等窜至湖州，城绅赵景贤，募集团勇，一阵击退。李世贤走入江西，李秀成走入安徽。世贤被左宗棠击败，秀成被鲍超杀退，两人仍窜入浙境，复陷严州及金华，顺道浦阳江，从临浦镇攻萧山、诸暨，势如破竹，进据绍兴，转攻杭州。是时浙江巡抚，已改任王有龄，坚守两月，援绝，乃啮指写成血书，飞至安徽乞援。国藩注重江皖，不愿分师，惟促左宗棠由赣赴浙，左军未入浙境，省城已是不支。张玉良师至江干，又被长毛列炮击毙，城内粮尽援绝，遂致失守。巡抚王有龄，将军瑞昌，及总兵饶廷选，一概死难。

国藩闻浙江被陷，自请严议，诏从豁免，反授他协办大学士职衔；西太后权术，可爱可敬。并命左宗棠为浙江巡抚，令与曾国藩统筹大局，亟图补救等语。国藩感激异常，越思竭力报效，适朝旨因杭城陷没，淞沪戒严，饬国藩派员防剿。国藩物色人材，又保举一员大人物，看官道是谁人？就是后来的傅相李鸿章。鸿章字少荃，安徽合肥县人，道光年间进士，曾任福建省道员。国藩闻他多才，招为募宾，尝疏请简于江北，兴办淮扬水师，事未果行。至是因政府旁求将帅，遂荐他才大心细，劲气内敛，堪膺封疆重寄，奉旨报可。国藩即令鸿章回募乡勇，照湘军成制，练淮徐兵丁，又选湘军名将程学启、郭松林，做他帮手。鸿章初出茅庐，悉心训练，遂组成乡勇一大队，称为淮军，作湘军的后劲。淮军出现。同治元年二月，鸿章率淮勇至安庆，国荃与弟国葆，亦率湘勇驰至。于是统辖东南的曾大帅，显出生平绝大的抱负，调遣精兵猛将，分路出剿。进攻江宁的兵马，归国荃统带，佐以杨载福、彭玉麟二路水师；规取江苏的兵马，归李鸿章统带，佐以黄翼升的水师；恢复浙江的兵马，归左宗棠统带。另调广西臬司蒋益澧，率所部至浙助剿；庐州一带，归多隆阿剿办；宁国一带，归鲍超剿办；李续宜已调抚安徽，颍州一带，归他戡定。数路大军，统由曾大帅节制。余外还有淮上的袁甲三、扬州的都兴阿，镇江的冯子材，虽未经曾帅调遣，亦由曾帅统筹兼顾。正是马援聚殿前之米，张华推局上之枰，金玦分颁，铁骑四出，眼见得太平天国，要保不住了。好一部点将录。

国藩驻节安庆，居中指挥，军书旁午，捷报飞传。都兴阿获胜天长，左宗棠克复遂安，曾国荃、国葆，会合水陆各军，一破长毛于荻港，再破长毛于望城岗，三破长毛于铜城闸。拔巢县、含山县、繁昌县及和州，乘势夺西梁山，复太平府城。彭玉麟入金柱关，袭据东梁山，收复芜湖县，与国荃合逼江宁。

多隆阿进攻庐州，击败四眼狗陈玉成，缘梯登城，玉成遁去。玉成为太平天国名将，至此被多军击走，日暮途穷，往依练总苗沛霖。沛霖系安徽凤台县人，尝为团练头目，时人叫他苗练，颇有威名。太平天国诱他叛清，畀以封爵，旋由清副都统胜保，招抚沛霖，奏擢道员。沛霖首鼠两端，居心叵测，适胜保复出驻颍州，沛霖感胜保荐擢，遂诱四眼狗入城，出其不意，把他捆住，并将他家眷部属，尽行拿下，解送颍州胜保营。胜保劝降，玉成不从，乃槛送京师，有旨令在河南卫辉府伏法。只玉成妻很有姿色，中胜保意，留住营中，作为侍妾。妇人家水性杨花，有几个晓得贞烈？昨日偶玉成，今日偶胜保，总教是个有情男子，就是袍衾与裯，亦所甘愿。好一个雌狗娘。胜保怜她秀媚，非常宠爱。后来苗练复叛，胜保被逮，连侍妾押解过河，为德愣额所见，说是陈玉成贼妇，不得随行，将侍妾轧住。其实德楞额也爱他美色，截住这个淫妇，自己受用去了。一般是狗，一般是贼。

玉成既死，楚皖间遂没有剧寇。鲍超又攻克宁国府城，走太平辅王杨辅清，降其将洪容海。曾国荃亦连克秣陵关、大胜关，进驻雨花台，距江宁城仅四里；分军与国葆，留屯三汊河江东桥一带，傍水筑垒，输通饷道。好一座金陵城，至此既失了皖南的犄角，复受水陆各军的围困，洪秀全焦急万状，亟促李秀成、李传贤还援。两李未至，国荃军忽遭疾疫，病的病，死的死，国藩令国荃退守，国荃执意不允。忽报李秀成率苏、常悍党二十万人，还救江宁，要去攻扑国荃大营了。国藩闻警，亟奏请另简大臣，驰赴江南，有“分重大之责任，挽艰难之气数”等语。旋奉上谕，节录如左：

朝廷信用楚军，以曾国藩忠勇，发于至诚，倚以挽救东南全局。今疾疫流

行，将士摧折，深虞隳士气而长寇氛，此无可如何之事，非该大臣一人之咎。意者朝廷政事多阙，是以上干天和，我君臣当痛自刻责，实力实心，勉图禳救之方，为民请命，以冀天心转移，事机就顺。刻下在京，固无可简派之人，环顾中外，才力气量，如曾国藩者，一时实难其选。该大臣素尝学问，时势艰难，尤当任以毅力，矢以小心，仍不容一息少懈也。钦此。

国藩接旨，知京中已无意发兵，飞檄调苏州程学启军，浙江蒋益澧军，驰救国荃大营。怎奈接得复书，都说军务吃紧，不能应命，竟令这足智多谋的曾大帅，弄得无法可施。正是：

帷幄方闻成算定，疆场可奈寇氛深。

究竟国荃大营，果被长毛陷没否？看官不要性急，续阅下回自知。

载垣、端华、肃顺，非无可杀之罪，但为抗争垂帘事，骤置重辟，则未免冤诬。母后临朝，历代所戒，至若两宫垂帘，尤为历代所未有。即谓嗣主冲幼，专贵从权，究不得因故旧谏诤，横加诛戮。本回迭录谕旨，正以明三人罪案，无非为抗争垂帘而致。且谕中有两宫皇太后，将三人罪状，面谕议政王、军机大臣，是所谓罪状者，俱出皇太后之私意，慈安本无意构成此狱，主其事者，实为慈禧，哲妇固可畏也。独信用曾国藩，实为慈禧之卓识，畀以重任，言听计从，卒能削平大难，戡定东南，清之不亡于洪氏，慈禧与有力焉。然吾闻狄仁杰姨卢氏云："吾止有一子，不愿使事女主。"令曾公闻之，得毋为之汗颜乎？若以剿灭长毛，目为汉贼，吾尚无取此说云。

第七十二回

曾国荃力却援军
李鸿章借用洋将

却说曾国荃进攻江宁，长毛酋李秀成，率众驰援，国藩恐其弟有失，檄江浙军助剿，许久不至，此时江宁及苏浙三处，都在血战的时候，小子只有一支笔，不能并叙，只好先接着上文，叙述国荃对敌事。国荃兵不满万，合杨、彭两路水师，尚不满二万人，加以瘟疫盛行，死亡相继，正危急的了不得。突闻李秀成带了数十万长毛，自苏常到来，国荃誓众固守，预浚营濠，坚筑壁垒，准备抵敌。布置才毕，秀成已经驰到，麾众猛扑。国荃坚壁勿动，秀成不能入，乃结成营垒二百余座，围住国荃营。国荃昼不得安，夜不得眠，只指挥三军，竭力堵御。秀成令部众更迭进攻，前队不胜，后队继上；后队不胜，前队复上。无如国荃真是能耐，凭他如何攻法，总是守定营盘，一动都没有动。接连十昼夜，彼此未曾休息，到第十日早起，炮声陡发，山鸣谷应，震得营盘都摇摇不定。国荃部将倪桂，亟率军堵截，突来了一颗炮弹，滴溜溜滚将下来，扑的一声，弹丸炸开，遍地都是火星。倪桂被火触着，立即倒毙。军士汹汹道："这是开花炮！这是开花炮！"言未绝，国荃已怒马直出，把首叫开花炮的人，一刀削去脑袋，竟上前亲挡炮弹。写得突兀。恰值第二个炮弹又至，国荃将手中令旗对弹一拂，那弹堕入濠中，偏偏不炸。实是天幸。军士瞧着，才知开花炮弹，也不是个个会炸的，胆气一壮，自然向前。国荃下令，用火箭火球，飞掷出去，长毛倒死了不少，只是抵死勿退。次日，天气阴沉，间以微雨，开花炮越发没效。一连下雨好几日，长毛用枪来攻，国荃令军士持枪还击，相持之下，国荃面上受了一粒弹子，血流交颐，他忍着痛，益向前督战。军士见主帅如此奋勇，自然努力效死。到第十六日间，李世贤又自浙赶来，拥着无数人马，来助秀成，望将过去，差不多有十数万，一到濠外，就来猛扑。这时候，曾营里面，已是九死一生，逃又没处逃，躲又没处躲，索性拼了命去，与长毛死斗，杀了两昼夜，方得稍稍休息。除已死的军士外，也没一个不汗透重衣，腿臂麻木。解开战袍，有重伤的，也有轻伤的，国荃亲与将弁裹创，将弁又与部下裹创，指臂相联，痛痒相关。因此人人感德，个个齐心。带兵官听者！

过了数天，长毛反不甚起劲，似乎有些懈怠的样子，国荃向众将道："此必有诈，须格外小心！"果然到了次晨，一声怪响，土石上飞，壁垒坍去数丈，长毛逾垣而进，前仆后继，国荃亟命将士乱掷火球，夹以枪炮，足足支撑了三个时辰，方将进来的长毛，击毙了几千名，缺口亦堵塞完工。长毛又白费心思，懊丧回营。嗣后长毛仍暗开地道，私埋火药。国荃分军为三，一军专务防堵，一军增筑内墙，一军专伺地道。长毛掘地洞七处，都被曾营发觉，抢险塞住，长毛已自心灰，守兵尚有余力。国荃竟开壁出战，鼓号一响，如潮冲出，长毛见了，无不失色。当下被国荃冲破营盘十余座，斩首数百级，方才回营。长毛见曾营难下，分兵去截饷道，饷道系国葆保护，早已防得严密，只国葆也遭时疫，寒热交乘，此时力疾从公，强起督战，与长毛打一仗，胜一仗。国荃复分军接应，又将长毛杀退。自同治元年闰八月十九日起，直至十月初四日，共计四十六天，国荃目不交睫，衣不解带，与长毛相持，愤恨已极，军士也怒气填胸。初五日黎明，长毛又来环攻，国荃率全营军士，开壁出来。这次比前次厉害，真是一当百，百当千，千当万，踏破敌营数十座，长毛望风披靡，好像瓦解土崩一般，秀成、世贤，支持不住，分途溃去。国荃大营之围始解，这是湘军第一场恶战。著书人亦精心结撰。

曾营内的将士，狞目鬃面，皮肉几尽；国荃亦疲惫不堪；国葆竟一病不起，于十一月十八日卒于军。国葆字季洪，易名贞幹，系本籍诸生，从军后累战有功，晋同知衔，此次复擢升知府，因积劳病殁，由李鸿章奏请逾格优恤，特旨照二品例饰终，予谥靖毅，敕建专祠，宣付史馆立传。

这且按下，且说李鸿章带领淮勇，正拟出发，适江苏绅士钱鼎铭、潘馥等，备银十八万两，至皖迎师。鸿章遂乘了便船，与程学启、郭松林诸将，同抵上海。上海系各国通商码头，与苏州相近，长毛既据苏州，并欲东图上海，苏松太道吴煦，联合英法各军，设立会防局，分头防御。美人华尔，出守松江，连破长毛，尤为出力，及鸿章至上海，部下各兵，统是衣冠朴陋，不禁大笑。鸿章道："兵贵能战，不在华美，待吾一试，笑也未迟。"忽有吴县诸生王韬求见，由鸿章召入，王韬献计道："此处大吏，屡借洋兵攻敌，愚意以招募洋兵，人少饷费，不如令本国壮勇充数，只雇洋人教练火器，自可收效。"鸿章甚以为是。王韬去后，道员吴煦进谒，鸿章便问洋将优劣？吴煦道："英国水师提督何伯、法国水师提督卜罗德，统愿帮助中国，但他是外国舰长，不受我国驾驭。最好是美人华尔，他是获罪本国，逃匿上海，经吴某与美领事商洽，替他洗刷罪名，代我教练洋枪。他已死心塌地，为我出力，若招他练兵，必无变志。”鸿章大喜，便命吴道台檄调华尔。不到二日，华尔驰至，鸿章好言劝勉，令他竭诚练勇。华尔一口应承，遂募乡勇三千人，归华尔督练，叫作常胜军。

适朝旨命鸿章署理江苏巡抚，鸿章初受兵事，兼辖疆圻，遂令参将李恒嵩，会同华尔，并联络英法兵，攻克嘉定、青浦二城。英提督何伯，请鸿章会攻浦东厅县，乃令程学启、刘铭传、郭松林、滕嗣武、潘鼎新诸将，进兵南汇县的周浦镇，作为北路；英提督何伯，法提督卜罗德，自松江进金山卫，作为南路。两军才发，忽闻李秀成出攻太仓州，知州李庆琛兵溃，秀成进攻嘉定，洋兵败走，嘉定复陷，青浦垂危。鸿章急调程学启，移扼虹桥，截击秀成，复咨英法两提督，驰救青浦。时英法两提督，正攻克奉贤，接鸿章咨文，移师青浦，适遇秀成部众，两下开战，卜罗德中枪身死，何伯惊退。华尔正守青浦城，见英法各军败溃，亦突围出走松江。秀成直犯上海，薄程学启营。学启兵只八百人，秀成兵不下十万，众寡悬绝，学启毫不畏惧，亲登营墙，见长毛围营数十匝，他却自放开山炮，轰击长毛。长毛九却九进，尸与濠平，将藉尸登墙。忽东北角上，来了一支大队，旗帜飘扬。学启用远镜窥望，见旗上大书“署江苏巡抚李”六字，知是鸿章来援，大呼出击。长毛骇愕起来，随即却走。鸿章与学启，合军追杀过去，刀斩斧劈，好似削瓜切菜，杀得沿途尽是血水。秀成带来有十二个悍酋，都抱头鼠窜而去。这场大胜，映入洋人眼帘，传到洋人耳鼓，才晓得淮军勇敢，李抚英伟，不敢揶揄了。合肥自此著名。

嗣是复南汇，复金山卫，复青浦、嘉定。长毛酋慕王谭绍洸，听王陈炳文，复纠苏、杭、嘉兴长毛，从昆山、太仓入犯，鸿章檄诸军堵截，听程学启指挥。学启分道进击，谭、陈二酋，退据三江口，绍洸屯江北，炳文屯江南。鸿章亲去督战，令刘铭传当中坚，郭松林当左，程学启当右，自辰至未，长毛坚守勿退，松林、铭传，率军士冒死逾濠，匍匐而前。有黄衣酋登墙迎战，被松林觑准要害，一枪洞胸，黄衣酋堕地，长毛骇噪。学启乘势攻入，身中数伤，仍裹创疾前，长毛不能抵当，且战且走。官军三面掩杀，长毛大败而遁，松沪解严，诏实授鸿章江苏巡抚。

时宁绍台道史致鄂，因长毛攻陷慈溪，向沪上乞救。鸿章令华尔率常胜军往援，复慈溪城，华尔中炮死，常胜军还松江，由美人白齐文，代为统带。不料白齐文闭城索饷，随处劫夺，鸿章解白齐文兵柄，勒令归国，另用英将戈登续统常胜军。白齐文反投入李秀成处，阴为谋主，旋被浙军擒住，解至上海讯治，中途舟覆溺死，这是后话。外人之不可滥用如此。

鸿章既解松沪围，遂进规苏常，招降常熟长毛骆国忠，及太仓长毛钱寿仁，擒福山，取昆山，逼苏州。李秀成自江宁败还，趋入江北，闻宁国府城已被鲍超攻破，东西梁山，又由国荃分军守御，遂回走苏州。适值李鸿章督兵进攻，秀成倍道来援，径至常熟，但见城上刀枪齐列，为首一员将官，面目很熟，仔细一瞧，确是骆国忠，不过已改服清装。秀成便大呼道："你如何背叛天朝？"国忠道："忠王！你也是一时豪杰，难道不识时务么？洪氏灭亡在迩，你不如下马乞降，免得玉石俱焚。"为秀成特留身分。秀成瞋目叱道："我是烈烈丈夫，宁效汝等昧良！"道言未绝，两旁鼓声乱鸣，左有李鸿章，右有刘铭传，两路军蜂拥而来。秀成忙分军迎敌，炮声枪声，闹成一片。杀了三四个时辰，长毛毫不懈怠，越战越悍，越悍越战，不防后面杀入郭松林，戴板挥刀，十荡十决，浑身都被人血污渍，好像一个血人儿。长毛相顾惊愕，霎时溃退。官军追至无锡，秀成入城拒守，调战舰百艘，云集城外，作为犄角。郭松林会合黄翼升水师，定议火攻，巧巧遇着顺风，一把火起，烈焰腾空，把长毛百艘战舰，烧得一只不留。李秀成兀坐城楼，见江中火发，料知战舰失守，忽报战船已被烧尽，水兵死了万余，不由的涕泪交垂，便道："这是天绝我天国了。"何不上诉天父？

正欲弃城出走，城外来了白齐文，在上海掠得轮船二艘，入献秀成，并说："船中载有巨炮，很是厉害。"秀成也管不得好歹，便出城下船，亲去一试，对着黄翼升水师，突开巨炮，一炮甫发，对面的战船，果轰破了数艘。再令开第二炮，不防对面来了两三艘划船，约离秀成座船丈许，为首的执着短刀，一跃而过，随后又有数十名兵士，陆续跳上，来杀秀成。秀成认得首领，是钱寿仁，便道："钱寿仁！你做甚么？"寿仁道："那个是钱寿仁？我却是周寿昌，特来取你首级。"这人比骆国忠更凶。原来钱寿仁却是假姓名，降清朝后，复姓名为周寿昌。秀成也不再多说，便持刀对敌。无如清水师越来越多，索性纵火焚船，秀成见事机已急，只得弃了座船，跳至白齐文船，拔碇遁去。

清军夺了无锡，乘胜追至苏州，秀成已先入城，与谭绍洸等固守。清军运至炸炮二十具，把城外敌垒，统行毁去。学启攻城南，戈登攻城北，鸿章亲自指麾，誓破此城，城中恟惧。秀成、绍洸，率悍党万人，突出娄门拒战，学启令骁将王永胜，陈忠德，陈有升，周良才，龚生阳，朱宝元等，分头拦截，自巳至未，将城中长毛杀回。鸿章令将士射书入城，略说："降者免死，斩酋出降者有赏。"于是城中悍将郜云官，縋城夜出，径诣副将郑国魁营，甘心投诚。国魁引至程学启处，双方订约，愿斩谭绍洸首以献。学启并命杀李秀成，云官不忍，只允杀谭而去。自此学启一面攻城，一面专等内应，接连数日，毫无影响。忽一夜，天黑如墨，胥门水渎，隐约有鼓棹声。学启闻报，忙亲自巡阅，已不见片影，因天昏月暗，不便追袭，只命军士格外留心，谁知李秀成已于是夜出走。秀成心灵眼快，窥透郜云官异谋，三十六着，走为上着，遂将城守事付与绍洸，对他恸哭一场，握手为别。秀成已做了铩羽之鸟。秀成已去，绍洸势孤，苦守数日，郜云官令部将汪有为，随绍洸巡城，出其不意，从绍洸背后一枪，贯入心窝，霎时倒毙。绍洸手下，还有亲从千余人，与云官奋斗，怎禁得云官同志，多至数万人，不到一时，统与绍洸背包裹去了。

云官开齐门迎降，学启入城，抚视降酋，共有八人，都是容貌狰狞，仿佛魔鬼。八人至学启前，仍傲然自若。学启按名检阅，第一个是太平国纳王郜云官，第二个是比王伍贵文，第三个是康王汪安均，第四个是宁王周文佳，还有范启发、张大洲、汪怀武、汪有为四人，俱自署天将。学启眉头一皱，计上心来，便好言抚慰。郜云官道："李帅既准我等投诚，应该替我等保举，大的是总兵，小的是副将。"学启道："这个自然，兄弟应代白李帅。"云官道："还有一桩要求，我等部下，差不多有二十营，须仍归我八人统带，驻扎阊胥盘齐四门。盗贼心肠，总是不改。学启也随口答应，言甘心苦。匆匆出城，与李鸿章谈了一夜。次晨入城，令八人出谒受赏，八人欣然领诺。学启先出城，部署诸军，张设营幄，约至午牌，鸿章在营高坐，候八人入见。八人骑马出城，到营方才下马，由学启导入，行过了礼，鸿章令两旁坐定。学启出营，带兵径入，八人方在惊愕，不料鸿章下令，将八人拿下。八人手无寸铁，如何抵挡？即被学启部兵擒住。八人大呼无罪，学启道："你托名投降，居心狡诈，妄想拥兵弄权，恃众横行，还说无罪么？"便请军令将八人正法。鸿章尚在犹豫，学启道："虎已缚住，万难再放，他甘心负谭绍洸，宁不敢负我大帅？"鸿章点头，当下把八人推出，霎时间献上血淋淋的八颗首级。学启将首级悬出，传令城内外长毛，各缴军械，不得再生异心，否则以此为例。长毛觳觫万状，多将军械缴出，只有二千余人，不肯遵行，又被学启一一杀讫，遂整众入苏州城。独戈登以杀降非义，痛詈学启，誓不相容，洋人尚义，不无可敬。亏得鸿章委曲调停，才肯罢手。

鸿章加太子少保衔，戈登亦得赏头等功牌，并银万两。这是鸿章作用。遂分军两路，一路由程学启、刘秉璋、潘鼎新、李朝斌统带，兜剿浙西长毛，遥应左宗棠、蒋益澧军，肃清江浙通道：一路由鸿章自行督领，率李鹤章、刘铭传等，进攻常州，与曾国荃、鲍超军相呼应。两路大兵，分头出发，势如破竹，所向无敌。学启下平湖、乍浦、海盐、澉浦，直攻嘉兴，太平堵王黄文金，自湖州趋援，由学启一鼓击退，遂促将士登嘉兴城。城上枪炮雨下，血肉枕藉，学启愤甚，持矛亲登，额上中了一弹，复坠城下。部将刘士奇、王永胜，见主将受伤，怒气填胸，麾众继上，人声鼎沸，炮弹纵横，长毛酋挺王刘得功、荣王廖发寿，不能阻拦，被他一拥而入，城遂破，刘、廖二酋战死。学启负创回苏州，医治渐愈，只额下留有败骨，饮食不便。学启非常忿懑，竟将败骨剜出，创口复裂，大叫数声而亡。这是好杀降人之报。

此时鸿章已克宜兴，拔溧阳，进围常州，水陆炮声如雷。太平守将护王陈坤书、烈王费天将，凶狠有名，至是与鸿章连战数次，无一得胜。城外营垒，陆续被毁，只好入城死守。鸿章督兵猛扑，连日不下，又值春雨绵绵，越生阻碍。鸿章调回嘉兴军，并力攻城，等到天已大晴，风向城内，遂乘风放炮，烟焰迷天。这城墙已受大雨浸渍，不甚坚固，被炮一击，顿时坍坏数十丈。陈、费二悍酋，用人塞缺，炮过弹炸，手足、旗帜、砖石，飞扬天中，盘旋空际。长毛原是忍心，鸿章亦乏仁术。鸿章令郭松林、王永胜、刘永奇、周盛波，携藤牌喷筒，冒死杀入，在城上接战良久，松林生擒陈坤书，周盛波生擒费天将，长毛见头目被擒，各弃械乞降。常州以咸丰十年四月六日失陷，越四年克复，月日时都不爽，时人称为奇事。苏常已复，江苏全省，除江宁外，已都平靖。长毛多分窜江西，由曾国藩檄鲍超军还援，李鸿章亦分军代堵，独撤去常胜军，遣戈登归国。自是淮军名誉，推重世界，并称李鸿章能善驭洋将，鸿章的功劳，算是很大了。语下有不足意。小子有诗咏此事云：

淮军练就扫红巾，百战贤劳算荩臣。

可惜诛锄非异种，犹留惭德笑欧人。

这诗末韵，系指李鸿章使德，与德相俾斯麦闲谈，盛述自己打长毛的功劳。俾斯麦道："欧洲人以杀异种为荣，若专杀同种，反属可耻。"鸿章不禁自惭。良心发现。这且不必细说，下回续叙江浙的事情，请看官接阅便了。

本回叙曾、左二人之战功，亦即叙李秀成之败史。太平军中，后起骁将，无如李秀成，率数十万众，驰救江宁，围攻曾国荃营，四十余日，终被国荃击退，众不敌寡，讵不可怪？迨转援苏州，一筹莫展，遇战即怯，临敌即溃，何其困惫若此？盖一鼓作气，再而衰，三而竭，左氏之言，其明证也。以长毛之暮气，当湘淮各军之朝气，其败亡也宜矣！曹操至赤壁而蹶，苻坚至淝水而挫，宁特一秀成然哉？若借洋将，杀降酋，第一时权宜之策耳，不足以为训。

第七十三回

战浙东包团练死艺
克江宁洪天王覆宗

却说李鸿章克复苏常的时候，左宗棠在浙，亦屡获胜仗。宗棠自克复遂安后，严州一带，依次肃清。太平侍王李世贤，率金华大股长毛，围衢州，宗棠亲自往援，杀败世贤，世贤回金华。台州为闽将林文察所复，宁波为宁绍台道史致鄂，及英将丢乐德克等所复。惟湖州被太平堵王黄文金，辅王杨辅清攻破，团绅赵景贤被执，不屈死。宗棠以浙省长毛，金华最众，决计由衢州攻金华，乃遣蒋益澧等，拔龙游兰溪，金华长毛，亦弃城遁去。

看官！你道金华长毛，为甚么不战而溃？他因诸暨有个包立身，很是厉害，遂一齐拔营，去围包村。真是呆鸟！包立身世务农业，膂力过人，他幼时曾习奇门遁甲，上知天象，下知地理，他因长毛犯浙，聚集村人，筑塞设堡，专与长毛相抗。长毛去一千，死一千，去二千，死二千，因此长毛大愤，纠众围攻，有“宁失南京，毋失包村”的意义。以包村抵南京，未免拟不于伦。时苏松兵备道吴晓帆，本系浙人，代理藩司事，闻包立身有异能，欲招致幕下，引为己助，苦无人前去致意。适佐杂班中，有个冯仰山，自称系立身姑表兄弟，晓帆令他蓄发三月，备文前往。到了包村附近，见四面都扎长毛营垒，冯逡巡不敢入，巧遇包村勇目，逸出村外，与仰山素识，引他绕道二百里，始得入村。仰山单身前进，被村中巡勇捉住，疑为长毛细作，亏得仰山认包至戚，乃引冯入见，各道艰苦。是时包村附近数百里居民，都搬至包村避难，倚包先生若长城，连仰山家眷，也在其内。仰山与家族相见，不觉欣慰，便备述吴公所招意。立身叹道：“我亦知孤村无援，势难固守，且兵粮仅支两月，安能持久。只村内百姓群集，弃之不忍，欲要一同出围，恐不容易，是以尚在踌躇。”包先生颇具婆心。

李鸿章（1823—1901），字少荃，安徽合肥人，清末洋务派和淮军首领。官至直隶总督兼北洋大臣，授文华殿大学士、武英殿大学士，曾经代表清政府签订了《中俄密约》《马关条约》《辛丑条约》等。从19世纪60年代起创办近代军事工业。病死任上。

正议论间，忽闻村外炮声隆隆，料是长毛猛攻，便邀仰山登高瞭望，遥见前山上面，设有大炮，正对村施击。立身轮指一算道："这炮在艮方，今日月神适犯我村，恐于我不利。"言未已，急推仰山伏地，自己亦向地伏着。但听得一声响亮，炮子簌簌然从上飞过，仰山吓得乱抖。立身道："嗣后不妨，可以起来。"立身遂脱帽散发，跣足仗剑，如道家步罡状，选了勇目三名，衣皂随行，自己喃喃诵咒，飞行而去。勇目紧随不舍，仰山犹立在高阜，只见立身出村，竟驰至前山，把剑向前一指，守炮的长毛，纷纷扑地。立身即令勇目三人，将炮抬归。仰山即驰下迎迓，立身已在前面。三人所抬的炮，不下四五百斤，仰山不禁奇异，便道："弟与兄自幼同学，并未识兄有异术，后来弟赴苏州，远离乡井，闻兄尝韬晦田园，罕至城市，何时得六甲真传，具此神妙？"立身道："我于二十年前，曾遇异人授我秘册，虽非全帙，然天文地理，略知一二，此刻去取敌炮，就是六丁缩地法，可惜我所学习，还是皮毛，若能尽知底细，虽有千万长毛，亦何足虑！"仰山又问长毛何时可平？立身道："我夜观星象，并占易数，江浙长毛，不久即平。只我村恐保不住。"两人随谈随走，已至营中。

立身升帐，传集村勇，即发令道："明日当有大雨，汝等出战，向西杀去，定能冲破贼营，虽然不能大胜，也可杀贼数百，挫他凶锋。"仰山因天久不雨，疑信参半。到了次日，村勇三千人，执五色旂，分作五队，奉令出去。启行时，天色犹霁，一出村门，忽然黑云层合，大雨滂沱，仰山瞠目良久。约一小时，村勇已整队回来，报称破贼西营，得牲口器械数十具。仰山忙问立身道："既已得胜，何不追杀一阵？"立身道："贼势犹旺，不应追杀，追杀必败。"俄有长毛入村求见，立身命他进来，长毛说："奉天将令，愿以绍兴府城相让，嗣后毋与天兵作对。"立身笑道："这明明是诱我的计策，无论浙东俱陷，孤城难守，且入城后，如入陷阱，粮草更易断绝，将来恐无人得脱了。"喝令立斩来使，仰山请道："来使不要杀他，不如放他回去，叫他解围为是。"立身摇头道："他那里就肯解围？杀了他，免得再来尝试。"太属粗莽！当下将通使的长毛，推出斩讫。

长毛酋闻了此信，越发调兵进攻，仰山未免焦急，遂请回报吴公，发兵接应，并欲挈眷同行。立身道："试为一卜。"卜得吉占，便道："老弟启行，便在今夕。"是夜大雨，立身命仰山束装，携眷出村，只饬护勇六人，仿着长毛服色，改装相送。仰山不敢多请，只与立身订约，速定行期。立身应允，与仰山握别。仰山冒雨而出，黑暗中见有无数卫兵，戴着红帽，穿着皂衣，站立两旁。仰山怯甚，私问护勇，勇但摇手，引仰山绕出小径，匆匆别去。

仰山去后，长毛愈集愈众，防立身有异术，遍掠民间妇女，将她们上下衣服褫去，赤身露体，驱作前队。妇女活活遭劫。又用鸡羊狗血，盛入喷筒，向村中乱射。立身被他厌禳，所用法术，未免不灵，遂决计突围。先占一卦，大惊道："细察卦象，惟今夜二鼓可出，若交子正，便无出围的日子，大祸且不远了。"遂令团勇速即收拾，约黄昏启程。夜餐已毕，便令团勇四千人，分作五队，队各八百人，用红旗队作先锋，次白旗队，又次是青黄两队，皂旗殿后。时值戌初，红旗队已发，远闻金鼓震天，枪炮声相续不绝，立身正调发白旗队，忽见村中百姓，扶老携幼，聚哭包门，都说包先生若去，我等从亦死，不从亦死，现在只有留住包先生，仗他保护，或可苟延性命。立身出来劝慰，怎奈人声鼎沸，连包先生的说话，没有一人听得清楚，只是阻住门前，不容出去。立身顿足道："这是天数，时将错过，大限难逃，奈何奈何？"因令后队暂停不发。这时红旗队已冲围而去，白旗队随后继进。长毛料村人绝粮夜遁，不去追赶前队，独率众捣入村中，喷筒火箭，接连射入。顿时火光烛天，杀声震地，村勇已无斗志，又值难民纷扰，不战先乱，当下被长毛毁门冲入，见屋便烧，逢人便刃，满村尽被烟焰迷住，进退无路。杀到天明，村中已鸡犬不留，包先生亦不知去向，大约已死在乱军中。有人谓包先生已经遁去，只包先生有一妹子，也知兵法，被长毛擒住，五马分尸，这也不知是真是假，小子不敢妄断。恃术者卒以术败。

包军一破，蒋益澧军已到，长毛已打得筋疲力尽，闻左军到来，料知抵敌不住，霎时逃散。有几个逃得慢的，被蒋军截住，没奈何匍匐乞降，遂复诸暨。宁波军亦进克上虞、台州，并复绍兴府城。朝命授左宗棠为闽浙总督，兼署浙江巡抚。宗棠檄蒋益澧军，自诸暨直下，取道临浦义桥，直趋萧山，渡钱塘江，规取杭州。复令水师骁将杨政谟，与益澧会，杨政谟把江上敌舟，纵火烧尽，遂薄望江门。太平守将听王陈炳文，飞调附近各长毛，会援杭州，益澧遣康国器、魏喻义等，分头堵截，自督高连陞等，屯六和塔万松岭，俯瞰杭城。既而左宗棠亦自严州移驻富阳，征法国总兵德克碑，率洋枪队攻陷富阳城。宗棠进薄余杭，命德克碑转助益澧，这时苏军已克嘉兴，海宁守将蔡元隆，向蒋益澧处纳款请降，于是杭城饷绝援穷。陈炳文出城死战，自晨至暮，不能取胜，仍回城督守。德克碑用炸炮轰凤山门，城塌三丈。炳文率众堵塞，益澧不能入，再令德克碑昼夜炮击，城中危急万分，炳文知不可守，遂夤夜开北门出走。杭城遂复。余杭守将康王汪海洋，亦弃城走德清。宗棠乃移驻省城，与益澧经营善后事宜，全浙百姓，方渐渐苏息。后人有《闻见篇》四章，古节古音，不减杜少陵《哀江头》诸作。小子走笔至此，记将起来，不忍割爱，爰次第录成，供诸君一读。

《猪换妇》朝作牧猪奴，暮作牧猪妇，贩猪过桐庐。睦州妇人贱于肉，一妇价廉一斗粟，牧猪奴牵猪入市廛，一猪卖钱十数千，将猪卖钱钱买妇。中妇少妇载满船，篷头垢面清泪涟，我闻此语坐长吁。就中亦有千金躯，嗟哉妇人猪不如?

《屋劈柴》屋劈柴，一斧一酸辛，昔为栋与梁，今成樵与薪。市儿诋价苦不就，行行绕遍江之滨。江风射人天作雪，饥腹雷鸣皮肉裂，江头逻卒欺老人，夺柴炙火趋城闉。老人结舌不能语，逢人但道心中苦，明朝老人无处寻，茫茫一片江如银。

《娘煮草》龙游城头枭鸟哭，飞入寻常小家屋。攫食不得将攫人，黄面妇人抱儿伏，儿勿惊！娘打鸟，儿饥欲食娘煮草。当食不食儿奈何?江皖居民食草多。儿不见门前昨日方离离，今朝无复东风吹。儿思食稻与食肉，儿胡不生太平时。

《船养姑》月弯弯，动高柳，乌篷摇出桐江口。邻舟有妇初驾船，乱头粗服殊清奸，橹声时与歌声连。月弯弯，照沙岸，明星耿耿夜将半。谁抱琵琶信手弹，三声两声摧心肝，无穷幽怨江漫漫?或言妇本江山女，名隶江花第一部，头亭巨舰属官军，两妹亦被官军掳，妇人无夫惟有姑，有夫陷贼音信无。富商贵胄聘不得，妇去姑老将安图?呜呼！妇去姑老将安图?妇人此义羞丈夫。

浙江本是僻处东南的海疆，与全局没甚关系，长毛起初并不注意，后来江宁被困，长毛才窜入浙省，欲分江宁围军的势力，因此浙省被兵，百姓辛苦流离，已到这样地步。看官！你想江西、安徽的地方，三五次吃这长毛苦头，比浙江的情形，更如何呢?后人还说长毛乃是义兵，实是革命的大人物，小子万万不敢赞同。索性驳倒长毛，免得盗贼藉口。

话休烦絮，小子且要补述石达开事情。应六十七回。石达开自江宁出走，初至江西，与曾国藩相持；旋走湖南，被骆秉章遣将击走；驰入广西，又为蒋益澧等所破。达开此时，已自张一帜，与洪秀全不通闻问。自思湖广一带，无可驻足，不如窜入滇蜀，还可独霸一方。其时川寇蓝大顺、李永和，方四出劫掠，达开与他勾通，乘机入蜀。清廷因骆秉章剿寇有功，令他移督四川。秉章督师西上，先剿平蓝、李二寇，然后专力围攻达开。达开生平，奔突万余里，蹂躏百余城，专以出没边地，避实蹈瑕为能事。秉章遂将计就计，与暮僚刘蓉定议，决逼达开入边，四面兜剿，使他无路可走，自入罗网。达开果率大队西渡金沙江，拟向越隽厅出发。秉章遣重兵潜蹑其后，并檄邛部土司岭承恩横截其前。达开避入小径，至柴打地方，想由大渡河过去。适值天雨如注，山水暴发，不能径渡。天意亡项，何由免脱。川将唐友耕追至，达开奔老鸦游，友耕会合土兵，左右环逼，达开尚欲渡河，甫至半渡，为诸军所蹙，大半溺死。达开妻妾五人，及幼子俱沉于河。只达开凫水而遁，直至对岸，巧遇岭承恩候着，乘他上来，一鼓擒住，槛送军前。友耕押达开至成都，对簿时犹侃侃谈论，口若悬河。自称年三十三，凡太平天国诸将，及清军诸帅，都加贬辞，独推重曾国藩，说他知人善任，规画精严，实是得未曾有的大帅。英雄识英雄，可惜达开自误。后竟被磔于成都市。

嗣是洪氏所有的要地，只一江宁城，余外虽尚有党羽，分扰赣皖，势已成为弩末。秀全自知穷蹙，将各处头目，一律封王，满望他感激图效，谁意封王越多，纪律越乱，一切号令，转不得行。曾国荃闻苏浙俱已得手，独江宁未克，日夜奖厉诸军，节节进攻。李秀成领败众数万，分布丹阳、句容间，自率数百骑入江宁，劝秀全弃都避难。秀全不从，秀成贻书李世贤，约他就食江西，自留江宁助守，屡出死党扑国荃营。国荃添募兵勇，先夺雨花台，次平聚宝门外石垒九座，分军扼孝陵卫，只九洑洲为江宁对岸重镇，长毛集数百战舰，严行拥护，一面接应城中，一面遏截长江。又有阑江矶、草鞋峡、七里洲、燕子矶、上关、下关诸隘，都竖长毛旗号，气势甚盛。杨载福已改名岳斌，率水师至九洑洲，与彭玉麟分队夹击。彭玉麟自草鞋峡进，杨岳斌自燕子矶进，各带火枪火弹，随掷随入。洲两岸纯是芦荻，岳斌用油浇灌，遍地纵火，大江南北，煽成一片火光，长毛屯船，多被烧着。彭玉麟率总兵成发翔，冒烟直上，先登南岸，北岸长毛，尚与杨岳斌死战，总兵胡俊友中炮死，岳斌大愤，传令洲破乃还师，否则传餐而战，必破此洲乃已。部将俞俊明、王吉、任星元等，更番迭攻，战至日暮，将士乘暗登洲，冒炮争上，践尸而过，九洑洲竟破，万余寇无一脱死，并获马三百余匹。

自此洲破后，江宁益困，国荃乘势攻克钟山石垒。这钟山石垒，长毛叫作天保城，乃是江宁城外第一保障。天父想已死了，所以保守不住。国荃得了此隘，遂得合围。鲍超又攻克句容、金坛，长毛溃走江西，鲍超会合杨岳斌水师，同追长毛，向江西而去。彭玉麟又移驻九江。清廷恐国荃势孤，亟令李鸿章助攻江宁。看官！你想曾国荃自进攻江宁以后，费了无数心血，吃了无数辛苦，才得把江宁城团团围住，此时功成八九，偏有人出来分功，非但国荃不愿，就是国荃部下诸将士，也是没一个情愿呢。李鸿章本是国藩保荐，自然不欲夺国荃功劳，只推说有病在身，延久不至，将轮船经费五十万两，拨充国荃营饷。国荃复鼓励将士，攻克龙膊子山阴坚垒，这垒比钟山还要坚固，长毛叫作地保城。天也不保，地也不保，洪天王不死何待？地保城得手，就在城上造起炮台，日发大炮射击城中。可怜城中粮草早绝，饥民嗷嗷，天王府内，供给葱韭菜菔白菜，几与黄金同价。始而米尽，继之以豆；豆尽，继之以麦；麦尽，继之以熟地薏米黄精，或牛羊猪犬鸡鸭等物。复尽，用苎根草根，调糖蒸熟，糊成药丸一般，取了一个美名，称作甘露疗饥丸，还想骗人。名目虽好，无济实事。这班饥民，夜间私自缒城，出来就食，嗣后长毛也禁止不住，白日里亦缒城而出。

到同治三年五月，洪天王挨不得苦，仰药自尽。洪仁发、仁达等，拥立幼主福瑱即位，年纪不过十五六龄。国荃闻这消息，饬军士轮流苦攻，连凿地道三十余穴，俱被城内堵住。复由国荃部将李臣典，率吴宗国等，从敌炮极密处，重开地道。至六月十六日，地道告成，国荃悬不次之赏，严退后之诛，安放引线，用火燃着。不到一刻，蓦地火发，声如霹雳，轰开城垣二十余丈。烟尘蔽空，砖石如雨，李臣典率官军蚁附争登，从缺口冲入，长毛用火药倾盆而下，军队少却。彭毓橘、萧孚泗等，手刃数人，弁勇皆奋，分路齐进。王远和、王仕益、朱洪章、罗雨春、沈鸿宾、黄润昌、熊上珍等进击中路，直扑天王府。刘连捷、张诗日、谭国泰、崔文田等，进击右路，由台城趋神策门，适朱南桂、朱惟堂、梁美材诸人，亦从神策门缘梯而入，兵力益厚，鏖战至狮子山，夺取仪凤门。左路由彭毓橘、武明良等，自内城旧址，直击至通济门。萧孚泗、熊登武、萧庆衍、萧开印等，复分途夺取朝阳、洪武二门，时太平忠王李秀成，率众巷战，见大势已去，拟向旱西门夺路冲出，不料清将陈湜、易良虎等，正由旱西门攻进，被他拦住，不得已折回清凉山，隐匿民房。黄翼升率水师攻夺中关，拦江矶石垒，进薄旱西门，遂与陈湜、易良虎，夺取水西、旱西两门，全城各门皆破。

天色已晚，只天王府尚未攻入，国荃令军士暂行休息，惟督王远和、王仕益、朱洪章等，衾夜搏战。三更时，天王府突然举火，冲出悍党千余人，手执洋枪，向民房街巷狂奔。官军也不去追赶，齐入天王府内，扑灭烟焰，检点遗尸，多是府内宫女，单不见秀全尸首，及幼主福瑱。时已天明，国荃复下令闭城，搜杀三日夜。毙长毛十余万人。这也太惨。到十九日，萧孚泗搜获洪仁发、李秀成等，讯得实供，方识秀全尸首，瘗埋宫内，幼主福瑱，乘官兵夜战时，已由缺口遁走。当下飞报曾国藩，由国藩主稿，推湖广总督官文居首，连衔入告。随奉上谕道：

本日官文、曾国藩，由六百里加紧红旗奏捷，克复江宁省城一折，览奏之

余，实与天下臣民，同深嘉悦。发逆洪秀全，自道光三十年倡乱以来，由广西窜两湖三江，并分股扰及直隶山东等省，逆踪几遍天下。咸丰三年，占踞江宁省城，僭称伪号，东南百姓，遭其荼毒，惨不忍言。罪恶贯盈，神人共愤。我皇考文宗显皇帝，赫然震怒，恭行天罚，特命两湖总督官文为钦差大臣，与前任湖北巡抚胡林翼，肃清楚北上游，胡林翼驻扎宿松一带，筹办东征；复特授曾国藩为两江总督，并命为钦差大臣，东征江皖，号令既专，功绩日著。十一年七月，我皇考龙驭上宾，其时江浙郡县，半就沦陷，遗诏谆切，以未能迅殄逆氛为憾。朕以冲幼，寅绍丕基，祇承先烈，恭奉两宫皇太后垂帘听政，指示机宜，授曾国藩协办大学士，节制四省军务，以一事权。该大臣自受任以来，即建议由上游分路剿贼，饬彭玉麟、杨岳斌、曾国荃等，水陆并进，叠克沿江城隘百余处，斩馘外援逆匪十数万人，合围江宁，断其接济。本年六月十六日，曾国荃率诸将克复江宁，多年悍贼，经各将士于十七八日，搜杀净尽。三日之内，毙贼十余万人，伪王伪主将伪天将，及三千余名，无一得脱者。此皆仰赖昊苍眷佑，列圣垂庥，两宫皇太后孜孜求治，识拔人材，用能内外一心，将士用命，成此大功。上慰皇考在天之灵，下孚溥海人民之望。自维藐躬凉德，何以堪此？追思先皇未竟之志，不克亲见成功，悲怆之怀，何能自已？此次洪逆倡乱粤西，于今十有五载，窃踞金陵，亦十有二年，蹂躏十数省，沦陷百余城，卒能次第荡平，殄除元恶，该领兵大臣等，栉风沐雨，艰苦备尝，允宜特沛殊恩，用酬劳勋。钦差大臣协办大学士两江总督曾国藩，自咸丰三年，在湖南首倡团练，创立舟师，与塔齐布、罗泽南等，屡建殊功，保全湖南郡县，克复武汉等城，肃清江西全郡，东征以来，由宿松克潜山太湖，进驻祁门，叠复徽州郡县，遂拔安庆省城，以为根本，分檄水陆将士，规复下游州郡。兹幸大功告蒇，逆首诛锄，实由该大臣筹策无遗，谋勇兼备，知人善任，调度得宜。曾国藩着赏加太子太保衔，锡封一等侯爵，世袭罔替，并赏戴双眼花翎。浙江巡抚曾国荃，以诸生从戎，随同曾国藩剿贼数省，功绩颇著。咸丰十年，由湘募勇，克复安庆省城。同治元二年，连克巢县、含山、和州等处，率水陆各营，进逼金陵，驻扎雨花台，攻拔伪城，贼众围营，苦守数月，奋力击退。本年正月，克钟山石垒，遂合江宁之围，督率将士鏖战，开挖地道，躬冒矢石，半月之久，未经撤队，克复全城，殄除首恶，实属坚忍耐苦，公忠体国。曾国荃着赏太子少保衔，锡封一等伯爵，并赏戴双眼花翎。记名提督李臣典，于枪炮丛中，开挖地道，誓死灭贼，从倒口首先冲入，众即随之，因而得手，实属谋勇过人，着加恩锡封一等子爵，并着赏穿黄马褂，戴双眼花翎。萧孚泗督

办炮台，首先夺门而入，并搜获李秀成、洪仁发，实属勋劳卓著，加恩锡封一等男爵，并赏戴双眼花翎。钦此。

其余文武一百二十余员，亦论功进秩有差，一场大乱，总算从此结束。

曾国藩由安庆至江宁，始发掘洪秀全尸首，遍体统用绣龙黄缎包裹，头秃无发，须已闲白，遵尚异教，不用棺木。国藩令即戮尸，焚骨扬灰，并将洪仁发、李秀成等处死。只洪福瑱不知下落，国藩奏称大约已死，其实洪福瑱已出走广德，转入湖州去了。小子又有一诗道：

覆巢自古无完卵，密网由来少漏鱼。

为语暴徒应反省，天心彰瘅果何如?

毕竟洪福瑱能逃出性命否，容下回续叙详情。

包立身以一隅团勇，抗数十万劲寇，事虽不成，亦足自豪。然天下惟正可以胜邪，断未有以邪克邪者。后世以异术推包立身，吾谓包之败，正坐此异术之害也。独怪长毛不图挽大局，徒甘心于寸土，不胜为笑，胜之不武。死一包立身，若九牛亡一毛，于官军无损，于洪氏无益，何其愚顽若此?洪氏至死不悟，尚欲以苎麻草根，取名甘露疗饥丸，令民间如法泡制。百姓无长物久矣，即有草根，何处得蔗浆?“天下饥，何不食肉糜”，自古有此笑语，洪氏子亦其流亚也。江宁一陷，毙长毛十数万众，杀戮固未免太过，抑亦长毛冥顽不灵，自致死地，强梁者不得其死，观此益信。

第七十四回

僧亲王中计丧躯
曾大帅设谋制敌

前回说到洪福瑱出走，自广德转入湖州。其时浙江诸郡县，次第克复，独湖州尚为长毛酋黄文金所守，苏浙官军，会攻未下。文金迎幼主福瑱，至湖州就食，左宗棠、李鸿章探知消息，急檄部将努力图功。于是浙将高连升，王月亮、蔡元吉、邓光明等，攻湖州东南，苏将郭松林、刘士奇、王永胜、杨鼎勋等，攻湖州西北，迭毁城外石垒，连破敌众。黄文金率悍党数万，启西门出战，郭松林督水陆军攻其左，王永胜由山径攻其右。文金袒露两臂，衔刀狂突，往返数回，终被枪炮截住。文金尚冒死力争，忽报浙军已攻入湖州东门，顿时心慌意乱，拥福瑱西走，遁至宁国府山中，不料兜头碰着鲍超，大杀一阵，歼毙无算，没奈何回走浙江淳安。途中又遇浙将黄少春，弄得文金无路可奔，舍命相扑，身被数十创，方突出重围。闻李世贤、汪海洋等在江西，决计由浙赴赣。约行数十里，文金创病大发，呕血而亡，遗命兄弟黄文英，力卫福瑱入江西境。文金亦晋荀息流亚。

文英遂挟福瑱至广信，浙军紧追不舍，前面又有江西军要击，只得转趋石城。记名按察使席宝田，方在崇仁攻李世贤，探闻洪福瑱已入江西，防他与世贤军联合，急率轻骑由间道出截，至石城县杨家牌地方，危崖盘郁数十里，夕阳已衔挂山麓，暮色如画。前锋逗留不进。宝田召前锋前校，问伊何故逗留？将校以日暮对。宝田怒道："过岭即逋寇所在，汝何懈我军心？"喝令推出斩首，诸将股慄，奋勇而上。走了一夜，岭路渐平，东方亦渐明亮，遥见岭下有一簇长毛，正在早炊，军士大呼而下，长毛错愕相顾，不及逃避。黄文英勉强格拒，马踬被擒。还有洪族中洪仁玕、洪仁政，及他渠酋数十人，亦被宝田军擒住，单不见了洪福瑱。宝田讯问黄文英等，都不肯实供，只俘虏中有一牧马小儿，由宝田诱出供词，说小天王逃遁不远，尚在山中。宝田乃分兵堵住谷口，自督部将沿山搜寻，瓮中捉鳖，网里捕鱼。不到二日，部将周家良，报称已擒住洪福瑱，当下由宝田亲鞫，可怜十五六岁的童子，杀鸡似的乱抖，只答了一个“是”字。宝田即将洪福瑱及黄文英等押解南昌。巡抚沈葆桢，迅速奏闻，上谕下来，叫他就地正法。自是福瑱被磔，黄文英、洪仁玕、洪仁政等，都随了小天王，同登鬼箓去了。了结洪氏。

是时太平酋康王汪海洋，正纠合余众十万，来迎福瑱，距战处仅百里，闻得福瑱被虏，众心解散，海洋气夺，窜入福建。李世贤亦自赣入闽。闽省空虚无兵，不意穷寇猝至，汀漳二郡，尽被蹂躏。按察使张运兰，率五百人拒战，众寡不敌，陷没阵中，被他支解而死；提督林文察，亦战死漳州，闽省大震。左宗棠飞檄黄少春、刘明灯，自衢州趋延平为中路军；刘典、王德榜，自建昌趋汀洲为西路军；高连升自宁波泛海，趋福州出兴泉为东路军。三路官军至闽，不甚得手，李鸿章亦遣郭松林、杨鼎勋，统军乘轮船至闽，合围漳州，鲍超亦自江西至武平，各军会集。李世贤、汪海洋，乃由闽窜粤。海洋攻入镇平，李世贤亦至，由海洋郊迎入城。两人议论军事，意见不合，海洋竟刺杀世贤，到此还要相杀，可谓至死不悟。又欲返走江西，为席宝田所阻，杀了一场。海洋背受矛伤，仍回广东，陷嘉应州。左宗棠促鲍超率军赴粤，自己亦入粤督师。由是浙军围嘉应州东南，鲍军当州城西面，北面由粤军方耀军环攻，惟南面驻扎敌营。海洋倾寨出战，官军失利，嗣复出攻浙军，黄少春、刘典、王德榜等亦败却。长毛得胜，可谓回光返照。海洋乘胜追赶，黄少春等选枪炮队抵御海洋，更番注射，长毛反奔。诸军闻浙营得胜，三面夹攻，海洋中炮死，余党败入城中，推僧王谭体元主城守事。谭体元懦弱无能，开南门出走，官军追至黄沙嶂，山回谷绝，荒僻无人，将长毛逼入谷内，四围兜剿，长毛胆落，环跪乞降，体元及诸魁皆被诛，太平军才杀尽无遗。时已同治四年十二月了。了结长毛余众。

长毛尽歼，捻子尚骚扰山东、河南、陕西等省，清廷命科尔沁亲王僧格林沁，及湖广总督官文会剿捻子。官文本是个因人成事的脚色，虽然出省督师，却只迁延观望，独僧亲王骁悍善战，所向无前。同治二年，攻破雉河集老巢，擒斩捻酋张洛型，只洛型从子张总愚遁去。适苗练沛霖复叛，陷寿州，围蒙城，攻临淮，众号百万。僧王毫不畏惧，直向蒙城进发。那时苗练部下，闻到僧格林沁四个大字，统已魂驰魄丧，望风归降。苗沛霖势成孤立，被僧王逼得无路可走，为部下所杀。另有沛霖一班义儿，个个生得眉清目秀，仿佛美人儿一般，遇着这粗豪勇莽的僧王，偏生成一种好杀的奇癖，每获一人，总叫刽子手细细剐碎，他却当作一样乐事，坐在上面，斟酒畅饮。犯人越哀号，他越快活。所以苗练一死，这班狡童俱同归于尽。南风固不足爱，其如惨无人道何？

僧王复回军河南，驰入湖北，降长毛余党蓝成春、马融和等，逼死扶王陈得才。独捻匪张总愚，纠合党羽任柱、赖文洸，东奔西窜。僧王追到东，他却走到西，僧王追到西，他又走到东，凭你僧王勇悍过人，他竟不与一战，专寻山谷沮洳，峰回路阻的地方，分队匍匐。僧王手下，统是满蒙铁骑，在平原旷野间，无人敢挡，若逢着山路崎岖，骑不得骋，马不得驰，真是有力也没处用。独僧王不管厉害，只饬诸将追入，诸将稍有违慢，他便鞭责杖笞，不肯少恕，所以诸将闻令，无一敢怠。奈一入山中，屡遇贼伏，良将恒龄、舒通额、苏克金等，统同战死。僧王愈怒，日夕驰二三百里。宿不入馆，衣不解带，席地而寝，天未明，即令军士造饭，早餐一顿，余外尽带干粮，僧王执鞭在手，上马疾驰，主帅一动，将士自个个随上。奈这捻子狡猾得很，从湖北窜河南，又从河南窜山东，弄得僧军昼夜穷追，气竭力弱。总兵陈国瑞、何建鳌，叩马谏阻。僧王那里肯从，只命将士尽力追赶，一程复一程，直到曹州。已是英雄末路。此时已是同治四年四月，天气微炎，南风习习，僧军多追得气喘吁吁，汗流浃背，遥听山后隐隐有号炮声，僧王传令速进，当下爬山过岭，越了几个峦头，仍不见敌踪，只小坳内有樵夫数名，不待僧军往问，他已走谒马前，报称捻匪在前，愿为前导。分明有诈。僧王大喜，便令樵夫前行，自率军紧紧相随，但见暮霭横空，落霞散绮，孤鸦觅队，倦鸟归林，叙入暮景，另有一番描写。军士不及夜餐，已是面带饥容，勉强前进。忽闻四面呐喊，前后左右，拥出无数捻子，把僧军困在垓心。僧王尚不在意，只督令诸将杀贼，捻众偏不与力敌，专用枪炮乱击，相持一二时，天色昏黑，僧军汹汹欲溃。诸将请突围出走，僧王不许，再三固请，乃饬召引路的樵夫，仍拟从原路杀出。樵夫恰也不逃，只说王爷随小的出去，决不有误。僧王尚命亲兵进酒，饮了数斗，吃得酒气醺醺，才提鞭上马，那马偏无故倔强，兀立不动。僧王加了几鞭，马反跳跃起来，险些儿把僧王掀下。马亦有知，人不如马奈何？僧王易马突围，眼睁睁望着樵夫，杀将出去。

谁意樵夫引着僧王，偏向捻子最多处引入，总兵陈国瑞，见捻子重重拦阻，料知樵夫心怀不良，忙叫王爷速回。那樵夫闻国瑞大呼，霎时变脸，怒目相向，反叫捻子围杀僧王，国瑞忙挺身出救，无如捻子如蜂拥上，把僧王、国瑞冲作两截。国瑞舍命上前，连突数次，统被捻子击回。此时国瑞知无可救，只得自己寻条血路，冲杀出来。等到国瑞杀出，天色已经微明，检点手下残卒，只剩了数百人，方思下马暂憩，见有一队败卒，踉跄而来。国瑞忙问王爷何在？有一败卒道："黑夜中人自为战，未识王爷下落。但百忙中见有贼首戴着三眼花翎，扬扬而去。贼首那里来的花翎，想总是王爷殉难了。"国瑞道："我等且再向前去探寻王爷踪迹，果得确实消息，方可奏闻。"部兵总不敢前行，由国瑞登高瞭望，已不见捻子片影，遂带部兵趋回原地。沿途尸如山积，仔细检视，觅得总兵何建鳌，及内阁学士全顺尸身，未免叹息。复寻将过去，只见一尸，卧丛箐中，有身无首，旁有一尸，却还身首俱全。国瑞令军士辨认，才识身首俱全的死尸，乃是僧王帐前马卒，无首的死尸，不是别人，正是亲王僧格林沁，身上已受了八创。国瑞相对泪下，遂率军士罗拜，舁尸归省。连何总兵、全学士的尸身，也一同载回。当下飞章奏告，两宫太后亟下懿旨，从优议恤，准建专祠，并令配享太庙，予谥曰忠。

小子叙到此处，于上文樵夫底细，尚未详述，究竟樵夫是真是假？不得不补叙数语。樵夫实是捻子桂三假扮，导僧王走入绝地，僧王一味粗莽，不暇详辨，所以中计。缴足上文。

这时曾国藩正在南京，闻僧王轻骑追敌，每日夜行三百里，国藩叹道："兵法忌之，必蹶上将军。"方拟草疏密陈，忽报廷寄到来，僧王在曹州战殁，令他携带钦差大臣关防，赴山东剿捻，所有直隶、山东、河南三省绿旗各营，及文武官弁，统归节制。两江总督职任，由李鸿章暂署，另命刘郇膏护理江苏巡抚。先是朝旨赐国藩为毅勇侯，国荃为威毅伯，官文为果威伯，左宗棠为恪靖伯，李鸿章为肃毅伯。国藩持盈戒满，自思于功臣中，独膺侯爵，未免高而益危，至此接节制三省的上谕，遂上疏力辞，朝旨不许，只催他速赴山东，国藩不得已受命。是时捻众方战胜僧王，鸱张益甚，自山东编造木筏，搜劫民船，蓄意北犯，畿辅戒严。两江署督李鸿章，恐直隶兵单，亟遣布政使潘鼎新，统带鼎字淮军十营，由海道赴天津，与直督刘长佑，筹固京防。捻众乃还集亳州一带，窥伺雉河。又想归老巢来了。曾国藩闻这警耗，急调刘铭传、周盛波等，率本部淮军往援。刘周两统领，向在鸿章麾下，系淮军中著名健将，此次奉调出剿，纵横扫荡，所向无前。捻首任柱、赖文洸，虽竭力抗拒，究竟不是他对手，霎时间阵势已乱，分头窜去，雉河得转危为安。

刘铭传（1836—1896），字省三，号大潜山房，安徽合肥人。清末淮军将领。1865年入山东镇压捻军，任直隶提督。1868年，督办陕西军务。中法战争中，1884年以福建巡抚督办台湾军务，抗击入侵法军。次年10月台湾设省，为首任巡抚。1891年因病回籍。

朝旨奖赏有差，并促曾国藩克期平捻。国藩老成持重，复陈目下情形，万难迅速，一因楚勇裁撤殆尽，仅存三千作为亲兵外，现只留刘松山一军，及刘铭传淮勇各军，不敷调遣，当另募徐州勇丁，就楚军规模，开齐兖风气，最快亦须数月，方可成军；二因捻匪战马极多，单靠步兵，断不足当骑贼，须派员赴古北口采办战马，在徐州添练马队，乃可进兵；三因扼贼北窜，全恃黄河天险，现办黄河水师，亦须数月，始可就绪；四因直隶一省，应另筹防兵，分守河岸，不宜令河南兵卒，兼顾河北。末后最要紧数语，乃是齐豫苏皖四省，不能处处顾到，山东只能办兖沂曹济四郡，河南只能办归陈两郡，江苏只能办徐淮海三郡，安徽只能办庐凤颍泗四郡。这十三府，系捻匪出没的地方，可以责成臣办，此外须责成本省督抚，屯驻泛地，各有专属等语。确是老成持重之言。两宫太后方倚重国藩，自然照准。

国藩恰安排多日，方出驻徐州。那时捻众恰东驰西突，随地蔓延，忽扰安徽，忽走山东，忽入河南，虽由官军四处追剿，总难圈住敌锋。朝旨免不得诘问国藩，又由国藩复奏，大致谓："捻匪已成流寇，官兵不能与之俱流，现惟择要驻军，不事驰逐，军饷器械，由水道转运，江南作根本，清江浦作枢纽，溯淮颍而上，可达临淮关，溯运河而上，可达徐州济宁。目下正分设四镇重兵，安徽以临淮为老营，归刘松山驻扎。山东以济宁为老营，归潘鼎新驻扎。河南以周家口为老营，归刘铭传驻扎。江苏以徐州为老营，归张树声驻扎。一处有急，三处往援，首尾相应，或可以拙补迟，徐图功效。"清廷也不能驳他，只好听他缓缓的布置。曾侯不求速效，隐惩僧邸覆辙，然平捻之机，实自此始。

会张总愚窜入南阳，两宫太后又焦急起来，令李鸿章督带杨鼎勋等军，驰赴一带防剿。结末又有"与曾国藩妥同商酌，不必拘泥谕旨，务期计出万全"云云。国藩恰奏称："河洛无可剿之贼，淮勇亦无可调之师，李鸿章若果入洛，岂肯撤东路布置已定之兵，挟以西行，坐视山东江苏之糜烂而不顾？"等语。看曾侯此奏，似愤懑得很。还有李鸿章一奏，更说得剀切恳挚，他奏疏中有三大纲，曾由小子忆着，节录以供众览，便知当日用兵的情形。其文云：

臣按我朝从前武功，专恃兵力，此次军务，全资勇力。臣初至军营，习闻周天爵、福济、琦善、向荣、和春诸臣之议论，皆谓绿旗弁兵，驯谨而易调遣，各省勇丁，桀骜而少纪律，其不得已而用勇，就地召募，随时遣汰，尚无甚流弊，若远调数千里外，终必哗溃误事。咸丰初年，广西所募潮勇最多，向荣、张国梁，带赴江南，沿途骚扰，卒至十年三月金陵之变，一溃而不可收拾矣。自曾国藩、江忠源、胡林翼、李续宾等创练楚勇，不用一兵，盖深知绿营废弛已久，习气太深，万不足以杀敌致果。而以楚将练楚勇，恩信素孚，法制严密，又由湖南北转战江皖，一水可通，人地相宜，是以历久而能成功。然李续宜、唐训方以楚勇剿淮北之捻，刘长佑以楚勇剿直隶之骑

马贼，均未大着功效，则以离乡太远，南北异宜，勇性未能驯服，何能得其死力？曾国藩有鉴于斯，故于金陵克复，东南军事将竣，即将所部湘勇，全行遣撤，但属臣暂留淮勇，以备中原剿捻，自系因地制宜。

夫捻匪系皖豫东三省无赖纠合而成，其隶皖籍者，大都蒙亳颍宿人，皆在淮北。臣籍隶庐州，实在淮南。所部淮勇，则庐州，六安，安庆，扬州人居多，皆滨江之处，于长江上下防剿最宜。军士战于其乡，亦较得力。若赴河洛山陕，水土不习，诚恐迁地勿良，勇心涣散。朝廷期望于臣，欲以西北军事相属，不过以臣在吴，粗立战功，而臣亦惟赖所部将士，踊跃用命。若令臣去，而平素所用之健将劲兵，不得随行，臣复何能为役？曾国藩筹设徐州、济宁、周家口等处防军，皆臣部最出力者。臣若不调西行，则声势不能大振。若全调他往，则东皖无以自立。若另图添募马步，而随身先无亲信可恃之兵勇，必致偾事，无裨全局，此兵势不能遽分者一也。

凡欲灭贼，必先治兵，欲强兵，必先足饷，欲筹饷，必先得人与地。臣自咸丰三年至八年，皆在皖北军中，窃见和春、郑魁士之军，战阵颇勇，旋因饷缺而溃。袁甲三、翁同书继之，更因饷绝而败。即十年江南大营之溃，十一年浙江之陷，皆由于粮饷断绝。官文、胡林翼，筹鄂饷以供东征，曾国藩进图江皖，以江西、湖南、广东厘金为饷源，左宗棠以浙饷办闽浙之贼，臣以苏沪入款，办江浙之贼，皆能自我为政，转谕不匮，幸而蒇事。从古至今，言兵事未有不先筹饷糈者也。曾国藩夏间奉命剿捻，臣忝署江督，即以后路筹饷，引为己任以安其心。数月来分屯豫东苏皖千余里，湘淮兵勇四万余，粮运供支，源源接济，又兼筹苏松扬州留防各陆营，长江外海各水师，皖南江西防剿遣撤各湘军之饷，虽以入抵出，不敷尚多，竭力匀拨，幸无贻误。臣若奉命西征，则现在进图剿捻后路分防各军之饷，尚无专责之人，即臣带兵远出，饷源当居于何处？筹饷当责成何人？且欲图兜灭北捻，必须多练马队以备冲突，广置车骡以资转运，饷需甚钜，豫中蹂躏已久，力难供应。若专指苏饷，目下苏沪税厘，分供前敌，淮军已虞饥溃，再添练马步，人数益多，道路益远，势必不支。臣一经离任，恐亦不能遥制，此饷源不能专恃者二也。

臣军久在江南剿贼，习见洋人火器之精利，由是尽弃中国习用之抬枪鸟枪，而变为洋枪队，现计出省及留防陆营五万余人，约有洋枪三四万杆，铜帽月需千余万颗，粗细洋火药，月需十余万斤，均按月在上海、香港各洋行，先期采买，陆续供支。臣每亲自料理，又有开花炮队四营，一为潘鼎新带往济宁，一交刘秉璋镇守苏州，其副将罗荣光、刘玉龙两营为臣亲兵，现分守金陵城外之下关江东桥两处江口，以杜奸人觊觎。臣若出省督师，必须酌量调往，藉壮声势。惟炮队所用器械子弹，尽仿洋式，所需铜铁木煤各项工料，均来自外国，故须就近设局制造。苏州先设有三局，嗣因丁日昌在沪购得机器铁厂一座，将丁日昌、韩殿甲两局，移并上海铁厂，曾经奏明欲再移设金陵，为久远计。臣若远赴他省，则炮局与铁厂，久必废弛，不但技艺不能渐精，且虑工费多有缺乏，而臣军接济，亦有断绝之时，此军火不能常常接济者三也。

臣所虑者只此三端，倘蒙皇上天恩，俯悯愚忱，熟思审处，俾微臣带兵远出，日后无掣肘之患，臣得效命疆场，帮同曾国藩，为国家歼此残孽，万死何辞！谨奏。

奏入，奉谕照旧办理，毋庸更张。于是曾国藩在徐州，除分设四镇外，添练马队一支，令李鸿章弟昭庆统带，作为一队游击兵，令他先赴河南，然后移节前进，驻扎周家口，居中调度。捻众闻报，竟另辟一路，窜入湖北，任柱、赖文洸向黄冈，张总愚向襄阳，蕲黄一带，遍地寇氛。曾国藩急调刘铭传援鄂。铭军一至，任、张两大股捻子，又并窜山东，连扑运河，被潘鼎新军击败。又入河南，遇着铭军回援，复东走淮徐，忽东忽西，忽分忽合，弄得官军疲于奔命。当由从容坐镇的曾大帅，想一个防河圈捻的计策出来，正是：

欲防兽逸先施穽，为恐鸿飞且设罗。

毕竟曾侯所设的计策，是否有效，且看下回分解。

捻众四出滋扰，纯系盗贼性质，无争城夺地之思想，其知识更出洪杨下。然其东西驰突，来去飘忽，比洪杨尤为难平。以此伏迹者一二百年，构乱者十三四年。僧亲王锐意平捻，所向无前，戮张洛型，诛苗沛霖，铁骑所经，风云变色，乃其后卒为张总愚等所困，战殁曹南。盖有勇无谋，以致于此。曾李二公，更事既多，行军自慎，读其奏疏，不啻举二十年战事，尽绘纸上，故本回可为轻躁者戒，慎重者勖云。

第七十五回

溃河防捻徒分窜
毙敌首降将升官

却说钦差大臣曾国藩，因捻众四出为患，决议扼守沙河、贾鲁河，逼捻众入西南，为竭泽而渔之计。自河南周家口以下，至槐店止，这一带属沙河，自周家口以上至朱仙镇止，这一带属贾鲁河，两处统设重兵扼守。自朱仙镇以北四十里，至汴梁省城，又北三十里，至黄河南岸，无河可扼，挖濠设防。自槐店以下至正阳关，尚是沙河余流，亦派重兵驻扎。自正阳关以下，统滨淮河，由水师与皖军会防。各分泛地，逐层布置，依次紧逼，免得捻众四溢。规划已定，遂檄刘铭传、潘鼎新、周盛波各军，分防沙河，严扼要隘，遍筑墙堡。捻首张总愚与牛老红，正渡沙河南下，任柱与赖文洸，亦渡淮并趋南路，这防河圈捻的计策，正用得着。各镇官军，方拟四面兜剿，不料夏雨过多，水势盛涨，南阳微山等湖，与运河连成一片，各路所筑堤墙，多半坍毁。想系捻众尚未该绝，所以如此。兼且积潦盈途，深过马腹，军中米粮子弹，输运迟滞，文报往来，亦多延误，民庐漂没，饿莩盈野，捻势因之益横。张、牛、任、赖，并合全力，由汴梁省城附近，排墙而进，直犯豫军。豫军只有抚标二营，敌不住大股捻匪，立时溃退。那捻众夷堑填濠，向东驰去。

是时刘铭传方在朱仙镇，遥望火光渐迤西北，料知豫中泛地有警，忙令乌尔图那逊，带领马队向东驰援，唐殿魁带领步军，望北截剿。两军到开封境内，捻众大股，已渡过黄河，窜入山东，只有几个小捻匪，剩落后面，做了刀头之鬼。当下山东告警，菏泽、曹县、郓城、巨野一带，纷纷乞援。警报迭达清廷，这种酒囊饭袋的王大臣，遂交章弹劾国藩，说他暮气已深，不能再当重任。惯说现成话。事为国藩所闻，未免气愤，竟至成疾，因上疏请假。朝命李鸿章携带关防，驰赴徐州，调度湘淮各军，防卫淮徐以东，并与山东巡抚阎敬铭，商办山东军务，互相策应。

及鸿章到徐州后，刘铭传、潘鼎新两军，已蹑捻众至郓北，与捻众战了一仗，大获全胜。捻众复折回西窜，又入河南，谋决黄河，断流徒涉，方在薄河掘堤，铭、鼎两军，先后追至。捻众分路散走，张总愚由河南窜陕西，任柱、赖文洸由河南窜安徽，自是张称西捻，任、赖称东捻。这位忧谗畏讥的曾侯，已告假了数日，索性再上奏章，自称剿捻无功，愿即开缺撤封，降为散员，留营效力。曾侯亦思效张子房耶？两宫太后垂念旧勋，不从所请，令他在营调理，赏假一月，这一月内，着李鸿章署理钦差大臣，国藩尚请开缺另简，以专责成。李鸿章也上疏推辞，仍把分兵筹饷的两样难处，申奏一番。朝议遂将曾李二人，易一位置，两人不便再违，遂遵旨奉行。

当曾李交替的时候，东捻复从安徽回河南，从河南窜湖北。国藩弟国荃，时为湖北巡抚，闻东捻窜入，出驻德安，飞咨钦差大臣李鸿章，调兵进剿。鸿章急檄刘铭传、刘秉璋等，自周家口拔队进固始商城，与周盛波、张树珊各军，分道入鄂。任柱、赖文洸，本思由湖北入陕西，联合西捻，因被曾国荃所扼，不能前进，遂率众直趋德安，绵亘数十里。周盛波、张树珊军，正自河南驰至，与捻众开仗，任、赖麾众冲突，由周、张开放炸炮，连环轰击，捻尚未退。前者仆，后者继，自未至戌，鏖战四时，周、张两军，抛了无数炸炮，遍地爆裂，毙捻无数，捻众始折奔西北。张树珊与盛波军，东西分追，相距约二十余里。树珊至德安府境王家湾，遥见捻众在前，尚不下数万名，当即麾兵直上，至新家闸。捻众列阵以待，树珊分两翼夹进，自督副队居中，用马队为外护，奋勇杀入，毙敌无算，捻众复回头窜去。兵法有云：“穷寇莫追，”树珊仗着锐气，满望得当歼敌，仍率兵踊跃前进，为这一追，适中兵法所忌，又蹈僧王覆辙了。好勇者其听之！树珊前追数十里，忽后面喊声大起，有大队捻子杀到，前面的捻子，也转身夹击，把张军前后队冲断。树珊久战无继，免不得穷蹙起来，战至夜半，不得出围，所督副队及亲兵，伤亡殆尽。树珊自知必死，大呼陷阵，杀伤略当，力尽堕马，遂遇害。树珊庐州人，系张树声兄弟，自咸丰四年，随兄至皖北带勇，隶李鸿章麾下，树声以谋胜，树珊以勇胜，相辅而行，故所向有功。至同治四年，树声赴徐海道任，树珊已洊升至右江镇总兵，此次奉命援鄂，鸿章颇虑其轻敌，令与周盛波合进。不意树珊偏孤军追敌，竟堕了捻子前后夹攻的诡计。叙明树珊履历，犹是旌忠之意。

刘铭传闻树珊败没，驰至德安，会周盛波军，追踪进蹑，击败捻众于下沙港，捻众东窜枣阳，西折至安陆府属的尹潅河。时鲍提督超，正驻军樊城，铭传与他函商，约期夹击。铭军由北而南，先至尹潅河，望见捻众均扎驻对岸，遂留王德成、龚元友两营，护守辎重，自率大众渡河。至中流，捻众作要击状，被铭军炮弹击退。铭军既登对岸，捻众不战而走，由铭军追杀五六里。铭传老将，胡犹不知捻匪诈计？此可见行军之

清穆宗（1856—1875），即“爱新觉罗·载淳”，清代皇帝，咸丰帝长子，年号同治。咸丰十一年（1861年）即位，由慈禧、慈安两位太后垂帘听政。在位期间，清政府依靠曾国藩、李鸿章、左宗棠等一批重臣镇压了太平天国起义。同治十二年（1873年）同治帝亲政，仍由慈禧掌权。1875年1月病死。

难。忽有紧报传来，说是捻子已渡河劫辎重，铭传大惊，急分前敌步队三营，马队三营回顾后路，六营方发，任、赖二捻，竟悉众回扑铭军，铭传即分中左右三军迎敌。战不多时，左军统带刘盛藻，败退过河，捻子并力攻中右两军，中军营官李锡增，中弹身亡，铭传也不能支，只得且战且退。右军统带唐殿魁被困，战没阵中，于是捻众乘势掩杀，亏得王德成、龚元友两营，沿河救应，方得护铭传过河。捻众又渡河追来，铭传正在危急，幸鲍超亲率霆军来援，两军齐奋，方将捻众杀退，向安陆西路窜去。铭传收拾余军，五停中已丧失一停，询问王龚两营官，才知抢劫辎重乃是捻子谣言，故意误人，摇动铭传军心之计，铭传懊丧不迭，奏闻清廷，自请处分。有旨加恩宽免，只责刘盛藻督队不力，拔去花翎，撤去勇号，仍令带罪图功。其余阵亡将士，各赐恤有差。捻匪计中有计，不可谓无人。

同治六年，李鸿章抵徐州，朝旨令他任湖广总督，仍着在营督军剿捻。鸿章接旨后，复自徐至周家口，定议先剿东捻，后剿西捻，又因树珊战殁，铭传败退的缘故，料得穷追无益，决计用曾老旧谋，仍主圈地。闻任、赖等尚在鄂境，劫掠裹胁，乃檄各路统领，陆续赴鄂，围攻捻众。赖文洸刁猾得很，与任柱商议，由鄂窜豫，至信阳州。刘铭传急统军回防，周盛波亦随后踵至，两路夹击，阵擒捻党汪老魁、陈大狗、祝老伏等十八人，斩余捻二千余名，只阵亡总兵刘启福。任、赖经此大创，只得折回，转而图皖，又被刘秉璋、杨鼎勋等击败。任、赖急得没法，还想下窜，由刘铭传驰入鄂边，拦头痛剿，连败数阵。适时当仲夏，天久不雨，湖河尽涸，人马转战疲惫，无水不足以制敌。水溢不足制敌，水涸又不足制敌，流寇确是难剿。鸿章正在忧虑，俄闻捻众又逼近南阳，忙檄刘铭传尾追，周盛波迎截，潘鼎新、刘士奇等分路兜剿。任、赖闻风东趋，竟自河南窥山东，日夕驰数百里，势如飙发。各军驰追不及，竟被他冲破运防，直达济宁。运防是甚么要隘？因前次曾侯督师时，除豫省贾鲁河、沙河两岸设防外，又于山东省的运河东岸，修堤筑墙，防捻东窜。豫防溃陷，运防尚屹然如故。任、赖等远窜鄂中，距运防已远，戍卒多懈，不防捻众突然驰至，冲过运河东岸长墙，把东军防营内的军械，抢掠殆尽，并掳胁民船，迫渡全师。东军统带王心安，水师统带赵三元，都逃得不知去向，一任捻众所为，这叫作蝗虫吃稻，蚱蜢当灾。王心安太安心了，赵三元想是癞头鼋转世，故凫水隐去。

鸿章闻报，亟自周家口赴归德，调集淮军全营，赴东防堵。刘铭传、潘鼎新为淮军领袖，因捻众渐趋登莱，遂建倒守运防，进扼胶莱的计议，鸿章甚为赞成，遂派铭军由济宁向泰安、莱芜，径趋青州为中路，鼎军由潍县昌邑赴莱州为北路，又派徐州镇董凤高，昭通镇沈宏富马步十五营，由郯城兰山进莒州为南路，三路兜截而前，期逼二捻酋到海滨，使他进退无路，束手就毙。于是将大略疏陈，复旨命他移驻东境，就近调度。鸿章乃再自归德趋济宁，又调周盛波、刘秉璋、杨鼎勋各军，分戍运河。并咨河南巡抚李鹤年，派张曜、宋庆两军扼东平，并约安徽巡抚英翰，派黄秉钧、张得胜、程文炳各军，扼守宿迁上下游一带。并调水师三营，入运巡护。乃弟李昭庆，亦令守韩庄八闸。各军陆续到防，旌旗飘荡，戈戟森然。就中有坍陷的河堤，毁坏的墙垣，令弁勇赶紧修筑，不论炎风烈日，统是昼夜不停。这一番布置，真是密密层层，像铜墙铁壁一般，一些儿没有渗漏。鸿章复亲去巡视，东至运河，西至胶莱河，都已筹防完固。只潍河西岸，统是沙滩，接近海口，一时不及筑墙，当遣东军十营防堵，想亦无妨。遂回驻济宁，眼睁睁的望着捷报。布置妥帖，总望有成，谁料尚有缺点。

第一次报到，捻匪窜即墨县，由东抚率军击退；第二次报到，捻匪犯新河，由潘鼎新军击退；第三次报到，捻匪大股扑豫军，由宋庆等并力杀败，追奔二十余里。鸿章暗想道："这番的捻匪，已入我笼中，就使插翅也难飞去了。"过了两三日，接到一角紧要文书，拆开一瞧，乃是捻匪全股，从海神庙扑渡潍河，王心安营溃，营官胡祖胜等阵亡，亡字未曾看完，不由的将来文掷下，勃然道："混帐的王心安，前次为运防失陷，已经革职，只望他效力赎罪，他又溃走，误我大事，真正可恨！但尚有王成谦十营，为甚么坐视不救呢？"看官听着！这王成谦系候补道员，就是东军十营的统领，潍河西岸，归他防堵，他因营墙未成，不免心虚，左思右想，只有已革总兵王心安，原扎辛安庄，颇有营墙掩护，遂与他商议，令他移驻海神庙。海神庙系在海口，心安总道捻匪不来，便亦允商。都是避难就易的想头。当下将所部四营移扎，偏这任柱、赖文洸，与他作对，竟从此冲出，心安又跳身遁去。王成谦袖手旁观，竟被捻众一拥过河。心安善走，成谦善避，真是一对好同宗。至刘铭传、潘鼎新，及董凤高、沈宏富等，闻警驰至，那捻众已似漏网鱼，脱笼鸟，远飏而去。恼得李鸿章无自泄愤，一口气都喷在王成谦身上，拜表弹劾，立即革职。一面专顾运防，亲赴台庄，妥慎布置。

清廷的王大臣，又疑议起来。一班饭桶，又想出头。说是："胶莱且溃，何论运河？"即寄谕询问李鸿章。鸿章复奏："胶莱河防三百余里，尚不可靠，沿运千里，似更难恃，但从前议守运河，原恐胶莱河防，仓猝难成，所以画一圆圈，扼捻归路，檄皖豫鄂各军，出境守运，既便顾外，尤便顾内。若自撤运防，令捻匪得以窜逸，将来流毒数省，贻害无穷。”这数语感动天听，有旨报可。果然任赖二酋，急欲突出运河，窜至宿迁，幸亏刘铭传、潘鼎新、周盛波各军拦住厮杀，截回捻众。任、赖又图扑苏境，经各军前截后追，打一仗，输一仗，没奈何仍返山东。是时已秋尽冬初，捻酋闻潍县有粮，想掳掠一番，为御冬计，不意铭军急急追来，任柱等方到潍县，铭军潜蹑而至，乘其不备，夤夜攻入，把捻巢截作三段，捻众大乱。捻党王双如等被斩，张斯、潘德、杨三洼等受擒，任柱、赖文洸，尚抵死拒战，当由铭军叠放排枪，中者死，着者伤。又毙捻众数千人，获住好几个头目。任、赖也几乎成擒，只得落荒逃走。任柱等经此一战，吃亏的了不得，所有精悍，多半被歼。奔到日照县，那刘铭传仍不肯舍，率马步两队追至，枪弹无情，又将任柱右耳击伤，任柱再向南窜，径奔江苏赣榆县境。遥望后面尘头又起，料知铭军杀到，不禁大愤，向手下党羽道：“今日定要决一死战，有他无我，有我无他。汝等如不从令，先血吾刃。”一味蛮抗，有何益处？当下选捻子数万名，设伏城东丛林中，自己恰裹创以待。刘铭传追至赣榆，也防任柱设伏，分兵两路，一路由城东进，派副都统善庆、温德勒克统带，一路由城西进，派总兵陈振邦及副将徐邦道、勇目陈凤楼等统带。陈振邦等甫过西关，正遇着赖文洸，率马步数千人前来，两下接仗，不到数合，赖捻即退，振邦麾众尾追，甫及里许，喊声大起，有一大股捻子，都执着长矛，相夹而进。赖捻也转身杀来，振邦颇觉心寒，幸来了刘盛休、唐定奎两将领着步队，接应振邦，夹击捻众。捻众毫不畏怯，奋勇死斗，正杀得难解难分。刘铭传亲督全军，摇旗而至，那边詈不畏死的任柱，望见铭传亲来，就将丛林内的伏捻，一齐号召，向刺斜里杀出。说时迟，那时快，善庆、温德勒克一支人马，也从城西绕到，敌住任柱。东来西应，颇觉好看。这时候炮声飚发，弹焰星攒，一面是只思脱险，猛鸷异常，一面是满望立功，悍勇无匹。酣斗了好几时，尚是不分胜负。忽然烟雾四塞，昏不见人，赖文洸一股，纷纷退走，刘铭传趁这机会，派刘克仁步队六营，及丁寿昌、滕学义等，乘着雾，由城北绕出，攻任捻的背后。自率各军会合善庆等，专攻任柱。任柱分股相拒，越斗越狠，瘈狗一般不管死活，一味乱噬。不到数刻，刘克仁、丁寿昌等，从背后冲入捻阵，捻众始乱。独任柱指麾自若，仍一些儿没有惊慌。刘铭传下令，得任贼首，立膺上赏，军士越加感奋，踊跃上前。怎奈任柱手下的悍捻，煞是能耐，左挡右拦，无隙可入。猛听得一声大叫道：“任柱中枪死了。”这声传出，捻众惊噪，乃大奔。铭传挥军掩杀，穷追二十余里，擒斩千余名，夺得骡马器械无数，方才收军。

当下拜表奏捷，叙明降人潘贵升的首功。有旨自铭传以下，均加赏赉。独降人潘贵升，补用千总，并赏加游击衔，又给银二万两。看官！你道这潘贵升，何故独蒙优赏呢？原来贵升见任捻势蹙，曾向陈凤楼马队营内，密信乞降，愿杀任捻为进身阶。这日两边接仗，战久不下，贵升混入清营，密报哨官邓长安，计歼捻首。长安为语铭传，令他立功受赏。贵升即返，也是任柱命数该绝，天大烟雾，前后迷濛，被贵升施枪洞胸，顿时毙命。贵升大呼而出，至铭军处报功。捻众无头自乱，焉有不溃之理？补叙任柱中枪之原因，是作者惯手。小子曾戏作十六字道：

任柱不任，贵升偏贵。

天道昭彰，贼死无悔。

任柱已死，只剩了一个赖文洸，独木不成林，不怕他不死了。欲知后事，且看下回。

圈地剿捻之谋，实是制捻胜算。曾国藩创之于前，李鸿章踵之于后，萧规曹随，不是过也。乃一溃河防，而言官文劾曾侯，再溃河防，而言官群诋李督，众口铄金，积毁销骨，设非老成人，坚持到底，鲜有不隳成谋，破全局者。阃外之事，将军主之，此乃颠扑不破之至理，悠悠之口无取焉。任柱为捻徒各股总头目，桀黠称最，自被其下潘贵升所刺，而捻众乃瓦解矣。然非圈地制捻之计行，则任柱之势不蹙，贵升固捻党耳，岂肯反噬乎。读此回吾服李督，吾尤服曾侯。

第七十六回

山东圈剿悍酋成擒
河北解严渠魁自尽

却说捻众自任柱死后，推赖文洸为首领，文洸激厉众捻，为任柱复仇，自赣榆县奔至海州，收拾余烬，再图大举。会清军营内又添了一员郭松林，郭向隶李督麾下，平苏常有功，应七十二回。任福建陆路提督，前时因病乞假，此番病愈来营，由李鸿章派拨马步二十营，交他统带，令赴前敌。松林与刘铭传是老同寅，自然竭力帮助，会潘鼎新至海州，击败赖文洸于上庄镇，降捻党五营头目李宗诗，复追入山东诸城县境，途次遇边马游弋，亟饬将士严阵前进，步步为营。行不数里，果见捻众数百骑，如飞而至，被鼎军一阵痛击，都拍马逃去。鼎新向步军各统领道："这是捻匪惯技，明明诱我，使我中伏，我恰偏要追去，汝等须步步留意，倘或伏贼齐来，不要惊惶，只教立定脚跟，静待号令。"捻匪惯技，已被清将瞧破，这叫作鼯鼠技穷，安能不毙？诸将齐声答应，鼎新即自率马队，分东西两路追入，步军随后徐进，一声胡哨，捻众从冈岭三路压下，好像风卷潮涌，飚忽而来，鼎新恰从容指挥，令前后马步两队，各自严列，用枪对敌，不得妄动，违令者斩。此令一出，各军士屹立不动，凭捻众如何冲突，只用枪弹对付，捻众无法可施，所有锐气，已自不战而挫。鼎新见捻众已怠，鸣鼓进军，前马队，后步兵，纵横驰突，锐不可当，杀得捻众叫苦连天，一霎时跑得精光。

自是赖文洸一筹莫展，只向寿光，昌邑，潍三县交界处，往来盘旋，到潍县东北安堌地方，又想抄袭陈文，从海滩窜渡内地。突见清军大队，摇旗而来，旗上都大书一刘字，不是旧日的王心安。文洸到此，逃已不及，仓皇整队，迎拒铭军。方交战间，但闻四面八方，都是清军杀到，口口声声的呼杀赖贼，文洸不免慌张，忙冲开血路，向东狂奔，一口气驰至杞城，旗靡辙乱，毫无纪律。蓦闻前面有炮声枪声，振响空中，清军随声而出，当头拦截，为首一员大将，红顶花翎，跃马突入。这位大将是谁？就是郭军门松林。文洸尚不知他厉害，呼众迎战，被郭松林手刃数人，方晓得不是等闲，正思回走原路，谁知铭军又复赶到。文洸势成死地，不得不力战求生，遂令步队居中，马队分两翼，翕张凶焰，恶狠狠的相扑，究竟弱不敌强，被铭、松各军，追至河曲，群捻自相残踏，尸横狼藉，后路的捻众多凫水逃去，赖文洸也总算幸脱。想还有几日好活。

各官军复跟踪追剿，直至胶州县的小南沟，趁他未备，又尽力掩杀一阵，只剩了几个老捻子，及七八千残众，随着赖酋，窜至寿光县界。官军四路相逼，蹙至海隅，圈入南北洋河巨弥河中间，河水甚深，捻众背水死战，松林、鼎勋两军，从东面攻入，铭传率大军从西面攻入，把捻众冲得四分五裂。文洸死斗一日，看看支撑不住，索性把马匹辎重，尽行弃掉，轻骑东奔。铭军令兵士不得妄取，专力追赶，由洋河追至弥河，捻众已零星四散，文洸还想冲突运防，奔至沭阳，遇着皖军程文炳，略战数合，当即折回，复至淮安，有李昭庆、刘秉璋、黄翼升水陆各军驻扎，眼见得不能过去，再窜扬州。适道员吴毓兰，奉李督檄，统带淮勇防戍，闻捻徒突至，出队迎击，文洸不敢恋战，仍且战且奔，追杀至瓦窑铺，天大风雨，昏黑莫辨，战至五鼓，毙捻数百名。此时文洸已入围中，无路可窜，竟纵火焚毁民屋，想借此摇惑官军，以便漏网。毓兰正防这一着，麾军冒火搜剿，但见火光中有一巨酋，骑着黄马，手执黄旗，指挥残捻，料知是赖文洸，叠发数枪，击中文洸马首，文洸随马仆地，毓兰急督亲卒突进，生生的将他擒住。审讯是实，就地正法，余捻不过数百人，擒斩殆尽，就使有几个逃出，也被各军搜杀无遗。

东捻各股，一律荡平，朝达捷书，夕颁赏典。李鸿章蒙赏加一骑都尉世职，提督刘铭传以下，均沐厚赉，曾国藩筹饷有功，已升授体仁阁大学士，至此亦加一云骑尉世职。清廷待遇功臣，也算不薄了。红顶子都从人血染出。就中有一位勾通捻匪的张七先生，占踞山东省肥城县的黄崖山，也被官军入山穷剿，杀得一个不留。这位张七先生名叫积中，本江南仪征县人，少时曾读过诗书，应试不隽，他穷极思迁，竟去投贽周星垣门下，拜他为师。周称太谷先生，素讲修炼采补术，门徒颇盛。积中学了五六年，尽得师承。太谷被江督百龄，拿去正法，门徒统行逃匿，积中也避至山东，寻闻禁缉渐宽，遂借传教为名，不论男女，尽行收录。有时占候风角，推测晴雨，颇觉有验，因是被惑的人，日多一日，连一班莫名其妙的官僚，也有些将信将疑，远近遂称他为张圣人。不知是文圣人，是武圣人。事有凑巧，捻匪骚扰山东，他恰托词筹防，占住黄崖山，叠石为砦，依山作垒，引诱愚民，说是北方将乱，只此间可以避兵。乡民越加信从，趋之如骛。他偏装腔作势，不轻易见人，平日讲授教旨，无非叫他高徒赵伟堂、刘耀东等，作为代表，他自己只同两个女弟子，深居密室，也不知研究甚么经典。大约是闺门秘术戏图之类。这两个女弟子的芳名，一名素馨，相传是太谷孙妇；一名蓉裳，系一个吴家新孀。山中每月必设祭一二次，每祭必在深夜，香烟缭绕，满室皆馨。积中仗剑居中，两女盛装夹侍，庄严的了不得。非教中人，不能入窥，乡里都称为张圣人夜祭。谁知后来竟约会捻徒，揭竿起事。捻徒失败，一座孤危的黄崖山，那里还保得住？被官军一阵乱杀，覆巢下无完卵，不特积中就戮，连素馨、蓉裳两女侍，也没有着落，大约不是逃，就是死，一场好因缘，都化作劫灰了。死则同穴，可以无恨。

话分两头，且说东捻失势的时候，正西捻蔓延的日子。西捻首领张总愚，自河南窜入陕西，适值叛回骚扰陕甘，遂与他联络一气。陕回的头目，叫作白彦虎，甘回的头目，叫作马化隆。他因发捻肇乱，亦乘机扰清，清廷曾赦胜保旧罪，令他往讨，师久无功，逮问赐死，应第七十一回。更调多隆阿往代。多隆阿迭破回砦，嗣后亦伤重身亡，再命杨岳斌督师，又因病乞归。西警频闻，恼了这位恪靖伯左宗棠，自请往讨，为国效力。两宫太后，欣然批准，立命移督陕甘。

宗棠到了陕西，闻捻回勾结，上疏剿捻宜急，剿回宜缓，朝旨自然照办。宗棠即令提督刘松山，及总兵郭宝昌、刘厚基等，率军驱捻，不令捻回合势。张总愚遂自秦入晋，自晋入豫，自豫入燕，直扰保定、深州等处，京畿戒严。盛京将军都兴阿，奉命赴天津，严行防堵；并调李鸿章督师北上，会剿西捻。鸿章不敢迟慢，即檄各路兵马，启程前进。惟刘铭传创疾骤发，不能乘骑，乞假养疴，因此未与。

鸿章既到畿南，以河北平原旷野，无险可守，只得坚壁清野，令捻徒无处掠食，然后再用兜剿的法子。于是劝令就地绅民，赶筑圩寨，一遇寇警，即收粮草牲畜入寨内，免为匪掠。绅民倒也遵谕筹办，无如张捻已四处窜突，连筑堡也来不及。第一次接仗，郭松林、潘鼎勋各军，破张捻于安平城下；第二次接仗，河南陕西各军亦到，与郭松林等会合，蹑捻至饶阳县境，袭斩捻党邱德才、张五孩；第三次接仗，捻偷渡滹沱河，松林、鼎勋兼程追到，陕军统领刘松山，豫军统领张曜、宋庆，亦先后踵至，各路截击，渡河各捻，杀毙甚众，张捻向南窜逸；第四次接仗，捻自直隶窜河南，复自河南回直隶，各军截剿于滑县的大伾山，又获大胜；第五次接仗，仍在滑县，捻用诱敌计引诱官军，记名提督陈振邦阵亡，其余各军，也伤失不少。讨东捻用详叙，讨西捻用简述，并非详东略西，实因东西捻之情势，大略相同，为避重复计，不得不尔。朝旨遂易宽为严，左宗棠先已被谴，至是李鸿章亦罣吏议，连直隶总督官文，及河南巡抚李鹤年，统革职留任。

左宗棠向负盛气，督军前敌，亲至畿声，与李鸿章会商军务，决议严守运防，蹙贼海东。统是抄袭曾文。规画方定，张捻已直走天津，亏得郭松林等冒雨忍饥，日夜驰数百里，抄出敌前，击败张捻，捻始折回。从前张捻的计策，很是利害，他从陕西到京畿，飚疾异常，本拟马到成功，立夺津沽，不期淮勇亦倍道来援，日夕争逐，未能逞志。他又故意窜至河南，牵掣淮军南下，然后疾卷回犯津沽，出人不意，掠夺奥区。偏这郭松林等，与捻众角逐已久，熟悉狡谋，防他回袭，与之并趋而北，且比他赶向上风。一场酣斗，竟得胜仗，自此敌谋乃沮，折入运东。总叙数语，申明上文。

李鸿章遂力主防运，拟先扼西北运河，联筑长墙，绝捻出路。适郭松林等追捻南下，道出沧州，沧州南有捷地坝，在运河东岸，当减河口，以时启闭，蓄泄济运，减河水深，足限敌骑窜津之路。鸿章飞饬郭松林，腾出潘鼎新、杨鼎勋两军，筑减河长墙八十余里，分兵扼守，津防以固。再调淮直豫陕皖楚各军，各守运河泛地，运防亦因是告成。鸿章又亲率周盛波行队，由德州沿运河，察勘形势，尚未回辕。张捻果率众扑减河长墙，见淮军整队出迎，料不可敌，不战即走。至盐山附近，突遇两支大军，一支是湘军刘松山，一支是豫军张曜、宋庆，由陕督左宗棠统率前来。两下对垒，张捻大吃其亏，由盐山遁去，走入茌平高唐境内。嗣是捻中无一步队，专恃马军，每人备马三四，倏忽易骑，势如飘风疾雨，遇敌即奔，追亦难及。鸿章只饬各军添筑长墙，一层紧一层，一步紧一步，圈地益蹙，捻势亦益衰。嗣至沙河左近，被松林等探悉行踪，乘雨潜袭，列阵而进，行十余里，渡过沙河。捻方起队欲走，行列未定，蓦见官军突至，不觉大惊，急思策马前奔，怎奈泥淖载途，骑不能骋，此时前有松林，后有鼎新，前后夹击，马步连环迭进，无不以一当百，枪丸如雨而下，呼声雷动。捻众大衄，官军乘势压追，直抵商河城下。自沙河至商河三十里，沿途伏尸，顶趾相接，张总愚尚亲率黑旗队，回战数次，被官军排枪齐放，着了弹子数粒，坠落马下。旁有骑卒数十名，忙将总愚扶起，翼之而遁。这一场大战，毙捻徒二三千名，生擒千余名，还有五千余骑，向东驰脱。

鸿章复奏调刘铭传赴军，联络各路，逼捻入山东省，至济阳境内，斩尾捻二百余级，生获捻党郑文起，余捻折向南遁，窜入黄河沿岸的老海洼，凫水狂奔。各官军亦凫水进逼，由水登陆，把捻中最悍头目程二老坎、程三老坎、张锦泗、周六等，统共杀死。张捻辗转至德州，连番抢渡运河，都由炮船民团击溃。著名悍捻张正邦、张正位、张可师、张九临、尹汤成、李老怀、邱麻子等，率旧伙缴械乞降。张总愚再窜商河，已零零落落，不能成队。刘铭传等复率队来追，迫总愚于黄河运河间，八面围攻，生擒总愚爱子张葵儿，及其兄宗道、弟宗先、侄正江，并悍目程四老坎、马老三、樊大等，统就阵前枭首。总愚于乱军逸出，东北走至徒骇河滨，顾手下只有八骑，不禁涕泗横流，下马与八人永诀，投水而逝。全尸而死，还是张捻之幸，看官莫以项羽相比。及官军追至，六骑死矛刃下，两骑被擒，西捻亦就此肃清。当由六百里驰驿奏捷，李鸿章、左宗棠等，自然官还原职，其余得力将弁，亦奖叙有差。军机大臣恭亲王奕䜣，暨文祥、宝鋆、沈桂芬诸人，也因赞襄机务，昕夕慎勤，得邀特赏。就是亲郡王贝勒贝子公，及内外文武，大小臣工，概蒙赏加一级。拨开云雾，重睹承平，又是一番好景象了。语中有刺。

只陕甘叛回，尚未平靖，由左宗棠入觐，奏称五年以后，定可报绩。两宫太后非常欣慰，令他即日还陕。宗棠受命，风驰电掣而去。左公好大喜功，言下自见。还有云南一带，亦有叛回滋扰，云贵总督潘铎，被叛回马荣杀死，亏得代理藩司岑毓英，密抚回酋马如龙，合击马荣，一鼓歼除。毓英本粤西诸生，带勇入滇，累着战功，潘铎死后，朝命劳崇光继任。崇光一见毓英，大加赏识，遂将云贵军事，委任毓英。会黔苗陶新春兄弟，无端倡乱，毓英又出省讨平。师出未归，迤西回酋杜文秀，聚众数十万，连陷二十余城，直犯省会。劳制军急檄毓英回援，毓英倍道返省，戈矛耀日，旌旆迎风，叛回闻他威名，先已股栗，待至交战，岑军果个个勇猛，大小回垒数十，被岑军一一踹破。文秀回踞大理府，毓英遂晋升云南巡抚。两宫皇太后，及同治皇上，料知陕甘云贵一带，不日可以荡平，遂将平日宵旰忧劳的心思，改作安闲自在的态度。慈安太后素性贞淑，倒也没甚变态，独这花容月貌，聪明伶俐的慈禧后，未免放荡起来，宠了一个安得海，闹出一场招摇撞骗的笑话。正是：

安者危之机，逸者欲之渐。
宵小伏宫闱，怪象从此现。

欲知安得海招摇情形，待下回再行表明。

东西捻同一性质，所以制东捻者在圈地，则制西捻应亦如之。本回叙东捻事较详，述西捻事少略，为省繁避复起见，细评中已言及之，阅者应自默会也。或谓洪氏子有帝王思想，与著书人寓意不同，故特加贬笔，东西捻则来去飚忽，未尝踞一城，占一地，似较洪氏为可原。不知洪氏为大盗，东西捻为流寇，大盗不可恕，流寇其可恕乎？同一病国，同一殃民，何分之有？著书人仍深斥之，所以遏乱萌，防流弊也。张积中言诐波行诡，恶似较浅，而心更可诛，故特附入篇中，以垂炯戒。

第七十七回

戮权阉丁抚守法
办教案曾侯遭讥

却说慈禧太后在宫无事，静极思动，未免要想出消遣的法子。她生平最喜看戏，内监安得海，先意承志，替太后造了一座戏园，招集梨园子弟，日夕演戏。安得海亦侍着太后，日夕往观，仿佛唐宫，只慈禧厚福，恰比杨玉环要加十倍。因此安太监愈得太后欢心。安太监于两宫垂帘时，曾有参赞秘谋的功绩，至此权力越大，除两宫太后外，没一个敢违忤他，就是同治皇帝，也要让他三分。宫中称他小安子，都奉他如太后一般。慈禧后有时高兴，连咸丰帝遗下的龙衣，也赏与小安子。直视小安子如咸丰帝，比武后宠张昌宗何如？当时有个御史贾铎，素性鲠直，闻得小安子擅权，专导慈禧后看戏，每演一日，赏费不下千金，他心中愤懑得很，竟切切实实的上了一本，奏中不便指斥慈禧，只说是“太监妄为，请饬速行禁止，方可杜渐防微”等语。慈禧太后览奏，却下了一道懿旨，责成总管太监，认真严察。如太监有不法等情，应由总管太监举发，否则定将总管太监革退，还要从重治罪。内外臣工，见了此旨，都称太后从谏如流，歌颂的了不得。其实慈禧是借此沽名，宫中仍按日演戏，且令小安子为总管，权柄日盛一日。

适值粤捻荡平，海内无事，小安子活不耐烦，想出京游赏一番。巧巧同治皇上，年逾成童，两宫欲替他纳后，派恭亲王等，会同内务府及礼工二部，豫备大婚典礼。小安子乘机密请，拟亲往江南，督制龙衣。慈禧太后道：“我朝祖制，不准内监出京，看来你还是不去的好。”小安子道：“太后有旨，安敢不遵？但江南织造，向来进呈的衣服，多不合式，现在皇上将要大婚，这龙衣总要讲究一点，不能由他随便了事。而且太后常用的衣服，依奴才看来，也多是不合用的，所以奴才想自去督办，完完全全的制成几件，方好复旨。”慈禧后素爱装扮，听小安子一番说话，竟心动起来。只是想到祖制一层，又不便随口答应，当下狐疑未决。究竟是个女流。小安子窥透微意，便道："太后究竟慈明，连采办龙衣一件事，都要遵照祖制，其实太后要怎么办，便怎么办，若被祖制二字，随事束缚，连太后都不得自由呢。"慈禧后性又高傲，被这话一激，不禁发语道："你要去便去，只这事须要秘密，倘被王大臣得知，又要上疏奏劾，连我也不便保护。"小安子闻慈禧应允，喜得叩首谢恩。慈禧又嘱他沿途小心，小安子虽口称遵旨，心中恰不以为然。随即辞了太后，束装就道，于同治八年六月出京，乘坐太平船二只，声势烜赫，船头悬着大旗一面，中绘一个太阳，太阳中间，又绘着三足乌一只。这是何意？大约是天子当阳的意义。两旁插着龙凤旗帜，随风飘扬。船内载男女多人，前有娈童，后有妙女。安得海是个阉人，要娈童妙女何用？我却不解。品竹调丝，悠扬不绝。

道出直隶，地方官吏，差人探问，答称奉旨差遣，织办龙衣。看官！你想这班地方官，多是趋炎附膻的朋友，听得钦差过境，自然前去奉承。况又是赫赫有名的小安子，慈禧太后以下，就算是他，那个敢不唯命是从？小安子要一千金，便给他一千金，小安子要一万金，也只得如数给他。安得海喜气洋洋，由直隶南下山东，总道是一路顺风，从心所欲，不意恶贯满盈，偏偏碰着一个大对头。这大对头姓丁，名宝桢，贵州省平远州人，问起他的官职，便是当时现任的山东巡抚。剿捻寇时，曾随李鸿章等，防堵有功，连级超擢。生平廉刚有威，不喜趋奉。一日，在签押房亲阅公牍，忽接到德州详文，报称钦差安得海过境，责令地方供张，应否照办？宝桢私讶道："这安得海是个太监，如何敢出都门？莫非朝廷忘了祖训么？"当即亲拟奏稿，委幕友赶紧抄就，立差得力人员，嘱他由六百里驰驿到京，先至恭王邸报告，托他代递奏章。

原来恭王奕䜣，见安得海威权太重，素不满意，接着丁抚奏折，立刻入宫去见太后。可巧慈禧后在园观剧，不及与闻，也是安得海该死。恭王便禀知慈安太后，递上丁宝桢密奏，由慈安后展阅一周，便道："小安子应该正法，但须与西太后商议。"恭王忙奏道："安得海违背祖制，擅出都门，罪在不赦，应即饬丁宝桢拿捕正法为是。"慈安太后尚在沉吟，半晌才道："西太后最爱小安子，若由我下旨严办，将来西太后必要恨我，所以我不便专主。"慈安懦弱。恭王道："西太后么？以祖制论，西太后也不能违背。有祖制，无安得海，还请太后速即裁夺。若西太后有异言，奴才等当力持正论。"慈安后道："既如此，且令军机拟旨，颁发山东。"恭王道："太后旨意已定，奴才即可谨拟。"当下命内监取过笔墨，匆匆写了数行，大致说："安太监擅自出都，若不从严惩办，何以肃宫禁而儆效尤？着直隶、山东、江苏各督抚速派干员，严密拿捕，拿到即就地正法，毋庸再行请旨"等语。拟定后，即请慈安太后盖印。慈安竟将印盖上，由恭王取出，不欲宣布，即交原人兼程带回。

直隶、山东，本是毗连的省份，不到三天，已至济南。丁抚接读密谕，立饬总兵王正起，率兵追捕，驰至泰安县地方，方追着安太监坐船。王总兵喝令截住，船上水手毫不在意，仍顺风前进，忙在河边雇了民船数只，飞棹追上，齐跃上安太监船中。安得海方才闻知，大声喝道："那里来的强盗，敢向我船胡闹？"王总兵道："奉旨拿安得海，你就是安得海么？"安得海却冷笑道："咱们是奉旨南下，督办龙衣，沿途并没有犯法，那有拿捕的道理，你有甚么廷寄，敢来拿我！"王总兵道："你不要倔强，朝旨岂可捏造么？"便令兵弁锁拿安得海。安得海竟发怒道："当今皇帝也不敢拿我，你等无法无天，妄向太岁头上动土，难道寻死不成？"兵弁被他一吓，统是不敢上前，气得王总兵两目圆睁，亲自动手，先挥去安得海的蓝翎大帽，然后将安得海一把扯倒，令兵弁取过铁链，把他锁住。兵弁见主将下手，不敢不从，当将安得海捆缚停当，余外一班人众，统行拿下。随令水手回驶济南。

丁抚正静候消息，过了两天，王总兵已到，立即传见，接谈之下，知安得海已经拿到，即传集两旁侍役，出坐大堂。兵弁带上安得海，便喝问："安得海就是你么？"安得海道："丁宝桢！你还连安老爷都不认得，作甚么混帐抚台？"丁抚也不与辩驳，便离了座，宣读密谕，读至"就地正法"四字，安得海才有些胆怯，也只有这点胆量。徐徐道："我是奉慈禧太后懿旨，出来督办龙衣的。丁抚台！你敢是欺我么？"渐渐口软。丁抚道："这是何事，敢来欺你！"安得海道："朝旨莫非弄错，还求你老人家复奏一本，然后安某死也甘心。"丁抚道："朝命已说是毋庸再请，难道你未听见？"安得海还想哀求，迟了。怎奈丁抚台铁面无情，竟饬刽子手将他绑出，一声号炮，安得海的头颅，应刃而落，其余一干人犯，暂羁狱中，候再请旨发落。

复奏到京，又由恭王禀报慈安太后，一不做，二不休，索性令将随从太监，一并绞决。还有一道严饬总管的谕旨，联翩而下。丁抚自然遵旨办理，将安得海随从陈玉麟、李平安等，讯系太监，立即处绞。此外男女多名，充戍的充戍，释放的释放，总算完案。

这件事情，慈禧后竟未曾得知，直至案情已了，方传到李莲英耳中，急忙转告慈禧。李莲英是甚么人物？也是一个极漂亮的太监。安得海在时，莲英已蒙慈禧宠幸，只势力不及安得海。此时安得海已死，莲英心中，恰很快活，因巴结慈禧要紧，便去详报。慈禧后大惊道："有这件事么！为何东太后全未提起？想系是外面谣传，不足凭信。"莲英道："闻得密谕已降了数道，当不至是谣言。"慈禧后道："你恰去探明确凿，即来禀报。"莲英得了懿旨，径往恭邸探问。恭王无从隐讳，只好实告。莲英道："慈禧太后的性子，王爷也应晓得，此番水落石出，恐怕慈禧太后是不应许呢。"恭王道："遵照祖制，应该这样办法。"莲英微笑道：笑里藏刀。"讲到祖制两字，两宫垂帘，也是祖制所没有，如何你老人家却也赞成？"以矛攻盾，煞是利害！恭王被他驳倒，一时回答不出。莲英便要告辞，做作的妙。恭王未免着急，顺手扯着莲英，到了内厅，求他设法。莲英方才献策道：“大公主在内，很得太后欢心，可以从中转圜。若再不得请，奴才也可替王爷缓颊。”恭王喜道：“这却全仗……”莲英不待说完，即接口道：“奴才将来要靠王爷照拂时候，恰很多哩！区区微效，何足挂齿？”随又请恭王缴出密谕稿底，恭王即检付一纸，那是东后的谕旨，临别时还叮咛嘱托。莲英一肩担任，连说：“王爷放心，总在奴才身上。”内侍母后，外结亲王，莲英开手，便比安得海高一着。当下别了恭王，匆匆回宫，将密谕呈上。由慈禧后瞧阅道：

> **本月初三日，丁宝桢奏，据德州知州赵新禀称，有安姓太监乘坐大船，捏称钦差，织办龙衣，船旁插有龙凤旗帜，携带男女多人，沿途招摇煽惑，居民惊骇等情。当经谕令直隶山东各督抚，派员查拿，即行正法。兹按丁宝桢奏，已于泰安县地方，将该犯安得海拿获，遵旨正法。**

慈禧后阅到此语，不禁花容变色，几乎要堕下泪来。随又阅下道：

> **其随从人等，本日已谕令丁宝桢分别严行惩办。我朝家法相承，整饬官寺，有犯必惩，纲纪至严。每遇有在外招摇生事者，无不立治其罪。乃该太监安得海，竟敢如此胆大妄为，种种不法，实属罪有应得。经此次严惩后，各太监自当益加儆慎，仍着总管太监等，嗣后务将所管太监，严加约束，俾各勤慎当差。如有不安本分，出外滋事者，除将本犯照例治罪外，定将该管太监一并惩办。并通谕直省各督抚，严饬所属，遇有太监冒称奉差等事，无论已未犯法，立即锁拿奏明惩治，毋稍宽纵！钦此。**

慈禧后阅罢，把底稿撕得粉碎，大怒道：“东太后瞒得我好，我向来道她办事和平，不料她亦如此狠心，我与她决不甘休。”说着，便命李莲英随往东宫。莲英道：“这事也不是东太后一人专主。”索性和盘托出，免得后来枝节。慈禧后道：“此外还有何人，除非是奕䜣了？可恨可恨！”莲英道：“太后一身关系社稷，不应为了安总管，气坏玉体。”随即替慈禧捶背。言动皆善于迎合。约半小时，见慈禧气喘少息，随道：“安总管也太招摇，闻他一出都门，口口声声，说奉太后密旨，令各督抚州县报效巨款，所以闹出这桩案情。”归罪安得海，便好开脱恭王。慈禧后道：“有这等事么？他亦该死！但东太后等不应瞒我。”

正絮语间，忽由宫监来报，荣寿公主求见。这荣寿公主，便是恭王女儿，宫中称她大公主，她为文宗所宠爱，文宗崩后，慈禧后因自己无女，就认她为干女儿，入侍宫中，封她为荣寿公主，莲英与恭王密谈，说起大公主，就是指她。回宫后，即密递消息，叫她前来恳求。慈禧正欲发泄怒意，便道："叫她进来！"荣寿公主入见，请过了安。慈禧后道："你父亲做得好事！"公主佯作不解，莲英从旁插口道："就是安总管的事情，大公主应亦好晓得了。"公主忙向慈禧跪下，叩头道："臣女在宫侍奉，未悉外情，今日方有宫人传说，臣女即回谒臣父，据称安总管招摇太甚，东抚丁宝桢，飞递密奏，刚值圣母观剧，恐触圣怒，不敢禀白，所以仅奏明慈安太后，遵照祖制办理。"慈禧后道："你总是为父回护。"公主再碰头乞恩，慈禧后道："这次姑开恩饶免，你去回报你父，下次瞒我，不可道我无情。"公主谢恩趋出。慈禧后还欲往东宫，莲英道："太后圣度汪洋，恭王爷处尚且恩释，难道还要与东太后争论么？有心不迟，不如从长计议。"伏后案。慈禧后见莲英伶俐，语语中意，遂起了桃僵李代的意思，把他擢为总管。莲英感太后厚恩，鞠躬尽瘁，不消细说。包括无穷。

光阴如箭，又过一年，天津地方，闹出一场教案，险些儿又开战衅，总算由曾国藩等委曲调停，方免战祸。原来中外互市以后，英法俄美诸商民，纷纷来华，时有交涉。天津和约，复订保护传教的条约，通商以后，又来了许多教士，更未免与华民龃龉。清廷特建总理各国衙门，并在各口岸设通商大臣专管外交。嗣是德意志、丹麦、荷兰、西班牙、比利时、意大利、奥大利、日本、秘鲁等国，各请互市，均由总理衙门与订条约。曾国藩、李鸿章等，留心外事，自愧不如，乃迭请创办新政，改习洋务。廷臣又据了用夏变夷的古训，先后奏驳。满首相倭仁，尤为顽固，事事梗议。夏虫不可语冰。幸两宫太后信用曾、李，次第准行。同治二年，在京师立同文馆；三年，遣同知容闳出洋，采办机器；四年，命两江总督，兼充南洋大臣，设江南制造局于上海；五年，置福建船政局；七年，派钦差大臣志刚、孙家穀，偕美人蒲安臣，游历西洋，与美国订互派领事，优待游学等约；九年，命直隶总督兼充北洋大臣，增设天津机器局。总叙一段，以志中国新政。在清廷方面，也算是破除成例，格局一新，其实还是洋务的皮毛，只好作为外面粉饰。评论的确。而且办事的人，统是敷衍塞责，毫无实心。内地的百姓，又是风气不通，视洋人如眼中钉。适值天津有匪徒武兰珍迷拐人口，被知府张光藻，知县刘杰缉获，当堂审讯，搜出迷药，供称系教民王三给与。民间遂喧传天主教堂，遣人迷拐幼孩，挖目剖心，充作药料。当时一传十，十传百，以讹传讹，并将义冢内露出的枯骨，均为教堂弃掷。人情汹汹，都要与教堂反对。通商大臣崇厚，及天津道周家勋，往会法国领事丰大业，要他交出教民王三，带回署中，与兰珍对质。兰珍又翻掉原供，语多支离，无可定谳。崇厚饬役送王三回教堂，一出署门，百姓争骂王三，并拾起砖石，向王三抛击，弄得王三皮破血流。王三哀诉教士，教士转诉丰大业，丰大业不问情由，一直跑到崇厚署，咆哮辱詈。崇厚用好言劝慰，他却不从，竟向袋中取出手枪，击射崇厚。崇厚忙避入内室，一击不中，愤愤出署。途中遇着知县刘杰，正在劝解百姓，他又用手枪乱击，误伤杰仆。百姓动了公愤，万眦齐裂，顿时一拥而上，把他推倒，你一拳，我一脚，不到半刻，竟将这声势赫奕的丰大业，殴毙道旁。丰大业固由自取，百姓亦属无谓。随即鸣锣聚众，闯入教堂，看见洋人及教民，便赠他一顿老拳。至若器具什物等件，尽行捣毁。百姓忿尚未泄，索性放一把火，将教堂烧得精光，眼见得闹成大祸了。

是时曾国藩已调任直隶总督，方因头晕请假，朝命力疾赴津，与崇厚会同办理。曾侯到津，主张和平解决，不欲重开兵端，蹈道咸年间的覆辙。又因崇厚就职多年，久习洋务，凡事多虚心听从。怎奈崇厚非常畏缩，见了法使罗淑亚，竟不能据理与辩。罗淑亚要求四事：一是赔修教堂，二是安葬领事，三是惩办地方官，四是严究凶手。崇厚含糊答应，为了含糊二字，贻误交涉不少。报知曾侯。曾侯拟允他两三条，独惩办地方官一事，因与主权有碍，不肯照允。法使罗淑亚，得步进步，反来一照会，竟欲将府县官，及提督陈国瑞抵偿丰大业性命，否则有兵戎相见等语。曾侯到此，也未免踌躇起来。崇厚又从旁撺掇，似乎非允他照办，不能了事。于是奏劾府县官的弹章，即日拜发。有旨"逮知府张光藻，知县刘杰，交部治罪。"这旨一下，天津绅民大哗，争詈崇厚及曾国藩。曾侯因亦自悔。那崇厚还欲巴结外人，力主府县议抵，并昌言洋人兵坚炮利，不许即将发难。惹得曾侯懊恼，当即发言道："洋人道我没有防备，格外怕死么？我已密调队伍若干，粮饷若干，暗中设防。就使事情决裂，也管不得许多。况我自募勇剿贼以来，此身早已许国，幸赖朝廷洪福，将帅用命，得以扫尽狂氛。目下旧勋名将，虽止十存四五，然还有左宗棠、李鸿章、杨岳斌、彭玉麟诸人，志切时艰，心存君国，且久经战阵，才力胜我十倍。我年过花甲，有渠等在，共匡帝室，我虽死亦可瞑目了。"崇厚撞了一鼻子灰，嘿然退出，单衔独奏。略说"法国势将决裂，曾国藩病势甚重，请由京另派重臣来津办理。"曾侯亦因谕旨垂询，据实复奏道：

查津民焚毁教堂之日，众目昭彰，若有人眼人心等物，岂崇厚一人所能消灭？其为讹传，已不待辨。至迷拐人口，实难保其必无。臣前奏请明谕，力辨洋人之诬，而于迷拐一节，言之不实不尽，诚恐有碍和局。现在焚毁各处，已委员兴修。教民王三，由该使坚索，已经释放。查拿凶犯一节，已饬新任道府，拿获九名，拷讯党羽。惟罗淑亚欲将三人议抵，实难再允所求。府县本无大过，送交刑部，已属情轻法重，彼若不拟构衅，则我所不能允者，

当可徐徐自转。彼若立意决裂，虽百请百从，仍难保其无事。谕旨所示，弭衅仍以起衅，确中事理，且佩且悚。外国论强弱，不论是非，若中国有备，和议或稍易定。窃臣自带兵以来，早矢效命疆场之志。今事虽急，病虽深，此心毫无顾畏，不过因外国要挟，尽变常度。区区微忱，伏乞圣鉴。

奏上，清廷派兵部尚书毛昶熙等，到津会办教案。一面调湖广总督李鸿章，及在籍提督刘铭传，到京督师，防卫近畿。毛昶熙随员陈钦，素有胆略，到津后，与法使侃侃力辨。法使不能诘，只固执前说，径行回京。崇厚奉旨出使法国，即由陈钦署理通商大臣。曾侯遂与陈钦会奏罗淑亚回京缘由，请中外一体坚持定见，并将连日会议情形，具报总理衙门。当由总理衙门转奏，奉谕着李鸿章驰赴天津，会同曾国藩等迅速缉凶，详议严办，及早拟结。曾、李乃分别定拟，把滋事人民十五人正法，军流四人，徒刑十七人。朝旨又命将张光藻、刘杰充戍黑龙江，教案才结。

一事甫了，一事又起，两江总督马新贻，被刺客张汶祥刺毙，凶信到京，这老成练达的曾侯爷，又要奉旨调动了。小子有诗咏曾侯云：

天为清廷降荩臣，百端尽付宰官身。
从知舆论难全信，后世如曾有几人？

欲知曾侯调动情形，且待下回再叙。

安得海之伏法，予服丁宝桢，予尤佩慈安太后。丁宝桢不畏疆御，敢于弹劾，其胆量诚有过人之处。慈安太后遇事温厚，独于安得海一案，经恭王怂恿，即密令拿捕正法，此为慈安太后一生明断，迄今都人士，称颂不衰。至若天津教案，曾国藩办理少柔，致遭物议，实则当时有不得不柔之势。粤捻初平，西陲未靖，海内伤痍，方资休养，岂尚可轻开边衅，蹈昔时旋战旋和之失耶？予读此回，于前半见丁抚之能刚，于后半见曾侯之能柔，且以见两宫垂帘之时，廷旨多满人意，不可谓非慈安之力，谁谓慈安非贤后哉？

第七十八回

大婚礼成坤闱正位
撤帘议决乾德当阳

却说天津教案，甫行办竣，江督马新贻被戕，有旨授李鸿章总督直隶，调曾国藩回督两江。是年适当国藩六十寿辰，御赐“勋高柱石”匾额一面、福寿字各一方、梵佛铜像一尊，玉如意一柄，蟒袍一袭，还有吉绸线绉等件。国藩入朝谢恩，当由慈禧太后问他天津情形，并令他速赴江南。国藩一一应答，随即退出，于同治九年十月出都，沿途无事，直至江宁督署接印视事。清廷以前督被刺，事关重大，并命钦差郑敦谨南下，会同审问，传集中军官、旗牌官、巡捕官、王命司、护印司、护勅司、刀斧手、捆绑手、刽子手、洋枪队、马刀队、钢叉队，排得密密层层，异常威赫。曾侯爷与郑钦使，同升公座，喝令带上张逆犯。当由两旁兵役，一声吆喝，推上张汶祥当面。曾、郑两公，先用威吓，后用刑讯。这张汶祥毫无实供，只说是刺死马新贻，可以泄忿，大事已了，愿即受死。曾侯又问他是何人主使，他却大声道：“要刺马新贻是我，刺杀马新贻也是我，好汉做事一身当，凭你如何处治便了。”郑钦差还想设词诱骗，他索性说主使的人，便是你们。弄得曾、郑二公无法可施，只得奏称该犯实无主使，应处极刑。廷旨准奏，即着凌迟处死。

列位看到此处，应该问作书的人，究竟这张汶祥，为着何事，去刺马新贻？小子也无从实考，只听得故老相传，马新贻未显达时，曾与一个结义兄弟，非常莫逆。嗣因义兄弟娶了一位妻房，生得柳腰杏脸，妩媚过人，他就觑在眼中，艳羡的了不得。一时不便勾搭，日思夜想，几乎害成一种单思病。冶容诲淫。但他在宦途中，是个钻营的能手，由县丞起马，不数年连升总督。看官！你想中国有几个总督大员，一朝权在手，就把事来行。他外面装出一副义重情深的形状，把义兄弟立刻提拔，差他出外办公，又令他把家眷搬入衙门，说是便于照管，叫他放心前去。他义兄弟感谢不尽，即将家眷安顿督署内，奉委就道。这马新贻已摆好迷阵，不怕他妻房不上勾当，他妻房究系女流，那里晓得这种圈套？一入署中，即被他灌得烂醉，扯入寝室，宽衣解带，无所不至。等到醒来，悔已无及。马新贻又拿出温存手段，妇人家总带三分势利，暗想马新贻是现任总督，比自己的丈夫要尊贵数倍；又兼性情相貌，都比丈夫胜过几筹，事已如此，索性由他摆弄，自己也乐得快活。总是马新贻不好。后来马新贻越加宠爱，她也越加柔媚，鹣鹣比翼，合力同心，只愿地久天长，谐成眷属，单怕她丈夫回来。一年复一年，她丈夫惹动儿女情肠，屡次申文请假，马新贻不但不准，且下了一角密札，给他办事地方的长官，说他勾通大盗，证据确凿，不必审讯，饬即密捕正法。这义兄弟茫无头绪，冤冤枉枉的拿去斩首。谁叫你娶了艳妻？密报到省，喜得马新贻手舞足蹈，总道是大患已除，可以安心取乐，谁料他义兄弟竟有好友，闻知这事，动起义愤，竟到两江督署左右，专等马新贻出门，托词拦舆诉冤。三脚两步的走到舆前，手持利刃，刺入新贻胸膛。随役连忙拿住，新贻已不省人事，抬回署内，见他情妇模模糊糊的说了“我害你，你害我”两语，两眼一翻，双足一蹬，竟呜呼哀哉了。那时情妇一想，为了自己一人，害死两条性命，天良发现，也悬梁自尽。嗣经臬司审问刺客，只答称“好汉张汶祥，刺死马新贻”，余外全无实供。后经曾、郑二大员复审，供语已见上文，不必重叙。侠客做事，往往不欲宣布，这事可见一斑。近来说张汶祥也是革命人物，如徐锡麟刺恩铭相同，恐怕未必确实。将来清史告成，或有真传，也未可知，小子只好借此了案，再叙别事。好笔墨！

且说同治帝即位后，悠悠忽忽，过了十年。同治帝的年纪，已十七岁了。寻常百姓人家，也要替他授室，何况是至尊无上的天子？满蒙王公，有几个待字的女儿，那一个不想嫁入宫中，做个椒房贵戚？只慈禧太后单生了这个儿子，那得不细心择妇，成就一对佳偶？自八年间起，筹备大婚典礼，已是留意调查，直到十年冬季，方才挑选了几个淑媛。一个是状元及第现任翰林院侍讲崇绮的女儿，系是阿鲁特氏；一个是现任员外郎凤秀的女儿，系是富察氏；一个是旧任知府崇龄的女儿，系是赫舍哩氏；一个是前任都统赛尚阿的女儿，也系阿鲁特氏，才貌统是差不多。慈禧后已经选定，免不得与慈安后商量。慈安后道：“女子以德为主，才貌倒还是第二层，未知这四女中，那个德性最好，堪配中宫？”的是正论。慈禧后道：“闻得这四个女子，崇女年纪最大，今年已十九岁，凤女年纪最轻，今年才十四岁。”慈安后即接口道：“皇后母仪天下，总是年长的老成一点。”慈禧后呆了一呆，随道：“凤女虽是年轻，闻她很是贤淑。”慈安后道：“皇后册定，妃嫔也不可少，这等女孩子，都选作妃嫔便了。”慈禧后道：“且去传奕䜣进来，叫他一酌。”慈安点头，即命宫监去召恭王。不一时，恭王入见，向两太后行礼毕，慈禧后就说起立后情事，恭王也主张年长。名正言顺，说得慈禧不好不依，后来嘉顺不终，伏线在此。随于次年仲春降谕道：

钦奉慈安皇太后，慈禧皇太后懿旨，皇帝冲龄践阼，于今十有一年，允宜择贤作配，正位中宫，以辅君德，而襄内治。兹选得翰林院侍讲之女阿鲁特氏，淑慎端庄，着立为皇后，已着钦天监诹吉，于本年九月举行。所有纳采大征，及一切事宜，着派恭亲王奕䜣，户部尚书宝鋆，会同各该衙门详核典章，敬谨办理！特谕。

这谕一下，恭亲王等揣摹慈禧后性情，很爱奢华，所定典制，比往时繁缛数倍。正在预备的时候，忽由江苏巡抚奏报，两江总督曾国藩出缺，恭亲王也吃了一惊，急忙入奏两宫太后。两宫太后很为叹息，命同治帝辍朝三日，即下谕追赠太傅，照大学士例赐恤，予谥文正，入祀京师昭忠祠、贤良祠；并于湖南原籍，江宁省城，建立专祠；生平政绩，宣付史馆。一等侯爵着伊子曾纪泽承袭，次子附贡生曾纪鸿，长孙曾广钧，均着赏给举人。还有曾广钧、曾广铨一班孙儿，亦赏给员外郎主事等职衔。并派穆腾阿等，接连往祭。有御赐祭文碑文等，都是翰苑手笔，小子录不胜录，但抄述两篇如下：

御赐祭文曰：朕惟功懋懋赏，信圭表延世之勋，思赞赞襄，雕俎厚饰终之典。爰申斝奠，用贲丝纶。尔原任大学士两江总督一等毅勇侯赠太傅曾国藩，赋性忠诚，砥躬清正，起家词馆，屡持节而沦才，洊陟卿曹，辄上书而陈善。值皇华之载赋，闻风木而遄归。忽乡邻有斗之频惊，潢池盗弄，懔战阵无勇之非孝，墨绖师兴。奇功历著于江淮，大名永光于玉帛。俾正钧衡之位，仍兼军府之尊。一等酬庸，锡侯封于带砺；双轮曳羽，飘翠影于云霄。重锁钥而任北门，百僚是式；还儆戒而惠南国，万众腾欢。方期硕辅之延年，岂意遗章之入告？老成忽谢，震悼良深！颁厚赙于帑金，遣重臣而奠辍。特易名于上谥，赠太傅之崇阶。列祀典于昭忠贤良，建专祠于金陵湘渚。彝章载考，祭典特颁。天不慭遗一老，永怀翊赞于元臣，人可赎兮百身，用寄咨嗟于典册。灵其不昧，尚克钦承。

又御赐碑文曰：朕惟台衡绩懋，树峻望于三公，钟鼎勋垂，播芳徽于百世。宠颁紫綍，色焕丹珉。尔原任大学士两江总督一等毅勇侯赠太傅曾国藩，秉

性忠纯，持躬刚正，阐程朱之精蕴，学茂儒宗；储方召之勋猷，器推公辅。登木天而奏赋，清表风规；历芸馆而迁资，诚孚日讲。屡持使节，兼校春闱，荐擢卿班，允谐宗伯。溯建言之直节，荷殊遇于先朝。凡兹靖献之丹忱，早具忠诚之素志。乃突来夫粤匪，俾训练夫楚军。拔岳郡而克武昌，功成破竹；靖章江而平皖水，威振援枹。两江尊总制之权，九伐重元戎之命，朕丕承基绪，眷念成劳，荣衔特畀以青宫，峻望更登诸黄阁。辞节制于三省四省，弥见寅恭；精调度于湘军淮军，务严申令。联苏杭为犄角，坚垒同摧；倚昆季为爪牙，逆巢早捣。金陵奏凯，慰皇考知人善用之明；玉诏酬庸，褒元老决胜运筹之略。既析圭而列爵，亦垒翠以飘缨。既而畿辅量移，因之阙廷展觐。汲黯近戆，实推社稷之臣；杨震厚遗，无惭清白之吏。惟是疮痍未复，每廑念夫天南，锁钥攸司，仍遄归于江左。方谓功资坐镇，何期疾遽沦殂？赠太傅而阶崇，祀贤良而誉永。专祠遍祭，世赏优颁。易名以表初终，核实允孚文正。於戏！松楸在望，倍怀麟阁之遗型；金石不磨，长荷鸾纶之锡宠。钦兹巽命，峙尔丰碑！

从此这效忠清室的曾侯爷，长辞人世，其生也荣，其死也哀，也算是千古不朽了。此老系清代伟人，所以叙述独详。曾侯出缺，继任的便是肃毅伯李鸿章，倒也不在话下。

日月如梭，已届同治帝大婚吉期，先封皇后父崇绮为三等承恩公，母宗室氏瓜尔佳氏均为公妻一品夫人。九月十二日甲午，因大婚期迩，遣官祭告天地太庙。次日乙未，同治帝御太和殿，阅视皇后册宝，遣惇亲王奕誴为正使，贝勒奕劻为副使，持奉册宝诣皇后邸，册封阿鲁特氏为皇后。又遣大学士文祥为正使，礼部尚书灵桂为副使，赍册印至员外郎凤秀第，封富察氏为慧妃。是夕，复命惇亲王奕誴，及贝子载容，行奉迎皇后礼。越日子刻，皇后在邸中拜辞祖先，出升凤舆，前陈鼓乐，后拥仪卫，由大清中门行御道，至乾清宫降舆。皇上穿好礼服，在坤宁宫等着。宫眷引进皇后，行合卺礼。皇后奉觞，皇上赐戋，两旁细乐悠扬，笙箫迭奏。此曲只应天上有，人间那得几回闻。都为下文反射。又越日丁酉，皇上率皇后诣寿皇殿行礼，诣慈安皇太后、慈禧皇太后前行礼。礼毕，上御乾清宫。适慧妃亦送入宫中，由皇后带领朝贺。又越日戊戌，皇后朝两太后于慈宁宫，盥馈醴飨如仪。嗣是上两宫徽号，受群臣庆贺，赐皇后亲属，暨满汉王大臣，及蒙古外藩使臣等宴，并赏赉办事诸臣有差。知府崇龄女赫舍哩氏，及副都统赛尚阿女阿鲁特氏，亦次第入宫。崇龄女受封瑜嫔，赛尚阿女受封珣嫔，少年天子，左抱右拥，今夕到这边，明夕到那边，皇恩浩荡，雨露普施，愉快得莫可言喻。这一段文字，统为嘉顺皇后叙写。

隔了数天，内阁复传出上谕道：

钦奉两宫皇太后懿旨，前因皇帝冲龄践阼，时事多艰，诸王大臣等不能无所禀承，姑允廷臣垂帘之请，权宜办理。皇帝典学有成，当春秋鼎盛之时，正宜亲统万几，与中外大臣共求治理，宏济艰难，以仰副文宗显皇帝付托之重。着钦天监于明年正月内选择吉期，举行皇帝亲政典礼，一切应行事宜，及应复旧制之处，着军机大臣大学士会同六部九卿，敬谨妥议具奏！钦此。

看官！这慈禧太后，本是个贪揽大权的英雌，为甚么即肯归政呢？大约发生此议，总由慈安后主张。慈安后本不愿垂帘，被慈禧后抬上此座，这时皇后已经册立，皇帝已值成年，慈安后意欲息肩，遂倡议归政。慈禧后不便辩驳，又想同治帝是亲生儿子，将来如有大政，总要禀白母后，暗中仍可揽权。当即随声附和，下了懿旨。钦天监遵旨择吉，定于次年正月二十六日举行，礼部衙门又要敬谨筹备起来。部曹不患没饭吃。事有凑巧，皇上亲政的日子，甫行颁布，云南督抚的捷报，陆续奏闻。是时云贵总督劳崇光，在任病殁，以前任滇抚刘岳昭升任总督，与巡抚岑毓英合剿回匪。岳昭坐镇省中，仍委岑毓英出省剿办。回酋杜文秀，占踞大理府城，僭拟王制，附近各郡县，多被吞并。岑毓英既抚回酋马如龙，荐任提督，令他招降群回，又联结云南苗酋，协攻杜文秀。文秀渐渐穷蹙，所据各郡县，次第失去，只剩大理一城，孤危得很。岑军复四面兜围，百计攻扑，文秀自知无辜，把子女分寄大司衡杨荣，大经略蔡廷栋家中，托他照顾，自己与妻妾数人，服毒自尽。部下见他将死，舁出城外，投降岑军。毓英先验明杜酋正身，枭首示众，随问城中情形，知回众尚有数万，恐他后来反复，传令三日内齐缴军械，回众以半年为期，毓英佯为应诺，密令部将杨玉科，选死士数百，同太和县官入城受降。城外恰严布重兵，掘了大坑，专等回众出迎，玉科入城后，驱回众出城，可怜回众无知无识，个个陷入重围，跌下坑内，被岑军活活埋死。毓英仿佛李鸿章，玉科仿佛程学启。杨荣、蔡廷栋，统由岑军擒住，一律磔死。只有文秀女儿秋娘，与母何氏，逃出城外，孤身只影，流落天涯，就使有志报仇，究竟是一个女孩子，那个肯去帮助？延了数年，老母何氏先死，秋娘也玉碎香沉，同归于尽。只留有一封书信，相传是秋娘遗墨，小子还约略记得其词云：

妾，家亡国破之人也。先君子早年，恫满人之虐，因众志，倡义旗，保固一方，以待清宴。外抗边夷，内静狂寇，比于窦融张轨，岂遑多让？妾生长深

宫，略谙诗礼，亦俨然金枝玉叶也。昊天不吊，苗贼助凶，四十万人，一齐解甲。先君既抱恨臬路，弱女遂零落天涯。嗟乎！覆巢之下，岂有完卵？所含辛茹苦，苟且偷生者，希冀手屠苗贼之脰，以复不共之仇也。不意薄命人，命薄于纸，辗转风尘，所遭辄不如意，岂以平生志节犹存，不甘屈下之故耶？秣陵仓猝，沪渎流离，蹉跎之痛，遂及老母。闲关来粤，乃复逢君。欲述苦衷，难于倾吐。畴昔一夕话，君忆之否？盖改弦易辙之志，于此决矣。果也雏儿浅躁，入我彀中，不幸诟起禧闺，事机不遂，老贼狡猾，遂动猜疑。记先君子方盛之时，苗贼亲来纳款，当时妾侍于侧，贼遽以奏箫为请，先君爱妾，不欲委之虎口，以少长相远为词。彼乃愤怒，中夜斩关而出。衅起于妾，遂致覆祀灭宗。嗟乎！此耻则西江不濯，此恨则万世不复，哀哉！天下丈夫，惟君尚能垂怜薄命，用敢略述腹心，使君知区区清白身，非甘心作河间妇者也。计书达时，妾魂当散为轻尘，淹为虫沙久矣。天长地久，蒙耻饮恨，痛如之何！魂与笔销，无多赘述！

据这书看来，秋娘的大仇，实是苗酋。苗酋本与杜文秀相联，因欲求秋娘为妾，被文秀所拒，遂降服岑毓英，灭了文秀。秋娘逃出后，委身柳巷，留意英雄，得了一个如意郎君，仍不能替她报仇，秋娘自己亦不能成事，终至赍志以殁，其间曲折，苦无信史可据，只剩了一鳞一爪，遗传后世，说来也甚可怜。惟清廷得这捷音，说圣天子洪福齐天，才拟亲政，就有云南肃清的好消息，两宫太后也非常欢悦。转瞬间过了残腊，又是新年，八方昇平，四海无事，宫廷内外，喜气洋洋，免不得照例庆贺，又有一番忙碌。到了二十日外，又降了上谕数行道：

钦奉慈安端裕皇太后、慈禧端佑皇太后谕旨：皇帝寅绍丕基，于今十有二载，春秋鼎盛，典学有成，兹于本月二十六日，躬亲大政。欣慰之余，倍深兢惕。因念我朝列圣相承，无不以敬天法祖之心，为勤政爱民之治。况数年来东南各省，虽经底定，民生尚未乂安。滇陇边境，及西北路军用未蒇，国用不足，时事方艰。皇帝日理万机，敬念惟天惟祖宗所以托付一人者，至重且巨。祗承家法，夕惕朝乾，于一切用人行政，孳孳讲求，不敢稍涉怠忽。视朝之暇，仍略讨论经史，深求古今治乱之源。克俭克勤，励精图治，此则垂帘听政之初心，所夙夜跂望而不能或释者也。在廷王大臣等，允宜公忠共矢，勿避怨嫌，本日召见时，业已谆谆面谕。其余中外大小臣工，亦当恪恭尽职，痛戒因循，宏济艰难，蔚成上理，有厚望焉。钦此。

到了二十六日，两宫撤帘，同治帝亲政，王大臣们，又有一番歌功颂德的贺表。看似挖苦，实是真相。两宫太后，又加上徽号。东太后加了康庆二字，西太后加了康颐二字。亲政数月，陕甘总督左宗棠，又收降靖边县土匪董福祥，迭复各城，逐陕回叛酋白彦虎，擒甘回叛酋马化隆，奏报关内肃清，有旨赏给左宗棠一等轻车都尉世职。将军金顺，提督徐占彪以下，俱邀升叙。并饬左宗棠督师出关，征抚西域，当下龙心大悦，遂想出及时行乐的念头来。正是：

人逢喜事精神爽，时际承平逸欲多。

未知同治帝如何行乐，请看下回便知。

本回叙事，以立后归政为大纲。有清十数传，立后事多矣，是书独于顺治立后，同治立后，叙述较详，因顺治后无故被废，同治后不得令终故也。悲于终，不得不详于始。治国之道，本自齐家，家不齐，国能治乎？至若归政之举，所以志两宫垂帘，初次告蒇。慈安太后秉性冲和，倡言归政，无可讥议；慈禧太后犹在试验之期，一切用人行政，皆几经审慎，故称颂者多而毁谤者少。训政十年，东南戡定，西北渐平，两宫之力居多焉。然曾侯殁而清廷少一伟人，已有人亡政息之慨，左岑效绩边陲，反以酿九重之纵欲，外宁必有内忧，朕兆其已见乎？故本回事略，作清廷之过渡时代观可也。

第七十九回

因欢成病忽报弥留
以弟继兄旁延统绪

却说同治帝亲裁国政，一年以内，倒也不敢怠忽，悉心办理。只是性格刚强，颇与慈禧太后相似。慈禧太后虽已归政，遇有军国大事，仍着内监密行查探，探悉以后，即传同治帝训饬，责他如何不来禀白。偏这同治帝也是倔强，自思母后既已归政，为甚么还来干涉？母后要他禀报，他却越加隐瞒，因此母子之间，反生意见。独慈安太后静养深宫，凡事不去过问，且当同治帝进谒时候，总是和容愉色，并没有一毫怒意。同治帝因她和蔼可亲，所以时去省视，反把本生母后，撇诸脑后。慈禧太后愈滋不悦，有时且把皇后传入宫内，叫她从中劝谏。皇后虽是唯唯遵命，心中恰与皇帝意旨相合。花前月下，私语喁喁，竟将太后所说的言语，和盘托出，反激动皇帝懊恼。背后言语，总有疏虞，传到慈禧太后耳中，索性迁怒皇后，衔恨切骨。皇后死了。

同治帝亦很是懊怅。内侍文喜、桂宝等，想替主子解忧，多方迎合，便怂恿同治帝，重建圆明园。这条计画，正中同治帝下怀，自然准奏，即饬总管内务府择日兴工。谕中大旨却说是备两宫皇太后燕憩之用，所以资颐养，遂孝思，其实暗中用意，看官自能明白，不烦小子絮述。含蓄语，尤耐意味。惟恭亲王弈䜣，留心大局，暗想国家财政，支绌得很，如何兴办土木？便进谏同治帝，请他中阻。同治帝一番高兴，被这老头儿出来絮聒，心中很不自在。那奕䜣反唠唠叨叨，把古今以来的君德，如何勤，如何俭，说个不休，惹得同治帝暴躁起来，便道："修造圆明园，无非为两宫颐养起见。我记得孟子说过：'尊亲之至，莫大乎以天下养。'恭王要把古训规劝，所以同治帝也引古语回驳。现拟造个小园子，还不好算得养亲，皇叔反说有许多窒碍，我却不信。"奕䜣还想再谏，同治帝怒形于色，拂袖起身，踱入里边去了，奕䜣只得退出。

冤冤相凑，奕䜣退出宫门，他儿子载澂，却入宫来见同治帝，原来载澂曾在宏德殿伴读，自小与同治帝相狎，到同治帝亲政，退朝余暇，常令载澂自由入宫，谈笑解闷。这日载澂求见，内侍即入内奏闻，偏偏同治帝不令进谒。载澂莫名其妙，仍旧照往时玩笑的样子，说道："皇上平日，非常豁达，为甚么今天摆起架子来？"说毕，扬长而去。内侍未免多事，竟将载澂的说话，一一奏明。同治帝大怒道："他的老子，刚来饶舌，不料他又来胡闹。他说我摆架子，我就摆与他看。"便宣召军机大臣大学士文祥进见，文祥奉旨趋入，同治帝道："恭王奕䜣，对朕无礼，他儿子载澂，更加不法，朕意将他父子赐死，叫你进来拟旨。"文祥不听犹可，听了此谕，连忙跪下，只是磕头。同治帝道："你做甚么？"文祥道："恭、恭亲王奕、奕䜣，勤劳素著，就使他犯了罪，也求皇恩特赦！"同治帝冷笑道："朕晓得了！你等都是他的党羽，所以事事回护。"文祥又磕了几个头，随答道："奴才不、不敢。"同治帝又道："赐死太重，革爵便了。"文祥到此，不敢违旨，只好草草拟就，捧呈御览。同治帝阅毕，点了点头，便道："你将这稿底取去，明日就照此颁布罢！"文祥领旨退出，也不回府，一直跑到恭王邸中，密报恭王。恭王也是着急，忙邀几个知己商议。三个缝皮匠，比个诸葛亮，一面由文祥飞禀慈禧太后，一面由御史沈淮、姚百川出头，拟定奏折，内称："圣上饬造圆明园，颐养圣母，实是以孝治天下之盛德，但圆明园被焚毁后，一切景致，尽付销沉，不如三海名胜，近在宫掖，饬工修筑，易于观成"等语。巧于措词。折才拟就，文祥已自宫中出来，回报恭王。据说："草定谕旨，已由西太后取去，谅可搁置。"恭王才稍稍放心，次日沈、姚两御史，又把奏折呈上，同治帝阅到'易于观成'一语，方有些回心转意，当命内阁拟诏，即日宣布道：

> **前降旨谕令总管内务府大臣，将圆明园工程，择要兴工，原以备两宫皇太后燕憩，用资颐养而遂孝思。本年开工后，闻工程浩大，非克期所能蒇功，现在物力艰难，经费支绌，军务未甚平安，各省时有偏灾，朕仰体慈怀，不欲以土木之工，重劳民力，所有圆明园一切工程，均着即行停止，俟将来边境乂安，库款充裕，再行兴修。因念三海近在宫掖，殿宇完固，量加修理，工作不致过繁。着该管大臣查勘三海地方，酌度情形，将如何修葺之处，奏请办理！钦此。**

过了数日，同治帝视朝，巧值恭王奕䜣，随班朝见，由同治帝瞧着，翎顶依然照旧，不由的诧异起来。退朝后，立召文祥入见，问前次谕旨，已将奕䜣革去亲王，何故翎顶照常？文祥无可辩说，只推在西太后一人身上。奏称："圣母闻知，饬收成命，所以恭王爷爵衔照旧。”同治帝怒道：“朕既亲政，你等须遵朕谕旨，难道知有母后，不知有朕么？”随将文祥斥骂一顿，叱令滚出，立刻提起朱笔，写了数行，令内侍张示王大臣道：

传谕在廷诸王大臣等，朕自去岁正月二十六日亲政以来，每逢召对恭亲王时，语言之间，诸多失仪，着革去亲王，世袭罔替，降为郡王，仍在军机大臣上行走。并载澂革去贝勒郡王衔，以示薄惩。

这谕才行宣布，不到数时。西太后处，已由奕䜣、文祥二人，进去泣诉。当蒙西太后劝慰，令他退出，即传同治帝入内，严词训责，令给还恭王父子爵衔。气得同治帝哑口无言，只好出命内阁，于次日再行降旨道：

朕奉慈安端裕康庆皇太后、慈禧端祐康颐皇太后懿旨，昨经降旨将恭亲王革去亲王世袭罔替，降为郡王，并载澂革去贝勒郡王衔，在恭亲王于召对时，言语失仪，原为咎有应得，惟念该亲王自辅政以来，不无劳勚足录，着加恩赏还亲王，世袭罔替。载澂贝勒郡王衔，一并赏还。该亲王仰体朝廷训诫之意，嗣后益加儆慎，宏济艰难，用副委任！钦此。

自有这番手续，同治帝连日怏怏。文喜、桂宝二人，又想出法子，导同治帝微行，为这一着，要把十三年的青春皇帝，断送在他两人手中了。宵小可畏。

京师内南城一带，向是娼寮聚居的地方，酒地花天，金吾不禁。同治帝听了文喜、桂宝的说话，带了两人，微服出游，到了秦楼楚馆，尝试温柔滋味，与宫中大不相同。满眼娇娃，个个妖艳，眉挑目语，无非卖弄风骚，浅透轻颦，随处生人怜惜。开琼筵以坐花，飞羽觞而醉月。灯红酒绿，玉软香温。既而玉山半颓，海棠欲睡，罗襦半解，芗泽先融，衣扣轻松，柔情欲醉。描不尽的媚态，说不完的绸缪，倒凤颠鸾，为问汉宫谁似？尤云殢雨，错疑神女相逢。从此巫峰遍历，帝泽皆春，愿此生长老是乡，除斯地都非乐境。春光漏泄，谏草上呈，当时内务府中，有一个忠心为主的满员，名叫桂庆，因帝少年好色，恐不永年，请将蛊惑的内侍，一并驱逐。至若祸首罪魁，应立诛无赦。且请皇太后保护圣躬，毋令沈溺。真是语语剀切，言言沉挚。有此谏官，还是满廷余泽。同治帝原是厌闻，西太后恰也不怿。西太后是何用心？想是左袒内监的缘故。桂庆即辞职回籍。以道事君，不可则止，桂庆颇有古大臣风度。嗣是同治帝每夕出游，追欢取乐，到了次晨，王大臣齐集朝房，御驾尚未返阙。恭亲王以下，统已闻知，因鉴前时圆明园事情，不敢犯颜直谏，只暗中略报西太后，西太后恰也训戒数次。嗣因同治帝置诸不闻，忤了慈容，索性任他游荡，惟朝廷大事，叫恭亲王等格外留心。同治帝越加惬意，适西太后四旬万寿，总算在宫中住了两天，照例庆贺。

是年没甚要政，只与中国通商的日本国，有小田县民，及琉球国渔人，航行海外，遇风漂至台湾，被生番劫杀，日本遣使诘责，清廷答称生番列在化外，向未过问。明明台湾百姓，如何说是化外？日本遂派中将西乡从道，率兵至台，攻击生番。闽省船政大臣沈葆桢，及藩司潘蔚，往台查办，又说台湾系中国属地，日本不得称兵。语多矛盾，煞是可笑！西乡从道那里肯允，且言琉球是他保护国，所有被杀的渔人，统要中国赔偿。葆桢遂函商直督李鸿章，令奏拨十三营，赴台防边。日本见台防渐固，又遣专使大久保利通至京，与总理衙门交涉。当由英使威妥玛居间调停，令中国出抚恤银十万两，军费赔款银四十万两，才算了事，日兵乃退出台湾。其实琉球亦是中国藩属，并非日本保护国，清廷办理外交的大员，单叫台湾没有日兵，便是侥幸万分，那里还要去问琉球？琉球已失去了。

同治帝一意寻花，连甚么台湾，甚么琉球，一概不管。朝朝暮暮，我我卿卿，不意乐极悲生，受了淫毒，起初还可支持，延到十月，连头面上都发现出来。宫廷里面，盛称皇上生了天花，真也奇怪。御医未识受病的缘由，只将不痛不痒的药味，搪塞过去，庸医杀人。因此蕴毒愈深，受病愈重。十一月初，御体竟不能动弹，冬至祀天，遣醇亲王奕譞恭代行礼，所有内外各衙门章奏，都呈两宫皇太后披览裁定。王大臣等，总道是皇上染了痘症，没有甚么厉害，况且年未弱冠，血气方刚，也不至禁受不起，大家不过循例请安，断不料变生意外，帝疾竟至大渐，到十二月初五日，崩于养心殿东暖阁。慈禧太后飞调李鸿章淮军入都，自己与慈安太后，同御养心殿，立传惇亲王奕誴、恭亲王奕譞、孚郡王奕譓、惠郡王奕详、贝勒载治、载澂、一等公奕谟、御前大臣伯彦讷、谟祜、军机大臣宝鋆、沈桂芬、李鸿藻、总管内务府大臣英桂、崇纶、魁龄、荣禄、明善、桂宝、文锡、弘德殿行走徐桐、翁同龢、王庆祺、南书房行走黄钰、潘祖荫、孙贻经、徐郙、张家骧等入见。亲王以下，尚未悉皇帝宾天情事，但见宫门内外，侍卫森列，宫中一带，又是排满太监，布置严密，大异往日状态，不禁个个惊讶。行至养心殿内，两宫太后已对面坐定，略带愁惨面色。王大臣等不暇细想，各按班次请安，跪聆慈训。慈禧后先开口道："皇上病势，看来要不起了，闻皇后虽已有孕，不知是男是女，亦不知何日诞生，应预先议立皇嗣，免得临时局促。"诸王大臣叩头道："皇上春秋鼎盛，即有不豫，自能渐渐康泰，皇嗣一节，似可缓议。"慈禧后道："我也不妨实告，皇帝今日已晏驾了。"这语一传，王大臣等，哭又不好，不哭又不好，有几个忍不住泪，似乎要垂下来形状。其实都是做作，但此时倒也为难。慈禧后道："此处非哭临地方，须速决嗣主为要。"诸王大臣不敢发议，只有恭王奕䜣，仗着老成，便抗言道："皇后诞生之期，想亦不远，不如秘不发丧。如生皇子，自当嗣立，如所生为女，再议立新帝未迟。”慈禧后大声道：“国不可一日无君，何能长守秘密？一经发觉，恐转要动摇国本了。”军机大臣李鸿藻、弘德殿行走徐桐、南书房行走潘祖荫，都碰头道：“太后明见，臣等不胜钦佩。”慈安太后也插口道：“据我意见，恭亲王的儿子，可以入承大统。”恭王闻言，连称不敢，随奏道：“按照承袭次序，应立溥伦为大行皇帝嗣子。”慈禧后又不以为然，便道：“溥伦族系，究竟太远，不应嗣立。”原来溥伦系过继宣宗长子奕譓，血统上稍差一层，所以被慈禧后驳去。恭王尚要启奏，慈禧后毕竟机警，便对慈安后道：“据我看来，醇王奕譞子载湉可以继立，应即决定，不可耽延时候。”恭王心中，很不赞成，连我也不赞成，无怪恭王。即向奕譞道：“立长一层，好全然不顾么？”不特立长而已，且置大行皇帝于何地？奕譞便叩头力辞，慈禧后道：“可由王大臣投票为定。”慈安太后没有异言，当由慈禧后命众人起立，记名投票。投讫发阅，只醇王等投溥伦，有三人投恭王子，其余皆如慈禧意，投醇王子，于是大位遂决。不必运动，而众大臣多投醇王子，慈禧之权力可知。看官！你道慈禧太后，何故定要立醇王子？第一层意思，是立了溥字辈为嗣，便是入继同治帝，同治帝有了嗣子，同治后将尊为太后，自己反退处无权，因此决意不愿；第二层意思，醇王福晋，便是慈禧后的妹子，慈禧入宫，作为媒妁，她想亲上加亲，必无他虞。兼且醇王子年仅四龄，不能亲政，自己可以重执大权，所以不顾公论，独断独行。众大臣竭力逢迎，才成了这样局面。这时候已当夜间九句钟，狂风怒号，沙土飞扬，天气极冷，慈禧后即派兵一队，往西城醇王邸中，迎载湉入宫，又派恭亲王留守东暖阁，不是亲他，实是防他。宫内外统用禁旅严卫，督队的便是步军统领荣禄。随即颁布遗诏道：

清德宗（1871—1908），即“爱新觉罗·载湉”，清代皇帝，醇亲王奕譞子，年号光绪。同治帝死，无子，由他入继大统。即位时仅四岁，由慈安、慈禧两宫太后“垂帘听政”，1887年亲政后，仍由太后“训政”。中日甲午战败后，亟思有所作为，采纳维新派主张，于1898年6月11日下“明定国是”诏书，宣布变法，颁行新政。引起守旧派嫉视。9月21日，慈禧发动政变，再出“训政”，被幽禁于瀛台。1908年11月14日先慈禧一日死去。

朕蒙皇考文宗显皇帝覆育隆恩，付畀神器，冲龄践阼，仰蒙两宫皇太后垂帘听政，宵旰忧劳，嗣奉懿旨，命朕亲裁大政，仰惟列圣家法，一以敬天法祖，勤政爱民为本，自维薄德，敢不朝乾夕惕，惟日孜孜。十余年来，禀承懿训，勤求上理，虽幸官军所至，粤捻各逆，次第削平，滇黔关陇，苗匪回匪，分别剿抚，俱臻安靖。而

兵燹之余，吾民创痍未复，每一念及寤寐难安。各直省遇有水旱偏灾，凡疆臣请蠲请赈，无不立沛恩施。深宫兢惕之怀，当为中外臣民所共见。朕体气素强，本年十一月适出天花，加意调护，乃迩日以来，元气日亏，以致弥留不起，岂非天乎？顾念统绪至重，亟宜传付得人，兹钦奉两宫皇太后懿旨，醇亲王之子载湉，（此二字贴黄）着承继文宗显皇帝为子，入承大统为嗣皇帝。嗣皇帝仁孝聪明，必能钦承付托。天生民而立之君，使司牧之，惟日矢忧勤惕厉，于以知人安民，永保我丕丕基。并孝养两宫皇太后，仰慰慈怀，兼愿中外文武臣僚，共矢公忠。各勤厥职，用辅嗣皇帝郅隆之治，则朕怀藉慰矣。丧服仍依旧制，二十七日而除。布告天下，咸使闻知！

同治帝崩，年只十有九岁，新帝载湉，入嗣文宗，尊谥同治帝为穆宗，封皇后阿鲁特氏为嘉顺皇后，改元光绪，即以明年为光绪元年，是谓德宗。当下诸王大臣，希旨承颜，奏请两宫皇太后重行训政。慈安太后颇觉讨厌，并不免有三分伤感，独慈禧太后，因同治帝不肯顺从，时常怀恨，此时重出训政，颇慰初念，倒也没甚悲痛。所最伤心的，莫如同治皇后，入正中宫，只有两年，突遭大丧，折鸾离凤，已是可惨，还有慈禧太后，对着她很不满意。这番立嗣，非但不令她预闻，而且口口声声，骂她狐媚子，狐媚子。她哭得凄惨一点，越触动慈禧太后恶感，戟指骂道："狐媚子！你媚死我儿子，一心思想做皇太后！哼哼！像你这种人，想做太后，除非海枯石烂，方轮到你身上。"这番言语，已是令人难堪。嗣复下了一道懿旨，内称大行皇帝无嗣，俟嗣皇帝后生皇子，即承继大行皇帝为子，牵强得很。这正是断绝皇后希望。当时嗣皇改元，两宫训政，盈廷庆贺，热闹得很。只同治后独坐深宫，凄凉万状，暗想腹中怀姙，未识男女，即使生男，亦属无益，索性图个自尽，还是完名全节。主意已定，只望见父一面，与他诀别。巧值宫内赐宴，承恩公崇绮亦在其内，宴毕，顺道入视。父女相持大哭，到临别的时光，皇后只说了一声，儿本薄命，望父亲不必记念。阅者不忍卒读。次晨，宫内即传出皇后凶信，这般下场，何如民家？满廷臣工，很是惊异，大臣不言，小臣却忍耐不住，呈上谏章，第一个是内阁侍读学士广安奏道：

窃惟立继之大权，操之君上，非臣下所得妄预。若事已完善，而理当稍为变通者，又非臣下所可缄默也。大行皇帝，冲龄御极，蒙两宫皇太后垂帘励治，十有三载，天下底定，海内臣民，方得享太平之福。讵意大行皇帝，皇嗣未举，一旦龙驭上宾？凡食毛践土者，莫不吁天呼地。幸赖两宫太后，坤维正位，择继咸宜，以我皇上承继文宗显皇帝为子，并钦奉懿旨，俟皇帝生

有皇子，即承继大行皇帝为嗣，仰见两宫皇太后宸衷经营，承家原为承国，圣算悠远，立子即是立孙。不惟大行皇帝得有皇子，即大行皇帝统绪，亦得相承勿替。计之万全，无过于此。惟是奴才尝读宋史，不能无感焉。宋太后遵杜太后之命，传弟而不传子，厥后太宗偶因赵普一言，传子竟未传侄，是废母后成命，遂起无穷驳斥。使当日后以诏命铸成铁券，如九鼎泰山，万无转移之理，赵普安得一言间之？然则立继大计，成于一时，尤贵定于一代。况我朝仁让开基，家风未远，圣圣相承，夫复何虑。我皇上将来生有皇子，自必承继大行皇帝为嗣，接承统绪，第恐事久年湮，或有以普言引用，岂不负两宫太后贻厥孙谋之至意？奴才受恩深重，不敢不言，请饬下王公大学士六部九卿会议，颁立铁券，用作弈世良谟。谨奏。

这篇奏牍，言人所不敢言，满员以内，好算得庸中佼佼，铁中铮铮了。偏偏懿旨说他冒昧渎陈，殊甚诧异，着即申饬。于是王公以下，乐得做了仗马寒蝉，那个还敢多嘴？同治帝的丧礼，还算照着旧制，勉强敷衍，同治后的丧礼，简直是草草了事，不过加了孝哲二字的谥法，掩饰人间耳目。光绪四年，葬穆宗毅皇帝孝哲毅皇后于惠陵，大小臣工，照例扈送。有一个小小京官，满腔不平，欲言不可，不言又不忍，他竟抱了尸谏的意见，殉义于惠陵附近的马神桥，上了一本遗折，比广安所奏，尤为痛切。正是：

古道犹存，臣心不死。
效节史鱼，直哉如矢！

未知折中有何言论，尸谏的究是何人，且待下回再叙。

同治帝之崩，相传为游荡所致，天花之毒，明系饰言，作者固非诬毁。但慈禧后为同治帝生母，不应以帝稍忤颜，遂成间隙，寻常民家，母子不和，犹关家计，况帝室乎？且纵帝游荡，酿成淫毒，得疾以后，又不慎重爱护，以致深沉不起。母子之间，殊不能无遗憾焉。若光绪帝之立，种种原因，备见书中，无非为慈禧一人私意。嘉顺皇后，由此自尽。"昭阳从古谁身殉，彤史应居第一流。"我为嘉顺哭，犹为嘉顺幸，而慈禧之手段，于此益见。吕武以后，应推此人。

第八十回

吴侍御尸谏效忠
曾星使功成改约

却说当时尸谏的忠臣，乃是甘肃皋兰人吴可读。可读旧为御史，因劾奏乌鲁木齐提督成禄，遭谴落职，光绪帝即位，起用可读，补了吏部主事。因见帝后迭丧，后嗣虚悬，早思直言奏请，但是广安一奏，犹且被斥，自己本是汉人，又系末秩微员，若欲奏陈大义，必遭严谴。且吏部堂官，也必不肯代奏，于是以死相要，将遗折呈交堂官。堂官谅他苦心，没奈何替他代奏，当由两宫太后展阅道：

奏为以一死泣请懿旨，预定大统之归，以毕今生忠爱事。窃罪臣闻治国不讳乱，安国不忘危，危乱而可讳可忘，则进苦口于尧舜，为无疾之呻吟，陈隐患于圣明，为不祥之举动。罪臣前因言事愤激，自甘或斩或囚，经王大臣会议，奏请传臣质讯，乃蒙先皇帝曲赐矜全，既免臣于以斩而死，复免臣于以囚而死，又复免臣于以传讯而触忌触怒而死。犯三死而未死，不求生而再生，则今日罪臣未尽之余年，皆我先皇帝数年前所赐也。乃天崩地坼，忽遭十三年十二月初五日之变，钦奉两宫皇太后懿旨，大行皇帝龙驭上宾，未有储贰，不得已以醇亲王之子，承继文宗显皇帝之子，入承大统，为嗣皇帝，俟嗣皇帝生有皇子，即承继大行皇帝为嗣。罪臣涕泣跪诵，反复思维，以为两宫皇太后，一误再误，为文宗显皇帝立子，不为我大行皇帝立嗣。既不为我大行皇帝立嗣，则今日嗣皇帝所承大统，乃奉我两宫皇太后之命，受之于文宗显皇帝，非受之于我大行皇帝也。而将来大统之承，亦未奉有明文，必归之承继之子，即谓懿旨内既有承继为嗣一语，则大统之仍归继子，自不

待言。罪臣窃以为未然。自古拥立推戴之际，为臣子所难言，我朝二百余年，祖宗家法，子以传子，骨肉之间，万世应无间然，况醇王公忠体国，中外翕然，称为贤王，王闻臣有此奏，未必不怒臣之妄，而怜臣之愚，必不以臣言为开离间之端。而我皇上仁孝性成，承我两宫皇太后授以宝位，将来千秋万岁时，均能以我两宫皇太后今日之心为心。而在廷之忠佞不齐，即众论之异同不一，以宋初宰相赵普之贤，犹有首背杜太后之事，以前明大学士王直之为国家旧人，犹以黄竑请立景帝太子一疏，出于蛮夷，而不出于我辈为愧。贤者如此，遑问不肖？旧人如此，奚责新进？名位已定者如此，况在未定，不得已于一误再误中，而求归于不误之策，惟仰祈我两宫皇太后再行明白降一谕旨，将来大统，仍归承继大行皇帝嗣子，嗣皇帝虽百斯男，中外及左右臣工，均不得以异言进。正名定分，预绝纷纭，如此则犹是本朝祖宗来子以传子之家法。而我大行皇帝，未有子而有子；即我两宫皇太后，未有孙而有孙。异日绳绳缉缉，相引于万代者，皆我两宫皇太后所自出，而不可移易者也。罪臣所谓一误再误，而终归于不误者此也，彼时罪臣即以此意拟成一折，呈由都察院转递，继思罪臣业经降调，不得越职言事。且此何等事？此何等言？出之大臣重臣亲臣，则为深谋远虑，出之小臣疏臣远臣，则为轻议妄言。又思在廷诸臣忠道最著者，未必即以此事为可缓，言亦无益而置之，故罪臣且留以有待。洎罪臣以查办废员内，蒙恩圈出引见，奉旨以主事特用，仍复选授吏部，迩来又已五六年矣。此五六年中，环顾在廷诸臣，仍未念及于此者。今逢我大行皇帝永远奉安山陵，恐遂渐久渐忘，则罪臣昔日所留以有待者，今则迫不及待矣。仰鼎湖之仙驾，瞻恋九重；望弓剑于桥山，魂依尺帛。谨以我先皇帝所赐余年，为我先皇帝上乞懿旨于我两宫皇太后之前。惟是临命之身，神志瞀乱，折中词意，未克详明，引用率多遗忘，不及前此未上一折一二，缮写又不能庄正。罪臣本无古人学问，岂能似古人从容？昔有赴死而行不成步者，人曰:“子惧乎？”曰:“惧！”曰:“既惧何不归？”曰:“惧吾私也，死吾公也。”罪臣今日亦犹是。鸟之将死，其鸣也哀；人之将死，其言也善。罪臣岂敢比曾参之贤？即死，其言亦未必善。惟望我两宫皇太后我皇上，怜其哀鸣，勿以为无疾之呻吟，不祥之举动，则罪臣虽死无憾。宋臣有言:“凡事言于未然，诚为太过；及其已然，则又无所及，言之何益？可使朝廷受未然之言，不可使臣等有无及之悔。”今罪臣诚愿异日臣言之不验，使天下后世笑臣愚，不愿异日臣言之或验，使天下后世谓臣明。等杜牧之罪言，虽逾职分，效史鳝之尸谏，祗尽愚忠。罪臣尤愿我两宫皇太后我皇上，体圣祖世宗之心，调剂宽猛，养忠厚和平之福，任

翁同龢（1830—1904），字声甫，江苏常熟人，清末维新派。咸丰状元，光绪帝师傅。历任户部尚书、工部尚书、军机大臣兼总理衙门大臣，因卷入帝后两党之争而被慈禧罢黜。有《瓶庐诗文稿》《翁文恭公日记》传世。

用老成，毋争外国之所独争，为中华留不尽！毋创祖宗之所未创，为子孙留有余！罪臣言毕于斯，愿毕于斯，命毕于斯。再罪臣曾任御史，故敢昧死具折，又以今职不能专达，恳由臣部堂官代为上达。罪臣前以臣衙门所派随同行礼司员内，未经派及罪臣，是以罪臣再四面求臣部堂官大学士宝鋆，始添派而来。罪臣之死，为宝鋆所不及料，想宝鋆并无不应派而误派之咎。时当盛世，岂容有疑于古来殉葬不情之事？特以我先皇帝龙驭永归天上，普天同泣，故不禁哀痛迫切，谨以大统所系，贪陈缕缕，自称罪臣以闻。

两宫皇太后阅毕，慈禧太后心中很是不乐，外面恰装出一种坦适样子，向慈安太后道："这人未免饶舌，前已明降谕旨，嗣皇帝生有皇子，即承继大行皇帝为嗣，还要他说甚么？"慈安太后道："一个小小主事，敢发这般议论，且宁死不讳，总算难得！"慈安究竟持平。慈禧后歇了半晌，方道："且着王大臣等会同妥议，可好么？"慈安后应了声好，遂命内阁拟旨，着将吴可读原折交廷臣会议。王大臣等合议许久，多以清代家法，自雍正后，建储大典，未尝明定，此次若从可读奏请，明定继统，即与建储没甚分别，未免有违祖制。此时还有甚么祖制？又因可读尸谏，确是效忠清室，一概辩驳，心中亦属难安。当下公拟了一番模糊影响的言语，复奏上去。最好是这种手段。嗣后徐桐、翁同龢、潘祖荫三人又联衔上了一折，宝廷、张之洞，且各奏一本，两宫太后参酌众议，随降懿旨道：

张之洞（1837—1909），字孝达，直隶南皮（今属河北）人，清末洋务派首领。1863年进士及第后，官至两广总督、湖广总督、军机大臣等，政治上主张"西学为体，中学为用"，时为洋务派的主要代表，有《张文襄公全集》行世。

前于同治十三年十二月初五日降旨，俟嗣皇帝生有皇子，即承继大行皇帝为嗣，原以将来继统有人，可慰天下臣民之望。第我朝圣圣相承，皆未明定储位，彝训昭垂，允宜万世遵守。是以前降谕旨，未将继统一节宣示，具有深意。吴可读所请颁定大统之还，实与本朝家法不合。皇帝受穆宗毅皇帝付托之重，将来诞生皇子，自能慎选元良，缵承统绪，其继大统者，为穆宗毅皇帝

嗣子，守祖宗之成宪，示天下以无私，皇帝亦必能善体此意也。所有吴可读原奏，及王大臣等会议折，徐桐、翁同龢、潘祖荫联衔折，宝廷、张之洞各一折，并闰三月十七日及本日谕旨，均著另录一分，存毓庆宫。至吴可读以死建言，孤忠可悯，着交部照五品官例议恤！钦此。

此旨一下，同治帝一生事情，化作烟云四散，吴可读慷慨捐躯，也不过留个名儿罢了。

驹光如驶，倏忽间已是光绪五年。琉球国被日本灭掉，改名冲绳县，这信传到中国，总理衙门的人员，才记得琉球是我属国，与日本交涉。日本简直不理，只好作为罢论。忽又接到伊犁交涉消息，好大喜功的左宗棠，决意主战，于是总署诸公，又有一番绝大的忙碌。先是陕回叛酋白彦虎，出走西域，依附安集延酋阿古柏，安集延系浩罕东城，阿古柏即安集延城主。他因回疆蠢动，中国政府专剿粤捻，无暇西略，遂乘机攻入，踞了喀什噶尔，胁服回徒，自称毕调勒特汗。清廷以时艰饷绌，拟暂弃关外地，独左宗棠已平陕甘，决计进兵，借了华洋商款，充作军饷。光绪二年，督办新疆军务，自驻肃州调度，令都统金顺、提督张曜，率兵驻哈密，京卿刘锦棠，及提督谭上连、谭拔萃、余虎恩等，分道进攻，连败阿古柏兵，克复乌鲁木齐，及附近各城，北路略定。到光绪四年，刘锦棠军自北趋南，张曜军自西趋东，夹击阿古柏。阿古柏想走回安集延，奈浩罕全国，统被俄罗斯占夺，欲归无路，仰药而亡。只阿古柏长子伯克胡里，尚据英吉沙尔、喀什噶尔、叶尔羌、和阗四城，白彦虎又窜往依附。适遇锦棠等进剿，胡里不能抵敌，偕白彦虎遁入俄境，南路亦平。左宗棠晋封二等侯，刘锦棠加封二等男，随征将士，统邀奖叙。

只新疆西北有伊犁城，地味饶沃，俄人乘乱进来，把伊犁占去，阳称帮中国暂时保管。天下无此好人。至回乱已平，清政府欲索回伊犁，遂派吏部侍郎崇厚，出使俄国，畀他全权，商办伊犁事宜。这位崇钦使素来胆怯，天津教案，已见过他的伎俩，清廷还认是专对能手，要他前去办理这案。列位试想，如虎如狼的俄国，能给他一点便宜么？果然双方开议，俄人要索很奢，崇钦使不能答辩，格外迁就，订了十八条约章，只归还伊犁一城，西境的霍尔果斯河左岸，及南境的帖克斯河上流两岸，都要割让俄人，还要中国给偿俄银五百万卢布。俄币制名，价有涨跌，价涨时一卢布约合中国规银九钱三分一厘，价跌时约七钱左右。而且增开口岸，添设领事，凡勘界行轮运货免税等条件，统是夺我权利。崇钦使不问政府，仗着全权行事的招牌，竟骤然决然的签定了押，语颇沁脾。咨报总理衙门。王大臣等把约文细阅，统说是不便照行，当下有一班意气嚣凌，文采焕发的言官，洋洋洒洒挥成千万言，奏闻两宫。你主调兵，我主调将，都要与俄开战。最利害的，是请诛崇厚，仿佛是崇厚一诛，俄人即可吓倒。书生之见。两宫太后，大为感动，令总署驳斥原约，将崇厚褫职逮问，一面垂询左宗棠和战情形。宗棠慷慨激昂，上了一篇奏章，好似苏东坡万言书。小子笔不胜录，只录他后半篇道：

察俄人欲踞伊犁为外府。为占地自广，借以养兵之计，久假不归，布置已有成局。我索旧土，俄取兵费巨资，于俄无损而有益。我得伊犁，只剩一片荒郊，北境一二百里间，皆俄属部，孤注万里，何以图存？况此次崇厚所议第七款，接收伊犁后，霍尔果斯河及伊犁山南之帖克斯河归俄属，无论两处地名，中国图说所无，尚待详考，但就方向而言，是划伊犁西南之地归俄也。自此伊犁四面，俄部环居，官军接收，堕其度内，固不能一朝居耳。虽得必失，庸有幸乎？武事不竞之秋，有划地求和者矣，兹一矢未闻加遗，乃遽议捐弃要地，餍其所欲，譬犹投犬以骨，骨尽而噬仍不止。目前之患既然，异日之忧何极？此可为叹息痛恨者矣！金顺锡纶，拟缓收伊犁，而以沿边喀什噶尔、乌什、精河、塔尔巴哈台四城，宜足兵力，浚饷源，广屯田，坚城堡，先实边备，自非无见，惟伊犁沿边无定议，谋新疆者非合南北两路通筹不可。现在伊犁界务未定，则收还一节，自可从缓计议。喀什噶尔乌什，规画已周，毋庸再议，其塔尔巴哈台，精河，急须加意绸缪，应由金顺锡纶，自行陈奏请旨外，所有崇厚定议画押十八款内偿费一节，业经奉有谕旨，第八款所称塔城界址，拟稍改，照同治三年界址，尚只电报，应俟崇厚奏到再议。第十款于旧约喀什噶尔库伦设领事官外，复议增设嘉峪关，乌里雅苏台，科布多，哈密，吐鲁番，乌鲁木齐，古城七处，十四款并有俄商运俄货，走张家口嘉峪关，赴天津汉口，过通州西安汉中，运土货回国，均经总理衙门奏奉谕旨接驳外，第二款中国允即恩赦居民，业经遵旨照办，被贼官截阻赍示委员，不准张帖。第三款伊犁民人迁居俄国，入籍者，准照俄人看待，意在胁诱伊犁民人归俄。而以空城贻我，与阻截赍示委员，同一用心。第四款俄人在伊犁，准照管旧业，虽伊犁交还，中外商民杂处，无界限可分，是包藏祸心，预为再踞之计。至商务允其多设口岸，不独夺华商生理，且以启蚕食之机。总理衙门原奏，筹虑深远，实已纤细毕周。谕旨允行，则实受其害，先允后翻，则曲仍在我，应设法挽回以维全局。窃维邦交之道，论理亦论势，本山川为疆索，界画一定，截然而不可逾。彼此信义相持，垂诸久远者理也；至争城争地，不以玉帛而以兴戎，彼此强弱之分，则在势而不在理。所谓势者，合天时人事言之，非仅直为壮而曲为老也。俄踞伊犁，在咸丰十年同治三年定界之后，旧附中国与中国民人杂处各部落，被其胁诱，俄官即视为所属，借以肆其凭陵。俄之取浩罕三部也，安集延未为所并，其酋阿古柏畏俄之逼，率其部众，陷我南疆，我复南疆，阿古柏死，逆子窜入俄境。俄乃认安集延为其所属，欲借为侵占回疆腹地之根，现冒称喀什噶尔住居之俄属，本随帕夏而来之安集延余众。俄之无端冒为己属，实与交还伊犁，仍留复踞地步，同一居心，观其交还伊犁，而仍索南境西境属俄，其诡谋岂仅在数百里土地哉？界务之必不可许者此也。俄商志在贸易，本无异图，俄官则欲借此为通西于中之计，其蓄谋甚深，非仅若西洋各国，只争口岸可比。就商务言之，俄之初意，只在嘉峪关一处，此次乃议及关内，并议及秦蜀楚各处，非不知运脚繁重，无利可图，盖欲借通商便其深入腹地，纵横自恣，我无从禁制耳。嘉峪关设领事，容尚可行，至喀什噶尔通商一节，同治三年虽约试办，迄未举行，此次界务未定，姑从缓议。而乌里雅苏台，科布多，哈密，吐鲁番，乌鲁木齐，古城等处，广设领事，欲因商务蔓及地方，化中为俄，断不可许。此商务之宜设法挽回者也。此外俄人容纳叛逆白彦虎一节，崇厚曾否与之理论，无从悬揣，应俟其复命时，请旨确询，以凭核议。臣惟俄人自占踞伊犁以来，包藏祸心，为日已久。始以官军势弱，欲诳荣全入伊犁，陷之以为质，继见官军势强，难容久踞，乃借词各案未结以缓之。此次崇厚全权出使，俄臣布策，先以巽词餂之，枝词惑之，复多方迫促以要之，其意盖以俄于中国，未尝肇启战端，可间执中国主战者之口。又忖中国近或厌兵，未便即与决裂，以开边衅，而崇厚全权出使，便宜行事，又可牵制疆臣，免生异议。是臣今日所披沥上陈者，或尚不在俄人意料之中。当此时事纷纭，主忧臣辱之时，苟心知其危，而复依违其间，欺幽独以负朝廷，耽便安而误大局，臣具有天良，岂宜出此？就事势次第而言，先之以议论委婉而用机，次之决战阵坚忍而求胜，臣虽衰庸无似，敢不勉旃！

两宫太后依议，特遣世袭毅勇侯出使英法大臣大理寺少卿曾纪泽，备述官衔，隐寓紫阳书法。使俄改约，并命整顿江海边防，北洋大臣李鸿章，筹备战舰。山西巡抚曾国荃，调守辽东，派刘锦棠帮办西域军务，加吴大澂三品卿衔，令赴吉林督办防务，饬彭玉麟操练长江水师，起用刘铭传、鲍超一班良将，内外忙个不了。俄国亦派军舰来华，游弋海上，险些儿要开战仗，亏得曾袭侯足智多谋，能言善辩，与俄国外部大臣布策反覆辩难，弄得布策无词可答，只是执着原约，不肯多改。巧值俄皇被刺，新主登基，令布策和平交涉，布策始不敢坚持原议。曾袭侯虽是专对才，亦亏机缘相凑。两边重复开谈，足足议了好几个月，方才妥洽，计改前约共七条：

一　归还伊犁南境。

二　喀什噶尔界务，不据崇厚所定之界。

三　塔尔巴哈台界务，照原约修改。

四　嘉峪关通商，照天津条约办理，西安汉中及汉口字样，均删去。

五　废松花江行船至伯都讷专条。

六　仅许于吐鲁番增一领事，其余缓议。

七　俄商至新疆贸易，改均不纳税为暂不纳税。此外添续卢布四百万圆。

签约的时候，已是光绪七年，虽新疆西北的边境，不能尽行归还，然把崇厚议定原约改了一半，也总算国家洪福，使臣材具了。我至此尚恨崇厚。沿江沿海，一律解严，改新疆为行省，依旧是升平世界，浩荡乾坤。王大臣等方逍遥自在，享此庸庸厚福，不意宫内复传出一个凶耗，说是慈安太后骤崩，小子曾有诗咏慈安后云：

牝鸡本是戒司晨，和德宣仁誉亦真。
十数年来同训政，慈安遗泽尚如春。

这耗一传，王大臣很是惊愕，毕竟慈安太后如何骤崩，且至下回分解。

本回录两大奏折，为晚清历史上生色。吴说似迂，左议近夸，但得吴可读之一疏，见朝廷尚有效死敢谏之臣工，得左宗棠之一折，见疆臣尚有老成更事之将帅。光绪初年之清平，幸赖有此。或谓吴之争嗣，何裨大局？俄许改约，全恃曾袭侯口舌之力，于左无与？不知千人诺诺，不如一士谔谔，盈廷谐媚，而独得吴主事之力谏，风厉一世，岂不足令人起敬乎？外交以兵力为后盾，微左公之预筹战备，隐摄强俄，虽如曾袭侯之善于应对，能折冲樽俎乎？直臣亡，老成谢，清于是衰且亡矣。人才之不可少也，固如此夫！

第八十一回

朝日生嫌酿成交涉
中法开衅大起战争

却说慈安太后的崩逝，很是一桩异事。为甚么是异事呢？慈安太后未崩时，京师忽传慈禧病重，服药无效，诏各省督抚进良医，直督李鸿章，江督刘坤一、鄂督李瀚章，都把有名的医生，保荐进去。慈禧一病数月，慈安后独视朝，临崩这一日，早晨尚召见恭亲王奕䜣、大学士左宗棠、尚书王文韶、协办大学士李鸿藻等，慈容和怡，毫无病态，不过两颊微赤罢了。恭亲王等退朝后，约至傍晚，内廷忽传慈安后崩，命枢府诸人速进，王大臣等很为诧异，都说："向例帝后有疾，宣召御医，先诏军机大臣知悉，所有医方药剂，都命军机检视，此次毫无影响，且去退朝时候，止五小时，如何有此暴变？"但宫中大事，未便揣测，只好遵旨进去。一进了宫，见慈安后已经小殓，慈禧后坐矮凳上，并不像久病形状，只淡淡的说道："东太后向没有病，近日亦未见动静，忽然崩逝，真是出人意外。"对人言只可如此。众王大臣等，不好多嘴，惟有顿首仰慰。左宗棠意中不平，颇思启奏，只听慈禧后传谕道："人死不能再生，你等快出去商议后事！"善箝人口。于是左宗棠亦默然无语，偕王大臣等出宫，暗想后妃薨逝，照例须传戚属入内瞻视，方才小殓，这回偏不循故例，更觉可怪。奈满廷统是唯唯诺诺，单仗自己一片热诚，也是无济于事，因此作为罢论。

天下事若要人不知，除非莫为。相传光绪帝幼时，亦喜欢与慈安后亲近，仿佛当日的同治帝，慈禧后已滋不悦。到光绪六年，往东陵致祭，慈安太后，以咸丰帝在日，慈禧后尚为妃嫔，不应与自己并列，因令慈禧退后一点。慈禧不允，几至相争，转想在皇陵旁争论，很不雅观，且要招亵渎不敬的讥议，不得已忍气吞声，权为退后。回到宫中越想越气，暗想前次杀小安子，都是恭王怂恿，东后赞同，这番恐又是他煽动，擒贼先擒王，除了东后，还怕甚么奕䜣？只有一事不易处置，须先行斟酌，方好下手。看官！你道是甚么事情？咸丰帝在热河，临危时，曾密书硃谕一纸，授慈安后，略说：“那拉贵妃如恃子为帝，骄纵不法，可即按祖制处治。”后来慈安后取示慈禧，令她警戒一二。慈禧后虽是刚强，不敢专恣，还是为此。东陵祭后，她想消灭遗旨，正苦没法，巧遇慈安后稍有感冒，太医进方，没甚效验，过了数日，不药而愈。慈安后遂语慈禧，说服药实是无益。慈禧微笑，慈安不觉暗异。忽见慈禧左臂缠帛，便问她何故？慈禧道：“前日见太后不适，进葠汁时，曾割臂肉片同煎，聊尽微忱。”真乎假乎，我还欲问慈禧。慈安闻了此言，大为感动，竟取出先帝密谕，对她焚毁，隐示报德的意思，其实正中了慈禧的隐谋。一着得手，两着又来。慈安后竟致暴崩，谣言说是中毒，小子姑就轶闻，略略照叙，也不知是真是假。只慈禧后并不持服，乃是实事。笔里藏刀。

话休絮述，且说慈安后已崩，国家政治，都由慈禧太后一人专主，不必疑忌。慈禧至此，方觉得心满意足，任所欲为。国丧期未满，奉安未届，暂命恭王奕䜣等照常办事。越年，慈安太后合葬东陵，加谥孝贞，生荣死哀，临时又有一番热闹。

葬礼才毕，东方的朝鲜国，忽生出一场乱事，酿成中日的交涉。原来朝鲜国王李熙，系由旁支嗣立，封生父李应罡为大院君，主持国柄。李熙年长，亲裁大政，大院君退处清闲，党与亦渐渐失势。王妃闵氏，才貌兼全，为李熙所宠幸，闵族中倚着王妃的势力，次第用事，尽改大院君旧政。大院君素主保守，拒绝日本，闵族公卿，多主平和，与日本结江华条约，开元山津与仁川二口岸，给日本通商。朝鲜本中国藩属，总理衙门的大员，偏视为无足重轻，绝不过问。朝鲜恰暗生内讧，一班守旧派，又请大院君出头，与闵族反对。时当光绪八年，朝鲜兵饷缺乏，军士哗变，守旧派遂趁势作乱，扬言入清君侧，闯进京城，把朝上大臣及外交官，杀死了好几个，并杀入王宫，搜寻闵妃，可巧闵妃闻风避匿，无从搜获，遂鼓噪至日本使馆，戕杀日本官吏数人。真是瞎闹。警报传至中国，署直隶总督张树声，亟调提督吴长庆等，率军入朝鲜。长庆颇有才干，到了汉城，阳说来助大院君。大院君信为真言，忙到清营会议。大鱼自来投网，正好被长庆拿住，立派干员，押解天津。还有百余个党首，亦由长庆捕获，尽置诸法。这时候日本亦发兵到来，见朝鲜已没有乱事，只得按住了兵，索偿人命。当下由长庆代作调人，令朝鲜赔款了事。日本还要屯兵开埠，朝鲜国王唯唯听从，自已与日本立约，才算了案。自后中日两国，各派兵驻扎朝鲜京城。朝鲜既为我属，日本何得驻兵？当时以吴长庆等执归大院君称为胜算，于日本驻兵事置诸不论，可谓懵然。大院君到天津后，由张树声请旨发落，奉旨李应罡着在保定安置。后来朝鲜又复闹事，比前次还要瞎噪，小子本好连类叙下，只中间隔了一场中法开衅的战史，依着年月日次序，只好将中法战史开场，表叙明白。

中法战衅，起自越南，越南王阮光缵，为故广南王阮福映所灭，仍认中国为宗主国，入贡受封。惟阮福映得国时，曾赖法教士帮助，借了法国兵士，灭掉阮光缵，原约得国以后，割让化南岛作为酬谢，且许通商自由。后来越南不尽遵约，且无故戕害教民，法人愤怒，遂派军舰至越南，破顺化府沿岸炮台，乘胜阑入，夺南方要口的西贡，并陷嘉定、边和、定祥三州。越南国王，无法可施，没奈何割地请和，这是咸丰年间事。同治初，复开兵衅，再订和约，又割永隆、安江、河仙诸州，畀之法国，南圻尽为法据。法人得步进步，得尺进尺，不到几年，又说越南虐待教士，要求越南允他二事：第一条，要越南王公，信奉天主教；第二条，要在越南北圻的红河通航。两国尚未定约，法人已托词保商，派兵驻河内、海防等处。目无全虏。

是时越南有一个惯打不平的好汉，姓刘名永福，系广西上思州人氏，乃是太平国余党。他部下有数百悍卒，张着黑旗，叫作黑旗军，或叫他黑旗长毛。刘永福素性豪爽，见越南被法所逼，以大欺小，很是无礼，遂带了黑旗兵，帮越南王抗拒法人。法将安邺，勾结越匪黄崇英，谋踞全越。永福闻安邺屯兵河内，竟由间道绕赴，出其不意，攻破法兵，将法将安邺杀死。越南王闻报，一喜一惧，喜的是刘永福战败法人，惧的是法人将来报复。于是再与法国议和，于同治末年，协订和约数条，大致认越南为独立国，令断绝他国关系，以及河内通商、红河通航等条件。一面檄刘永福罢兵，封为三宣副都督，管辖宣光、兴化、山西三省，越南暂就平静。

独越匪黄崇英，尚出没越南北境，进窥南宁。两广总督刘长佑，率师巡边，连破崇英党羽，蹑崇英至河阳，一鼓擒住，并将他妻子一律骈诛。长佑奏凯入关，只留驻千人防边。光绪五年，越边又有吴终及苏咽汉等，倡乱殃民，越南王又求助清廷，清政府即命粤督刘长佑，再出越南，替他靖乱。长佑遂率提督冯子材，由龙州出发，旗开得胜，马到成功，不数月间，乱党已无影无踪了。越南王很为感激，怎奈法人得知此信，据约诘责，约章上是越南独立，既认与他国断绝关系，如何请清军代平乱事?越南王绝不答复。法国遣将李威利，进攻河内，黑旗军又来出头，一阵厮杀，非但将法人击败，直把李威利杀毙。法人大举入越，海陆并进，陷河内、南定、河阳等地，只山西一带，由刘永福扼守，不能攻入。法海军转趋顺化府，顺化系越南都城，守城兵统是饭桶，一些儿都没用，闻报法兵来攻，吓得魂飞天外，保着越南王出都避难。法兵遂入据越都，越南王再向法乞和，法人要越南降为保护国，且割让东京与法。越南王但求息事，不管好歹，竟允了法人的要约。

清廷接信大惊，飞檄驻法公使曾纪泽，与法交涉，不认法越条约，又令岑毓英调督云贵，出关督师，与刘永福协力防法，擢彭玉麟为兵部尚书，特授钦差大臣关防，驰驿赴粤；故山西巡抚曾国荃，赴署粤督，筹备军糈；东阁大学士两江总督左宗棠，督办军务，兼顾江防。一班老臣宿将，分地任事。廉将军犹能强饭，马伏波再出据鞍。劲气横秋，余威慑敌，法人倒也不敢暴动，差了舰长福禄诺等，直到天津，去访直督李鸿章，无非说些愿归和好等语，但越南总要归法保护。咬定一桩宗旨，有何和议可说。李鸿章既不照允，也不坚拒，只用了模棱两可的手段，对付外交。此老未免油滑，然已带三分暮气。适粤关税司美国人德摧林，愿作毛遂，居间调停，竟与李鸿章订定五条草约，准将东京让法，清军一律撤回。惟法越改约，不得插入伤中国体面语。越南已去，还有甚么体面？双方允议，鸿章当即奏闻，总理衙门的王大臣，也与李爵帅一般见识，总教体面不伤，管甚么万里越南？随即核准，批令鸿章签押。

这边玉帛雍容，方与法使互订和局，那边云南兵将，已进至谅山，尚未接到和好消息，法将突勒，亦入谅山驻扎。两下相遇，滇军磨拳擦掌，专待角斗，突勒亦不肯让步，顿时开了战仗，你开枪，我放炮，相持半日，法兵受了好多损失，向后退去。中国人向来自大，闻了这场捷音，个个主战，几乎有灭此朝食的气概，偏偏法人行文总署，硬索偿款一千万磅，总署不允，法愈增兵至越南，攻陷北宁。岑毓英退驻保胜，扼守红河上游，法复派军舰至南洋，袭攻台湾，把基隆夺去。幸亏故提督刘铭传，奉旨起复，督办台湾军务，他即兼程前进，到了台湾，以守为战，法人才不敢入犯，把基隆守住。

法提督孤拔，转入闽海，攻打马尾。马尾系闽海要口，驻守的大员，叫作张佩纶，佩纶是个白面书生，年少气盛，恃才傲物，本在朝上任内阁学士官职，谈锋犀利，没人赛得他过，讲起文事来，周召不过如此，讲起武备来，孙吴还要敬避三舍。其言之不怍，则为之也难。清廷大加赏识，特简为福建船政大臣，会办海疆事宜。以言取人失之宰予。中外官僚，方说朝廷拔取真才，颂扬圣哲。合肥伯相李鸿章，也因他多才多艺，称赏不置。这张佩纶更睥睨不群，目空一切，既到福州，与总督何璟、巡抚张兆栋会叙，高谈阔论，旁若无人，督抚等也莫名其妙。因闻他素负才名，谅来必有些学识，索性将全省军务，都推到佩纶身上。佩纶居然自任，毫不推辞；任事数月，并没有整顿军防，单是饮酒吟诗，围棋挟妓。有的说是名将风流，大都这样，有的说是文人狂态，徒有虚名。

这年秋季，在值法孤拔率舰而来，直达马江。好像是一块试金石。海军将弁，闻风飞报，佩纶毫不在意，简直如没事一般。过了一宵，法舰仍在马江游弋，尚未驶入口内，那时张佩纶谈笑自若，反邀了几个好友，畅饮谈心，忽报管带张得胜求见，佩纶道："我们喝酒要紧，不要进来瞎报！"才阅片刻，又报管带张成入谒，佩纶张开双目，向传报的军弁叱道："我在此饮酒，你难道不晓得么？为甚么不挡住了他？"军弁道："张管带说有紧急军情，定要面禀，所以不敢不报。"佩纶道："有甚么要事？你去问来。"军弁去了半晌，回称法兵轮已驶入马尾，应预备抵敌，恳大人速谕机宜。佩纶冷笑道："法人何从欲与我接仗，不过虚声恫吓，迫我讲和，我只按兵不动，示以镇定，法人自然会退去的。我道他是何等高见，谁知恰是如此。你去传谕张管带，叫他不要妄动便好。”军弁唯唯，刚欲退出，佩纶又叫他转来，便道：“你去与张管带说明，第一着是法舰入口，不准先行开炮，违令者以军法从事。”军弁又答应连声，自去通知张管带，佩纶仍安然痛饮，喝得酩酊大醉，兴尽席残，高朋尽散。佩纶一卧不醒，法舰已自进口，准备开炮轰击。中国兵轮，也有十多艘，船上管带，各着弁目走领军火，请发军令。不意佩纶尚在黑甜乡玩耍，似乎可高枕无忧的样子。门上因昨日碰了钉子，不敢通报，弁目只在门房伺候，那边兵轮内的管带，急切盼望，杳无回音，欲要架炮迎击，既无军令，又无弹丸，真正没法得很。约到巳牌时候，尚不见军令领到，法舰上已将大炮架起，红旗一招，炮弹接连飞来。中国兵轮里面，毫无防备，管带以下，急得脚忙手乱，不消一个时辰，已被击破四五艘，还有未曾击坏的兵轮，只是逃命要紧，纷纷拔椗，向西北逃命。奈法舰不稍容情，接连追入，炮声越紧，炮弹越多，中国兵轮，又被击沉了好几艘。海军舰队，丧亡几尽。这时候佩纶才醒，听得炮声震耳，还说何人擅自放炮，起床出来。外面已飞报兵轮被毁，接续传到七艘，于是轻裘缓带的张大臣，也焦灼起来，急命亲兵二人，随着开了后门，一溜烟的逃去。确是三十六策中的上策。法舰乘胜进攻，夺了船坞，毁了船厂，复破了福州炮台，占领澎湖各岛。廷旨令左宗棠飞速赴闽，与故陕甘总督杨岳斌，帮办闽省军务，调曾国荃就江督任，续办江防。左宗棠到闽后，奉旨查办张佩纶，佩纶已由督抚访寻，在彭田乡觅着，畴昔豪气，索然而尽，只有笔底下却还来得，草了一篇奏牍，自请处分。内中有“格于洋例，不能先发制人，狃于陆居，不能登舟共命”等语。巧于脱卸。左宗棠怜他是个名士，也为他洗刷回护。大约是惺惺惜惺惺。清廷以佩纶罪无可逃，责左宗棠袒护罪员，甘陷恶习，着传旨申斥。佩纶逮京治罪，充戍黑龙江完案。

马江方报败仗，谅山又闻失守，镇南关守将杨玉科阵亡。慈禧不禁震怒，把统兵的大员，议处的议处，镌级的镌级，并有一道罢免恭王的懿旨，亦蝉联而下，处心积虑久矣。立言颇极微妙，今录述如下：

钦奉慈禧康颐昭豫庄诚皇太后懿旨：现值国家元气未充，时艰犹巨，政多丛脞，民未敉安。内外事务，必须得人而理，而军机处实为内外用人行政之枢纽，恭亲王奕䜣等，始尚小心匡弼，继则委蛇保荣；近年爵禄日崇，因循日甚，每于朝廷振作求治之意，谬执成见，不肯实力奉行。屡经言者论列，或目为壅蔽，或劾其委靡，或谓簠簋不饬，或谓昧于知人。本朝家法綦严，若谓其如前代之窃权乱政，不惟居心所不敢，亦实法律所不容。只以上数端，贻误已非浅鲜，若仍不改图，专务姑息，何以仰副列圣之伟业？贻谋将来，皇帝亲政，又安能臻诸上理？若竟照弹章一一宣示，即不能复议亲贵，亦不

能曲全耆旧，是岂宽大之政所忍为哉？言念及此，良用恻然。恭亲王奕䜣，大学士宝鋆，入直最久，责备宜严，姑念一系多病，一系年老，兹特录其前劳，全其末路，奕䜣着加恩仍留世袭罔替亲王，赏食亲王全俸，开去一切差使，并撤去恩加双俸，家居养疾！宝鋆着原品休致！协办大学士吏部尚书李鸿藻，内廷当差有年，只为囿于才识，遂致办事竭蹶，兵部尚书景廉，只能循分供职，经济非其所长，均着开去一切差使，降二级调用！工部尚书翁同龢，甫直枢庭，适当多事，惟既别无建白，亦有应得之咎，着加恩革职留任，仍在毓庆宫行走，以示区别！朝廷于该王大臣之居心办事，默察已久，知其决难振作，诚恐贻误愈重，是以曲示矜全，从轻予谴。初不因寻常一眚之微，小臣一疏之劾，遽将亲藩大臣，投闲降级也。嗣后内外臣工，务当痛戒因循，各摅忠悃。建言者秉公献替，务期远大，朝廷但察其心，不责其迹，苟于国事有补，无不虚衷嘉纳，倘有门户之弊，标榜之风，假公济私，倾轧攻讦，甚至品行卑鄙，为人驱使，就中受贿，必当立抉其隐，按法惩治不贷，将此通谕知之！

赵尔巽（1844—1927），出身官宦世家，1874年考中进士，官至湖广总督、四川总督、东三省总督，民国成立后辞职，1914年任清史馆总裁，主持编修《清史稿》，1925年任段祺瑞政府参政院议长，1927年《清史稿》完稿后逝世于北京。

冯子材（1818—1903），字南干，广东钦州（今属广西）人，清末将领。1862年任广西提督。三次应越南政府约请出关抗法。1882年退职。1885年2月任广西关外军务帮办，率军在镇南关（今友谊关）、谅山大败法军。1901年复任贵州提督。

恭亲王既已罢免，军机处另用一班人物。恭亲王的替身，就是礼亲王世铎。还有户部尚书额勒和布、阎敬铭、刑部尚书张之万，也都命在军机上行走。工部侍郎孙毓汶，因与李莲英莫逆，亦得厕入军机。慈禧太后又下特旨：“军机处遇有紧要事件，着会同醇亲王弈譞商办。”国子监祭酒盛昱、左庶子锡钧、御史赵尔巽见了这谕，以醇亲王系光绪帝父亲，入直军机，殊非所宜，是极。遂援古斟今，联翩入奏，请收回成命。慈禧后思想灵敏，把垂帘二字提出，说：“当垂帘时代，不得不用亲藩，俟皇帝亲政，再降懿旨。在廷诸臣，当仰体上意，毋得多渎！”这旨一下，言官等又箝口无言。

只是海氛未靖，边报相寻，朝旨调湖南巡抚潘鼎新，移至广西，与岑毓英联军迎剿，并令提督苏元春与冯子材、王孝祺、王德榜等，率军援镇南关。冯王诸将，恰是异常奋勇，一到了关，即开关出战。任凭法人枪炮厉害，他却督着人马，冒死进去。枪炮越多的地方，清车越加不怕。星驰飚卷，岳撼山摇，直至两军接近，连枪炮都成没用，当下各用短兵，互相搏击。法人虽是强悍，至此已失所长，不得不渐渐退下。清军勇气，陡增十倍，杀得尸横遍野，血流成川。自从中法开衅，这场恶斗，独出法人意外。法人才有点怕惧，弃了谅山。岑毓英闻谅山克复，亦秣马厉兵，亲督大军，鼓行前进，连败法兵，迭克要隘。临洮一战，阵斩法将七人，杀毙法兵三千数百名，获辎重枪炮军械无算，进捣河内，威声大振。法提督孤拔，困守澎湖，连接越南败耗，已是郁愤，上书政府，请速派兵再战。适值法内阁连番更迭，主战主和，毫无定见。孤拔大愤，索性带了兵舰，闯入浙江三门湾。夜深月朗，孤拔轻轻的扒上桅竿，窥探内地形势，不防一声怪响，竟将孤拔击落船中。正是:

明枪容易躲，暗箭最难防。

未知孤拔性命如何，待小子下回再说。

朝鲜越南，皆中国藩属，安能与日法两国私立条约？总理衙门人员，不闻则已，既已闻之，势不能袖手旁观，置诸不问。乃得过且过，坐听藩属之日削，一若秦越肥瘠，漠不相关者。然朝鲜之乱，吴长庆等急入汉城，诱执大院君以归。日本师至，乱事已靖，于此不惩前毖后，犹令朝日自行结约，宁非大误？法越之争有年矣，中国不闻援据公法，与法交涉，法入越境，越南王再三乞和，清廷又不过问。迨越南请兵平乱，始由粤督刘长佑等，代为戡定，其误与对待朝鲜，同出一辙。天津和约，不与法争宗主权，乃尚欲保存体面，掩耳盗铃，煞是可笑。曲突徙薪之不早，至于焦头烂额晚矣！迨焦头烂额而仍无效，不且晚之又晚耶！谅山失守，马江败绩，焦头烂额，尚且无成。谁司外交，一至于此！读此令人痛惜不置！

第八十二回

弃越疆中法修和
平韩乱清日协约

却说孤拔入袭浙境，浙江提督欧阳利，已先机预防，飞檄海口炮台守将，严行堵御。守将静候数天，未见动静，未免懈怠起来。也是孤拔命运该绝，闯入三门湾的时候，遥望岸上刁斗无声，未知有备无备，因此猱升桅竿，窥探内容。适值炮台上面，有一巡卒，见敌舰连樯而来，暗想不及通报，他竟仗着胆子，径去开炮。扑通一声，不偏不倚，正中桅竿上的孤拔。孤拔受着弹丸，脑子一晕，自然坠落。此时炮台守将，闻有炮声，惊讶的了不得，忙饬弁目查明。弁目到了炮台，那放炮的巡卒，还是接连开放。弁目厉声道："你如何未奉军令，擅自试炮？"巡卒至此，才觉得弁目来前，回头行礼，禀明原委。弁目向外了望，果见有兵舰数艘徐徐退去。随道："你虽击退敌舰，然总是未奉军令，恐干军法，快到军署内请罪为是！"巡卒默然，随了弁目，去见统领。亏得统领还有些明白，仍饬查明，再定功罪。次晨，闻报法舰轰坏二艘，法提督孤拔亦已毙命，不禁喜出望外，向提督欧阳利去报捷。一面赦了巡卒擅令的罪名，拔为弁目。大约运气到了。浙江海面，浪静风平，提督欧阳利，免不得虚张战绩，奏达清廷，当即奉旨嘉奖，欧阳利以下多蒙优叙。欧阳利还是运气。

孤拔一死，法军夺气，谅山粤军及临洮滇军，都是雄心勃勃，恨不得立刻规复全越，扫除法人，正在耀武扬威的时候，忽又传到天津议和的消息。众战将疑信参半，个个扼腕兴嗟。还有钦差大臣督办粤东海防的彭玉麟，接到此信，气得白胡须根根竖起，连声叫道："那一个和事老专要议和？"随即拈纸抒毫，缮就奏疏数千言，大致说："有五不可和：法人无端生衅，不加惩创，遽与议和，不可一；法人未受惩创，即来请款，是必中藏诡谲，不可二；法人即不索兵费，但求越境通商，恐将来取偿于后，必加十倍，不可三；就外强中干的法人，不问情罪，降心求和，恐各国将环向而起，不可四；云南物产富饶，西人垂涎已久，若与议和，必许通商，广传邪教，密布羽翼，一旦窃发，将何以支，不可五。”又言：“有五可战：揣敌情可战；论将才可战；察民情可战；采公法可战；卜天理可战。”言言激烈，语语忠诚。这奏拜发后，出使法国的曾纪泽，也有密电到京，说法国内阁迭更，宗旨若不定，与我国议和，必须还我越南宗主权，方可允议。谁知中外大臣的奏牍，终不敌一全权大臣肃毅伯李鸿章。鸿章与法使巴特纳，竟在天津磋定和约，共计十款，最要紧的几条：一、是法人占领东京。二、是越南归法人保护。三、是法兵不得过越南北圻，与中国边界，中国亦不派兵至北圻。四、是留据台湾的法兵，一律撤回。五、是中国允于保胜以上，谅山以北，辟商埠二处。这约订后，一二百年来的南藩，拱手让与法人，法人不索兵费，还算他的情谊。后来开龙州、蒙自两商场，许法人互市，就是彼此有情的对待。从此赫赫有名的肃毅伯，遂负了秦桧、贾似道的大名。这也未免过甚。彭左岑冯诸公，心中都是快快，只因廷旨许和，停战撤兵，没奈何收兵敛伍，赋了一篇归去来辞。

但这肃毅伯李鸿章，也是个中兴名臣，为甚么硬主和议？他为了中外交涉，杂沓而来，法越事情，正在着紧，朝鲜又发生乱事。上次朝日交涉，朝鲜国臣朴咏孝赴日本谢罪，鉴日本国维新的效果，归谋变法，联络一班有名人物，如金玉均、洪英植等，组成维新党，主张倚靠日本。独朝内执政诸大臣，多主守旧，领袖闵咏骏，系椒房贵戚，素来顽固，愿事清朝，与维新党反对。这维新党中人，统是少年志士，意气凌人，仗着日本作了靠山，时思推倒政府，日本国趁这机会，复用外交手段，勾结维新党，劝他独立，愿为臂助。维新党总道他情真意切，一些儿不疑心，这叫作引虎自卫。居然率领党人，发起难来，召日本兵入宫，先搜闵族贵官，自闵咏骏以下，一律杀死，连闵妃也饮刃而亡。只有国王李熙，尚未杀死，党人胁他速行新政。李熙变作鸡笼内的鸡儿，无论要他甚么，只得唯唯听命。朴咏孝揽了大权，兼任兵部，金玉均为左相，洪英植为右相，其余一班党人，统授要职。

此时驻扎朝鲜的吴长庆，因法越事起，调至金州督防。继任的提督，也与长庆同姓，名叫兆有，闻了朝鲜宫内的乱事，急召总兵张光前商议。光前推举一人，说他智勇深沉，定有妙计，应邀他解决这问题。看官！你道是谁？就是当时帮办营务，近时民国大总统袁世凯。大名鼎鼎。世凯名慰亭，河南项城县人，袁总督甲三，便是他的从祖。捻匪肇乱，他曾出驻皖豫，奉旨剿办，倒也立过战绩。世凯父名保庆，本生父名保中，少时倜傥不羁，昂藏自负。段学士靖川，有知人名，尝说他非凡品；嗣因乡试不第，弃举子业，纳粟得同知衔。提督吴长庆闻他多材，延作幕宾，襄办营务。在营时，曾替长庆约束军士，号令一新。朝鲜国王常问长庆借将练兵，长庆就荐他出去。至长庆调任，还有部兵截留朝鲜，便奏请委他管带。张总兵亦很是器重，所以经军门垂询，便欲邀他会商。吴兆有忙着亲兵携刺往招，世凯昂然而至，彼此行过了礼，两旁坐定。兆有就谈及朝鲜情形，商议救护的计策。世凯道："不入虎穴，焉得虎子。现在请急速发兵，捣入朝鲜宫内，除了乱党，护出朝王，再作计较！"此公原有胆有识。吴兆有道："闻得朝鲜宫内，有日本兵守卫，恐怕不易攻入。"世凯道："几个日本兵，怕他甚么？"张光前道："袁公议论，颇是先声夺人的计策，未知军门大人以为何如？"吴兆有道："计非不是，但必须至北洋请示，方好举动。"世凯道："救兵如救火，若要请示北洋，必至迟慢，倘被别人走了先着，反为不妙。"吴张二人尚面面相觑，世凯见他没有决断，便道："既要到北洋请示，请立办好文书，饬快轮飞递为要。"二人应允，即办就公文，派泰安轮船飞递。

兵轮才发，朝鲜国王，已密遣金允植、南廷哲至清营求救。吴张二人，仍不敢遽允，嗣由探马密报，党人拟废去国王，改立幼君，依附日本，背叛清朝，吴兆有才有些着急，可奈北洋回音未转，自己部兵不多，恐怕不敌日本，尚是迟疑不决。外面又来了袁公世凯，未曾坐下，即向吴张二人道："乱党的消息，两公想亦闻知。若再不发兵入宫，不但朝鲜已去，连我辈归路，都要被他截断，只好在朝鲜作鬼了。"吴张二人，被他一激，倒也奋发起来，实是保全性命要紧。随道："据老兄高见，究竟如何办法？"世凯道："为今日计，只有迅速调兵，分路进攻，能够一鼓攻入，肃清朝鲜宫禁，我们便占上风，不怕日本出来作梗。"吴兆有道："应分几路？"世凯道："该分三路进攻。军门大人领中路，镇台大人领右路，袁某不才，愿当左路。"吴兆有尚有难色，世凯不禁愤懑，奋然道："二公如以中路为费手，袁某愿当此任！吴军门率左，张镇台率右，彼此接应，不愁不胜。"吴兆有道："就如这议，今夜发兵。"

袁世凯（1859—1916），字慰庭，又作慰亭，号容庵，河南项城人，北洋军阀首领。辛亥革命期间逼清帝溥仪退位，成为中华民国临时大总统。1913年镇压二次革命。1915年改国号为中华帝国，建元洪宪，此举遭到各方反对，引发护国运动。1916年不得不取消帝制，仍称大总统。不久，在全国人民的声讨中忧惧而死。

是夜天色微明，三路清军，衔枚出发，严阵而行，到了朝鲜宫门，已是残夜将尽，袁世凯督令猛攻，里面枪声，也劈劈拍拍的放将出来。袁军前队，伤了数十名，似乎要向后却避，世凯传令，不准退后，违令立斩。这令一传，军法如山，军士方冒险前进，霎时间攻破外门，进至内门。忽后面抄到日本兵，来攻袁军，世凯分兵抵挡，这时腹背受敌，胆大敢为的袁公，倒也吃惊不小，惟队伍恰依然不乱。巧值提督吴兆有，已从左路杀到，一阵夹击，才将日本兵杀退。清军抖擞精神，再接再厉，枪声陆续不绝，震得屋瓦齐飞，宫墙洞陷。刚在得势的时候，又来了朝鲜兵数百名，由世凯一瞧，乃是曾经自己教练过的兵卒，熟门熟路，同德同心，当下把内门破入。维新党不管死活，还要前来阻拦，被清军排枪迭击，仆毙了几十人。洪英植亦战死在内。朴咏孝，金玉均等，方从宫后逃去。

吴袁二人，整队而入，张光前右路兵亦到。人家得胜，他方到来，可谓知几之士。朝鲜宫内，已是空空洞洞，不见有甚么人物。清军仔细搜寻，只有几个宫娥女仆，躲匿密室，余外统已不知去向。当由吴袁张三人，诘闻国王世子踪迹，据说："乘宫中大乱时，逃出宫外。"世凯令军士赶即找寻，在王宫前后左右，寻了一周，杳无影响。世凯未免焦灼。忽有朝鲜旧臣来报："国王世子，在北门关帝庙内。"世凯大喜，遂与吴张二人，会议往迎。这个差使，吴提督恰直任不辞，确是好差使。忙率部兵前去。袁张已扫清宫阙，收兵回营，不一会，朝鲜国王及世子，也随了吴提督进来。国王见了袁世凯，很是感谢，并请追缉朴咏孝、金玉均等。世凯道："朴金诸叛党，现在想总逃至日本使馆，不如先照会日使竹添进一郎，叫他即速交出，否则用兵未迟。"张吴连声称善，随即写好照会，遣兵弁送与日使。未几兵弁还报，日本使馆内，已无人迹，公使竹添进一郎，闻已逃回本国，往济物浦去了。于是袁吴张三人，送朝鲜国王还宫，一场大乱，化作烟销日出，总算是袁公世凯的大功。

无如日本人煞是厉害，遣了全权大使井上馨，到朝鲜问罪，又令宫内大臣伊藤博文、农务大臣西乡从道，来与中国交涉。这三位日本大员，统是明治维新时紧要伟人，这番奉命出使，自然不肯舍脸。井上馨到了朝鲜，仍直接与朝鲜开议，要索各款，无非要朝鲜偿金谢罪等语。朝鲜国王无可奈何，别人又不便与议，只好暗中讯问袁世凯。世凯正接北洋来信，说是伊藤、西乡两日员，到了天津，声言清军有意寻衅，不肯甘休，朝廷已派吴大瀓、续昌二人，东来查办。看官！你想袁公是个英挺傲岸的人物，那里肯受这恶气？当即请了假，回到北洋。谒见肃毅伯李鸿章，极陈利害，大意是："要监督朝鲜，代操政柄，免得日人觊觎。"李鸿章颇为叹赏，但心中恰是决计持重，不愿轻动，反教世凯敛才就范，休露锋铓。老袁后半生行事，实是承教合肥。世凯太息而出。

这位李肃毅伯，已受朝命，为全权大臣，与日本使臣议约。肃毅伯专讲国家体面，摆设全副仪仗，振起全副精神，在督署中请日使进见。难为后继。日使伊藤博文及西乡从道，瞻仰威仪，到也没甚惊慌，坦然直入，侃侃辩论。议定款约两大条：第一条，清日两国，派驻朝鲜的兵，一律撤去；第二条，两国将来，若派兵到朝鲜，应互先通知，事定后即行撤回，彼此依议签约。中日已定和议。清廷吴兆有等，都遵约归国，连大院君亦放回去，朝鲜国王李熙势孤援绝，对了日本要索各款，无非是谨遵台命四字，赔了银洋十一万圆，向他谢罪了案。从此日人得步进步，已认朝鲜为保护国，中国如肃毅伯等，还说朝鲜是我藩属，两不相对，各有见解，总不免后来决裂，只好算作暂时结束。暗伏下文。

越南已去，朝鲜亦半失主权，法日两国，满意而归，英吉利不甘落后，遂乘此胁取缅甸。缅甸当乾隆年间，国王孟云，受清廷册封，定十年一贡的制度，久为中国藩属。道光初年，英并印度，与缅甸西境相接，缅甸西境有阿剌干部，适有内乱，向缅甸乞援，缅甸借出援为名，竟占据阿剌干部。阿剌干部众不服，复向印度英总督处求救。英总督遂发兵攻缅。缅人连战连败，没奈何与他讲和，愿割让阿剌干地，并偿英国兵费二百万磅。缅人不图自强，徒然衔怨英人，遇着英商入境，任意凌辱。亡国之由，多在于此。英人愤无可遏，又起兵攻略缅甸，把缅甸南境的秘古地方，占夺了去。到光绪十一年，法取越南，日图朝鲜，英人闻中国多事，索性起了大兵，直入缅京，废了国王，设官监治。中国无事时，尚不过问，多事时，还有甚么工夫。光绪十二年，英人兼并上下缅甸，编入英领印度内。云贵总督岑毓英奏闻，清廷王大臣，又记起昔年档册，缅甸为我属国。事事如此，大约由贵人善忘的缘故。此时驻法使臣曾纪泽，因争论中法和约，调任英使，总署衙门又发电到英京，命他至英廷抗议。猫口里挖鳅。英人已将缅甸全部列入版图，布置得停停当当，那里还肯交还？曾纪泽费尽心力，据理力争，起初是要他归还缅甸，英人不理，后来复要他立君存祀，仍守入贡旧例，英人又是不从。可叹这位曾袭侯说得舌敝唇焦，谈到山穷水尽，才争得“代缅入贡”四字。其实也是有名无实的条约。当时还按期进呈方物，嗣因清室愈衰，把此约亦撇在脑后。此非曾袭侯无能，乃王大臣因循之误。英人得了缅甸，还要入窥云南，滇缅勘界，屡费周折，后来结果，终究是英人得利，中国吃亏，云南边徼又被英人割去无数。昔也日辟国百里，今也日蹙国百里，这也是中国的气数。

越南，缅甸的中间，还有一暹罗国，也是中国藩属，按年朝贡，洪杨乱后，贡使中绝。自从越南归法，缅甸归英，英法各想并吞暹罗，势均力敌，互生冲突，旋由两国会议，许暹罗独立自主，彼此不得侵略。只暹罗所辖的南掌地方，取来公分，至今暹罗尚算幸存，不过与中国早脱关系。从此中国的南服屏藩，丧失无余了，说来真是可叹！清廷王大臣，多是醉生梦死，不顾后患。慈禧太后逐渐骄侈，还想起造颐和园来，做个享福的区处。小子叙述至此，殊不能为慈禧讳了。有诗咏道：

东南迭报海氛来，割地偿金不一回。

圣母独饶颐养福，安排仙阙竞蓬莱。

颐和园的风景，真是一时无两，欲知建筑的原因，容待下回续述。

合肥伯李鸿章，非真秦桧、贾似道之流亚也，误在暮气之日深，与外交之寡识。越南一役，中国先败后胜，法政府又竞争党见，和战莫决，彼心未固，我志从同，乘此规复全越，料非难事。乃天津订约，将与法使议和，但求省事，不顾损失，暮气之深可知矣。朝鲜再乱，维新党召日本兵入宫，日本未尝知照中国，遽尔称兵助乱，其曲在彼，不辨自明。袁世凯倡议入援，偕吴张二将，代逐乱党，翊王免难，日使竹添进一郎，至遁回济物浦，我已一胜，日已一挫，斯时日本，犹未存与我决裂之想。为合肥计，亟应声明朝鲜之为我属，一切交涉，当由中国主持，胡为井上馨至朝鲜，仍任朝鲜自与订约？伊藤西乡至天津，乃与订公同保护之约乎？光绪三四年间，日本咨照清廷，称朝鲜为自主国，不认为我藩属，经总理衙门抗辩，内称："朝鲜久隶中国，其为中国所属，天下皆知。即其为自主之国，亦天下皆知。日本岂能独拒？"妙语解颐，日本人尝一笑置之。合肥知识，殆亦犹此。即或稍胜，亦百步与五十步之比耳。外交无识，宁有善果？越南去，朝鲜危，缅甸暹罗，相继丧失，不得谓非合肥之咎。本回实为合肥写照，暗寓讥刺之意。书法不隐，足继董狐直笔矣。

第八十三回

移款筑园撤帘就养
周龄介寿闻战惊心

却说颐和园开工，乃是光绪十一二年的时候，耗去经费，约不下三千万金。这时国帑支绌，三千万金的巨款，从何而来？相传是从海军款项下，调拨过去。中法一战，马江败绩，闽海舰队，丧亡殆尽，清廷因海氛日恶，决议大兴海军，整顿海防，将台湾划为一省，改福建巡抚为台湾巡抚，原有福建巡抚事，归浙闽总督兼管。并在北京设海军衙门，命醇亲王奕譞作为总办，奕劻、李鸿章作为会办，善庆、曾纪泽作为帮办。五大臣公同商酌，拟先从北洋入手，督练第一支海军，择定盛京旅顺口，山东威海卫为军港。醇亲王奕譞，本没有海军经验，弈劻、善庆，不消说起，只有李鸿章、曾纪泽二人，素称是究心洋务，曾纪泽又时常出使外洋，主持海军的要人，自然要推李鸿章。但海军问题，繁费得很，免不得要筹集巨资。鸿章苦心筹画，接连奏请，朝上总是驳的多，准的少。巧妇难为无米炊，妙手空空，如何兴得起海军？鸿章没法，亲自入觐，密探内廷意旨。当由太后身旁的宠监李莲英，传出消息，说是："太后近年，有意静居，拟造个园子，以便颐养，苦无的款可筹，时常烦躁，所以遇着各省筹款的事项，往往有驳无准。"鸿章沉吟一会，便与李莲英附耳数语，莲英点了好几回头。要造颐和园，恐亦是他怂恿出来。鸿章即回至天津，嗣凡有所奏请，无不照准。

看官！你道这位李伯爷，是甚么妙想？他与李莲英定议，欲借海军名目，责成各疆吏岁拨定款，就中提出一半，作了造园经费，一半作了海军经费，两事都可成就。确是筹款妙法。慈禧太后闻言欣慰，于是大兴土木，把清漪园旧址，辟地建筑，改名叫颐和园。造了两三年，方才告竣。园中的楼台殿阁，亭轩馆榭，实是数不胜数。最著名的是乐寿堂正殿，即慈禧太后住所，规模很是壮丽。又有仁寿殿亦相仿佛，系召见王大臣处。还有颐乐殿，是太后听戏的地方，更造得穷工极巧。殿外就是戏台，分上中下三层，上层颜曰庆演昌辰，中层颜曰承平豫泰，下层颜曰欢胪荣曝。将戏台叙得更详，作者之意可知。此外有知春亭、夕佳楼、芸碧馆、藕香榭、养云轩、瞰碧台、宝云阁、云松巢、邵窝、贝阙、石舫、荇桥等佳境，无妙不臻，有美毕具。这园本倚万寿山，泉清水秀，草长花香，山巅更建一佛香阁，轩厂华丽，上出云霄。慈禧太后在园时，每日必登阁游览，俯瞰全园，气象万千。下有千步廊，曲折而下，直达殿门，所以往来甚便。历述园中胜景，写尽当时奢侈。园已告成，慈禧太后将移居园内，降了一道懿旨，即日归政。醇亲王奕譞、礼亲王世铎，先后上疏，无非因帝年尚幼，恳请太后再行训政数年。太后俯准所请，随带同光绪帝，幸颐和园，把内阁军机处以下各机关，都迁入园内办理，就是梨园子弟，也与官僚一同居住。直把官场作戏场。这也不在话下。

且说北洋海军，办了一二年，既集了好多经费，总要掩饰全国耳目，购了几只战船，募了几千舰队，才报成立。奉旨派醇亲王奕譞，到天津巡阅，肃毅伯李鸿章，即饬干员办差，布置行辕，务期完美。不料内廷又来了密函，由李鸿章展阅一周，忙召办差的委员入内，叫他在行辕里面，再布置一个房间。体制虽略逊一筹，装饰须格外精雅，不得疏忽！委员不敢多问，只得小心办理，一切铺设，已觉妥当，方回辕禀报。经李伯爷自去察视，到了正厅，系预备醇亲王居住，他倒不过大略一瞧，便算了事。转入厢房，反留心检点，那一件还嫌粗率，这一件更嫌简慢。委员暗暗惊讶，私自揣测，究竟是何人来此居住，要这般仔细挑剔？我亦不解。但奉上司命令，不得不再行掉换。过了数日，醇亲王已到码头，当由李鸿章亲去迎迓，办差的委员，亦随同前去，留心窥伺。见李伯爷谒过醇亲王后，即与醇亲王旁边的随员，殷勤问话，很带着谦恭样子。委员未曾认识，嗣闻李伯爷称他总管，方晓得是赫赫有名的太监李莲英。从旁面写入，比实叙还要厉害。醇亲王与李莲英，一齐上岸，直抵行辕，由李鸿章送入，周旋一番。又引李莲英到厢房，满口说是委屈，李莲英左右一瞧，只淡淡的答了费心二字。宿了两宵，醇亲王临场校阅，李莲英随侍在后，当由李鸿章传出军令，饬海军会操。舰队排樯而至，或分或合，或纵或横，映入醇亲王眼帘中，只觉得整齐错落，如火如荼。无异盲人。阅毕，极力褒奖。李鸿章只是拈须微笑。这一笑恰有微意。又过数天，醇亲王与李莲英，方辞别回京。这次阅操，又糜费了许多银两，李莲英处又须安置妥贴，一古脑儿在海军里报销，连委员都是瞠目伸舌。

李莲英回京后，威势愈盛，宫中称他九千岁。御史朱一新，偏呆头呆脑的奏了一本，内有“李莲英随醇亲王阅兵，恐蹈唐朝监军覆辙”等语。慈禧后勃然震怒，立命降级，调补主事。这旨下后，还有那个敢冲撞李莲英？一班蝇营狗钻的人物，总教钻入李总管门路，不怕没有官做。转眼间已是光绪十四年，光绪帝年已十八，大婚期届，册立皇后。这皇后是谁家淑女？说将起来，又与慈禧后大有关系。从前立同治皇后时，慈禧后的主张，原是属意凤秀的女儿。旋由东太后决立年长，因把崇绮女为皇后，后来常与慈禧后反对，至死方休。这次光绪帝又要立后，慈禧后自然加意拣选。她想胞弟桂祥，曾任副都统，生有一女，与光绪帝年纪相仿，遂与光绪帝指婚。是年十月间，特降懿旨，立副都统桂祥女叶赫那拉氏为皇后，并选侍郎长叙两女，备作妃嫔。次年二月，光绪帝大婚，一切排场，与前代略同，小子若再叙述，笔意未免重复，不如概从简略。大婚礼毕，即封长叙长女那拉氏为瑾嫔，次女为珍嫔。慈禧后即下谕撤帘。归政典礼，虽是照同治朝依样举行，总要另画一个葫芦，费点手续。况慈禧后是个喜欢热闹的人，踵事增华，自在意中。归政后连加太后徽号，于“慈禧端祐康颐昭豫庄诚”外，添了“寿恭钦献”四字，凑成了十四个。慈禧后喜溢眉宇，格外畅适。又因中外无事，没甚牵挂，遂率同李莲英等，颐养园中，或是登山，或是游湖，或是听戏，或是抹牌，有时随作书画，消遣光阴。皇后本不善书，经慈禧太后指教，亦能了悟草法，得心应手。后来能书擘窠大字，尝自署斋名，叫作延春阁。她本是慈禧后侄女，平时能得慈禧欢心，因此慈禧游玩，常令皇后随从。慈禧后既有可意的内侍，又有如愿的佳妇，左右侍奉，正是快乐得很。

忽由河道总督吴大澂，呈上奏折，乃是请尊醇亲王称号，善拍马屁！内称醇亲王督办海军，功绩卓著，且自为帝父，应予尊崇。先引孟子“圣人人伦之至”的遗训，后引史事，谓宋朝的濮议，王珪司马光，与欧阳修所议不合，从前高宗纯皇帝御批，以欧说为是。又明朝的世宗，欲追尊生父兴献王帝号，群臣争执，高宗御批，亦加驳斥。应请皇太后特旨，加醇亲王徽号，遂皇上孝敬之忱，塞薄海臣民之望云云。奏上，太后即降旨如下：

> **本日据吴大澂奏请饬议尊崇醇亲王典礼一折，皇帝入继文宗显皇帝，寅承大统，醇亲王奕譞，谦卑谨慎，翼翼小心，十余年来，深宫派办事宜，靡不殚竭心力，恪恭尽职。每遇优加异数，皆再四涕泣恳辞。前赏杏黄轿，至今不敢乘坐，其秉心忠赤，严畏殊常。非从深宫知之最深，实天下臣民所共谅。自光绪元年正月初八日，醇亲王即有豫杜妄论一奏，内称历代继统之君，推崇本生父母者，以宋孝宗不改子偁秀王之封为至当，虑皇帝亲政后，佥壬幸进，援引治平嘉靖之说，肆其奸邪，豫具封章，请俟亲政时，宣示天下，俾千秋万载，勿再更张。其披沥之忱，自古纯臣居心，何以过此？此深宫不能不嘉许感叹，勉从所请者也。兹当归政伊始，吴大澂果有此奏，若不将醇亲王原奏，及时宣示，则后此邪说竞进，妄希议礼梯荣，其患何堪设**

想？用特明白晓谕，并将醇亲王原奏发抄，俾中外臣民，咸知我朝隆轨，超越古今，即贤王心事，亦从此可以共白。嗣后阚名希宠之徒，更何所容其觊觎乎？将此通谕中外知之！

越年，醇亲王病殁。未殁时，慈禧太后屡率光绪帝至醇邸问疾，因醇亲王福晋，本是太后亲妹子，醇亲王又始终忠事太后，恭邸罢职，醇邸即续揽军机，一切政务，随时请太后指示，不敢独断独行。怪不得太后格外亲信，格外优待。临殁，太后极为痛惜，定称号曰皇帝本生考，予谥曰贤。丧葬一切，典礼特崇。惟谕中有“不可过事奢侈，致伤王生时恭俭盛德”。仍是防他僭越。并令将醇邸分为二处，一处崇祀醇亲王祖宗，一处为光绪帝发祥地点。醇亲王次子载沣袭爵，三子载洵、四子载涛，皆封公。醇亲王薨后，光绪帝虽然亲政，凡事仍禀白慈宫，不敢专主。慈禧太后亦尝令皇后及李莲英，暗中监察，免蹈同治覆辙。光绪帝恰也养晦遵时，没甚违忤。

自十五年至二十年，只有与英吉利、俄罗斯，稍有交涉。英国为了哲孟雄，启衅构兵，哲孟雄在西藏南境，介居布丹、廓尔喀两部中间，布、廓两部，同为西藏藩属。廓、哲失和，英人尝助哲败廓，令哲王割让大吉岭，及附近印度的平原，作为己有，算是出兵的酬谢费。嗣后屡有要索，哲人愤恨，竟将英人囚住。英人遂发兵攻哲，哲王那里能抵挡英人？免不得肉袒牵羊，乞降大不列颠旗下。引虎者终为虎噬，亚洲诸小国皆蹈此失。英人得了哲孟雄，又把布丹亦收为属部。哲、布已失，西藏藩篱被撤，藏人震惧，日思规复，至哲部隆吐地方，设立卡房。英人安肯甘休？自然要与西藏为难，攻毁卡房，并据藏南要隘。中国的驻藏大臣，向不中用，至是令帮办大臣升泰赴任，与英国总理印度大臣兰士丹，在印度孟加拉会议，定藏印条约八款，承认哲为英属，勘定藏哲分界，才得和平了结。后来复把藏南的亚东地方，开为商埠，许英人互市，这也是司空见惯，不足为奇。

至与俄国交涉的事情，系为帕米尔高原。帕米尔为新疆西南边徼，在葱岭外面，北通浩罕安集延，为亚洲最高的陆地。亚洲大山，多自帕米尔发脉，中国曾建设卡伦，并据伊犁西境，遂迫中国将卡伦撤去，中国不允。已而英人复降服阿富汗，嗾阿人逐中国卡伦兵，俄国以英人复来染指，忙出兵据帕米尔。于是中俄英三国，皆有违言。经中国出使大臣洪钧、许竹筠，先后会议，结果是俄人得了大利，英人次之，中国最是吃亏，把帕米尔高原，尽行弃掉，只以葱岭为界，清政府因中国幅员，素号辽廓，割了一些儿荒徼，也没有十分痛苦。总教身家保住，管甚么边疆荒地？到光绪二十年，是慈禧太后六旬万寿。又是天大的喜事。寿辰在十月十日。正二月间，就饬王大臣预备祝嘏典礼，仿照康熙、乾隆时故例。着各省将军督抚，先期派员来京，庆祝圣母万寿，一面饬内务府督率工役，自大内至颐和园，统要盖搭灯棚，点缀景物，并要沿途建设经坛，由喇嘛僧带领僧众，唪诵寿生真经。颐和园内，还要造大牌楼，作圣母万寿纪念。内务府因库款支绌，授意内外大员，预送寿礼，大员们那个不想巴结？彼此会议各捐俸银二十五成，作了万寿的送费，聊表微忱。内中有个西安将军荣禄，于俸银二十五成外，更献了许多金银珍宝，顿时喜动慈颜，立召内用。荣禄本太后功臣，热河回跸，全仗荣禄随扈，为甚么外任西安，就了闲散的职任？原来荣禄扈驾回京，慈禧后记念大功，擢为内务府总管，宫廷得自由出入。每有要事，慈禧后亦常与商量，同治帝宾天时，荣禄尚入直宫中，很邀宠眷。到了光绪六年，忽由光绪帝师傅翁同龢密白太后，劾荣禄浊乱宫禁的罪状，慈禧后不信，暗中恰是加意侦查，果然事出有因。这位有胆有识的荣大臣，竟在某妃房中，竭忠效力，确是有胆，确是有识。被慈禧后亲见亲闻，当下怒气勃发，立将荣禄驱逐出京，革去官职。慈安崩后，慈禧后又记起荣禄，疑是慈安设计陷害，俾折臂助，但因荣禄犯罪太重，不欲骤然起用。自是荣禄失官数年，嗣后不知荣禄如何运动，又超擢为西安将军。想来总是李总管的大力。此番奉召入都，再任步军统领，寿礼确是多送。自然格外小心，格外勤谨。预备祝寿期内，他亦着力帮忙。慈禧太后复降恩旨，晋封瑾、珍二嫔为妃，此外贵人等，亦照例递升。宗室外藩王公，及中外文武大臣都驰恩覃封，官上加官，爵上晋爵，满拟届了寿期，做一场普天同庆的旷典。谁料一到五月，朝鲜又闯起大祸，弄得中日开衅，陡起战云。清军连战连败，慈禧太后懊怅异常，不得不另降懿旨，罢除庆贺。小子曾记当时有一上谕云：

荣禄（1836—1903），字仲华，瓜尔佳氏，满洲正白旗人。光绪帝即位后，由内务府大臣兼步军统领，擢工部尚书。1898年任直隶总督兼北洋大臣，旋充军机大臣，协助慈禧太后发动戊戌政变。八国联军攻陷北京时逃往西安。1902年返京后，加太子太保，文华殿大学士。

朕钦奉慈禧端佑康颐昭豫庄诚寿恭钦献皇太后懿旨：本年十月，予六旬庆辰，率士胪欢，同深忭祝。届时皇帝，率中外臣工诣万寿山行庆贺礼，自大内至颐和园，沿途跸路所经，臣民报效，点缀景物，建设经坛。予因康熙隆乾年间，历届盛典崇隆，垂为成宪，又值民康物阜，海宇乂安，不能过为矫情，特允皇帝之请，在颐和园受贺。讵意自六月后，倭人肇衅，侵予藩封，寻复毁

我舟船，不得已兴师致讨。刻下干戈未戢，征调频仍，两国生灵，均罹锋镝。每一念及，悯悼何穷？前因念士卒临阵之苦，特颁内帑三百万金，俾资饱腾。兹者庆辰将届，予亦何心侈耳目之观，受台莱之祝耶？所有庆辰典礼，着仍在宫中举行。其颐和园受贺事宜，即行停办！朕仰承懿旨，孺怀实有未安，再三吁请，未蒙慈允。敬维盛德所关，不敢不仰遵慈意，为此特谕！钦此。

一场盛举，化作烟销，日本太是无情，海军真也不力。届寿辰时，只在园内排云殿受贺，就算完结。后人有宫词一绝道：

别殿排云进寿觥，慈怀日夕轸边情。
诸州点景皆停罢，馈饷频闻发大盈。

究竟中日何故开战，且到下回续叙。

母后训政，既非美事，亦非易事。历代有此成例，乃因主少国疑，不得已而出此耳。然阎窦临朝而常侍横，武韦专政而奄竖兴，郑李恃宠而珰祸炽。后妃专政，往往为中官所播弄，堕其术中而不之觉。以慈禧太后之英明，而前有安得海，后有李莲英。李莲英之擅权，较诸安得海，尤专且久。颐和园之建筑，李莲英导之也，六旬万寿之侈备典礼，何一非自李莲英等，曲意逢迎，隐图中饱耶？贵胄若醇亲王，元老若李肃毅伯，犹且不敢忤李莲英，遑论他人？故慈禧二次之训政，几与李莲英训政无异。本回叙慈禧，实即叙李莲英。叙李莲英，即不啻叙慈禧。清朝二百数十年之国祚，斫丧于李总管一人之手，内监之祸烈矣哉！慈禧后殆犹可原焉。

第八十四回

叶志超败走辽东
丁汝昌丧师黄海

却说朝鲜自迭遭乱事，国势愈衰，国王李熙，又是个贪安图逸的人，凡事都因循苟且，不愿振作，因此日贫日弱，寇盗纷起，日本尤为垂涎，独中国置若罔闻。驻英法德俄使臣刘瑞芬，明察外事，思患预防，曾致书北洋大臣李鸿章，建了两策：上策欲乘他内敝，收他全国，改为行省；次策应约同英美各国，公同保护，方足保全朝鲜。结尾是朝鲜安全，东三省亦可无虞等语。莫谓秦无人。李鸿章亦以为然，将刘书上之总署，总署诸公，多是酒囊饭袋，醉生梦死，管甚么朝鲜存亡。应骂！鸿章孤掌难鸣，也只能得过且过。

光绪二十年，朝鲜国全罗道东阜县，有东学党起事，党魁叫作崔时亨，自号纬大夫。这东学党徒，并不是留学东瀛，乃是剽窃佛老绪论，妄参己意，辗转传授。国王因他妖言惑众，出兵捕治。崔时亨遂揭竿起事，连败王兵，复从全罗道转攻忠清道，声势非常厉害。国王李熙，忙向中国告急，并咨照中国驻使。看官！你道这驻使系是谁人？便是当年帮办营务的袁世凯。世凯接读咨文，飞电北洋，当由北洋派遣提督叶志超，及总兵聂士成等赴援。李鸿章颇也精细，遵守天津条约，电告驻日钦使汪凤藻，叫他知照日本。日本真是厉害，不肯后人一着，派大岛圭介率兵赴朝鲜。两国兵队，先后出发，钦差袁世凯，闻叶提督已到牙山，随即致书叶提督，请他出示晓谕，解散乱党。乱党究系是乌合之众，见了一纸文告，吓得四散奔逃。朝鲜失守的地方，不战自复。清军拟即撤回，只日本兵，恰有进无退。袁钦使照会大岛圭介，仍援天津约文，谓彼此撤兵。此次中日交涉，中国原未违约。大岛圭介含糊照复，暗中反添兵派将，陆续运到朝鲜，分守釜山仁川的要害。日本因两番落后，故此次用着全力来。袁钦使复电达北洋，请预防决裂，速筹战备。无如肃毅伯李鸿章，明知中日开衅，必须海战，北洋海军，虽然办了好几年，恰是外强中干，不堪一战，谁叫你把海军经费，拨造颐和园。因此复袁使电文，只要他据约力争，并咨照总理衙门，与驻华的日使小村寿太郎，速即和平办理。

总署王大臣，统是糊涂颟顸，尚说朝鲜是我藩属，所以发兵平乱，日本不得干涉。为了这语，又被日使藉口，他道是朝日两国，有直接条约，中日两国，为了朝鲜，亦曾定有天津约章。朝鲜明明自主国，不过他国度很小，未能自保，所以由我两国共同保护，何得说我国不得干涉？据他的说话，很像理直气壮。总署王大臣，无可辩驳，反仗着自己余威，要与日本开战。你上一折，我上一本，统说区区日本，无理如此，宜亟发海陆两军，声罪致讨。光绪帝少年好胜，瞧了各大臣奏章，也锐意主战，催促北洋大臣李鸿章，速剿倭寇。统是自大的口吻。此时这李伯爷，好像哑子吃黄连，说不出的苦楚。复飞电驻日汪使，叫他诘问日本外部，何故违背天津专约，不肯撤兵？日外部又提出条件，是要与中国同心协力，改革朝鲜内政。又是个冠冕堂皇的题目。汪使电复李鸿章，李鸿章尚是持重，不肯主战，奈内外官员，不识外情，不是说李伯爷胆怯，就是说李伯爷面软，连袁钦使世凯，也总道北洋海军，可以一试，请命北洋，愿即回国，决与日本开仗。李鸿章尚未答复，日本兵已入朝鲜王宫，幽禁国王李熙，推大院君主持国柄，并宣告朝鲜独立。那时连翼翼小心的李伯爷，也只得开战，召袁钦使回国。朝旨又三令五申，派副都统丰伸阿，提督马玉昆，总兵卫汝贵，左宝贵等，各带大兵，由陆路进发。

日本用先发制人的手段，乘清军尚未云集，即进攻牙山的清军。叶军门志超，恇弱无能，镇日里饮酒高卧，忽报日兵将来攻击，连忙向北洋求救。李鸿章闻警，还恐自己先行发兵，将来要被日本指摘，想了一计，向英商处租了高升轮船，载兵二营，出援牙山。不意到了丰岛，日本已暗伏军舰，截住去路，连珠炮发，将高升轮船击沉。船内的兵士，统行漂没。可怜可怜！叶志超待了数日，不见援兵到来，正急得没有摆布，还是总兵聂士成，有些胆量，慷慨誓师，愿决一战。忽由探马来报日兵已到成欢，士成即持鞭请行，见志超面色如土，半晌才说了两语道：“老兄小心前去！兄弟当守……守住此地。”言下已有逃意。士成领命赴敌，不半日已到成欢，恰遇日兵整队前来，士成即传令开枪，两下里杀了一阵，只见烟雾迷天，弹丸蔽日。约战了两个小时，日兵恰向后退去，士成追袭一程，方收队扎营，即差兵弁往牙山报捷。到的次晨，差去的兵弁，尚没有回来，日本大队又到。这次日本兵，不似前次的怯战，遥望过去，已是精锐得很。士成倒也不怕，仍下令开营迎敌。营门甫开，炮弹已到，聂军连忙还击，正在酣战时候，差去的兵弁才到，报称牙山已没有大兵，闻叶军门已退驻平壤去了。这语一传，兵心渐懈，日本兵又是漫山遍野，杂沓而来。士成到此，未免心惊，料知支持不住，乃命部兵移前作后，严阵而退。士成好算不弱。日本兵恰不敢进逼，由士成退去。士成回到牙山，果然不见一卒，长叹了数声。暗想部下只有数千兵马，万不能保守这地，与其孤军死敌，不如全师早返，于是传令退兵，齐回平壤，眼见得牙山要地，被日兵占去。罪在叶志超，不在聂士成。

士成到了平壤，谒见叶志超，问他何故退兵？志超支吾了一会，士成又道："成欢已败日兵，军门大人若果多留数天，牙山也可保得住。"也未可必。志超道："老兄战功，兄弟已经探闻，报告朝廷，现在辽东派来的人马，已会集此处，总教此处得胜，牙山虽失，还可无虞。"士成也不敢多说，随即退出。志超仍然日坐营中，并没有甚么举动。丰伸阿、马玉昆、左宝贵、卫汝贵等，见了志超，无非说的应酬常套，也未闻商及机宜。士成背地嗟叹，暗自灰心。日兵闻清军云集平壤，倒也扎住牙山，一时不敢进发，叶志超乐得快活几天。忽接到北京电报，令他节制各军，拜为统帅。聂士成擢为提督，将弁获奖数十员，军士得赏银二万两。志超喜出望外，设筵庆贺，置酒高会。各路统领，少不得亲自贺喜，热闹了好几天。

但志超本非将才，骤升统帅，那个去畏服他？所有号令一切，多半是阳奉阴违，连志超营内的将弁，也是逐队四出，奸淫掳掠，无所不为。朝鲜百姓，本是爱戴清朝，箪食壶浆，来迎王师，不料清兵都妄作妄行，反致朝民失望。志超的意思，总教守住平壤，余事都可不问，因此划分守泛，令丰伸阿、马玉昆、左宝贵、卫汝贵各将，驻扎平壤城四面。看看中秋将近，日兵尚没有消息，正拟大排筵席，宴赏良辰。突闻哨卒来报，日将野津，已统兵来攻平壤，人马很是不少。志超大吃一惊，急传丰伸阿、马玉昆、左宝贵、卫汝贵，各将商议。志超道："日兵已要逼近，诸位可有退敌的计策么？"各将的资格，要算丰伸阿，他先开口答道："全凭统帅调度！"志超道："据兄弟看来，还是深沟高垒，不战为妙。"各将尚未见答，就中恼了左宝贵，向志超道："现在的战仗，不比从前刀枪时代，炮火很是厉害，断非土石所能抵挡，不如趁日本未逼近时，先行迎截，方为上计。"叶志超脸色忽变，半晌才道："我意主守，老兄主战，想老兄总有绝大勇力，可以退敌，不妨请老兄自便！"陷死左宝贵，就在此数语内。宝贵道："统帅是节制各军，卑镇安敢自由进退？但是这次开战，关系国家不少，卑镇奉命东来，早已誓死对敌，区区寸心，要求统帅原谅！"志超道："老兄晓得国家，难道兄弟不晓得国家么？"未曾开战，先自争论，焉得不败？丰伸阿等见两人闹起意见，只得双方劝解，谈论了好一歇，并没有甚么定议，外边的警报，恰络绎不绝。宝贵勃然起座，对诸将道："宝贵食君禄，尽君事，敌兵已到，只有与他死斗的一法。若今日不战，明日又不战，等到日兵抄过平壤，截我归路，那时只好束手待毙了。诸公勉之！宝贵就此告辞！”已甘永诀！当即忿忿而出。丰伸阿、马玉昆亦别了志超，自回营中。只卫汝贵少留片刻，与志超密谈数语，不知是何妙计，大约总是预谋保身的秘诀。

且说左宝贵到了营中，遥闻炮声隆隆，料知日兵已近，当命部下各兵，排齐队伍，鸣角出营。宝贵当先领阵，行不一里，已见火焰冲霄，日兵的炮弹，如雨点般打将过来。宝贵自然督军还击，砰砰訇訇，扑扑簌簌，互轰了大半天。日兵煞是厉害，前敌残缺，后队补入，枪子射得越急，炮弹放得越猛。左军这边前队亦多伤亡，后队的兵士，亦督令照补。宝贵喝令一齐放枪，自己越小心督察，忽见后队所持的军械，多是手不应心，有的是放不出弹，有的是弹未放出，枪已炸破。宝贵还道他是操练未精，手执快刀，斫了几个，后来见兵士多是这般，他急从兵士手中夺过了枪，亲自试放，用尽气力，也不见弹子出来。仔细一瞧，机关多已锈损，不禁失声道："罢了罢了。"看官！你道这种枪械，为何这般不中用？原来中国枪械，多从外国购来，北洋大臣李鸿章，闻德国枪炮最利，就向他工厂内订购枪械若干，不想运来的枪械，一半是新，一半是旧。当时只知检点枪支，那个去细心辨认？这番遇着大战仗，便把购备的枪杆，陆续发出。左军前队的兵士，乃是临阵冲锋的上选，所用枪械，时常试练，把废窳的已经剔去，后队的或系临时招募，随便给发枪械，因此上了战仗，有此蹉跌。部将请宝贵退兵，宝贵叹道："本统领早知今日，所愿多杀几个敌人，就是一死也还值得。不料来了一个没用的统帅，又领了一种没用的枪支，坐使敌军猖獗，到了这个地步。"道言未绝，突然飞到一弹，宝贵把头一偏，正中在肩膀上。日本兵又如潮涌上，冲动左军阵势。宝贵尚忍痛支持，怎奈敌炮接连不断，把左军打倒无数。宝贵身上，又着了数弹，口吐鲜血，晕倒地上。可怜可怜！蛇无头不行，兵无将自乱，霎时间全军溃散，逃得一个不留。

这时候日本兵三路进攻，丰都统、马提督也分头抵截，丰伸阿本没有能耐，略略交绥，便已却退。马玉昆颇称骁勇，督领部众，鏖战一回，只因枪械良窳不齐，打出去的枪弹，不及日本的厉害。日本的枪子，一发能击到百数步，中国的枪子，只有六七十步可击，已是客主不敌。况又有机关不灵、施放不利的弊病，那里能长久支持？凭你马提督如何勇悍，也只得知难而退。甫到平壤城，见城上已竖起白旗，好称救命旗。马玉昆驰入城内，见叶统帅坐在厅上，身子兀自乱抖。玉昆便问高竖白旗的缘故？志超道："左宝贵已经阵殁，卫汝贵已经走掉，阁下与丰公，闻又不能得利，偌大的平壤城，如何能守得住？只好扯起白旗，免得全军覆没。"玉昆见主帅如此怯战，也是无法可想。聂士成本随着志超，守住平壤城，一再谏阻，终不见从，也是说不尽的愤闷。

日本兵直薄城下，望见城上已竖白旗，守着万国公法，停炮不攻。志超恰趁这机会，夤夜传令，静悄悄的开了后门，率诸将遁还辽东。这计恰用着了。这诸路兵士，一半是奉军，一半是淮军，都经李鸿章训练，日人颇惮他威名，到此始觉得清军没用，益放胆进攻。据了平壤，又占了安州、定州，得机得势，要渡过鸭绿江，来夺辽东了。清朝的陆军，已一败涂地，统退出朝鲜境。还有黄海沿岸的海军，悬着龙旗，随风飘荡，日本军舰十一艘，驶出大同江，进迫黄海。清海军提督丁汝昌，闻日舰到来，也只得列阵迎敌。当时清舰共有十二艘，定远、镇远，最大；致远、靖远、经远、来远、济远、平远次之；广甲、广丙、超勇、扬威又次之。汝昌传令，把各舰摆成人字阵，自坐定远舰上，居中调度，准备开战。遥望日舰排海而来，仿佛如长蛇一般，大约是个一字阵。汝昌即饬将弁开炮，其实两军相隔，尚差九里，炮力还不能及，凭空的放了无数炮弹，抛在海中。开手便已献丑。日舰先时并不回击，只是开足汽机，向前急驶。说时迟，那时快，日本的游击舰，已从清军左侧驶入，抄袭清军后面，日本主将伊东祐亨，驾着坐船，带领余舰，来攻清军前面。那时炮才迭发，黑烟缭绕，迷濛一片。不到一时，中国的超勇舰，着了炮弹，忽然沉没。清军少见多怪，惹起了兔死狐悲的观念，顿时慌乱起来。一经慌乱，便各归各驶，弄得节节分离，彼此不相援应。这舰队中管带，只有致远管带邓世昌，经远管带林永升，具着赤胆忠心，愿为国家效死。日舰浪速，与致远对轰，两边方在起劲，又来了一艘日本巨舰，名叫吉野，比浪速舰还要高大，也来轰击致远。致远船身受伤，恼得邓世昌性起，亲督炮架，测准吉野敌楼，一炮一炮的轰去。吉野舰内的统带官，急忙驶避，世昌饬令追去，舱中报弹药已尽，不便再追，世昌慨然道："陆军已闻败绩，海军又要失手，堂堂中国，被倭人杀得落花流水，还有何颜见江东父老？不如拼掉性命，撞沉这吉野舰，与他俱尽，死亦瞑目，便令鼓轮前进。看看将追上吉野，不意触着鱼雷，把船底击碎，海水流入船内，渐渐的沉入海去。世昌以下，一律殉难。可怜可怜！

邓世昌（1849—1894），字正卿，广东番禺（今广州）人，清末海军将领。1889年，补北洋舰队中军中营副将。1894年9月17日在中日黄海海战中虽弹尽舰伤，仍下令猛撞敌舰吉野号，不幸被鱼雷击中，与舰上200余名官兵壮烈牺牲。

经远管带林永升，与日本赤城舰相持。赤城舰的炮火，攒射经远，经远中弹突然火发，林永升不慌不忙，一面用水扑火，一面窥准敌舰，轰的一炮，正中敌舰要害，成了一个大窟窿。敌舰回身就走，永升死不放松，传令追袭，也是气数该绝，追了一程，又被水雷触裂，沉下海中。可怜可怜！两员虎将，同时死难，余外的战舰，越加心慌。济远管带方伯谦，向来胆小，本是在旁观望，遥见致远经远，都被击沉，还有何心观战？忙饬舵工转舵，机匠转机，向东逃走。冤冤相凑，撞在扬威舰上，扬威已自受伤，经不起这么一撞，随波乱荡，不能自主。海水泼入船内，随即沉没。济远舰只管着自己，逃入旅顺口内，广甲、广丙两舰，也跟着逃遁，只留了定远、镇远、靖远、来远、平远五艘，尚在战线范围内，被日舰围住奋击。丁汝昌还算坚忍，迭放大炮，轰沉日本西京丸一艘，并击伤日本松岛舰。奈定远舰也中了五六炮，失战斗力，靖远、平远、来远三舰，亦受了重伤，突围出走，单剩定远、镇远，势孤力竭，不得已冲出战域，驶入口内。丁汝昌尚肯自尽，故书中叙述海战，比叶志超陆军较有声势。这一场海战，兵舰失掉五艘，余舰亦多伤损。二十余年经营的海军，不耐一战，正是中国莫大的耻辱。小子叙述到此，泪随笔下，立成悲悼诗一绝道：

海滨一战覆全师，太息烟云起灭时。

我为合肥应堕泪，构园贻误少人知。

海陆军统已失败，中日的胜负已定，日本还不肯罢战，竟想把中国并吞下去。小子要洒一番痛泪，只好把笔暂停一停，待下回再行详叙。

中日一战，为清室衰亡张本，即为中国孱弱张本。世人皆归咎合肥，合肥固不得为无罪，但不得专咎合肥一人。海军经费，屡请屡驳，合肥不得已，移其半以造颐和园，而海军才有眉目。否则甲午一役，虽欲求一败衄之海战，亦不可得，宁非尤足羞者。惟选将非人，购械不慎，不得谓非合肥之咎。叶志超、丁汝昌辈，多由合肥一手提拔，彼皆非专阃才，胡为而推毂乎？当时勇毅如左宝贵，忠愤如邓世昌、林永升，俱足为干城选，仅令其率偏师，充管带，受制于一二庸夫之下，徒令其战死疆场，饮恨以殁，以视曾文正之知人善任，合肥多惭色矣。若讥其迁延观望，不愿开战，至于内外交迫，孤注一掷，以至败亡，说虽近似，而吾且以此为合肥原。盈廷虚憍，交口主战，合肥犹知开战之非策，不可谓非一隙之明。知彼知己方足与言对外，假使当日从合肥言，勉从和议，尚不至失败若此。此回为合肥一生恨事。叙叶志超，叙丁汝昌，无一非为合肥写照。作者固别蓄深意，阅者亦当别具眼光，毋滑口读过！

第八十五回

失律求和马关订约
市恩索谢虎视争雄

却说叶志超既逃归辽东，丁汝昌又败回旅顺，警报迭达北京，光绪帝大为懊恼，即命将叶志超、丁汝昌革职，卫汝贵、方伯谦拿问，并严责北洋大臣李鸿章。李鸿章只得自请议处，又把海军败绩的缘由，推在方伯谦等身上。奉旨令将方伯谦军前正法。迟早一死，为何要逃？李鸿章咎亦难辞，拔去三眼翎，褫去黄马褂，改命提督宋庆出兵旅顺，提督刘盛休出兵大连湾，将军依克唐阿出兵黑龙江。三路兵驻守辽东，防堵日本。嗣又命宋庆统制各路人马。各路统领，与宋庆资格多是不相上下，忽接朝廷旨意，要归他节制，免不得郁郁寡欢。又是败象。宋庆到了九连城，收集平壤败兵，倚城下寨。九连城濒鸭绿江口，为辽东第一重门户，这重门户不破，辽东自可无恙。宋庆把守此处，也算是因地设险。当下传集各统将，分守泛地，叫他努力防御。各统将虽是面从，心中很是不悦，出了大营，满肚里都受着委曲，你也不愿尽力，我也不肯效命，勉强起程，按着所派泛地，率军进行。

那边的日本兵，确是勇迅，闻鸭绿江西岸，清军未曾严守，当即率兵飞渡。过了鸭绿江，浩浩荡荡，杀奔九连城。这时刘盛休、依克唐阿、马玉昆、丰伸阿、聂士成诸将，沿途抵敌，都杀不过日兵。清军退一里，日兵进一里，清兵退十里，日兵进十里，待日军进薄九连城，各路统将，统已远远的避去，只剩了城中一个老宋。老宋闻诸军皆溃，独力难支，没奈何弃城出走，退守凤凰城。嗣又因凤凰城孤悬岭外，不便扼守，复弃城西遁。统帅一走，各将愈闻风而逃，日本兵遂进占凤凰城，复分三路。一路出西北，扑连山关；一路出东北，攻岫岩州；一路出东南，窥金州大连湾。不到数日，各路都已得手，只连山关一路，被依克唐阿与聂士成两军，南北夹攻，得而复失，并伤毙中尉一员。凤凰城日军来援，又被依军杀退。依将军是久败思奋，所以尚得一二回胜仗，聂军门本是个出色当行的人才，当中国初次发兵时，已拟率陆军进捣韩城，调海军进扼仁川港口。这是先发制人的妙计，可惜当时不用。嗣因空言无补，没人见用，到了牙山，又为叶提督所制，愤愤而退。此次见清军连溃，彼此不相照应，连自己也只得节节退步。后来得了依将军一臂之力，遂得转败为胜。随又行文各帅，愿自率部下人马，抄袭敌军后面，断他饷道，令他不久自乱，那时首尾夹攻，定能克敌。此计亦妙，可惜又不见用。各路将帅，有一半说是危计，有一半简直不答。适廷旨又调他入关，保护畿辅，将行的时候，还杀败日兵数次，所以凤凰城东北一带，尚没有名城失陷。东路自岫岩州陷落，日兵又连陷海城，清军都退到辽西，靠了辽河，作为防蔽，总算暂时敷衍过去。

独东南一隅，既无良将，又无重兵，只有旅顺口向称天险，内阔外狭，层山环抱，有一夫当关，万夫莫入的形势。丁汝昌反认作绝地，且因战舰待修，转入威海卫，暂避敌焰，只留了总办龚照屿居住旅顺。日兵既陷了金州大连湾，拟乘势攻旅顺，但恐旅顺险峻，不易攻入，遂先勾引汉奸，令他混入口内，四贴日人告示，声言日兵于某日取旅顺，居住的兵士，应及早投降，否则大兵一到，玉石俱焚，无贻后悔。明明是虚声恫喝。龚照屿得着此信，吓得魂不附体，忙坐了鱼雷艇，顺风逃去。还有一班驻守的人员，见照屿已遁，个个慌乱，带了枪械，各自逃生。一个重大的要口，变作杳无人影的空谷。至日兵入港，清军已逃去两日了。日兵不费一弹，不发一枪，把北洋第一个军港，唾手而得，真是绝大的喜事。

这时候日本兵舰，已纵横辽海，北面的盖平营口，已在囊中，南面的荣城登州，又仿佛握在掌内。狼狈不堪的丁汝昌，方困守威海卫外的刘公岛，只望日兵饶恕了他，不来作对。谁知日兵偏不许他独生，鼓着大舰，驾起巨炮，又向刘公岛进攻。可怜汝昌手下，只有几片败鳞残甲，一阵轰击，定远、威远、来远三艘，又被打沉，丁汝昌亦受了弹伤，刘公岛势处孤危，万不能守。日兵还是接连开炮，四围攻打。汝昌到此，垂头丧气，饬兵士竖起白旗，一面致书日将，约不得伤害地方民命，自己哭了三四次，仰药自尽。还是好汉。日兵遂据刘公岛，并入威海卫，于是北洋第二个军港，亦被日本夺去。所有败残军舰，统归日兵占领。清廷还起恭亲王奕䜣，总理海军事务，其实辽海沿岸大小兵轮，只有旭日旗招飐，并没有龙旗片影，还要管理甚么海军?

光绪帝迭闻败报，召王大臣会议，从前锐意主战，慷慨激昂的诸人物，至此都俯首无言。独有二个满员，上书言事，煞是可笑。一个满御史，请起用檀道济为大将，檀道济是刘宋时人，死了一二千年，为甚么奏请起用?他因同僚拟用董福祥，假名檀道济以示意。他即问檀道济三字，如何写法？经同僚书示，遂冒昧照奏。又有一个满京堂，奏称日本东北，有两个大国，一是缅甸，一是交趾，日本畏他如虎，请遣使约他夹攻，必可得志。想是做梦。光绪帝见了这等奏章，又气又恨，只得与恭王等商议，定了一个请和的计策，命侍郎张荫桓、邵友濂，赴日本议和。日本很是厉害，拒绝两使。他说这等小官，不配讲和。弄得张邵二人，垂头丧气，踉跄归来。清廷方议改派，恼了一个安御史维峻，抗词上奏，虽不似满员的荒谬，也多牵强附会，都下徧传诵一时，小子将原奏详录，以供看官一粲，道：

奏为疆臣跋扈，戏侮朝廷，请明正典刑，以尊主权而平众怒，恭折仰祈圣鉴事。窃北洋大臣李鸿章，平日挟北洋以自重，当倭贼犯顺，自恐寄顿倭国之私财，付之东流，其不欲战，固系隐情。及诏旨严切，一意主战，大拂李鸿章之心，于是倒行逆施，接济倭贼煤米军火，日夜望倭贼之来，以实其言。而于我军前敌粮饷火器，故意勒措之。有言战者，动遭呵斥。闻败则喜，闻胜则怒。淮军将领，望风希旨。未见贼，先退避，偶遇贼，即惊溃，李鸿章之丧心病狂，九卿科道亦屡言之，臣不复赘陈。惟叶志超、卫汝贵均系革职拿问之人，藏匿天津，以督署为逋逃薮，人言啧啧，恐非无因。而于拿问之丁汝昌，竟敢代为乞恩，并谓美国人有能作雾气者，必须丁汝昌驾驭。此等怪诞不经之说，竟敢陈于君父之前，是以朝廷为儿戏也，而枢臣中竟无人敢为争论者。良由枢臣暮气已深，过劳则神昏，如在云雾之中。雾气之说，入而俱化，故不觉其非耳。张荫桓、邵友濂为全权大臣，未明奉谕旨，在枢臣亦明知和议之举，不可对人言，既不能以死生争，复不能以去就争，只得为掩耳盗铃之事，而不知通国之人，早已皆知也。倭贼与邵友濂有隙，竟敢索派李鸿章之子李经方为全权大臣，尚复成何国体？李经方为倭贼之婿，以张邦昌自命，臣前劾之。若令此等悖逆之人前往，适中倭贼之计。倭贼之议和，诱我也。我既不能激厉将士，决计一战，而乃俯首听命于倭贼，然则此举非议和也，直纳款耳，不但误国而且卖国。中外臣民，无不切齿痛恨，欲食李鸿章之肉。而又谓和议出自皇太后意旨，太监李莲英实左右之，此等市井之谈，臣未敢深信。何者？皇太后既归政皇上矣，若犹遇事牵制，将何以上对祖宗，下对天下臣民？至李莲英是何人斯？敢干预政事乎？如果属实，律以祖宗法制，李莲英岂复可容？惟是朝廷被李鸿章恫喝，未及详审利害，而枢臣中或系李鸿章私党，甘心左袒，或恐李鸿章反叛，姑事调停。初不知李鸿章有不臣之心，非不敢反，实不能反。彼之淮

军将领，皆贪利小人，无大伎俩，其士卒横被克扣，则皆离心离德，曹克忠天津新募之卒，制服李鸿章有余，此其不能反之实在情形，若能反则早反耳。既不能反，而犹事挟制朝廷，抗违谕旨，彼其心目中，不复知有我皇上，并不知有皇太后，而乃敢以雾气之说戏侮之也。臣实耻之，臣实痛之！惟冀皇上赫然震怒，明正李鸿章跋扈之罪，布告天下，如是而将士有不奋兴，倭贼有不破灭，即请斩臣以正妄言之罪。祖宗监临，臣实不惧。用是披肝胆，冒斧锧，痛哭直陈，不胜迫切待命之至！谨奏。

奏上，有旨“安维峻呈进封奏，肆口妄言，着即革职，发往军台效力！”是日恭亲王适请假。次日入朝，始知这事，斥同僚道：“这等奏折，不值一噱，付诸字麓内，便好了事。诸公欲令竖子成名么？”恭亲王尚是有识。正议论间，朝旨又下，派李鸿章为全权大臣，速赴日本议和。恭王即饬军机处办事人员，电达天津。李鸿章接着此旨，明知战败求和，还有甚么光采？但事已如此，欲救眉急，不得不硬着头皮，指日前往。方就道时，先电商各国驻华公使，请为臂助。俄使喀希尼，慨然答复，愿保全中国疆土，代拒日本。言太甘者心必苦。李鸿章始航行而东，到日本山阳道海口，地名马关，日本已遣专使伊藤博文，及陆奥宗光，在马关守候。鸿章在途中，屡接中国警耗，日本北据营口，南占澎湖，心中正焦灼，见了伊藤、陆奥两人，寒暄已毕，便请停战。伊藤、陆奥不允，必欲先订和约，方许停战，经鸿章再三磋商，才提出停战条件。看官！你道条件是甚么要约？他说要山海关、大沽口及天津三处，作了抵押品。这三处乃是京畿要口，押与日本，简直是引狼入室，叫这位李钦差如何答应？没奈何把停战问题，暂时搁起，先把和款商量起来。伊藤、陆奥煞是利害，要索各款，统是不堪忍受。鸿章与他辩论，他却绝不理会，反将冷语谐词，调侃鸿章。鸿章此时，既不敢反唇相讥，又不便屈意俯就，只得熬了一肚子气闷，拿出迁延手段，敷衍他们。今朝说，明朝再议，明朝说，后日再议。未免有情，谁能遣此？一日，自会所返寓，鸿章

伊藤博文（1841—1909），日本首相。参加尊王攘夷运动和明治维新运动。1888年起三任枢密院议长。1900年创立政友会并任总裁。执政期间发动中日甲午战争，强迫清政府接受《马关条约》，并将朝鲜置于日本统治之下。1905年起任“韩国统监”。1909年，遇刺身亡。

因连日会议，毫无效果，坐在马车中，正自忐忑不定，突听得枪声一发，忙从左边一顾，不防劈面来了一颗弹子，正中左颧。鸿章忍着痛，急呼日本警察，日警过来，见鸿章颧血直喷，忙去捉拿刺客。鸿章也不及问刺客情状，匆匆回寓。病了好几日，警闻直达欧美，各国新闻纸，争说日人无理，大有攘臂直前，代鸣不平的意见。日本始自知理屈，遣使谢罪，并饬日医替他调治。伊藤、陆奥亦至李寓道歉，随允转圜和议。鸿章即要约停战，伊藤、陆奥亦即照允。日本刺客，恰是清国功臣。嗣后申定和议，伊藤、陆奥终究不肯多让，李鸿章无可如何，勉依条约十一款。大纲如下：

一　认朝鲜为自主国。

二　偿日本兵费二百兆两。

三　割让辽东半岛，及台湾、澎湖。

四　开沙市、重庆、苏州、杭州为商埠。

五　中日旧订之约章，一律废止，嗣后日货进口，运往内地，得暂行租栈，免纳税钞。并于通商各口，得自由制造。

日本全权大使伊藤博文、陆奥宗光，中国全权大使李鸿章，于光绪二十一年三月二十三日签约。国耻！两江总督张之洞，凭着书生意见，谏阻和议，内有“赂倭不如赂俄，所失不及一半，就可转败为胜，恳请饬总署及出使大臣，急与俄国商定条约，如肯助我攻倭，胁倭尽废全约。即酌量划分新疆，或南路数城，或北路数城”等语。非我族类，其心必异，张之洞读书有素，难道转忘此说么？这奏虽留中不发，王大臣等多以为是，纷纷主张亲俄政策。

俄使喀希尼，居然请政府仗义执言，联合德法二国，替清廷索还辽东，先用三国联名公文，直致日本外部，迫他把辽东还清，日皇睦仁，本是全球著名的英主，到手的辽东，那里肯归还中国？免不得直言抗驳。俄德法三国，遂各派舰队东来，有几艘寄泊辽海，有几艘直薄长崎，声势汹汹，要与日本决战。日本自与中国开衅后，虽连战连胜，势如破竹，究竟劳师糜饷，伤亡了若干人，耗费了若干银子，也弄得财力两竭。况俄德法统是有名强国，不似中国的空虚，大丈夫能屈能伸，只好暂时抱屈，允还辽东，惟增索赎辽东费一百兆两。嗣经三国公断，减至三十兆两成议。日使林董至北京，与李鸿章订还辽东半岛约，中日战事，至此才了。

只日本收领台湾时，台民大骇，恳请收回成命。清廷不答，台民推巡抚唐景嵩为总统，驻守台北，拒绝日人。日本发兵赴台湾，景嵩方拟抵敌，不意抚署兵叛，焚署劫库，扰得景嵩手足无措，仓猝内渡。台北既失，台南系总兵刘永福驻扎，厉兵秣马，亦思与日本一战。终因寡不敌众，弃台奔还。台湾版图，遂长被日兵占领了。得易失亦易。

中国经此大挫，方归咎李鸿章，罢直督职，令他入阁。俄使喀希尼，欲来索谢，因李闲居，暂缓申请。越年春，俄皇行加冕礼，各国都派头等公使往贺，中国亦拟派王之春作贺使。喀希尼入见总署，抗言：“俄皇加冕，典礼最崇，王之春人微望浅，出使我国，莫非藐视我国不成？”总署王大臣，吓得面色如土，急问喀希尼，须何等大员，方配贺使？喀希尼道：“非资望如李中堂不可。”朝旨乃改派李鸿章。喀希尼复贿通宫禁，转禀太后，说是还辽义举，必须报酬，请假李鸿章全权，议结这案。鸿章出使时，由慈禧太后特别召见，密谈半日，方辞别出都。一到俄都圣彼得堡，加冕期尚未至，俄大藏大臣微德，佯与李鸿章格外交欢，时常过谈，暗中恰利诱威迫，提出条约数件，令鸿章画押。鸿章方恨煞日人，自思联俄拒日，也是一策，遂草草定议。俄国不用外务大臣出头，反差了大藏大臣，与鸿章密议，实是避各国的耳目。明修栈道，暗度陈仓，不怕李伯相不堕计中。巧极狡极！

等到加冕期过，李鸿章游历欧洲，俄使喀希尼，竟将俄都所定的草约，递交总署，要中国皇上亲钤御宝。全署人员，统是惊愕，不得不进呈御览。光绪帝龙目一瞧，见草约中所列条件，开口是中俄协力御日六字，颇也心慰。仿佛是钓鱼的红曲鳣。看到后面，乃是吉林、黑龙江两省铁路，许俄国专造，复准俄驻兵开矿，暨借俄员训练满洲军队并租借胶州湾为军港。光绪帝不禁大怒道：“照这几条约文，是把祖宗发祥的地方，简直卖与俄国了。”便将草约搁过一边，不肯钤印。俄使喀希尼，闻光绪帝拒绝草约，不肯钤印，日来总理衙门胁迫。一连几天，还没有的确的回报，即告总署王大臣道：“此约若不批准，当即日下旗回国。”王大臣听了这语，好似雷劈空中，惊惶万状，忙即禀报太后，说俄使要下旗回国，明明示决裂的意思。中国新遭败衄，那堪再当强俄？慈禧后已与李鸿章，密定联俄政见，至是命交军机处，与俄使定约，不由总理衙门，也是掩耳盗铃。并亲迫光绪帝签押。光绪帝逆不过太后，勉强盖印，眼中恰忍不住泪，好像珍珠一般，累累下垂。独慈禧后面色如常，毫不动容。印已盖定，草约变作真约，由军机处发交俄使，俄使似得了活宝，即日携约就道，亲自送还俄都。东三省的幅员，轻轻断送，遂酿成日俄战争的结果。

法国亦得了滇边陆地，及广西镇南关至龙州铁路权，并辟河口思茅为商埠，与中国订了专约，也算有了酬报。独德国未得谢礼，隐自衔恨，中国亦绝不提起。三国牵率而来，独令德国向隅，必要待他开口，也是愦愦。过了一年，山东曹州府地方，偏偏出了教案，杀伤德国教士二人。总理衙门得着此信，方虑德使出来要索，又有一番大交涉，不料德使海靖，虽是行文诘责，倒也没有甚么严厉，总署还道是德使有情，延挨了好几天。忽接山东电报，德国兵舰突入胶州湾，把炮台占据去了。正是：

漏屋更遭连夜雨，破船又遇打头风。

欲知中德和战的结局，小子已写得笔秃墨干，俟下回分解。

马关议和为合肥一生最失意事，敦请再四，毫无成效，至被刺客所击，始得以颧血博和议，可为痛心！然果以此事为足辱，则应返国图强，日申儆讨，卧薪尝胆，苦心焦思以为之，安见十年生聚，十年教训，不能如范大夫之霸越沾吴乎？乃受日本之压迫，愤而求逞，反欲丐俄人以为助，张之洞等书生管见，尚不足责，合肥名为老成，顾亦作此拒虎进狼之计，殊不可解！俄索辽东，纠合德法，三国何爱于清室，肯作此仗义执言之侠举，此宁待智者而始知之耶？与日本和，割地偿金，所患者犹仅一日本，至俄德法牵率而来，名为助我，实则愚我，我得辽东半岛，而仍费三万万两之巨款，受惠不多，而索酬者已踵相接，种种要挟，贻害无穷，此则合肥最大之咎；而中日一役，全军皆没，其为失固犹浅也。观于此，可知恃人不恃己之失计。

第八十六回

争党见新旧暗哄
行新政母子生嫌

却说德国兵舰突入胶州湾内，占据炮台，惊报传至总理衙门，总署办事人员，都异常惊愕，忙派员去问德使海靖。海靖提出六条要约，大致是将胶州湾四周百里，租与德国，限期九十九年。何不凑成一百年？还要把胶州至济南府的铁路，归他建筑，路旁百里的矿山，归他开采。若有半语不从，立刻要夺山东省。看官！你想中国的海军，已化为乌有，陆军又一蹶不振，赤手空拳，无可打仗，除奉令承教外，还有何策？只好一律照允。但胶州湾的地方，照中俄密约，已允租与俄国，此番又转给德人，俄使自然不肯甘休，急向总署诘问。总署无词可答，奈何奈何！好似哑子吃黄连，说不尽的苦楚。亏得李伯爷一场老脸，出去抵挡，把胶州湾一处，换了旅顺、大连湾二处，还算是中国便宜，租期二十五年，与德国相较，少了七十四年，这才是中国的真便宜，可惜不好算数。准他建筑炮台，并展长西伯利亚路线，通过满洲，直到旅顺为终点，才算了结。

总署人员，因俄德交涉，已经议妥，方想休息数天，饮酒看戏，挟妓斗牌，不意英使又来了一个照会，略说：德国租了胶州湾，俄国租了旅顺、大连湾，如何我国终没有租地？难道贵国不记得从前约章，有“利益均沾”四字么？可见从前约文，都有伏笔，苦在中国不懂，铸成大错。总署不好回驳，只得仍请这位李伯爷，与英使商议。英使索租威海卫，并要拓九龙司租界。九龙司在广东海口，北京和约，割界英国，英人屡思展拓租界，苦无相当机会，此次适得要挟地步，遂与威海卫一同索租。李鸿章允展九龙租界，拒绝威海卫。两下争论多时，英使拍案道：“贵国何故将旅顺、大连湾租与俄人？胶州湾租与德国！俄德据了这数处地方，储兵蓄械，一旦南下，是要侵占长江的范围。长江一带，是我国通商的势力圈，若被他侵占，还当了得。所以我国索租威海卫，防他南来，并非我国硬要租借这地。”鸿章还要辩论，英使怫然起座道：“你若能索还旅顺、大连湾、胶州湾三处，我国不但不租威海卫，连九龙司也奉还中国。如若不能，休要固执！”言毕，碧眼骤张，虬髯倒竖，简直是要开仗的情形。比马关议约，还要难受。鸿章无可奈何，结果是唯唯听命。前日英名，而今安在。威海卫租期，照俄国旅顺、大连湾二处。九龙司展拓租界，照德国租胶州湾年限，这都是光绪二十四年的事情。

翌年，广州附近，突有法国兵官，被中国人民戕害，法人效德国故智，把兵舰闯进广州湾，安然占踞。总理衙门料知无力挽回，乐得客气，与法使订约，将广州湾租与法国，限期如德租胶澳例。国耻重重，何时一洒。

俄德英法都得了中国的良港，顿时惹起欧美各国的观感，欧洲南面的意大利国，无缘无故，也来索租浙江的三门湾，总署这番倒强硬起来，简直不允。意大利国总算顾全友谊，不愿硬索。廷臣以各国纷索海口，不如自己一律开放，索性给各国通商，还可彼此牵制，免生觊觎，虽非上策，却不失为下策。乃自把直隶省的秦皇岛，江苏省的吴淞口，福建省的三都澳，尽行开埠。各国见海口尽辟，无从要索，才算罢休。自此以后，中国腐败的情状，统已揭露，朝野排外的气焰，索然俱尽，且渐渐变成媚外风气。外国侨民，势力益张，华民与有交涉，不论曲直，官府总是袒护洋人。郁极思奋，愤极思通，中国从此多事了。暗为拳匪伏线。

且说光绪帝亲政，已是数年，这数年内丧师失地，一言难尽。光绪帝很是不乐，默念衰弱至此，非亟思变法不可。只朝臣多是守旧，一般顽固的官员，恐怕朝廷变法，必要另换一种人物，自己禄位不能保住，因此百计营谋，私贿李莲英，托他在太后前极力转圜，不可令皇上变法。太后因中日一役，多是皇帝主张，未经慈命，轻开战衅，弄得六旬万寿的盛典，半途打消，未免生恨；又经宠监李莲英，从旁撺掇，遂与皇帝暗生嫌隙。只是外有恭王奕䜣，再出为军机大臣领袖，老成稳练，内有慈禧后妹子醇王福晋，系光绪帝生母，至亲骨肉，密为调停，所以宫闱里面，还没有意外变动。光绪二十四年二月，恭王得了心肺病，逐日加重，太后率光绪帝视疾，前后三次，又命御医诊治，统是没效。四月初旬，病殁邸中，遗折是规劝皇上应澄清仕途，整练陆军；又言一切大政，须遵太后意旨，方可举行。恭王虽亦阿附太后，然心地尚称明白，遗折劝光绪帝遵奉慈命，亦是地位使然。若恭王尚存，戊戌之变，庚子之乱，当可不作。太后特降懿旨，临邸奠醊，赐谥曰忠，入祀贤良祠，即令恭王孙溥伟承袭亲王。光绪帝亦随附一谕，命臣下当效法恭王竭尽忠悃。懿旨在前，太后之有权可知。但天下事福不双行，祸不单至，醇王福晋又生成一不起的病症，缠绵床褥，服药无灵，竟尔溘逝。慈禧后未免伤心，光绪帝尤为悲恸，外失贤辅，内丧慈母，从此光绪帝势成孤立，内外没有关切的亲人。

当时军机处重要人材，一个是礼亲王世铎，一个是刑部尚书刚毅，一个是礼部尚书廖寿丰，一个是户部尚书翁同龢。这四个军机大臣内，刚毅最是顽固，翁同龢要算维新。刚毅在刑部时，与诸司员闲谈，称皋陶为舜王爷，驾前刑部尚书皋大夫，“陶”本读如“遥”，他却仍读本音；每遇案牍中有“庾毙”字样，常提笔改“瘦”字，反叱司员目不识丁；到了入值军机，阅四川奏报剿办番夷一折，内有‘追奔逐北’一语，连说川督糊涂，拟请传旨申斥。适翁同龢在旁，问他何故？他道：“‘追奔逐北’一语，定是‘逐奔追比’四字误写。”翁同龢仍茫然不解。他又说道：“人人称你能文，如何这语还没有悟到？逆夷奔逃，逐去捕住，追比他往时劫掠的财物，方是不错。若作逐北字样，难道逃奔的逆夷，不好向东西南三面，一定要向北么？”讲的有理，我倒很佩服他。翁不禁失笑，勉强忍住，替他解明古义。他尚摇头不信，只不去奏请。算他知几。

翁同龢系光绪帝师傅，帝五岁时，翁即入宫。他本是江苏省常熟县人，江苏系近世人文荟萃的地方，翁又学问淹博，看了迂疏愚蠢的满员，好似眼中钉，满员遂与翁有隙。光绪二十年，翁曾奏参军机孙毓汶等，经光绪帝准奏，罢斥孙毓汶，此外亦有数人免职，遂将翁补入军机。还有李鸿藻，潘祖荫二人，亦同时补入。李鸿藻系直隶人，与同治帝师傅徐桐友善。两人为北派领袖，素主守旧。潘祖荫亦江苏人，与翁同龢友善，为南派翘楚，素主维新。两派同直军机，互争势力。守旧派联结太后，维新派联结皇帝。于是李党翁党的名目，变称后党帝党。后党又浑名老母班，帝党浑名小孩班。门户纷争，不祥之兆。

光绪二十三年，潘、李统已病故，徐桐失了一个臂助，遂去结交刚毅、荣禄诸人。刚与翁本无夙怨，不过刚毅生平，素有满汉界限，他脑中含着十二字秘诀。看官！你道他是那十二字？乃是：“汉人强，满人亡；汉人疲，满人肥”十二字。无论甚么汉人，他总是不肯相容。徐亦汉人，何故友善。荣禄因翁曾讦发私事，应八十三回。暗地怀恨，徐桐与他联络，势力益固。这边翁师傅孤危得很，恭王在日，尚看重他的学问，另眼相待，恭王一死，简直是没有凭藉，单靠了一个师傅的名望，有甚么用处？况这光绪皇上，名为亲政，实事事受太后压制；还有狐假虎威的李莲英，常与光绪帝反对，从中播弄。这李莲英本是宫监，专务迎合，为甚么单趋承太后，不趋承光绪帝？其间也有一个原因，小子正在追述祸根，索性也叙了一叙。

莲英有个妹子，貌甚美丽，性尤慧黠，并识得几个文字。莲英得宠，挈妹入宫，慈禧太后见她韶秀伶俐，极力赞美；入侍数月，太后的一举一动，一颦一笑，统被她揣摩纯熟，曲意承欢。慈禧太后怜爱异常，比李莲英尤加宠幸，常叫她为大姑娘，每日进膳，必令她侍食，且赐旁坐。连太后自己的胞妹，还没有这般优待。六旬万寿的时节，醇王福晋蒙懿旨特召，入园看戏，福晋因自己身分，反敌不过莲英妹子，佯称有疾，不肯赴召。嗣经懿旨再三催促，勉强入园。慈禧后还按礼接待，那莲英妹子，却昂然列坐，连身子都不抬一抬。福晋眼中，实在看不过去，仍托疾避席，还归邸中。但莲英献妹的意思，不是单望太后爱宠，他想仗着阿妹的姿色，蛊惑皇上，备选妃嫔，将来得生一子，作慈禧太后第二，自己的后半生，还好比前半生威显几倍。第二个李延年。因此光绪帝入园请安时，他的妹子，起初遵兄吩咐，很献殷勤，眉挑目语，故弄风骚。偏偏这假痴假呆的光绪帝，对了这种柔情，好像守着佛诫，无眼耳鼻舌生意，恁他甚么美艳，甚么挑逗，总是有施无报，惹得美人儿生了懊恼，遇着皇帝入园，索性一眼不睬。这还是笼络手段，莫认他是无情。光绪帝才窥透心肠，暗想李莲英如此阴险，不可不防，辜负美人厚情，皇帝真也少福。于是把莲英也渐渐疏远。

莲英一计不中，又生一计，时常到太后面前，捏报光绪帝过失。慈禧后起初倒也明白，遇皇上请安，只劝他性情和平，宽待下人。后来经莲英兄妹，百端谗构，遂添了太后恶感。太后回宫，皇帝必在宫门外跪接，稍一迟误，便生间言。若皇帝到园省视，也不能直入太后室中，必跪在门外，候太后传见。李莲英又作了一条新例，不论皇亲国戚，入见太后，必须先索门包，连皇上也要照例。外面还道皇上甚么尊贵，谁知光绪帝反受这样荼毒，积嫌之下，不免含恨。本可与别人谈叙，借为排遣，奈内外左右，多是太后心腹，连皇后也是个女侦探，替太后监察皇帝。旁皇四顾，郁将谁语？只有翁师傅素来密切，还好与他密谈两三语。翁师傅见皇帝忧苦，遂保荐一个人才。看官！你道是谁？就是南海康先生有为。

此时康先生才做了工部主事，他生平喜新恶旧，好谈变法事宜，只因官卑职小，人微言轻，没有一人服他伟论。独翁师傅竟垂青眼，一手提拔。光绪帝特别召见，奏对时洋洋数千言，仿佛淮阴侯坛上陈词，诸葛公隆中决策，每奏一语，光绪帝点一点头，良久方令退出。自从清朝开国以来，召见主事，乃是二百数十年来罕有的际遇。康主事感怀知己，连上三疏，统是直陈利弊，畅所欲言。光绪帝本有意变法，经他迭次陈请，自然倾心采用，遂于二十四年四月中，接连降旨，废时文，设学堂，裁冗员，改武科制度，开经济特科，又下决意变法的上谕道：

数年以来，中外臣工，讲求变法自强。迩者诏书数下，如开特科，裁冗兵，改武科制度，立大小学堂，皆经一再审定，筹之至熟，妥议施行。惟是风气尚未大开，论说莫衷一是。或狃于老成忧国，以为旧章必应墨守，新法

必当摈除。众喙哓哓，空言无补。试问时局如此，国势如此，若仍以不练之兵，有限之饷，士无实学，工无良师，强弱相形，贫富悬绝，岂真能制梃以挞坚甲利兵乎？朕惟国是不定，则号令不行，极其流弊，必至门户纷争，互相水火，徒蹈宋明积习，于国政毫无裨益。即以中国大经大法而论，五帝三王不相袭，譬之冬裘夏葛，势不两立。用特明白宣示，中外大小诸臣，自王公以及士庶，各宜努力向上，发愤为雄，以圣贤义理之学，植其根本，又须博采各学之切于时务者，实力讲求，以救空疏迂谬之弊。专心致志，精益求精，毋徒袭其皮毛，竞腾其口说，务求化无用为有用，以成通经济变之才。京师大学堂，为各行省之倡，尤应首先举办，着军机大臣总理各国事务王大臣，会同妥速具奏！所有翰林院各部院司员，各门侍卫，候补候选道府州县以下，各官大员子弟，八旗世职，各武职后裔，其愿入学堂者，均准入学肄习，以期人才辈出，共济时艰。不得敷衍因循，徇私援引，致负朝廷谆谆告诫之至意，将此通谕知之！

谭嗣同（1865—1898），字复生，号壮飞，湖南浏阳人，维新派政治家、思想家。公开提出废科举、兴学校、开矿藏、修铁路、办工厂、改官制等变法维新的主张。1898年参加戊戌变法，失败后被杀，年仅34岁。与杨锐、刘光第、林旭、杨深秀和康广仁等同时遇害，史称"戊戌六君子"。

梁启超（1873—1929），字卓如，号任公，广东新会（今江门市新会区）人，维新派领袖，学者。青年时期和康有为倡导变法维新，失败后出逃海外推动君主立宪。辛亥革命之后一度入袁世凯政府，担任司法总长；此后反对袁世凯称帝、张勋复辟等倒退行为，并加入段祺瑞政府。梁启超曾倡导文体改良的"诗界革命"和"小说界革命"，其著作编为《饮冰室合集》。

这谕未下的时候，光绪帝也预备一着，先往颐和园禀白太后，太后亦未尝阻挠，恰说："变法也是要紧，但毋违背祖制，毋损满洲权势，方准施行。"太后自问，曾毋违祖制否？又言："翁同龢断不可靠，应及早罢官为是。"光绪帝唯唯而出，遂一意饬行新政，特设勤政殿，谘商政要。常召康主事密议一切，拟旨多出康手，康荐同志数人，如内阁候补侍郎杨锐，刑部候补主事刘光第，内阁候补中书林旭，江苏候补知府谭嗣同，统称他才识淹通，可以重用。光绪帝便各赏四品卿衔，令在军机章京上行走。康有高弟梁启超，及胞弟康广仁，亦经康主事荐引。因他未曾出仕，一时不能超拔，只好缓缓录用。但这班维新党人，统是资卑望浅，一旦擢用，盈廷大员，靡不侧目。且朝变一制，暮更一令，所有改革事宜，多需礼部核议，弄得礼部人员，日无暇晷。礼部尚书怀塔布，系太后表亲，又有许应骙，亦是太后平日信任，两人素来守

康有为（1858—1927），原名祖诒，字广厦，号长素，又号更生，广东南海丹灶（今属佛山市南海区）人，维新派领袖、思想家，后为保皇会首领。清光绪进士。授工部主事，未就职。在京内外组织强学会，鼓吹变法维新。1898年在北京成立保国会，受光绪帝召见，促成百日维新。9月，戊戌政变发生，逃亡国外。此后组织保皇会反对民主革命。1917年和张勋策划复辟清室，旋即失败。著有《康有为诗文集》等。

旧，见了这番手续，愤闷已极，恨不得将维新党人，立刻撵逐。因此一切新政，关系礼部衙门，免不得暗中搁置。御史宋伯鲁、杨深秀，与康有为等气味相投，上书参劾许应骙，说他阻挠新政。光绪帝览奏震怒，本拟即行革职，因碍着太后面子，令他明白复奏。许即按照原奏，逐条辩驳，并劾康有为妄逞横议，勾结朋党，摇惑人心，混淆国事，请即斥逐回籍。光绪帝见许复奏，揭康短处，心滋不悦。过了数日，御史文悌，又参奏："宋伯鲁、杨深秀二人，欺君罔上，若非立加罢斥，必启两宫嫌隙。"顿时触怒天颜，斥他莠言乱政，挑动党争，命即夺职。

文悌忙求怀塔布往颐和园乞救。太后不答，但迫令光绪帝速斥翁同龢。一经下手，便剧本根，太后手腕，毕竟不同。光绪帝没法，只得令开缺回籍。次日，又由太后特降懿旨，令简荣禄为直隶总督，裕禄在军机处行走。光绪帝又不能不允。两禄揽权，明夺光绪帝天禄。暗中探听消息，乃是从怀塔布谗构所致，遂也赫然下谕，把礼部尚书怀塔布、许应骙，及侍郎堃岫、徐会澧、溥颋、曾广汉等六人，一律免职。守旧党见了这旨，吓得神志颓丧，陆续至颐和园，钻营运动，求太后重执朝政。太后恰从容不迫，谈笑自若，城府深沉。暗地里恰着着安排。

还有一个不自量力的王照，次第上书，先请薙发易服，继请皇帝奉太后游历日本。这等奏牍，守旧党闻所未闻。又有最关重要的一着，触犯李总管莲英。维新党人，以欲行新政，必斥太监，光绪帝深恨李莲英，正想乘此开刀，急得李莲英走头无路，率着娇娇滴滴的妹子，泣诉太后，磕头无数，不由太后不从，当下与莲英密议，定了一个秘计，密寄荣禄。荣禄随即上折，请帝奉太后往天津阅兵。光绪帝览到此奏，满腹踌躇，即到颐和园禀闻太后。太后很是喜欢，命光绪帝即行下谕，定期九月初五日，奉太后赴津阅操。光绪帝回宫，虽遵照慈命，准即阅操，心中总怀疑不定，遂传召一班维新人物，到勤政殿面议。康主事造膝密陈："此去阅操，前途很险，预乞圣裁！"光绪帝连忙摇手，令他出外商妥，入宫详奏。康主事退出，与同志暗地商量，议定一釜底抽薪的计策，先杀荣禄于天津督署内，既杀荣禄，即调陆军万人，星夜入都，围住颐和园，劫太后入城，圈禁西苑，俾终余年。无权无勇，奈何得行此策。商定后，即由康主事入宫密奏，光绪帝沉吟不答。经康力劝，方说待天津事定后再办。康乃退。

这时候，朝旨已命全国立官报局，任康为上海总局总办。又设译书局，命康徒梁启超总办。康梁因密图大事，尚留住京师。光绪帝听了康主事秘计，筹划了好几日，暗想畿内兵权，握在荣禄手中，不便轻举，除非得一胆大心细的人物，先夺荣禄兵权，万难成事。日思夜想，觅不出这样人才。适值直隶按察使袁世凯入觐，光绪帝闻他胆大敢为，当即召见，先问他新政是否合宜，袁极力赞扬。光绪帝不得不信，随又问道："倘令汝统带军队，汝肯忠心事朕否？"袁即磕头道："臣当竭力报答皇上厚恩。一息尚存，必思图效。"未必未必。次日即降谕道：

现在练兵紧要，直隶按察使袁世凯，办事勤奋，校练认真，着开缺以侍郎候补，责成专办练兵事务。所有应办之事宜，着随时具奏！当此时局艰难，修明武备，实为第一要务。袁世凯当勉益加勉，切实讲求训练，用副朝廷整饬戎行之至意！钦此。

守旧党见了此谕，彼此猜疑，急去禀报太后。其实宫廷内外，太后已密布心腹，时令传达，就是康有为入宫，亦经内监密报。只谋围颐和园的事情，尚未闻知。太后曾令光绪帝下谕，凡二品以上官授任，当亲往太后处谢恩，此番袁世凯擢任侍郎，官居从二品，理应照敕奉行。到颐和园谢恩时，太后立即召见，细问召对时语。袁一一照奏，太后道："整顿陆军，原是要紧，但皇帝也太觉匆忙，我疑他别有深意，你须小心谨慎方好！"袁自然答应。到八月初五日，袁请训往天津，光绪帝出乾清宫召见，用尽方法，不使言语漏泄。殿已古旧黑暗，晨光透入颇微，光绪帝坐在龙座，已是末次了。告袁密谋，命袁往津，即向督署内捉杀荣禄，随即带兵入都，围执太后；俟办事已竣，当续任直隶总督，千万勿误！袁唯唯趋出。临行时付他小箭一支，作为执行证据。袁即坐第一次火车出京。光绪帝总道是委任得人，十有九稳，不意下午五句钟，荣禄竟乘专车入京。人耶鬼耶？俗语有道：

不如意事常八九，可与人言无二三。

毕竟荣禄何故入京，容待下回说明。

清室不竞，外患迭乘，此时不革故鼎新，万不能挟强返弱。顽固诸徒，迂腐荒谬，固不足责，无论刚毅之显分畛域，自速其亡，即如徐桐、李鸿藻、怀塔布、许应骙辈，但务株守，各争党见，亦何在不足误国。但维新党人，锐意更张，亦未免欲速不达。善医者诊治弱症，必先培其元，然后可以祛邪，元气未培，猛加以克伐之剂，恐转有立蹶之弊。为政之道，何以异是？且围园劫后之谋，名不正，言不顺，慈禧究非武曌，维新党人之力，宁及五王？乃欲冒天下之不韪，以皇帝作孤注，其为计不亦太疏乎？经著书人按事铺叙，随手抑扬，益知守旧派固无所逃罪，维新派亦不能免讥。一击不中，十日大索，可悯亦可惜也。

第八十七回

慈禧后三次临朝
维新党六人毕命

却说袁世凯上午赴津，荣禄下午抵京，此中隐情，不烦小子说明，看官当一目了然。含糊得妙。荣禄抵京这一日，正值慈禧后还宫，亲祭蚕神。祭毕，退入西苑。照清朝故例，外省官员入京，非奉有召见特旨，不得入宫。荣禄不管禁令，他不用人引导，径至西苑叩谒。当由守门人阻住，荣禄忙道："咱们有机密要事，入禀太后，恳迅速引见。"守门人本是太后心腹，与荣禄联同一气，且荣禄系太后亲戚，仓猝入宫，必有特别大事，便引了荣禄直至太后前。荣禄急忙下跪，磕头如捣蒜，太后忙问何故？荣禄泣道："求老佛爷救命！"老佛爷三字，乃是满人尊称帝后的徽号。荣禄因乞命要紧，所以不称太后，直呼老佛爷。太后道："禁城里面，你有甚么事要我救命？这里没有甚么危险？宫里也不是你避难的地方，你如何冒昧前来？"荣禄请屏去左右，太后即令内监退出，只留李莲英一人。荣禄即将皇帝密谋，一一陈奏。太后问："此事可真么？"荣禄从靴中取出小箭一支，作为确证。这支小箭，系光绪帝亲授袁侍郎，如何落在荣禄手中？太后大怒，立命荣禄传集满亲贵数人，并守旧党首领世铎、刚毅等俱到，又有怀塔布、许应骙二人，亦蒙特召，皆会集太后前，黑压压的跪满一地，叩请太后速出训政，挽救危机。太后准议，饬荣禄带兵入卫。荣禄答称亲兵已有数千人来京，大约此时可到。荣禄确有智识，无怪太后宠任。太后道："甚好，甚好！"随令荣禄召兵进来，将禁城内的侍卫，一律调出。再命荣禄仍回天津，截住康党，毋任狡脱。荣禄奉命而去。

不防会议的时候，有个孙姓太监，素为光绪帝所亲信，得了这个消息，忙去报知光绪帝。光绪帝知事已泄漏，恐康有为必遭逮捕，忙自草一谕，令孙太监密递康主事。

其谕道：

谕工部主事康有为：前命其督办官报局，此时闻尚未出京，实堪诧异！朕深念时艰，思得通达时务之人，与商治法。康有为素日讲求，是以召见一次，令其督办官报，诚以报馆为开民智之本，职任不为不重，现筹有的款，着康有为迅速前往上海，毋再迁延观望！钦此。

康主事瞧罢，见确是皇帝手笔，且谕中有召见一次的话儿，亦系掩饰耳目，暗伏机关，明人不用细说，便谢了孙太监，送别出门，自己匆匆随出，不暇通报同志，连阿弟广仁，也不及详告。行至车站，天已微明，当即乘火车出京，一抵塘沽，忙搭轮直往上海。及荣禄到京，康有为已乘轮南下。荣禄忙电饬上海道速即查拏。

这时候，光绪帝已被撤政柄，幽禁瀛台。原来八月初六日清晨，光绪帝登太和殿，方阅礼部奏折，预备秋祭典礼，忽由宫监传出懿旨，宣召帝至西苑。帝出殿，宫监已在殿门外伫候，引帝入西苑内，即由李莲英带领阉党，簇拥光绪帝登舟，直达瀛台。瀛台系西苑湖中一个小岛，环岛皆水，光绪帝到了此间，料知没有好结果，不禁泪下。李莲英厉色道："太后即来，皇后亦至，难道万岁爷还怕寂静么？"言毕自去，留内监守卫。约一时许，太后已到，皇后珍妃等亦在后相随。光绪帝忙即跪接，太后怒目视帝，戟指叱道："你入宫时，年只五岁，立你为帝，抚养成人，今已将二十年，不是我一力保护，你那得有今日？你要变法维新，我也不来阻你，你为甚么听人唆弄，忘我大德，还要设计害我？你试细想一想，应该不应该的？"光绪帝跪伏地上，战栗不能出声。我为光绪帝道，此后愿生生世世，勿生帝王家。太后又叹道："我想你的薄命，有何福气做皇帝，现在亲贵重臣，统请我训政，没有一人向你。就使汉大臣中，有几个助你为恶，你还道是好人，其实统是奸臣，我自然有法处治。"说至此，恨恨不已，似乎有即行废立的形状。恼了一个珍妃，突出皇后前面，向太后跪下，吁请太后宽恕帝罪，勿加斥责。太后怒道："像你这种狐媚子，也配着与我讲话么？"珍妃愤极，不觉大胆道："皇帝系一国共主，圣母亦不能任意废黜。"这句话尚未说完，面上已扑的一声，受着一个嘴巴，粉靥陡起桃花，不禁垂首。但听太后厉声道："快与我将这狐媚子，牵了出去，圈禁宫内。"当由内监请珍妃起来，带领回宫，引到一个密室，把她幽闭。长门寂寂，谁慰寂寥，免不得珠泪莹莹，长此愁苦，这且慢表。

单说慈禧后尚在瀛台，痛责光绪帝，经李莲英从旁解劝，只有他还配讲话。方命还跸，令皇后留住帝处，监视皇帝言动，此外不准擅召一人。太后回宫，飞饬步军统领，逮捕维新党人，当时拿住杨深秀、谭嗣同、杨锐、林旭、刘光第、康广仁等六人，下刑部狱中，一面密议废立事件。王大臣等都不敢决议，慈禧后究属聪明，暗想骤然废立，恐惹起中外干涉，乃即以帝名降谕道：

现在国事艰难，庶务待理，朕勤劳宵旰，日综万几，兢业之余，时虞丛脞。恭溯同治年间以来，慈禧端佑康颐昭穆庄诚寿恭钦献崇熙皇太后，两次垂帘听政，办理朝政，弘济时艰，无不尽美尽善。因念宗社为重，再三吁恳慈恩训政，仰蒙俯如所请，此乃天下臣民之福。由今日始在便殿办事，本月初八日，朕率诸王大臣，在勤政殿行礼，一切应行礼仪，着各该衙门敬谨预备！钦此。

这谕下后，眼见得光绪皇上，与废立无异了。只是维新党首康有为未曾拿获，太后那里肯饶恕他？再饬步军统领，挨户搜查，务期拿获严办。十日大索，仍无影响。时康已乘轮赴沪，全然不知京内消息，轮船上又毫无风声，自己更不便探听，只好闷坐房舱中，消磨时日。过了三四天，轮船已到吴淞口，有为正开窗了望，但见有小火轮一艘，迎面而来。小轮上站着西人，喝令大轮停止，他即驶近大轮，一跃而上。手中持有照相片一纸，向舱内四处寻人，寻到康有为，将照片对证。形容毕肖，便将他一把扯住。有为未免着忙，随问何事？这个西人已通华语，便道："你在京中闯甚么祸，由上海道严密捉拿。"有为颇谙西国法律，便说："奉旨来办官报局，出京时，并没有这般消息，现在不知何故被逮。想因康某倡行新政，被旧党挟嫌的缘故。"西人道："你便是维新党首康先生么？据你说来，也不过是政治犯，西国律例上不便引渡，你且放心，快随我前去！"有为不便多说，即随着西人，换坐小轮。吴淞口本是西人范围，那个敢来过问？有为一走，大轮自然放汽进口，到了码头，见沪兵已布列岸上，遇客登岸，加意侦察。谁知这位康先生，早随西人到关上，改坐英国威海司军舰，直赴香港去了。命不该死，总有救星。

还有梁启超闻风尚早，逃出塘沽，径投日本兵船，由日本救护，直往日本，至横滨上岸，借宿旅馆，专探康先生下落。歇了好几天，康自香港到来，师弟重逢，好如隔世。谈起诸同志被拿，不胜叹息，泪下沾襟。从此师弟两人，逋亡在外，游历各地，组织报馆，倒也行动自由，言论无忌。直到宣统三年，革命军起，方才归国，这是后话。

且说八月八日，清廷大集朝臣，请出这位威灵显赫的皇太后三次临朝，光绪帝也暂出瀛台，入勤政殿，向太后行三跪九叩礼，恳请太后训政。太后俯允，仍命遵昔时训政故例。退朝后，光绪帝仍返瀛台。嗣后虽日日临朝，却是不准发言，简直同木偶一般。这班顽固老朽的守旧党，统是欣欣得意，喜出望外。太后又借了帝名，屡次下谕，托言朕躬有恙，令各省征求名医。当有几个著名医生，应征入都。诊治后，居然有医方脉案，登录官报。实在光绪帝并没有病，不过悲苦状况，比生病还要厉害。医生视病时，又由太后监视，拜跪礼节，繁重得很，已弄得头昏脑晕，还有甚么诊视心思？况医生视病，不外望闻问切四字，到了这处，四字都用不着。临诊时不好仰视，第一个望字，是抹掉了。屏气不息，系臣子古礼，医官何得故违？第二个闻字，又成没用。医官不能问皇帝病，只由旁人代述，第三个问字，也可除去。名为切脉，实是用手虚按，不敢略重，寸关尺尚不可辨，何况脏腑内的病症？第四个切字，有甚么用处？诸名医视病后，未免得了贿赂，探出帝病形状，遂模模糊糊的写了脉案，开了医方，把无关痛痒的药味，写了几种，上呈军机处转奏帝前，也不知光绪帝曾否照服，这也不在话下。

只是海内的舆论，儒生的清议，已不免攻击政府，隐为光绪帝呼冤。有几个胆大的，更上书达部，直问御疾。一手不能掩天下目，奈何？其时上海人经元善，夙具侠忱，联络全体绅商，颁发一电，请太后仍归政皇上，不必以区区小病，劳动圣母。倘不速定大计，恐民情误会，一旦骚动，适召外人干涉，大为可虑。这样激烈的话头，确是得未曾有，到了太后眼中，顿时大怒，降旨严斥。还有密旨令江苏巡抚拿办。元善恰预先趋避，走匿澳门。太后又密电各省督抚下询废立事宜。两江总督刘坤一守正不阿，首先反对。高冈鸣凤。各督抚遂多半附和。各国使臣，闻着这信，亦仗义力争，于是二十多年的光绪帝，实际上虽已失政，名义上尚具尊称。太后还欲临幸天津，考察租界情形，兼备游览，经荣禄力阻，乃收回天津阅操的成命。召荣禄入都，授军机大臣，节制北洋军队，兼握政治大权。直隶总督一缺，着裕禄出去补授。隐伏拳匪祸乱。太后遂与荣禄商议，处置维新党事，荣禄力主严办，遂由刑部提出杨深秀、谭嗣同等六人，严加审讯，六人直供不讳，又在康寓中抄出文件甚多，无非攻讦太后隐情。六人寓中，亦有排议太后案件。太后闻报，非常震怒，不待刑部复奏，已将六人处斩，并于次日借帝名下谕道：

> **近因时事多艰，朝廷孜孜图治，力求变法自强，凡所设施，无非为宗社生民之计。朕忧勤宵旰，每切兢兢，乃不意主事康有为，首创邪说，惑世诬民，而宵小之徒，群相附和，乘变法之际，隐行其乱法之谋，包藏祸心，潜图不轨。前日竟有纠约乱党，谋围颐和园，劫制皇太后，陷害朕躬之事，幸经**

党察，立破奸谋。又闻该乱党私立保国会，言保中国不保大清，其悖逆情形，实堪发指。朕恭奉慈闱，力崇孝治，此中外臣民之所共知。康有为学术乖僻，其平日著述，无非离经叛道，非圣无法之言。前因讲求时务，令在总理各国事务衙门章京上行走，旋令赴上海办理官报局，乃竟逗留辇下，搆煽阴谋，若非仰赖祖宗默佑，洞烛几先，其事何堪设想？康有为实为叛逆之首，现已在逃，着各省督抚一体严密查拿，极刑惩治。举人梁启超与康有为狼狈为奸，所著文字，语多狂谬，着一并严拿惩办。康有为之弟康广仁，及御史杨深秀，军机章京谭嗣同、林旭、杨锐、刘光第等，实系与康有为结党，阴图煽惑，杨锐等每于召见时，欺蒙狂悖，密保匪人，实属同恶相济，罪大恶极。前经将各该犯革职，拿交刑部讯究，旋有人奏，若稽时日，恐有中变，朕熟思审虑，该犯等情节较重，难逃法网，倘语多牵涉，恐致株累，是以未俟复奏，于昨日谕令将该犯等即行正法。此事为非常之变，附和奸党，均已明正典刑，康有为首创逆谋，罪恶贯盈，谅亦难逃法网。现在罪案已定，允宜宣示天下，俾众咸知。我朝以礼教立国，如康有为之大逆不道，人神所共愤，即为覆载所不容。鹰鹯之逐，人有同心。至被其诱惑，甘心附从者，党类尚繁，朝廷亦皆察悉，朕心存宽大，业经明降谕旨，概不深究株连。嗣后大小臣工，务当以康有为为炯戒，力扶名教，共济时艰，所有一切自强新政，胥关国计民生，不特已有者，亟应实力举行；即尚未兴办者，亦当次第推广，于以挽回积习，渐臻上理，朕实有厚望焉。将此通谕知之！

陈宝箴（1831—1900），字右铭，江西义宁（今修水）人，清末维新派。1894年任直隶布政使；1895—1898年，在湖南巡抚任内与按察使黄遵宪、学政江标等提倡新政，开办时务学堂，奏荐杨锐、刘光第、谭嗣同、林旭佐新政。戊戌政变时被革职。

看官读这上谕，似除六人正法，严拿康梁外，不再株连，并言新政亦拟续行，表面上很是明恕，不想假名的上谕，又是联翩直下。尚书李端棻、侍郎张荫桓、徐致靖、御史宋伯鲁、湘抚陈宝箴，或因滥保匪人，或因结连乱党，轻罪革职，重罪充军，及永远监禁。又夺前尚书翁同龢官职，交地方官严加管束。嗣是停办官报，罢撤小学，规复制艺，撤销经济特科，所有各种革新机关，一概反旧，这便是戊戌政变、百日维新的结果。后人推谭嗣同等六人，为杀身成仁的六君子，并有诗吊他道:

不欲成仁不杀身，浏阳千古死犹生。
即人即我机参破，斯溺斯饥道见真。
太极先天周茂叔，三闾继述楚灵均。
洞明孔佛耶诸教，出入无遮此上乘。

东汉前明殷鉴在，输君巨眼不推袁。
爱才岂竟来黄祖，密诏曾闻讨阿瞒。
十日君恩嗟异数，一朝缇骑遍长安。
平戎三策何多事？抔土今还湿未干。

太后既尽除新党，力反新政，遂貌托镇静，安定了一年。这一年内所降谕旨，不是说母子一体，就是说母子一心，再加几句深仁厚泽的套语，抚慰百姓。百姓倒也受他笼络，没甚变动。不意到光绪二十五年十二月中，竟立起大阿哥溥儁来，究竟是何理由，待至下回再说。

维新诸子之功过，已见上回总评。至若慈禧太后之所为，一经叙述，并未周内深文，而已觉强悍泼辣，仿佛吕武，非经绅商之电争，江督之抗议，各国使臣之反对，几何而不如吕后之私立少帝，武后之擅废中宗也。夫慈禧以英明称，初次垂帘，削平大难，世推为女中尧舜，胡为历年愈久，更事益多，反不顾物议，倒行逆施若此？意者其亦由新党之过于操切，激之使然乎？密谋被发，全局推翻，幸则窜迹海邦，不幸则杀身燕市，自危不足，且危及主上，危及全国，操切之害，一至于此，吾不能为维新诸子讳矣！

第八十八回

立储君震惊匕鬯
信邪术扰乱京津

却说大阿哥溥儁，系道光帝曾孙，端郡王载漪的儿子，虽与光绪帝为犹子行，然按到支派的亲疏，论起继承的次序，溥儁不应嗣立。且光绪帝年方及壮，何能预料他没有生育，定要立这储君？就使为同治帝起见，替他立嗣，当时何不早行继立，独另择醇王子为帝呢？这等牵强依附的原因，无非为母子生嫌而起。慈禧后三次训政，恨不得将光绪帝立刻捽去，只因中外反对，不能径行，没奈何勉强含忍，蹉跎了一载光阴。但心中未免随时念及，口中亦未免随时提起。端郡王载漪，本没有甚么权势，因太后疏远汉员，信任懿亲，载漪便乘间幸进。他的福晋，系阿拉善王女儿，素善词令，其时入直宫中，侍奉太后，太后游览时，常亲为扶舆，格外讨好，遂得太后宠爱。溥儁年方十四，随母入宫，性情虽然粗暴，姿质恰是聪敏。见了太后，拜跪如礼，太后爱他伶俐，叫他时常进来，随意顽耍，因此溥儁亦渐渐得宠。载漪趁这机会，觊觎非分，一面嘱妻子日日进宫，曲意承欢，一面运动承恩公崇绮，及大学士徐桐、尚书启秀。崇绮自同治后崩后，久遭摈弃，闲居私第，启秀希望执政，徐桐思固权位，遂相与密议，定了一个废立的计策，想把溥儁代光绪帝。利欲薰心，不遑他顾。只因朝上大权，统在荣禄掌握，若非先为通意，与他联络，断断不能成事。当下推启秀为说客，往谒荣第，由荣禄迎入。寒暄甫毕，启秀请密商要事，荣禄即导入内厅，屏去侍从，便问何事待商？启秀便与附耳密谈如此如此，这般这般，荣禄大惊，连忙摇首。启秀道："康党密谋，何人先发？太后圣寿已高，一旦不测，当今仍出秉政，于公亦有不利。"荣禄踌躇一会，其心已动。随道："这事总不能骤行。"启秀又道："伊霍功勋，流传千古，公位高望重，言出必行，此时不为伊霍，尚待何时？"先以祸怵之，后以利动之，小人真善于措词。荣禄道："这般大事，我却不能发难。"启秀道："崇、徐二公，先去密疏，由公从旁力赞，何患不成？"荣禄还是摇首，半晌才道："待吾细思！"启秀道："崇、徐二公，也要前来谒候。"荣禄道："诸公不要如此卤莽，倘或弄巧成拙，转速大祸。崇、徐二公，亦不必劳驾，容我斟酌妥当，自当密报。"启秀随即告别，回报崇、徐二人，崇、徐仍乘舆往见荣禄。到了荣第，门上出来挡驾，怏怏退回。又与启秀商议道："荣中堂不肯见从，如何是好？"启秀道："荣中堂非没有此心，只是不肯作俑，二公如已决计，不妨先行上疏，就使太后不允，也决不至见罪，何虑之有？"是夕，二人遂密具奏折，次晨入朝，当即呈递。

退朝后，太后览了密奏，即召诸王大臣入宫议事。太后道："今上登基，国人颇有责言，说是次序不合，我因帝位已定，不便再易，但教他内尽孝思，外尽治道，我心已可安慰。不料他自幼迎立，以至归政，我白费了无数心血，他却毫不感恩，反对我种种不孝，甚至与南方奸人，同谋陷我，我故起意废立，另择新帝，这事拟到明年元旦举行。汝等今日，可议皇帝废后，应加以何等封号？曾记明朝景泰帝，当其兄复位后，降封为王，这事可照行否？"诸王大臣面面相觑，不发一言。独大学士徐桐，挺然奏道："可封为昏德公。从前金封宋帝，曾用此号。"丧心之言。太后点头，随道："新帝已择定端王长子。端王秉性忠诚，众所共知，此后可常来宫中，监视新帝读书。"端王闻了此语，比吃雪还要凉快，方欲磕头谢恩，忽有一白发苍苍的老头子，叩首谏道："这事还求从缓！若要速行，恐怕南方骚动。太后明睿，所择新帝，定必贤良，但当待今上万岁后，方可举行。"太后视之，乃是军机大臣大学士孙家鼐，陡然变色，向孙道："这是我们一家人会议，兼召汉大臣，不过是全汉大臣体面，汝等且退！待我问明皇帝，再宣谕旨。"王大臣等遵旨而退。独端王怒目视孙，大有欲得甘心的形状，孙即匆匆趋出，于是端王等各回邸中。

是时荣禄尚在宫内，将所拟谕旨，恭呈御览。太后瞧毕，便问荣禄道："废立的事情，究属可行不可行？"荣禄道："太后要行便行，谁敢说是不可。但上罪不明，外国公使，恐硬来干涉，这是不可不慎！"太后道："王大臣会议时，你何不早说？现在事将暴露，如何是好？"荣禄道："这也无妨，今上春秋已盛，尚无皇子，不如立端王子溥儁为大阿哥，继穆宗后，抚育宫中，徐承大统，此举才为有名，未知慈意若何？"太后沉吟良久，方道："我言亦是。"遂于十二月二十四日，召近支王贝勒、御前大臣、内务府大臣、南上两书房翰林、各部尚书，齐集仪銮殿。景阳钟响，太后临朝，光绪帝亦乘舆而至，至外门下舆，向太后拜叩。太后召帝入殿，帝复跪下，诸王公大臣等仍跪在外面。太后命帝起坐，并召王公大臣皆入，共约三十人，太后宣谕道："皇帝嗣位时，曾颁懿旨，俟皇帝生有皇子，过继穆宗为嗣，现在皇帝多病，尚无元嗣，穆宗统系，不便虚悬，现拟立端王子溥儁为大阿哥，承继穆宗，免致虚位。”言至此，以目视光绪帝道：“你意以为是否？”光绪帝那敢多说，只答“是是”两字。随命荣禄拟旨，拟定后，呈太后阅过，发落军机，次日颁发。太后即命退朝，翌晨即降旨道：

朕冲龄入承大统，仰承皇太后垂帘训政，殷勤教诲，巨细无遗，迨亲政后，正际时艰，亟思振奋图治，敬报慈恩，即以仰副穆宗毅皇帝付托之重。乃自上年以来，气体违和，庶政殷繁，时虞丛脞，惟念宗社至重，前已吁恳皇太后训政。一年有余，朕躬总未康复，郊坛宗庙诸大祀，不克亲行。值兹时事艰难，仰见深宫宵旰忧劳，不遑暇逸，抚躬循省，寝食难安。敬溯祖宗缔造之艰难，深恐勿克负荷，且入继之初，曾奉皇太后懿旨，俟朕生有皇子，即承继穆宗毅皇帝为嗣。统系所关，至为重大，忧思及此，无地自容。诸病何能望愈，用再叩恳圣慈，就近于宗室中，慎简贤良，为穆宗毅皇帝立嗣，以为将来大统之界。再四恳求，始蒙俯允，以多罗郡王载漪之子溥儁，继承穆宗毅皇帝，钦承懿旨，欣幸莫名。谨敬仰遵慈训，封载漪之子为皇子，将此通谕知之。

爱新觉罗·载漪（1856—1922），清末皇族。满族。1860年出继瑞亲王绵忻，袭贝勒爵。1893年任御前大臣，后封端郡王。1900年任总理衙门大臣。1901年签订《辛丑条约》时，被指“首祸”，发往新疆，永远监禁。

旨下后，大阿哥入居青宫，仍辟弘德殿，命崇漪充师傅，徐桐充监管。大阿哥不喜读书，只有两只洋狗，是他所钟爱，入宫第二日，即带了进去，有识的人，已料他是不终局了。只大阿哥正位青宫，端王权力，从此益大。徐桐、刚毅、启秀等，极力赞助，遂闯出一场古今罕有的奇祸。看官！你道是甚么祸祟？便是拳匪肇乱，联军入京，两宫出走，城下乞盟，订约十数款，偿金数百兆，弄得清室衰亡，中国贫弱，一点儿没有生气。说将起来，正是伤心！小子未曾下笔，身已气得发颤，泪已落了无数，若使贾太傅、陈同甫一班人物，犹在此时，不知要痛哭到那样结果？愤激到甚么地步？拳匪之祸，关系中国兴亡，故不得不慨乎言之。

话休叙烦，待小子细细表明。拳匪起自山东，就是白莲教遗孽。本名梅花拳，练习拳棒，捏造符呪，自称有神人相助，枪炮不能入。山东巡抚李秉衡，人颇清廉，性质顽固，闻得拳匪勾结，他却不去禁阻，反许聚众练习。秉衡奉调督川，继任的名叫毓贤，乃是一个满员，比秉衡还要昏谬，竟视拳匪为义民，格外优待。因此拳匪遂日盛一日，蔓延四境。当中东开战的时候，直隶、山东，异常恐慌，官商裹足，人民迁徙，未免有荡析流离的苦趣。到了马关约成，依然无恙，官商人民等，方渐渐安集。适天津府北乡，开挖支河，掘起一块残碑，字迹模糊，仔细辨认得二十字，略似歌诀，其文道："这苦不算苦，二四加一五。满街红灯照，那时才算苦。"众人统莫名其妙。及拳匪起事，碑文方有效验。难道真有天数么？拳匪中有两种技艺，一种叫作金钟罩，一种叫作红灯照。金钟罩系是拳术，向来习拳的人，有这名号，说是能避刀兵。只红灯照的名目，未经耳闻，究竟红灯照是甚么技术？原来红灯照中，统是妇女，幼女尤多。身着红衫裤，挽双丫髻，年长的或梳高髻，左手持红灯，右手持红巾，及红色折扇，先择静室习踏空术，数日术成，持扇自煽，说能渐起渐高，上蹑天空，把灯掷下，便成烈焰。时人多信为实事，几乎众口一词，各称目睹，其实统是谣传。所造经咒，尤足令人一噱。唐僧、沙僧、八戒、悟空八字，乃是无上秘诀。八字念毕，猝然倒地，良久乃起，即索刀械，捏称齐天大圣等附体，跳跃而去。又有几个，说是杨香武、纪小唐、黄飞虎附身，怪诞绝伦，不值一辩。偏偏这巡抚毓贤，尊信得很。

毓贤本系端王门下走狗，趋炎附热，得放东抚，他即密禀端王，内称："东省拳民，技术高妙，不但刀兵可避，抑且枪炮不入。这是皇天隐佑大阿哥，特生此辈奇才，扶助真主，望王爷立即招集，令他保卫宫禁，预备大阿哥即真"等语。端王接禀，喜欢的了不得，暗想太后不即废立，实是怕洋人干涉，若得这种拳民保护，便可驱逐洋人，那时大阿哥稳稳登基，自己好作太上皇，连慈禧后都可废掉，何况这光绪帝呢？如见肺肝。便即入宫告知太后。太后起初不信，援述张角、孙恩故事，拒驳端王。若说是立刻轻信，便不成为通文达史的慈禧后！端王道："老佛爷明见千里，钦佩莫名！但据抚臣毓贤密报，的确是真。毓贤心性忠厚，或不至有欺罔等情。奴才愚见，不如饬直督裕禄，招集拳民数十人，先行试验。果有异术，然后添募，选择忠勇诸徒，送到内廷供奉，传授侍卫太监，将来除灭洋人，报仇雪恨，老佛爷得为古今无二的圣后，奴才等亦得叨附旗常，宁不甚妙？"太后闻他说得天花乱坠，不由的不动心，便道："这语也是有理，就饬裕禄查明真伪便了。"误入迷途，可恨可叹。

端王退出，即命军机拟旨，密饬裕禄招集拳民，编为团练，先行试办。裕禄与端王，又是一鼻孔出气，忙行文到山东咨照毓贤，毓贤即将大队拳民送至，由裕禄一一试验，只见他个个强壮，人人精悍，红巾红带，挥拳如筹。惟枪炮有关性命，不便轻试，只好模糊过去。便令设立团练局，居住拳民，竖起大旗一面，旗中大书义和团三字。拳民辗转勾引，逐渐传授，不数月间，居然聚成数万，裕禄竟当他作十万雄师。光绪二十六年春，山东直隶一带，已成拳匪世界。在天津的匪首，第一个叫作王德成，第二个叫作曹福田，第三个叫作张德成。王自称老师傅，曹称大师兄，张称二师兄，其余还有许多首领，叙不胜叙。团练局中，不敷居住，遂分居庙宇。庙宇又不足，散入民宅。令家家设坛，人人演教。见有姿色妇女，强迫她们习红灯照，日间阳令学习，夜间恣意奸淫。令人发指。又姘识津门土娼，推了一个淫妓为红灯照女首领，托名黄连圣母，能疗团民伤痛。这位糊涂昏瞶的裕制军，闻圣母到津，竟朝服出迎，恭恭敬敬的接入署内，向她参拜。圣母傲然上坐，绝不少动。好看得很。制军行礼毕，由团民簇拥出署，入神庙中，仿佛如城隍娘娘一般，上供神龛，黄幔低垂，红烛高烧，一班愚民，跪拜拥挤，几乎没有插足地。圣母以下，又有三仙姑、九仙姑等，年纪统不过二十岁上下，面上各带妖态，其实多是平康里中人物。后来津城失陷，圣母仙姑，都不知去向，大约已升入仙班去了。涉笔成趣。

天津拳匪，越聚越多，寻至四散，于是涞水戕官的警报，接沓而来。涞水县有天主教堂，招收教徒，某乡民与教徒涉讼，始终不胜，挟嫌成仇，适拳匪散入涞水，即在某乡民家，招众习拳。某乡民想藉他势力，报复教徒，教徒也预防祸害，密禀涞水县官。县官祝芾，据情详报大宪，由大宪札复，说是愚民无知，不必剿捕，日久自当解散。祝大令奉了此札，自然不敢剿办。旋经教士再四禀恳，又经领事照会大吏，乃由省中派出杨副将福同，率领马步兵数百人，到场弹压。杨尚未到，拳匪已号召徒党，围住教堂，攻进大门，见人便杀，不论男女长幼，统是乱刀齐下，砍成肉酱。霎时间火焰冲霄，尸骨塞路。拳匪手舞足蹈，欢声雷动。适杨副将兼程驰到，先用劝谕手段，令他抛弃兵械，便是良民。拳匪不从，各执刀枪相向。官兵仅执空枪，未及装弹，只得退后数步。不料拳匪纠众直上，乱击乱刺，杨副将饬兵士装弹，弹一装好，枪声齐发，拳匪多应声倒毙，当即溃散。既曰枪炮不入，何故应声倒毙？次日，杨副将率兵进剿，又毙拳匪数十名。匪徒到处号召，分途四伏，用了诱敌的计策，引杨入伏。杨副将身先士卒，冒险直进，经过好几个村落，树尽匪起，蜂拥而来。杨副将连忙抵敌，不料马惊踣地，把杨副将掀翻地上，匪徒乘势乱戮，眼见得一位协戎，死于非命。官军失了主将，自然奔回。拳匪得胜，越加骄横，蔓延各处。裕禄不得已奏闻，朝旨虽令严拿首要，解散胁从，暗中恰饬直督妥为安插，并令协办大学士刚毅及顺天府尹兼军机大臣赵舒翘，出京剿办。

刚毅、赵舒翘到了涿州，正值涿州地方官，缉捕拳匪，拿住数人。刚毅即命放还，赵舒翘亦不敢多嘴，随同附和。当由刚毅带了许多拳匪，回到京师。二人入朝复旨，请太后信任义和团，用为军队，抵制洋人，断不至有失败等事。总管太监李莲英，也在内竭力赞助，屡述义和团神奇。六十多岁的老太后，至此遂误入迷团，变成守旧党的傀儡。只大学士荣禄，独说义和团全系虚妄，就使有小小灵验，亦系邪术，万不可靠，屡将此意禀白太后。怎奈太后左右，统是端王党羽，满口称赞义和团，单有荣禄一人反对，彼众我寡，那里还能挽回？太后又令端王管辖总理衙门，启秀为副，对付交涉。庄王载勋，协办大学士刚毅，统率义和团，准备战守。于是京城里面，来来往往，无非拳匪，骚扰的了不得。

是时京畿设武卫前后左右四军，由宋庆、聂士成、马玉崐、董福祥四人分领。董福祥本甘肃巨匪，经左宗棠收抚后，超擢甘肃提督，调入内用，统带武卫后军，驻扎蓟州。董军部下，纯系甘勇，董又一粗莽武夫，受端王暗中笼络，命他率军入卫。看官！你想此时的拳匪，已是横行京都，肆无忌惮，又加那一班轻躁狂妄、毫无纪律的甘勇，成群结队，驱入京中，这京城还能安静么？当下毁铁路，拆电线，捣洋房，纷纷扰扰，闹个不休。并拥到正阳门内东交民巷，把各国公使馆，团团围住，镇日攻打。各公使拚命防守，一面咨照总署，严词诘问。总署已归端王管理，所有洋人公文，简直不理。正阳门内外，被焚千余家，独使馆仍岿然存在，不被攻入。一个使馆尚不能攻入，还想抵制联军，煞是可笑。清廷还要降旨，嘉奖拳民及甘勇，拳匪越加得势，甘勇也越发胡行。那个意气扬扬的端郡王，坐在总署，只望攻入使馆的捷音，忽报日本使馆书记官杉山彬，被甘勇杀死永定门外，端王大叫道："杀得好，杀得好。"随又报德国公使克林德男爵，拟来总署，途次由拳民击毙，端王喜极，又连声叫道："好义民！好义民！"正在说着，由外面递进一角紧急公文，乃直督裕禄所发。端王拆开一瞧，皱了皱眉，与启秀密谈数语，遂入宫奏报太后。太后道："洋人真是可恶，联络八国，来索大沽炮台，这事倒不易处置。"端王道："有这班义民效力，还怕甚么洋鬼子？请太后即降旨宣战便了。"太后迟疑未决，端王道："这事已成骑虎，万难再下。老佛爷若瞧着外交团照会，就要不战，也是不能。"太后道："甚么照会？"端王道："奴才已着启秀进呈，在门外恭候懿旨。"太后立命宣入，启秀行过了礼，即把照会呈上。太后不瞧犹可，瞧了一瞧，不觉大怒，把照会一掷，起座拍案道："他们怎么敢干涉我的大权？这事可忍，何事不可忍？我也顾不得许多了。拚死一战，比受他们的欺侮，还强得多哩。"随命端王后秀，预召各王大臣，于明晨会议仪銮殿，二人唯唯退出。看官！你道这照会中是甚么言语，激怒太后？小子探听明白，乃是端王嘱启秀假造出来，内说："要太后归政，把大权让还皇帝，废大阿哥，并许洋兵一万入京。"太后不辨真伪，因此大怒，决意主战。正是：

既不知己，又不知彼。

以一敌八，何往不殆?

欲知王大臣会议情形，俟至下回续叙。

端王不见用，则大阿哥不立，大阿哥不立，则亦无拳匪之乱。拳匪系白莲教余孽，种种荒诞，稍有识者，即知虚妄，宁以聪明英毅之慈禧后，独见不及此？就令一时误听，偶信邪言，而最蒙亲信之荣禄，再三谏阻，则应亦幡然悔悟，胡为始终不悛，长此执迷乎？盖一念之误，在憎光绪帝，再念之误，在爱大阿哥，爱憎交迫，憧憧往来，于是聪明英毅之美德，均归乌有，而为端王辈所播弄，开古今未有之大祸，斯即欲为慈禧讳，要亦无能讳矣。诗曰：“哲妇倾城。”妇既哲矣，何故有倾城之祸？观于此而始知诗言之非诬也。

第八十九回

袒匪殃民联军入境
见危授命志士成仁

却说清廷会议这一日，军机大臣世铎、荣禄、刚毅、王文诏、启秀、赵舒翘皆到。天色将明，太后独御仪銮殿，垂询开战事宜。荣禄含泪跪奏道："中国与各国开战，原非由我启衅，乃是各国自取；但围攻使馆，决不可行，若照端王等主张，恐怕宗庙社稷，俱罹危险。且即杀死使臣数人，也不能显扬国威，徒费气力，毫无益处。"太后怒道："你若执定这个意见，最好是劝洋人赶快出京，免至围攻，我不能再压制义和团了。你要是除这话外，再没有别的好主意，可即退出，不必在此多话。"荣禄叩头而退。启秀由靴中取出所拟宣战谕旨，进呈慈览。太后随阅随语道："很好，很好！我的意思，也是这样。"又问各军机大臣是否同意？军机大臣不敢异言，都说："诚如圣意。"

太后乃入宫早膳，约过一二小时，复御勤政殿，召见各王公。光绪帝亦到，候太后轿至，跪接而入。端王载漪、庆王弈劻、庄王载勋、恭王溥伟、醇王载沣、贝勒载濂、载滢，及端王弟载澜、载瀛，并军机大臣，六部满汉尚书，九卿，内务府大臣，各旗副都统，黑压压的挤满一殿。饭桶何多。但听太后厉声道："洋人此次侮我太甚，我不能再为容忍。我始终约束义和团，不欲开衅，直至昨日看了外交团致总理衙门的照会，竟敢要我归政，才知此事不能和平解决。皇帝自己承认不能执掌政权，外国何得干预？现在闻有外国兵舰，驶至大沽，强索大沽炮台，无礼已极，如何忍耐得住？诸下大臣等如有所见，不妨直陈！"言毕，坐待了好一歇，不见有甚 么奏请。太后又侧视光绪帝，问他意见。光绪帝迟疑良久，方说："请圣母听荣禄言，勿攻使馆，应即将各国使臣，送至天津。"言至此，仰瞻太后容貌，已是略变。太后后面站着李莲英，好像护法韦驮，威棱四射。光绪帝不禁震慑，回看各王公，正对着端王眼光，仿佛如恶煞神一般，非常凶悍，吓得战战兢兢，急回脸禀太后道："这乃最大的国事，不敢决断，仍请太后作主。"做这种皇帝，实是可悯。太后不答。

时赵舒翘已升任刑部尚书。当即上奏，请明发上谕，灭除内地洋人，免作外国间谍，泄露军情。太后命军机大臣斟酌复奏。于是兵部尚书徐用仪、户部尚书立山、吏部左侍郎许景澄、内阁学士联元、太常寺卿袁昶，依次进谏，统说："与世界各国宣战，寡不敌众，必至败绩。外侮一入，内乱随发，后患不堪设想，恳求皇太后皇帝圣明裁断"等语。袁昶并言："臣在总理衙门当差二年，见外国人多和平讲礼，不致干涉中国内政。据臣愚见，请太后归政的照会，未必是真。"这句话，正打动端王心坎，即勃然变色，斥袁昶道："好胆大的汉奸，敢在殿中妄说！"随又向太后道："老佛爷肯听这汉奸的说话么？"太后命袁昶退出，并责端王言语暴躁，不应面辱廷臣。面辱不可，擅杀其可乎？随命军机颁发宣战的谕旨，电达各省，又令荣禄明白通知各使，如愿今晚离京，即应派兵保护，妥送至津。各王公陆续退出，只端王及弟载澜，尚留殿中，奏对多时，大约是密陈战术，外人无从闻知，小子亦无从臆造。

只许、袁二公自退朝后，又联衔上奏，极陈拳匪纵横恣肆，放火杀人，激怒强邻，震惊宫阙，实属罪大恶极，万不可赦。请责成大学士荣禄，痛行剿办，并悬赏缉获拳匪首领，务绝根株，然后可阻住洋兵，削平巨患。正是语语剀切，言言沉挚。奏上后，好似石投大水，毫无影响，此外都作仗马寒蝉；许、袁二公不胜焦灼，方拟续上谏章，忽闻外省督抚，亦通电力阻，因此暂行搁笔，再探宫廷消息。

看官！你道外省督抚，是那个最识时务？最矢忠忱？待小子一一表来：原来这时的山东巡抚毓贤已调任山西，后任便是袁世凯。世凯知拳匪难恃，决意痛剿，只因端王等袒护拳匪，不好违背，他却想了一个妙法，札饬属吏，略说："真正拳民，已赴京保卫宫廷，若留住本省，练拳设坛，必是匪徒冒托，应立惩无赦！"于是山东省内文武各官，日夕搜捕，所有拳匪，死的死，逃的逃，不到数日，全省肃清。此公恰是多材。还有两广总督李鸿章，老成练达，他自中东战后，调入内阁，做个闲官，因见溥儁入嗣，端王专权，宫中必生乱端，将来左右为难，不如讨个差使，离开宫禁，免致牵连。天缘凑巧，两广总督谭钟麟开缺，他正好乘机运动，果然得旨外放，补授粤督，权势自然不弱。此公恰是多智。又有一个总督张之洞，文采风流，善观时势，朝野想望丰采，也算是总督中的翘楚。此公实是狡猾。这三省外，最忠诚的，要算两江总督刘坤一。刘系湖南人，洪杨乱时，曾随曾左彭杨诸人，屡立战功。曾左彭杨，次第病殁，单剩他管辖两江，与李伯相同为遗老。光绪帝未遭废立，全亏他倡议保全，这番闻拳匪肇乱，已经愤激万分。一日，正在签押房阅视文书，忽由京中传到电报，急忙译出，

刘坤一（1830—1902），字岘庄，湖南新宁人，清末湘军将领。1875年，授两广总督。1879年调任两江总督兼南洋通商大臣。1900年义和团运动时，在帝国主义策划下，与张之洞倡议东南互保。

低声读道：

我朝二百数十年深仁厚泽，凡远人来中国者，列祖列宗，罔不待以怀柔。迨道光咸丰年间，俯准彼等互市，并乞在我国传教，朝廷以其劝人为善，勉允所请。初亦就我范围，遵我约束，讵料三十年来，恃我国仁厚，一意拊循，乃益肆枭张，欺凌我国家，侵犯我土地，蹂躏我人民，勒索我财物，朝廷稍加迁就，彼等负其凶横，日甚一日，无所不至。小则欺压平民，大则侮慢神圣，我国赤子，仇怨郁结，人人欲得而甘心。此义勇焚烧教堂，屠杀教民所由来也。

读至此，不禁失色道："这等乱民，还说他是义勇，真正奇怪！"随又读道：

朝廷仍不开衅，如前保护者，恐伤我人民耳。故再降旨申禁，保卫使馆，加恤教民，故前日有拳民教民，皆我赤子之谕，原为民教解释宿嫌，朝廷柔服远人，至矣尽矣。乃彼等不知感激，反肆要挟，昨日公然有杜士立照会，令我退出大沽口炮台，归伊看管，否则以力袭取，危词恫喝，意在肆其猖獗，震动畿辅。平日交邻之道，我未尝失礼于彼，彼自称教化之国，乃无礼横行，专恃兵坚器利，自取决裂如此乎？朕临御将三十年，待百姓如子孙，百姓亦戴朕如天帝，况慈圣中兴宇宙，恩德所被，浃体沦肌，祖宗凭依，神祇感格，旷代所无。朕今涕泣以告先庙，慷慨以誓师徒，与其苟且图存，贻羞万古，孰若大张挞伐，一决雌雄？

读到这句，又大惊道："阿哟！不好了！竟要同各国开战么，这事还当了得。"随即停住读声，一目瞧下：

连日召见大小臣工，询谋佥同。近畿及山东等省义兵，同日不期而集者，不下数十万人，下至五尺童子，亦能执干戈，卫社稷。彼尚诈谋，我恃天理；彼凭悍力，我恃人心。无论我国忠信甲胄，礼义干橹，人人敢死，即土地广有二十余省，人民多至四百余兆，何难翦彼凶焰，张国之威？其有同仇敌忾，临阵冲锋，抑或仗义捐资，助益饷项，朝廷不惜破格懋赏，奖励忠勋。苟其自外生成，临阵退缩，甘心从逆，竟作汉奸，即刻严诛，决无宽贷。尔普天臣庶，其各怀忠义之心，共泄神人之愤，朕实有厚望焉！钦此。

阅毕，叹息一会，即令办理折奏的老夫子，先拟电稿，后拟奏折，统是力阻战事，次第拜发。一面分电各省督抚，详询意见，经李鸿章、张之洞、袁世凯等复电，都说："拳匪难恃，不应开战，已发电谏阻。"刘制军稍稍放心。忽闻大沽炮台失守，罗提督荣光逃回天津，警报如雪片相似，拟再上书极谏。适前川督李秉衡，奉旨巡阅长江，亦电复到来，大致与各督抚相同，接连又来了北京电报，译出后，又有一道催办兵饷的上谕。其辞道：

昨已将团民仇教，剿抚两难，及战衅由各国先开各情形，谕李鸿章、李秉衡、刘坤一、张之洞矣。尔各督抚度势量力，不欲轻构外衅，诚老成谋国之道。无如此次义和团民之起，数月之间，京城蔓延已遍，其众不下数十万，自民兵以至王公府第，处处皆是，同声与洋教为难，势不两立。剿之则即刻祸起肘腋，生灵涂炭，只合徐图挽救。奏称："信其邪术以保国"，似不谅朝廷万不得已之苦衷。尔各督抚知内乱如此之急，必有寝食难安，奔走不遑者，安肯作一面语耶？此乃天时人事，相激相随，遂至如此。尔各督抚勿再迟疑观望，迅速筹兵筹饷，立保疆土。如有疏失，惟各督抚是问！特此电谕。

刘制军览到此谕，料知朝廷已执意主战，非笔舌可以挽回，就使屡次谏争，也是无益。但北方已经开仗，各国兵舰，必陆续来华，将来游弋海面，东南亦必吃紧，牵动全局，涂炭生灵，在所不免。当下左思右想，苦无良策，正踌躇间，接各国领事来文，都是："中外开衅，祸由拳匪，洋人在华，仍求保护"等情。刘制军忽然触悟，想出一个保护东南，为民造福的法子来。亏得有此一着。随即电达各督抚商议大计。又由东南各督抚回电，极力赞成，遂由自己倡首，联合李鸿章、张之洞、袁世凯三总督，与各国领事开议，东南一带，决不开战，洋人亦不得无故侵扰。各国领事，统言："须请命政府，猝难定约。"巧值联军统帅英提督西摩尔，简率轻军，自大沽进攻杨村，被董军及拳匪击退，中国哗传大捷。外人确遭小挫，各国领事，未免惊心动魄，遂竭力怂恿政府，与中国东南各督抚定约。此约一定，东南才得安枕。到了后来议和的时节，还可援为话柄，这也是东南不该遭劫，中国不应灭亡，方得此救国救民的好督抚，主持大计，这且按下慢表。各省独立之机，亦未始不萌芽于此。且说各国兵舰，自齐集大沽口后，即索让炮台，提督罗荣光婉词拒绝，洋兵即开炮轰击。罗提督不能守，奔回天津。是时天津一带，统被拳匪蟠据，山东拳匪，为巡抚袁世凯驱逐，亦相率到津，勒民供给，兼索官饷，稍有不从，肆行掳掠。并至紫竹林租界，杀人放火，见有洋行洋房，立即焚毁；并四处张贴俚词，语多不伦不类。有"天兵天将，八月齐降，重阳灭尽洋人，神仙归洞"等语。此等无稽之言，大半为小说所误。各国联军统帅西摩尔，登陆驰援，带兵不多，遇着大股拳匪，及董福祥部下甘勇，略开战仗，死了几个洋兵，西摩尔以寡众不敌，当即折回。在津拳匪，越发兴高采烈，似乎洋人已被他灭尽。总督裕禄，连忙奏捷，朝旨格外褒奖，赏拳匪及甘军银子各十万两。自是兵匪联结，抢夺不休，只有聂提督士成，素嫉拳匪，饬部众不得袒护，拳匪亦仇视聂军。当战事未开的时候，聂军门驻扎芦台，保护铁路，拳匪拟把铁路烧毁，正在倾浇煤油，沿轨放火，不料聂军门猝至，勒令解散。拳匪佯为听令，乘聂不备，挺刃而起，猛扑聂军。亏得聂军素有纪律，结阵自固。拳匪四面围攻，一匪首猱上电杆，执旗指挥，被聂军门望见，开枪遥击。初击不中，再击，正中匪首股中，颠踣地上。遂有军门亲卫跃马而出，刃及匪首腰际，匪首随仆随起，连受数刃，仍不见毙，卫卒亦惊为神；追至下马追及，猛斫匪首项领，领始随手而落，才知拳匪实无异术，不过与江湖卖艺，稍知运气者相同，这是拳匪真本领。随即携首返报。拳匪见首领被杀，连忙逃遁，已被聂军击死数百人，拳匪遂恨聂不置。

后来大沽失守，聂奉旨赴津防守，途遇拳匪，各持刀奔至，急驰入督署；拳匪亦直入署中，指名硬索。裕禄先为剖辩，继为缓颊，复邀聂与匪首相见。匪首尚欲挟聂至坛，聂坚持不往，匪首悻悻而去。自此聂军每为拳匪所戕，诉诸裕禄。裕禄阳出排解，暗中恰上疏弹劾，朝命革职留任。聂军愤无可泄，会马提督玉昆，随宋庆来津防守，聂入马营诉苦。马玉昆道："君斯时疑谤交乘，只有直前赴敌一法，若能胜敌，原是最妙，否则马革裹尸，也算是以身报国的大丈夫。是非千古，听诸后人。今欲与拳匪争论，实是无益。九重深远，呼吁无闻，请明见裁察！"聂闻言，亦料得进退两难，只好谨遵友教。会闻洋兵又鼓勇杀来，势如破竹，将薄天津城下，遂与母太夫人诀别，命护卫亲校，送太夫人回里，仿佛周遇吉别母。并挥将弁使去。将弁跪请效命。聂军门不禁泪下，随道："我死是分内事，汝等进不死于敌，退必死于匪，既死还被通洋的恶名，汝等何必随我俱尽？"将弁仍不肯去，随聂出营。行了数十里，遇着洋兵前锋，聂已自知必死，当先冲敌，将校随上，勇气百倍，互击了四五时，敌已少却，战颇得手。不防后面喊声大起，枪弹齐飞，聂军道是洋兵掩袭，回首一望，乃是头裹红巾，腰扎红带的拳匪，急呼将校道："汝等杀退拳匪，自行逃生，我死于此便了。"将校牵着马缰，乞军门回营，军门用刀将马缰割断，冲入敌阵，身中数弹而亡。洋人嘉他勇敢，不忍伤尸，听部卒负归。拳匪反挟刃相向，意欲捽尸万段，方足泄忿。幸亏洋兵赶上，击退拳匪，始得全尸归葬。朝命还说他："督师多年，不堪一试，殊堪痛恨！姑念他为国捐驱，着加恩开复处分，照提督阵亡例赐恤！"这正是冤枉到底呢。

聂军已败，只马玉昆统率数营，扼守京津车道，并令拳匪协力对敌。洋兵节节攻入，拳匪跳舞而前，一遇枪炮，立即反奔，反致冲动官军。官军还要让他归路，否则拳匪且倒戈相向，因此官军越加困难。会马军统带草笠，拳匪指为洋奴。屡向裕禄哓哓，欲与马军开仗，裕禄与马军门婉商数次，不得已将草笠除去。马军门亦愤恨异常，与洋人交战，常拼命相争，愿随聂军门于地下。洋兵见他奋勇，倒也惧怯三分。一日，马军又与洋兵对垒，酣战多时。马军前仆后继，一往无前，把洋兵逼还租界，正拟乘胜追逐，忽东南风大起，暴雨骤下，马军被雨扑面，不能开目，反被洋兵顺风轰击，大半伤亡，只得退回原地。自聂军门阵亡，善阵善战，要算马军门部下，亦谨守军法，临敌不避，非义不取，洋兵推为中国名将。这次败挫，全因草笠不戴，无从蔽雨，致为洋兵所乘，伤毙甚众。不特军门痛恨拳匪，即将校也辱骂不止。时宋庆已奉旨节制各军，闻马军败退，已知津城难守，三十六着，走为上着，复檄马军退守北仓，防洋兵北上。马军奉檄退守，洋兵遂进薄津城。宋庆本是无能，中日一役，已是可鉴。

裕禄不胜惊慌，忙请拳首商议守御，拳首还说："不妨，已遣神团守护城南，定可无虑。"裕禄深信不疑。至死不变，强哉矫！拳首自去，次日召集匪党，托词开城出战，一出了城，哄然四散。洋兵趁这机会，攻入城南，裕禄尚在署中，恭候义民捷音，忽由巡捕入报，洋兵已经入城。裕禄起身便逃，耳中但闻一片枪炮声，吓得心胆俱裂，驰出北门，径投马营。只罗荣光已先服药自尽，天津既陷，联军大振。日本兵最多，计万二千人，俄兵八千人，英美兵各二千五百人，法兵千人，德兵二百五十人，奥兵一百五十人，意兵最少，只五十人。适德国统领瓦德西，复率德奥美军继至，联军遂改推瓦德西为统帅，长驱北向。

宫廷中屡闻惊耗，军机大臣，还不敢据实奏闻，只端王仗胆入奏道："天津已被洋鬼子占去，都是义和团不肯虔守戒律，以致战败。现闻直督裕禄，与宋庆、马玉昆等，退守北仓，洋鬼子颇占势力。但北京极其坚固，鬼子决不能来。"太后怒道："今晨荣禄上奏，据言前日外国照会，现已查出，乃是军机章京连文冲捏造，你同启秀唆使，现在弄到这个地步，你有几个头颅，敢这般大胆？”端王连忙叩头道：“奴才不，不敢！”太后道：“我今朝才晓得你的心肝了。你想儿子即位，你好监国，这等痴心妄想，劝你趁早罢休！我一天在世，一天没有你做的，放小心点，再不安分，就赶出宫去，家产充公。像你的行为，真配你的狗名！”端王名载漪，乃是犬旁，所以有如此云云。端王自用事以来，从没有太后呵斥，此番是破题儿第一遭，俯伏在地，只是磕头。由内监奏闻太后，报称甘军统领董福祥求见。太后厉色道：“叫他进来！”董入内跪下，太后道：“你好！你好！从上月起，已来奏过十多次，都说围攻使馆的胜仗，为甚么到今朝还不攻破呢？”董福祥答道：“臣来求见，正为这事。臣闻武卫军中有大炮，若攻使馆，立即片瓦不留，臣向他索取几回，荣禄立誓不肯借用。并言老佛爷即使有旨，也是不从。请老佛爷速即罢斥荣禄！”太后大怒道：“不许说话！你是强盗出身，朝廷用你，不过叫你将功赎罪，像你这狂妄样子，目无朝廷，仍不脱强盗行径，大约活得不耐烦了。快滚出去！以后非奉旨意，不准进来！”董谢恩趋出，太后命速召荣禄，内监奉旨而去。

太后见端王尚是跪着，亦令滚出。端王出宫，正值荣禄趋入，端王在外探听消息，约有两三小时，方闻荣禄出来。当由内监密报，太后令荣中堂速办礼物，送与使馆，并要他转饬庆王，前往慰问。又命调李鸿章补授直督，由荣中堂拟旨电发。连忙回头，已经迟了。端王道：“迅雷不及掩耳，真是出人意外。”那密报端王的内监道：“还有许侍郎、袁京卿二人，又上疏参劾各大臣，闻连王爷亦被劾在内”。端王闻言，不禁气冲牛斗，大声道：“都是这班汉奸，蒙蔽太后，所以太后痛责我们，我总要杀死了他，才见老子手段。”次晨，已由军机处发出奏稿，端王不待瞧毕，便请徐桐、刚毅、赵舒翘、启秀等密议，定下计策。徐桐等方去，忽报李秉衡进谒，即由端王迎入，谈论间颇为款洽。端王又密嘱周旋，李秉衡应命而退。原来李秉衡应诏勤王，一入北京，把从前袒匪的故态，又流露出来。太后召见时，禀称：“愿自赴敌，决一死战。”太后喜甚，大加信任，因此端王托他臂助，秉衡即密奏：“许、袁二人，擅改谕旨，从前太后颁发各谕，于待遇洋人事件，杀字统改为保护字样，专擅不臣，应加诛戮。”太后又勃然怒发，斥为赵高复生，应加极刑。这语一传，端王不待奉旨，便令刑部尚书赵舒翘，拿许、袁二人下狱，绝不审讯，即于次日押赴市曹，令刑部侍郎徐承煜监斩，两公都以直谏得祸。袁公文学治术，尤称卓绝，所上奏本，统系袁主稿。后人有诗三章吊之云：

八国联兵竟叩阙，知君却敌补青天。

千秋人痛晁家令，曾为君王策万全。

民言吴守治无双，士道文翁教此邦。
黔首青衿各私祭，年年万泪咽中江。

西江魔派不堪吟，北宋新奇是雅音。
双井半山君一手，伤哉斜日广陵琴。

欲知二公临刑情状，请看官续阅下回。

拳匪乱起，京津涂炭，八国联兵，合从而来，犹逞其一时意气，愤然主战，真令人不可思议。中东之役，以一敌一，尚且全军覆没，乃反欲以一服八耶？就使拳匪果有异术，亦未便轻于尝试，外人并未尝与我启衅，而我乃毁教堂，戕教士，甚至围攻使馆，甚且杀害公使，野蛮已甚，无一合理。证诸有史以来，从未闻有此背谬者。聂、马二军门，良将也，以仇匪而致败，聂且甘心殉难。许侍郎、袁京卿二人，名臣也，以忠谏而致祸，同罹惨刑。丹心未泯，碧血长埋。谁为为之，以至于此？或谓东南督抚，不奉朝命，徒令一隅开战，致陷孤危。是不然。中国孱弱久矣，宁有以一服八之理？且幸得此督抚之反抗，始得障护东南，保全大局，再造之恩，殊不在曾左下。故吾谓清之亡，实皆自满人使之，于汉人无尤焉。

第九十回

传谏草抗节留名
避联军蒙尘出走

却说许、袁二公，被刑部饬赴市曹，刑部侍郎徐承煜，系徐桐子，比乃父还要昏愦，至是奉端王命，作监斩官，既到法场，叱褫二公衣。许侍郎道："未曾奉旨革职，何为褫衣？"承煜不能答。袁京卿道："我等何罪遭刑？"承煜道："你乃著名的汉奸，还要狡辩甚么？"袁京卿道："死也有死的罪名。我死不足惜，只是没有罪证。汝等狂愚，乱谋祸国，罪该万死！我死之后，看汝等活到几时？"又转语许景澄道："不久即相见地下，将来重见天日，消灭僭妄，我辈自能昭雪，万古留名。"说着，两边已是拳匪环绕，拔刀拟颈。袁京卿亦厉声道："士可杀不可辱，我辈大臣，自有朝廷国法，何烦汝等动手？"言至此，号炮已发，二公从容就刑。忠臣殉国，谏草流传，参劾通匪各大臣，已是第三次奏章。第一疏已略见上文，第二疏是请保护使馆，万勿再攻；第三疏尤为切直，小子不忍割爱，录出如下：

奏为密陈大臣信崇邪术，误国殃民，请旨严惩祸首，以遏乱源而救危局，仰祈圣鉴事：窃自拳匪肇乱，甫经月余，神京震动，四海响应，兵连祸结，牵掣全球，为千古未有之奇事，必酿成千古未有之奇灾。昔咸丰年间之发匪捻匪，负嵎十余年，蹂躏十数省，上溯嘉庆年间之川陕教匪，沦陷三四省，窃据三四载，当时兴师振旅，竭中原全力，仅乃克之。至今视之，则前数者为手足之疾，未若拳匪为腹心之疾也。盖发匪捻匪教匪之乱，上自朝廷，下自闾阎，莫不知其为匪。而今之拳匪，竟有身为大员，谬视为义民，不肯以

匪目之者。亦有知其为匪，不敢以匪加之者。无识至此，不特为各国所仇，且为各国所笑。查拳匪揭竿之始，非枪炮之坚利，战阵之训练，徒以“扶清灭洋”四字，号召群不逞之徒，乌合肇事，若得一牧令将弁之能者，荡平之而有余。前山东抚臣毓贤，养痈于先，直隶总督裕禄，礼迎于后，给以战具，傅虎以翼。夫“扶清灭洋”四字，试问何从解说？谓我国家二百余年深恩厚泽，浃于人心，食毛践土者，思效力驰驱，以答覆载之德，斯可矣。若谓际兹国家多事，时局艰难，草野之民，具有大力，能扶危而为安，扶者倾之对，能扶之即能倾之，其心不可问，其言尤可诛。臣等虽不肖，亦知洋人窟穴内地，诚非中国之利，然必修明内政，慎重邦交，观衅而动，择各国中之易与者，一震威棱，用雪积愤。设当外寇入犯时，有能奋发忠义，为灭此朝食之谋，臣等无论其力量何如，要不敢不服其气概。今朝廷方与各国讲信修睦，忽创灭洋之说，是谓横挑边衅，以天下为儿戏。且所灭之洋，指在中国之洋人而言，抑括五洲之洋人而言？仅灭在中国之洋人，不能禁其续至。若尽灭五洲各国之洋人？则洋人之多于华人，奚啻十倍？其能尽灭与否，不待智者知之。不料毓贤、裕禄，为封疆大吏，识不及此。裕禄且招揽拳匪头目，待如上宾，乡里无赖棍徒，聚千百人，持义和团三字名帖，即可身入衙署，与该督分庭抗礼，不亦轻朝廷羞当世士耶？静海县之拳匪张德成、曹福田、韩以礼、文霸之、王德成等，皆平日武断乡曲，蔑视官长，聚众滋事之棍徒，为地方巨害，其名久著，土人莫不知之，即京师之人，亦莫不知之。该督公然入诸奏报，加以考语，为录用地步，欺君罔上，莫此为甚。又裕禄奏称：“五月二十夜戌刻，洋人索取大沽炮台屯兵，提督罗荣光，坚却不允，相持至丑刻，洋人竟先开炮攻取，该提督竭力抵御，击坏洋人停泊轮船二艘。二十二日，紫竹林洋兵分路出战，我军随处截堵，义和团分起助战，合力痛击，焚毁租界洋房不少。”臣询由津来京避难之人，佥谓击沉洋船，焚毁洋房，实属并无其事。而我军及拳匪，被洋兵击毙者，不下数万人，异口同声，决非谣传之讹。甚有谓“二十日洋人攻击大沽炮台，系裕禄令拳匪攻紫竹林先行挑衅”等语。此说或者众怨攸归，未可尽信，而诳报军情，竟与提督董福祥，诈称使馆洋人，焚杀净尽，如出一辙。董福祥本系甘肃土匪，穷迫投诚，随营效力，积有微劳，蒙朝廷不次之擢，得有今职，应如何束身自爱，仰答高厚鸿慈？乃比匪为奸，形同寇贼，迹其狂悖之状，不但辜负天恩，益恐狼子野心，或生他患。裕禄屡任兼圻，非董福祥武员可比，而竟昏愦乃尔，令人不可思议。要皆希合在廷诸臣谬见，误为我皇太后皇上圣意所在，遂各倒行逆施，肆无忌惮，是皆在廷诸臣欺饰锢蔽，有以召之也。大学士徐桐，索性糊涂，罔识利害；军机大臣协办大学士刚毅，比奸阿匪，顽固性成；军机大臣礼部尚书启秀，胶执己见，愚而自用；军机大臣刑部尚书赵舒翘，居心狡狯，工于逢迎。当拳匪甫入京师之时，仰蒙召见王公以下，内外臣工，垂询剿抚之策。臣等有以团民非义民，不可恃以御敌，无故不可轻与各国开衅之说进者。徐桐、刚毅等，竟敢于皇太后皇上之前，面斥为逆说。夫使十万横磨剑，果足制敌，臣等凡有血气，何尝不欲聚彼族而歼旃。否则自误以误国，其逆恐不在臣等也。五月间，刚毅、赵舒翘奉旨前往涿州，解散拳匪，该匪勒令跪香，语多诬妄。赵舒翘明知其妄，语其随员人等，则太息痛恨，终以刚毅信有邪术，不敢立异，仅出告示数百纸，含糊了事，以业经解散复命。既解散矣，何以群匪如毛，不胜猕剃？似此任意妄奏，朝廷盍一诘责之乎？近日天津被陷，洋兵节节进逼，曾无拳匪能以邪术阻令前进，诚恐旬日之间，势将直扑京师。万一九庙震惊，兆民涂炭，尔等作何景象？臣等设想及之，悲来填膺，而徐桐、刚毅等，谈笑漏舟之中，晏然自得，一若仍以拳匪可作长城之恃，盈廷惘惘，如醉如痴。亲而天潢贵胄，尊而师保枢密，大半尊奉拳匪，神而明之。甚至王公府第，闻亦设有拳坛，拳匪愚矣，更以愚徐桐、刚毅等。徐桐、刚毅等愚矣，更以愚王公。是徐桐、刚毅等，实为酿祸之枢纽，若非皇太后皇上，立将首先袒护拳匪之大臣，明正其罪，上伸国法，恐廷臣佥为拳匪所惑，疆臣之希合者，接踵而起，又不止毓贤、裕禄数人。国朝数百年宗社，将任谬妄诸臣，轻信拳匪，为孤注之一掷，何以仰答列祖列宗在天之灵？臣等愚谓时止今日，间不容发，非痛剿拳匪，无词以止洋兵。非诛袒护拳匪之大臣，不足以剿拳匪。方匪初起时，何尝敢抗旨辱官，毁坏官物？亦何敢持械焚劫，杀戮平民？自徐桐、刚毅等称为义民，拳匪之势益张，愚民之惑滋甚，无赖之聚愈众。使去岁毓贤能力剿该匪，断不至为蔓延直隶，使今春裕禄能认真防堵，该匪亦不至阑入京师。使徐桐、刚毅等，不加以义民之称，该匪尚不敢大肆焚掠杀戮之惨。推原祸首，罪有攸归，应请旨将徐桐、刚毅、赵舒翘、启秀、裕禄、董福祥、毓贤，先治以重典，其余袒护拳匪，与徐桐、刚毅等谬妄相若者，一律治以应得之罪。不得援议亲议贵，为之末减，庶各国恍然于从前纵匪肇衅，皆谬妄诸臣所为，并非朝廷本意。弃仇寻好，宗社无恙，然后诛臣等以谢徐桐、刚毅诸臣。臣等虽死，当含笑入地。无任流涕具陈，不胜痛愤惶迫之至，伏乞皇太后皇上圣鉴！

小子统观清朝奏议，谄媚居多，切直很少，就使君相有失，也是乱拍马屁，不是说钦佩莫名，就是说莫名惶悚，那个犯颜敢谏呢？许、袁二公，弹劾当道，不避权贵，老虎头上抓痒，虽被老虎吞噬，究竟直声义胆，流传千古，好算替清史增光了。端王杀了许袁，又想汉尚书徐用仪、满尚书立山，及学士联元，也是与我反对，一不做，二不休，索性也把他除灭。只有荣禄得宠太后，不好妄动，暂且寄下头颅，再作计较。不论满汉，一概斩首，很是妙法。当下密嘱拳匪矫诏逮捕，将徐用仪、联元、立山三人，次第拿到，送刑部狱。徐用仪居官四十多年，谨慎小心，遇事模棱，本没有甚么肝胆，此次因拳匪事起，恰也忍耐不住，谁知竟触怒权奸，陷入死地。联元本崇绮门下士，起初亦鄙塞不通，嗣因女夫寿富，与言欧美治术，始渐开明，至是因反抗端王，疏劾拳匪，亦同罹祸。立山内务府旗籍，任内府事二十年，积资颇饶，素性豪侈，最爱的是菊部名伶，北里歌伎，都下有名伎绿柔，与立山相暱，载澜亦暱绿柔，红粉场中，惹起醋风。且载澜虽封辅国公，入不敷出，所费缠头，不敌立山，妓女见钱是血，遇着有钱的阔老，格外巴结，载澜相形见绌，挟嫌成恨。与许袁二公相较，亦有优劣。立山死后，门客星散，独伶人十三旦，往收尸首，经理丧事。立尚书生平得了这个知己，也不枉做官一场。奚落立山，亦讽刺门客。

端王杀了五大臣，余怒尚未平息，暗地里还排布密网，罗织成文。到了七月初旬，闻报北仓败绩，裕禄退走杨村，随又报杨村失陷，裕禄自杀，端王虽然着急，心中还仗一着末尾的棋子。看官！你道是那一着残棋？原来李秉衡奏请赴敌，朝旨遂命他帮办武卫军务，所有张春发，陈泽霖各军，统归节制。李秉衡出京督师，端王日盼捷音，谁料李秉衡到河西务，用尽心力，招集军队，张春发、陈泽霖等阳听调遣，阴怀携贰。洋人日逼日近，官兵转日懈日弛，恁你爱戴端王，有志灭洋的李秉衡，也是没法，只好服了毒药，报太后、端王的恩遇。秉衡一死，不但张、陈各军，纷纷溃退，就是各路武卫军队，也四散奔逃。还有这班义和团，统已改易前装，大肆抢掠。可怜溃兵败匪，挤做一糟，百姓不堪骚扰，反眼巴巴的专望洋兵。洋兵到一处，顺民旗帜，高悬一处。百姓虽乏爱国心，然非权奸激变，亦决不至此。

七月十七日联军入张家湾，十八日进陷通州，二十日直薄京城。荣禄连日入宫禀报太后，太后自悔不及，只有对着荣禄，呜呜哭泣。啜其泣矣，何嗟及矣！荣禄道："事已至此，请太后不必悲伤，速图善后事宜！"太后止泪道："前已电召李鸿章入京议和，奈彼逗留上海，不肯进来，反来一奏，说我议和不诚，硬要我先将妖人正法，并罢斥信任拳民的大臣。他是数朝元老，还作这般形态，奈何，奈何？"说着，即检出李鸿章原奏，递交荣禄。荣禄接着瞧道：

自古制夷之法，莫如洞悉虏情，衡量彼己，自道光中叶以来，外患渐深，至于今日，危迫极矣。咸丰十年，英法联军入都，毁圆明园，文宗出走，崩于热河，后世子孙，固当永记于心，不忘报复；凡我臣民，亦宜同怀敌忾者也。自此以后，法并安南，日攘朝鲜，属地渐失，各海口亦为列强所据。德占胶州，俄占旅顺、大连，英占威海、九龙，法占广湾，奇辱极耻，岂堪忍受？臣受朝廷厚恩，若能于垂暮之年，得睹我国得胜列强，一雪前耻，其为快乐，夫何待言！不幸旷观时势，惟见忧患之日深，积弱之军，实不堪战，若不量力，而轻于一试，恐数千年文物之邦，从此已矣。以卵敌石，岂能幸免？即以近事言之，聚数万之兵，以攻天津租界，洋兵之为守者，不过二三千人，然十日以来，外兵之伤亡者，仅数百人，而我兵已死二万余人矣。又以京中之事言之，使馆非设防之地，公使非主兵之人，而董军围攻，已及一月，死伤数千，曾不能克。现八国联军，节节进攻，即得京师，易如反掌。皇太后皇上即欲避难热河，而今日尚无胜保其人，足以阻洋兵之追袭者。若至此而欲议和，恐今日之事，且非甲午之比。盖其时日本之伊藤，犹愿接待中国之使，如今日任用拳匪，围攻使馆，犯列强之众怒，朝廷将于王公大臣中，简派何人，以与列强开议耶？以宗庙社稷为孤注之一掷，臣思及此，深为寒心！若圣明在上，如拳匪之妖术，早已剿灭无遗，岂任其披猖为祸，一至于此？历览前史，汉之亡，非以张角黄巾乎？宋之削，非以信任妖匪，倚以御敌乎？臣年已八十，死期将至，受四朝之厚恩，若知其危而不言，死后何以见列祖列宗于地下？故敢贡其戆直，请皇太后皇上立将妖人正法，罢黜信任邪匪之大臣，安送外国公使至联军之营，臣奉谕速即北上，虽病体支离，仍力疾冒暑遄行。但臣读寄谕，似皇太后皇上仍无诚心议和之意，朝政仍在跋扈奸臣之手，犹信拳匪为忠义之民，不胜忧虑！臣现无一兵一饷，若冒昧北上，惟死于乱兵妖民，而于国毫无所益。故臣仍驻上海，拟先筹一卫队，措足饷项，并探察列强情形，随机应付，一俟办有头绪，即当兼程北上，谨昧死上闻！

荣禄瞧毕，呈还原奏，便道："李鸿章的奏折，恰也不错。现在欲阻止洋人，只好将袒护拳匪的罪魁，先行正法，表明朝廷本心，方可转圜大局。"太后默然，忽见澜公踉跄奔入，大声叫道："老佛爷！洋鬼子来了。"言未已，刚毅也随了进来，报称有洋兵一队，驻扎天坛附近。太后道："恐怕是我们的回勇，从甘肃来的。"刚毅道："不是回勇，是外国鬼子，请老佛爷即刻出走。不然，他们就要来杀了。"太后迟了半晌，才道："与其出走，不如殉国。"荣禄道："太后明见很是。"太后道："你快去收集军队，准备守城，待我定一会神，再作计较。"荣禄应命退出。载澜、刚毅亦退。

是日召见军机，接连五次，直到夜半，复行召见。光绪帝亦侍坐太后旁，等了好一会，只刚毅、赵舒翘、王文韶三人进来。太后道："他们到那里去了，想都跑回家去了。丢下我母子二人不管，真是可恨！"刚毅道："洋兵已经攻城，皇太后皇上不如暂时出幸，免受洋鬼子恶气！"太后道，"荣禄叫我留京，我意尚在未定。"刚毅道："洋鬼子厉害得很，闻他带有绿气炮，不用弹子，只叫炮火一燃，这种绿气喷出，人一触着，便要僵毙，所以我兵屡败，两宫总宜保重要紧，何苦轻遭毒手。"何不叫拳匪前去抵敌？太后道："照此说来，只好暂避。但你们三人总要跟随我走。"三人齐声遵旨。太后复向王文韶道："你年纪太大了，我不忍叫你受此辛苦，你随后赶来罢！"王文韶道："臣当尽力赶上。"光绪帝闻言，亦开口道："是的，你总快快尽力赶上罢！"太后又语刚毅、赵舒翘道："你们两人会骑马，应该随我走，沿路照顾，一刻也不能离开！"二人又唯唯连声。太后令他退出，整备行装，候旨启行。三人才退，宫监来报洋鬼子已攻进外城了，太后忙回入寝宫，卸了旗装，唤李莲英梳一汉髻，太后平时最爱惜青丝，乌云压鬓，垂老不白一茎。相传同治年间，李莲英曾得何首乌，献入太后蒸服，因有此效，每当梳洗，必令莲英篦刷，莲英做了梳头老手，每日不损太后一发。又善替太后装饰，向例宫中梳髻，平分两把，叫作叉子头，垂后的叫作燕尾，莲英为太后梳成新式，较往时髻样尤高。油光脂泽，不亚玄妻。淡淡点缀，已见慈禧后性质。这时改作汉髻，太后尚顾影自怜道："讵料今天到这样地步。"当下叫宫监取一件蓝夏布衫，穿在身上，又命光绪帝、大阿哥，及皇后瑾妃，统改了装，扮作村民模样，随召三辆平常骡车，带进宫中，车夫也没有官帽。众妃嫔等，统于寅初齐集，太后谕众妃嫔道："你们不必随去，管住宫内要紧！"又命崔太监至冷宫，带出珍妃。珍妃到太后前，磕头请安。太后道："我本拟带你同行，奈拳众如蚁，土匪蜂起，你年尚韶稚，倘或被掳遭污，有损宫闱名誉，你不如自裁为是。"珍妃到此，自知必死，便道："皇帝应该留京。"太后不待说完，大声道："你眼前已是要死，还说甚么？"便喝崔某快把她牵出，叫她自寻死路。光绪帝见这情形，心中如刀割一般，忙跪下哀求。太后道："起来，这不是讲情时候，让她就死罢，好惩戒那不孝的孩子们，并叫那鸱枭看看，羽毛尚未丰满，就啄他娘的眼睛。"光绪帝向外一顾，见崔太监已牵出珍妃。珍妃还是向帝还顾，泪眼莹莹，惨不忍睹。我且不忍读此文，况在当局？不到一刻，崔监回报，已将珍妃推入井中。一个凶到底，一个硬到底。光绪帝吓得浑身乱抖。太后道："上你的车子，把帘子放下，免得有人认识。"光绪帝上了车，太后令溥伦跨辕，自己亦坐入车内，放下帘子，叫大阿哥跨辕，令皇后瑾妃亦同坐一车。又命李莲英道："我知道你不大会骑马，总要尽力赶上，跟我走。”始终不忘老李。莲英应命。太后复饬车夫，先往颐和园，倘有洋鬼子拦阻，你就说是乡下苦人，逃回家去。车夫唯唯，天尚未明，三辆骡车，已自神武门出走，只端王载漪，及刚毅、赵舒翘，乘马随行。途中幸没有洋兵拦阻，一直到颐和园，太后等入园坐了片刻，略用茶膳。外面又有太监来报，洋鬼子追来了。太后忙率着皇帝等，上车急奔。

行了六七十里，日已西斜，还没有吃饭的地方。又行数里，到了贯市。贯市是个荒凉市镇，只有一个回回教堂，有几个回子居住。太后见天色将晚，便令车夫向教堂借宿，回子还算有情，慨然应允。进了教堂，便饬车夫觅购食物，怎奈贯市地方，寻不出甚么佳点，只有绿豆粥一物，由车夫买了一大盂，呈上两宫。太后、皇帝等人，见了这物，既是龌龊，又是冰冷，本想不去吃它，怎奈饥肠辘辘，没奈何吃了一碗，勉强充饥。这等美味，应该叫他一尝。教堂中本没有被褥等件，太后又不说真名真姓，那个来侍奉老佛爷，到了夜间，随地卧着，只太后睡一土炕，忍冻独眠，朦朦胧胧的睡了一回。比宁寿宫况味何如？光绪帝寤不成寐，辗转反侧，未免自言自语道：“这等况味，统是义民所赐。”太后偏偏听见，便嗔道：“你岂不知属垣有耳么？休要多嘴！”翌晨早起，出了教堂，又坐着骡车赶路。接连三日，尚无官厅，统是随便歇宿，无被无褥，无替换衣服，也无饭吃，只有小米粥充饥。直到怀来县，县令吴永，起初未得报告，毫无预备。忽闻太后到署，手忙脚乱，连朝服都不及穿着，即由便衣跪接，迎入署中。太后住县太太房，皇上住签押房，皇后住少奶奶房。太后至房中，手拍梳头桌道：“我腹饥得很，快弄点食物来吃！无论何物，都可充饥。”吴大令孀那敢怠慢，嘱厨子备了上等菜蔬，虽不及宫中的美备，比途次的粗茶稀粥，何止十倍？这时李莲英早到，太后急命他改梳满髻，梳毕进膳。正大嚼间，庆亲王弈劻及军机大臣王文韶赶到。太后极喜，并分燕窝汤赏给，且道：“你们三日内所受困苦，大约与我等相同，我等已狼狈不堪了。”庆王、王文韶，谢过了恩，太后命庆王回京，与联军议和。庆王支吾了一会，太后道：“看来只好你去。从前英法联军入都，亏得恭王弈䜣，商定和议，你也应追效前人，勉为其难罢了。”庆王见太后形容憔悴，言语凄

奕劻（1836—1918），满族，爱新觉罗氏。1850年袭封辅国将军，1884年，任总理各国事务大臣，主持外交事务。1894年封庆亲王。1900年，八国联军侵华，与李鸿章代表清政府签订《辛丑条约》。1911年，任皇族内阁总理大臣。清帝退位后迁居天津。

楚，不得已硬着头皮，遵了懿旨，在怀来县休息一天，即告别回京。后人有诗咏两宫西狩道：

宫车晓出凤城隈，豆粥芜蒌往事哀。

玉镜牙梳浑忘却，慈帏今夜驻怀来。

欲知两宫西狩详情，及京中议和略状，统在下回表明，请看官再行续阅。

本回两录谏草，一为许、袁二公文，一为李伯相文。当时宫廷昏愦情状，两谏草中已备载无遗，阅者读之，不能不为慈禧咎。迨联军入京，仓猝西走，犹必置珍妃于死地，然后启程，妇人情性，辄蹈偏端，爱之则非常宠幸，虽为所播弄，至身败名裂而不恤；恶之则非常痛恨，当艰难困苦之遭，且出一泼辣手段，殄绝私仇，以泄昔时之忿。故牝鸡司晨，惟家之累，古人有深戒焉。西走之时，三日薄粥，一饱难求，曾不足以示罚，冥冥中殆隐有主宰，不欲因此毙后，必俟瓦解土崩，而后促登冥箓欤？天道无凭若有凭，叶赫亡清之谶，其信也夫！

第九十一回

悔罪乞和两宫返跸
出使归国二女入园

却说两宫西狩，京城已自失守，日本兵先从东直门攻入，占领北城，各国兵亦随进京城，城内居民，纷纷逃窜。土匪趁势劫掠，典当数百家，一时俱尽，这北城先经日兵占据，严守规律，禁止骚扰，居民叨他庇护，大日本顺民旗，遍悬门外。可为一叹。各国兵不免搜掠，却没有淫杀等情，比较乱兵拳匪，不啻天渊。紫禁城也亏日兵保护，宫中妃嫔，仍得安然无恙。满汉各员，也有数十人殉难。联元女夫寿富，慷慨赋诗，与胞弟仰药自尽。大学士徐桐，也总算自缢。承恩公崇绮，偕荣禄同奔保定，住莲花书院。崇绮亦赋绝命诗数首，投缳毕命。荣禄先取崇绮遗折，着人驰奏，自己亦赶赴行在。太后闻崇绮自尽，甚为伤悼，降旨优恤。等到荣禄赶到，两宫已走太原，召见时，先问崇绮死时情状，既杀其女，焉用其父？慈禧之意，无非一顺我生逆我死之私见耳。然后议及善后计策。荣禄答道：“只有一条路可走。”太后问是那一条路？荣禄道：“杀端王及袒拳匪的王公大臣，以谢天下，才好商及善后事宜。”太后不答。总是左袒。光绪帝亦独传荣禄入见，嘱他快杀端王，不可迟缓。荣禄答道：“太后没有旨意，奴才何敢擅行？皇上独断下谕的时候，现在业已过了。”满口怨愤，难为光绪帝。

太后侨居太原，山西巡抚毓贤，殷勤供奉，太后也不加诘责，还道他是忠心办事，只是要瞒中外耳目，不得不推皇帝出头，颁发几句罪已话头，并令直督李鸿章为全权大臣，会同庆王奕劻，与各国议和。李伯相虽是个和事老，但到这个地步，要与各国协议和局，正是千难万难，所以卸了广东督篆，行至上海，只管逗留，等到联军入京，行在的诏旨，屡次催逼，不得已启程北上，由海道至天津，由天津至北京。但见京津一带，行人稀少，满目荒凉，未免叹息。大有箕子过殷之感。既到京中，庆王奕劻先已在京，两人商议一番，遂去拜会这位瓦德西统帅。

瓦德西自入京后，占居仪銮殿。当时联军驻京，多守规则，惟德军较为狠鸷，苛待居民，留守王大臣，那个敢去争论？甚且肆筵设席，供应外国兵官，把自己的姨太太，请出侍宴，巴结的了不得，廉耻丧尽。德军益任意横行。就中有个名妓赛金花，借色迷人，居民倒受了好些厚惠。赛金花原姓傅名彩云，籍隶皖省，年十三，侨居沪上，艳帜高张，里门如市。洪学士钧，一见倾心，慨出重金，购为篷室，携至都下，宠擅专房。旋学士升任侍郎，持节使英，一双比翼，飞渡鲸波。英女皇维多利亚年垂八十，雄长欧洲，见了彩云，亦惊为奇艳，曾令她并坐照像。青楼尤物，居然象服雍容。学士卸任后，载回京邸。相如固然消渴，文君别具琴心，两三俊仆，替学士夜半效劳，学士作了元绪公，于心不甘，于情难舍，忧瘵而死。彩云不惜降尊，竟与洪仆结成腻友，既而私蓄略尽，所欢亦殀，仍返沪作卖笑生涯，改名赛金花。苏人公檄驱逐，转入津门，徐娘半老，丰韵依然。会值瓦德西统军过津，心喜猎艳，得了赛金花，很加宠爱。大清的仪銮殿，作了德帅的藏娇屋。帐中密语，枕畔私盟，瓦将军无不俯从。赛金花乘间进言，愿为京民请命，因此瓦帅严申军法，部勒各军，京民赖以少靖。王大臣的姨太太，反不及一淫妓，可愧可丑！后来联军撤回，赛金花仍入歌楼，虐婢致死，被刑官押解回籍。既知保民，何故虐婢？妇女究竟难恃。瓦将军返国，德皇闻他秽行，亦加严谴，这也不在话下。尤物毕竟害人。

且说庆王、李相拜会德帅瓦德西，瓦德西颇为欢迎。李相又曾与瓦德西会过，彼此握手，欢颜道故。及谈到和议，瓦德西亦曾首肯，不过说要与各国会议。庆王、李相又去拜会各国公使，各公使接见后，主张不一，嗣后与瓦帅协议，先提出两大款：第一条是严办罪魁，第二条是速请两宫回京。两条照允，方可续议和款。庆王、李相只得电奏行在，太后犹豫未决。各国联军，因未见复音，整队出发，攻陷保定，旁扰张家口。庆、李急得没法，一面飞电报闻，一面再晤瓦帅，极力劝阻。瓦帅拥艳寻欢，恰还无意西进，只要求速允前议。偏偏慈禧太后，闻联军从北京杀来，越奔越远，竟由太原转趋西安。临行时接着庆、李电奏，勉强敷衍，毓贤开缺，又命大臣拟谕一道，电复北京，其词云:

此次开衅，变出非常，推其致祸之由，实非朝廷本意，皆因诸王大臣纵庇拳匪，开衅友邦，以致贻忧宗社，乘舆播迁。朕固不能不引咎自责，而诸王大臣等无端肇祸，亦亟应分别重谴，加以惩处。庄亲王载勋、怡亲王溥静、贝勒载濂、载滢，均着革去官职！端郡王载漪，着从宽撤去一切差使，交宗人严加议处，并着停俸！辅国公载澜、都察院左都御史英年，均着交该衙门

严加议处！协办大学士吏部尚书刚毅、刑部尚书赵舒翘，着交都察院交部议处，以示惩儆！朕受祖宗付托之重，总期保全大局，不能顾及其他。诸王大臣等谋国不臧，咎由自取，当亦天下所共谅也！钦此。

这道上谕，明明是袒护罪魁，并没一个严刑重罚。各国公使，不是小孩子，那里肯听他搪塞，就此甘休呢？庆、李二大臣，宣布电谕，各使臣当即拒绝。庆、李不得已，再行电奏。是时两宫已到西安，刚毅在途中病死，得全首领，要算万幸。又接庆、李奏牍，方将端王革职圈禁，毓贤充戍边疆，董福祥革职留任。这谕颁到北京，各使仍然不允，庆、李两大臣，因屡次迁延，一年已过，只好遵着便宜行事的谕旨，决意将各国提出两事，径行照允，然后商订和议。议了数次，听过了多少冷话，看过多少脸面，方才有些头绪，共计有十二款，录下：

一　戕害德使，须谢罪立碑。

二　严惩首祸，并停肇祸各处考试五年。

三　戕害日本书记官，亦应派使谢罪。

四　污掘外人坟墓处，建碑昭雪。

五　公禁输入军火材料凡二年。

六　偿外人公私损失，计四百五十兆两，分三十九年偿清，息四厘。

七　各国使馆划界驻兵，界内不许华人杂居。

八　大沽炮台及京津间军备，尽行撤去。

九　由各国驻兵，留守通道。

十　颁帖永禁军民仇外之谕。

十一　修改通商行船条约。

十二　改变总理衙门事权。

以上十二大纲，经双方议定，由庆、李电奏，预请照行。太后到此，无可如何，即命两人全权签定草约，随又降惩办罪魁的上谕道：

京师自五月以来，拳匪倡乱，开衅友邦，现经奕劻、李鸿章、与各国使臣在

京议和，大纲草约，业已画押。追思肇祸之始，实由诸王大臣等，昏谬无知，嚣张跋扈，深信邪术，挟制朝廷，于剿办拳匪之谕，抗不遵行，反纵信拳匪，妄行攻战，以致邪焰大张，聚数万匪徒于肘腋之下，势不可遏。复主令卤莽将卒，围攻使馆，竟至数月之间，酿成奇祸。社稷阽危，陵庙震惊，地方蹂躏，生民涂炭。朕与皇太后危险情形，不堪言状，至今痛心疾首，悲愤交深。是诸王大臣等信邪纵匪，上危宗社，下祸黎元，自问当得何罪？前经两降谕旨，尚觉法轻情重，不足蔽辜，应再分别等差，加以惩处。已革庄亲王载勋，纵容拳匪，围攻使馆，擅出违约告示，又轻信匪言，枉杀多命，实属愚暴冥顽，着赐令自尽！派署左都御史葛宝华，前往监视。已革端郡王载漪，倡率诸王贝勒，轻信拳匪，妄言主战，致肇衅端，罪实难辞，降调辅国公！载澜随同载勋，妄出违约告示，咎亦应得，着革去爵职！惟念俱属懿亲，特予加恩，均着发往新疆，永远监禁，先行派员看管。已革巡抚毓贤，前在山东巡抚任内，妄信拳匪邪术，至京为之揄扬，以致诸王大臣，受其煽惑，又在山西巡抚任，复戕害教士教民多名，尤属昏谬凶残，罪魁祸首。前已遣发新疆，计行抵甘肃，着传旨即行正法！并派按察使阿福堃监视行刑。前协办大学士吏部尚书刚毅，袒庇拳匪，酿成巨祸，并曾出违约告示，本应置之重典，惟现已病故，着追夺原官，即行革职！革职留任甘肃提督董福祥，统兵入卫，纪律不严，又不谙交涉，率意卤莽，虽围攻使馆，系由该革王等指究，难辞咎使，本应重惩，姑念在甘肃素着劳绩，回汉悦服，格外从宽降调。都察院左都御史英年，于载勋擅出违约告示，曾经阻止，情尚可原，惟未能力争，究难辞咎，着加恩革职，定为斩监候罪名。英年、赵舒翘两人，均着先行在陕西省监禁！大学士徐桐、降调前四川总督李秉衡，均已殉难身故，惟贻人口实，均着革职，并将恤典撤销！经此次降旨后，凡我友邦，当其谅拳匪肇祸，实由祸首激迫而成，决非朝廷本意。朕惩办祸首诸人，并无轻纵，即天下臣民，亦晓然于此案之关系重大也。钦此。

过了数日，已是新年，行在虽停止庆贺，随驾的王大臣们，总不免有一番忙碌。忽又接到北京电奏，说是各国使臣，还嫌惩办罪魁，处罚不严，应酌请加重等语。于是英年、赵舒翘也不能保全了，当下赐令自尽。又有启秀、徐承煜于京城被陷时，不及逃避，被日本兵拘住，囚禁顺天府署中。庆、李两全权密奏，启、徐俱国家重臣，与其被外人拘戮，不如自请正法，还得保全主权。太后允奏，命庆、李照会日本兵官，将两人索回，行刑菜市口。启秀还神色自若，转语日本兵官道："中日本唇齿相依，同文同种，与他国异，自悔从前错误，卤莽从事，此后望贵国助我中华，变通治法，渐图自强，我死亦感德了。”日本兵官倒也好言劝慰。只徐承煜已面如死灰，口中还极称冤枉。可记监斩许、袁二公否？启秀向承煜道：“你还要说甚么？我两人奉旨就刑，不是洋人的意思，死亦何怨？”言毕，即由刽子手动刑，霎时身首异处，算是袒护拳匪的结果。毓贤在甘肃正法，临刑时尚自作挽词一联道：

臣死君，妻妾死臣，谁曰不宜？最堪怜老母九旬，孤女七龄，毫稚难全，未免致伤慈孝治。

我杀人，朝廷杀我，夫复何憾？所自愧奉君廿载，历官三省，涓埃莫报，空嗟有负圣明恩。

后人说毓贤居官时，操守廉洁，声名颇盛，死后贫无一钱，也没有一件新衣，足以备殓，可惜为攘夷一说所误，至于庇护拳匪，倒行逆施，终至首领难保，身死边疆，这真所谓失之毫厘，谬以千里了。有一善可录处，著书人总代为表扬，即此可见公道。

两宫西幸，已将一年，袒护拳匪的罪魁，死的死，杀的杀，或遣戍，或夺职，已是不留一个。只日夜随侍太后的李莲英，依然无恙。驾出走时，却也有些害怕。后来和议告成，还恐洋人指名坐罪，因此中外各官，力请两宫回銮，莲英尚从中暗阻。嗣闻洋人索办罪魁，单上不及己名，庆王又密函相告，力保无事，李总管幸逃法网，权势犹存，阻止回銮的计画，才行作罢。惟京中财产多半遗失，也就怂恿太后，催解贡银。太后本是个嗜利妇人，料得联军入京，私积已尽，正思借此规复，既为太后，还要私产何用？遂听了李总管言，竭力搜括。李总管乐得分润，中饱了若干万两，方与两宫一同还京。回銮以前，先把大阿哥废黜，复将徐用仪、立山、许景澄、联元、袁昶五人，追复原官。又命醇亲王载沣赴德，侍郎那桐赴日本，遵约谢罪。改总理衙门为外务部，班出六部上。此外如保护洋人，改易新政，旁求贤才的上谕，亦接连下了几道。各国见清廷悔祸，命将联军撤回，只酌留洋兵

载沣（1883—1951），清末摄政王。满族。爱新觉罗氏。奕譞子，袭封醇亲王。宣统帝父。1908年宣统帝继位，任监国摄政王。1911年，成立皇族内阁，激起全国人民反对。武昌起义后被迫去职。

一二千人，保护使馆。太后闻京中已经安靖，复得最好消息，宫中储藏的宝物，亦未被掠去，遂决意回京。

溽暑已过，正值秋凉，太后挈着光绪帝等，由西安启跸，驺从极多，沿途供张，备极完美。比北京出走时情形，大不相同。行未数程，闻报全权大臣李傅相鸿章病殁，太后下旨优恤，除各省曾经立功的地方，许立专祠外，并在京师准立一祠，赐谥文忠，备极荣典。命王文韶继任李职，商订和约未了事宜。两宫在途中行了两三月，无甚可纪，直到冬季，始至北京，接见各国公使及公使夫人，都是殷勤款待。太后此时，颇欲引用贾谊五饵三表的法子，驾驭洋人，其实大错铸成。外洋各国，非匈奴比，五饵三表之法，实用不着。只恨自己未习洋文，一切应酬，不便直接，未免心中怏怏。可巧来了两个闺媛，本是旗员女儿，随父出洋好几年，能通数国语言文字，至此归国入觐，做了宫中招待员，把一个痴心妄想的西太后，喜欢极了。看官听着！待小子报明两位闺媛的姓名。这两闺媛，系同胞姊妹，一名德菱，一名龙菱，乃是曾任法钦使裕庚的女公子。裕庚系满洲镶白旗人，字朗西，由军功洊封公爵，他曾出使日本，又使法国，使节所临，眷属亦都随着。此时正卸任回国，入觐太后，太后闻他二女秀慧，遂当面传旨，令饬二女至颐和园陛见。当由裕夫人带领二女，遵旨入园。德菱、龙菱从未到过颐和园中，此次随母入觐，自然格外注意。但见园中广敞异常，所有布置，都是异样精采，目不胜睹。第八十三回中，已将园中景致，大略叙明，故此处不复复叙。既到仁寿殿外，由太监导入殿侧耳房，陈列着紫檀桌椅，统是雕镂精工，壁上悬着各式自鸣钟，短针正指到五点五十分，母女三个，少憩片时，旋有李总管到来，居然穿着二品公服，戴着红顶孔雀翎。太监亦阔绰至此，不亚当年魏忠贤。裕夫人颇有些认识，即挈女起迎，那总管也笑容可掬，与裕夫人谈了数句，无非是循例寒暄，及太后就要召见等语，语毕即去。二女问明裕夫人，方知这位翎顶辉煌的总管，就是赫赫有名的李莲英。随后又有几位宫眷，导他母女三人出了耳房，经过三重院落，到了正殿，殿额上大书乐寿堂三字，应八十三回。殿内立着妇女数人，大约年轻的居多。就中有一位旗妇，装束略异，且髻上戴着金凤凰，与别人更觉不同。裕夫人瞧着，认得是光绪皇后，正欲入殿请安，忽见数宫女护着太后，从屏后出来，到了宝座间，将身坐定。后面踱出李总管，即传旨陛见。当下裕夫人率同二女，趋跄入殿，一例拜跪报名，由特旨叫他起立。太后略问一番，裕夫人一一答述，太后又仔细瞧那二女，不觉生爱，起握二女手道："你两人煞是可爱，难为这裕钦使，生就这粉妆玉琢的两女儿。你两人可愿在此伴我么？"两女本伶俐得很，即欲跪下谢恩。太后便道："不必拘礼，你肯遵我的意旨，叫我做老祖宗，晨夕侍着，我就喜欢你了。"两女连声遵旨。太后复命皇后等，与她们相见。母女三人，先请过皇后的安，嗣与各宫眷一一行礼，这等宫眷们，无非是各邸的郡主。相见后，太后复嘱皇后道：“你可引她母女们，入内玩耍，我且到朝房一转，再来与他们叙谈便是。”皇后唯唯听命，太后即举步出殿。殿外早已备着露舆，俟太后上舆后，前后左右，统是很体面的太监，簇拥而去。这位李总管莲英，本与太后时刻不离，至此随着同行，更不必说了。微词。皇后以下，恭送太后上舆毕，即引裕家母女三人，转身入内，闲谈消遣，至太后回园后销差。未几太后回来，赐他母女三人午餐，午后复赏她们听戏。太后最爱的是梆子调，与德菱姊妹，谈论腔调的好处。德菱姊妹，不敢不随声附和。其实一片征声，已寓亡国之音，后人曾有诗叹道：

泼寒妙乐奏昇平，南府新开散序成。

不是曲终悲伴侣，似嫌激征杂秦声。

未知德菱姊妹，曾否在园侍奉，且看下回分解。

中外议和，订约十二款，不必一一推究利弊，即此四百五十兆之赔款，已足亡中国而有余。原约赔款计四百五十兆两，分三十九年偿清，息四厘，子母并计，不啻千兆。此千兆巨款，尽由中国人负担，以二三权贵之顽固昏谬，酿成莫大巨祸，以致四万万人民，俱凋瘵捐瘠，千载以后，不能不叹息痛恨于若辈也。载漪以下，黜戮有差，其实万死不足蔽辜。阉竖李莲英，且安然无恙。孔子言妇人为难养，况可使之屡次临朝，庇护此肉不足食之狐鼠耶？迨回銮以后，不能悔过图强，且反欲援五饵三表之计，驾驭洋人。当时贾长沙犹徒托空言，无当实用，况如近今之外洋各国，其智识远出匈奴上乎？至如裕家二女之入园，本属无关得失，但就微论著，可见慈禧后之心，无非为便嬖使令起见。国已危矣，卧薪尝胆且不暇，尚爱他人之希旨承颜，自图快活耶？德菱姊妹，尚有学问，非李莲英妹比，故未闻有浊乱宫禁之弊，否则不入嬖幸传者几希。

第九十二回

居大内闻耗哭遗臣
处局外严旨守中立

却说裕朗西夫人，及德菱姊妹，陪着太后，足足一日。俄见夕阳西下，天也将暝，太后方命裕家母女回家，并嘱她即日来宫。裕夫人不好违拗，自然连称遵谕。临别时，太后又赐他衣料食物等件，母女叩首谢恩，不必细说。母女回家后，即把入觐情形，及太后促召入宫的意旨，与裕庚说明。掌上双珠，虽不欲使离左右，无如煌煌懿旨，不敢有违，只得略略收拾，指日入宫。光阴似箭，倏忽两天，裕夫人仍率领二女，入宫觐见。太后见他遵旨前来，愉快得不可言喻；叫人家好儿女入宫当差，使之无暇事亲，恐非以孝治天下之道。当下引他到仁寿宫右侧房内，命他住着，所有应用各物，都叫宫监置备；惟衣服被褥等，已由裕家母女，随身带入。太后令裕夫人指导宫监，随意安排，自已带着德菱姊妹入宫，随即嘱咐德菱道：“看你聪明伶俐，恰是我一个大帮手。闻你通数国方言，倘有外妇入觐，你可与我做翻译。平日无事，好与我掌管珠宝首饰。我这里宫眷虽多，看来都不及你呢！”德菱复奏道：“老祖宗特恩，命臣女当这重差。只恐臣女年龄尚稚，更事无多，万一有误，反致辜负天恩，还请老祖宗俯鉴微忱，令臣女退就末班，学着办事便是！”太后笑道：“你亦何用自谦，我看你不致荒谬，你且试办数天，再作处置！”德菱只得谢恩受职。太后复顾龙菱道：“你年纪较轻，可跟着你姊，随便办事。”龙菱也谢过了恩。此时光绪帝适来请安，德菱欲趋前行礼，转思太后在前，恐于未便。至光绪帝趋出，德菱随着出来，循例谒驾，不料被太后觉着，已大声呼德菱名。德菱连忙走入，虽未遭太后斥责，仰见太后面上，已含有怒容。爱之欲其生，恶之欲其死，是惑也。从此德菱格外小心，一切举止，都是三思而后行。

一住数日，忽报俄使夫人勃兰康觐见，太后即令德菱迎宾，自己带着李总管，至仁寿堂受觐。光绪帝也总算与座。德菱引着勃夫人，到了殿中，行觐见礼，太后亦起与握手。两下寒暄数语，统由德菱传译。勃夫人又与光绪帝行礼，光绪帝亦答礼如仪。太后下了座，引勃夫人入宫，叙谈片刻，又命德菱导她去见皇后。周旋已毕，即令赐勃夫人午餐，由众宫眷陪食。席间略仿西式，每人都设专菜。德菱奉太后命，坐了主席，殷勤款待，与勃夫人宴饮尽欢。席散后，勃夫人复进谒太后，谢了宴，由太后赐她宝玉一方，勃夫人谢了又谢。慈禧后之意，以为优待西妇，可以联络邦交，不知外人所欲，并不在此，岂区区宴赐所能笼络耶？待勃夫人去后，太后语德菱道："你随父出使法国，并不是俄国，为何恰懂俄国语言？"德菱道："俄语本不甚解，但俄人亦惯操法语，所以尚堪应对。"太后道："你与勃夫人所说，统是法国语么？"德菱道："多半是法国语。"太后道："勃夫人的装束，也总算华丽了，但我恰不甚喜欢西装。她满身不着珠宝，总觉装潢有限。我生平恰最爱珠宝呢，可惜西幸一次，丧失甚多。目下只剩下数百盒，你应与我收管方好。"爱珠宝不爱才德，总不脱妇女习气。随起身道："你且跟我来！"

德菱遵旨随着，偕太后入储珍室，但见室内箱橱林列，左首标着黄签，是珍藏内府的秘笈，右首标着红签，是供奉老佛的珠宝。太后命宫监取钥，叫德菱启视右橱，橱开后，里面都是金镶玉嵌的盒子，大小不一，有长有方。盒外只标着号码，不列物名。第一盒奉命取出，启视盒内，贮有精圆的明珠，晶莹的宝石，光芒闪闪，统是无上奇珍。第二盒又奉命取视，乃是珠玉扎成的饰物，虫鱼花草，色色玲珑。第三四盒，系玛瑙珊瑚等类，光怪陆离，无不夺目。第五六盒藏着簪环，第七八盒藏着钗钏。镂金刻玉，美不胜收。看到第十盒，方觉金饰居多，珠玉较少。太后语德菱道："这十盒算是上选，余外亦无甚足观了。若非庚子之变，何止于此！"谁叫你信端王，谁叫你用拳匪？言下有懊丧状。亏得德菱伶牙俐齿，婉婉转转的劝慰几句，太后方从这十盒内，拣了两三件佩物，悬在身上，随令德菱藏盒扃橱，寻复向德菱道："拳匪的乱事，外人总道我暗中作主，其实统是载漪那厮的主张。到了联军入京，我初意是愿殉社稷，经刚毅等力劝出京，方才西幸，途中受了无数苦楚。及次年回京，差不多换了个世界。我累年积蓄，被洋人携去不少，我想洋人也好知足了。未必！目下我国新败，元气难复，只好与洋人略略周旋，我的心中，总不甚相信洋人，洋人所制的器械，我国或不及他，洋人所讲的政教，难道我国果不及他吗？"可见回銮以后，所行新政，全不由衷。德菱正思回答，忽有宫监踉跄奔入，报称荣中堂已出缺了，太后惊愕道："我昨日尚差宫监探视，闻他还不甚要紧，如何今日就死？咳！他死后，那个还有像他忠诚？"言至此，竟似鲠在喉，扑簌簌的垂下泪来。太后一生，多仗荣禄保护，无怪闻死垂泪。德菱不好不劝，只得禀请道："老祖宗慈体，亦请保重，祈勿过伤！"太后道："你那里知我的苦衷，他是我患难与共的大臣。”德菱不敢再劝，由太后凄惋许久，方见太后吩咐道：“今日你也疲乏了，你可随意出外，不必侍着！”德菱闻此数语，恍似皇恩大赦，退回自己的房中去了。这位老祖宗，实是不易侍奉。

次日太后临朝，由内务府递上荣中堂遗折，太后即启视道：

为病处危笃，恐今生不能仰答天恩，谨跪上遗折，恭请圣鉴事：窃奴才以驽下之才，受恩深重，原冀上天假以余年，力图报称。追思奴才起身侍卫、咸丰十年，国势岌岌，内则奸臣蓄谋不轨，外则英法联军，占据京师，宗庙震惊，宫驾出狩，驻跸热河。奴才备位侍从，文宗显皇帝圣躬不豫，渐至弥留，奴才乘间进言于皇太后，发觉郑、怡二王之阴谋。及圣驾宾天，奸王僭称摄政，图谋不轨，皇太后身处危险之中，有非臣下所忍言者。幸上天佑助，皇太后沉几默运，宗社危而复安。自此之后，两宫太后垂帘听政，叛乱削除，升平复睹，奴才蒙恩升任内务府大臣。当穆宗毅皇帝宾天之际，皇太后亲命奴才迎请皇上入宫，以社稷重大之事，付之奴才。受命之下，惶悚感激，曷可言喻！奴才虽竭尽心力，岂能仰报于万一耶？其后受任步军统领，触犯圣怒，七年之中，闭门思罪。皇上亲政，复蒙慈恩出任西安都统，既而仍回原职。光绪二十四年，皇太后皇上鉴于国势之弱，决意采行新法，以图自强，皇上召见奴才，蒙恩简任直隶总督，命以破除积习，励行新政。孰意康有为借口变法，心怀逆谋，致为新政之阻。皇上误信夸诞之词，一时之间，偶亏孝道，亲笔书谕，言变法之事，为皇太后所阻，又谓皇太后干预国政，恐危国家，对于奴才，数动天威，几罹斧钺之诛。奴才密见皇太后，陈述康党逆谋；皇太后立允奴才等所请，再出垂帘，以迅雷之威，破灭奸党。光绪二十六年，诸王大臣昏愚无识，尊信拳匪，蒙蔽朝廷，虽以皇太后之圣明，不免为其所动，直至宗庙沦陷，社稷阽危，竟以国家之重，轻徇妖术，奴才屡请皇太后睿识独断，不蒙信纳，数奉申斥，忧惧无术。四十日中，静候严罚。然皇太后仍时时召奴才垂询，虽圣意未能全回，而得稍事补救，各国公使，不致全体遇害，故事过之后，时荷天语感谢。自西安回銮之初，即将肇祸之王公大臣，分别定罪，渐次改革庶政，不得急激，期臻实效。两年以来，改革已不少矣。圣驾回京，如日再中，东西各国，亦均感皇太后之仁慈。奴才自去年以来，旧病时发，勉强支撑，两月之前，请假开缺，蒙皇太后时派内侍慰问，赏赐人参，传谕安心调理，病痊即行销假，恩意叠沛，无奈奴才命数将尽，病久未痊，近复咳嗽喘逆，呼吸短促，至今已濒垂绝之

候。一息尚存，惟愿皇太后皇上励精图治，续行新政，使中国转弱为强，与东西各国并峙。奴才在军机之日，见朝廷用人，时有人地不宜者，此乃中国致弱之源。奴才以为改革之根本，尤在精选地方官吏，及顾恤民力，培养元气之一端。皇太后皇上深居九重之中，间阎疾苦，难以尽知，拟请仿行康熙乾隆两朝出巡之故事，巡行各省，周知民情。奴才方寸已乱，不能再有所陈，但冀我皇太后皇上声名愈隆，得达奴才宿愿，则虽死之日，犹生之年。谨将此遗折，交奴才嗣子桂良呈请代递。临死语多纰缪，伏祈圣鉴赦宥！奴才荣禄跪上。备录遗折，可见以上各回之录荣禄事，无一虚诬。

太后览遗折毕，即谕王大臣道：“荣禄一生忠诚，庚子乱时，尤为尽力。现在不幸病故，须格外优恤方好！”庆亲王弈劻在侧，便奏请赐陀罗经被，及赏银三千两治丧。太后点着头，并道：“据他功绩，应否入贤良祠？”庆王连忙赞成。太后又道：“应派亲王前去祭奠否？”庆王又奏称应派。于是派恭王率领侍卫十人，前往致祭，此恭王乃奕䜣子，看官莫误作奕䜣。并令礼部拟谥，随即退朝。越日，由礼部拟上谥法数则，太后即圈出文忠二字，复再赐祭席一桌，并命将荣禄事绩，宣付国史馆立传。在任一切处分，均予开复，并赏其子以优等袭职等语。太后待遇荣禄，好算是始终尽礼了。句中有句。

过了多日，太后把忆念荣禄的哀思，渐渐减杀，爱仍往颐和园，游览自娱。一年容易，又是春宵，园中花木盛开，太后遍邀各国公使眷属，入园游宴。美公使康格夫人，作为外眷的领袖，还有美参赞韦廉夫人，也随着前来。此外如西班牙公使佳瑟夫人，日本公使尤吉德夫人，葡萄牙代理公使阿尔密得夫人，法参赞勘利夫人，英参赞瑟生夫人等，联翩踵至，随身各带女眷，黑踏踏的聚集一堂，先行了觐见礼，然后到别宫赐宴。宴毕，统在园中游览一周。大众推康格夫人作了代表，至太后处道谢。康格夫人带着一个女子，生得细腰绰约，身态苗条，太后瞧着，觉得她俏丽绝伦，遂欲问她姓氏。当由康格夫人代答，德菱传译，叫作克姑娘，乃是个女画士。太后问她能否写真？又经德菱与克姑娘谈了一回，然后详禀太后，说是：“写真系克姑娘惯技，她正欲绘就慈容，送到路易博览会去。”太后踌躇半晌，方道：“她既欲绘我肖像，叫她缓日前来便好。”德菱把这语传达，然后两人兴辞而去。

太后便语德菱道：“我朝旧例，帝后的像，须俟万岁千秋后，方可照绘。今克姑娘欲为我画像，我又不便当面回复，如何是好？”德菱道：“现在世界开通，越是圣明的帝后，越得肖像流传各国，俾作纪念。英女皇维多利亚的肖像，几乎传遍地球，如老祖宗福寿双全，何妨破例一绘！”太后听到此语，方有些高兴起来，无非喜谀。便道："既如此，且择个吉辰，令她来绘。"当即取出历本，选了一个黄道吉日，饬人至美使馆，通知克女士。届期克姑娘入宫，对太后行礼毕，即请太后端坐开绘。太后此时已服盛装，肃容上坐，约数刻钟，见克姑娘并不开手，专睁着绿色的眸子，向太后呆瞧。太后语德菱道："她眈眈视我，何故？"德菱道："外人绘像与华人不同，外人落笔，先就神情上注意，所以绘成后，格外生色。闻她是画中名手，临池审慎，无怪其然。"确是游过外洋，见多识广，故言之了了。太后道："照汝说来，待她画成，费时不少，我恰是不耐久坐的。"德菱道："待臣女与她商量，或者可简便一点。"当下与克女士商议，传述太后的意思，克女士颇能体会，格外迁就，每日临绘一小时，绘至两星期才罢。及呈与太后，果然眉目如生，与拍照相似。太后很是喜欢，命赏千金。古人千金买骨，慈禧后独千金买容。谁知忧喜相寻，一喜之后，又是一忧。宫监报到消息，说是日俄将要开战，把东三省作交战场。东三省是中国幅员，如何被外人作为战场？太后又未免焦劳。

这日俄开战的事情，从何而起？小子先将原因表明。原来拳匪扰乱时，黑龙江将军寿山，阿附端王，立意排外。适俄兵入黑龙江，欲假道黑龙江省城，至哈尔滨保护铁路。哈尔滨在省城西南，系满洲铁路的中心点，寿山非但不允，反出兵去攻哈尔滨，一面厉兵秣马，反由爱珲城侵入俄境。自讨苦吃。俄人正苦无隙可乘，得了这个好机会，遂磨拳擦掌，分三路进发。东路由珲春，中路由三姓，两路趋援哈尔滨。西路陷爱珲，击毙副都统凤翔，并将中俄交界的屯驻旗人，统驱入黑龙江，进攻齐齐哈尔。即黑龙江省城。寿将军束手无策，只有一条死路，还可走得，遂仰药自尽，俄军合趋吉林，转向奉天，所至蹂躏。清兵及官吏，无一敢抗，东三省几尽归俄人掌握。奉天将军增祺，鉴了寿山覆辙，遇着俄兵，事事听命。俄兵陆续增添，多至十八万人。等到北京议和后，俄使特别要挟，拟把东三省利权，一概取去。李相不从，俄使多方恫喝，强迫李相签押。东南督抚及士绅，联电力争，英日两国，也有违言，李相气愤成病，竟至不起。东三省事，暂从缓议。

至光绪二十八年，始由庆王弈劻、大学士王文韶，与俄使雷萨尔，订交收东三省条约。东三省的俄兵，限十八个月内，分三期撤退。此约定后，总道俄国如约撤兵，谁知俄国狡猾得很，第一次届期，只略略减退几名。第二次届期，俄兵一个不去，反在吉林增加兵额，中国不敢诘责。那时虎视东业的日本国，与英国密订攻守同盟，又联合了美国，劝清政府急开放满洲，作为各国通商场，免得俄人垄断。清政府就将此言照会俄使，俄使百计阻挠，俄兵又迁延未撤。于是日人不肯坐视，自与驻日俄使，直接会商，硬要俄国撤兵。俄使不允所请，竟致两国决裂，于光绪二十九年十二月宣战，把辽东作了战场。

看官！你想这女掌男权，统辖全国的慈禧太后，女掌男权，统辖全国八字，正是西太后的好头衔。焉有不耽忧之理？立召满汉王大臣入宫，面议这事。当时满大臣领袖，要算庆亲王奕劻，汉大臣领袖，要算孙家鼐、瞿鸿玑。各人谈论多时，议定了一个良法，奏闻太后。太后道："东三省系祖宗陵寝所在，关系甚大。汝等议定这么计策，可保陵寝无碍么？"庆王道："俄日战线，想必不惹着陵寝，当可无虞。"太后道："且电问各省疆吏，是否赞同？"庆王遵旨，即命军机处拟电拍发。隔了一天，各省将军督抚，多复电赞成，复由庆王汇禀太后，太后就令拟好谕旨，颁发出去。谕云：

日俄两国，失和用兵，朝廷轸念彼此均系友邦，应按局外中立之例办理，着各省将军督抚，通饬所属文武，并晓谕军民人等，一体钦遵，以笃邦交而维大局，勿得疏误！特此通谕知之！钦此。

这道谕旨，乃就万国公法，援引局外中立一条，做了火烧眉毛的挡牌。两客交斗于门内，主人反作鼾睡，也是千古奇闻。复谕令驻扎俄日两国的钦使，咨照他外部，宣布中立意旨。俄国没甚答复，只日本恰声请中国仍须防守，由驻日杨钦使电闻。太后遂派马提督玉昆带兵十营驻山海关，郭总兵殿辅带兵四营，驻张家口，复令驻日杨钦使，与日本郑重交涉，凡东三省的陵寝宫殿，及城池官衙，人命财产，交战国不得损伤。战后无论谁胜，东三省的主权，仍应归中国云云。日本总算应允，然后酌定全国中立章程，及辽东战地界限规则，颁布中外。

不到几日，辽左方面，鼓声冬冬，炮声隆隆，日俄两国的海陆军，竟开起战仗来了。太后甚注意日俄战事，每日饬人采购西报，叫德菱译呈。开战的起手，是海军交绥，仁川的俄舰，统被日军击沉。旅顺口黄金山下的俄舰，又遭日军轰没。嗣后乃是陆军对垒，日军入辽东半岛，连败俄兵，九连、凤凰、牛庄、海城等处，次第被日军占据。太后向德菱道："俄大日小，不意反为日败。"德菱道："行军全仗心力，不论众寡。日人此番打仗，上下一心，闻得男子荷械从军，妇人尽撤簪珥，充作军饷，所以临阵无前，屡次获胜。"太后点头，随又道："日胜俄败，远东尚可保全，我的忧心，到也可消释一二了。"恃人不恃己，何足解忧？言未已，外面又递进西报，由德菱译出，呈与太后。太后接着，不觉惊异，正是：

优胜劣败，弱肉强食。

国运靡常，所视惟力。

欲知太后惊异缘由，试看下回自知。

慈禧后之喜谀好奢，曾见近今印行之《清宫五年》记，原书即德菱女士所著。本回第节录一二，而慈禧后之性情举止，已可概见。拳匪之乱，联军入京，为慈禧后一大惩创，至回京以后，不思发愤图强，犹恋恋于珠宝首饰，宝非所宝，不亡何待？荣禄为慈禧一生之忠仆，荣禄死而慈禧失一臂助，恤典特优，固无足怪。惟遗折中有精选官吏，及顾恤民力，培养元气等语，人之将死，其言也善，慈禧胡不力行之耶？至如日俄之战，祸仍胎自拳乱，清廷不敢袒俄，又不敢袒日，仅守局部中立，坐视关东之横被兵革，未由保护，天下之痛心疾首，孰逾于此？当时或有以日人仗义，出于抗俄，为中国幸者。夫日本何爱清室？又何爱中国？不过报宿愤，争权势。昔俄以索还辽东抗日本，今日本遂亦以迫还关东抗俄，要之皆利我之东三省耳。观此回不能无恨于拳乱，并不能无憾于慈禧后。

第九十三回

争密约侍郎就道
返钦使宪政萌芽

却说德菱译出的新闻，乃是日韩特订条约。韩国疆域，由日本政府保护，一切政治，亦由日本政府赞襄施行。太后阅毕，便道："韩国就是朝鲜国，当日马关条约，曾迫我国承认朝鲜自主，为何今日要归日本保护呢？可见外国是没有甚么公法，如此过去，朝鲜恐保不住了。"何不切唇亡齿寒之惧？正在惊愕的时候，庆王弈劻，忽入宫禀报，俄舰逸入上海，由日使照会我外务部，迫令退出，现在双方交涉，尚未议妥，因此入奏太后。太后道："现闻日胜俄败，一切交涉，总须顾全日本体面为是。"庆王道："据奴才愚见，诚如圣训。"太后道："我国虽弱，究竟是个独立国，也不宜令俄舰逸入，坏我中立。你去饬知外务部，电令南洋大臣，速迫俄舰出口！"庆王遵旨退出。太后复自语道："外人论力不论理，辽东战局，究不知如何结果，京师相距不远，未免心寒。早知日俄有这番争端，不如暂住西安，稍觉安逸呢。"德菱在旁，也不敢多谈。

当日无别事可记，到了次日，京中谣言不一，盛传两宫又要西幸。有一个汪御史凤池，竟信为实事，做了一篇奏疏，阻止西巡，待太后临朝时，率尔上陈。太后阅毕，怒道："日俄战事，我国严守中立，京城内外，一律安堵，为甚么我要西巡？这等无稽之言，如何形入奏牍？"遂向庆王弈劻道："速叫军机处传旨申饬，嗣后如有谣言惑众，应着步军统领衙门顺天府五城御史，一体拿办！"谁叫你想念西安？庆王唯唯遵谕，自然令军机处照旨恭拟，即日颁发。这也不在话下。

过了一年，日俄战事，还是未息，中国总算没有出险，不过将各省官职，裁并了好几处，且废制艺，试策论，兴办京师大学堂，把新政办了好几桩。又派商约大臣吕海寰，与葡使新订商约二十条，出使英国大臣张德彝，与英外部会订保工章程十五条，约中大旨，无非是保护两国工商，彼此统有些利益。只驻藏大臣有泰，恰来了一道紧急公电，报称英将荣赫鹏入藏，与藏官私自订约，请朝廷速与交涉，于是外务部又要着忙。是谓急时抱佛脚。原来日俄未战的时候，俄人曾南下窥藏，密遣员联络达赖，令他亲俄拒英。达赖颇被他运动，阴与英人龃龉。从前光绪十九年，清参将何长荣，与英使保尔，订定藏印条约，承认亚东开关，许英人通商。亚东在西藏南境，毗连印度，此约订后，英人尝从印度入境，至藏互市。达赖偏同他反对，种种措阻，英商未免吃苦。只因俄人暗中袒护，英政府也未便发难。会日俄战起，英政府乘机图藏，令印度总督，遣将荣赫鹏率兵深入。荣赫鹏遂带了英兵三千、印兵八千、廓尔喀兵三千，及工兵二千，长驱北向，攻入藏境。看官！你想这腐败不堪的藏民，那里能敌他纪律森严的英将？达赖不知厉害，竟召集一班番官，向释迦佛前，祈祷了好几次，居然仗着佛力，令番官一齐出来，与英将接仗。两下对垒的时光，相距还差数百步。那英兵的枪炮，已是扑通扑通的乱响，藏官不知何故遭瘟，都是应声而倒。想是佛来接引，令往西方享福，故无病而亡。前队既毙，后队自然逃走。英将率众追赶，自江孜北进，所向披靡，如入无人之境。及到拉萨，这位主持佛教的达赖喇嘛，早已闻警远飏，逃到库伦去了。何不请韦驮保护？达赖一遁，城中无主，还亏噶尔丹寺的长老，仗着胆出迓英军，与他讲和。英将荣赫鹏，遂趁势恫喝，迫他立约十条，不由寺长不允。签约后，方经驻藏大臣有泰探悉，电达清廷，清外务部茫无头绪，由尚书侍郎，会议一番，定出一个主见，仍复电令有泰就近开议。

这位有大臣，本是个糊涂人物，他当英藏开战的时候，未尝设法劝解，等到两造定约，木已成舟，还有何力挽回？况且英将荣赫鹏，已奏凯回去，再与何人商议？当下召到噶尔丹寺长，令他抄出密约，仍行电达，并奏称达赖贻误兵机，擅离招地，应革去封号。身任驻藏大臣，坐令英兵压藏，不知应革职否？清廷知他没用，也不去依他奏请，只令外务部讨论约章的利害。侍郎唐绍仪素来研究外交，遂指出约中的关碍。原约共有十条，最要紧的是

唐绍仪（1862—1938），广东香山唐家湾（今属珠海）人，字少川。1874年（清同治十三年）官费留学美国。1881年（光绪三年）归国，曾任署邮传部尚书、奉天巡抚等职。1912年3月，任北洋政府国务总理，6月辞职。抗日战争时期与日伪有接触，在上海被国民党军统刺杀。

除前约亚东开埠外，更辟江孜、噶大克为商埠，此后是印度边界，至亚江噶三处，藏人不得设卡，须添英员监督商务。所有英国出兵费用，应由藏人赔偿五十万磅。偿款未清以前，英兵酌留春丕，俟偿清后方得撤回。还有一条定得更凶，乃是藏地及藏事，非经英国照允，无论何国不得干预。看官试想！西藏是中国领土，兵权财权，统归驻藏大臣管辖，此次英藏私自立约，有无论何国不得干预的明文，是全把西藏占夺了去，那里还是中国的管辖权呢？唐侍郎指出此弊，外务部堂官，自然着急，当据实奏闻，并保荐唐绍仪为全权大臣，赴藏改约。唐使至藏，照会英国，派员会议，辩论了好几年，英员坚执不允，直到三十二年，英始承认中国有西藏领土权，允不占并藏地，及干涉藏政，此外不肯改易。唐侍郎也无可奈何，只得将就画押。这是后话。

且说日俄交战，已是一年，俄国的海陆军，屡战屡败，日本战舰，进陷旅顺口，奉天省城，也被日本陆师占住，俄人尚不肯甘休，竟派波罗的海舰队，大举东来。波罗的海，在欧洲北面，系俄国西境的领海，他要从西到东，绕越重洋，路有一万八千里。今日到某处，明日到某处，早被日人探悉。就是舰队中一切情形，日人也耳熟能详，因此养精蓄锐，预先筹备。知己知彼，百战百胜。俄舰远道而来，舰中人已疲乏得很，兼且未谙路径，未识险要，贸贸然驶到日本海，即使有通天手段，一时也用不出。况日本系三岛立国，四周都是海峡，海峡里面，正好设伏，掩击俄舰。他闻俄舰将至，料必从对马海峡驶入，暗集水师，密为布置，不怕俄舰不堕入计中。这俄舰也防着险要，无如势不能避，只好闯入对马峡。一入峡中，四面八方的日舰，统行驶集，把俄舰困在垓心，你开枪，我放炮，一齐动手，弄得俄兵防不胜防，御不胜御。恶龙难斗地头蛇，打了一仗，被日兵杀得大败亏输，战无可战，逃无可逃，只得束手归降，做了俘虏。日俄战事，虽与中国大有关系，然究与中外开战不同，故叙笔概从简略。

日俄胜负已决，于是美国大统领罗斯福，出来调停，劝日俄休兵息战。俄人此时，因鞭长莫及，不能再事调兵，日人以俄国究系强大，迁延非计，得休便休，遂各允了美统领的布告，各派公使到美国会议，就朴子茅斯作会议场。日使小村氏，提出要索各款共计十一条：第一条是索偿战费；第二条是承认朝鲜主权；第三条是要俄国割让桦太岛；第四条是旅顺大连湾的租借权，要让与日本；第五条是俄国撤退满洲兵；第六条是承认保全清国领土，及开放门户；第七条是哈尔滨以南的铁路，亦须割让；第八条是海参崴的干线，应作为非军事的铁道；第九条是窜入中立港的兵舰，当交与日本；第十条是限制东洋的俄国海军；第十一条是沿海州的渔业权等，亦应归与日本。这十一条款子，经俄使槐脱抗议，所有赔偿兵费，割让桦太，中立港窜入军舰的交与，及限制俄国海军四大问题，概不承诺。再四磋商，方允将桦太岛南半部，让与日本，余三条一概取消。日本亦总算承认，和议遂成。东三省的俄兵，才如约撤退，领土权交还中国，惟路矿森林渔业边地，各项交涉，仍日日相逼，清廷不敢不允。从此北满洲为俄人的势力圈，南满洲为日人的势力圈，名为中国的东三省，实则已归日俄的掌握了。总是中国晦气。

自日俄战争后，中国人士，统说专制政体，不及立宪政体的效果。甚么叫作专制政体？全国政权，统归君主一人独断，所以叫作专制。甚么叫作立宪政体？君主只有行政权，没有立法权，一国法律，须由国会中的士大夫议定，所以叫作立宪。日本自明治维新，改行新政，把前时专制政体，改作君主立宪，国势渐渐强盛，因此一战败清，再战胜俄，俄国政体，还是专制，终被日本战败。自是中国人的思想言论，骤然改变，反对专制的风潮，日盛一日。这是中国人惯技。慈禧太后虽然不愿，也只得依违两可，与王公大臣，商定粉饰的计策，停止科举，注重学堂，考试出洋学生，训练新军，革除枭首凌迟等极刑，并禁刑讯。复派遣载泽、绍英、戴鸿慈、徐世昌、端方五大臣出洋，考察政治，于光绪三十一年七月启行。临行这一日，官僚多出城欢送，五大臣联翩出发，才到正阳门车站，方与各同寅话别。忽听得豁喇一声，来了一颗炸弹，炸得满地是烟硝气，五大臣急忙避开，还算保全性命。大幸。载泽、绍英，已受了一些微伤，吓得面色如土，立即折回。

徐世昌（1855—1939），字卜五，号菊人、弢斋，直隶天津人。清光绪进士。清末协助袁世凯创办北洋军。曾任东三省总督、邮传部尚书、军机大臣、内阁协理大臣和北洋政府国务卿。1918 年由段祺瑞的“安福国会”选举为“总统”。1922 年被迫去职，自此退出政界。1939 年病逝于天津。

看官！你道这颗炸弹，从那里来的？说来又是话长，小子略略叙述，以便看官接洽。原来康梁出走时，立了一个保皇会，号召同志，招集党徒，散放富有贵为等票，传布中外。在外游学的学生，与充工贩货的侨民，倒被他联络不少。独有一个广东人孙文，表字逸仙，主张革命，与康梁意见不同。他童年时在教会学堂肄毕，把平等博爱的道理，印入脑中，后来又到广州医学校内，学习医术。学成后，在广州住了两三年，借行医为名，结识几个志士，立了一个秘密会社。嗣因同志渐多，改名兴中会，自己做了会长。李鸿章未没时，他竟冒险到京，访到李寓，与李谈了一回革命事情。李以年老为辞，他遂回到广州，凑集几个银钱，向外国去购枪械，竟想指日起事。事不凑巧，秘谋被泄，急航海逃至英国。粤督谭钟麟，拿他不住，探听他遁至外洋，飞电各国公使，密行查拿。注英使臣龚照玙，诱他入馆，把他禁住，亏得从

端方（1861—1911），字午桥，号匋斋，清末满洲正白旗人。光绪三十一年（1905 年）出国考察政治，次年回国，建议预备立宪。同年任两江总督，1909 年移督直隶，旋被摄政王载沣罢免。1911 年起为川汉、粤汉铁路督办，入川镇压保路运动，被起义士兵所杀，著有《端忠敏公奏稿》等。

章炳麟（1869—1936），字枚叔，号太炎，浙江余杭（今杭州市余杭区）人，民主革命家、思想家、学者。1904年与蔡元培发起成立光复会。1906年被孙中山迎至日本，参加同盟会，主编《民报》。晚年赞助抗日救亡运动。

前有位教师，是个英国人，名叫康德利，替他设法救出。自此以后，这位孙会长格外小心，遍游欧美各国，遇有寓居外洋的华人，往往结为好友。有几个志士，愿入党的，有几个富翁，愿助饷的。他住在海外，倒也不愁穿，不愁吃，单愁革命不成，欲想回国，又恐怕自投罗网，只得时常与同志通信。有广东人史坚如，与中山是莫逆朋友，结了几个党人，要去借两广总督德寿的头颅。不料德寿的头颅，保得很牢，反将史坚如的头颅，借得去了。这是革命流血第一个志士。嗣后又有湖南人唐才常，想在汉口起事，占据两湖，又被鄂督张之洞查悉，拿获正法。才常死后，广东三合会首领郑弼臣，受孙文运动，愿听指挥，发难惠州，又遭失败。过了一年，湖南人黄兴，在长沙密谋革命，亦被泄漏。黄遁走日本，嗣又潜回上海，邀了同志万福华，刺杀前桂抚王之春。福华被拿，黄亦就获，经问官审讯，黄无证据，始得释，乃航海东去。浙江人蔡元培、章炳麟，在上海组集会社，开设报馆，鼓吹革命。四川人邹容，又著了一册《革命军》，被江督魏光焘闻知，饬上海道密拿。元培走脱，章、邹二人被捉，邹容在狱病故，章炳麟幽禁数年，方得释放。到光绪三十一年，湖南人胡瑛、湖北人王汉，谋刺钦差铁良，尾至河南彰德府，无隙可乘，王汉愤极，将手枪对着自己胸前，一发而毙。胡瑛料知无成，亦遁往日本。历历写来，简而不漏。接连又有五大臣出洋事，恼动了一位志士吴樾。樾系皖北桐城人，生得慷慨激昂，自命为暗杀党先锋，他与五大臣毫无私仇，只为了排满主义，挟着炸弹，潜身进京。这日闻五大臣乘车出发，他先在车站坐待，等到五大臣陆续入站，将上火车，就取出炸弹，突然抛去。五大臣到底有福，未遭毒手，那仆役们恰死了好几个。误中仆役，恰难为一颗炸弹。当下大起忙头，由全班巡警，分路搜查，竟不见有可疑人物，只火车外面，有好几具尸首，仔细检查，除被炸的仆役外，有一血肉模糊的尸骸，粗具面目，恰没有人认识，复将衣服内一一检查，怀中尚藏有名片，大书吴樾姓名，名下又有皖北人三字，烈士徇名。大众料是革命党中人物，彼此相戒，几乎风声鹤唳，杯弓蛇影。闹了月余，始渐平静。徐世昌、绍英不愿出洋，清廷只得改派了尚其亨、李盛铎。五大臣驾舰出游，自日本达美国，转赴英德。考察了数国政治，吸受些文明气息，遂从外洋拟了一折，把各国宪政大略，叙述进去。差不多如王荆公万言书，结束是请速改行立宪政体，期以五年。中国人的热心。这奏折传达清廷，皇太后尚迟疑未决，至次年七月，五大臣回国，由两宫召见数次，他五人各畅所欲言，说得非常痛切。太后也为动容，遂于光绪三十二年七月十三日，颁发预备立宪的上谕道：

朕奉慈禧端佑康颐昭豫庄诚寿恭钦献崇熙皇太后懿旨：我朝自开国以来，列圣相承，谟烈昭垂，无不因时损益，著为宪典。现在各国交通，政治法度，皆有彼此相因之势，而我国政令，积久相仍，日处阽危，忧患迫切，非广求智识，更订法制，上无以承祖宗缔造之心，下无以慰臣庶治平之望，是以前简派大臣分赴各国，考查政治。现载泽等回国陈奏，皆以国势不振，实由于上下相暌，内外隔阂，官不知所以保民，民不知所以护国。而各国之所以富强者，实由于实行宪法，取决公论，君民一体，呼吸相通，博采众长，明定权限，以及筹备财用，经画政务，无不公之于黎庶。又兼各国相师，变通尽利，政通民和，有由来矣。时处今日，惟有及时详晰甄核，仿行宪政，大权统于朝廷，庶政公诸舆论，以立国家万年有道之基。但目前规制未备，民智未开，若操切从事，徒饰空文，何以对国民而昭大信？故廓清积弊，明定责成，必从官制入手。亟应先将官制分别议定，次第更张，并将各项法律，详慎厘订，而又广兴教育，清理财政，整顿武备，普设巡警，使绅民明悉国政，以预备立宪基础。着内外臣工切实振兴，力求成效，俟数年后规模粗具，查看情形，参用各国成法，妥议立宪实行期限，再行宣布天下。视进步之迟速，定期限之远近。着各省将军督抚，晓谕士庶人等，发愤为学，各明忠君爱国之义，合群进化之理，勿以私见害公益，勿以小忿败大谋，尊崇秩序，保守和平，以预备立宪国民之资格，有厚望焉！钦此。

这篇谕旨，在清廷以为空前绝后的政策，其实纸上空谈，连实行的期限，尚且未定，已可见慈禧后的粉饰手段了。当下派载泽等编纂新官制，停捐例，禁鸦片，创设政务处及编制馆等，似乎锐意维新，不涉空衍。并命庆亲王弈劻为总核大臣，这庆亲王仰承慈眷，把懿旨格外凛遵，不到几日，就将京内外官制，核定崖略，具折奏陈：徒改官制，摆成一个空架子，究于国家何益？内阁军机处，暂仍旧贯，把六部改作十一部，首外务部，次吏部，次民政部，次度支部，次礼部，次学部，次陆军部，次法部，次农工商部，次邮传部，次理藩部，每部设尚书一员，侍郎二员，不分满汉，都察院改为都御史一员，副都御史二员，大理寺改为大理院，太常光禄鸿胪三寺，并入礼部，国子监并入学部，太仆寺并入陆军部，这算是京内官制的改革。各省督抚下，设布政、提法、提学三司，交涉纷繁的省分，增交涉使，有盐省分，仍留盐法使，或盐法道与盐茶道，东三省设民政、度支两使，代布政使职任。又裁撤分巡分守各道，添设巡警劝业二道，分设审判厅，增易佐治员，这算是外省官制的改革。换汤不换药，何足医国。官制粗定，复开宪政编查馆，建资政院，中央立统计处，外省立调查局，并派汪大燮、于式枚、达寿三大臣，分赴英德日三国考察宪法。正在忙碌时候，忽报革命党人赵声肇乱萍乡，清政府方道是宣布立宪，可以抵制革命，谁知革命党仍旧横行，免不得意外忧虑。嗣闻萍乡县已经严防，党人无从侵入，有几个已拿下了，有几个已枪毙了，只主张起事的赵声，恰远飏得脱，遍索无着。有人查得赵声履历，乃是江苏丹徒人，表字伯先，系南洋陆师学堂第一次毕业生，与吴樾很是投契。吴樾未死的时候，曾遗书赵声，有“君为其难，我为其易”的密约。赵声也有赠吴的诗章，小子曾记得二绝云：

淮南自古多英杰，山水而今尚有灵。
相见尘襟一潇洒，晚风吹雨大行青。

一腔热血千行泪，慷慨淋漓为我言。
大好头颅拼一掷，太空追攫国民魂。

清廷闻萍乡已靖，又渐渐放心，不意御史赵启霖，平白地上了一折，竟参劾黑龙江署抚段芝贵，连及农工商部尚书载振，又惹起一番公案来，看官欲明底细，请向下回再阅。

光绪之季，清室已不可为矣。外则列强环伺，以辽东发祥地，坐视日俄之交争而不能止，西藏服属二百年，又被英人染指，剥丧主权。外交之失败，已不堪问。内则党人蜂起，昌言革命，纷纷起事，前仆后继，子房之椎，胜广之竿，皆内溃之朕兆。内外交迫，不亡可待？清廷即急起图治，实行立宪，亦恐未足固国本，树国防，况徒凭五大臣之考察，数月间之游历，袭取各国皮毛，而即谓吾国立宪，已十得八九，不暇他求，其谁信之？本回依事直书，而夹缝中屡寓贬笔，是固所谓皮里阳秋者耶。

第九十四回

倚翠偎红二难竞爽 剖心刎颈两地招魂

却说农工商部尚书载振，系庆亲王弈劻子，他因庆王执掌朝纲，子以父贵，曾封镇国将军及贝子衔。自官制改更，把工部易名农工商部，就令他作为部长。一个贵公子，只可管领花丛，如何能主持实业？少年显达，倜傥风流，前时未任部长，尝悦妓女谢珊珊，招至东城余园侑酒，备极媟亵。御史张元奇曾专折奏参，说他为珊珊傅粉调脂，失大臣体。折上留中，庆王心中似乎过不下去，令封闭南城妓馆，尽驱诸妓出京。莺莺燕燕，纷纷逃避，也算是红粉小劫，奈振贝子最爱赏花，遇着这般禁令，暗中未免埋怨。正是太杀风景。亏得境随时易，旧事渐忘，两宫宠眷，较前益隆。公子竟冠部曹，美人复来都下。一班袅袅婷婷的丽姝，渐集京津。内京有个杨翠喜、破瓜年纪，妩媚动人，又生就一副好歌喉，专演花旦戏，登台一唱，满场喝采，且将戏中淫媟情状，描摹得惟妙惟肖，顿时哄动都人。振贝子闻这艳名，那得不亲去赏鉴？相见之下，果然名不虚传。那杨美人本藉此为生，晤着这般阔老，位尊多金，年轻貌秀，自然格外巴结。一醉留髡，愿谐白首。好一出卖胭脂。振贝子虽然应允，但总不免有些顾忌，未便遽贮金屋。忽被黑龙江道员段芝贵闻知，竟替翠喜赎出歌楼，充为侍婢，献进相府，喜得振贝子心花怒开，忙替他运动一个署抚缺，报他厚德。不料河南道监察御史赵启霖，竟闻风上疏，劾他私纳歌妓，并参段署抚夤缘亲贵，物议沸腾。在赵御史恰也多事，慈禧后不得不派官调查。醇亲王载沣、大学士孙家鼐等，奉派查办，把振贝子巧为开脱，只将“事出有因，查无实据”八字，做了回话手本。官场通病。赵启霖遂以谎奏革职，只这位揣摩迎合的段署抚，已先时撤去重差，未由复任，也算暂时倒运。案结后，言路大哗，庆王又令振贝子具疏辞职，奉旨虽准他开缺，恰仍温语褒奖，说他年富力强，才识稳练，有此本领，故善作护花铃。仍应随时留心政治，以资驱策。那时都御史陆宝忠、御史赵炳麟等，还是不服，上了宽容台谏一折。苍蝇碰石廊柱，终究是不生效力。

振贝子一场趣案，既瓦解冰消，他的兄弟载搏，也有好花癖性，访艳藏娇，成为常事。此次见阿兄无累，格外放胆做去，偏来了一个苏宝宝，与搏二爷有些因果，合做露水姻缘。宝宝别号情天楼，幼时本骙稚愚笨，不甚出色。乃姊叫作媛媛，在上海操卖淫业，名盛一时，宝宝私心艳羡，极力模仿乃姊，巧为妆饰。到了十四五岁，居然尽态极妍，一个黄毛丫头，竟变成了盛鬋丰容的丽女。还有一桩媚骨柔声，超出乃姊上。乃姊因妒成嫉，横加摧折，同胞寻仇，系中国人恒态，无怪苏媛媛。宝宝发愤为雄，偏离了阿姊，独张一帜。只因时运未至，操业不能称心。可巧有一老妓从北京回来，见了宝宝，视为奇货，即挈他北上。时来运转，迁地果良，竟结识了一个搏二爷，彼此定情，你贪我爱，这一段风流趣史，流传都中，报纸上又为他夸扬，一传十,十传百，连他老子弈劻，也都闻知，把他严词训责。搏二爷无可奈何，只得忍痛割爱，暂避讥嘲。过了数月，旧性复发，又与一个名妓洪宝宝结不解缘，搏二爷专爱宝宝。与阿兄适成匹敌，真个是难兄难弟。当时某酒楼有题壁诗四绝，很有趣味，第一首云：

翠钿宝镜订三生，贝阙珠宫大有情。

色不误人人自误，真成难弟与难兄。

第二首云：

竹林清韵久沈寥，又过衡门赋广骚。

转绿回黄成底事，误人毕竟是钱刀。

第三首云：

红巾旧事说洪杨，惨戮中原亦可伤。

一样误人家国事，血脂新化口脂香。

第四首云：

娇痴儿女豪华客，佳话千秋大可传。

吹皱一池春水绿，误人多少好姻缘。

这四诗所指，即咏女伶杨翠喜，名妓洪宝宝事。后来御史江春霖，又劾直隶总督陈夔龙，及安徽巡抚朱家宝儿子朱纶，说陈是庆王的干女婿，朱纶是振贝子的干儿子，朝旨又责他牵涉琐事，肆意诬蔑，着回原衙门行走。时人又拟成一副谐联云：

儿自弄璋爷弄瓦，

兄会假翠弟假红。

这联传诵一时，推为绝对。正是一门盛事。只台谏中有了二霖，反对庆邸父子，免不得恼了老庆。江春霖籍隶福建，赵启霖籍隶湖南，此时汉大学士瞿鸿玑，与赵同乡，老庆暗怨赵启霖，遂至迁怒瞿鸿玑。肚疼埋怨灶司。满汉相轧，汉相敌不过满相，已在意中。待至运动成熟，竟由恽学士毓鼎出头，参劾瞿鸿玑四大款：甚么授意言官，甚么结纳外援，甚么勾通报馆，甚么引用私人，恼动了慈禧太后，竟欲下旨严谴。幸而查办大臣孙家鼐、铁良等，代瞿洗释，改大为小。这瞿中堂算得免斥革，有旨以“开缺回籍”四字，了结此案。二霖扳不倒，老庆一鼎已足压双目，可见清廷敝政。

自是全台肃静，乐得做仗马寒蝉，那个还出来寻衅？这慈禧太后恰清闲了不少，每日与诸位宫眷，抹牌听戏。戏子谭鑫培，是伶界中泰斗，专唱老生戏，入园供直，相传谭演《天雷报》一剧，唱得异常悱恻，居然空中应响，起了一个大霹雳，时人因称他作谭叫天，太后呼他为叫天儿。叫天儿上台，没一个不表欢迎，所以京中人都着谭迷，几乎举国若狂。当时肃亲王善耆，任民政部尚书，在宗室中称是明达，也未免嗜戏成癖。先时与叫天儿作莫逆交，得了几句真传，竟微服改装，与名伶杨小朵，合演《翠屏山》，善耆扮石秀，杨扮潘巧云，演到巧云斥逐石秀时，杨斥善耆道：“你今天就是王爷，也须与我滚出去！”听戏的人，有认得善耆的，都为杨伶捏一把汗，偏这善耆毫不介意，反觉面有喜容，所以谭叫天亦极口称赞，说是可授衣钵，惟他一人。官场原是戏场，肃王旷达，何妨小试。

一班梨园子弟，正极承慈眷的时候，忽一片骇浪，发自安徽。一个管辖全省的恩巡抚，被一候补道员徐锡麟，手枪击死。这警电传到北京，吓得这位老太后，也出了一回神，命即停止戏剧，匆匆回宫，连颐和园都不敢去。“渔阳鼙鼓动地来，惊破霓裳羽衣曲”，想清宫情景，也如唐宫里差不多哩。小子闻那道员徐锡麟，系浙江绍兴人，曾中癸卯科副贡，科举废后，在绍兴办了几所学堂，得了两个好学生，一姓陈名伯平，一姓马名宗汉，嗣因自己未曾习武，复赴德国入警察学堂，半年毕业，匆匆回国。适他表亲秋女士瑾，也从日本留学回家，秋女士的仪表，不亚男子，及笄时，曾出嫁湖南人王某，两人宗旨不同，竟成怨偶。不意天壤间乃有王郎。她即赴东留学，学成归国，至上海遇着徐锡麟，谈起宗旨，竟尔相同，无非是有志革命。当下徐锡麟创设光复会，叫陈、马两学生做会员，自任为会长，联络各处同志，结成一个小团体。既而偕秋女士同回绍兴，把前立的大通学校，认真接办，注重体操，隐储作革命军，嗣接同乡好友陶成章来书，劝他捐一官阶，厕入仕途，以便暗中行事。锡麟深以为然，他家本是小康，又经同志帮助，凑成了万余金，捐了一个安徽候补道，银两上兑，执照下颁，锡麟领照到省，参见巡抚恩铭，恩抚不过按照老例，淡淡的问了几句。锡麟口才本是很好，见风使帆，引磁触铁，居然把恩抚一副冷肠，渐渐变热。官场中的迎合，亏他揣摩。传见数次，就委他作陆军小学堂总办；旋又因他警察毕业，兼任他做巡警会办。他得了这个差使，尽心竭力，格外讨好，暗中恰通信海外，托同志密运军火，相机起事。恩抚全然不知，常赞他办事精勤。不想两江总督端方，来了密电，内称革命党混入安徽，叫恩抚严密查拿。恩抚立传徐锡麟进见，示他译出的电文，锡麟一瞧，不由的吃了一惊。这电文内所称党首，第一名就是光汉子，幸下文没有姓名，还得暂时瞒住，佯作不解状，从容对恩抚道：“党人潜来，应亟加防备，职道请大帅严饬兵警，认真稽查！”恩抚道：“老兄办事，很有精神，巡警一方面，要托老兄了。”锡麟应声而别，回寓后与陈、马二人密商，主张速行起事，先发制人，是年已是光绪三十三年。锡麟拟赶办学堂毕业，请恩抚到堂，行毕业礼，乘间刺杀恩铭。议定后，遂备文申详，定于五月二十八日行毕业礼，经恩抚批准，锡麟即密招党人，届期会集安庆，内应外合，做一番大大的事业。谁料到二十八日外，忽由恩抚传见，命他改期。锡麟惊问何故？这一惊比前更大。恩抚说二十八日，系孔子升祀大典，须前去行礼，无暇来堂，所以要提早两日。锡麟踌躇了一会，只推说文凭等件，都未办齐，恐不能提早。恩抚微笑，半晌才道：“赶紧一些，便好办齐，有甚么来不及哩！”锡麟观形察色，未免有些尴尬，不好再说。恩抚已举茶辞客，锡麟回寓，又与陈、马二人密议多时，统是没法，只得拼了性命，向前做去。到了二十六日，锡麟命在学堂花厅内，摆设筵席，预埋炸药，俟恩抚到堂，先行请宴，索性连巡抚以下各官，一概炸死，以便发难。辰牌时候，司道等俱至堂中，恩抚亦乘轿到来，由锡麟一一迎入。献茶毕，恩抚便命阅操，锡麟忙回禀道：“请大帅先饮酒，后阅操！”恩抚道：“午后有事，不如先阅操为便。”便传集全堂学生，齐立阶下。恩抚率司道坐堂点名，忽走入学务委员顾松、请恩抚就座少缓。锡麟听着，疑顾松已知密谋，遂不管好歹，从怀中取出炸弹，向前抛去，偏偏炸弹不炸。想是司道等不该死。

恩抚听见响声，忙问何事？顾松接口道："会办谋反。"说时迟，那时快，恩抚面前，又是一弹飞至。恩抚忙把右手一遮，刚刚击中右腕，这颗枪弹，是马宗汉放出来的。锡麟见未中要害，竟取出手枪两支，用两手连放，击射恩铭。恩铭受了数创，最厉害的一弹，穿过小腹，立即晕倒。文巡捕陈永颐忙去救护，一弹中喉，又复毙命。武巡捕德文，也身中五弹，顿时堂中大乱。恩抚手护军将恩铭背出，恩铭尚未至毙，一声呼痛，一声叫拿徐锡麟。藩司冯煦，带了各官，越门而逃，锡麟忙叫关门，奈被顾松阻住，竟放各官出门。锡麟大愤，执了马刀，赶杀顾松，顾松欲逃，被陈伯平开了一枪，了结性命。锡麟见各官已去，与陈、马二徒胁迫学生多名，趋占军械所。城内各兵，已奉藩司命围攻，锡麟命伯平守前门，宗汉守后门，内外轰击了一回，被官兵攻入，击死陈伯平，捉住马宗汉，单单不见徐锡麟。就近搜查，到方姓医生家，竟被搜着。冤家相遇，你一手，我一脚，把锡麟打至督练公所。当由藩司冯煦，臬司毓钟山，坐堂会审。锡麟立而不跪。冯煦厉声喝道："恩抚是你的恩帅，你到省未几，即委兼差，你应感激图报，为甚么下此毒手？且有同党几人？"锡麟道："这是私恩，不是公愤，你等也不配审我，不如由我自写。大丈夫做事，当磊磊落落，一身做事一身当，何容隐讳？"冯煦道："很好。"便命左右取过纸笔，令他自书。锡麟坐在地上，提笔疾书道：

我本革命党大首领，捐道员，到安庆，专为排满而来。满人虐我汉族，将近三百年，综观其表面立宪，不过牢笼天下人心，实生中央集权，可以膨胀专制力量。满人妄想立宪便不能革命，殊不知中国人之程度，不够立宪。以我理想，立宪是万万做不到的。若以中央集权为立宪，越立宪的快，越革命的快。我只拿定革命宗旨，一旦乘时而起，杀尽满人，自然汉人强盛，再图立宪不迟。我蓄志排满，已十余年，今日始达目的，本拟杀恩铭后，再杀端方、铁良、良弼，为汉人复仇，乃杀恩铭后，即被拿获，实难满意。我今日之举，仅欲杀恩铭与毓钟山耳。恩抚想已击死，可惜便宜了毓钟山。此外各员，均系误伤，惟顾松系汉奸，他说会办谋反，所以将他杀死。尔言抚台是好官，待我甚厚，诚然。但我既以排满为宗旨，即不能问满人作官好坏。至于抚台厚我，系属个人私恩，欲杀抚台，乃是排满公理。此举本拟缓图，因抚台近日稽查革命党甚严，恐遭其害，故先为同党报仇。且要当大众面

前，将他打死，以成我名。尔等再三问我密友二人，现已一并就获，均不肯供出姓名，将来不能与我大名并垂不朽，未免可惜，所论亦是。但此二人皆有学问，日本均皆知名，以我所闻，在军械所击死者，为光复子陈伯平，此实我之好友。被获者，或系我友宗汉子，向以别号传，并无真姓名。此外众学生程度太低，无一可用之人，均不知情。你们杀我好了，将我心剖了，两手两足斩了，全身砍碎了，均可。不要冤杀学生，学生是我诱逼去的。革命党本多，在安庆实我一人。为排满故，欲创革命军，助我者仅光复子、宗汉子两人，不可拖累无辜。我与孙文宗旨不合，他也不配使我行刺，我自知即死，因将我宗旨大要，亲书数语，使天下后世，皆知我名，不胜荣幸之至！徐锡麟供。

写毕，掷交公案。藩臬两司，已得实供，复闻恩铭已死，便商议一番，拟援张汶祥刺马新贻案，惩办锡麟。一面电奏北京，一面将锡麟钉镣收禁。隔了两天，京中复电照办，并命冯煦署理皖抚，冯煦即命将锡麟挪出正法，复剖胸取心，致祭恩抚灵前。刑已减轻，如何仍此惨酷？复将马宗汉讯问得供，亦推出枭首。又传电浙江，查办徐氏家属，浙江巡抚张曾扬，接着此信，忙饬绍兴府贵福遵行。锡麟父徐梅生，向来守旧，曾告锡麟忤逆，至是到会稽县自首。县令李端年调查旧卷，果有梅生控子案，遂不去逼迫，只饬交捕厅管押。锡麟弟伟，正去安徽访兄，被冯署抚拿住，供称与兄意见不合。今欲到表伯俞巡抚处省视，路过安庆，顺道访兄，不意被拿，兄事实不知情。冯抚察无虚语，又因他供与湘抚俞廉三有亲，未免袒护一点，遂把他减轻罪名，监禁十年。只绍兴府贵福，本系满人，格外巴结，不但将徐氏家产，抄没入官，并把大通学堂，也勒令封闭；并令差役入内检查。适值秋瑾女士，偶憩校中，差役不由分说，竟将她拿入府署，给她纸笔，逼令供招。秋瑾提笔写一“秋”字，经堂下令她写下，她又续书六字，凑成了一句诗，乃是“秋风秋雨愁煞人”一语。贵福道：“这句便是谋反的意想。”不知所据何典？所引何律？遂夤夜电禀张抚，说是：“秋瑾勾通徐锡麟，谋叛已有实据，现在拿获，应请正法！”张抚闻有谋叛确证，复电就地处决。可怜这位秋女士，被绑至轩亭口，愤无从泄，竟尔受刑。同善堂发棺收殓，以免暴骨。那贵福既杀了秋瑾，复令兵役到处搜查，忙乱了好几日，查不出有革命党踪迹。兵役异想天开，遇着居民行客，任意敲诈，连秃头和尚，天足妇人，统说他是徐秋二人党羽，得了贿赂，方才释手。约有一两个月，兵役已经满意，始复称没有革命党。贵福照禀张曾扬，曾扬电达安徽，并奏报北京，才算了案。杭绍的百姓，只有三魂六魄，已吓去了一半。至民国光复后，方把徐氏家产发还，并将秋女士遗骸改葬西湖，碣书鉴湖女侠秋璿卿墓。璿卿即秋瑾表字，鉴湖女侠，乃秋瑾别号。后人有輓徐志士并秋女侠对联两副，颇觉可诵：挽徐志士一联云：

铁血主义，民族主义，早已与时俱臻；未及睹白帜飘扬，地下英灵应不瞑。

只知公仇，安识私恩，胡竟为数所厄？幸尚有群雄继起，天涯草木俱生春。

挽秋女士一联云：

今日何年？共诸君几许头颅，来此一堂痛饮。

万方多难，与四海同胞手足，竞雄廿纪新元。

皖浙事方了，粤省又有会党起事，正是一波才平，一波又起，清室江山，总要被他收拾了。待小子下回再叙。

立宪之伪，于改革官制见之。官制虽更，而一班纨袴少年，以涂脂抹粉之手段，竟尔超升高位，欲其改良政治也得乎？迨御史攻讦，老羞成怒之奕劻，不知整饬家法，反令迁谪言官，甚至同寅大僚，亦受嫌被黜，周厉监谤，不是过也。徐锡麟谓越立宪的快，越革命的快，斯言实获我心。疆吏趋承上旨，加以惨戮，激之愈烈，发之亦愈速。徐死后仅阅五年，而鄂军发难，清社墟矣。书有之："四海困穷，天禄永终"，信然！

第九十五回

遘奇变醇王摄政
继友志队长亡躯

却说粤东西两省，自洪杨荡平后，尚有余党孑遗，当时虽幸逃性命，本心终是未改，隐名韬姓的溷了几年，联络几个老朋友，免不得又来出头。甚么三点会，三合会，统是藏着洪天王的姓，想与洪天王复仇。革命党人，利用这班会党，密与通信，叫他起事，因此广东韶平县的会党，攻黄冈协镇衙门；惠州府的会党，谋变七女湖；钦州的会党，也闻风踵起，攻陷防城。只是乌合之众，终究不能济事。革命党联络会党，也太觉拉杂。官兵一出马，两三仗便把会党击败，四散逃走。清廷以为癣疥微疾，不足深虑，独直督袁世凯，以内忧外患，交迫而起，奏请实行立宪。鄂督张之洞，以各校学生，日趋浮嚣，好谈革命，奏请设存古学堂，冀挽颓风。一促维新，一拟存古，看似两歧，实是同一般用意。清廷遂召两督入京，统补授军机大臣，另下诏化除满汉畛域，令内外各官条陈办法。当下各官吏应诏陈言，有说宜许满汉通婚，有说要实行立宪，筹定年限。慈禧太后，倒也无乎不可，遂改考查政治馆为宪政编查馆，叫他按年筹备。宪政编查馆诸公，遂提出九年的期限，拟自光绪三十四年起，至四十二年止，将预定各事，陆续办齐，按年列表，上陈慈鉴。日月逝矣，岁不我与，奈何？奉谕"逐年筹备事宜，照单察阅，统是立宪要政，必须秉公认真，次第推行"云云。宫廷中的意见，总道是谕旨迭下，可以销弭隐祸，笼络人心，徒托空言，何济于事？偏偏民情愈奋，民气益张。苏浙两省，为了沪杭甬铁路，决议自办，拒绝英国借款；山西人为了外人开矿，有失利权，决立矿务公司，力图抵制；安徽又开铁矿大会，协争江浙铁路借款，并力请自办浦信铁路；广东人因外务部许税司管理西江捕权，会议力争。这一桩，那一件，都来与政府交涉。军机处的王大臣，及各部堂官，忙得日无暇晷，磋磨又磋磨，调停复调停，方才敷衍过去。

忽闻广西镇南关，又有革命党攻入，夺去右辅山炮台三座。有旨切责桂抚，令他指日克复。桂抚连忙调兵派将，运械输粮，与革命军对垒。官兵的饷械，陆续前来，革军的饷械，只是孤注。相持了好几日，革军已是械尽粮空，没奈何仍走外洋。桂抚遂上折报功，有几个有运气的将士，升官蒙赏，又沐了好些皇恩。这些甜味儿也要吃完了。

勉勉强强过了一年，已是光绪三十四年了。过年的时候，宫中照例庆祝，又有一番热闹。初十日是皇后千秋节，除太后、皇帝外，众人统向皇后祝寿。元宵这一日，花灯绚彩，烟火幻奇，宫中复另具一番景色。不意日本公使，来了一个照会，内称粤海关擅扣汽船，侮辱国旗，要求外务部赔偿损失，吓得外务部瞠目结舌，正拟拍电去粤，粤省的大吏，已有电文传到，照电译出，系日本汽船二辰丸私运军火，接济民党，由粤海关查出，搜得枪支九十四箱，子弹四十箱，当将二辰丸扣留，卸去日本国旗。外务部据事答复，偏偏日使不认，硬要同清廷怄气，彼此舌战了一回，日使竟取出强权手段，欲以武力对待。外务部无如彼何，只好事事应允，释船惩官，赔款谢罪，才算了结。强国有公理，弱国无公理，可为一叹。粤民大愤，拟停止日货交易，日使又强迫外务部，令粤督严禁，中国人虎头蛇尾，五分钟热心，不久即消灭净尽，日货仍充塞街中了。我同胞听着。

那时西陲的廓尔喀、尼泊尔两国，恰遣使入贡，达赖喇嘛，前次避入库伦，至是闻英藏案结，回至西宁，亦上表入觐。太后特旨嘉许，命地方官优礼相待。到京后，赐居雍和宫，加封为诚顺赞化西天大善自在佛。徒事羁縻，不足以服达赖。会太后诞辰将至，便留达赖替他祝寿，自己畅游颐和园万寿山，图个尽欢。大约自己亦知不永。到了万寿期内，城内正街，装饰一新，宫中设一特别戏场，演戏五日，这是拳匪以后第一次盛典。达赖喇嘛亦带领属员，向太后叩祝，外国使臣，各遣员祝贺。只光绪帝已经抱病，不能率王大臣行礼，但于万寿日早晨，由瀛台至仪銮殿，勉强拜祝。太后见他颜色憔悴，形容枯槁，亦未免动了慈心，命太监扶掖上轿，令帝回入瀛台。是日下午，太后挈后妃福晋太监等，泛舟湖中，天气晴和，湖光一碧，太后老兴勃发，命妃嫔福晋等，改着古衣，扮做龙女善男童子，李莲英扮韦驮，自己扮观音大士，拍一照相，留作纪念。七十余年的历史，统作幻影观可也。游至日暮，兴尽方归。归途中凉风拂拂，侵入肌骨，又多吃乳酪苹果等物，竟至病痢。翌日尚照常理事，批阅奏折多件。又越日，太后皇帝都不能御殿。达赖闻太后染疾，呈上佛像一尊，禀称可镇压不祥，应速往太后万年吉地，妥为安置。太后喜甚，病几少瘥。翌日仍御殿，召见军机大臣，命庆王送佛像至陵寝。庆王闻命，迟疑一会，才奏称："太后皇上，现皆有病，奴才似不便离京。"太后道："这几日中，我不见得就会死，我现在已觉得好些了。无论怎样，你照我话办就是。”庆王不敢违旨，始奉佛像去讫。次日，太后皇帝同御便殿，直隶提学使傅增湘陛辞，太后道：“近来学生，思想多趋革命，此等颓风，断不可长。你此去务尽心力，挽回末习方好。”言下颇为伤感，傅增湘应令趋退，太后即宣召医官入内诊病。

自是光绪帝不复视朝，太后亦休养宫中，未曾御殿。御医报告两宫病象，均非佳兆，请另延高医诊视。军机处特派员请庆王速回，一面增兵卫宫，稽查出入，伺察非常。庆王接信，兼程入京，一到都下，闻光绪帝病重，太后已拟立醇王子溥仪为嗣，当下入宫谒见太后。太后即向庆王道：“皇上病重，看来要不起了。我意已决，立醇王子溥仪。”庆王道：“就支派上立嗣，溥伦是第一个应继，其次还是恭王溥伟。”太后道：“我意已定，不必异议。从前我将荣禄的女儿，与醇王配婚，便等他生下儿子，立为嗣君，报荣禄一生的忠心。荣禄当庚子年防护使馆，极力维持，国家不亡，全仗彼力。那个主张攻使馆，请太后下一转语来。今年三月，曾加殊恩与荣禄妻室，现已饬迎醇王子溥仪入宫，授醇王为监国摄政王了。”庆王闻言，暗想木已成舟，无可再说，便道：“太后明见，想亦不错。”太后又道：“皇上终日昏睡，清醒时很少，你去看他一看，倘或醒着，可将此意传知。”

溥仪（1906—1967），清朝末代皇帝，爱新觉罗氏，字浩然，满族。光绪帝侄，醇亲王载沣子。1908年登位，年号宣统。1912年2月被迫退位。1917年张勋曾拥其短暂复辟。1932年，在侵华日军的策划下为伪满洲国“执政”，1934年，称“满洲帝国皇帝”。1945年日本投降后，被苏联红军俘虏。1950年被移交中国政府。1959年特赦释放。1967年逝世于北京。

庆王便转至瀛台，到光绪帝寝榻前，但见光绪帝双目睁着，气喘吁吁，瘦骨不盈一束。榻下只有一两个老太监，充当服役，连皇后瑾妃都不在侧，未免触景生悲，暗暗堕泪。当时请过了安，光绪帝亦两泪含眶，便有气无气的向庆王道：“你来得很好！我已令皇后往禀太后，恐不能长侍慈躬，请太后选一嗣子，不可再缓。”庆王便婉述太后旨意，光绪帝半晌才道：“立一长君，岂不更好？但不必疑惑，太后主见，不敢有违。”到死还不敢批评太后，惊弓之鸟，煞是可怜！庆王道：“醇王载沣，已授为监国摄政王，嗣君虽幼，可以无虑。”光绪帝道：“这且很好，但我，……”说到我字，喉中竟哽咽起来。庆王连忙劝慰，便道：“皇上不必怆怀，如有谕旨，奴才当竭力遵办。”光绪帝道：“你是我的叔父行，不妨直告。我自即位以来，名目上亦有三十多年，现在溥仪入嗣，还是承继何人？”庆王闻了此语，倒也踌躇了一会，想定计画，才道："承继穆宗，兼祧皇上。"光绪帝道："恐怕太后未允。"庆王道："这在奴才身上。"言未毕，太监报称御医入诊，当由庆王替光绪帝传入。医官行过了礼，方诊御脉。诊罢辞退，庆王亦随了出来，问御医道："脉象如何？"御医道："龙鼻已经煽动，胃中又是隆起，都非佳兆。"庆王问尚有几日可过？御医只是摇头。

庆王料是不久，便别了御医，径禀太后。太后道："各省不知有无良医，应速征入都方好。"还要良医何用？庆王道："恐来不及了。"太后道："你却去叫军机拟旨，如有良医，速遣入诊，我也病重得很。"庆王退出。还有宫监们旁构谗言，说皇帝前数日，闻太后病，尚有喜色。太后发怒道："我不能先他死。"小人之可恶如此。是日下午，太后闻报帝疾大渐，便亲至瀛台视疾，光绪帝已昏迷不省，太后命宫监取出长寿礼服，替帝穿着，帝似乎少醒，用手阻挡，不肯即穿。向例皇上弥留，须着此礼服，若崩后再穿，便以为不祥。太后见帝不愿穿上，便令从缓，延至五句钟驾崩，是日为光绪三十四年十月二十一日。太后、皇后、妃嫔二人，及太监数人在侧。太后见帝已崩逝，匆匆回宫，传谕降帝遗诏，并颁新帝登基喜诏。庆王闻耗，急趋入宫，见遗诏已经誊清，忙走前瞧阅道：

朕自冲龄践阼，寅绍丕基，荷蒙皇太后畤育仁慈，恩勤教诲，垂帘听政，宵旰忧劳，嗣奉懿旨，命朕亲裁大政，钦承列圣家法，一以敬天法祖，勤政爱民为本。三十四年中，仰禀慈训，日理万机，勤求上理，念时势之艰难，折衷中外治法，辑和民教，广设学堂，整顿军政，振兴工商，修订法律，预备立宪，期与薄海臣庶，共享升平。各直省遇有水旱偏灾，凡疆臣请赈请蠲，无不恩施立沛。本年顺直东三省，湖南、湖北、广东、福建等省，先后被灾，每念我民满目疮痍，难安寝馈。朕躬气血素弱，自去岁秋间不豫，医治至今，而胸满胃逆，腰痛腿软，气壅咳喘诸证，环生迭起，日以增剧，阴阳俱亏，以致弥留，岂非天乎？顾念神器至重，亟宜传付得人，兹钦奉慈禧端佑康颐昭豫庄诚寿恭钦献崇熙皇太后懿旨，以摄政王载沣子溥仪，入承大统，在嗣皇帝仁孝聪明，必能仰慰慈怀，钦承付托，忧勤惕厉，永固邦基。尔京外文武臣工，其清白乃心，破除积习，恪遵前次谕旨，各按逐年筹备事宜，切实办理！庶几九年以后，颁布立宪，克终朕未竟之志。在天之灵，藉稍慰焉。丧服仍依旧制，二十七日而除。布告天下，咸使闻知。

庆王瞧毕，便禀太后道："新皇入嗣，是否承继穆宗？"太后道："这个自然。吴可读曾至尸谏，难道竟忘记么？"庆王道："承继穆宗，原应该的，但大行皇帝，亦不可无后，应由嗣皇兼祧。”太后不应，庆王再请，太后且有怒容。庆王叩头道：“从前穆宗大行，未曾立嗣，因有吴可读尸谏。现今皇上大行，若非筹一兼顾的法子，仍如穆宗无嗣，安得没有第二个吴可读，仍行尸谏故事？将来应如何对待，还乞太后圣裁。”太后被他驳住，才忍着性子道：“你去拟旨来，待我一阅。”庆王即起，取纸笔，草拟遗诏道：

钦承慈禧端佑康颐昭豫庄诚寿恭钦献崇熙皇太后懿旨：前因穆宗毅皇帝，未有储贰，曾于同治十三年十二月初三日降旨，皇帝生有皇子，应承继穆宗毅皇帝为嗣。今大行皇帝龙驭上宾，亦未有储贰，不得已以摄政王载沣之子溥仪，承继穆宗毅皇帝为嗣，兼承大行皇帝之祧。

兼祧之制已定，光绪帝才算有嗣。最感激的，乃是光绪皇后。庆王等退出，时已夜半，太后才得安寝。次日尚召见军机与皇后摄政王，及摄政王福晋，谈论多时。复用新皇帝名目，颁一上谕，尊太后为太皇太后，皇后为太后，其时尚谈及庆祝尊号，及监国授职的礼节。到了午膳，太后方饭，忽然间一阵头晕，猝倒椅上。李莲英等忙扶太后入寝宫，睡了好一歇，方才醒转，令召光绪皇后、摄政王载沣，及军机大臣等齐集，咐吩各事，从容清晰。并云：“病将不起，此后国政应归摄政王办理。”随令军机大臣拟旨，大略如下：

奉太皇太后懿旨：昨已降谕，以醇王为监国摄政王，禀承予之训示，处理国事。现予病势危急，自知不起，此后国政，即完全交付监国摄政王。若有重要之事，必须禀询皇太后者，即由监国摄政王禀询裁夺。

看这道上谕，可见慈禧后爱怜侄女，与待同治皇后，大不相同。不但爱怜侄女，且暗蓄那拉族势力。慈禧后叮嘱既毕，喉中顿时痰壅，咯了几口，休养了好一会。军机大臣，尚未趋退，当下命草遗诏。军机拟诏毕，呈慈禧后，慈禧后还能凝神细阅，从头至尾，看了一遍。又命军机加入数语，才算定稿。到了傍晚，渐渐昏沉，忽又神气清醒，谕王大臣道：“我临朝数次，实为时势所迫，不得不然。此后勿再使妇人预闻国政，须严加限制，格外防范！尤不得令太监擅权，明末故事，可为殷鉴。”说到末句，已是不大清楚。临终时偏有此遗嘱，所谓人之将死，其言也善。喉中的痰，又壅塞起来。面色微红，目神渐散，随即逝世。时仅两日，遭了两重国丧，宫廷内外，镇定如常，这还是慈禧一人的手段。越日即传布遗诏道：

予以薄德，祗承文宗显皇帝册命，备位宫闱。迨穆宗毅皇帝，冲年嗣统，适当寇乱未平，讨伐方殷之际，时则发捻交讧，回苗俶扰，海疆多故，民生凋敝，满目疮痍，予与孝贞显皇后，同心抚视，夙夜忧劳，秉承文宗显皇帝遗谟，策励内外臣工，暨各路统兵大臣，指授机宜，勤求治理，任贤纳谏，救灾恤民，遂得仰承天庥，削平大难，转危为安。及穆宗毅皇帝即世，今大行皇帝入嗣大统，时事愈艰，民生愈困，内忧外患，纷至沓来，不得不再行训政。前年宣布预备立宪诏书，本年颁示预备立宪年限，万机待理，心力俱殚，幸予气体素强，尚可支持。不期本年夏秋以来，时有不适，政务殷繁，无从静摄，眠食失宜，迁延日久，精力渐惫，犹未敢一日暇逸。本年二月一日，复遭大行皇帝之丧，悲从中来，不能自克，以致病势增剧，遂致弥留。回念五十年来，忧患迭经，兢业之心，无时或释。今举行新政，渐有端倪，嗣皇帝方在冲龄，正资启迪，摄政王及内外诸臣，尚其协心翊赞，固我邦基！嗣皇帝以国事为重，尤宜勉节哀思，孜孜典学，他日光大前谟，有厚望焉！丧服二十七日而除，布告天下，咸使闻知！

遗诏既下，准备丧葬典礼，务极隆崇。加谥曰孝钦显皇后，谥光绪帝为德宗景皇帝。越月，嗣皇帝溥仪即位，年甫四龄，由摄政王扶掖登基，以明年为宣统元年，上皇太后徽号曰隆裕皇太后，并颁摄政王礼节，及覃恩王公大臣有差。

京中一吊一贺，方在热闹得很，忽报安徽省又起革命风潮。大众还道徐锡麟复生，惊疑不定，后来探听的确，方知发难的首领，乃是炮队队官熊成基。成基因徐锡麟惨死，心怀不平，适值前炮营正目范传甲，与锡麟乃是故交，锡麟死时，曾对着尸首，恸哭一回，被抚院卫队撞见，飞奔得脱。是时闻两宫崩逝，遂潜至安庆，运动熊成基起事。成基应允，密召部下营兵，宣告革命。部众倒也赞成，当即编成命令十三条，定于十月二十六日颁布。处置既定，又暗约弁目薛哲在城内接应。届期十点钟，炮营内全队俱发，先至陆军小学堂，破门而入，直趋操场军械室，取得枪杆；又至火药库，夺了子弹，正想长驱入城，不料城门已是紧闭。成基还待薛哲接应，等了许久，毫无影响，遂在沿城小山上架炮轰城。连放数炮，城不能破，反被城上轰击过来，死伤部众数十人。正在着忙，忽闻长江水师，已奉江督端方命令，来救安庆，成基料知事泄，便率众向西北遁走。途中解散部众，只身独行。沿路记念范传甲，不知如何下落。行到山东，适遇一位好友从安庆来，两下相叙，才知范传甲谋刺大吏，未成被获，已是就义，不禁涕泪交横。友人复劝他远走辽东，免被缉获，成基应诺而去。

到了宣统二年，贝勒载洵，出使英国，贺英皇加冕，道出哈尔滨，成基想把他刺死，偏偏载洵的卫队，布得密密层层，孑身无从下手，只得眼睁睁由他过去。不过成基心总未死，拟乘载洵回国，再行着手。一面联络石往宽、喻培伦二人，做了臂助。无如谋事在人，成事在天，载洵从原路归来，成基方与石、喻二友，执着手枪，拼命入刺，那知枪还未发，已被巡警捉住。三个人拿住了一双半，解到吉林，由巡抚审讯，三人直供不讳，眼见得性命难保了。军官也要革命，虽不中，不远矣。

这且搁下不提，单说皖乱已平，江督端方，即报知摄政王，摄政王稍觉安心。只光绪帝曾有遗恨，密嘱摄政王，摄政王握了大权，便想把先帝恨事，报复一番。正是：

遗命不忘全友爱，宿仇未报速安排。

毕竟所为何事，且从下回叙明。

慈禧太后之殁，距光绪帝崩，仅一日耳，后人啧有烦言，或谓光绪帝已崩数日，宫内秘不发丧，直至嗣皇定位，慈禧复逝，因次第宣布。或谓光绪帝之崩，实在太后临终之后，守旧党人，恐光绪帝再出亲政，不免于祸，遂设法置诸死地。以讹传讹，成为千古疑案。予考中外成书，于两宫谢世，并无异论，是则悠悠之口，不足为凭。著书人据事叙录，未尝羼入谬论，存其实也。独慈禧太后两立幼君，至于光绪帝崩，复迎立四龄幼主，入宫践阼。意者其尚望延年，仍行训政欤？否则为光绪后留一地步，维持叶赫族永久权势，而因有此举也。后人曾有咏宫词云：

纳兰一部首歼诛，婚媾仇雠笸脱弧。
二百年来成倚伏，两朝妃后侄从姑。

即是以观，叶赫亡清之谶，不特应于慈禧后一人之身，隆裕后亦与焉。皖中革命，先徐后熊，影响及仕途军界，清之不亡无几矣。隆裕后尚无亡国之咎，不过慈禧当国数十年，天人交怨，特假隆裕以泄其忿耳。慈禧考终，不及见逊位之祸，慈禧其亦幸矣哉！

第九十六回

二显官被谴回籍
众党员流血埋冤

却说摄政王载沣，因记起光绪帝遗恨，亟图报复，遂密召诸亲王会议。庆王弈劻等，都至摄政王第中，由摄政王取出光绪帝遗嘱，乃是的确亲笔，朱书五个大字。庆王弈劻瞧着，便道："这事恐行不得。"摄政王道："先帝自戊戌政变以后，幽居瀛台，困苦的了不得，想王爷总也知道。现在先帝驾崩，遗恨终身，在天之灵，亦难瞑目。"言毕，面带泪容。庆王道："畿辅兵权，统在他一人手中，倘欲把他惩办，以致禁军激变，如何是好？"故抱含蓄之笔。摄政王嘿然不答。庆王又道："闻他现有足疾，不如给假数天，再作计议。"摄政王勉强点头。看官，你道光绪帝恨着何人？遗嘱内是甚么要语？小子探明底细，乃是"袁世凯处死"五字。一鸣惊人。原来戊戌变政时，光绪帝曾密嘱袁世凯叫他赴津去杀荣禄。袁去后，荣禄即进京禀报太后，照应九十一回。太后再出训政，把帝幽禁终身，不能出头。你想光绪帝的心中，如何难过？能够不引为深恨么？荣禄本系太后心腹，光绪帝还原谅三分，只老袁奉命赴津，不杀荣禄，反令荣禄当日赴京，那得不气煞恨煞？荣禄死后，老袁复受了重任，统辖畿内各军，权势益盛。太后复格外宠遇，因此光绪帝愈加愤闷。临危时，闻胞弟载沣，已任摄政王，料得太后年迈，风烛草霜，将来摄政王总有得志日子，所以特地密嘱。摄政王奉了兄命，趁这大权在手，自然要遵照施行。可奈庆王从中阻止，只得照庆王的计画，从宽办理。那老袁亦得着风声，便借足疾为名，疏请辞职。摄政王便令他开缺回籍，他即收拾行李，竟回项城县养疴。摄政王因老袁已去，将端方调任直督，保卫京畿。

宣统改元，半年无事，隆裕太后在宫娱养，免不得因情寄兴，想拣个幽雅地方，闲居消遣。适大内御花园左侧，有土阜一区，很是爽敞，向由堪舆家言，不宜建筑。

隆裕后性颇旷达，破除禁忌，竟饬工匠在土阜上兴筑水渠，四围浚池，引玉泉山水回绕殿上。窗棂门户，无不嵌用玻璃，隆裕太后自题扁额，叫作灵沼轩，俗呼为水晶宫。土木初兴，中元复届，太皇太后梓宫，尚未奉安，隆裕记念慈恩，特饬造大法船一只，用纸扎成，长约十八丈有零，宽二丈，船上楼殿亭榭，陈设俱备，侍从篙工数十人，高与人等，统穿真衣。上设宝座，旁列太监宫女，及一切器用，下面跪着身穿礼服的官员，仿佛平日召见臣工的形状。中悬一黄缎巨帆，上书"普渡中元"四大字。船外围绕无数红莲，内燃巨烛，都人推为巨制。统是民血，何苦如此？摄政王用皇帝名致祭舟前，祭毕，将大法船运至东华门外，敬谨焚化。一时男妇老幼，都来观集，叹为古今罕见。这项报销，闻达数十万金。过了两月，奉安届期，前三日间，又焚去纸扎人物，驼马器用等，不可胜计。

奉安这一日，车马喧阗，旌旗严整，簇拥着太皇太后金棺，迤逦东行。摄政王载沣，骑马前导。隆裕太后率领嗣皇及妃嫔人等，乘舆后送。两旁都是军队警吏，左右护卫，炫耀威赫景象，几乎千古无两。极盛难继。全队向东陵进发，东陵距京约二百六十多里，四面松柏蓊蔚，后为座山，与定陵相近。定陵就是咸丰帝陵寝，从前由荣禄监陵工，只东陵一穴，共费银八百万两，这场丧费，比光绪帝丧费，要加二倍有余。光绪帝梓宫奉安，较早半年，彼时只费银四十五万两有零。太后奉安，费银一百二十五万两有零。相传摄政王曾拟节省糜费，因那拉族不悦，没奈何摆了一场体面，不过国库支绌，未免竭蹶得很，这也不必细表。

单说隆裕太后到了东陵，下舆送窆，忽见旁面山上，有一摄影器摆着，数人穿着洋装，对准新太后拍相。隆裕太后大怒，喝令速拿，侍从忙赶将过去，拿住洋装朋友两名，当场讯鞫。供称系奉直督端方差遣，隆裕太后勃然道："好胆大的端方，敢这么无礼，我定要把他惩办！"隆裕当时，很欲效法慈禧。送窆礼毕，愤愤回京，即命摄政王加罪端方，拟将他革职拿问。还是摄政王从旁婉解，极称："端方已是老臣，乞太后宽恕一点。"于是罪从末减，定了革职回籍，才算了案。端既革职，王大臣们，方识得隆裕手段，不亚乃姑。只端方素爱滑稽，最好用联语嘲人，同官中被他侮弄，未免衔恨，见了革职的谕旨，也很为畅快。小子曾记得端方有二联语，趣味独饶，一是嘲笑同官赵有伦，一是嘲笑同官何乃莹。二人姓名，也是天然对偶。赵有伦系京师富家儿，目不识丁，赖他母舅张翼，提拔入资郎，累得阔差，至充会典馆纂修。一块没字碑，看作藏书麓，已未免遭人谤议。赵又出了千金，购一妓女为妾，偏偏他大妇是个河东吼，立刻撵逐，不得已赁一别舍，居住小星。大妇又侦悉赵谋，禁赵自由出门，归家少迟，辄遭诟谇。端方遂做了一联，嘲笑有伦云：

一味逞豪华，原来大力弓长，不仅人夸富有。

千金买佳丽，除是明天弦断，方教我去敦伦。

又代著一额，乃是“大宋千古”四字。有伦闻知，还极口称赞。每出遇人，常诩诩自述，嗣经好友替他讲解，方绝口不谈了。何乃莹曾官副宪，性甚顽固，戊戌政变，规复八股，由何所奏，后因袒庇拳匪革职，何本庚辰翰林馆改部，签分工曹。妻室某氏，因何失翰林，大发雌威，何无言可答，直至长跪榻前，方蒙饶恕。既入工部，往拜某尚书，具贽百金。某尚书嫌他礼薄，呵斥备至，端方又撰一联道：

百两送朱提，狗尾乞怜，莫怪人嫌分润少。

三年成白顶，蛾眉构衅，翻令我作丈夫难。

清例，翰林七品戴金顶，改为部曹，已成六品，例戴白顶。

额曰：“何若乃尔。”这两联确是有味，但滑稽谈，容易肇祸，所以同僚中也常嫉视。此次遣人至陵前摄影，亦太儿戏，所以触怒太后，竟致革职。若长此革职回籍，倒也安然，可惜还想做官，终至身死西蜀。

端方去后，京中没甚大事，忽然间又到残冬。只京中虽是平安，外面恰很危险。英法日俄诸国，各订立关系中国的密约。俄人增兵蒙古，英人窥伺西藏，法人觊觎云南，中国大局，危迫万分，满廷亲贵，还是麻雀叉叉，姨娘抱抱，妓女嫖嫖，简直是痴聋一样。是年各省已开谘议局，舆论以速开国会，缩短立宪期限，为救亡的计策，遂推举代表，齐赴京师，要求速开国会，至都察院递请愿书。都察院置不理，竟将请愿诸书搁过一边。各代表又遍谒当道，竭力陈请。旗籍亦举了代表，加入请愿团，都察院无可推诿，始行入奏。奉旨因不及筹备，且从缓议。各代表无可如何，只好纷纷回籍，拟至次年申请。翌年，朝鲜国又被日本并吞，国王被废，亚东震动。各省政团商会，及外洋侨民，各举代表，联合谘议局代表议员，再赴北京，递呈二次请愿书，清政府仍然不允。于是革命党人，密谋愈急。

粤人汪兆铭，曾肄业日本法政学校，毕业后，投入民报馆，担任几篇报中文字。原来民报馆正是革命党机关，报中所载的论说，无非是痛詈清廷，鼓吹革命。兆铭在此办理，显见得是个同志。他闻得载沣监国，优柔寡断，所信用的，无非叔侄子弟，已是愤激得很，会民报馆又被日本警察干涉，禁止发行，兆铭决计回国，干这革命的事业。他想擒贼必先擒王，不入虎穴，焉得虎子？便离了日本，潜赴北京，并邀同志黄树中，同至京内。树中在前门外琉璃厂，开了一爿照相馆，做了侨寓的地点，每日与兆铭往来奔走，暗暗布置，幸未有人窥破。约过数月，忽有外城巡警多人，围住照相馆，警官似虎如狼，趋入馆内，搜缉汪兆铭、黄树中。汪黄二人，料知密谋已泄，毫不畏惧，立随巡警出门，到了总厅。厅长问明姓名，二人便直认不讳，由总厅送交民政部。民政部尚书善耆，坐堂审讯，先问两人姓名，经两人实供后，随问地安门外的地雷，是否你两人所埋。两人直捷应声道："确是我们埋着。"善耆道："你埋着地雷何用？"两人答道："特来轰击摄政王。"浑身是胆。善耆道："你与摄政王何仇？"汪兆铭答道："我与摄政王没甚仇隙，不过摄政王是个满人首领，我所以要杀他。"善耆道："本朝开国以来，待你汉人不薄，你何故恩将仇报？"兆铭大笑道："夺我土地，奴我人民，剥我膏血，已经二百多年，这且不必细说。现在强邻四逼，已兆瓜分，摄政王既握全权，理应实心为国，择贤而治，大大的振刷一番，或尚可挽回一二。讵料监国两年，毫无建树，中外人民，请开国会，一再不允，坐以待亡。将来覆巢之下，还有甚么完卵？我所以起意暗杀。除掉了他，再作计较。"善耆本号旷达，听了此言，也似有理，便道："你们两人，必分首从，究竟那个是主谋？"黄树中忙说"是我。"汪兆铭怒对树中道："你何尝主张革命？你曾向我劝阻，今朝反来承认，为我替死，真正何意？"回头对善耆道："主谋的人，是我汪兆铭，并非黄树中。"树中也说："是我主谋，并非汪兆铭。"善耆见他二人争死，也不禁失声道："好烈士！好烈士！"又向二人道："你两人果肯悔过，我可赦你不死。"两人齐声道："你等满亲贵如肯悔祸，让了政权，我死亦无他恨。"善耆不能辩驳，令左右将二人暂禁，自已至摄政王第中，报明底细。摄政王道："地安门外，是我上朝的出入要路，他敢在此埋着地雷，谋为不轨，若非探悉密谋，我的性命，险些儿丧在他手，请即重办为是！"善耆道："革命党人，都不怕死，近年以来，枭首剖心，也算严酷，他们反越聚越多，竟闹到京中来了。依愚见想来，就使将他立刻正法，余外的革命党又至，办也办不完，还是暂从宽大，令他感我恩惠，或可销除怨毒，也未可知。"摄政王道："难道汪、黄两人，竟好释放么？"善耆道："这也不能，且永远监禁，免他一死。"摄政王点头，善耆退出，便令将汪、黄送交法部狱中。法部尚书廷杰愤愤道："肃王爷也太糊涂，夺我权柄，饶他死罪，是何道理？"命司狱官拣一黑狱，将汪、黄钉了镣铐，羁黑狱中。

不言二人在狱受苦，且说革命党闻汪、黄失败，又被拿禁，大家都是悲愤。赵声，黄兴，一班首领，仍拟集众大举，先夺广东为根据地。原来广东是中国富饶的地方，兼且交通便当，所以革命党人，屡次想夺广东，立定脚跟，渐图扩张。无如广东大吏，防备严密，急切不得下手，只好相时而动。暗中从南洋办到二十多万金，购到外洋枪药炸弹，因恐路中有人盘查，专用女革命党，运入广州，租了房屋，藏好火器。门条上面，统写某某公馆，或写利华研究工业所，或写学员寄宿舍。又把各种文书，如营制饷章军律札符安民告示，保护外人告示，照会各国领事文，取缔满人规则，预先属草。筹备了好几月，已是宣统三年，清廷方开设资政院，赞成缩短立宪期限下，旨以宣统五年为期，实行开设国会，并令民政部饬国会请愿团，即日解散。请愿团尚欲继续要求，当由清廷下令驱逐，如再逗留，还要拿办，各代表踉跄出京。大廷专制，物议沸腾，革命党以为机会已到，公推黄兴为总司令，招集义友，约于宣统三年四月朔举行。

适值粤人冯如，在美国学造飞行机，竣工回国，往见粤督张鸣岐，自言在美国学制飞艇，已二十多年，现更自出心裁，造成一艇，能升高三百五十尺，载重四百余吨，此番回国，已将飞机运归，准备试验。张督即命冯如再往海口，载回飞艇，择日试演。这个消息传出，省城官绅商民，争欲先睹为快。冯如择定日期，拟于三月初十日，在燕塘试放。届期这一日，远近到者数万人，红男绿女，络绎途中，真个是少见多怪，哄动全粤。广州将军孚琦，系荣禄从侄，闻得燕塘试演飞机，亦想一广眼界，当下坐了绿呢大轿，排仗出城。清制，将军不能擅自出城，孚琦欲广目界，违制私出，只道清廷无由遥制，谁知冥官偏不留情。一到燕塘，张督等统已出场，相见毕，彼此坐定。霎时间飞艇上升，越腾越高，但听得大众惊诧声，鼓噪声，谈笑声，闹成一片。不但百姓齐声喝采，连大小文武各员，也称为奇物。孚琦更为快慰，只因身任将军，有守城责，不便多留城外，便起身辞了各官，先行入城。甫至城门口，忽闻轰的一声，孚琦探头出望，巧巧一颗子弹，飞中额上。可谓一广额界。孚琦慌忙大喝道："有革命党，快快拿住！"这话一说，反把手下亲兵，吓得四散，连轿夫也弃轿远走。孚琦正在惊慌，那枪弹还是接连飞来，凭你浑身是铁，也要洞穿，弹声中止，放弹的人，跳跃而去。适值张督等回来截住，刺客一时不能逃避，枪弹又未装就，即被兵警擒住。这时才去看孚将军，早已鲜血淋漓，全无气息，轿子已打得七洞八穿，玻璃窗亦碎作数片。广州府正堂，及番禺县大令，忙饬轿夫抬回尸首，一面押着刺客，随张督等一同进城。张督立饬营务处审讯，刺客供称："姓温名生财，曾在广九铁路做工，既无父母，又无妻小，此次行刺将军，系为四万万同胞复仇。今将军已被我击死，我的义务尽了，愿甘偿命！"问官欲究诘同党，温生财道："四万万汉人，便是我同党。"问官又欲诘他主使，温生财道："击死孚琦是我，主使也就是我，何必多问！"视死如归。问官得了确供，便向督署中请出军令，立刻用刑。

温生财既死，官场中格外戒严，纷纷调兵入城。黄兴等闻这消息，顿足不已，大呼为温生财所误。当下秘密会议，有说目下未便举动，且暂时解散，再作后图。独黄兴主张先期起事，提出三大理由：

第一条是说我等密谋大举，不应存畏缩心。

第二条是说大军入城，有进无退，若半途而废，将失信用，后来难以作事。

第三条是蓄谋数年，惹起各国观瞻，若不战而退，恐被外人笑骂。

众人闻这三条理由，恰是确实情形，不得不举手赞成，遂决计起事。到了三月二十九日，官场也微悉风声，防守越严。黄兴谓束手待毙，不如冒险进取，遂于是日下午六点钟出发，他们先想了一个计策，着敢死团坐了轿子，向总督衙门内，一直抬入。管门的人，还道他是进见总督，不敢上前拦住，那敢死团已闯进衙门，便乱掷炸弹，将头门炸坏，击毙管带金振邦。敢死团复向二门捣进，直到内房，并不见有总督，也不见有总督家眷。原来总督张鸣岐，闻风声紧急，早将家眷搬在别处，只有自己留住署内。是日听得衙门外面，枪声大作，忙令巡捕探悉。巡捕未出内室，外面已报革命党进衙，不免心慌意乱，亏得巡捕扯住了他，从室中走上扶梯，开了窗，正是当铺后墙，他两人即攒出窗门，越过当铺后檐，径入当铺中。众朝奉认得张督，自然接待，张督不暇安坐，急令朝奉引出偏门，三脚两步的，走入水师统领署内。水师统领李准，已闻督署起火，正拟调兵救护，忽报张督微服前来，便迎进花厅，作揖才罢，张督即令发兵拿革命党。李准请张督暂住书室，自己忙调动城内防营，速救督署，复亲自上马出衙，赶至督辕前，见营兵已与革党酣战。党人气焰很盛，枪杆统是新式，看看防营中人，有点抵挡不住，李准大喝一声，催各兵竭力向前，能获住党人一名，便有重赏。那时众兵听见有赏二字，争先杀敌，党人虽拼命死战，究竟寡不敌众，有几个中弹死了，有几个跌倒地上，被拿去了，渐渐的剩了数十人，只得望后退走。李准带了营兵，追向前去，到了大南门，又遇着一队党人，混战一场，党人又死了一半，四散奔逃。李准见四面统有火光，复分营兵为数队，向各处兜拿。火起处不得赴救，总教要路拦住，不使党人逃窜，就算有功。所以党人无从得利，次日清晨，还有党人一大群，去夺军械局，又被营兵杀退。营兵到处搜索，党人无路可走，竟拥入米肆中将米袋运至店口，堆积如山，阻住营兵。营兵搬不胜搬，枪弹又打不进去，正在没法，李准下令，用火油浇入店中，烧将起来。可怜党人前后无路，多被烧死。这日党人死了无数，城中损失，恰不甚多。因党人不肯骚扰居民，见有老幼妇女，尝扶他回家，就是街中放火，也不过是摇惑军心的计策，往往自放自救。到了四月朔日，城中已寂静无声了。那时张鸣岐已回到督署，将捉到党人若干名，一一审讯。党人统是慷慨直陈，无一抵赖。张督便命一半正法，一半收监。旋由同善堂内检点各处尸首，向黄花冈埋葬。后来经党人自己调查，阵亡的著名首领，约有八十九人，姓名录下：

林　文　林觉民　林尹民　林常拔　方声洞　陈与桑
陈更新　陈汝环　陈文波　陈可均　陈德华　陈　敏
陈启言　陈　福　陈　才　冯超骧　冯仁海　冯　敬
冯雨苍　刘六湖　刘元栋　刘　锋　刘钟群　刘　铎
李　海　李　芳　李雁南　李　晚　李　生　李海书
李文楷　徐满凌　徐培汉　徐礼明　徐日培　徐保生
徐广滔　徐沛流　徐应安　徐钊良　徐　端　徐容九
徐松根　徐廉辉　徐茂苗　徐培深　徐习成　徐林端
徐进台　罗　坤　罗　俊　罗　联　罗　干　罗仲霍
石经武　石庆宽　荣肇明　劳　培　马　侣　马　胜
周　华　韦云卿　梁　纬　喻纪云　庞　鸿　庞　雄
何天华　王　明　姚国梁　宋玉琳　饶辅廷　余东鸿
日　全　雷　胜　黄鹤鸣　杜凤书　萧盛跻　游　祷
秦大诱　伍吉三　郭继梅　洗　选　程耀林　葛郭树
黎　新　吴　润　彭　容　廖　勉　江继厚

这八十九人内，有七十二人葬在黄花冈，只黄兴、赵声，及胡汉民、李燮和数人，总算逃出香港，才免拿获。赵声恨事不成，病痈而死，与黄花冈诸君相见地下，这是广州流血大纪念。民国纪元，当三月二十九日，为黄花冈志士周年期，上海某报，曾有一副挽联云：

黄花冈下多雄鬼，五色旗中吊国殇。

广州流血后，水师提督李准，得了黄马褂的重赏，清政府也以为泰山可靠，越加放心。从此阳说立宪，阴加专制，不到数月，又想出一个铁路国有的计策，闯出一件大大的祸事来了。欲知后事，请看下回。

摄政王载沣，监国三年，未闻大有失德，而国势日危，实由于变乱已深，不可救药。故谓亡清之咎，专属摄政王，我不敢信。但必以摄政王可告无罪，亦岂其然？当其监国之始，严谴袁端二大臣，似觉刚克有余，乃其后太阿倒持，政权旁落，叔侄子弟遍要路，无一干济才，但惟是贪婪淫欲，掊克为生，是岂恐其亡之不速，而故速其亡耶？谁秉国政，顾任其骄纵若此？革命党人乘机骚动，一败而清廷相庆，再败而清廷益相贺，三败四败，而清廷且自以为无恐矣。抑知败者愈奋，胜者愈骄，革命之声喧传海外，虽欲不亡，不可得也。故广州一役，人为革党悲，吾为清室惧，天夺之鉴而益其疾，觇国者于此决兴亡焉。

第九十七回

争铁路蜀士遭囚
兴义师鄂军驰檄

却说清政府闻广州捷报，方在放心，安安稳稳的组织新内阁。庆王奕劻，资望最崇，作为总理，自不消说。汉大臣中，如孙家鼐、鹿传霖、张之洞等，先后逝世，只有徐世昌，历任疆圻，兼掌部务，算是一位老资格，遂令他与那尚书桐，作为内阁总理的副手。内阁以下，如外务、民政、度支、学务、吏、礼、法、陆军、农工、邮传、理藩各部，统设大臣、副大臣各一员，从前尚书、侍郎的名目，悉行改革。凡旧有的内阁军机处，亦一律撤去。又增一海军部，命贝勒载洵为大臣，并设军谘府，命贝勒载涛为管理。洵、涛统是摄政王胞弟，翩翩少年，丰姿原是俊美，可惜胸中并没有军事知识，只仗着阿兄势力，占居枢要。一对绣花枕，好看不中用。各省谘议局联合会上书，略称："内阁应负责任，不宜任懿亲为总理，请另简大员，改行组织。"折上，留中不报。联合会再上书续请，方接复旨，据言："用人系君主大权，议员不得干预！"顿时全国大哗。

还有邮传部大臣盛宣怀，倡起铁路国有的议论，怂恿摄政王施行。中国的铁路，自造的只有三四条，余外多借外款建筑，甚且归外人承办。光绪晚年，各省商民，知识新开，才听得借款筑路，由外人监督，连土地权也保不住，于是创议自办，把京汉、北京至汉口。粤汉广东至汉口。两大干路，集款赎回，又由四川到汉口一线，亦由川汉商民，自行兴筑，这也是保全铁路的良策。偏偏这位盛大臣宣怀，要收归国有，难道果有绝大款项，能买回这铁路么？据盛大臣奏章，说是："川粤铁路，百姓无钱续办，不如收为国有，借债造路。此路一成，偿了外债，还有盈余。"说话似乎中听，其实只好去骗摄政王。除摄政王外，若非与盛大臣串同舞弊，简直是骗不进的。盛大臣是常州人，他家私约几百万，也算是中国一个富翁。他的钱财，多半从做官来的，已经到了这个地步，也好知足，还要做甚么邮传部大臣？还要想甚么铁路国有的计策？无如他总想不通，看不破，家中的姨太太，弄了好几十个，费用浩大，挥金如土。他的子弟们，又是浪吃浪用，不肯简省，累得这位盛老头儿，还不能回家享福。他运动了一个邮传部缺分，本是很好，可奈晚清路航邮电各局，多抵外债，进款也是有限，他从没法中想出一法，借铁路国有的名目，去贷外款几千万，一来可以敷衍目前，二来有九五回扣，可入私囊。等到外人讨还，他已早到棺材里去了。就使寿命延长，尚是未死，借主是清朝皇帝，与己无涉，中人勿赔钱，乐得眼前受用。摄政王视事未久，不甚晓得暗中弊端。庆亲王奕劻，总教有点分润，也与盛大臣一样想头，此倡彼和，居然把盛大臣原奏，批准下来。这段文字，写得淋漓尽致。

盛大臣遂与英美德法四国，订定借款，办粤汉川汉铁路。外人正想做些投资事业，一经盛大臣与他商议，把路作押，自然谨遵台命。那时盛大臣又想出办法，把从前川粤汉的百姓已垫路本，统作七折八扣的计算，从中又好取利若干，而且不必还他现钱，只用几张钞票，暂时搪塞，便好将百姓的路本，取作国用，一举数得，真是无上妙法。谁知百姓不肯忍受，竟要反抗政府。咨政院也奏请开临时会，参议四国借款。各省谘议局，直接申请，要请政府收回铁路国有成命。盛大臣一概不理，且怂恿摄政王，下了几道上谕，说甚么不准违制，说甚么格杀勿论，百姓看了这等话头，越加气恼。川人格外愤激，开了一个保路大会，定要与政府为难。川督赵尔丰，与将军玉昆，将川中情形，联衔上奏。这时盛大臣已有二三百万回扣到手，那里还肯罢休？巧值端方入京，运动起复，费了十万金，得着一个铁路总办的缺分。盛大臣本帮他运动，所以同他商议，要他去压制川民，就可升任川督。端方利令智昏，居然满口答应，要去送掉老命了。草整行装，立即启程。行抵武昌，闻川民闹得不可开交，商人罢市，学堂罢课，不觉暗想道："赵尔丰如此无能，一任民人要挟，如何可作总督？"遂夤夜拟一奏折，叫文稿员缮就，翌晨出发，奏中极说"赵督庸懦，须另简干员"，大有舍我其谁的意思。嗣得政府复电，令他入川查办，端方遂向鄂督瑞澂，借兵两队，指日入川。此时可算威风。

川督赵尔丰，本是著名屠户，起初见城内百姓，捧着德宗景皇帝的牌位，到署中环跪哀求，心中也有些不忍，因此有暂缓收回的奏请。旋闻端方带兵入川，料是来夺饭碗，不禁焦急起来。欲利人，难利己；欲利己，难利人。两利相权，总是利己要紧。人人为此念所误。忽外面传进了一纸，自保商権书，列名共有十九人，他正想把这十九人传讯，那十九人中，竟有五人先来请见。尔丰阅五人名片，是谘议局议长蒲殿俊、副议长罗纶、川路公司股东会长颜楷、张澜、保路会员邓孝可，不由的愤愤道："都是这几人作俑，牵累老夫，非将他们严办不可！"遂传令坐堂。巡捕等茫无头绪，只因宪命难违，不得不唤齐卫队，立刻排班。赵屠户徐踱出来，堂皇上坐，始唤五人进见。五人到了堂上，瞧这情形，大为惊异。但见赵屠户大声道："你五人来此何为？"邓孝可先发言道："为路事，故来见制军，请制军始终保全。且闻端督办带兵入川，川民惶惧的了不得，亦乞制军奏阻。"赵屠户道："你等敢逆旨么？本部堂只知遵旨而行！"愿为满奴。这句话恼动了蒲殿俊，便道："庶政公诸舆论，这明是朝廷立宪的谕旨，制军奈何不遵？况四川铁路，是先皇帝准归商办，就是当今皇上，亦须继承先志，可容那卖国卖路的臣子，非法妄为吗？"观此可知川民捧景帝牌位之用意。说得赵屠户无言可驳，益发老羞成怒，强词夺理道："你等欲保全路事，亦须好好商量，为甚么叫商人罢市，学堂罢课？你等心犹未足，且闻要抗粮免捐，这非谋逆而何？"殿俊道："这是川民全体意旨，并非由殿俊等主张。"赵屠户取出自保商榷书，掷示五人道："你们自去看来！这书上明明只书十九人，你五人名又首列。哼哼！名为绅士，胆敢劫众谋逆，难道朝廷立宪，就可令你等叛逆么？"五人瞧着，尚思抗辩，赵屠户竟喝令卫弁，将五人拿下。卫弁奉令来缚五人，忽听大门外一片哗声，震动天地，望将过去，约不下千人。头上都顶着德宗景皇帝神牌，口口声声，要释放蒲罗等。惹得屠户性起，命卫队速放洋枪，这令一下，枪声四射，起初还是开放空枪，后来见百姓不怕，竟放出真弹子来，把前列的伤了数名。大众越加动怒，反人人拼着性命，闯入署中。正在不可开交的时候，亏得将军玉昆，飞马前来，下了马，挨入督辕，先抚慰民人一番，然后进商赵屠户，劝他不要激变。屠户铁石心肠，还是坚执一词，玉昆不待应允，竟命将蒲罗等五人，释了缚，随身带出，又劝大众散归，大众才陆续归去。

赵屠户愤犹未息，竟奏称乱民围攻督署，意图独立，幸先期侦悉，把首要擒获；嗣复联络鄂督瑞澂，迭上奏章，说如何击退匪徒，说如何大战七日，其实不过用兵监谤，与乡间百姓闹了两三场，他便捕风捉影，捏词陈奏，想就此冒点功劳，可以保全禄位。川民自保，赵督亦自保，势已分裂，如何持久？鄂督瑞澂，闻川省议员萧湘，由京过鄂，潜差人将他拘住，发武昌府看管。原来萧在京时，曾反对借债筑路，瑞澂把他拘禁，无非巴结政府，与赵屠户心计，彼此一律。看官！试想民为国本，若没有百姓，成何国度？况且清廷已筹备立宪，凡事统在草创中，难道靠了几个虎吏，就可成事么？大声疾呼。清政府阅赵督奏折，还道川境大乱，仍用前两广总督岑春煊，前往四川，会同赵尔丰办理剿抚事宜。岑意主抚，行到湖北，与鄂督商议，意见相左。又与赵尔丰通信，尔丰大惊，想道："既来了端老四，又来了岑老三，正是两路夹攻，硬要夺我位置。"夺他位置，其患犹小，将来恐不止此，奈何？连忙写了复书，婉阻岑春煊，说是日内即可肃清，毋庸劳驾等语。岑得书，也不欲与他争功，便上书托疾，暂寓武昌，借八旗会馆，作为行辕，这是宣统三年八月初的事情。

转瞬间，已到中秋，省城戒严，说有大批革命党到了，春煊还不以为意。后来闻知总督衙门内，拿住几个革命党，他也不去细探。至十九夜间，前半夜还是静悄悄的，到了一两点钟时候，忽听得有劈劈拍拍的声音，接着又是马蹄声、炮声、枪声，嘈杂不休。连忙起床出望，外面已火光烛天，屋角上已照得通红。方惊疑间，但见仆人踉跄走来，忙问何事？仆人报称："城内兵变。"春煊道："恐怕是革命党。我是查办川路，侨居此地，本没有地方责任，不如走罢。"使命仆人收拾行装，挨到天明，自己扮了商民模样，只带了一个皮包，挈仆出门。到了城门口，只见守门的人，臂上都缠着白布，他也莫明其妙，混出了城，匆匆的行到汉口，趁了长江轮船，径回上海去了。倒也清脱。

原来这夜的扰乱，正是民军起事，光复武昌的日子。是历史上大纪念日。鄂督瑞澂，未出仕时，在沪曾犯拐骗珠宝案，公廨出票拘提，他即遁去。后来不知如何钻营，迭蒙拔擢，相传与泽公有葭莩谊，因此求无不应。他本识字无多，肄业的肄字，尝读作肆音，士人传为笑柄。此次擢任鄂督，除逢迎政府外，别无他能。八月初九日，接到外务部密电，略说"革命党陆续来鄂，私运军火，并有陆军第三十标步兵，作为内应，闻将于十五六日起事，宜速防范"云云。他见了这种电文，飞饬陆军第八镇统领张彪，分布军队，按段巡查。督署内外，布满军警，又命文武大小各官，不得赏中秋节，连自己亦无心筵宴，日夜不得安枕。过了十五六两日，毫无动静，方才有些安心。十七日晚间，始与妻妾，补赏中秋，大家格外欢乐。宴毕，十二巫峰，任他游历，也总算是乐极了。乐极以下，便是生悲。翌日，接到荆襄巡防队统领沈得龙电文，说："在汉口英租界拿获革党刘汝夔、邱和商两名，已着护军解省。"瑞澂将电文交与巡捕，令颁发营务处，俟刘、邱两人解到听审。次日，又接张彪电话，说："在小朝街拿革党八人，内有一女革党，叫作龙韵兰，又有陆军宪兵队什长彭楚藩，内通革党，亦已查出拿下。同时在雄楚楼北桥高等小学堂间壁洋房内，拿获印刷告示缮写册子的革党五人。"接连又接到关道齐耀珊禀，说："洋房公所吴恺元，于汉口俄租界宝善里内，捉到秦礼明、龚霞初二名，并搜出炸弹、手枪、旗帜、印信、札文底册、信件甚多。"刚在一起一起的举发，外面又解到革党杨宏胜一名，说在黄士陂千家街地方小杂货店内，捉了来的。瑞澂被他闹昏，咐吩巡捕道："如有革党解到，不必琐报，总叫暂收狱中，我索性总审一堂，尽行将他正法，免得耽忧。"巡捕应声而出。是晚督署内复查出炸药一箱，有教练队军兵二人形迹可疑，拿讯时，果然由他运入，立即枭首。十九辰刻，瑞澂坐了大堂，审讯革党，有几个直认不讳，把他正法，有几个尚无实供，仍令收禁。

审讯已毕，适张彪到署，瑞澂把搜出名册，交他详阅。并说："名册中牵连新军，应即严查！”张彪告别回营，便饬将弁向各营查诘。营兵人人自危，遂密约起事，一火烧熟。定于十九夜间九点钟后，放火为号，一齐到火药局会齐，先搬子弹，后攻督署。可怜瑞澂、张彪等，尚在睡梦中。是晚月色微明，满天星斗悬在空中，听城楼更鼓，已打二下，忽然红光一点，直冲九霄。工程第八营左队营中，列队齐出，左右手各系白巾，肩章都已扯去。督队官阮荣发、右队官黄坤荣、排长张文澜等，出营阻拦。大家统说：“诸位长官，如要革命，快与我辈同去！”阮黄诸人，还是神气未清，大声喝阻。语尚未绝，枪弹已钻入胸膛，送他归位。当下逐队急趋，遇着阻挡，一律不管，只请他吃弹子。到了楚望台边，有旗兵数十人拦住，被他一阵排枪，打得无影无踪，遂扑入火药局内，各将子弹搬取。此时十五协兵士，已齐集大操场，随带子药，同工程营联合，去攻督署。适遇防护督署的马队，阻止前进，兵士齐叫道：“彼此都系同胞，何苦自相残杀？”倘令长存此心，何患国家不治？马队中听得此言，很是有理，遂同入党中。于是分兵三处，一向凤凰山，一向蛇山，一向楚望山，各将大炮架起，对着督署轰击，霎时间将督署头门毁去，各兵从炮火中，奔入督署，找寻瑞澂，谁知瑞澂早已率同妻妾，潜逃出城，到楚豫兵轮上去了。转身去寻张彪，也与瑞澂同一妙法，逃得不知去路。亏得会逃，保全老命。

各兵拥集督辕，天色渐明，大众公推统领，倒是齐声一致的，愿戴一位黎协统。乱世出英雄。这黎协统名元洪，字宋卿，湖北黄冈县人，从前是北洋水师学堂的学生，毕业后，娴陆海军战术，中东一役，黎曾充炮船内的兵目，因见海军败没，痛愤投海，为一水兵救起，由烟台流入江南，适值张之洞为江督，一见倾心，立写“智勇深沉”四大字，作为奖赏。嗣张督调任两湖，黎亦随去。及张入京，未几病逝，黎仍留鄂，任二十一混成协协统，为人温厚和平，待士有恩，所以军队无不乐戴。众议既定，都奔到黎营内，请出黎协统，要他去做都督。黎公起初不允，旋由大众劝迫，才说：“要我出去，须要听我号令：第一条，不得在城内放炮。第二条，不得妄杀满人。此外如抢劫什物，奸淫妇女，捣毁教堂，骚扰居民等事，统是有干法律，万不可行！诸位从与不从，宁可先说，免得后悔。”大众齐声遵令，遂拥着黎公到谘议局，请他立任都督，把谘议局改作军政府，邀议长汤化龙，出任民政。

部署渐定，遂发了密令，命统带林维新带兵去袭汉阳。林统带连夜渡江，袭据了兵工厂，随向汉阳城进发。汉阳知府，不待兵到，早已远飏，正是不劳一炮，不血一刃，唾手得了汉阳城。旋又分兵过河，占住了汉口镇。汉口有各国租界，当由鄂军政府，照会各国领事，请他中立，并愿力任保护外人生命财产。各领事见他举动文明，也是钦佩，遂与军政府声明中立条约三件：

一　是无论何方面，如将炮火损害租界，当赔偿一亿七万两。

二　是两方交战，必在二十四点钟前，通告领事团。

三　是水陆军战线，必距离租界十英里外。

鄂军政府一一承认，遂由各国领事团，宣布中立文，并与军政府订定条约，凡从前清政府，与各国约章，继续有效，此后概当承认。赔款外债，照旧担负，各国侨民财产，一概保护。惟各国如有阴助清政府，及接济满清政府军械，应视为仇敌。所获物品，尽行没收。双方签定了押，遂由鄂军政府，撰布檄文，传达全国。其文道：

中华开国四千六百零九年八月□日，中华民国军政府檄曰：夫春秋大九世之仇，小雅重宗邦之义，况以神明华胄，匍匐犬羊之下，盗憎主人，横逆交逼，此诚不可一朝居也。惟我皇汉遗裔，弈叶久昌，祖德宗功，光被四海。降及有明，遭家不造，蕞尔东胡，曾不介意。遂因缘祸乱，盗我神器，奴我种人者，二百六十有八年。凶德相仍，累世暴殄，庙堂皆豕鹿之奔，四野有豺狼之叹。群兽嘻嘻，羌无远虑。慢藏诲盗，遂开门揖让，裂弃土疆，以苟延旦夕之命，久假不归，重以破弃。是非特逆胡之罪，亦汉族之奇羞也。幕府奉兹大义，顾瞻山河，秣马厉兵，日思放逐，徒以大势未集，忍辱至今。天夺其魄，牝鸡司晨，块然胡雏，冒昧居摄，遂使群小俱进，黩乱朝纲，斗聚金璧，以官为市，强敌见而生心，小民望而蹙额。犬羊之性，好食言而肥，则复有伪收铁道之举，丧权误国，劫夺在民。愤毒之气，郁为云雷。由鄂而湘而粤而川，扶摇大风，卷地俱起。土崩之势已成，横流之决，可翘足而俟。此真逆胡授命之秋，汉族复兴之会也。幕府总摄机宜，恭行天罚，惧义帅所指，或未达悉，致疑畏之徒，遇事惶惑，僻远诸彦，莫知奋起，用先以独立之义，布告我国人曰：在昔虏运方盛，则以野人生活，弯弓而斗，睐目䶥舌，习为豺狼，是以索伦凶声，播越远近。入关之初，即择其强梁，遍据要津，而令吾民输粟转金，豢其丑类，以制我诸夏。传且九叶，则放诞淫侈，夤缘苟偷，以袭取高位。枯骨盈廷，人为行尸，故太平之战，功在汉贼，甲午之役，九庙俱震。近益岌岌，祖宗之地，北削于俄，南夺于日，庙堂阒寂，卿相嘻嘻，近贵以善贾为能，大臣以卖国相长，本根已斩，枝叶瞀乱。虎皮蒙马，聊有外形。举而蹴之，若拉枯朽，是虏之必败者一。昔三桂启关，汉家始覆，福酋定鼎，益因缘汉贼，为之佐命。稍浴

汉风，遂事羁縻，维时中邦，大势已去，义士窜伏，迂儒小生，勿能自固，遂被迫胁，反颜事仇，渐化腥膻，遂忘大义，合薰于莸，以逆为正，孑孑贪夫，时效小忠。虏遂奄然高踞，骄吸民脂，浸淫二百年，汉族义师，屡蹶不起，爰及洪王，几复汉土，曾胡左李，以本族之彦，倒行逆施，遂使虏危而复安，久留不去，此实孝孙之已醉，非逆胡之可长也。方今大义日明，人心思汉，觥觥硕士，烈烈雄夫，莫不敬天爱祖，高其节义。虽有缙绅，已污伪命，以彼官邪，皆舆金辇璧，因货就利，鄙薄骄虚，毋任艰巨。虏实不竞，汉臣复匮，盲人瞎马，相与徘徊，是虏之必败者二。邦国迁移，动在英豪，成于众志，故杰士奋臂，风云异气，人心解体，变乱则起。十稔以还，吾族巨子，断脰决腹者，已踵相接。徒以民习其常，毋能大起，虏遂起持其间，因以苟容，迁延至今，乃以立宪改官，诈为无信，借款收路，重陷吾民，星星之火，乘风燎原。川湘鄂粤之间，编户齐民，奔走呼号，一夫奋臂，万姓影从，颓波横流，败舟航之，是虏之必败者三。昔我皇祖黄帝，肇造中夏，奄有九有。唐虞继世，三王奋迹，则文化彬彬，独步宇内，煌煌史册，逾四千年。博大宽仁，民德久著，衡之西欧，则逊其条理已耳。先觉之民，神圣之胄，智慧优渥，宜高踞土疆，折冲宇宙，乃锐降其种，低首下心，以为人役，背先不孝，丧国无勇，失身不义，潜德幽光，望古遥集。瞻我生身，吊景惭魂。返性则明，知耻则勇，孝子不匮，永锡尔类，则汉族之当兴者一。大道之行，天下为公，国有至尊，是曰人权。平等自由，乐天归命。以生为体，以法为界，以和为德，以众为量。一人横行，谥曰独夫，凉彼武王，遂有典刑。满虏僭窃，更益骄恣，分道驻防，坐食齐民，厚禄高官，皆分子姓。胁肩谄笑，武断朝堂，国土国权，断送惟意。束我言论，遏我大群，扰我闾阎，诬我善良，锄我秀士，夺我民业，囚我代表，杀我议员，天地晦盲，民声销沉。牧野洋洋，檀车煌煌，复我自由，还我家邦，则汉族之当兴者二。海水飞腾，雄强参会，弱国孱种，夷为犬豕。民有群德，朝有英彦，威能达旁，乃竞争而存耳。惟我中华，厄于逆虏，根本参差，国力遂糜。虏更无状，鱼馁肉败，腥闻四布，遂引群敌，乘间抵隙，边境要区，割削尽去，拊背扼吭，及其祖庙，卧榻之间，鼾声四起，耳目蔀覆，手足絷维，遂使我汉土堂奥尽失，民气痿痹，将破碎颠连，转餍封豕，不去庆父，鲁难未已，廓而清之，骏雄良材，握手俱见，万儿肃穆，群敌销声，则汉族之当兴者三。维我四方猛烈，天下豪雄，既审斯义，宜各率子弟，乘时跃起，云集响应。无小无大，尽去其害，执讯获丑，以奏肤功。维我伯叔兄

弟，诸姑姊妹，既审斯义，宜矢其决心，合其大群，坚忍其德，绵系其力，进战退守，与猛士俱。维尔失节士夫，被逼军人，尔有生身，尔亦汉族，既审斯义，宜有反悔，宜速迁善，宜常怀本根，思其远祖，宜倒尔戈矛，毋逆义师，毋作奸细。维尔胡人，尔在汉土。尔为囚徒，既审斯义，宜知天命，宜返尔部落，或变尔形性，愿化齐民，尔则无罪，尔乃获赦宥。幕府则与四方俊杰，为兹要约曰："自州县以下，其各击杀虏吏，易以选民，保境为治。又每州县，兴师一旅，会其同仇，以专征伐，击杀虏吏。肃清省会，共和为政，幕府则大选将士，亲率六师，犁庭扫穴，以复我中夏，建立民国。"幕府则又为军中之约曰："凡在汉胡苟被逼胁，但已事降服，皆大赦勿有所问。其在俘囚，若变形革面，愿归农牧，亦大赦勿有所问。其有挟众称戈，稍抗颜行，杀无赦；为间谍，杀无赦；故违军法，杀无赦。"以此布告天下，如律令。

又有一阕兴汉军歌，尤觉得慷慨异常，小子备录于此，以供众览道：

地发杀机，中原大陆蛟龙起，好男儿濯手整乾坤；拔剑斫断胡天云。复我皇汉，完我自由，家国两尊荣。乐利蒸蒸，世界大和平，中外禔福乐无垠。好男儿！撑起双肩肩此任！

鄂军一起，清廷大震，立命陆军部及军谘府，派兵赴鄂，欲知谁胜谁负；请至下回表明。

盛宣怀为亡清罪魁，实足为民国功臣。铁路国有之策不倡，则争路之风潮不起，鄂军即或起义，其成功与否，尚未可知，故谓盛为民国功臣可也。赵端诸人，皆为渊驱鱼，为丛驱雀之流，清无此人，乌乎亡？民国无此人，乌乎兴？然则赵端诸人，其亦皆民国功臣耶？鄂军之起，实自天怒人怨致之。檄文一篇，说得淋漓酣鬯，足为吾华生色。而本回叙事，亦气势蓬勃，抑扬得当，是固皆好手笔也。

第九十八回

革命军云兴应义举
摄政王庙誓布信条

却说清廷闻武昌兵变，即派陆军两镇，令陆军大臣荫昌督率前往，所有湖北各军及赴援军队，均归节制调遣。一闻鄂耗，即派陆军大臣前往，势成孤注，可见清政府之卤莽。又令海军部加派兵轮，饬萨镇冰督驶战地，并饬程允和率长江水师，即日赴援。一面把瑞澂、张彪等革职，限他克日收复省城，带罪图功。种种谕旨，传到武昌。黎都督元洪，恰也不慌不忙，只分布军队，严守武汉，专待北军到来，一决雌雄。从容布置，便见老成。有弁目献计军政府，请拆京汉铁路若干段，阻止北军前来。黎都督道："我军将要北上，如何拆这铁路？目前所虑，只患兵少，不敷防御，现拟暂编步兵四协，马队一标，炮队两标，工辎队各一营，军乐队一营，权救眉急。"于是出示招兵，不到三日，已有二万人入伍，遂令各队长日夕操练，预备对垒。复出一剪发命令，无论军民人等，一律剪辫，把前清时候的猪尾巴，统行革去。剪辫是第一快事。当下择定八月二十五日祭旗，立红黄蓝白黑五色旗为标帜，届期天气晴明，黎都督率同义师，诚诚恳恳的祷了天地，读过祝文，然后散祭。大家饮了同心酒，很有直捣黄龙的气势。

是日闻北军统带马继增，已率第二十二标抵汉口，驻扎江岸。清陆军大臣荫昌，亦出驻信阳州，海军提督萨镇冰，复率舰队到汉，在江心下椗。双方战势，渐渐逼紧。黎都督先探听汉口领事团，知已与清水陆军，签定条约，不准毁伤租界。租界本在水口一带，水口挡住，里面自可无虞，清水师已同退去一般。黎都督就专注陆战，于二十六日发步兵一标，赴刘家庙，布列车站附近。是时张彪军尚在此驻扎，鄂军放了一排枪，张军前列，伤了数十人，随即退去。鄂军也不追赶，收队回营。

次日，鄂军复分队出发，重至刘家庙接仗，那边仍来了张彪残兵，与河南援军会合，共约一镇，载以火车。鄂军队里的督战员，是军事参谋官胡汉民，令军队蛇行前进，将要接近，见河南军猛扑过来，气势甚锐，汉民复下一密令，令军队闪开两旁，从后面突开一炮，击中河南兵所坐的火车头，车身骤裂。河南兵下车过来，鄂军再开连珠炮，相续不绝，慌似千雷万霆，震得天地都响。两下相持了数点钟，河南兵伤了不少，方哗然退走，避入火车，开机驰去。一刹那间，又复驰了转来，不意扑塌一声，车竟翻倒，鄂军乘机猛击，且从旁抄出一支奇兵，把河南兵杀得落花流水，大败而逃。看官！这河南兵去而复回，明明是出人不意，攻人无备的意思，如何中途竟致覆车呢？原来河南兵初次退走，有许多铁路工人在旁，倡议毁路，以免清军复来。当时一齐动手，把铁轨移开十数丈。河南兵未曾防备，偏着了道儿，越弄越败，懊悔不迭。这便是倒灶的影子。至傍晚两军复战，清军在平地，鄂军在山上。彼此轰击，江心中的战舰，助清陆军，开炮遥击，约有二小时，鄂军队中发出一炮，正中江心炮船，船身受伤，失战斗力，遂驶去。各舰亦陆续退出，直至三十里外。翌日再战，各舰竟遁回九江去了。清水师虽是无用，亦不至怯敌若此，大约是不愿接仗之故。

至第三次开战，鄂军复夺得清营一座，内有火药六车，快枪千支，子弹数十箱，白米二千包，银洋十四箱，以及军用器物等，都由鄂军搬回。第四次开战，鄂军复胜，从头道桥杀到三道桥，得着机关炮一尊。第五次开战，鄂军用节节进攻法，从三道桥攻进滠口。清军比鄂军，虽多数倍，怎奈人人解体，全不耐战，一大半弃甲而逃，一小半投械而降。陆军大臣督兵而来，恰如此倒脸，真是气数。

自经过五次战仗，鄂军捷电，遍达全国，黄州府、武昌县、沔阳州、宜昌府、沙市、新堤，次第响应，竖满白旗。到了八月三十日，湖南民军起义，逐去巡抚余诚格，杀毙统领黄忠浩，推焦达峰为都督，陈作新为副都督，只焦达峰是洪江会头目，冒托革命党人，当时被他混过，后来调查明白，民心未免不服，暂时得过且过，徐作计较。同日，陕西省亦举旗起义，发难的头目，系第一协参谋官，兼二标一营管带张凤翙，及三营管带张益谦，两人统是日本士官学校毕业生，一呼百应，攻进抚署。巡抚钱能训，举枪自击，扑倒地下。两管带攻入后，见钱抚尚在呻吟，倒不去难为他，反令手下扶入高等学堂，唤西医疗治。其余各官，逃的逃，避的避，只将军文瑞，投井自尽，全城粗定，正副两统领，自然推举两张了。

余诚格自湖南出走，直至江西，会晤赣抚冯汝骙，备述湖南情形，且叙且泣。冯抚虽强词劝慰，心中恰非常焦灼，俟诚格别后，劳思苦想，才得一策，一面令布政使筹集库款，倍给陆军薪饷，一面命巡警道饬役稽查，旦夕不怠，城内总算粗安。偏偏标统马毓宝，举义九江，逐去道员保恒，及九江府朴良。九江系全赣要口，要口一失，省城也随在可虞，不过稍缓时日便了。铜山西奔，洛钟东应。

此时各省警报，纷达清廷，摄政王载沣，惊愕万状，忙召集内阁总理老庆，协理徐世昌，及王大臣会议。一班老少年，齐集一廷，你瞧我，我瞧你，面面相觑，急得摄政王手足冰冷，几乎垂下泪来。老庆睹此情形，不能一言不发，遂保荐一位在籍的大员，说他定可平乱。看官！你道是何人？乃系前任外务部尚书袁世凯。摄政王嘿然不答。老庆道："不用袁世凯，大清休了。"用了袁世凯，大清尚保得住么？摄政王无奈下谕，着袁世凯补授湖广总督。又有一大臣道："此次革党起事，全由盛宣怀一人激变，他要收川路为国有，以致川民争路，革党乘机起衅，为今日计，非严谴盛宣怀不可。"于是盛大臣亦奉旨革职。过了两三天，袁世凯自项城复电，不肯出山。内阁总理老庆，又请摄政王重用老袁，授他为钦差大臣，所有赴援的海陆各军，并长江水师，统归节制。又命冯国璋总统第一军，段祺瑞总统第二军，均归袁世凯调遣。袁世凯仍电奏足疾未愈。乐得摆些架子。摄政王料他纪念前嫌，不欲再召。忽由广州来电，将军凤山，被革命党人炸死。凤山在满人中，颇称知兵，清廷方命任广州将军，乘轮南下，既抵码头，登岸进城。到仓前街，一声奇响，震坍墙垣，巧巧压在凤山轿上，连人带轿，捣得粉碎。临时只有一党人毙命，闻他叫作陈军雄，余皆遁去。摄政王闻知此信，安得不惊？没奈何依了老庆计策，令陆军大臣荫昌，亲至项城，敦请袁世凯出山。那时这位雄心勃勃的袁公，才有意出来。时机已至。荫昌见他应允，欣然告别，返至信阳州，趁着得意的时候，竟想出一条好计，密令在湖北军队，打仗时先挂白旗，假作投降，待民军近前，陡起轰击，便可获胜。湖北带兵官，依计而行，果然鄂军不知真伪，被他打死了数百人，败回汉口，把刘家庙大智门车站各地，尽行弃去。荫昌闻这捷音，乐不可支，忙电奏京都，说民军如何溃败，官军如何得胜，并有可以进夺武汉等语。摄政王稍稍安心。

嗣闻瑞澂、张彪，都逃得不知去向，遂下令严拿治罪。其实鸿飞冥冥，弋人何篡，摄政王也无可奈何。默思川湖各地，必须用老成主持，或可平乱，来不及了。遂命岑春煊督四川，魏光涛督两湖。岑、魏都是历练有识的人，料知大局不可收拾，统上表辞

岑春煊（1861—1933），字云阶，广西西林人。1900年（光绪二十六年）任甘肃布政使，八国联军攻陷北京时，率兵护送慈禧太后和光绪帝至西安，升陕西巡抚，此后历任署理四川总督、两广总督、云贵总督等。1920年被粤军驱逐，寓居上海、苏州。著有《乐斋漫笔》。

职。那时只有催促这位老袁，迅速赴敌。老袁至此，始从彰德里第动身，渡过黄河，到了信阳州，与荫昌相会。荫昌将兵符印信，交代明白，匆匆回京复命。卸去肩子了。

这位袁老先生，确是有点威望，才接钦差大臣印信，在湖北的清军，已是踊跃得很，磨拳擦掌，专持厮杀。总统第一军的冯国璋，又由京南下，击退民军，纵火焚烧汉口华界，接连数日，烟尘蔽天，可怜华界居民，或搬或逃，稍迟一步，就焦头烂额。更可恨这清军仗着一胜，便奸淫掳掠，无所不为。见有姿色的妇女，多被他拖曳而去，有轮奸致死的，有强逼不从，用刀戳毙的。就是搬徙的百姓，稍有财产，亦都被他抢散。正在兴高采烈的时候，忽有鄂军敢死队数百人，上前拦截，清军视若无睹，慢腾腾的对仗。不意敢死队突起奋击，如生龙活虎一般，吓得清军个个倒退。还有后面的鄂军，见敢死队已经得势，一拥而前，逢人便杀，清军逃得快的，还保住头颅，略一迟缓，便已中枪倒毙。这场恶战，杀死清军三千五百多名，在汉口华界的清军，几乎扫荡一空。有在街头倒毙的兵，腰中还缠着金银洋钱，那里晓得恶贯满盈，黄金难买性命，扑通一枪，都伏维尚飨了。可为贪利者作一棒喝。

清军还想报复，不意袁钦差命令到来，竟禁止他非法胡行，此后不奉号令，不准出发。各军队也莫名其妙，只好依令而行。原来袁世凯奉命出山，胸中早有成竹，他想现今革命军，且万万杀不完的，死一起又有一起，我如今不若改剿为抚，易战为和。只议抚议和的开手，也须提出几条约款，方可与议。当下先上奏折，大旨是开国会，改宪法，并罢斥皇族内阁等件，请朝廷立即施行。摄政王览了此奏，又不觉狐疑起来。正顾虑间，山西省又闻独立，巡抚陆钟琦死难。陆钟琦系由江南藩司升任，到任不过数月，因陕西已归革命军，恐他来袭边境，遂派新军往守潼关。新军初意不愿，故设种种要求，有心激变。陆抚恰一一答应，新军出城而去。次日偏又回来，闯进抚署，迫陆抚独立。陆抚说了一个不字，那新军已举枪相向，待陆抚说到第二个不字，枪弹立发，适中陆胸。陆子亮臣，系翰苑出身，曾游学外洋，至是适来省父，劝父姑从圆融，谁意祸机猝发，到署仅隔宿，竟见乃父丧躯。父子恩深，如何忍耐，即取出手枪还击。此时的革命军，还管着甚么余地，顺我生，逆我死，众枪齐发，又将亮臣击毙。陆抚父子殉难，虽是尽忠一姓，心迹尚属可原，故文字间独无贬笔。再拥进内署，把陆抚眷属，复枪毙了好几人。抚署已毁，转至藩臬两署，拥藩司王庆平、提法使李盛铎至谘议局，迫他独立。两司不从，被禁密室，另推协统阎锡山为都督。锡山受任后，婉劝李盛铎出任民政，盛铎乃允。只王庆平执意如故，由锡山释放使归。

山西省的警信方来，江西省的耗音又至。江西自九江兵变后，省城戒严，勉强维持了几天。绅商学各界，组织保安会，将章程呈报抚署，请冯汝骙做发起人，冯抚倒也承认。嗣军界亦入保安会，请冯抚即举义旗，冯抚不允，于是各军队夜焚抚署，要时间火光烛天，冯抚自署后逃出，匿入民房。藩司以下，亦皆走避。革命军出示安民，方拟公举统领，适马毓宝自九江驰至，由各界欢迎入城，当于教育会开会，以高等学堂为军政府，仍举冯汝骙为都督。汝骙闻这消息，料军民都无恶意，遂出来固辞，乃改举协统吴介璋任都督，刘起凤任民政长，汝骙交出印信，挈眷归去。马毓宝亦返九江。江西独立，最称安稳。

这时候的云南省，也由协统蔡锷倡义，与江西省同日独立。云南边隅，次第为英法所占，是年英兵复占踞片马，滇民力争不得，未免怨恨政府，兼以各省独立，军界跃跃欲试，遂由协统蔡锷开会，召集将弁，同时发作，举火为号。第一营统带丁锦不从，被他驱逐，随攻督署，迫走总督李经羲，即改督署为军政府，举蔡锷为都督。各军搜捕各官吏，拿住世藩司，因他不肯降顺，一枪结果了他的性命。只李督在滇，颇有政绩，经各军搜出后，蔡锷独优礼相待，劝他为民军尽职。李督心有未安，情愿回籍。蔡不便强留，由他携眷回去。可见做官不应贪虐，到变起时，尚得保全性命。且因督署总是老衙门，舍旧谋新，将都督府迁至师范学堂，会同起事诸人，组织各种机关，并电各州县即日反正。不到数日，云南大定。

这数省的电音，传至摄政王座前。正急个不了，内廷的王公大臣，又纷纷告假，连各机关办事人，十有九空。老庆、载泽等并没有法子，还是各争意见，彼此上奏，愿辞官职。贝勒载涛，也辞去军谘大臣的缺分，弄得这个摄政王，呆似木雕，终日只是泪珠儿洗面，到无可奈何之际，不得不请老庆商量。老庆只信任一个袁世凯，便把内阁总理的位置，一心让与袁公，且劝摄政王概从袁议。摄政王已毫无主意，遂授袁为内阁总理大臣，叫他在湖北应办各事，布置略定，即行来京。越重任，越将清社送脱。一面取消内阁暂行章程，不用亲贵充国务大臣，并将宪法交资政院协议。资政院的老臣，先请下诏罪己，速开党禁，然后好改议宪法。摄政王惟言是从，下了罪己诏，开了党人禁，方由资政院拟定宪法大纲十九条，择定十月初六日，宣誓太庙。可奈各省民气，日盛一日，凭你如何改革，他总全然反对。

陈其美（1878—1916），字英士，浙江吴兴（今湖州）人，中国民主革命者。上海光复后被推举为沪军都督。“二次革命”失败后，流亡日本。1914年参加中华革命党，任总务部长。1916年被袁世凯派人刺死于上海。

上海的制造局，系东南军械紧要地，九月十三日，被革命党人陈其美，率众攻入，复占了上海道县各署，公举其美为沪军都督，吴淞口随即起应，遍悬白旗，宝山县亦即光复。沪上人民，欢声如雷。正在相庆，贵州独立的电报，亦到沪渎，说是巡抚沈瑜庆以下，尽行驱逐，现举杨荩诚为正都督，赵德全为副都督，全境安谧等语，沪军政府越觉欢跃，立派军士五十余人，至苏州运动军营，共建义旗。各军官一律应允，夤夜出发军队，齐集城下。十四日天明时，城门一开，各军鱼贯而入，径至抚署喧呼革命。苏抚程德全，仗胆登堂，问他来意。各军齐请程抚独立。程抚没法，只好赞成，但饬军队勿扰百姓。各军大呼万岁，即在门外连放九炮，悬起江苏都督府大旗。至十五日，苏城内外，就遍悬白旗，程抚居然改做都督，选绅士张謇、伍廷芳、应德闳等，分任民政、外交、财政等事，并截断苏宁铁路，派兵扼守，以防南京。江苏系官长独立，真是不血一刃，较江西尤为快利。

张謇（1853—1926），字季直，江苏南通人，清末状元，近代实业家、教育家，后又举办通海垦牧公司等实业；投资苏省铁路公司等实业；经营盐业，提倡盐务改革。又创办通州师范学校、南通博物院、女红传习所等。1925年大生纱厂因亏损严重被接管，次年病死。

江苏既定，沪上复遣敢死队到杭州，浙抚增韫，正焦愁万分，每日召官绅会议，绅士以独立二字为请，增抚总是不从。至敢死队到杭，密寓抚署左近，约各营乘夜举事。于是笕桥大营的兵士，入艮山门占住军械局，南星桥大营的兵士，入清波门占住藩运各署。敢死队怀着炸弹，猛扑抚署，一入署门，第一个抛弹的首领，乃是女志士尹锐志，闻他系绍兴嵊县人，尝在外洋游学，灌入革命知识，此次挈她妹子锐进，同来效力。首掷炸弹，毁坏抚署，卫队及消防队不敢抵敌，统行入党。急得增抚避匿马房，被党人一把抓出，拖至福建会馆幽禁。藩司吴引孙等，一律逃去。未及天明，全城已归革命军占领，推标统周赤城为司令官，以谘议局为军政府。临时都督，举了童训，童训自请取消，另举前浙路总理汤寿潜。汤尚在沪，由周赤城派专车往迎。只杭州将军德济，尚不肯投顺，几乎决裂，两边要开炮相斗，幸海宁士民杭幸斋，至满营妥议，方才停战。等到汤督到杭，复与满人订了简约：(一) 改籍，(二) 缴械，(三) 暂给饷项，徐图生活。满人料不可抗，唯唯听命，自是全城遂安。浙江独立，也算迅捷，且有女志士先入抚署，尤为特色。后来增抚等人，都由汤都督释回。

长江流域各省，多半光复，只湖南都督，改推议长谭延闿。焦、陈二人，被革军查出违法的证据，将他枭首，复枪毙焦党数名，稽查数天，仍归平靖。回应上文。只驻扎信阳的袁大臣，奉了回京组阁的谕旨，先遣蔡廷幹、刘承恩到武昌，与黎都督议和。黎都督定要清帝退位，方肯弭兵。经蔡、刘二员再四商榷，终不见允，只得回复袁大臣。袁大臣见议和无效，默默的筹画一番，复召冯、段二统领，密议办法，将军事布置妥当，才拟启程北上。成算在胸，可南可北。袁未到京，宣誓太庙的日期已至，摄政王率领诸王大臣到太庙中，焚香爇烛，叩头宣誓。誓文云：

维宣统三年十月六日，监国摄政王载沣，摄行祀事，谨告诸先帝之灵曰：惟我太祖高皇帝以来，列祖列宗，贻谋宏远，迄今将垂三百年矣。溥仪继承大统，用人行政，诸所未宜，以致上下睽违，民情难达，旬日之间，寰逼纷扰，深恐颠覆我累世相传之统绪。兹经资政院会议，广采列邦最良宪法，依亲贵不与政事之规制，先裁决重大信条十九条。其余紧急事项，一律记入宪法，迅速编纂。且速开国会，以确定立宪政体，敢誓于我列祖列宗之前。

随即颁布宪法信条十九条。

一　大清帝国之皇统，万世不易。

二　皇帝神圣，不可侵犯。

三　皇帝权以宪法规定为限。

四　皇帝继承之顺序，于宪法规定之。

五　宪法由资政院起草议决，皇帝颁布之。

六　宪政改正提案权，属于国会。

七　上院议员，由国民于法定特别资格公选之。

八　总理大臣由国会公选，皇帝任命。其他国务大臣，由总理推举，皇帝任命。皇族不得为总理及其他国务大臣，并各省行政官。

九　总理大臣受国会弹劾，非解散国会，即总理大臣辞职，但一次内阁，不得解散两次国会。

十　皇帝直接统率海陆军，但对内使用时，须依国会议决之特别条件。

十一　不得以命令代法律。但除紧急命令外，以执行法律，及法律委任者为限。

十二　国际条约，非经国会议决，不得缔结。但宣战构和，不在国会会期内，得由国会追认之。

十三　官制官规，定自宪法。

十四　每年出入预算，必经国会议决，不得自由处分。

十五　皇室经费之制定及增减，概依国会议决。

十六　皇室大典，不得与宪法相抵触。

十七　国务员裁判机关，由两院组织之。

十八　国会议决事项，由皇帝宣布之。

十九　第八条至第十六各条，国会未开以前，资政院适用之。

颁布以后，在清室已算让到极点，与民更始。可奈民心始终不服。两广、安徽、福建等省，又次第举起独立旗来，正是：

人意难回天意去，民权已现帝权终。

看官欲知后事，请至下回再阅。

鄂师一起，四方响应，中国之不复为清有，已可知矣。荫昌、萨镇冰辈，率全国之师，对付一隅，屡战未捷，是岂皆荫、萨二人，韬略未娴，不堪与黎军敌耶？周武有言："纣有亿兆夷人，离心离德，予有乱臣十人，同心同德。"观于清末，而古人之言益信。至若载沣摄政，仅二年余，此二年间，亦非有大恶德，但以腐败之老朽，痴呆之少年，使操政柄，猝致激变，载沣亦不得谓无咎焉。迨各省告警，云集响应，始有宣誓告庙之举，晚矣。故本回只据事直书，而瓦解土崩之状，已令人目不胜接，徒有浩叹而已。

第九十九回

易总理重组内阁
夺汉阳复失南京

却说广西巡抚沈秉坤，系湖南善化人，闻湖北早起义师，湖南亦告独立，长江下游，大半响应，广西虽处偏隅，势不能免，不如由我倡起，免受黎军压制。当下召文武各官，密谋独立。藩司王芝祥、提督陆荣廷，首先赞成。再开谘议局会议，通过多数，遂举沈为广西都督，改抚署为军政府，谘议局为议院。司道府县，暂仍旧贯。原有军队，统称广西国民军。组织粗定，秉坤愿任北伐事，将都督印信，让与王芝祥、陆荣廷，自挈家眷回籍。临行时有留别父老书，说得缠绵恺切，小子也无暇详述。广西独立，较江苏尤举动文明，沈秉坤功成即退，尤为难得。

只广东尚无独立消息，王芝祥因唇齿相依，意图联络，遂发电劝粤督张鸣岐，两三日未接复音。又过了好几天，始探得广东也独立了。原来广东自凤山炸毙后，早有人提倡独立，因粤督张鸣岐，模棱两可，忽愿独立，忽又不愿独立，弄得军民各界，无从捉摸。迁延一日，闻粤西赶先起义，大众始忍无可忍，各到谘议局开会，决议用和平手段，要求独立。仍推张鸣岐为都督，提督龙济光为副手。当下办就印信公文，送到督署。不意署中已空无一人，张鸣岐不知去向，转送与龙济光。济光因张督不到，亦不愿就任，于是改推革命党人胡汉民为都督。时胡汉民甫离湖北尚未到粤，由协统蒋尊簋暂代。胡到后，乃将都督印信交出。广东独立的音信，尚未北达，安徽独立的音信，先已南来。安徽居长江下游，巡抚叫作朱家宝。朱是幕府出身，人品素来圆滑。他起初还首鼠两端，嗣为军民所迫，不得已任为都督。后来安庆稍有变乱，朱缒城出走，大众请九江分府马毓宝莅任，人心乃安。

此时东南一带，只有南京及福建两处，尚未反正。南京由各省联军进讨，福建恰乘机响应，新军统制孙道仁，与谘议局副议长刘崇佑，联络兴师，先照会总督松寿，另立新政府，所有闽省政务，应归新政府施行。再照会将军朴寿，迫驻防兵缴出军械火药。两寿统是满人，松寿犹豫未决，朴寿偏决意主战。民军闻他不允，遂出占各署，松寿仰药自尽，朴寿饬满兵对仗，恃于山为根据，开炮轰击民军。民军偏冒险登山，前仆后继，竟将满兵杀退。朴寿还不肯罢手，亲率满兵来攻汉界，螳斧当车，不自量力，战到结果，弄得一命呜呼。两寿不寿，惟满人殉主，不谓无名，后人作史，书法应在陆钟琦上。满兵既无统帅，只可缴械投诚，当下推孙道仁为都督，受印悬旗，与各省大致相似，不必细说。

只这位摄政王载沣，迭接警耗，正似哑子吃黄连，有说不尽的苦楚。老庆也不胜着急，默念东南半壁，尽付乌有，所恃山东、河南，尚无变动，京畿总还保得住。不意来了一个急电，系山东巡抚孙宝琦，奏请独立，不觉魂魄飞扬，几致晕倒。独立二字，形诸奏牍，更属闻所未闻。看官！你道是何故？因孙抚乃庆王儿女亲家，老庆总道靠得住，陡接此奏，正是事出意外。那里晓得孙抚恰也有苦心，他受军民胁迫，不好力拒，又不便赞成，无策中想了一策，阳允军民设临时政府，暗中把苦情奏达清廷。老庆未曾详阅，险些儿几被吓煞。嗣经复电细问，方晓得孙抚意思，倒也少慰。

无如警报又逐渐到来，山东烟台商埠，真个独立，这还是一隅小事。至接到海军各舰归附民军的消息，又是不胜骇愕。原来清军舰退出鄂境，悬着白旗，拟顺流行至九江，偷过青山炮台，追抵田家镇，该镇开空炮示警，清军舰无都督护照，不敢停泊待验，乃重复折回。惟镜清、保民、楚观、江元、江亨、建威、通济、楚同、楚泰、飞鹰、楚谦、虎威、江平及张字号鱼雷艇，共十四艘，竟沿江而下，直达镇江。看官！你道十四艘兵舰如何能畅行无阻呢？相传是镜清船上，有帮管带陈复，与同志刘樾、刘勋名、杨砥中、常光球等三十余人，响应民军，暗中联络，是以途中无阻，竟一律开往镇江。镇江是时，亦已与苏州相应，推林述庆为都督，闻陈复已至，派员接收，至此清军舰十失六七，只海容、海琛、海筹、湖鹗及鱼雷艇等，孤立江心，不复成军。提督萨镇冰，见大势已去，另乘大通轮船，避往上海。那时海容、海琦、海筹三舰长，除效顺民军外，无他良法，遂向九江马都督处投诚。马都督毓宝，自然欢迎。接见后，置酒款待，彼此尽欢。惟海容舰长喜昌，海琛长荣续均，系满人，辞职回里，马都督各给洋五六百元，派人送沪去讫。

只老庆急上加急，每日电促袁世凯到京。袁大臣在途，请足疾假，咳嗽假，逗留又逗留，至缓无可缓，方率兵两大队，冠冕堂皇的到了京都。这也是步步为营之计。京中官民，闻袁大臣到来，相见恨晚，就是摄政王载沣，亦蠲除宿怨，极诚迎迓。两下相见，立开军事会议，袁大臣先将议和不成的情形，说了一遍。摄政王皱着眉道："鄂军既不肯议和，看来只好主战。"袁大臣道："主战亦是，但没有军饷，如何是好？"此时庆王在座，百忙中想出一法，乃是孝钦太后留有遗积，现在隆裕太后手中，要摄政王入宫支取。袁大臣竭力赞成，当由摄政王入见隆裕太后。隆裕太后，方宠幸太监小德张，又是一个李莲英。安排水晶宫装设，想步孝钦后后尘，不幸福气淡薄，革命党举事武昌，竟致四方响应，不可收拾。摄政王屡次进陈，已是愁闷得很，忽又要支取内帑，弄得无词可答，只有珠泪双垂。摄政王也相对而泣，哭了一场，总是无法可施，勉强取出若干万，交付摄政王，由摄政王交给袁大臣。袁大臣遂组织内阁，选了几个有名的人才，请旨颁布道：

梁敦彦为内务大臣，赵秉钧为民政大臣，严修为度支大臣，唐景崇为学务大臣，王士珍为陆军大臣，萨镇冰为海军大臣，沈家本为司法大臣，张謇为农工商大臣，杨士琦为邮传大臣，达寿为理藩大臣。

严修（1860—1929），字范孙，天津人，教育家。历任翰林院编修、贵州学政、学部侍郎等，积极倡导新式教育，曾奏请光绪帝开设经济特科。1904年任直隶学校司督办期间，筹资设立敬业中学堂，后来发展成为南开大学。

这道旨意，颁发下来，满拟人才毕集，挽救时艰。谁知有一半不肯出山，有一半供职清廷，也上表力辞，不愿担任危局。升官发财，人之所欲，何图此时，反相衲啬？袁大臣再请任各省宣慰使，选出几位耆硕，去当此任，偏偏又无人应命。且闻吉林、黑龙江，各设保安会，奉天也杂入革命军，举党人蓝天尉为都督，消息日恶一日。江南第九镇统制徐绍桢，又召集浙沪苏宁各军，攻打南京。江督张人骏，将军铁良，及提督张勋，虽尚服从清室，与徐绍桢等相抗，究竟城孤兵少，四面楚歌，免不得向清廷乞救。袁大臣至此，亦愤闷的了不得，他想民军气焰逼人，总不肯就我羁勒，能战然后能和，射人必先射马，欲想处处兼顾，势有未能，不如力攻武汉，杀他一个下马威，令他见我手段，方才逞志。洞见肺腑。遂将内帑运至鄂中，令冯、段两统领，奋击汉阳。

冯、段二人，接此命令，果然格外效力，亲率全军赴汉阳，鄂军方面，由黄兴督师，两下连战两昼夜，清军先挫。梅子山一带，为鄂军所占。嗣清军潜渡汉江，改服鄂军衣装，各持白旗，来袭美娘山。鄂军不及预防，还道是武昌遣来援军，至清军前队登山，见人辄斫，方晓得系清军伪充，连忙对仗，已是不及。恶斗了半日，清军越来越众，炮火越猛，鄂军死伤千余人，只好把美娘山弃去，退至龟山。清军乘胜追至，被鄂军一阵杀退，不意龟山方幸保全，雨淋山又闻失守。恼了这班敢死队，纠众进攻，冒死上登，竟将雨淋山夺回，并乘间渡江，拟占刘家庙。才至汉口，清军突来，战了一仗，不分胜负。清军退至歆生路，两下收军。越宿，清军又拔营齐出，群往雨淋山，用全力争汉阳。那时两军已连战五昼夜，雨淋山的鄂军，只道清军已退，令招来新兵把守。新兵未经战阵，骤见清兵如蚁而来，哗然四散。清军遂据雨淋山，突闻山下枪炮齐发，由清军俯视，只见来势勇猛，正是鄂军里的敢死队。清军也怕他骁悍，胆已先怯，勉强下迎，毕竟敢死队以少胜多，又将雨淋山夺去，并夺得清军机关枪两尊。翌日黎明，两军统帅，都亲自督阵，大战于十里铺。自辰至午，清军炮火甚烈，鄂军不能取胜，方收队休息。忽后面大起炮声，回头一望，乃是清军全队，猛力扑来。民军前后受攻，任你甚么敢死团也是不济，只好退归汉阳。这支清军，如何在鄂军后面？看官听着！待小子叙明。原来汉阳城外有扁担山，系全城保障，山上有一员炮队管带，姓张名振臣，系张彪的儿子，张彪遁去，振臣尚在，黄兴未曾察破，被他勾通清军，竟将这山奉送。复卖嘱黑山、龟山、四平山、梅子山的炮弁，把炮闩除去，并将地雷火线绝断。霎时间，清军四路分攻，守山的将士，放炮炮不响，爇线线无灵，徒靠着血肉之躯，与枪弹相搏，那有不败之理？眼见得四座峻岭，被清军陆续占去。为一张振臣，几致全军皆没，可见用人不可不慎。

这时候的汉阳总司令黄兴，早回城中，败兵入城，犹待总司令宣布军号，以便防守。谁知待了许久，杳无音响，到总司令府谒问，只剩了一间空屋，室迩人远，弄得大众面面相觑，城外又鼓声大震，清军齐来薄城。城中已无主帅，不由的军心大乱，纷纷出城。等到武昌闻警，发兵来援，全城已为清军占领，还有甚么效力？但见汉阳城外的人民，夺路奔逃，渡船如蚁，飞向武昌驶去。溃军也杂民中，争船而走。军械辎重，漂流江面，不计其数。这皆由黄司令之力。黎都督闻汉阳已失，不禁叹惜道："我道这位黄司令，总有些能耐，不料懦弱如此。"忙出城抚慰兵民，并言"黄司令已往上海，去集援军，计日可至。汉阳虽失，尽可无虑，武昌有我作主，总要拼命保守"等语。兵民闻言，方觉心安。于是续派军队，沿江分驻，上自金口，下至青山，皆立栅置炮，日夜严防，武昌才算稳固。

冯、段两统领，既得汉阳，即向清廷告捷，且拟指日攻复武昌，清廷王大臣，又相庆贺，独这袁总理心中，恰另有一番计画。此公浑身是计。正踌躇间，又来了三道警电：第一道是第六镇统制吴禄贞，奉清命去攻山西，被麾下周符麟、吴鸿昌等刺死，袁见了尚不以为意，因吴禄贞是革命党人，命攻山西，乃由军谘使良弼发议，明是以毒攻毒，此次见刺，安知非从良弼授意，当即将电文搁过一旁。第二道是四川独立，端方在资州被杀，其弟端竟，亦遭惨戮，不由的太息道："端老四何苦费了数万金，卖个身首异处，真不值得。"不如公固远甚。亦将此电搁起。第三道是南京危急万分，火速求援。这电文映入袁总理眼帘，恰瞧了又瞧，默想片时，竟取出两笺，各书数字，交左右至电报处拍发。一电系寄往南京，说急切无兵可援。明明是叫他弃城。一电系寄往汉阳，说是暂且停战。明明是有意讲和。

冯、段两统领，向来尊信袁公，自然停兵勿进。独南京张人骏等，接到袁电，未免有些怨恨。张勋更暴躁得很，还要与民军争个雌雄。那时攻打南京的徐绍桢，因出战不利，退回镇江，改推苏督程德全为海陆军总司令，出驻高资。程遂召集各军司令官，带兵前进。宁军总司令，仍是徐绍桢，镇军总司令，就是林述庆，还有浙军总司令朱瑞，苏军总司令刘之杰等，会集部兵三万余人，一齐杀去。南京清提督张勋，确是能耐，督率十八营如狼似虎的防军，前来对垒。交绥数次，联军未见胜仗，反伤了无数士卒，嗣经济军统领黎天才，率兵六百余人，来攻南京。黎素以勇毅闻，见各军相率逡巡，勃然大愤，即慨请先行，请浙军司令官朱瑞，派兵为后应。当下进攻乌龙山，下令首先登山者，赏银千元。军士闻令踊跃，争先抢占。清军不能支，立被占住，再攻幕府山。下令如前，一声呐喊，猛力前进。清军马步队，方在炮台上了望，见民军来势汹涌，行动如飞，台兵不慌不忙，也不开炮，竟下来欢迎，请天才登山。天才检点将士，共四百余员，咸请："我辈湘人，不愿与同胞为难。"天才大喜，登山遥望，正与城内狮子山相对。狮子山也有炮台守兵，颇有整肃气象，蓦闻狮子山开炮轰来，天才颇为一惊。旋见射来的炮弹，都落山外，不觉动疑起来，问明降军，方知狮子山的守兵，亦系湘人，彼此同心，不愿轰击，所以随便开放。天才也令炮兵停击，竟分兵去夺下关。下关炮弁何明焕，度势不支，有心反正，遂悬起白旗，以示降顺。天才喜出望外，把下关两座炮台，一律收入，复会合苏浙联军，往攻孝陵卫。张勋亲率部将三员，分四路出城迎敌，联军奋力齐进，击毙张军千余名。张勋知不可胜，退入朝阳门，负嵎死守。

只张勋有个爱妾，芳名小毛子，生得妩媚动人，秦淮河畔，无此丽姝，白下城中，群推绝色。佳人配悍帅，尚嫌非耦。那张大帅好勇性成，生死恰付诸度外，惟瞧着这蔽月羞花的篷室，未免生愁。小毛子以张勋威望素著，起初倒也不怕，只教张勋固守；寻闻险要已失，孤城坐困，也觉得忧虑起来。美人颜色，易致憔悴，怎禁得起连日警耗，渐渐腰围瘦损，华色枯凋，张勋见她形容，也无心恋战。张人骏、铁良等，毫无成见，凡事都由张勋作主，张勋要战，不得不战，张勋要逃，不得不逃。张勋一面求救清廷，一面令小毛子收拾细软，派得力兵队，潜护出城。过了两日，接袁总理复电，无兵可援，不禁懊悔道："大家坐视，独我奋力，我也无此耐烦。"会联军又夺天保城，张勋遂与张人骏、铁良密商，不如带兵北上，徐图后举，此时且与联军议和。张、铁无计可施，遂允勋议。

当下拟定四大纲，令部将胡令宣，出城请和。苏军司令刘之杰，接阅和款：一是不得伤人民生命，二是不得杀旗人，三是准张勋率兵北上，四是准令张人骏、铁良北上。刘之杰瞧毕，对胡令宣道："这事我不能作主，须禀报总司令处，方可定议，你且回城候复！"胡令宣唯唯去讫。次日由总司令答复，允他三条，独张勋北上条不许。张勋怒吼上马，再拟背城借一，经张人骏、铁良劝阻，勉过一天。翌晨正拟出发，忽报四城火起，联军已进攻南门、神策门、太平门、仪凤门，及狮子山炮台。张人骏、铁良两人，避至日本领事馆，乞他保护出城。张勋令部兵白旗出迎，自己恰括尽库款，从旁门走脱。等到联军入城，早已虚若无人了。张大帅有人有财，毫不吃苦。南京光复，因程督不能离苏，公举镇军都督林述庆，为南京临时大都督。适值黄兴到沪，拟集联军援鄂，在上海开会，由各省代表推他为大元帅，黎元洪为副元帅，正是：

郁之益久，发之益光。

师直为壮，我武孔扬。

小子著书至此，已九十九回了，下文只有一回，便要完卷。看官且再拭目！阅那结末的第一百回。

"将军欲以巧胜人，盘马弯弓故不发。"这两语正可移赠袁公。迟迟出山，又迟迟入京，处危疑交集之秋，尚属从容不迫，其才具已可概见。汉阳一役，明以示威，得汉阳而失南京，正袁公之所以巧为处置也。从字句间体察之，可以觇袁大臣之心，可以见著书人之识。

第一百回

举总统孙文就职
逊帝位清祚告终

却说黄兴既受了大元帅的职任，正拟派兵援鄂，忽闻清廷降旨，命袁世凯为议和全权大臣，料知停战在即，因此从缓。这袁大臣恰委任尚书唐绍仪，作为代表，南下议和。唐奉命至汉口，先由驻汉英领事，转告黎都督，黎不便力拒，允与熟商，当由双方暂时停战。唐绍仪进见黎都督，交换意见，议了两天，黎以黄兴在沪，已任为大元帅，一切取决，当就上海开议。于是唐绍仪又从汉口乘轮到上海来，是时上海各代表，已公推博士伍廷芳为外交总长，议和事亦委他主持。会议地点，就在上海英租界的市政厅。两下列座，除两大代表外，尚有参赞数员。晤谈后，各取委任书交阅，互验属实，然后讨论和议。议至四点多钟，伍代表提出四事：一，清帝退位。二，改行民主政体。三，给清帝年金。四，量恤旗民。唐代表瞧这四条，不便承认，只答称须电达内阁，方可定夺，当下散会。看官！你想“清帝退位”四字，简直是要将清室河山，归还民国，清廷王大臣，焉肯即日允从？袁大臣自然不能代允，但欲峻词拒却，必致决裂，弄得战祸绵延，终非良策。恰是两难。想了又想，只好把君主民主两问题，熟详利害，复电唐代表，令他再行辩驳。唐绍仪乃续约伍廷芳，申议两次，伍廷芳决立民主政体，方可休兵，彼此几至决裂。当由德领事出为调停，德领事名婆黎，系上海各领事的领袖，他奉驻京德使命，有意排解。遇开领事团会议，招集英美法日俄五领事，详述意旨，五领事自然乐从。那时德领事即将意见书，交与伍、唐两代表，其文云：

驻扎北京德国公使馆，曾奉本国政府训令，向各议和使陈述私见。德国政

黎元洪（1864—1928），字宋卿，湖北黄陂（今武汉市黄陂区）人，北洋政府总统。随德国教官训练湖北新军，由管带累升为第二十一混成协统领。武昌起义时，任革命军湖北军政府都督。南京临时政府成立后，当选为副总统，袁世凯死后继任总统。后死于天津。

府，以为中国如果继续战争，不特有危于本国，并有危于外人之利益安宁。现德国政府，依旧严守中立，但不得不尽义，为私交上之忠告。愿两议和使设法将战事早日消灭，从两造之所自愿者，办理一切事宜，有厚望焉。

伍、唐两代表接书后，只得共表同情，再事磋商。会闻山东都督孙宝琦取消独立，山西省城太原府，又由清军占领。清廷一方面，似乎有些生色。嗣由革命党大首领孙文，航海归来，沪上各民军代表，个个欢迎，一片舞蹈声，喧呼声，与吴淞江水声相应，热闹的了不得。过了两三天，各代表遂开选举大总统会，投票选举。启箱后，孙文票数最多，应任为大总统。续举副总统，是黎元洪当选。大众遂欢呼“中华共和万岁”三声，随由各代表通电各处，于辛亥年十一月十三日，即西历一千九百十二年一月一号，组织中华临时政府于上海，建号中华民国，即以此日为民国元年元月元日。是民国一大纪念，故大书特书。孙文赴南京受任，火车上面，遍插国旗，站旁军队林立，专送孙总统上车。由沪至宁，每到一站，两旁皆列队呼万岁。午后抵南京，国旗招展，军乐悠扬，政学军商各界，统来站相迎。驻宁各国领事，亦到来迎接。各炮台，各军舰，各鸣炮二十一门，表示欢忱。别开生面。孙总统下车后，改坐马车至临时总统府，早有黄兴、徐绍桢等，站着左右，迎迓入内。是晚即在公堂行接任礼，各省代表，与海陆军代表，齐呼“中华民国万岁”，声振屋瓦。代表团报告选举情形，请临时大总统宣读誓词。孙文即朗声宣诵道：

黄兴（1874—1916），字廑午，湖南善化（今长沙）人，民主革命家。1912年南京临时政府成立，任陆军总长兼参谋总长。1913年任讨袁军总司令，失败后流亡日本。1916年病故于上海。

颠覆满清专制政府，巩固中华民国，图谋民生幸福，此国民之公意，文实遵之。以忠于国，为众服务，至专制政府既倒，国内无变乱，民国卓立于世界，为列邦公认，斯时文当解临时大总统之职，谨以此誓于国民！

读毕，由代表团推举景帝召，捧呈大总统印信，由孙总统接受如仪。各代表又推徐绍桢读颂词，读后，孙总统答称："誓竭心力，勉副国民公意。"大众更欢呼而散。孙总统遂立中央政府，为行政总机关，中央设参议院，各省设省议会，为立法机关。并提议改用阳历，交参议院公决。参议院议员，暂以各省代表充选，即日通过改历议案，以十月十三日为正月一日，并为中华民国纪元，通电各省公布。又议定政府制度，暂仿美国成制，不设总理，但设各部总次长如下：

陆军总长黄兴、次长蒋作宾，海军总长黄钟瑛、次长汤芗铭，司法总长伍廷芳、次长吕志伊，财政总长陈锦涛、次长王鸿猷，外交总长王宠惠、次长魏宸组，内务总长程德全、次长居正，教育总长蔡元培、次长景耀月，实业总长张謇、次长马和，交通总长汤寿潜、次长于右任。

南京政府成立，民军声焰愈张，遂创议北伐，传檄远迩。各省踊跃起应，连一班女学生，也想大出风头，组织北伐队。这也可以不必。上海名优阔妓，都借着色艺，募捐助饷，似乎直捣黄龙，指顾间事。各洋商见时势危急，恐碍商务，遂联名发电，直致清廷，要求早日改建国体，妥定大局。先是摄政王载沣，因袁大臣已任内阁总理，自己无权无勇，正好借此下台，辞退监国重任。经隆裕太后允准，令他仍醇王爵号，退归藩邸，不再预政。此后一切政务，都责成总理大臣。至保护幼帝的责任，归太保世续、徐世昌。此旨颁后，全副重担，都肩在袁总理身上。袁总理倒也不怕。有大受才。惟南北和战事宜，所关重大，且迭接南方各电，不得不与清皇族会商，遂奏请隆裕太后，开御前会议，把民军提出各条，令皇族自行酌夺。皇族多半反对，袁总理再电唐绍仪，征求意见。绍仪复称应速开临时国会，解决政体。袁总理复转达皇族，皇族仍是不从。唐遂辞职，议和事由袁总理自行直接。

会四川省杀了总督赵尔丰，新疆省杀了将军志锐，甘肃省杀了总督长庚，蒙古、西藏，也居然独立起来。袁总理未免着急，仍奏请隆裕太后，如前代表唐绍仪议。太后踌躇未决，袁总理也奏请辞职，愿退居间地。急得太后束手无策，只好温词慰留。袁总理仍是固辞，太后复封他一等侯爵。清已不腊，还有什体虚名虚位，可以笼络袁总理。袁复恳切上表，不愿就封。做作耶？真心耶？太后只得再与老庆商议，要他至袁总理邸第，竭力挽留。袁乃辞封就职，再与伍廷芳往返电商。奈民军得步进步，先争论国会地点，两方辩驳的电文，差不多有数十通。至南方政府成立，竟将国会一说搁起，定要清帝退位，才肯甘休。山穷水尽，奈何奈何？

斯时清廷已无兵无饷，势难再战，只得由隆裕太后出场，再开御前会议。皇族等

良弼（1877—1912），字赉臣，满洲镶黄旗人。满清宗室，早年曾留学日本，入陆军士官学校，毕业回国后，任第一协统领兼镶白旗副都统。武昌起义后，反对起用袁世凯、南北议和及清帝退位。力主镇压革命党，被革命人彭家珍炸毙。

孙中山（1866—1925），字德明，号日新，改号逸仙，化名中山樵，常以中山为名。广东省香山（今中山）人。中国近代伟大的民主革命家。他首举彻底反封建的旗帜，"起共和而终两千年封建帝制"。1905年成立中国同盟会。辛亥革命后被推举为中华民国临时大总统。1925年3月12日孙中山在北京逝世。遗著编有《孙中山全集》等。

统已垂头丧气，隆裕太后也垂着两行酸泪，毫无主见。独军谘使良弼抗声道："太后万不能俯允民军，愚见决计主战。"只你一人主战，如何成事？太后道："兵不效力，饷无从出，奈何？"良弼道："宁可一战而亡，免受汉人荼毒。"皇族见良弼非常决裂，恰也胆大起来，随声附和。会议仍然无效，过了两三日，袁大臣出东华门，遇着炸弹，未被击中，恰拿着刺客三名，偏偏这良弼从外归家，突被炸弹击毙。拿住刺客，据供是民党彭家珍，也不知是真是假。家珍当时受戮，无从细询。自是清皇族个个惊慌，逃的逃，躲的躲，那个还敢来反对逊位？在鄂统领段祺瑞，复联合北方将弁四十二人，电请逊位。隆裕太后不得已，授总理大臣袁世凯特权，电告民国代表伍廷芳，商议优待清室条件。彼此又辩论数日，适值汪兆铭等，释放回南，参赞和议，于优待清室事，恰主张从厚，才得磋商定局。袁总理禀明隆裕太后，且再请皇族议定。隆裕太后含泪道："他们都已拥资走避了，剩我母子两人，还有何说？你去拟旨便是。"言毕，痛哭一场。袁大臣却要暗笑。还是袁总理劝慰数语，才行退出。随即拟定三道谕旨，入呈太后瞧阅。太后只得钤印御宝，钤宝时，两手乱颤，一行一行的泪珠儿，流个不休，随把谕旨交与袁总理。袁总理也即署名，于宣统三年十二月二十五日，即中华民国元年二月十二日，颁布天下。第一道谕旨云：

朕钦奉隆裕皇太后懿旨：前因民军起事，各省响应，九夏沸腾，生灵涂炭，特命袁世凯遣员与民军代表，讨论大局，议开国会，公决政体。两月以来，尚无确当办法。南北暌隔，彼此相持，商辍于途，士露于野，徒以国体一日下决，故民生一日不安。今全国人民心理，多倾向共和，南中各省，既倡议于前，北方各将，亦主张于后，人心所向，天命可知。予亦何忍以一姓之尊荣，拂兆民之好恶。是用外观大势，内审舆情，特率皇帝将统治权公诸全国，定为共和立宪国体，近慰海内厌乱望治之心，远协古圣天下为公之义。袁世凯前经资政院选举为总理大臣，当兹新旧代谢之际，宜有南北统一

之方，即由袁世凯组织临时共和政府，与民军协商统一办法。总期人民安堵，海内乂安，仍合汉满蒙回藏五族完全领土，为一大中华民国，予与皇帝得以退处宽闲，优游岁月，长受国民之优礼，亲见郅治之告成，岂不懿欤？钦此。

第二道谕旨云：

朕钦奉隆裕皇太后懿旨：前以大局阽危，兆民困苦，特饬内阁与民军，商酌优待皇室各条件，以期和平解决。兹据复奏，民军所开优待条件，于宗庙陵寝，永远奉祀，先皇陵制，如旧妥修各节，均已一律担承。皇帝但卸政权，不废尊号，并议定优待皇室八条，待遇满蒙回藏七条，览奏尚属周到。特行宣示皇族，暨满蒙回藏人等，此后务当化除畛域，共保治安，重睹世界之升平，胥享共和之幸福，予实有厚望焉！钦此。

（甲）关于大清皇帝辞位之后，优待之条件：

今因大清皇帝，宣布赞成共和政体，中华民国于大清皇帝辞退之后，优待条件如下：

第一款　大清皇帝辞位之后，尊号仍存不废。中华民国以待各外国君主之礼相待。

第二款　大清皇帝辞位之后，岁用四百万两，俟改铸新币后，改为四百万圆，此款由中华民国拨用。

第三款　大清皇帝辞位之后，暂居宫禁，日后移居颐和园，侍卫人等，照常留用。

第四款　大清皇帝辞位之后，宗庙陵寝，永远奉祀，由中华民国酌设卫兵，妥慎保护。

第五款　德宗陵寝未完工程，如制妥修，其奉安典礼，仍如旧制。所有实用经费，并由中华民国支出。

第六款 以前宫内所用各项执事人员，可照常留用，惟以后不得再招阉人。

第七款 大清皇帝辞位之后，其原有之私产，由中华民国特别保护。

第八款 原有之禁卫军，归中华民国陆军部编制，额数俸饷，仍如其旧。

(乙) 关于清皇族待遇之条件：

(一) 清王公世爵，概如其旧。(二) 清皇族对于中华民国国家之私权及公权，与国民同等。(三) 清皇族私产，一体保护。(四) 清皇族免当兵之义务。

(丙) 关于满蒙回藏各族待遇之条件：

(一) 与汉人平等。(二) 保护其原有之私产。(三) 王公世爵，概仍其旧。(四) 王公中有生计过艰者，设法代筹生计。(五) 先筹八旗生计，于未筹定之前，八旗兵弁俸饷，仍旧支放。(六) 从前营业居住等限制，一律蠲除，各州县听其自由入籍。(七) 满蒙回藏原有之宗教，听其自由信仰。

第三道谕旨云：

朕钦奉隆裕皇太后懿旨：古之君天下者，重在保全民命，不忍以养人者害人。现在新定国体，无非欲先弭大乱，期保乂安。若拂逆多数之民心，重启无穷之战祸，则大局决裂，残杀相寻，势必演至种族之惨痛，将至九庙震惊，兆民荼毒，后祸何忍复言？两害相形，惟取其轻者，正朝廷审时观变，痌瘝吾民之苦衷。尔京外臣民，务当善体此意，为全局熟权利害，勿得挟虚憍之意气，逞偏激之空言，致国与民两受其祸。着民政部步军统领姜桂题、冯国璋等，严密防范，剀切开导，俾皆晓然于朝廷应天顺人，大公无私之意！至国家设官分职，以为民极，内列阁府部院，外建督府司道，所以康保群黎，非为一人一家而设。尔京外大小各官，均宜概念时艰，慎供职守，应即责成各长官，敦切劝诫，毋旷职守，用副夙昔爱抚庶民之至意！钦此。

清帝退位，南北统一，临时大总统孙文，因袁世凯推翻清室，有功民国，至此点眼。特把大总统位置，完全让与。大众亦多半赞成。于是内阁总理袁大臣，遂任民国第二次临时大总统。至若副总统位置，当南京会议时，曾推黎都督元洪，不复再选。从此“帝德皇恩”的字样，一概删除。回应首回起笔。这位隆裕太后，自宣布共和后，寂居宫禁，抑郁寡欢，至次年冬间，积成胀疾，奄奄而逝。上谥为孝定景皇后，清室事从此了结。全部《清史通俗演义》，亦就此告终。

统计清自天命建号，至宣统退位，共二百九十六年，自顺治入关，至宣统退位，共二百六十八年。小子于此书告成后，拟再从各省光复起，至袁总统谢世止，把民国历年大事，演成小说，陆续出版，以供诸君续阅。但现在笔秃墨干，脑枯力敝，只好休息数天，与诸君期诸他日。诸君少待，还有几句俚词，作为全部小说的尾声：

清自摄政始，复以摄政终。

顺治推早慧，宣统亦幼聪。

孝庄与孝定，权位毋乃同。

得国由吴力，逊位本袁功。

一往又一复，天道如张弓。

寄语后起者，为国应效忠！

努力惩覆辙，毋以私害公！

皇帝不足贵，何苦效乃翁？此诗归结全书宗旨。

民国成立，自南京组织临时政府始。孙中山以二十载之苦心，始得躬逢其盛，不可谓非有志竟成之举。惟推倒清室，则实自袁项城成之。袁之才具智术，实出民党诸人上。而庆王奕劻、摄政王载沣，以及满廷诸皇族，更无一足与袁比。袁固乱世之雄哉！若隆裕太后之决计主和，下诏逊位，虽出于中外之逼迫，不得已而使然，然较诸固执成见，贻害生灵者，殆有间焉。著书人或详或略，若抑若扬，皆斟酌有当，非漫以铺叙见长，成名为小说，实侔良史。录一代之兴亡，作后人之借鉴，是固可与列代史策，并传不朽云。

清史大事记

1583 年　努尔哈赤起兵

1616 年　努尔哈赤称汗，定国号为大金，史称后金

1621 年　努尔哈赤迁都辽阳

1626 年　努尔哈赤去世，皇太极被推举为大汗

1636 年　皇太极称帝，改国号为大清

1643 年　皇太极去世，福临即位，是为顺治帝，多尔衮摄政

1644 年　多尔衮与吴三桂联军攻入北京，福临在北京登基称帝

1661 年　顺治帝去世，康熙帝继位

1673 年　康熙帝下令削藩，三藩之乱爆发

1678 年　吴三桂称帝，随即病死

1681 年　三藩之乱平定

1683 年　收复台湾

1689 年　同沙俄签订《尼布楚条约》，划定中俄部分边界

1697 年　康熙帝亲征，攻灭噶尔丹

1722 年　康熙帝去世，胤禛即位，是为雍正帝

1724 年　清朝设立驻藏大臣，强化对西藏的统治

1732 年　雍正帝设立军机处，加强中央集权统治

1735 年　雍正帝去世，弘历即位，是为乾隆帝

1793 年　乾隆帝接见英国使节马嘎尔尼

1796 年　乾隆帝退位为太上皇，颙琰即位，是为嘉庆帝

1799 年　乾隆帝去世，嘉庆帝亲政

1804 年　平定白莲教之乱

1820 年　嘉庆帝去世，旻宁即位，是为道光帝

1839 年　林则徐赴广东虎门销烟

1841 年　中英第一次鸦片战争爆发

1842 年　清朝战败，与英国缔结《南京条约》，割让香港

1850 年　道光帝去世，奕詝即位，是为咸丰帝

1851 年　洪秀全自称天王，在金田村发动起义

1856 年　第二次鸦片战争爆发

1860 年　清朝战败，签订《天津条约》《北京条约》

1861 年　咸丰帝去世，载淳即位，是为同治帝

1864 年　洪秀全去世，不久清军攻占南京，太平天国失败

1874 年　同治帝去世，载湉即位，是为光绪帝

1876 年　左宗棠收复新疆

1884 年　中法战争爆发，越南成为法国殖民地

1885 年　英国侵入缅甸，随后被迫签订《中英缅甸条约》，承认缅甸为英国殖民地

1894 年　中日甲午战争爆发

1895 年　清朝战败，签订《马关条约》，割让台湾

1898 年　戊戌变法失败

1900 年　义和团之乱，招致八国联军攻入北京，被迫签订《辛丑条约》

1908 年　颁布《钦定宪法大纲》确定君主立宪政体；光绪帝与慈禧太后相继去世，溥仪即位，是为宣统帝

1911 年　辛亥革命爆发

1912 年　宣统帝颁布退位诏书，中华民国成立

图书在版编目（CIP）数据

帝制时代的末世挽歌：清史演义 / 蔡东藩著. — 北京：化学工业出版社，2016.10
（蔡东藩说中国史）
ISBN 978-7-122-27901-9

Ⅰ. ①帝… Ⅱ. ①蔡… Ⅲ. ①章回小说 - 中国 - 现代 Ⅳ. ①I246.4

中国版本图书馆CIP数据核字（2016）第197429号

责任编辑：周天闻　龚风光　　　　装帧设计：今亮后声 HOPESOUND pankouyugu@163.com
责任校对：战河红

出版发行：化学工业出版社（北京市东城区青年湖南街13号 邮政编码 100011）
印　　装：高教社（天津）印务有限公司
710mm×1000mm 1/16　印张 $42\frac{1}{2}$　字数718千字　2017年1月北京第1版第1次印刷

购书咨询：010-64518888（传真：010-64519686）　售后服务：010-64518899
网　　址：http://www.cip.com.cn
凡购买本书，如有缺损质量问题，本社销售中心负责调换。

定　价：68.00元（全二册）